BASTEI
LÜBBE

Brian M. Stableford

Die Saga vom Raumpiloten Grainger

Science Fiction Roman

BASTEI LÜBBE

BASTEI-LÜBBE-TASCHENBUCH
Science Fiction Abenteuer
Band 23 062

Deutsche Lizenzausgabe 1986
Bastei-Verlag Gustav H. Lübbe GmbH & Co., Bergisch Gladbach
Originaltitel: Star Pilot Grainger
(The Halcyon Drift, Rhapsody in Black, Promised Land,
The Paradise Game, The Fenris Devise, Swan Song)
Ins Deutsche übertragen von Rosemarie Hundertmarck
Titelillustration: David B. Mattingly
Umschlaggestaltung: Quadro-Grafik, Bensberg
Druck und Verarbeitung:
Elsnerdruck, Berlin
Printed in Western Germany
ISBN 3-404-23062-0

Inhalt

ERSTES BUCH

Das Wrack im Halcyon

Prolog

Auf einer Welt, deren Namen ich nicht weiß, machte ich mit der *Javelin* eine Bruchlandung an der Flanke eines großen Berges. Das Schiff liegt noch dort, eingekeilt zwischen schwarzen Felsblöcken, die zu schwer sind, als daß ein Mann sie bewegen könnte. Die Sprünge in seiner Silberhaut habe ich mit Erde und Lehm verschmiert, aber es hat keine Tür mehr. Im Inneren ist der Schaden nicht so groß. Die Brennkammer und die Leitwerke sind zwar hoffnungslos zerschmettert, doch die Unterkünfte haben wenig abbekommen. Im Schiff könnte es ganz gemütlich sein, wenn es nicht zum Aufrechtstehen konstruiert wäre und jetzt auf der Seite läge. Und wer kann in einer senkrechten Koje schlafen?

Dreißig oder vierzig Meter vom Schiff entfernt ist ein Kreuz in den Boden gerammt. Es kennzeichnet Lapthorns Grab. Es ist ein flaches Grab, denn zwischen den nackten Felsen ist nur wenig Erde zu finden. Das Kreuz wird oft umgeweht, als tue der Wind das absichtlich. Lapthorn ist hier nicht willkommen. Ich auch nicht. Der Wind flüstert mir das andauernd zu.

In den gigantischen schwarzen Felsen, die zur Rechten und zur Linken die Sicht begrenzen, ist gerade vor mir eine Schneise, die in die Ebene und die Aschenwüste führt. Dahinter erheben sich neue Berge. Mit der Wanderung der Sonne am grauen Himmel nehmen sie alle Farben zwischen Rot und Violett an. Über das mürrische Gesicht des Himmels ziehen braune Wolken und waschen die schwarzen Steine mit dunstigen Tränen. Die spärlichen Büsche, der unruhige Sand, die grauen Grate werden verdunkelt von dem ständig in der Luft treibenden Staub.

Ich trage einen langen Bart. Von meinem Haar schneide ich mir nur die Strähnen ab, die meine Sicht behindern. Ich lege keinen Wert auf Sauberkeit. Ich lebe in Elend und Verzweiflung, und ich mache keine Anstrengungen, meine menschliche

Würde zu bewahren. Ich bin ein Eindringling. Ich bin ein Tier. Ich brauche mir nicht erst zu sagen, daß ich anderswohin gehöre. Hier bin ich nicht erwünscht.

Ein weiterer Tag verdämmert. Die Wüste nimmt ein langweiliges Blaugrau an. Ich habe mich nicht von Anfang an so gehen lassen. Früher bin ich jeden Abend in die Ebene gewandert und habe Wasser aus den kleinen Regentümpeln geholt. Dann fand ich heraus, daß ich mit einem Gang genug Wasser für drei Tage besorgen konnte, wenn ich auf das Waschen verzichtete. Ich wurde faul. Hatte ich zuerst noch versucht, meine Umgebung zu erkunden, so gab ich das bald als zwecklos auf.

Die Gegenwart kann meinen Geist nicht beschäftigen. Ein Tag ist wie der andere, und es hat keinen Sinn, sie zu zählen. Meine Gedanken wandern in die Vergangenheit, in die Zeit, bevor die *Javelin* von einer unbedeutenden Randwelt abhob, um sich auf die Reise zu begeben, die mit ihrem Tod endete. Und mit Lapthorns Tod. Und mit meiner Verzweiflung. Ich erinnere mich an andere Welten, andere Zeiten, andere Schiffe.

Einmal lebte ich für eine Weile auf der Dunkelseite einer Welt, die nahe um eine blaue Riesensonne kreiste. Die Raumschiffe mußten aus tiefen Höhlen starten, die gegen die gefürchteten Strahlungsstürme völlig abgeschirmt waren. Leben war nur in den tief unter der Planetenoberfläche angelegten Labyrinthen möglich, weit entfernt von dem tödlichen Licht und der kalten Dunkelheit. Die Luft in diesen Bienenwaben-Städten war immer heiß und geschwängert von Gerüchen nach Moder und Schweiß, die nicht entfernt, sondern nur von schweren Düften überlagert werden konnten. Der am höchsten geschätzte Wert auf diesem Planeten war Licht – sanftes Licht, freundliches Licht, wärmendes Licht, tröstendes Licht, schmerzloses Licht. Jede Welt liebt am meisten das, was sie selbst nicht hat. Dieser Planet, dessen eine Seite in der Hölle schmorte und dessen andere Seite in eisiger Dunkelheit erstarrte, brachte Menschen hervor, die die wahre Schönheit des Lichts zu würdigen wußten. Lapthorn und ich waren mit unserem Schiff – das war damals die alte *Feuerfresser* – ständig unterwegs, um exotische Lampen und Brennstoffe dafür zu besorgen.

Nach drei Jahren, in denen wir mit dieser Welt Handel trieben und die Hälfte der Zeit dort wohnten, schwor Lapthorn, er könne die Farbe eines Lichts mit der Haut fühlen und seine Zusammensetzung mit der Zunge schmecken. Als er von der Suche nach dem perfekten Licht zu faseln begann, hielt ich die Zeit für gekommen, zu neuen Ufern aufzubrechen. So war Lapthorn – empfindsam und leicht zu beeindrucken. Jede Welt ließ einen Stempel auf seinem Wesen. Ich bin anders. Ich bin ein Realist.

Ein anderes Mal arbeiteten wir für die große Bibliothek auf New Alexandria. Lapthorn gefiel das nicht, weil wir dabei in Reichweite der Zivilisation, im Inneren Kreis, blieben. Mittelpunkt der galaktischen Zivilisation ist schon lange nicht mehr die Erde. Die Zukunft der Menschheit liegt heute auf New Alexandria, New Rome, New Israel und Penaflor. Lapthorn zog fremde Welten, fremde Sonnen, die Liebe fremder Frauen vor. Aber im Zentrum konnten wir am ehesten Geld verdienen, und wir brauchten es, weil wir die *Feuerfresser* verschrotten mußten, ehe sie sich selbst und uns mit fraß. Deshalb arbeiteten wir für New Alexandria.

Fast zwei Jahre lang spürten wir von der Bibliothek bestellte fremde Literatur auf. Die Bücher waren in tausend verschiedenen Sprachen geschrieben, und von denen waren einige nur den Autoren selbst bekannt. Aber die Probleme der Übersetzung gingen uns nichts an. Unsere Aufgabe war es, die Bücher zu entdecken, auf mehr oder minder anständige Weise zu erwerben und heranzuschaffen. Mir sagte das zu, und sogar Lapthorn mußte zugeben, daß ein Teil der Arbeit nicht übel war – der Teil, der uns auf fremde Welten führte.

Der Himmel ist jetzt so schwarz wie die Berge. Die Wüste unten in der Ebene ist unsichtbar. Ich zünde das Feuer an. Viel Wärme gibt es nicht, und an dem Licht, das es spendet, hätte Lapthorn die traurige Farbe und den fauligen Geschmack zu bemängeln gehabt. Aber es ist alles, was ich habe. Im Schiff ist noch ein Rest von Energie, aber die wird für einen einzigen Zweck gebraucht – für das schwache, sicher vergebliche Mayday-Signal, das meine letzte Hoffnung auf eine eventuelle Rettung darstellt. Das Signal hat eine beschränkte Reichweite, und daß es von einem Schiff aufgefangen wird, ist unwahrscheinlich. Ich befinde mich am Rand eines Dunkelnebels, wohin kein geistig gesunder Kapitän sein Schiff steuert.

Der Wind peitscht Sandwolken gegen den Abhang, auf dem ich kampiere. Das Feuer knattert. Der Wind scheint sich absichtlich so zu drehen, daß er mir den Rauch ins Gesicht treiben kann, ganz gleich, wie ich mich hinsetze. Es ist ein bösartiger Wind. Lapthorns Kreuz wird morgen wieder umgeworfen sein. Der Wind flüstert mir in die Ohren. Er verhöhnt mich. Er ist es, der mir all diese Erinnerungen an andere Welten und andere Zeiten zurückbringt – zumindest indirekt, weil ich versuche, mich von seiner Gegenwart abzulenken.

Nach New Alexandria, als wir unser schönes, neues Schiff hatten, ließ ich Lapthorn für eine Zeitlang seinen Willen. Wir trampten den Rand entlang und suchten neue Welten und neue Verdienstmöglichkeiten. Das brachte uns wenig oder gar keinen Gewinn, und es tat uns überhaupt nicht gut. Lapthorn verliebte sich mindestens zweimal, aber so etwas dauerte bei Lapthorn nie lange, sei es nun in eine Frau oder einen Planeten. Die Erlebnisse hinterließen ihre Narben und hafteten in seiner Erinnerung, aber nichts konnte von Lapthorns Seele für mehr als eine kleine Weile Besitz ergreifen.

Wir handelten mit den Lakshmi, bei denen die Erwachsenen aussehen wie goldgeflügelte Fliegen und die Kinder wie Bäume aus knollenförmigen Eiern wachsen. Das männliche Geschlecht existiert nur in der vegetativen Phase. Eine Generation von weiblichen Erwachsenen bestäubt die weiblichen Blüten der nächsten, und in den Stempeln der Blüten schlafen die bereits trächtigen Fliegen in Puppenform. Selbst Lapthorn fand an dieser Rasse wenig, was sein Herz rühren konnte, obwohl er für eine Weile dazu neigte, mit Bäumen zu reden, und ein- oder zweimal sah ich ihn Leuchtkäfer mit einem Ausdruck geheimen Entzückens beobachten.

Wir lebten bei den hundsgesichtigen Magliana, die ihre Dörfer in den Baumwipfeln aus einem Netzwerk von Zweigen und Schlingpflanzen bauen, hoch über einem äquatorialen Sumpf, der den halben Planeten bedeckt.

Auf Varvarin wurde Lapthorn von einer Schlange gebissen,

und er wäre gestorben, wenn die Nomaden dieser Welt sein Leben nicht im Austausch gegen eine seiner Hände gerettet hätten. Die mit Kupferdraht zusammengehaltenen Knochen dieser Hand trug dann einer von ihnen als Anhänger um den Hals. Wenige der Nomaden besaßen zwei Hände, aber fast alle hatten eines dieser Schmuckstücke. Eine Hand, die man um den Hals oder am Gürtel trägt, kann einen weder erwürgen noch bestehlen. Das ist besonders wichtig, wenn man Feinde hat. Die Nomaden hatten. Doch sie waren Heiler, und sie heilten Lapthorn. Hilfe hat immer einen Preis, und manchmal einen recht seltsamen. Mir gelang es, beide Hände an den Armen zu behalten. Ich mußte darauf achten, denn ein einhändiger Ingenieur kann immer noch seine Arbeit verrichten, aber ein einhändiger Pilot ist wertlos.

Auf Bira blieben wir am Nektar der Skorpion-Lilien kleben, die nur in der Morgendämmerung blühen und verwelken, sobald die Sonne ein Stück über dem Horizont steht. Der Tag dauerte dort jedoch zwei Standardjahre, und die Dämmerung war lang. Ein halbes Jahr folgten wir dem Sonnenaufgang rund um den Planeten, bis wir an ein unbezwingliches Meer kamen. Hunderte von Eingeborenen waren auf den ekstatischen Treck gegangen, und die Hälfte von ihnen starb an den Qualen des Rückzugs. Sie waren eine schwächliche Rasse. Lapthorn und ich waren stärker. Wir machten die Rückwanderung mit, bis wir unser Schiff erreichten, und verließen den Planeten.

Lapthorns Hunger nach neuen Gedanken und neuen Erlebnissen wurde auch in den beiden Jahren am Rand nicht gestillt. Er schien unersättlich. Jede Erfahrung fügte seiner Persönlichkeit eine neue Facette hinzu. Erschöpfung kannte er nicht. Ich glaube, Lapthorn hatte das Geheimnis der ewigen Jugend entdeckt. Er war immer noch jung, als er im Heck der *Javelin* starb, während ich, der ich an den Kontrollen saß, leben blieb. An einer Bruchlandung ist für gewöhnlich der Pilot schuld, aber immer kriegt der Ingenieur am meisten ab.

Auf mich machte in der ganzen Zeit nichts Eindruck. Vielleicht habe ich das Geheimnis des ewigen Alters. Die Sternenwelten hatten mich nichts zu lehren, sie hatten nicht die Fähigkeit, mich zu ändern. Lapthorn sagte, ich hätte keine

Seele. Eigentlich paßten wir überhaupt nicht zusammen. Unsere Partnerschaft enthielt keinerlei Harmonie. Wir arbeiteten nur zusammen, weil wir einmal zusammen angefangen hatten und keiner von uns es sich leisten konnte, auszubrechen. Vermutlich war Lapthorn ein solcher Träumer, daß er sich nicht viel darum kümmerte, wer oben saß, denn er dachte an nichts anderes, als wohin wir gingen und woher wir kamen. Und mir war es scheißegal, wer sich unten um den Antrieb kümmerte, solange er mich nicht im Stich ließ.

Unser ganzer Gewinn in den Jahren am Rand bestand darin, daß wir berühmt wurden. Die Handelsgeschäfte zahlten sich nicht aus, aber sie schufen Legenden. Wir konnten eindrucksvolle Geschichten erzählen, und sie enthielten genug Wahrheit, daß andere Raumfahrer zu bestätigen vermochten, wir könnten wirklich erlebt haben, was wir berichteten. Lapthorn liebte es, Raumfahrergarn zu spinnen.

Das Feuer geht aus. Es ist Zeit zum Schlafen. Ich wünschte, ich brauchte einmal nicht hungrig ins Bett zu gehen. Aber das wünsche ich mir jeden Abend. Von dem, was in den Bergen wächst oder in der Wüste lebt, ist nicht sehr viel eßbar. Der Schiffsvorrat an Nahrungspaste ist schon lange alle. Trotzdem verhungere ich irgendwie nicht. Ich kaue Blätter, und ich fange Mäuse in Schlingen, und ich lebe weiter. Nur bin ich ständig hungrig. Vielleicht sollte ich dankbar sein, daß ich mich nicht vergiftet habe. Willkommen bin ich auf diesem Planeten nicht, aber ich werde toleriert, weil ich keine große Störung darstelle. Vielleicht hätte diese Welt Lapthorn völlig abgelehnt. Und dann ist da noch der *Wind,* der mit jemandem reden, Erinnerungen aufwirbeln, einen Geist erobern will.

Ich glaube nicht, daß ich verrückt werde. Es heißt, die Einsamkeit treibe einen Menschen in den Wahnsinn, und manch einer würde sich Sorgen machen, wenn der *Wind* zu ihm spräche. Aber ich nicht. Lapthorn sagte, ich hätte keine Seele. Ich kann nicht verrückt werden. Ich bin Realist. Ich höre den *Wind* sprechen, also spricht der Wind. Basta. Ich antworte ihm nicht, ich höre nur zu. Nichts, was diese Welt mir antun kann, wird irgendeine Reaktion hervorrufen. Fremde Welten können mich nicht beeinflussen. Ich bin ich.

Nach den Jahren am Rand wollte ich zurück und auf den wirklich großen Märkten den Erfolg erzwingen. Mit Waffen, Kosmetika, Juwelen und Drogen mußte sich etwas machen lassen. Für diese Waren herrschte eine ständige Nachfrage und ein unregelmäßiges Angebot. Für den Händler sind alle Waren gewinnbringend, die mehr von der Mode als von ihrer Nützlichkeit bestimmt werden. Unserer Initiative mußte es gelingen, das jeweils Beste aufzuspüren, und das gelang uns auch. Aber in der Zeit, die wir außerhalb der Zivilisation verbracht hatten, hatte sich einiges geändert, und wir fielen auf die Schnauze, weil wir in den Absatzgebieten keinen kostendeckenden Preis erzielen konnten. Die Zwischenhändler durchzogen die Sternenwelten in Scharen, zitierten das Gesetz von New Rome und das Gewohnheitsrecht von wo auch immer sie sich gerade befanden und ließen nie den Finger vom Drücker. Man konnte wirklich schnell das Leben im Inneren Kreis satt bekommen. Langsam wurde mir Lapthorns Mißfallen an der menschlichen Lebensweise verständlich.

Wir blieben eine Weile dabei, weil ich dachte, Lapthorns Riecher für die schönsten Edelsteine und die aufregendsten Drogen würde uns durchhelfen, aber es war zwecklos. Den kleinen Leuten schien es ein ungeheures Vergnügen zu bereiten, uns zu betrügen, weil wir berühmt waren. Die anderen freien Händler sprachen über uns. Für sie waren wir die Besten. Mit dem System konnten wir es jedoch nicht aufnehmen. Uns blieb keine andere Wahl, als zum Handel zwischen Fremdrasse und Fremdrasse zurückzukehren. Lapthorn war darüber natürlich nicht traurig.

Lapthorn kam mit mir weiter hinaus, als er mit jedem anderen Partner gekommen wäre, aber ich glaube, keiner von uns beiden war jemals glücklich. Während seine Träume unmöglich zu realisieren waren, konnte ich einfach an keinem Ort und auf keine Weise glücklich sein. Lapthorn sagte, ich hätte keine Seele.

Viele Raumfahrer sind wie ich, kalt, durch nichts beeindruckbare Männer, denen keine Welt und kein Volk etwas zu geben hat. Einige ähneln Lapthorn in seiner Verwundbarkeit, aber nicht in seiner seelischen Regenerierungskraft, und diese bleiben früher oder später auf irgendeinem Planeten hängen. Die meisten Männer, die lange genug im Raum bleiben, um eines Tages auf einer lächerlichen, verlorenen Welt wie dieser zu stranden, sind einsame Wölfe wie ich, Männer mit Herzen aus Stein, Männer ohne Seelen.

Ich schlafe im Kontrollraum, weil meine Koje verkehrt herum steht und weil er allein groß genug ist, daß die Wand einen vernünftigen Fußboden abgibt beziehungsweise der Fußboden eine genügend hohe Wand. In der alten *Feuerfresser* ging es nicht so beengt zu, aber trotzdem war die *Javelin* ein besseres Schiff. War sie das? Mit der *Feuerfresser* hat es nie eine Bruchlandung gegeben.

Sogar hier drinnen kann mich die Stimme des Windes erreichen. Ich habe Schwierigkeiten beim Einschlafen, doch daran ist nicht allein der Wind schuld, sondern ebenso der Hunger und die Zeitlosigkeit. Meine Gedanken wandern zu den Personen, die ich gekannt habe.

Auf der Erde traf ich Herault. Das war noch, bevor Lapthorn und ich unsere Ersparnisse zusammenwarfen und die *Feuerfresser* kauften. Ich war damals sehr jung, und Herault war alt. Er muß mittlerweile tot sein. Es ist sieben Jahre her, daß ich ihn zuletzt sah. Davor hatte Lapthorn sich ein- oder zweimal erweichen und mich eine Landung auf der Erde machen lassen, aber er haßte den Planeten wie Gift, und dadurch entfremdete er mich ihm schließlich auch. Doch sogar Lapthorn hatte Herault gemocht. Ich hatte gern für ihn gearbeitet, und er hatte mich vieles über Raumschiffe und Raumfahrer gelehrt. Ich lernte es, die *Feuerfresser* nach Gefühl zu fliegen, ihre Sensoren zu gebrauchen, als seien sie meine eigenen Augen und mein eigener Körper. Herault unterrichtete mich darin, wie man diese Fähigkeit erwirbt. Heutzutage wird nicht mehr so geflogen, weil man es nicht für notwendig hält. Die jungen Leute lernen, sich auf ihre Maschinen zu verlassen – nicht, ein Teil von ihnen zu werden. Im freien Raum und auf festgelegten Routen funktioniert das. Aber nicht am äußeren Rand und nicht im galaktischen Zentrum.

Herault bildete auch Lapthorn als Ingenieur aus. Ein Dimensionsspringer soll angeblich leicht zu handhaben sein, aber Herault bestand darauf, daß Lapthorn alles lernte, was es zu lernen gab. Wenn Herault nicht gewesen wäre, dann wären wir nie in den Raum gekommen. Und wenn Herault nicht gewesen wäre, dann wären wir nie so lange im Raum geblieben. Wir wären nie auf diesem verlorenen Felsen am Rande des Nichts gelandet. Ich bin Herault dankbar für alles, was er getan hat und versucht hat zu tun. Es tut mir leid, daß es so enden mußte, und Herault würde es auch leid tun, wenn er es wüßte.

Andere Personen.

Auf Peniel war ein Mädchen namens Mayne, auf Rocholt Dorcas, auf Alhagayel Joan, auf Doreniken Ophinia. Keine eindrucksvolle Liste und auch keine bedeutungsvolle Liste. Ich könnte sie ohne Schwierigkeiten vergessen. Lapthorn konnte sich an ein halbes Hundert erinnern, an den Geruch und an den Geschmack von jeder einzelnen. Er schwelgte in den Feinheiten seiner Erinnerungen. Für mich bedeuteten sie einfach nicht genug.

Alachakh war mein Freund. Er war ein khormonischer Händler. Ich rettete ihm auf Veneto einmal das Leben. Er rettete Lapthorns Leben auf Beckhofen, und Lapthorn rettete meins auf San Calogero. Über die Reihenfolge bin ich mir nicht sicher. Wir waren viel zusammen, Alachakh und ich. Nicht, weil wir unsere Flüge gemeinsam unternahmen oder weil wir einander die Fracht abjagen wollten, sondern weil wir auf dieselbe Weise dachten. Alachakh und Cuvio, sein Ingenieur, waren das Gegenstück zu Lapthorn und mir. Sein Schiff, die *Hymnia*, war ein glänzender Beweis khormonischer Schiffsbaukunst. Ich kaufte die *Javelin*, weil sie das der *Hymnia* ähnlichste menschliche Schiff war. Alachakh gehört zu den wenigen Männern, die ich je gemocht habe, und zu den wenigen Männern, die Lapthorn hochachtete. Auch die einsamen Wölfe müssen hin und wieder mit jemandem ihresgleichen reden, müssen jemanden haben, für den sie eine Anstrengung auf sich nehmen würden, jemanden, auf dessen Hilfe sie sich verlassen können.

Jetzt bin ich wieder ganz wach, und das ist nicht gut. Es ist noch dunkel, und ich habe kein Recht, mitten in der Nacht wach zu sein. Hat mich etwas aufgeweckt? Vielleicht ist

Lapthorns Kreuz erneut umgefallen. Der *Wind* ist hier und zupft an meinem Gesicht, fährt mit kalten Fingern über meine Augen. Ich möchte ihm nicht zuhören. Ich möchte nichts als wieder einschlafen.

– Du mußt zuhören, sagt er. Ich kann dich dazu zwingen, und das weißt du. Ich kann dich berühren, wann immer ich es will. Ich bin auf dem Weg in dein Gehirn.

Das ist nicht wahr. Es gibt keine fremde Welt, kein fremdes Lebewesen, kein fremdes Gefühl, das mich beeinflussen kann.

– Ich kann es.

Habe ich wirklich etwas gehört? Soll ich aufstehen und nachschauen? Vielleicht ist es ein Tier oder ein Insekt. War, meine ich, denn jetzt ist es fort.

– Ich bin nicht fort, wispert der *Wind.* Ich bin jetzt bei dir. Ich wußte, daß du mich einlassen mußtest. Ich bin nicht mehr der *Wind,* ich bin eine Stimme in deinem Kopf. Ich bin hier, und du kannst mir nicht mehr entkommen, auch dann nicht, wenn du hinauf zu den Sternen fliehst. Ich bin jetzt ein Teil von dir.

Ich will schlafen.

Menschen.

Benwyn, Quivira, Emerich, Rothgar. Es ist der Mühe wert, eine Weile an Rothgar zu denken. Sich an ihn zu erinnern, fällt leicht. Er hielt sich für einen großen, starken Mann innerhalb seiner mickerigen Hülle. Ein schwerer Trinker. Auf den meisten Schiffen, die ihn anheuerten, verursachte er Ärger, weil nur wenige Kapitäne ihn behandeln und noch weniger ihn ausstehen konnten. Er kannte alle Maschinen und muß an ihnen auf Hunderten von Schiffen gearbeitet haben – auf großen Passagierschiffen, Wahrscheinlichkeitstransformern, Vermessungsschiffen, sogar auf khormonischen Schleppern und gallacellischen Schiffen. Auf seine Art war er ein Genie. Aber was hat es für einen Zweck, ein Genie zu sein, wenn man nicht imstande ist, seine Fähigkeiten an den Mann zu bringen? Er war der beste Ingenieur, den ein Pilot sich wünschen konnte. Er leitete die Energie dahin, wo sie benötigt wurde, gab einen Schub, wenn man ihn verlangte, und konnte in schwierigen Situationen aus dem Antrieb das Unmögliche herausholen. Trotzdem war er dazu verdammt, sein halbes

Leben arbeitslos auf den Raumhäfen herumzugammeln. Aber er war sein eigener Herr. Niemand besaß Rothgar, außer für eine ganz kleine Weile. Niemand vermochte ihm Angst einzujagen. Niemand konnte ihn dazu bringen, etwas zu tun, das er nicht wollte. Rothgar war der unbeugsamste Mann, den ich je gekannt habe.

Orte.

Eine Million von kleinen Stücken großer Welten. Einzelne Augenblicke an seltsamen Stätten. Wäre ich einen Tag später zur Reise durch die Galaxis aufgebrochen, wäre ich auf jedem Planeten einen Tag später gelandet, dann hätte ich überall etwas ganz anderes gesehen. Dieselben Welten hätten mir andere Augenblicke, andere kleine Stücke geboten. Die Sternenwelten kann niemand je richtig kennenlernen, ganz gleich, wieviel er von ihnen aufnimmt. Sie berühren einen, aber nur mit den Fingerspitzen. Mich berührten sie am wenigsten von allen. Ich habe Erinnerungen, doch sie sind verblaßt wie alte Fotografien. Lapthorns Erinnerungen pflegten hell wie weiße Sterne zu sein. Er nahm sie für immer mit und polierte sie für den Fall, daß er eine einmal schnell brauchte. Jede war ein Juwel, ein strahlendes Licht. Wie mag es wohl sein, wenn man so klar sieht, so intensiv fühlt?

Ich frage mich, ob es ein Unglück ist, daß ich überlebte und Lapthorn starb. Wenn das Schiff nun kopfüber abgestürzt wäre? Würde der Antrieb ihn auf jeden Fall getötet haben? Bin ich schuld an Lapthorns Tod? Hätte ich es bei der Bruchlandung so einrichten können, daß Lapthorn am Leben blieb, selbst wenn ich dabei den Tod fand? Und wenn ich es gekonnt hätte, hätte ich es tun sollen?

Aber Lapthorn wäre hier sowieso in absehbarer Zeit gestorben. Die ständige Düsterkeit und Freudlosigkeit dieser Welt hätten ihn ausgelöscht. Er brauchte das Stimulans neuer Welten, die er zu absorbieren trachtete. Licht von einer besonderen Sorte, das brauchte Lapthorn. Für ihn wäre diese Welt in Kürze zu einer endlosen Dunkelheit geworden. Vielleicht erwischt der Planet eines Tages auch mich auf diese Weise – langweilt mich durch allgegenwärtige Traurigkeit.

Schon wieder meldet sich der Wind.

Bitte, geh weg und laß mich schlafen. Er ist heute so aufdringlich, als verfolge er eine bestimmte Absicht. Vielleicht hat er wirklich mein Gehirn erobert. Kein Mensch kann ständigem Druck für immer widerstehen. Es könnte sein, daß ich schließlich aufgebe.

– Das hat nichts mit Aufgeben zu tun. Ich bin bei dir, aber ich bin wirklich. Wir beide befinden uns in der wirklichen Welt.

Mag sein, mein Freund, antworte ich. Wenn du schon einmal da bist, sollte ich die Tatsache vielleicht akzeptieren. Aber du hast mich nicht freundlich behandelt.

– Ich mußte einen Weg hinein finden, gibt der *Wind* zurück. Das ist nie leicht.

Manchmal könnte ich schwören, daß er jeden meiner Gedanken versteht. Das ist ein kluger Wind. Ein gebildeter Wind. Wie ein kleines Kind will er meine Aufmerksamkeit erregen. Aber warum? Warum willst du ein Teil von *mir* sein? Warum willst du in *meinem* Gehirn leben?

– Ich brauche dich. Ich brauche jemanden, um zu *sein.* Ich brauche einen Wirt.

Also bist du ebensowie wie ich hier gestrandet, folgere ich. – Ja.

Wie kam das?

– Schon andere sind hier gestorben.

Aber keine Menschen. Dieser Planet ist auf meinen Karten nicht verzeichnet. Unentdeckt, unbesucht. Wir sind am Rand des Halcyon-Nebels. Das ist eine böse Ecke. Der Nebel muß an unserem Schiffbruch schuld sein. Entweder war es eine Strahlung oder eine Raumverzerrung, und an beiden ist am Nebel kein Mangel. Es hat jedoch noch kein menschliches Schiff versucht, eine Karte von dem Nebel anzulegen. Wenn du in einem Schiff hergekommen bist, dann war es ein fremdes Schiff.

– Es war ein fremdes Schiff, gesteht der *Wind.*

Mir wird endlich klar, daß ich nicht mehr allein bin. Die Stimme gehört einem anderen Wesen. Natürlich ist es nicht tatsächlich der *Wind.* Es ist ein fremder, geistiger Parasit, und ich bin sein neuer Wirt. Ich weiß nicht, ob ich darüber froh oder traurig sein soll.

Ich dachte, du wolltest mich hier nicht haben. Ich dachte, du wärest es, der das Kreuz auf Lapthorns Grab ständig umwirft.

– Ich mußte in dich hineinkommen, erklärt der *Wind.* Ich mußte erreichen, daß du mir Beachtung schenktest.

Und was bist du jetzt, wo du dich in meinem Gehirn eingenistet hast? Bist du die Seele, von der Lapthorn sagte, ich hätte sie nicht? Bist du die Stimme meines Gewissens? Was bist du, fremder *Wind?* Woraus bist du gemacht?

– Ich bin aus dir gemacht. Ich bin du. Aber ich werde dich nicht belästigen. Mit dir reden, manchmal – dir helfen, wenn ich kann. Schwierigkeiten werde ich dir jedoch nicht machen.

Und wenn ich dich hinauswerfe?

– Das kannst du nicht. Auch wenn du ein ungeeigneter Wirt sein solltest, muß ich jetzt mit dir leben. Und du mit mir.

Der Morgen naht. Die Sonne geht auf. Ich habe kaum geschlafen, aber ich fühle mich nicht müde. Ich werde aufstehen und nach draußen gehen.

Es geht mir besser als seit langem, und ich weiß nicht recht warum. Es ist nicht etwa deswegen, weil der Wind mich gegen die Einsamkeit abschirmt. Um die Wahrheit zu sagen, er kümmert mich wenig. Aber er ist nun einmal da, und ich kann nichts dagegen tun. *Brauchen* tue ich ihn jedoch nicht. Ich bin nicht Lapthorn. Ich genüge mir selbst.

Der Morgen ist hell und rot. Die Sonne funkelt schüchtern. Der Himmel ist silbern statt grau. Nur die schwarzen Abhänge sind so trübselig wie immer. Nichts ändert sie. Wölkchen wandern von Osten nach Westen. Und etwas Glänzendes, wie ein kleiner Stern, kommt auf mich zu.

Es ist ein Schiff.

Ich weiß jetzt, was mich in der Nacht aufgeweckt hat. Es war das nach meinem Signal kreuzende Schiff. Und jetzt haben sie es ausgemacht, und jetzt landen sie in der Ebene. Ich bin frei.

– Ich gehe mit dir, für dein ganzes Leben.

Das ist mir gleichgültig. Ich gehe nach Hause.

Ich will nur eben noch das Kreuz aufrichten, das Lapthorns Grab kennzeichnet.

I

Ich wurde von einem Vermessungsschiff gerettet, der *Ella Marita,* Eigentum der Caradoc-Gesellschaft. Kapitän war ein Eurasier von Penaflor namens Axel Cyran. Ich glaube schon, daß man Cyran für einen ganz normalen, anständigen Raumfahrer halten könnte, wenn man ihn in guter Stimmung anträfe. Ich bekam nie eine Chance, seine guten Seiten kennenzulernen. Die Arbeit für eine halsabschneiderische Bande wie Caradoc kann jeden Charakter verderben.

Die Caradoc-Gesellschaft ist eine von hundert oder mehr Organisationen, von denen jede eine kleine Raumflotte hat und versucht, einen winzigen Bruchteil des galaktischen Handels zu organisieren, zu kontrollieren und zu monopolisieren. Augenblicklich herrschte Hochkonjunktur im Handel vom Rand zum Inneren Kreis, und jeder, der Geld hatte, wollte sich eine Scheibe vom Kuchen abschneiden. Die zentralen Welten – besonders Penaflor, Valerius und New Alexandria – verlangten Zuverlässigkeit und Ergebnisse. Wie jeder andere wollte Caradoc sich einen großen Namen aufbauen. Manches stand der Gesellschaft dabei im Weg, zum Beispiel die freien Händler, die tausend kleinen Schiffe, die die Routen kannten, die Kontakte hergestellt hatten und sich stur weigerten, mit den Gesellschaften zusammenzuarbeiten. Folglich liebten die Caradoc-Leute freie Händler nicht. Ganz besonders verabscheuten sie diejenigen unter ihnen, die für die anderen bahnbrechend gewesen waren, diejenigen, deren Name in aller Munde waren, wie auch der meine.

Cyran freute sich gar nicht, mich zu sehen. Er schien zu glauben, daß ich mich ihm in den Weg gestellt hatte. Er nannte mich einen verdammten Piraten und hielt mir vor, ich hätte das Geld der Gesellschaft verschwendet, indem ich sein Schiff von der ihm zugedachten Aufgabe abgehalten hatte. Ich begann mich zu fragen, warum er mich überhaupt gerettet hatte, und fürchtete halb und halb, er werde mich auf dem Planeten zurücklassen.

Ich versicherte dem Kapitän meine aufrichtige Dankbarkeit, und ich entschuldige mich sogar dafür, daß ich ihm soviel Mühe gemacht hatte. Ich stellte nicht eine Frage, die mich hätte unbeliebt machen können – zum Beispiel, was zum Teufel er überhaupt im Halcyon-Nebel zu tun hatte. Es half alles nichts. Endlich beschloß ich, das beste sei, in meiner Koje zu bleiben und die Nahrungspaste, die man mir aushändigte, mit aller Dankbarkeit, die ich zustande bringen konnte, entgegenzunehmen. Es war mir klar, daß der Kapitän eine schlimme Zeit hinter sich hatte. Anders war es gar nicht möglich, wenn er im Nebel gewesen war. Aber auch das entschuldigte sein Benehmen nicht ganz. Ich hätte ihn gern bezahlt, nur hatte ich keinen Pfennig. Das Zeug, das ich in meinen Packsack gestopft hatte, ehe ich auf die *Ella Marita* zulief, war alles Trödel, und noch dazu größtenteils Lapthorns Trödel – Andenken aller Art. Nichts davon war so viel wert, daß man in irgendeinem Hafen der Galaxis ein Hemd davon hätte bezahlen können.

Ich hatte vor, mich zu verkrümeln, sobald wir irgendwo landeten, aber das klappte nicht. Die Basis des Vermessungsschiffs war Hallsthammer, und das war nahe genug, daß Cyran bei der Ankunft immer noch schäumte. Er wollte einen Sündenbock für den Umweg, den er hatte machen müssen, und das war ich. Er setzte mich fest und überstellte mich einem W-Transformer, den die Caradoc-Flotte für die Verbindung mit der Heimatbasis auf Terra benutzte.

Der W-Transformer brachte mich nach New Rome, und die Caradoc-Rechtsanwälte zerrten mich mit einer Klage auf Schadenersatz für die Rettungsaktion der *Ella Marita* vor Gericht. Die Neuigkeit war schneller da als ich selbst, denn als wir landeten, war ich auf New Rome schon zur Witzfigur geworden. Die Vorstellung, daß ein aus Raumnot Geretteter auf Schadenersatz verklagt werden könne, schien für die Leute dort komisch zu sein. Für mich war es das durchaus nicht, besonders nicht, als ich merkte, daß ich den Prozeß verlieren würde. Das Gesetz von New Rome gilt überall in der Galaxis, ganz gleich, wie die lokalen Gesetze lauten mögen. Deshalb muß es zuverlässig und durchsetzbar sein, und vor allen Dingen unparteiisch. Die Juristen von New Rome erheben nicht den Anspruch, daß ihr System etwas mit *Gerechtigkeit* zu tun habe. Es ist Gesetz und nichts weiter als Gesetz. In den meisten Fällen schützte es sogar meinesgleichen vor den großen Organisationen, aber der *Ella-Marita*-Fall wurde zu einem Sieg auf der ganzen Linie für Caradoc. Ich wurde dazu verurteilt, Schadenersatz in Höhe von zwanzigtausend zu leisten. Das hätte ich als schmeichelhaft empfinden können, denn auf eine solche Summe war meine Haut noch nie eingeschätzt worden, aber in den ersten Tagen war ich zu krank dazu. Die Caradoc-Gesellschaft ließ außerdem die Wiedererlangung ihres Geldes versichern und mir die Prämie aufbrummen. Das bedeutete, daß jeder Pfennig, den ich in Zukunft verdiente, und sollte ich hundert Jahre alt werden, zwischen Caradoc und der Versicherung aufgeteilt werden würde, und selbst wenn ich in der nächsten Woche starb, würden die Caradoc-Leute nichts verlieren, außer sie ermordeten mich.

Das waren keine erfreulichen Aussichten. Aber wenigstens wurde ich, solange der W-Transformer auf New Rome blieb, ärztlich versorgt und nahm langsam wieder ein menschliches Aussehen an. Alachakh hatte von meiner Rettung gehört und sandte mir einen Glückwunsch. Offensichtlich war ihm von den juristischen Folgen nichts zu Ohren gekommen. Am Rand reisen die Neuigkeiten langsam.

Aus purer Güte ließen mich die Caradoc-Fritzen mit dem W-Transformer zur Erde weiterreisen. Man muß für alles dankbar sein. Ich war so verdammt müde, daß ich mich nur noch zu Hause verstecken wollte, und die Erde war das einzige Zuhause, das ich hatte. Vielleicht kannte mich dort niemand mehr – außer dem alten Herault, falls er noch lebte –, aber von der Erde aus war ich in den Raum aufgebrochen. Ich bin dort geboren, oder wenigstens nehme ich das an, denn es gibt darüber keine Unterlagen, und es kann ebensogut sein, daß ich in zartem Alter über Terra abgeworfen worden bin.

Jedenfalls landete ich schließlich auf dem New Yorker Raumhafen. Ich hatte genug Kleingeld in der Tasche, um ein paarmal zu essen und mit dem Bus in die Stadt zu fahren, und das war so ziemlich alles. Viel Sinn hatte es für mich nicht, nach New York City zu gehen. Der Raumhafen war praktisch eine Stadt für sich, und wenn Arbeit zu finden war, dann hier.

Im Gedanken daran, daß sogar einem zum Tode Verurteilten eine gute Mahlzeit zusteht, suchte ich mir eine billige Kneipe auf der Nordseite und entdeckte den Wohlgeschmack der Ersatzspeisen wieder. Es war das erste beinahe anständige Essen nach zwei Jahren, und ob es nun aus Algen bestand oder nicht, es war ein Festschmaus, verglichen mit Nahrungspaste oder dem Gras eines fremden Planeten.

Nachdem mein Magen angenehm gefüllt war, lehnte ich mich zurück und überließ mich ein bißchen einem harmlosen Selbstmitleid.

Das öffnete die Tür.

– Es wird nichts besser dadurch, daß du darüber weinst.

Ich erklärte, daß ich nicht weinte. Ich bin absolut kein Sklave meiner Emotionen. Ich setzte dem *Wind* auseinander, daß ich lediglich die unglücklichen Aspekte meiner Situation bedauerte.

– Du bist ein Heuchler, Grainger. Du bist kein Mann aus Stahl, sagte der *Wind*. Du hast Gefühle wie jeder andere. Du schämst dich nur, das zuzugeben.

Der *Wind* war noch nicht lange bei mir, also wußte er noch nicht genau über mich Bescheid. Er saß in meinem Gehirn, aber er war weit davon entfernt, mich zu kennen, geschweige denn, mich zu verstehen.

Laß mich in Frieden, verlangte ich. Ende der Debatte. Damals entschied ich mich, an ihn als ein männliches Wesen zu denken. Nicht, daß an seiner Stimme oder seinem Betragen etwas Maskulines gewesen wäre. Es gab einfach keinen Grund, seiner Gegenwart eine sexuelle Komponente beizufügen, indem ich mir eine »Sie« vorstellte. Der Wind hatte mir nichts über sich selbst erzählt außer der einen Tatsache, daß er ebenso wie ich auf dem Felsenplaneten Schiffbruch erlitten hatte. Ich wußte nichts über seine Art oder seine Geschichte – nur, daß er für das ganze Leben bei mir bleiben würde, und daß er durchaus die Absicht zu haben schien, sein neues Heim mit

Achtung zu behandeln. Ich habe gehört, daß Kinder oft mit unsichtbaren Gefährten reden, daß sie aber darüber hinauswachsen. Manchmal frage ich mich, ob sie nicht nur darüber hinauswachsen, anderen Leuten von ihren Gefährten zu erzählen.

Es ging auf Mitternacht, und der Wirt warf mich hinaus, obwohl ich gern noch auf meinem Stuhl sitzengeblieben wäre. Kaum stand ich draußen in der Kälte, als mir auch schon wieder mein Problem ins Gesicht starrte: Wohin sollte ich gehen, und was sollte ich tun?

Ich mußte Hérault aufsuchen. Auf dem ganzen Planeten, und ganz gewiß in New York, gab es keinen einzigen anderen Menschen, zu dem ich gehen konnte. Und doch zögerte ich, denn wahrscheinlich gab es Herault nicht mehr. Als ich ihn vor sieben Jahren zuletzt gesehen hatte, schien er alterslos und unzerstörbar zu sein. Aber er war alt gewesen. Heutzutage ist es unter terranischen Bedingungen, und erst recht unter New Yorker Bedingungen, eine Seltenheit, wenn ein Mann die Sechzig erreicht, und Herault mußte schon vor zehn Jahren älter als sechzig gewesen sein. Die Gifte der Erde sammeln sich in ihren Kindern an, ganz gleich, wie stark und unbezwinglich sie sein mögen. Und die geistige Anstrengung, ein Leben zu führen, das über unser Verstehen hinausgeht, zehrt an allen von uns. Herault mochte noch am letzten Tag seines Lebens gearbeitet haben. Aber ewig leben konnte er nicht.

Ich wollte nicht an Heraults Tür klopfen und dann einem Fremden gegenüberstehen, der mir ungerührt mitteilen würde, ein Mann dieses Namens wohne nicht hier. Doch was konnte ich sonst tun?

Ich war zehn Meilen von Heraults Wohnung entfernt, und ich war bereits drei oder vier vom Landeplatz bis zu der Kneipe gewandert. Aber irgendwie brachte ich meine Füße in der entsprechenden Richtung in Marsch. Nach zwei Jahren auf Lapthorns Grab (so benannte ich den Planeten in einem Augenblickseinfall) war ich nicht im besten Gesundheitszustand, und so wurden es zehn sehr lange Meilen. Ich brauchte dazu mehr als drei Stunden, und als ich ankam, war ich steifgefroren und zu Tode erschöpft.

Kein Lebenszeichen war zu sehen. Herault hatte über seiner

Werkstatt gewohnt, wo er Bestandteile aller möglichen Vehikel reparierte – von Autos, Schiffen und sogar Jets. Der Laden hätte vollgestopft sein müssen mit Werkzeugen, Drehbänken, angefangenen Arbeiten, allem möglichen Schrott und dem Geruch nach Öl. Er war es nicht. Ich trat ein, indem ich die unverschlossene Tür öffnete. Schon vor langer Zeit mußte hier alles leergeräumt worden sein. Nur das winzige Büroabteil in einer Ecke war übriggeblieben. Ich schaltete das Licht ein und zog die Schublade des Schreibtischs heraus.

Nichts. Nicht einmal ein Fetzen Papier. Also war Herault tot. Er war ausgelöscht, weggewischt vom Antlitz der Erde.

Der Stuhl im Büro hatte Scharniere und konnte zu einem Behelfsbett ausgezogen werden. Herault hatte mit seiner Arbeit gelebt. Er schlief nicht hier unten, weil er mußte – er hatte sein eigenes Bett oben. Er pflegte gelegentlich hier zu schlafen, weil es ihm so gefiel, weil er ganz nah bei seinem Werk sein wollte. Auch ich hatte manchmal hier geschlafen, aber das war beinahe zwanzig Jahre her. Ich richtete mir das Bett her und legte mich darauf nieder.

Es war zu kalt, um gemütlich zu sein, und doch überkam mich nach einiger Zeit der Schlaf.

II

Als ich am Morgen aufwachte, stand jemand neben meinem Bett.

»Wie spät ist es?« fragte ich und versuchte, meine Augen zu fokussieren.

»Elf Uhr«, antwortete er und setzte hinzu. »Mr. Grainger.«

Ich richtete mich auf und sah ihn scharf an. Er war jung – vielleicht zwanzig oder einundzwanzig. Er wirkte ganz ruhig. Falls er überrascht gewesen war, mich vorzufinden, war er mittlerweile mit seiner Überraschung fertiggeworden. Und er wußte meinen Namen.

»Leute, die mich kennen«, stellte ich fest, »reden mich mit

›Grainger‹ an. Folglich kennst du mich nicht. Woher weißt du dann, wer ich bin?«

»Als ich Sie das letzte Mal gesehen habe, habe ich Sie mit ›Mr. Grainger‹ angeredet.«

Vor sieben Jahren. Als ich das letzte Mal bei Herault gewesen war. Im Laden war ein Kind. Sein Enkel. Die Eltern gingen nach Penaflor, weil Heraults Schwiegersohn dort Arbeit gefunden hatte. Herault konnte ihn nicht leiden. Nun, mit seiner Tochter war er auch nicht allzu gut ausgekommen. Aber mit dem Kind war es etwas anderes. Herault hatte es zu sich genommen. Dieses Kind war jetzt erwachsen.

»Johnny«, sagte ich. »Ich erinnere mich an dich. Den Namen deines Vaters habe ich vergessen.«

»Socoro«, informierte er mich. »Ich bin Johnny Socoro.« Er streckte mir die Hand hin. Ich schüttelte sie langsam.

»Großvater ist tot«, ergänzte er.

»Ich weiß.« Ich ließ meinen Blick durch die leere Werkstatt schweifen.

»Ich hätte das Geschäft gern weitergeführt, aber ich hatte keine Chance. Mit der technischen Seite kannte ich mich aus, mit der kaufmännischen leider nicht. Und die Zeiten waren schon schlecht geworden, noch bevor er starb. Keine Arbeit im Hafen, also auch nichts zu reparieren. Ich machte den Laden dicht und besorgte mir eine Stellung bei der Linie, bevor es zu spät war.«

»Dann bist du Raumfahrer?«

»Nein. Hier wird kein fliegendes Personal ausgebildet. Ich bin bei der Wartungsmannschaft. Ich möchte gern in den Raum, aber davon hält die Gesellschaft nicht viel. Denen geht es wie allen. Wir sind hier auf der Erde in einer Sackgasse. Wenn Sie eine Hilfskraft in Ihrem Schiff brauchen, wäre ich Ihnen dankbar für jede Arbeit.«

»Habe keins«, eröffnete ich ihm.

»Was ist passiert?«

»Habe vor zwei Jahren eine Bruchlandung am Rand des Halcyon-Nebels gemacht. Vor einer oder zwei Wochen wurde ich von einem Vermessungsschiff gerettet. Mir ist nichts geblieben außer kolossalen Schulden und ein paar Kostbarkeiten, die meinem Partner gehörten.«

»Möchten Sie Frühstück?«

»Na klar. Aber müßtest du nicht zur Arbeit?«

Er schüttelte den Kopf. »Nichts unten. Ich habe erst morgen wieder zu tun, wenn die *Abbenbruck* von Templar eintrifft.«

Es war für mich etwas Neues, daß es im Raumhafen von New York nichts zu tun gab. Das bedeutete, daß die Linien jetzt andere Planeten als Knotenpunkte hatten, vermutlich Penaflor oder Valerius. Ich konnte mich noch an die Zeit erinnern, wo die Erde der Mittelpunkt des menschlichen Universums gewesen war, und ich betrachtete mich noch nicht als alt. Der Wechsel war sehr schnell gekommen. New Rome hatte sein interstellares Recht aufgebaut, New Alexandria beherrschte den Markt für außermenschliches Wissen, Information und Datensammlung. Es war unvermeidlich, daß die Raumschifflinien der allgemeinen Entwicklung folgten. Im Gebiet der heißen Zentralsterne, wo es massenhaft Energie gab, war ein von Penaflor bis Anselm reichender Schwerindustriegürtel entstanden. Die Erde hatte nichts mehr, bis auf ihre Bevölkerung. Und auch die schwand durch den ständigen Strom der Auswanderer.

Das Frühstück war gut.

»Alles Ersatz, tut mir leid«, sagte Johnny.

»Bis gestern abend habe ich von Kaninchenfutter und Nahrungspaste gelebt«, gab ich zurück. »Es schmeckt großartig.«

»Die Arbeit im Hafen wirft nicht allzu viel ab«, erklärte er.

»Geh nach Penaflor«, riet ich. »Wenn Herault dich unterrichtet hat, mußt du genug können, um es dort zu etwas zu bringen. Entgegen ihrem Ruf bringen diese Schwermetallwelten keine zähen Menschen hervor. Sie sind voll von Schwächlingen, die auf leichte Weise Geld machen wollen. Da wirst du auch ein gutes Schiff bekommen, wenn du in den Raum willst.«

»Wie schon gesagt, ich verdiene nicht viel. Sie wollen mich meine Passage nicht abverdienen lassen, und bezahlen kann ich sie auf keinen Fall.«

»Du könntest in kurzen Sprüngen hinkommen. Philo, Adlai,

Valerius oder so ähnlich. Arbeite auf jedem Planeten so lange als Schiffskratzer, bis du das Geld für den Flug zum nächsten beisammen hast. Je weiter du kommst, desto leichter wird es werden. Schwierig ist nur der erste Schritt.«

»Daran habe ich auch schon gedacht.«

»Und?«

»Ich denke immer noch.«

»Okay, Johnny«, sagte ich. Mir wurde bewußt, daß ich den Jungen etwas zu sehr bedrängt hatte. »Tut mir leid, es hat ja keine Eile. Mach es, wann und wie du willst.« Dieser väterliche Ton war auch falsch, dachte ich. Also hielt ich den Mund und konzentrierte mich auf mein Essen.

»Was wollen Sie jetzt tun?« fragte er, als er den Kaffee brachte.

»Ich weiß es nicht«, gestand ich. »Ich kenne hier keinen Menschen.«

»Warum sind Sie hier gelandet und nicht im Inneren Kreis? Da würde es Ihnen viel besser gehen. Haben Sie nicht daran gedacht, daß auf der Erde gar nichts mehr los ist?«

»Ich wußte, daß ich von New Rome aus die falsche Richtung einschlug«, gab ich zu. »Aber mir wurde ein Flug hierher angeboten. Und ich war in derselben Lage wie du. Kein Geld, keine Aussichten. Außerdem ist da noch Lapthorns persönlicher Besitz. Es ging mir durch den Sinn, ich könnte ihn im Heim seiner Väter abliefern.«

»Was ist das für Besitz?«

»Nur Trödel. Aber Mama und Papa hätten ihn vielleicht gern, jetzt, wo keine Briefe mehr von ihm eintreffen. Es könnte auch sein, daß sie die Hoffnung hegen, er sei noch am Leben. Ich sollte sie lieber aufsuchen.«

»Wissen Sie denn, wo sie sind?«

»Ich habe sie nie kennengelernt, aber er hat mir soviel von ihnen erzählt, daß es leicht sein müßte, sie zu finden. Vater, Mutter und eine Schwester in blühendem Wohlstand, verwurzelt in der guten alten Erde von Illinois. Haus und großer Grundbesitz. Die Telefonnummer läßt sich ohne Schwierigkeiten feststellen.«

»Sie scheinen bei dem Gedanken nicht glücklich zu sein.«

»Ich habe Angst vor der Sache. Was soll ich ihnen sagen? Können Sie mir das Fahrgeld zu Ihrem Familiensitz schicken, damit ich Ihnen alle Einzelheiten vom Schiffbruch der *Javelin* erzählen und Ihnen eine genaue Beschreibung des Felsens geben kann, wo Ihr Sohn vermodert? Verdammt, jetzt, wo ich nicht mehr da bin, um es aufzurichten, wird nicht einmal das Kreuz mehr stehen.«

»Unten ist ein Telefon«, erklärte der Junge.

Ich wollte mich später mit dem Problem befassen, nicht jetzt. Ich würde mir wie ein Schwein vorkommen, wenn ich Lapthorns Vater um Geld angehen mußte, um ihm die armselige Hinterlassenschaft seines Sohnes überbringen zu können.

– Du bist zu arm, um dir Stolz erlauben zu können, schaltete der *Wind* sich ein.

Das weiß ich, erwiderte ich, und ich muß es gemurmelt oder doch wenigstens meine Lippen bewegt haben, denn Johnny fragte: »Wie bitte?«

»Nichts. Ich habe mit mir selbst gesprochen.« Wieder verfiel ich in Schweigen. Ich dachte an das Telefon, Lapthorn senior und eine teure Zugfahrt.

»Sie erwähnten kolossale Schulden«, meldete sich Johnny. »Wie sind Sie dazu gekommen?«

»Eine gemeine Bande namens Caradoc-Gesellschaft hat mir die Rettung von dem Planeten, wo ich abstürzte, in Rechnung gestellt. Sie brachten mich nach New Rome und ließen mich zur Zahlung von zwanzigtausend verurteilen.«

»Teufel!« Johnny war gebührend beeindruckt. »Wie kamen sie auf diese Summe?«

Ich zuckte die Schultern. »Wahrscheinlich dachten sie, so groß müsse meine Dankbarkeit sein.«

»Caradoc ist doch die Firma, die eine Flotte im Halcyon-Nebel hat, nicht wahr?« fragte der Junge. »Auf der Suche nach der *Lost Star*.«

Mit einem Mal ging mir ein gewaltiges Licht auf. Das Signal der *Lost Star* war der Sirenengesang des tiefen Raums. Es konnte im ganzen Halcyon-Nebel und ein gutes Stück darüber hinaus gehört werden. Aber wegen der Raumkrümmungen innerhalb des Nebels konnte seine Quelle nicht festgestellt werden. Dieses Signal hatte schon einige gute Männer zu einem vorzeitigen Tod in den Dunkelnebel gelockt. Eine Menge Schiffe, deren Kapitäne weder Verstand noch Zeit zu verlieren hatten, waren auf die Suche nach der *Lost Star* gegangen. Es gab jedoch keine Karten von dem Nebel. Dafür gab es Staubwolken im Überfluß, und je weiter man hineinkam, desto verzerrter war der Raum, in dem man flog. Das Zentrum war mit Überlichtgeschwindigkeit einfach unerreichbar. Ein langsames Schiff mit schwerem Schutzschild und einem gesunden Massenreduktionsantrieb konnte die *Lost Star* eventuell erreichen, wenn es imstande war, sie zu finden. Aber sonst gab es keine Chance. Die Raumverzerrungen würden ein Schiff in Stücke brechen.

In den Außenzonen arbeiteten Schiffe – gewöhnlich khormonische Schlepper. Aber jetzt hatte Caradoc eine Flotte von Vermessungsschiffen dort. Und das war der Grund, warum Axel Cyran so außer sich gewesen war. Seine Nerven hatten im Nebel gelitten, und dann war allem die Krone dadurch aufgesetzt worden, daß er das falsche Signal anpeilte. Ich konnte verstehen, daß er gar nicht erfreut war, als sich die *Lost Star* als ein schiffbrüchiger Pirat entpuppte. Trotzdem blieben die zwanzigtausend ein schmutziger Trick.

»Sie müssen verrückt geworden sein«, stellte ich fest. »Sie werden Schiffe und Besatzungen verlieren, und selbst wenn sie eine winzige Chance hätten, die *Lost Star* zu finden, was sie nicht haben, dann werden sie das investierte Geld nie herausbekommen.«

»Man sagt, die Ladung soll sehr wertvoll sein.«

»Man sagt es, aber man weiß es nicht. Jedes Schiff, dessen Signal seit achtzig Jahren zu hören ist, wird romantische Erzählungen über verlorengegangene Schätze hervorrufen. Aber es gibt keine Ladung, die das Risiko wert wäre.«

»Vor einem Jahr war die *Lost Star* viel im Gespräch, weil New Alexandria eine Erfolgsprämie für die Bergung ihrer Fracht aussetzte. Niemand wollte ihr in die Nähe kommen, und es gab so etwas wie einen Aufruhr, als jemand versuchte, den Halcyon-Nebel zum verbotenen Territorium erklären zu lassen, um jeden Versuch zu stoppen. Aber Caradoc sucht nach einem Weg, die Konkurrenz im Inneren Kreis zu überflügeln. Sie sind gierig, und sie meinen, daß die Bergung der *Lost Star* ein paar Monate Suche wert sei. Sie haben ungefähr dreißig Schiffe im Nebel, die das Zentrum aus allen Winkeln vermessen, und sie versuchen, das Gebiet einzuengen, wo die *Lost Star* sein könnte.«

»Nun«, bemerkte ich, »ich halte es immer noch für verrückt. Es ist eine Verschwendung von Zeit und Material, und ich hoffe, Caradoc wird es bedauern. Sie werden aufhören, sobald sie Verluste an Menschen haben werden. Das lassen sich die Schiffsbesatzungen nicht bieten. Ich würde ganz bestimmt nicht die besten Jahre meines Lebens darauf wenden, für einen hirnlosen, fettarschigen Caradoc-Direktor im Halcyon herumzusausen.«

Wir beendeten das Gespräch, um den Frühstückstisch aufzuräumen. Ich dachte, Johnny könnte eines Tages ein guter Ingenieur werden. Falls ich jemals wieder ein Schiff bekam, könnte er Lapthorns Stelle einnehmen. Er sah ein bißchen wie ein Lapthorn-Typ aus.

»Das Telefon«, erinnerte er mich.

»Ach ja. Das Telefon.« Langsam und widerstrebend stand ich auf.

»Mr. Grainger . . .«, begann er.

»Grainger«, berichtigte ich.

»Haben Sie keinen Vornamen?«

»Nein.«

»Also gut, Grainger . . .« Er hielt wieder inne.

»Was gibt's?«

»Wenn du dich zu den Zentralwelten vorarbeiten willst, würde ich gern mit dir kommen. Das heißt, wenn es dir recht ist.«

»Das ließe sich machen. Aber rechne noch nicht fest damit.«

Er bedankte sich herzlich.

III

Eine Frau kam ans Telefon – eine Frau mittleren Alters, die sich von ihren Jahren nicht unterkriegen ließ. Schon die Art, wie sie den Bildschirm einschaltete und mich betrachtete, verriet ein lebhaftes und energisches Wesen.

»Ja?« In ihrer Stimme schien eine gewisse Feindseligkeit mitzuschwingen, aber das konnte ich mir auch nur einbilden. Ich entschied, daß ein bißchen Feigheit angesichts des Feindes erlaubt sei.

»Ich möchte gern mit Mr. William Lapthorn sprechen, wenn es möglich ist.«

»In welcher Angelegenheit?« fragte sie mißtrauisch.

»In einer persönlichen Angelegenheit.« Mir war höchst unbehaglich zumute, aber ich wußte nicht, wie ich mich der Dame gegenüber verhalten sollte.

»Und wer sind Sie«

»Mein Name ist Grainger!«

Tödliches Schweigen. Ihr Gesichtsausdruck änderte sich nicht. Und doch meinte ich, in ihren Augen zu lesen, daß sie meinen Namen kannte. Ich brauchte meine ganze Kraft, mich natürlich zu benehmen.

»Es ist wegen Ihres Sohnes. Wir arbeiteten zusammen.« Ich hoffte, der Gebrauch der Vergangenheit werde bei ihr keine Hysterie hervorrufen. Sie war jedoch kein hysterischer Typ.

»Sagen Sie mir, was Sie zu sagen haben«, forderte sie mich auf.

»Es ist zwei Jahre her.« Ich gab mir Mühe, nicht zu kalt und mechanisch zu sprechen. »Die *Javelin* stürzte im Halcyon-Nebel ab. Ich bin erst vor einigen Tagen gerettet worden. Gestern kam ich auf der Erde an. Ich habe ein paar Sachen Ihres Sohnes bei mir.«

Die Frau verschwand vom Bildschirm. Jemand zog sie beiseite, damit er selbst einen Blick auf mich werfen konnte. Einen kurzen Moment blieb mein Schirm leer. Dann erschien ein Mann, der offensichtlich Lapthorns Vater war. Die Ähnlichkeit war nicht groß, aber erkennbar, besonders um Kinn und

Mund. Seine Augen waren völlig anders als die seines Sohnes. In Lapthorns Augen hatten sich tausend fremde Sonnen widergespiegelt.

»Wo sind Sie?« fragte William Lapthorn ruhig. Mich durchfuhr plötzlich die Erkenntnis, daß er nicht alt genug war, um mein Vater zu sein. Lapthorn war sozusagen aus der Wiege in die *Feuerfresser* gestiegen, als ich schon eine Reihe von Jahren für Herault gearbeitet hatte. Der Altersunterschied war mir bis jetzt nie zu Bewußtsein gekommen.

»Ich bin am New Yorker Raumhafen.«

»Können Sie hierherkommen?«

Ich zögerte.

»Kein Geld?«

»Kein Geld«, bestätigte ich. Es war überraschend leicht. Ich brauchte ihn nicht einmal darum zu bitten.

»Ich überweise Ihnen etwas an die nächste Kommunikationsstelle.«

»Ich bin im nördlichen Abschnitt«, sagte ich.

»Wie ist Ihr voller Name?«

»Nur Grainger. Es wird keine Rückfrage geben; meine Identifikation ist gespeichert. Geben Sie an, daß ich gestern gelandet bin. Das wird die Hafenverwaltung bestätigen.«

»Kommen Sie, so schnell es Ihnen möglich ist. Am Telefon können wir nicht miteinander reden.« Diese letzte Bemerkung war wohl ebenso an seine Frau gerichtet wie an mich.

»Gut, Mr. Lapthorn. Danke.« Er schnitt meinen Dank ab, indem er die Verbindung unterbrach.

Johnny brachte mir meinen Packsack. »Kriegen Sie das Geld?« fragte er.

»Ich kriege es«, antwortete ich ein bißchen mißmutig. Dann klopfte ich ihm auf die Schulter. »Danke für das Frühstück, Johnny. Ich komme zurück, sobald ich mit Lapthorns Vater gesprochen habe.«

»Bis dann, Grainger«, rief er mir nach, als ich aus der Tür ging. Ich winkte ihm zu.

Die Kommunikationsstelle war gleich die Straße hinunter und um die Ecke. Obwohl es später Vormittag war, wirkte alles wie ausgestorben. Vielleicht blieb der ganze nördliche Abschnitt im Bett, wenn Johnnys Linie kein Schiff unten hatte.

Ich wählte das Kybernetz von Illinois durch und identifizierte mich. Das New Yorker Netz überprüfte und bestätigte meine Identifikation. Danach war ich berechtigt, einen Geldbetrag vom Lapthornschen Konto in Empfang zu nehmen. Aus dem Ausgabeschlitz flatterte eine gelochte Kreditkarte. Ich betrachtete sie, konnte aber nicht daraus klug werden. Diese Dinge pflegten sich zu schnell zu ändern.

Ich tippte eine Frage nach dem Wert der Karte in die Tastatur. Es wurde »sechshundert« ausgedruckt. Das war viel. Damit konnte ich viel weiter kommen als bis Illinois. Für ein Zehntel des Betrages konnte ich einen Jet nach Chicago und einen Zug bis zu den Lapthorns nehmen. Was versucht der alte Lapthorn zu kaufen? fragte ich mich.

– Er kann dich nicht für lausige sechshundert kaufen, bemerkte der *Wind*. Ich hatte den Eindruck, daß er dabei hämisch grinste. Du bist zwanzigtausend wert.

Und zusätzlich zweihundert im Monat für die Versicherung, damit ich nicht zu einfach davonkomme, ergänzte ich. Trotzdem sind sechshundert eine Menge Kleingeld.

– Der alte Knabe weiß, daß du am Boden bist. Er weiß auch, daß du der Busenfreund seines Sohns warst. Er glaubt, du hast eine Pilgerfahrt nach Terra gemacht, nur um von seinem Tod zu erzählen und seine irdischen Besitztümer abzuliefern. Deshalb kann er dich doch nicht ohne das Geld für eine Mahlzeit lassen. Er versucht, dir zu helfen.

Danke, antwortete ich. Du bist ein großer Trost für einen in Not geratenen Raumfahrer.

– Gern geschehen, versicherte mir der *Wind*.

Mir fiel auf, daß er allmählich wie ich sprach. Er grub sich immer tiefer ein. Würde der Tag kommen, an dem ich mehr er als ich war? Er gab keinen Kommentar.

Von der Kommunikationsstelle bis zum Inland-Jetflughafen waren es nur ein paar Meilen, aber ich rief mir ein Taxi. Wenn ich William Lapthorn für seine großzügige Spende etwas schuldete, dann war es Beeilung.

Im Flugzeug dachte ich darüber nach, wie die Eltern sein

mochten, die einen Lapthorn hervorgebracht hatten. Noch hatte ich zu wenig von ihnen gesehen, um mir ein Urteil erlauben zu können. In welchem Heim war Lapthorn aufgewachsen, daß aus ihm eine so seltene Mischung von Verwundbarkeit und Unzerstörbarkeit werden konnte? Er war zwanzig gewesen, so alt wie Johnny Socoro, als die *Feuerfresser* zum ersten Mal den Boden eines fremden Planeten berührte. Als die *Javelin* abstürzte, war er fünfunddreißig. Fünfzehn Jahre sind eine lange Zeit, wenn man ständig fremde Luft und fremde Gedanken einsaugt. Ich war ein Gutteil älter und aus hartem Stein gemacht, und doch war es ein Wunder, daß ich überlebte. Wieviel größer war das Wunder, daß Lapthorn immer noch ungeschwächt, unverletzt und unbesiegt gewesen war.

Konnte dasselbe von seinen Eltern gesagt werden? Ungeschwächt, unverletzt und unbesiegt? Waren sie noch dieselben wie an dem Tag, als er in den tiefen Raum aufbrach? Vielleicht hatten die siebzehn Jahre sie in ihrer stabilen Umgebung gar nicht berührt.

All das war nicht reine Phantasie. Ich hatte immer den Eindruck gehabt, daß die Reichen so lebten – in zeitloser Isolation, geschützt vor allem Bösen durch die Mechanisierung ihrer Häuser und ihres Lebens. Sie verkümmerten geistig und sozial, weil sie es nicht nötig hatten, ihren Verstand zu gebrauchen.

– Du hast Angst vor diesen Leuten.

Ich habe keine Angst. Sie können mir nichts tun. Aber ich mag sie nicht. Das kann ich nicht.

– Du hast sie nicht einmal gesehen.

Das ändert nichts. Ich mag sie nicht, und ich will sie nicht mögen. Unsere einzige Verbindung ist Lapthorn, und das ist nichts als ein schlechter Witz. Denn der Lapthorn, den ich kenne, und der Lapthorn, den sie kennen, sind zwei völlig verschiedene Personen. Wir würden nicht einmal zusammenpassen, wenn das Verbindungsglied noch lebte und bei uns wäre. Es ist sinnlos.

– Deine geistigen Fähigkeiten werden ständig blockiert von Unlogik und Mangel an Verständnis. Bist du nicht einmal zu einer so einfachen Aufgabe fähig wie der Übergabe der

Habseligkeiten deines Partners an seine nächsten Angehörigen? Ist das eine individuelle Schwäche oder ein Charakteristikum deiner Rasse?

Schon gut, räumte ich ein, ich habe gewisse Schwächen. Na und? Es sind ganz allein meine Schwächen. Welche die menschliche Rasse im allgemeinen hat, geht mich nichts an.

– Warum benutzt du keinen Vornamen, Grainger?

Weil man mir keinen gegeben hat.

– Ich weiß, daß deine unbekannten Eltern dir keinen als Abschiedsgeschenk hinterlassen haben. Aber das ist doch nicht die einzige Möglichkeit, zu einem Namen zu kommen. Warum tust du dir nicht einen Gefallen und gibst dir selbst einen?

Ich brauche keinen Vornamen.

– Du willst keinen Vornamen. Wenn du einen hättest, könnte es ja so aussehen, als seist du ein Mitglied der menschlichen Rasse, als würdest du wirklich existieren und nicht nur eine Legende der Randwelten sein.

Du bist also plötzlich ein Experte für menschliche Psychologie geworden.

– Ich bin ein Experte für deine Psyche, Grainger, und ich lerne immer mehr dazu. Ich nehme an deinen Gedanken, Gefühlen, Entscheidungen teil. Dein Gehirn, mein Freund, ist nicht gerade das behaglichste für mich. Ich würde es sehr zu schätzen wissen, wenn du es ein bißchen aufräumen würdest. Schließ Frieden mit dir selbst und dem Universum.

Wenn ich gewußt hätte, daß du mich erziehen willst, hätte ich dich nicht eingelassen, erwiderte ich. Mir ist es verdammt gleichgültig, ob mein Gehirn deiner Vorstellung vom Garten Eden entspricht. Wenn dir meine Gedanken nicht gefallen, hau ab.

– Ich bleibe bei dir, bis du stirbst. Das weißt du.

Also bleibst du bei dem Ego, das du kennst und von dem du offensichtlich nicht besonders viel hältst. Du kannst in meinem Gehirn leben, aber du kannst es nicht ändern. Darum vergiß es. Ich brauche deine Hilfe nicht. Du bist mir willkommen, solange du dich ruhig verhältst.

– Da kann ich deinen Wünschen nicht ganz nachkommen, mein lieber Wirt. Ich finde, du brauchst gelegentlich eine

Ermahnung, wenn du dich wie ein Narr aufführst. Und eines Tages könntest du auch meine Hilfe brauchen.

Danke, das wird nicht nötig sein.

– Wir werden sehen.

Soll ich mich an dich wenden wie an ein Orakel, oder sollen wir demokratisch abstimmen? bemerkte ich.

Er begriff den Sarkasmus und hüllte sich in Schweigen.

Vom vielen Denken hatte ich einen schlechten Geschmack im Mund. Die schweigende Konversation mit dem *Wind* nahm einen mit. Ich raffte mich auf, meine Umgebung zur Kenntnis zu nehmen, und kehrte ins Lager der Noch-nicht-Toten zurück.

IV

Das Besitztum der Lapthorns lag gleich hinter Aurora. Der Zug hielt in einem Städtchen, das ebenso verlassen wirkte wie der Raumhafen. Die ganze Erde schien zu schlafen.

Am Bahnhof wartete ein Wagen auf mich mit einem hellhaarigen, kleinen Burschen am Steuer, der sich nicht vorstellte, aber wohl ein Angestellter sein mußte. Ich dachte mir, daß die Lapthorns alle zu Hause und vollauf damit beschäftigt waren, sich auf die Ankunft eines Mannes vorzubereiten, der das Nächstbeste nach dem verlorenen Sohn darstellte. Der Wagen war ein feines, tadellos lackiertes Luftkissenauto. Irgendein armer Ingenieur hatte sein ganzes Herz hineingelegt, daß es sich wirklich so benahm, wie die Werbung versprach. So etwas hatte für Herault den Wert des Lebens ausgemacht.

Das Haus war groß und das Grundstück entsprechend eindrucksvoll. Seit die Auswanderung die Bevölkerung der Erde um siebzig oder achtzig Prozent reduziert hat, sollte großer Landbesitz eigentlich seinen Wert als Statussymbol verloren haben und ein bißchen lächerlich wirken, aber er war immer noch sehenswert. Sicher stammte das Gras aus den Anden und die Bäume aus Australien oder Alaska. Es hatte einmal eine Zeit gegeben, als neunundneunzig Prozent der nordöstlichen Staaten unter Beton lagen und nichts frei lebte als Fliegen, Ratten, Menschen und anderes Gewürm. Dann war alles wieder urbar gemacht worden. Von diesem Land stammten die Nahrungsmittel, mit denen die Lapthorn-Familie seinerzeit ihr Vermögen erworben hatte.

Die Innenausstattung war fabelhaft. Man konnte die Vornehmheit zwischen den Fingern fühlen. Dazu paßte es nicht ganz, daß zehn Minuten lang niemand ein Wort mit mir sprach. Und dann dauerte es noch lange, bis wir auf den Kern der Sache kamen.

Wir saßen zu viert im Kreis. Man hatte mir zu essen und zu trinken angeboten, und ich hatte abgelehnt. Man hatte mich dreimal willkommen geheißen und mir gedankt. Jetzt näherten wir uns dem Hauptpunkt. Lapthorn junior war tot und ich nicht. Was, zum Teufel, war mehr zu sagen?

Mrs. Lapthorn saß zu meiner Linken und beugte sich wie ein Raubvogel vor, um mir die Worte von den Lippen zu schnappen. William Lapthorn saß mir in majestätischer Ruhe gegenüber. Der Lapthorn-Mund bildete eine gerade Linie. Eve Lapthorn, die Schwester, hatte den Platz zu meiner Rechten. Sie schien noch nicht recht zu wissen, was sie sagen oder tun sollte. Ich hatte das seltsame Gefühl, daß sie der einzige lebende Mensch im Zimmer sei.

Ich erzählte ihnen, wie ich Michael Lapthorn kennengelernt hatte, und es war eine ständige Anstrengung für mich, ihn mit seinem Vornamen zu bezeichnen. Wenn ich mit ihm sprach, hatte ich so gut wie nie einen Namen gebraucht. Das ist nicht nötig, wenn man so eng zusammenarbeitet. Aber gedacht hatte ich an ihn immer als Lapthorn. Wir waren uns natürlich das erste Mal bei Herault begegnet. Ich hatte etwas Geld, und Michael hatte etwas Geld. Insgesamt reichte es gerade für ein billiges Raumschiff, und das war es, was wir beide wollten. Wir hatten uns keine Gedanken darüber gemacht, ob wir zueinander paßten.

Kurz berichtete ich von unseren Jahren im Raum. Ich ging nicht darauf ein, welcher Abgrund zwischen Lapthorns Natur und meiner, zwischen Lapthorns Wünschen und Bedürfnissen und meinen klaffte. Sie hatten sich schon aus seinen Briefen ein eigenes Bild geformt, und ich hatte nicht die Absicht, irgendwelche Illusionen zu zerstören.

Ich teilte ihnen mit, wie wir mit der *Javelin* in Schwierigkeiten gerieten, weil eine Staubwolke entweder eine Raumverzerrung oder Strahlung aus dem Nebel herantrug, während wir von Hallsthammer nach Adadict unterwegs waren, und wie die zurücktreibende Wolke uns in den Nebel hineinzog. Ich erwähnte nicht, daß der Idiot, der den Kurs so messerscharf am Nebel vorbei gelegt hatte, ich war, weil ich hatte Energie sparen wollen. Ebensowenig wies ich darauf hin, daß es an Lapthorn gelegen hatte, wenn wir knapp an Energie waren. Ich gab ihnen nur die nackten Tatsachen.

Ich erzählte ihnen, wie die Kontrollen blockiert hatten, nachdem wir einmal im Nebel drin waren, und wie es mir unmöglich gewesen war, die Geschwindigkeit herabzusetzen, bis die Raumverzerrung unseren Schutzschild wegriß und uns unsere Energie nahm, so daß wir keine Hoffnung mehr hatten, wieder herauszukommen. Ich beschrieb unsere letzte Landung – wie ich nach einem Stern gesucht und mich mit allem Optimismus, den ich aufbringen konnte, in das System hineingestürzt hatte, und wie ich die *Javelin* auf einen Planeten hinunterbrachte, auf dem wir *vielleicht* überleben konnten. Ich konnte ihnen nicht gut auseinandersetzen, wieviel Glück ich gehabt hatte, denn sie dachten an nichts anderes, als wieviel Unglück Lapthorn gehabt hatte. Irgendwie hatte er den Antrieb trotz des Energieabflusses am Leben erhalten. Er ermöglichte es mir, die *Javelin* hinunterzubringen, aber ich brachte sie nicht in einem Stück hinunter. Wir fielen wie ein Stein. Vergeblich versuchte ich, das Schiff abzufangen. Das eine oder das andere Ende mußte als erstes aufprallen und zerschellen. Es war das hintere Ende.

Michael Lapthorn starb.

Amen.

Meine Zuhörer schwiegen und verarbeiteten den Bericht. Mutter traute mir nicht und mochte mich nicht. So wie sie es sah, hatte ich schuld. Mir war das Leben ihres Sohnes anvertraut gewesen, und ich war achtlos genug gewesen, ihr

Spielzeug zu zerbrechen. Schlimm, schlimm. Vater dagegen akzeptierte die Unvermeidlichkeit der Ereignisse. Laß dir gegenüber dem armen Grainger bloß keine Feindseligkeit anmerken. Das wäre unsportlich. Eve kam sich ein bißchen verloren vor. Vielleicht konnte sie sich an den lieben Michael nur noch mit Mühe erinnern. Sie war ein kleines Kind gewesen, als er wegging.

All das wußte ich, noch bevor einer von ihnen den Mund aufmachte.

»Sie sind ganz anders, als ich Sie mir nach Michaels Briefen vorgestellt hatte«, meinte der alte Herr schließlich. Okay, dachte ich, lassen wir das Thema fallen. Reden wir von mir, wenn sie das vorziehen.

»Tut mir leid«, sagte ich. »Ich habe zwei Jahre auf einem nackten Felsen verbracht.«

»Nein, es ist mehr als das«, beharrte er. »Sie scheinen mir nicht der Typ von Mann zu sein, den mein Sohn verehren würde.«

Verehren? Ich fragte mich, was in aller Welt Lapthorn über mich geschrieben haben mochte.

»Sie waren für ihn eine Art Held«, klärte er mich auf. Das war mir ganz neu.

»Sie meinen sicher seine ersten Briefe«, zweifelte ich. »Damals war er noch jung . . .«

»O nein«, unterbrach mich der ältere Lapthorn. »Er hat seine Meinung in den ganzen fünfzehn Jahren nicht geändert. Er schrieb immer auf dieselbe Weise von Ihnen. Seine Briefe änderten sich nicht.«

Seine Briefe änderten sich nicht. Fünfzehn Jahre im tiefen Raum, vollgefüllt mit neuem Wissen, neuen Erfahrungen, neuen Gefühlen – und seine Briefe nach Hause änderten sich nicht. Ich schwöre, daß der Lapthorn, der auf jenem Felsen starb, nichts mehr gemein hatte mit dem Lapthorn, der damals sein Elternhaus verließ. Und jetzt sitzt sein Vater in seinem sich nicht ändernden Lehnstuhl in seinem sich nicht ändernden Wohnzimmer und erzählt mir, er wisse von keinem Unterschied.

»Ich verstehe nicht«, sagte ich sinnloserweise.

»Sie müssen Schlimmes mitgemacht haben«, bemerkte Eve Lapthorn, »nachdem das Schiff abgestürzt war.«

»Der *Wind* leistete mir Gesellschaft.« Es hörte sich übergeschnappt an.

»Aber jetzt scheint es Ihnen wieder gut zu gehen«, ergänzte die ältere Frau.

»O ja. Es war gar nicht so arg. Ich mußte etwas hungern, doch darüber bin ich jetzt hinweg.«

»Die Dinge, die Sie mitgebracht haben«, fragte Lapthorns Mutter, »wo sind sie?«

»In meinem Packsack. Ich habe ihn in der Eingangshalle gelassen.« Ich stand auf, aber sie bewogen mich, wieder Platz zu nehmen. Eve brachte den Sack herein. Während sie das Wohnzimmer durchquerte, öffnete sie ihn, fand aber nichts als mein schmutziges Hemd, das obenauf lag. Ich nahm es ihr weg.

Dann grub ich Lapthorns persönlichen Besitz aus. Zutage kamen seine Armbanduhr, seine Ausweise und seine Sonnenbrille. Dann kamen vier einmalig gemusterte, jedoch ganz wertlose Steine, ein Paar Flügel von einem Arthropoiden und ein paar fremdartige Schmucksachen – Geschenke von verschiedenen Leuten.

»Ist das alles?« fragte sein Vater.

»Wir können nicht viel mit an Bord nehmen«, versuchte ich zu erklären. »Es tut mir leid, daß nichts dabei ist, was auch nur einen gefühlsmäßigen Wert darstellen würde. Tatsache ist, daß Ihr Sohn sich nicht viel aus gegenständlichen Andenken machte.«

»Was meinen Sie damit?« fragte Eve.

»Er nahm alles in seinem Gedächtnis mit.« Ich wußte nicht, wie ich es ihnen anders beschreiben sollte.

»Wir haben seine Briefe«, stellte seine Mutter fest. Das hieß mit anderen Worten: Wir wären ohne Sie ausgekommen. Sie hätten sich die Mühe nicht zu machen brauchen.

»Das ist richtig«, stimmte der alte Herr zu. »Die Briefe haben viel mehr Bedeutung als alles, was in seinen Taschen steckte. Möchten Sie sie gern lesen?«

Worauf wollte er hinaus? Er würde eine Bedeutung doch

nicht begreifen, und wenn sie zwei Meter groß wäre. Aber das Angebot überraschte mich. Es gewährte mir Zutritt in das Allerheiligste der Lapthornschen Familientrauer um den teuren Verblichenen.

»Nein, danke«, sagte ich. Mutter sah erfreut aus. Ihr hatte der Gedanke gleich nicht gefallen.

Das Gespräch schlief ein. Mehr gab es nicht zu sagen. Meine Anwesenheit würde bald lästig werden. Trotzdem wollten sie mich noch nicht gehen lassen. Sie wollten mich gern näher kennenlernen, behaupteten sie. Wir hätten noch so viel miteinander zu reden. Sie merkten gar nicht, was das für ein Blödsinn war.

Es kam mir vor, als sei ich in eine Falle geraten, als ich zum Dinner blieb. Nun, wenigstens war das eine weitere Mahlzeit, die ich nicht selbst zu bezahlen brauchte.

V

Ich beabsichtigte, am nächsten Morgen so früh wie möglich abzureisen. Vor dem Frühstück nahm ich eine Dusche. Meine Kleidung war gereinigt worden während ich schlief. Sobald wir gegessen hatten, schnappte ich meinen Packsack, sagte eilig Lebewohl und stürzte zur Tür. Es gelang mir, die alten Lapthorns mit dieser Dampfwalzentaktik zu überrollen, aber Eve war schneller und bot mir an, mich zum Bahnhof zu fahren. Ich konnte es ihr nicht gut abschlagen.

»Warum haben Sie solche Eile?« verlangte sie zu wissen. »Ich dachte, Sie wären froh, sich ein paar Tage ausruhen zu können.«

»Leider nicht möglich. Ich muß Arbeit finden.«

»Das wird nicht leicht sein.«

»Es muß aber sein.« Sie sah mich fragend an, und ich erzählte ihr von dem kleinen Scherz der Caradoc-Gesellschaft.

»Warum haben Sie gestern abend nichts davon gesagt?«

»Warum sollte ich? Es hat mit Ihrem Bruder nichts zu tun.

He, Sie fahren ja wie ein Raumschiff-Pilot!« Sie hatte eine Hand am Steuer und die andere an der Gangschaltung. Fast alle Fahrer haben die meiste Zeit beide Hände am Steuer, aber ein Pilot ist daran gewöhnt, zwei Kontrollsysteme zu handhaben – je eins mit einer Hand. Sie ging auf die Bemerkung über ihre Fahrweise nicht ein und meinte: »Wir hätten Ihnen vielleicht helfen können.«

»Ich nehme an, Daddy hätte mir mit Leichtigkeit zwanzigtausend überreichen können«, erwiderte ich sarkastisch. »Nur im Andenken an seinen Sohn.«

»Wir haben einige Beziehungen zu Raumschiff-Linien.«

»Die würden mich als einen Passagierschiff-Jockey gar nicht nehmen«, stellte ich fest. »Ich bin ein freier Händler. Aber jedenfalls danke. Was sind das für Beziehungen? Spielt der alte Herr vielleicht Golf mit den Direktoren?« Das ärgerte sie, und deshalb gab sie keine andere Erklärung ab als: »Es sind nicht seine Beziehungen, sondern meine.« Ich äußerte die Vermutung, sie habe wohl einen Raumfahrer als Freund. Hätte ich sie in diesem Augenblick weitersprechen lassen, statt sie aufzuziehen, hätte ich spätere schmerzliche Mißverständnisse vermeiden können. Aber es sollte nicht sein.

Ich erklärte: »Sehen Sie mal, Sie brauchen sich um mich keine Sorgen zu machen. Mich unterscheidet nichts von drei- oder vierhundert anderen Arbeitslosen, die auf der Suche nach einem Schiff sind. Ich habe für Sie keine andere Bedeutung, als daß ich zufällig zur Stelle war, als Ihr Bruder starb. Das macht aus mir nicht eine Art armen Verwandten Ihrer Familie. Sie schulden mir nichts für seine Uhr und seine Sonnenbrille. Außerdem hat Daddy mir genug Geld gegeben, daß ich mir eine Passage nach Seymour leisten kann. Ich kann mir innerhalb eines Jahres den Weg zurück zu einem lohnenden Job erarbeiten.«

»Aber es würde sich für Sie doch nicht lohnen«, stellte sie richtig fest. »Sie würden damit nur Caradoc bezahlen.«

»Okay«, sagte ich, »mein Leben gehört Caradoc. Das ist immer noch besser, als meine Tage auf diesem schwarzen Felsen zu verbringen.«

»Sind Sie wirklich der beste Pilot der Galaxis, Mr. Grainger?«

fragte sie. Ich konnte nicht ausmachen, ob sie ironisch sein wollte oder nicht.

»Nein. Bin ich nicht. Es gibt Tausende, die ebenso gut oder besser sind. Ich bin nur einer von denen, über die geredet wird. Und das kommt nicht von meiner Fähigkeit als Pilot, sondern von den verrückten Planeten, auf denen zu landen Ihr Bruder mich überredete.«

»Hätte ein besserer Pilot den Absturz vermeiden können?«

Das war gefährlicher Boden. Vorsichtig! »Nein, keiner. Die Kontrollen versagten bei fünfundzwanzigtausendfacher Lichtgeschwindigkeit. Der Staub riß nur den Schutzschild weg, aber gegen die Raumverzerrung – oder was es war – hatte ich keine Chance.«

»Sie haben doch bestimmt schon früher mit Staub und Verzerrungen zu tun gehabt.«

»Natürlich. Schauen Sie, ich *konnte* Ihren Bruder nicht retten. Niemand hätte das gekonnt. Ich bin vielleicht nicht der beste Pilot der Galaxis, aber ich bin verteufelt viel besser als alles, was die Schulen für die Passagierschiffe liefern. Ich habe meine Zeit nicht damit vergeudet zu lernen, was zu tun ist, wenn die Kette im Klo des Kapitäns abreißt. Ich habe mich als junger Mann mit den Maschinen befaßt, und ich habe gelernt, ein Schiff zu *fühlen*. Als die Kontrollen der *Javelin* blockierten, bekam ich fast einen empathischen Herzanfall. Glauben Sie mir jetzt?«

»Ich glaube Ihnen«, antwortete sie obenhin. »Wo kann ich Sie finden, falls ich von einer Stellung für Sie erfahre?«

»Vergessen Sie es.«

»Wollen Sie keine Hilfe?«

»Nein.«

»Es liegt nicht daran, daß Sie zu stolz sind«, meinte sie. »Sie wollen mit *uns* nichts zu tun haben. Sie wollen uns einfach aus Ihrem Gedächtnis streichen.«

»Ich habe erledigt, weswegen ich hergekommen bin. Ich will weder Ihres Bruders Held noch Ihres Bruders Geist sein. Ich habe Ihnen sein Zeug gegeben. Er ist tot – ich muß weitermachen.«

»Hatten Sie meinen Bruder gern?«

Eine Pause entstand, während der sie das Luftkissenauto

neben dem Bahnsteig der Einschienenbahn parkte. Ich stieg aus, und sie folgte mir. Der Zug war erst in zehn Minuten fällig. Sie blieb neben mir.

»Wir waren sehr verschieden«, sagte ich.

»Ja, aber hatten Sie ihn gern?« bohrte sie weiter.

»Natürlich hatte ich ihn gern. Wir stopften uns doch fünfzehn Jahre lang in dieselbe enge Kiste, nicht wahr? Glauben Sie, das hätten wir ausgehalten, wenn wir unseren Anblick gegenseitig nicht ertragen hätten?«

Das hätten wir zwar nicht ausgehalten, aber der erste Teil war trotzdem eine Lüge. Nein, ich hatte Lapthorn nicht gern. Nie. Ich konnte nicht. Doch ich hatte nicht die Absicht, ihr das zu erzählen.

Sie ging ein paar Schritte den Bahnsteig hinunter, drehte sich dann um und sah mich an. Es ist komisch, daß man über jemanden hinwegsehen kann, solange er dicht bei einem steht, und daß das unmöglich ist, wenn er fünf oder sechs Meter entfernt ist. Jetzt mußе ich Eve Lapthorn ansehen – zum ersten Mal.

Nach den Idealen des Heimatplaneten war sie nicht hübsch, obgleich sie draußen am Rand eine Schönheit gewesen wäre. Sie sah ihrem Vater sehr ähnlich, aber ihrem Bruder kaum. Von Lapthorn senior hatte sie die Art kalter Tüchtigkeit, den entschlossenen Ausdruck. Vielleicht hatte sie auch etwas von Michael Lapthorn an sich, aber sie bewegte sich nicht so wie er. Sie ließ sich von ihrer Umgebung nicht beeinflussen. Ihr Kurs ging geradeaus. Da gab es keine Blicke zur Seite, keine Neugier. Ein eingleisiger Charakter.

»Wie kann ich mich mit Ihnen in Verbindung setzen?« fragte sie noch einmal. Ich gab ihr Heraults Adresse.

»Ich werde dort einige Zeit bei einem Wartungstechniker namens Johnny Socoro wohnen. Doch sobald ich Arbeit finde, werde ich die Erde verlassen, ohne auf Wiedersehen zu sagen.«

Sie stieg in ihren Wagen und ließ ihn anmutig aufsteigen. Winken tat sie Gott sei Dank nicht.

In Chicago erreichte ich den Anschluß und fuhr weiter sechs Stunden mit dem Zug. Mit einem Jet wäre es bloß eine halbe

Stunde gewesen, aber ich hatte keine Eile mehr, und ich wollte die Lapthornsche Gabe so weit strecken wie möglich.

Johnny war nicht zu Hause. Mir fiel ein, daß er an der *Abbenbruck* arbeiten werde. Ich stellte den Packsack in der Werkstatt ab und ging essen.

Die Ersatzspeisen schmeckten mir immer noch recht gut. Erdbewohner, die sich echtes Essen nicht öfter als einmal im Monat leisten können, pflegen zu behaupten, sie könnten die Algen und das aufbereitete Protein herausschmecken, ganz egal, was damit angestellt worden sei, aber Erdbewohner beklagen sich immer über ihre mißhandelten Mägen. Ich habe in meinem Leben schon zuviel Nahrungspaste geschluckt, um mich darüber etwas zu beschweren, solange es wenigstens irgendeinen Geschmack hatte.

Während ich aß, kam ein Raumfahrer aus der Bar und setzte sich zu mir an den Tisch. Ich erkannte ihn als Mannschaftsangehörigen des W-Transformers, der mich unter Arrest von Hallsthammer nach New Rome gebracht und dann nach Terra mitgenommen hatte.

»Caradoc hat dir übel mitgespielt, was?« fragte er. Diese Untertreibung kam mir nicht wie der richtige Anfang für ein freundschaftliches Gespräch vor, aber ich grunzte eine Zustimmung.

»Max, unser Käpt'n, könnte das Hauptquartier bereden, dir einen Job zu geben, wo du die zwanzigtausend abarbeiten kannst. Das wäre für dich einfacher, als wenn du sie dir bei einer anderen Gesellschaft verdienen müßtest. Und Cyran kann dir nicht mehr in die Suppe spucken. Der schleicht immer noch im Nebel und hält Ausschau nach den Meerjungfrauen.«

»Ich arbeite nicht für Caradoc«, stellte ich fest.

Er zuckte die Schultern. »Kann mir schon vorstellen, daß du nicht gern für einen arbeiten willst, der dir gerade ein Messer in den Rücken gestoßen hat. Trotzdem ist es die einzige Möglichkeit, wie du deine Schulden überleben kannst. Ich versuche nur, dir zu helfen.«

»Alle Welt versucht, mir zu helfen. Und ich danke euch allen. Aber ich müßte meinen Verstand untersuchen lassen, wenn ich mich von Caradoc in eine solche Falle locken ließe. Für

Sklavenarbeit habe ich nichts übrig, und ich halte es nicht für meine Lebensaufgabe, Vermessungsschiffe durch den angehäuften Dreck des Halcyon-Nebels zu steuern. Oder wollt ihr mich für die nächste Werbesensation einsetzen? Zum Beispiel eine Umkreisung des Universums? Oder einen kurzen Besuch auf Mega-p sechs? Oder vielleicht die Eroberung von Terra?«

Er verstand den Wink mit dem Zaunpfahl, trank sein Glas aus und erhob sich. »Für den Fall, daß du deine Meinung änderst – die *Tahini* kommt im regelmäßigen Pendelverkehr nächste Woche wieder her.«

Er schien es tatsächlich für einen guten Vorschlag gehalten zu haben. »Danke«, sagte ich. In letzter Zeit sagte ich dauernd »Danke«, aber wirkliche Dankbarkeit fühlte ich nur wenig.

VI

Drei Tage später erschien delArco auf Johnnys Türschwelle. Er war ein großer, stark gebauter Mann, bewegte sich aber schnell und leichtfüßig. Ich konnte mir niemanden vorstellen, der sich mit ihm in eine Schlägerei einlassen würde. Er war jünger als ich, obwohl sein Haar mit Grau untermischt war.

»Johnny ist nicht da«, teilte ich ihm mit. »Es ist ein Schiff unten.«

»Ich bin Nick delArco. Ich möchte mit Ihnen sprechen, Grainger.«

»Nie von Ihnen gehört. Schickt Eve Lapthorn Sie?«

»Sie gab mir Ihre Adresse. Sie arbeitet für mich. Aber sie hat mich nicht geschickt. Meine Auftraggeber wollten, daß ich Sie ausfindig mache.«

Er gab mir zu verstehen, daß er eintreten wolle, und wir gingen in die Wohnung über der Werkstatt. Dort machte er es sich in dem Sessel gemütlich, von dem aus ich mir gerade eine Fernsehsendung angesehen hatte. Sie lief noch. Er achtete nicht darauf, und ich machte mir nicht die Mühe, den Apparat auszuschalten. Ich setzte mich so, daß er mich nicht ansehen konnte, und wartete darauf, daß er sich zu mir umwandte.

»Warum sind Sie so abweisend, Grainger? Was habe ich Ihnen getan?«

»Nichts.«

»Haben Sie überhaupt kein Interesse daran, was ich Ihnen zu sagen habe?«

»Weiß ich nicht, bevor ich es gehört habe.«

Er hielt meinen Blick fest. »Sie brauchen nicht dankbar zu sein. Ich versuche nicht, Ihnen zu helfen. Ich möchte weiter nichts als einen Piloten anheuern. Sie sind frei, und Sie haben einen ausgezeichneten Ruf.«

»Das ist Randgeschwätz«, gab ich zurück. »Hier herum zählt das nicht.«

»Sie haben schon einmal für New Alexandria gearbeitet. Dort hat man eine hohe Meinung von Ihnen.«

Wie nett von den Leuten. »Ich höre«, sagte ich.

»Ich habe ein Schiff gebaut, und ich soll es auf seine Jungfernreise bringen. Ich möchte Sie als Piloten haben. Es ist ein ganz besonderes Schiff. Es ist schon in der Atmosphäre geflogen, aber das bedeutet gar nichts. Dort, wo es eingesetzt werden soll, ist wesentlich mehr notwendig. Wir brauchen einen besseren Piloten, als wir im Inneren Kreis finden können.«

»Was ist so Besonderes an dem Schiff?« fragte ich.

»Es ist eine Synthese aus terranischer und khormonischer Technik und Theorie. New Alexandria hat mehrere Jahre an den Grundlagen gearbeitet. Die New Alexandrier hoffen, daß sie eine neue wissenschaftliche Revolution hervorrufen können. Wegen der Fluktuation der Bevölkerung von Planet zu Planet stagniert die Entwicklung schon seit langem. Aber jetzt haben wir ein Schiff gebaut, Grainger, das wirklich fliegen kann. Nicht wie eine Kugel, sondern wie ein Vogel. Es hat Gelenke und Muskeln. Es hat das vollständigste und empfindlichste Nervensystem, das ein technisches Gebilde überhaupt haben kann. Es kann schnell reagieren und die Energie der eigenen Reaktion absorbieren. Dieser Vogel ist bei Geschwindigkeit über zwanzigtausend Licht manövrierfähig.«

»Das ist nicht möglich«, wandte ich ein. »Bei einer solchen Geschwindigkeit kann nichts auch nur für den geringsten Bruchteil vom vorprogrammierten Kurs abweichen. Ob ein Schiff nun Gelenke hat oder nicht, es muß dabei zerbrechen. Es gibt verschiedene Tricks, um die Einstein-Barriere zu überwinden – Tachyonen-Transfer, Wahrscheinlichkeitstransformation, Dimensionsspringen. Aber alles läuft auf dasselbe hinaus. Wenn einem etwas in den Weg kommt, muß man hindurch. Man kann nicht drum herum. Nicht bei zwanzigtausendfacher Lichtgeschwindigkeit.«

»Jetzt ist es möglich«, behauptete delArco seelenruhig.

»Haben Sie es tatsächlich versucht?«

»Das Schiff ist in der Atmosphäre sehr leicht manövrierbar.«

»Libellen auch. Sie möchten also, daß ich das Schiff beim ersten Versuch im freien Raum fliege.«

»Das ist richtig.«

»Jetzt verstehe ich, warum Sie mich brauchen. Kein Linien-Jockey würde das Ding mit der Feuerzange anfassen. Und ich bin nicht davon überzeugt, daß ich es tun werde. Es scheint mir ein höllisches Risiko zu sein.«

»Ich fliege mit. Ich habe das Schiff gebaut.«

»Sehr lobenswert, welches Vertrauen Sie zu Ihrem Werk haben. Aber entworfen haben Sie das Schiff nicht?«

»Das brauche ich nicht. Die Blaupausen stammen von den besten Gehirnen New Alexandrias. Das Schiff ist auch mit Kapital von New Alexandria finanziert worden. Diese Leute wissen, daß es fliegen wird, und ich weiß es auch.«

»Welchen Antrieb hat es?«

»Massenreduktion. Und es kann noch bei zwanzigtausendfacher Lichtgeschwindigkeit wenden. Wenn es geradeaus fliegt, kann es fünfzigtausend erreichen. Das ist ein wirkliches Raumschiff, Grainger, nicht ein Uhrwerk in einer Konservendose. Es hat eine Art Exoskelett aus Metall, das beweglich ist. Alles übrige besteht aus organischen Kettenmolekülen der verschiedensten Plastikarten. Plastik und Metall sind durch organo-metallische Synapsen verbunden, die geradezu perfekt sind. Dieses Schiff zu fliegen wird mit nichts Ähnlichkeit haben, was Sie früher getan haben mögen. Der neuronische

Anschluß ist so gut, daß Ihr Körper ein Teil des Schiffskörpers werden wird. Ihr Verstand wird der Verstand des Schiffes sein. Sie fliegen doch nach Gefühl, nicht wahr? Nun, Sie haben noch nie wirklich ein Schiff gefühlt. Normalerweise fühlen Sie zwar die Haut des Schiffes, aber es ist nicht Ihre Haut. Sie können die Energie des Antriebs fühlen, aber sie ist außerhalb Ihres Körpers – unten im Heck. In meinem Schiff wird die Hülle Ihre Haut sein, der Antrieb *in* Ihrem Körper liegen. So gut ist die Sensorenverbindung mit dem Piloten. Und infolgedessen schlägt die Reaktionsfähigkeit des Schiffes alles, was bis jetzt dagewesen ist. Es kann wenden, es kann sich während des Fluges bewegen. Das Schiff kann es mit Staub und mit Raumverzerrungen aufnehmen. Das einzige, was ihm schaden kann, ist Langwellenstrahlung. Kurzwellen kann es ausweichen. Grainger, dieses Schiff kann bei fünfhundertfacher Lichtgeschwindigkeit einen Hindernislauf machen. Bei tausend kommt es durch ein Labyrinth.«

»Wenn Schweine Flügel hätten, könnten sie vielleicht dasselbe.«

»Ist das alles, was Sie zu sagen haben?«

»Nein. Wie kommen Sie auf den Gedanken, ich könnte lernen, ein solches Schiff zu fliegen? Ich habe so etwas noch nie gemacht. Warum soll ich geeigneter sein als jeder erste beste?«

»Weil Sie auf natürliche Weise fliegen. Sie fliegen mit dem Schiff. Sie überlassen die Arbeit nicht den Maschinen. Sie sind ein wirklicher Pilot, und das sind die Männer von Penaflor nicht. Das sind Schubkarrenschieber.«

»Nun«, meinte ich, »wenigstens darin kann ich Ihnen zustimmen.«

»Und Sie sind weiter im Raum gewesen als sonst einer. Sie wissen, was wir zu erwarten haben, wenn das Schiff da eingesetzt wird, wo es eingesetzt werden soll und wo kein anderes Schiff hingelangen kann.«

Das war wohl richtig. Draußen am Rand gibt es überall Staub und Raumverzerrungen, nicht nur im Halcyon-Nebel. Ich hatte davon mehr mitgekriegt, als mir von Rechts wegen zustand. Das hatte ich Lapthorn und seinem Drang in die Ferne zu verdanken.

»Wie lautet Ihr Angebot?« fragte ich delArco.

»New Alexandria wird morgen Ihre zwanzigtausend bezahlen, wenn Sie einen Zweijahresvertrag als Pilot für dieses Schiff unterzeichnen, dessen Kapitän ich sein werde.«

Sofort wurde ich mißtrauisch. »Und wenn ich aussteige, habe ich die zwanzigtausend mit allen Schikanen wieder am Hals?«

»Ja.«

»Haha«, sagte ich, ohne die Sache besonders lustig zu finden. »So heuert man keinen Piloten an. So kauft man einen Sklaven. Mit diesem Damokles-Schwert über mir kann ich nicht arbeiten.«

»Sie können es sich nicht leisten, das Angebot zurückzuweisen. Ihnen bleibt sonst nichts anderes, als Ihr ganzes Leben lang Ihre Schulden abzuzahlen. Und so schlimm wäre es auch gar nicht. Ihre Rechte als Angestellter wären durch das Gesetz von New Rome gesichert. Sie wären kein Sklave, abgesehen von diesen zwanzigtausend.«

»Ich habe das Gefühl, daß das Gesetz von New Rome ranzig geworden ist, während ich weg war. Ihr Angebot stinkt. Ich würde es nicht annehmen, selbst wenn ich wüßte, daß ich mein ganzes Leben lang kein anderes mehr erhalte.«

»Tut mir leid, Grainger«, erwiderte delArco, »aber dahinter stecken Größere, als ich bin. Die New Alexandrier haben genaue Anweisungen gegeben, wen sie als Piloten wollen und unter welchen Bedingungen. Dies ist das Angebot, und es ist ein finanziell sehr günstiges. Außerdem bedeutet es schließlich nicht, daß Sie in eine Uran-Mine geschickt werden sollen. Andere Leute werden mit Ihnen in diesem Schiff sein, ich und wenigstens zwei weitere. Wir werden denselben Gefahren ausgesetzt sein wie Sie, und Sie werden derjenige sein, von dem wir übrigen abhängen. Ich halte es für ein gutes Angebot.«

»Dann sind Sie ein Narr. Wenn ich meine Seele verkaufen will, werde ich mich an den Teufel direkt wenden.«

Nachdem der große Mann in keiner besonders guten Stimmung davongegangen war, setzte ich mich wieder in den von ihm verlassenen Sessel und starrte geistesabwesend auf den Fernseher. Ich wollte nicht zuviel über die schlechten

Seiten des Angebots nachdenken, weil es mir nicht ganz unmöglich schien, daß ich es trotz allem annahm.

VII

– Das ist deine große Chance, Goldjunge, flüsterte er.

Ein Himmelfahrtskommando ist das.

– New Alexandria arbeitet nicht mit faulen Tricks. Hier hast du es nicht mit der Caradoc-Gesellschaft zu tun.

Du weißt einen Dreck über New Alexandria. Du kannst dir gar kein Urteil erlauben.

– Ich weiß, was du weißt, also ist mein Urteil nicht weniger gut fundiert als deins.

Und du meinst, ich sollte dieses Wahnsinnsangebot annehmen?

– Du hast praktisch keine andere Wahl. Es ist ein Risiko, aber das ist alles andere auch.

Mal vorausgesetzt, daß das Schiff fliegt, was mir äußerst unwahrscheinlich vorkommt, dann bleibt immer noch die Frage, ob ich es fliegen *kann*. Ich habe noch nie ein Massenreduktionsschiff geflogen. Und wer soll es mir beibringen?

– Du bist jetzt ein großer Junge. Du kannst auf dich selbst aufpassen. Wenn du Hilfe brauchst, werde ich da sein.

Sieh an, mittlerweile ist aus dir auch der Raumpilot Nummer eins der Galaxis geworden.

– Nein. Ich lebe nur in seinem Gehirn.

Das ist unglaublich komisch. Offenbar hast du dir inzwischen meine Art von Humor angeeignet. Mach bitte nicht zu oft Gebrauch davon, er muß gut unter Kontrolle gehalten werden.

– An den Kontrollen des Schiffs wird nur ein Körper sitzen, fuhr der *Wind* fort, meinen Sarkasmus völlig ignorierend. Aber es wird ein zweifacher Verstand da sein. Zwei sind besser als einer.

Zum Teufel, nein. Wie soll ich das Schiff fliegen, wenn du mir dauernd dazwischenredest?

– Ich werde dir nicht dazwischenreden, erklärte er geduldig. Ich werde nur mit dir lernen. Ich sehe die Dinge von einem anderen Standpunkt aus. Gemeinsam werden wir schnellere Fortschritte machen, als wenn du allein wärst. Und du kannst es dir einfach nicht leisten, diesen Job fahrenzulassen.

Selbst zu den angebotenen Bedingungen?

– Diese Bedingungen werden es dir ermöglichen, deine Schulden bei Caradoc loszuwerden.

Er hatte mich schon beinahe überzeugt, als Johnny uns unterbrach und mir die Möglichkeit verschaffte, die Diskussion vorläufig zu vertagen.

»Dieser delArco, der gestern bei dir war, sitzt draußen in einem Wagen. Er wartet auf uns.«

»Auf *uns*?«

»Genau.« Der Junge sah mich beinahe herausfordernd an. »Er meint, ich könnte auch eine Arbeit in seinem Schiff kriegen.«

»Großartig«, höhnte ich. War es möglich, daß delArco Johnny eine Heuer angeboten hatte, um mich leichter herumzukriegen? Wie kam er auf den Gedanken, mir könne etwas an Johnny Socoro liegen? Vielleicht steckte aber nicht mehr dahinter, als daß er wirklich noch einen Mann brauchte. Vielleicht war Johnny der guter Techniker. Vielleicht war Johnny der einzige Techniker im Hafen, der verrückt genug war, einen solchen Posten anzunehmen.

Wir gingen hinunter. Nick delArco wartete in dem Luftkissenauto der Lapthorns, und am Steuer saß Eve Lapthorn.

Sie lächelte mich an. DelArco nahm meinen abweisenden Gesichtsausdruck mit weniger Entzücken auf. Offensichtlich war es nicht seine Idee gewesen, sie mitzubringen.

»Steigen Sie ein, Mr. Grainger«, forderte sie mich auf, »und wir werden Ihnen Ihren Vogel zeigen.«

»Sie dürfen mich Grainger nennen«, bot ich mit der gebührenden Freundlichkeit an. »Johnny kennen Sie vermutlich schon.«

Sie nickte und schenkte Johnny ein nettes Lächeln. Johnny sah mich an. Ich schob ihn auf den Rücksitz des Wagens und stieg ebenfalls ein.

»Mr. delArco erzählte mir, daß Sie für ihn arbeiten«, sprach ich Eve an. »Ich hatte jedoch nicht gedacht, daß Sie sein Chauffeur sind.«

»Ich habe ein wenig Interesse an dem Schiff.« Mehr sagte sie nicht.

»Werde ich bis an mein Lebensende Lapthorns im Nacken haben?« fragte ich grob. Ich konnte mich nicht mehr beherrschen. Ein Seitenblick auf Johnny zeigte mir, daß er bei meiner giftigen Bemerkung zusammenzuckte.

Eve errötete und riß das Auto in einer Art von Känguruhsprung hoch. Die Maschine ächzte. Mit brutaler Gewalt brachte sie uns auf Horizontalflug und nahm mit absichtlichem Ungeschick ein paar Kurven. Aber sie gewann die Ruhe zurück, bevor einer von uns weiße Haare bekommen hatte.

»Haben Sie mein Angebot überdacht?« DelArco wandte sich zu uns um. Johnny öffnete schon den Mund, aber ich schnitt ihm das Wort ab.

»Wir beide haben Ihre Vorschläge in Erwägung gezogen. Wir wissen jedoch noch nicht genug, um uns entscheiden zu können. Wenn wir das Schiff gesehen haben, wird es uns eher möglich sein, einen Entschluß zu fassen.«

Damit gab er sich zufrieden, und Johnny war ganz froh, daß ich das Reden übernommen hatte.

»Wie heißt das Schiff, Mr. delArco?« fragte er.

»Die *Dronte*«, antwortete Eve an delArcos Stelle. »Der Name war meine Idee.«

»Ist ein seltsamer Name«, meinte Johnny.

»Eine andere Bezeichnung für einen Vogel namens Dodo«, erklärte sie.

»Sie haben einen gemütlichen Humor«, bemerkte ich. »Viele Leute würden der Meinung sein, das sei ein schlechter Name für ein Schiff.«

»Aber Sie glauben nicht an böse Omen?«

»Nein.«

»Dann geht das ja in Ordnung. Auf jeden Fall werden es die konventionellen Schiffe sein, die aussterben wie der Dodo. Nicht dieses Schiff.« Eve schien davon völlig überzeugt zu sein.

»Zählen Sie Ihre Dodos nicht, bevor sie ausgebrütet sind«, wandte ich trocken ein. Erneut wurde sie rot.

Eve brachte uns zu den alten Werften. Im südlichen Abschnitt gab es neuere und bessere, in denen immer noch gearbeitet wurde. Hier herrschte Todesruhe. Seit zwanzig Jahren war kein Linienschiff mehr gebaut worden, und selbst die privaten Gesellschaften erteilten jetzt keine Aufträge mehr. Zwar erscholl von einem Turm ein Gehämmer, aber vermutlich bastelte da nur jemand an seinem Auto herum. In den Buchten am anderen Ende konnte ich drei Yachten und zwei veraltete Frachtschiffe erkennen. Die Yachten dienten wahrscheinlich nur zu Vergnügungsfahrten, und die Frachtschiffe waren entweder Antiquitäten oder Schrott. Ein paar Leute wanderten umher – Müßiggänger oder Schrottsammler. Sie kamen mir wie Würmer vor, die auf der Leiche der Werft herumkrochen. Nie zuvor war mir so deutlich bewußt geworden, daß Terra tot war.

Unser Ziel lag fast zwei Meilen innerhalb des Komplexes. DelArco hatte sich die versteckteste Stelle ausgesucht. Eine hohe Mauer versperrte die Sicht auf den Turm. Das Eingangstor war bewacht. Wir wurden erst eingelassen, nachdem delArco sich ausgewiesen hatte und gründlich überprüft worden war. Ich fragte mich, ob delArco eine bisher nicht zutage getretene melodramatische Ader hatte oder ob die New Alexandrier wirklich glaubten, ihr Projekt verlange eine solche Geheimnistuerei.

DelArco suchte nach seinem Schlüssel für die Außentür des Turms, und dann mußte er noch zwei Innentüren öffnen. Aber schließlich gelangten wir doch ins Allerheiligste, wo wir mit falscher Freundlichkeit von einem Burschen begrüßt wurden, der schon einige Zeit auf uns zu warten schien. Ich schüttelte ihm die Hand, ohne ihn anzusehen oder seinen Namen zu verstehen. Meine Augen hingen wie gebannt an dem Schiff.

Als delArco mir in Johnny Socoros Wohnung von der *Dronte* erzählte, war sie nichts als ein verrückter Traum gewesen – ein Schiff, das nicht fliegen konnte. Hier, im Dämmerlicht des Konstruktionsturms, war sie ein lebendiges Wesen voller Schönheit.

Ich bin kein Lapthorn, der sich in ein Schiff verliebt. Aber ich bin ein Raumfahrer. Schiffe sind mein Leben, meine Haut, meine Kraft und mein Ruhm.

Wenn ich ein Schiff erblicke, verliere ich nicht den Verstand in einem orgiastischen Gefühlsüberschwang, wie es bei sechs von sieben unfähigen Raumleuten der Fall ist. Ich lasse mich nicht von der Anmut und Majestät eines Schiffes überwältigen. Ich nehme diese Eigenschaften zur Kenntnis. Die *Dronte* hatte sie.

Das Funktionieren eines Schiffes im Raum hat mit seinem Aussehen auf dem Boden nicht notwendigerweise etwas zu tun. Aber delArco hatte recht. Dieses Schiff war kein Geschoß, kein Stahlwurm und kein gigantisches Metallei auf Stützen. Die *Dronte* war ein Vogel, dazu geschaffen, sich zu bewegen. Mir war vorher nicht richtig klar geworden, was delArco meinte, als er davon sprach, sie habe Gelenke. Sie war wie ein lebendes Wesen – ein Vogel mit glänzenden Metallfedern. Ein Albatros des freien Raums. Auch Eve Lapthorn hatte recht. Wenn das Schiff so flog, wie es aussah, würden die starren Schiffe aussterben. Wenn es überhaupt flog.

»Sie sieht gut aus«, bemerkte ich ruhig.

Sie lächelten, weil sie wußten, daß ich absichtlich untertrieb. Sie hatten mich beobachtet, während ich die *Dronte* ansah.

»Mund zu, Johnny«, unterbrach ich das Schweigen. Der Junge zeigte viel zu offen, wie beeindruckt er war. Er, der sein ganzes Leben mit Raumschiffen zu tun gehabt hatte, hatte gerade eben erst entdeckt, was ein Raumschiff war.

»Nun?« fragte delArco.

»Ich möchte die Kontrollen sehen.« Langsam stieg in mir der Verdacht auf, die *Dronte* sei einfach zu schön, um es mit den Gefahren des Raums aufnehmen zu können.

Der erste Anblick der Kontrollen warf mich um. Die alte *Javelin* hatte verhältnismäßig wenige Vorrichtungen gehabt, nur ein paar Schalthebel und An-/Aus-Schalter sowie das Instrumentenbrett. Dieses Schiff war anders. Mengen von Inputs und Outputs. Überall Zählwerke. Ein Überfluß an Meßgeräten. Ein Sensorhelm, der aussah wie ein Bienenkorb. Ein Satz von Rückgratelektroden. Manche Piloten lieben es, beim Fliegen so viele Anschlüsse vor sich zu haben, als würde an ihnen eine größere Operation vorgenommen. Ich nicht. Manche wollen auch alle verfügbaren Daten ständig vor Augen haben, zum Beispiel, wie schnell ihr Herz schlägt oder wieviel Asche im Aschenbecher ist. Ich möchte das Lebensnotwendige und das Notwendige wissen, in dieser Reihenfolge, und sonst nichts. In diesem Augenblick war ich überzeugt, ich würde das Schiff niemals fliegen können.

»Man muß sich erst daran gewöhnen«, redete mir delArco zu. »Aber das meiste läuft automatisch ab. Machen Sie sich keine Gedanken über den spinalen Anschluß, weil der ohne bewußte Kontrolle funktioniert.

Der Helm muß so groß sein, weil die organo-metallischen Synapsen im Nervensystem des Schiffes die Sensorenreichweite und -empfindlichkeit außerordentlich erweitern. Sie erreichen eine viel bessere Integration mit dem Schiff als bei jedem herkömmlichen Modell, und dadurch verlieren die vielen Kontrollen ihre Bedrohlichkeit. Sobald Sie sich akklimatisiert haben, wird die unmittelbare Empfindung Sie für den Überfluß an ein- und ausgehenden Signalen mehr als entschädigen. Sie können buchstäblich der Verstand des Schiffes sein. Die *Dronte* und ihr Pilot sind ein und derselbe Super-Organismus. Sie können ein Gigant sein, Grainger – ein raumfahrender Gigant.«

All das, und wenn es der Wahrheit auch nur nahekommen sollte, bildete einen Anreiz, dem ein Raumfahrer nicht widerstehen konnte, Sklaverei oder nicht. Wenn delArco recht hatte, war sein Angebot es wert, daß ich meine Seele dafür verkaufte. Aber Vorsicht ist die Mutter der Weisheit.

Ich zögerte noch.

VIII

»Ich bin kein Narr, Grainger«, behauptete delArco. Da hatte ich meine Zweifel. Der Schiffbauer war ein sturer Mann, und als Planetenbewohner wußte er gar nicht, worauf er sich einließ.

»Ich werde der Kapitän der *Dronte* sein«, fuhr er fort, »aber ich werde Ihnen nicht vorschreiben, wie Sie sie zu fliegen haben. Auch werde ich Ihnen nicht erzählen, was unmöglich ist und was nicht. Von Ihnen wird nicht mehr verlangt, als daß Sie tun, was Sie können.«

»Und gesetzt den Fall, Sie befehlen mir eines Tages etwas, das ich, aus welchem Grund auch immer, nicht tun will, dann können Sie mir im Handumdrehen die zwanzigtausend wieder aufhalsen.«

»Eine solche Situation wird es nicht geben«, beteuerte er. »Ich werde an Bord sein. Johnny ebenfalls. Dazu kommt der Ingenieur, den man uns von New Alexandria schickt. Und vielleicht auch Eve. Ich werde Ihnen nicht befehlen, mitten durch einen Stern zu fliegen. Unser Schiff ist kostbar, nicht nur des Geldes wegen, das hineingesteckt worden ist. Wenn wir die *Dronte* richtig behandeln, können wir alle ein Vermögen damit machen, und New Alexandria hätte eine Bestätigung, welche wertvollen Ergebnisse das Auswerten nichthumanoider Techniken hervorbringen kann. Es könnte alle Völker der Galaxis einander näherbringen.«

Über die letzte Bemerkung mußte ich lachen. »Versuchen Sie nicht, mir vorzumachen, daß Sie Schweiß und Blut für die interstellare Verständigung vergießen. Sie wollen nichts herausschlagen als Geld. Und was geht das mich an? Ich habe nichts als einen Zweijahresvertrag.«

»Auch Sie können Ihr Glück machen«, versprach delArco. »Halten Sie sich an uns, und wenn Ihr Zweijahresvertrag abgelaufen ist, werden wir einen neuen machen.«

»Erzählen Sie das Ihrer Großmutter«, sagte ich. »Was ist ein Pilot noch wert, wenn das Schiff erst einmal erprobt ist? Ich bin eine kurzfristige Investition, und ich bekomme nicht einmal Gefahrenzulage.«

»Sie bekommen zwanzigtausend, und das ist für einen Piloten nicht wenig.«

Ich seufzte. Er hatte recht. Zwar würde ich das Geld nicht selbst in die Hand bekommen, aber es war eine Menge.

»Nur noch eines.« Fast war ich schon bereit nachzugeben. »Wohin genau soll die Jungfernreise gehen?«

DelArco grinste wie ein Wolf. »Ich möchte die *Dronte* werbewirksam einsetzen. Das heißt, ich werde der Caradoc-Gesellschaft die *Lost Star* unter der Nase wegklauen.«

»Sie werden *was*?«

Sein Grinsen erlosch. »Ich dachte, das würde Ihnen gefallen. Sie könnten Caradoc damit eins auswischen.«

»Sind Sie schon einmal in die Nähe des Halcyon-Nebels gekommen?«

»Eigentlich nicht.«

»Ist es Ihr Einfall, oder haben die anderen das ausgekocht, weil Sie meinten, mir würde es Spaß machen?«

»Die Anweisung kam von New Alexandria. Dort will man die *Lost Star* haben. Dort will man die Publicity. Meine Auftraggeber haben das Schiff entworfen, das im Nebel überleben kann. Von ihrem Standpunkt aus schlagen sie mehrere Fliegen mit einer Klappe.«

»Entzückend«, stimmte ich zu. »Aber haben Sie es schon einmal von *Ihrem* eigenen Standpunkt aus betrachtet? Sie haben ein unerprobtes Schiff, das noch nicht über die Atmosphäre hinausgekommen ist. Und Sie wollen es sofort in den dicksten Dreck bringen, den man sich vorstellen kann. Ich müßte ein halbes Lebensalter an diesen Kontrollen sitzen, ehe ich mich auch nur in die Nähe eines Dunkelnebels wagen könnte.«

»Uns steht kein halbes Lebensalter zur Verfügung«, gab er zurück. »Wenn wir der Caradoc diesen Brocken noch abjagen wollen, müssen wir es bald tun.«

Ich warf die Arme in die Höhe. »DelArco, Sie als Schiffsbauer müßten wissen, daß es auf diese Weise nicht geht. Es ist heller Wahnsinn. Es ist einfach zu gefährlich und sinnlos.«

DelArco hatte genug. »Also«, sagte er, »Sie wissen jetzt, was wir vorhaben. Sie kennen unsere Bedingungen. Gehen Sie nach Hause, und denken Sie darüber nach. Wenn Sie den Posten haben wollen, geben Sie mir bis Ende der Woche Bescheid. Sie können weitere zehn Tage haben, um das Schiff kennenzulernen, bevor wir nach Hallsthammer fliegen. So einfach ist das.«

Ich wandte mich auf dem Absatz um und ging davon. Ich dachte: Es geht nicht. Jetzt nicht und später nicht. Ich bin einmal im Halcyon-Nebel gewesen und werde nicht wieder in seine Nähe kommen. Niemals.

– Du bist ein Feigling, warf mir der *Wind* vor. Du denkst dir immer neue Entschuldigungen aus, damit du dich nicht wieder hinter die Kontrolle eines Schiffs zu setzen brauchst. Diese zwei Jahre auf dem Felsen haben dich in einen kleinen Jungen zurückverwandelt. Du hast die Nerven verloren, Grainger. Du hast alles verloren.

Ich hatte keinen antwortenden Gedanken für ihn übrig.

Kalte Abendluft wehte mir ins Gesicht. Der Schweiß auf meiner Stirn wurde eiskalt. Ich wischte ihn ab. Meine Wangen brannten. Aber ein paar tiefe Atemzüge beruhigten mich wieder.

Ohne zu wissen wohin, marschierte ich los.

– Hör auf, riet der *Wind*. Du spielst nur Theater.

Geh zum Teufel.

– Bildest du dir ein, jemand werde dir folgen? Das Mädchen vielleicht? Sei doch ehrlich mit dir selbst. Du willst diesen Job haben. Du brauchst ihn dringend. Du hast keine Angst vor dem Nebel und auch nicht vor dem Schiff. Du hast nur Angst, daß du es nicht schaffst.

Laß mich allein.

– Das kann ich nicht. Jetzt bist du nicht mehr allein und wirst es nie mehr sein. Du mußt es lernen, mit mir zu leben, auch wenn du jedem anderen aus dem Weg gehen kannst. Du solltest zurückgehen und das Angebot annehmen. Es wird keine Vergnügungsreise werden, aber was liegt dir an einer Vergnügungsreise. Wenn du das Angebot ablehnst, kannst du dich gleich in ein Loch verkriechen und sterben.

Ich kehrte nicht um. Das fremde Wesen hatte recht. Es war nichts als Feigheit von mir. Ich fürchtete weder den Raum noch den Nebel. Ich hatte Angst davor, daß es mir nicht gelingen würde, das Herz und die Seele der *Dronte* zu werden. Feigheit.

Eine Stunde lang lief ich auf den Werften herum, bis es ganz dunkel geworden war. Schließlich begab ich mich in die Randstadt des Raumhafens zurück. Es begann zu regnen. Das Wasser prasselte auf die Dächer und die Straßen.

Ich hätte gern einen Drink gehabt, aber nicht in einer der

kleinen Bars, in denen Schweigen, Düsterkeit und Resignation herrschten. Entschlossen näherte ich mich dem Landegebiet, wo sich die großen, protzigen Touristenfallen befanden. Selbst heutzutage würden dort Menschen sein. Dort wollte ich ein bißchen den Geruch der alten Zeiten schnuppern. Feuerfresser-Zeiten. Javelin-Zeiten. Lapthorn-Zeiten. Tote Zeiten.

Ich war bei meinem siebten Glas und immer noch stocknüchtern, als die Schlägerei losging. Ich hatte nichts damit zu tun. Auf Raumhäfen gibt es immer Schlägereien. Es gehört zur Tradition und zur Ehre der Flotte. Meistens ist schnell wieder damit Schluß. Nur ganz selten wird jemand verletzt oder festgenommen. Und die Möbel in den Bars sind unzerbrechlich.

Wie dem auch sei, ich ging hin, um zuzusehen. In der Mitte des Raums war für die Kampfhähne Platz gemacht worden. Es waren sechs – fünf gegen einen. Die Zuschauer feuerten in echtem Sportsgeist den einen an, während sie keinen Finger krumm machten, um ihn davor zu bewahren, daß sein Schädel eingeschlagen wurde. Es versteht sich von selbst, daß der arme Kerl am Verlieren war.

Es war Rothgar.

Der erste Freund, den ich seit zwei Jahren gesehen hatte.

Jemand schlug ihn in meine Richtung. Ich faßte ihn bei den Schultern, hielt seine Arme fest und wirbelte ihn so schnell herum, daß die anderen gar nicht merkten, wo er geblieben war. Die übrigen Barbesucher schlossen mich dicht bei dicht ein, und ich schob mich hinter Rothgar. Ich nahm ihn bei den Schultern und zog ihn zur Seite. Die fünf Männer starrten um sich, bis sie begriffen, daß sie nicht mehr angegriffen wurden. Langsam ließen sie die Fäuste sinken. Wie ich Rothgar kannte, hatte er sie und nicht sie ihn angegriffen.

Er wand sich und drehte den Kopf, um über die Schulter in mein Gesicht sehen zu können. Das gelang ihm nicht. Er trat nach mir. Ich trat zurück.

»Rothgar, du verdammter Narr, ich bin es, Grainger!«

»Aha! He, wie viele haben wir umgebracht?«

»Keinen.«

»Wie viele haben wir k.o. geschlagen?«

Ich schüttelte den Kopf und ließ ihn los.

»Du bist nicht mehr in Form«, beschwerte er sich. »Wir hätten mit den paar Mann fertig werden müssen.«

»Du warst allein«, klärte ich ihn auf.

»Also dazu hat man Freunde. Du lausiger Bastard, warum hast du mir nicht geholfen?«

»Habe ich ja. Ich habe den Kampf beendet.«

»Verdammt.«

»Du hättest verloren«, fügte ich hinzu.

»Ich werde alt«, entschuldigte er sich. »Sie bewegten sich zu schnell für mich. Müssen unter hoher Schwerkraft aufgewachsen sein oder so was.«

Ich setzte ihn auf einen Stuhl und sah ihn mir an. Weißhaarig, drei oder vier Tage nicht rasiert, dunkle Ringe unter den Augen. Mittelgroß. Aber immer noch versuchte er, größer auszusehen, größer zu gehen und größer zu sprechen als er war. Schnell kühlte er wieder auf Zimmertemperatur ab. Er sackte ein bißchen zusammen, und das kam nicht von der Schlägerei. Er wurde tatsächlich alt. Er wirkte etwas lächerlich, wie er so aus einer Schlägerei heraustaumelte und so tat, als gehöre das zu seinen abendlichen Vergnügungen. Das tat es nicht. Nicht mehr.

»Wo hast du in den letzten Jahren gesteckt?« fragte ich ihn.

»Ach, du weißt, wie das so geht. Man bringt irgendeine Kiste in die Höhe, repariert alles, was der letzte Bastard versaut hat, und dann kriegt man einen Tritt in den Hintern und fliegt zurück in den Dreck. Und du?«

»Ich bin abgestürzt.«

»Alachakh erzählte mir, du seist auf einem schwarzen Felsen gewesen. Ich traf ihn auf Hannibal, und wir unterhielten uns lange. Er hat ein neues Schiff, groß und sehr gut. Er hat es *Hymnia* genannt wie sein erstes. Das bringt kein Glück, wenn man einem Baby den Namen eines toten Schiffes gibt. Ich sagte ihm das, aber diese Fremden verstehen so etwas nicht. Alachakh ist jetzt ein großer Mann. Aber er kann nicht mehr viel aufnehmen. Er ist alt, weißt du.«

Für einen Khormon ist es eine ernste Sache, alt zu sein.

»Weißt du, wo Alachakh jetzt ist?« fragte ich.

»Zum Rummelplatz. Hallsthammer.«

»Rummelplatz?«

»Karussellfahren im Halcyon-Nebel ist die neueste Mode. Alle tun sie es. Scharen von Grünschnäbeln klemmen sich hinter die Caradoc-Leute, und die alten Hasen meinen, was die Grünschnäbel können, können sie schon lange. Der Nebel muß mittlerweile überfüllt sein. Wie ich hörte, sind zwei dabei schon umgekommen. Aber bis jetzt hat noch keiner den großen Treffer gelandet.«

Alachakh im Halcyon-Nebel? Das klang befremdend. Alachakh war kein Idiot und auch kein Opfer der Raumkrankheit. Er war nur alt. Doch selbst für den Fall, daß sein Ende nahe war, würde er nicht im Nebel sterben wollen.

»Geschieht im ganzen verdammten Universum nichts anderes mehr als die Suche nach der *Lost Star*?« beklagte ich mich.

»Nichts, worüber sich zur Zeit noch irgendwer Gedanken macht«, behauptete Rothgar. »Die Leute machen sich heutzutage überhaupt wenig Gedanken. Die Zeiten haben sich geändert.«

»So lange bin ich gar nicht weg gewesen«, murmelte ich.

»Nichts als Rummel ist es.« Rothgar verzog das Gesicht angewidert. »Und es hat schon zu lange gedauert. Länger als drei Monate halten sie das nicht mehr durch. Dann werden sie die arme, alte *Lost Star* für immer verloren sein lassen. Einen solchen Namen hätte man einem Schiff nicht geben dürfen. Das hat sicher wieder ein Fremder getan. Oder ein Kapitalist. Oder eine Frau. Man sollte einem Schiff vor dem Start überhaupt keinen Namen geben.«

Argwohn wuchs in mir.

»Bist du etwa von New Alexandria als Ingenieur für ein Schiff namens *Dronte* hergeschickt worden?«

»Klar«, antwortete er. »Mir gibt niemand mehr einen Job außer den New Alexandriern. Die wissen die Arbeit noch zu schätzen, die ein Mann mit seinen Händen tut. Alle anderen überlassen sie lieber dem Instruktionsbuch. Sie haben mir einen guten Posten angeboten.«

»Karussellfahren«, warf ich trocken ein.

»Klar«, wiederholte er. »*Alle* tun es.«

Und wie viele von »allen« würden die beträchtliche Zahl der Opfer erhöhen, die der Nebel bereits gefordert hatte? Aber kümmerte es mich? Kümmerte es mich, ob es Rothgar war oder Alachakh oder Caradocs dreißig Vermessungsschiffe oder Johnny Socoro oder Eve Lapthorn? Oder ich?

»Das Schicksal hat bestimmt«, erklärte ich, »daß ich dieses Schiff fliegen muß. Ich bin dazu verdammt, in das Zentrum des Halcyon-Nebels zu fliegen, um mit Zeitabweichungen und Raumverzerrungen und allen anderen Ausgeburten des gekrümmten Raums Haschmich zu spielen. Ich kann mich drehen und wenden wie ich will, immerzu starrt mir der Nebel ins Gesicht. Was, zum Teufel, kann ich noch tun?«

»Ich komme nicht mehr mit«, beklagte sich Rothgar.

»Es hat weiter nichts zu bedeuten. Aber als ich Lapthorns Grab verließ, kam der Nebel mit mir. Er sitzt mir im Nacken, und ich kann ihn nicht abschütteln, ganz gleich, wohin ich gehe.«

Rothgar verzichtete darauf, noch einmal eine Erklärung zu fordern. Er setzte schlicht voraus, ich sei betrunken.

Ich lehnte mich auf meinem Stuhl zurück und dachte nach. Das war kein Zufall. Die Verbindungen zwischen delArco und Eve Lapthorn, zwischen New Alexandria und mir, zwischen meiner Art zu fliegen und dem Schiff hatten alle schon vorher bestanden. Irgendwer hatte sich beträchtliche Mühe gemacht, aus diesen einzelnen Fäden ein Netz zu weben, aus dem ich nicht mehr entkommen konnte. Natürlich die New Alexandrier. Alles Computer-Fachleute. Spinner. Sie liebten es, wenn alles hübsch ordentlich geregelt war. Sie hatten alles hübsch ordentlich geregelt. Jetzt würden sie gerade die Ergebnisse mit dem Rechenschieber nachprüfen.

Als ich für die New Alexandrier arbeitete, hatte ich sie gemocht. Allmählich entwickelte ich einen stillen Groll gegen sie, und was mich am meisten aufregte, war, daß ich nicht glauben konnte, ich sei die ganze Mühe wert.

»Willst du noch ein Glas?« fragte Rothgar. »Ich bezahle.«

»Fein«, sagte ich. Er stand auf, um zur Bar zu gehen. Dann drehte er sich zu mir zurück.

»Bist du der Pilot der *Dronte*?«

»Ja.« Ich hatte mich in mein Schicksal ergeben.

Er grinste. »Ich fliege gerne mit dir. Es ist gut, wenn ein Pilot weiß, was er tun kann. Draußen am Rand heißt es, du seist der Beste. Ich sage es auch, und das ist es vielleicht, was die Geschichte in Umlauf hält. Du weißt, wie das so geht.«

»Ich weiß. Dasselbe erzähle ich über dich. Jetzt haben wir uns womöglich in eine Aufgabe hineingequatscht, die uns den Hals kosten wird.«

Er lachte. »Sie hätten dem Schiff nicht diesen Namen geben sollen. Aber so schlimm ist es auch wieder nicht. Wir werden es überstehen.«

Dann betranken wir uns.

IX

Johnny weckte mich am nächsten Morgen, zog mich in sitzende Stellung hoch und drückte mir eine Tasse Kaffee in die Hand.

»Was ist los?« verlangte ich zu wissen. »So betrunken war ich doch gar nicht! Ich bin ganz in Ordnung!«

»Eve ist unten«, informierte er mich.

Ich unterdrückte ein Stöhnen. Statt dessen fragte ich mit neutraler Stimme: »Was wünscht sie?«

»Dich. Ich kann mir nicht vorstellen, warum.«

»Fang bloß nicht damit an.«

»Hörst du jemals auf?« gab er zurück. Ich merkte, daß er sich über irgend etwas geärgert hatte.

»Ich habe mich wohl gestern ein bißchen unbeliebt gemacht«, vermutete ich.

»Du kannst einem auf die Nerven gehen.«

Das war der Erfolg meines Versuchs, ein paar sachliche Einwände zu erheben und sie vernünftig zur Diskussion zu stellen. DelArco hatte Johnny offensichtlich auf seine Seite gebracht. Was verständlich war. Der Junge war noch nie im Raum gewesen. Ich trank die Tasse leer und gab sie ihm zurück, stand auf, zog mich so langsam wie möglich an und ging hinunter. Eve saß in der Werkstatt. Johnny lehnte an der Wand und ließ die Augen nicht von ihr.

»Kommen Sie mit auf einen Spaziergang«, forderte sie mich auf.

»Weshalb?«

»Weil ich mit Ihnen reden möchte.«

»Doch nicht über das verdammte Schiff?«

»Nicht direkt«, meinte sie. »Ich möchte Sie etwas wegen Michael fragen.«

Ich nickte. Johnny sah nicht gerade glücklich aus, als ich an ihm vorbei zur Tür ging. Auf der Schwelle sah ich mich nach ihm um und zuckte hilflos die Schultern. Er antwortete mit der gleichen Geste.

Im Augenblick schien die Sonne, aber das Pflaster war noch naß vom Regen der vergangenen Nacht. Wir wanderten auf den nordöstlichen Abschnitt zu. Die Umgebung des Raumhafens war für einen Spaziergang denkbar ungeeignet. Aber Eve hatte irgend etwas auf dem Herzen, und sie achtete überhaupt nicht auf die schäbigen Straßen, durch die wir gingen.

»Dieser Planet, auf dem Michael umkam«, begann sie, »der liegt doch in den Ausläufern des Halcyon-Nebels, nicht wahr?«

»Nicht sehr weit drinnen«, antwortete ich.

»Warum waren Sie in dem Nebel?« Sie klopfte nicht erst lange auf den Busch. Ich merkte gleich, worauf sie hinauswollte.

»Ich habe es Ihnen erzählt. Wir waren auf der Suche nach Fracht von Adacit nach Hallsthammer unterwegs.«

»Sie waren nicht auf der Suche nach der *Lost Star*?«

»Nein.«

»Wohin wollten Sie die Waren bringen, die Sie auf Hallsthammer einkaufen wollten?«

Ich zuckte die Schultern. »Hing davon ab, was es war. Möglicherweise hätten wir Stoffe und dergleichen für Rosroc bekommen. Auf Rosroc gibt es Artikel, die wir wieder nach Hallsthammer hätten bringen können, wenn wir sie dort losgeworden wären.«

»Also hatten Sie die Absicht, einige Zeit in der Nähe des Nebels zu bleiben?«

»In der weiteren Umgebung, ja. Ihrem Bruder gefiel es dort draußen. Aber es sind zwei ganz verschiedene Dinge, ob man in der Umgebung des Nebels oder im Nebel ist.«

»Gestern abend habe ich Michaels letzte Briefe noch einmal gelesen. Er erwähnte die *Lost Star*. Zweimal. Wessen Idee war es, hinaus an den Rand zu gehen?«

O Gott, dachte ich. Der Verdacht war mir schon früher einmal durch den Kopf geschossen, aber ich hatte nie ernstlich daran geglaubt, daß Lapthorn ein Auge auf den Schatz der *Lost Star* geworfen haben könnte. Nicht einmal Lapthorn . . .

»Michaels«, antwortete ich ihr.

»Hat das für Sie eine Bedeutung?«

»Welche Bedeutung?« fragte ich.

»Die Tatsache, daß Michael starb, weil er die *Lost Star* suchen wollte.«

»Sie denken wohl, deswegen müßte ich hinterherrasen und bei dem gleichen Wahnsinnsunternehmen sterben«, vermutete ich. »Aus Loyalität? Oder aus rein gefühlsmäßigen Gründen?«

»Aber er hatte die Absicht, es zu versuchen?«

»Möglicherweise. Manchmal benahm er sich wie ein Idiot. Er erzählte mir jedoch nichts davon. Ich dachte, wir wären auf der Suche nach Handelsgütern, wie wir es immer taten. Nie hätte ich mich von ihm überreden lassen, in den Nebel hineinzufliegen. Das würde ich mit einem Schiff, das mir gehört, niemals tun.«

»Aber es war nicht allein Ihr Schiff. Es gehörte zur Hälfte ihm.«

»Ohne mich wäre es nicht geflogen. Natürlich ohne ihn auch nicht. Wohin immer wir wollten, wir mußten darüber zu einer Übereinkunft gelangen. Ich hätte ihn ebensowenig auf Schatzsuche in einem Dunkelnebel gehen lassen, wie er mir erlaubt hätte, Post von Penaflor nach New Rome zu befördern. Wir pflegten stets Kompromisse zu schließen.«

»Das Ende war kein Kompromiß.«

»Was wollen Sie damit andeuten?«

»Ein bißchen verstehe ich auch von Raumschiffen«, sagte sie. »Ihr Schiff hatte Bug und Heck, richtig? Kontrollen im Bug und Maschinen im Heck.«

»Und?«

»Das Ende, das zuerst den Boden berührte, mußte die ganze Wucht des Aufpralls abbekommen.«

»Nur weiter.«

»Der Mann an den Kontrollen konnte vielleicht den Absturz nicht vermeiden, aber er hätte reichlich Zeit gehabt, die Stellung des Schiffes zu ändern.«

»Ich habe Ihnen über den Absturz alles erzählt«, erklärte ich. »Ich habe Ihren Bruder nicht absichtlich getötet.«

»Sie hätten das Schiff umdrehen können. Sie hatten die Zeit dazu.«

»Diese Zeit verwandte ich darauf, uns in einem Stück hinunterzubringen. Bis wir aufschlugen, kam es mir nicht zu Bewußtsein, daß einer von uns sterben müsse. Ich kämpfte um alles oder nichts. Ich versuchte, das Schiff zu retten und es daran zu hindern, sich und uns in kleine Teile zu zerlegen.« Aber so einfach war es nicht gewesen, und das mußte mir auch damals schon klar gewesen sein. Hätte ich – wenn ich daran gedacht hätte – das Schiff drehen und unter Aufopferung meines Lebens Lapthorns Leben retten können?

Tatsache war, ich hatte nicht daran gedacht. Ich hatte mich ohne Zögern meinen Reflexen überlassen. Es war mir überhaupt nicht eingefallen, daß es eine Entscheidung zu treffen gab.

»Ich nehme an, ich hätte das Schiff drehen können«, sagte ich leise. »Ich hatte Zeit dazu.«

»Aber Sie haben es nicht getan.«

»Ich habe es nicht getan.«

»Und welches Recht hatten Sie zu entscheiden, daß Michael derjenige war, der sterben mußte, und nicht Sie?« Sie sprach angespannt, aber weder wütend noch hysterisch.

»Recht?« fragte ich heiser dazu. »Was hat Recht damit zu tun? Ich saß an den Kontrollen. Ich war mir nicht bewußt, daß ich eine Entscheidung zu treffen hatte. Ich versuchte, den Absturz zu verhindern. Wir stürzten ab. Wenn ich nichts anderes im Kopf gehabt hätte als den Gedanken, ich müsse Ihrem Bruder die bessere Überlebenschance geben, dann hätte ich ihn *vielleicht* retten können. Aber die Frage stellte sich mir nicht. Ich dachte an nichts anderes, als wie ich das Ganze retten könnte – Schiff samt Inhalt. *Meine Javelin* stürzte ab. Ich dachte an *sie.*«

»Ich verstehe«, meinte sie mit normaler Stimme. »Gut.«

»Es ist nicht gut!« Ich begann zu brüllen, weil sie mich nicht verstand. »Sie zwingen mich zuzugeben, daß ich das Leben Ihres Bruders hätte retten können oder zumindest, daß ich nicht alles getan habe, was ich zu diesem Zweck hätte tun können. Sie betonen, daß Ihrer Meinung nach ich derjenige hätte sein sollen, der umkam, und daß ich auch so denken müßte. Und dann wissen Sie weiter nichts zu sagen als: ›Ich verstehe. Gut.‹«

»Ich wollte es nur wissen«, sagte sie im Konversationston.

»Verdammt liebenswürdig von Ihnen. Ich danke Ihnen tausendmal. Und jetzt, nehme ich an, wollen Sie wieder damit anfangen, mir zu helfen.« Die letzte Bemerkung hätte ich gern unausgesprochen gemacht. Deshalb setzte ich hinzu: »Dabei fällt mir etwas ein.«

»Was fällt Ihnen ein?« Sie schien etwas erstaunt zu sein.

»Ich muß mich bei Ihnen entschuldigen.«

»Weswegen?«

»Ich glaubte, Sie hätten delArco auf mich gehetzt.«

»Ich habe ihm Ihre Adresse gegeben.«

»Ja, aber es waren die New Alexandrier, die ihn beauftragten, mich anzuheuern. Das sagte er mir, doch ich glaubte ihm nicht ganz.«

»Darüber sollten Sie sich keine Sorgen machen.«

Ich entschied, daß auch ich berechtigt war, sie nach etwas zu fragen, das ich gern wissen wollte.

»Welche Rolle spielen Sie denn nun bei alldem? Welche Aufgabe haben Sie als Besatzungsmitglied der *Dronte*?«

Sie zögerte. »Ich mache die Dokumentation für New Alexandria. An Bord ist ein Aufnahmegerät für die Sensoreindrücke.«

Irgendwie hörte sich das nicht richtig an. Ich fragte mich, ob sie einen Grund haben könne, mich anzulügen. Darüber vergaß ich, sie zu fragen, welche Stellung sie in delArcos Firma habe.

»Fehlt uns immer noch ein Pilot?«

»Nein«, antwortete ich. »Ich tu's.«

Sie sah erfreut aus, als ob sie glaubte, sie habe mich gerade dazu überredet.

X

Drei Tage später meinte ich, mit dem Schiff vertraut genug zu sein, um einen Probestart riskieren zu können. DelArco hatte gewünscht, daß ich das auf der Stelle täte, aber ich war vorsichtiger. Ich wollte die Kontrollen erst auf dem Boden, innerhalb des Konstruktionsturms, kennenlernen. DelArco ärgerte sich über diese Verzögerung. Er hatte es verdammt eilig, Selbstmord zu begehen.

Der Kapitän schien nicht zu verstehen, daß ich hart arbeitete, wenn ich, mit dem Schiff durch die spinalen Elektroden verbunden, ganz ruhig im Kontrollsitz lag. So gewöhnte ich mich an die Sensorenreichweite und die Möglichkeiten des Schiffes, tat nichts, als mich in Größe und Gestalt meines neuen Körpers einzufühlen. DelArco kannte zwar jedes Relais in diesen Kontrollen, er wußte, wozu jeder Zentimeter Draht diente. Aber er war nicht imstande, davon Gebrauch zu machen.

Ich mußte die Kontakte in meinem Nacken umarbeiten lassen, damit die Elektroden genau hineinpaßten. Es ist die Hölle, wenn es beim Fliegen da juckt, wo man nicht kratzen kann, oder wenn einen ein auch nur ganz leichter Druckschmerz quält. Ich bestand darauf, daß der Helm exakt der Form meines Schädels, dem Abstand meiner Augen, der Tiefe meines Gesichts angepaßt wurde. Für delArco war das Zeitverschwendung. Er glaubte wohl, alles, was ich zu tun brauchte, um das Schiff kennenzulernen, sei, schnell einmal damit zum Pluto und zurück zu brausen. Ich zerbrach mir lange den Kopf darüber, warum die New Alexandrier ihn zum

Kapitän des Schiffes gemacht hatten. Er war ein Mann der Schraubenzieher und der Bankbilanzen, kein Raumfahrer.

Nur Eve schien zu verstehen, was ich zu tun hatte, um in die Haut des Schiffes zu schlüpfen. Sie war die einzige, deren Anwesenheit in der Kabine ich ertragen konnte. Aber immer noch konnte ich nicht ergründen, warum sie mit an Bord gehen sollte, falls es sich nicht nur darum handelte, daß sie die vage Vorstellung hatte, auf diese Weise in den Fußstapfen ihres Bruders zu wandeln. Lapthorn war tot, und doch war er immer noch bei uns. Er lebte in Eve, wie der *Wind* in mir lebte.

Vier Tage vor dem Termin unseres Probestarts geriet delArco in Panik. Er riß mir buchstäblich den Helm vom Kopf, um mich zu zwingen, ihm zuzuhören.

»Sie haben sie!« schrie er. »Sie haben alle ihre Vermessungsdaten ausgewertet, und sie haben sie gefunden. Sie wissen, wo die *Lost Star* abgestürzt ist.«

»Na und?« fragte ich.

»Wir müssen los! Sie werden in kürzester Frist bei ihr sein!«

»Das stimmt«, gab ich ihm recht. »In ungefähr drei Monaten, wenn sie von Hallsthammer starten.«

»Sie sind bereits im Nebel! Einer von ihnen kann schon am Ziel sein!«

»Unmöglich! Die *Lost Star* befindet sich im Zentrum. Die Vermessungsschiffe arbeiten außerhalb des Zentrums. Es ist ein großer Unterschied zwischen den Geschwindigkeiten, die man in den Randzonen erreichen kann, und denen, auf die man heruntergehen muß, wenn man mitten drin ist. Die Caradoc-Schiffe brauchen noch Wochen, bis sie so weit kommen, daß sie auf die *Lost Star* spucken können. Die Planeten im Nebel zu vermessen, ist durch die Raumverzerrungen schon schwierig genug, aber ein Klacks dagegen, einen von ihnen zu erreichen. Machen Sie sich keine Sorgen, Kapitän, wir haben noch eine Menge Zeit.«

Das gefiel ihm nicht. Ich dachte nicht daran, von meinem Zeitplan abzugehen, nur weil er schwache Nerven hatte.

Die *Dronte* mußte auf jeden Fall vom Turm zur Start- und Landebucht bewegt werden. Die Hafenbehörden haben es gar nicht gern, wenn die volle Energie der Düsen eines Schiffes über den Werften abgefeuert wird. Ich entschloß mich, beim Probestart in der Atmosphäre zu bleiben und nur ein paar einfache Manöver durchzuführen. Das war alles schon beim ersten Testflug gemacht worden, aber diesmal war mein Gefühl dabei wichtig. Ich konnte mir dann doch in etwa vorstellen, wie die *Dronte* sich verhalten würde, wenn wir erst unterwegs nach Hallsthammer waren.

Natürlich war es eine Entweihung, mit einem solchen Schiff in einer Höhe von neuntausend Metern bei einer Geschwindigkeit von sechzehnhundert Stundenkilometern herumzukriechen. Aber man muß lernen zu kriechen, bevor man sich auf die Hinterbeine stellen und heulen kann.

Trotz der vielen Stunden, die ich vor den Konsolen verbracht hatte, war es etwas vollständig anderes, als ich zum ersten Mal den Helm für einen richtigen Flug aufsetzte. Die Sensoren waren wunderbar abgestimmt und genau fokussiert. Mit den tausend Augen des Schiffes sah ich, wie der Turm sich teilte, wie seine beiden Hälften sich aus unserem Weg schwangen. Ich legte meine Hände um die Schalthebel und fühlte, wie die Energie im Herzen des Schiffes anschwoll.

Zum ersten Mal hatte ich ein angenehmes Gefühl in meinem Schiffskörper. Ich konnte den Wind spüren, der über die Werften blies. Ich fühlte, wie feine Energiefäden von dem sich aufbauenden Antrieb in die Enden des Nervensystems flossen. Ich empfand, wie die *Dronte* in mir lebendig wurde. Mein Herzschlag verschmolz mit den rhythmischen Entladungen innerhalb des Triebwerks. Das Massenreduktionsfeld war noch kalt und unbeweglich, aber es war vorhanden wie eine fest geschlossene Hand. Und das umfassende Gefühl, daß ich das Schiff war, daß wir eine Einheit bildeten, wurde stärker.

Die Meßgeräte, deren Werte in den Helm um das Abbild des leeren Himmels reflektiert wurden, zeigten, daß das lächerliche Energiepotential, das ich zum Abheben von der Werft brauchte, fast erreicht war.

»Fang mit dem Countdown an«, instruierte ich Rothgar, und er zählte die letzten Sekunden ab. Als er die Null erreichte, spannte ich mich an, und das ganze Schiff mit mir. Die Düsen feuerten – ohne richtige Kraft. Die Reaktion in der Brennkammer steigerte sich, und wir erhoben uns auf einer Feuersäule vom Boden.

Federleicht ging die *Dronte* zum Horizontalflug über. Ihre Leitwerke durchschnitten die Luft wie große Flügel. Als ich in die erste Kurve ging, hatte ich volle Übereinstimmung erreicht. Ich legte meinen linken Flügel an und schwang herum. Mit einer leichten Bewegung der Finger brachte ich uns zurück. Es war ein so natürliches Gefühl, als ob ich als Vogel geboren wäre. Der Wind rauschte an meinen Armen, meinem Rücken, meinem Bauch und zwischen meinen Beinen.

Die *Dronte* war ein Vogel. Sie konnte fliegen. Ich schoß hoch, und dann legte ich meine Flügel an und tauchte hinab. Ich kreiste und kreiste und flog wieder geradeaus.

Wir kehrten zurück. Ich war high von meinem eigenen Adrenalin. Sanft senkten wir uns in die Bucht, wo die *Dronte* die Nacht verbringen sollte. Auf dem Raumhafen war eine Menge von Beobachtern. Das Fernsehen mußte entweder einen Tip bekommen oder sehr schnell geschaltet haben. Viel zu sehen gab es nicht. Beim Landen geht es eben abwärts. Ein Start ist etwas anderes. Ich fragte mich, wie viele von den Leuten morgen früh um sechs wiederkommen würden, um uns zum Abschied zuzuwinken.

Sobald meine Euphorie abgeklungen war, machte ich mir wieder Sorgen. Ich wußte jetzt, daß ich die *Dronte* fliegen konnte. Aber Manöver bei Überlichtgeschwindigkeit lassen sich mit einem Atmosphäreflug nicht vergleichen. Ich hatte gar nichts erprobt, außer daß es ein schönes Gefühl war, in der Haut dieses Schiffes zu stecken.

Rothgar kam von unten heraus, und wir gratulierten einander schweigend. Eve und delArco gingen, um für eine Rückfahrgelegenheit zu sorgen. Ich beneidete sie nicht um die Aufgabe, mit den Fragen der Neugierigen fertig zu werden.

»Alles okay?« fragte ich Rothgar.

»Woher soll ich das wissen?« gab er zurück. »Das Reduktionsfeld ist das Wichtigste, nicht die Brennkammer. Ehe wir den Plasmastrom nicht eingesetzt haben, wissen wir nicht, ob das Schiff funktioniert.«

»Aber Fehler sind nicht vorgekommen?«

»Natürlich nicht. So was gibt's bei mir nicht.« Rothgar wandte sich um und kletterte an die Stätte seines Ruhms zurück.

Ich richtete meine Aufmerksamkeit auf den etwas unbehaglich dreinblickenden Johnny Socoro.

»Hast du nichts zu tun?«

»Ich muß die Düsen von außen prüfen«, antwortete er. »Das tue ich aber nicht, solange die Leute alle herumstehen.«

»DelArco wird dafür sorgen, daß sie verschwinden. Als erstes wird er die Hafenverwaltung zur Schnecke machen, weil sie sie hereingelassen hat.«

»Vom Hafen kann er sie nicht wegweisen lassen«, erklärte Johnny.

»Mit etwas Mühe können sie von dieser Bucht ferngehalten werden. Wenn die Behörde will, kann sie Unbefugten den Zutritt verbieten.«

»Macht das etwas?«

Ich zuckte die Schultern. »Mir nicht. Es ist delArcos Schiff.« Eine Pause entstand. »Nun«, fuhr ich fort, »du hast bekommen, was du wolltest, nicht wahr? Morgen früh verlassen wir die Erde. In zwei Tagen sind wir am Halcyon.«

»Ich weiß nicht, warum ich angeheuert worden bin«, gestand Johnny. »Ich habe keine Raumerfahrung, und besonders vertraut mit diesem Antrieb bin ich auch nicht.«

»Vielleicht wegen der Zeitknappheit. Es braucht dich nicht zu kümmern, Johnny. Wenn es einen bestimmten Grund geben sollte, dann den, daß die New Alexandrier gern alles hübsch ordentlich haben. Der Pilot des Schiffes ist die Schlüsselfigur, und vielleicht wollten sie eine Mannschaft um mich aufbauen, Leute, die ich kenne und mit denen ich zusammenarbeiten kann.«

»Warum ist dann delArco Kapitän und nicht du?«

Das störte mich auch. Ich konnte Johnny diese Frage nicht beantworteten. Aber ich hatte einen Verdacht. Wenn delArco Kapitän war, war ich eine Null. Ein Schiffskapitän hat eine große Verantwortung und deshalb auch eine gesetzmäßig verankerte Autorität. Er kann bestimmen, wohin, wie und wann das Schiff fliegen soll. Vielleicht wollte man nur mein

Talent, nicht meine Vorstellungen darüber, wie die Sache zu handhaben sei. Während ich überhaupt keine Macht hatte, hatten die New Alexandrier mich durch den mit mir abgeschlossenen Vertrag völlig in ihrer Gewalt.

Johnny ging, um Rothgar bei der Überprüfung des Antriebs zu helfen. Ich hatte auch noch zu tun. Jeder Stromkreis, den ich benutzt hatte, war zu checken. Aber im Augenblick brauchte ich Ruhe. Der Flug hatte mich erschöpft. Also lehnte ich mich im Kontrollsitz zurück und sprach mit dem *Wind*.

Du hast ebenfalls bekommen, was du wolltest, nicht wahr?

Zum ersten Mal war ich es, der ein Gespräch anfing. Langsam gewöhnte ich mich an ihn.

– Ich habe bekommen, was *du* wolltest, antwortete der *Wind*.

Wie schön, daß es jemanden gibt, dem meine Interessen am Herzen liegen.

– Mir liegen *unsere* Interessen am Herzen. Du solltest ebenso empfinden. Sie sind mehr oder weniger dasselbe. Ein Streit könnte uns in Verlegenheit bringen.

Kann schon sein. Aber dich mehr als mich. Ich habe die entscheidende Stimme, nicht wahr? Mir gehört der Körper.

Das war ein Punkt, der mich beunruhigte. Wozu war der *Wind* imstande? Konnte er mir meinen eigenen Körper wegnehmen?

Aber er stimmte bereitwillig zu, der Körper gehöre mir, und falls es zu einem Streit kommen solle, müsse er dahin gehen, wohin ich ihn tragen würde. Ich dachte, daß ich, wenn ich er wäre, heftigen Einspruch erheben würde, in den Halcyon-Nebel getragen zu werden.

XI

Der zweite Start war ganz anders als der erste. Gestern hatte ich den Antrieb gedrosselt, noch ehe ich richtigen Schub hatte. Jetzt ging es richtig los – Düsenstart mit voller Kraft und dann Übergang zum Massenreduktionsantrieb.

Die *Dronte* stieg auf der Feuersäule hoch, als habe sie sich ihr ganzes junges Leben lang nach dem freien Raum gesehnt und könne es nun, wo er in ihrer Reichweite war, nicht mehr erwarten. In dem Augenblick, als ich die Düsen abschaltete, warf ich das Reduktionssystem an. Wie eine Schockwelle flutete Energie in das Nervensystem. Der ganze Körper innerhalb der Hülle wurde lebendig und nahm an der Schubkraft teil. Die *Dronte* wurde weder gehoben noch getragen. Sie flog mit der Kraft des inneren Energieaustauschs. Sie lebte.

Schneller und schneller und schneller ging es.

Schon war die Erde nur noch ein Markierungspunkt im Helm, die Sonne ein verlorenes Lichtpünktchen.

»Countdown für den Tachyonen-Transfer«, gab ich Rothgar mit ruhiger Stimme durch. Meine Stimme klingt beim Start immer ruhig. Er begann bei zweihundert und etwas. Das bedeutete, daß ich übervorsichtig gewesen war. Eine oder zwei Sekunden verwandte ich darauf, mich vollständig zu konzentrieren. Ich ignorierte Rothgars Zählen, bis er bei achtzig angelangt war, beschleunigte gleichmäßig, ließ Energie aus dem Antrieb in den Plasmastrom fließen und bereitete den Rückfluß vor. Das Reduktionsfeld wuchs und glich den Massenzuwachs aus.

Rothgar sorgte dafür, daß der Plasmastrom völlig gleichmäßig floß. Er war ruhig wie ein großer Fluß, trotz der Energieladung, die er trug. Ich streichelte diese Ladung mit meinen Fingerspitzen. Ich fühlte ihre Bereitschaft, auf den geringsten Druck zu reagieren. Sanft brachte ich die *Dronte* auf den vorprogrammierten Kurs, den delArco und ich festgelegt hatten. Dabei machten die meisten Schiffe Ärger. Sie verlieren Energie und Zeit, und gelegentlich wird in dem materiedichten Raum in der Nähe eines Sternensystems sogar ihr Schutzschild beschädigt. Nichts davon bei der *Dronte*. Sie bewegte sich mit der Grazie der Perfektion.

Der Countdown erreichte zwanzig, und ich hatte Zeit und Energie völlig unter Kontrolle. Ich brauchte weder Gewalt noch Überredung anzuwenden. Das Schiff war ich, und wir handelten als eine Einheit. Wir waren eins.

Als der Countdown bei den einstelligen Zahlen angelangt war, wurde das Reduktionsfeld zäh. Der geladene Strom wollte abreißen, aber Rothgar und ich hatten ihn unter unseren Händen, und er floß ruhig weiter. Ich hatte Schub in meiner rechten Hand, Reduktionsplasma in meiner linken. Ich mußte für perfekten Ausgleich sorgen und den Kurs halten. Bei der Annäherung an die Einstein-Barriere, ob man nun von der Unter- oder der Überlichtgeschwindigkeit herkommt, wird der Ausgleich immer schwieriger. Der Tachyonen-Transfer zwischen Massenzuwachs und Massenreduktion mußte der Augenblicklichkeit so nahe wie möglich kommen. Gab ich zuviel Schub, zerriß der Plasmastrom. Gab ich zuwenig, verlor er seine Ladung. In beiden Fällen hätten wir den Start wiederholen müssen.

Aber Rothgar kam bei Null an, und ich brauchte nicht einmal zu denken. Ich konnte mich meinen Reflexen und meinem Gefühl überlassen. Die Energie floß zurück in den Antrieb, und der Impuls ließ uns ohne ein Phasenflackern über die Barriere schießen. Die *Dronte* war in jedem Sekundenbruchteil zuverlässig. Das Plasma hielt sie perfekt. Ich ließ das Reduktionsfeld abflauen. Der Schub wuchs in meiner Hand, als ich den Impuls nicht länger zurückhielt. Durch den Rückstrom der Tachyonen setzte ich unsere effektive Masse herab, und die Geschwindigkeit stieg in einer Exponentialkurve. Ich beließ es bei fünftausendfacher Lichtgeschwindigkeit. Die *Dronte* war noch genau auf Kurs, und wir befanden uns im freien Raum.

Ich lehnte mich zurück und schloß die Augen.

»Sie wird noch viel schneller fliegen«, hörte ich delArcos Stimme wie aus weiter Entfernung. Ich geriet in Versuchung, das Schwerkraftfeld umzupolen, und stellte mir vor, daß er dann gerade seinen Sicherheitsgurt noch nicht geschlossen hatte.

»Jetzt nicht«, gab ich zurück. »Sie wird tun, was ihr gesagt wird.«

Er hielt den Mund. Vorsichtig nahm ich den Helm ab und entfernte die Elektroden aus meinem Nacken. Ich unterbrach die Verbindung, aber ich verließ den Kontrollsitz nicht.

Richtige Piloten tun das nie, solange das Schiff im Raum ist – nur Linien-Jockeys.

»Jemand soll mir eine Tasse Kaffee bringen«, sagte ich.

Eine gewisse Verwirrung entstand wegen der Frage, wer die Rolle des Stewards übernehmen solle. Es blieb an Johnny hängen. Eve schien, wenigstens im Augenblick, nicht der Meinung zu sein, der Platz einer Frau sei in der Küche.

Meine Augen waren kritisch auf die Instrumente gerichtet, aber alles war, wie es sein sollte.

»Nun?« bemerkte delArco.

Ich machte eine Pause, ehe ich antwortete: »Alles okay.«

Er hatte eine Hymne auf sein Schiff erwartet. Ich hatte nicht die Absicht, ihm den Gefallen zu tun.

In genügender Entfernung vom Sonnensystem machte ich mich an die Aufgabe herauszufinden, was die *Dronte* im freien Raum leisten konnte. Nach und nach steigerte ich die Geschwindigkeit. Ich rechnete damit, daß Rothgar sich beschweren oder das Reduktionsfeld schwanken würde. Je mehr ich die Massenreduktion dämpfte, desto kniffliger wurde die Manipulation. Der Kontrollhebel hatte eine Gangschaltung, die aber nur von Nutzen war, solange wir unter zwölftausendfacher Lichtgeschwindigkeit blieben. Danach kam es allein auf mein Fingerspitzengefühl an. Ich steigerte auf siebenundvierzigtausend und dachte, ich hätte die *Dronte* immer noch unter Kontrolle, aber dann kamen warnende Anzeichen. Das Feld begann, sich zu verflüchtigen. Ich ging auf dreißigtausend herunter und ruhte aus. Rothgar sagte die ganze Zeit kein Wort. Offenbar konnte er den Plasmastrom bei jeder Geschwindigkeit in Fluß halten. Das einzige Limit war die Kontinuität des Feldes, die von der Konstruktion des Antriebs bestimmt war. Um einen Faktor von zehn war die *Dronte* schneller als jedes Massenreduktionsschiff, von dem ich je gehört hatte.

Als delArco bemerkte, daß ich wieder einmal ausruhte, kam er herbei und beschnüffelte die Instrumente.

»Gehen Sie«, sagte ich, »und halten Sie den Mund.« Er entfernte sich, ohne etwas zu sagen.

»Alles in Ordnung?« fragte Eve ihn. Sie flüsterte, um mich

nicht zu stören. Er mußte zur Antwort genickt haben, denn von beiden war nichts mehr zu hören.

Ich ging weiter herab auf zwanzigtausend, schaltete eine Denkpause ein und entschloß mich, nicht zu ehrgeizig zu sein. Ich verlangsamte auf zehntausend.

»Jetzt wollen wir ein paar Spiele machen«, verkündete ich. »Setzen Sie sich, schnallen Sie sich an, und wenn Sie es für notwendig halten, können Sie ein bißchen zähneklappern. Das Schwerkraftfeld wird das erste sein, was von einer Überbeanspruchung in Mitleidenschaft gezogen wird. Also geraten Sie nicht in Panik, wenn der Fußboden die Wand wird.«

Ich wartete, bis ich die Verschlüsse ihrer Gurte einrasten hörte, und wandte dann meine Aufmerksamkeit wieder dem Helm zu.

»Bist du bereit, Rothgar?«

»Klar.«

»Hör genau zu.« Ich sprach mit übertriebener Deutlichkeit in das Mikrophon. »Ich werde das Schiff in einem weiten Bogen aus dem Kurs ziehen. Dann verenge ich die Kurve zu einer Spirale um den Kurs. Wenn wir rucken, taumeln oder kreiseln, möchte ich, daß du das Plasma mit aller Energie lädst, die du zur Verfügung hast. Halte es um jeden Preis im Fluß. Es kümmert mich nicht, wieviel Schub wir verlieren, wenn nur das Feld intakt bleibt. In dem Augenblick, wo Schwierigkeiten auftreten, bringe ich uns auf eine Tangente zum Kurs. Verstanden?«

»Klar«, antwortete er.

»Okay. Ich werde den Antrieb laden und den Rückstrom zurückhalten, so daß Energie dasein wird, wenn sie gebraucht wird. Es geht los.«

Ich nahm meinen ganzen Mut zusammen und konzentrierte mich. Was ich vorhatte, wäre mit jedem anderen Schiff unmöglich gewesen. Vielleicht mit diesem hier auch.

Ich ließ Energie in den Antrieb fließen und hielt sie dort fest, ließ sie nicht in das Nervensystem weiterströmen. Ich las die Instrumente innerhalb des Helms ab, und dann richtete ich meine Augen in die Ferne auf jenen Kreis trüben Sternenlichts, der alles war, was ich in einem Tunnel der Dunkelheit sehen konnte.

Durch die Elektrodenkontakte breitete sich mein Tastsinn aus, bis ich überzeugt war, ich könne jede Synapse im Schiff fühlen. Ich empfand sie nicht einzeln, sondern als Gesamtheit des Systems.

Meine Hände wuchsen zu großen Schwingen, mein Rückgrat war die Längsachse des Schiffes, meine Beine waren die Stabilisatoren, meine Leisten die Atomdüsen, mein Herz war das Reduktionsfeld, das sich um den Antrieb schlang, meine Lungen waren die Hohlräume des Schiffes.

Ich wartete, bis ich ganz sicher war, daß meine Identität und die des Schiffes zu einer Einheit verschmolzen waren.

Dann, mit einer Sicherheit, die sich auf nichts als mein Gefühl gründete, zog ich das Schiff von der vorprogrammierten geraden Linie weg, auf der es sich bewegte.

Ich flog. Ich bog meine Schwingen, um die Stärke zu erproben, die in ihnen wohnte, ich zog sie an, um dieser Stärke eine bestimmte Richtung zu geben. Ich stieß leicht mit den Beinen, und meine spinalen Muskeln bewegten sich.

Mein Herz machte einen Sprung. Es beruhigte sich jedoch sofort wieder, als meine Hand den Schalthebel umschloß. Einen winzigen Augenblick lang gab es im Plasmastrom eine Stockung, aber Rothgar ließ ihn weiterfließen. Das Reduktionsfeld war stabil, ebenso das innere Schwerkraftfeld.

Wir stiegen und kreisten und fielen und beschrieben einen gewaltigen Bogen. Ganz langsam verengte ich ihn. Mein Körper bog sich, meine Flügel wogten, und ich konnte in meinen Knochen und auf meiner Haut und an der Anspannung meiner Muskeln genau fühlen, was die *Dronte* auszuhalten vermochte. Ich wußte es über jeden Zweifel hinaus, weil ich sie war, und sie war ich. Die *Dronte* war mein Schiff, ganz allein meins.

Ich konnte schneller fliegen als das Licht.

Ich konnte höher fliegen als die Sonne.

Ich konnte durch die Wolken und hinter den Regenbogen fliegen.

Ich erstickte.

Eine eiskalte Metallhand umfaßte meine Kehle und schnürte mir die Luft ab.

Die *Dronte* schrie vor Schmerz. Ich hörte meine eigenen Schreie von den Wänden des Kontrollraums widerhallen, und Eves Stimme antwortete in Todesangst.

Ich rang nach Luft, machte in Panik kurze Flügelschläge, und wir kamen auf einer Tangente aus der Kurve heraus. Der Vogel schüttelte seine zerzausten Federn zurecht. Rothgar, mit dem Antrieb unten im Heck, liebkoste sein Kind, bis es sich wieder wohl fühlte.

Federleicht glitten wir in die tröstende Sicherheit unseres Kurses zurück. Ich holte tief Atem. Noch steckte der Schmerz in mir, den ich in meiner Kehle empfunden hatte, als der Strom abriß. Johnny sagte mir später, daß ich große, rote Druckstellen am Hals hatte. Mein Körper litt mit meinem Schiff. Wenn die *Dronte* Schmerz fühlte, wenn sie verletzt wurde, dann ich auch. Sollte sie jemals abstürzen, dann brauchte ich mir keine Sorgen mehr darum zu machen, daß ich noch einmal zwei Jahre auf einem nackten Felsen verbringen müßte.

Für lange Zeit herrschte Schweigen. Niemand bewegte sich, bis ich den Helm vom Kopf hatte. Ich rieb Hals und Gesicht mit beiden Händen. Ich wischte mein Gesicht mit dem Ärmel ab, und ich war erleichtert, als ich sah, daß es nur mit Schweiß und nicht mit Blut bedeckt war. Aber ich war besorgter um die *Dronte* als um mich selbst.

»Was ist geschehen?« fragte delArco.

»Nichts Schlimmes. Der Plasmastrom wurde unterbrochen, aber nur für einen Augenblick. Rothgar konnte mit der Energie, die wir in Reserve hielten, ausgleichen. Die *Dronte* wurde damit fertig, und sie wird erneut damit fertig werden, wenn es notwendig sein wird. Sie haben recht, Kapitän. Ihr Schiff kann bei Überlichtgeschwindigkeit wenden. Es ist im tiefen Raum manövrierfähig. Es kann uns vielleicht sogar ins Zentrum des Halcyon-Nebels und wieder zurück bringen.«

»Als du geschrien hast«, bemerkte Johnny, »hielt ich uns für verloren.«

Ich schüttelte den Kopf. »Es war mehr der Schreck als der Schmerz. Ich rechnete nicht damit, daß ich es in mir selbst fühlen würde, statt um mich oder unter mir. Natürlich wußte ich es vorher, aber etwas wissen ist etwas anderes als es erleben. Es war falscher Alarm. Die *Dronte* hat nur ein bißchen gewimmert.«

»Ist sie in Ordnung?« verlangte delArco zu wissen.

»Einwandfrei«, versicherte ich ihm. »Sie wird tun, was man ihr sagt.«

»Und im Nebel?«

»Darauf werde ich antworten, wenn wir im Halcyon sind. Jetzt bringe ich sie wieder auf zwanzigtausend, und dann brauche ich Ruhe. Und etwas zu essen.«

Unausgesprochene Worte hingen in der Luft. Kapitän delArco oder nicht, ich hatte den Befehl im Kommandoraum. Und das war, wie es sein sollte.

XII

Bis Hallsthammer ereignete sich so gut wie nichts mehr. Wir brauchten fast drei Tage statt der vorgesehenen zwei, was delArco erboste. Aber der Grund, der ihn zu solcher Eile trieb, bedeutete nichts für mich. Die *Dronte* schaffte alles, was ich von ihr verlangte, mit Leichtigkeit, bis auf das eine Mal, als ich sie ein bißchen zu hart angefaßt hatte.

Kein Mensch wartete an der Landebucht auf uns. Das erstaunte mich, bis ich erfuhr, wie viele Polizisten nötig waren, um die Schaulustigen fernzuhalten.

»Wem gehört die private Armee?« fragte ich delArco.

»Dem Hafen natürlich«, erwiderte er.

»Und wer kümmert sich unterdessen um die Betrunkenen?«

»Meine Auftraggeber verlangten ausreichenden Polizeischutz. Sie machen sich weit mehr Gedanken um ihr Schiff als die Verwaltung des New Yorker Raumhafens.«

»Heißt das, daß Ihre Auftraggeber hier sind?«

»Natürlich sind sie hier. Können Sie sich nicht denken, daß

sie wissen möchten, wie ihr Schiff fliegt, und daß sie einen Blick auf die Mannschaft werfen möchten?«

»Durchaus verständlich«, räumte ich ein. »Warum konnten wir aber nicht erst nach New Alexandria fliegen?«

»Das Zeitmoment ist wichtig«, erklärte er, nicht zum ersten Mal.

Ich persönlich hätte den Caradoc-Leuten alles vergeben, wenn sie noch am selben Abend den Schatz der *Lost Star* gehoben und es uns dadurch erspart hätten, uns auf ein Selbstmordunternehmen zu begeben. Aber delArco war fest entschlossen, sich auf einen Wettlauf einzulassen und den Preis und den Ruhm davonzutragen. Man kann leicht ehrgeizig sein, wenn man dabei nichts anderes zu tun hat als herumzusitzen und sich nach der Gesundheit anderer Leute zu erkundigen.

»Warten wir an Bord auf sie?« erkundigte sich Eve.

»Ich gehe an Land. Grainger und ich, wir stinken«, stellte Rothgar unverblümt fest. Er warf einen Seitenblick auf delArco, der während der ganzen Reise kaum einen Schweißtropfen vergossen hatte.

»Wir treffen sie in ihrem Hotel«, sagte delArco. »Wir werden das Dinner in ihrer Suite nehmen.«

»Jesus!« schrie Rothgar. Mir gefiel die Idee auch nicht. Das war delArcos Aufgabe, nicht meine. Er schuldete seinen Auftraggebern vielleicht einen Abend in feiner Schale und mit höflicher Konversation. Dazu war ich nicht verpflichtet, und Rothgar auch nicht. Eve betrachtete das Unternehmen als ganz selbstverständlich, und Johnny schien entschlossen, mannhaft daranzugehen. Ich bemerkte, das würde für uns nur Unbehagen und Peinlichkeiten bringen. Aber der Kapitän pochte auf seine Autorität.

Rothgar warf ihm verschiedene exotische Variationen eines »lausigen Bastards« an den Kopf. Vielleicht hoffte er, er werde dafür mit Arrest bestraft werden. DelArco ignorierte ihn einfach.

Während wir uns auf das Dinner vorbereiteten, hatte ich die Tollkühnheit, die Intelligenz der New Alexandrier, deren Idee es wahrscheinlich war, in Zweifel zu ziehen. Später wurde mir klar, daß sie nicht dumm, sondern schlicht verrückt waren. Sie wußten, daß uns ihre Einladung keine Freude bereitete, und zum Teil hatten sie gerade deswegen darauf bestanden.

Es waren drei New Alexandrier anwesend, und delArco stellte sie mit stolzgeschwellter Brust seiner versammelten Mannschaft vor. Einen von ihnen hatte ich früher schon einmal gesehen. Es war ein weißhaariger, verschrumpelter Mann mit hellen Vogelaugen namens Titus Charlot. Ich hatte ihn kennengelernt, als Lapthorn und ich für die Bibliothek arbeiteten. Die anderen beiden waren jünger und sahen mehr nach großem Geld als nach großem Verstand aus. Auf New Alexandria wird die Forderung nach einem bestimmten Intelligenzquotienten streng eingehalten, allein es gibt kein Gesetz von New Rome, das einen Mann mit Verstand zwingt, ihn auch zu benutzen. Und Leute, die Geld haben, lassen ihre geistigen Fähigkeiten oft verkümmern. Die Namen der beiden jüngeren Männer waren Silas Alcador und Jacob Zimmer.

Sie alle kannten Eve bereits. Sie begrüßten uns andere mit dem geheuchelten Vergnügen, das die luxuriöse Umgebung verlangte.

Das Dinner war genau die Posse, die ich erwartet hatte. Doch schließlich ergab es sich von selbst, daß sich kleine Gruppen bildeten, wodurch wir von der ermüdenden Gemeinschaftlichkeit erlöst wurden. DelArco zog sich mit Alcador und Zimmer zurück, um über Einzelheiten der Suche nach der *Lost Star* zu diskutieren und um einen ausführlichen Bericht über den Flug von der Erde nach Hallsthammer zu erstatten. Rothgar tat, als ob er diesem Gespräch zuhöre, indem er ab und zu eine nicht ganz zur Sache gehörende Bemerkung dazwischenwarf, und betrank sich währenddessen heimlich, still und leise. Johnny heftete sich Eve Lapthorn an die Fersen, bis sie gezwungen war, mit ihm zu sprechen, um ihn nicht dauernd über ihre Schulter lehnen zu haben. Die Unfreundlichkeit, ihn wegzujagen, brachte sie nicht über sich.

Titus Charlot griff sich mich.

»Widerwärtig, nicht wahr?« bemerkte er mit nicht überzeugender Kameradschaftlichkeit.

»Es ist Ihre Party«, erinnerte ich ihn.

Er schüttelte den Kopf. »Ich liebe diese Art von Geselligkeit ebensowenig wie Sie. Das ist nun mal die Art, in der Männer wie Silas und Jacob ihre geschäftlichen Angelegenheiten mit Männern wie Kapitän delArco erledigen.«

»Ich dachte, Sie wären der Boß.«

»Ganz und gar nicht«, versicherte er mir. »Ich habe nichts als die Stellung des Wissenschaftlers. Ich war Leiter des Teams, das an der Integration der menschlichen und khormonischen Technologien arbeitete. Um die finanziellen und materiellen Aspekte von einem oder zwei Projekten, die Ergebnis der Synthese sind, kümmern sich Silas und Jacob. Wir arbeiten zusammen, aber ich habe ihnen gegenüber keine Weisungsbefugnis.«

Obwohl ich beinahe dreißig Zentimeter größer war als Titus Charlot, brachte er es fertig, auf mich herabzusehen. Mir fiel plötzlich ein, daß dieser Mann praktisch mein Eigentümer war und daß er das wußte. Und daß es ihn freute. Es kam mir so vor, als könne er mich nicht leiden, wenn ich auch keinen Grund dafür erkennen konnte.

»Es ist lange her, daß wir uns zuletzt gesehen haben, Grainger«, bemerkte er beiläufig.

»Nicht allzu lange. Ich habe ein paar Freunde, die ich noch länger nicht gesehen habe.«

»Sie haben keine Freunde«, behauptete er kalt.

»Offensichtlich nicht hier«, gab ich zurück.

»Wir haben Sie auf New Alexandria in bester Erinnerung. Sie haben ausgezeichnete Arbeit geleistet. Die Auswertung der Literatur, die Sie für uns besorgten, hat Ergebnisse hervorgebracht, deren Werte in Geld gar nicht auszudrücken sind. Die Bezahlung, die Sie von uns bekamen, war dagegen schamlose Ausbeutung. Als ich von Ihrer Rettung hörte, war ich über die Maßen froh, daß ich an Ihnen etwas wiedergutmachen konnte. Ich bin sehr glücklich, daß ich imstande war, Ihnen zu helfen.« Er trug das falsche Mitleid so dick auf, als wolle er ganz sichergehen, daß ich die Ironie seiner Worte verstand. Die Übertreibung traf mich mehr als die beleidigende Absicht. Aber ich konnte noch immer nicht ergründen, was er gegen mich hatte.

»Wer hat Ihnen von meiner Rettung erzählt?« fragte ich unvermittelt. Ich hätte gern gewußt, ob es Axel Cyran gewesen war.

»Neuigkeiten reisen schnell, und alle werden in New Alexandria umgeschlagen. Wir möchten gern alles wissen.«

»Ich nehme nicht an«, warf ich leichthin ein, »daß Sie irgendeine Art von Einfluß auf den Gerichtshof ausgeübt haben, der mir die Rechnung über zwanzigtausend präsentierte? Nur zu dem Zweck, daß Sie die Bezahlung anbieten konnten?«

»Das haben wir natürlich nicht getan. Es überrascht mich, daß Sie sich vorzustellen vermögen, ein Gerichtshof auf New Rome könne überhaupt beeinflußt werden. Die New Romer achten streng darauf, ihre erprobte Ehrlichkeit und Integrität zu wahren.«

»So so.« Ich ließ ihn erkennen, daß ich ihm nicht glaubte.

»Hören wir auf, geistreich zu sein. In meinem Alter ist das eine große Anstrengung. Erzählen Sie mir lieber, was Sie von meinem Schiff halten.«

Eine Menge Leute schien von diesem Schiff als von ihrem persönlichen Besitztum zu sprechen. Juristisch gesehen mußten Alcador und Zimmer die Eigentümer sein, und das waren die einzigen, die ich noch nicht »mein Schiff« hatte sagen hören. Für mich sah die Sache so aus: Was Charlot besaß, war ein großer Computer und Auswertungen der geistigen Leistungen anderer Leute. Was Alcador und Zimmer besaßen, war ein Haufen Krediteinheiten. Was delArco besaß, war ein Schrottplatz. Das Schiff selbst existierte gar nicht, solange es nicht flog. Und im tiefen Raum gehörte die *Dronte* mir. Sie war ich, folglich war sie mein.

Während ich Charlot berichtete, wie sie sich benahm und wie man sie behandeln mußte, versäumte ich nicht, ihm diesen Standpunkt darzulegen. Das gefiel ihm nicht.

»Das verstehen Sie nicht«, höhnte er. »Die Geschichte wird das Schiff mir zuschreiben.«

»Natürlich«, räumte ich ein. »Aber diese Geschichte wird auf New Alexandria geschrieben, nicht wahr? Und zu der Zeit, wo die *Dronte* Geschichte geworden ist, wird es mich nicht mehr allzuviel kümmern.«

»Das ist etwas, das über Ihr dürftiges Dasein hinausreicht, Grainger«, versicherte er mir. »Sie sind nur ein winziges Teilchen – ein winziges *mechanisches* Teilchen. Das Schiff gehört mir, Grainger, und *Sie* gehören mir auch. Ich kann das Schiff nicht selbst fliegen. Also habe ich eine Maschine gekauft, die es kann. Das sind Sie. Niemand außer mir ist wichtig. Alcador, Zimmer und delArco sind nichts als gemietete Hilfskräfte. Eve Lapthorn ist niemand, und ebenso dieser zusätzliche Mann. Rothgar wird nicht lange genug dasein, daß seine Anwesenheit überhaupt bemerkt wird.«

»Sie meinen, Sie haben alles so eingefädelt, daß der ganze Ruhm Ihnen bleibt? Ist das alles?« Ich lachte ihm ins Gesicht. Es war überhaupt nicht komisch, aber ich hielt es für die einzig richtige Reaktion.

»Das ist richtig«, antwortete er mit plötzlicher Heftigkeit. »Ich will, was mir zusteht, und das ist nicht nur der Ruhm für ein einziges neuartiges Raumschiff. Die *Dronte* ist nichts als der bescheidene Anfang. Es ist der Anfang dessen, wozu die menschliche Rasse in den Raum vorgedrungen ist. Es ist die Verschmelzung fremder Wissenschaften mit unseren eigenen. Fünfhundert Jahre der Entwicklung werden dadurch mit einem einzigen großen Schritt übersprungen. Das ist das Ergebnis einer Perspektive, die durch die Synthese zweier ganz verschiedener Gesichtspunkte entstanden ist. Das Universum ist alles andere als einfach. Die wahre Natur und die Möglichkeiten von Materie, Zeit und Energie liegen Millionen Jahre von unseren simplen Gehirnen entfernt. Wenn wir je hoffen wollen, das Universum, in dem wir leben, zu verstehen, müssen wir uns weiterentwickeln. Die *Dronte* hat nur den Wert von fünfhundert Jahren Fortschritt. Aber der Anfang ist gemacht. Und das bedeutet nicht neue Möglichkeiten für interstellare Reisen. Es bedeutet eine neue Art der Evolution. Von jetzt an ist Evolution nicht mehr Ausschaltung des Schwächsten. Sie haben keine Vorstellung davon, wie gering die Wirkung dieses Prozesses ist! Von jetzt an wird die Evolution durch die Verschmelzung der Stärksten erfolgen. Alle intelligenten Rassen werden zusammenwachsen! Auf New Alexandria werden wir jede einzelne Rasse in ein zusammenhängendes Netz einfügen, das die Gesamtheit des Wissens, der Philosophie, des Verhaltens, des Intellekts, der Kreativität, der Möglichkeiten enthält. Das alles werden wir zu einem Superverstand zusammenfassen. Dieser Superverstand wird eine neue Welt schaffen – nicht nur eine neue Technologie, sondern neue Wege des Denkens, des Lebens. Wenn der Superverstand erst einmal existiert, kann sich die Welt zu seiner Höhe emporentwickeln, und alle Rassen werden mitgerissen werden. Unser Superverstand wird in unseren Computern beginnen und in einigen wenigen Glücklichen, zu denen auch ich gehöre. Aber er wird sich ausdehnen, bis er jeden einzelnen umfaßt, jedes Mitglied jeder Rasse. Jedem einzelnen wird das Wissen aller zur Verfügung stehen. Und aus den Wechselwirkungen wird *neues* Wissen, *neues* Verstehen, *neues* Verständnis erwachsen.

Menschliches und khormonisches Denken und Fühlen wird zusammengefaßt über alles hinauswachsen, was jede Rasse für sich erreichen könnte. Alle Rassen werden die wahre Natur des Universums erkennen lernen. Wir werden universale Wesen sein. Wir werden einen universalen Verstand besitzen.

Die Narren, die als erste die menschliche Rasse in den Raum bringen wollten, dachten an nichts als Eroberung. In ihrer Dummheit bildeten sie sich ein, die Abkömmlinge eines einzigen winzigen Planeten könnten das Universum besitzen. Intelligente Menschen haben andere Vorstellungen. Wir wollen das Universum *sein*. Wir wollen unser Potential voll entfalten. Wir wollen uns mit dem Universum identifizieren. Und das können wir. Die Verschmelzung von menschlichem und khormonischem Wissen hat das Wissen nicht nur verdoppelt. Es ist viel mehr als das. Es hat neue Felder des Denkens erschlossen. Und sobald auch noch alle anderen Rassen in den Superverstand aufgenommen sind, werden wir ein so ungeheuerliches Potential haben, das jede Vorstellungskraft übersteigt.

Sie, Grainger, sind nichts als eine Eintagsfliege. Und noch dazu eine Eintagsfliege ohne Verstand. Sie *können* das nicht verstehen. Nichts davon gehört Ihnen. Nur mir. Ich habe den großen Anfang gemacht. Das ist der Ruhm, den ich will.«

Er hielt inne, und sein Überschwang flaute ab.

Ich hatte ihm nichts zu antworten. Zu mir selbst sagte ich im stillen, daß er wahnsinnig sei. Er war der richtige, echte, typische, übergeschnappte Wissenschaftler.

– Er glaubt, was er sagt.

Ja, sicher. Er glaubt es. Er hat den allergrößten Größenwahn der Galaxis.

– Du hast einen sterilen Verstand, sagte der *Wind*. Kannst du nicht verstehen, was er meint?

Zum Teufel mit seinen verrückten Träumen, gab ich zurück. Ich gebe einen Dreck für den Superverstand und die Verschmelzung menschlichen und fremden Wissens. Mich interessiert nur, was er in seinem Wahnsinn mir antut – dem Schiff und allen, die darin sind. Mein Leben ist ihm gleichgültig. Er hat mich gekauft, weil er mich brauchte, und er kann nicht zulassen, daß ich eigene Gedanken habe. *Das* jagt mir Angst ein. *Das* ist seine Verrücktheit.

– Dein Verstand beschäftigt sich immerzu nur mit trivialen Dingen, Grainger. Du hast wirklich keine Seele.

Nach diesem Ausfall hüllte sich der *Wind* in Schweigen.

Der Zeitpunkt war gekommen, an dem delArco sich höflich zu verabschieden hatte. Diese Aufgabe wurde ihm nicht erleichtert durch den Umstand, daß er und Johnny Rothgar stützen mußten, dessen Körper plötzlich zu schwer für seine Beine geworden war. Er murmelte ärgerlich vor sich hin. Eve flatterte hilflos um die drei herum und war ihnen im Weg.

Ich setzte mich schnell ab. Hinter mir hörte ich noch würdevolle Danksagungen erschallen. Draußen half ich den anderen, Rothgar in den Aufzug zu schaffen.

»Wußten Sie schon«, fragte ich beiläufig, »daß unser Arbeitgeber vollständig und im höchsten Grade verrückt ist?«

»Ich weiß es«, antwortete delArco.

Ich war erstaunt über seinen Scharfsinn. »Weshalb arbeiten Sie dann für ihn?«

»Weil er mich bezahlt. Gefährlich ist er nicht. Er hat nur recht wunderliche Ansichten. Unsere Aufgabe ist es, ein Schiff zu fliegen. Dabei stört uns seine Spinnerei doch nicht.«

Im Geiste sprach ich ihm den Scharfsinn wieder ab. Er war doch ein Idiot.

»Manchmal«, sagte ich, »habe ich das Gefühl, daß das Schicksal nicht auf meiner Seite steht. Nicht nur das. Es muß einen Groll gegen mich haben.«

DelArco lachte kurz auf. »Sie sind es, der den Groll hat.«

– Amen, setzte der *Wind* hinzu.

XIII

Den nächsten Vormittag verschlief ich.

Am Nachmittag mußte delArco zu Charlot, Johnny und Rothgar überprüften den Antrieb, und ich hatte nichts zu tun. Ich nahm die Gelegenheit wahr, mich auszuruhen. In der kommenden Woche oder noch länger würde ich kaum wieder eine Gelegenheit dazu finden.

Am Abend trank ich mit Eve ein Glas in dem Renommier-Restaurant des Hafens, einer Glasblase auf der Spitze eines hohen Turms, von wo aus die Touristen einen guten Blick auf den Halcyon-Nebel hatten. Ich sah mir lieber den Raumhafen an, der sich an die zwanzig Kilometer nach Süden erstreckte. Die *Dronte* stand ein ganzes Stück weit weg. Sie war durch einen hohen Zaun und Sperren vor dem Eingang geschützt. Aber ich kannte ihre Linien gut genug, um sie mit den näher am Turm stehenden Vermessungsschiffen, Schleppern und W-Transformern vergleichen zu können. Die anderen Massenreduktionsschiffe sahen im Vergleich zu ihr wie Riesen aus, aber sie waren nichts als groß und häßlich. Die *Dronte* war ungefähr so groß wie die kleineren W-Transformer oder die größeren Yachten.

Ich ließ meine Augen über die Schiffe fremder Rassen wandern, die in allen Formen und Größen über das ganze Landefeld verstreut waren. Die meisten waren Dimensionsspringer von freien Händlern, aber es befanden sich auch ein paar langsame Schlepper darunter, die ausgedehnte Touren durch die ruhigeren Teile des Nebels zu unternehmen pflegen, dort die schlafenden Staubwolken aufrühren und alles aussortieren, was von Wert sein könnte – Erze, organische Bestandteile, Edelsteine und Anamorphosen. Sie verkauften ihre Ausbeute vielleicht zweimal im Jahr auf Hallsthammer. Verglichen mit den Gefahren, die die Arbeit im Nebel mit sich brachte, war dabei nicht viel zu verdienen; es reichte gerade für den Lebensunterhalt.

Ich versuchte, Alachakhs *Hymnia* zu entdecken, doch dann fiel mir ein, daß er diesen Namen einem anderen Schiff gegeben hatte.

Eve betrachtete den Himmel, nicht die Schiffe. Sie war ganz fasziniert. Hallsthammers Sonne ist ein schwacher, roter Riese und steigt in diesen Breiten nie weiter als eine Handspanne über den Horizont. Über den dämmerigen nördlichen Himmel waren ein paar leuchtende Wolken verteilt. Hinter dem rötlichen Dunst lauerten die verschlungenen Massen des Halcyon-Nebels wie eine riesige, verkrüppelte Spinne in einem hauchzarten Netz aus Sternenlicht.

Wegen seiner Staubwolken wird der Halcyon zu den Dunkelnebeln gerechnet, und auf den Planeten des Inneren Kreises ist er als dunkler Fleck zu sehen, der die dahinterliegenden Sterne auslöscht. Aber er enthält eine ganze Menge Sterne, die auf Hallsthammer und ein paar Nachbarwelten sichtbar sind. Aus der Nähe betrachtet ist der Dunkelnebel daher hell und schön – wenn einem so etwas gefällt. Das Licht wird von der Nebelmaterie gebrochen und verzerrt. Es leuchtet in allen Farben, die sich ständig ändern. Selbst mittags ist er noch ein böses Glimmen und ebenso hell wie die Sonne. Lange kann man nicht hinsehen, denn die von Strahlenstürmen getriebene Materie wogt hin und her, Funken blitzen auf und verlöschen, und jeder hinterläßt ein Nachbild auf der Netzhaut.

»Es sieht schrecklich aus«, meinte Eve. »Wie eine große Hand mit mißgestalteten Fingern, die sich ausstrecken und zusammenballen.«

»Genauso fühlt es sich auch an«, erzählte ich ihr. »Wie

Finger, die an der Schiffshaut zerren, die sich in den Schutzschild bohren. Ständig regnet es Staub und Strahlung. Der Nebel zerpflückt ein Schiff wie ein Kind einen Käfer, den es festzuhalten versucht.«

»Und trotzdem hat er einen so schönen Namen.«

»Das ist Rothgars Namenstheorie«, erklärte ich. »Besänftige die Drachen, zeige den Schiffen Liebe, beleidige tote Welten und schmeichele den lebenden.«

»Wie außerordentlich poetisch«, schnurrte eine Stimme hinter uns.

»Alachakh!« rief ich und drehte mich schnell um. Wir schüttelten uns die Hände und schlugen uns auf die Schultern. »Ich hoffte, du würdest mich finden«, sagte ich. »Ich habe nach dir gefragt, aber niemand im Hafen konnte mir Bescheid geben. Du siehst wohlhabend aus.«

Bescheiden zupfte er an seiner Kleidung, deren teurer Stoff und Zuschnitt ganz und gar nicht das war, was Raumfahrer für gewöhnlich tragen.

»Meine Handelspartner zwingen mich dazu«, erklärte er. »Sie möchten, daß die Männer, mit denen sie Geschäfte machen, so aussehen wie sie selbst. Mir persönlich bedeutet es nichts. Ich passe mich ihnen an, und sie machen mich zum reichen Mann.« Alachakh wollte höflich sein. Er war ein stolzer Mann, und dazu hatte er jeden Grund. Die Khormonsa sind im Durchschnitt kleiner als die Menschen, aber Alachakh war ein bemerkenswert großer Vertreter seiner Rasse, ebenso groß wie ich, obwohl bei weitem nicht so schwer. Er sah nur stämmig aus; seine glatte Haut stand ein ganzes Stück von seinen Knochen ab. Sein Fleisch war jedoch viel weniger dicht als menschliches Fleisch.

Das khormonische Gesicht ist flach. Das Riechorgan liegt in einer schlitzartigen Vertiefung, und die Augen sind auf eigenartige Weise verdeckt. Nach menschlichen Begriffen das Seltsamste sind die Schallempfänger, die wie ein Haarband den Schädel umschließen. Es sind starre Plättchen, die in verschiedenen Winkeln an biegsamen neuronischen Membranen hängen. Die Khormonsa können in einem viel weiteren Schwingungsbereich als die Menschen hören. Aber ein Khormon ist wegen dieser Sinnesorgane auch viel empfindlicher gegen körperliche Angriffe als ein Mensch. Ein khormonischer Schädel kann sehr leicht eingeschlagen werden. Notwendigerweise sind die Khormonsa ein friedliches Volk. Sie sind auf ihre Friedfertigkeit und Freundlichkeit stolz. Diese Mischung aus angestammtem Stolz und übermäßiger Höflichkeit verleitet viele Angehörige anderer Rassen dazu, Abscheu vor khormonischem Wesen und khormonischen Personen zu bekunden. Ich persönlich mag die Khormonsa. Aber schließlich mag ich die Menschen nicht.

Ich stellte Alachakh Eve Lapthorn vor.

»Ich kannte Ihren Bruder sehr gut«, erzählte er ihr. »Es hat mich sehr betrübt, von seinem Tod zu hören. Gleichzeitig war ich sehr glücklich darüber«, – er wandte sich mir zu – »daß du überlebt hast und in die zivilisierte Welt zurückgebracht worden bist.« Seine Stimme war sehr leise und schnurrte sanft. Die khormonische Sprache besteht fast nur aus Schnurren. Das Gehör dieser Leute ist jedoch so gut, daß sie beinahe jede andere Sprache fließend sprechen lernen können. Aus purer Höflichkeit hatte Alachakh wenigstens ein Dutzend Sprachen gelernt, darunter drei menschliche. Die Tatsache, daß die Khormonsa die großen Sprachwissenschaftler der Galaxis waren, hatte zweifellos den Ausschlag dafür gegeben, daß sie an dem ersten Projekt New Alexandrias mit dem Ziel der Rassenintegration teilgenommen hatten.

»Rothgar sagte mir, du hättest ein neues Schiff.«

»Und du auch«, gab Alachakh zurück. »Ein Schiff, über das wir hier auf Hallsthammer schon seit einiger Zeit sprechen. Es ist jetzt schon berühmt.«

»Der Ruhm gebührt auch den Khormonsa«, stellte ich fest. »Weißt du von dem Plan, in dessen Rahmen dieses Schiff gebaut wurde?«

»Ich weiß davon. Aber ich bin zu alt, um seine Größe würdigen zu können. Für mich ist es nur ein Schiff. Die Vergangenheit hält mich gefangen, und ich kann nicht wie du an die Zukunft denken.«

Er sprach sehr ernst. Ich wußte, daß dies eine Sache von großer Bedeutung war. Die Khormonsa erleben kein langsames

Altern bei schwindender Gesundheit. Ihr Dasein hat eine bestimmte Grenze, und die kennen sie sehr genau.

»Warum sind eigentlich keine Khormonsa für den Bau und die Bemannung des Schiffes eingesetzt worden?« fragte ich. »Das wäre doch nur logisch gewesen.«

Alachakh zuckte die Schultern. »Menschliche Mißgunst«, erklärte er. »Die Erde ist eine zersplitterte Welt. Ein Mensch pflegt selbst an seinem nächsten Freund zu zweifeln, und dieses Mißtrauen gebiert die Besitzgier und den Geschäftssinn. Dein Schiff, mein Freund, ist ein menschliches Schiff, kein khormonisches.«

Alachakh hätte so etwas zu keinem anderen Menschen als zu mir gesagt. Es überraschte mich, daß er es in Gegenwart von Eve Lapthorn tat. Glaubte er, sie höre nicht zu, weil sie immer noch in die Betrachtung des Himmels versunken war, oder war er bei seinem langen Umgang mit Menschen von diesen angesteckt worden? Er hatte schließlich selbst einen ganz beträchtlichen Geschäftssinn entwickelt.

»Welches ist dein neues Schiff?« fragte ich ihn.

Er warf einen Blick nach draußen. »Zu weit weg. Du wirst es nicht erkennen können. Der Hafen ist in letzter Zeit ungewöhnlich überfüllt.«

Der Hafen war in der Tat überfüllt. Wir wandten uns von der Aussicht ab und setzten uns an einen Tisch, wo Alachakh eine Runde bestellte. Eve gesellte sich zu uns.

»Woran liegt denn nun die Überfüllung?« wollte ich wissen. »Das können doch nicht lauter Caradoc-Schiffe sein.«

»Die Caradoc-Schiffe sind alle mitten im Nebel«, informierte er mich. »Sie wissen, wo ihre Beute liegt, und sie jagen wie die Wahnsinnigen hinterher. Natürlich ist sie im Zentrum und höchstwahrscheinlich in einem verzerrten Raumabschnitt. Die Caradoc-Karten vom Nebel sind gut, aber nichts kann vollkommen sein, wo nichts beständig ist. Notwendigerweise müssen die Schiffe langsam fliegen.«

»Mir wurde gesagt, du seist vielleicht auch im Nebel.«

»Ich wäre im Nebel, mein Freund, wenn ich nicht auf dich gewartet hätte.«

»Aus Freundschaft?«

Er schüttelte den Kopf. »Ich möchte einen Handel mit dir machen. Du bist auch hinter der *Lost Star* her.«

»Nicht freiwillig«, versicherte ich ihm.

»Ich auch nicht«, antwortete er leise. »Und trotzdem muß ich eher am Ziel sein als du. Du hast ein wunderbares Schiff. Es kann in den Nebel hinein- und auch wieder zurückkommen. Ich habe ein gutes Schiff. Es kann schnell genug hineinkommen, um Caradoc zu schlagen, aber es wird nicht wieder zurückkommen. Verstehst du, worauf ich hinauswill?«

»Du wirst alt«, antwortete ich, »und Cuvio ebenfalls. Dieser Flug ist wichtig für euch.«

Er nickte. »Wenn du einverstanden bist, werde ich dich zu der *Lost Star* führen. Kann ich sie nicht erreichen, gehört sie dir. Kann ich sie erreichen, gehört sie mir für einen Tag. Danach kannst du sie haben. Ich werde nicht zurückkommen. Der Ruhm wird ganz allein dir zufallen.«

»Wie hast du erfahren, wo sie ist?«

Er seufzte. »Die Macht des Geldes. Ich war so unglücklich, reich zu werden, und die Reichen haben Zugang zu vielen Geheimnissen. Diese Geheimnisse haben mich schnell alt werden lassen. Durch sie ist mein Gehirn sinnlos vollgestopft worden. Dieses spezielle Geheimnis habe ich von einem Caradoc-Kapitän gekauft. Einige andere haben das gleiche getan. Ich zweifle nicht daran, daß auch deine Arbeitgeber es so machen könnten. Aber das würde sie Zeit kosten, und vielleicht würden sie dadurch zu spät kommen. Die *Hymnia* wird schneller fliegen, als je ein Schiff im Nebel geflogen ist. Du würdest mich nicht schlagen können. Also kannst du ebensogut hinter mir herfliegen.«

»Das wird meinen Arbeitgebern nicht gefallen.«

»Du kannst sie dazu bringen, daß sie meinen Vorschlag akzeptieren.« Er lächelte. »Und du wirst es tun, nicht wahr, mein Freund? Die Bedingungen deines Vertrages verletzen deinen Stolz.«

Ich lächelte mechanisch zurück. Er hatte vollkommen recht. Ich würde jede Gelegenheit nutzen, um Charlot und delArco gegenüber aufzutrumpfen. Außerdem war Alachakh mein Freund. Wenn es ihm so wichtig war, die *Lost Star* zu erreichen, daß er sein Leben dafür opfern wollte, mußte er einen äußerst schwerwiegenden Grund haben. Ich hatte überhaupt keinen Grund, das Wrack zu suchen. Selbst wenn es mit Schätzen angefüllt sein sollte, würde ich nichts davon abbekommen. Mir war es viel lieber, wenn Alachakh als erster bei der *Lost Star* war.

»Wir werden es so machen, wie du es wünschst«, versprach ich ihm. »Ich verstehe nur nicht, warum du es wünschst.«

»Ich werde alt«, stellte er noch einmal fest. »Wenn man alt wird, fällt es einem nicht mehr leicht, sich im eigenen Gehirn zu bewegen. Man fällt Fixierungen zum Opfer. Besessenheit lauert. Die Ziele eines Mannes scheiden sich von seinem Urteilsvermögen. Mauern durchziehen das Gehirn, und die Durchgänge sind fest verschlossen. Oft beneide ich euch Menschen. Euer Leben läuft in einem ununterbrochenen Strom ab, eure Identität, eure Persönlichkeit sind euch immer gegenwärtig. Im Austausch für eine geistige Einheit könnte man schon ein paar Belanglosigkeiten vergessen. Aber es ist die Ironie des Schicksals, daß die Menschen nach innen eine Einheit und nach außen zersplittert sind, während es bei den Khormonsa genau umgekehrt ist.«

»Du bist noch nicht so alt, daß du fixiert worden bist«, sagte ich. »Du sprichst nicht wie ein fixierter Mann. Du kannst immer noch alle Räume deines Gehirns erreichen. Du hast dein Ich noch nicht verloren.«

»Du weißt nicht, wie das ist. Ich kann mich zwar immer noch von Raum zu Raum bewegen, langsam und mit Anstrengung. Aber die Räume sind so erschreckend voll. Es ist kein Platz mehr da zur Bewegung, geschweige denn zur Expansion. Meine Möglichkeiten sind aufgebraucht. Ich bin angefüllt mit zu vielen Geheimnissen, zu vielen Erinnerungen, zu vielen Träumen. Ich hätte nie gedacht, daß ich bereuen würde, soviel geträumt zu haben. Träume verschwenden sehr viel Platz im Gehirn, mein Freund.

Ich bin ein Khormon, und wenn das Gehirn eines Khormons voll ist, hat er sein Ende erreicht. Ich wünschte, ich könnte ein bißchen vergessen und dadurch etwas Platz schaffen, aber ich kann es nicht. Das Vorgestern hält mich fest. Von einem langen

Morgen kann keine Rede sein, vielleicht nicht einmal von den späteren Stunden des Heute. Bald wird es schon schmerzlich sein, die Erfahrungen von Minuten in die letzten Ecken zu stopfen. Ich kann mir nur noch eine letzte Tat leisten. Ein letzter Plan, ein letztes Ziel, ein letzter Flug. Ich möchte noch einmal das Unmögliche tun.«

»Aber warum die *Lost Star*?« wollte ich wissen. »Und warum jetzt? Du hättest sie dir jederzeit während der letzten vierzig Jahre holen können. Liegt es daran, daß sie neuerdings im Brennpunkt der Aufmerksamkeit steht?«

»Nein. Der Tod eines Khormon ist keine Modeangelegenheit. Ich möchte nicht allein sterben. Alles übrige ist belanglos. Es ist einfach so, daß ich in den letzten vierzig Jahren keinen Grund hatte, die *Lost Star* aufzusuchen. Jetzt habe ich einen.«

»Weißt du, was sie geladen hat?« fragte ich erstaunt.

»Nicht genau. Ich habe einen Verdacht. Aber ich kann dir nichts darüber mitteilen. Noch nicht. Nicht eher, als bis ich weiß, daß ich es nicht mehr schaffen werde und die Fracht dir gehört. Ich kann mich auch irren. Vielleicht ist gar keine Fracht da.«

»Du glaubst, daß es sich um etwas Khormonisches handelt.«

»Nein«, erwiderte er. »Die *Lost Star* ist nie auf Khor gelandet. Wenn sie etwas geladen hat, dann kommt es von einem Ort, der gar nicht existiert.« Lächelnd fügte er hinzu: »Von Myastrid.«

Er erhob sich, um zu gehen, und ich stand gleichfalls auf. Ich ergriff seine Hand. Sie war so leicht, daß ich sie kaum fühlte.

»Ich werde dich wiedersehen«, versprach er.

»Das hoffe ich.«

»Cuvio wird sich wegen unseres Flugs mit deinem Ingenieur in Verbindung setzen. Wir starten früh am Morgen.«

Er ging, und ich nahm wieder Platz. Eve starrte mich an. »Was ist los?« fragte ich sie. »Überlegen Sie gerade, ob ich Ihren Chef an die kleinen, grünen Männchen verkauft habe? Ob ich ein Verräter an der Sache Titus Charlots bin?«

Sie ignorierte die Provokation. »Was ist Myastrid?«

»Ich weiß es nicht. Wohl der Name eines Planeten. Ich müßte einen Englisch sprechenden Khormon fragen.«

»Sie haben Alachakh nicht gefragt?«

»Er wollte nicht, daß ich ihn fragte.«

»Und was meinte er damit«, erkundigte sie sich, »daß er keinen Platz mehr in seinem Gehirn habe?«

»Die Khormonsa haben in Abschnitte eingeteilte Gehirne«, erklärte ich. »Sie haben ein eidetisches Gedächtnis. Sie vergessen nie etwas. Sie sortieren und klassifizieren ihre Erinnerungen und bewahren sie in getrennten Speichern auf – ›Räume‹ nannte Alachakh sie. Ihr Bewußtsein kann immer nur einen Abschnitt auf einmal erfassen. Ihr Verstand existiert in allen Räumen, doch je voller die Räume werden, desto mehr wird er zusammengedrückt. Zum Schluß muß er zersplittern, den Zusammenhang verlieren. Das ist die Fixierung. Grundsätzlich ziehen die Khormonsa es vor, zu sterben, ehe dieser Zustand erreicht ist. Sie setzen ihren Stolz darein, im Sterben eine nützliche Tat zu verrichten. Jeder Khormon möchte ein toter Held sein.«

»Dann ist Alachakhs Jagd nach der *Lost Star* eine Art ritueller Selbstmord?«

Ich zuckte die Schultern. »So ungefähr. Ich hätte gedacht, daß er mit weniger Prahlerei abgehen würde. Aber die letzten beiden Jahre haben ihn irgendwie verändert.«

»Sie scheinen nicht traurig zu sein«, meinte sie zögernd.

»Ich muß mit Jammern und Weinen eine Schau abziehen, was? So wie man es im Film sieht. Ein Khormon stirbt aus Höflichkeit gegen seine Umgebung. Ich ziehe die khormonische Heuchelei der menschlichen vor. Ich werde nicht um Alachakh weinen.«

»Sie haben sich nicht einmal von ihm verabschiedet«, beschuldigte sie mich.

»Das war nicht notwendig. Er weiß, daß ich zur Stelle sein werde, wenn er stirbt. Dann werden wir uns verabschieden.«

Sie schüttelte den Kopf und wollte nicht verstehen.

XIV

Als Eve und ich das Restaurant verließen, blieben wir vor der Tür stehen, um die kühle Luft zu genießen. Ich bemerkte uns genau gegenüber einen Nichthumanoiden in einem Raumanzug, der mich beobachtete. Zwar verharrte er unbeweglich, und sein Gesicht war unter dem Helm verborgen, aber aus seiner ganzen Haltung konnte ich erkennen, daß er mich anstarrte und daß er mich erkannte. Dann führte er die Hand an den Gürtel. Plötzliche Angst überfiel mich, als mir klar wurde, was jetzt kommen mußte. Ich warf Eve auf den Boden und rannte nach rechts. Die Waffe in der Hand des Fremden folgte mir. Er schoß. Wenn er richtig gezielt hätte, wäre es zu spät gewesen, als ich mich duckte. Der Strahl traf eine Hauswand ein paar Schritte hinter mir. Ziegelstaub hüllte mich ein.

Die Gestalt in dem silbernen Anzug bekam keine Gelegenheit zu einem zweiten Versuch. Jemand schoß ihn aus dem Hoteleingang nieder. Die Polizei war mit ungewöhnlicher und bemerkenswerter Schnelligkeit zur Stelle gewesen. Während ich zurückging, half der Polizist Eve bereits auf die Füße.

»Danke«, sagte ich. Wir überquerten gemeinsam die Straße, um uns den Toten anzusehen.

»Wie kommt es, daß Sie genau im richtigen Augenblick auftauchten?« fragte ich. »Haben Sie ihn beobachtet? Oder uns?«

»Wir beschützen die Bürger«, erklärte der Polizist.

»Und heute mußten Sie uns beschützen.«

»Scheint so«, stimmte er zu. »Vielleicht wußte jemand, daß Sie Hilfe brauchen würden. Sie sind doch mit dem neuen Raumschiff der New Alexandrier gekommen, nicht wahr? Und Sie wollen Caradoc den Rang ablaufen.« Er stieß den Raumanzug mit dem Fuß an und rollte die Leiche auf den Rücken.

»Ein Crocoliden«, stellte er fest. »Wir haben auf diesem Kontinent drei überkuppelte Kolonien. Sie kommen nicht oft heraus, weil sie draußen Raumanzüge tragen müssen. Aber trotzdem arbeiten ein paar Crocoliden im Hafen – meistens für ganz ausgefallene Aufgaben.«

»Das war eine ganz ausgefallene Aufgabe«, meinte ich.

»Er hat auf uns gewartet!« Eve konnte es kaum glauben. Sie hatte ein behütetes Leben geführt, aber mir war es auch nicht gerade zur Gewohnheit geworden, beschossen zu werden.

»Offensichtlich ist Caradoc der Meinung, ich wäre auf New Rome zu leicht davongekommen«, sagte ich. »Oder vielleicht halten die Caradoc-Leute es für undankbar, daß ich so schnell zum Nebel zurückgekommen bin. So oder so, sie müssen gedacht haben, daß ich eine Lektion verdient hätte.« Ich wandte mich an den Polizisten, der dem toten Crocoliden den Raumanzug auszog. »Gibt es eine Möglichkeit herauszufinden, wer ihn bezahlt hat?«

»Wie stellen Sie sich das denn vor?« gab er ärgerlich zurück.

Die wichtigste Frage war für mich, ob er bezahlt worden war, um mich zu treffen oder um mich zu verfehlen. Mir leuchtete es nicht ein, warum jemand so sehr an meinem Tod interessiert sein sollte, daß er einen Killer anheuerte. Hatte Charlot zu sehr mit den Erfolgschancen der *Dronte* herumgeprahlt? Wollten die Caradoc-Leute sich Zeit verschaffen, um uns bei der Jagd nach der *Lost Star* schlagen zu können?

Eine Menschenmenge sammelte sich an.

»Können wir gehen?« fragte ich.

»Ich werde Sie begleiten«, erklärte der Polizist. »Die Gerechtigkeit können wir dem Allmächtigen überlassen.«

Der Vorfall hatte in mir Gedanken an Gewalt hervorgerufen. Als wir in den Bauch der *Dronte* kletterten, kam mir zum ersten Mal zu Bewußtsein, daß dies Schiff den Raumkampf ebenso revolutionieren könne wie die Raumerkundung. Raumschlachten hatte es in der Vergangenheit immer wieder gegeben, aber bis jetzt waren sie nicht der Rede wert gewesen. Es ist schwer, in all der Leere irgend etwas zu treffen. Doch die *Dronte* konnte manövrieren. Sie konnte an ein anderes Schiff aufschließen, ganz gleich, mit welcher Geschwindigkeit sie flog. Bewaffnet würde sie ein phänomenales Kriegsschiff abgeben.

»Wenn die *Dronte* Krallen hätte, wäre sie ein großer

Habicht«, sagte ich zu Eve, um mein nachdenkliches Schweigen zu erklären.

»Möchten Sie mit ihr Tauben jagen?«

»Nein, Würmer. Große Stahlwürmer. Ich bin kein Freund des Jagdsports, ich bin nur ein Pessimist. Aber machen Sie sich darüber keine Gedanken. Wir wollen einen Kaffee trinken und den Kindern von unserem Abenteuer erzählen.«

Johnny regte sich gebührend darüber auf, daß ich dem Rachen des Todes so knapp entronnen war. Rothgar sah darin nur einen Beweis für seine krankhaften Ansichten über das Leben im allgemeinen und unsere unmittelbare Zukunft im besonderen. Ich wechselte das Thema, so schnell ich konnte.

»Ich habe Alachakh getroffen«, teilte ich Rothgar mit.

»Und ich Cuvio. Er wird uns mit einem besonderen Signal auf seiner Spur halten.« Er gab mir einen kleinen Apparat. »Den kannst du aufs Kontrollbrett tun. Er wird den Weg der *Hymnia* in unseren Computer einspeisen.«

»Verdammt clever, die Khormonsa«, murmelte ich. »Übrigens, weißt du, was Myastrid bedeutet?«

»Ja.«

Ich war so überrascht, daß ich einen Mundvoll Kaffee in die Tasse zurückspucken mußte, um nicht daran zu ersticken. »Los, sag es mir.«

»Das khormonische Märchenland, törichte Geschichten, du weißt schon.«

»Nicht der verlorene Planet?«

»Soweit ich weiß, nicht«, antwortete Rothgar. »Einfach nur das Märchenland für die Kinder.«

Ich zuckte die Schultern. »Vermutlich wollte Alachakh mich nicht wissen lassen, was er im Sinn hatte. Zur gegebenen Zeit werde ich es herausfinden.«

»Haben Sie gar keine Vorstellung davon, was in der *Lost Star* sein könnte, das er so dringend haben will?« fragte Eve.

»Nicht die geringste«, versicherte ich.

»Ich will dir sagen, was an Bord der *Lost Star* zu finden ist«, bemerkte Rothgar. »Khormonische Märchen. Verdammter Dreck!«

In halber Zustimmung nickte ich. »Was es auch sein mag, es

kann heute nicht mehr von Wert sein. Achtzig Jahre sind eine lange Zeit. Der Preis hängt von der Mode ab, und die Moden ändern sich mit erschreckender Schnelligkeit, besonders im letzten Jahrhundert. Sicher werden wir in den Laderäumen der *Lost Star* etwas finden, aber es wird wertlos sein.«

»Hauptsache, wir werden irgend etwas vorzuweisen haben«, warf Johnny ein. »Wir würden dumm dastehen, wenn wir nach all dem Geschrei mit leeren Händen zurückkämen.«

»Das ist wohl richtig«, stimmte ich zu. »Ein paar Kleinigkeiten, die die Phantasie des Pöbels anregen, werden wir brauchen.«

Nick delArco kehrte zurück, ziemlich aus der Fassung gebracht. Ihm war zu Ohren gekommen, daß irgendeine unfreundliche Person auf seinen Piloten geschossen hatte. Ich war ganz geschmeichelt durch seine Betroffenheit. Ich hatte nicht gewußt, daß ihn so etwas kümmern würde.

Er und Charlot hatten mit der Polizei gesprochen, ohne etwas Besonderes herauszubekommen, außer, daß delArco jetzt interessante Tatsachen über die Crocoliden zu erzählen hatte.

Von der Rasse des Attentäters gab es nur noch heimatlose Reste. In ihrer Blütezeit hatten die Crocoliden sieben oder acht Planeten in der Nachbarschaft ihrer Ursprungswelt Hycilla kolonisiert. Sie waren langsam vorgedrungen, weil sie nur Raumschiffe mit Unterlichtgeschwindigkeit hatten. Um die Sache weiter zu komplizieren, besaß Hycilla eine sehr ungewöhnliche Zusammensetzung der Atmosphäre, weshalb alle Kolonien unter Kuppeln angelegt werden mußten. Durch Kriege unter den Crocoliden wurde der Heimatplanet vernichtet und alle seine Bewohner mit ihm. Ohne Nachschub von zu Hause waren die meisten Kolonien nicht in der Lage gewesen, sich zu erhalten. Die Crocoliden auf Hallsthammer gehörten zu den Glücklicheren. Aber da sie von der für sie lebensfeindlichen Atmosphäre unter ihren Schutzkuppeln festgehalten wurden, hatten sie sich überhaupt nicht weiterentwickeln können. Für Millionen von Jahren hatten ihre Gesellschaftsordnung und Technologie stagniert. Möglicherweise waren die

Crocoliden die älteste bekannte raumfahrende Rasse, wenn es nicht die Gallacellaner waren.

Als erst die Menschen und dann die Khormonsa auf Hallsthammer eintrafen, hatten die Crocoliden kein Interesse gezeigt. Trotz eugenischer Vorsichtsmaßnahmen hatte die Inzucht sie beinahe schon zu genetisch identischen Wesen gemacht. An dem durchschnittlichen Crocoliden waren Zeichen der Entartung von Intellekt und Physis wahrzunehmen. Jedermann pflegte auf sie als eine minderwertige Rasse herabzusehen. Das Universum hat kein Mitgefühl für Verlierer.

Natürlich waren Kontakte hergestellt worden. Besonders die menschliche Eitelkeit kann es nicht ertragen, ignoriert zu werden. Crocoliden in Raumanzügen hatten gelegentlich etwas am Hafen zu tun. Aber für gewöhnlich kümmerten sie sich um niemanden, und niemand kümmerte sich um sie.

Es war sinnlos, die Crocoliden zu belästigen, weil einer ihrer Mitbrüder versucht hatte, mich zu erschießen, denn sie würden einen Dreck darum geben, und es hatte mit keinem von ihnen außer dem Täter selbst etwas zu tun. Ebenso sinnlos war der Versuch, Caradoc (oder sonst einen Verdächtigen, wenn es einen gab) mit dem Täter in Verbindung zu bringen. Auch ohne Raumanzüge sahen alle Crocoliden gleich aus, und die Caradoc-Gesellschaft trieb zuweilen mit ihnen Handel.

Aus delArcos weitschweifigem Bericht konnte ich entnehmen, daß Charlot sich wegen des Vorfalls keine Gedanken machte und volles Vertrauen in den polizeilichen Schutz hatte. Der Kapitän jedoch war weit von diesem schönen Glauben an den langen Arm des Gesetzes entfernt. Als Erdbewohner war er so etwas wie ein Kenner krimineller Aktivitäten. Auf New Alexandria war seit zwanzig Jahren niemand mehr erschossen worden, wodurch sich Charlots Haltung vielleicht erklären ließ. DelArco hingegen mochte auch etwas Angst um sich selbst haben, obwohl er dazu keine Ursache hatte. Die Caradoc-Leute hatten bestimmt Verstand genug, um einzusehen, daß er durchaus nicht unersetzlich war. Rothgar wies ihn darauf hin, und die folgende Erhitzung der Gemüter zwang uns alle dazu, uns für die Nacht zurückzuziehen.

Am nächsten Morgen hoben wir ab.

XV

Das Schiff im Nebel zu fliegen war kein Spaß. Jetzt kam die Prüfung auf Herz und Nieren. Wenn die *Dronte* in einem Gebiet wie diesem sicher flog, dann verdiente sie ihre Vorschußlorbeeren. Seltsamerweise war ich zuversichtlicher als jeder andere. DelArco hatte einen großen Mund, aber so dämlich war er auch wieder nicht, daß er nicht wußte, wie gefährlich der Nebel war. Rothgar war natürlich der geborene Pessimist, und Johnny und Eve hatte ich genug Angst eingejagt, daß sie vor jedem Staubwirbel die Augen schlossen. Doch ich kannte mein Schiff jetzt, ich fühlte es, ich wußte, wozu es fähig war. Den anderen sagte ich nichts davon, weil es eine persönliche Angelegenheit war, aber ich war überzeugt, daß ich die *Dronte* auch im verzerrten Raum fliegen konnte.

Die einzige Sorge machte mir meine Konzentrationsfähigkeit. Zwar verließ ich auch bei normalen Flügen den Kontrollsitz nie, aber ich konnte mich dort doch für lange Zeitabschnitte ausruhen. Im Nebel würde es damit seine Schwierigkeiten haben. Natürlich gibt es in jedem Nebelgebilde Mengen von leerem Raum – alles im Weltraum besteht zu neunundneunzig Prozent aus Leere, einerlei, wie schwarz es von außen aussieht. Man kann sich im Nebel nur nicht darauf verlassen, daß ein leerer Raum leer bleibt, während man drinnen ist. Tatsächlich vermindert ein Schiff allein durch seine Anwesenheit diese Wahrscheinlichkeit, weil es einen Brennpunkt für den Zusammenfluß von Raumverzerrungen bildet. Die Bewegungen innerhalb des Nebels gehen nicht so einfach im Kreis wie im übrigen Universum. Der Raum weigert sich, den Prinzipien, die man in vernünftigeren Ecken der Galaxis Gesetze nennt, zu gehorchen.

Im Herzen des Nebels gibt es ein Gebiet, in dem offenbar unbegrenzte Kräfte wirken. Die Struktur des Raums wird zerfetzt und auf eine pseudotemporale Matrix verteilt, die den Nebelkern in vielen anderen Zeiten – und vielleicht auch anderen Räumen – als im Hier und Jetzt sein läßt. Die Gravitation folgt allen Sorten von verhexten Kurven und ruft entsprechende Anomalien im Strahlenweg und in der Verteilung der Materie hervor. Im Nebel gibt es Sonnen und Planeten und Monde, und im allgemeinen benehmen sie sich genauso wie andere Himmelskörper. Nur kann man im verzerrten Raum nie sicher sein, was die planetaren Bedingungen, die absoluten Bewegungen und sogar was die Zeitbeständigkeit betrifft.

Theoretisch boten mir die Nebelplaneten friedliche Häfen, wo ich landen und mich dem Luxus von Schlaf und Stille hingeben konnte. Aber würde ich mich richtig entspannen können, solange wir im Nebel waren? Wahrscheinlich nicht. Und wir würden mindestens fünf Tage drin sein. Wenn irgendwann in dieser Zeit unter dem Druck der dauernden Anstrengung meine Konzentration nachließ, konnte uns das alle töten, auch wenn die *Dronte* noch so perfekt war. Kein Schiff ist besser als sein Pilot.

Als wir in den Halcyon-Nebel einflogen, begegneten wir als erstes dem Staub. Die wandernden Energien trieben gewaltige Staubwolken vor sich her. Sie sind an sich nicht besonders gefährlich. Die meisten Schiffe können im Staub leben. Baggerschiffe und nichthumanoide Schlepper beuten die Staubwolken sogar aus. Dauert der Staubregen aber länger an, kann der Schutzschild des Schiffes beschädigt werden. Das Schiff verliert Energie, und schließlich wird das Reduktionsfeld beeinträchtigt. Und dann steht man mit einem Fuß im Grab.

Ich hatte vor dem Staub eine Menge Respekt und befühlte ihn in den ersten beiden Stunden sorgfältig. Meine Beweglichkeit war jedoch ein großer Vorteil. Mit kleinen Flügelschlägen wich ich den heftigeren Staubstürmen aus, und bald wurde das eine Sache der Routine und der Reflexe. Meine Reaktionen wurden automatisch in die Steuercomputer einprogrammiert, und das Schiff lernte es, mir einen Teil der Arbeit abzunehmen. Trotzdem blieb ich ständig voller Wachsamkeit.

Ich hatte Alachakhs Spezialapparat in unsere Signalanlage eingebaut. Das ankommende Signal zeichnete auf meinem Hilfsschirm den Weg nach, den seine Quelle genommen hatte. Als wir in den Nebel einflogen, waren wir ungefähr zwei Stunden hinter der *Hymnia*, aber weil ich vorsichtiger war, als

Alachakh dies für notwendig hielt, fielen wir danach etwas zurück. Ich folgte der Spur, ohne sie jedoch als vorprogrammierten Kurs zu benutzen. Alachakh hatte die Karten, und ich wußte, daß die *Dronte* überall, wo die *Hymnia* fliegen konnte, ihr zu folgen imstande war. Aber es konnte zu leicht geschehen, daß hinter Alachakhs Schiff neue Raumverzerrungen entstanden.

Ich machte delArco und Eve darauf aufmerksam, daß sie mir nicht antworten durften, wenn ich mit mir selbst sprach. In gewisser Weise half es mir, wenn ich eine Situation laut kommentieren konnte. Ich kam jedoch sehr gut ohne hilfreiche Vorschläge, dumme Fragen und Lobsprüche aus.

»Ich werde den Abstand zur *Hymnia* etwas verringern«, sagte ich. »Der Staub fliegt jetzt quer zur Flugrichtung, und ich möchte nicht, daß mir der Weg verlegt wird.«

Eine große Wolke stürzte über mich her. Es war heißer Stoff aus dem Zentrum. Chaotische Finger stachen in alle Teile des Schutzschildes. Ich schüttelte meine Flügel, aber der Angriff erfolgte aus zu vielen Richtungen gleichzeitig. Ich pumpte zusätzliche Energie in den Schild und vergewisserte mich, daß das Herz des Schiffes fest und ruhig schlug, falls ich noch mehr Energie brauchen würde. Ich verließ mich darauf, daß der Sturm nur von kurzer Dauer sein würde. Sollte ich den Schutzschild über längere Zeit hinweg verstärken müssen, würde ich den Antrieb schwächen, und bevor wir nach Hallsthammer zurückkamen, gab es keine Möglichkeit, ihn neu aufzuladen oder zu reparieren. Der Motor mußte mit Respekt behandelt werden.

Das Signal änderte sich ein wenig.

»Die *Dronte* weicht vom Kurs ab«, erklärte ich mir selbst. »Der Staub kommt durch eine Zeitverwerfung oder ein Schwerkraftloch. Sie möchte den Druck auf ihre Außenhülle gleichmäßig verteilen.«

Ich ließ sie abtreiben. Man kämpft nicht gegen sein eigenes Schiff. Ich versuchte zu erspüren, welchen Weg die Raumverzerrungen nahmen, damit ich die Flügelstellung der Gestalt des Druckfeldes anpassen konnte. Ich nahm Schub weg und ließ einen kurzen Energiestoß in den Schutzschild fließen, damit ich mit den Schwingen flattern konnte. Dann nahm ich nach und nach die Kraft aus dem Schild wieder weg. Es fühlte sich an, als ob man einen Handschuh in der Kälte abstreift. Das Prickeln des Staubs wurde stärker, schon beinahe schmerzhaft. Ich erforschte die Umrisse des Feldes, das den Staub trug. Einen Augenblick lang dachte ich, ich hätte es, aber die Wahrnehmung blieb undeutlich, und das Feld änderte sich ständig. Ich versuchte, meine Bewegungen ihm anzupassen. Dann verstärkte ich den Antrieb ein bißchen und begann, meine Flügel langsam, aber kraftvoll zu schlagen. Meine eigene Stärke floß in die verzerrte Struktur des Sturms ein. Natürlich war das so gut wie nichts gegen die furchtbare Macht, die den Dreck aus dem Kern des Halcyon blies. Aber das war eine ziellose Macht. Sie konnte manipuliert, sie konnte überredet werden. Ich war der erste Mensch, der jemals die Energien des Nebels für seine eigenen Zwecke einsetzte.

Meine Haut brannte, mein Rücken und meine Lenden schmerzten. Ich durfte nicht darauf achten. Plötzlich spie die Wolke uns aus. Ich brauchte nur Sekunden, bis ich wieder auf der Spur der *Hymnia* war.

Durch die Erleichterung, die ich empfand, ließ ich mich nicht zur Hast verführen. Ganz vorsichtig brachte ich den Schutzschild auf seine ursprüngliche Stärke.

Ich überlegte mir, daß wohl viele Schiffe unverletzt durch die Staubwolke gekommen wären, aber nur mit einer gefährlichen Überbeanspruchung ihrer Triebwerke und ganz bestimmt mit einer viel geringeren Geschwindigkeit als wir.

»Mit diesem einen sind wir fertig«, bemerkte ich, während die Muskelschmerzen in meinem Rücken durch Gefühllosigkeit abgelöst wurden. Ich streckte mich und legte mich zurück, um meine Finger zu biegen.

Aber es gab keine Ruhepause für mich.

Wir kamen der *Hymnia* langsam näher. Alachakh flog jedoch immer noch sehr schnell. Da sein Schiff nicht die Vorzüge der *Dronte* hatte, konnte ich mir ausrechnen, daß sein Antrieb es nur noch ein paar Tage machen würde. Er flog wie ein Wahnsinniger. Welchen Grund er auch haben mochte, den

Nebel herauszufordern, er wurde durch ihn zu höchster Eile gezwungen.

Nicht einmal mit meinen empfindlichen Sensoren konnte ich Alachakhs Schiff sehen, denn die Sicht war zu sehr gestört. Aber das Signal kam laut und deutlich herein. Manchmal fühlte ich Wellen von Raumkrümmungen, die auf den Spuren der *Hymnia* entstanden. Das machte mir Sorgen. Wenn Alachakhs Schiff seitlich getroffen wurde, würde es wie ein Korken fortgeschleudert werden. Die *Dronte* konnte mit so etwas fertig werden, die *Hymnia* nicht.

Geh doch die Sache ruhiger an, dachte ich, und deine Chancen, bei der *Lost Star* anzukommen, würden beträchtlich steigen. Aber Alachakh ging weiter bis an die Grenzen seiner Möglichkeiten.

Die Minuten wurden zu Stunden, und er wurde noch schneller. Ich wollte ein solches Risiko nicht eingehen, und so zog er uns wieder davon. Dann stieß er auf eine Wolke und mußte Anker werfen. Es war eine vereinzelte und kleine Wolke, und ich kam ohne Schwierigkeiten hindurch.

Nach sieben Stunden zwang eine Raumverzerrung uns auseinander. Alachakh wurde nicht langsamer, woraus ich den Schluß zog, daß die Krümmung hinter ihm entstand. Eine Zeitlang ritt ich auf den Wellen, aber sie preßten meine Brust zusammen und beugten meinen Rücken, bis ich die Geschwindigkeit herabsetzen mußte. Selbst dann blieb ein dumpfer Schmerz zwischen meinen Rippen. Ich schwitzte heftig und fühlte mich sehr müde. Ich hatte einen Schuß gehabt, der mich zehn bis zwölf Stunden hätte wachhalten sollen, doch vermutlich war die Belastung zu groß.

»Was hat der verdammte Narr vor?« fragte ich mich. »Das ist doch kein Rennen! Oder glaubt er, ich würde ihn betrügen, wenn er die *Lost Star* nicht mit ein paar Stunden Vorsprung erreicht?« Aber daran konnte es nicht liegen. Er wußte, daß ich mein Versprechen halten und ihn zuerst an das Wrack lassen würde. Und wenn es sich um ein Rennen handeln würde, dann würde ich sowieso gewinnen. Ich hatte einen Vogel, und er hatte nur ein Geschoß.

Weitere Stunden vergingen.

Die Anstrengung nahm zu. Ich wußte so gut wie jeder andere, wie gefährlich es ist, zuviel Aufputschmittel zu nehmen, aber das alternative Risiko, daß ich zu langsam wurde oder sogar das Bewußtsein verlor, war mir zu groß. »Geben Sie mir einen starken Schuß«, forderte ich delArco auf, »anderthalb Flaschen in die Vene. Ich kann mich nicht an die vorgeschriebene Dosierung halten. Nicht ohne die Geschwindigkeit herabzusetzen. Und ich muß nahe genug an Alachakh bleiben, daß mir der Weg nicht durch eine Raumverzerrung verlegt werden kann.«

Der Kapitän bewegte sich, um meinem Befehl nachzukommen.

»Brauchst du etwas?« fragte ich Rothgar.

»Ich kann essen«, antwortete er. »Johnny kann mich derweilen ablösen.«

»Nimm einen Schuß«, riet ich ihm. »Wenn es Schwierigkeiten gibt, möchte ich, daß du den Plasmastrom in Gang hältst. Johnny ist für diesen Antrieb nicht ausgebildet.«

Ich glaube, es war Eve, die mir die Nadel in den Arm stach, aber ich sah mich nicht um. Es war ein unangenehmes Gefühl, als ob der Schutzschild über den zusammengefalteten Flügeln punktiert worden wäre, und ich brauchte mehrere Minuten, bis ich es überwunden hatte.

Staub, Staub und noch mehr Staub. Wir waren jetzt in der ruhigeren Plasmazone des Halcyos, ein gutes Stück vom Rand des Nebels entfernt, wo die vom Kern ausgestoßenen Ströme zurückfluten. Nach dem, was wir schon hinter uns hatten, konnte hier eigentlich nichts mehr passieren, womit ich nicht fertig wurde, außer ich wurde davon vollkommen überrascht. Ich wunderte mich, wie Alachakh es schaffte. Die Khormonsa sind physisch nicht so stark wie die Menschen. Vielleicht hatte er sich an eine Tropfflasche mit Stimulanzien anschließen lassen. Ich war schon früher unter Drogeneinfluß geflogen. Es war ein gutes Gefühl, solange ich im Kontrollsitz war, aber ich hatte drei Tage gebraucht, um mich von hundert Stunden Flug zu erholen. Für die Gesundheit ist es sehr schlecht.

Die wilde Jagd ging immer weiter. Verschiedentlich erreichte Alachakh sechstausendfache Lichtgeschwindigkeit. Meistens blieb er jedoch bei vier- bis viereinhalbtausend. Schon das war viel für mich, und ich machte seine gelegentlichen Spurts nicht mit. Das Ergebnis war, daß er für kurze Zeit einen Vorsprung gewann und ihn wieder völlig verlor, sobald eine Wolke ihn zum Kriechen zwang. Später schien er seinen anhand der Karten geplanten Kurs zu ändern, und während er einen neuen Weg von einem unbekannten Punkt A zum Punkt B ausarbeitete, konnte ich ihm dicht auf die Fersen kommen. Bis dahin hatten sich die Caradoc-Karten als sehr zuverlässig erwiesen, und es lag nicht an ihnen, daß Alachakh schließlich in Treibsand geraten war. Es gehörte Optimismus dazu, den Halcyon-Nebel überhaupt zu vermessen.

Die schlimmen Stürme, die Alachakh durch seine Kursänderung vermied, kamen zur Linken in mein Sichtfeld. Die Masse chaotisch durcheinanderwirbelnder Teilchen dehnte sich im Helm aus. Sie tat meinen Augen weh, obwohl sie vom Schiff noch ein gutes Stück entfernt war. Alachakh beschleunigte auf zehntausend. Offenbar wollte er vor dem Ungeheuer davonlaufen. Ich hatte keine andere Wahl, als ihm zu folgen. Zwischen unseren beiden Schiffen lagen nicht mehr als sechs bis acht Minuten, aber die Stürme kündigten alles mögliche Übel an. Ich brachte die *Dronte* auf achtzehntausend, bis ich sicher war, daß das schlechte Wetter hinter uns lag.

Die hohe Geschwindigkeit verursachte Schmerzen besonderer Art. Die Wellen verzerrten Raums, die Alachakh aufwarf, trafen uns hart und versuchten, unser Inneres nach außen zu kehren. Der Vogel benutzte meine Reflexe, um dem Druck auszuweichen, während ich darüber nachdachte, wie klein unsere Chance war. Ich brüllte Rothgar zu, Obacht zu geben, und vollführte allerhand Tricks mit dem Schub, hoffend, Rothgar werde den Plasmastrom konstant halten. Einmal mußte ich das Schwerkraftfeld aufgeben, um mit einem Strudel fertig zu werden. Hätte die Krümmung eine Zeitverschiebung mit sich getragen, dann hätten wir den Strom ganz verloren oder wären verkrüppelt worden.

Auch ohne das wurden wir hoch und weit fortgeschleudert, als hätte uns ein Stier auf die Hörner genommen. Der richtige Schmerz kam aber erst, als wir von der Krümmung wieder frei waren. Wir fühlten uns alle, als seien wir überall und nirgends. Mir kam es vor, als sei ich in Mikrosekunden zusammengeschlagen worden. Ich mußte alle Kraft zusammennehmen, um das Schiff abzufangen und unser Schwerkraftfeld zurückzubekommen.

Als wir wieder auf einer bekömmlichen Geschwindigkeit waren und die *Dronte* erneut Alachakhs Spur folgte, nahm ich mir die Zeit, mich zu entschuldigen.

»Mit etwas Glück«, meinte ich, »sollte es nicht mehr oft so schlimm wie eben kommen.« Zu meiner eigenen Überraschung war meiner Stimme der Schmerz anzuhören. Ich hatte keine Zeit gehabt, darüber nachzudenken, wie weh es getan hatte.

Bald darauf wurde der Flug jedoch für eine Zeitlang relativ einfach.

Die *Hymnia* vergrößerte ihren Abstand erneut. Alachakh war ungeduldig. Er wollte seine Verabredung mit dem Tod schnell erreichen. Ich wußte nicht, wie weit wir es noch hatten, aber unser Ziel mußte innerhalb des Kerns liegen, und das bedeutete einen weiteren Tag oder so. Ich versuchte mir vorzustellen, wieviel wir hätten einstecken müssen, wenn wir die *Hymnia* wären, und es war kein angenehmer Gedanke. In mir wuchs die bedrückende Überzeugung, daß Alachakh es nicht schaffen konnte. Er würde sterben, ohne sein Ziel erreicht zu haben, und dieses Signal würde uns seinen letzten Verzweiflungsschrei bringen, die Koordinaten der *Lost Star* und den Weg, auf dem wir zu ihr gelangen konnten.

Allmählich fragte ich mich, warum der Khormon nicht einmal ausruhte. Er mußte anhalten, wenn er noch eine Chance haben wollte. Welches Lebenselixier auch immer in seine Adern tropfen mochte, er konnte nicht mehr lange so weitermachen. Bald mußte er irgendwo landen. Wenn die Caradoc-Leute diesen Weg vermessen hatten, würden die geeigneten Planeten eingezeichnet sein. Alachakh mußte von einem wissen, den er benutzen konnte. Ich war so todmüde, daß ich mir schon überlegte, ob ich auf eigene Faust stoppen sollte.

Als meine Geduld beinahe erschöpft war, begann Alachakh zu kriechen und steuerte ein Sonnensystem an. Wir folgten ihm. Ich wußte, daß ich auch auf einer Planetenoberfläche ständig abrufbereit sein mußte. Aber wenn Gefahr entstand, würde sie langsam kommen. Ich würde Zeit haben, wach zu werden und wieder zu starten. Im Halcyon bedeutet es schon eine große Erleichterung, wenn man weiß, daß man nicht der augenblicklichen Vernichtung ins Auge zu blicken hat.

XVI

Wir setzten auf einem nackten Felsen auf, der ungefähr so groß wie der Erdmond war. Eine Atmosphäre oder irgendwelches Leben hatte er nicht.

In dem Augenblick, wo ich den Antrieb abschaltete, rief ich die *Hymnia*. »Ist sie noch in einem Stück?« fragte ich Alachakh.

»Uns geht es gut«, antwortete er, »und euch?«

»Wir sind unverletzt davongekommen. Aber euch geht es nicht gut, und das weiß ich. Wie schlimm ist der Energieverlust?«

»Wir können genügend Energie halten. Die *Hymnia* wird wieder starten, keine Sorge.«

»Wirst du bis zum Kern kommen?«

»Ja, ich glaube. Morgen. Wir werden keine Zwischenlandung mehr machen.«

»Geh es ruhig an.«

»Ich kann nicht. Es muß morgen sein. Die nächste Landung wird für uns die letzte sein.«

»Dann ist die *Hymnia* also doch in schlechtem Zustand?«

»Sie ist noch gut genug für unser Vorhaben, hoffe ich. Mit dem nächsten Anlauf schaffen wir es. Du mußt noch einmal landen, bevor du in den Kern einfliegst, oder du mußt in einen Orbit um eine sichere Sonne gehen. Ich werde dir die Koordinaten der Welten, die ich kenne, durchgeben, dann kannst du dir eine aussuchen.«

»Und was wirst du tun?«

»Mach dir keine Sorgen. Die Spur wird so deutlich sein, daß

du mir folgen kannst. Aber denke daran, daß du auch wieder zurück mußt. Paß auf dich auf.«

»Wie weit ist es?« fragte ich.

Ich konnte ihn beinahe lächeln sehen. »Noch achtundzwanzig Stunden bis an den Kern. Innerhalb des Kerns zwölf oder vierzehn weitere Stunden. Wenn ich es nicht schaffen sollte, wird dir das Signal alles mitteilen, was du zu wissen *brauchst*. Wenn du mehr als das wissen *willst*, mußt du zu mir kommen, sobald die *Hymnia* stirbt. Ich hoffe, sie wird nicht als feiner Staub über den ganzen Kern verteilt werden.«

»Viel Glück, Alachakh«, sagte ich.

»Ich hoffe, du wirst kein Glück brauchen, mein Freund«, gab er zurück. »Ich hoffe, du kannst dich mehr auf dein Schiff als auf das Glück verlassen.«

Ich nahm die Elektroden ab und streckte meine Glieder aus, aber ich verließ den Kontrollsitz nicht.

»Ist irgendwer tot?« fragte ich. Alle vier waren im Kontrollraum und beobachteten mich.

»Nein«, antwortete delArco.

»Gut.«

»Wird er es schaffen?« wollte der Kapitän wissen.

»Nein.«

Er stieß einen Seufzer der Erleichterung aus. Ihm hatte der Gedanke, daß ein anderer zuerst bei der *Lost Star* sein sollte, nie gefallen. Wenn ich ihm die Zeit gelassen hätte, sich vorher mit Charlot zu beraten, hätte er meinem Vorschlag überhaupt nicht zugestimmt. Wenn Charlot davon erfuhr, würde er mir niemals vergeben, aber dann war es eine vollendete Tatsache.

»Ich werde hier schlafen«, erklärte ich. »Ich brauche etwas, das die gestrigen Schüsse aus meinem Körper bringt, damit ich am Morgen wieder fit bin.«

»Ich werde dafür sorgen«, versprach Eve.

»Bist du in Ordnung?« wandte ich mich an Johnny. Er nickte. Ich wußte, daß Rothgar für sich selbst sorgen konnte und wollte. »Nimm ein Schlafmittel«, riet ich Johnny.

Eve kam und reichte mir ein Medikament.

»Sind Sie auch der Doktor?« fragte ich sie. »Der Kapitän sollte derjenige sein, der Bescheid weiß.«

»Ich bin in Raumpharmazie ausgebildet«, versicherte sie mir.

»Großartig.« Mit einem Seitenblick auf den Kapitän setzte ich hinzu: »Vermutlich helfen Ihre Pillen, auch wenn man nur herumsteht.«

»Wie stehen unsere Chancen?« fragte delArco friedlich.

Ich entschied, es sei sinnlos, ihn zu sehr zu beunruhigen. »Uns kann so gut wie nichts mehr aufhalten. Wie es innerhalb des Kerns werden wird, kann ich nicht garantieren. Es wird sich jedoch nicht wesentlich von dem unterscheiden, was wir schon hinter uns haben. Nur mehr von der Sorte. Ich denke, wir können damit fertig werden.«

»Also gehört die *Lost Star* uns.« Er bemühte sich, seine Stimme ausdruckslos klingen zu lassen, damit ich ihn nicht für habgierig hielt.

»Das ist richtig.«

»Was ist mit Caradoc?«

Ich zuckte die Schultern. Er wußte genau, daß Caradoc bis jetzt noch keinen Erfolg gehabt haben konnte. Vermessungsschiffe sind langsam wie Schnecken. Sie konnten schon bis auf ein paar Lichtjahre heran sein, und wir würden sie immer noch schlagen.

»Geben Sie mir ein leichtes Schlafmittel«, forderte ich Eve auf. »Für gewöhnlich nehme ich das Zeug in dem rosa Papier.«

Bei meiner laienhaften Bezeichnung zuckte sie zusammen. Ich wußte wohl, wie das Medikament hieß, aber die Linien-Jockeys werden in ihren Schulen dazu erzogen, höflich gegen Chemikalien zu sein, und ich vermeide es, wann immer ich es kann, mich nach Schulmethoden zu richten.

Eve bereitete das Schlafmittel vor, und die übrigen verzogen sich aus dem Kontrollraum.

Ich nahm ihr den Becher aus der Hand, trank, reichte ihn ihr zurück und fragte sie, was sie an Bord zu tun habe.

»Ich bin ein Mannschaftsmitglied«, erklärte sie.

»Sie haben gesagt, Sie würden die Dokumentation für Charlot machen. Das stimmt nicht. DelArco hat den Monitor in Betrieb genommen. DelArco macht die Aufnahmen. Sie sind nicht einmal in die Nähe der Apparaturen gekommen.«

»Wir haben Sie angelogen«, gestand sie. »Ich bin hier, weil ich darauf bestanden habe.«

»Und warum haben Sie darauf bestanden?«

»Weil die *Dronte* mein Schiff ist, Grainger. Ich habe sie als erste geflogen. Ich habe die Pilotenschule auf Penaflor besucht, nebenbei bemerkt.«

Ich war überrascht. Beinahe hätte ich gelacht, aber mir kam im selben Augenblick zu Bewußtsein, was es für sie bedeutet haben mußte, ein Schiff, das sie geflogen hatte, einem anderen zu überlassen. Ob sie nun nichts als eine Taxifahrerin war oder nicht, sie hatte das Schiff genauso gefühlt wie ich.

»Warum, zum Teufel, haben Sie mir das nicht gesagt?«

»Nach Ihren Bemerkungen über die Linien-Jockeys? Außerdem machten Sie es, als wir uns kennenlernten, überdeutlich, daß Sie über keinen von uns irgend etwas zu wissen wünschten. Wie hätten Sie reagiert, wenn ich Ihnen mitgeteilt hätte, auch ich sei ein Raumpilot?«

»Ich hätte gelacht«, sagte ich.

»Genau. Jetzt trinken Sie Ihren Mickey Finn.«

Wenn man in einem Raumschiff die Tür zuknallen könnte, hätte sie es getan. Ich trank meinen Mickey Finn.

Unmittelbar danach – so schien es mir – schüttelte mich jemand. Sofort war ich wach. Ich dachte, es sei etwas passiert. Aber Johnny wollte mich bloß wecken.

»Alachakh ist gerade gestartet«, berichtete Johnny.

Angerufen hatte er nicht mehr. Das sah ihm ähnlich. Ich setzte mich auf, befestigte aber die Elektroden noch nicht.

»Besorg mir etwas Richtiges zu essen, damit mein Magen zu tun kriegt.«

»Das Essen ist schon fertig. Eve bringt es.«

»Gut«, meinte ich. »In ein oder zwei Jahren könnte aus diesem Haufen noch eine annehmbare Imitation einer Raumschiffbesatzung werden.« Eve brachte mir den Brei, und ich schaufelte ihn mit Höchstgeschwindigkeit hinein. Es ist nicht so, daß das Zeug schlecht schmeckt, es verdient bloß keine besondere Aufmerksamkeit. Das Essen im Raum dient nur der Lebenserhaltung.

Jetzt fühlte ich mich von neuem bereit, es mit dem Nebel

aufzunehmen. Die Hälfte des Weges hatten wir hinter uns, jedenfalls was die zurückgelegte Strecke betraf. Wenn ich die Augen offenhielt, konnte eigentlich nichts mehr passieren.

Tatsächlich verlief Tag zwei fast genauso wie Tag eins. Je weiter wir kamen, desto dichter wurde der Staub. Aber es war ruhiger Staub, der sanft gegen meine Flügel raschelte. Die Raumverzerrungen wurden zwar schlimmer, doch dafür war ich jetzt schon vertraut mit ihnen. Stürme sahen wir nur von weitem – bis auf einen. Er pfefferte mein Gesicht und verbrannte meine Arme. Die Anstrengung im Gehirn war dagegen bei weitem nicht so heftig wie gestern, und so konnte ich es ertragen.

Alachakh war unbezwinglich. Die *Hymnia* war ein bißchen langsamer geworden. Sie kam selten an fünftausendfache Lichtgeschwindigkeit heran. Das war immer noch mehr, als ich früher innerhalb des Nebels für klug gehalten hätte, aber gemessen an unseren Erfahrungen des Vortages schon vorsichtig zu nennen.

Nach siebenundzwanzig ermüdenden Stunden beschloß ich, eine Pause einzulegen. Ich setzte gerade zur Landung an, als aus Alachakhs Signal eine Art von ersticktem Kreischen wurde. Ich spielte es entsprechend verlangsamt auf dem Recorder ab. Die Botschaft lautete: »Nutze deine Zeit gut. Alles in Ordnung. Vielleicht sehen wir uns morgen.«

Alachakhs sonst so ruhige, tiefe Stimme hatte eine ganz fremde, hysterische Note. Das Schlüsselwort war natürlich »vielleicht«. Praktisch bedeutete es, daß Alachakh es nicht schaffen würde.

Ich setzte auf der Nachtseite des innersten Planeten einer Sonne auf, deren Koordinaten mir Alachakh in der letzten Nacht durchgegeben hatte. Hier war es ebenso verlassen wie an unserem vorigen Landeplatz, was mich sehr beruhigte. Eine Welt, auf der es gar nichts gibt, ist die Welt, der man am meisten Vertrauen schenken kann. Und wenn der Kern des Halcyon-Nebels nur noch eine Flugstunde entfernt ist, braucht man soviel Vertrauen wie möglich.

Mit den Augen des Schiffes betrachtete ich lange den Himmel. Er war von dem Kern völlig ausgefüllt. Dort waberte farbiges Licht, und dort tobten die Stürme. Da drin, dachte ich, waren Caradocs dreißig Vermessungsschiffe. Und die *Lost Star*. Und Alachakh. Und die Leichen von sechs oder acht Schiffen, die versucht hatten, was er und ich im Begriff waren zu versuchen.

– Schlaf bis morgen, ließ der *Wind* sich hören. Wir sind beinahe da. Er schien zuversichtlicher als ich zu sein.

Mußt du dich ausgerechnet jetzt wieder melden? Das Schicksal des Schiffes hängt ausschließlich von meiner Gemütsruhe ab.

– Wie du willst, gab das Wispern zur Antwort. Aber ich werde da sein. Vergiß mich nicht.

Wie könnte ich das?

Ich befreite mich von den Elektroden. Eve hielt schon ein Medikament bereit. Es schmeckte scharf, aber es verjagte innerhalb von Minuten allen Schmerz und alle Anspannung. Als ich mich umwandte, sah ich, daß delArco eifrig am Monitor beschäftigt war. »Haben Sie eine hübsche Sammlung von Schnappschüssen angelegt?« bemerkte ich. »Passen Sie gut auf, daß die Leute zu Hause nichts vermissen werden!«

Er warf mir einen kurzen Blick zu, würdigte mich aber keiner Antwort.

Ich sprach Rothgar durchs Mikrophon an, um mich zu vergewissern, daß bei ihm alles in Ordnung war, denn gemeldet hatte er sich nicht. Seine Stimme klang unglücklich, doch er versicherte mir, der Antrieb sei bei guter Gesundheit. Ich überlegte, ob ich den Kontrollsitz verlassen und mich in meine Koje legen sollte. Dann entschloß ich mich, meinen Prinzipien treu zu bleiben. Bestimmt würde etwas schiefgehen, sobald ich der Zentrale den Rücken wandte.

XVII

Friedlich schlief ich beinahe dreizehn Stunden lang. Das erste was ich hörte, als ich erwachte, war das schwache, aber glockenklare Signal der *Hymnia*.

Johnny hatte Wache. Er drehte sich zu mir um, als ich mich aufsetzte.

»Also hat er es doch geschafft«, stellte ich fest. »Er sagte, zwölf oder dreizehn Stunden. Er muß jetzt schon da sein.«

Johnny schüttelte den Kopf. »Er bewegt sich, wenn auch seit einer Weile, ganz langsam. Ich glaube, es ist schwieriger, als er es sich vorgestellt hat.«

»Das kann nicht stimmen.« Ich überprüfte Johnnys Aussage mit den Instrumenten, und er hatte recht. Alachakh flog immer noch mit Überlichtgeschwindigkeit. Während ich dasaß und seine Spur betrachtete, schrie die *Hymnia* auf.

Die Todesklage des Schiffes überlagerte das Signal wie das hoffnungslose Weinen eines Kindes. Sogar delArco hörte es in seiner Kabine. Als er in den Kontrollraum stürzte, wurde der Schrei von einer verstümmelten Folge von Geräuschen abgelöst. Dann kam nichts mehr.

»Wir müssen los.« Ich glitt in den Kontrollsitz und steckte die Elektroden ein.

»Rothgar!« brüllte ich in das Mikrophon. Keine Antwort. »Weck ihn auf!« befahl ich Johnny. »Und Eve auch. Ich habe keine Zeit für den Brei, ich muß intravenös ernährt werden. In drei Minuten hebe ich ab, und dann muß verdammt jeder bereit sein.«

»Wollen Sie die Botschaft nicht abspielen?« fragte delArco.

»Nein«, gab ich gereizt zurück. »Ich muß zuerst zur *Hymnia*. Die *Lost Star* kann warten. Falls das Schiff nicht in Stücke zerbrochen ist, könnte Alachakh noch leben. Vielleicht können wir ihn aufnehmen.«

»Wir müßten uns wenigstens vergewissern, daß . . .« begann er.

»Gehen Sie zum Teufel«, sagte ich.

»Hier bin ich«, kam Rothgars Stimme durch den Lautsprecher, gerade als ich den Helm justierte. »Fang an.«

Ich fing an und ignorierte delArco. Wenn er noch etwas sagte, dann hörte ich es nicht.

Beinahe startete ich zu schnell. Das Schwerkraftfeld wakkelte, aber ich hielt die *Dronte* und brachte sie glatt über die Einstein-Barriere. Ich gab ihr jedes verfügbare Quentchen Energie, und ich konnte spüren, daß es zuviel war. Trotzdem wollte ich keine dreizehn Stunden bis zur *Hymnia* brauchen. Ich schuldete Alachakh wenigstens fünf Stunden, und wenn es mir gelang, würde ich sechs einsparen.

Ehe es mir selbst klar wurde, waren wir innerhalb des Kerns, und ich fühlte die gar nicht zärtlichen Berührungen der Verzerrungsfelder, die einen Raumabschnitt mit einem Durchmesser von vielen Lichtjahren in Falten legten.

Der Druck war stetig. Das Grundgefüge änderte sich langsam aber machtvoll, wie der Wechsel von Ebbe und Flut. Ich wußte, daß die Wirkung auf die *Dronte* und auf mich selbst additiv sein würde. Je schneller ich flog, desto größer würde die Wirkung werden. Bei zweitausendfacher Lichtgeschwindigkeit würde es einen Tag dauern, bis unser Herz angegriffen wurde, bei viertausendfacher vielleicht sechs Stunden. Ich wußte weder genau, wie weit entfernt Alachakh war, noch welche Gefahren auf dem Weg zu ihm lauern mochten. Bei einer ständigen Geschwindigkeit von eintausend, entschied ich, sollten wir die *Hymnia* erreichen können, ohne bleibende Schäden abzubekommen.

Eine Stunde später war mir klar, daß es schlimmer werden würde, als ich es mir vorgestellt hatte.

»Achtung, jetzt wird's gefährlich«, teilte ich Rothgar mit. »Die *Hymnia* hat teuflische Turbulenzen aufgerührt. Wenn es noch mehr werden, gehen wir dabei drauf. Rings um uns brodeln Zeitverschiebungen.«

»Kannst du nicht drum herum?«

»Ausgeschlossen. Ich muß mich an Alachakhs Spur halten, oder ich werde ihn im gekrümmten Raum niemals finden. Es gibt nur eines, was ich tun kann – ich muß die Wellen abreiten. Das bedeutet hohe Geschwindigkeit, aber wenn es mir gelingt, mit dem Strom statt gegen ihn zu fliegen, wird er uns nichts tun.«

Gegen dieses Argument sprach natürlich, daß das Feld quer zu unserm Kurs orientiert war. Wir mußten innerhalb des Sturms reiten und uns seinen Launen überlassen.

»Ich werde versuchen, dem Sturm ein Auge zu schaffen«, informierte ich Rothgar. »Wir müssen mit den Düsen hinter uns ein Loch blasen und dann mit sieben- oder achttausendfacher Lichtgeschwindigkeit davonspringen, damit wir nicht selbst hineingezogen werden. Wenn der Plasmastrom reißt, werden wir pulverisiert. Und noch dazu eine halbe Million Jahre vor unserer Zeit.«

»Okay«, gab Rothgar ruhig zurück. Ich hatte ihm gerade nahegelegt, das Unmögliche zu vollbringen.

»Beginn mit dem Countdown für den Düsenstoß.« Er fing mit zwanzig an, was für meinen Geschmack zu hoch war, aber es war sein Antrieb. Inzwischen versuchte ich, an dem um uns kochenden Strudel vorbeizukommen.

Bei fünf zischte ich ab. Zweitausend, zweifünf, drei. Bei Null erhöhte ich auf sieben, ließ die Düsen feuern und schloß die Augen. Nach weniger als einer Sekunde schaltete ich den Düsenantrieb ab, ging auf dreitausendfache Lichtgeschwindigkeit zurück und betete, daß ich die *Dronte* im bekannten Universum halten konnte.

Wir krümmten uns in Todesqual. Da ich angeschnallt war, konnte ich dem quälenden Krampf meiner Muskeln nicht nachgeben. Ich fühlte, wie mein Rückgrat sich bog und meine Glieder zuckten. Wenn ich einen Knochen brach, waren wir alle tot. Der Schutzschild war durch den Sprung fast vollständig weggerissen worden. Ich gab ihm gerade soviel Energie, daß er hielt, während wir herumrollten. Staub bohrte sich in meine Haut. Blut lief über meine Arme. Aber die *Dronte* blutete nicht. Sie war ebenso stark wie geschmeidig, und ihre Adern lagen tief. Ich merkte, daß die Energie verebbte. Der Strom mußte gleich abreißen. Ich betete, daß Rothgar den Antrieb durch die Krise bringen konnte. Ich kämpfte für die *Dronte*, als wir den gefährlichsten Punkt erreicht hatten, und wir gewannen. Sie ritt auf der Schockwelle.

Ich hatte die Raumanomalien des Nebels zu unserem Vorteil benutzt. Die Krümmung lief mit uns, half uns, trug uns.

»Schäden?« fragte ich scharf.

»Tu das nicht wieder«, riet Rothgar. »Wenn du noch einmal bei Überlichtgeschwindigkeit den Düsenantrieb benutzen willst, ist er für immer hin.«

Ich wandte meine Aufmerksamkeit darauf, die genaue Stärke und Bewegung des Sturms zu erfühlen. Die Instrumente gaben meine Geschwindigkeit mit einsdreißig an. In vier Stunden mußten wir die *Hymnia* erreichen.

Selbstverständlich blieben die Bedingungen nicht so, wie sie waren. Allmählich kamen wir wieder dahin, wo wir angefangen hatten. Ich hatte nur ein *kleines* Loch gemacht. Stundenlang ritt ich auf den Wellen in der einen Richtung und kämpfte gegen die aus einer anderen. Ich wurde langsamer, doch immer noch litt ich Qualen, und das Schiff auch. Der Wille, dahin zu gelangen, wohin ich gelangen mußte, war stärker. Jetzt stand ich im Krieg mit dem Nebel, und mein Respekt für seine Gefahren wurde zu einem weit persönlicheren Gefühl – Aggression, ja, sogar Haß. In jeder Schlacht kommt der Augenblick, wo man den Schmerz und sogar den Grund für den Kampf vergißt. Man schlägt drauflos, man wird zu einem Geschöpf, das nur diese eine Bestimmung hat. Ich glaube, es half mir damals sehr, daß ich einen leeren, sterilen, verkrüppelten Geist habe.

Wären wir nicht schon so nah am Ziel gewesen, hätte das Schiff zerbrechen können, während ich noch in dieser Verfassung war. Das hatte nichts mit Mut oder Heldenhaftigkeit zu tun. Davon war in mir ebensowenig wie von Vorsicht oder Geduld. Die Instrumente sagten mir später, daß wir bis zur *Hymnia* fünf Stunden und zwei Minuten brauchten. Mir war die Zeit nicht zu Bewußtsein gekommen.

Das Plasma geriet offenbar zweimal ins Stocken, aber beide Male hielt Rothgar das Reduktionsfeld für die lebenswichtigen Augenblicke stabil. Er tat Wunder.

Alles in allem hatten wir sehr viel Glück.

Die *Hymnia* trieb im Raum. Sie mochte tot sein, aber äußerlich war sie heil.

Sie wurde von einem Tachyonen-Wind schnell vorangetrieben. Deshalb konnte ich nicht auf Unterlichtgeschwindigkeit heruntergehen und sie ansteuern, und bei Überlichtgeschwindigkeit konnte ich nicht von einem Schiff zum anderen gelangen.

»Ich werde ihr einen Stoß geben«, kündigte ich an, »und sie von diesem Wind wegbringen.«

Auch das war gefährlich, aber der Tachyonen-Wind selbst konnte mir nichts antun, und bei dieser Geschwindigkeit geriet ich nicht durch Staub oder Verwerfungen in Gefahr. Vorausgesetzt, daß ich mich nicht an der *Hymnia* verletzte, konnten wir es wagen.

Also wagte ich es.

Als ich es geschafft hatte, rief ich sie an, aber es kam keine Antwort. Wenn Alachakh noch lebte, war er nicht bei Bewußtsein, und Cuvio desgleichen. Die Frage war, ob ich das Schiff von außen öffnen konnte. Für manche Leute ist die Geheimhaltung wichtiger als die Sicherheit, und das zeigt sich an der Art, wie sie ihre Raumschiffe konstruieren.

Ich hakte mich los und winkte Eve herbei, setzte sie auf den Kontrollsitz und gab ihr den Helm.

»Ich muß dort hinüber«, sagte ich. »Ich glaube zwar nicht, daß jetzt noch etwas schiefgehen kann, aber wenn doch etwas passiert, gehört die *Dronte* Ihnen. Warten Sie nicht auf mich. Wenn Sie inbrünstig genug um schlechtes Wetter beten, können Sie vielleicht Ihren Job zurückbekommen.«

Sie wurde blaß und schüttelte den Kopf.

»Danke«, sagte ich. »Es ist schön, wenn man weiß, daß man gebraucht wird.«

Als ich hinausging, griff ich mir Johnny.

»Sind die Leinen in Ordnung?«

»Natürlich.«

»Gut. Ich brauche dich in der Luftschleuse. Wenn etwas schiefgeht, hau ab, so schnell du kannst.«

Ich stieg in meinen Raumanzug, kletterte in die Luftschleuse, hakte meine Leine an und tauchte hinaus. Ich hielt mich nicht damit auf, »Auf Wiedersehen« zu sagen.

XVIII

Die Luftschleuse der *Hymnia* stand bereits offen. Einen Augenblick lang dachte ich, vielleicht sei jemand herausgekommen. Aber das war natürlich absurd. Die Luftschleuse stand offen, weil Alachakh und Cuvio Gesellschaft erwarteten – besonders meine.

Ich stieg ein, schloß die Außentür und ließ Luft in die Kammer, behielt den Helm jedoch auf. Das Schiff konnte auch ein Leck haben. In der Schleuse befand sich ein Druckmesser, aber ich konnte ihn nicht ablesen, weil er khormonisch kalibriert war. Ich öffnete die Innentür.

Von der Metallplattform, auf der ich stand, führte ein Korridor um die Mitte des Schiffes und je eine Leiter nach oben und unten. Ich stieg hinauf. Die Schwerkraft war noch da. Also gab es noch Energie im Schiff, wenn auch der Antrieb tot sein mochte. Ein Vorteil des Antriebs bei Dimensionsspringern ist, daß er von den übrigen Stromkreisen des Schiffes völlig getrennt ist. Das bedeutete, daß es weiterhin Wärme und Licht gab und das Leben erhalten werden konnte. Doch warum war dann das Signal verstummt? Wenn Alachakh es abgestellt hatte, mußte er die Katastrophe überlebt haben. Nein, wahrscheinlicher war, daß das Signal programmiert worden war, sich mit dem letzten Schrei, der die lebenswichtige Botschaft übermittelte, selbst abzustellen. Damit hatte es seinen Zweck erfüllt. Der Weg der *Hymnia* war aufgezeichnet, ihr Tod gemeldet, ihr Wissen weitergegeben. Alachakh mochte alt sein, aber sein Verstand arbeitete immer noch präzise.

Er saß in seinem Kontrollsitz und sah genauso aus, als fliege er das Schiff. Nur war das Schiff tot, und er auch. Ich war zu spät gekommen, und das hatte er vorher gewußt. Am Instrumentenbrett steckte ein Brief. Ich ließ ihn vorerst dort und kletterte die Leiter hinunter in den Maschinenraum, um nachzusehen, ob auch Cuvio nicht mehr zu helfen war.

Der Antrieb war explodiert und Cuvio zu Schlacke verbrannt. Schnell schloß ich die Luke, um die Hitze zurückzuhalten. Strahlungsgefahr bestand nicht, es war nur die Rohmasse ausgeflossen. Dasselbe war beim Absturz der *Javelin* passiert. Der Anblick ließ die Erinnerung daran wieder in mir aufsteigen.

Ich stieg in den Kontrollraum zurück und betrachtete noch einmal Alachakhs Leiche. Die Totenstarre hatte schon eingesetzt. Wahrscheinlich war er nicht friedlicher gestorben als sein Ingenieur. Genauso wie der Schmerz der *Dronte* mein Schmerz war, hatte er mit der *Hymnia* gelitten.

Ich öffnete den Brief und las ihn.

»Mein Freund,

wie Du Dir denken kannst, wurde dieser Brief vor einigen Tagen auf Hallsthammer geschrieben. Ich schrieb ihn sofort, nachdem ich mit Dir in dem Turmrestaurant gesprochen hatte, während Cuvio den Empfänger zu Deinem Schiff brachte. Jetzt, wo Du ihn liest, bin ich natürlich tot. Diese Worte spreche ich als ein toter Mann.

Vor einem Jahr entdeckte ich draußen in dem Gebiet, das die Menschen den Rand nennen, einen Planeten. Es ist eine Welt, von der einige Khormonsa wissen, daß sie existiert, und von der andere es vermuten. Die Überlieferung nennt sie in unserer Sprache Myastrid, was ungefähr ›Märchenland‹ bedeutet. Es ist der Ursprungsplanet der Rasse, die heute als die Khormonsa bekannt ist. Der Beweis dafür ist auf Khor vorhanden, aber alle Unterlagen wurden unterdrückt und, soweit möglich, zerstört. Die meisten Khormonsa glauben, daß sie das sind, was ihr Name sagt – die beherrschende Rasse des Planeten Khor. Wir haben allen anderen raumfahrenden Rassen Lügen erzählt. Das war eine Sache des Stolzes.

Ich bitte Dich, diese Information keiner anderen Person, ganz gleich welcher Rasse, weiterzugeben. Ich bitte Dich nicht meinetwegen, sondern wegen der Khormonsa, die hierüber nichts wissen, und derjenigen unter ihnen, die nicht wollen, daß andere es erfahren. Ich werde Dir nicht sagen, wo Myastrid zu finden ist. Ich hoffe, daß der Planet nie gefunden wird. Augenblicklich sind einige meiner Freunde dort, die Maßnahmen treffen, damit es bald nichts mehr zu finden gibt. Wir wollen, daß Myastrid nichts anderes mehr sein soll als ein Wort aus einem Kindermärchen. Wir, die wir uns jetzt die Khormonsa nennen, sind heimatlose Überbleibsel einer Rasse.

Unser Ursprungsplanet ging verloren, aber unsere Kolonie auf Khor überlebte. Wir haben bisher keine Spuren von anderen Kolonien entdeckt. Unsere Schiffe suchen jedoch nun jenseits des Randes.

Die *Lost Star* ist ebenfalls auf Myastrid gestoßen. Ich fand unmißverständliche Spuren von ihr in verschiedenen der toten Städte. Ihr Menschen seid eitel und liebt es, auf jeder Welt, die ihr besucht, ein Zeichen zu hinterlassen. Ich weiß nicht sicher, was das Schiff von Myastrid mitgenommen hat, aber ich bin überzeugt, daß die von seiner Mannschaft durchgeführte Suche deutliche Beweise darüber erbracht hat, welche Rasse es ist, die von Myastrid herstammt. Das ist der Grund meines tollkühnen und – wenn Du dies liest – nutzlosen Versuchs, das Wrack im Kern des Halcyon zu erreichen. Ich wollte die Fracht nicht an mich bringen, sondern vernichten. Jetzt, wo ich dies schreibe, weiß ich nicht, wie nahe ich meinem Ziel gekommen bin.

Nun gehört die *Lost Star* Dir. Ihre Fracht fällt Dir und den anderen an Bord Deines Schiffes zu. Auch das Geheimnis von Myastrid liegt jetzt in Deinen Händen. Es wäre unhöflich von mir, wenn ich Dich bitten würde, mit der Fracht das zu tun, was ich getan hätte. Vielleicht brauchst Du sie. Vielleicht ist es für Dich ein großer Profit, wenn Du sie Deinen Arbeitgebern aushändigst.

Du bist mir ein Freund gewesen, Grainger, und deswegen gebe ich meine Kenntnisse an Dich weiter. Ich hoffe, daß Du die *Lost Star* erreichst, denn wenn Du es nicht tust, werden weitere khormonische Schiffe es versuchen, und weitere khormonische Leben werden geopfert. Wenn die *Hymnia* es nicht schafft, ist es klar, daß keines unserer Schiffe Erfolg haben wird. Das wird sie aber nicht abhalten, es zu versuchen. Wenn Du dieses Wissen als eine Last empfindest, bitte ich um Verzeihung, daß ich sie Dir aufgebürdet habe.

Was auch immer Du tun wirst, Du kannst überzeugt sein, daß Alachakh es gutheißt.

Die Koordinaten, die Du bereits hast, werden Dich zu der *Lost Star* führen. Ich hoffe, daß Deine Suche glücklich sein wird. Lebe wohl.

Alachakh, der Myastride«

Ich steckte den Brief Alachakhs in die Tasche. Dann programmierte ich einen Kurs, der die *Hymnia* in das nächste Sonnensystem führen mußte. Dort würde sie schließlich in die Sonne fallen. Natürlich hatte sie keinen Antrieb mehr, aber ein kurzer Energiestoß würde genügen, um sie auf den Weg zu bringen. Dazu benutzte ich die Energie der Lebenserhaltungssysteme. Jetzt war sie vollständig tot. Sie mochte mehrere Jahre unterwegs sein, doch wenn die Zeitstürme sie nicht packten und zurück in die Vergangenheit schleuderten und die von Tachyonen-Winden getragenen Staubwolken sie nicht zermalmten, würde sie eines Tages ihr Ziel und ihre endgültige Vernichtung erreichen.

Ich ließ die Luft aus dem Schiff, damit Alachakh nicht vor seiner Bestattung verweste.

Dann kehrte ich zur *Dronte* zurück.

Johnny wartete auf mich in der Schleuse und half mir aus dem Raumanzug.

»Sind sie tot?« fragte er.

»Ganz und gar«, antwortete ich.

»Hast du erledigt, was du erledigen wolltest?«

»Ich habe getan, was ich konnte.«

Langsam begaben wir uns zum Kontrollraum zurück, wo delArco geduldig wartete.

»Alles vorbei?« fragte der Kapitän. Ich nickte.

»Können wir jetzt das Band abspielen?«

»Natürlich.« Ich stellte den Recorder mit einer Hand an, während ich mit der anderen Eve aus dem Kontrollsitz half. Ein Strom von Koordinaten sprudelte hervor. Ich setzte den Helm wieder auf meinen eigenen Kopf und stellte die Verbindungen zu den Kontakten in meinem Nacken her.

»Wissen wir damit genau, wo die *Lost Star* ist?«

»Wir wissen, auf welchem Planeten und ungefähr an welcher Stelle sie sich befindet. Und ich meine ungefähr. Aus zwanzig Lichtjahren Entfernung ist eine genaue Lokalisierung nicht möglich. Ich werde schon froh sein, wenn wir den richtigen Kontinent erwischen.«

»Haben Sie sonst noch etwas herausgefunden in dem khormonischen Schiff?«

»Ja, Alachakh ist tot.«

»Sonst nichts?«

»Doch. Ich weiß, warum er gestorben ist.«

»Warum?«

»Das ist seine Angelegenheit. Ein persönlicher Grund.«

Eve meldete sich zu Wort. »Was ist mit Myastrid?«

»Ich bin nicht hinübergegangen, um ein Märchenland zu suchen.«

Sie stellten das Verhör ein, weil sie nichts aus mir herausbekamen.

»Okay«, meinte der Kapitän. »Wenn Sie soweit sind, können wir weiter.«

»Aye, aye, Käpt'n, Sir«, erwiderte ich. Ich begann mit einer genauen Prüfung des Abtasters. Nach dem Computer-Ausdruck mußten wir schon ganz in der Nähe sein. Der arme Alachakh war sozusagen an der Küste der Sirenen gestorben. Ich brachte das Schiff auf Kurs und bereitete den Übergang zur Lichtgeschwindigkeit vor.

Alachakh, sagte ich zu mir selbst, ist verdammt schlau. Er wußte, daß er es höchstwahrscheinlich nicht schaffen würde. Deshalb soll ich es für ihn tun. Natürlich wäre es unhöflich gewesen, mich darum zu bitten, aber er versteht es, Winke mit dem Zaunpfahl zu geben. Für mich persönlich ist dies eine sinnlose Reise – außer wenn ich sie dazu benutze, einem Freund einen Gefallen zu tun. Aber wenn ich es tue, wird mich Charlot ins Gefängnis sperren lassen, sobald ich den Boden berühre. Und zwar für immer.

Die *Dronte* zischte über die Einstein-Barriere und beschleunigte in Richtung auf den Drachenhort.

Lost Star, wir kommen.

XIX

Jetzt, wo wir so nahe am Ziel waren, flog ich besonders vorsichtig. Wir kamen an tiefen Raumverwerfungen vorbei und flatterten ein- oder zweimal im Griff eines Verzerrungsstroms, aber etwas Neues passierte nicht. In weniger als drei Stunden hatten wir das Sternensystem erreicht. Damit hatten wir jedoch längst noch nicht alle Schwierigkeiten hinter uns.

»Die Sonne ist von einer anamorphotischen Verzerrung umgeben«, kündigte ich an.

»Einer was?« kam Rothgars Stimme durch den Lautsprecher.

»Sie bildet einen Brennpunkt. Sie ist eine offene Tür für die Energien, die aus dem Kern des Nebels nach draußen strömen. Ein heißer Fleck. Der Schlund der Hölle. Das halbe System wird wie ein Käfig von einer Verzerrung eingeschlossen. Da zu fliegen wird sein, als müsse man über Glasscherben kriechen.«

Zunächst ging ich schräg zur ekliptischen Ebene in einen Orbit und hielt nach dem gesuchten Planeten Ausschau. Obwohl der Schirm kein deutliches Bild lieferte, fand ich ihn ziemlich bald.

»Natürlich ist der Bastard ein paar tausend Meilen innerhalb der Zone«, erklärte ich. »Ich kann knapp über Lichtgeschwindigkeit in seine Nähe kommen, aber dann muß ich auf Unterlichtgeschwindigkeit herunter. Eine Garantie, daß wir den Planeten erreichen, kann ich überhaupt nicht geben.«

Noch komplizierter wurde die Sache dadurch, daß der Ärger erst richtig losgehen würde, wenn wir es schafften, zu landen. Das war kein Felsbrocken wie die, auf denen wir unsere Ruhepausen gemacht hatten. Wahrscheinlich hatte diese Welt eine Atmosphäre, und vermutlich gab es dort Leben. Welche Lebensformen mochten es sein, die sich im Mittelpunkt eines solchen Verzerrungsfeldes behaupten konnten?

»Es wird uns Zeit kosten«, sagte ich, »und angenehm wird es nicht sein. Wir werden uns eine Stunde oder länger in einem Feld aufhalten, das, wenn es im geringsten durch uns gestört wird, mehr Energien loslassen kann als tausend Sonnen zusammen. Denken Sie sich so klein wie Sie können. Dies wird ein Augenblick in Ihrem Leben werden, wo Sie gern ein Nichts sein wollen.«

Nachdem ich auf diese Weise jeden, der Ohren hatte zu hören, zu Tode geängstigt hatte, begann ich mit der Annäherung.

Weniger als drei Minuten später war ich selbst zu Tode geängstigt. Ich spürte die Energien, über die ich so zungenfertig geredet hatte, und selbst in meinen schrecklichsten Träumen hatte ich mir etwas so Kolossales nicht vorstellen können. Es war unmöglich. Die Kraft des Feldes kehrte mein Innerstes nach außen. Ich schmolz in meine Stiefelabsätze zusammen. Ich wußte, daß ich es nicht schaffen würde. Meine Hände fielen beinahe von den Schalthebeln.

– Vorwärts! heulte der *Wind*. Du wirst uns alle töten.

Ich nahm meinen ganzen dahinschwindenden Mut zusammen. Ich fühlte die Bögen meiner Schwingen und den hohlen Stahl meines Rückgrats. Ich wurde eins mit den Wellen und Krümmungen. Ich saß mitten in dem Feld, und ich betete, daß meine Anwesenheit keinerlei Wirkung hervorrufen möge. Ich fand Spalten in dem Druck und ließ die *Dronte* hindurchgleiten wie einen glatten Fisch, der in ruhigem Wasser nicht einen Kräusel hervorruft.

Gigantische Hände faßten mich, streichelten mich, lullten mich ein.

Wenn man ein kleines Säugetier, zum Beispiel eine Maus, töten will, faßt man sie beim Schwanz und fährt ihr mit dem Handgriff eines Skalpells sanft über das Rückenfell. Sobald sie sich dem Streicheln behaglich hingibt, drückt man das Skalpell hinter den Kopf, zieht kräftig den Schwanz hoch und bricht dem Tierchen so das Genick.

Ich kam mir wie eine solche Maus vor. Aber mir war nicht behaglich zumute. Ich hatte schreckliche Angst, doch gelang es mir, sie fest unter Kontrolle zu halten.

Je tiefer ich hineinkam, desto stärker wurden die Verzerrungen. Es war das Schlimmste, was der Halcyon-Nebel zu bieten hatte. Die große Hand begann zuzudrücken. Der Skalpellgriff bewegte sich auf meinen Nacken zu.

Ich bekam keine Luft mehr. Mein Rückgrat bog sich, es mußte zerbrechen, aber ich konnte nicht schreien.

– Geh weg und überlaß es mir . . .

Ich konnte nichts hören, weil das Blut in meinen Ohren brauste, weil kein Sauerstoff mehr in mein Gehirn kam. Ich kämpfte um Luft, um meine Stimme, um meinen Verstand.

– Geh weg!

Ich ließ mich fallen.

Ich öffnete die Augen und konnte absolut nichts sehen. Ich fühlte mich heiß und schweißnaß. Und sehr müde. Mein Körper war zerschlagen, als sei ich gefoltert worden. Auf meinem Gesicht lag ein feuchtes Tuch. Jemand nahm es weg. Es war Eve.

»Sie haben das Bewußtsein verloren«, teilte sie mir mit.

Das war mir bereits bekannt. »Wann?« fragte ich.

»Als wir gelandet waren.«

»Wir sind unten?«

»Ja.«

Das konnte nicht sein. Ich war nach ein paar Minuten ohnmächtig geworden. Da waren wir noch mehr als eine Million Meilen von dem Planeten entfernt.

»Was ist geschehen?« fragte ich. »Ich kann mich nicht erinnern.«

»Nichts ist geschehen. Es war ein rauher Flug, und eine Zeitlang dachte ich, wir müßten alle sterben. Ich konnte Nick sehen, und er war schon eine Leiche, die nur darauf wartete, daß der tiefe Raum hereinkam und sie holte. Und Sie flogen das Schiff immer weiter. Wir konnten beobachten, welche Anstrengungen jede Bewegung Sie kostete, aber jede Bewegung war richtig. Wir landeten.«

»Wie lange . . .«, begann ich und mußte innehalten, um meine Kehle freizumachen. »Wie lange hat es gedauert?«

»Achtundfünfzig Minuten. Ich habe sie gezählt. Wir sind seit etwa zehn Minuten unten.«

»Lassen Sie mich allein«, sagte ich. Sie zog sich zurück und nahm das Tuch mit.

Ich schloß die Augen.

Hast du das getan?

– Wir haben es getan. Du entwickeltest ein bißchen zuviel Phantasie. Du wußtest jedoch, was zu tun war, sobald dein Bewußtsein ausgeschaltet war.

Du wußtest, was zu tun war.

– Das hatte ich nicht nötig. Dein Gehirn vollführte die Manöver. Dein Gedächtnis, deine Reflexe, dein Urteilsvermögen. Ich hatte nichts weiter zu tun, als dich zusammenzuhalten, dafür zu sorgen, daß die Maschine weiterarbeitete.

Ich bin keine Maschine.

– Für diesen Flug mußtest du eine Maschine sein. Dein Bewußtsein behinderte deine mechanische Leistungsfähigkeit. Deshalb mußtest du darauf verzichten.

Wenn ich ein solches Handicap für meinen eigenen Körper bin, frage ich mich, warum du mich nicht hinausgeworfen hast.

– Das kann ich nicht.

Nun, das bedauere ich nicht.

– Du bedauerst es auch nicht, daß ich da bin.

Du erfüllst deinen Zweck, räumte ich ein. Ohne den *Wind* hätte ich nicht überleben können.

Wieder öffnete ich die Augen.

»Fehlt Ihnen etwas?« fragte Eve. Sie flatterte immer noch um mich herum.

»Mir tut alles weh.«

DelArco drückte mir eine Tasse Kaffee in die Hand. Mir fiel plötzlich auf, daß jemand mir die Elektroden abgenommen und die Gurte geöffnet hatte. Ich war zu müde, um mir darüber Gedanken zu machen. Für einen Augenblick *schienen* wir sicher zu sein. Mir lag nichts daran, etwas zu erfahren, was diesem Eindruck widersprochen hätte.

»Charlot hatte recht«, sagte der Kapitän. »Wir brauchten Sie.«

»Ja«, stimmte ich bescheiden zu. »Es gibt keine zwei anderen, die es geschafft hätten.«

Ich trank meinen Kaffee. Er brachte mir das Gefühl zurück, körperlich anwesend zu sein, und damit auch die Sorgen, wie es weitergehen sollte. Ich setzte mir den Helm auf und betrachtete die Welt draußen.

Viel zu sehen gab es nicht. Der Anblick war fremdartig, aber nicht furchterregend. Ich hätte mich erleichtert fühlen sollen, denn ich konnte mir eine Menge Scheußlichkeiten vorstellen, mit denen dieser Planet uns hätte aufwarten können.

Ich stellte die Wellenlänge des berühmten *Lost-Star*-Signals ein. Natürlich hatte ich es bereits früher gehört, aber nur als ein schwaches, trügerisches Wispern. Jetzt war es zweifellos wirklich. Kein Irrlicht, kein Sirenengesang. Es war ein tröstliches Geräusch. Beinahe heimatlich.

»Nun«, bemerkte ich, »da haben wir Käpt'n Kidds Schatz. Die Stelle ist mit einem X markiert. Bringt mir etwas zu essen und laßt mich eine Weile ausruhen.«

»Möchten Sie ein Schlafmittel haben?« fragte Eve.

»Ich brauche keins. In einer oder zwei Stunden nehme ich ein Stimulanzs, und dann geht's hinaus in die Wildnis. Es hat keinen Sinn, lange zu warten. Sagen Sie Johnny, er soll die Eiserne Jungfrau fertigmachen. – Und«, fügte ich hinzu, »Sie alle sollten daran denken, daß der langsamste Teil eines Raumflugs die Taxifahrt in die Stadt ist.«

XX

Es war unvermeidlich, daß es einen Disput darüber gab, wer was zu tun hätte. Alle wollten sie hinaus, und keiner wollte zurückbleiben. Ich hatte meine eigenen Gründe, niemanden mitzunehmen, aber es war ganz ausgeschlossen, daß delArco mich den ersten Blick auf die *Lost Star* werfen ließ. Er dachte immer noch, dies sei seine Vergnügungsreise.

Schließlich kam es zu einer vernünftigen Einigung. Jemand mußte im Schiff bleiben, und dieser jemand mußte eine Chance haben, es zurückzubringen, wenn diejenigen, die an Land gingen, nicht wiederkommen sollten. Damit waren Rothgar und Eve ausgezählt. Rothgar, der kein Held war, gab sich damit zufrieden. Eve dagegen führte an, es sei nur ein *kompetenter* Pilot an Bord. Unglücklicherweise, hielt ich ihr vor, war besagter kompetenter Pilot auch der anwesende Experte für das Territorium fremder Planeten und mußte daher mit nach draußen. Gegen meinen Rat wurde auch Johnny mitgenommen. DelArco war der Kapitän, und ich hatte keine überzeugenden Argumente dagegen vorzubringen.

Also fuhren wir zu dritt in der Eisernen Jungfrau ab. Das war eine Art amphibischer Panzer, auf Penaflor entwickelt und gebaut, angeblich das beste Transportmittel auf fremden Planeten. Ich hatte noch nie in einem solchen Umgetüm gesessen. Deshalb bezweifelte ich seine Brauchbarkeit. Aber es ging damit schneller als zu Fuß, und die einzige andere Alternative war, die *Dronte* wieder zu starten und auf der Suche nach dem Wrack in der Atmosphäre zu kreisen. Das wollte ich ganz bestimmt nicht. Raumveränderungen waren schon schlimm genug, ohne daß eine Atmosphäre dazukam. Und es war nur zu offensichtlich, daß die Wirkungen der Verzerrung in der Nähe des Planeten ebenso groß waren wie im Raum.

Der Boden sprang nicht gerade auf und ab, und der Wind war nicht heftig. Aber es gab Leben hier – Leben im Überfluß, ebensoviel wie man es in einer erdähnlichen Atmosphäre erwarten würde. Und alles, was hier lebte, befand sich in einer ständigen Metamorphose, die sowohl rhythmisch als auch nach Belieben erfolgte.

Mit einfachen Worten heißt das: Die Lebensformen nahmen die Energie aus den ankommenden Verzerrungswellen auf. Eiserne Jungfrauen und Raumanzüge konnten Energien dieser Größenordnung widerstehen, ebenso wie sie Sonnenlicht und harte Strahlung ausschließen. Aber Leben kann sich in einer eisernen Büchse nicht entwickeln. Es muß sich den lokalen Bedingungen anpassen. Folglich zehrten die Lebewesen von der Verzerrungsenergie. Ihr einziges Problem war zu reichliche Versorgung. Sie mußten Methoden entwickeln, um damit fertig zu werden.

Deshalb änderten sie andauernd ihre Gestalt.

Jede Verzerrungswelle – die Häufigkeit lag zwischen einer in zehn Minuten und einem halben Dutzend in einer Minute – rief eine völlige Neugestaltung der Landschaft hervor. Das war die rhythmische Metamorphose. Zusätzlich konnten die Lebewesen gespeicherte Energie dazu benutzen, zwischen zwei Wellen weitere Veränderungen vorzunehmen. Jedes Wesen war so vielgestaltig, wie es sein wollte. Es konnte jede Gestalt annehmen oder auch gar keine, solange es nicht versuchte, eine länger als einen Augenblick beizubehalten.

Die Evolution, überlegte ich, mußte hier rasch vorangeschritten sein. Aber es war eine auf nur ein Ziel ausgerichtete Evolution – die *passive* Absorbierung von Energie. Das bedeutete allerdings nicht, daß wir Eindringlinge keine Gefahr gewärtigen mußten.

Wir waren noch nicht weit gekommen, als ich bemerkte, daß die Lebensformen nicht so vielseitig waren, wie ich zuerst angenommen hatte. Sie konnten nur eine begrenzte Anzahl von Gestalten annehmen. Das mußte etwas mit der Richtung des Druckes zu tun haben. Es gab keine scharfen Kanten, geraden Linien oder rechten Winkel. Bevorzugt wurden Zylinder und Kugeln; Schlangen und Ketten waren erlaubt. Mehrere Male sah ich sogar Möbiussche Bänder, in denen ich besondere Tunichtgute vermutete.

Anfangs hatte ich gedacht, ein solches Lebenssystem müsse sehr schnell Intelligenz entwickeln. Später machte ich mir klar, daß das nahezu unmöglich war. Intelligenz erfordert ein Verbindungsglied zwischen Stimulus und Reaktion. Bei den Menschen ist das die Überlegung. Es gibt Rassen, die nicht überlegen, die weder Gedächtnis noch Sprachen haben. Aber trotzdem könnte man sie als intelligent einstufen, weil sie über ein pseudo-emotionales System zur Interpretation physischer Signale verfügen und auf rein introspektive Weise Entscheidungen fällen können, die nichts mit Pawlowschen Reflexen zu tun haben. Diese Lebewesen hatten jedoch nichts als Reflexe. Zwischen Stimulus und Reaktion gab es keine Lücke, in die die Intelligenz hineinpassen konnte.

Alles in allem schien mir dies die sicherste Biosphäre zu sein, mit der ich je das Vergnügen gehabt hatte. Ich blieb jedoch vorsichtig und mißtrauisch. Sowohl delArco als auch ich trugen Laser. Johnny, dem die Aufgabe zugeteilt worden war, in der Eisernen Jungfrau zu bleiben, hatte ein ganzes Waffenarsenal unter seinen Fingerspitzen. Die Penaflor-Leute hatten für so etwas eine Vorliebe.

Ich hielt nichts davon, in einem wandernden Fort auf die Reise zu gehen. Wenn man ein winziges Pistölchen zum Selbstschutz gegen eventuelle Überraschungen bei sich trägt, gut. Aber es ist etwas anderes, wenn ein Kind, das zum ersten Mal auf einer ziemlich verwirrenden fremden Welt allein ist, auf genug Feuerkraft sitzt, um einen Kontinent zu vernichten.

Die ersten hundert Meilen kamen wir gut voran, und nichts belästigte uns. Trotz unseres Schutzschildes rief das Verzerrungsfeld ein ständiges Flackern der Instrumente hervor, aber wir konnten nicht verlorengehen, solange wir das *Lost-Star*-Signal hatten. Die Funkverbindung mit dem Schiff war deutlich. Allerdings sind hundert Meilen keine große Entfernung, und wir hatten noch mehrere hundert vor uns. Die meiste Zeit fuhren wir über eine Vegetation, die ganz erpicht darauf war, Farbe und Form zu wechseln. Deshalb hatten wir in der einen Minute eine blaue Wiese mit gelben Tupfen unter uns, in der nächsten war sie rot und schwarz gewürfelt. Der Wuchs war so dicht, daß ich den Boden niemals sah. Unsere Räder fühlten ihn allerdings. Die Vegetation drückte sich bei Berührung flach zusammen und tat ihr Bestes, um uns auszuweichen.

Ich behielt das Gelände ständig im Auge. Der Ausblick war so langweilig, daß ich mich sehr konzentrieren mußte, um in meiner Aufmerksamkeit nicht nachzulassen. Es lohnte eigentlich die Mühe nicht. Ich entdeckte nicht eine einzige »höhere« Lebensform. Keine Raubtiere, keine Flieger, keine schnellen Läufer. Auf vernünftigen Welten kann man gewisse Faustregeln anwenden. Entdeckt man einen flinken Vierbeiner mit großen Fängen, dann weiß man, daß es sich auszahlen wird, etwas vorsichtig zu sein. Entdeckt man eine komische, kleine Kreatur, die auf den Hinterbeinen steht und drohend die Faust schüttelt, ist Vorsicht geboten. Hier bestand die größte Gefahr darin, daß ich ein gefährliches Lebewesen nicht als solches erkennen würde.

Schwierig wurde es, als wir etwas erreichten, das wie eine gewaltige Ebene aussah. Wir mußten einen ziemlich holprigen Abhang hinunter. Von oben sah es wie ein endloser gefleckter Teppich aus, dessen Farben wie bei einer Öllache ineinanderflossen. Zuvorderst konnten wir Blätter, Ranken und Blüten in ständiger Änderung erkennen. Sie schwanden dahin oder entfalteten sich, schrumpften und explodierten, waren von ihrem unbarmherzigen Tanzmeister zu hilfloser, sinnloser Fröhlichkeit gezwungen. Aber weiter weg konnten wir nichts anderes ausmachen als Farbe und unnatürliche Flachheit. Auf drei Seiten erstreckte sich die Ebene bis zum Horizont. Weit weg zu unserer Rechten ging die Sonne eben unter. Ihr unbeständiges Licht flackerte und erbleichte, die Scheibe änderte den Durchmesser und bekam Flecken. Deutlich waren Buckel in blendendem Weiß und hartem, elektrischem Gelb zu sehen.

Johnny brachte uns den Abhang hinunter und auf die Ebene, wo wir sofort zum Halten kamen.

»Die Räder greifen nicht«, stellte er fest. »Wir sinken.«

»Wir sinken nicht, wir treiben«, korrigierte ich ihn. »Das ist ein Meer.«

»Mit Pflanzen bedeckt?«

»Warum nicht? Das gibt es sogar auf netten, normalen Welten, wie zum Beispiel auf der Erde die Saragossa-See.«

Er schaltete die Turbinen ein, und die Schrauben begannen, uns mühsam durch das Gewirr zu schieben. Uns behinderte das Wasser mehr als die Vegetation. Die Pflanzendecke leistete uns nicht den geringsten Widerstand. Sie wandelte sich, um sich uns anzupassen. Äußerst höflich.

»Wie weit ist es bis zur anderen Seite?« fragte delArco mürrisch. Er war zu Tode gelangweilt.

»Wer weiß? Vielleicht ruht die *Lost Star* fünf Faden tief auf dem Meeresgrund. Wir sollten lieber die *Dronte* anrufen und Bescheid geben, daß wir zum morgigen Abendessen nicht rechtzeitig da sein werden, ganz zu schweigen vom heutigen.«

Der Kapitän informierte Eve lakonisch, daß wir auf Sirup gestoßen seien und die Fahrt dadurch beträchtlich verlangsamt werde.

»In der Zwischenzeit«, schlug ich vor, »wollen wir alle daran denken, daß Geduld eine Tugend und sehr charakterstärkend ist.«

Jetzt schienen uns fünfhundert Meilen ein sehr langer Weg

zu sein. Gestern abend war ich froh gewesen, daß ich – oder vielmehr der *Wind* – so nahe bei der *Lost Star* gelandet war.

»Wir könnten Karten spielen«, meinte Johnny. »Oder Rätsel lösen.«

»Wenn es dir langweilig wird«, sagte ich, »laß jemand anders fahren.«

»Wer fährt denn?« fragte er. »Ich sitze doch nur hier. Wir halten einen ganz geraden Kurs auf ganz unbewegtem Wasser bei völliger Windstille. Wie kann man da von fahren reden?«

»Vielleicht stoßen wir auf ein Seeungeheuer«, tröstete ich ihn.

Niemand fand das lustig.

Nichts geschah. Es sah nicht einmal so aus, als ob etwas geschehen könnte. Ich dachte daran, daß dies für mich die beste Gelegenheit zum Ausspannen sei, seit ich von der *Ella Marita* gerettet wurde.

Wir mußten uns am Steuer ablösen, während wir weiter durch den Ozean pflügten. Es war wirklich ein Ozean, nicht etwa ein Salzsee oder ein Kanal zwischen zwei Landmassen. Seine Endlosigkeit zerrte an den Nerven. Irgendwann, überlegte ich, mußten wir am anderen Ende ankommen. Die *Lost Star* konnte nicht unter Wasser sein, wenn ihr Signal noch funktionierte. Raumschiffe sind so konstruiert, daß sie die Luft drinnen, aber nicht, daß sie Wasser draußen halten. Da seit dem Absturz achtzig Jahre vergangen waren, mußte das Wrack hoch und trocken liegen.

Die Sonne setzte ihren Untergang lethargisch fort. Ich schätzte, daß der Tag hier fünfzig Stunden dauern mochte, so daß wir noch etwa achtzehn Stunden Licht haben mochten. Wahrscheinlich würde die Nacht ebensolang wie der Tag sein, denn die von Alachakh erhaltene Beschreibung des Planeten erwähnte keine Achsenneigung.

Auch wärend der Nacht sollte es genug Licht geben, um sehen zu können. Die Lichtbrechung durch das Verzerrungsfeld würde eine lange Dämmerung ergeben. Aber trotzdem hat die Nacht auf einem fremden Planeten nie etwas Angenehmes.

Inzwischen kamen wir der *Lost Star* immer näher. Die Sonne ging unter, während wir noch auf dem Meer waren. Ich fragte, ob jemand lieber bis zum Morgen warten wolle, doch das wollten weder delArco noch Johnny, und ich selbst hielt auch nicht viel davon. Je eher wir bei dem Wrack waren, desto eher kamen wir aus dem Halcyon wieder hinaus. Zwei Tage in der Eisernen Jungfrau zu sitzen war eine lausige Idee.

Ich hatte recht damit, daß die Nacht nicht sehr dunkel werden würde. Wir erhielten Licht von einem Abschnitt des Halcyon-Kerns und von dreißig nahen Sonnen. Der Horizont glühte weiß. Er umgab uns mit einem silbernen Ring, der an der Stelle, wo die Sonne untergegangen war, einen Diamanten trug.

Die Farben der Algen um uns – ich nannte die Pflanzen Algen, obwohl es zwischen ihnen und den Landpflanzen keinen wesentlichen Unterschied gab – verdunkelten sich zu Indigo, Braun-, Bronze- und Grautönen, doch wir konnten immer noch den makabren Tanz der Formen und Schattierungen erkennen.

Wir waren nur noch fünfzig Meilen von der *Lost Star* entfernt, dann nur noch vierzig.

Ich dachte wieder darüber nach, was sie wohl geladen haben mochte und was ich tun sollte, wenn ich es fand. Ich konnte mir die Fracht ziemlich genau vorstellen, wenn ich mich in die Lage eines Raumschiffkapitäns versetzte, der vor achtzig Jahren jenseits des Randes auf die Überreste einer Zivilisation gestoßen war. Ich wußte, was andere Schiffe zurückgebracht hatten. Ich wußte, was in den Augen des Kapitäns das Wertvollste gewesen sein mußte. Außerdem wußte ich, daß diese Fracht heute durch die Ironie des Schicksals völlig wertlos sein würde, abgesehen davon, daß durch sie ein einziges, bisher wohlgehütetes Geheimnis enthüllt wurde. Nun ja, wertlos stimmte nur im Hinblick auf Mühen und Kosten der Bergung. Ich zweifelte nicht daran, daß gewisse Leute für die Fracht der *Lost Star* unbesehen ein Vermögen bezahlen würden.

Zwanzig Meilen von der *Lost Star* entfernt kamen wir wieder an Land. Johnny und ich schliefen gerade und merkten es nicht gleich. DelArco beschleunigte, sobald die Räder wieder faßten, und der Ruck weckte uns auf. Am Strand erhoben sich steile

Klippen. Der Kapitän mußte an ihnen entlangfahren und eine Stelle suchen, wo wir hinauf konnten.

Dieses Ufer bot einen ganz neuen Anblick. Verglichen mit dem, was wir bereits gesehen hatten, wirkte es rauh und unwirtlich. Die Pflanzen wuchsen eher in die Höhe als in die Breite, weil es zwischen den nackten Felsen nur wenige Ritzen gab. Dadurch entstand eine zeitweilige Dauerhaftigkeit.

Der einzige Weg, den delArco nehmen konnte, war steil und uneben, aber die Eiserne Jungfrau war für solche Fälle konstruiert worden. Ein- oder zweimal fürchtete ich, wir würden zurückgleiten. Doch sie kletterte unbeirrt weiter. Oben angekommen erkannten wir, daß es dort nicht besser wurde. Das Gebiet war so zerklüftet, daß es nirgendwo eine glatte Fläche gab. Im allgemeinen ging es weiter aufwärts. Wir würden jedoch die ganze Zeit über und durch Grate, Löcher, Buckel und Spalten stolpern müssen.

»Das ist eine Insel«, behauptete delArco. »Ein Teil einer Kette vulkanischen Ursprungs.« Er deutete nach rechts und links, wo sich gegen den halbdunklen Himmel weitere düstere Kegel abhoben.

»Wo ist das Schiff?« Ich lehnte mich von den hinteren Sitzen zum Instrumentenbrett vor.

DelArco wies nach oben. »Wenn ich die Entfernung richtig abschätze, ist es auf dem Gipfel beziehungsweise in dem dort befindlichen Krater.« Ich ließ meinen Blick zu dem zerfetzten Grat wandern, der von unserem Standpunkt aus wie die Spitze des Berges aussah. Was dahinter lag, konnten wir nicht erraten. Ein tätiger Vulkan konnte es allerdings nicht sein, wenn die *Lost Star* dort seit achtzig Jahren ungestört ihr Signal in den Weltraum gesandt hatte. Aber sie mochte in einem tiefen Loch liegen.

»Ob wir hinaufkommen?« fragte ich.

Alle drei studierten wir die Steigung.

»Ich glaube schon«, meinte delArco.

»Man kann nicht in einem Panzer einen Berg besteigen«, erklärte Johnny. »Die Frage ist nicht, ob man hinauf-, sondern ob man wieder hinunterkommt.« Das war natürlich eine sehr scharfsinnige Bemerkung.

»Es wäre auch nicht gerade das klügste, in Raumanzügen auf eine solche Expedition zu gehen«, belehrte ich ihn. »Felsen sind scharf.«

Wir rollten weiter, aber wir schienen eher nach immer neuen Durchlässen zu suchen als voranzukommen.

Ich bemerkte einige lebende Konglomerate, die sich in sich selbst bewegten. Bei der hier üblichen ständigen Veränderung der Gestalt und Umwandlung der inneren Bestandteile war das ganz natürlich. Trotzdem hatte ich im Dämmerlicht den Eindruck, daß die Wesen durch unsere Nähe zur Tätigkeit angeregt wurden – daß sie über uns redeten, uns beobachteten.

Der Kapitän brachte die Jungfrau weiter so gut er konnte. Zuweilen unterstrich er seine Anstrengungen mit Flüchen, was ganz uncharakteristisch für ihn war. Ich überließ das Problem, wie wir zurückkommen sollten, der Hoffnung und der Vorsehung. Ließ die Eiserne Jungfrau uns im Stich, dann mußten wir nach Hause schwimmen. Bis dahin konnten wir nichts anderes tun, als ihr Vertrauen zu schenken.

Johnny löste delArco für ein paar Stunden ab und brachte uns drei Meilen weiter, dann schaffte ich noch zwei. Die ganze Zeit über wurde das Gelände immer schwieriger, und am Ende meiner Schicht entschied ich, daß wir ebensogut aussteigen konnten.

Wir stiegen in die Raumanzüge, auch Johnny, damit er für einen Notfall gerüstet war. Dann riefen wir das Schiff. Die Verbindung war sehr schlecht, aber wir konnten uns verständlich machen.

»Bleib auf Empfang, damit du uns sprechen hören kannst, und tue nichts«, schärfte ich Johnny ein. »Dir kann eigentlich nichts passieren, wenn du hier sitzen bleibst. Wenn uns etwas passiert, sagen wir dir, was du unternehmen sollst. Wenn wir nichts sagen, tust du auch nichts. Wenn wir nicht zurückkommen, fahr nach Hause. Komm nicht hinter uns her, denn das, was uns zugestoßen ist, wird dann auch dir zustoßen.«

»Es hat keinen Sinn, daß ich nicht mit euch komme«, sagte Johnny. »Wir werden *nie* zurückkehren.«

»Du hast eine verdammt bessere Chance, wenn du im Wagen bleibst, Eve kann das Schiff fliegen, auch im Nebel. Sie muß nur daran denken, daß sie langsam fliegen muß. Alles, was ich bei zweitausendfacher Lichtgeschwindigkeit tun kann, kann sie bei zweihundertfacher auch. Ihr würdet vielleicht Monate brauchen, aber zurück kommt ihr. Ich bin nicht unersetzlich.«

»Schluß damit«, befahl delArco. »Was soll der Unsinn? Wir werden in ein paar Stunden wieder hier sein. Was kann uns schon zustoßen?«

»Ich weiß es nicht«, erwiderte ich. »Wenn ich es wüßte, könnte ich Vorsichtsmaßnahmen treffen.«

Wir öffneten die Innentür und drängten uns in die Luftschleuse – beide gemeinsam, damit wir den Innenraum nicht zweimal sterilisieren mußten.

Draußen fühlte ich mich einen Augenblick lang beinahe nackt. Zweifellos hat die Panzerung der Eisernen Jungfrau eine psychologische Wirkung, auch wenn ihr Nutzeffekt überschätzt wird.

Die kurze Unsicherheit wurde bald von einem Gefühl der Vertrautheit abgelöst, beinahe von Heimweh. Hier stand Grainger in einem Raumanzug auf einem fremden, nächtlichen Planeten, bereit, auf der Jagd nach Geld ins Unbekannte vorzudringen.

»Gehen Sie voran«, forderte delArco mich auf. Der Kapitän zeigte seinen Pioniergeist. Geh du voran, und ich verspreche dir, daß ich töten werde, was dich getötet hat.

Das erste, was ich tat, war, an eine Pflanze heranzutreten und sie mir aus nächster Nähe genau zu betrachten. Die Blätter, die sich im Gestaltwandel bewegten wie flatternde Finger, saßen voll tierischen Lebens, das sich synchron mit der Pflanze veränderte. Die meisten der winzigen Lebewesen waren knollen- oder wurmförmig, hatten offenbar weiche Körper und keine Beine. Das Durcheinander war so groß, daß ich zu schielen begann, als ich das Auftauchen und Verschwinden der seltsamen Formen mit den Augen verfolgen wollte.

»Geben Sie auf Ihre Füße acht«, riet ich delArco. »Die Pflanzen haben Millionen von kleinen Freunden. Vielleicht fressen sie nur Grünzeug, vielleicht aber auch nicht. Ich vermute, daß überall, wohin Sie schauen, etwas sitzt, das Sie fressen kann und fressen wird, wenn es eine Chance bekommt.

Ihr Anzug darf nicht zerreißen, auch wenn die Luft atembar ist.«

»Das gefällt mir so an Ihnen«, bemerkte delArco. »Sie nehmen immer das Schlimmste an.«

»Das ist auch das einzig Richtige«, versicherte ich ihm.

Wie ich gesagt hatte, war das Bergsteigen im Raumanzug kein Spaß. Kleine Beschädigungen sind besonders da gefährlich, wo die Luft verträglich ist. Man wird nicht gewarnt, wenn ein winziger Riß entsteht. Deshalb ging ich sehr vorsichtig. Natürlich wurde delArco ungeduldig. Er war überzeugt, die Raumanzüge seien unzerreißbar, weil es so im Handbuch stand. Dort heißt es, das Material könne alles aushalten. Es macht einen jedoch stutzig, daß die Versicherung Bergbesteigungen, Beschädigungen durch Säure und Angriffe feindlicher Eingeborener nicht mit einschließt. Der einzige Grund dafür, daß die Prämien so niedrig sind, ist, daß die meisten Leute nie zurückkommen, um die Versicherungssumme zu kassieren.

Der Kapitän drängte nach vorn. Mir schoß es durch den Kopf, wie sehr es mir zugute kommen würde, wenn sein Raumanzug tatsächlich riß und ich allein zur *Lost Star* weitergehen konnte. Aber man kann die Leute nicht einfach in den Rücken schießen. Das ist asozial.

Er erreichte den oberen Grat zehn oder zwanzig Meter vor mir und konnte daher als erster in das unbekannte Gebiet sehen. Es wirkte sehr theatralisch, wie seine Gestalt sich gegen den Himmel abhob. Ihm war die Hoffnung anzumerken, daß er der erste Mensch sein würde, der einen Blick auf das achtzig Jahre alte Wrack der *Lost Star*, auf die Legende des Weltraums warf.

Unglücklicherweise gab es nichts zu sehen außer einem Dschungel. Diesmal war es ein richtiger Dschungel, dichter als alles, was ich auf zweihundert Welten schon erlebt hatte.

Der Gipfel des Berges war eher ein Plateau als ein Krater zu nennen. Das Plateau sank zur Mitte hin etwas ein. Man könnte es als eine große, flache Untertasse bezeichnen. Der Durchmesser betrug etwa fünf Meilen, so daß die *Lost Star* näher zu uns als zur anderen Seite hin liegen mußte.

»Bist du da, Johnny?« fragte ich.

»Ich höre.«

»Wir stehen jetzt auf dem Grat.«

»Ich kann euch sehen.«

»Kannst du das Signal der *Lost Star* genau genug anpeilen, um mir zu sagen, wo sie sich befindet?«

»Nicht ganz genau. Sie muß etwa tausend Meter von euch entfernt sein, plus oder minus sechzig Meter.« Sechzig Meter, dachte ich bei mir, konnten da drinnen eine sehr lange Strecke sein.

»Gib mir die Richtung auf die *Lost Star* an, wie sie deine Instrumente zeigen, und sage mir, in welcher Richtung zu dir ich stehe.« Das tat er, und ich überprüfte seine Angaben mit meinem eigenen Kompaß. Außerdem stellte ich meinen Pedometer auf Null.

»Bist du zu Eve durchgekommen?« fragte ich Johnny weiter.

»Ja.«

»Alles in Ordnung?«

»Ja.«

»Okay, dann gehen wir jetzt los. Sind Sie bereit, Kapitän?«

DelArco nickte. Ich stieß langsam den Atem aus und sah mich um. Es war hell genug, um etwas zu sehen, aber ich wäre doch lieber bei Tageslicht in den Rachen des Todes marschiert.

Wir tauchten hinunter in die Masse lebender Verwirrung. Es war ein großer Unterschied zu einem Wald oder einem Dschungel auf einem anderen Planeten. Normalerweise muß man sich hindurchhacken, um jeden Zentimeter kämpfen. Dieses Zeug hier wich vor einem bösen Blick zurück. Das Problem war nur, daß soviel davon da war. Die Pflanzen konnten uns nicht aus dem Weg gehen, weil sie keinen Platz hatten, auf den sie hätten ausweichen können. Und trotzdem krümmten sie sich vor Abscheu. Unsere Berührung mußte den Pflanzen unerträgliche Schmerzen verursachen.

Was würden sie wohl dagegen tun, fragte ich mich?

Was *konnten* sie tun?

Nachdem wir ein paar Minuten hindurchgetrampelt waren und die Pflanzen sich unter meinen Füßen und von meinem Körper wegkrümmten, fingen die verdammten Dinger an, mir leid zu tun.

Es war klar, daß wir in dieser alptraumhaften Formlosigkeit bald ganz untergegangen sein würden. Wir hatten beide einen Helmscheinwerfer, aber die waren nicht für die Illumination eines Planeten gedacht, sondern für Außenarbeiten an Schiffen im Raum. Der Lichtkreis meiner Lampe war gerade groß genug, daß ich beide Hände hineinhalten konnte. Das war von keinem großen Nutzen. Glücklicherweise hatten die Instrumente innerhalb meines Helms, was besonders beim Kompaß wichtig war, Leuchtanzeigen.

Wir pflügten weiter. DelArco war hinter mir. Er griff nicht gerade nach meiner Hand, aber er blieb mir doch so dicht wie möglich auf den Fersen. Er sagte keinen Ton. Ich wußte auch so, daß er sich vor der Dunkelheit und dem schleimigen Chaos zu Tode fürchtete. Myriaden von winzigen Geschöpfen wanderten zuweilen von den Pflanzen auf mich über, und ich hoffte, keines davon sei von der Natur für das Zerbeißen zähen Plastikmaterials ausgerüstet. Sie hatten jedoch nicht die Absicht, lange bei mir zu verweilen. Die meisten konnten gar nicht schnell genug wieder wegkommen. Einige allerdings blieben kleben, und alle hundert Meter mußte ich meine Sichtplatte abwischen.

Als wir noch dreihundert Meter zu gehen hatten, blieb ich stehen, um die Einzelheiten meines Meisterplans noch einmal zu überdenken. Der Kapitän war froh über die Ruhepause, wenn auch seine Furcht dieselbe blieb.

»Johnny?« fragte ich.

»Ja.«

»Alles geht gut. Sieht nicht so aus, als ob wir Schwierigkeiten bekommen würden. Ich rufe dich wieder, sobald wir das Wrack erreichen.«

»Geht in Ordnung.«

Ich bewegte mich ein bißchen, und delArco legte mir eine Hand auf die Schulter. Ich weiß nicht, ob er sich stützen wollte oder ob er Angst hatte, mich aus den Augen zu verlieren. Er sagte nichts. Ich schob die Hand beiseite, blieb aber stehen. Er sackte leicht zusammen und versuchte, sich gegen die Pflanzen zu lehnen. Natürlich wichen sie ihm aus. Er verlor das Gleichgewicht und fiel hin. Eilends machte ich mich davon.

Einen schrecklichen Augenblick lang fürchtete ich, er werde nicht in Panik geraten, doch dann kreischte er: »Grainger!«

»Was ist los?« fragte ich und ging weiter.

»Ich habe Sie verloren!«

»Nun, das ist kein Grund zur Aufregung. Sie sind doch nicht hilflos. Sie wissen, wo das Wrack ist. Wir dürfen nur eins nicht tun, nämlich in diesem Zeug kreuz- und querrennen. Dabei können wir uns verlaufen.«

»Kommen Sie zurück!«

»Ich bin nirgendwo hingegangen«, log ich. »Ich kann nicht weiter als ein paar Schritte von Ihnen entfernt sein. Fangen Sie bloß nicht an, nach mir herumzusuchen. Benützen Sie Ihren Kompaß und Ihren Pedometer. Sie können das Wrack erreichen.«

»Ich bin *Ihnen* gefolgt«, jammerte er. »Ich kenne den Weg nicht, und ich weiß nicht einmal, was ein Pedometer *ist*!«

»Werden Sie nicht hysterisch«, riet ich ihm. »Sie brauchen den Pedometer gar nicht. Sie haben die Richtungsangaben gehört, die Johnny mir machte. Gehen Sie nur immer geradeaus, und Sie werden auf die *Lost Star* stoßen.«

»Warum können Sie nicht zu mir zurückkommen?«

»Weil ich dann die Richtung verlieren würde. Ich versichere Ihnen, mein Vorschlag ist der beste. Ich gehe jetzt weiter. Wenn Sie das auch tun, werden wir wahrscheinlich die ganze Zeit nicht weiter als einen Meter auseinander sein.«

»Grainger, *bitte*!« Er war zur Salzsäule erstarrt. Das war gut. Ich verließ mich darauf, daß er, auch wenn er die richtigen Kompaßangaben kannte, nicht imstande sein würde, das Schiff zu finden. Nicht bevor ich die Chance gehabt hatte, es mir anzusehen und etwas zu unternehmen.

»Ich bin unterwegs, Kapitän«, sagte ich zuckersüß. Hoffentlich war aus meiner Stimme keine Befriedigung herauszuhören. Aber Sprechverbindungen pflegen verzerrt zu sein, was mir sehr gelegen kam.

Hinter mir begann delArco zu schluchzen.

Du armes Schwein, dachte ich.

Dann fiel mein Scheinwerfer auf ein menschliches Gesicht, und die Reihe, sich zu fürchten, war an mir.

XXI

Mit einer schnellen Bewegung wischte ich mir die Tierchen von der Sichtplatte. Dabei schwang der Lichtkreis des Scheinwerfers zur Seite, und das Gesicht auch. Es hielt sich so, daß ich es sehen konnte.

»Doktor Livingstone, nehme ich an?« sagte ich.

Ich streckte meine Hand aus, und er verschwand. Er wurde zum Nichts oder . . . zur Pflanze.

»Ich habe den schrecklichen Verdacht«, vertraute ich der Welt im allgemeinen an, »daß die Dinge nicht so sind, wie sie sein sollten. Wir sind jedermann auf die Zehen getrampelt, und . . .«

Ich wurde von Kapitän delArco, der wieder zu schreien begann, roh unterbrochen.

»Seien Sie still«, ermahnte ich ihn müde. »Das ist nicht wirklich. Es sind nur die Pflanzen. Sie wissen doch, daß sie jede Gestalt annehmen können.«

Er hörte nicht auf zu schreien. Er war mit seiner Nervenkraft am Ende.

Ich wartete.

»Was, zum Teufel, ist passiert?« verlangte Johnny zu wissen.

»Der Dschungel schneidet uns Grimassen. Schlagen oder verletzen oder beschimpfen kann er uns nicht, deshalb zieht er Fratzen. Ich glaube, unser Kapitän hat Angst.«

Die Ruhe meiner Stimme und der in der letzten Bemerkung enthaltene Hohn brachten delArco wieder zur Vernunft. »Mir fehlt nichts«, verkündete er heroisch. »Ich habe mich nur erschreckt.«

Doch jetzt war ich für den Dschungel zum Stimulus geworden. Noch ein und noch ein und noch ein Gesicht zeigte sich. Es machte keinen Eindruck mehr auf mich. Ich ging geradeaus hindurch. Diesmal war der Dschungel weniger langsam im Erfinden. Die Gesichter änderten den Ausdruck. Ihre Leere wurde ersetzt durch Angst und Schmerz und Todesqual. Dann wurde das Fleisch des Gesichts – denn es war immer dasselbe Gesicht – weiß und begann, sich von den

Knochen zu lösen. Ich konnte Tod und Verwesung eines Menschen beobachten. Wohin auch das Licht meiner Lampe fiel, dort war die Erscheinung.

– Es ist einer von der Besatzung der *Lost Star*, bemerkte der *Wind*. Es ist etwas, das die Pflanzen gesehen und erlebt haben. Sie brauchten einige Zeit, um dich als Menschen zu klassifizieren. Deshalb fingen sie nicht sofort damit an.

Und warum tun sie das? Drohen sie mir das gleiche Schicksal an? Wollen sie mich zu Tode ängstigen? Das wird nicht funktionieren.

– Streng dich nicht an zu beweisen, wie widerstandsfähig du bist, wisperte er. Die Pflanzen versuchen nicht, dir etwas zu tun. Wie alles andere auf dieser Welt reagieren sie, sobald sie dazu stimuliert werden. Sie können gar nicht anders. Damit kompensieren sie deine Wirkung auf sie. Erst hast du sie verletzt, weil du ein Eindringling warst, auf den sie keine programmierte Antwort hatten. Das ist jetzt vorbei.

Danke, sagte ich. Du hast mir eine Last von der Seele genommen.

Und dann fand ich die *Lost Star*.

Sie war unbeschädigt. Der Dschungel begann gleich neben ihr, berührte sie aber nicht. Ich blieb stehen, um Atem zu schöpfen, und lehnte mich gegen die Hülle. Sie war ein langes, dickbäuchiges Schiff, nicht gerade häßlich, aber hoffnungslos überdimensioniert.

Sobald mir ihre Größe zu Bewußtsein kam, wußte ich auch, daß es mit meinem Plan, delArco abzuhängen, nicht klappen würde. Sie war keine Nadel im Heuhaufen. Wie nervös und unfähig er auch sein mochte, er mußte irgendwann über sie stolpern. Ich verfluchte die Schiffsbauer, die vor achtzig Jahren ein solches Riesending hergestellt hatten. Bei den heutigen Schiffen zieht man die Kompaktbauweise vor. Die menschliche Herausforderung des Universums war ebenso geschrumpft wie die Entfernungen.

Ich wanderte an der *Lost Star* entlang und suchte die Luftschleuse. Sie war weder an den Seiten, noch, als ich hinaufgeklettert war, auf dem Rücken zu finden. Es gab nur eine Möglichkeit: Sie mußte unter dem Schiff verborgen sein.

Ich fluchte im stillen. Mein Zeitvorsprung vor delArco schmolz dahin, und er war vergeudet, wenn ich mir keinen Zutritt verschaffen konnte. Ich sprang hinab, ohne daran zu denken, wie hoch ich war, weil ich den Boden nicht sehen konnte. Natürlich taten die Pflanzen wenig oder nichts, um den Aufprall abzufangen, und ich verstauchte mir den Knöchel. Ich mußte schmerzvoll humpeln und verlor dadurch noch mehr Zeit. Dann ließ ich mich auf Hände und Knie nieder und kroch unter den Bauch des Schiffes. Ich betete darum, daß die Tür, wenn ich sie fand, offenstehen oder fehlen würde. Endlich fand ich sie. Sie war zu, hatte aber das Scharnier auf der unteren Seite. Wenn es mir gelang, sie zu öffnen, war es mir möglich, hineinzukriechen.

»Grainger«, ertönte delArcos Stimme, »haben Sie das Schiff schon gefunden?«

»Nein«, antwortete ich. »Wie geht es Ihnen?«

»Ich bin okay.« Er hatte die Ruhe wiedergefunden. Das paßte mir gar nicht.

Ich lag auf dem Rücken und versuchte, mich in die richtige Position zu manövrieren, um an den Türgriff gelangen zu können. Die Tür öffnete sich und fiel schwer auf meine Brust. Diesmal fluchte ich laut und krümmte mich. Dann fädelte ich mich vorsichtig in die schmale Öffnung ein. Ich hoffte nur, daß ich meinen Raumanzug nicht beschädigte. Indem ich mich gegen die Wände der Schleuse drückte, konnte ich die äußere Tür schließen. Ich öffnete die innere Tür und zog mich dankbar in den Korridor. Das Schiff war vertikal orientiert wie die *Hymnia*, aber da es kein eigenes Schwerkraftfeld mehr hatte, bildete der Schacht jetzt einen Tunnel. Mit meiner Lampe suchte ich den Lichtschalter, fand ihn und drückte ihn. Die Beleuchtung ging an.

Als nächstes wandte ich mich zurück, zog meinen Laser, richtete seinen Strahl auf das Schloß der Luke und zerschmolz es. Das sollte Kapitän delArco eine Zeitlang aufhalten.

Ich konnte in dem Schacht, der zum Hinauf- und Heruntersteigen gedacht war, nicht aufrecht stehen. Deshalb mußte ich bis zum Kontrollraum kriechen.

»Grainger«, meldete sich delArco.

»Was ist denn nun?«

»Sie müssen schon am Schiff sein.«

»Ich habe es gefunden«, gab ich zu.

»Gut«, sagte er. »Unternehmen Sie nichts. Ich werde in ein paar Minuten bei Ihnen sein.«

»Jawohl, Kapitän«, antwortete ich pflichtgemäß.

Im Kontrollraum gab es weder lebende noch tote Menschen. Der Computer funktionierte noch ebenso wie das Signal. Ich gab ein paar einfache Fragen ein, um mich zu vergewissern, womit ich es zu tun hatte. Darauf kippte ich alle Schalter unter der Konsole. Aus dem künstlichen Gehirn war Schrott geworden, und alle Daten einschließlich des Logs waren gelöscht.

Es ist nur logisch, sagte ich zu mir selbst, daß die Besatzung, bevor sie das Schiff aufgab, den Energieverbrauch auf ein Minimum herabgesetzt hat, damit das Signal so lange wie möglich andauerte. Kein Mensch kann wissen, ob der Computer heute oder vor achtzig Jahren ausgeschaltet wurde. Das wird man mir nicht anlasten können.

Ich sah in eine der Kabinen nach der anderen. Sie waren leer.

Der Frachtraum war fest verschlossen, und ich hatte keine Ahnung, wo ich nach den Schlüsseln suchen sollte. Wahrscheinlich hatte einer von der Mannschaft sie in die Tasche gesteckt, bevor sie aufräumten und nach draußen gingen. Zeit, mich danach umzusehen, hatte ich sowieso nicht. Wenn delArco das Schiff einmal gefunden hatte, würde er nicht lange brauchen, um die Außentür aufzuschneiden.

Tatsächlich würde es ihn ebensoviel Zeit kosten wie mich, mir einen Weg in den Frachtraum zu bahnen.

Ich schmolz das Schloß weg. Als ich die Tür mit der Spitze meines Stiefels anstieß, gab sie etwas nach. Ich lehnte mich mit meinem vollen Gewicht dagegen, paßte aber auf, daß ich mit dem Raumanzug nicht an die heiße Stelle kam. Langsam öffnete sich die Tür.

Im Frachtraum war es dunkel. Ich suchte nach einem Lichtschalter, konnte jedoch keinen finden. Deshalb schaltete ich meinen Helmscheinwerfer wieder ein und ließ seinen Strahl über die Ladung spielen.

»Ich habe das Schiff gefunden«, jauchzte delArco.

»Gut«, bemerkte ich ohne Begeisterung.

»Wo ist die Tür?«

»Unter dem Bauch, ziemlich weit hinten.« Jetzt hatte es keinen Sinn mehr, es ihm zu verschweigen. Es war mir nicht gelungen, die benötigte Zeit herauszuschlagen. Vielleicht konnte ich die Fracht zerstören, aber ich konnte die Tatsache nicht mehr verbergen, daß ich es gewesen war. Ich stand vor der Wahl, Titus Charlot treu bis zum Ende zu dienen oder alle Arten von unerfreulichen Folgen zu riskieren. Während ich noch zögerte, glitten meine Augen über die legendären Schätze der *Lost Star*.

Der Frachtraum war gerammelt voll mit Büchern und Papieren und Filmbehältern und Notizen. Die Bücher waren alt – vielleicht Millionen Jahre –, aber sie hielten noch zusammen. Einige kleine Kunstwerke gab es zu sehen, größtenteils Schnitzereien und farbige Gravierungen. Auch etwas synthetisches Gewebe war mitgenommen worden. Im großen und ganzen bestand die Fracht jedoch aus Wissen – aus fremdem Wissen. Das war der Hauptverkaufsschlager der Galaxis vor achtzig Jahren gewesen. Natürlich wurden auch heute noch sehr hohe Preise dafür erzielt. Aber in Anbetracht dessen, was New Alexandria schon in die Tasche gesteckt hatte, war die Nachfrage nicht mehr so groß, und das reichliche Angebot hatte die Preise gedrückt. Heute war fremdes Wissen eine Selbstverständlichkeit. Damals war es hoch in Mode gewesen. New Alexandria hatte einen unstillbaren Durst danach, und jeder von Menschen besiedelte Planet brauchte die New Alexandrier, damit sie es übersetzten und den Zugang zu seinem Verständnis erschlossen. Die ganze Galaxis war verrückt nach dem Zeug. Vielleicht minderte es die Furcht vor dem Unbekannten, zu wissen, daß fremde Rassen innerhalb von Tagen nach ihrer Entdeckung in unseren Computern gespeichert waren, und daß wir mit dem Universum, sei es auch noch so groß, Schritt halten konnten. Solche Verrücktheiten sterben schnell, aber die Langzeitwirkung begann gerade erst einzusetzen. Die Integration von Nichtmenschen und Menschen, die Nutzanwendung von dem, was New Alexandria eingekauft hatte.

Sobald ich erfahren hatte, daß die *Lost Star* dort draußen einen toten Planeten gefunden hatte, hatte ich mir vorstellen können, was sie mit sich trug. Auf einer toten Welt waren keine Schätze des Königs Salomo zu finden, nur einige Scherben der ausgestorbenen Zivilisation. Nach so langer Zeit würde es keine Spuren des täglichen Lebens mehr geben. Nur unzerstörbare Dinge würden überdauert haben, solche, die zufällig ihres Materials wegen unzerstörbar waren, und solche, die die Leute als unzerstörbare Botschaften hinterlassen hatten. Und alles, was die *Lost Star* eingesammelt hatte, würde Aufschluß geben können über Myastrid und die Myastriden.

Und es war alles nutzlos. Denn Myastrid konnte uns nichts lehren, was wir nicht auch von Khor erfahren konnten. Technologische Geheimnisse, Philosophien, Wissenschaften – alles war von der Mutterwelt auf die Kolonie Khor übertragen worden. Und von den Khormonsa war es an New Alexandria weitergegeben worden. Es war kein Zufall, daß die erste Integration von intellektuellen Errungenschaften zwischen Menschen und Khormonsa erfolgt war. Die Khormonsa hatten sich zu jeder Auskunft über ihr Leben und ihre Zivilisation gern bereit erwiesen. Offensichtlich hatten sie nur ein Geheimnis zurückhalten wollen. Nur eines wollten sie die neugierigen Menschen nicht entdecken lassen.

Ich gebe nicht vor, daß ich die khormonische Denkweise verstehe. Ich nenne ihre Beharrlichkeit Stolz und ihre Manieren Höflichkeit. Aber das sind menschliche Worte, die menschliche Eigenschaften beschreiben. Auf fremde Rassen sind sie nicht präzise anwendbar. Ich weiß nicht, warum die Geheimhaltung der khormonischen Abstammung von solcher Wichtigkeit war. Es stand jedoch fest, daß die Khormonsa einige Mühen auf sich genommen hatten, um das Geheimnis zu wahren, wenn der größte Teil ihres eigenen Volkes es nicht kannte. Wenn es ihnen gelang, Myastrid zu zerstören und die Fracht der *Lost Star* zu unterdrücken, würden vielleicht auch die wenigen, die Bescheid wußten, imstande sein, alles darüber zu vergessen.

Dann würden die Khormonsa nichts anderes mehr sein als die beherrschende Rasse von Khor.

Nach dem Gesetz von New Rome gehörte diese Fracht Titus Charlot. Sein Konsortium war Eigentümer der *Dronte*. Die *Dronte* hatte den Auftrag, die *Lost Star* zu finden. Nach anderen Rechtssystemen mochte die Fracht den Khormonsa gehören. Myastrid war kein aufgegebenes Schiff, sondern eine Welt. Ihre Abkömmlinge lebten unter dem Namen Khormonsa weiter. Die *Lost Star* hatte diese Bücher nicht geborgen, sondern gestohlen.

Das Nachdenken über solche juristischen und ethischen Feinheiten half mir nicht weiter. Ich wußte schon, was ich tun wollte. Ich wollte jede einzelne Seite verbrennen.

Nicht, weil Alachakh gewünscht hatte, daß ich es tue, obwohl das ein guter Grund war. Auch nicht, weil ich die Khormonsa respektierte, obwohl das eine Tatsache war. Ich wollte Titus Charlot ärgern. Ich wollte ihn betrügen und ihm einen Zacken aus der Krone brechen, auch wenn das nur ein kleiner war. Ich wollte die Legende der *Lost Star* zerstören. Ich wollte, daß die dumme Geschichte in Nichts zerrann, daß die ganze menschliche Rasse zum Narren gehalten war. Mit Ausnahme von mir. Und das war ein guter Witz.

Aus solchen Dingen sind Motive gemacht. Edelmut und Altruismus sind der menschlichen Rasse unbekannt.

Deshalb drückte ich, als Kapitän delArco seinen Kopf aus der Innenluke steckte, meinen Laser gegen seine Sichtplatte.

XXII

Er starrte so gebannt auf den Laser, daß er schielte.

»Ruhig, Kapitän«, zischte ich verschwörerisch. Und dann sagte ich laut: »Johnny! Hier ist Grainger. Tu genau, was ich dir sage und stelle keine Fragen. Sprich kein Wort. Stell die Funkanlage der Eisernen Jungfrau ab. Bleib still sitzen und bewege dich nicht.«

Natürlich konnte ich nicht hören, ob er abstellte, aber ich verließ mich darauf, daß er es getan hatte.

»Also, Kapitän«, fuhr ich fort, »regen Sie sich nicht auf. Sind Sie mit dem Monitor der *Dronte* verbunden?«

»Das ist Ihnen bekannt.«

»Sie senden auch jetzt im Augenblick?«

»Die ganze Zeit.«

»Dann stellen Sie ab.«

»Das kann ich nicht.«

»Doch, das können Sie. Gesetz von New Rome. Gefährdung der Geheimhaltung. Sie müssen die Möglichkeit haben, die Verbindung zum Monitor zu unterbrechen. Also tun Sie es.«

Eine Pause entstand.

»Okay«, erklärte er, »ich habe abgestellt. Ich habe aber bereits gesehen, daß Sie einen Laser auf mich richteten. Ich habe gehört, daß Sie mir sagten, ich solle abstellen. Sie sitzen tief in der Patsche.«

Auch jetzt wieder konnte ich nicht wissen, ob er wirklich abgeschaltet hatte. Ich mußte es voraussetzen.

»Jetzt können Sie aus der Luftschleuse kommen«, sagte ich.

Als er es tat, nahm ich ihm seinen Laser ab.

»Werden Sie mir eine Erklärung geben?« fragte er.

»Aber natürlich. Ich brauche Ihre Hilfe und Ihr Verständnis. Leider kann ich Ihnen nicht alles erzählen. Was ich Ihnen sagen kann, sollen Sie jedoch erfahren. Sie erhalten die vollständige Geschichte in gekürzter Fassung. Okay? . . . Also dann:

Dieser Flug ist ein dummes Bravourstück. Sein einziger Zweck ist, der Caradoc-Gesellschaft eins auszuwischen und aus dem Spaß Kapital zu schlagen. Alle werden lachen, weil keiner Caradoc liebt. Für diese Posse muß ein Pilot namens Grainger sein Leben und das verschiedener anderer riskieren.«

»Niemand hat Sie gezwungen.«

»Unterbrechen Sie mich nicht. Und was den Zwang betrifft, so haben zwanzigtausend eine mächtige Hebelwirkung. Um mit der traurigen Ballade fortzufahren: Grainger, der aus Gründen der Selbsterhaltung auf die Erpressung eingeht, fühlt verständlicherweise keine besondere Loyalität gegenüber seinen Arbeitgebern. Er liebt sein neues Schiff, aber gerade deswegen liebt er die Leute, die ein solches Schiff für eine Laune aufs Spiel setzen, nur um so weniger.

Er entdeckt, daß der Eigentümer geistig ein wenig unausgeglichen ist und keinen Gedanken an das Schiff und seine Besatzung verschwendet, sondern nichts im Sinn hat als seinen Anteil an Lorbeeren innerhalb eines komplizierten Vorhabens. Ihm geht es nur um Effekthascherei und eitlen Ruhm. Er verläßt sich jedoch darauf, daß andere für ihn die Kastanien aus dem Feuer holen. Grainger hegt den Verdacht, daß Titus Charlot die Sache mit den zwanzigtausend von Anfang an eingefädelt hat, um sie später als Druckmittel gegen ihn zu benützen. Charlot muß also schon sehr früh von Graingers Rettung erfahren haben, und das bedeutet, daß er Verbindungen zu der Caradoc-Gesellschaft oder zu New Rome hat. Grainger nimmt weiter an, daß Charlot für das Attentat des Crocoliden verantwortlich ist. Natürlich wird Charlot den Crocoliden nicht bezahlt haben. Er brauchte nichts zu tun, als überall so mit seinem Schiff anzugeben, daß den Caradoc-Leuten die Idee kommen mußte, den Piloten abzuschießen.

Kurz gesagt, Grainger mag Charlot nicht.

Zu Charlots Plan gehört es auch, einen Mann zum Kapitän des Schiffes zu ernennen, der seiner Berechnung nach Grainger auf die Nerven gehen wird. Die einzige Aufgabe besagten Kapitäns ist es, Grainger alle Autorität wegzunehmen. Nach dem Gesetz von New Rome liegt sie völlig bei dem Kapitän, nicht bei dem Piloten. Damit ist gesichert, daß Grainger nichts anderes tun kann, als was ihm befohlen wird. Um die Spannung zwischen den beiden Männern zu steigern – damit der Kapitän ja nicht auf Grainger hört –, bringt Charlot außerdem eine Frau an Bord, was stets Spannung garantiert, einen Ingenieur, der berüchtigt ist, die Moral zu zersetzen, und einen Jungen, der es jedem recht machen möchte und dadurch die Differenzen zwischen den anderen noch hochspielt.

Der unglückliche Grainger findet dann heraus, daß Alachakh, sein bester Freund, den verzweifelten Wunsch hat, die *Lost Star* zu erreichen. Sein Grund ist so schwerwiegend, daß er bereit ist, dafür sein Leben zu opfern. Der Grund ist für Menschen nicht verständlich, für Sie nicht und für mich nicht.

Aber es war ein Grund. Es ist ein Grund. Und wir haben keinen Grund. Überhaupt keinen. Wir sind hier wegen der Laune eines Größenwahnsinnigen.

Wissen Sie, teilweise sind wir an Alachakhs Tod schuld. Mit uns mußte er ein Rennen austragen. Caradoc hätte er leicht schlagen können. Aber uns nicht. Wir zwangen ihn, zu schnell zu fliegen. Unseretwegen konnte er seine Mission nicht erfüllen. Ich will nicht behaupten, wir hätten eine Verpflichtung ihm gegenüber. Das haben wir nicht. Aber wir können ihn nicht vergessen. Wir können nicht einfach so tun, als habe er nie existiert. Und wir waren dabei, als er starb.

Ich möchte nicht weiter auf Alachakhs Gründe eingehen. Sie waren sowohl persönlich als auch fremdartig. Ihnen würden sie nichts bedeuten, und er wollte nicht, daß ich irgend jemandem davon erzählte. Ich mache Ihnen folgenden Vorschlag: Wir können die von Charlot gewünschte Schau abziehen. Wir können Caradoc schlagen, wir können ihm die Möglichkeit geben, sich daran zu weiden. Und gleichzeitig können wir Alachakhs Mission vollenden. Wir können das ausführen, was er vorhatte.

Also, was sollen wir tun?«

»Das hängt davon ab«, antwortete delArco. »Es hört sich viel zu gut an, als daß nicht ein Haken dabei wäre. Sie geben sich sehr viel Mühe, mich zu verladen. Was müssen wir für diese klassische Doublette anstellen?«

Ich fuhr mir mit der Zunge über die Lippen. »Ich möchte alles, was die *Lost Star* in ihrem Frachtraum hat, bis zum letzten Krümel verbrennen. Und Sie sollen meine Aussage bestätigen, daß gar keine Fracht da war. Die ganze Geschichte war ein Mythos. Eine Lüge.«

»Woraus besteht die Fracht?« Er schien schon etwas zu vermuten.

»Aus Büchern. Fremden Büchern.«

Er nickte. »Und Sie wollen mir nicht sagen, warum Sie sie verbrennen möchten? Fremde Gründe?«

»Fremde Gründe«, nickte ich. »Aber ich mache Ihnen freiwillig noch ein paar Angaben. Erstens: Diese Bücher enthalten keine wissenschaftlichen oder technologischen Informationen, die New Alexandria nicht bereits vorliegen. Zweitens: Das Geheimnis, das ich bewahren möchte, ist völlig harmlos. Wir schädigen niemanden, wenn wir die Fracht vernichten, aber wir können eine Menge Leute auf Khor helfen.«

»Geben Sie mir Zeit zum Überlegen?« fragte er.

»Sicher.«

»Können Sie mit diesen Lasern auf eine andere Stelle zeigen?«

Ich steckte beide in meinen Gürtel. Dann setzte ich mich und wartete. Ein paar Minuten vergingen, und er blieb in tiefes Nachdenken versunken.

»Es gibt keinen Beweis, daß die Fracht je existiert hat«, erklärte ich. »Niemand wird uns je etwas vorwerfen können.«

»Sie fordern von mir eine teuflisch große Menge Vertrauen.«

»Das ist richtig«, stimmte ich zu.

»Was werden Sie tun, wenn ich mich weigere, Ihnen zu helfen?«

»Ich werde die Bücher auf jeden Fall verbrennen.«

»Und mich mit ihnen?«

»Nein. Ich werde Sie nach Hause zurückbringen und hoffen, daß Sie Ihre Meinung unterwegs ändern.«

»Und wenn ich das nicht tue?«

»Dann wird Titus Charlot sehr, sehr ärgerlich werden. Auf uns beide. Aber ich bin nicht Titus Charlot. Ich gehe nicht über Leichen. Sie haben die Wahl. Wenn Sie mir nicht helfen wollen, werde ich es allein tun.«

Ich wußte, ich würde gewinnen. Wenn mir jemand einen schlechten Mist aufgetischt hätte wie ich eben delArco, dann hätte ich ihm gesagt, wohin er ihn sich stecken könne. Aber Nick delArco war ein netter Mann. Die Leute mochten ihn gern. Er war nett, weil er wollte, daß die Leute ihn gern hatten. Sogar ich sollte ihn gern haben. Wenn er glaubte, er könne mich für sich gewinnen, indem er mir einen Gefallen tat, würde er es tun. Aus solchen Dingen sind Motive gemacht. Wir haben alle unsere Schwächen.

»Gut«, sagte er schließlich. »Verbrennen wir die Bücher. Sie haben mich überzeugt.«

Logik ist nichts als eine Einstellung, dafür, daß wir das tun, was wir gern tun wollen.

»Jawohl, Sir«, sagte ich.

»Sie dürfen mich Nick nennen«, konterte er.

»Das geht in Ordnung«, murmelte ich. »Wir sind jetzt Freunde.«

XXIII

»Sie wollten mich eigentlich gar nicht dabei haben, nicht wahr?« fragte delArco, während wir Bücher in die ausgebrannte Brennkammer warfen. »Sie haben mich in diesem Wald zurückgelassen, und Sie haben das Schloß an der Luftschleuse zugeschmolzen.«

»Es wäre leichter gewesen, wenn Sie sich verlaufen hätten.«

»Und wie hätten Sie mir dann, wenn ich hier aufgetaucht wäre, die Aschenrückstände erklärt?«

»Ich hätte die Brennkammer abgeschlossen und behauptet, sie sei strahlenverseucht.«

»Und der Geigerzähler?« Er zeigte darauf.

Ich grinste. »Sobald ich fertig gewesen wäre, hätten wir eine Strahlenverseuchung gehabt.«

»Man kann zu Schaden kommen, wenn man mit Atomkräften herumspielt«, kommentierte er.

Ich fuhr fort, das Zeug aus dem Frachtraum zu holen und an ihn weiterzureichen. Er warf es in die Brennkammer. Aus Sicherheitsgründen hatte ich mich entschlossen, das Feuer dort anzuzünden. Bloß für den Fall, daß es den Caradoc-Leuten doch gelingen würde, herzukommen. Einen Baum versteckt man am besten in einem Wald. Die Überreste eines Feuers versteckt man am besten in den Überresten eines früheren Feuers. Als die *Lost Star* hier eine Bruchlandung gemacht hatte, war mit ihren Maschinen dasselbe passiert wie mit denen der *Hymnia*. Bei Dimensionsspringern läuft es fast immer so ab.

»Wissen Sie«, meinte delArco – er war jetzt, wo wir auf

derselben Seite standen, sehr gesprächig – »ich bin gar kein New Alexandrier. Aber ich wurde im Geist New Alexandrias erzogen. Ich wurde gelehrt, daß man kein schlimmeres Verbrechen begehen kann, als Bücher zu verbrennen.«

»Die Umstände«, erwiderte ich, »ändern die Sache.«

»Die Umstände scheinen Sie nie zu ändern.«

»Doch«, versicherte ich ihm.

»Mir scheinen Sie immer derselbe zu sein.«

»Und wie scheine ich zu sein?«

»Unberührt von menschlichen Händen. Isoliert. Verfremdet. Und wild entschlossen, diese Eigenschaften beizubehalten, ganz gleich, wie sich die Umstände ändern.«

»Ich lasse die Dinge nur nicht an mich herankommen, das ist alles. Wenn fremde Welten erst einmal anfangen, einen zu beeinflussen, ist man schon so gut wie tot. Man muß hart bleiben. Lapthorn pflegte zu sagen, ich hätte keine Seele.«

»Ich habe nicht über den Einfluß fremder Welten gesprochen«, erklärte er, während wir unermüdlich Bücher weiterreichten. »Ich habe Leute gemeint. Sie lassen sich auch von ihnen nicht beeinflussen.«

»Wo ist da der Unterschied?« gab ich zurück. »Fremd ist fremd. Leute sind Fremde für mich.«

»Sie sind aber einer von ihnen.«

»So sagt man.«

»Deshalb können Sie sich nicht selbst entfremdet werden.«

»Sehen Sie mal.« Ich hielt mit der Arbeit inne. »Was soll das alles? Nur weil wir zum ersten Mal das gleiche Ziel verfolgen, brauchen Sie nicht sofort damit anzufangen, meine Seele vor dem Abgrund der Verzweiflung zu retten.« Ich warf ihm die nächste Ladung mit besonderem Schwung zu, aber er fing sie mühelos auf. Er war ein großer Mann.

Er zuckte die Schultern. »Sie sind inkonsequent. Erst halten Sie mir eine lange Vorlesung darüber, daß Titus Charlot seine Mannschaft geringschätze, und dann bekennen Sie sich dazu, daß Sie jedermann geringschätzen.«

»Ich sprach davon, daß Titus Charlot das *Leben* seiner Mannschaft geringschätze. Nicht die Liebe oder den Edelmut seiner Mannschaft. Je weniger Charlot sich um meine Gefühle kümmert, desto angenehmer ist es mir. Nur meine Gesundheit soll er nicht aufs Spiel setzen.«

»Glauben Sie wirklich, daß da viel Unterschied ist?«

»Also gut«, gab ich ungerührt nach, »vielleicht bin ich wirklich nicht besser als Titus Charlot. Ich habe auch nicht behauptet, besser zu sein. Trotzdem ist das, was ich sagte, wahr.«

Er antwortete nicht. Wir waren beinahe fertig. Es hatte nicht so lange gedauert, wie ich befürchtet hatte. Die Brennkammer war randvoll mit Trödel. Wir mußten lange unsere Laser darauf richten, bis er verbrannt oder verschmolzen oder sonstwie unkenntlich gemacht war. Die Myastriden hatten dauerhafte Artikel hergestellt. Das ganze Schiff war voller Rauch, und es mußte so heiß wie in der Hölle sein. Manchmal sind Raumanzüge doch recht praktisch.

»Was ist mit dem Monitor-Band im Schiff?« fragte delArco plötzlich. »Es ist ein ziemlich peinliches Stück Konversation darauf, bevor das Gerät abgestellt wurde.«

»Sie können das Band von dem Punkt an löschen, wo wir in das Verzerrungsfeld einflogen. Niemand kann sagen, wie diese Phänomene empfindliche Apparate beeinflussen. Zu schade, daß das Band von da an leer ist, nicht wahr? Charlot muß sich mit einem mündlichen Bericht über die Auffindung der *Lost Star* begnügen.« Ich hatte mir bereits etwas überlegt. »Die Mannschaft wird, als sie das Schiff verließ, die Dokumente nicht mitgenommen haben. Wir werden sie in den Kabinen finden, genug Beweismaterial dafür, daß wir hiergewesen sind. Und das Hauptstück unserer Sammlung wird das Namensschild sein, das wir aus der Hülle schneiden. Wäre das nicht hübsch? Man könnte es irgendwo als ewiges Andenken an die Eroberung des Halcyon-Nebels an die Wand hängen. Man könnte sogar eine Plakette mit unseren Namen darunter anbringen.«

»Wir könnten auch die Kontrollhebel mitnehmen«, schlug delArco vor.

»Böse Menschen würden ihren Ursprung anzweifeln. Alles, was nicht den Stempel ›*Lost Star*‹ auf der Rückseite trägt, wird den durchschnittlichen Skeptiker nicht überzeugen. Andererseits könnten wir ein paar tausend Duplikate herstellen lassen und als heilige Reliquien verkaufen.«

»Was werden Sie Johnny erzählen?« kam delArco zur Sache zurück. »Er wird sehr neugierig sein, warum Sie ihn abgeschnitten haben.«

»Tun Sie so, als sei es nie geschehen. Denken Sie nicht mehr daran.«

»Das geht nicht. Er wird Fragen stellen.«

»Dann sagen wir ihm, daß es unter den gegebenen Umständen das einzig Richtige war. Wenn er weiterbohrt, befehlen Sie ihm, den Mund zu halten. Ein Privileg Ihres Ranges.«

Die Wände der Brennkammer begannen zu schmelzen. »Beschädigen Sie den Reaktor nicht«, warnte delArco ängstlich.

»Es sind mehr als ein paar tausend Grad nötig, um diesen Schutzschild zu durchdringen«, versicherte ich ihm.

Befriedigt von der totalen Zerstörung steckte ich meinen leeren Laser wieder in den Gürtel. Wenn die Kammer erst einmal abgekühlt war, würde sie nicht viel anders aussehen als in dem Augenblick, wo ich die Tür geöffnet hatte.

»Wir müssen die Hauptluke offen lassen, damit der Rauch abzieht«, sagte ich. »Aber davon abgesehen, können wir jetzt unsere Souvenirs einsammeln und die *Lost Star* so zurücklassen, wie wir sie vorgefunden haben.«

Ich begab mich an die Nase des Schiffes, um, wie vorgeschlagen, das Namensschild auszuschneiden. DelArco durchsuchte unterdessen die Kabinen und den Kontrollraum nach offiziellen Dokumenten. Als ich fertig war, schnitt ich auch noch ein paar Kontrollhebel ab, um nichts zu versäumen. Ich hätte gern noch mehr Schrott mitgenommen, aber mittlerweile war auch delArcos Laser beinahe leer, und ein bißchen Energie wollte ich noch in Reserve haben.

Als letztes stellte ich das Signal der *Lost Star* ab. Die Sirene des Weltraums war nicht mehr. Kaputt, tot, alle. Eine Legende war von den harten Fäusten der Realität zertrümmert worden. Und das ist schon beinahe das Ende der Geschichte.

XXIV

Kapitän delArco weckte mich. Ich war gar nicht erfreut, denn es war das erste Mal seit Ewigkeiten, daß ich in einer Koje geschlafen hatte.

»Vier Schiffe sind gerade in das System eingeflogen«, verkündete er. »Vermessungsschiffe von Caradoc.«

»Was soll ich tun?« fragte ich. »Ihnen gratulieren, daß sie so nahe ans Ziel gekommen sind?«

»Sie haben gesagt, die Caradoc-Schiffe würden es nie schaffen«, beschwerte er sich.

»Ich habe gesagt, sie würden Monate dazu brauchen. Und die brauchen sie immer noch. Sie müssen im Schrittempo durch das Verzerrungsfeld.«

»Sie wollen überhaupt nicht durch das Verzerrungsfeld. Das haben sie uns gerade in einem Funkspruch durchgegeben. Sie waren sehr ärgerlich, als sie entdeckten, daß sie um Nasenlänge geschlagen worden sind.«

»So?«

»Der Inhalt der Botschaft war: Kapitän Casorati von dem Caradoc-Company-Schiff *De Lancey* an die *Dronte* von New Alexandria. Wir fordern Sie auf, eine Erklärung abzugeben, in der Sie alle Rechte an der Fracht und den Effekten der *Lost Star* an die Caradoc-Gesellschaft abtreten. Dafür geben wir Ihnen Anweisungen, wie Sie wieder aus dem Halcyon-Nebel hinauskommen können. Wir fühlen uns verpflichtet, Ihnen mitzuteilen, daß Sie, wenn Sie auf diese Forderung nicht eingehen, zweifellos den Gewalten des Nebels zum Opfer fallen werden.«

Drei Sekunden lang herrschte erstauntes Schweigen. Dann brach ich in Lachen aus.

»Sie drohen, uns zusammenzuschießen!« keuchte ich. »Vermessungsschiffe bedrohen die *Dronte*! Das ist das Komischste, was ich seit Jahren gehört habe!«

»Diese Vermessungsschiffe sind bewaffnet«, stellte delArco humorlos fest.

»Mir ist es egal, ob sie Planeten vernichten können oder nicht. Haben Sie eine Vorstellung davon, wie schwierig es ist, im Raum etwas zu treffen? Ganz zu schweigen vom gekrümmten Raum? Zwischen uns und den Caradoc-Schiffen sind Millionen von Meilen verzerrter Leere. Wie können sie da hindurch ein Geschoß so genau abfeuern, daß wir ihm nicht mühelos ausweichen können?«

»Sind Sie davon überzeugt?«

»Natürlich. In diesem Raumabschnitt hätten sie Glück, wenn sie einen Stern treffen würden. Sollten sie wirklich schießen, werden sie viel eher sich selbst beschädigen als uns. Ich schlage vor, Sie sagen ihnen das. Aber seien Sie höflich. Versichern Sie ihnen, daß wir ihnen für ihr freundliches Angebot, uns zu helfen, sehr dankbar sind, daß wir jedoch glauben, allein fertig zu werden. Wir danken ebenfalls für ihre Besorgtheit um uns. Allerdings sei es wahrscheinlicher, daß sie selbst im Nebel umkommen werden.«

Ich lachte immer noch, als ich mich zur Vorbereitung des Starts an die Kontrollen begab.

Fünf Minuten vor dem Abheben bekam ich einen Anfall pathologischer Furcht. Das hatte nichts mit den Caradoc-Schiffen zu tun. Ich mußte erneut durch das Verzerrungsfeld. Das letzte Mal hatte es mich zerbrochen. Konnte ich es diesmal schlagen?

– Wir bringen das Schiff hindurch, versicherte mir der *Wind*.

Du sollst dich heraushalten. Die *Dronte* ist mein Schiff, und ich werde sie hindurchbringen.

– Du brauchtest auf dem Herflug meine Hilfe.

Ich konnte sie nicht zurückweisen, weil ich nicht mehr bei Bewußtsein war.

– Und wenn du nun wieder das Bewußtsein verlierst? Du brauchst dich nicht zu schämen, Hilfe anzunehmen. Ich habe nichts getan, was du nicht auch hättest tun können. Du hast nicht etwa versagt. Ich benutzte deinen Körper, deine Geschicklichkeit, die Geschwindigkeit deiner Reflexe. Du verstehst mich überhaupt nicht. Ich bin keine Bedrohung für dich. Ich versuche nicht, dich zu überwältigen. Ich bin ein neuer Teil von dir. Eine neue Fähigkeit.

Ich brauche dich nicht!

– Und? Ich weiß, daß du mich nicht brauchst. Aber du *hast*

mich. Wie lange wird es noch dauern, bis du dich mit dieser Tatsache abfindest, Grainger? Du, Grainger, der einsame Wolf, bist nicht mehr allein. Du wirst nie wieder allein sein. Wir müssen zusammen leben, du und ich. Das ist doch kein schrecklicher Fluch. Du bist nicht von Teufeln besessen. Ich werde weder dein Gehirn überwältigen noch dich deines Körpers berauben. Ich bin hier. Wir sind hier. Kannst du nicht begreifen, was das bedeutet?

Es gefällt mir einfach nicht.

– Grainger, flüsterte der *Wind* geheimnisvoll, ein Leben ist eine lange Zeit.

Mach dir nichts draus. Es wird schnell vorübergehen.

Das Verzerrungsfeld hatte sich geändert, so daß der gerade Weg hinaus jetzt etwa hunderttausend Meilen kürzer war. Aber ich war mir nicht sicher, ob ich diesen Weg nehmen sollte. Sollten die Caradoc-Schiffe wirklich schießen, dann würden ihre Geschosse auf dem geraden Weg hereinkommen, und wenn ihre Drohungen auch lächerlich waren, so hatte es doch keinen Sinn, ein Risiko einzugehen. Ich mußte mich entscheiden, was mir mehr Angst einjagte: Caradocs Geschosse oder ein paar zusätzliche Sekunden in dem Verzerrungsfeld.

Nachdem ich das Feld in sitzender Position abgefühlt hatte – etwas, wozu ich auf dem Herflug nicht imstande gewesen war –, entschied ich, daß der gerade Weg hinaus auf gar keinen Fall der leichteste Weg sein würde. Ich mußte so fliegen, daß die Energie des Feldes unserer eigenen zu Hilfe kam. Ich entwarf einen Kurs, der einen vier Millionen Meilen langen Bogen beschrieb, etwa zweimal so lang wie der kürzeste Weg. Dieser Bogen hatte den zusätzlichen Vorteil, daß er uns von den Caradoc-Schiffen wegführte.

Um den klammen Fingern der Furcht zu entkommen, ließ ich Rothgar den Countdown früh beginnen. Wir feuerten unsere Düsen ab. Die *Dronte* erhob sich in die Luft. Ich fühlte den Druck der Raumkrümmung. Eine, zwei, drei, vier Sekunden vergingen, während wir stiegen und beschleunigten, hinaus aus der Atmosphäre, und hinein in das verwünschte Nichts. Und dann ließ Caradoc seine Geschosse los.

Alle vier Schiffe feuerten gleichzeitig. Meinem müden Gehirn wurde es mit einem Mal klar, was sie damit gemeint hatten, wir würden den Gewalten des Nebels zum Opfer fallen. Ich hatte einen Fehler gemacht. Die Tore der Hölle öffneten sich weit vor mir.

Die Geschosse mußten etwa dreißigtausendfache Lichtgeschwindigkeit haben. Es war völlig gleichgültig, ob sie uns trafen oder nicht. Wesentlich war, was sie dem Verzerrungsfeld antaten. Sie rissen sternengroße Löcher in den Raum. Diese Löcher spien Kernenergie aus, und das ganze System barst vor Zeitverschiebungen. Der böse Feind wanderte über den Himmel und fing sich Seelen für sein jenseitiges Königreich . . .

Mit wilder Entschlossenheit, die das Hauptquartier zweifellos bewundernswert finden würde, feuerten sie alles, was sie hatten, so schnell ab, wie sie konnten. Sie gaben sich gar nicht die Mühe, auf uns arme Würstchen zu zielen.

»Lade den Strom«, schrie ich Rothgar zu. »Pump hinein soviel du kannst, und noch etwas mehr. Wir müssen sofort über die Einstein-Barriere. Zur Hölle mit den Sicherheitsvorschriften!«

Rothgar hielt sich nicht damit auf zu antworten. Ein Transfer in diesem Feld mußte uns mit *neunzigprozentiger* Wahrscheinlichkeit zerreißen, und das wußte er. Diese Wahrscheinlichkeit wurde vielleicht noch erhöht, wenn er den Plasmastrom überlud. Aber ich mußte die Energie unbedingt haben. Andernfalls waren wir mit *hundertprozentiger* Sicherheit tot.

Jeweils vier mit weniger als einer Sekunde Abstand, so pflügten die Geschosse durch das Verzerrungsfeld. Ich fühlte, wie sich seine Struktur vor Entsetzen über den Schock verkrampfte. Der ganze gekrümmte Raum wallte auf wie ein Vulkan. Die Sonne wachte auf und streckte ihre Muskeln, bereitete sich darauf vor, alle Schleusen zu öffnen und alle Kräfte des Nebels in ihren Mantel des verzerrten Raumes einfließen zu lassen.

Ein Geschoß – *eines* von vierzig oder fünfzig – kam näher als tausend Meilen an der *Dronte* vorbei. Es sauste beinahe parallel zu dem von mir geplanten Kurs davon. Den Bruchteil einer

Sekunde verwandte ich auf den hoffnungsvollen Gedanken, das Ding werde nicht zu früh explodieren und flog hinterher.

Das Feld war vollständig zerschmettert. Schon brach der Sturm aus dem Herzen des Sterns hervor. Die Tore der Hölle standen jetzt offen, der Tod kam, um uns zu fressen. Es gab einen halben Augenblick der Ruhe vor dem Sturm. Das alte Feld war tot, und das neue Chaos war noch nicht ganz da.

Dieser halbe Augenblick war alles, was ich hatte.

Das Geschoß riß neben uns buchstäblich ein Loch in den Raum, einen langen, hohlen Tunnel. Ich wußte nicht, was in diesem Loch sein mochte, und ich fragte auch nicht danach. Es konnte ein Zeitriß sein oder eine unbekannte Dimension. Aber es war der einzige Weg hinaus.

Ich faßte die *Dronte* beim Genick und schleuderte sie auf den parallelen Pfad. Wäre die Strukur des Feldes noch intakt gewesen, dann wären wir auseinandergebrochen. Aber es hatte sich bereits aufgelöst, und wir befanden uns zwischen dem Käfig und der Todeswelle. Schmerz schüttelte mein Gehirn, aber nicht meine Hände. Ich zog uns in den Tunnel und ging über die Einstein-Barriere.

Die Schwerkraft des Schiffes verschwand, die Beleuchtung ging aus, und die Instrumente im Helm zeigten nichts mehr. Ich war blind, aber wir flogen. Wir waren praktisch augenblicklich von einer niedrigen Unterlichtgeschwindigkeit auf dreißigtausendfache Lichtgeschwindigkeit gesprungen. Wir waren aus der Gefahr heraus, ehe ich noch Zeit hatte zu hoffen, und alles funktionierte wieder. In dem Augenblick, als ich wieder ein Bild hatte, reagierte ich. Ich konnte weder die Richtung ändern noch die Geschwindigkeit herabsetzen, weil dazu keine Zeit war. Ich krümmte meinen Körper zusammen und schabte beinahe die Haut von dem Geschoß ab, als ich es überholte.

Etwa eine Million Meilen hinter uns explodierte es.

Das dünne Verzerrungsfeld, das das gesamte System umgeben hatte, war völlig verschwunden. Ich entfernte mich mit fünfundzwanzigtausendfacher Lichtgeschwindigkeit und blieb dabei drei Minuten lang, bis ich – ein gutes Stück von dem System entfernt – auf Staub und normale Verhältnisse stieß und langsamer werden mußte.

Jetzt konnte uns nichts mehr passieren.

Der *De Lancey* und ihren drei Hofdamen schon.

Die explodierten.

Honi soit qui mal y pense.

»Nun«, bemerkte ich, »das habe ich euch doch gleich gesagt.«

XXV

Und das ist das Ende der Geschichte. Das Leben geht weiter.

Als wir aus dem Zentrum des Halcyon-Nebels heraus waren, verlief der Heimflug ereignislos. Jetzt konnte ich mit allem fertig werden, ohne in Schweiß auszubrechen. Ich hielt mich nicht mit Zwischenlandungen auf. Ich flog fünfzig und einige Stunden durch bei intravenöser Nahrung und Stimulanzien. Medizinisch gesehen tat mir das nicht gut. Aber ein Flug heimwärts zerrt immer an meinen Nerven, so daß ich gar nicht erwarten kann, ihn hinter mich zu bringen.

Nachdem wir auf Hallsthammer gelandet waren, verpaßte ich einiges, weil ich soviel Schlaf nachzuholen hatte.

Rothgar kassierte seine Heuer und verschwand anderswohin. Er hatte die Schnauze voll.

DelArco wich geschickt Charlots bohrenden Fragen aus, was mit seinem kostbaren Monitor geschehen sei. Ich nehme nicht an, daß der alte Mann unsere Geschichte glaubte, aber er konnte das Gegenteil nie beweisen. Der alte Bastard hielt allerdings immer noch die Peitsche in der Hand. Ich war auf seinem Schachbrett immer noch der Bauer. Ich würde andere Aufgaben erhalten. Er würde sein Pfund Fleisch bekommen, ganz gleich ob mit oder ohne Blut.

Ein paar Monate später machte ein Khormon mich ausfindig, um mir mitzuteilen, daß jenseits des Halcyon-Nebels eine Nova entstanden sei. Ihr Licht müßte Khor in etwa hundertundzwanzig Jahren erreichen. Zu der Zeit wird sie nichts anderes sein als ein weiterer Stern am Himmel von Khor. Übrigens ein nicht sehr langlebiger.

HIER ENDET DAS ERSTE BUCH

ZWEITES BUCH

Der Schatz des schwarzen Planeten

I

– Beruhige dich, flüsterte der *Wind*.

Schwer atmend blieb ich stehen. Das kalte, schlammige Wasser schwappte um meine Knöchel, und das Licht meiner Taschenlampe wurde auffallend schwächer. Ich wollte so schnell wie möglich weiter, aber der *Wind* fand, daß ich übertreibe.

– Es ist nicht unbedingt nötig, daß du rennst, bis du zusammenbrichst. Sie haben die Jagd nach dir vor zwanzig Minuten aufgegeben. Hier unten haben sie Angst, sich zu verlaufen.

Er wollte mir nur helfen. Auf seine Art versuchte er das immer. Mich reizte diese ständige Bevormundung. Noch gestand ich ihm das Recht nicht zu, um mein Wohlergehen ebenso besorgt zu sein, wie ich selbst, obwohl für ihn natürlich genauso viel auf dem Spiel stand wie für mich. (Allerdings gab es einen wesentlichen Unterschied. Wenn ich umkam, konnte er sich einen neuen Körper suchen. Ich nicht.)

Diese Taschenlampe, erklärte ich ihm, wird versagen, noch ehe wir ein paar Meilen weitergekommen sind.

– So? Die Einheimischen benutzen keine Taschenlampen. Sie finden sich im Dunkeln zurecht.

Das könnte ich auch, wenn ich wüßte, wohin ich gehe, und wenn ich seit meinem zweiten Lebensjahr in diesen Höhlen dafür trainiert hätte.

– Du hast keine Angst vor der Dunkelheit, nicht wahr?

Doch!

– Warum hast du dann diese blödsinnige Flucht überhaupt angefangen?

Das weißt du verdammt genau. Du warst schließlich dabei. Ich wollte ja gar nicht. Sampson und Johnny waren dafür.

– Sie haben dich nicht gezwungen, deine gemütliche Gefängniszelle zu verlassen.

Nein, aber der Gedanke, bis zum Ende aller Tage in einer Zelle mit weit offenstehender Tür zu hocken, sagte mir auch nicht zu.

– Und da bist du einfach losgerannt. Wir könnten umkehren, weißt du, und sie bitten, dich wieder einzusperren. Wenn es das ist, was du möchtest, entscheide dich rasch. Wenn es das nicht ist, fang an, darüber nachzudenken, wohin wir gehen und aus welchem Grund.

Das ist jetzt weder der richtige Augenblick noch der geeignete Ort, um sich hinzusetzen und einen strategischen Plan auszuarbeiten. Außerdem tappe ich in mehr als einer Beziehung im dunkeln.

Darauf gab er keine Antwort. Ich spürte weder Zustimmung noch Ablehnung, als ich weiterging. Wahrscheinlich wußte er auch nicht recht, was wir tun sollten.

Ich stolperte in dem Tunnel vorwärts. Mit der rechten Hand berührte ich die Wand, der ich folgte; in der linken hielt ich die Taschenlampe. Hier gab es nichts außer schwarzem Wasser und schwarzem Stein, aber für mich machte es viel aus, wenn ich wenigstens das *sehen* konnte. Der Tunnel war breit und von ausreichender Höhe. Was an seinem Ende war, konnte mir die Taschenlampe nicht zeigen. Dorthin warf sie nur einen kreisrunden, gelben Fleck.

Durch knöcheltiefes Wasser kann man größere Strecken nicht in schnellem Lauf zurücklegen. Ich hätte langsam und stetig hindurchwaten müssen. Trotzdem strengte ich mich sehr an, um voranzukommen. In meinem Gehirn war kein Platz für Überlegungen, wohin uns das führen würde.

– An einem Ort wie diesem können wir nicht rennen, rügte mich der *Wind*. Es hat keinen Zweck. Du mußt irgendeinen Plan machen. Was kann es uns nützen, wenn wir hier unten herumirren und uns verlaufen? In dieser Bienenwabe muß es Tausende von Meilen Höhlen und Schächte geben. Wenn du hier stirbst, werden deine Gebeine vielleicht niemals gefunden. Du mußt doch irgend etwas im Kopf haben!

Habe ich auch. Dich.

– Jetzt ist nicht der richtige Augenblick für deinen abwegigen Humor.

Im Gegenteil. Auf solche Augenblicke ist mein Humor genau zugeschnitten.

– Sei vernünftig!

Sieh mal, setzte ich ihm auseinander, im Augenblick gibt es doch nur einen Weg. Wir sind in einem Tunnel, richtig? Wenn mir Alternativen angeboten werden, dann werde ich beginnen, Entscheidungen zu treffen. Und auch dann wird es nicht viele Möglichkeiten geben. Ich will nicht höher hinauf, weil es da, wo ich bin, verdammt kalt ist. Folglich muß ich weiter nach unten. Und wenn ich mich richtig erinnere, ist die beste Methode, die niedrigeren Ebenen in einem Höhlensystem zu finden, die, daß man den Kaltluftströmen folgt.

– Du hast keine Ahnung davon, wie man sich in einem Höhlensystem orientiert.

Mir sind genügend Fachausdrücke bekannt, daß ich für alles, was ich tun werde, eine Begründung liefern kann. Und ich weiß, daß heiße Luft steigt und kalte Luft fällt. Das ist alles, was im Moment wichtig ist.

– So einfach ist es nicht, bemerkte er dunkel.

Ich wurde langsamer. Das Wasser reichte mir bereits bis an die Waden. Die bittere Kälte machte meine Füße taub und sandte stechende Schmerzen in meine Beine. Meine Hand, mit der ich an der Wand entlangstrich, bekam auch ihren Teil ab. Wo der Stein nicht mit Flechten bewachsen war, riß er mir die Haut auf wie Sandpapier. Es sprach für die Stabilität des Systems, daß das Wasser nie hoch genug gestiegen war, um die Oberfläche zu glätten, aber es war die Hölle für meine Fingerspitzen. Langsam drang mir die Kälte bis in die Knochen. Ich hätte eigentlich nach oben und nicht nach unten fliehen sollen, denn unser Gefängnis hatte sich direkt unterhalb der Oberflächenschleuse, aber oberhalb der Hauptstadt und der Verkehrsstraßen befunden. Deshalb mußte ich, wenn ich nach unten ging, irgendwann die Verfolger auf mich aufmerksam machen. Jetzt hatte ich die Kerle jedoch schon seit geraumer Zeit abgeschüttelt, und ich war weit genug zur Seite ausgewichen, um ziemlich sicher sein zu können, daß ich nicht wieder in die Straßen der Stadt geraten würde.

Die Frage war, was ich tun sollte, wenn ich erneut auf eine

bewohnte Ebene stieß. Vor dem Ausbruch hatte Johnny davon gefaselt, wir könnten Oberflächenanzüge stehlen und zurück zur *Dronte* gelangen. Zweifellos hatte er dabei den noch lächerlicheren Gedanken, wir könnten die Geschütze der *Dronte* benutzen, um den ganzen Planeten mit Gewalt zu erobern. Das Ganze war ein Witz. Wir hatten nicht die geringste Chance, die *Dronte* zu erreichen. Dieses Loch würden die Miner gründlich zugestopft haben.

Also mußte ich meine Karten anders ausspielen. Was ich auch unternehmen wollte, ich mußte es hier unten in den Höhlen tun. Und als erstes hatte ich herauszufinden, was zum Teufel eigentlich los war. Diese endlose Geheimnistuerei ging mir auf die Nerven. Mindestens zwei Menschen – Charlot und Sampson – wußten mehr, als sie sagen wollten. Andernfalls würden sie nicht hier sein. Ich fühlte mich schwer beleidigt, daß sie sich hartnäckig weigerten, mich in ihre idiotischen Pläne einzuweihen. Obwohl ich noch nicht recht wußte, wie ich es fertigbringen sollte, war ich fest entschlossen, sowohl dem einen als auch dem anderen Knüppel zwischen die Beine zu werfen.

Der erste notwendige Schritt war, neue Kontakte mit der Bevölkerung von Rhapsodia aufzunehmen. Die Miner schieden aus, denn sie schienen plötzlich Polizeifunktionen übernommen zu haben. Den kirchlichen Würdenträgern hätte ich mich nicht einmal in einem Asbestanzug genähert. Trotz des Mangels an Möglichkeiten auf Rhapsodia mußte der verbleibende Prozentsatz an Einheimischen groß genug sein, um irgendwie eine Verbindung herstellen zu können.

Leicht würde es nicht sein. Ich wußte buchstäblich nichts über diese Kultur, außer, daß ich ihre Grundlagen verabscheute. Meine Aussichten waren deshalb alles andere als rosig.

Es wäre einfacher gewesen, wenn ich mich gar nicht erst in diese Situation hätte bringen lassen, räumte ich ein.

– Zu spät.

Am besten wäre ich von Anfang an zu Hause geblieben. Durch den Vertrag mit Charlot gerate ich von einer Schwierigkeit in die andere. Die Wahrscheinlichkeit, daß ich die zwei Jahre nicht überlebe, muß ziemlich groß sein.

– In die augenblickliche Schwierigkeit bist du aus eigenem Verschulden geraten, sagte der *Wind*. Das kannst du Charlot nicht anlasten.

Ich kann es, und ich tue es, gab ich verstockt zurück. Wenn er nicht gewesen wäre, hätte ich jetzt einen netten, sicheren Job auf Penaflor.

– Und du würdest für den Rest deines Lebens umsonst arbeiten.

Ja, aber der Rest würde noch eine ganze Weile dauern. Wie lange er unter Charlot noch dauern wird, weiß ich nicht.

– Mit solchen Überlegungen verschwendest du Kraft und Zeit, flüsterte er. Richte deine Gedanken auf die Gegenwart.

Der Tunnel bog nach links, und das Wasser floß plötzlich viel schneller an meinen Beinen vorbei. Unmittelbar voraus mußte es steil nach unten gehen. Die Strömung hatte eine solche Geschwindigkeit, daß ich achtgeben mußte, nicht von den Füßen gerissen zu werden. Ich hatte keine Lust auszuprobieren, wie es sich in diesem Strom schwimmen ließ.

Im Licht der Taschenlampe erkannte ich, daß der Absturz nicht unüberwindlich war. Allerdings konnte ich nur ein paar Meter weit sehen.

Kontakt nicht zu empfehlen, lautet der Ratschlag von New Rome, stellte ich müßig fest. Wenn Titus Charlot genug gesunden Menschenverstand gehabt hätte, ihm zu folgen, säßen wir jetzt nicht im Dreck.

– Es ist nicht gegen das Gesetz von New Rome, diesen Ratschlag nicht zu befolgen, betonte der *Wind*. Du kannst Charlot deswegen nicht verklagen.

Zu schade.

Ich begann, mich abwärts zu tasten. Sehr langsam. *Sehr* vorsichtig.

Das Wasser fiel wieder von Waden- auf Knöchelhöhe, aber dadurch wurde es nicht weniger tückisch. Ich hielt mich an der Wand so gut fest, wie ich nur konnte. Meinen linken Arm brauchte ich, um das Gleichgewicht zu bewahren. Das bedeutete, daß ich, wenn ich die Taschenlampe benutzen wollte, stehenbleiben mußte.

Meine Gedanken wanderten unterdessen weiter.

Wenn ich mir je einen Vornamen zulege, sinnierte ich, dann würde, glaube ich, Hiob am besten zu mir passen. Hiob mit dem eingebauten Tröster. Äußerst praktisch. Poetische Gerechtigkeit, könnte man sogar sagen. Du kannst nicht nachfühlen, wie traurig meine Lage ist. Ich verstehe nicht, daß mein eigener Parasit gegen mich Charlots Partei ergreifen kann. Das verrät einen völligen Mangel an Loyalität.

– Wirst du hysterisch? fragte er.

Sei nicht albern. Ich bin noch nie in meinem Leben hysterisch geworden. Ich praktiziere nur meinen verdrehten Humor, um meine Gedanken von Schlimmerem abzulenken, zum Beispiel, daß ich ausrutschen könnte und was wohl die Folgen davon wären. Ich habe mich vollständig unter Kontrolle. Ich bewohne diesen Körper viel länger als du, und ich wünschte, du ließest mich auf die Art damit umgehen, an die er gewöhnt ist. Einem alten Hund kann man keine neuen Tricks beibringen. Wenn du in meinem Geist leben willst, mußt du dich an mein intellektuelles Klima gewöhnen. Es wird dich nicht mit Stürmen überraschen, aber ein Südsee-Ferienparadies ist es natürlich auch nicht. Keine Bange, alter Freund. Sobald wir wieder festen Boden unter den Füßen haben, werde ich mich sofort an die Verfolgung des Plans machen, der meinem Kopf entsprungen ist wie Athene in voller Rüstung dem Haupt des Zeus.

– Was für ein Plan? fuhr er dazwischen.

Diese Unterbrechung gefiel mir nicht. Sie zeugte von wenig Vertrauen.

Ich werde die Dinge an mich herankommen lassen und nach der Eingebung des Augenblicks entscheiden, erklärte ich ihm. Ich werde mir nicht den Kopf darüber zerbrechen, ob jeder einzelne Schritt in die groß angelegten Pläne der Vorsehung hineinpaßt. Jedenfalls habe ich immer Pech gehabt. Oh! Ich bitte die Vorsehung aufrichtig um Verzeihung. Ich werde so etwas nie wieder sagen.

In diesem Augenblick hatte ich nämlich einen Sims entdeckt.

Dankbar stieg ich aus dem Wasser. Der Sims lief an der rechten Wand entlang und war gerade breit genug, daß ich bequem darauf gehen konnte. Der Tunnel fiel immer weiter nach unten ab, und zwar ziemlich steil. Ein paar Schritte weiter war eine Spalte in dem Felsen, die im rechten Winkel von meiner Marschrichtung abzweigte. Wäre es ein ebener Gang gewesen, so hätte ich mir überlegt, ob ich ihm folgen solle, aber es war eine Schräge von ungefähr fünfzig Grad und sah noch ungemütlicher aus als mein jetziger Weg. Also wanderte ich auf diesem weiter.

Der *Wind* schien erleichtert zu sein, daß ich meinen unerfreulichen Monolog abgebrochen hatte. Ich hatte den Verdacht, daß er darüber nachsann, wie er eine befriedigendere Unterhaltung (von seinem Standpunkt aus gesehen) beginnen könne, daß ihm aber nichts einfiel.

Es geschah nicht oft, daß es ihm die Sprache verschlug, und ich war ganz froh, daß ich kurze Zeit von ihm in Ruhe gelassen wurde. Vermutlich halten manche Leute es für sehr angenehm, wenn man seinen Schädel mit einem anderen Wesen teilt, weil angeblich zwei verschiedene Meinungen besser sind als eine. Sie könnten es sogar besonders erfreulich finden, daß der fremde Verstand nicht fremd bleiben kann, daß er sich nach seinem Wirt ausrichten, daß er menschlich werden muß. Alles in allem bedeutet es, daß man nie mehr allein zu sein braucht. Man kann nie mehr von seiner eigenen Art völlig abgeschnitten werden. Immerfort ist ein Freund gegenwärtig, was gelegentlich bitter notwendig sein kann – zum Beispiel, als ich beim Durchqueren einer Zone verzerrten Raums um eine Sonne im Halcyon-Nebel im ungeeignetsten Moment das Bewußtsein verlor. Es bedeutet eine zusätzliche Kraft im Kampf gegen »die Pfeile und Schleudern des wütenden Geschicks« und »eine See von Plagen« sowie eine zusätzliche Chance, mit diesen schon von Hamlet beklagten Widrigkeiten fertig zu werden.

Aber außerdem ist es auch verdammt störend. Es gibt Zeiten, in denen ein Mensch absolute Ruhe braucht, nicht als Zugeständnis seitens des Gefährten, sondern als nur ihm gehörendes Stück seiner Existenz. Und das war es, was ich nicht hatte. Nicht mehr. Und da einen die Nachteile an einer

Sache immer mehr ärgern, als die Vorteile einen besänftigen, war ich entschieden gegen die Bruderschaft mit dem fremden Wesen eingestellt. (Ich sage Bruderschaft, weil er den Anspruch erhob, ein Symbiont zu sein und kein Parasit.) Darüber wußte er Bescheid. Es verbitterte ihn nicht und machte ihn nicht übermäßig ungeduldig. Schließlich lag es in seinem Interesse, daß wir miteinander auskamen, und es war seine Art zu leben. Meine hatte zuvor in freiwilliger Isolierung, ja sogar Entfremdung bestanden. Ich war ein überzeugter Außenseiter, ein einsamer Wolf. Für mich war es schwer, mich an die mir aufgezwungene Änderung zu gewöhnen. Ein Widerstand hatte jedoch keinen Zweck. Ich konnte die Flüsterstimme nicht loswerden, was ich auch versuchen mochte. Wir waren miteinander verbunden, bis der Tod uns scheiden würde. Ich konnte es mir nicht leisten, das Wesen zu hassen, aber ich brachte es nicht fertig, seine Gegenwart anders als lästig zu empfinden. Seelenfreunde würden wir nie werden.

Das Leben ist hart, wie schon viele Philosophen bemerkt haben.

Als der Sims schmaler wurde, mußte ich mich mit den Fersen zur Wand seitlich vorwärtsbewegen. Jetzt nützte mir die Taschenlampe nichts mehr. Ich war gezwungen, meinen Weg zu erfühlen, indem ich mit der rechten Hand über die Felswand tastete. Meine Füße hochzuheben wagte ich nicht, ich ließ sie über den Boden schlurfen. Nach und nach fiel der Grund unterhalb des Vorsprungs immer steiler ab. Das Wasser stürzte mit Getöse hinunter und rauschte vermutlich einem senkrechten Schacht zu. Sobald ich die Überzeugung gewonnen hatte, daß es für mich den sicheren Tod bedeuten würde, wenn ich von dem Sims fiel, verlor ich das Interesse daran, wie die Geometrie des Wasserlaufs genau aussah.

Plötzlich griff meine rechte Hand in leere Luft, und ich blieb wie angewurzelt stehen. Furcht packte mich. Ich zog die Hand zurück und blies auf die kältestarren, aufgerissenen Fingerspitzen, um mich zu vergewissern, daß noch Gefühl in ihnen vorhanden war. Dann schickte ich sie noch einmal über den Felsen.

Vor mir war nicht einfach eine Ecke, sondern eine Haarnadelkurve. Der Felsenkeil hinter meinem Rücken schien mir zerbrechlich dünn zu sein. Beinahe instinktiv stellte ich mich aufrecht hin, damit ich nicht mit meinem ganzen Gewicht dagegen lehnte. Zentimeterweise schob ich mich vorwärts. Ich hoffte nur, daß der Sims nicht vor der Kante aufhören würde. Als ich die äußerste Spitze erreicht hatte, schloß ich die Augen. Sehen konnte ich sowieso nichts, da die Taschenlampe an den Felsen hinter mir gepreßt war. Mit dem großen Zeh nach unten schob ich meinen Fuß langsam um die Ecke.

Vor meinem geistigen Auge sah ich mich an dieser messerscharfen Kante balancieren, unter mir ein gähnender Abgrund. Das Brausen des dahinschießenden Wassers hatte sich in ein unheilverkündendes Gurgeln verwandelt, das meiner überreizten Fantasie strudelnde Schlünde anzeigte.

Dann berührte mein Zeh festen Boden. Es mochte ein ebenso schmaler Vorsprung sein wie der, auf dem ich gerade stand, aber ich wagte es nicht, mein Bein weiter vorzustrecken, um seine Ausmaße zu erforschen. Die Tatsache, daß es überhaupt einen Weg hinaus gab, war mir im Augenblick genug.

Um die Ecke umrunden zu können, mußte ich mich umdrehen, und das war mit Schwierigkeiten verbunden. Ich nahm die Taschenlampe von der linken Hand in die rechte und stellte fest, daß das eine so unbequem war wie das andere. In den Gürtel konnte ich sie nicht stecken, weil sie dann zwischen mich und die Wand geriet. Sie war zu groß, um sie quer in den Mund zu nehmen, wie die Piraten es früher mit ihren Entermessern getan haben sollen. Ich kam zu dem Schluß, daß es nur einen Platz gab, wo sie weder Schaden anrichten konnte, noch in Gefahr geriet, verloren zu gehen. Ich mußte sie hinten in mein Hemd stecken. Dann hatte ich natürlich kein Licht mehr. Nicht daß mir das Licht von besonderem Nutzen gewesen wäre, aber es gab mir Trost.

Nun, die Umstände zwangen mich, auf jeden Trost zu verzichten.

Mich mit dem Gesicht zur Wand zu drehen, war nicht allzu schwierig. Glücklicherweise war sie so gut wie lotrecht. Wäre an dieser Stelle ein Überhang gewesen, dann hätte ich vermutlich das Gleichgewicht verloren und wäre hinuntergefallen.

Sobald ich die richtige Stellung eingenommen hatte, begann ich, mich um die Kante zu winden. Meine Arme hielt ich so weit wie möglich nach beiden Seiten ausgestreckt und meine Füße so dicht zusammen wie ich es wagen konnte, ohne meinen festen Stand zu gefährden. Ich brauchte nur ein paar Sekunden, bis ich meinen Körper hinübergebracht hatte, aber es waren gefährliche Sekunden, und sie zu durchleben, war auf keinen Fall ein Vergnügen.

Danach mußte ich mich erst einmal erholen, und dann erkundete ich wieder mit dem großen Zeh meines linken Fußes vorsichtig den Boden, um die Breite des mir zur Verfügung stehenden Felsens festzustellen.

Es war eine große Menge Boden da.

Ich drehte mich um und genoß dabei den Raum, der mir den Platz für dieses Manöver bot. Mit ziemlicher Mühe fischte ich die Taschenlampe hinten aus meinem Hemd hervor.

In ihrem schwachen Licht sah ich, daß zwar die Wand einen Winkel von ungefähr hundertfünfundsechzig Grad beschrieb, der Fußboden aber nur einen von etwa achtzig. Die Wand mir gegenüber war vielleicht zwei Meter entfernt.

Hölle und Teufel! fluchte ich mit Gefühl. Es war viel einfacher gewesen, als ich es mir vorgestellt hatte. Beinahe lächerlich.

– Vorsicht hat noch nie jemandem geschadet, bemerkte der *Wind* tröstend.

Geh zum Teufel, sagte ich. Dann richtete ich den Lichtschein auf den Fußboden vor mir und wanderte den neuen Tunnel entlang. Hier war es nicht mehr ganz so kalt, und der Luftstrom hatte eine geringere Geschwindigkeit. Ich wußte nicht genug über die Aerodynamik eines Höhlensystems, um beurteilen zu können, was das bedeutete. Vermutlich war dies eher eine venöse Ader als eine arterielle, aber ob die Luftgeschwindigkeit von der architektonischen Gestaltung dieses Tunnels oder von seiner Verbindung mit anderen Gängen herrührte, konnte ich nicht sagen. Vielleicht war beides der Fall.

Hinter den Wänden konnte ich das leise Rauschen von

Wasser hören, das auch seine Rolle zu spielen hatte bei der Aufrechterhaltung bestimmter Temperaturen an bestimmten Stellen, wovon wiederum die Luftzirkulation abhängig war. Die Wasserrückführung erfolgte durch Verdunstung und Zerstreuung mittels der trichterförmigen Heißschächte, die sich von oben nach unten durch das ganze System bis hin zum heißen Kern zogen.

Jetzt hatte ich freie Bahn und bewegte mich wieder schneller vorwärts. Wozu sollte ich herumtrödeln? Ich war immer noch durchgefroren, und ich mußte wärmere Luft als diese hier finden, um richtig aufzutauen.

Anfangs war der Tunnel hoch und breit und wirkte wie von Menschenhand geschaffen. Aber die Steine zeigten kein Zeichen von Bearbeitung. Ich fragte mich, ob es ein zuvorkommendes physikalisches Gesetz gebe, nach dem die optimalen Abmessungen der Röhren in Karstfelsen für Menschen passend ausfallen. Andererseits konnte ein ironisches Prinzip die Größe der Menschen als geeignet für eine Troglodyten-Existenz bestimmt haben, was ihnen dann sicher besser bekommen würde als die Eroberung der Sterne.

Wie dem auch sei, diese Maulwurfsgänge schienen im Hinblick auf Menschen entworfen zu sein, die Welten wie diese zu kolonisieren imstande waren. An einem solchen System konnte nicht viel geändert werden. Ein Eingriff in die Zusammenhänge der Luft- und Wasserzirkulation konnte für eine Kultur, deren Leben von der Beständigkeit der Dinge abhing, katastrophale Folgen haben. Einige hochzivilisierte Welten dieses Typs hatten Wissenschaften und Wissenschaftler hervorgebracht, die genau zu bestimmen vermochten, was sie dem System antun konnten und was nicht. Manche konnten an dem Kaninchenbau sogar Änderungen vornehmen, die bewirkten, daß Luft und Wasser taten, was die Menschen wollten. Aber Rhapsodia war keine hochzivilisierte Welt. Der Planet war ein galaktischer Slum – eine fremdartige, religiöse Kultur, in der Mühsal Selbstzweck war und kein Gedanke an Effizienz oder Sicherheit verschwendet wurde.

– Also, wohin gehen wir? verlangte der *Wind* zu wissen. Es ist ja schön und gut, daß du dich von der Eingebung des

Augenblicks leiten lassen willst, aber irgendwann müssen wir doch damit anfangen, zu überlegen. Also wohin?

Nun antwortete ich, wir müssen essen. Um Essen zu finden, müssen wir Menschen finden. Da haben wir die Wahl zwischen den elenden Siedlungen, die zweifellos überall in diesem großen Schweizer Käse verstreut sind, und den Bergwerken und Austauschanlagen, die als Grundlagen für das Leben hier gegen alle Arten von sozialer Unverantwortlichkeit – zu denen Diebstahl hier sicher gezählt wird – geschützt sind. Folglich schließe ich, daß eine zeitweilige Existenz als Dieb und Vagabund nur in den Siedlungen möglich ist. Stimmst du mir zu?

Er sagte nichts, mußte also wohl mit den von mir verkündeten Absichten einverstanden sein. Wenn ich recht hatte, ließ er mich immer meinen eigenen Weg gehen. Er widersprach nicht aus purer Lust am Streit, wie ich es gelegentlich gern tue. Ich bin Opponent aus Leidenschaft. Jemand sagt etwas, und ich bin dagegen. Prinzipiell. Und obwohl ich manchmal gar nicht weiß, wovon ich eigentlich rede, verteidige ich meinen Standpunkt mit beträchtlicher Heftigkeit und Hartnäckigkeit.

Wir haben alle unsere Fehler.

Der Korridor verengte sich zu einer Röhre. Ich mußte kriechen. Der Durchmesser veränderte sich ständig, so daß ich mich manchmal wie eine Schlange durch einen Flaschenhals winden mußte und ein anderes Mal in gebeugter Haltung ziemlich schnell vorankam. Der Luftstrom wurde stärker, als werde er durch die Engpässe gepreßt, und seine Kälte machte mir viel zu schaffen. Natürlich machte auch ich dem Luftstrom zu schaffen, weil ich ein Hindernis in seinem natürlichen Lauf darstellte. Ich war außerordentlich froh, daß es sich um einen Rückenwind handelte. Mit dem Wind im Gesicht zu kriechen, wäre nahezu unmöglich gewesen. Wenn ich in einem der Flaschenhälse steckte, kam ich mir vor wie ein Pfeil in einem Blasrohr.

Eine angenehme Reise war das nicht.

So müssen sich Würmer fühlen, stellte ich fest. Halb war das eine Klage, halb der Ausdruck des Mitgefühls für diese geringeren Brüder des Menschengeschlechts.

Die Wände waren etwas feucht, und gelegentlich kam ich an schmierigen, schleimigen Stellen vorbei, die zweifellos aus Protoplasma bestanden. Obwohl es in einem Höhlensystem an der Ermutigung und Hilfe durch Sonnenbestrahlung fehlt, entwickeln sie so gut wie immer vielfältige Lebensformen. Da sie Netzwerke und keine Oberflächen darstellen und da ein planetenweites Karstsystem Hunderte oder sogar Tausende von nicht miteinander verbundenen Labyrinthen enthalten kann, gibt es unglaubliche Unterschiede zwischen den Lebensformen, und es ist nicht ungewöhnlich, daß auf ein und demselben Höhlenplaneten vier oder fünf unabhängige Evolutionen zu finden sind.

Die Variationsbreite in einem solchen abgeschlossenen ökologischen System ist natürlich gering, und wenn es nicht sehr viel Einfallsreichtum besitzt, kann es kaum mehr als ein halbes Dutzend verschiedener Typen hervorbringen, die, da jeder Selektionsdruck fehlt, außerordentlich schnell zu einer irreversiblen Spezialisierung kommen. Grenzen werden der Ausbreitung nur dadurch gesetzt, daß sich eine Lebensform von der anderen ernähren muß.

Ein ökologisches System, das man als »typisch« bezeichnen könnte, besteht daher wahrscheinlich aus einem pflanzenartigen Superorganismus, der sich natürlich durch Thermosynthese und nicht durch Fotosynthese ernährt, einem pflanzenfressenden, tierartigen Organismus und einer dritten Bioform, die sich oft teils von der »Pflanze«, teils ebenfalls durch Thermosynthese ernährt und deshalb weder als Pflanze noch als Tier eingestuft werden kann. Dazu kommen selbstverständlich die unvermeidlichen Parasiten, um das unsterbliche ökologische Prinzip aufrechtzuerhalten, daß große Wanzen von kleinen Wanzen und diese von noch kleineren Wanzen gebissen werden.

Dies ist wahrscheinlich das einzige universelle, ökologische Gesetz.

– Würmer, bemerkte der *Wind* etwas verspätet, müssen sich ihre Tunnel selbst ausfressen.

Ich hoffte, die Röhre, in der ich gerade steckte, würde nicht so eng werden, daß ich Würmer imitieren mußte. Aber wenn ich an den Luftstrom dachte, erschien mir das unwahrscheinlich. Zu der Zeit war ich ziemlich mager, weil mir nach den Entbehrungen auf *Lapthorns Grab,* wo ich kurz vor dem Verhungern gestanden hatte, nie die Möglichkeit gegeben worden war, mich anständig zu erholen.

Und wie sich herausstellte, hatte ich recht. Die Röhre fiel plötzlich steil nach unten ab und mündete an der Decke eines viel breiteren, höheren Tunnels. In diesem hier waren zweifellos Techniker am Werke gewesen, wenn man Leute, die mit einer Spitzhacke im Wege stehendes Gestein wegschlagen, Techniker nennen kann.

Ich hatte mich eine Stunde oder länger durch den schleimigen Moder geschlängelt, ehe ich diesen Ausgang erreichte. Währenddessen war der Felsen fühlbar wärmer geworden, und obwohl ich mich durchaus nicht behaglich gefühlt hatte, war meine Sorge, ich könne durch Unterkühlung sterben, doch zurückgetreten vor der, ich würde mir selbst bei lebendigem Leib die Haut abschinden.

Nachdem ich mich von dem Flaschenhals in den neuen Korridor hatte fallen lassen, machte ich die Ruhepause, die mir schon seit langem zustand. Ich rollte mich in sitzender Stellung zusammen und knipste die Taschenlampe aus, die immer noch heroisch leuchtete, obwohl sie unerbittlich schwächer wurde.

In dem Tunnel gab es kein Licht, weder natürliches noch künstliches. Keine ausgefahrene Spur, keine Gleisanlagen deuteten darauf hin, daß hier Fahrzeuge verkehrten. In einer Höhlenkultur war das äußerst ungewöhnlich. Ich kam zu der Vermutung, daß die religiösen Lehrsätze, die das Fundament der Kolonie bildeten, auch die Annahme einschlossen, Gott habe uns die Beine zum Gehen gegeben. Trotz des Mangels an Vorkehrungen für den Transport war der Tunnel offensichtlich eine Durchgangsstraße. Davon zeugte die Bearbeitung des Steins. Niemand wird wohl in einem Tunnel Felsvorsprünge wegschlagen, wenn er nicht beabsichtig, ihn regelmäßig zu benutzen. Ich dachte über die Widersprüche in einer Gesellschaft nach, die einerseits gezwungen ist, sich zur Nahrungsmittelerzeugung komplizierter, mit Wärmeenergie betriebener Austauschanlagen zu bedienen, wozu auch eine wissenschaftlich betriebene Erzeugung der organischen Rohstoffe gehört, und die andererseits freiwillig auf selbst die primitivsten und billigsten Räderfahrzeuge verzichtet. Man kann sich nur darüber wundern, welche Kulturformen von Menschen schon entwickelt worden sind.

Ich saß mit dem Rücken an der Wand unter dem Loch, aus dem ich mich herausgewunden hatte, und die Luft strömte in dem Korridor von links nach rechts an mir vorbei. Falls mich mein Orientierungssinn nicht völlig verlassen hatte, lag die Hauptstadt zu meiner Linken, und dies war eine Ausfallstraße. Die Luft war für meinen persönlichen Geschmack ein bißchen zu kalt und viel kälter, als die Bewohner von Höhlensiedlungen es für gewöhnlich gern haben. Aber das konnte man den exzentrischen Gewohnheiten der Leute von Rhapsodia zuschreiben. Ich fand, die Kälte sei nicht unvereinbar mit der Theorie, der Tunnel sei eine Verbindung zwischen der Hauptstadt und einer kleineren Gemeinde. Dagegen sprach zwar das Fehlen von Verkehr, aber immerhin lag augenblicklich so etwas wie ein nationaler Notstand vor, und der normale Ablauf mochte empfindlich gestört sein.

Ich habe Hunger, bemerkte ich nicht sehr begeistert. Eine Klage ist ein wenig origineller Versuch, ein Gespräch anzuknüpfen, aber *Wind* schien nichts zu sagen zu haben, und mir wurde es langweilig, schweigend dazusitzen. Die Alternative – die Wiederaufnahme meiner Wanderung – sagte mir auch nicht besonders zu, denn ich fühlte mich immer noch außerordentlich erschöpft.

– Du hättest deine impulsiven Freunde darauf aufmerksam machen sollen, daß ein Gefängnisausbrauch am besten nach einer Mahlzeit bewerkstelligt wird, stichelte der *Wind*.

Du setzt damit voraus, daß diese religiösen Wahnsinnigen überhaupt beabsichtigen, uns Heiden etwas zu essen zu geben.

– Nur in den abscheulichsten Gesellschaften werden Gäste nicht beköstigt.

Das meine ich doch.

– Wenn du deine Abneigung gegen religiöse Gemeinschaften überwinden könntest, würdest du wahrscheinlich herausfinden, daß man es mit viel schlechteren Menschen zu tun bekommen kann als mit denen, die zur Kirche der Exklusiven Belohnung gehören. Das solltest du wissen, nachdem du jahrelang in den Verrückten Bezirken Handel getrieben hast.

Das Gebiet wird der galaktische Rand genannt.

– Du kannst es nennen, wie du willst.

Dies ganze muntere Geplauder brachte uns natürlich nicht weiter. Es half mir jedoch, meine Erschöpfung zu überwinden. Wer die Welt mit freundlicheren Augen betrachtet, ist darum nicht weniger realistisch, fürchtet sich aber weniger vor dem Versagen oder vor dem Untergang.

Ich nehme an, ich hätte mich sogar mit meinem harten Los abfinden können, wenn es Charlot nicht solche Freude gemacht hätte, mich unter seiner Knute zu haben. Und wenn dieser Größenwahnsinnige mich nicht als einen Bauern auf seinem Schachbrett betrachtet hätte. Zu seinem Spiel hatte es gehört, daß ich den Schatz der *Lost Star* aus dem Zentrum des Halcyon-Nebels hatte bergen sollen.

Höchstwahrscheinlich gehörte das gegenwärtige Unternehmen auch dazu.

Es fing damit an, daß wir auf Attalus Flüchtlinge von den Splittern aufnahmen und ihnen einen Freiflug nach Hause schenkten . . .

II

Ich haßte Attalus.

Es war immer neblig auf Attalus.

Ich werde nie verstehen, warum man auf einer so völlig nutzlosen Welt jemals einen größeren Raumhafen angelegt hat. Der Grund war ganz bestimmt nicht, daß ein Exil für die Flüchtlinge von Gottes Neun Splittern geschaffen werden sollte.

Wahrscheinlicher ist, daß Attalus einen Raumhafen bekam, weil seine Sonne praktisch Wange an Wange neben dem Fomalhaut liegt. Die ersten Raumschiffe zogen es vor, gut sichtbare Ziele anzusteuern, Sterne, die am Himmel von Mutter Erde hell und schön in Erscheinung traten.

Folglich entwickelten sich in diesen Gebieten Kolonien, auch wenn es vom Standpunkt der Nützlichkeit nicht gerade die beste Wahl war und es sich nach intergalaktischen Maßstäben um sehr abgelegene Gebiete handelte. Natürlich hatten die ersten Raumfahrer noch keine intergalaktischen Maßstäbe, aber das erklärt die völlige Mißachtung wirtschaftlicher Prinzipien nicht ganz.

Auf jeden Fall überlebte Attalus dank seiner Tradition und einiger zusätzlicher Anstrengungen. Und durch reinen Zufall befand sich Attalus ziemlich nahe an dem System, wo die Kirche der Exklusiven Belohnung Gottes Neun Splitter besiedelt hatten. Es wirft ein bezeichnendes Licht auf die Qualitäten von Attalus, daß die Kirchenleute sogar die Splitter für eine Kolonie vorzogen, aber wegen der unmittelbaren Nachbarschaft landeten dort die Verbannten, und es war die Transit-Station für die wenigen Schiffe, die das System besuchen wollten.

Die Attalier akzeptierten die Tatsache, daß sie Vermittler zwischen den Splittern und der Zivilisation waren. Nicht, daß dadurch eine Handelsroute erschlossen wurde, aber auf Welten, deren Überleben an einem seidenen Faden hängt, ist jeder daran gewöhnt, mit dem Pfennig zu rechnen. Da hilft jede Kleinigkeit.

Als ich die *Dronte* auf Attalus aufsetzte, war ich in mißmutiger Stimmung, und sie wurde noch schlechter, als ich den Nebel, den Raumhafen und das Hotel sah – in dieser Reihenfolge. Ich war ohne ein Wort der Erklärung hierher kommandiert worden. Das war doppelt unerträglich, weil Titus Charlot persönlich mitgekommen war. Es handelte sich um eine Aufgabe, die nur er allein erfüllen und keinen Agenten oder Mietlingen anvertrauen konnte. Besonders nicht nach dem, was mit dem Schatz der *Lost Star* geschehen war.

Charlot schäumte immer noch wegen dieser Angelegenheit. Im allgemeinen ließ er sich das nicht anmerken, besonders nicht Nick delArco und Eve gegenüber. Ich merkte es jedoch an seiner Stimme und an dem Glitzern seiner Augen, wenn er sich an mich wandte.

Sogar in seinen besten Momenten war Charlot kein angenehmer Gesellschafter. Mit dem nagenden Verdacht wegen der *Lost Star* in seinem Gehirn war er ein richtiger Bastard. Die anderen brachten es fertig, mit ihm auszukommen, wobei Nick als Kapitän der *Dronte* allerdings die Belastung durch Charlots Anwesenheit an Bord stärker empfand als Eve oder Johnny. Für mich war es nichts als ein Ärgernis, wenn er beim Fliegen neben mir stand. Ihm war das gleichgültig. Es interessierte ihn nicht, ob seine Mannschaft glücklich war. Er wollte eine Mannschaft, die er für seine eigenen Zwecke manipulieren konnte, und er wollte dabei gesehen werden, wie er sie manipulierte. Titus Charlot war ein eitler Mann.

Ich hatte Eve, Nick und Johnny vor dem Start nach Attalus den guten Rat gegeben, sie sollten sich lieber einen anderen Arbeitgeber suchen. Aber wenn es ihnen anderswo auch besser gegangen wäre, so hingen sie doch zu sehr an der *Dronte*. Das war durchaus verständlich. In der ganzen Galaxis gab es kein zweites Schiff wie das unsrige, und jeder war auf seine Weise ebenso mit ihm verbunden wie ich.

Nick hatte die *Dronte* gebaut. Er hatte die Aufgabe erfüllt, aus einer Idee, einem Satz Zeichnungen und einem Berg von Computerausdrucken eine Einheit von Materie und Energie, ein lebendes Wesen mit einer Seele zu schaffen. Und dann war ihm eine weitere Aufgabe angetragen worden. Er sollte der Kapitän seines Werks werden. Wie hätte er ablehnen können? Wie konnte er sich jetzt noch zurückziehen?

Für Johnny trug die *Dronte* in ihrem hübschen Bauch sein erstes Baby. Seine Maschine. Sein Triebwerk. Rothgar hatte ihn gelehrt, es zu füttern, zu liebkosen, zu säubern und auf jedes seiner Bedürfnisse und seiner Launen einzugehen. Doch jetzt war es sein Baby. Er und nur er allein war der Schrittmacher für das Herz des schönsten Schiffes, das je geflogen ist. Er konnte es nicht aufgeben. Er war kein Rothgar, dem die Erfahrung eines einzigen Fluges und die Erinnerung daran genügte. Johnny war noch ein Junge. Er hatte keine Erfahrung und keinen Rang. Ohne die *Dronte* war er ein Nichts. Nicht mit zehn Pferden hätte man ihn von ihr wegreißen können.

Eves Gründe waren etwas komplizierter. Sie waren schwer

zu erkennen und schwer zu verstehen. Zwischen ihr und ihrem Bruder hatte eine seltsame Verbundenheit bestanden, trotz der Tatsache, daß sie ihn als Kind zum letzten Mal gesehen hatte. Als ich die Nachricht von ihres Bruders Tod in ihr Elternhaus brachte, übertrug sie etwas von dieser Verbundenheit auf mich. Es war nicht etwa so, als ob sie sich in mich verliebt hätte. In gewisser Hinsicht machte es eher den Eindruck, als sehe sie in mir Lapthorns Geist. Natürlich hatte ich überhaupt nichts von Michael Lapthorn an mir. Es hatte kaum zwei unterschiedlichere Menschen gegeben als ihn und mich. Nur wußte sie das nicht. Für sie war ich Vorbild und Partner ihres Bruders – kurz gesagt, alles, was von ihrem Bruder übriggeblieben war. (Tatsächlich stellte sie viel eher Lapthorns Geist dar als ich. Ihr Gesicht war dem seinen nicht ähnlicher, als man es normalerweise bei Geschwistern erwartet, aber ich spürte in ihr ein unheimliches Echo von Lapthorns *Hunger* – seiner Unersättlichkeit nach Erfahrungen mit fremden Wesen und seiner ewigen Unruhe.)

Außerdem hatte Eve einen zusätzlichen Grund neben dem einen, daß sie in meiner Nähe bleiben wollte. Auch sie war Pilotin. Irgendwo im Schiff hatte sie ihren eigenen Helm und ihren eigenen Satz von Spinal-Elektroden verstaut. Bei dem ersten Testflug, der allerdings nur in der Atmosphäre stattfand, hatte sie die *Dronte* geflogen. Als Pilotin war sie gut genug, um zu erkennen, daß ich verdammt viel besser war als sie, aber sie war auch gut genug, um dies Schiff zu lieben und in Zukunft alle anderen abzulehnen. Man findet keine Befriedigung mehr darin, eine fliegende Konservenbüchse zu steuern, wenn man einmal unter dem Helm die Flügel der *Dronte* in seinen Fingern und ihr Herz innerhalb seines Körpers gefühlt hat.

So konnten wir uns alle aus dem einen oder anderen Grund nicht von dem Schiff lösen. Meine Gründe waren natürlich die einfachsten. Ich hatte Titus Charlot auf ganz legale Weise für die Dauer von zwei Jahren meine Seele verkauft. Ich war nicht in der Lage, ihm zu widersprechen. Ganz abgesehen davon war die *Dronte* das beste existierende Schiff. Ich war der beste Pilot. Wir verdienten einander.

Trotzdem war die aus uns vieren bestehende Mannschaft der

Dronte kein gutes Team. Das lag nicht daran, daß es anfangs zwischen uns allerhand Vorbehalte und Mißtrauen gegeben hatte, denn wir waren inzwischen zur Zusammenarbeit und gegenseitigen Toleranz gezwungen worden. Ich weiß nicht recht, wie es kam. Vielleicht war die Ursache einfach die, daß bei keinem die Funktion im Schiff mit dem Status übereinstimmte. Zum Beispiel war Nick delArco ein netter Kerl, aber er konnte nicht einmal ein Ruderboot kommandieren. Er war zu weich, und vom galaktischen Raum wußte er so gut wie nichts. Er war ein Marionettenkapitän, dessen Schnüre von Titus Charlot gezogen wurden. In seiner Eigenschaft als Mensch und als Schiffbauer war er mir recht. Als mein unmittelbarer Vorgesetzter, der zwischen mir und Charlot stand, stellte er eine unnötige Peinlichkeit dar.

Eve übrigens auch. Ich wollte keine zweite Besetzung an Bord meines Schiffes, besonders keine solche, die in mir den Schatten ihres lange verlorenen Bruders sah.

Johnny wäre vermutlich in jeder anderen Mannschaft gut am Platze gewesen. Niemand hatte etwas gegen Johnny. Aber er machte zuviel Wind. Er versuchte ständig, Leute in die Richtung zu schubsen, die er für richtig hielt. Er reagierte zu heftig. Er bewunderte delArco viel zu sehr, und er war vernarrt in Eve, und die Vorstellung, die er von mir hatte, war viel zu schön, um wahr zu sein.

Es war eine unglücklich zusammengewürfelte Mannschaft.

Charlots intellektuelle Spezialität war es, Menschen zu sortieren, auszuwählen, zu trennen, zu verbinden und zu benützen. Er war vollkommener New Alexandrier. Wir waren ebenso seine Spielzeuge wie seine Computerprogramme und seine geliebten Synthesen von fremdem Wissen.

Als wir nach Attalus befohlen wurden, war mein erster Gedanke, er habe dort irgendein neues Spielzeug für einen vorübergehenden Zeitvertreib entdeckt. Dieser Verdacht schien seine Bestätigung zu finden, als er gleich nach der Landung losging, um den augenblicklich führenden Kopf unter den Verbannten von Gottes Neun Splittern aufzusuchen.

Rion Mavra hieß der Mann. Charlot stellte uns ihm vor, erklärte aber nicht, was er mit diesem Flüchtling vorhatte. Zu diesem Zeitpunkt hatte er es vermutlich nicht einmal Mavra selbst gesagt. Wir lernten noch ein paar andere Exemplare der Splitterkultur kennen, darunter Mavras Frau Cyclide und seinen Vetter Cyolus Capra. Sie begrüßten uns ohne eine Andeutung von Freundlichkeit. Man sollte denken, daß die Verbannten sich über jeden Menschen freuen würden, der sie eigens aufsuchte, um mit ihnen zu sprechen. Schließlich waren sie aus ihrer Heimat vertrieben worden und befanden sich jetzt auf einem unterbevölkerten, ziemlich unerfreulichen Planeten, auf dem sie zwar toleriert, aber ganz gewiß nicht willkommen waren.

Die Verbannten blieben jedoch kalt und zurückhaltend und versuchten zu zeigen, daß sie hoch erhaben seien über ein Gefühl wie Einsamkeit. Sie schienen sich, nachdem ein paar formelle Redensarten ausgetauscht worden waren, nur zu gern von unserer Gesellschaft zurückzuziehen. Aber Charlot verabredete mit ihnen ein baldiges zweites Zusammentreffen.

Danach gingen wir ins Hotel.

»Nun«, meinte Charlot, während wir durch die nebelerfüllten Straßen wanderten, »was halten Sie von ihnen?«

Ich nehme an, diese Frage war an delArco gerichtet, aber Nick war gerade in Gedanken woanders, und deshalb beantwortete ich sie. »Was hätten Sie denn gern, das wir denken sollten? Bis jetzt haben Sie uns noch nicht verraten, um was es sich handelt.«

Er lachte leise. Wir waren vor der Tür des Hotels angekommen und traten ein in die Wärme und in das Licht. Nach drei Tagen im Kontrollsitz hatte ich es dringend nötig, zu duschen und die Kleider zu wechseln. Charlot wollte jedoch offensichtlich erst mit uns sprechen, bevor er zu seiner Verabredung mit Mavra und den übrigen ging. Er scheuchte uns in das Foyer, und wir nahmen an einem niedrigen Tisch Platz. Nick bestellte uns etwas zu trinken.

»Rion Mavra kommt von Rhapsodia«, verkündete Charlot.

»Ist das der Planet, zu dem wir fliegen werden?« fragte Nick.

»Das ist richtig.« Charlot wandte sich an mich. »Sind Sie je im System Splitter gewesen?«

»Nein«, antwortete ich. »Sie lohnen einen Besuch auch nicht.

Außerdem gibt es über sie die Eintragung ›Kontakt nicht zu empfehlen‹.«

»Das ist nichts als ein Ratschlag, und zwar ein ziemlich alberner«, bemerkte Charlot.

»Aber man sollte ihn schon zur Kenntnis nehmen«, widersprach ich. »Planeten werden doch nicht ohne Grund so klassifiziert.«

»Die Empfehlungen im Handbuch dienen allein dem Zweck, die Fiktion aufrechtzuerhalten, das Gesetz von New Rome habe allgemeine Gültigkeit. Jede Welt, die sich rundweg weigert, es auch nur pro forma anzuerkennen, bekommt das Etikett ›Kontakt nicht zu empfehlen‹. Das bedeutet, daß ein Reisender dort nicht durch das Gesetz von New Rome geschützt werden kann. Aber gerade Sie sollten besser als andere wissen, wie wenig Schutz dieses Gesetz einem Bürger der Galaxis auf jedem beliebigen Planeten, der sich außerhalb des inneren Kreises befindet, bietet. ›Kontakt nicht zu empfehlen‹ ist ein Hinweis für Touristen, mehr nicht.«

»Jede Welt, die nicht einmal den Geist des Gesetzes von New Rome anerkennen will, ist gefährlich«, behauptete ich.

»Die Splitter widersetzen sich allem, was die Galaxis von ihnen will oder ihnen zu bieten hat. Sie sind eine isolationistische Gruppe. Aber da sie eine religiöse Gemeinschaft sind, fehlt es ihnen bestimmt nicht an Gesetzen.«

»Das eine muß nicht unbedingt eine Folge des anderen sein«, widersprach ich Charlot von neuem. Zwar hielt ich Rhapsodia nicht im Ernst für eine Mördergrube, ich hatte nur keine Lust, dorthin zu fliegen.

Charlot merkte, daß ich keine stichhaltigen Argumente hatte, und setzte mir weiter zu.

»Wahrscheinlich werden wir einige Passagiere an Bord nehmen«, sagte er, »und es hängt sehr viel von der Zeit ab. Wir müssen Rhapsodia so schnell wie möglich erreichen. Glücklicherweise befindet sich auf Attalus kein zweites Schiff, das diese Reise machen kann.«

»Auf dem Raumhafen steht eine schnelle Yacht«, unterbrach Johnny.

»Sie würde es nicht schaffen«, erklärte ich ihm. »Rhapsodia

bewegt sich in der Hyoplasma-Zone eines blauen Giganten. Die Raumverzerrung ist dort nicht sehr stark, aber ein Wahrscheinlichkeitstransformer kommt wegen der Strahlung und der Schwerkraft nicht durch. Nur Vermessungsschiffe können die Oberflächenschleuse erreichen.«

»Oberflächenschleuse?«

Charlot ergriff wieder das Wort. »Rhapsodia hat nur eine interne Atmosphäre. Die Städte liegen dort in unterirdischen Labyrinthen. Auf der Oberfläche ist gar nichts. Man könnte ebenso leicht auf dem Merkur leben.« Johnny stammte von der Erde, deshalb verstand er den Vergleich.

»Wie Grainger sagte«, fuhr Charlot fort, »haben nur Vermessungsschiffe eine Ausrüstung, die ihnen gestattet, auf Rhapsodia zu landen. Das solare Hyoplasma hat auf den Massenreduktionsantrieb keine Wirkung, und ihre Schutzschilde sind für die Strahlung stark genug. Aber Vermessungsschiffe sind sehr langsam, und nur eines befindet sich nicht weiter als zwanzig Lichtjahre von dem Planeten entfernt.«

»Wo?« fragte ich dazwischen. Langsam stieg ein bestimmter Verdacht in mir auf.

»Mittlerweile ist es wahrscheinlich auf Rhapsodia gelandet«, antwortete Charlot. »Deshalb ist für uns die Geschwindigkeit ausschlaggebend. Das Vermessungsschiff brauchte für die Landung mehrere Tage, aber immerhin hat es jetzt einen Vorsprung. Wir müssen den Flug in Stunden schaffen.«

»Können wir das?« fragte Nick.

»Leicht«, versicherte ich ihm. »Keine Raumverzerrung, keine Schwierigkeiten. Es sieht immer kompliziert aus, wenn man auf einem sonnennahen Planeten landen muß, doch das täuscht. Starke Strahlung und starke Gravitation stören die *Dronte* nicht.«

»Wir werden keine Schwierigkeiten haben hinzugelangen«, bemerkte Charlot in einem Ton, der anzudeuten schien, daß wir auch keine Schwierigkeiten zu erwarten hätten, wenn wir einmal dort waren.

»Warum fliegen wir hin?« bohrte ich.

Charlot setzte sich in seinem Sessel zurecht und bereitete sich auf längere Ausführungen vor. Ich seufzte. Offenbar wollte er uns die Antwort im Rahmen einer Vorlesung geben. Das heißt, wenn in dem zu erwartenden Wortschwall überhaupt eine Antwort enthalten sein würde.

»Gottes Neun Splitter«, begann er, »wurden von einer religiösen Sekte kolonisiert, die unter dem Namen Kirche der Exklusiven Belohnung bekannt ist. Ihr Glaube ist grundlegend antimonadistisch, und als es vor zwei Jahrhunderten zu einer Monadisten-Renaissance kam, beschlossen die Mitglieder der Sekte, daß sie ihr Heil nur in der Isolierung von der moralisch vergifteten Galaxis finden könnten. Ihr Glaube betont die Notwendigkeit eines mühseligen Lebenskampfes, wenn der exklusive Lohn, den sie anstreben, erlangt werden soll. Deshalb wählten sie zur Kolonisierung diese neun Planeten aus, die zu zwei unstabilen und unfreundlichen Sonnen gehören. Nicht eine der Welten ist für menschliche Besiedlung richtig geeignet. Die Kirche der Exklusiven Belohnung ist von der übrigen Galaxis jetzt so isoliert, wie es irgend möglich ist, wenn man nicht über den Rand hinausgehen will. Die neun Welten sind Ekstasis, Modestia, Rhapsodia, Felicitas, Fidelitas, Sanctitas, Harmonia, Serenitas und Vitalitas.

Die Welten sind sogar voneinander isoliert. Sie haben nicht mehr als ein halbes Dutzend eigene Raumschiffe und gestatten nur soviel Verkehr mit dem Rest der Menschheit, wie für das Überleben der Kolonien unbedingt notwendig ist. Von Serenitas und Vitalitas kann man sagen, daß sie autark sind. Die meisten anderen haben diesen Zustand beinahe erreicht. Der Hauptanteil des Verkehrs wickelt sich im Dreieck zwischen Sanctitas, Ekstasis und Harmonia ab, doch ist es für uns irrelevant, wie der Ausgleich zwischen Angebot und Nachfrage in der Splitterkultur erfolgt. Ebenso sind die schmutzigen Einzelheiten ihrer Dogmen nicht weiter von Interesse. Von Bedeutung ist allein, daß mich ein Gerücht erreicht hat, die Bevölkerung von Rhapsodia habe auf ihrer Welt etwas entdeckt, das ich unter Umständen haben möchte. Rhapsodia, beziehungsweise den Nachbarwelten, ist dieser Fund von gar keinem Nutzen. Möglicherweise wird er die Welt – oder gewisse Personen dieser Welt – reich machen, aber die Leute wissen nicht, ob sie reich sein wollen. Natürlich verbieten die Dogmen ihrer Religion ausdrücklich den Reichtum. Das hat unter den Würdenträgern der Kirche gewisse Konflikte hervorgerufen, da es auch auf Rhapsodia individuelle und kollektive Habgier gibt.«

»Was haben sie denn gefunden?« wollte Nick wissen.

»Ich weiß es nicht«, gab Charlot zurück.

»Was könnten sie gefunden haben?« fragte Nick weiter.

Charlot ärgerte sich über die wiederholte Unterbrechung. »Es ist schwer zu sagen. Rhapsodia lebt vom Bergbau und der Umwandlung von Wärmeenergie in elektrische Energie. Die Nahrungsmittel für die Bevölkerung werden durch die Aufbereitung von organischen Rohstoffen in Austauschanlagen erzeugt, deren Leistungsfähigkeit natürlich begrenzt ist. Von Zeit zu Zeit müssen sie zusätzliche organische Rohstoffe von den mittleren Planeten des Systems – das sind Vitalitas und Felicitas – beziehen. Der Bergbau könnte, wenn er fachgerecht durchgeführt würde, Profit bringen. Nur haben die Leute keinerlei Interesse am interstellaren Handel. Sie fördern nur so viel, wie sie selbst brauchen. Ich nehme an, daß das, was sie gefunden haben, in den Bergwerken gefunden worden ist. Über die Natur des Fundes kann ich nichts sagen. Es hat keinen Sinn, herumzuraten.«

»Für mich klingt das wie ein bloßes Gerücht«, warf ich ein.

»Vielleicht ist es ein bloßes Gerücht«, gab Charlot zu. »Aber New Alexandria ist schon immer einer Menge Gerüchte nachgegangen, und in den wenigen Fällen, wo sie sich doch als Wahrheit herausstellten, sind wir reich für unsere Mühen belohnt worden. Gerade weil wir immer bereit waren, eine Sache zu untersuchen, die anderen die Mühe nicht wert schien, sind wir heute der einflußreichste Planet in der Galaxis. Wissen, das in kleinen Mengen wertlos ist, bekommt in vollständiger Gestalt eine ungeheure Bedeutung. Insgesamt ist es keine Zeitverschwendung gewesen, daß wir verschiedenen Gerüchten nachgespürt haben.«

»Das ist Ansichtssache«, sagte ich.

Er hätte mir tausend Beispiele an den Kopf werfen können, um seine Behauptung zu untermauern. Tatsächlich gab es so viele, daß er sich deswegen gar nicht anstrengte. Er ignorierte mich einfach.

»Was hat Mavra mit der Sache zu tun?« fragte Eve.

»Die politische Situation auf den Splitterwelten im allgemeinen und auf Rhapsodia im besonderen ist ein ständiges Durcheinander. Die Verbannten von heute sind die Helden von morgen. Kleine Häresien können schnell zu göttlichen Offenbarungen werden. In Glaubenssachen ist die Mode eine mächtige Triebkraft. Keine Religion ist statisch, und wenn ein Glaube mit einem Problem konfrontiert wird, wie es auf Rhapsodia entstanden ist, werden die Standpunkte nur so herumgewirbelt. Mir scheint es, wenn ich die Verbannten von Rhapsodia zu diesem Zeitpunkt nach Hause bringe, könnte es mir gelingen, verschiedene Freunde in wichtige Positionen innerhalb der Kirchenhierarchie zu manövrieren. Das mag von Nutzen sein.«

»Folglich rechnen Sie mit Konkurrenz?« vermutete ich. »Zum Beispiel mit dem Vermessungsschiff, das Sie erwähnten?«

»Das Vermessungsschiff gehört einer Handelsgesellschaft namens Star-Cross-Kombinat. Sie ist keineswegs so groß oder so einflußreich wie die Caradoc-Gesellschaft, die uns in der *Lost-Star*-Angelegenheit soviel Ärger machte und dann doch soviel Pech hatte, aber nichtsdestotrotz reich und ehrgeizig. Ich glaube kaum, daß sie aufgrund eines Gerüchts voreilige Maßnahmen ergreifen wird. Sie kann jedoch den Kapitän des Vermessungsschiffs beauftragt haben, ein paar Wochen auf eine Nachprüfung zu verwenden. Dann fragt es sich immer noch, ob er es schafft, rechtzeitig da zu sein. Wir werden ja sehen. Wenn wir ein paar Stunden opfern, um Freunde zu gewinnen, kann uns das nicht schaden, ob Star Cross nun mitmischt oder nicht.«

»Und wenn sich noch jemand für das Gerücht interessiert?« fragte Johnny.

»Sie werden zu spät kommen«, prophezeite Charlot. »Gerüchte erreichen New Alexandria sehr schnell. Im Falle von Star Cross war es reiner Zufall, daß das Vermessungsschiff in der Nähe war. Und sonst wird keiner eines Gerüchts wegen so weit von seinem angestammten Jagdgebiet weggehen.«

Er schwieg und sah uns erwartungsvoll an. Es kamen keine Fragen mehr. Im Augenblick fiel uns nichts weiter ein.

Das Unternehmen sah ziemlich einfach aus, viel einfacher als die Suche nach der *Lost Star* jedenfalls. Ob nun auf Rhapsodia das Gesetz von New Rome galt oder nicht, was konnte mir dort schon passieren? Natürlich war die Welt nicht nach meinem Geschmack. Ich habe einen irrationalen Abscheu vor Fanatikern, ganz gleich, zu welcher speziellen Sorte sie gehören. Es versteht sich, daß dieses Gefühl gegenseitig ist.

Charlots Geschichte hatte mich zwar etwas argwöhnisch gemacht, aber nicht so sehr, daß ich besorgt gewesen wäre. Für mich war es ganz klar, daß der alte Mann mehr wußte, als er uns mitteilte. Aber in den zwei Jahren, die er mein Eigentümer war, würde ich kaum einmal in die Situation kommen, daß ich eine hundertprozentige Sicherheit über das hatte, was in seinem Kopf vorging. Der Verstand eines New Alexandriers ist von Grund auf verdreht, und Charlot hatte in seinem noch ein paar besondere Knoten und besondere Schlingen.

Alles in allem war es eine angenehme Überraschung, daß das Unternehmen so wenige Möglichkeiten für Katastrophen zu bieten schien.

»Wann wollen Sie starten?« erkundigte ich mich.

»So bald wie möglich«, erwiderte er. »Sie können Ihre eigenen Bedürfnisse befriedigen, während ich mit den Leuten von Rhapsodia spreche. Sie werden einige Zeit brauchen, um ihre Sachen zu packen. Ich nehme jedoch an, daß wir um Mitternacht fertig sein werden.«

»Vermutlich hat es nicht Zeit bis morgen früh?«

»Um Mitternacht!« schloß er die Diskussion.

»Wir werden bereit sein«, versicherte Kapitän delArco.

Wir trennten uns. Charlot verließ das Hotel in bemerkenswerter Eile. Vermutlich hatte er eine Menge Süßholz zu raspeln. Es würde nicht leicht sein, mit den Leuten von Rhapsodia Freundschaft zu schließen, nicht einmal wenn Charlot ihnen das verlockende Angebot eines Freiflugs nach Hause machte. Aber ich zweifelte nicht daran, daß Charlot es schaffen würde, wenn er nur eine oder zwei Stunden dafür zur

Verfügung hatte. Um Mitternacht würde Rion Mavra sein Busenfreund geworden sein.

Johnny und mich verlangte es nach heißem Wasser und Seife. »Keine große Sache«, bemerkte Johnny. Er war ganz enttäuscht, daß uns ein so langweiliger Flug bevorsteht. Offensichtlich hatte ihn der qualvolle Weg durch den Halcyon-Nebel von seiner Abenteuerlust nicht kuriert. Seinen Mut mußte man anerkennen, aber er hatte keinen Sinn für Proportionen.

An diesem Abend hatte ich noch keine Ahnung davon, daß ich bei den Ereignissen auf Rhapsodia eine aktive Rolle spielen würde. Keine innere Stimme sagte mir, daß ich in den schwarzen Tiefen des Planeten herumirren würde, allein, gebrochen, durchfroren und verfolgt. Johnnys melodramatische Ader war die ursprüngliche Ursache, aber nachdem ich einmal unterwegs war, war alles, was folgte, mein eigener Entschluß.

Und meine eigene Schuld.

III

Ich hätte todmüde sein müssen, und doch konnte ich nicht schlafen. Es lag nicht daran, daß ich nicht zu schlafen wagte, weil ich auf einer Straße saß. Ich konnte einfach nicht.

Nach einiger Zeit empfand ich die Dunkelheit als niederdrükkend. Ich lebte einmal auf einer Welt, die Rhapsodia nicht unähnlich war. Im Gegensatz zu Rhapsodia war sie jedoch leicht erreichbar, sogar von W-Transformern, und die Kultur hätte kaum verschiedenartiger sein können. Die Luft war immer warm und beladen mit Gerüchen. Schwere Parfüms überdeckten die Ausdünstungen von Menschen und Maschinen. Hier, auf Rhapsodia, gab es nichts dergleichen. Nicht, daß die Luft schlecht roch. Das Labyrinth war viel größer, und es gab wesentlich weniger Menschen. Aber wo es Gerüche gab, in den Städten und Bergwerken, da wurden sie höflich ignoriert, als seien sie gar nicht vorhanden.

Und auf jener anderen Welt war das Licht ein Schatz von unendlichem Wert. Grundlage des ästhetischen Empfindens der Kultur waren die Eigenschaften und Anwendungsmöglichkeiten des Lichtes. Die Menschen schwelgten in Licht – sanftem Licht, freundlichem Licht, bösem Licht, eifersüchtigem Licht, hartem Licht. Der Mangel an Licht in den Höhlen hatte in den Bewohnern die Eigenschaft entwickelt, in der bloßen Anwesenheit von Licht alle möglichen Schönheiten zu entdecken, was in anderen Kulturen, die im Überfluß der Sonneneinstrahlung leben, niemals vorkommt.

Aber in den Kavernen von Rhapsodia gab es nichts dergleichen. Die Leute waren offenbar mit ihrer Dunkelheit zufrieden, ja, sie verabscheuten eine ausreichende Beleuchtung. Ihre Hauptstadt wurde nur von trüben Laternen erhellt, die nicht einmal da standen, wo sie von größtem Nutzen wären, sondern sie sind ganz zufällig verteilt.

Die Bewohner von Rhapsodia hatten Augen, und sie benutzten sie, daran gab es keinen Zweifel. Sie schienen sich ihres Sehvermögens jedoch zu schämen. Wo es ging – und oft auch, wo es nicht ging –, setzten sie ihren Stolz daran, ohne Licht auszukommen.

Man hätte sich vorstellen können, daß in den Höhlen hier eine ästhetische Alternative zu jener anderen Kultur entstanden wäre, daß die Menschen Schönheit und Inspiration in der Schwärze entdeckt hätten. Aber auch das war nicht geschehen. Kunst oder Schönheitsbegriffe waren auf Rhapsodia unbekannt.

Sogar die Sprache zeigte keine andere Veränderung als eine Verarmung. Alle Ausdrücke, die Eigenschaften des Lichtes beschreiben, wie hell, klar, leuchtend, glänzend, waren in Vergessenheit geraten. Sie wußten nicht, wie etwas scheinen, strahlen, schillern, schimmern, glühen, funkeln oder blitzen konnte. Ebensowenig kannten sie die Namen von Lichtquellen, weder für Sonne noch für Schein oder Strahl. Morgen- und Abendröte, Spektrum, Halo, Sternenhimmel und Irrlicht bedeuteten ihnen nichts. Sie brauchten sich nicht die Mühe zu machen, zwischen einem Glitzern und einem Gleißen, einem Glimmen und einem Glosen zu unterscheiden. In allem, was Helligkeit betraf, waren sie völlig unwissend. Sie lebten in trübem, gelbem Lampenlicht, in einem ständigen Halbdunkel. Sie wurden geboren, lebten und starben wie mit einer Binde vor den Augen.

Auch eine Bereicherung der Sprache, hervorgerufen durch die Umwelt, war nicht erfolgt. Sie kannten Dunkelheit und Finsternis, und das war alles. Es waren keine neuen Ausdrücke aufgetaucht, die ihnen erlaubt hätten, in größerer Harmonie mit ihrer Umwelt zu leben. Mir schien die ganze Kultur irgendwie degeneriert zu sein.

– Es ist an der Zeit, weiterzugehen, riß mich der *Wind* aus meinen Gedanken.

Ich quälte mich auf die Füße und erlaubte mir ein leises Stöhnen. Meine Arme und Beine protestierten verspätet gegen die Kriechtour in der engen Röhre, durch die ich an diese Stelle gelangt war. Ich bewegte die Finger und stampfte mit den Füßen.

Meine Hände waren aufgerissen, und die Wunden waren voller Schmutz. Solange ich die Hände stillhielt, war überhaupt kein Gefühl in ihnen, aber wenn ich sie zu Fäusten ballte, brannten sie vor Schmerz. Der kleine Finger meiner Rechten blieb an meinem Gürtel hängen, als ich versuchte, den Schmutz auf der Handfläche an meinem ebenso dreckigen Hemd abzuwischen. Die Taschenlampe, die ich in den Gürtel gesteckt hatte, fiel klappernd auf den Steinboden.

In rasender Angst ließ ich mich auf die Knie fallen und tastete den Boden mit meinen verletzten Händen ab. Ich fand die Lampe und drückte aufgeregt den Schalter. Das Licht ging an. Für wenige Sekunden schien es sehr hell zu sein, doch sobald meine Augen sich angepaßt hatten, merkte ich, wie schwach es tatsächlich war. Länger als zwei Stunden konnte es nicht mehr dauern.

– Lebenswichtig ist das Licht nicht für dich, versicherte mir der *Wind*.

Ich bin nicht daran gewöhnt, in stygischer Finsternis

umherzustolpern. Ich komme von einer normalen Welt, wo die Menschen ihre Augen benutzen.

– Ich habe schon einmal ohne Sehvermögen gelebt, teilte er mir mit. Man muß nur die anderen Sinne, die einem zur Verfügung stehen, voll ausnutzen. Wenn ich dir ein bißchen helfe, kannst du das auch.

Danke sehr, nein, ich will meinen Körper allein kontrollieren, antwortete ich. Ich überlasse ihn dir nicht noch einmal.

– Es ist richtig lächerlich, wie du darauf beharrst, daß ich in unserer Partnerschaft nur eine passive Rolle spielen soll. Ich könnte deinem Körper eine viel höhere Leistung abgewinnen. Es hat doch keinen Sinn, daß du so entschlossen bist, ihn ganz allein kontrollieren zu wollen.

Für mich hat es Sinn, versicherte ich ihm. Und solange ich nicht will, kannst du mir die Kontrolle nicht entreißen, oder?

– Ich kann es nicht.

In diesem Punkt hatte ich allerdings meine Zweifel. Ich war mir nicht ganz klar, ob ich dem *Wind* das, was er über die Grenzen seiner Fähigkeiten sagte, glauben durfte. Schließlich hatte er nie etwas davon erwähnt, daß er meinen Körper überhaupt kontrollieren konnte, bis sich die Gelegenheit ergeben hatte, und da hatte er sie kurzerhand ergriffen.

Ich setzte mich in Bewegung und marschierte schnellen Schrittes die Straße entlang. Ich überlegte, ob ich die Taschenlampe ausschalten und mir meinen Weg ertasten sollte, was gar nicht schwer gewesen wäre. Aber der Gedanke gefiel mir überhaupt nicht.

Hoffentlich sind wir hier richtig, meinte ich nachdenklich. Mir liegt nichts daran, wieder in die Hauptstadt mit all diesen wütenden Bergleuten zu geraten.

– Weißt du es nicht?

Weißt du es?

– Ich habe nicht daran gedacht, den Weg zu verfolgen, antwortete er dunkel. Du bist am Steuer, und deshalb nahm ich an, daß du weißt, was du tust.

Das glaube ich schon, erklärte ich munter. Mein Orientierungssinn hat mich noch nie im Stich gelassen, oder jedenfalls noch nicht oft.

Allerdings hatte ich ihn auch noch nie an einem solchen Ort erproben müssen. In völliger Dunkelheit, mit solidem Felsen anstelle eines Himmels ist es nicht leicht, sich zurechtzufinden. Ich sagte mir jedoch, daß der Tunnel nur in zwei Richtungen führte. Wenn ich meinen Orientierungssinn völlig verloren haben sollte, bestand immer noch eine Wahrscheinlichkeit von fünfzig Prozent, daß ich auf dem richtigen Weg war.

Der Gang bog nach rechts um, und ein anderer mündete auf der linken Seite in ihn ein. Ich prüfte die Luftströme in beiden. In dem neuen Gang stand die Luft mehr oder weniger still. In der Nähe des Eingangs wurde sie von der Strömung in dem Hauptkorridor aufgewirbelt, aber ein paar Schritte weiter hinein war es windstill. Ich zog daraus den Schluß, daß der Seitentunnel nicht an dem Kreislauf beteiligt war, sondern nur eine Verbindung zwischen zwei anderen darstellte.

Ich folgte dem Luftstrom um die Kurve herum, und weiter ging es in die Dunkelheit hinein. Zwar hätte ich den Seitenweg beschreiten und durch ihn in einen Tunnel gelangen können, der vielleicht ein arterieller und daher wärmerer war, aber es hatte keinen Zweck, jetzt, wo ich eine Siedlung erreichen wollte, erst noch einen warmen Tunnel zu suchen. Um mein Wohlbehagen konnte ich mich kümmern, sobald ich den Kontakt mit der menschlichen Rasse wiederhergestellt hatte, vorzugsweise mit einer solchen Unterabteilung, die nicht nach meinem Blut dürstete.

– Schalte ab, wies mich der *Wind* plötzlich an.

Ich tat es und bemerkte sofort, warum er es verlangt hatte. In ziemlicher Entferung vor mir glomm ein schwacher Lichtschimmer. Ich blickte zurück. Hinter mir gab es nur undurchdringliche Dunkelheit.

Ich wußte, daß das Licht nur von einer trüben elektrischen Birne kommen konnte und daß es wahrscheinlich nicht so weit weg war, wie es den Eindruck machte. Zögernd blieb ich stehen, nicht, weil ich im Zweifel war, ob ich weitergehen sollte oder nicht, sondern weil ich mir Gedanken über die Taschenlampe machte. Ließ ich sie angeschaltet, würde ich für jeden Beobachter in der Nähe der anderen Lichtquelle ebenso sichtbar sein, wie jenes Licht mir war. Besser war es, ich näherte mich ungesehen. Deshalb setzte ich meinen Weg schließlich im Dunkeln fort. Ich bewegte mich vorsichtig und fühlte mich dabei nicht besonders wohl in meiner Haut.

Das wäre gar nicht nötig gewesen. Als ich das Licht erreicht hatte, sah ich, daß es tatsächlich nichts weiter als eine von der Decke hängende Glühbirne war. In Abständen von zwanzig bis dreißig Metern waren weitere angebracht. Vermutlich war die nächste Siedlung nicht mehr fern. Der Grund dafür, daß man die »Straßenbeleuchtung« nicht fortgesetzt hatte, mochte einfach der sein, daß das Kabel nicht weiter gereicht hatte. Es kam mir dumm vor, daß die Leute nur einen kleinen Ausschnitt der Straße erhellt hatten und das noch dazu sehr unvollkommen, aber das war typisch für alle Einrichtungen auf Rhapsodia.

Trotzdem war für mich der Wechsel von Finsternis zu Licht sehr bedeutungsvoll. Abgesehen davon, daß ich meine Taschenlampe schonen konnte, hatte er auch eine psychologische Wirkung. Ich kam mir nicht mehr wie ein schleichender Schatten, wie ein Wurm im Boden oder eine Ratte in den Mauern Rhapsodias vor. Ich konnte sehen, und ich konnte gesehen werden, und eine andere Möglichkeit gab es nicht. Jetzt konnte ich mich offen wie ein Mensch unter Menschen bewegen.

Wie ein äußerst verdächtiger Mensch, meiner Erscheinung nach. Im trüben Licht der gelben Glühbirne erkannte ich, wie schlimm ich aussah. Vom Hals bis zu den Füßen waren meine Kleider voller Schmutz. Das war nicht einfach Staub, sondern Schlick und Schleim von den Protoplasma-Kolonien, die ich mitgenommen hatte. Mein Gesicht konnte nicht sauberer sein. Niemand, dem ich begegnete, würde mich für einen ehrbaren Bürger auf einem Gesundheitsspaziergang halten, nicht einmal für einen Arbeiter, dessen Schmutz von seiner ehrbaren Tätigkeit herrührte. Es war ganz offenkundig, daß ich an Stellen herumgekrochen war, wo ein anständiger Mensch nicht zu kriechen hatte.

Aber ich hatte keine andere Wahl. Ich steckte die Taschenlampe fest in den Gürtel und versuchte, voller Selbstbewußtsein voranzuschreiten. Allerdings war auf der Straße immer noch niemand zu sehen. Der Staub unter meinen Füßen war nicht der Staub von Jahrhunderten, und doch war es klar, daß der Korridor nicht tagtäglich benutzt wurde. Das Prinzip der Isolierung, das einen wichtigen Teil des Glaubens in der Kirche der Exklusiven Belohnung ausmachte, schien in jeder Beziehung zu gelten. Vielleicht wußten die Bewohner der Siedlung, der ich mich näherte, noch gar nichts davon, was in der Hauptstadt vorgegangen war. Dann würden sie auch nicht so leicht geneigt sein, mich in Eisen zu legen oder mich in dem Augenblick, wo sie mich entdeckten, über den Haufen zu schießen.

Das war der erfreulichste Gedanke, den ich seit Ewigkeiten gehabt hatte.

Andererseits verführte mich das, was ich bereits von den Kindern Rhapsodias gesehen hatte, nicht zu der Annahme, sie würden mich willkommen heißen. Die meisten Leute, ob der menschlichen Rasse angehörend oder nicht, sind bereit, mit denjenigen, die ihnen helfen, zu sprechen. Aber sogar Charlot war es schwer geworden, einen Zugang zu Mavras Gesellschaft zu finden. Mavra selbst hatte sich als etwas aufgeschlossener erwiesen. Nun, er war so eine Art von Politiker. Die Menschen, denen ich irgendwann in den Höhlen begegnen mußte, würden eher wie Mavras Anhänger sein, wie Coria und Khemis. Und was ich von denen gesehen hatte, weckte keine besonders positiven Erwartungen in mir.

IV

Es war neblig.

Es war immer neblig auf Attalus.

Wir waren mit der gebotenen Beeilung zur *Dronte* zurückgekehrt und erreichten sie ein paar Minuten vor Mitternacht. Von Titus Charlot oder unseren kostbaren Gästen war keine Spur zu sehen. Nachdem er uns nur ein Minimum der uns so notwendigen Freizeit zugestanden hatte, war es Charlot offenbar eingefallen, das Programm zu ändern.

»Verdammt soll er sein!« sagte ich.

»Er wird schon kommen«, beschwichtigte delArco. »Wahrscheinlich brauchen die Flüchtlinge länger als erwartet zum Packen.«

»Sie können nicht allzuviel Besitz haben«, brummte ich. »Sie sind in einem Raumschiff von den Splittern gekommen.«

»Wir könnten zurück zu den Hafengebäuden gehen und etwas trinken«, schlug Johnny vor.

»Um Mitternacht?« fragte ich gereizt. »Wir sind hier nicht auf einem zivilisierten Planeten!«

»Nun«, meinte Nick, »da können wir wenigstens sicher sein, daß sich Titus Charlot und seine Gäste nicht zu einem fröhlichen Umtrunk niedergelassen haben.«

»Mir kommt es wahrscheinlicher vor, daß sie gerade die hiesige Bank ausrauben«, erwiderte ich verbittert.

Es behagte uns allen nicht, vielleicht lange warten zu müssen. Die Mannschaft eines Raumschiffs mag vergnügt und munter sein, solange sie zwischen den Sternenwelten unterwegs ist, aber wenn das Schiff auf terra firma steht, brauchen die Besatzungsmitglieder einige Zeit, bis sie sich an richtige Schwerkraft und richtige Luft gewöhnt haben. Außerdem ist das Leben auf einem Planeten ein ganz anderes. Das fliegende Personal entwickelt während einer Reise eine gewisse Agoraphobie, und es dauert ein paar Tage, bis das überwunden ist. Es ist durchaus kein Spaß, wenn man erst herumgehetzt wird, weil der Start unbedingt um Mitternacht stattfinden soll, und dann im Nebel auf dem Landefeld warten muß.

Um ein Uhr Ortszeit war ich echt verärgert. Seit drei Tagen hatte ich keinen richtigen Schlaf mehr gehabt. Irgendwie ist die durch Drogen unterstützte Schlafperiode im Schiff nicht dasselbe.

»Was glaubt ihr, wohin sie gegangen sind?« fragte Eve.

»Wir müssen alle denkbaren Möglichkeiten während der letzten Stunde mindestens dreimal durchgekaut haben«, schnaubte ich. »Hört auf damit. Sprecht über das Wetter oder sonst was. Am besten über ›sonst was‹, denn das Wetter gefällt mir auch nicht.«

»Der Hafenbeamte ist nicht da«, stellte Nick fest. »Im Empfangsgebäude ist kein Licht. Das ist gegen die Vorschriften.«

»Dann melde ihn doch«, schlug ich vor. »Zum Teufel, es sind nur zwei Schiffe unten, und wir brauchen keinen Babysitter.«

»Bei jeder anderen Landung haben wir einen gehabt«, hob Nick hervor.

»Das hier ist Attalus«, erinnerte ich ihn. »Hier gibt es keine Polizei, weil es keine Verbrecher gibt. Es ist nichts da, wovon Verbrecher leben könnten. Außerdem weiß niemand, daß wir uns auf Attalus befinden. Unsere letzte Reise geschah der Werbung halber. Die Menschenmassen waren nicht an uns interessiert, sondern an der *Lost Star*.«

»Trotzdem brauchten wir Polizeischutz«, meinte er.

»Hier wird niemand versuchen, mich zu erschießen«, versicherte ich. »Und du brauchtest um deine eigene Person nicht einmal auf Hallsthammer Angst zu haben. Niemand hat etwas gegen dich.«

Die Langeweile war schuld, daß wir auf so unerfreuliche Themen gerieten. Niemand glaubte im Ernst, daß Charlot ein Unglück widerfahren war oder uns widerfahren würde.

»Da kommt er!« rief Johnny plötzlich.

»Wird auch Zeit«, sagte ich. »Wie viele Verrückte hat er bei sich?«

»Kann ich nicht erkennen. Zuviel Nebel.«

Charlot und seine Gefährten gingen direkt auf das Schiff zu, und wir setzten uns in Bewegung, um mit ihnen zusammenzutreffen.

»Tut mir leid«, entschuldigte Charlot sich. »Sie alle wollten nach Hause, aber sie waren sich nicht sicher, ob es das Richtige sei. Wir hatten eine lange, harte Diskussion.«

Er sah tatsächlich ein bißchen erschöpft aus. Die Eigenarten der Gläubigen waren ihm offensichtlich selbst auf die Nerven gegangen.

Sieben Personen waren bei ihm.

Auf den ersten Blick sahen sie nicht viel anders als normale

Menschen aus. Keine Spur eines Lächelns war zu entdecken, aber schließlich war es Mitternacht auf einem fremden Planeten. Wir wirkten auch nicht gerade besonders glücklich.

Ohne Austausch von Höflichkeiten gingen wir an Bord. Um noch nicht mehr Zeit zu vertrödeln, half ich sogar beim Tragen des Gepäcks. Viel war es nicht, wie ich bereits vermutet hatte.

Während wir sie in die Kabinen stopften, nannte Titus Charlot uns ihre Namen. Ich hörte zu und lernte sogar, sie voneinander zu unterscheiden, obwohl sie mich nicht sehr interessierten.

Rion Mavra war nicht besonders eindrucksvoll, er war von Mittelmaß in Größe und Gewicht und mit mürrischem Ausdruck. Mir kam er wie ein kleiner Verwaltungsbeamter vor, obwohl Charlot gesagt hatte, er sei Politiker. Vermutlich war er ein gescheiterter Politiker ohne Zukunft. Zu der Zeit hatte ich jedoch noch keine Ahnung davon, welche Eigenschaften ein Mann für eine führende Position auf den Splitterwelten haben mußte.

Cyolus Capra, erinnerte ich mich, war mit dem Boß verwandt. Er hatte ein lebendigeres Aussehen als Mavra, insofern man das überhaupt von einem von ihnen sagen konnte. Ich schrieb das leichenähnliche Aussehen ihrer Gesichter menschenfreundlicherweise der späten Stunde und der Situation zu, aber später wurde mir klar, daß das für sie normal war.

Cyclide, Mavras Frau, war klein und kompakt und gab sich nicht viel Mühe, den Eindruck zu erwecken, ihre besten Zeiten seien nicht schon vorbei. Sie sah nicht energisch genug aus, um die treibende Kraft hinter ihrem Mann sein zu können, und nicht interessiert genug, um mit ihm Schritt zu halten. In der Kirche der Exklusiven Belohnung herrschten offenbar altmodische Vorstellungen über die Stellung der Frau in der Gesellschaft. Cyclide hielt sich immer einen halben Schritt hinter ihrem Mann.

Die beiden anderen Männer, Paval Coria und Sowieso Khemis – den Vornamen habe ich vergessen – sahen wie Imitationen von Menschen aus. Bei ihrem Anblick mußte ich daran denken, daß Lapthorn den Ausdruck »gesichtslose

Horden« gebraucht hatte, wenn er von der Bevölkerung der Kernwelten sprach. »Menschliche Würmer« hätte er ebenso gut sagen können. Und Lapthorn war, im Gegensatz zu mir, ein Bewunderer seiner eigenen Rasse. Diese beiden Exemplare mißfielen mir sofort, und sie taten nie das geringste, um in mir den Gedanken aufkeimen zu lassen, ich hätte sie aufgrund eines ungünstigen ersten Eindrucks vorschnell zu hart beurteilt.

Die restlichen beiden Frauen schienen weder zu Coria noch zu Khemis zu gehören und standen auch in keiner Beziehung zu der Mavra-Familie. Die eine wurde Camilla genannt und war sehr jung und sehr nichtssagend.

Angelina jedoch war gerade jung genug und alles andere als nichtssagend. Sie war die einzige unter den sieben Personen, die deutliche Anzeichen dafür an sich trug, daß sie in einer Höhlenwelt geboren und aufgewachsen war. Ihre Haut war schneeweiß und hatte einen seltsamen Glanz, der sie bei entsprechender Beleuchtung silbern erscheinen ließ. Ihr Haar war von einem sehr hellen Blond und hatte ebenfalls einen merklichen Schimmer. Ihre Augen waren hellgrau und ihre Lippen blutlos. Die Zartheit von Gestalt und Gesicht ließ ihr gespenstisches Aussehen angemessen und sogar schön erscheinen. Angelina gehörte zu den ganz wenigen Menschen, denen extreme Blässe steht. Ich fand sie ausgesprochen attraktiv.

Mir kam es nicht merkwürdig vor, daß Angelina als einzige ihre Herkunft verriet. Die Höhlenbewohner, die ich früher kennengelernt hatte, trugen alle ein herrliches, sportliches Sonnenbraun und Haare in allen Fraben des Regenbogens, natürlich dank Lampen, Hautcremes und künstlichen Pigmenten. Als ich Angelina erblickte, kam mir der Gedanke, daß auf Rhapsodia Kosmetika nicht hoch im Kurs zu stehen schienen. Mavra und seine Freunde hatten jetzt einige Zeit auf der Oberfläche eines Planeten gelebt und hatten sich schon aus Schutzzwecken das Gesicht schminken und das Haar in einem unauffälligen Dreckbraun einfärben müssen, damit sie unter der Bevölkerung ihres Gastplaneten nicht zu sehr auffielen.

Sobald ich im Kontrollsitz war und mich auf den Start

vorbereitete, verbannte ich alle Gedanken an unsere menschliche Fracht und deren Heimat aus meinem Bewußtsein. Aber die Anstrengungen der vorangegangenen Reise und die unbefriedigende Landung auf Attalus hatten an meinen Nerven gezehrt. Ich reagierte ungewöhnlich langsam. Zum ersten Mal, seit ich Pilot der *Dronte* war, kam ich nicht im ersten Anlauf über die Einstein-Barriere. Ich hatte einen völlig unerfahrenen Ingenieur im Heck, aber ich glaube nicht, daß ich, wenn es Rothgar gewesen wäre, diese Schlappe hätte vermeiden können. Johnny machte nichts falsch. Ich war selbst schuld. Es überraschte und ärgerte mich sehr, schließlich habe ich den Ruf des besten Piloten der Galaxis zu verteidigen, oder bilde es mir jedenfalls ein.

Der zweite Transfer klappte so gerade eben. Mit einem Minimum an Manövern brachte ich die *Dronte* auf Kurs, aber immer noch fühlte ich mich außerordentlich nervös. Seit dem Start von Alexandria hatte ich still meine Wut auf Charlot in mich hineingefressen. Aber es war der verpatzte Übergang auf Überlichtgeschwindigkeit, der mir die Fassung raubte. Schließlich hatte ich erst vor kurzem ein Schiff ohne jeden Unfall mit unglaublicher Geschwindigkeit in das Zentrum des Halcyon-Nebels und wieder hinaus gebracht. Verständlich, daß ich selbst an die Sage von meiner Unfehlbarkeit zu glauben begann. Es scheint seltsam, daß mich eine solche Kleinigkeit wie ein einmaliger Fehler so aufregen konnte, aber ich bin ehrlich davon überzeugt, wenn irgendein Vorfall daran schuld war, daß es zu der folgenden Kette von Ereignissen in den Labyrinthen von Rhapsodia kam, dann war es dieser. Für den Bruchteil einer Sekunde waren Geist und Hand abgelenkt gewesen, und schon waren drei oder vier Minuten für immer verloren.

Wir waren unterwegs und flogen sehr schnell – mit vierzigtausendfacher Lichtgeschwindigkeit oder mehr –, als ich die *Dronte* ihrem vorprogrammierten Kurs überließ und mich im Kontrollsitz zurücklehnte. Ich schob den Helm so weit hoch, daß meine Augen frei waren, entfernte ihn aber nicht ganz.

»Geschätzte Ankunftszeit?« fragte Nick.

»Drei Stunden und ein paar Minuten«, antwortete ich. Er

konnte von mir nicht erwarten, daß ich ihm die Standard-Uhrzeit nannte. Danach mochte es Mittag sein, aber für mich war es immer noch ein Uhr dreißig oder vierzig am frühen Morgen. Wie die meisten Raumfahrer trage ich keine Armbanduhr. Wenn man sie auf Standardzeit einstellt, sagt sie einem gar nichts, und wenn man sich nach der Ortszeit richten möchte, muß man die Uhr bei jeder Landung neu justieren. Lapthorn benutzte eine und machte sich viel Mühe damit, sie nach der Zeit jedes neuen Planeten zu regulieren. Ich konnte mich nie dazu bequemen. Außerdem hatte ich immer Lapthorn bei mir gehabt, den ich fragen konnte, wie spät es war.

Eve kam mit Charlot in den Kontrollraum. »Die Passagiere sind alle untergebracht«, sagte sie. Weder sie noch Charlot erwähnten den miserablen Start. Ich fühlte mich deswegen nicht besser. Eine ironische Bemerkung hätte mir wenigstens die Gelegenheit gegeben, ein bißchen Dampf abzulassen.

»Das ist ein eigentümlicher Haufen«, stellte Nick müßig fest.

»Man darf von ihnen nicht erwarten, daß sie sich wie Touristen benehmen«, erklärte Charlot. »Sie sind Verbannte. Sie wissen nicht, welche Art von Willkommen ihnen bei ihrer Rückkehr bereitet wird. Sie haben nichts als mein Wort dafür, daß sie etwas zu gewinnen haben. Ich glaube, nur Mavra glaubt daran und vielleicht noch das weiße Mädchen.«

»Sehen die Bewohner von Rhapsodia alle so wie sie aus?« fragte Eve.

Ich lachte laut auf. »Kaum« sagte ich. »Zwar genauso blaß, aber so häßlich wie die Nacht.«

Ich sah nicht zu ihr hin, aber ich konnte mir den scharfen Blick vorstellen, den Eve in meine Richtung warf.

»Natürlich sind sie blaß«, ergriff Charlot wieder das Wort. »Etwas anderes ist gar nicht möglich. Vielleicht könnten sich einige Mitglieder der Kirchenhierarchie Kosmetika beschaffen, aber ich glaube nicht, daß sie sich die Mühe machen werden. Die Exklusive Belohnung wird nach ihrem Glauben durch ein asketisches Leben erlangt. Zweifellos würde es Stirnrunzeln hervorrufen, wollte jemand den eigenen Körper schmücken.«

Dank Charlots Ausführungen wurde dem, was ich gesagt hatte, kaum etwas hinzugefügt.

»Sind alle unsere Gäste Mitglieder der Priesterschaft?« wollte Nick wissen.

»Sie sind alle Mitglieder der Priesterkaste«, antwortete Charlot. »Ordinierter Priester ist keiner von ihnen. Ich glaube jedoch nicht, daß es in der Kirche überhaupt viele ordinierte Priester gibt. Die ganze Kaste scheint eine kollektive Verantwortung für die Aufrechterhaltung und Ausbreitung des Dogmas zu tragen, aber jeder einzelne kann mit einer beliebigen Aufgabe betraut sein – einer politischen, philosophischen, kirchlichen oder einfach beratenden.«

»Mit anderen Worten«, warf ich ein, »ist die Priesterschaft eine erbliche Aristokratie, die ihre Privilegien verteidigt, indem sie behauptet, Gott habe es so gewollt. Sie ist im Besitz aller Schlüsselstellungen und gibt die Befehle.«

»Das stimmt schon«, räumte Charlot ein. »Ich will diese Leute nicht besser machen, als sie sind. Deshalb können Sie sich Ihren Spott sparen, Grainger. Sie brauchen mich nicht unbedingt zu übertrumpfen. Ich möchte weiter nichts als mit ihnen Handel treiben – kaufen, was auch immer sie anzubieten haben mögen, und es mit dem bezahlen, was sie möchten. Ich stehe jener Art von Glauben genauso kritisch gegenüber wie Sie, aber ich weiß, daß es nicht zu meinem Vorteil ist, wenn ich es so wie Sie ausdrücke. Ich wäre Ihnen verbunden, Grainger, wenn Sie nach der Landung auf Ihre beleidigenden Redensarten und Ihre Spöttereien verzichten könnten.«

»Ich werde sagen, was mir paßt.«

»Zweifellos. Trotzdem würde ich es zu schätzen wissen, wenn Sie etwas weniger unfreundlich sein könnten, als Sie sonst sind. Und ich wäre Ihnen sogar dankbar, wenn Sie es fertigbrächten, ein bißchen Selbstbeherrschung zu üben.«

Der Inhalt dieser Worte war sarkastisch, der Ton, in dem er sie vorbrachte, jedoch nicht. Charlot war gelegentlich schwer zu ergründen.

Im Laufe des Fluges erschienen Mavra und zwei seiner Gefährten – Capra und Khemis – im Kontrollraum, um sich ein bißchen umzusehen. Wenn es nach mir gegangen wäre, hätte ich sie rausgeworfen, und ich vermute, Kapitän delArco war derselben Meinung. Aber Charlot sparte keine Mühe, um mit ihnen Freundschaft zu schließen. Sie stellten keine Fragen und wirkten nicht beeindruckt. Mit denselben Armesündermienen, die sie schon bei der Einschiffung gezeigt hatten, schlenderten sie für eine Weile herum. Eve redete sie an, und Charlot tat desgleichen, aber sie rannten mit ihren Kommunikationsversuchen gegen eine Mauer. Capra antwortete einsilbig, Khemis grunzte nur. Mavra nahm einen Anlauf, der zu nichts führte. Ich beneide Charlot nicht darum, mit solchen Menschen Geschäfte abschließen zu müssen.

Eve, die den meisten Kontakt mit denjenigen der Passagiere hatte, die die ganze Zeit unten blieben, beklagte sich später über deren kalte Zurückhaltung. Ich machte sie darauf aufmerksam, daß der Glaube dieser Leute sie zu kollektiver und individueller Entfremdung verpflichtete. Sie konnten einfach nicht nett sein oder die Nettigkeit anderer Leute anerkennen.

Kurz gesagt, sie waren unerträglich.

Eine Stunde später mußte ich den Helm wieder aufsetzen und uns in das System hineinmanövrieren. Das war der zeitraubendste Teil des Fluges. Im freien Raum ging es schnell, aber der blaue Gigant verlangte Respekt. In vorsichtiger Annäherung machte ich Rhapsodia aus, programmierte einen Kurs, der so gut wie möglich Schwierigkeiten aufgrund der Strahlung vermied, und landete.

Ein neuer Fehler unterlief mir nicht mehr.

Jedenfalls nicht an Bord der *Dronte*.

V

Also, sagte ich zu mir selbst und zu dem *Wind*, es gibt zwei Sorten von Leuten, die mir von Nutzen sein könnten: diejenigen, die wissen, was vorgeht, und es mir mitteilen können, und diejenigen, die nicht wissen, was vorgeht, und deshalb auch nichts gegen mich haben werden.

Der *Wind* stimmte zu.

Für den Augenblick werde ich mich an die letztere Sorte halten.

Auch damit war er einverstanden.

Ich stand in schwarzem Schatten und sah in die trübe, beleuchtete Straße hinaus. Die Siedlung war in einer riesigen Höhle angelegt worden. Selbst auf Planeten wie Rhapsodia bauen Menschen ihre Häuser gern an offenen Stellen. Da die Beleuchtung jämmerlich war, konnte ich weder die Größe der Höhle abschätzen noch die genaue Anzahl der Häuser feststellen. Aber diejenigen, die ich sah, waren in Blocks von zehn oder elf Gebäuden ausgerichtet. Diese Tatsache war ein Hinweis darauf, daß die Stadt von beträchtlicher Größe sein mußte. Mir schien die Annahme vernünftig, daß hier die Bergleute ihre Wohnungen hatten. Dazu würden die notwendigen sozialen und wirtschaftlichen Einrichtungen kommen und der entsprechende Anteil an Aristokraten der Priesterkaste. Diese Elite würde sicher in den besseren Stadtteilen wohnen, und die Ecke, wo ich gerade stand, gehörte selbst nach den Maßstäben von Rhapsodia gewiß nicht dazu. Es lag nicht allein daran, daß das Licht schwach und die Häuser klein und schäbig waren. Hier herrschte die Atmosphäre der Armut. Für einen Bürger eines zivilisierten Planeten mochte es den Aristokraten von Rhapsodia nicht allzu gut gehen, aber Armut ist relativ. Zweifellos war ich in das Elendsviertel der Stadt geraten.

Während ich mich in einer Sackgasse versteckt hielt, waren mehrere Personen vorübergegangen. Sie hatten nicht aufgesehen und erst recht keinen Blick zur Seite geworfen. Sie trotteten dahin und versteckten ihre Augen vor dem schwachen Licht, das ihren Weg erleuchtete. Ich wußte über die hiesigen Sitten und Gebräuche zu wenig, um entscheiden zu können, ob es Mitternacht oder Hauptgeschäftszeit war.

Mir war der Gedanke durch den Kopf gegangen, mich für einen Einheimischen auszugeben. Der erste Blick auf einen der Passanten belehrte mich, daß das schlichtweg unmöglich war. Abgesehen von ihrer madenhaften Weiße schlurften sie alle in einer eigentümlichen, gebeugten Haltung dahin, deren perfekte Nachahmung große Übung erfordern mußte. Ich war zu dunkel und zu groß, und ich ging wie ein Oberflächenbewohner.

Ich würde auffallen wie eine schwarze Spinne in einem Termitenbau.

Selbst mit sauberer Kleidung würde ich nur eine etwas weniger haarige Spinne sein. Und wenn ich mir saubere Kleidung besorgen wollte, mußte sie aus einem Schrank oder von einem Körper kommen. Hier hing niemand die Wäsche zum Trocknen an die Leine. Mir sagte es gar nicht zu, irgendeinen armen Unschuldigen zu überfallen und ihm die Kleider vom Leibe zu reißen, und falls ich dabei erwischt wurde, würde mich das bei der hiesigen Bevölkerung nicht gerade beliebt machen. Besser schien es mir, den alten, aber nicht besonders angesehenen Beruf des Einschleichdiebes zu ergreifen.

In meiner langen und mühsamen Laufbahn als Händler und Weltenbummler war ich oft in die Verlegenheit gekommen, Sachen mitzunehmen, auf die mein Besitzanspruch nicht ganz klar war. Aber ich hatte mich niemals als einen talentierten oder erfahrenen Dieb betrachtet. Auch hatte ich die Wissenschaft vom Entfernen anderer Leute Eigentum, ohne deren Aufmerksamkeit zu erregen, niemals ernsthaft studiert.

Folglich wußte ich nicht recht, wie ich die Aufgabe des Kleiderwechsels angehen sollte. Und so tat ich das, was ich immer tue, wenn ich Zweifel habe.

Ich zögerte.

– Man wird dich erwischen, prophezeite der *Wind* düster.

Das ist gut möglich, gab ich zu. Aber was getan werden muß, muß getan werden.

Er war rücksichtsvoll genug, mich nicht daran zu erinnern, daß ich, selbst wenn ich bei dem Diebstahl Erfolg hatte, noch nichts weiter gewonnen hatte als die Möglichkeit, weiter zu zögern, während ich immer schwierigeren Problemen entgegenzutreten hatte. Wahrscheinlich hätte er mir das gesagt, wenn ich nicht schon selbst daran gedacht hatte.

Ich wartete, bis die Straße leer war. Dann schlich ich aus der schützenden Sackgasse auf die Hauptstraße und schlängelte mich an die nächste Tür.

Sie war abgeschlossen.

Ich ging weiter und probierte jede Tür, entschlossen, das erste Haus, dessen Eingang offen war, zu betreten.

Vielleicht die sechste Tür gab meinem Druck nach und öffnete sich geräuschlos. Ich schlüpfte leise hinein und zog die Tür vorsichtig hinter mir zu. Sie schloß sich mit einem ganz schwachen Klicken, und ich gratulierte mir zu meiner Geschicklichkeit.

Der enge Korridor war still und dunkel bis auf eine dünne, helle Linie, die die Unterkante einer Zimmertür, etwa drei Meter vor mir, kennzeichnete.

Ich streckte meinen Fuß aus, um nach der Treppe zu suchen, von der ich wußte, daß sie vorhanden sein mußte. Ich vermutete sie auf der rechten Seite des Flurs, und ich hatte recht. Die Taschenlampe steckte in meinem Gürtel. Ich nahm sie heraus und knipste sie für einen kurzen Moment an, nur um mich zu vergewissern, daß ich mir den Grundriß richtig vorgestellt hatte. Alles sah ganz normal aus. Ein Haus ist ein Haus, ob auf Penaflor oder in den Labyrinthen von Rhapsodia. Als ich die Treppe hinaufzusteigen begann, machte ich die Lampe wieder aus, nicht weil ich fürchtete, sie könne zu meiner Entdeckung führen, sondern weil ich verzweifelt bemüht war, sie zu schonen. Schon hundertmal hatte ich mir geschworen, niemals wieder fremdes Territorium zu betreten, ohne das Ding voll aufgeladen zu haben.

Die Stufen bestanden – natürlich – aus Stein und knarrten deshalb nicht. Ich nahm mich sehr in acht, nicht mit den Füßen zu schlurfen und die Höhe jeder einzelnen Stufe vorher zu prüfen. Meiner Meinung nach war ich so leise wie die sprichwörtliche Maus. Unglücklicherweise hatte ich vergessen, daß Menschen, die ständig im Halbdunkeln leben, das ihnen reichlich mit rabenschwarzer Finsternis gewürzt wird, ein ungewöhnlich scharfes Gehör entwickeln. Einbrecher müssen auf Rhapsodia ein schweres Leben führen. Obwohl es sich bei mir nur um einen Amateur handelte, deutete die Leichtigkeit, mit der ich entdeckt wurde, darauf hin, daß es dort bequemere Wege geben muß, seinen Lebensunterhalt zu verdienen.

Die Tür, unter der der Lichtschein hervordrang, öffnete sich plötzlich, und eine Frau trat heraus. Sie brachte kein Licht mit, und sie kam aus einem erleuchteten Raum in die Dunkelheit. Aber sie sah mich auf der Stelle.

Das Licht hinter ihr ließ ihr schneeweißes Haar glimmen. Ihre bleiche, knochendürre Hand ruhte auf dem Türrahmen wie die Hand eines Leichnams. Ihr Gesicht lag im Schatten, aber irgendwie erreichte mich trotzdem der Eindruck von totenhafter Blässe. Es war, als sei die Tür von jemandem geöffnet worden, der schon sechs Wochen tot war.

Ich wartete nicht darauf, ob sie schreien würde oder nicht – ich schoß die Stufen hinunter und auf die Straße hinaus. Es war reine Panik, nichts als ein Reflex. Natürlich wußte ich, wie die Menschen auf Rhapsodia aussahen, und weder die Bande, die wir transportiert hatten, noch die Bergleute, die uns nach der Landung festnahmen, hatten mir Angst eingejagt oder Übelkeit bei mir hervorgerufen. Aber das hier war etwas anderes. Ich war ein Flüchtling in einer schwarzen Welt, verloren in einem Labyrinth aus kaltem Stein. Es war ein fremder Planet, ein echter, fremder Planet, mochte er auch von Menschen besiedelt sein. Ich war einfach nicht darauf gefaßt gewesen, daß die Tür von einem Wesen geöffnet werden könnte, das nicht menschlich aussah. Vielleicht hätte ich stehenbleiben, meinen Verstand zusammennehmen und irgendeine geistreiche Bemerkung produzieren sollen, etwa: »Hallo, ich bin ein Einbrecher.« Aber die Panik, die mich übermannte, hatte mir dazu keine Zeit gelassen.

Die Straße war immer noch leer. Ich rannte den Weg zurück, den ich gekommen war, in Richtung auf den Tunnel zu. Ich hatte die vage Idee, einen Platz zu finden, wo ich das ganze Unternehmen noch einmal in Ruhe überdenken konnte. Aber so weit kam ich nicht. Ich blieb an der Ecke einer Seitenstraße stehen und spähte nach dem Schatten aus, der den Eingang des Tunnels markierte. Da hörte ich Schritte hinter mir. Jemand näherte sich rasch. Ich konnte auch Stimmen erkennen – aber die klangen vom Tunnel her. Der Weg aus der Stadt war blockiert.

Mir blieb nur eine Möglichkeit – hinaus aus der Seitengasse, aber weg von der Tunnelöffnung, und ich vergeudete keine

Zeit. Ich versuchte, geräuschlos zu laufen. Das war jedoch auf dem Steinpflaster nicht gut möglich. Kein Schrei kündigte an, daß ich gesehen worden war, aber ich wußte, daß das nur noch eine Sache von Minuten sein konnte. Ich mußte mich verstecken. Die Häuser hatten keine Hinterhöfe, keine Garagen. Keine Nische bot sich mir, in der ich warten konnte, bis sich die Aufregung gelegt hatte.

Ich schoß um eine Ecke und stieß mit einem mir Entgegenkommenden zusammen. Wir stolperten beide, aber ich brachte es fertig, beinahe sofort wieder auf die Füße zu kommen. Der andere Mann war regelrecht umgerannt worden. Er war jünger und viel leichter als ich. Jetzt saß er in einem Lichtschein, den eine der Straßenlaternen warf. Es waren mindestens drei weitere Personen auf der Straße, und sie alle sahen in meine Richtung. Ich wußte, daß ich sowohl deutlich sichtbar als auch offenbar ein Eindringling war. Mit einem Satz war ich quer über die Straße und in der dunkelsten Gasse, die ich finden konnte, verschwunden. Niemand lief mir nach, niemand schrie. Ich rannte über zwei weitere Straßen und durch zwei weitere Gassen, und dann hielt ich an. In dem Augenblick, als das Echo meiner Schritte erstarb, herrschte Stille. Ich konnte nicht glauben, daß ich sie abgeschüttelt hatte, aber sie rannten mir nicht nach.

Das verwirrte mich.

– Und was jetzt? fragte der *Wind* mit einer Spur von Sarkasmus.

Okay, murmelte ich, schlag du etwas vor.

– Laß uns nach Hause gehen.

Wohin nach Hause?

– Nach Hause ins Gefängnis, meinte er. Dort waren wir in Sicherheit. Uns geht das alles nichts an.

Ich kann Gefängnisse nicht ausstehen, erklärte ich.

– Wir können nicht für immer fortlaufen. Wir müssen mit irgend jemandem Kontakt aufnehmen.

Neben mir war eine Tür. Ich konnte sie nicht sehen, aber ich fühlte sie. Nach einigem Herumtasten erwischte ich die Klinke, und fast automatisch drückte ich sie hinunter. Die Tür ging auf.

Drinnen war es genauso dunkel wie draußen. Ich schlüpfte hinein und schloß die Tür sehr leise hinter mir.

Einen Augenblick blieb ich in der absoluten Finsternis stehen, dann knipste ich die Taschenlampe an. Ich stand in einem kurzen, engen Korridor. Es gab Türen zu beiden Seiten und eine am Ende des Ganges. Auf Zehenspitzen schlich ich mich weiter. Ich strengte meine Ohren an, damit mir auch nicht der schwächste Laut entging. Hinter der letzten Tür hörte ich etwas, und als ich mein Ohr an die Plastikfüllung legte, konnte ich eine Stimme vernehmen. Ich schaltete die Lampe aus, faßte vorsichtig nach der Türklinke und öffnete einen winzigen Spalt.

Vor mir lag ein Raum, der nach den Maßstäben von Rhapsodia groß zu nennen war und eine gewölbte Decke hatte. Die einzige Beleuchtung kam von einer Reihe flackernder Flämmchen an der Rückseite. Mit dem Rücken davor stand ein Mann in einer jettschwarzen Robe und einem schwarzen Käppchen. Er sprach in leierndem Tonfall. Offenbar rezitierte er etwas, das er auswendig wußte. Er mußte einfach ein Priester sein.

Eine große Zuhörerschaft hatte er nicht. Es mußte sich um einen weniger wichtigen Gottesdienst handeln. Nicht einmal ein Dutzend Leute knieten auf dem nackten Steinboden. Ihre Köpfe hielten sie gesenkt, so daß sie beinahe – aber nicht ganz – mit den Stirnen den Boden berührten. Es sah äußerst unbequem aus.

Der *Wind* machte sich nicht die Mühe, »Was nun?« zu fragen. Er wußte, daß ich bereits nachdachte. In alten Filmen hatte ich gesehen, daß der Held, wenn er in einer Kirche Schutz sucht, von dem Priester niemals ausgeliefert wird. Aber die Filmemacher hatten niemals etwas von der Kirche der Exklusiven Belohnung gehört, und die Priesterschaft von Rhapsodia hatte todsicher nie so einen Film gesehen.

Gerade wollte ich mich zurückziehen und die anderen Türen probieren, als sich eine von ihnen öffnete.

Jemand kam in den Korridor. Er hatte kein Licht bei sich. Ich konnte ihn nicht sehen, und er konnte mich nicht sehen, aber er wußte, daß ich da war.

»Wer ist da?« fragte er. Seine Stimme klang dünn und scharf.

Ich schaltete die Taschenlampe an und richtete den schwachen Strahl auf seine Augen. Er sah wie ein Geier aus mit seinem kahlen Kopf und seiner riesigen, krummen Nase. Gekleidet war er wie der Mann, der den Gottesdienst abhielt, in eine schwarze Robe und ein Käppchen. Einen Augenblick lang konnte ich sein weißes Gesicht sehen, dann bedeckte er seine Augen mit seinem weiten Ärmel.

»Das da dürfen Sie hier nicht hereinbringen«, befahl er. »Woher haben Sie es?«

»Es gehört mir«, sagte ich.

»Sie sind ein Außenweltler«, stellte er fest. Er legte seinen Kopf auf die Seite und versuchte, einen Blick auf mich zu werfen. »Sie haben hier nichts zu suchen. Wie sind Sie hergekommen?«

»Ich wollte mir das hier nur mal ansehen«, meinte ich trocken.

»Gehen Sie fort«, sagte er. »Gehen Sie fort, und kommen Sie nicht wieder. Gehen Sie zurück in die Hauptstadt, und verlassen Sie diese Welt.«

Er konnte nichts davon wissen, daß ich aus dem Gefängnis ausgebrochen war. Vielleicht wußte er nicht einmal, daß in der Hauptstadt der Teufel los war. Neuigkeiten reisten hier nicht sehr schnell. Ich nahm den Strahl der Taschenlampe von seinem Gesicht, so daß er seine Augen freigeben konnte.

»Ich brauche saubere Kleidung«, stellte ich fest. »Und etwas zu essen. Und ich muß mich waschen.«

»Ihr Geld hat bei uns keinen Wert«, antwortete er. »Wir werden Ihnen nichts geben. Wir wollen mit Ihnen nichts zu tun haben. Gehen Sie weg.«

Ich schüttelte leicht den Kopf. Keine Unruhe. Keine Drohungen. Einfach: Gehen Sie weg. Er wollte nur, daß ich nicht in seine Nähe kam, er wollte mich nicht in seiner Kirche haben. Mir kam der Gedanke, es sei durchaus möglich, daß mich überhaupt niemand verfolgt hatte. Niemand hatte sich im geringsten für mich interessiert. Niemand wußte, wer ich war oder warum ich hier war. Niemand hatte Lust, auch nur

Vermutungen anzustellen. Sie wollten nichts anderes, als daß ich wegging.

In einem plötzlichen Impuls riß ich die Tür hinter mir weit auf, so daß sie mit einem lauten Knall gegen die Wand schlug. Ich trat in den Hauptraum der Kirche, stellte mich hin und wartete darauf, daß die Anwesenden zu mir hersahen und auf mich reagierten.

Der Priester unterbrach seinen Vortrag und richtete die Augen auf mich. Seinen Gesichtsausdruck konnte ich nicht erkennen. Die anderen blieben mit gebeugten Köpfen in ihrer Haltung, anscheinend völlig entrückt. Ich leuchtete sie mit der Taschenlampe an, aber sie blickten weder auf das Licht noch von ihm weg. Sie verharrten so bewegungslos, als seien sie aus dem Stein gehauen, auf dem sie knieten.

Ich wollte etwas sagen, etwas Lautes und Aggressives, nur um zu sehen, welche Wirkung das hätte. Mir fiel jedoch nichts ein. Ich richtete den Strahl auf den Priester.

»Nun?« fragte ich.

Der zweite Priester drückte sich an der Wand an mir vorbei, als wolle er sich von mir so weit entfernt wie möglich halten. Der Grund hätte sein können, daß ich so schmutzig war, aber das glaubte ich nicht.

»Er war im Korridor«, erklärte der Mann, der mich entdeckt hatte. »Ich habe ihm gesagt, er solle fortgehen. Er ist ein Außenweltler.«

Nach dieser Enthüllung – die ganz überflüssig war, weil diese Tatsache jedem klar werden mußte, der nur einen Blick auf mich warf – richtete ich das Licht wieder auf die Andächtigen und hoffte, es würde ihre Neugier erregen.

Ein Gesicht – nur eins – drehte sich zu mir. Es war ein kleiner Junge, und er warf mir nur einen schnellen Blick zu, bevor er sich hastig abwandte. Ich konnte den Ausdruck äußersten Entsetzens in seinen blaßrosa Augen erkennen.

Die Priester hatten vor mir keine Angst, das wußte ich. Sie fühlten nichts als Abscheu. Ich dachte an die Gesichter von Rion Mavra, von Coria und Khemis und von der schönen Angelina. Und an die der Revolvermänner. Jetzt verstand ich, was hinter den steinernen Zügen und dem Stillschweigen gesteckt hatte. Wie konnte ein auserwähltes Volk anders auf solche reagieren, die auf dem Weg zur Hölle wandelten?

»Sie müssen gehen«, sagte der Priester, dessen Gottesdienst ich unterbrochen hatte. »Hier können Sie nicht bleiben. Gehen Sie, sofort.«

»Wohin?« fragte ich.

»Irgendwohin«, erwiderte der Priester. »Das hier ist nichts für Sie. Sie müssen gehen.«

»Ich möchte etwas zu essen. Und saubere Kleidung.«

»Niemand wird Ihnen irgend etwas geben«, stellte er kalt fest.

»Und wenn ich es mir nehme?« In meiner Stimme mußte echter Haß mitgeklungen haben.

»Wir wollen Sie nicht sehen«, sagte der Priester, und im gleichen Augenblick richtete er seinen Blick wieder geradeaus. Er fuhr in seiner Rezitation fort. Ich wandte mich nach dem Priester um, der mich entdeckt hatte. Er sah betont in eine andere Richtung, und während ich ihn anstarrte, gab er sich das Aussehen eines Menschen, der sich wegen irgendeiner Obliegenheit entfernen muß, und verließ den Raum.

Mit voller Absicht leuchtete ich dem vortragenden Priester in die Augen. Er zwinkerte nicht einmal. Ich trat näher heran, so daß der Lichtschein ihn voll traf und ihm Schmerzen bereiten mußte. Aber er ließ nicht durch das geringste Anzeichen erkennen, daß etwas vorging. Ich war plötzlich unsichtbar geworden.

Ich ging zurück in den Korridor und öffnete auf der Suche nach Nahrung, Wasser und Kleidung die anderen Türen. Ich fand Wasser und einen dicken Overall, der mir meine schmutzigen Hosen ersetzen konnte.

Langsam und sorgfältig wusch ich mir die Hände. Erst jetzt merkte ich, daß sie ernsthaft verletzt waren. Ich bin außergewöhnlich vorsichtig mit meinen Händen, denn ein Pilot hängt bei der Führung des Schiffs von seinen Händen ab. Die Wunden brachten mir zu Bewußtsein, in welch katastrophaler Lage ich mich befand. Einige Zeit dachte ich darüber nach, was nur mit mir los sei. Früher hätte ich ganz anders reagiert. Diese Anwandlung ging jedoch vorbei, und nun grübelte ich von neuem, was ich als nächstes unternehmen sollte. Das gespenstische Verhalten der Leute hatte mich völlig verblüfft. Es nutzt mir nichts, daß ich in Freiheit war, wenn alle taten, als sähen sie mich nicht. Würde ich jedoch zur Hauptstadt zurückgehen, einen Raumanzug stehlen und die *Dronte* zu erreichen versuchen, dann würden die bewaffneten Bergleute ganz bestimmt keine Schwierigkeiten haben, mich zu sehen, zu packen und wieder in meine trauliche Zelle zu verfrachten. Und diesmal würden sie besser aufpassen, daß ich auch darin blieb.

Als ich mich gewaschen und umgezogen hatte, verließ ich das Haus.

– Okay, meinte der *Wind*, jetzt bist du als Dieb fein heraus. Du kannst stehlen, was du willst. Was wirst du tun?

Irgendwo, antwortete ich, muß irgendwer sein, der mir sagen kann, wo das Zeug zu finden ist, das die ganze Aufregung hervorgerufen hat.

– Sicher, stimmte er zu. Aber wie willst du ihn dazu bringen, dich anzusehen, ganz zu schweigen davon, dir mitzuteilen, was er weiß?

Ich wußte es nicht.

VI

Es war einmal . . . lange bevor die *Javelin* einen Graben in die schwarzen Felsen von Lapthorns Grab pflügte, daß Lapthorn und ich mit der alten *Feuerfresser* auf einem Planeten landeten, dessen ganzes Streben war, eine Welt der Schönheit und Eleganz zu sein. Die dortige Bevölkerung hatte eine sehr hohe Meinung von sich selbst und eine sehr niedrige von allen anderen Menschen. Ihr Kult war nicht weniger ungewöhnlich als der der wurmähnlichen Bürger von Rhapsodia, aber man muß zugeben, daß sie viel mehr hatten, worauf sie stolz sein beziehungsweise sich etwas einbilden konnten. Mir mißfällt jedoch jeder Kult, und wahrscheinlich hätte ich für die Bewohner jenes Planeten, auch wenn sie sich nicht so garstig gegen mich benommen hätten, nicht mehr Sympathie gehabt als für die Kirche der Exklusiven Belohnung. Die Schönheitsapostel hielten Lapthorn und mich für sehr armselige Exemplare der menschlichen Rasse, sowohl im körperlichen als auch im geistigen Sinne, und sie ließen keine Gelegenheit aus, uns das deutlich zu machen.

Auf dem Hauptplatz des Hafens, auf dem wir gelandet waren, stand ein Denkmal, das ein Symbol ihres Ehrgeizes und ihrer Philosophie darstellte. Die Statue war hübsch monumental – ein stilisierter Athlet nach klassischem Muster. Die alten Griechen haben Hunderte von ebenso guten angefertigt, aber weil die Kultisten ihre eigenen, tausend Lichtjahre von Griechenland entfernt, ausgehauen hatten, kamen sie sich viel besser als die antiken Künstler vor. Die Inschrift auf dem Sockel war das Motto ihres Kults. Sie lautete:

Menschen wie Götter.

Nach unserer Ankunft hatte Lapthorn die Statue und die Inschrift mit allem gebotenem Ernst studiert, und er war wohl recht beeindruckt. Aber er war eher von asthenischem als von athletischem Körperbau und nahm niemals zu, egal, wieviel er auch aß. Bei ihm hätte es mehr als Bodybuilding gebraucht, um aus ihm die glaubwürdige Imitation eines Supermannes zu machen. Das bewahrte ihn glücklicherweise davor, unter den Einfluß der Kultur und Philosophie des Planeten zu geraten. Zudem vertrieb die Art und Weise, wie die Bewohner sich bemühten, uns zu beleidigen, bald auch die letzte Spur von Bewunderung, die er noch für sie hegen mochte.

Nachdem also wieder einmal die Versuchung an mich herantrat, brachte er es nicht mehr fertig, mich von meinem Vorhaben abzuhalten. Eines Nachts – es war die letzte, die wir dort verbringen wollten – schändete ich böswillig die heilige Statue, und Lapthorn war mein Helfershelfer vor und nach der Tat.

Ich setzte die Vorsilbe *un* in die Inschrift.

Das hielt ich für einen Spaß.

Lapthorn auch.

Sie warfen uns für neunzig Tage (planetare) ins Gefängnis. Es war noch ein Glück, daß der Planet sich schneller um seine Achse drehte als die meisten anderen.

Bis ich auf Rhapsodia landete, war das das einzige Mal, daß ich im Gefängnis war. Es mag seltsam erscheinen, daß in einem so langen und buntscheckigen Lebenslauf wie dem meinen keine weiteren Einkerkerungen vorgekommen sind, aber so war es tatsächlich. Meine angeborene Vorsicht und meine Ehrlichkeit hatten sich verbündet, um den langen Arm des Gesetzes von New Rome von mir fernzuhalten, und einfache Diplomatie hatte genügt, um mich nie in Konflikt mit den lokalen Gesetzen zu bringen.

Diese eine Episode hatte in mir eine gesunde Angst davor erzeugt, andere Leute an ihrer empfindlichen Stelle zu treffen. Sie hatte außerdem meinem Abscheu vor jedem starren und *exklusiven* Glauben neue Nahrung gegeben.

Beim Anflug auf Rhapsodia fiel mir das Erlebnis plötzlich ein, aber ich will nicht behaupten, ich hätte eine prophetische Gabe. Ich war ebenso überrascht wie alle anderen, als man uns, kaum daß das Triebwerk abgekühlt war, gefangennahm.

Ich hatte den Helm entfernt und mich mit geschlossenen Augen im Kontrollsitz zurückgelehnt. Die Annäherung und Landung war nicht schwierig gewesen, wie man schon daraus ersehen kann, daß es mir währenddessen möglich gewesen war, mich an alte Zeiten zu erinnern. Man hat jedoch den Schein zu wahren. Ein Raumpilot muß stets den Eindruck erwecken, als sei er durch anderthalb Höllen gegangen, um dahin zu kommen, wo er ist.

Charlot und Nick waren hinuntergegangen und wollten sich um die Passagiere kümmern. Eve löste mit der einen Hand die Elektroden von meinem Nacken und bereite mit der anderen meinen Schuß vor. Wir hatten keine Eile und gaben uns für fünfzehn oder zwanzig Minuten einem harmlosen Geplauder hin. Mir wäre es ganz recht gewesen, wenn ich für die Dauer von Charlots Verhandlungen hätte an Bord bleiben können. Raumfahrer brauchen, wie schon erwähnt, ihren Landurlaub, aber dann soll er auch von Luft und Himmel und Sonnenschein begleitet sein.

Ich hörte die innere Schleusentür mit einem ungewöhnlich lauten Knall aufschwingen. Natürlich nahm ich an, jemand gehe hinaus. Wenige Sekunden später kletterte jedoch eine unkenntliche Gestalt in einem Oberflächenanzug mit unanständiger Hast in die Kabine.

Der Kerl schwang einen Laser.

Zuerst dachte ich, es sei Johnny, denn er war der einzige Mensch, den ich kannte, der ohne einen vernünftigen Grund einen Laser zu schwingen pflegte. Dann erkannte ich, daß es keiner unserer Anzüge war, und ich wußte, es handelte sich um einen Überfall.

Wegen der schwarzen Sichtscheibe im Helm konnte ich das Gesicht nicht sehen, aber ich konnte mir gut vorstellen, daß der Kerl mich wie ein Habicht beobachtete.

Er zeigte mit der Mündung auf mich und sagte: »Stehen Sie auf von diesem Stuhl.«

Seltsamerweise erleichterte mich dieser Befehl. Kein Raumfahrer hätte jemals den Ausdruck »Stuhl« benutzt. Folglich, schloß ich, war er nicht gekommen, um ein Schiff zu stehlen. Ich war es, was er wollte.

Ich entwirrte die Sicherheitsgurte und trat ein paar Schritte zur Seite.

»Gut«, sagte er. »Jetzt die Leiter hinunter, einer nach dem anderen. Legt eure Anzüge langsam an.«

Charlot, Nick, Johnny und die Passagiere waren schon hinausbefördert worden. Unten an der Leiter stand ein weiterer Kerl mit einem Laser. Sie hatten sich schon so viel von unseren Waffen angeeignet wie möglich war, ohne den Überfall zu gefährden, also so viel, wie sie in den Händen halten konnten. Eve und ich stiegen mit theatralischer Vorsicht in unsere Anzüge. Im Gedanken daran, welche Bedingungen auf diesem Planeten herrschten, ergriff ich eine Taschenlampe und befestigte sie innen im Anzug. Der Bewaffnete erhob keinen Einspruch.

Ich war der letzte. Der eine der Kerle ging mit Eve hinaus, der andere mit mir. Ein dritter wartete draußen, und das waren alle. Offenbar waren sie nicht auf den geringsten Widerstand gestoßen. Ich war dankbar dafür, daß Johnny sich durch unsere zahlenmäßige Überlegenheit nicht zu einem Kampf hatte verleiten lassen. Die *Dronte* war kein großes Schiff, und mit sieben Passagieren, fünf Besatzungsmitgliedern und drei

Eindringlingen an Bord war sie entschieden überfüllt gewesen. Es war nicht auszudenken, welche Folgen ein Schußwechsel mit Laserpistolen in einer solchen Sardinenbüchse gehabt hätte.

Wir wurden auf der Oberfläche von Rhapsodia von der *Dronte* weggeführt. Sie ließen keine Wache an Bord, und sie erlaubten Nick, die Schleuse abzuschließen.

Ich war auf dem gewünschten Längengrad in der Dämmerungszone gelandet, in einem Abstand von zweihundert Metern zur Oberflächenschleuse, die in das Hauptlabyrinth führte. Diese nadelscharfe Ziellandung war ein glänzender Beweis meiner Fähigkeiten als Pilot, aber keiner drückte mir seine Dankbarkeit dafür aus, daß wir nicht weit zu laufen hatten. Die Oberfläche bestand aus nichts als Staub und zerklüfteten Felsen und war durchaus nicht für einen Abendspaziergang geeignet. Wir hatten jedoch keine Schwierigkeiten, den Befehlen unserer Wärter nachzukommen, die sie uns über den offenen Funkkanal erteilten. Im Gänsemarsch ging es auf die große Schleuse zu, die den Zugang zur Hauptstadt bildete. Ich sah mich kurz um und bemerkte ein anderes Schiff – vermutlich das Vermessungsschiff des Star-Cross-Kombinats – zwei Meilen weiter zur Tageslichtzone hin.

Unterhalb der Schleuse wurde uns erlaubt, die Raumanzüge auszuziehen. Ich durfte zwar die Taschenlampe behalten, aber sonst nichts von den unter Umständen nützlichen Dingen aus dem Anzug entfernen, zum Beispiel die konzentrierte Nahrungspaste oder das Notsignal.

Jetzt hatten wir zum ersten Mal das Vergnügen, uns die Leute, die uns gefangen hatten, anzusehen, während sie uns in einen handbetriebenen Förderkorb stopften.

Mob sieht überall im Universum aus wie Mob. Die Klischees, die von den ersten Erfindern des bewaffneten Überfalls aufgestellt wurden, üben immer noch ihren Einfluß aus. Sie alle haben breite Schultern und unbewegte Gesichtszüge und wiegen sich lässig in den Hüften, um damit anzudeuten, daß sie, wenn nötig, Eisenstangen zwischen den Fingern biegen können. Unser Begrüßungskomitee gab sich große Mühe – wenn auch vielleicht unterbewußt –, diesen überall erwarteten

Eindruck hervorzurufen. Viel Erfolg hatten sie damit nicht. Es gibt Menschen, die als Gangster geboren sind, und solche, die dazu gemacht werden, aber diese hier waren als Gangster verkleidet. Sie sahen aus, als würden sie lieber mit einer Spitzhacke Felsen wegschlagen, und das war wahrscheinlich auch ihre normale Beschäftigung.

»Was, zum Teufel, ist los?« fragte Nick, während der Förderkorb geräuschvoll in die Tiefe rasselte. Charlot, unser Boß, hatte sich nicht die Mühe gemacht, zu protestieren oder zu verlangen, vor den Anführer geführt zu werden. Deshalb glaubte Nick vielleicht, es sei an ihm, mit einiger Energie aufzutreten. Mavra und Kompanie schienen die Angelegenheit fatalistisch hinzunehmen.

»Schnauze«, sagte einer der Bewaffneten mutig.

»Es besteht kein Anlaß, diesem Unrecht auch noch eine Beleidigung hinzuzufügen«, bemerkte ich.

»Schnauze«, wiederholte er. Offensichtlich war ihm nicht nach einer Erklärung zumute. Ein Mann der Tat.

»Würden Sie mir, nur um meine Neugier zu befriedigen, verraten, ob Sie beamtet oder freischaffend sind?« fragte Charlot ölig.

Keine Antwort.

Ich formulierte die Frage für ihn neu. »Er meint, seid ihr die reguläre Polizei, oder habt ihr gerade erst mit dieser Arbeit angefangen?«

Immer noch keine Antwort. Es ist möglich, daß sie mich einfach nicht verstanden hatten. Ich war überzeugt, daß sie kein Wort mehr reden würden. Konsequente Menschen habe ich schon immer bewundert.

Von der Umgebung bekamen wir nicht viel zu sehen. Wir wurden aus dem Förderkorb in einen dunklen Korridor getrieben und in drei Gruppen geteilt, die in verschiedene Richtungen abgeführt wurden. Mavra und die Männer in seiner Begleitung waren die erste, die Frauen die zweite und die Besatzung der *Dronte* die dritte Gruppe. Sie führten uns durch Gänge, die sich in ihrer Scheußlichkeit alle ähnlich sahen. Zum ersten Mal machten wir Bekanntschaft mit dem sporadischen Beleuchtungssystem von Rhapsodia. Einige Korridore hatten nur eine Lampe, die oft nicht in der Mitte hing. Andere hatten zwei und waren damit nach hiesigen Maßstäben gut versorgt. Nicht eine der Glühbirnen war stärker als eine Wachskerze.

Nick, Eve und Charlot wurden durch eine Tür in eine winzige Zelle getrieben. Johnny und ich wurden ein Stück weitergeführt und dann ebenfalls durch eine Tür geschoben. Unsere Zelle war ebenso klein und ebenso überfüllt.

Auf der Pritsche hatte sich ein Mann in voller Länge ausgestreckt. Er sah mit der Andeutung eines Lächelns zu uns auf. Wie wir war er ein Außenweltler. Ich vermutete, wenn es noch weitere Zellen geben sollte, würden sie alle voll von Außenweltlern sein. Oder aber die Höhlenmenschen verschwendeten keinen Gedanken auf unser Wohlbefinden. Die Zelle war ungefähr 2,40 mal 1,80 m groß. Die Pritsche mit 1,80 mal 1,20 m und ein Klosett nahmen den größten Teil der Fußbodenfläche ein.

»Gibt es hier nur Stehplätze?« fragte ich und starrte den Mann auf der Pritsche ausdauernd an.

Er verstand den Wink, bewegte sich aber nicht.

»Freue mich, Sie kennenzulernen«, erklärte er, wahrscheinlich teilweise aufrichtig. Ganz allein könnte es für ihn hier auch nicht sehr amüsant gewesen sein. »Woher kommen Sie?«

»Attalus«, antwortete Johnny und verriet damit gar nichts.

»Seid ihr von einer Handlungsgesellschaft?«

»Nein«, sagte ich.

Eine Pause entstand.

»Vielleicht sollte ich mich vorstellen«, ergriff er wieder das Wort. »Ich bin Matthew Sampson. Ich . . .«

»Sie fliegen ein Vermessungsschiff für das Star-Cross-Kombinat«, unterbrach ich ihn, um ihm zu zeigen, daß ich Bescheid wußte, und auch mit der leisen Hoffnung, er würde uns etwas erzählen, was wir noch nicht wußten. »Sind Sie der Kapitän?«

»Das stimmt.«

»Das dachte ich mir. Niemand außer einem Raumschiffkapitän würde die ganze Pritsche mit Beschlag belegen, während wir stehen.«

Mein Auftreten mußte ihm mißfallen, denn er bewegte seine großen Füße nicht.

»Wer, zum Teufel, sind Sie?« fragte er statt dessen. Seine Stimme war immer noch ganz ruhig und freundlich, als bemühe er sich sehr, keinen Anstoß zu nehmen.

»Mein Name ist Johnny Socoro«, teilte Johnny ihm mit.

»Ich bin Grainger«, setzte ich hinzu.

»Der Kerl, der bis zu der *Lost Star* vorgedrungen ist!« Plötzlich war er ganz begeistert. »Sie haben uns damit einen großen Gefallen getan. Die Caradoc-Gesellschaft hat ihren Gesichtsverlust bis heute nicht wieder wettgemacht. Sie hat im Halcyon-Nebel vier Vermessungsschiffe verloren, haben Sie davon gehört?«

»Ich war dort«, stellte ich fest. Ich sagte nichts davon, daß ich gesehen hatte, wie die Vermessungsschiffe explodierten. Mir war nicht danach, ihm zu erklären, welche Rolle ich dabei gespielt hatte.

»Dann sind Sie also von New Alexandria«, meinte er nachdenklich. »Sie sind mit dem verrückten Schiff mit dem komischen Namen gekommen, ja?«

»Mit der *Dronte*«, sagte ich kalt.

»Und Sie sind hinter der Fracht her?«

»Welcher Fracht?« fragte ich mit ironischer Unschuld zurück.

»Kommen Sie, Mann«, protestierte er. »Wir sitzen alle in demselben Gefängnis. Niemand geht auf Schatzsuche, solange der Krieg andauert. Wir können uns ebensogut zusammensetzen und wie zivilisierte Menschen über die Sache sprechen.«

»Wie zivilisiert?« wollte ich wissen.

»Sehen Sie mal, Mann, es ist doch sinnlos, daß wir uns mit mißgünstigen Blicken betrachten, wenn keiner von uns die Beute hat. Warum sollen wir nicht Freunde sein? Wenn die Sache ins Rollen kommt und die Einheimischen zu einem Handel bereit sind, haben Sie sowieso die Trümpfe in der Hand. Sie haben New Alexandria hinter sich. Ich habe nichts als einen Boß, der mich aufhängt, wenn ich seine Wünsche nicht erfülle. Und Ihr Schiff ist zehnmal so schnell wie meines, falls es zu einem Rennen kommen sollte. Ich bin kein Dummkopf, Freund, und Sie sind auch keiner. Wir können hier zu einer Vereinbarung kommen und alles schon erledigt haben, wenn man uns hinausläßt.«

»Sie sind davon überzeugt, daß man uns hinauslassen wird?«

»Ach, die Burschen mit den Laserpistolen sollen nur alles schön unter Kontrolle halten. Hier findet schließlich keine Revolution statt.«

»Mittlerweile kann eine daraus geworden sein.« Ich dachte, daß wir soeben Rion Mavra zurück in den Strudel der Politik geworfen hatten.

»Nein«, versicherte Sampson mir. »So werden die Dinge auf Rhapsodia nicht gehandhabt. Da gibt es nur einen Haufen Blabla. Der einzige Unterschied für uns wird sein, daß wir jetzt mit der ganzen Blase verhandeln müssen und nicht nur mit Jad Gimli oder einem anderen Sohn des Weißen Skeletts, der einen Alleingang vorhatte. Sagen Sie, außer uns beiden ist doch niemand gelandet?«

»Soviel ich weiß, gibt es keine dritte Partei und wird es wahrscheinlich auch keine geben«, antwortete ich ihm.

»Das ist gut.« Er atmete auf. »Wie wäre es jetzt mit einer offenen Aussprache?« Er setzte sich auf der Pritsche hoch. »Nehmen Sie Platz«, forderte er mich herzlich auf. Ich ließ mich nieder, nachdem ich die Stelle sorgfältig mit der Hand abgestaubt hatte. Von Sampsons Aufrichtigkeit wurde mir übel. Sie war ungefähr so echt wie ein antikes Raumschiff aus dem neunzehnten Jahrhundert.

»Wenn wir, wie Sie sagen, die Trümpfe in der Hand haben, warum sollten wir dann mit Ihnen verhandeln?« fragte ich zuckersüß.

»Ah!« seufzte er. »Wissen Sie, woraus der Schatz besteht?«

»Nein«, gab ich zu, »und Sie auch nicht, sonst würden Sie nicht soviel Blech reden.«

»Es war ein Versuch wert.« Er versuchte, es mit einem Lachen zu überspielen.

»Das war es nicht«, klärte ich ihn auf. »Ich bin nicht der Mann an der Spitze, Kapitän delArco steht über mir, und falls das noch nicht genug ist, haben wir den Eigentümer aus New Alexandria mitgebracht. Es bringt Ihnen gar nichts ein, wenn Sie sich an mich heranmachen.«

»Vielen Dank«, brummte er. »Ich sehe schon, mein Boß wird mich tatsächlich aufhängen. Also gut, Sie sind nicht der Mann an der Spitze. Trotzdem können wir vernünftig miteinander reden.«

»Wie meinen Sie das?«

»Wieviel verlangen Sie dafür, daß Sie mich beteiligen?« Er drehte sich so herum, daß er Johnny ansehen konnte, der auf dem Fußboden saß. »Sie sind damit ebenso angesprochen.«

Johnny reagierte nicht, außer, daß er mir einen Blick zuwarf. Er wußte ganz genau, wie sehr ich Charlot haßte. Er erwartete, daß ich zustimmen würde – wegen der zwanzigtausend, mit denen ich mich aus meinem Vertrag mit Charlot loskaufen könnte.

Und ich geriet wirklich in Versuchung.

Aber ich war vorsichtig.

»Das ist sehr freundlich von Ihnen«, sagte ich. »Nur sind wir beide leider nicht in der Lage, einen Handel abzuschließen.«

»Ich sagte Ihnen doch, man wird uns freilassen.«

»Und dann? Dadurch fällt uns nicht automatisch eine Scheibe von dem Kuchen zu, der irgendwo in den Höhlen versteckt ist. Wir haben nichts anzubieten. Ich nicht und Sie nicht.«

»Meine Gesellschaft wird für mich einstehen.«

»Das wissen Sie nicht! Wie können Sie das behaupten, wo wir nicht einmal eine Ahnung davon haben, was die Leute von Rhapsodia zu verkaufen haben?«

»Sie können mir wenigstens sagen, ob Sie interessiert sind.«

»Nicht bevor ich weiß, was gespielt wird. Erst wenn ich herausgefunden habe, um was die ganze Aufregung geht, bin ich in der Lage zu entscheiden, was getan werden kann, wird und soll. Bis dahin sage ich nichts.«

»Ich werde Sie über das informieren, was ich weiß«, sagte Sampson. »Der Boß hier – sie nennen ihn den Hierarchen – heißt Akim Krist. Er ist darüber erhaben, von Geld zu sprechen. Er spricht nur über das Dogma. Der Mann, mit dem ich das Geschäft abzuschließen versuchte, ist Jad Gimli. Er hat als erster nach dem Burschen, der die Entdeckung machte, den Schatz gesehen. Krist fand heraus, was Gimli vorhatte, und begann, in der ganzen Kirche Gift zu verstreuen. Die leitenden

Männer, die eine Art Kirchenrat bilden, teilten sich in mindestens zwei Parteien, und jeder beschuldigte jeden anderen der Häresie. Irgendwer – vielleicht Krist – bewaffnete einige der Bergleute und befahl ihnen, für Ruhe und Ordnung zu sorgen. Um nichts zu versäumen, steckten die Bergleute mich ins Gefängnis. Inzwischen kann der Rat sich reorganisieren und, statt sich gegenseitig Beschuldigungen an den Kopf zu werfen, überlegen, was zu tun ist. Damit werden sie bestimmt schon angefangen haben. Allerdings werden sie eine Ewigkeit brauchen, bis sie sich einig geworden sind. Mit den praktischen Dingen des Lebens kennen sie sich nicht gut aus, sie beschäftigen sich immer nur damit, ihre verdammten Gewissen zu prüfen. Seit ich eingesperrt wurde, habe ich Gimli nicht mehr gesehen, deshalb ist mir der neueste Stand der Angelegenheit unbekannt. Ich weiß nur, daß sie sich schließlich darüber einig werden müssen, wie und an wen sie ihren Schatz verkaufen, denn das letzte, was sie sich wünschen, ist, die heiße Kartoffel in ihrem Keller zu behalten. Das ganze Palaver geht nur um die Art und Weise des Geschäftsabschlusses. Nur kann ich mir nicht vorstellen, daß sie dem Star-Cross-Kombinat vor New Alexandria den Vorzug geben – selbst wenn Gimli und alle, die er bestechen kann, auf meiner Seite sind. Ihre Leute, Grainger, haben die dickeren Geldsäcke und den besseren Ruf in bezug auf die Moral. Ich sehe nur eine Möglichkeit, daß ich meinen Job behalte, und das ist, daß ich Ihnen ein Stück vom Kuchen wegnehme. Natürlich werde ich damit nicht so schnell zu Hause sein wie Sie, aber wenn Star Cross erfährt, daß ich mir etwas von dem Schatz gesichert habe, wird man mir zugute halten, daß ich alles getan habe, was ich konnte. Weiter. Mir ist es völlig gleichgültig, von wem ich meinen Teil kaufe. Ich würde jedem ein Angebot machen, der bereit ist, mir zuzuhören. Sie können auf mein Angebot eingehen oder nicht, ganz wie Sie wollen. Das ist doch anständig, oder?«

Ich dachte über seine Ausführungen nach. »Doch, das ist anständig«, stimmte ich schließlich zu. »Ich werde an Sie denken, wenn ich in die Lage kommen sollte, etwas für Sie zu tun. Aber nehmen Sie das nicht als Zusage. Ich mache kein

Geschäft, ehe ich die Ware nicht gesehen habe. Und solange wir hier festsitzen, ist das nicht möglich.«

Irgendwann während Sampsons Vortrag war Johnny von seinem Platz auf dem Fußboden aufgestanden, weil sich ihm etwas in den Rücken bohrte. Es sah so aus, als betrachte er mit krankhaftem Interesse die Tür unseres Käfigs. Er prüfte die Stangen des Gucklochs und tat alles, was man sich üblicherweise bei einem Gefangenen vorstellt.

Plötzlich drehte er sich mit glitzernden Augen zu uns um.

»Habt ihr Lust auszubrechen?« fragte er.

»Nein«, antwortete ich. »Die Kerle haben Laser. Sie könnten schießen.«

»Wie meinen Sie das?« fragte Sampson, dem die Idee verständlicherweise gefiel.

»Das ist keine richtige Gefängniszelle«, erläuterte Johnny. »Vielleicht ist es eine Strafzelle für Sünder. Sie ist nicht zu dem Zweck gebaut, einem entschlossenen Ausbruchsversuch standzuhalten. Sie hat nicht einmal ein Schloß, nur Riegel auf der Außenseite. Und die Tür schließt nicht dicht ab. Wir könnten die Riegel zurückschieben, indem wir eine Messerklinge oder auch nur einen Kamm in die Ritze stecken. Wenn jeder von uns einen Riegel nähme, würde es nur Minuten dauern.«

Sampson fuhr von der Pritsche hoch und linste in die Ritze zwischen Tür und Wand.

»Er hat recht!« verkündete er. »Ein Kind könnte in fünf Minuten ausbrechen. Und ich sitze hier seit fast vierundzwanzig Stunden!«

»Bleiben Sie hier«, riet ich. »Draußen sind immer noch die Bergleute, und sie haben immer noch Laser. Wohin, zum Teufel, sollen wir gehen, wenn wir einmal draußen sind?«

»Immer noch besser, als hier drin zu verfaulen«, gab Sampson zurück. »Und vielleicht können wir herausfinden, was vor sich geht. Wenn Sie nichts weiter wollen als verschwinden, können Sie schnell durch die Schleuse auf die Oberfläche gelangen.«

»Sie verstehen immer noch nicht«, sagte ich. »Draußen sind Männer mit Laserpistolen. Und wir sind, abgesehen von meiner treuen Taschenlampe, ganz und gar ohne Waffen.«

Sampson schnaubte zornig. Ich fragte mich, wie so einer Kapitän eines Raumschiffs werden konnte. Wenig Verstand und viel Frechheit, nahm ich an.

»Sampson hat recht«, griff Johnny ein. »Besser draußen als drinnen. Wir können weit genug weg sein, ehe die überhaupt merken, daß wir ausgebrochen sind.«

Sie hörten nicht auf mich. Sampson fürchtete, so oder so zu verlieren, und hielt verzweifelte Maßnahmen für angebracht, um nicht ganz aus dem Rennen auszuscheiden. Er hatte nicht die geringste Vorstellung davon, was er tun wollte, aber er war wild darauf, es zu versuchen. Und mit Johnny ließ sich auch nicht reden. Er würde erst dann vernünftiger werden, wenn er sich einmal gründlich die Finger verbrannt hatte. Der Ausbruch war seine Idee, und er ließ sie sich von niemandem ausreden.

»Los, fangen wir an«, forderte er Sampson auf. Er zog sein Federmesser aus der Tasche und nahm den oberen Riegel in Angriff.

»Spielt ihr nur Graf von Monte Christo, wenn euch das Spaß macht«, sagte ich.

Es machte ihnen Spaß.

Ich habe nie an Geschichten geglaubt, wo jemand mit einer Gürtelschnalle einen Tunnel gräbt und die Wachen listig abgelenkt werden, so daß sie von der Flucht nichts merken. Aber ich mußte die beiden doch bewundern, wie schnell und geschickt sie die Tür öffneten. Es war genau wie in den billigen Kassettenfilmen, es hatte richtig Stil. Ich war angemessen beeindruckt.

Sampson schoß wie ein Kaninchen hinaus. Johnny sagte noch: »Los, komm, du Dummkopf«, bevor auch er verschwand.

Nun, was konnte ich tun? Meine Nerven hatten sich von den Erlebnissen der letzten vier Tage immer noch nicht erholt. Ich hatte es satt bis oben hin, mich herumschubsen zu lassen. Ich wollte etwas tun, irgend etwas, ob es nun sinnvoll oder zwecklos oder einfach verrückt war. Und ich würde ziemlich dumm aussehen, wenn die Bergleute zurückkamen und mich allein in der offenen Zelle vorfanden.

Ich machte mich also auf den Weg.

Einen letzten Blick warf ich noch auf die Riegel und dachte im stillen, daß es wirklich idiotisch war, eine solche Tür einzusetzen.

VII

Ich hörte das Geräusch rennender Füße. Die Dunkelheit und der Widerhall machten es mir unmöglich, die Richtung zu bestimmen, aber wer da rannte, war ganz in der Nähe. Ich brauchte nicht erst in das nächste Versteck zu stürzen, denn ich hatte mich die ganze Zeit über in der tiefsten Finsternis gehalten.

Eine kurze Pause entstand, als einige Schritte verstummten, und dann fiel ein einzelner Gewehrschuß. Mit dem Hämmern des Echos liefen mehrere Personen wieder los. Offenbar handelte es sich um mehrere Verfolgte und mehrere Verfolger. Ich kroch bis an die nächste Ecke vor. Meine Absicht war, einen schnellen Blick auf die erleuchtete Straße zu werfen und vielleicht zu erkennen, was da vor sich ging. Aber irgendwer stieß mir einen Gewehrlauf in den Rücken.

Ich erstarrte. Eine Hand packte mich am Kragen meines entliehenen Overalls.

»Ruhig«, zischte eine Stimme, und der Sprecher begann, mich nach rückwärts zu ziehen. Er war durchaus nicht grob, wohl weil er wollte, daß ich schweigend mitkam.

Nach etwa zwanzig Metern drehte er mich um und zog mich in den schwachen Lichtschein, der um die Ecke einer anderen Straße in die stockfinstere Gasse drang.

»Er ist ein Außenweltler«, flüsterte jemand ungläubig, nicht der Mann, der mich festhielt, sondern ein unsichtbarer Gefährte. Ich konnte nur staunen, wie geräuschlos sie sich bewegten. Bis ich die Berührung fühlte, hatte ich nicht geahnt, daß sie da waren. Allerdings hatten sie sich unbemerkt anpirschen können, als der Schuß fiel und die Laufschritte erklangen.

»Wer bist du?« wisperte der Mann, der mich festhielt.

»Mein Name ist Grainger«, teilte ich ihm leise krächzend mit.

»Was tust du hier?« hauchte er.

»Ich bin aus der Hauptstadt entflohen. Dort war ich im Gefängnis.« Ich sah keine andere Möglichkeit, als die Wahrheit zu sagen. Für einen Touristen konnte ich mich schließlich schlecht ausgeben.

»Ich glaube, die Luft ist rein«, bemerkte die zweite Stimme diesmal von der Ecke her.

»Auf welcher Seite stehst du?« fuhr mein Befrager fort.

»Auf keiner. Ich versuche gerade herauszufinden, was eigentlich vor sich geht.«

Er hielt das Gewehr immer noch auf mich gerichtet. »Was tust du auf Rhapsodia?«

»Ich bin Pilot«, erklärte ich. »Mein Eigentümer hörte ein Gerücht, hier sei etwas zu verkaufen, und er kam, um zu kaufen. Wir haben einige Verbannte mit zurückgebracht.«

»Verbannte?« zischte er. »Zurückgebracht?«

»Ja«, versicherte ich. Seine Reaktion überraschte mich.

»Rion Mavra?«

»Er war mit dabei.« Ich hörte ihn keuchen. Etwas in Zusammenhang mit Rion Mavra oder mit den Verbannten im allgemeinen brachte ihn aus der Fassung.

»Wer seid ihr?« fragte ich.

»Ausgestoßene«, antwortete er kurz, als ob das alles erklärte.

»Es spielte für uns keine Rolle, daß Mavra zurück ist«, bemerkte der andere Mann. »Das weißt du. Wir existieren immer noch nicht.«

Ich überlegte, ob ich nach dem Gewehr greifen sollte. Aber diese Männer hatten nichts gegen mich, und ich war nicht in unmittelbarer Gefahr, erschossen zu werden, solange ich tat, was sie von mir verlangten. Deshalb entschloß ich mich abzuwarten.

Sie zogen mich bis an die Ecke. Nach einem kurzen Halt gingen wir hinaus auf die Straße. Jetzt konnte ich sie zum ersten Mal sehen. Der eine war groß und dünn. Er schritt mit der Leichtfüßigkeit eines Ballettänzers vor mir her. Der andere, der mir mit dem auf mich gerichteten Gewehr folgte, war klein und leichenhaft. Er war älter als der andere. Beide Männer waren so weiß wie Albinos, aber sie trugen schwarze Kappen, um ihr Haar zu verbergen, und ihre Gesichter waren mit Schmutz beschmiert. Nur ihre Hände und ihre Augenlider verrieten, wie hell ihre Haut in Wirklichkeit war.

»Geh schon«, sagte der Kleine. »Mach voran. Wir können nicht ewig hierbleiben.«

»Keine Bange, die Bergleute sind hinter den anderen her«, versicherte ihm der Lange.

»Wir sollten uns trennen und den hier zurücklassen.«

»Nein. Vielleicht kann er uns etwas mitteilen.«

»Na, hoffentlich.«

Wir schlichen aus der Stadt und hinein in einen Tunnel. Er war ebenso spärlich erleuchtet wie der, durch den ich gekommen war, aber es war nicht derselbe. Er war schmaler und höher.

»Paß auf«, sprach der Kleine mich an. »Die Lampen hören hier auf. Du legst deine Hand auf Tobs Schulter. Er wird dich führen. Ich komme gleich hinter dir.«

»Ich habe eine Taschenlampe«, sagte ich.

»Licht? Vergiß es. Du mußt dich doch irgendwann an die Dunkelheit gewöhnen, Mann, da kannst du ebensogut jetzt damit anfangen. Du kannst dich nicht dein ganzes Leben davor fürchten.«

Ich war versucht einzuwerfen, daß Leute, die ihr Leben nicht auf Rhapsodia zu beschließen gedachten, sich sehr wohl den Luxus erlauben könnten, vor der Dunkelheit Angst zu haben. Ich hielt mich jedoch zurück, und ich holte auch meine Taschenlampe nicht heraus. Ich legte meine Hand, wie mir gesagt worden war, auf Tobs Schulter und ließ mich von ihm führen.

»Das Gewehr ist immer noch da«, ermahnte mich der Kleine, als wir uns wieder in vollständiger Finsternis befanden. »Und du brauchst dich nicht darauf zu verlassen, daß ich im Dunkeln nichts sehe. Ich werde dich treffen, wenn ich muß.«

»Mach dir keine Gedanken«, versicherte ich ihm. »Im Augenblick brauche ich ein paar Freunde viel notwendiger als zwei weitere Feinde. Ich bin auf eurer Seite, jedenfalls zur Zeit.«

»Hör auf zu reden«, sagte er. »Geh weiter.«

Wir kamen um so viele Ecken wie in einem Irrgarten, aber die Tunnel waren immer von ausreichender Größe. Zu kriechen oder zu klettern brauchten wir nicht. Im allgemeinen schien unsere Reise abwärts zu gehen. Gelegentlich wurden wir von einem langsamen, warmen Luftstrom getroffen. Also bewegten wir uns arterielle Tunnel hinunter auf den heißen Kern zu. Zuerst gingen wir mit übertriebener Vorsicht und blieben von Zeit zu Zeit stehen, bis der eine oder andere der beiden Männer sich überzeugt hatte, daß wir sicher waren. Mit der Zeit wurden jedoch beide ruhiger. Sie sagten nicht viel – jedenfalls nichts Wichtiges. Wahrscheinlich nahmen sie sich vor mir in acht.

Der Weg war lang, aber nicht anstrengend. Als unser Ziel stellte sich eine große Höhle heraus, nicht unähnlich derjenigen, in der die Siedlung angelegt worden war. Nur waren hier die Behausungen von unerfahrenen Händen gebaut worden. Sie bildeten inmitten einer Menge freien Raums einen kläglichen Haufen. Offenbar war das hier mehr als ein vorübergehender Lagerplatz, aber selbst nach den auf den Splitterwelten geltenden Begriffen waren es keine menschenwürdigen Wohnungen. Das einzige Außergewöhnliche an der Höhle selbst war die Tatsache, daß sie ihre eigene Beleuchtung erzeugte. Die hohe Kuppel war besetzt mit Flecken leuchtenden Bioplasmas. Das Licht war nicht stark, aber verglichen mit den schwachen Lampen, die für Rhapsodia typisch waren, schien es mir in der Höhle hell wie am lichten Tag zu sein. Es ging mir durch den Kopf, daß der Grund, warum man diese Höhle nicht zur offiziellen Besiedlung ausgewählt hatte, vermutlich gerade die vorhandene natürliche Lichtquelle war.

Die Menschen, die sich hier festgesetzt hatten, waren die aus Rhapsodias religiöser Gesellschaft Ausgestoßenen. Jede Gesellschaft, die auf starren Prinzipien aufgebaut ist – seien es nun Gesetze oder religiöse Vorschriften –, kommt unvermeidlich in die Verlegenheit, schlecht angepaßte Individuen auszustoßen oder auf andere Weise loszuwerden. Bei der Splitterkultur, die grundsätzlich gewaltlos war, lief das natürlich auf das Aussto-ßen hinaus. Für die Privilegierten Verbannung nach Attalus. Für die Unterprivilegierten ein einfacher Ausschluß aus der Gemeinschaft, so daß sie sich fortan allein durchzubringen hatten. Das konnte nicht leicht sein auf einem Planeten, dessen Bevölkerung sowieso hart an der Überlebensgrenze existierte.

Als wir zwischen den Bruchbuden hindurchgingen, bemerkte ich ein halbes Dutzend weitere Männer. Der lange Tob nahm behutsam meine Finger von seiner Schulter. Der erste Anblick hatte mich so fasziniert, daß ich mich immer noch an ihm festhielt, obwohl es keinen Grund mehr gab, mich führen zu lassen.

Er brachte mich in die größte der Behausungen, die mehr oder weniger in der Mitte gelegen war. Das Bemerkenswerte an dieser Hütte war, daß ich hier zum ersten Mal auf Rhapsodia ein Gebäude mit Fenstern sah. Innen war es grau und trübe, aber es wirkte mehr wie ein richtiges Haus als die Steinschachteln in der Siedlung oder der Hauptstadt. Es gab nur zwei Zimmer, die jedoch groß und auf primitive Weise ausreichend möbliert waren. Das Bett bestand, wie auf einem Raumschiff, aus einem bespannten Rahmen, der Tisch war geschickt aus Steinen zusammengesetzt worden. Die Stühle waren aus verschiedenen Bestandteilen improvisiert.

»Sehr hübsch«, bemerkte ich zu Tob. »Tatsächlich beinahe ein Palast. Aber ein bißchen Licht würde die Wohnung beträchtlich verbessern.«

»Du kannst doch sehen, oder nicht?« fragte er. Er war natürlich nichts anderes gewöhnt. Er hatte nie eine Sonne gesehen.

»Warte hier auf Bayon«, wies er mich an.

»Wer ist Bayon?« wollte ich wissen.

»Das ist sein Haus. Er ist der Boß.«

»Ein Priester?«

Tob lachte. »Hier gibt's keine Kirchenleute. Sie kommen ohne uns aus und wir ohne sie. Setz dich. Bayon wird bald hier sein. Und versuche nicht wegzulaufen.«

»Ich weiß sehr gut, daß es keinen Zweck hat, wegzulaufen«, sagte ich. »Ich bin auf eurer Seite, erinnerst du dich?«

»Ja, sicher«, meinte er ironisch. »Ich erinnere mich.«

Dann ging er davon, vermutlich, um mit seinen Freunden zu sprechen. Eine Zeitlang sah ich aus dem Fenster, aber es spielte sich nichts von Bedeutung ab. Also trat ich zurück und setzte mich.

Ich war sehr hungrig. Es war geraume Zeit her, daß ich etwas gegessen hatte, und das war nur Nahrungspaste gewesen. Ich glaubte nicht, daß es hier etwas Besseres geben würde. Normale Welten haben Ersatznahrungsmittel, und gute Welten haben echte Nahrungsmittel. Rhapsodia hatte nur die Austauschanlagen. Wahrscheinlich würden es noch dazu veraltete und wenig leistungsfähige Austauschanlagen sein. Ich versuchte, mir reizloseres Essen als Nahrungspaste vorzustellen, und zu meiner Überraschung fiel mir das leicht. Alle Welt beklagt sich über Nahrungspaste, aber alle Welt ißt sie. Es könnte Schlimmeres geben.

Meine Gedanken an Essen wurden durch die Ankunft von Bayon unterbrochen. Er wurde von Tob und zwei weiteren Männern begleitet. Offenbar hatten sie sich darauf vorbereitet, mit mir ein Verhör zu veranstalten. Sie traten nicht gerade feindlich, aber dennoch entschlossen auf.

Bayon war, wie Tob, ein großer Mann, noch breiter gebaut. Für einen Höhlenbewohner war er so etwas wie ein Riese. Aber er hatte nicht genug Fleisch auf den Knochen. Er hätte eine Menge mehr Gewicht haben können, ohne dick zu wirken. Für die Ausgestoßenen mußte das Leben hart sein. Er trug ein Energiegewehr in der Hand – das einzige, das ich im Besitz der Ausgestoßenen gesehen hatte. Die anderen Männer hatten weniger moderne Waffen.

»Nun«, bemerkte ich, »habt ihr euch entschlossen, ob ihr mich selber fressen oder den Krokodilen vorwerfen wollt?« Die geistreiche Bemerkung war völlig verschwendet.

»Ich bin Bayon Alpart«, sagte der Anführer.

»Mein Name ist Grainger«, stellte ich mich vor. »Ich bin Raumpilot. Du, nehme ich an, hast keine Berufung außer der, am Leben zu bleiben.«

»Wir sind Ausgestoßene«, stellte er fest.

»Das weiß ich.«

»Du solltest mir besser erklären, was du hier tust. Die ganze Geschichte. Laß nichts weg.«

Ich seufzte und begann meinen traurigen Bericht. Ich sagte die reine Wahrheit, und ich ließ nichts weg. Vielleicht waren das Menschen, mit denen ich zusammenarbeiten konnte, Menschen, die ich zu überzeugen imstande war, daß ihre Interessen mit den meinen zusammenfielen. Jetzt hatte ich zum ersten Mal die Chance, Klarheit über das ganze Durcheinander zu gewinnen.

Mein Bericht dauerte länger als erwartet. Meine Zuhörerschaft lauschte gebannt. Ich schien sie gut zu unterhalten. Für eine Weile vergaß ich sogar, daß ich am Verhungern war.

VIII

»Es mag ein Fehler von mir gewesen sein, aus dem Gefängnis zu entfliehen«, bekannte ich. »Dort war ich in Sicherheit. Aber die Neugier trieb mich hinaus.

Ich lief in die andere Richtung als Johnny und Sampson. Sie rannten dahin zurück, woher wir gekommen waren. Das hielt ich für sinnlos. Johnny hat sich vielleicht noch aufgehalten, um Nick und die anderen zu befreien, aber das weiß ich nicht genau. Als ich mich einmal entschlossen hatte zu fliehen, rannte ich los, ohne darauf zu warten, daß Alarm gegeben wurde und eine Horde schießwütiger Bergleute hinter uns her war. Natürlich wurde ich gesehen und gejagt, weil ich mich in der Hauptstadt befand. Aber die meisten Leute, an denen ich vorüberkam, kümmerten sich entweder nicht um mich oder reagierten zu langsam. Fünfzigmal hatten sie die Gelegenheit, mich zu ergreifen, und sie verpaßten jede einzelne. Niemand schoß auf mich, wahrscheinlich deshalb, weil Kugeln und Laserstrahlen die Stadt hätten beschädigen können.

Ich wanderte lange Zeit durch die Tunnel, ohne zu wissen, wo ich war. Dann fand ich die Siedlung, eignete mir Kleidung zum Wechseln an und trat wieder auf die Straße. Dann wurde ich von euren Leuten festgehalten, die gerade damit beschäftigt waren, der Verfolgung durch eine dritte Partei zu entgehen. Und das ist die ganze Geschichte. Ich wurde hierhergebracht, und ich kenne das große Geheimnis immer noch nicht. Sobald ich es erfahren haben, könnte ich versuchen, eine Möglichkeit zu finden, wie ich für alle Strapazen entschädigt werden kann. Gerade jetzt fühle ich mich so strapaziert, daß ich jedes Angebot in Erwägung ziehen würde, bis zu und einschließlich Erpressung.«

»Heißt das, du möchtest mit uns gehen?« fragte Bayon argwöhnisch.

»Das hängt davon ab, was ihr tun wollt.«

»Kannst du uns von diesem Planeten wegbringen?« fragte er geradeheraus.

»Das weiß ich nicht. Natürlich habe ich ein Schiff, aber das gehört nicht mir, wie ich euch schon erzählt habe. Ich bin durchaus bereit, auch mitzunehmen, falls ihr nicht zu viele seid, aber es hängt von Charlot ab. Und davon, ob und wann die Bergleute und der Kirchenrat uns wieder an unser Schiff lassen.«

»Dieser Mann Sampson – könnte er uns auch mitnehmen?«

»Unter den gleichen Voraussetzungen, ja.«

»Und wenn wir ihm das besorgen würden, was er haben will, würde er dazu bereit sein?«

»Mit dem größten Vergnügen. Nur denkt daran, daß die Bergleute sein Schiff ebenso wie unseres unter ihrer Kontrolle haben. Und der Rat wird wahrscheinlich vorziehen, das Geschäft mit Charlot abzuschließen. New Alexandria hat eine Menge mehr zu bieten.«

Bayon dachte ein paar Minuten darüber nach. Sein Standpunkt war ziemlich klar. Wenn er den Schatz – oder einen Teil des Schatzes – in die Finger bekommen konnte, war es ihm möglich, einen eigenen Handel mit Sampson zu machen, während der Rat mit Charlot im Gespräch war. Das war eine gute Idee, aber die praktische Durchführung war problematisch. Wir hatten den Schatz nicht, wir wußten nicht, wie wir uns mit Sampson in Verbindung setzen sollten, und Sampson konnte nicht starten, solange die hiesige Aristokratie ihn nicht ließ. Mehr oder weniger die gleichen Einwände konnte man gegen den Versuch erheben, mit Charlot zu verhandeln.

»Ich weiß nicht, ob ich dir trauen kann«, sagte Bayon.

»Ich kann dir nichts als mein Wort geben«, antwortete ich. »Ich verspreche, daß ich mein Möglichstes tun werde, um euch von Rhapsodia wegzubringen, wenn es das ist, was ihr wollt.«

»Bist du bereit, als unser Sprecher aufzutreten?«

»Sicher. Aber was habt ihr vor? Wißt ihr, aus was dieser sagenhafte Schatz besteht oder wo er steckt?«

»Ich weiß, *wo* er ist«, antwortete Bayon. »Nicht, was er ist.«

Einer von den Männern, die Bayon begleitet hatten, murmelte etwas vor sich hin. Ich konnte es nicht verstehen, wohl aber erraten, daß er Einspruch erhob, weil Bayon mir mitteilte, was er wußte.

»Geht hinaus«, befahl Bayon über seine Schulter weg. »Ihr alle. Es ist nicht notwendig, daß ihr hierbleibt. Ihr habt gehört, was er zu sagen hatte.«

»Haben wir wirklich eine echte Chance, Rhapsodia zu verlassen?« wandte sich Tob an mich.

»Wenn der Rat unsere Schiffe freigibt und euch mit uns kommen läßt, kann ich euch bestimmt nach Attalus bringen, vorausgesetzt, daß mein Eigentümer zustimmt. Und wenn er es nicht tut, wird Sampson euch wahrscheinlich mitnehmen.«

»Verschwindet jetzt!« Bayon machte eine Handbewegung, die Tob und die anderen verabschiedete.

»Wartet eine Minute.« Ich hatte den Eindruck, daß ich jetzt in einer Position war, die mir erlaubte, um einen Gefallen zu bitten. »Kann ich nicht etwas zu essen haben, bevor wir uns weiter unterhalten? Ich habe schon seit Tagen nichts mehr gehabt.«

»Hol ihm Suppe, Tob«, sagte Bayon.

»Suppe?« staunte ich.

»Mit Wasser angerührter Dreck aus den Austauschanlagen«, erklärte er. »Wir müssen es stehlen. Jeder Mensch in den Siedlungen, der uns etwas gibt, riskiert, ebenfalls ausgestoßen zu werden. Das ist eine sehr Exklusive Belohnung der Hilfe für alte Freunde. Es ist jedoch leicht, zu stehlen. Die Kirchenleute ignorieren uns vollständig, und von den anderen wird dasselbe erwartet. Die Männer an den Maschinen werden gerügt, wenn von der Produktion etwas abhanden kommt, aber andererseits können sie uns nicht daran hindern, das Zeug wegzunehmen, weil sie nicht zugeben dürfen, daß sie uns bemerken. Das führt zu gewissen Kompromissen, und im allgemeinen fällt es uns nicht schwer, genug zu beschaffen, um am Leben zu bleiben.«

Tob kam zurück mit einer Schüssel voll halb aufgelöster Schmiere. Sie war nur lauwarm, aber es war etwas, womit ich das Loch in meinem Magen stopfen konnte, und ich löffelte es eilends hinunter.

Währenddessen berichtete Bayon mir, was er wußte.

»Sie haben eine abgeschlossene Höhle gefunden. Brachen beim Weghacken des Felsens in den Bergwerken durch Zufall ein. Zuerst waren sie starr vor Schrecken, weil sie glaubten, es sei ein weiteres Labyrinth und der Durchbruch werde katastrophale Folgen für die Luftzirkulation haben. Aber sie hatten Glück gehabt. Es war nur eine Kammer, voll von dem leuchtenden Zeug wie hier in dieser Höhle. Zwei Wochen oder länger gab es nicht die geringste Aufregung deswegen. Dann, ganz plötzlich, beschuldigte jedes Mitglied des Rates die anderen aller möglichen Verbrechen. Die Einzelheiten kenne ich nicht, denn wir erfahren die Neuigkeiten immer erst spät und nur in Andeutungen. Aber in dieser Grotte befindet sich etwas, das außerhalb von Rhapsodia eine Menge wert ist.

Heute versuchten wir, uns Zutritt zu der Höhle zu verschaffen, um einen Blick hineinzuwerfen. Wir kamen jedoch zu spät. Vor zwei Wochen hätten wir hineinspazieren können, und jeder, der in der Nähe war, hätte in eine andere Richtung geblickt. Heute standen Männer mit Gewehren vor der Grotte, die sich die Langeweile damit vertrieben, daß sie ein bißchen in die Luft schossen. Zufällig befanden sich an der Stelle, die sie sich aussuchten, unsere nicht existierenden Körper. Ich weiß nicht, wie sie das Problem gelöst hätten, nicht existierende Leichen wegzuschaffen, aber jedenfalls machten sie keinen Spaß. Sie jagten uns hinauf in die Siedlung, und dort teilten wir uns. Sobald wir einmal aus den Tunneln heraus waren, fiel es uns nicht schwer, sie abzuschütteln.«

»Vermutlich seid ihr nicht dazu gekommen, in die Höhle hineinzusehen?«

»Nein. Ich weiß nicht, was darin ist. Es kann jedoch nicht offen daliegen, denn sie haben es ja zwei Wochen lang übersehen.«

»Sie haben nicht danach gesucht.«

»Trotzdem kann es nicht sehr groß sein.«

»Was glaubst du, was es sein könnte?«

Bayon breitete in einer Geste der Hilflosigkeit die Arme aus. »Woher soll ich das wissen? Du bist ein Raumfahrer. Du reist von Welt zu Welt. Du weißt, welche Dinge einen großen Wert haben und welche Dinge auf einer Welt wie dieser gefunden werden könnten. Du mußt es mir sagen.«

Das konnte ich nicht.

Nachdem ich die Suppe gegessen hatte, kam mir zu Bewußtsein, daß ich auch seit langer Zeit nicht mehr zum Schlafen gekommen war. Zu meiner Überraschung war ich nicht besonders müde, obwohl ich lange schon keine Ruhe mehr gefunden hatte. Der Gedanke an Schlaf hatte nichtsdestotrotz etwas sehr Anziehendes für mich.

»Weißt du«, fuhr Bayon fort, »was es auch sein mag, das Schicksal spielt da mit uns allen einen Streich. Unsere Vorfahren schnitten vor Hunderten von Jahren die Verbindung zu den Sternenwelten ab. Es gibt keinen Handel. Die Kirchenleute tun ihr bestes, um die Sterne ebenso zu ignorieren, wie sie uns ignorieren. Sie wollen von der echten menschlichen Rasse nichts wissen. Und dann wird ein Schatz entdeckt, der einige von ihnen oder sie alle sehr, sehr reich machen könnte. Generationenlang hat die Bevölkerung von Rhapsodia unter Bedingungen gelebt, die eher dem Elend als der Frömmigkeit förderlich waren. Alle Heiligkeit wurde gespeichert als Anzahlung auf die Exklusive Belohnung, die im Jenseits kommen soll. Und jetzt passiert so etwas. Geld tonnenweise, aber im Diesseits. Unser ganzes Leben ist auf die Annahme gegründet, daß Reichtum für uns weder in der Gegenwart noch in der Zukunft in Frage kommt. Und plötzlich sind wir reich. Was werden die Kirchenleute tun? Können sie die Existenz des

Schatzes einfach leugnen? Können sie wirklich einem Vermögen ins Gesicht starren und es ignorieren?«

»Du lebst hier und kennst die Verhältnisse«, bemerkte ich. »Was meinst du?«

»Sie werden sich damit abfinden müssen«, fuhr Bayon fort. »Eine andere Lösung gibt es nicht. Unsere Vorfahren mögen die besten Gründe gehabt haben, sich von der menschlichen Gesellschaft loszusagen. Haß, wie er sich auch entwickelt haben mag, kann als Grund gut genug gewesen sein. Aber *wir* fühlen diesen Haß nicht mehr. Wir können die galaktische Zivilisation nicht hassen, weil wir nichts über sie wissen. Die Alten haben ihre Doktrinen an uns weitergegeben, die Gefühle, aus denen sie entstanden sind, jedoch nicht. Wir leben nach einem Glaubensbekenntnis, das nicht mehr durch Notwendigkeit oder Wunsch gestützt wird. Aber es ist alles, was wir haben. Sollte es fallengelassen, ja, sollte es nur ernstlich in Frage gestellt werden, dann würde das Leben auf Rhapsodia unerträglich werden. Jeder Angriff auf das Glaubensbekenntnis muß mit Ausschluß aus der Exklusiven Gesellschaft bestraft werden – mit totaler Exkommunikation. Zu meiner Gruppe gehören sechzehn Ausgestoßene. In den anderen Labyrinthen muß es ähnliche Gruppen geben. Auf jeder Splitterwelt muß es solche Gruppen geben. Wenn Frauen ebenso ausgestoßen würden wie Männer, würde es nicht lange dauern, bis die Ausgestoßenen ebenso zahlreich wären wie die übrige Bevölkerung. Die Einwohnerzahl der Siedlungen geht seit langer Zeit zurück. Wir sind heute weniger als damals beim Auszug von den Sternenwelten. Diese ganze Kultur ist zum Untergang verurteilt. Aus diesen Höhlen führen nur zwei Wege hinaus. Der eine bringt uns zurück zu den Sternen, und der andere geht geradenwegs in die Hölle. Das Aussterben ist keine sehr Exklusive Belohnung.«

»Das alles ist dir nicht in den hiesigen Schulen beigebracht worden«, sagte ich. »Habt ihr soviel Zeit, daß ihr über die Ungerechtigkeit eures Schicksals meditieren könnt?«

»Wir sind nicht primitiv«, wies er mich zurecht. »Wir leben in Dreck und Elend, aber Dummköpfe sind wir nicht. Wir haben unsere Lehrer und unsere Wissenschaftler. Die Priester und die

Bergleute stellen die Spitze und das Fundament des Gebäudes dar. Keine Gesellschaft besteht jedoch nur aus diesen beiden, wie du wissen wirst. Dazwischen gibt es eine ganze Menge. Denke daran, daß wir aus der galaktischen Zivilisation hervorgegangen sind. Unsere Vorfahren gehörten noch dazu. Sie wußten darüber Bescheid, und sie nahmen soviel davon mit, wie sie für rein hielten. Schulung des Verstandes gehörte dazu. Sie verlangten nicht einfach blinden Gehorsam für ihr Glaubensbekenntnis. Sie unterdrückten Fragen nicht; sie bereiteten Antworten darauf vor. Wir sind von einer hoch entwickelten Kultur herabgestiegen, Grainger. Wir sind *zurück* in die Höhlen gezogen. Aber wir sind keine direkten Nachkommen der alten Troglodyten, und es wäre dumm von dir, wenn du das annehmen solltest.«

»Also glaubst du, die Kirchenleute können mit dem Problem fertig werden?« fragte ich. »Du rechnest damit, daß sie ohne Schismata, Hexenverfolgungen und Revolutionen überleben können?«

»Sie werden überleben«, versicherte er mir. »Das alte Dogma hat noch eine Menge Kraft. Sie können es noch hundert Jahre aufrechterhalten. Letzten Endes werden sie verlieren, aber sie werden kämpfen bis zum Ende. Solange Krist und der harte Kern der wahren Gläubigen jedem, der eine andere Meinung vertritt, die Anschuldigung der Häresie entgegenschleudern kann, halten sie die einzige Macht in Händen, die es auf dieser Welt gibt. Das Leben ist hier unter gar keinen Umständen leicht, aber der Glaube gibt den Menschen wenigstens einen Grund für ihre Existenz. Sobald man einmal ein Ausgestoßener und zum Unglauben verdammt ist, ist man nichts mehr, und man hat nichts mehr, was das Leben erträglich macht. Auch wir übrigen haben Schwierigkeiten, in uns eine Art von Hoffnung am Leben zu erhalten. Ein Teil dieser Hoffnung ist, daß es uns gelingen könnte, diesen Planeten zu verlassen. Wir müssen hoffen, daß es uns gelingen wird, da draußen unter den bösen Sternen irgendeine Art von Existenz zu finden. Mir persönlich gibt es keinen Auftrieb, daß Rion Mavra zurückgekommen ist, statt für immer in der Galaxis zu verschwinden. Einige der anderen mögen glauben, das sei für uns von

Bedeutung. Sie wissen allerdings selbst nicht, von was für einer. Sie begrüßen eben alles Neue mit entschlossenem Optimismus. Das hält sie am Leben.«

»Mich haben sie nicht gerade so behandelt, als freuten sie sich über mein Auftauchen.«

»Sie haben Angst vor dir. Sie haben Angst davor, dir zu vertrauen. Halte dir vor Augen, daß du ihnen den Mond versprichst, und das in einer gleichgültigen Art, aus der zu entnehmen ist, es ist dir ganz gleichgültig, ob wir mit dir wegfliegen oder hierbleiben, bis wir verfaulen. Für sie ist es eine Sache auf Leben und Tod, eine zweite Chance, die Exklusive Belohnung zu erringen, ein neuer, unmöglicher Traum. Wenn es ihnen möglich wäre, die Realität ihrer Situation zu erkennen, hätten sie sich wahrscheinlich zusammen mit den anderen umgebracht. Sie sind Menschen, die es schaffen, aufgrund von selbstgebastelten Mythen zu überleben.«

»Und was ist mit dir? Du scheinst soviel zu wissen, du scheinst dir alle Antworten aus dem Ärmel zu schütteln. Wie paßt du in dieses Schema?«

»Ich?« Bayon zuckte die Achseln. »Ich bin ein unverbesserlicher Optimist. Ich bin zu klug, um ein Realist zu sein. Ich kann mir bei jedem schwarzen Gedanken eine helle Seite vorstellen. Ich bin der einzige Mann in diesem Labyrinth, dessen Verstand nicht in Schwarz gekleidet geht.«

Was mich betrifft, so bin ich kein geborener Optimist. Ich mußte jedoch zugeben, daß die Vorstellung von einem Planeten voller Fatalisten nicht sehr angenehm ist. Auf Rhapsodia gab es mehr Dunkelheit, als sich durch die ungünstigen Lebensbedingungen erklären ließ. Ich sehnte mich sehr danach, ins Tageslicht zurückzukehren. Sicher gibt es auch draußen in der galaktischen Gesellschaft Anzeichen für eine Entartung von Kulturen, aber gegen Rhapsodia ist das gar nichts.

»Also, was schlägst du vor, was sollen wir unternehmen?« Ich kam endlich wieder zur Sache.

»Als Anfang können wir die Grotte einnehmen.«

»Durch ein Feuergefecht?«

»Es sollte nicht nötig sein, jemanden zu töten. Wir kennen die Höhlen viel besser als die guten Bürger. Wir können ohne Schwierigkeiten hinkommen. Die Wachen werden Vernunft annehmen, wenn sie einer Übermacht gegenüberstehen.«

»Und dann? Glaubst du, ihr könnt euch den Weg zur Schleuse freischießen und mit der Beute auf dem Piratenschiff *Dronte* im Weltraum verschwinden?«

»Nein. Aber ich glaube, wir können einen Handel abschließen. Wir können ein Abkommen treffen, das uns die Abreise garantiert. Sobald wir den Preis für unsere Passage in Händen halten, wird nichts uns mehr aufhalten können.«

»Falls man euch nicht einschließt und auslöscht. Glaube mir, Bayon, Gewaltanwendung bringt für gewöhnlich großen Ärger mit sich. Wer schießt, auf den wird zurückgeschossen.«

»Nicht auf den Splitterwelten. Unsere Kultur ist auf das Wort, nicht auf die Gewalt aufgebaut. Wir können es tun, und wir werden es tun. Du wirst uns helfen, weil du aus dem Gefängnis entflohen bist. Von jetzt an unterstehst du meinem Befehl.«

Die plötzliche Härte und Feindseligkeit in seiner Stimme überraschte mich nicht besonders. Mir war durchaus klar, daß Bayon mich nur als ein Mittel zu seinem speziellen Zweck betrachtete. Er wollte mich benutzen, wo er mich brauchte. Wie seine Gefährten würde er nie genug Vertrauen zu mir fassen, um auf meine Ratschläge zu hören. Er meinte, es am besten zu wissen, und er würde das Unternehmen so durchführen, wie er es für richtig hielt. Ein Widerspruch war sinnlos.

Ich mußte mitmachen. Wahrscheinlich war Bayon gefährlicher als die Bergleute und die Kirche, soweit es um meine Gesundheit ging.

Aber abgesehen davon, wenn ich überhaupt auf irgendeiner Seite war, dann auf seiner. Ob man es glaubt oder nicht, ich sympathisierte mit ihm. Ich würde niemanden dazu verdammen, bis an sein Lebensende in diesen schmutzigen Schächten zu hausen.

Ein Grund kam noch dazu. Das hier konnte meine beste Chance sein, vom Profit auch etwas abzubekommen. Auf Rhapsodia, wo das Gesetz von New Rome nicht galt, mochte es bei der Entscheidung, wessen Eigentum der Schatz sei, einzig und allein auf den Besitz ankommen.

IX

– Jetzt wissen wir Bescheid, ließ sich der *Wind* hören.

Wir wissen überhaupt nichts, verdammt noch mal. Welche Art von Schatz könnte wohl in einer Höhle auf Rhapsodia verborgen sein? Ich kann es mir nicht denken.

– Aber es muß ein Schatz vorhanden sein. Charlot ist hier. Sampson ist hier. Sie wissen vielleicht nicht, wie es ist, aber real muß es sein, täusche dich da nicht. Das Problem ist nur, daß du dir die Sache nicht erklären kannst.

Kannst du sie dir erklären?

– Du bist eher in der Lage zu raten als ich. Du bist früher schon auf Planeten dieses Typs gewesen.

Und du hast Zugang zu allen meinen Erinnerungen an diese Welten. Allerdings war keine von ihnen genau wie diese. Die Bewohner lebten und handelten wie Menschen. Hier ist das anders. Es ist gut möglich, daß die Dummköpfe nur glauben, sie hätten etwas gefunden, und daß sie viel Lärm um nichts machen.

– Dein Abscheu vor diesen Leuten sollte dich nicht dazu verleiten, sie zu unterschätzen. Sie würden nur zu gern glauben, daß sich in der Grotte nichts befindet. Wenn sie sagen, dort sei etwas, dann nur, weil sie nicht anders können. Wie dein neuer Verbündeter betont hat, sind sie nicht unwissend, außer in Fällen von bewußter Willensanstrengung. Sie haben ihre Analytiker und ihre Logiker. Jemand weiß, um was es sich bei dem Schatz handelt, und hat die ersten Vermutungen sorgfältig überprüft. Es tut nichts zur Sache, wer das getan hat. Es konnte getan werden, hier ebenso wie woanders. Die Tatsache, daß die Gläubigen die Werte der Galaxis zurückgewiesen haben, macht sie nicht blind für ihren Preis.

Nun, du weißt ebenso gut wie ich, welche Ware heutzutage einen guten Preis erzielt. Wissen. Anwendbare Fähigkeiten. Fremde Wissenschaften und fremde Technologien. Und so etwas ist in den Höhlen von Rhapsodia nicht zu finden.

– Du mußt doch zugeben, daß der unglaubliche Erfolg von New Alexandria nicht einfach auf dem Sammeln von Daten beruht. Die New Alexandrier einschließlich Charlot sind auf ihre eigene Weise große Wissenschaftler. Der ursprüngliche Zweck der Bibliothek von New Alexandria, vergiß das nicht, war keineswegs, eine neue Technologie für die Galaxis zu schaffen. Sie sollte den Wissenschaftlern auf allen Welten für reine Forschungsarbeit zur Verfügung stehen.

Das weiß ich alles.

– Das überrascht mich nicht, denn ich habe all das ja deinem Gedächtnis entnommen. Ich muß es dir jedoch erneut vor Augen führen, weil es Bezug auf das gegenwärtige Problem hat.

Wieso?

– New Alexandrier verdanken ihren Reichtum nicht dem fremden Wissen, sondern ihrer eigenen Fähigkeit, ihre Entdekkungen zu sichten und anzuwenden. Ihre wichtigste Arbeit ist nicht das Sammeln, sondern das Auswerten.

Mit anderen Worten, sage ich, du glaubst, daß es sich bei dem Schatz um etwas Neues handelt. Nicht um so etwas Gewöhnliches wie radioaktive Substanzen oder Edelsteine, sondern um ein Ding mit Eigenschaften, auf die man noch nirgendwo gestoßen ist.

– Ja, so ungefähr. Kein mineralisches Produkt würde eine solche Aufregung hervorrufen wie dieser Schatz. Sonst würden sie es einfach Sampson gegen einen neuen Satz Austauschanlagen verkaufen und genauso weitermachen wie vorher. Es muß etwas Wichtigeres sein, und es muß in irgendeinem Zusammenhang mit den ethischen Grundsätzen der Kirche stehen. Es scheint hier um bedeutendere Fragen zu gehen als die, ob man Außenweltler einschalten oder selbst einen Profit machen soll.

Du könntest schon recht haben, gab ich zu. Die Kirche der Exklusiven Belohnung scheint ganz schön unter Druck geraten zu sein. Improvisierte Polizeitruppen entstehen nicht über

Nacht, wenn es sich nicht um äußerst bedeutungsvolle innenpolitische Angelegenheiten handelt. Und Charlot muß über den politischen Aspekt Bescheid gewußt haben. Sonst hätte er sich nicht die Mühe gemacht, unterwegs einen Politiker von Rhapsodia aufzulesen. Mavra wurde nicht mit uns zusammen eingesperrt, obwohl er offiziell ein Verbannter ist. Im Licht der gegenwärtigen Verhältnisse scheinen seine früheren politischen Sünden bedeutungslos geworden zu sein.

– Wir wissen nicht, ob Mavra mit offenen Armen wieder aufgenommen worden ist.

Ganz gewiß wurde er nicht ignoriert, wie man hätte erwarten können.

– Jetzt verwechselst du Mavra mit Bayon. Bayon ist von der Kirche exkommuniziert worden. Mavra wurde lediglich aus politischen Gründen verbannt. Er gehört immer noch zu den Gläubigen.

Vielleicht, aber das ist unwesentlich. Wir sprachen darüber, aus was dieser mysteriöse Schatz bestehen mag. Wenn seine Eigenschaften ihn wertvoll machen, muß er etwas bewirken können, was sich bis heute noch nicht bewirken läßt.

– Billige Energie. Ein Perpetuum mobile.

Sei nicht albern. Ein Perpetuum mobile gräbt man nicht in einer Höhle aus. Oder willst du Witze machen?

– Natürlich nicht. Ich wollte damit auch nicht sagen, daß in der Höhle eine Maschine nach dem Prinzip des Perpetuum mobile verborgen sei. Aber es kann eine so unbeschränkt zur Verfügung stehende Energie sein, daß damit die Entwicklung eines Perpetuum mobile möglich ist. Das hätte dir sofort einleuchten müssen.

Hat es aber nicht. Und es bleibt eine lächerliche Vorstellung.

– Laß uns lieber an Möglichkeiten denken, die den physikalischen Gesetzen nicht völlig widersprechen.

Ja, das kommt mir auch so vor. Vielleicht hat man in der Höhle noch einen von deiner Sorte gefunden.

– Ohne einen Wirt, wandte er zornig ein, würde ich mich kaum an einem solchen Ort herumtreiben. Und selbst mit einem Wirt würde es mir Schwierigkeiten bereiten, in eine abgeschlossene Höhle hineinzugelangen.

Auf Lapthorns Grab hast du frei gelebt.

– Dort habe ich in der Zeit zwischen zwei Wirten geschlafen. Und ich habe mein Leben nicht als unabhängiges Wesen begonnen. Ich wurde in einem Gehirn geboren.

Das wußte ich noch nicht. Du hast zwar Zugang zu meinen Erinnerungen, aber ich nicht zu deinen.

– Ich kann dir den Zugang öffnen, bot er so eifrig an, daß ich sofort auf der Hut war.

Nein! lehnte ich mit einiger Heftigkeit ab.

– Es wäre nicht schwierig. Ich kann meine Erinnerungen auf dein Gehirn übertragen. Es wird Zeit in Anspruch nehmen, aber bedenke, was du dadurch gewinnst. Einst war ich . . .

Ich will es nicht wissen! Das war buchstäblich ein geistiger Aufschrei. Ich wollte es nicht wissen. Nichts. Niemals. Ich wollte nicht teil haben an ihm.

– Meine Fähigkeiten haben im Halcyon-Nebel dein Leben und dein Schiff gerettet, stellte er fest.

Damit hast du mir einen Gefallen getan, gab ich zu. Ich hatte dich aber nicht darum gebeten, und auch wenn ich dir dankbar dafür sein sollte – ich bin es nicht. Sehen wir es als Bezahlung dafür an, daß ich dir eine Unterkunft gebe. Du hast in meinem Gehirn ein Zimmer gemietet, und du hast meiner Lebenszeit eine Spanne angefügt. Damit sind wir quitt. Aber wir sind keine Liebenden, und wir werden es nie sein. Laß mich in Frieden. Tu mir keine weiteren Gefallen mehr. Hast du verstanden? Ich war nervös und ziemlich müde. Vielleicht verlor ich die Selbstbeherrschung und sagte mehr als notwendig. Aber der Gedanke daran, was er meinem Verstand und meiner Identität anzutun imstande sein könnte, hatte mich zermürbt. Ich fürchtete mich vor ihm.

– Was ist mit dem Ratespiel? fragte er ziemlich gekränkt. Sind wir damit fertig?

Es hat keinen Sinn, meinte ich. Von Vermutungen über Perpetuum-mobile-Maschinen oder Superstrahlengewehre oder planetenfressende, wanzenäugige Ungeheuer bekomme ich nur schlechte Träume.

– Für heute hast du also genug davon, mit dir selbst zu

sprechen. Die Bitterkeit in seiner Bemerkung war nicht zu verkennen.

Ich habe mit dir gesprochen, antwortete ich. Jetzt möchte ich aufhören, mit dir zu sprechen, und schlafen. Es war ein harter Tag.

– Du sprichst nicht mit mir, beklagte er sich. Du sprichst mit dir selbst. Von mir willst du nicht mehr als ein Echo. Nun, du kannst dich nicht vor mir verstecken, Grainger. Ich bin hier, und du mußt lernen, mit mir zu leben. Du kannst nicht vorgeben, verrückt zu sein. Der Typ bist du nicht. Du mußt mich anerkennen. Du lebst nicht in einer schwarzen Höhle, du kannst einfach nicht so tun, als sähest du mich nicht. Auch wenn ich dir nichts antun kann, Grainger, ich bin hier. Denke daran.

Dann hatte ich ein komisches Gefühl, nur einen ganz kurzen Moment, als falle ein Bleigewicht auf mich . . . und durch mich . . .

Ich war fest eingeschlafen.

X

Als ich erwachte, fiel sanftes, silbernes Licht durch die Fensteröffnungen.

In den ersten paar Sekunden kam mir das ganz normal und natürlich vor, bis ich mich erinnerte, daß ich mich in den Höhlen von Rhapsodia befand, und dann wurde für einen oder zwei Momente das Normale auf gräßliche Weise fremdartig. Natürlich erinnerte ich mich beinahe sofort an den Zusammenhang zwischen dem Licht und den Leuchtorganismen in der Höhle von Bayons Dorf. Aber dieser Augenblick der Furcht, hervorgerufen durch mein langsames Reagieren nach dem Aufwachen, beunruhigte mich. Es war, als ob ich bereits begonnen hätte, mich an die schwarze Realität von Rhapsodia anzupassen. Ich wollte das nicht. Ich wollte von Rhapsodia getrennt bleiben. Ich war Teil von einer ganz anderen Welt.

Das, was wir sind, hängt in nicht unbeträchtlichem Ausmaß davon ab, was wir wahrnehmen. Ich hatte nicht den Wunsch, meine Sinne umfunktionieren zu lassen, damit sie den besonderen Gegebenheiten von Rhapsodias Kultur Genüge tun konnten.

Zu dem, was wir Sehvermögen nennen, gehören drei Sinne: die Wahrnehmung von Hell und Dunkel, das perspektivische Sehen und das Erkennen von Farben. Auf Rhapsodia waren die beiden letzteren – auch in den Städten, die wenigstens ein bißchen erleuchtet wurden – beinahe ausgelöscht, denn sie können nur bei *hellem* Licht richtig geübt werden. Um so wichtiger wurde die Wahrnehmung von Hell und Dunkel. Verstärkend kam hinzu, daß die Bevölkerung von Rhapsodia freiwillig den größten Teil ihres Lebens in völliger Finsternis lebte. Die Einschränkung der optischen Wahrnehmungen hatte natürlich eine Verschärfung des Hörvermögens zur Folge, oder, um genau zu sein, der Schallwahrnehmung, denn auch das Hören ist ein zusammengesetzter Sinn.

Nichts war unvermeidlicher, als daß meine Sinne sich neu ausrichteten, während ich gezwungen war, mich in dieser Umgebung zu orientieren. Jedoch kann eine Neuausrichtung der Sinne manchmal zu einer Änderung der Persönlichkeit führen, ja sogar zu einer Änderung der Identität. Eine dauernde Schädigung meiner Sinne fürchtete ich eigentlich nicht. Ich würde eine ziemlich lange Zeit auf Rhapsodia zubringen müssen, bevor ich endgültig farbenblind wurde. Aber ich machte mir Sorgen darüber, daß Grainger auf Rhapsodia sich zu verhalten begann wie Grainger *von* Rhapsodia. Solche Wirkungen hatte ich schon auf vielen Welten beobachtet, die Lapthorn und ich erst mit der *Feuerfresser*, dann mit der *Javelin* besucht hatten. Ich hatte stets mit Händen und Füßen dagegen angekämpft. Lapthorn dagegen lieferte sich einer fremden Welt immer völlig aus, und ich konnte das Ausmaß der Beeinflussung an ihm studieren. Auf dunklen Welten wurde er ein dunkler Lapthorn, auf wohlriechenden Welten ein wohlriechender Lapthorn. Er änderte sich von Welt zu Welt. Nicht, daß er dabei geisteskrank geworden wäre, obwohl einige seiner zahlreichen Metamorphosen sich in einer

Weise benahmen, die an jedem beliebigen anderen Ort in grotesker Weise fehl am Platze gewesen wäre. Die Wirkung kommt allein von der Anpassung, aber wenn sie leicht und natürlich aufzutreten beginnt, dann besteht die Gefahr, daß sie letzten Endes von der Seele Besitz ergreift, und man sitzt für den Rest seines Lebens auf einem fremden Planeten (mit fremd meine ich, für *andere* Menschen) fest.

Das ist das Schicksal vieler Raumfahrer. Irgendwann einmal wäre es auch Lapthorn zugestoßen, wäre sein Leben nicht durch den Absturz beendet worden. Aber mir sollte so etwas nicht passieren. Ich war entschlossen, mein Ich niemals fremden Welten, fremden Sitten und fremden Standpunkten anzupassen.

Und auch keinen fremden Parasiten.

Ich stand auf und trat vor die Hütte. Das silberne Licht war immer noch da, und ich war dankbar, daß ich es gefunden hatte. Niemand war anwesend außer dem langen Tob, der geholfen hatte, mich herzubringen. Er saß genau vor der Tür von Bayons Haus, lehnte seinen Kopf gegen einen Stein und machte ein Gesicht wie ein Gefängniswärter. Er reinigte seine Fingernägel mit einem Dolch und machte sich nicht die Mühe, zu mir aufzusehen.

»Wird auch Zeit«, brummte er.

»Wo sind alle?«

»Wir müssen für unseren Lebensunterhalt sorgen«, erklärte er. »Daß du bis zum Abend schläfst, ist für uns kein Grund, dasselbe zu tun. Ein freies Leben ist kein leichtes Leben. Wir müssen essen. Wir müssen für Nahrungsmittel sorgen. Das bedeutet erstens, daß wir Zeug von den Austauschanlagen nehmen. Das bedeutet zweitens, daß wir auch Zeug hinbringen müssen. Also holen wir regelmäßig Grünzeug von draußen. Wir wagen es nicht, einfach nur zu stehlen, ohne etwas dafür zurückzugeben.«

»Ich bin überzeugt, daß euer Sinn für soziale Verantwortung sowohl hoch entwickelt als auch hoch zu preisen ist«, sagte ich. »Warum bist du nicht draußen und verdienst deinen Lebensunterhalt?«

»Ich bin der Babysitter.«

»War Alpart besorgt, ich könne schreiend aufwachen? Dachte er, ich könne etwas benötigen?«

»Bayon ist immer besorgt.«

»Zweifellos ist das der Grund, warum er so gern von seinem Optimismus erzählt. Hielt er es für möglich, daß ich weglaufen würde?«

Tob sah zum ersten Mal von seiner Maniküre auf. Sein Gesicht war sehr häßlich, aber nicht unfreundlich. Seine Blässe und sein kümmerlicher, strähniger Bart ließen es nichts von seiner Menschlichkeit einbüßen. So viele der Gesichter hier waren weiße Masken mit ebensolcher Unfähigkeit, einen Ausdruck widerzuspiegeln, wie die Gesichter von Reptilien.

»Du bist nicht sehr hübsch«, eröffnete er mir, »aber wir lieben dich. Du bedeutest uns eine Menge, und wir werden nach dir sehen, so gut wir können.«

»Sehr freundlich von euch. Ihr braucht mich jedoch nicht als Gefangenen zu halten. Ich bin auf eurer Seite.«

»Nur wer vorsichtig ist, schafft es, hier unten durchzukommen«, stellte er fest.

»Wer vorsichtig ist, wird gar nicht erst aus der heiligen Herde ausgestoßen«, gab ich zurück.

»Wir machen alle Fehler«, gab er gutmütig zu. »Gerade deshalb nehmen wir uns in acht, keine weiteren mehr zu machen. Unser erster Fehler hat uns die Möglichkeit gekostet, wie Würmer zu leben. Wenn wir den Fehler begehen, dich laufenzulassen, könnte er uns die Möglichkeit kosten, wie Menschen zu leben.«

»Perfekt«, lobte ich. »Ich sehe, Bayon hat euch alle überzeugt. Ich weiß, es hätte keinen Sinn, euch zu erzählen, daß ihr die Sternenwelten wahrscheinlich nicht angenehmer finden werdet als dieses Höllenloch, und wenn ich es täte, würde es mich sehr unbeliebt machen. Aber ihr habt von den Sternenwelten überhaupt keine Vorstellung. Sie sind wundervoll – für Sternenweltmenschen.«

»Einmal ein Wurm, immer ein Wurm. Ist es das, was du mir beibringen willst?«

»Nein, Tob, ganz bestimmt nicht. Du bist kein Wurm, sonst würdest du nicht hier sein. Du würdest in den Bergwerken arbeiten oder hättest dich in einen Heißschacht gestürzt. Du wirst auf den Sternenwelten eine Möglichkeit finden zu leben. Ich möchte dich nur darauf vorbereiten, daß es nicht leicht sein wird. Es wird dir nichts geschenkt werden. Es wird kein Wunder geschehen in dem Augenblick, wo dein Fuß fremden Boden betritt. Du wirst ebenso viel Kraft und Entschlossenheit brauchen wie für dein Leben hier unten.«

»Das weiß ich«, sagte er. Nur das, und ohne jeden Nachdruck oder Protest. Er wußte es wirklich. Ich mußte endlich von der Vorstellung loskommen, die Bevölkerung von Rhapsodia bestehe aus unwissenden Wilden. Diese Menschen waren etwas merkwürdig, aber alles andere als naiv oder barbarisch.

»Sicher«, lenkte ich ein, »du weißt es. Und ich mache euch auch keinen Vorwurf daraus, daß ihr mich die ganze Zeit im Auge behaltet.«

»Das müssen wir. Wir brauchen dich, Raumfahrer, viel nötiger, als du uns brauchst.«

»Mein Name ist Grainger.«

»Grainger«, wiederholte er tonlos. »Das hast du uns gesagt. Das macht wenig Unterschied zu ›Raumfahrer‹. Bayon ist Bayon und ich bin Tob. Wie heißt du wirklich?«

Ich seufzte. »Ich habe keinen anderen Namen. Ich bin als Waise geboren worden. Ich kann nur mit Grainger dienen.«

Er sah mich forschend an. »Niemand wird als Waise geboren.« Damit hatte er recht, aber er hatte nicht verstanden, was ich gemeint hatte. »Jedenfalls bekommen hier sogar die Waisen Namen.«

»Ich bin nicht von hier«, betonte ich. »Aber das ist auch egal. Es tut mir leid, daß ich keinen anderen Namen habe. Ich bin einfach Grainger.«

»Das macht es schwer, freundlich zu sein«, meinte er.

»Ich fasse es nicht als Unfreundlichkeit auf, wenn du mich bei meinem Namen nennst«, versicherte ich ihm.

Er zuckte die Schultern.

»Ich werde euch mitnehmen, wenn ich kann«, fuhr ich fort. »Ich meine, was ich sage. Wenn es menschenmöglich ist, lasse ich euch nicht für den Rest eures Lebens hier unten.«

»Und dieser Charlot«, überlegte er. »Der, den du fragen mußt. Was ist mit ihm? Sieht er die Sache genauso wie du?«

Das war eine schwierige Frage. Ich mochte Charlot nicht, und er mochte mich nicht. Er war mir keine Gefälligkeit schuldig. Ich konnte kaum in seinem Namen ein Versprechen abgeben. Andererseits, wenn ich mir einen Zweifel anmerken ließ oder der Frage auswich, würde ich jedes Vertrauen zerstören, das Tob vielleicht zu mir gewonnen hatte. Ich war so ziemlich überzeugt davon, daß es mir gelingen würde, Bayons sechzehn Männer in die *Dronte* zu kriegen, aber ziemlich überzeugt war für Tob und Bayon ausreichend.

»Ob Charlot nun bekommen wird, was er haben möchte, oder nicht«, antwortete ich, »er hat auf jeden Fall eine Menge Platz auf seinem Schiff. Und er ist ein menschliches Wesen wie wir alle. Er kann sich unmöglich dafür entscheiden, euch hierzulassen.«

In Tobs Ohren mußte sich das so anhören wie: »Ich bin nicht sicher.«

»Es kann doch nicht so schwer sein, von Rhapsodia wegzukommen«, sagte ich. »Rion Mavra und sechs andere haben es auch geschafft.«

»Kirchenleute können es schaffen. Ausgestoßene nicht.«

»Ja, aber hier landen und starten Schiffe. Ich meine nicht die Schiffe der Splitterwelten, sondern solche von Attalus. Nicht oft, das weiß ich, aber immerhin. Wenn eure eigenen Leute euch ignorieren und sich weigern, eure Anwesenheit zur Kenntnis zu nehmen, könnt ihr doch gar keine Schwierigkeiten haben, zu den Außenweltlern zu gelangen?«

»Glaubst du wirklich, das hätten wir noch nicht versucht?«

»Nein«, antwortete ich, »so etwas hatte ich mir schon vorgestellt. Warum klappt es nicht?«

»Die Schiffe, die von außerhalb hierherkommen, wollen mit den Kirchenleuten Handel treiben. Und das ist nicht leicht. Sie würden es gar nicht tun, wenn sie nicht müßten. Aber Attalus braucht von Zeit zu Zeit etwas, und unsere Preise sind niedrig. Auch die Kirchenleute würden mit Außenweltlern keine Geschäfte abschließen, wenn es für sie nicht ebenfalls eine Notwendigkeit wäre. Ohne Lieferungen von draußen könnten wir hier nicht leben. Unsere Maschinen müssen repariert und von Zeit zu Zeit auch ersetzt werden. Aber die Kirche hat die Wahl und Attalus nicht. Attalus braucht die Kirche notwendiger, als die Kirche Attalus braucht. Wir können uns immer noch an die Handelsgesellschaften wenden, weil wir Erze haben, die wir nicht brauchen, und ihre Preise bezahlen können.

Bilde dir deswegen bloß nicht ein, irgendein Schiff von Attalus würde es wagen, Renegaten von Rhapsodia oder einer anderen der Splitterwelten mitzunehmen. Die Verbannten nehmen sie auf, klar, und die Kirche rechnet damit. Aber wir sind tot. Wir existieren nicht. Und trotzdem kann man uns nicht erlauben, unserer Nichtexistenz zu entfliehen. Wenn uns das gelingen würde, wäre die Drohung der Exkommunikation nur noch ein Zehntel so gefährlich.«

Ich sah es ein. Attalus brauchte die problematische Verbindung mit den Splitterwelten mehr, als die Splitter sie brauchten. Es war unsinnig, anzunehmen, Attalus sei ärmer als die Splitter, aber in diesem Fall war Attalus im Nachteil. Rhapsodia hatte nur ein Minimum an Reichtümern, doch dieses Minimum wurde nicht selbst gebraucht. Es stand, wenn notwendig, zur Verfügung. Dagegen wurde alles, was Attalus besaß, zur Aufrechterhaltung eines einigermaßen erträglichen Lebensstandards eingesetzt. Die Bevölkerung von Attalus verfügte über viel mehr Rohstoffe, aber sie brauchten auch das letzte Gramm. Reichtum und Armut, beide werden davon bestimmt, was *genug* ist. Was auf Rhapsodia als normal galt, wäre auf Attalus für äußerstes Elend gehalten worden.

Auf Rhapsodia mußten, wenn auch ganz selten, ebenfalls Schiffe der Handelsgesellschaften landen. Ich fragte Tob erst gar nicht danach. Man kennt ja die Leute. Wenn einer den Flug nicht bezahlen kann, wird er nicht mitgenommen. Diese Lehre war mir mit soviel Nachdruck erteilt worden, daß ich sie niemals vergessen würde. Bayon, Tob und die übrigen saßen in der Falle – gefangen im Netz der Kirche und verdammt zu der von der Kirche geschaffenen Hölle. Sie stellten eine furchtbare Warnung an die Gläubigen dar. Die Idee der Nichtexistenz war grausam und brillant. Die Gläubigen sahen ihre früheren

Mitbürger, aber sie durften nicht zugeben, daß sie sie sahen. Sie hatten die Hölle vor Augen, und es war ein Akt des Glaubens, sie nicht zu bemerken. Es war sogar ein Akt des Glaubens, sich nicht selbst in der Hölle zu fühlen, denn das Leben auf Rhapsodia war, objektiv gesehen, nicht sehr unterschiedlich für die Gläubigen einerseits und die Verdammten andererseits. Ich habe nie herausgefunden, welcher Art die Exklusive Belohnung war, die den Leuten für ihre Leiden versprochen wurde. Aller Wahrscheinlichkeit nach wurde nicht einmal ihnen zugestanden, Einzelheiten darüber zu erfahren. Sie mußten auf Treu und Glauben hinnehmen, daß die Exklusive Belohnung kommen würde – und sie verdienten jedes bißchen davon.

Sie verdienten ihr Leben, ihren Himmel und ihre Hölle. Die einzigen, die das alles nicht verdienten, waren diejenigen, die am meisten zu leiden hatten – die Ausgestoßenen.

Ich war fest entschlossen, sie von Rhapsodia wegzubringen. Aber konnte ich ihnen einen Vorwurf machen, weil sie mir nicht voll vertrauten? Nein. *Damals* nicht. Erst die späteren Ereignisse ließen die Dinge in einem anderen Licht erscheinen.

– Und was willst du unternehmen, um von Rhapsodia wegzukommen? fragte der *Wind*.

Ich ließ die Frage unbeachtet. Mir war, weil er sich bemerkbar machte, plötzlich wieder etwas eingefallen.

Hast du mich letzte Nacht k.o. geschlagen?

– Wie könnte ich so etwas tun?

Ich habe dich nicht gefragt, *wie* du es tun könntest.

– Du bist einfach eingeschlafen.

Normalerweise habe ich dabei nicht das Gefühl, als habe mir jemand ein Triebwerk über den Schädel geschlagen.

– Du hast selbst gesagt, du seist müde.

Er wich mir aus. Früher hatte er oft genug beteuert, er könne die Kontrolle über meinen Körper nicht übernehmen, wenn ich es ihm nicht gestatten würde. Aber wieviel Kontrolle über meinen Körper hatte er wirklich? Konnte er tatsächlich nicht aktiv werden, oder zog er es nur vor, sein Ziel mit List statt mit Gewalt zu erreichen? Das war gut möglich.

– Ich habe dich nicht k.o. geschlagen, erklärte er plötzlich.

Ich wußte nicht, ob er das sagte, weil er meinte, seine Sticheleien hätten jetzt lange genug gedauert, oder weil ihm mein Gedankengang nicht gefiel.

Ich glaube dir nicht, antwortete ich.

– Es ist die Wahrheit. Ich kann dir nicht durch direktes Eingreifen das Bewußtsein rauben. Ich kann keine der willkürlichen Funktionen deines Körpers steuern, solange du es selbst tust.

Ein weiterer Streit hatte keinen Sinn. Ich mußte akzeptieren, was er sagte, oder ihn, ohne einen Beweis zu haben, rundheraus der Lüge bezichtigen. Ich akzeptierte es. Meine Zweifel behielt ich für mich. Ich wandte meine Aufmerksamkeit Tob zu.

»Was passiert, wenn alle zurückkommen? Und wann wird das sein?«

»Recht bald«, erwiderte er. »Du hast fast den ganzen Tag geschlafen. Wenn sie zurückkommen, werden wir essen. Danach werden wir wahrscheinlich losgehen. Bayon wird keine Lust haben, noch mehr Zeit zu vergeuden. Sobald wir uns mit Vorräten versehen haben, werden wir uns auf den Weg machen.«

»Ihr wollt eine Revolution machen«, stellte ich fest. »Alle sechzehn.«

»Es gibt kein Gesetz dagegen«, bemerkte Tob.

»Das stimmt«, gab ich zu. Und es stimmte wirklich. Das Anstiften einer Revolution verstieß gegen das Gesetz von New Rome. Wenn ich auf einem Planeten gewesen wäre, für den der Ratschlag »Kontakt nicht zu empfehlen« nicht gegolten hätte, dann wären mir zwanzig Jahre sicher gewesen, trotz der Tatsache, daß ich ja eingentlich nichts anstiftete. Man weiß, wie das vor einem Gerichtshof aussieht. Aber auf Rhapsodia galt das Gesetz von New Rome nicht.

Die Aussicht, bald etwas unternehmen zu können, heiterte mich auf. Ich bin sonst nicht für Gewaltlösungen. Jetzt jedoch wollte ich irgend etwas *tun*. Zu einer anderen Zeit und an einem anderen Ort hätte ich mich vielleicht hingesetzt und bis in alle Ewigkeit gewartet. Ich hätte dabei in einer Hängematte gelegen und im Sonnenschein vor mich hin gedöst. Aber

Rhapsodia kleidete sich ausschließlich in Schwarz, und sich hier hinzusetzen war genauso, als würde man sich in einen Sarg setzen. Das Hinlegen war gar eine Erklärung, daß man zu sterben beabsichtige. Ich brauchte etwas, das mich beschäftigte, meinen Körper und meine Seele.

Etwas anderes als den *Wind*.

Ich wollte mein eigenes Leben leben. Ich hatte schon einmal in den zwei Jahren auf Lapthorns Grab erfahren, wie der lebendige Tod ist, wo es nichts weiter zu tun gab als das zwei- oder dreimal am Tag umfallende Kreuz wieder aufzurichten. Nun, das Kreuz lag jetzt zweifellos auf dem Boden, und dort würde es für immer bleiben.

Und so wurde ich zu Rhapsodias Volksfeind Nummer eins.

XI

Gleich von Anfang an plagte mich der Verdacht, daß unser Anführer seinem Posten nicht gewachsen war. Diese Situation war mir schrecklich vertraut. Nick delArco war ein netter Kerl, aber kein Raumschiffkapitän. Bayon Alpart war der natürliche Anführer seiner Gruppe, aber jetzt hatte er sich etwas vorgenommen, womit er nicht fertig wurde. Man kann sich nicht so einfach in einen Helden oder einen Gangster oder einen Revolutionär oder einen zähen Burschen verwandeln. Man muß die notwendigen Fähigkeiten dazu schon mitbringen.

Bayon hatte keine Ahnung davon, auf was er sich einließ. Das konnte er natürlich nicht zugeben, weil er der Boß war, und ein Boß darf sich keine Unsicherheit anmerken lassen. Vielleicht sollte ich den Mund nicht so weit aufreißen, denn wahrscheinlich hätte ich es auch nicht besser machen können. Auch mir fehlt es an den notwendigen Fähigkeiten. Aber das machte mich nicht glücklicher. Ich konnte Bayons Strategie, seine Absichten, seine Methoden oder seine Chancen nicht in Frage stellen, denn eine offensichtliche Alternative gab es nicht. Außerdem gab er die Befehle, und ich wurde nur mitgenommen, weil ich eine zusätzliche Trumpfkarte, eine zusätzliche Waffe für Bayons Kampf war. Die Tatsache, daß er ein Einheimischer war, der nichts anderes kannte als die Verhältnisse auf Rhapsodia, und ich ein erfahrener Bürger der Galaxis, war schlicht eine Tatsache und kein Argument. Er hatte die größere Subjektivität, ich hatte die größere Objektivität. Man konnte nicht wissen, welches Talent eher geeignet war, das Problem zu lösen. Ich hatte keinen Ansatzpunkt. Ich war einer der Bande, und das war alles. Kein Held, kein Stratege, kein Experte. Ich mußte meine Rolle im Hintergrund spielen.

Offengestanden, ich hatte Angst, es könnte schiefgehen. Und wenn etwas schiefgeht, während geschossen wird, können Leute zu Schaden kommen. Ich persönlich mag keine Gewehre. Ich verzichtete freiwillig darauf, eins zugeteilt zu bekommen. (Wir hatten mehr Männer als Gewehre.) Ich mußte mir jedoch eingestehen, daß das die Wahrscheinlichkeit, erschossen zu werden, für mich nicht verringerte, wenn einmal die Kugeln und die Laserstrahlen flogen.

Die erste zu überwindende Schwierigkeit war natürlich, daß wir uns der Grotte nähern mußten, ohne zu früh bemerkt zu werden oder unterwegs Ärger zu bekommen. Es versteht sich von selbst, daß wir keine Karte hatten. Die meisten Zivilisationen sind flach und können auf zweidimensionalen Karten dargestellt werden. Im Falle Rhapsodias war das nicht möglich. Das Problem der Annäherung war eines in dreidimensionaler Geometrie. Die Grotte war zwar nur ein einziger Punkt auf einer einzigen Geraden, aber der Weg dorthin entzog sich einer zweidimensionalen Vorstellung.

Das Problem dabei war: Wir mußten uns einen Fluchtweg sichern, damit uns die Gegenpartei nicht einschließen konnte. Da nur sechzehn Männer zur Verfügung standen, erforderte das viel Nachdenken. Ich kam dabei nicht mit, ich mußte es völlig Bayons Urteilsvermögen überlassen. Er versuchte, es mir zu erklären, aber das hatte keinen Zweck, und ich konnte nicht umhin, ihm das einzugestehen. Ein bißchen wußte ich Bescheid über arterielle und venöse Schächte, Reservoire und

Verteiler und über die Anatomie von Karstsystemen. Aber nur ein bißchen. Die Gestalt der Tunnels, deren Struktur von den Gesteinsformationen abhing, ging über mein Verständnis, und das Gebiet, in das wir eindringen wollten, war mir unbekannt.

Die Ausgestoßenen hatten den ganzen Tag damit verbracht, Nahrungsmittel und Wasser zusammenzutragen. Diese Raubexpedition mußte allein schon ein strategisches Meisterstück gewesen sein. Sie hatten genug von der schmierigen Substanz aus den Austauschanlagen gestohlen, daß sechzehn Männer eine Woche davon leben konnten. Das Wasser reichte nur für die Hälfte der Zeit, aber in unserem Zielgebiet befanden sich verschiedene Quellen, und es bestand zusätzlich die Möglichkeit, daß auch in der Grotte selbst Wasser vorhanden war.

Ich hätte gern gewußt, wie inzwischen die Entwicklung oben in der Hauptstadt verlaufen war. Hatte der Rat einen Entschluß gefaßt? Wenn ja, konnte es sein, daß wir unseren Kopf in den Rachen des Löwen steckten? War der Schatz bereits Sampson zugesprochen, würden er und seine Mannschaft nicht zögern, ihn sich mit Waffengewalt zu holen, und die Kirchenleute würden nichts dagegen unternehmen? Hatte Charlot es fertiggebracht, mit dem Rat einen Kaufvertrag abzuschließen? Dieser war übrigens wahrscheinlicher, denn dann sah die Sache schon besser aus. Wir würden ihm die Ware übergeben und ihm helfen, sie an Bord zu bringen. Dafür würden wir nichts weiter verlangen, als daß er Bayons Gruppe in der *Dronte* mitnahm und vielleicht noch einen kleinen Geldbetrag.

Andererseits, falls der Rat seine heiße Kartoffel noch nicht weitergereicht hatte, konnte er auf die Idee kommen, Bedingungen bezüglich der Ausgestoßenen zu stellen, zum Beispiel, daß Charlot das Zeug nur bekam, wenn er garantierte, die zur Hölle Verdammten würden in der Hölle bleiben. Diese Möglichkeit bot äußerst unerfreuliche Aussichten.

Als weitere Komplikation kam hinzu, daß Charlot vielleicht beabsichtigte, mir die Sache mit der *Lost Star* heimzuzahlen. Welchen Einfluß das auf den Ablauf der Ereignisse haben würde, konnte nur Charlot wissen.

In Anbetracht der Wichtigkeit ihrer Unternehmung waren die Ausgestoßenen erstaunlich ruhig. Als Bayon die Einzelheiten seines Plans erläuterte und die Aufgaben verteilte, nickten sie nur, und wenn einer eine Frage stellte, betraf sie etwas Wesentliches. An keinem waren Spuren von Unsicherheit oder Nervosität festzustellen. Niemand lechzte nach einem Kampf; jeder war darauf vorbereitet. Sie alle machten den Eindruck tatkräftiger, fähiger Männer. Schließlich waren diese Überlebenden das Resultat einer rigorosen Auslese.

Gleich nach der Besprechung brachen wir auf. Es war nicht nötig, des dramatischen Effekts wegen eine Stunde Null festzusetzen. Wir waren fertig, und deshalb gingen wir. Nach und nach trennten sich kleine Gruppen ab, um die Stellungen einzunehmen, wo sie unseren eingeplanten Fluchtweg gegen eventuell auftauchende Feinde verteidigen konnten.

Der eigentliche Stoßtrupp bestand aus nur fünf Männern, Bayon, Tob, zwei weiteren namens Harl und Ezra sowie mir. Bayon trug die beste Waffe, über die seine Gruppe verfügte, das einzige Energiegewehr. Es hatte nur noch eine halbe Ladung, aber das genügte, um eine entsetzliche Zerstörung anzurichten. Der Strahl konnte zweihundert Männer durchbohren, wenn diese so freundlich waren, sich in einer Reihe hintereinander aufzustellen, so daß keine Energie durch Streuwirkung verlorenging. Tob, Harl und Ezra waren mit gewöhnlichen Schußwaffen versehen. Eine Kugel hat gegenüber einem Laserstrahl hauptsächlich den Vorteil der Reichweite, was in unserem Fall bedeutete, daß wir für unser Vorhaben schlecht bewaffnet waren. Die drei Gewehre waren alles andere als primitiv. Es waren Präzisionsinstrumente, die schon vor Jahrhunderten zur Perfektion entwickelt worden waren. Allerdings waren sie auf Rhapsodia völlig fehl am Platze. Wie es bei von einem Dogma beherrschten Kulturen unvermeidlich ist, waren die Gläubigen durchaus nicht immun gegen vernunftwidrige Entscheidungen. Waffen besaß die Kirche der Exklusiven Belohnung nur für den Fall, daß sie ihre Isolierung und Entfremdung verteidigen mußte. Vielleicht hatte man gerade deshalb nur so wenige Laser angeschafft, *weil* sie zweckmäßiger gewesen wären.

Unser Marsch ging durch ein Netzwerk von rauhen, schwierigen Passagen, die in qualvoller Weise um sich selbst zu spiralen schienen. Meinem (zugegebenermaßen unerfahrenen) Auge dünkten sie überhaupt keine Bestandteile eines Karstsystems zu sein, sondern vor langer Zeit durch Spannungen innerhalb der Struktur erzeugte Einbrüche. Meine Taschenlampe war immer noch nicht erschöpft, aber ich benutzte sie sparsam und hob soviel Energie wie möglich für die unbestimmte Zukunft auf. Bayon und seine Männer zeigten, wie üblich, keine Abneigung gegen die Dunkelheit und bewegten sich darin voller Zuversicht. Jedoch gelegentlich war sogar Bayon froh, daß wir Licht hatten, nämlich wenn es galt, tiefe, senkrechte Schächte zu vermeiden oder sich vorsichtig an losem Gestein vorbeizuschleichen, wo eine Berührung schon zur Katastrophe geführt hätte. Er hatte eine eigene Laterne dabei, ging mit ihr aber ebenso geizig um wie ich mit meiner Taschenlampe. Sparsamkeit war sein oberstes Prinzip. Ich brauchte in den engen Gängen oft Hilfe, die Tob mir unauffällig leistete, so daß ich keinen allzu ungeschickten Eindruck machte.

Der schlimmste Teil der Reise war ein Abstieg durch den Trichter eines Heißschachtes, dem nur zehn oder fünfzehn Grad an der Senkrechten fehlten.

Hier hatten wir glücklicherweise reichlich Licht – nicht von der Taschenlampe und Bayons Laterne, sondern von den Wänden, in deren Ritzen, die wir zum Klettern benutzten, sich leuchtende Lebensformen angesiedelt hatten. Dadurch war nicht nur unser Weg beleuchtet, wir wußten auch genau, wohin wir Hände und Füße zu setzen hatten, indem wir uns nach der Helligkeit richteten. Der Abstieg war überhaupt nur durch dieses Zusammentreffen möglich. Ohne die Organismen wäre das Risiko eines Absturzes, während wir mit unseren eigenen Lichtquellen herumhantierten, so groß gewesen, daß wir uns einen anderen Weg zur Grotte hätten suchen müssen. Und es gab keinen anderen Weg, auf dem wir so nahe herankommen konnten, ohne Gefahr zu laufen, vorzeitig entdeckt zu werden.

Der Heißschacht spie uns in einen Korridor, der ungefähr 1,20 m hoch und 90 Zentimeter breit war. Wir krochen in ihm etwa hundert Meter weiter, bis wir an einen senkrechten

Schlitz kamen. Hier hielten wir zum ersten Mal an. Der Schlitz öffnete sich direkt auf den blinden Stollen, in dem die Grotte lag.

Wir hatten vorausgesetzt, daß sich unter dem Schlitz keine Wachen befinden würden, und so war es auch. Wir hatten es also nur mit denjenigen zu tun, die sich jetzt zwischen uns und unserem Ziel befanden, das links von uns lag, falls nicht noch rechts im Stollen welche aufgestellt waren.

Harl und Tob ließen sich vorsichtig hinab. Tob ging nach rechts, Harl nach links.

Wir warteten voller Spannung, verhielten uns absolut still und fürchteten, plötzlich aus einer der beiden Richtungen Schüsse zu hören.

Drei Minuten vergingen, bevor Harl zurückkam.

»Zwei«, meldete er, und Bayon seufzte erleichtert auf. Hätten vor dem Eingang der Grotte mehr Männer gestanden, wäre die Gefahr, daß es zum Kampf kam, viel größer gewesen. Zwei Männer kann man noch überreden, sich vernünftig zu verhalten, drei nicht mehr.

Auf Tob mußten wir drei weitere Minuten warten. Er brauchte länger, weil er nach etwas ausschauen mußte, das, wie wir gehofft hatten, nicht da war.

»Woher kommt das Licht am Höhleneingang?« fragte Bayon.

»Von zwei abgeblendeten Laternen. Nichts als ein Symbol. Viel Zweck haben sie nicht«, berichtete Harl.

»Gut. Macht jetzt ganz langsam. Kein Geräusch. Wartet, bis wir alle in Schußposition sind. Wir müssen uns unseren Weg ertasten.«

»In Ordnung«, sagte Tob.

»Du weißt, was du zu sagen hast?« wandte sich Bayon an mich.

»Klar«, antwortete ich. Das Sprechen mußte ich übernehmen. Wir wollten uns mit dem Problem, daß die Wachtposten die Ausgestoßenen als nicht existent betrachteten, nicht aufhalten.

Die abgeblendeten Laternen waren für uns von Vorteil. Man hätte annehmen können, daß die Bergleute, wenn sie schon etwas bewachten, auch dafür Sorge getragen hätten, daß die

Wachtposten wenigstens ein paar Meter klare Sicht den Stollen hinab gehabt hätten. Aber so wurden die Dinge auf Rhapsodia nicht gehandhabt. Höhlengeschöpfe scheuen das Licht.

Also konnten wir uns in tiefer Finsternis anpirschen, ungesehen und unerwartet.

Wir hatten geglaubt, die Wachtposten hätten es sich gemütlich gemacht und würden nicht aufpassen, da ihre Anwesenheit ja doch nur symbolisch gemeint war und sie wegen des Mangels an Licht sowieso nichts sehen konnten. Aber wir hatten uns geirrt. Diese beiden nahmen ihre Aufgabe ernst, ohne sich klarzumachen, wie lächerlich das war. Sie standen aufrecht, hatten ihre Gewehre im Anschlag, hórchten gespannt auf jedes Geräusch – und bildeten mit den Laternen hinter sich die reinsten Zielscheiben. Vielleicht zogen sie auch nur eine Show ab.

Dieser Verdacht verstärkte sich in mir, als offenbar wurde, daß sich jemand innerhalb der Grotte befand. Wenn noch mehr Bewaffnete anwesend waren, mußten wir den Gedanken an eine Überrumpelung aufgeben.

Wir konnten Stimmen hören, aber die Worte nicht verstehen. Folglich hatten wir keinen Hinweis darauf, um was für Leute es sich handeln konnte.

Wir alle wußten, was vorging, aber wir konnten keine Diskussion darüber anfangen. So nah, wie wir schon heran waren, würde selbst ein Flüstern zu hören sein. Ich wagte es nicht, unserer Verabredung gemäß den Wachtposten zuzurufen, sie sollten ihre Gewehre fallenlassen, denn es konnten ja weitere Gewehre in der Grotte sein, und die Männer, die sie hielten, waren dann vorgewarnt.

Aus dem gleichen Grund hoffte ich, Bayon möge sich dagegen entscheiden, die Posten niederzuschießen. Diese schmale Eingangstür konnte von innen beträchtliche Zeit verteidigt werden. Wollten wir die Grotte unter diesen Umständen erobern, mußte es Tote geben.

Mir schien, wir könnten nichts anderes tun, als geräuschlos und schnell vorzugehen und dabei zu hoffen, daß wir den Feind überraschen konnten. Aber das konnte ich Bayon nicht sagen, und ich konnte auch selbst nichts unternehmen, weil ich kein Gewehr hatte. So stand ich nur da und wartete darauf, was unser edler Anführer tun würde.

XII

Bayon hatte keine Eile. Er war fürs Abwarten. In diesem Fall erwies sich sein Urteilsvermögen dem meinen als überlegen. Die Leute, die sich in der Grotte befanden, kamen wenige Minuten später heraus.

Es waren vier. Einen kannte ich nicht, und einen konnte ich nicht sehen. Die anderen beiden waren Rion Mavra und Cyolus Capra. Sie waren in eine Unterhaltung vertieft, von deren Inhalt wir immer noch nichts verstehen konnten. Gerade vor dem Eingang blieben sie stehen, weil der Mann an der Spitze – das war der, den ich nicht kannte – irgendeinen Punkt mit Nachdruck hervorhob.

Ich spürte, wie Bayon sich anspannte, als er das Gewehr hob, aber er hielt sich noch zurück und ließ sie näher herankommen.

Mavra und der mir Unbekannte gingen zusammen weiter. Die beiden anderen, offenbar gerade nicht am Gespräch beteiligt, blieben zurück. Einen Augenblick lang geriet die vierte Gestalt zwischen Mavra und seinem Nebenmann in den Lichtschein. Es war Angelina. Nur für einen Moment war ich überrascht. Ich konnte es mir nicht erlauben, jetzt darüber nachzudenken.

Dann bewegte sich Bayon.

Die vier Leute widmeten nur einander Aufmerksamkeit und sahen nicht, wie wir die drei Schritte, die uns von ihnen trennten, zurücklegten. Sie reagierten erst, als wir sie schon packten.

Bayon nahm Mavra in den Schwitzkasten und schwang den kleineren Mann mühelos herum. Mavras Keuchen ging unter in Bayons lautem Ausruf:

»Ezra! Nimm Krist! Tob den anderen! Grainger das Mädchen!«

Die Aufgabenverteilung beinhaltete kein abfälliges Urteil über meinen Kampfgeist im Vergleich zu dem seiner eigenen Männer, sondern berücksichtigte nur die Reihenfolge, in der wir uns befanden. Wir waren schon auf halbem Wege zu dem, was Bayon uns befahl.

Ezra hielt den Mann fest, den ich bisher nicht kannte. Es schien Akim Krist, der Hierarch, zu sein. Er wurde von Ezra, der seinen Körper als Schild benutzte, weiter in den Tunnel hineingezogen. Ezras Gewehr zielte drohend über Krist hinweg.

Bayon tat mit Mavra das gleiche.

Capra hatte sich instinktiv nach hinten und auf die Seite bewegt, so daß Tob ihn nicht erst Bayon aus dem Weg zu räumen brauchte. Aber Angelina blieb wie erstarrt stehen. Ich mußte vorspringen und sie auf den Boden werfen, damit Ezra und Harl, falls es nötig war, über unsere Körper hinwegschießen konnten. Ritterlich fiel ich auf sie, statt sie als Kugelfang über mich zu halten. Doch ich glaube, es war nur Zufall, daß wir auf diese Weise zu Boden krachten.

Die Wachtposten hatten pflichtbewußt ihre Gewehre gehoben und eine angriffslustige Stellung eingenommen. Glücklicherweise waren sie nicht so schießwütig, daß sie ohne eine angemessene Spanne Zeit zum Nachdenken losballerten. Dann waren sie auch noch vernünftig genug, überhaupt nicht mehr zu schießen.

Eine plötzliche, tiefe Stille umgab uns. Ich ertappte mich dabei, daß ich darauf wartete, irgend etwas solle geschehen, und dann fiel mir ein, daß ich ja der Sprecher sein sollte.

»Laßt die Gewehre fallen«, forderte ich die Wachtposten auf.

Sie zögerten. Ihr aufgeregtes Zittern verriet deutlich, daß sie Bayon, der sie aus wenigen Schritten Entfernung über Mavras Kopf hinweg anstarrte, erkannten. Aber der Hierarch selbst, der von einem zweifellos realen Gewehr in Ezras Hand gegen die Wand gedrückt wurde, hatte keine Schwierigkeiten, seinen Bedroher trotzdem für nicht existent zu halten.

»Sag du es ihnen, Krist«, knurrte Ezra mit Genuß. Der heroische Krist ignorierte ihn.

Ich erhob mich und ließ Angelina auf dem Boden liegen. Ich

ging auf die Wachtposten zu. Sie sahen mich voller Abscheu an, aber ihre Gewehre hatten sie schon um einiges gesenkt. Ich nahm beide Gewehre an mich und benutzte sie dazu, die beiden Männer in die Grotte zu weisen. Sie nahmen die Einladung an und schritten über eine kurze Schräge in das glitzernde Innere der Schatzhöhle.

Dann drehte ich mich um, verbeugte mich leicht und zeigte mit meiner freien Hand auf den Eingang. Mein Blick begegnete dem Mavras. Er starrte mich ausdruckslos an, ohne Überraschung und ohne Vorwurf. Krist hatte inzwischen bemerkt, daß ich einen Körper besaß, und aus seinen Augen sprachen Haß und Wut. Er hielt sie ständig auf mich gerichtet, da er sich weigerte, meinen Gefährten die Ehre anzutun, in ihre Richtung zu blicken.

Einer nach dem anderen marschierte an mir vorbei in die Grotte. Harl half Angelina auf die Füße, und zu meiner – und seiner – Überraschung dankte sie ihm mit leiser Stimme. Beinahe hätte sie mich angelächelt, als sie an mir vorüberkam, nur brachte ihr Gesicht das nicht ganz fertig. Jedenfalls wäre ein rätselhaftes Lächeln daraus geworden. Ich war ganz sicher, daß sie die Angelegenheit nicht lustig fand, und willkommen heißen konnte sie mich auch kaum.

Als ich gerade als letzter eintreten wollte, mußte ich einen Schritt zurück tun, um Harl wieder hinauszulassen. Nach einem kurzen Blick auf das Innere der Grotte hatte Bayon ihm befohlen, die Stelle der früheren Wächter einzunehmen. Harl nahm unsere beiden Lampen und blendete die beiden Laternen auf, um sie mit Verstand im Stollen zu plazieren. Dann konnte auch ich in die Grotte.

Sie war voller Licht.

Trotzdem wurde man nicht geblendet. Das Licht war schwach und bedeckt, wie einem auf einer Randwelt in einer klaren Nacht das Licht der Milchstraße erscheint. Es war von seltsam vertrauter und – für mich – schöner Wirkung. Auf dem Fußboden war ein schmaler Pfad und in der Mitte ein Viereck, auf dem wir zehn gerade stehen konnten, freigeräumt worden.

Die Grotte hatte die Form eines Kegelstumpfes. Die Innenwände waren jedoch rauh und unregelmäßig und mit zahlreichen Felsvorsprüngen in der Form von Stalagmiten und Stalaktiten versehen. Wir schienen uns in einer durch Druck entstandenen, vom übrigen Höhlensystem abgetrennten Kammer zu befinden. Der Durchmesser betrug unten etwa fünf Meter, in Augenhöhe, der schrägen Wände wegen, vielleicht noch drei Meter.

Alle Oberflächen, außer den gesäuberten Stellen, waren mit blaugrauen und grüngrauen Gewächsen überzogen, die mit leuchtenden Reihen von Facetten, gleich schimmernden, winzigen Münzen, überzogen waren.

Im Hintergrund der Höhle befand sich ein kleiner, halbkreisförmiger Teich. Seine tiefschwarze Oberfläche spiegelte wie eine Unzahl von feinsten Nadelstichen die Facetten wider. Neben dem Teich lag ein unordentlicher Haufen aus den Gewächsen, die man von dem Pfad und dem Platz in der Mitte weggefegt hatte.

»Sehr hübsch«, bemerkte ich.

Nun, da die Eroberung gelungen war, verhielten sich Bayon und seine Männer merkwürdig wachsam. Sie sandten argwöhnische Blicke umher und versuchten, etwas zu entdecken, was die ganze Aufregung wert sein mochte. Es gab aber nichts zu sehen, was ihnen nicht durchaus bekannt vorkommen mußte.

»Es ist weg!« sagte Ezra.

»Nein«, widersprach ich. »Die kleine Gesellschaft, die wir festgenommen haben, ist nicht hergekommen, um unter sich zu sein. Auch stellt man keine Wachtposten vor leere Höhlen. Es ist noch da, was es auch sein mag.«

Ich hätte mich gern genauer umgesehen, aber das war bei der zusammengedrängten Menschenmenge auf dem kleinen, freigeräumten Platz unmöglich.

»Bring sie weg«, sagte ich zu Bayon. »Sie sind im Weg.«

»Du mußt mit ihnen sprechen«, erinnerte er mich.

Ich sah mich nach Rion Mavra um und sprach ihn an. »Sehen Sie mal«, meinte ich, »wir wollen doch alle vermeiden, daß zusätzliche Spannung erzeugt wird. Glauben Sie, daß Sie vielleicht – und nur vorübergehend – zugeben könnten, daß an den Abzügen dieser Gewehre Finger liegen und daß man den Männern, denen die Finger gehören, gehorchen sollte?«

»Wir werden tun, was Sie uns sagen«, antwortete Mavra, ohne auf die Frage der Existenz oder Nichtexistenz von Bayon und seinen Männern einzugehen.

»Nun gut, ich ernenne Sie zum Verbindungsmann. Wenn meine Wünsche nicht erfüllt werden, kann vielleicht einer von Ihnen von einem schlimmen, nicht existierenden Menschen erschossen werden. Ich möchte, daß Sie alle die Grotte verlassen und bis ans blinde Ende des Stollens gehen. Ich möchte, daß Sie sich einen Wachtposten vorstellen, der jede Ihrer Bewegungen beobachtet. Diesen imaginären Wachtposten können Sie Ezra rufen, falls Sie etwas brauchen und es fertigbringen, ihn anzureden. Ich möchte, daß Sie es sich so gemütlich machen wie möglich und warten. Glauben Sie, daß Sie alle diese Anordnungen befolgen können?«

»Wir werden tun, was Sie uns sagen. Aber ich möchte gern mit Ihnen darüber sprechen, was Sie zu tun versuchen.«

»Wir möchten Ihren Schatz beschlagnahmen.« Mit einiger Mühe schwenkte ich meinen Arm über meinen Kopf, um die Spannweite meiner Ambitionen anzudeuten.

»Was versprechen Sie sich davon, etwas mit Gewalt zu nehmen, das Ihr Arbeitgeber durchaus auf ehrliche Weise zu erwerben imstande sein kann?« faßte er nach.

»Tja, das ist der springende Punkt«, gab ich zu. »Es handelt sich nicht in erster Linie darum, was *ich* will. Ich vertrete augenblicklich die Interessen einiger anderer Leute. Sie kennen sie vielleicht nicht, obwohl ich davon überzeugt bin, daß Sie sie kennen würden, wenn Sie sich etwas anstrengen könnten. Das würde es Ihnen ersparen, anzunehmen, daß der Wille Gottes Sie im Stollen ergriff und hierherbrachte.«

Das machte auf ihn keinen Eindruck.

»Beabsichtigen Sie, uns als Geiseln festzuhalten?«

»Bayon?« fragte ich.

»Ja«, antwortete Bayon.

»Ja«, wiederholte ich, mich den Spielregeln beugend. »Gehen Sie jetzt, und tun Sie, was ich Ihnen gesagt habe. Ezra, sorge dafür, daß sie sich in einer ordentlichen kleinen Gruppe zusammensetzen. Wenn sie nicht verstehen, was du von ihnen verlangst, hilf mit ein paar schnellen Tritten nach. Das wird wohl Anklang finden. In ein paar Minuten, wenn ich mich hier umgesehen habe, kommen wir nach.«

Sie marschierten einer nach dem anderen hinaus. Nachträglich fiel mir noch etwas ein, und so folgte ich ihnen in den Stollen.

Ich klopfte Mavra auf die Schulter. »Übrigens, könnten Sie mir nicht verraten, wonach ich zu suchen habe?«

Angelina antwortete an seiner Stelle. »Ich bin überzeugt, Kapitän Grainger, daß Ihre Intelligenz ausreicht, um das zu sehen, was vor Ihnen liegt.«

Es war das erste Mal, daß sie in meiner Anwesenheit gesprochen hatte, und ihre dick aufgetragene Ironie überraschte mich. »Ich bin kein Kapitän«, antwortete ich. »Ich fliege das Schiff nur.«

»Was ist mit Ihnen?« redete Ezra Akim Krist an. Der Hierarch ignorierte ihn – sah einfach durch ihn hindurch.

»Capra?« fragte ich.

»Es ist gar nichts in der Grotte.« Sein Versuch, mich zu täuschen, war recht kläglich.

»Vergessen Sie es«, sagte ich zu der ganzen Gruppe. »Ich werde es selbst herausfinden.« Damit ging ich zurück in die Grotte, um genau das zu tun.

Es gab dort drei verschiedene Typen von Organismen.

Die Leuchtplättchen befanden sich auf dem thermosynthetischen Organismus. Dieser war das Grundelement des Systems. Er bedeckte die Innenflächen der Grotte wie ein dicker Farbanstrich, dessen Stärke zwischen zweieinhalb und vier Zentimetern variierte, je nachdem, an welcher Stelle ich nachprüfte. Ich zog es vor, frische Exemplare von der Wand zu pflücken, statt die auf dem Abfallhaufen zu untersuchen, denn die konnten verrottet sein. Das Gewächs, das leicht zu brechen war, ähnelte in der Textur einem trockenen, festen Pilz. Das Innere bestand aus ineinander übergehenden Schichten, in und zwischen denen wolkenähnliche »Organe« eingebettet waren. Eine Zellstruktur oder ein multimolekulares Faserskelett schien nicht vorhanden zu sein. Die Arbeitsteilung war vermutlich nur eine Angelegenheit verschiedener Moleküldichten und protoplasmischer Kohäsion. Sicher konnte ich nicht sein, denn schließlich hatte ich kein Mikroskop und nur das schwache Licht meiner Taschenlampe, aber ich gewann doch den Eindruck, daß die wolkenähnlichen Gebilde innerhalb der Schichten beweglich waren und daß es in dem Protoplasma einen beträchtlichen Molekülstrom geben mußte. Ich bemerkte, daß das Leuchten erlosch, wenn ich ein Stück der Substanz zwischen meinen Fingern hielt, daß es sich jedoch verstärkte, wenn ich es auf meine Handfläche legte. Die Reaktion erfolgte schnell und war für einen so geringen Temperaturunterschied beträchtlich. Hervorgerufen wurde sie dadurch, daß das thermosynthetische Gewächs Energie aus der Beschleunigung der Moleküle durch Wärmeeinwirkung gewann. Das Leuchten war wahrscheinlich ein Energieabgabeprozeß – ein Mittel, die aufgenommene Energie auszuscheiden, die nicht sofort in anabolische und katabolische Prozesse umgewandelt werden konnte.

Organismen dieser Art sind typisch für die Entwicklung von Lebensformen auf leitenden Oberflächen in der Nähe eines heißen Kerns. Dieses Gewächs konnte nicht die Ursache der ganzen Aufregung sein.

Der zweite Typ bestand aus winzigen Bäumchen, die den leuchtenden Teppich besetzten. Die Stämmchen teilten sich in einer Höhe von etwa sechs Zentimetern in zwei Zweige. Die Zweige wuchsen nicht weiter in die Höhe, sondern streckten sich waagerecht aus. Einige dieser Organismen hatten einen Durchmesser von nahezu vierzig Zentimetern, aber die meisten waren sehr viel kleiner.

Die aktiven Elemente des Organismus entsprossen an den Spitzen der Zweige. Es waren ovale, saphirähnliche, aber nicht leuchtende Knötchen, die offenbar durch Zweiteilung die weitere Verzweigung hervorriefen. Ich pflückte eines der Bäumchen ab und betrachtete genau seine Fasern. Sie hatten eine seltsame, beinahe metallische Textur, die mich an irgend etwas erinnerte, ich kam im Moment nur nicht darauf, an was. Die durchscheinende, blaue Membrane der lebenden Zellen ließ vermuten, daß sie das von dem Teppich abgegebene Licht als Energiequelle benutzten. Da die Bäumchen im Grunde keine großen Unterschiede zu ähnlichen Pflanzen, wie sie auf so gut wie allen bewohnbaren Planeten vorkommen, aufzuweisen hatten, konnten auch sie nicht die große Entdeckung darstellen. Die mikroskopisch kleinen Parasiten, die zweifellos in dem System existierten, konnten es auch nicht sein. Es blieb also nur noch der letzte sichtbare Typ übrig.

Dieser war schwer zu finden, obwohl ich ungefähr schon wußte, wonach ich zu suchen hatte – nach einer Lebensform, die sich nicht durch Thermosynthese, sondern von den Pflanzen ernährte. Ich erwartete einen beweglichen Organismus, der die lebenden Zellen der Bäumchen fraß. Allerdings waren die Zellen der Bäumchen, die ich untersucht hatte, intakt.

Es kostete mich einige Zeit, aber schließlich stellte ich fest, daß die Stengel, und nicht die lebenden Zellen der Bäumchen angenagt waren. Das war ungewöhnlich. Natürlich ist es nicht ungewöhnlich, daß abgestorbene organische Zellen einem anderen Organismus als Nahrung dienen. Jedoch schienen mir die Stämmchen eher Metall als Kohlenstoff zu enthalten. Eine Weile rätselte ich an dieser eigentümlichen Erscheinung herum, während ich meine Suche nach dem dritten Organismus selbst fortsetzte.

Es war, wie ich vermutet hatte, eine bewegliche Form, wenn auch das Exemplar, das ich endlich ausmachte, ganz still saß. Wie ein Ring aus Protoplasma hatte es sich um ein Bäumchen gewickelt. Durch eine leichte Berührung konnte der Ring dazu gebracht werden sich zu strecken und seine wahre Natur zu enthüllen, die lang, dünn und wurmförmig war.

Kein befallenes Bäumchen trug, soweit ich feststellen konnte, mehr als einen Ring, und die meisten hatten keinen, was die Würmer zu einer Seltenheit machte. Ihre gesamte Biomasse konnte nicht mehr als zwei Gramm betragen.

Da die Stengel nicht besonders nahrhaft zu sein schienen, kam ich auf den Gedanken, daß die Würmer vielleicht ebenfalls Gebrauch von dem Licht machten, das von dem thermosynthetischen Teppich freundlicherweise geliefert wurde.

Daher nahm ich zum zweiten Mal meine Taschenlampe heraus und leuchtete damit einen der zusammengerollten Würmer an.

Prompt teilte er sich in zwei Würmer. Er teilte sich in der Stellung, in der er sich gerade befand, ohne sich erst in die Länge zu strecken. Einer der Würmer kroch seitwärts, und wo erst ein Ring gewesen war, waren jetzt zwei. Der Stengel hatte während des Prozesses eine Beschädigung erhalten, als sei er von starker Säure angegriffen worden. Die Reproduktion dauerte weniger als eine Minute. Ich schaltete die Taschenlampe schnell aus, denn ich wollte keine Bevölkerungsexplosion hervorrufen. Die Geschwindigkeit, mit der das Protoplasma die Lichtenergie absorbiert, die Fasern des Stammes eingesaugt und zur Fortpflanzung benutzt hatte, war einfach phänomenal. In einer Höhle wie dieser waren die Bedingungen natürlich seit Millionen von Jahren stabil gewesen. Die Versorgung mit Wärmeenergie durch die leitende Oberfläche mußte sehr langsam vor sich gehen, aber gleichbleibend sein. Die Temperaturunterschiede, die den thermosynthetischen Teppich beeinflußten, waren wahrscheinlich minimal, daher die starke Reaktion auf meine Körperwärme, die der Wärme des Felsens ungefähr entsprechen mußte. Das bedeutete, daß auch die produzierte Lichtenergie seit Millionen von Jahren stabil gewesen war. Das ganze System war in vollkommener Harmonie aufeinander abgestimmt und reagierte heftig, wenn ein neuer Reiz dazukam. Hätten die Leute von Rhapsodia sich ihren Weg in die Höhle mit Lasern gebahnt und wären dann mit hellen Lichtern hineingesprungen, dann hätte das so genau ausbalancierte System wohl verrückt gespielt und wäre in wenigen Tagen tot gewesen. Aber die Bergleute auf Rhapsodia arbeiteten mit Spitzhacken und ohne Licht. Daher lebte der ökologische Komplex noch. Seine Widerstandsfähigkeit mochte groß genug sein, daß er mit den neuen Bedingungen fertig wurde und auch weiterhin am Leben blieb.

Aber noch immer war die Frage nicht gelöst, worin sein Wert bestand.

Einmalig waren nur die Würmer. Sie waren das Produkt einer nach zwei Seiten gerichteten Anpassung, und daß sie sich anstelle eines üblicheren Sekundärverbrauchers entwickelt hatten, um das System auszubalancieren, war eine Chance von eins zu einer Million gewesen. Der Schlüssel zu allem lag in den

Begrenzungsfaktoren. Die Ausdehnung des thermosynthetischen Teppichs wurde durch den Platz, der ihm zur Verfügung stand, begrenzt, nicht dadurch, daß die Bäumchen an ihm zehrten. Das Wachstum der Bäumchen wiederum wurde durch den Anfall von Lichtenergie in Grenzen gehalten. Derselbe Faktor begrenzte die Fähigkeit der Würmer, die Stengel zu verdauen. Die Leistungsfähigkeit und Fortdauer des Systems hing also nicht von der Sterblichkeit ab, sondern von der Beständigkeit der Bedingungen, die die Fortpflanzung begrenzten. Faktoren außerhalb des Systems, die Sterblichkeit verursachten, gab es nicht.

Wenn die Würmer also nur durch die zur Verfügung stehende Lichtmenge an einer schnelleren Teilung gehindert wurden und wenn sie unaufhörlich Stengel fressen konnten, sobald man ihnen mehr Licht gab, dann brauchte man sie nur ins Sonnenlicht zu bringen, und sie würden Berge von dem Stengelzeug vertilgen.

Aber woraus bestanden die Stengel? Die lebenden Zellen saßen an den Spitzen der Zweige und waren mit dem Stengel nur durch einen engen Kanal verbunden, der inmitten der abgestorbenen Fasern verlief. Ich kam zu dem Schluß, daß es für die Bäumchen keinen Sinn hätte, aus dem thermosynthetischen Teppich herauszuragen, statt in ihn eingebettet zu sein, wenn sie nicht atmosphärische Gase absorbierten und es sich deshalb nicht leisten konnten, von dem sich langsam verdickenden Teppich überwachsen zu werden. So mußte es sein! Leuchtfähigkeit ist für gewöhnlich mit Oxidierung verbunden. Wenn der Teppich der Luft Sauerstoff entnahm, um sein Licht zu erzeugen, mußte irgend etwas den Sauerstoff zurückgeben. Die Bäumchen mochten daher in typischer Pflanzenmanier Kohlendioxyd entnehmen und Sauerstoff abgeben. Das bedeutete, die Stengel enthielten Kohlenstoff. Sie enthielten außerdem etwas anderes, das durch die Kanäle aus den Felsen gezogen wurde. Metall. Um genauer zu sein, Kupfer.

Das bedeutete . . .

Ganz plötzlich – allerdings reichlich verspätet – kam mir die Erleuchtung, und jedes Stück des Puzzles fiel an seinen Platz.

Ich wußte, warum die Würmer so wertvoll waren. Es waren nicht Berge, die sie fressen konnten, sondern Städte.

»Offensichtlich«, bemerkte ich trocken.

Ich hatte laut gesprochen, weil ich glaubte, allein in der Grotte zu sein. Aber Bayon saß im Eingang und hatte mich wohl schon seit einiger Zeit beobachtet.

»Nun«, sagte er, »was ist es?«

»Hier gibt es drei verschiedene Typen von Organismen.« Ich suchte nach einfachen Ausdrücken, um es ihm verständlich zu machen. Ich konnte nicht hoffen, ihm alle Zusammenhänge vor Augen zu führen, ganz zu schweigen von meinen logischen Überlegungen, aber ich konnte ihm doch einen Begriff davon geben, um was es sich handelte. »Der erste frißt Hitze und gibt Licht ab. Der zweite ist wie eine Pflanze. Er benutzt das Licht als Energie. Er hat Stengel, die aus Kohlenstoff und Kupfer bestehen. Der Kohlenstoff kommt aus der Luft, das Kupfer aus den Felsen. Der dritte Typ ist seltsam. Er mag seine Existenz mit dem Versuch begonnen haben, eine zweite Pflanze zu sein, und hat dann festgestellt, daß er es nicht konnte. Ebenso wenig konnte er als echtes Tier leben. Deshalb ist er zu beiden geworden.

Er gewinnt aus dem Licht die Energie, mit der er sich durch die Stengel der Pflanze kaut. Er benutzt den Kohlenstoff für seine eigenen Zwecke und scheidet das Kupfer aus, das von dem thermosynthetischen Teppich absorbiert wird, ich meine, von diesem leuchtenden Zeug. In der Luft findet ein komplizierter Austausch von Sauerstoff und Kohlendioxyd statt, was die ganze Sache im Gleichgewicht hält.«

»Na und?« fragte Bayon. Eine verständliche Reaktion.

»Nun, das Geschöpf, das halb Tier und halb Pflanze ist, nimmt alles Licht, das es kriegen kann, um die Stengel fressen zu können. Wenn wir die Höhle mit Licht überfluten würden, wäre es in zwei Tagen mit seinen ganzen Vorräten fertig, obwohl im Vergleich zu der augenblicklichen Anzahl von Würmern eine Menge Vorräte da sind. Die Würmer teilen sich, und das geht sehr, sehr schnell.«

»Und?« drängte Bayon. Ich glaube nicht, daß er mir folgen konnte, und wenn, dann hatte er bestimmt keinen Sinn für die

Eleganz des Systems. Für Ästhetik hatte ganz Rhapsodia keinen Sinn.

»Die Stengel bestehen aus Kohlenstoff und Kupfer. Ich weiß von keiner anderen Form einer solchen Verbindung als der, bei der sich Riesenmoleküle bilden, die man Kuprokarbonketten nennt. In der Natur kommen sie auf allen Planeten äußerst selten vor, aber die kluge, alte menschliche Rasse hatte entdeckt, wie man sie synthetisch herstellen kann, lange bevor sie in lebendem Gewebe gefunden wurden. Wegen der präzisen Anordnung der Moleküle können Kuprokarbonketten sehr hart und sehr leicht zu bearbeiten sein. Bei manchen Arten der Ketten kann die Struktur durch die Einwirkung von Hitze geändert werden. Das bedeutet, daß Kuprokarbonketten ungeheuer nützlich als Baumaterial sind. Kuprokarbonhäuser sind buchstäblich unzerstörbar. Das geschmolzene Material kann gegossen werden, und wenn es abkühlt, findet eine Reaktion statt, die es hart macht. Die Reaktion ist nicht umkehrbar, und ein erneutes Erhitzen hat keine Wirkung. Wenn ein Gebäude aus Kuprokarbon einmal aufgestellt ist, steht es für immer.

Falls nicht diese Würmchen ans Tageslicht gebracht werden. Du kannst dir das Ausmaß der Zerstörung, das diese kleinen Dinger hervorrufen können, überhaupt nicht vorstellen, weil auf Rhapsodia Kuprokarbonketten ebensowenig gebraucht werden wie alle anderen raffinierten – und teuren – Erfindungen aus den letzten paar Jahrhunderten. Aber die Würmer könnten eine Zivilisation vernichten, Bayon. Ganze Welten voller Gebäude. Mit gefräßiger Schnelligkeit. Man könnte sie nicht aufhalten.«

»Also deshalb ist das Zeug so wertvoll?« fragte Bayon.

»So ist es«, bestätigte ich.

»Dann laß uns zurückgehen und mit Krist und Mavra sprechen.«

»Warum?«

»Ich möchte wissen, was oben in der Hauptstadt geschieht.«

»Und was willst du wegen der Würmer unternehmen?« fragte ich ihn.

»Hierbleiben und darauf aufpassen.«

»Wir können etwas von dem Zeug nehmen und weggehen«, schlug ich vor.

Bayon schüttelte den Kopf. »Ich habe alles, und ich behalte alles. Das bißchen, das ich wegtragen könnte, würde wertlos sein, wenn der Rat den Entschluß faßt, Charlot *und* Sampson etwas zu geben.«

Da hatte er nicht unrecht. Wir wußten nicht, ob wir den ganzen Schatz unter Kontrolle hatten. Eine beliebige Anzahl von Leuten konnte etwas aus der Grotte entfernt haben. Aber andererseits ließ sich aus der Tatsache, daß Krist Mavra und Kompanie hierhergeführt hatte, um ihnen die Lebensformen in der Grotte zu zeigen, der Schluß ziehen, daß er zu Hause nichts hatte, was er ihnen zeigen konnte.

Ich folgte Bayon hinaus in den Stollen. In der Hand trug ich eines der befallenen Bäumchen. Als ich draußen war, fiel mir jedoch ein, was das Laternenlicht für eine Wirkung haben konnte, und ich warf es zurück.

Dann begann ich, während Bayon mir einige der Fragen vorsprach, mit der Vernehmung.

»Wie viele Leute wissen davon?« Ich richtete mich an Mavra, weil es bei ihm am wahrscheinlichsten war, daß er antwortete.

»Zu viele«, antwortete er ziemlich düster.

»Wissen Charlot und Sampson darüber Bescheid?«

»Wissen denn Sie Bescheid?« fragte er zurück. Er wollte sich vergewissern, daß ich ihn nicht nur zu bluffen versuchte.

»Es frißt Städte«, sagte ich. »Und ich weiß auch, wie.«

Er schüttelte leicht den Kopf, aber damit wollte er nichts ableugnen. Er drückte nur sein Bedauern über den Stand des Spiels aus. »Ich glaube nicht, daß sie es jetzt schon wissen«, erklärte er. »Obwohl ich nicht weiß, was Gimli Sampson mitgeteilt haben mag. Aber es ist nur eine Sache der Zeit. Wir können das Geheimnis nicht für uns behalten. Es ist ja schon etwas auf andere Welten durchgesickert. Charlot wird es bald herausfinden.«

»Gimli wollte zu seinem eigenen Vorteil einen Handel mit Sampson abschließen, stimmt das?«

»Nicht allein Gimli. Verschiedene Männer haben Versuche gemacht, ein privates Vermögen zu erwerben. Gimli war der wichtigste. Aber zu viele Leute wußten es schon. Sie standen sich alle gegenseitig im Wege. Es wäre zu Mord und Totschlag gekommen, wären die Bergleute nicht bewaffnet worden, um die Situation unter Kontrolle zu halten. Jetzt ist es eine Angelegenheit des Rates.«

»Wer hat die Bergleute bewaffnet?«

»Krist und andere. Sie hätten ohne Wissen des Hierarchen nichts unternommen.«

»Was wird der Rat tun?«

Mavra zuckte die Schultern. »Mich schaudert es, wenn ich daran denke. Wenn Sie uns nicht freigeben, wird man ohne uns handeln. Ohne den Hierarchen kann der Rat zu beinahe jedem möglichen Entschluß kommen. Wahrscheinlich werden die Probleme dadurch nur größer werden. Wir sind als Geiseln von keinem Nutzen für Sie. Sie verlieren gar nichts, wenn Sie uns gehen lassen.«

»Das sagen alle«, bemerkte ich. »Bayon?«

»Ich lasse sie nicht gehen«, stellte er entschieden fest.

»Sie werden dich ganz bestimmt töten, wenn du Krist tötest«, mahnte er ihn. »Und auf Mavra und die anderen werden sie keinen großen Wert legen. Ich glaube wirklich nicht, daß du beim Verhandeln von den Geiseln einen Vorteil hast.«

»Sie bleiben«, wiederholte er. »Frag Krist, was er mit der Grotte vorhatte, wenn er nicht auch reich werden wollte.«

Ich wiederholte die Frage, aber Krist antwortete nicht. Entweder hatte er beschlossen, ich sei von theoretischer Nichtexistenz befallen worden, oder er war einfach stur.

»Nun«, führte ich aus, »es kann eigentlich nur einer von folgenden zwei Fällen vorliegen. Entweder wollte er die Entdeckung für den allgemeinen Nutzen der glücklichen Bevölkerung von Rhapsodia, Ekstasis, Serenitas, Vitalitas, Modestia, Felicitas, Fidelitas, Harmonia und Sanctitas ausbeuten, oder er wollte die Grotte verschließen und das ganze Problem begraben. Da er der Hierarch der Kirche ist, vermute ich das letztere. Politisch unpopulär, aber dogmatisch sicher.« Die ganze Zeit behielt ich Krist im Auge und hoffte auf eine Reaktion.

Aber es war Angelina, die reagierte. Sie lachte.

»Ganz und gar nicht, *Mister* Grainger. Sie beurteilen unseren geliebten geistlichen Führer falsch. Er hat uns nicht hergebracht, um uns eine Predigt darüber zu halten, wie unser edles Volk um jeden Preis geschützt werden müsse, indem diese böse Macht gebannt werde. Vielmehr versuchte er, uns zu einem ganz gegenteiligen Standpunkt zu bekehren. Er mochte dieses Geschenk des Allmächtigen annehmen und es zu dem Zweck benutzen, den der Allmächtige wahrscheinlich im Sinn gehabt hat. Unser Hierarch glaubt, die Entdeckung der Grotte bedeute einen Auftrag vom Himmel, hinzugehen und Vergeltung zu üben für alle Sünden, die die galaktische Zivilisation begangen hat, seit wir uns von ihr getrennt haben, um den Pfad unserer Exklusiven Heiligkeit zu wandeln.«

»Wenn Sie immer so reden, ist es kein Wunder, daß man Sie hinausgeworfen hat«, bemerkte ich zerstreut, während ich fieberhaft über den Inhalt ihrer Worte nachdachte. Welch ein Fanatiker mußte Krist sein, wenn er glaubte, seine Mission sei es, eine neue und furchtbare Plage über die Galaxis zu bringen! Das war ein gefährlicher Mann.

Vorwurfsvoll wandte ich mich an Mavra. »Und Sie wollen, daß wir Akim Krist freigeben, damit er wieder an der Spitze des Rates steht, wenn dieser einen Entschluß faßt? Sind Sie auch für diesen Wahnsinn?«

»Ganz im Gegenteil«, antwortete er dumpf. »Wenn der Rat herausbekommt, daß Sie den Hierarchen mit Waffengewalt festhalten, könnte er zu dem Schluß kommen, Außenweltler seien wirklich Ungeziefer, das man zertreten muß. Das ist meine Befürchtung. Seine Abwesenheit wird seine Sache fördern, nicht sie hindern.«

»*Ich* halte ihn nicht mit Waffengewalt fest«, protestierte ich. »Ich helfe hier nur aus. Es war nicht meine Idee.«

»Haben Sie es noch nicht begriffen?« fragte Angelina. »Der Rat wird sich an Sie halten. Bayon und die anderen existieren nicht. Nicht einmal Rion Mavra hat bisher zugegeben, daß er sie sieht, ganz zu schweigen von dem Hierarchen und diesem anderen Dummkopf. Sie mögen hier nicht der Anführer sein, aber Sie werden als solcher zur Verantwortung gezogen werden. Verstehen Sie das nicht?«

Ich verstand es durchaus. Es war jedoch viel zu spät.

»Bayon«, forderte ich mit Nachdruck, »du mußt sie gehen lassen.«

Ich drehte mich zu ihm und stellte fest, daß das Gewehr in seiner Hand auch auf mich gerichtet war.

»Nein«, sagte Bayon.

XIII

– Kleiner Mann, was nun? fragte der *Wind*.

Ich wünschte, ich hätte es gewußt.

Ich war nicht eigentlich ein Gefangener, aber Bayon hatte es überdeutlich gemacht, daß er den Ton angab und daß ich gut daran tue, es nicht zu vergessen.

Wir gingen den Stollen hinunter, vorbei an dem Höhleneingang, wo Harl und Tob Wache standen, damit wir die Lage wie vernünftige Menschen besprechen konnten.

»Bayon«, sagte ich, »wir müssen die Grotte zerstören.«

Er sah mich an, als sei ich verrückt geworden.

»Nimm etwas von dem Zeug mit in euer Dorf, aber zerstöre alles andere«, drängte ich. »Dann seid ihr immer noch in der Lage, Bedingungen zu stellen.«

»Solange ich alles habe«, gab er zurück, »was macht es dann aus, wo es sich befindet?«

»Du regst mich auf, Bayon. Die Kirchenleute werden mich zur Verantwortung ziehen, genau wie Angelina gesagt hat. Man kann von ihnen nicht erwarten, daß sie mit irgendwem vernünftige Verhandlungen aufnehmen, solange ein Außenweltler mit dem Hierarchen als Geisel die Grotte besetzt hält. Nimm dir etwas weg, zerstöre den Rest, und laß die Geiseln laufen. Mavra ist nicht gegen uns. Er ist für Charlot. Er wird mit ihm einen für uns günstigen Vertrag aushandeln. Das ist für dich die beste Chance, hier herauszukommen. Wie die Dinge liegen, könnten die Kirchenleute uns bewaffnete Bergleute auf den Hals schicken, oder sie schließen mit Sampson unter der Bedingung ab, daß er uns zusammenschießt.«

»Sie werden nicht schießen, solange wir Akim Krist haben.«

»Aber was willst du tun? Auf was hast du deine Hoffnung gesetzt? Ich kann mir nicht vorstellen, was in deinem Kopf vorgeht.«

»Ich will alles, was ich kriegen kann. Ich will diese Welt verlassen. Es ist mir gleichgültig, wer mich mitnimmt. Aber das ist nicht alles – jetzt nicht mehr. Ich habe mehr in meiner Gewalt als nur die Grotte. Ich habe auch Akim Krist. Das bedeutet, daß die Kirche ebenso wie die Außenweltler mit *mir* verhandeln muß. Bevor ich ›Auf Nimmerwiedersehen‹ sage, werde ich sie zwingen, meine Existenz anzuerkennen. Krist und Gimli und alle übrigen. Sie sollen sich an Bayon Alpart erinnern. Sie sollen wissen, daß er existiert und daß es ihm gut geht.

Glaube mir, Grainger, das hat nichts mit Rache zu tun. Es ist eine Sache des Prinzips. Ich will sie alle zwingen zuzugeben, daß sie im Unrecht waren. Ich will, daß sie mich sehen und daß sie gestehen, was sie mir angetan haben, ob sie es wollen oder nicht. Und du brauchst dir keine Sorgen darüber zu machen, man werde dich zur Verantwortung ziehen. Die Verantwortung übernehme ich. Alle sollen sie wissen, wer ihren Schatz gestohlen hat. Und um sicher zu gehen, daß sie es nicht vergessen, stecke ich auch den Preis für die Grotte ein. Den ganzen Preis. Die Kirchenleute werden keinen Pfennig bekommen. Nichts.«

»Damit kannst du nicht durchkommen«, protestierte ich. »Zum Teufel, ihr seid nur sechzehn!«

»Wir haben Akim Krist.«

»Du hast eine sehr übertriebene Vorstellung davon, was Akim Krist wert ist.«

»Das verstehst du nicht«, behauptete Bayon. »Akim Krist ist der Hierarch von Rhapsodia. Der Mann an der Spitze der Kirche.«

»Nur auf diesem Planeten. Und selbst hier ist er kein absoluter Monarch. So wichtig ist er gar nicht. Denke daran, daß Gimli der Mann ist, mit dem wir jetzt verhandeln müssen. Er ist für den Verkauf. Was du vorhast, wird nur dazu führen, daß wir alle getötet werden.«

»Du vergißt, daß ich bereits tot bin.«

»Ich aber nicht, und ich habe auch nicht die Absicht zu sterben. Wenn dein Plan schiefgeht – und er muß schiefgehen –, bin ich dran. Du kannst gut sagen, daß du die Verantwortung übernehmen willst. Ich gerate nur noch tiefer in die Patsche, wenn du scheiterst.«

»Das halte dir ja vor Augen! Dann wirst du dein Bestes tun, damit sich alles so entwickelt, wie ich will. Ich habe folgendes vor: Ich werde die beiden Bergleute zurück in die Hauptstadt schicken. Du kannst ihnen eine Botschaft mitgeben, die sie Gimli überbringen sollen. Ich will, daß er hierherkommt, allein, früh am Morgen. Vorausgesetzt, daß er allein ist, werden meine Männer ihn herein und später auch wieder hinauslassen. Aber erwähne meine Männer nicht. Mach es ihm für den Anfang leicht. Verstanden?«

Ich tat, was er verlangte, und schickte die Bergleute auf den Weg. Was hätte ich sonst tun können? Jedoch war ich über den Stand der Dinge sehr unglücklich. Noch vor wenigen Stunden hatte ich geglaubt, das Prinzip »Kontakt nicht zu empfehlen« komme mir sehr zustatten, weil ich dadurch bei einer Revolution mitmischen konnte, ohne das Gesetz von New Rome zu brechen. Aber die Kehrseite der Medaille war, daß die Einheimischen im gleichen Maße die Freiheit hatten, mich niederzuschießen. Es gibt keine Gerechtigkeit.

Ich ließ mich auf den nackten Felsen zum Schlafen nieder. Bayon und seine drei Gefolgsleute schliefen in Schichten. Mavra, Capra und Angelina hatten sich ebenfalls entschlossen zu schlafen. Aber Akim Krist war sehr wach, und seine Augen funkelten im Lampenlicht vor Wut.

Eigentlich wollte ich gar nicht schlafen. Schließlich war ich erst am späten Nachmittag aufgestanden.

– Mach dir nichts draus, sagte der *Wind*. Wenn Bayon den Schatz einsackt, gibt er dir vielleicht zwanzigtausend für deine Hilfe. Dann kannst du Charlot Lebewohl sagen und dich der Bande anschließen.

Bayon ist schlimmer als Charlot.

– Armer Grainger! Von allen wird er herumgeschubst. Aber andererseits, wen möchtest du lieber gewinnen sehen, Bayon oder Akim Krist?

Keinen von beiden, verdammt noch mal. Auch von der Vorstellung, daß Charlot oder Sampson den Schatz für all die Zwecke gebrauchen könnten, die ihnen ihre scheußliche Fantasie eingibt, bin ich nicht gerade begeistert. Man sollte die Grotte vernichten.

– Das ist sehr edel von dir gedacht. Ich glaubte, du hättest nur mitgemacht, weil du dabei etwas zu gewinnen hofftest. Daß du die Galaxis vor dieser furchtbaren Plage retten möchtest, wußte ich nicht.

Um dir die Wahrheit zu sagen: Wenn ich zu wählen hätte zwischen zwanzigtausend, mit denen ich mein Leben zurückkaufen könnte, und die Rettung der Galaxis, dann würde ich wahrscheinlich die zwanzigtausend nehmen. Aber Freude würde es mir nicht machen.

– Wie nett von dir. Ich bin überzeugt, die Galaxis würde dir für dein Bedauern dankbar sein.

Jedenfalls ist das augenblicklich nur eine akademische Frage. Wie die Dinge liegen, möchte ich, daß das Zeug vernichtet wird. Die Wahrscheinlichkeit, daß ich aus dieser Sache zwanzigtausend heraushole, ist verschwindend gering gegen die, daß ich dabei umkomme. Ich wäre schon zufrieden, wenn ich ungeschoren nach Hause gehen könnte. Wenn es mir gelänge, Bayon das Energiegewehr wegzunehmen, würde ich in ein paar Minuten jeden verdammten Wurm in der Grotte verbrennen. Dann würde ich Bayons sechzehn Männer in die *Dronte* bringen und heimlich, still und leise verschwinden – und dann könnten wir glücklich leben bis an unser Lebensende.

– Langsam, langsam. Hier ist etwas Einmaliges entdeckt worden, und du willst nichts anderes, als es töten und glücklich bis an dein Lebensende leben. Stell dir mal vor, wenn der Mensch, der als erster das Feuer zu benutzen lernte, ebenso gedacht hätte!

Hätten er und die nächsten fünfzig gesunden Menschenverstand gehabt, dann wären sie meiner Meinung gewesen. Aber die meisten haben eben nur etwa den Verstand von Akim Krist oder Bayon. Sie sind nie zufrieden mit dem, was sie bekommen können.

– Es wäre doch ganz gut, wenn Charlot die Würmer erstände. Im Besitz von New Alexandria würden sie nicht den Schaden anstiften, den Krist oder auch Sampson verursachen könnte. Und die Splitterwelten, zumindest Rhapsodia, bekämen eine Hilfe, um ihre Existenz auf ein menschenwürdiges Niveau zu bringen.

Sie sind freiwillig auf diesen Planeten ausgewandert. Sie sind immer noch freiwillig hier. Sie wollen eine derartige Hilfe nicht, und niemand sollte sie ihnen in den Schlund stopfen. Und es ist einfach nicht wahr, daß New Alexandria besser sein soll als das Star-Cross-Kombinat oder sonst wer. Nein, es wäre bestimmt am besten, die Würmer zu vernichten. Wenn ich nur das Energiegewehr hätte!

– Da du es aber nicht hast, ist die logische Folge, daß du das tun mußt, was Bayon will.

Ach, sei doch ruhig! Dein kostbarer Wirt ist in Lebensgefahr. Du müßtest dir genauso Sorgen machen wie ich.

– Das tue ich auch, versicherte er mir. Dann hüllte er sich in Schweigen, und ich fiel schließlich in einen unruhigen Schlaf.

Als ich erwachte, hatte sich noch nichts Neues ereignet. Tob und Harl hatten Bayon und Ezra abgelöst. Es herrschte Totenstille.

Ich dachte darüber nach, wie ich das Gewehr erwischen könnte, aber das war unmöglich, denn Bayon hatte sich im Schlaf förmlich darumgewickelt, und außerdem befand sich Tob zwischen mir und ihm. Statt dessen entschloß ich mich, bei Tob über die Lage der Dinge zu sondieren. Ich wußte nicht, welchen Einfluß er auf Bayon haben mochte. Er schien mir jedoch die geeignetste Person zu sein, die ich als Verbündeten gewinnen konnte.

»Was, glaubst du, hat Bayon vor?« flüsterte ich ihm zu.

»Ich weiß es nicht«, antwortete Tob.

»Ob er wirklich meint, er gewinnt etwas dadurch, daß er Krist gefangenhält?«

»Keiner von uns hat einen Grund, Krist zu lieben«, gab er zurück. »Er ist die Stütze des ganzen Systems. Er schreit am lautesten und paßt genau auf, wer ihm zu widersprechen wagt. Deshalb wollen wir, daß er seine Strafe erhält, und jetzt, wo sich die Ereignisse so überstürzen, sehe ich nicht ein, warum wir damit nicht durchkommen sollten.«

»Ihr hättet aber verdammt bessere Chancen, wenn ihr euere Forderungen ein bißchen herunterschrauben würdet.«

»Wenn es unsere Gewohnheit wäre, davonzulaufen«, meinte Tob, »lägen wir alle jetzt schon auf dem Grund der Heißschächte. Wir wollen hier raus, aber Rhapsodia ist ebenso unsere Welt, wie es die von Krist und von meiner Tochter ist.«

»Du hast eine Tochter?«

»Wir sind nicht aus dem Nichts aufgetaucht. Wir alle haben Familien.«

»Wollt ihr eure Familien mitnehmen, wenn ihr Rhapsodia verlaßt?«

»Sie wollen nicht mitkommen. Sie bringen es nicht fertig, das zu wollen, solange sie nicht gezwungen worden sind, die Dinge so zu sehen wie wir.«

»Sie machen doch sicher nicht mit bei dieser wahnsinnigen Posse, euch nicht zu bemerken?«

Tob zuckte fatalisch die Schultern. »Die meisten schon. Einige bringen es über sich, sich gelegentlich an uns zu erinnern. Wenn wir ganz dringend Hilfe brauchen, können wir sie bekommen.«

»Aber sie können doch nicht wünschen hierzubleiben«, protestierte ich. »Nicht, wenn sie die Möglichkeit haben, auf eine bessere Welt zu gelangen.«

Er sah mich mit einem Ausdruck strapazierter Geduld an. »Glaubst du, wir wollten gehen, wenn wir bleiben könnten?« fragte er.

Ich weiß nicht, warum mich das überraschte. Rhapsodia war schließlich *seine* Welt – die einzige Welt, die er je gekannt hatte. Er hatte den Sonnenschein nie gesehen, und er war nicht besonders wild darauf, seine Bekanntschaft zu machen. Wahrscheinlich würde er ihm nicht einmal gefallen. Anfangs würde ihm das Licht großes körperliches Unbehagen bereiten.

Seine Sinne würden sich nie mehr neu anpassen. Die Vorstellung, das Labyrinth zu verlassen, war für ihn nicht erfreulicher als für mich die Vorstellung, für immer hierzubleiben. Er ging nur, weil ihm das Leben hier unmöglich gemacht wurde.

Und schuld daran war Krist. Natürlich trug er nicht allein die Verantwortung. Er war im Netz des Systems genauso gefangen wie die Ausgestoßenen. Aber er war der Hierarch. Auf ihn konzentrierte sich der Haß.

Man konnte sich nicht darüber wundern, daß die Ausgestoßenen sich nicht damit zufriedengeben wollten, zu einer fremden Welt davonzuschleichen, während Krist ihnen den Rücken wandte. Wäre es nicht um meinen eigenen Kopf gegangen, hätte ich sehr viel Mitgefühl für sie gehabt.

»Es ist ein gefährliches Spiel«, sagte ich.

»Das ist es«, stimmte Tob lakonisch zu.

»Und ihr wißt nicht einmal genau, was ihr zu gewinnen versucht?«

»Kann schon sein.«

»Hierbleiben könnt ihr auf keinen Fall.«

»Das weiß ich.«

»Ist es dann nicht besser, einen Trennungsstrich zu ziehen und diese ganze verfaulte Welt hinter sich zu lassen?«

»Ich habe eine Tochter, die Teil dieser verfaulten Welt ist«, erinnerte er mich.

»So? Ist sie wirklich noch deine Tochter?«

»Daran können die Kirchenleute nichts ändern.«

»Aber du tust ihr nichts Gutes damit, wenn du einen großen Aufruhr veranstaltest. Es kann ihr nur schaden. Man könnte sie nach dem Prinzip der Sippenhaft behandeln, ob du nun offiziell existierst oder nicht. Auch für sie wäre es das beste, wenn du dich still verdrücken würdest. Überlasse sie ihrem eigenen Leben. Für sie und für dich ist nichts dabei zu gewinnen, wenn du die Kirche – und damit auch deine Tochter – zwingst, deine Existenz anzuerkennen.«

Er schwieg für einige Zeit. Ich schloß heraus, ich hätte einigen Eindruck auf ihn gemacht. Die Tatsache, daß ein Mann noch nie in seinem Leben davongelaufen ist, genügt nicht, um ihn in jeder Krise verzweifelten Widerstand leisten zu lassen. Er muß ein zusätzliches Motiv für den Kampf haben.

»Bayon ist der Boß«, erklärte Tob.

»Du schuldest ihm nichts. Du folgst ihm, weil er führt. Du bist nicht verpflichtet, ihm zu gehorchen, wenn er einen falschen Weg einschlägt.«

»Ich finde, es wäre nicht gut, ihn in diesem Augenblick im Stich zu lassen.«

»Wenn einen die Umstände zwingen, muß man es tun.«

»Nicht jetzt.«

Ich machte keinen Versuch, ihn weiter zu drängen. Tob war durchaus fähig, selbständig zu denken. Ich hoffte, er werde nach einigem Überlegen zu denselben Schlüssen kommen wie ich. Falls er zu denselben Schlüssen kam wie Bayon, sah die Zukunft in der Tat düster aus.

Obwohl wir sehr leise gesprochen hatten, war Rion Mavra aufgewacht. Als Tob sich auf seinen Platz als Wachtposten zurückzog, näherte Mavra sich nicht. Ich drehte mich um und setzte mich mit dem Rücken an die Stollenwand.

»Ich bin besorgt«, eröffnete Mavra das Gespräch.

»Das geht Ihnen nicht allein so«, versicherte ich ihm.

»Wieviel Macht haben Sie über diese Leute?«

»Sie haben gesehen, daß Bayon das Gewehr auf mich richtete.«

»Aber er wird Ihnen zuhören – uns nicht.«

»Das ist zu verstehen«, meinte ich, »Sie geben ja nicht einmal zu, daß er existiert. Sie dürfen nicht erwarten, daß Sie ihn von Ihrem Standpunkt überzeugen können. Übrigens, wie kommt es zu diesem Stimmungsumschwung? Ich dachte, Sie seien sich mit den übrigen bezüglich der freiwilligen Blindheit einig?«

»Ich wäre ein Dummkopf, wenn ich mich weigerte, ein Gewehr zu sehen, mit dem auf mich geschossen werden soll.«

»Hierzulande gibt es eine Menge Dummköpfe.«

»Sogar Krist könnte zu einem Kompromiß bereit sein, wenn es sich um Tod oder Leben handelt.«

»Das hoffe ich. Weniger wird Bayon wahrscheinlich nicht akzeptieren. Letzten Endes wird jemand mit ihm sprechen und ihm einige Dinge sagen müssen, die er zu hören wünscht.

Jemand von den Spitzenleuten. Ich glaube nicht, daß Sie dazu qualifiziert sind.«

»Mit mir wäre leichter zu verhandeln als mit Jad Gimli. Ich warne Sie – Gimli ist starrköpfig. Nach dem, was in den letzten paar Tagen geschehen ist, wird er über Akim Krists Tod keine Tränen vergießen. Auch wenn ich erst später nach Rhapsodia zurückgekommen bin, ist mir doch klar, daß es zwischen den beiden hitzig hergegangen ist.«

»Sie gehen darauf aus, freigelassen zu werden«, sagte ich ihm auf den Kopf zu. »Aber Bayon denkt gar nicht daran. Er weiß ganz genau, daß es Gimli ist, mit dem wir zu verhandeln haben. Mir ist nicht bekannt, wieviel Einfluß Sie zurückgewinnen konnten, seit Titus Charlot Sie als seinen Agenten hergebracht hat, aber Sie können weder Bayon noch mich davon überzeugen, daß Sie imstande sind, den Rat zu einem bestimmten Entschluß zu veranlassen. Wenn Sie jedoch kooperativ sein wollen, könnten Sie mir erzählen, was Sie über das Zeug in der Grotte wissen. Wieviel ist schon hinausgetragen worden?«

»Das weiß ich nicht.« Er breitete die Arme aus. »Woher soll ich das wissen? Niemand würde zugeben, etwas genommen zu haben. Offiziell heißt es, daß noch alles da ist, aber ich weiß nicht, ob das stimmt.«

»Wenn es stimmt, könnten wir, indem wir die Grotte zerstören, alles vernichten.«

»Was wäre damit schon gewonnen?«

»Bayon könnte nicht verkaufen, was er nicht mehr hat, und die Kirche hätte auch nichts mehr. Es würde alles sehr vereinfachen, eine Menge Leute würden uns später dafür dankbar sein.«

»Wenn wir dann noch leben, um den Dank entgegenzunehmen.«

»Darüber müssen wir im Augenblick hinwegsehen«, redete ich ihm zu. »Wenn ich Bayon das Gewehr wegnehmen kann, werden Sie mir dann helfen? Auf Krist können wir vermutlich nicht rechnen, aber vielleicht könnten Sie Capra überreden. Wenn Harl und Tob überrumpelt werden können . . .«

»Sie nehmen sich zuviel vor. Wir sind drei, und sie sind vier, und sie haben die Gewehre.«

»Wir könnten es versuchen.«

»Nein.«

Ich konnte Mavra seine Weigerung nicht übelnehmen, denn allzu viel hielt ich selbst nicht von meinem Plan. Und einige Minuten später war er sowieso sinnlos geworden.

Einer von Bayons Männern kam angerannt und weckte Bayon und Ezra.

»Sie sind durchgebrochen!« brüllte er, so, daß auch alle anderen aufwachten. »Wir sind vollständig abgeschnitten. Arne ist tot.«

Bayon war noch gar nicht wach, und doch entging ihm nichts von dieser Meldung. Er verschwendete keine Zeit mit Überlegen, was zu tun sei. Er hatte für jeden möglichen Fall einen Plan parat.

»Harl! Geh in den Tunnel und warne die anderen. Bring sie alle hierher. Zieht ein paar Erzloren zurück und verbarrikadiert den Stollen. Wir können dieses blinde Ende verteidigen.«

Harl eilte davon, um den Befehl auszuführen.

»Ist sonst noch jemand verletzt?« fragte Bayon den Überbringer der schlechten Nachricht.

»Lud wurde getroffen; ich weiß nicht, wie schlimm es ist. Er kann aber noch laufen. Die anderen bringen ihn mit. Arnes Leiche mußten wir am Druckstrich zurücklassen.«

»Wie viele waren es?«

»Ich weiß es nicht. Vielleicht acht oder zehn. Sie wußten genau, wo wir steckten und was sie zu tun hatten. Wir konnten nichts dagegen machen, Bayon.«

»Schon gut. Niemand macht euch einen Vorwurf. Für uns bedeutet es keinen Unterschied, außer, daß wir jetzt über einen Toten nachzudenken haben.«

Ich stellte mich neben Bayon.

»Damit ist die Tatsache, daß ihr existiert, wohl anerkannt.«

»Glaub nur das nicht«, antwortete er. »Warte, bis Jad Gimli an die Barrikade kommt.«

»Du meinst, daß er kommen wird? Nachdem einer deiner Männer getötet wurde und ihr eingeschlossen seid? Das wird er bestimmt nicht wagen. Er wird versuchen, euch auszuhungern. Und damit wird er Erfolg haben.«

Bayon schüttelte den Kopf. »Er wird kommen. Er wird mit dir sprechen wollen. Er macht sich viel mehr Sorgen um die Grotte als um uns.«

»Darauf würde ich mich nicht verlassen. Er kann längst etwas von dem Inhalt der Grotte auf die Seite gebracht haben. Es kann sogar sehr zu seinem Vorteil sein, wenn die Würmer verbrannt werden und Akim Krist mit ihnen.«

»Gimli wird kommen«, behauptete Bayon zuversichtlich.

Er hatte recht. Gimli kam.

XIV

Jad Gimli war ein großer Mann mit einer Habichtnase. Er war der weißeste Mensch, den ich auf Rhapsodia gesehen hatte. Auf seinen Ursprung war er offensichtlich stolz. Er hatte sein Haar lang wachsen lassen und zurückgekämmt, so daß es seine Stirn freigab und ihm im Nacken drei Zentimeter über den Kragen hing. Seine Augen waren sehr blaß und sehr scharf, sein Mund war sehr dünn. Er war eindrucksvoll, weil seine Bleiche noch über die Farblosigkeit, die die meisten Bewohner von Rhapsodia kennzeichnete, hinausging und ihn zu einer Ausnahmeerscheinung machte. Die Wirkung konnte mit der von Angelina verglichen werden. Aber sie war schön, und Gimli war abstoßend.

Er wartete vor der Barrikade, die durch zwei im spitzen Winkel gegeneinander gestellte Erzloren gebildet wurde. Ich stieg hinüber und gesellte mich zu ihm. Bayon kletterte oben auf die Absperrung und sah auf uns beide herunter. Gimli sah nicht zu ihm hoch.

»Was wollen Sie?« fragte er. Seine Stimme klang ausgesprochen reptilhaft und machte ihn symphatisch wie eine Klapperschlange.

»Bayon hält die Grotte«, sagte ich. Gimli leugnete es nicht. Er schwieg einfach. Ich fuhr fort: »Die Ausgestoßenen haben Akim Krist in ihrer Gewalt. Im Stollen befinden sich noch drei weitere Leute – Rion Mavra, Cyolus Capra und ein Mädchen namens Angelina.«

»Ist eine dieser Personen verletzt worden?« fragte Gimli.

»Nein.«

»Also, was wollen Sie?«

»Wir wollen freien Abzug aus dem Labyrinth – für mich und Bayons ganze Truppe. Und wir wollen den Kaufpreis für die Grotte, was Sie auch mit Charlot oder dem Mann vom Star-Cross-Kombinat abgemacht haben mögen.«

»Und wir wollen, daß Sie der ganzen Welt mitteilen, wer sich den Kaufpreis genommen hat«, ließ sich Bayon hören. Gimli gab durch nichts zu erkennen, daß er es verstanden hatte.

»Der Rat ist noch nicht zu einem Entschluß gekommen«, teilte Gimli mir mit. »Wir wollten abwarten, bis wir gehört haben, was Sie uns zu sagen haben. Sie sind Titus Charlots Pilot, nicht wahr?«

»Im Augenblick«, berichtigte ich ihn, »bin ich Bayon Alparts Sprecher.« Ich deutete auf den Mann über uns. Diesmal warf Gimli einen Blick nach oben. Er ließ sich jedoch nicht anmerken, ob er dort jemanden erkannt hatte.

»Warum haben Sie die Grotte besetzt?« wollte er wissen.

»Weil sie wertvoll ist«, gab ich ziemlich scharf zurück. Wie ich erwartet hatte, wollte er die Realität nicht anerkennen. Davon mußte er so schnell wie möglich abgebracht werden.

»Haben Sie gemeint, Sie könnten den Inhalt stehlen?« fragte er weiter.

»Wir hätten einen Teil davon stehlen können«, sagte ich. »Aber Bayon will alles. Er will den vollen Kaufpreis haben. Das, was Sie von New Alexandria oder dem Star-Cross-Kombinat verlangen werden, muß ihm ausgehändigt werden, und uns allen muß erlaubt werden, diese Welt zu verlassen, damit wir unseren Reichtum genießen können. Sie können genau da weitermachen, wo Sie vor der Entdeckung der Grotte gestanden haben.«

»Außer«, warf Bayon wieder ein, »daß Sie die Verzichtleistung öffentlich bekanntgeben müssen.«

»Wir könnten die Grotte zurückerobern«, erklärte Gimli.

»Dann würden Krist und seine Begleiter getötet.«

»Sie auch. Sie haben nichts zu gewinnen.«

»Dito«, konterte ich. »Geben Sie uns, was wir wollen, und wir geben Ihnen den Hierarchen.«

»Es kann ein neuer Hierarch gewählt werden«, stellte er starrköpfig fest.

»Sprechen Sie jetzt für den Rat oder nur für sich selbst?«

»Sie gewinnen nichts dadurch, daß Sie Krist töten«, wich er mir aus.

Wir waren an einem toten Punkt angelangt und starrten uns nur an. Bayon sprang von der Lore herab. Er rammte Gimli das Energiegewehr in den Magen und zwang den Kirchenmann gegen die Wand.

Gimli zuckte zusammen, aber mehr wegen des Schmutzes auf dem Felsen als wegen des Gewehrs in seinem Bauch. Er richtete sich zu seiner vollen Höhe auf. Allerdings war Bayon ein gutes Stück größer als er.

»Wer bin ich?« fragte Bayon rauh.

Gimli versuchte klugerweise nicht zu leugnen, daß irgend jemand eine Gewehrmündung gegen ihn drückte. »Ich weiß es nicht«, brachte er mit nicht sehr ruhiger Stimme heraus.

»Sie erinnern sich an mich«, knurrte Bayon.

»Ich kenne Sie nicht«, behauptete Gimli.

»Aber Sie werden mich anhören. Ich will meine Freiheit. Ich will den Kaufpreis. Und ich will meine Seelenruhe. Bevor ich gehe, werden Sie allen Leuten auf Rhapsodia sagen, daß Bayon Alpart nicht tot ist. Er existiert. Er lebt. Und er entflieht dieser Welt, um zu einer besseren zu gelangen. Er hat seine eigene Exklusive Belohnung gefunden.«

»Ich werde dem Rat mitteilen, was Sie gesagt haben«, antwortete Gimli.

»Gut. Aber da ist noch etwas. Nennen Sie meinen Namen.«

»Ich kenne Sie nicht.«

»Grainger«, zischte Bayon. »Sag ihm, wie ich heiße.«

»Sein Name ist Alpart«, sagte ich. »Bayon Alpart.«

»Stimmt. Jetzt nennen Sie meinen Namen!« drohte Bayon.

»Sie wissen Ihren Namen doch«, stieß Gimli zwischen

zusammengebissenen Zähnen hervor. Mein Herz flatterte. Ich sah seinen Unterleib schon in einer großen Wolke von Rauch und Gestank verschwinden.

»Sie nennen ihn!« brüllte Bayon. Er brachte sein Gesicht näher an das Gimlis und drückte mit dem Gewehrlauf fester zu. Aber sein Finger krümmte sich nicht um den Abzug. Er wollte den Kirchenmann nicht töten, er wollte, daß er nachgab.

Ein paar Sekunden vergingen in angsterfülltem Schweigen. Dann entschied Gimli, daß ein Kompromiß auf lange Sicht doch unvermeidlich war.

»Bayon Alpart«, sagte er zögernd, aber deutlich.

»Danke«, ergriff ich wieder das Wort. »Jetzt können Sie dem Rat berichten, wer er ist, mit dem Sie zu verhandeln haben. Ich bin überzeugt, man wird dort die gleichen Schwierigkeiten haben wie Sie. Aber ich bin ebenso überzeugt, daß Sie es schaffen werden, die Ratsmitglieder zu überzeugen.«

Bayon nahm das Gewehr weg und trat zurück. Gimli taumelte ein paar Schritte vor. Dann nahm er sich zusammen und begann, den Schmutz von seinen Schultern abzustauben.

»Ein bißchen Dreck ist jetzt unwichtig. Gehen Sie zum Rat zurück und reden Sie ihm gut zu«, meinte ich.

Er drehte sich wortlos um und marschierte davon.

»Wir sollten Mavra und Angelina mit ihm gehen lassen«, riet ich Bayon. »Sie sind beide bereit, dich anzuerkennen. Sie könnten uns helfen.«

Bayon wurde zornig. »Wer weiß, was Mavra sagen wird, wenn er einmal frei ist?«

»Angelina kannst du vertrauen. Sie hat euch nie verleugnet.«

»Angelina zählt nicht. Der Rat würde sie gar nicht anhören. Gimli weiß jetzt, wie es steht. Er kann dem Rat hinter verschlossenen Türen Bericht erstatten. Sie werden einen Entschluß fassen. Und sie werden auf meine Bedingungen eingehen.«

Ich schüttelte den Kopf. »Sie werden nichts tun. Für den Augenblick absolut nichts. Warum sollten sie auch? Die Zeit ist auf ihrer Seite. Sie werden dich schmoren lassen.«

»Das würde nichts ändern. Ich werde niemals nachgeben.«

»Das weiß ich«, stimmte ich düster zu.

»Und am Ende werden Sie etwas unternehmen müssen.«

»Auch das weiß ich.«

»Sie werden auf meine Bedingungen eingehen«, wiederholte er.

»Ich kann nur hoffen, daß du recht hast.«

Ich kehrte in die Grotte zurück, um mir die wertvollsten Würmer der Galaxis anzusehen. Wieder einmal wünschte ich von Herzen, ich wäre im Gefängnis geblieben.

– Wenn du bereit wärst, dich ein bißchen zu entspannen, bot der *Wind* sich an, könnte ich eine Menge tun, um dir aus dieser üblen Geschichte herauszuhelfen.

Sicher könntest du es, antwortete ich ihm. Aber ich möchte mir lieber selbst helfen.

– Nur ein Dummkopf weist Hilfe zurück, wenn er sie nötig braucht.

Kann schon sein. Vielleicht brauche ich sie noch nicht nötig genug. Sollte Bayon auf mich abdrücken, könnte ich eventuell zu dem Schluß kommen, daß ich auf deine Hilfe nicht länger verzichten kann. Aber nicht einmal das ist sicher. Du hast bestimmt die besten Absichten, nur bin ich einfach nicht interessiert. Es tut mir leid, wenn dadurch dein Aufenthalt in meinem Gehirn unerfreulich wird. Aber ich habe dich nicht eingeladen. Du bist von selbst gekommen, und du mußt mich jetzt nehmen, wie ich bin.

– All das bedeutet nichts anderes, als daß du vor mir mehr Angst hast als vor allen Schrecken Rhapsodias.

Nun, so kann man es ausdrücken.

– Du gehörst auf einen Planeten wie Rhapsodia. Grainger, der Mann ohne Namen, der Mann ohne menschliche Identität. Der Einzelgänger. Du tust alles, um deine Isolierung aurechtzuerhalten, genau wie die Höhlenbewohner. Warum willst du nicht zugeben, daß du ein Mitglied der menschlichen Rasse bist? Warum willst du nicht zugeben, daß du immer noch ein Mitglied der menschlichen Rasse sein wirst, auch wenn du erlaubst, daß ich meinen Geist mit dem deinen verschmelze? Das ist gar nicht schwierig, weißt du. Es gibt andere Menschen, die mit einem Symbionten, wie ich es bin, leben, und die bekennen, daß es ihnen gefällt.

Ich hatte dieses dauernde Drängen satt. Das war ja schlimmer, als verheiratet zu sein! Anfangs war mit ihm ganz gut auszukommen gewesen. Aber seit jenen entsetzlichen Augenblicken im Halcyon-Nebel, wo er die Kontrolle über meinen Körper übernommen hatte, verlangte er vollständige Emanzipation. Er machte mir Kopfschmerzen. Er machte mich außerdem nur noch entschlossener, nicht einen Fingerbreit nachzugeben.

Ich setzte mich inmitten der Grotte nieder und wartete. Etwas anderes ließ sich kaum tun. Ezra kam herein und holte Wasser aus dem Teich. Ich nahm an, er wollte damit Suppe zubereiten. Das war wenigstens einmal ein einigermaßen erfreulicher Gedanke. Solange wir eifrig damit beschäftigt gewesen waren, die Banditen zu spielen und Jad Gimli unmögliche Forderungen zu stellen, hatte Bayon keine Zeit gehabt, uns essen zu lassen.

Ein paar Augenblicke später trat Angelina in die Grotte. Entweder ließ die Strenge der Bewachung allmählich nach, oder die Ausgestoßenen waren geneigt, Angelina milder zu behandeln, weil sie bei dem Unsichtbarkeitsspiel niemals mitgemacht hatte.

Sie wirkte müde, aber an den Vorgängen durchaus interessiert.

»Wie sind Sie mit Gimli zurechtgekommen?« fragte sie.

»Nicht besonders gut. Wir haben den härtesten möglichen Standpunkt eingenommen. Sie können sicher besser erraten als ich, wie er reagieren wird.«

Sie reckte sich schmerzvoll. Auf einem Steinboden schläft man nicht gut, wenn man nicht eine gewisse Übung darin hat. Angelina ging es nicht besser als allen anderen. Trotzdem schien sie es nicht übelzunehmen, daß sie gefangengehalten wurde.

»Gimli wird das Problem auf einen anderen abschieben«, prophezeite sie.

»Mavra meint, wenn wir Krist festhalten, wird der Rat nur desto eher auf Krists Plan umschwenken.«

»Mavra redet zuviel. Wenn er je gelernt hätte, mit dem, was

er sagt, vorsichtig zu sein, wären wir nie nach Attalus verbannt worden.«

»Was war der Grund der Verbannung?« Ich war froh über die Ablenkung.

»Häresie natürlich«, antwortete sie. »Nichts Schlimmes. Nur Gerede. Aber wenn auf Rhapsodia eine Anklage wegen Häresie erhoben wird, versucht man, so viele Personen wie möglich zu erfassen. Man rechnet mit der abschreckenden Wirkung. Die Leute hier sind von Natur aus unfreundlich und behalten ihre Gedanken – häretische ebenso wie andere – meistens für sich. Aber Mavra redet gern. Er redet mit jedem, der ihm zuhört. Capra und Coria und die anderen haben einfach Pech gehabt. Wahrscheinlich haben sie nicht mehr getan, als an den falschen Stellen mit dem Kopf genickt. Die Gerichtsverhandlung war sehr langweilig. Eigentlich wollte man uns gar nicht hinauswerfen. Der Bevölkerungsrückgang gibt zu großen Sorgen Anlaß, und die Verbannung von drei jungen Frauen konnte man sich gar nicht leisten. Man war recht froh, uns wieder zu haben. Wahrscheinlich hätten wir einfach jedes beliebige Schiff besteigen können, das im Verlauf des letzten Jahres von Attalus nach Rhapsodia flog, aber wir wußten ja nicht, wie man uns empfangen würde.«

»Sie selbst reden auch eine Menge«, bemerkte ich.

»Ich bin eine *echte* Häretikerin«, rühmte sie sich.

»Haben Sie auf Attalus neue Erkenntnisse gewonnen?«

»Die Erkenntnisse hatte ich schon vorher.« Sie gab keine weitere Erklärung.

Ich kam auf unser erstes Thema zurück. »Was meinen Sie, was wird Gimli tun?«

»Das sagte ich schon. Er wird das Problem auf einen anderen abschieben.«

»Die Grotte an den Meistbietenden verkaufen und es ihm überlassen, wie er sich in ihren Besitz setzt?«

»Ja.«

»Was wird er wegen Akim Krist und wegen Ihnen, Mavra und Capra unternehmen?«

»Das wäre dann nicht mehr seine Angelegenheit.«

»Und der Rat wird stillschweigend zusehen, wie er mit dem Leben des Hierarchen spielt?«

»Die Ratsmitglieder sind Experten darin, in die andere Richtung zu sehen. Sobald es nicht mehr ihre Grotte ist, ist es auch nicht mehr ihr Problem oder ihre Verantwortung.«

»Nun«, sagte ich, »wenn Sie recht haben, können wir nur hoffen, daß Gimli an Charlot und nicht an Sampson verkauft. Charlot wird weniger geneigt sein, eine Gewaltlösung anzustreben. Wenn man es bloß nicht Charlot zum Vorwurf macht, daß sein Lieblingssklave hier unten ist und auf dem Goldtopf sitzt! Er könnte dann sehr böse auf mich werden.«

»Das wäre ihm nicht zu verargen.« Angelina sprach genauso wie mein flüsternder Gefährte.

»Es ist nicht meine Schuld!« Aber das führte zu nichts, deshalb fuhr ich fort: »Auf wessen Seite stehen Sie? In welches Handelsgut möchten Sie diesen Schatz umgewandelt sehen?«

»Ich bin auf jedermanns Seite«, erwiderte sie. »Die Grotte gehört weder Gimli noch Krist und auch nicht dem Rat – und ganz gewiß nicht Ihnen und Alpart. Sie gehört den Bergleuten und den Maschinenführern, den Arbeitern in den Verhüttungsanlagen und den Schreibern.«

»Sie sind ja sehr sozial eingestellt«, kommentierte ich trocken. »Aber von jetzt an kontrollieren Gewehre die Grotte. Natürlich ist es möglich, daß die Bergleute mit *ihren* Gewehren kommen, um für eine soziale Neuverteilung des Vermögens zu sorgen.«

»Das bringen sie nicht fertig«, behauptete Angelina. »Sie haben ihr ganzes Leben hier, in diesen Höhlen, verbracht im Glauben an die Exklusive Belohnung. Sie sind in der Dunkelheit geboren, sie leben in der Dunkelheit. Der Glaube erlaubt ihnen nicht, das Licht, das sie brauchen, hier hinabzubringen. Licht ist ein Zugeständnis an die Schwäche, und man muß stark sein, um die Exklusive Belohnung zu gewinnen. Licht ist immer von Übel, weil die Stimme des Allmächtigen, verkündet von Akim Krist und seinem Rat, befiehlt, daß die Menschen in der Finsternis leben, in der Finsternis arbeiten, die Finsternis lieben und beten sollen.

Die Bergleute sind nicht mehr fähig, ihre Augen zu

benutzen. Sie trauen sich nicht, ihren eigenen Sinnen Glauben zu schenken. Für sie zählt nichts als der Glaube, den man sie gelehrt hat. Nur die Ausgestoßenen benützen ihre Sinne, weil sie der Exklusiven Belohnung sowieso schon verlustig gegangen sind, und selbst sie ziehen die Dunkelheit vor, weil sie darin umherschleichen und stehlen können.«

»Sie leben in einer beleuchteten Höhle«, warf ich ein.

»Tatsächlich? Das freut mich zu hören. Aber wie hell ist das Licht?«

»Trüb«, gab ich zu.

»Aha. Jeder hier auf Rhapsodia ist zu vier Fünfteln blind.«

»Sie wollen also die Dunkelheit von Rhapsodia vertreiben?« fragte ich nachdenklich. »Das ist eine beinahe ebenso wilde Idee wie die von Akim Krist. Glauben Sie wirklich, daß Sie die Menschen umerziehen können? Haben Sie die Vorstellung, daß Sie Ihre ganze Gesellschaft mit neuem Leben erfüllen können, indem Sie schwaches Licht durch starkes Licht ersetzen?«

»Wir brauchen hier unten nicht wie die Würmer zu leben«, führte sie aus. »Wir wollen gar nicht hinaus an die Oberfläche und an die Sonne. Wir wollen nicht, daß unsere Luft von Nebel erfüllt wird wie die von Attalus. Aber das heißt nicht, daß wir aus dieser Welt einen Schacht grenzenloser Schwärze zu machen haben.«

»Vielleicht doch«, wandte ich ein, »wenn Sie Ihre Exklusive Belohnung erhalten wollen. Oder haben Sie den Glauben daran bereits aufgegeben?«

»Ich glaube, dies *ist* unsere Exklusive Belohnung. Wenn wir die Dunkelheit wählen, dann verdienen wir sie auch. Und exklusiv ist diese Belohnung bestimmt. Es gibt keine anderen Welten wie diese hier, nicht wahr?«

»Nicht ganz so«, räumte ich ein. »Rhapsodia ist wohl einmalig. Aber woher haben Sie all diese revolutionären Ideen, wenn diese Kultur so vorsichtig bei der Erziehung ihrer Kinder ist?«

»Ich habe meinen Verstand benutzt«, sagte sie.

»Ganz allein?«

»Ja.«

»Sie haben nie die Sonne gesehen? Nie verbotene Bücher gelesen? Niemandem vom Licht erzählen hören?«

»Nein.«

»Nun denn«, meinte ich, »wenn Ihnen das passiert ist, könnte es auch hundert anderen passieren. Die Tage von Rhapsodias Finsternis müssen gezählt sein.«

»Nicht, solange Akim Krist und Jad Gimli den Rat beherrschen.«

»Sie werden nicht für immer an der Macht bleiben, Angelina. Sie brauchen nichts weiter als einen Rion Mavra, der zuviel redet, weil er zuviel denkt. Und einen Titus Charlot, der die Verbindung mit New Alexandria herstellt. Dann können Sie ihr Licht nach Rhapsodia bringen.«

Bayon kam in die Grotte. Den Laser hielt er im Arm wie ein Baby. »Wir essen«, verkündete er. »Draußen.«

»Wie ist es mit dir?« fragte ich ihn. »Würdest du es begrüßen, wenn dein Kampf das Ergebnis hätte, daß Licht und neues Leben auf Rhapsodia Einzug halten? Oder bist du nur an deinen persönlichen Haßgefühlen interessiert?«

Aber er wußte nicht, wovon ich redete. Vielleicht hielt er mich sogar für einen Heuchler. Schließlich hatte ich zu Anfang nur mitgemacht, weil ich meinen Profit davon haben wollte.

Zu jenem Zeitpunkt war mir jedoch nicht mehr klar, was ich wollte. Ich konnte nichts tun als abwarten, wie die Dinge sich entwickeln würden.

XV

Es dauerte nicht so lange, wie ich gefürchtet hatte. Wenige Stunden später teilte Harl mir mit, an der Barrikade sei jemand, der den Wunsch ausgedrückt habe, mich zu sprechen. Ich versuchte nicht erst zu raten, wer es sein mochte, sondern ging schnell den Stollen hinunter.

Die Konferenz hatte bereits begonnen. Bayon, auf unserer Seite der Absperrung stehend, unterhielt sich mit Titus

Charlot. Sehr glücklich sah Bayon nicht aus. Ich hoffte, Charlot habe ihn nicht zu sehr geärgert. Gimli hatte sicher keinen vollständigen Bericht darüber abgegeben, wie die Dinge hier unten standen, so daß es für Titus leicht möglich war, Bayon falsch zu behandeln. Das konnte zu einer Verschlechterung der Situation führen statt zu einer Verbesserung.

Vier von Bayons Männern hörten mit großem Interesse zu. Tob war unter ihnen. Harl folgte mir auf dem Fuße, und ich nahm an, daß auch die übrigen bald auftauchen würden, sobald sie merkten, daß wieder etwas geschah.

»Hallo, Grainger«, sagte Charlot. Er schien vor Wohlwollen für meine Person nicht gerade überzuschäumen.

»Hallo, Titus«, gab ich zurück. »War's schön im Gefängnis?«

»Ungemütlich«, stellte er fest. »Ich bin davon überzeugt, daß Sie inzwischen Aufregenderes erlebt haben.«

»Aufregend würde ich es nicht gerade nennen.«

»Wie kommt es, daß Sie sich mit dieser Bande von Halsabschneidern zusammengetan haben?«

Die Formulierung schien mir ein bißchen undiplomatisch zu sein. Ich hatte das unbehagliche Gefühl, Gimli habe bei Charlot den Eindruck erweckt, daß ich hier unten das Kommando führe.

»Der einzige Todesfall«, machte ich ihn aufmerksam, »war auf unserer Seite. Wenn man es *unsere* Seite nennen kann. Bayon und ich sind nicht ganz einer Meinung, und Bayon hat die Gewehre.«

»Sie wollen doch nicht versuchen, mir weiszumachen, daß die Bande sie zusammen mit Rion Mavra und den anderen gefangengenommen hat?«

»Ganz so war es nicht«, gab ich zu, »aber in unsere Beziehung hat sich eine gewisse Spannung eingeschlichen.«

»Also sind Sie jetzt doch nicht in der Lage, Ihre zwanzigtausend zu fordern?«

»Würden Sie sie mir geben, wenn ich in der Lage wäre, Forderungen zu stellen?«

»Nein.«

»In diesem Fall ist die Frage nur akademisch, und ich muß

mich auf Bayons Großzügigkeit verlassen. Sie haben ihm vermutlich schon mitgeteilt, was der Rat beschlossen hat?«

»Gimli hat Angst zurückzukommen«, unterbrach Bayon. »Sie haben statt dessen den hier geschickt.«

Charlot ignorierte ihn. »Der Rat hat mich nicht geschickt. Der Rat hat vor einigen Stunden eine Übereinstimmung darüber erzielt, daß man wegen der Grotte mit New Alexandria verhandeln will. Der Inhalt der Höhle gehört jetzt mir. Der Rat hat mir für den Fall, daß ich zur Inbesitznahme meines Eigentums gewisse Maßnahmen ergreifen will, volle Unterstützung zugesagt.«

»Auch für eine reguläre Schlacht?«

»Auch für eine Rückeroberung der Grotte mit Gewalt.«

»Es muß schön sein für Akim Krist, daß er so viele loyale Freunde hat«, bemerkte ich trocken. »Für Mavra ebenso. Er war doch Ihr Freund, wissen Sie noch?«

»Ich bin allein hier hinunter gekommen«, erklärte Charlot geduldig, »weil ich hoffe, daß Gewaltanwendung nicht notwendig sein wird. Ich kann warten. Wenn es zu gewaltsamen Handlungen kommt, werden Sie derjenige sein, der damit anfängt.«

»Nicht ich«, erinnerte ich ihn. »Bayon. Falls Sie es noch nicht wissen sollten – er *existiert* wieder.«

»Es besteht kein Grund, daß die Diskussion bis auf dieses Niveau absinken sollte«, warf Charlot hin. »Ich bin bereit, vernünftig zu sein.« Er wandte sich an Bayon. »Was wollen Sie?«

»Den Kaufpreis«, antwortete Bayon.

»Ich werde jeden vernünftigen Preis bezahlen«, versicherte Charlot ihm. »Was verlangen Sie?«

»Ich will das haben, was Sie dem Rat bezahlt haben.«

»Das Abkommen, das wir getroffenen haben, ist sehr kompliziert. Es wäre schwierig, einen entsprechenden Geldwert zu berechnen.«

»Ich will keinen entsprechenden Preis«, knurrte Bayon. »Ich will *den* Preis.«

Charlot richtete seine Aufmerksamkeit wieder auf mich. »Was stellt er sich eigentlich vor?«

»Es ist ganz einfach«, erläuterte ich. »Er hat einen Groll gegen die Kirche. Er will nicht, daß die Kirche an dem Verkauf der Grotte etwas gewinnt. Er will den Preis haben, den die Kirche bezahlt bekommen soll, und zwar den ganzen Preis. Ich fürchte, er ist ein ganz garstiger Bursche.«

»Das muß an der Gesellschaft liegen, in der er sich befindet«, sagte Charlot. »So etwas kommt gar nicht in Frage, und das wißt ihr alle beide.«

»Ich weiß es«, begann ich, »aber . . .«

»Ich lasse es mir nicht gefallen, daß der Rat mit der Lösung seiner Probleme einen dritten beauftragt«, erklärte Bayon stur. »Das ist eine Sache zwischen dem Rat und mir.« Der Gewehrlauf zuckte unheilverkündend.

»Warte eine Minute, Bayon«, schaltete ich mich schnell ein. »Wir kommen nicht weiter, wenn du immer nur dein Ultimatum wiederholst. Du willst den Planeten verlassen. Da kann doch das, was später hier geschieht, für dich nicht mehr so wichtig sein. Charlot wird dich bezahlen. Wir werden euch alle in der *Dronte* mitnehmen. Es ist nicht so, daß Charlot dem Rat einfach eine Million oder zwei bezahlt. Was New Alexandria anzubieten hat, ist *Wissen* und nicht Bargeld. Wissen, um die Verhältnisse hier auf Rhapsodia zu verbessern, um sie für jeden einzelnen Bewohner zu verbessern.«

»Sie wollen nicht, daß die Verhältnisse verbessert werden«, sagte Bayon. »Sie wollen, daß alles beim alten bleibt. Aber das lasse ich nicht zu. Ich werde ihr System zerschmettern. Sie sollen erkennen, daß ich existiere.«

»Das schaffst du nicht, Bayon. Wir haben keinen Punkt, wo wir den Hebel ansetzen können. Es genügt nicht, daß wir Akim Krist haben. Es genügt nicht einmal, daß wir die Grotte haben. Es gibt keine Möglichkeit, Bayon. Du erreichst nichts, als daß wir alle getötet werden. Und was wäre damit bewiesen?«

»Wir können ja nicht sterben. Wir existieren nicht.«

»Das ist der Standpunkt der Kirche! Wenn du diese Lösung anstrebst, hättest du jederzeit Selbstmord begehen können. Dein dauerndes Bestehen darauf, daß du die Kirchenleute zwingen willst, dich zu töten, ist eine Konzession an ihre Denkweise. Du forderst sie heraus zu beweisen, daß du *nicht* existierst, indem du dich selbst auslöschst. Du spielst ihr Spiel, nicht das deinige.«

Die Gewehrmündung kam nach oben.

»Geht zurück ans Ende des Stollens«, befahl Bayon. »Alle beide. Wir werden Capra mit einer neuen Botschaft nach oben schicken.«

»Willst du, daß Sampson herunterkommt?« widersprach ich. »Sampson mit seinen Gewehren?«

»Sampson wird meinen Preis bezahlen. Er wird nicht sein eigenes Leben riskieren, um uns zu töten. Er wird sich auf meine Seite stellen, weil ich die Grotte habe.«

»Das wird er nicht.«

»Geh zurück.«

»Tob!« rief ich. »Es handelt sich auch um dein Leben und um das Leben aller anderen. Er spielt mit eurem Leben. Kannst du ihn nicht dazu bringen, daß er Vernunft annimmt?«

»Halt den Mund, Außenweltler!« fuhr Bayon mich an. Damit war alles gesagt.

Wir wurden zurückgeführt. Harl wollte uns ans Ende des Stollens zu den anderen Gefangenen bringen, aber als wir am Eingang der Grotte vorbeikamen, trat Charlot einfach ein. Harl zögerte. Also folgte ich Charlot. Darauf kam Harl offensichtlich zu dem Schluß, daß es nicht weiter von Bedeutung war. Auch Bayon, der ebenfalls von der Barrikade zurückkehrte, schien es gleichgültig zu sein. Ich hörte, wie er Cyolus Capra seine Anweisungen gab. Ob Capra sich entschlossen hatte, Bayon als Existenz zu betrachten? Nun, er würde jedenfalls nicht lange durchhalten. Akim Krist mochte für seine Überzeugung sterben. Capra nicht.

»Das ist es«, sagte ich zu Titus.

»Sie hätten mich mit ihm reden lassen sollen«, beschwerte er sich.

»Sie hatten keine Ahnung, wie die Dinge hier lagen«, stellte ich fest. »Gimli hat Ihnen wahrscheinlich nicht einmal seinen Namen gesagt. Er hat es Ihnen überlassen, mit dem ganzen Durcheinander so gut Sie konnten fertig zu werden, ohne richtige Informationen zu haben, stimmt's?«

»Sie hätten die Beherrschung nicht verlieren dürfen«, rügte Charlot.

»Ich habe die Beherrschung nicht verloren. Sie haben keinen Grund, sich zu beklagen. Mit all Ihrer Diplomatie wären Sie keinen Fingerbreit weitergekommen. Mit dem Mann kann man nicht reden. Er besteht wie Shylock auf seinem Pfund Fleisch und wird sich mit keinem Ersatz zufriedengeben.«

»Er ist verrückt.«

»Er ist nicht verrückt. Er kann nur nicht in Winkelzügen denken. Er ist von jenen Leuten zur Hölle verdammt worden, und er will, daß sie ihn wieder hinauslassen und ihn um Verzeihung bitten. Er will nicht einfach davonlaufen. Das ist alles.«

»Billigen Sie das?«

»Kaum. Es kann mich das Leben kosten. Ich werde alles tun, um ihn davon abzubringen. Aber ich kann ihn verstehen. Ich hoffe nur, er wird kompromißbereiter werden, wenn Sampson nicht auf seine Bedingungen eingeht.«

»Falls Sampson nicht auf seine Bedingungen eingeht.«

»Sie glauben doch nicht, daß er zustimmen wird? Daß er bereit ist, es an der Seite von fünfzehn Männern mit einem ganzen Planeten aufzunehmen?«

»Ich glaube, daß er versucht sein wird, einen Betrug zu begehen. Sie haben ihn kennengelernt. Haben Sie etwa den Eindruck gewonnen, daß man ihm vertrauen kann?«

»Er ist ein Hitzkopf, aber dumm ist er nicht. Er wird es nicht wagen.«

»Das ist es nicht, was ich befürchte«, erläuterte Charlot geduldig. »Als ich von Betrug sprach, meinte ich, daß er beide Parteien betrügen wird. Er wird jedem alles versprechen und alles für sich selbst nehmen. Er wird uns töten lassen und behaupten, Bayon sei es gewesen. Er wird Bayon im Stich lassen, sobald er den Planeten mit der Ware verlassen hat.«

»Das kann er nicht tun.«

»Kontakt nicht zu empfehlen«, zitierte Charlot. »Damit würde er nicht einmal gegen das Gesetz von New Rome verstoßen.«

»Und das glauben Sie wirklich?«

»Es ist eine Möglichkeit.«

»Davon werden Sie Bayon nie überzeugen.«

»Nein.«

»Trotzdem könnten wir ihn warnen.«

»Würde das etwas nützen?«

»Vielleicht«, sagte ich. Aber ich glaubte es selbst nicht.

Mit jeder Stunde, die vorüberging, und mit jedem Gedanken, der mir durch den Kopf schoß, sah ich die Dinge schwärzer.

Ein paar Minuten vergingen in unglücklichem Stillschweigen. Dann schlug ich vor: »Wenn wir Bayon den Laser wegnehmen könnten, wäre es eine Sache von Minuten, die Grotte zu zerstören.«

»Und wozu sollte das gut sein?«

»Keine Grotte, kein Preis.«

»Dann werden wir für nichts getötet.«

»Sie wollen von der Entdeckung Gebrauch machen, wenn Sie gewinnen?«

Charlot hob eine Augenbraue. »Natürlich. Was sonst?«

»Sie könnten sie vernichten. Warum soll man so etwas auf die Galaxis loslassen? Sie wissen doch, was es ist, nicht wahr? Sie haben die Würmer gesehen. Sie wissen, was sie anrichten können.«

»Ich hatte die Würmer bisher nicht gesehen«, sagte Charlot. Er stand am Rand des freigeräumten Platzes, und ich bemerkte, daß er ein Bäumchen in der Hand hielt – wahrscheinlich ein befallenes Bäumchen. Mir war entgangen, daß er es abgepflückt hatte. Vermutlich hatte er es getan, gleich als wir hereinkamen.

»Dann gibt es möglicherweise außerhalb der Grotte keine, und mit der Zerstörung der Grotte hätten wir alle Würmer erledigt.«

»Grainger«, sagte Charlot ruhig, »ich bin zu alt und zu klug, um zu glauben, daß Sie aus ethischen Prinzipien so sprechen. Ihr Vorschlag spiegelt nichts als Ihren allgegenwärtigen Nihilismus wider. Trotzdem werde ich Ihnen die Sache erklären. Sie wären ein Idiot, wenn Sie im Ernst dächten, etwas könne einfach ausgelöscht werden. Wenn ein Ding einmal bekannt geworden ist, kann man es nicht wieder unbekannt machen. Es kann vielleicht vergessen werden, aber auch das nur zeitweise. Irgendwann wird die Erinnerung daran wiederkommen.«

»Es gibt nur eine Höhle mit diesen Würmern. Sie sind eine einmalige, auf diesen Ort beschränkte Lebensform. Man braucht nichts weiter als ein Energiegewehr und zehn Minuten.«

»Die Lebensform existiert«, fuhr Charlot geduldig fort, ohne auf die Unterbrechung einzugehen. »Sie *ist*, und auch all Ihr Gerechtigkeitssinn, Ihre Stärke oder Ihr Mut können sie nicht wegradieren. Die Frage, ob man dem Organismus erlauben darf zu existieren, stellt sich gar nicht. Er ist, und er wird sein. Das ist unvermeidlich.«

Wenn Charlot erst einmal ins Reden kam, hörte er so schnell nicht wieder auf. »Grainger«, fuhr er fort, »dies ist eine Welt voller Menschen. Glauben Sie wirklich, daß man den ganzen Schatz hier in der Höhle gelassen hat? Glauben Sie, Jad Gimli habe nicht einige kleine Metallbäumchen sorgfältig in einer dunklen Ecke versteckt? Ist dasselbe nicht auch von Krist und den anderen Ratsmitgliedern anzunehmen? Und was ist mit dem Mann, der die Neuigkeit nach Attalus und vielleicht noch weiter brachte? Fast jede Tasche auf diesem Planeten kann genug Würmer enthalten, um in wenigen Tagen Millionen neue zu erzeugen.

Sie sehen das ganze Problem aus der falschen Perspektive. Es hat nichts mit Ethik und Humanität zu tun. Es handelt sich nur darum, wer Geld in das Ding stecken und wer Geld dabei verdienen wird, und um nichts anderes.

Man kann keine Kontrolle darüber ausüben, wann und wo die Waffe eingesetzt werden wird. Soviel Macht hat niemand. Wenn etwas existiert, kann man es sich auch verschaffen. Jeder, der den Preis bezahlen kann, ist imstande, es zu kaufen. Das mag sich grausam und zynisch anhören, aber ich spreche jetzt nicht von den Grundsätzen New Alexandrias. Ich spreche von dem allgemeinen Zustand im Universum. Selbst wenn Sie recht hätten und außerhalb dieser Höhle kein einziger Wurm existierte, würde es nicht den geringsten Unterschied machen. Wenn New Alexandria etwas über jeden Zweifel hinaus bewiesen hat, dann das, daß nur das *Wissen* wirklich von Bedeutung ist. Man braucht nur zu wissen, daß eine solche Lebensform existieren kann. Auf einer Million von Welten ähnlich dieser hier könnten die Drillbohrer sich einen Weg in jede abgeschlossene Höhle bahnen, die das Echolot aufspürt. Es gibt tausend Laboratorien, in denen eine künstliche Umgebung geschaffen und thermosynthetische Leuchtgewächse und Kuprokarbonbäumchen angepflanzt werden könnten. Auch ohne das würden Zerstörer von Kuprokarbonketten früher oder später gefunden werden. Alles, was existieren *kann*, wird auch existieren. Es kommt nur auf das Geld an und die Richtung, in die es fließt. Nichts kann das ändern. Bestimmt kein kleiner Mann mit einem Strahlengewehr. Sie, Grainger, können nichts tun, um der menschlichen Rasse Schaden zuzufügen oder die menschliche Rasse zu retten. Dazu sind Sie nicht groß genug. Niemand ist dazu groß genug. Sorgen Sie für sich selbst, mein Junge. Sogar New Alexandria kann nichts anderes tun, als für seinen eigenen Nutzen zu arbeiten. Nichts, was wir tun könnten, könnte nicht auch ohne uns geschehen. Die einzige Alternative zu unserer Art, etwas zu tun, ist die Art eines anderen, etwas zu tun. Ein Mann hat keinen anderen Gewinn davon, als daß sein Name und nicht der eines anderen Mannes in die Geschichtsbücher kommt. Mein Name wird in die Geschichte eingehen, Grainger, so stark ich ihn nur schreiben kann. Für sie wäre es viel besser, mit mir statt gegen mich zu arbeiten. Natürlich gehört der Ruhm allein mir, aber Sie könnten in einer Fußnote erwähnt werden.«

»Ich will keine Erwähnung in Ihren verdammten Geschichtsbüchern«, erklärte ich. »Sie sind so ein Wahnsinniger, ich nicht.«

Charlot zuckte die Schultern. Ich hatte kein Argument vorgebracht, sondern nur einen unlogischen Widerspruch, und das wußten wir beide. Er hatte die Wahrheit gesagt. Es war wenig schön, aber wahr. Auch daß es mit meinen ethischen Prinzipien nicht weit her war, hatte er richtig erkannt. Und trotzdem mußte ich meinen eigenen Weg gehen.

»Sie sehen also«, setzte Charlot plötzlich hinzu, »daß es auch nicht viel Sinn hatte, die Fracht der *Lost Star* zu zerstören. Das war nichts als eine Geste.«

»Welche Fracht?« fragte ich mit offensichtlich vorgetäuschter Unschuld.

»Aus welchem Grund?« konterte er. »Sie können doch nichts davon gehabt haben.«

Das stellte mein Selbstbewußtsein beinahe wieder her. Ich hatte die Fracht der *Lost Star* zerstört, und die Khormonsa hatten Myastrid zerstört. Dies Geheimnis war bewahrt worden, und es würde vielleicht für immer bewahrt werden. Vielleicht würden die Khormonsa es eines Tages sogar fertigbringen, das, was sie vergessen wollten, nicht mehr zu wissen.

Bayon kam in die Grotte. Er schwenkte den Laser auf gräßlich bedeutungsvolle Art.

»Capra ist zurück«, verkündete er. In seiner Stimme schwang eine gewisse Nervosität mit, als sei er mit der Entwicklung nicht ganz zufrieden.

»Da hat er keine Zeit verschwendet«, war mein Kommentar. »Was sagt er?«

Bayon dachte offensichtlich, daß Taten lauter sprechen als Worte. Er hob das Gewehr.

»Warte eine Minute, Bayon«, fiel ich schnell ein. »Laß uns zuerst darüber reden.«

»Es gibt nichts zu reden«, erklärte er.

»Ich möchte etwas sagen.«

»Nun?«

»Bist du mir nicht etwas schuldig? Ich bin hier hinunter gekommen, um dir zu helfen. Ich habe getan, was ich konnte, um dir zu beschaffen, was du haben willst.«

»Ich bin dir gar nichts schuldig«, sagte er. »Du hast gar nichts getan.«

»Ich habe für dich mit Gimli geredet.«

»Damit hast du Gimli nur einen Vorwand gegeben, mich nicht zu sehen.«

»Komm, komm. Wer hat denn einen Sprecher haben wollen? Du hast mich darum gebeten. Ich habe getan, was du von mir verlangt hast.«

»Du hast nicht genug getan.«

»Also gut, was soll ich denn tun?«

»Ich will meinen Preis.« Er warf einen Seitenblick auf Charlot. Ich hielt den Mund. Von jetzt an war es Charlots Sache, das Gespräch weiterzuführen. Bayon hatte seinen Standpunkt überdeutlich dargestellt. Charlot mußte ihm geben, was er verlangte, oder wir würden getötet werden. Sampson mußte dem wie auch immer gearteten Angebot, das Capra ihm überbracht hatte, sofort zugestimmt haben.

»Nein«, sprach Charlot standhaft. Er schien nicht einmal besorgt zu sein.

»Sie können nicht . . .«, begann ich und brach wieder ab.

»Was Sie verlangen«, richtete Charlot sich an Bayon, »ist unmöglich. Das wissen Sie ebensogut wie ich. Sie wissen außerdem, daß das Star-Cross-Kombinat, was Ihnen Sampson auch versprochen haben mag, ebenfalls nicht in der Lage ist, Ihre Forderungen zu erfüllen. Sie lassen sich von Ihren Gefühlen hinreißen und schalten Ihren Verstand aus. Sie verlangen nicht nur, daß ich Ihnen helfen soll und dem Rat und der Bevölkerung von Rhapsodia nicht helfen soll, Sie muten mir daneben noch zu, daß ich den Rat demütige, indem ich ihm berichte, was Sie getan haben, und ihn zwinge, das öffentlich bekanntzugeben. Solche Forderungen sind lächerlich. Sie wissen, daß der Rat nicht zustimmen kann. Er ist schon bis an die Grenze dessen gegangen, was er tun kann, ohne sich selbst untreu zu werden. Ihr Verhalten ist im Grunde nichts als ein Versuch, den Rat zu zwingen, Sie zu töten. Sie wollen Rhapsodia gar nicht verlassen. Sie sind ein Feigling. Sie fürchten sich vor der Gelegenheit zur Flucht. Seit Sie die Grotte besetzt haben, versuchen Sie immer wieder, einen Kampf herauszufordern. Sie wollen eine blutige Schlacht, in der Sie all Ihren Zorn und Ihre Frustration und Ihren Haß abreagieren können. Das wäre für Sie leichter, als einen neuen Anfang zu machen.«

»Ich hätte jederzeit einen Kampf gegen den Rat anfangen können«, erklärte Bayon.

»Allein? Sie brauchen diese Männer hinter sich, Bayon, weil Sie ein Feigling sind. Sie mußten sie erst zusammen mit sich in diese Falle führen, damit ihnen keine andere Wahl mehr bleiben würde als der Kampf. Diese Männer sind harte Männer – Überlebenstypen. Sie nicht. Sie laufen davon, und der einzige Ausweg, den Sie sich vorstellen können, ist der Tod. Aber Sie sind nicht der Mann, der allein gehen kann, nicht wahr, Bayon? Sie brauchen Gesellschaft. Sie brauchen moralische Unterstützung. Weil Sie ein Feigling sind!«

Ich mußte Bayons Geduld bewundern. Die meisten Männer, die ich kenne, hätten Charlot in Stücke zerlegt, ehe er noch halb so weit gekommen war. Aber Bayon wartete. Nicht weil er die Wahrheit in dem, was Charlot sagte, erkannte – davon war er weit entfernt –, sondern weil er in seinem Innern die Wut sich ansammeln ließ. Das brauchte er, weil er, wie Charlot gesagt hatte, ein Feigling war. Er fürchtete sich davor, was geschehen würde, wenn er den Abzug durchzog. Er brauchte die Provokation. Hätte Charlot ihn nicht provoziert, dann hätte er sich selbst provozieren müssen.

Ich schob mich langsam seitwärts, um ein Stück von Charlot wegzukommen. Wenn er zuerst auf Charlot feuerte, hatte ich eine Chance, an das Gewehr zu kommen.

Aber Bayon bemerkte die Bewegung, und das Gewehr schwenkte zur Seite. Er trat einen halben Schritt zurück, so daß er den Eingang der Grotte blockierte.

»Immer mit der Ruhe, Bayon«, redete ich ihm zu. »Denk für eine Weile darüber nach. Es ist kein Grund zur Eile. Morgen oder übermorgen ist es auch noch früh genug. Sampson wird warten. Überleg dir, was du tust. Sprich mit deinen Männern. Wir werden alles tun, was wir können, um dir zu helfen. Es hat keinen Sinn, irgendwen zu erschießen. Von Sampson wirst du nichts bekommen. Er wird dich betrügen – merkst du das nicht? Er will seinen Profit so groß wie möglich machen. Ihr seid Ausgestoßene, die nicht einmal existieren. Er wird euch töten, Bayon. Deine einzige, echte Chance liegt bei uns. Wenn du uns tötest, tötest du dich selbst.«

Ich machte eine Atempause. Langsam fiel mir nichts mehr ein.

»Du verstehst das Ganze nicht«, setzte ich noch hinzu. »Du weißt nicht, was du tust.«

»Das weiß ich gut genug«, sagte Bayon. Er hob das Gewehr

an seine Schulter und schielte an dem Lauf entlang. Er zielte genau zwischen meine Augen.

Ich geriet in Panik. »Ich habe dir geholfen!« schrie ich. »Ich bin dein Freund! Bedeutet dir das gar nichts?«

»Ungefähr so viel, wie es dir bedeutet«, erklärte er und schoß.

Ich sprang zur Seite und über den freigeräumten Platz hinweg. Ich knallte gegen Charlot und zog ihn mit mir hinter einen Felsen am Rande des Vierecks. Der thermosynthetische Teppich bremste unseren Aufprall, aber ich erhielt ein paar schmerzhafte Stiche von den Bäumchen.

Zwei Dinge retteten uns das Leben. Das erste war, daß Bayon keine Übung im Schießen hatte. Er drückte den Abzug nur einmal wie bei einem konventionellen Gewehr und schaltete den Strahl dadurch an und wieder aus, statt uns mit einem stetigen Strahl zu folgen. Außerdem zielte er zu hoch, und so tat der Schuß keinen Schaden.

Jedenfalls uns nicht.

Zweitens rettete uns, daß ich die Augen schloß, als ich Bayons Finger sich krümmen sah. Charlots Augen schlossen sich in einem Reflex, als ich gegen ihn rannte. Es war nicht nur ein Zwinkern. Die Furcht schloß unsere Augen fest und hielt sie gerade lange genug geschlossen.

Es war ein Strahl von hoher Energie und mit geringer Streuung. Er traf die Wand auf einem Fleck in der Größe eines Daumennagels. Natürlich wurden die dort sitzenden Organismen restlos weggebrannt. Aber nicht, bevor die Temperatur dieser kleinen Stelle um mehrere Hundert Grad bis zu ihrem Flammpunkt gebracht worden war. Ein kleines bißchen Hitze erzeugt verdammt viel Licht. Und die Reaktionszeit des thermosynthetischen Gewächses lag nahe bei Null.

Bayon sah am Gewehrlauf entlang. Seine offenen Augen waren genau auf die Stelle gerichtet, wo der Strahl die Wand traf. Das gleißende Licht brannte seine Sehnerven auf der Stelle aus.

Er schrie auf und ließ das Gewehr fallen.

Als ich nach dem Blitz wieder aufstand, wälzte er sich mit den Händen vor den Augen auf dem Boden. Mir wurde klar, was passiert sein mußte. In diesem Augenblick taumelte Bayon vorwärts in die Grotte und fiel neben dem Gewehr auf die Knie.

Ich rannte darauf zu.

Tob stand bereits im Eingang, sein Gewehr erhoben. Auch er mußte draußen im Stollen noch etwas von dem Blitz abgekriegt haben, denn er schien nicht allzu gut sehen zu können. Aber blind war er nicht.

»Laß es liegen«, befahl er, als ich mich bückte und die Hand ausstreckte.

»Du hast gehört, was vorgefallen ist, Tob«, sagte ich. Bei einer anderen Gelegenheit hätte ich zugegriffen und es riskiert. Jetzt jedoch war ich aus dem Gleichgewicht geraten. Nicht weil ich geblendet, sondern weil ich gestoßen worden war. Mir kam zu Bewußtsein, daß ich, als ich vor dem Strahl auf die Seite sprang, schneller und weiter gesprungen war, als ich vorhatte. Es war gewesen, als habe mich jemand gepackt und durch die Höhle geschleudert.

»Du Bastard«, murmelte ich. Niemand hörte es außer Bayon, der nur Zentimeter von mir entfernt war. Er bezog die Beleidigung wahrscheinlich auf sich. Aber ich hatte ihn gar nicht gemeint.

Tob hielt den Gewehrlauf immer noch in der Waagerechten. Er konnte nicht gut zugeben, daß alles, was Charlot gesagt hatte, der Wahrheit entsprach, aber er hatte genug gehört, um Bayons Plan nicht weiter verfolgen zu wollen.

»Nun gut«, meinte er. »Wir werden es so machen, wie du willst.«

Ich hob den Laser auf. Endlich hatte ich ihn in den Händen. Mein Blick wanderte durch die Grotte. Nach dem gleißenden Blitz mußte sie jetzt eine Menge mehr Würmer enthalten als vorher. Sollte ich die Augen schließen und das ganze Ungeziefer wegbrennen? Nein. Nach dem, was Charlot gesagt hatte, kam mir eine solche Handlung lächerlich vor.

Und außerdem hätte Tob mich versehentlich erschießen können.

Tob trat zu seinem blinden Anführer. Bayon hatte seit seinem Aufschrei keinen Laut mehr von sich gegeben. Er hatte sich zusammengekrümmt und sah mehr tot als lebendig aus. Aber als Tob ihn aufhob, konnte er stehen und sich aus der Höhle führen lassen.

Ich wandte mich Charlot zu. »Sie hätten es fast so weit gebracht, daß wir erschossen wurden. Und Sie haben mich kritisiert, ich hätte die Beherrschung verloren! Was, zum Teufel, haben Sie sich dabei gedacht?«

Er zuckte die Schultern. »Er hätte uns auf jeden Fall erschossen. Warum sollte ich da nicht die Wahrheit sagen?«

Er war tatsächlich verrückt. Daran, mir zu danken, daß ich ihn zur Seite gerissen hatte, dachte er nicht. Er klopfte nur Überreste des lebenden Teppichs, die sich beim Sturz an ihm festgesetzt hatten, von seiner Kleidung. Und dann richtete er seine ganze Aufmerksamkeit auf die Prüfung seines Schatzes.

Ich drehte ihm den Rücken zu und pflückte eine Handvoll Bäumchen ab. Zwei davon waren befallen, und diese steckte ich sorgfältig in die Tasche. Damit es nicht auffiel, wanderte ich eine Zeitlang ziellos umher, bis ich mir zwei weitere aneignete. Dann zog ich mich diskret zurück.

Als Charlot sich entfernte, um Nick, Johnny und die Bergleute zur Hilfe herbeizuholen, ging ich auf die Suche nach Matthew Sampson. Ich wollte mit ihm ein Geschäft abschließen, bevor es irgendein anderer tat.

Wenn ich Glück hatte, konnte ich meine zwanzigtausend immer noch kriegen.

XVI

– Du irrst dich, sagte er.

Du hast mich gestoßen. Du hast die ganze Zeit gelogen, wenn du behauptest, du könntest meinen Körper ohne meine Zustimmung nicht beeinflussen.

– So habe ich es nicht ausgedrückt. Ich sagte, ich könne keine der willkürlichen Funktionen deines Körpers steuern, solange du es selbst tust. Und ich habe mich auch mit keinem Teil deines Körpers befaßt, den du bereits unter Kontrolle hattest.

Endlich kam ich ihm auf die Schliche. Willst du damit sagen, daß du fähig bist, Dinge zu kontrollieren, die ich nicht kontrollieren kann?

– Natürlich. Es läßt sich doch denken, daß ich, wenn ich mit deiner Zustimmung willkürliche Funktionen steuern kann, erst recht unwillkürliche Funktionen steuern kann.

Du kannst meine Reflexe verändern. Du kannst mein vegetatives Nervensystem beeinflussen.

– Nur insoweit, als du es selbst könntest, wenn du wüßtest wie und bereit wärest, es zu lernen. Du nützt die Möglichkeiten deines Körpers bei weitem nicht aus.

Ich will nicht, daß du die Möglichkeiten meines Körpers ausnützt! Es ist mein Körper, und ich werde ihn benutzen, wie es mir gefällt!

– Grainger, ich helfe dir doch nur, ein leistungsfähigeres menschliches Wesen zu werden. Wie kam es wohl, daß du so lange bei Kräften geblieben bist, als du in den Höhlen umherirrtest und dich nicht einmal müde fühltest? Du hast mich beschuldigt, ich hätte dich k.o. geschlagen, aber das habe ich nicht getan. Ich habe nur damit aufgehört, deinen Stoffwechsel zu unterstützen, und schon warst du eingeschlafen. Tue ich dir damit etwas Böses an oder raube ich dir etwas von deiner kostbaren Unabhängigkeit? Und gestoßen habe ich dich auch nicht. Ich habe nur deine Nerven und Muskeln in einen Zustand versetzt, daß du dich schneller und weiter bewegen konntest, als es dir sonst möglich gewesen wäre. Ich habe dich nicht manipuliert, ich habe dir nur mehr von deinen eigenen Fähigkeiten zur Verfügung gestellt.

Und du hast die Absicht, das fortzusetzen?

– Natürlich. Was soll es für einen Sinn haben, wenn ich dich müde werden lasse, obwohl du wach bleiben möchtest? Oder wenn ich dich von einem Laserstrahl erwischen lasse, obwohl du ihm noch ausweichen könntest? Warum soll ich zusehen, wie du versagst, wenn ich dir helfen kann, Erfolg zu haben? Ich weiß, du hörst überhaupt nicht hin, wenn ich dir einen Rat gebe, aber ich kann wenigstens dafür sorgen, daß du das, was du selbst tun willst, auf wirkungsvolle Weise tust. Ich werde nicht einfach wie ein Kohlkopf hier sitzen.

Kannst du es nicht in deinen Kopf bekommen – in deinen Verstand, meine ich –, daß ich keine Hilfe haben will? Ich will lieber weniger leistungsfähig sein. Ich will kein Supermann werden.

– Ich mache aus dir keinen Supermann. Ich mache aus dir nichts als einen leistungsfähigen *Mann.*

Ich will mein *eigener* Mann sein.

– Aber das bist du doch!

Laß mein vegetatives Nervensystem in Frieden.

– Grainger, du mußt erwachsen werden. Du benimmst dich wie ein Idiot. Was ich tun kann, um dir zu helfen, unterscheidet sich in nichts von dem, was deine Kleidung bewirkt oder körperliche Fitneß. Du hast einen Körper, und er funktioniert. Warum willst du, daß er schlecht funktioniert? Wärest du besser dran, wenn deine Reflexe so langsam wären, daß du kein Schiff fliegen könntest? Wenn deine Beine so schwach wären, daß du nicht laufen könntest?

Ich möchte nur aufgrund meiner eigenen Bemühungen leben.

– Das kannst du auch. Ich kann dich nicht aufhalten. Ich kann nichts von dem tun, was du tun kannst. Ich kann nur dafür sorgen, daß du es ein wenig besser tust. Damit wirst du dich abfinden müssen. Wenn du so weitermachst wie bisher, wirst du den Verstand verlieren. Du mußt die Realität akzeptieren.

Ich konnte mich mit ihm nicht streiten. Ich hatte kein einziges Argument zur Hand. Das war der Augenblick, an dem mir endlich bewußt wurde, wie eng und wie schicksalhaft unsere Verbindung war. Es kam spät, ich weiß, aber ich war immer sehr widerstandsfähig gegen Ideen, die ich nicht akzeptieren wollte. Ich glaube nicht, daß das in meiner Laufbahn als Wirt ein Wendepunkt war. Ich änderte die Richtung nicht. Er war mir immer noch ein unwillkommener Eindringling. Aber er war nun einmal da und war, was er war, und es hatte keinen Zweck, dagegen anzukämpfen.

Dieses Gespräch fand in den schwarzen Höhlen Rhapsodias statt. Drei Tage später waren wir wieder im Raum, in

Gesellschaft der Sterne, und das Licht war in unser Leben zurückgekehrt.

Nach den körperlichen Anstrengungen, die hinter mir lagen, war ich nicht in bester Form, aber mit Hilfe des Einflusses, den der *Wind* auf mein vegetatives Nervensystem ausübte, erholte ich mich rasch. Meine aufgeschundenen Hände heilten schnell genug, so daß ich die *Dronte* starten konnte. Das ersparte mir die Demütigung, den Passagiersitz einnehmen zu müssen, während Eve den Vogel flog.

Ich nahm mich sehr in acht, und wir kamen beim ersten Versuch über die Einstein-Barriere. Ich hatte einen glatten, sicheren Kurs vorprogrammiert und brachte uns so schnell wie menschenmöglich hinein. Dann lehnte ich mich zurück und ließ die *Dronte* für sich selbst sorgen.

»Du hättest mich den Start machen lassen können«, sagte Eve.

»Nein. Konnte ich nicht«, gab ich zur Antwort. Ich brauchte keine Erklärung hinzuzusetzen.

Wir waren allein im Kontrollraum. Charlot und Nick waren unten und kümmerten sich um unsere kostbare Fracht. Charlot sorgte sich trotz all seiner Vorsichtsmaßnahmen zu Tode. Die Würmer waren in lichtundurchlässige Behälter eingeschlossen worden, und keine menschliche Hand hatte sie berührt. Trotzdem sah das Projekt wie eine unsichere Sache aus. Aber Charlot war kein Dummkopf, und wenn die Würmer gerettet werden konnten, würden sie gerettet werden.

»Du mußt in den Höhlen eine schlimme Zeit gehabt haben«, meinte Eve. Wir hatten noch kaum Gelegenheit gefunden, miteinander zu sprechen, während Charlot auf Rhapsodia das Geschäft zum Abschluß brachte. Jetzt konnte sie zum ersten Mal zum Ausdruck bringen, daß sie sich Sorgen um mich gemacht hatte.

»Das ist eine höllische Welt«, gab ich zu. »Aber sobald man wieder im Tageslicht ist, verschwindet die Dunkelheit wie ein Alptraum. Jetzt, wo ich wieder da bin, wo ich hingehöre, kommt mir mein Erlebnis ganz unwirklich vor.«

»Bisher hast du noch gar kein richtiges Tageslicht gesehen«, erinnerte sie mich.

»Die Sterne sind alles, was ich brauche«, versicherte ich ihr. »Vielleicht sollten wir die Passagiere heraufholen, damit sie einen Blick auf das Universum werfen können.«

»Du willst fünfzehn Höhlenmenschen in deinen Kontrollraum lassen?«

»Kaum. Ich habe es nicht so wörtlich gemeint. Und Bayon hätte überhaupt nichts davon. Er wird das Universum niemals sehen. Er wird für den Rest seines Lebens wie in den schwarzen Höhlen von Rhapsodia sein.«

»Es hat mich überrascht, daß du ihn mitgebracht hast. Er hat versucht, dich zu töten.«

»Es war Charlots Entscheidung«, erklärte ich ihr. »Ich arbeite ja nur hier. Aber wir konnten ihn nicht auf Rhapsodia lassen. Die da hätten ihm alles mögliche antun können. Er muß bei Tob und den anderen bleiben, weil sonst niemand weiß, daß er existiert.«

Ich hatte Angelina angeboten, sie mitzunehmen, wohin sie wollte, aber sie hatte es vorgezogen, zu bleiben. Sie hatte die Absicht, Mavra zu unterstützen, wenn er Hierarch geworden war. Da würden die beiden lange warten müssen. Akim Krist war alt, aber er war zäh. Er würde sich noch jahrelang halten.

»Übrigens«, setzte ich hinzu, »unten in den Höhlen waren sie alle ganz anders. Die Dunkelheit umhüllte ihr Leben. Sie hatten Dunkelheit in ihren Stimmen und in ihren Augen. Auf einer neuen Welt werden sie neue Menschen sein. Vielleicht können sie auch Bayon ändern.«

»Das hört sich an, als hättest du Mitgefühl für sie«, wunderte sich Eve. »Es paßt nicht besonders zu dir.«

Ich zuckte die Schultern. »Ich war lange Zeit unten. Du verstehst nicht, wie es war.«

»Ich war auch unten. Im Gefängnis.«

»Ein Gefängnis ist ein Gefängnis«, belehrte ich sie. »Es ist nicht das Leben.«

»Ich dachte, du hättest bereits alles vergessen.«

»Sicher«, sagte ich. »Die Erinnerungen verblassen. Ich blicke zurück und kann nicht mehr glauben, daß ich dabei war. Was damals logisch erschien, ist heute nur noch eine Illusion. Die

Gründe sind keine Gründe mehr. Gib mir noch einen Tag oder zwei, und alles wird ausgelöscht sein. Tot.«

Aber ich irrte mich. Ich versuchte nur, Rhapsodia zu vergessen. Ich habe es nie richtig geschafft.

Das ist jedoch schon der Rückblick. Das wirkliche Ende der Geschichte spielte sich da ab, wo ich sie begann: unten in den Höhlen, in der Dunkelheit . . .

XVII

In einem dunklen Versteck, innerhalb der Hauptstadt, aber weit entfernt von den schwachen, wie um Entschuldigung bittenden Laternen, stieß ich endlich auf Sampson. Es war nicht leicht gewesen, ihn zu finden. Er war unpopulär und hatte einen längeren Aufenthalt im Gefängnis nur knapp überlebt. Jetzt wollte er gerade aufbrechen, um sich dem unvermeidlichen Zorn seiner Vorgesetzten zu stellen.

»Ihretwegen wären wir beinahe getötet worden«, sagte ich.

»Das gehörte nicht zu meinem Plan«, versicherte er mir. »Ich ging auf Alparts Bedingungen nur ein, um wieder mitmischen zu können. Was er mit Ihnen vorhatte, wußte ich nicht. Ich schwöre es.«

»Okay«, beschwichtigte ich ihn. Seine Proteste waren mir ziemlich gleichgültig. »Ich bin nicht gekommen, um Streit anzufangen. Ich habe ein paar von den Würmern. Wenn Sie sie haben wollen – der Preis ist zwanzigtausend.«

Er sprang nicht in die Luft vor Freude. Es war dunkel, und so konnte ich seinen Gesichtsausdruck nicht erkennen. Aber ich hatte mich an die Finsternis schon so gewöhnt, daß ich wußte, er war nicht interessiert. Er war müde.

»Sie sind ein bißchen spät dran, Grainger«, antwortete er. Das hatte ich fast erwartet.

»Sie haben sich also bereits eingedeckt.«

»Ich hatte verschiedene Angebote, und ich habe auch Verhandlungen geführt. Aber Sie sind nicht in dieser Beziehung ein bißchen spät dran. Es hat Ihnen wohl noch niemand die schlechten Neuigkeiten erzählt?«

Ich steckte eine Hand in die Tasche und befühlte die kupferhaltigen Bäumchen. Natürlich. Es wäre viel zu schön gewesen, um wahr zu sein. Wie hätte auch ich ein Vermögen in der Tasche tragen können! Charlot hatte keinen Versuch gemacht, irgend jemand davon abzuhalten, etwas aus der Grotte zu stehlen. Er hatte sich benommen, als spiele das keine Rolle.

Offensichtlich hatte er mal wieder recht gehabt.

»Nein.« Meine Stimme hörte sich so müde an wie die Sampsons. »Und wie lauten die schlechten Neuigkeiten?«

»Dieses Zeug ist für Millionen von Jahren in einem Steinsarg eingeschlossen gewesen«, erläuterte Sampson. »Es ist ein bißchen viel verlangt, daß es nicht reagieren sollte, wenn es plötzlich in seiner Ruhe gestört wird. Vermutlich war es reine Glückssache, daß nicht alles schon tot war, bevor die Entdecker herausfanden, um was es sich handelte.

Wie Sie verdammt gut wissen, braucht ein ökologisches System mehr als Hitze und Licht. Diese Ringwürmer sind halb Pflanzen, halb Tiere. Sie vollführen einen physiologischen Balanceakt. Jeder einzelne ist mimosenhaft empfindlich, und das nicht nur in bezug auf Hitze und Licht und Luft. Jeder Wurm ist ein Protocoenocyt und stellt ein verwickeltes Allergie-Problem dar. Innerhalb von Minuten werden sie gegen menschliche Proteine empfindlich. Sie werden nicht gerade knallgrün oder winden sich vor Qual oder so etwas. Aber die Würmer, die Sie in Ihrer Tasche tragen, haben eine Lebenserwartung von etwa zwei Tagen. Und dabei spielt es überhaupt keine Rolle, wie oft sie sich in der Zwischenzeit teilen.

Sie brauchen mir nicht zu glauben. Bei uns an Bord des Vermessungsschiffs ist jedoch in dem Augenblick, als Gimli uns die ersten Exemplare lieferte, eine Versuchsreihe angelaufen. Ihr Boß weiß ebenfalls sehr genau Bescheid. Jetzt gerade befindet er sich unten in der Grotte mit einer vierzinkigen Gabel und soviel sterilen Ausrüstungsgegenständen, wie er sich beschaffen oder improvisieren konnte. Sie scheinen, während Sie Ihren Schönheitsschlaf nachholten, den Kontakt verloren zu haben.

Wissen Sie, Sie hatten recht. Wir hätten alle im Gefängnis bleiben sollen. Der Junge und ich waren sowieso nur ein paar Minuten in Freiheit.«

Ich nahm die Bäumchen aus der Tasche und legte sie auf meine Handflächen. Ich konnte die Würmer nicht erkennen. Ich fühlte mich ganz krank. Aber ich hatte nie so recht daran geglaubt, daß mein Plan gelingen würde.

»Den anderen war genauso elend zumute«, versicherte Sampson mir, als ob mir das helfen könnte. »Auch Gimli hat sein Vermögen verloren und noch ein paar von den Kirchenleuten.«

»Großartig«, sagte ich. »Einfach großartig.«

»Sie können nicht immer gewinnen«, bemerkte er.

»Nein«, stimmte ich zu. »Aber es wäre schön, wenn ich hin und wieder einmal gewinnen könnte.«

Er lachte kurz auf. Dann ging er davon und ließ mich allein in der Dunkelheit zurück.

HIER ENDET DAS ZWEITE BUCH

DRITTES BUCH

Die Welt der Verheißung

I

Ein längerer Aufenthalt auf New Alexandria ist für ein ungebildetes Rauhbein nicht gerade das höchste der Gefühle. Das liegt weniger daran, daß die Bevölkerung des Planeten größtenteils aus bebrillten Bücherwürmern besteht, deren Ideale Sitte und Mäßigung sind, sondern vielmehr an der Tatsache, daß diejenigen Bürger, die nicht in diese Kategorie passen, sich dessen schämen. Jedermann auf New Alexandria entschuldigt sich zu oft. Überall trifft man intellektuelle Leichtgewichte, die unter der Last ihrer Halbbildung daherkeuchen und sich bemühen, ihren Geschmack genau nach der Mode auszurichten.

Mir persönlich würde das nicht viel ausmachen, wenn sie wenigstens ihren Spaß dabei hätten. Aber die Sauertöpfigkeit, die mit der Heuchelei Hand in Hand geht, macht mich verrückt. Wenn ich in Corinth ausging, um ein Gläschen zu trinken, nahm ich für gewöhnlich Nick oder Johnny mit, nur für den Fall, daß nicht ich meine Sorgen ersäufte, sondern sie mich.

Das Abenteuer auf Rhapsodia lag hinter uns. Wir befanden uns in Corinth auf New Alexandria, wo das Nervenzentrum von Charlots Aktivitäten lag, und ich hatte jede Menge freie Zeit. Charlot stürzte sich in die Arbeit, um die Katastrophe, mit der seine Geschäfte auf dem schwarzen Planeten geendet hatten, wieder wettzumachen. Ich glaube, sein Stolz war ein bißchen verletzt worden. Nicht ein einziger der berühmten Wunderwürmer hatte den Kontakt mit der Menschheit überlebt, und damit war der galaktischen Gesellschaft ein weiteres Mittel zur Zerstörung vorerst versagt geblieben. Aus ihrer gemütlichen kleinen Höhle gerissen hatten die Würmer ein paar Tage lang ein lebhaftes Interesse gezeigt. Dann hatten sie entschieden, das Ganze sei der Mühe nicht wert, und sich mit Würde in Protoplasmaklümpchen verwandelt. Wer wollte ihnen daraus einen Vorwurf machen? Ich bestimmt nicht. Insgeheim freute ich mich sogar darüber. Insgeheim deswegen, weil es äußerst undiplomatisch gewesen wäre, vor Vergnügen zu strahlen, während Charlot schlechtester Laune war.

Jedenfalls war ich in Ungnade. Charlot beliebte es, zu glauben, daß ich wenigstens zum Teil an dem Unglück die Schuld trug. Das traurige Schicksal seiner kostbaren Würmer hatte jede Sympathie im Keim erstickt, die vielleicht zwischen uns von dem Augenblick an hätte entstehen können, als wir zusammen vor der Mündung von Bayon Alparts Energiegewehr standen. Charlot bekämpfte seine düsterte Stimmung offenbar damit, daß er sich Hals über Kopf in eine neue Unternehmung stürzte und sein wundervolles Spielzeug, die *Dronte,* vollständig vergaß. Ich konnte dasitzen und die Daumen drehen, während auf Nick und Eve neue Aufgaben auf der Erde warteten. Dort überwand das Superschiff Nummer zwei gerade die Kinderkrankheiten. Ein paarmal nahmen sie Johnny als beratenden Ingenieur mit zur Erde, aber da Eve die Pilotin des Schwesterschiffes werden sollte, hatten sie für mich keine Verwendung. Eve gönnte ich ihr Glück. Es konnte kein Spaß für sie gewesen sein, daß sie ihr erstes Schiff im letzten Augenblick an mich abtreten mußte – zumal es sich bei dem Schiff um die *Dronte* und bei mir um einen verruchten Zyniker handelte. An dem Schwesterschiff hatte ich kein besonderes Interesse. In meinen Augen war es eine Rivalin für die *Dronte,* zu der ich eine persönliche Beziehung hatte.

Für mich gab es weiter nichts zu tun, als in Corinth herumzubummeln, allein oder mit irgendwem, der gerade zur Verfügung stand. Richtige Langeweile hatte ich nicht. Dazu war das Gefühl viel zu angenehm, wenn wieder eine Minute von den zwei Jahren, die ich Charlot schuldete, verstrichen war, ohne daß ich meinen Hals hatte riskieren müssen. Mir wäre es nur recht gewesen, wenn ich meine Daumen hätte für immer drehen können – das heißt natürlich bis zum Tag der Freiheit. Die Summe von zwanzigtausend, mit der ich bei der Caradoc-Gesellschaft in der Kreide stand, verringerte sich Tag für Tag um rund dreißig, und das ist für Nichtstun eine verdammt gute Bezahlung.

Natürlich wußte ich, daß es kein Dauerzustand war. Früher oder später würde Charlot auf die Idee kommen, ich könnte ihm einen kleinen Gefallen tun, und wahrscheinlich würde irgendein Haken dabei sein, weil er mir heimzahlen wollte, was ich ihm angeblich auf Rhapsodia und im Halcyon-Nebel angetan hatte. Ich rechnete jeden Tag damit.

Die Warterei ging Johnny, solange er auf New Alexandria war, so auf die Nerven, daß er keine gute Gesellschaft abgab. Ich hatte gehofft, das monatelange ständige Zusammenleben mit meiner Wenigkeit hätte einen schlechten Einfluß auf ihn ausgeübt, so daß sein Eifer abnahm und sein gesunder Menschenverstand zunahm. Aber bis jetzt zeigte sich noch kein Resultat. Der Junge hatte Dynamit unter dem Hintern und konnte nicht stillsitzen, ohne alle möglichen psychosomatischen Krankheiten zu bekommen. Daher mußte ich anderweitig Anschluß suchen. Ich machte die Bekanntschaft eines Polizisten namens Denton, der niemals etwas zu tun zu haben schien. Mit ihm konnte man sich gut unterhalten. Meine buntscheckige Vergangenheit war keine Basis für Freundschaften mit Gesetzeshütern gewesen, aber zu der Zeit hatte ich ein blütenweißes Gewissen, und die Fraternisierung entwickelte sich ganz selbstverständlich.

Trotz allem überkam mich ein- oder zweimal der dringende Wunsch, den Mauern von Corinth zu entfliehen. Es war so eine Art Klaustrophobie. Eines schlechten Tages, als Nick und Eve auf der Erde waren, fing Johnny an, vom Spielen zu reden. Ich versuchte ihm zu erklären, daß nur ein Schwachsinniger mit einem New Alexandrier Karten spielt, aber er kapierte nicht. Natürlich betrügen die New Alexandrier nicht, aber sie sind alle Experten in der Wahrscheinlichkeitsrechnung. Das Kartenspiel ist ein Mittel, Dummköpfen ihr Geld abzunehmen, und zu der Zeit gab es keinen anderen Dummkopf in ganz Corinth als eben Johnny Socoro. Das wollte er mir nicht glauben. Er faselte weiter von Glückssträhnen, und wenn ich etwas nicht ausstehen kann, dann ist es, daß mir so ein Wickelkind Vorträge über das Glück und die Unzulänglichkeit der Logik hält.

Ich entlieh mir einen Lamoine 77 aus Charlots Wagenpark und machte mich in die Hügellandschaften um Corinth davon.

Eigentlich hätte ich mich bei Charlot abmelden müssen, und außerdem war ich nicht berechtigt, mir den Wagen zu nehmen. Aber ich habe mich nie allzu eng an Vorschriften gehalten. Die Leute erwarteten es auch nicht von mir, und mein schlechter Ruf verpflichtet schließlich.

Es war im Spätfrühling, und gerade war schönes Wetter eingetreten. Ich bin kein Romantiker, doch frisches Grün und leuchtende Blüten sehe ich gern, besonders, wenn ich eine harte Zeit hinter mir habe. Und das hatte ich. Mehr als zwei Jahre.

Die Landschaft gefiel mir, und nach zwei Stunden dachte ich, sie würde mir noch weit mehr gefallen, wenn ich mich nicht an die Wege hielt. Wege sind langweilig. Also lenkte ich ins freie Feld und amüsierte mich eine Weile damit, über Büsche zu springen und die Hügel wie Hürden zu nehmen. Das machte weit mehr Spaß als der Kampf mit Raumverwerfungen in einem Dunkelnebel oder das Kriechen durch ein unterirdisches Labyrinth. Gelegentlich muß man die Zügel einmal schleifen lassen, und außerdem blieb ich nüchtern und hielt mich in guter, frischer Luft auf.

Meilenweit war um mich nichts anderes als eine offene Parklandschaft. Als ich den Weg einmal verloren hatte, wurde es mir leicht, ihn nicht wiederzufinden. New Alexandria ist eine Gartenwelt – saubere Städte und ordentliche, liebliche Landschaften, die dank sorgfältiger Planung ebenso jungfräulich aussehen wie eine Hure mit einem starken Hang zur Eitelkeit.

Langsam wurde es Abend, und es war wunderschön hier draußen. Starke Helligkeit mag ich nicht besonders, und das sanfte Grau der Dämmerung ist mir lieber als der Glanz des Mittags. Der Wind pfiff kalt um mein Gesicht, aber ich schloß das Verdeck trotzdem nicht.

Noch dachte ich nicht daran, heimzukehren, als der Himmel dunkel wurde. Tatsächlich dachte ich an gar nichts. Ich war mit mir und der Welt in Frieden, was bei mir nicht oft vorkommt. Ich dachte nicht einmal darüber nach, wie lange es her war, daß ich mich unbeschwert einem Freizeitvergnügen hingegeben hatte. Vermutlich genoß mein alter Freund, der flüsternde

Wind, meine Stimmung ebenso wie ich, denn er ließ kein einziges Wort verlauten.

Dann sah ich das Mädchen.

Sie rannte, und in dem Augenblick, als ich sie bemerkte, wußte ich auch schon, daß sie von etwas anderem getrieben wurde als von der Freude am Frühling. Sie wurde verfolgt, auch wenn ich wegen des nächstens Hügels nicht gleich sehen konnte, von wem. Ich stellte den Fuß auf die Bremse und erwog die Situation.

Zwei Männer jagten sie. So eilig wie das Mädchen hatten sie es durchaus nicht. Auf die Entfernung und bei dem schwachen Licht konnte ich weder aus ihren Gesichtern noch aus ihrem Verhalten etwas erkennen. Daß sie das Mädchen vergewaltigen wollten, war auf New Alexandria undenkbar, doch ein anderer Grund dafür, daß sie vor ihnen davonrannte, fiel mir nicht ein.

– Nun, sagte der *Wind*?

Nun was?

– Nun, tu etwas.

Ich werde etwas tun, versicherte ich ihm. Nur keine Übereilung. Sie hat gut fünfzig Meter Vorsprung, und die Kerle geben sich keine Mühe, ihn zu verringern. Sie rechnen damit, daß sie irgendwann vor Erschöpfung zusammenbricht.

Ich hatte gelernt, in solchen Fällen nicht kopflos vorwärtszupreschen. Die Rolle des tapferen Ritters, der immerfort Ausschau nach in Not geratenen Damen hält, liegt mir sowieso nicht.

Das Mädchen sah mich, hielt mich jedoch nicht für einen gottgesandten Retter. Ganz im Gegenteil. Sie machte eine Schwenkung, so daß sie jetzt in einer Diagonalen von mir und ihren Verfolgern floh. Das schien mir eine unlogische Entscheidung zu sein. Ich konnte sie in zehn Sekunden überholen, und das mußte sie wissen. Offensichtlich fürchtete sie sich vor allem und jedem und handelte in Panik. Das bestätigte meine Theorie, daß die beiden Männer nichts Gutes mit ihr vorhatten.

Ich ließ die Bremse los und flog langsam hinter ihr her. Auch die Kerle sahen mich. Ihre Einstellung zum Leben war realistischer. Ihnen war klar, daß ich die Trumpfkarte in der Hand hielt. Der eine blieb stehen, der andere mäßigte seinen

Dauerlauf und begann, mir zuzuwinken. Beide waren fern von dem Gedanken, ich könne – trotz meines Widerstrebens, wie ein Idiot herbeizustürmen – auf seiten der verfolgten Unschuld stehen.

Ich entschied mich, ihnen einen rechten Schrecken einzujagen. Ich wendete den Wagen, zog ihn hoch und raste in einem langen Bogen genau auf sie zu.

Ihnen ging ein Licht auf, daß ich nicht allzu freundlich gesonnen war. Sie duckten sich. Ich verfehlte sie um ein paar Meter, was möglicherweise ein Glück war, denn Mord ist a priori ein Beweis für Fahrlässigkeit und Mangel an Diplomatie. Aber nach dem Geschrei, das sie anstimmten, hätte man meinen können, es wäre um einige Millimeter gegangen.

Ich wendete wiederum und kam in gemächlichem Tempo, vorschriftsmäßig sechs Zentimeter über den Spitzen der Grashalme, zurück. Das Mädchen warf einen Blick über die Schulter. Meine kavaliersmäßige Behandlung ihrer Bedroher schien ihr kaum Mut einzuflößen. Es war zu erkennen, daß sie schreckliche Angst hatte, und sie hielt im Laufen nicht inne. Zu diesem Zeitpunkt kam ich überhaupt nicht auf den Gedanken, daß sie mich zehnmal mehr fürchtete als die beiden Männer zu Fuß, obwohl diese Vermutung doch recht nahegelegen hätte.

Ich holte auf und flog neben ihr her.

»Alles in Ordnung!« brüllte ich, auch wenn meine Lautstärke ganz überflüssig war. »Ich werde Ihnen helfen!«

Sie schlug einen Haken, und ich kurvte ihr nach.

»Langsam, Mädchen!« schrie ich. »Ich möchte mit Ihnen reden! Vor denen da brauchen Sie keine Angst zu haben.«

Sie verrenkte ihren Körper, um in mein Gesicht sehen zu können. Da sie währenddessen weiterrannte, verlor sie das Gleichgewicht und stürzte. Ehe sie wieder aufstehen konnte, war ich aus dem Lamoine 77 gesprungen und bei ihr. Sie war davon überzeugt, daß man sie jetzt gefangen hatte, und gab den Gedanken an Flucht auf. Keuchend ließ sie sich auf den Boden sinken, und dann begann sie zu weinen.

Sie war klein und dünn. Ein Mensch war sie nicht, aber sehr humanoid. Ihre Rassenmerkmale waren mir unbekannt. Ein Wesen dieser Art war mir noch nie begegnet. Ihre Haut war goldbraun und sah feucht aus. Ihre Augen waren groß und orangefarben. Ihre Hände schienen außerordentlich beweglich zu sein – die Finger waren knochenlos wie Tentakel und einziehbar. Unter ihrer Kleidung zeichnete sich eine Art von Rückenkamm ab. Sie hatte keine Haare.

»Alles okay«, sagte ich, diesmal mit sanfterer Stimme. Ich fragte mich, ob sie überhaupt Englisch verstand. Aber ich hatte auch keine Ahnung, mit welcher Sprache ich es versuchen sollte, und mir war nicht danach zumute, in aller Eile sämtliche beruhigenden Versicherungen meines Repertoires abzuhaspeln.

Die beiden Männer hatten sich wieder in Bewegung gesetzt und kamen schnell näher. Sollte ich das Mädchen in meinen Wagen ziehen und in der hereinbrechenden Dunkelheit davonflitzen? Doch vielleicht würde sie sich zur Wehr setzen, und deshalb entschloß ich mich abzuwarten. Übrigens standen mir nur zwei mittelgroße New Alexandrier gegenüber, und wenn ich als ein häßlicher und brutaler Außenweltler sie bloß anknurrte, würden sie wahrscheinlich sofort ohnmächtig umfallen. Zwar bin ich kein großer und auch kein harter Mann, aber bei diesen beiden Typen würde es mir nicht schwerfallen, die überzeugende Darstellung eines solchen zu geben.

Ein paar Meter vor mir blieben sie stehen und sahen mich drohend an.

»Was wollen *Sie* denn?« fragte ich.

Der eine – ein Schwarzhaariger mit blassem Gesicht und goldgeränderter Brille – wies mit einem manikürten Zeigefinger auf den Lamoine. »Das ist einer von unseren Wagen«, stellte er fest, als erwarte er eine Erklärung.

»Sie hätten uns töten können, Sie Wahnsinniger«, platzte der andere heraus, was ich für eine typische und für mich angenehmere Reaktion hielt.

»So?« sagte ich zu den beiden.

»Das ist dieser Pilot«, bemerkte der zweite Mann. Er war das Musterexemplar eines zweitklassigen Intellektuellen von New Alexandria. Ein Subalterner. Ein Mietling. Er hatte hellbraune Haut und mickrige Gesichtszüge. Ich konnte ihn nicht von

Adam unterscheiden, aber da ich auf dem ganzen Planeten und besonders in Corinth berüchtigt war, erfreute ich mich des Vorzugs, von einer Menge Eingeborener erkannt zu werden.

»Mein Name«, erklärte ich mit vor Verachtung triefender Stimme, »ist Grainger.«

»Wir möchten das Mädchen ja nur zurückbringen«, stotterte der Blasse.

»Zurück wohin?«

»In die Kolonie.«

»Er weiß nichts von der Kolonie«, fiel der andere ein.

Der Mann mit der Brille wurde ärgerlich. »Dann erklären Sie es ihm doch, wenn er ein so guter Freund von Ihnen ist.«

»Ich weiß nicht, welchen Eindruck das Ganze auf Sie gemacht hat«, begann der Mann, der mich erkannt hat. »Aber wir wollen dem Mädchen bestimmt kein Leid antun.«

Ich wandte mich an das Mädchen. »Und was sagen *Sie* dazu?« Sie kauerte immer noch auf dem Boden und machte keine Anstalten aufzustehen, aber ihre Augen flackerten zwischen den beiden New Alexandriern und mir hin und her. Aus ihrem Gesichtsausdruck konnte ich nichts entnehmen, doch sind fremdrassige Gesichter fast immer undurchschaubar, ganz gleich, wie menschlich sie zu sein scheinen. Es braucht lange Zeit, bis man sie zu verstehen lernt.

»Sie spricht kein Englisch«, informierte mich der kaukasische Typ.

»Mein Name ist Tyler«, stellte sich der andere vor. Er berührte den Arm des blassen Mannes, um ihm anzudeuten, er möge schweigen, während er es auf taktvolle Weise versuchen wolle. »Ich arbeite für Titus Charlot.«

»Ich auch«, antwortete ich. »Er hat mich noch nie damit beauftragt, kleine Mädchen zu terrorisieren.«

»Das Mädchen gehört zu einer fremdrassigen Kolonie, um die Charlot sich kümmert. Heute abend machte sie sich zu einem Spaziergang auf eigene Faust auf. Sie ist noch ein Kind, sie kann kein Englisch, und die Leute in der Kolonie machten sich Sorgen um sie. Wir wollten sie zurückholen, aber sie rannte vor uns davon. Wir hätten welche von den Anacaona mitnehmen sollen, nur haben wir in der Eile nicht daran gedacht. Wir wollen ihr nichts Böses tun. Wir wollen sie nur nach Hause bringen. Wie ist es, könnten Sie uns nicht alle in ihrem Luftkissenauto mitnehmen?«

»Sie weiß gar nicht, was sie tut«, murmelte der andere Mann.

»Bei dieser Kolonie handelt es sich vermutlich um ein Forschungsunternehmen?« erkundigte ich mich.

»Es ist kein Konzentrationslager!« Tyler schien beleidigt zu sein. »Die Bewohner sind keine Versuchstiere. Sie arbeiten mit Charlot zusammen. Sie sind Wissenschaftler.«

»Und ihr beide seid Atomphysiker?«

»Wir sind in der Verwaltung beschäftigt. Wir halten das ganze Projekt in Gang. Wissen Sie, es ist gar nicht so einfach, eine Kolonie von Außenweltlern zu unterhalten. Oder gehören Sie zu den Menschen, die sofort nach ihrem Laser greifen, wenn sie einen Fremden sehen? Ist Ihnen noch nie einer außerhalb seiner angestammten Umgebung begegnet?«

Der Hohn traf mich so völlig unerwartet, daß ich wütend wurde. Der Blasse sah richtig angeekelt aus, und das mit Recht, denn schließlich hatte Tyler ihn durch seine Geste aufgefordert, ihm die Verhandlungen zu überlassen.

»Wo ist diese Kolonie?« fuhr ich Tyler an.

»Zwei Meilen von hier entfernt.«

»Da hat sie euch eine schöne Strecke hinter sich herkeuchen lassen.«

»Nun hören Sie mal.« Tyler verlor sichtlich die Geduld. »Es war nichts dabei, daß das Kind einen Spaziergang machte. Aber wir können es nicht unbeaufsichtigt herumstreunen lassen. Wir tragen die Verantwortung für diese Leute. Charlot wird uns den Kopf abreißen, wenn es in der Kolonie Ärger gibt, vor allem, wenn dieses Kind betroffen ist. Klar, daß sie Angst hat. Aber das ist nicht unsere Schuld. Wir tun nur unsere Pflicht, und wir können es uns zeitlich nicht erlauben, uns noch länger zum Narren halten zu lassen. Also: Wir wollen ihr kein Leid antun, wir wollen sie nur nach Hause bringen. Wenn Sie uns nicht im Wagen mitnehmen wollen, gut, aber dann gehen Sie mir bitte aus dem Weg, damit ich das tun kann, wofür ich bezahlt werde.«

»Hat sie den Wunsch, mit Ihnen zu gehen?« Ich wich keinen Schritt zur Seite.

»Schließlich kann sie keiner von uns danach fragen«, antwortete der andere Mann, dessen Name vermutlich Lanning war. »Wir sprechen ihre Sprache nicht.«

»Sie tragen die Verantwortung für die Kolonie und sprechen ihre Sprache nicht?« fragte ich ungläubig.

»Sie sprechen alle Englisch«, antwortete Tyler. »Außer einigen Kindern. Mann, Sie wissen doch, wie Kinder sind. Sie verursachen gern mal ein bißchen Aufregung. Keiner wird sie deswegen übers Knie legen, falls es nicht ihr Daddy tut. Aber nach Hause muß sie. Ich bringe sie zurück, und Sie können mich, verdammt noch mal, nicht daran hindern.«

Er machte einen Schritt vorwärts, doch ich rührte mich nicht.

Mr. Tyler würde niemals eine Auszeichnung für diplomatisches Vorgehen erhalten, ganz im Gegenteil. Leider hatte er es ebensowenig in sich, seinen Weg mit Gewalt zu erzwingen. Er war so groß, so schwer und so muskulös wie ich, aber er hatte nicht meine Übung. Er war kein Kämpfer. Ein Zänker vielleicht, aber kein Kämpfer.

»Das hat doch alles keinen Sinn«, ergriff Lanning das Wort, als Tyler und ich uns Auge in Auge gegenüberstanden. »Sehen Sie uns doch einmal an. Wir sind keine Verbrecher. Wir sind keine Mädchenschänder.«

Da er mich so freundlich dazu einlud, sah ich ihn an. Er hatte recht, wie ein Verbrecher wirkte er nicht. Allerdings machte das ihn mir nicht sympathischer. Offensichtlich gehörten beide nicht zu den Typen, die jemand anheuert, damit sie die schmutzige Arbeit für ihn erledigen. Folglich sagten sie höchstwahrscheinlich die reine Wahrheit. Aber ich hatte mich über sie geärgert, und ich bin nun einmal von Natur aus stur.

»Sie können bei Charlot in der Kolonie rückfragen«, forderte mich der Blasse auf. »Wir haben eine Funkverbindung mit Priorität. Er kann Ihnen versichern, daß alles in Ordnung geht.«

Das entschied für mich die Angelegenheit. Ich hatte durchaus nicht den Wunsch, Charlot vorgeführt zu werden, der mich zur Schnecke machte, während Lanning und Tyler sich daran ergötzten.

»Euch beide bringe ich nicht zurück«, erklärte ich.

»Und was ist mit dem Mädchen?« fragte Tyler mit leiser Stimme.

»Das ist etwas anderes. Einer Dame helfe ich immer gern.«

Es fiel ihnen nichts ein, was sie sagen konnten.

»Ich bin auf einem Ausflug ins Grüne hierhergekommen«, meinte ich gedankenverloren. »Meiner Ansicht nach war die junge Dame ebenfalls unterwegs, um die gute Abendluft zu genießen. Ihr Dummköpfe habt ihr das Vergnügen verdorben. Ihr könnt allen Leuten im Lager versichern, daß sie sich in guten Händen befindet und daß ich sie in zwei Stunden nach Hause bringen werde.«

»Das können Sie doch nicht machen«, jammerte Lanning.

»Das werden Sie gleich sehen.«

Er zog bereits ein Funkgerät aus der Tasche. Er würde mich der Kolonie melden, und dort würde man die Prioritätsverbindung benutzen, um Charlot zu alarmieren. Aber für mich war es zu spät, um meine Meinung zu ändern. Ich hatte meine Absichten nun einmal bekanntgegeben. Vielleicht hätte ich mich nicht einmischen sollen. Ich wollte mich jedoch einmischen, und folglich mischte ich mich ein.

»Warten Sie noch eine Minute«, sagte Tyler, der das Unvermeidliche noch nicht kommen sah.

»Sagten Sie etwas?« fragte ich freundlich und sah ihm lächelnd in die Augen. Ich hoffte, recht abschreckend zu wirken. Zu meiner Freude trat er einen Schritt zurück.

»Es gibt gar keinen Grund für einen Streit«, schaltete sich Lanning ein. »Tun Sie ganz nach Ihrem Belieben, Mr. Grainger. Wir werden an der maßgeblichen Stelle berichten, daß das Mädchen bei Ihnen in Sicherheit ist. Damit ist ja alles in Ordnung.«

»Richtig.« Ich ließ seinen Sarkasmus unbeachtet. »Es ist alles in Ordnung.«

Ich streckte dem Mädchen eine Hand hin. Sie hatte sich, während wir drei unsere kleine Posse aufführten, ziemlich beruhigt. Ich glaube, sie hatte sich zusammengereimt, daß ich mit ihren Bedrängern nicht völlig harmonierte. Sie beobachtete, wie Lanning und Tyler davongingen. Dann ließ sie sich von mir aufhelfen. Die Zeichensprache versteht jeder. In schob sie behutsam auf den Vordersitz des Lamoine 77. In aller Gemütsruhe spazierte ich um den Wagen herum zum Fahrersitz. Tyler behielt mich aus einigen Metern Entfernung im Auge. Lanning sprach hastig in sein Funkgerät.

Ehe ich den Motor anließ, blickte ich ringsum in die hereinbrechende Dunkelheit. Ich holte tief Atem, lächelte und versuchte, dem Mädchen durch meinen Gesichtsausdruck verständlich zu machen, daß die frische Luft mir Vergnügen bereitete.

Sie lächelte zurück. Offensichtlich war sie an die Gesellschaft von Menschen gewöhnt. Sie wußte, was ich meinte.

Schließlich, dachte ich, lächelt sogar Titus Charlot.

Manchmal.

II

Zehn Minuten oder eine Viertelstunde lang kreuzte ich mit dem Lamoine 77 bei einer Geschwindigkeit von achtzig oder neunzig hin und her. Währenddessen gelangte das Mädchen zu dem Schluß, daß alles ganz und gar okay sei.

Ich versuchte es bei ihr mit: »Wie heißen Sie?« und »Wohin wollen Sie?« aber es war klar, daß sie nicht einmal soviel Englisch verstand. Bis auf das Niveau von »Ich Tarzan, wer du?« stieg ich bei meinen Kommunikationsversuchen nicht hinab. Und die fantastische Zeichensprache, die in allen Seifenopern so gut funktioniert, ist mir zur Aufnahme einer Unterhaltung nie sehr förderlich erschienen. Ich hatte gar nichts dagegen, daß wir uns nicht verständigen konnten. Niemand braucht small talk derartig notwendig.

– Du bist ein Miesmacher, beschuldigte mich der *Wind*.

Ich bin ein Realist, versicherte ich ihm, nicht nur schweigend, sondern auch, ohne die Lippen zu bewegen. Die junge

Dame sollte nicht den Eindruck gewinnen, ich sei ein Faselhans, der mit sich selber sprach.

– Das muß ein Witz sein, sagte er. Wenn ich daran denke, wie du dich in die Sache gestürzt und ganz beiläufig das Mädchen aufgesammelt hast, ohne zu wissen, wer sie ist oder was sie vorhatte!

Du kennst mich doch, antwortete ich. Meine Sympathien sind immer auf der Seite desjenigen, der vor den Gorillas davonläuft. Die romantische Rettung einer Dame, das gebe ich zu, liegt nicht ganz auf meiner Linie, jedenfalls nicht, wenn sie so jung ist wie diese hier. Ich kann jedoch stets überredet werden, eine Ausnahme zu machen. Es braucht mir nur ein Vertreter des Abschaums der Erde hart genug auf die Zehen zu treten.

Natürlich kannte er mich sehr genau. Langsam kam er in ein Stadium, wo er sich nicht mehr die Mühe machte, mich allzu oft zu kritisieren. Ich bin impulsiv und überspannt, und das macht mir gar nichts aus. Und der *Wind* war nun einmal in einer Situation, daß er sich damit abfinden mußte, genau wie ich mich mit ihm abfinden mußte. Im Laufe der Zeit hatten wir es geschafft, viel besser miteinander auszukommen. Damals hatten wir Ekel und Abscheu à la Grainger und Hochmut und Einschüchterung à la *Wind* schon weit hinter uns gelassen. Nach und nach wurden wir gute Freunde. Ich hatte mich an seine klugen Sprüche schon richtig gewöhnt, und er meinte sie nicht ernst.

Etwas gefiel mir an ihm, nämlich das, daß er mir nicht dazwischenquatschte, wie ich fliegen sollte, sei es nun im tiefen Raum oder eine Handbreit über dem Boden. Ein Parasit, der die beruflichen Fähigkeiten seines Wirtes zu respektieren weiß, kann nicht ganz schlecht sein.

Das Mädchen und ich hatten nicht viel Spaß an unserer Spazierfahrt. Ich wies gerade mit der Hand in die Richtung, wo ich die Kolonie vermutete, denn ich hatte schließlich nicht die Absicht, mit dem Kind bis in alle Ewigkeit herumzukurven, als ich ein schrecklich bekanntes Geräusch hörte: Das Heulen einer Sirene.

»Zum Teufel«, sagte ich tiefsinnig und ein wenig fatalistisch, »das Spiel ist aus, Leute.«

Ein seltsamer Blick aus den großen, orangefarbenen Augen traf mich. Das Mädchen machte ein tragisches Gesicht, aber das war nur eine Illusion. Sie mochte gelernt haben zu lächeln, aber todsicher hatte sie noch nicht gelernt, Hamlet zu spielen. Es war ebensogut möglich, daß sie in diesem Augenblick quietschvergnügt war.

Ich schenkte ihr ein schiefes Lächeln. Sie reagierte nicht.

»Das ist die Polente«, teilte ich ihr mit sanfter Stimme mit und fuhr mit meinem kläglichen Lächeln fort, obwohl es klar war, daß sie nichts daraus entnehmen konnte.

Ich hielt den Lamoine an und stieg aus. Die Polizisten hatten kein Luftkissenauto, sondern einen Gleiter, und daraus ließ sich schließen, daß es sich nicht um eine normale Streife handelte. Sie mußten einen speziellen Auftrag haben. Besonders besorgt war ich nicht. Nicht etwa, daß ich mir einbildete, sie würden Verständnis für mich haben. Ich war aber ziemlich zuversichtlich, daß Charlot in jedem Fall für mich bürgen würde, falls ich nicht gerade in einen Massenmord verwickelt war.

Der Polizist auf dem Kopilotensitz sprang aus dem schwebenden Gleiter zu Boden und näherte sich mir. Polizisten können sich auf zwei mögliche Arten bewegen. Entweder sie latschen oder sie schreiten.

Dieser hier schritt.

Er stand schon unmittelbar vor mir, als ich in ihm meinen alten Kumpel Denton erkannte.

»Großer Gott«, staunte ich, »hat man sogar dich ans Arbeiten gekriegt?«

»Hallo, Grainger«, sagte er. »Du sitzt in der Tinte. Erstens: Diebstahl eines Wagens. Zweitens: Entführung eines Mädchens.«

»Ich gebe alles zu. Ich kontrolliere das gesamte organisierte Verbrechen auf diesem Planeten und auf zweihundert anderen«, führte ich aus. »Wie stehen meine Chancen, gegen Bürgschaft freizukommen?«

Sehr witzig war das nicht. Wenn ich Gelächter hervorrufen möchte, versage ich manchmal auf der ganzen Linie.

»Das Mädchen wird im Gleiter zurückgebracht«, ordnete Denton an. »Dich muß ich in dem Luftkissenwagen nach Corinth fahren.«

»Okay«, willigte ich mit mehr als einer Spur von Mißmut ein. »Tu, was du nicht lassen kannst. Nimm auf mich gar keine Rücksicht.«

Er schritt um den Wagen herum auf die andere Seite, öffnete die Tür und forderte das Mädchen durch Zeichen auf, auszusteigen. Sie bewegte sich nicht. Er faßte sie sachte am Arm, und obwohl er nicht zog, verstand sie und kletterte auf die Straße. Mit vollendeter Höflichkeit führte er sie zum Gleiter hinüber. Sie sah zu der Maschine hoch, die verdrossen summend in der Luft hing. Das Mädchen hatte keine Lust, einzusteigen. Andererseits hatte sie wohl die Nase voll und wollte nach Hause. Denton faßte sie um die Taille und hob sie hoch. Der Pilot zog sie auf den Platz neben sich und schloß den Sicherheitsgurt, während Denton die Tür zuwarf.

Der Gleiter erhob sich wieder in die Lüfte.

Ich winkte ihm nach.

»Auf Wiedersehen«, rief ich unbeschwert und beobachtete dabei aus einem Augenwinkel den Bullen. »War nett, Sie kennenzulernen. Wir müssen uns mal wieder treffen.«

Denton pflanzte sich in seiner ganzen Breite vor mir auf und schüttelte müde den Kopf.

»Okay, Sohnemann«, sagte er. »Wir wollen nach Hause fahren und Daddy alles erklären.«

»Ist Charlot verrückt geworden?« fragte ich ihn. »Oder meinst du mit Daddy den Polizeichef?«

»Ich meine Charlot«, informierte er mich. »Für den armen, alten Polizeichef ist das eine zu große Sache.«

Na klar. In Corinth geschah gar nichts, ohne daß Charlot sein Einverständnis gegeben hatte. Ich hatte die unangenehme Vorstellung, daß er, so alt er war, mit bloßen Händen das in Leder gebundene Gesetzbuch von New Rome zerreißen konnte.

»Vermutlich wirst du darauf bestehen zu fahren«, meinte ich.

»Befehl ist Befehl«, gab er zurück.

»Typisch«, kommentierte ich. »Das ist wirklich keine Art, einen ehrlichen Menschen zu behandeln, weißt du.«

Ich versuchte immer noch, die Angelegenheit mit Humor zu nehmen.

»Was tut ein ehrlicher Mann in einem gestohlenen Wagen?« wollte er wissen.

»Ich habe ihn mir ausgeliehen.«

»Ich glaube dir ja«, versicherte er mir. »Aber schließlich ist es nicht mein Wagen.«

Er setzte sich auf den Fahrer- und ich mich auf den Beifahrersitz, und er fuhr mit einem scheußlichen Ruck an.

»Stümper«, sagte ich, und das machte für mindestens zwanzig Meilen jeder Unterhaltung zwischen uns den Garaus.

»Gehe ich recht in der Annahme«, brach ich endlich das Schweigen, »daß ich nicht im eigentlichen Sinne des Wortes festgenommen bin? Bringst du mich nur als mein Freund und Helfer nach Hause, wie du es auch bei einer verlaufenen Katze oder bei einem umherirrenden fremden Wesen tun würdest?«

»Ich erledige nur die Aufräumungsarbeiten«, belehrte er mich.

»Indem du den Dreck unter den Teppich kehrst«, brummte ich. »Wer war das Mädchen? Warum haben die beiden Kerle sie verfolgt? Was, zum Teufel, hättest du getan?«

Er wandte mir das Gesicht zu und sah mich ernst an. »Sie haben dir doch gesagt, wer sie ist und warum sie sie verfolgten.« Seine Stimme klang genau wie die eines Polizisten. Dann setzte er hinzu: »Wahrscheinlich hätte ich ähnlich wie du gehandelt. Nur hätte ich mich geschickter dabei angestellt. Ich hätte sie nach Hause gebracht und nicht so lange herumgetrödelt, bis der Ärger da war.« So menschlich sprach er nur, weil wir uns kannten. Jedem anderen gegenüber hätte er wohl die übliche Haltung eingenommen: Tue nur meine Pflicht, bin ein anständiger Polizist, der sein Gehalt zu Frau und Kindern heimträgt. Polizisten tun fast immer so, als hätten sie keine Ahnung von dem, was vorgeht, und daß es sie auch nicht besonders kümmert. Ich könnte nie ein Polizist sein.

Denton eine Erklärung abzugeben, das hielt ich nicht für

notwendig, und ich war todsicher, daß ein Protest keinen Sinn hatte. Er kannte mich. Wir beide wußten, was geschehen war. Und ich stellte ihm keine dummen Fragen darüber, was jetzt geschehen würde.

Kaum eine halbe Stunde später konnte ich meine Fragen dem Mann vorlegen, der alle Antworten kannte.

»Ich bezahle Sie nicht dafür, daß Sie sich wie ein dummer Junge aufführen.« Charlot drückte sich absichtlich in der Umgangssprache aus, um mich seinen Hohn um so deutlicher fühlen zu lassen.

»Sie bezahlen mich überhaupt nicht«, hielt ich ihm vor.

»Ich bezahle genug«, betonte er. »Ich leiste Ihnen keinen schlechten Dienst, indem ich Sie aus der unglücklichen Situation errette, in die Sie geraten sind, als die Caradoc-Gesellschaft Sie am Rande des Halcyon-Nebels aufsammelte. Ich weiß, daß Sie die Situation als Ihnen angetanes Unrecht betrachten, aber Sie müssen nun einmal damit leben. Ich weiß auch, daß Sie mich nicht leiden können. Aber Sie sind doch ein vernünftiger Mensch. Ist es zuviel verlangt, daß Sie mit meinen Angestellten zusammenarbeiten, statt sie für nichts und wieder nichts bei ihren Aufgaben zu behindern?«

»Ich bitte um Entschuldigung, daß ich mir, ohne zu fragen, den Wagen entliehen habe«, sagte ich.

»Um den Wagen geht es nicht!« Es überraschte mich, daß er auf meinen Köder anbiß. »Ich spreche von dem Mädchen.«

»Titus«, brachte ich so überzeugend wie möglich vor, »wenn Sie in Ihrem Wagen dahinführen und erblickten ein sehr kleines Mädchen, das von zwei nicht sehr kleinen Männern gejagt wird, die gar nicht den Eindruck von braven Bürgern machen, was würden Sie dann tun? Würden Sie den Männern auf ihr bloßes Wort hin das Mädchen überlassen?«

»Warum haben Sie nicht alle drei zurück in die Kolonie gefahren?« fragte er. »Das war es, worum Sie gebeten worden sind.«

Ich überlegte mir, ob ich angeben sollte, sie hätten mir ja über den Kopf schlagen können, sobald ich ihnen den Rücken zukehrte, entschloß mich aber, es sei nicht klug, auf diese Weise zu argumentieren. Lieber wollte ich die Wahrheit sagen.

»Sie gefielen mir nicht«, erklärte ich.

Er seufzte. »Sie machen mir mehr Ärger, als Sie wert sind.«

»Da haben Sie meine volle Zustimmung«, pflichtete ich ihm bei. »Soll ich meine Koffer packen?«

»Nein«, sagte er.

Ich zuckte die Schultern. »Sie sind dran.«

»Sehen Sie mal«, begann er zu erläutern, »Sie wissen doch sehr genau, welche Art von Arbeit ich leiste. Ich schaffe eine Synthese von gedanklichen Vorstellungen. Seit langer Zeit arbeiten ich und mein umfangreicher Stab mit einer Menge fremdrassiger Wesen zusammen. Auf New Alexandria gibt es ein halbes Dutzend Kolonien. Die Leute leben hier. Sie haben ihr Heim, ihre Familien, ihre Kinder hier. Sie brauchen ein gewisses Maß von Betreuung. Ich stecke sie nicht in Straflager oder in Reservationen, aber sie leben zusammen, und für sie ist das hier eine fremde Welt. Das Mädchen wurde auf New Alexandria geboren. Ihre Eltern kommen jedoch von Chao Phrya. Sie spricht nicht einmal Englisch, weil sie mit dem Projekt nichts zu tun hat. Von dieser Welt weiß sie nicht viel mehr, als daß sie hier eine Fremde ist. Ihre Erziehung liegt in den Händen ihrer eigenen Leute. Im Interesse der Angehörigen des Mädchens sind Tyler und Lanning ihr nachgelaufen, um sie nach Hause zu bringen. Immer, wenn es in der Kolonie Probleme gibt, müssen Tyler und Lanning sie ausbügeln. Sie haben eine sehr schwere Aufgabe, und diese wird ihnen nicht gerade erleichtert, wenn sich eine Art Don Quìjote, den das Ganze überhaupt nichts angeht, einmischt. Bitte, lassen Sie in Zukunft meine Angestellten in Ruhe. Das ist alles.«

Am liebsten hätte ich ihm gesagt, er solle sich zum Teufel scheren, aber ich hielt den Zeitpunkt für gekommen, wo ich mich mit Würde zurückziehen sollte. Wir schieden nicht im besten Einvernehmen. Seit der Party auf Hallsthammer herrschte Krieg zwischen uns.

Natürlich akzeptierte ich alles, was er gesagt hatte. Es ging mich überhaupt nichts an. Warum sollte ich den leisesten Argwohn haben, er lüge? Hätte ich verlangen sollen, ich wolle mir die Kolonie der Anacaona von Chao Phrya ansehen? Wenn er mir, was höchstwahrscheinlich war, gesagt hätte, ich solle den Mund halten, dann wäre das immer noch kein Beweis dafür gewesen, daß er etwas zu verbergen hatte.

Ich bin ein argwöhnischer Mensch. Hinter Titus Charlots Winkelzüge kam ich trotzdem nicht immer.

III

Nach diesem Vorfall entschied ich, daß ich mein verantwortungsloses Handeln bremsen mußte. Ich wandte mich Vergnügungen für die reifere Jugend zu, zum Beispiel der Verbesserung meiner geistigen Fähigkeiten durch wohlüberlegte Dosen alkoholischer Getränke. Dabei kam mir der Gedanke, daß mein Geist noch eine weitere Aufbesserung vertragen könnte. Seit mehr als zwei Jahren hatte ich nie mehr Zeit zum Lesen gehabt. In der kurzen Zeit auf der Erde, bevor ich von Nick delArco angeheuert wurde, war ich so deprimiert gewesen, daß ich nur in den Fernsehapparat geglotzt hatte.

Der *Wind* billigte es außerordentlich, daß ich mich tief in eine Bonanza gedruckter Worte hineingrub, obwohl sein literarischer Geschmack völlig anders als der meinige war. Es spricht für mich, daß ich einen Kompromiß schloß, statt nur auszuwählen, was mir gefiel. Das heißt, wenn man bei einem Verhältnis 80:20 noch von einem Kompromiß sprechen kann. Eigentlich ist das schon eine Konzession.

Ich wußte, der friedliche Zustand würde nicht lange dauern, aber ich hatte nicht erwartet, daß er auf die Weise beendet werden würde, wie es tatsächlich geschah.

Ich lag am Spätnachmittag auf meinem Bett, als beharrlich an die Tür geklopft wurde. Weil ich nicht extra aufstehen wollte, brüllte ich »Herein«!

Die spanische Inquisition hatte ich draußen nicht vermutet.

Es waren Polizisten, und gleich drei. Das schien mir doch eine übertriebene Maßnahme zu sein. Mein alter Freund Denton war dabei (natürlich), und er sprach mich an, während seine Kollegen plattfüßig dastanden und argwöhnisch um sich blickten.

»Wo bist du den ganzen Tag gewesen?« fragte Denton. Ich hatte schon mitgekriegt, daß das kein freundschaftlicher Besuch war, aber er machte es so überdeutlich, daß mir keine Illusionen mehr blieben. Er schritt immer noch, statt zu gehen wie ein normaler Mensch, und er sprach mit einer Stimme wie ein Reibeisen.

»Ich habe es nicht getan«, sagte ich. »Was es auch sein mag.«

»Hör auf mit dem Unsinn«, schnauzte er mich an. »Beantworte die Frage.«

Aus Bosheit blieb ich dabei. »Ehrlich, ich kann mich nicht erinnern, daß ich es getan habe, und ich habe sechs Zeugen, die mich nicht gesehen haben.«

»Steh auf«, befahl er. »Gehen wir.«

»Aufs Polizeirevier?« fragte ich. »Oder müssen wir erst noch den Zwischenträger abholen?«

»Zu Charlot«, erklärte er kurz und bündig.

»Der arme, alte Sergeant am Schreibtisch«, seufzte ich. »Nie kriegt er etwas von dem Spaß mit.«

Während ich mich vom Bett erhob, nahm mir Denton das Buch aus der Hand. Er schloß es, ohne einen Blick hineinzuwerfen, und warf es aufs Kissen.

»Du hast meine Seite verblättert«, sagte ich.

»Grainger, laß den Quatsch. Diesmal sitzt du wirklich in der Tinte.«

»Was ist denn los?« verlangte ich zu wissen.

»Beantworte zuerst meine Frage.«

»Ich bin den ganzen Tag hier gewesen. Übrigens bin ich fast die ganze Woche hier gewesen, ausgenommen an zwei Abenden, wo ich in der Bar an der Ecke einen Schluck getrunken habe, und für diese Stunden kann ich dir ein Alibi geben. Zeugen für heute nachmittag habe ich nicht, aber jedesmal, wenn ich mein Zimmer verlasse, sieht mich irgendwer, besonders bei den Mahlzeiten. Ich habe keinen der Wagen angerührt, und ich habe keine anderen Verbrechen begangen als nach Glücksspielautomaten zu treten und grob zu Robotern zu sein. Also, wer hat jetzt wen umgebracht?«

»Hast du das Mädchen, das du vorige Woche in dem Lamoine mitgenommen hast, wiedergesehen?«

»Nein.«

»Hast du mit irgendeinem Anacaona in Verbindung gestanden?«

»Nein.«

»Gut«, meinte er und faßte unter seinen Rockaufschlag, um das verborgene Aufnahmegerät abzustellen. »Wahrscheinlich bist du sauber. Du gehörst nicht mehr zu den Verdächtigen und zählst wieder zu den braven Jungen, sobald auch Charlot überzeugt ist.« Er trat zurück, und einer seiner Spießgesellen öffnete die Tür. Denton schritt hinaus, und ich folgte ihm. Die beiden anderen schlossen sich uns nicht an.

»Durchsuchen die zwei mein Zimmer?« fragte ich ungläubig.

»Jawohl.«

»Beim Teufel und seiner Großmutter, womit habe ich soviel Aufmerksamkeit verdient?«

»Du hast im ungeeignetsten Augenblick den Pfadfinder gespielt. Damit hast du dich verdächtig gemacht. Das Mädchen ist verschwunden. Man glaubt, du könntest etwas damit zu tun haben, weil du dich in letzter Zeit wenig hast blicken lassen.«

Das hat man von einem ruhigen, soliden Lebenswandel.

Charlot kochte vor Wut, aber sie richtete sich nur zum geringen Teil gegen mich. Es sah so aus, als habe Denton mich nur routinemäßig unter »als Täter nicht in Frage kommend« aussortieren müssen. Wie schön, wenn es einen Menschen gibt, der Vertrauen zu einem hat.

»Wie hat sie es nur fertiggebracht?« fragte Charlot. Er wandte sich mehr an Denton als an mich. »Wie konnte sie im Hafen an Bord gehen? Wie können sich zwei fremdrassige Lebewesen von New Alexandria davonschleichen?«

»Wohin sind sie?« fragte ich.

»Ich weiß es nicht«, fauchte er.

»Wer ist die andere Person?« fragte ich weiter.

»Eine der am Projekt beteiligten Frauen, keine Wissenschaftlerin, mit ziemlich unbedeutenden internen Verwaltungsaufgaben betraut. Grainger, wenn ich herausfinde, daß Sie irgend etwas mit der Sache zu tun hatten, vernichte ich Sie.«

»Sie wissen, daß ich nichts damit zu tun habe«, stellte ich fest.

Er nickte. Er hatte nur ein bißchen Dampf ablassen wollen. Das hat selbst Titus Charlot manchmal nötig.

Aber warum regte er sich so auf? fragte ich mich.

»Verzeihen Sie«, begann ich, »worin besteht eigentlich das schauderhafte Verbrechen? Diese Anacaona sind doch frei, nicht wahr? Was steht dem entgegen, wenn sie New Alexandria verlassen wollen?«

Endlich wurde mein Argwohn wach.

Denton ergriff das Wort. »Es handelt sich um Kidnapping. Die Frau ist nicht die Mutter des Mädchens. Sie hatte kein Recht, sie mit sich zu nehmen. Und wo sie auch sein mögen, sie haben sich heimlich entfernt.«

»Ich verstehe immer noch nicht, warum das ein Anlaß zur Panik ist.«

»Ich habe Jahre in dieses Mächen gesteckt«, erklärte Charlot. »Ihr Verlust wirft das Projekt um ein halbes Lebensalter zurück.« Er sprach halb zu sich selbst, halb zu mir.

»Na so etwas«, sagte ich. »Angeblich war sie doch nichts weiter als ein kleines Mädchen, das Tyler und Lanning nach Hause bringen wollten, ehe es dunkel wurde, wie? Sie Bastard. Was, zum Teufel, tun Sie in dieser Kolonie?«

»Sie sind ein Dummkopf«, antwortete Charlot. »Das Mädchen ist wichtig, weil ich ihre Entwicklung seit dem Tag ihrer Geburt sorgfältig und unter Vermeidung jeder Beeinflussung studiert habe. Die ganze Kolonie wurde zum größten Teil gegründet, um eine solche Studie möglich zu machen. Es ist Ihnen doch bekannt, daß ich für eine Synthese, wie ich sie zu erarbeiten versuche, mehr brauche als Daten und Fakten. Ich brauche Verstehen, und die Anacaona sind ein sehr schwer zu verstehendes Volk. Ihre Sprache zu übersetzen ist eine Sache voller Probleme. Das ganze Projekt ist bedroht, wenn wir keinen Schlüssel zum Verstehen finden. Dieses Mädchen sollte mir den Schlüssel liefern. Wir haben uns in keiner Weise in ihre Entwicklung eingemischt. Sinn des Projekts war ja gerade, daß sie von jedem menschlichen Einfluß frei blieb. Wir brauchen das Mädchen.« Das klang in meinen Ohren durchaus nicht überzeugend. Ich hatte das Gefühl, daß er mir nicht die volle Wahrheit sagte.

»Kidnapping ist es auf jeden Fall«, versuchte Denton Charlot beizubringen. Zweifellos kam es auch ihm so vor, als seien wir vom eigentlichen Thema abgekommen.

»Das Gesetz von New Rome erlaubt jedermann, jede Welt aus jedem beliebigen Grund zu verlassen«, sagte ich.

»Nicht mit dem Kind von jemand anders«, betonte Denton.

»Sie wollen hinter ihr her.« Plötzlich ging mir ein Licht auf, warum ich herbeigezerrt worden war. »Sie warten nur noch ab, bis Sie festgestellt haben, auf welchem Schiff und zu welchem Ziel das Mädchen unterwegs ist.«

»Das Ziel gibt uns keine besonderen Rätsel auf«, meinte Charlot. »Wir möchten die Entführerin nur möglichst zu fassen bekommen, bevor sie es erreicht.«

»Warum?« fragte ich. »Wo sie auch landen wird, sie kann immer noch festgenommen werden, wenn Sie ihr das Verbrechen der Kindesentführung nachweisen können.«

»Nicht auf Chao Phrya«, widersprach Charlot. »Die dortigen Behörden werden nicht mit uns zusammenarbeiten.«

»Nicht schon wieder!« beklagte ich mich verzweifelt. »Ist das eine weitere Welt, für die ›Kontakt nicht zu empfehlen‹ gilt?«

»Von unserem Standpunkt aus nicht, sondern vom Standpunkt der dortigen Bevölkerung aus«, erläuterte Charlot. »Die Situation auf Chao Phrya ist schwierig und kompliziert. Die Verhandlungen werden nicht leicht sein.«

»Und Sie brauchen meine Hilfe?«

»Vielleicht mehr als Ihre Hilfe«, fuhr Charlot fort. »Wenn die Frau und Alyne – das ist das Kind – Chao Phrya erreichen, werden Sie sie auf diesem Planeten suchen müssen. Ich nehme nicht an, daß man mir die Erlaubnis zur Landung geben wird.«

Das faszinierte mich. »Warum nicht? Was haben Sie getan?«

»Ein diplomatischer Fehlschlag«, schwindelte er. »Das ist überhaupt nicht wichtig. Wichtig ist allein . . .«

Das Piepen seines Schreibtischtelefons unterbrach ihn. Er ging hin und lauschte einige Augenblicke lang angespannt. Es handelte sich um einen so enggebündelten Richtsender, daß ich nichts verstehen konnte. Ich sah jedoch, wie Charlots

Gesicht einen grimmigen Ausdruck annahm, und ich konnte mir vorstellen, daß er mit den Zähnen knirschte. Irgend etwas brachte ihn aus der Fassung, und ich konnte mir an fünf Fingern abzählen, daß er dafür jemandes Kopf fordern würde. Sollten die Bullen in meinem Zimmer etwas gefunden haben? Aber das war ein unsinniger Einfall.

Endlich schaltete er ab und sah uns mit steinernem Gesicht ein paar Sekunden an. Dann wandte er sich an Denton.

»Sie hatten recht. Sie hatten Hilfe von ihnen. Tyler ist ebenfalls verschwunden. Tyler, der verdammte Narr. Ich werde dafür sorgen, daß er sein Bestechungsgeld nicht verbrauchen kann, wo er auch stecken mag.«

»Er wird nach Penaflor fliegen«, warf ich hilfreich ein. »Auf Penaflor kann man die New Alexandrier nicht leiden.«

Charlot ignorierte mich. Weder sein Gesichtsausdruck noch seine Stimme änderten sich, und doch hatte ich ihn noch nie eine so heftige Emotion ausstrahlen sehen. »Wo er auch stecken mag«, wiederholte er.

»Finden Sie ihn«, befahl er Denton. Mich wies er an: »Die *Dronte* startet in zwei Stunden. Bereiten Sie sich darauf vor. Socoro ist an Bord. Der Kapitän und ich kommen so bald wie möglich.«

»Nick ist auf der Erde«, erinnerte ich ihn.

»Das weiß ich«, wehrte er gereizt ab. »Miß Lapthorn wird die Aufgabe des Kapitäns übernehmen. Sie haben sich doch nicht eingebildet, Sie würden den Posten bekommen?«

Sein bösartiger Ton war völlig unnötig. Die Nachricht an sich genügte, um mich auf die Palme zu bringen.

Denton ging mit mir zusammen weg.

»Wie kommt es, daß du deine Hände bei allen großen Geheimnissen im Spiel hast?« fragte ich ihn. »Bist du in Wirklichkeit der Polizeichef und hast dich nur als einfacher Plattfuß verkleidet?«

»Nein«, antwortete er. »Ich bin Charlots Leibwächter.«

»Teufel, Teufel«, sagte ich. »Ich wußte nicht, daß er überhaupt einen Leibwächter hat. Braucht er einen?«

»Eigentlich nicht«, meinte Denton. »Jedenfalls glaubt er das. Aber solange er auf New Alexandria ist, muß sich jemand um ihn kümmern. Dasselbe gilt für alle Spitzenkräfte der Bibliothek. Unsere Welt schätzt diese Leute sehr hoch ein.«

»Du bewachst ihn aber nur, wenn er hier ist?«

»Ich bin Polizist«, erklärte er, »kein privater Leibwächter.«

»Mir fällt daran nur auf«, wandte ich ein, »daß er doch außerhalb New Alexandrias ungleich verwundbarer ist als hier.«

Denton zuckte die Schultern. »Mehr können wir nicht tun. Ihm paßt es gar nicht, daß er bewacht wird. Für mich ist es eine vertrackte Aufgabe. Er läßt mich nicht nahe genug an sich heran, daß ich ihm wirksamen Schutz geben kann, aber wenn ihn jemand abknallt, während ich in der falschen Ecke herumstehe, trage ich die Verantwortung.«

»Großartig«, sagte ich. Deshalb verwendete er also soviel seiner Zeit darauf, die Wände zu stützen.

Dann fiel mir noch etwas ein. »Sag mal, angenommen, nur rein theoretisch, es geht in dieser Kolonie irgend etwas vor, etwas, das gegen das Gesetz von New Rome verstößt. Was tust du dann?«

»Du fantasierst dir etwas zusammen«, behauptete er.

»Du glaubst, daß Charlot über dem Gesetz steht?«

»Das glaube ich ganz und gar nicht.«

»So etwas nenne ich Heuchelei. Oder willst du im Ernst damit sagen, du würdest einschreiten, wenn ich dir den Beweis dafür brächte, daß Charlot das Gesetz bricht?«

»Bring mir erst den Beweis«, wich er aus.

»Vielleicht gelingt mir das«, verkündete ich. »Diese Kidnappingsache stinkt. Sie ergibt keinen Sinn.«

»Sooo?« Denton schien davon überzeugt zu sein. Es interessierte ihn nicht einmal. »Weißt du was? Ich lade dich auf ein Glas ein, wenn du von Chao Phrya zurückkommst, mit dem Mädchen oder ohne das Mädchen. Und du wirst mir erzählen, was geschehen ist. Und dann werden wir feststellen, wer von uns beiden behaupten kann: ›Das habe ich dir ja gleich gesagt.‹ Okay?«

»Du hältst Charlots Geschichte für die Wahrheit?«

»Jawohl.«

»Okay«, sagte ich, »abgemacht.« In meinem geistigen

Terminkalender merkte ich mir unsere Verabredung vor. Ich bekomme nicht oft eine Gelegenheit, daß ich zu einem Polizisten sagen kann: »Das habe ich dir ja gleich gesagt.«

Polizisten, die streiten, sind immer Optimisten.

IV

Wenn ich eine Liste von weiblichen Kapitänen aufstellen müßte, die ich gekannt und geliebt habe, würde diese Liste nicht sehr lang werden. Ja, es würde mich ins Schwitzen bringen, überhaupt eine Kandidatin zu finden. Das bedeutet nicht, daß ich Frauen als Kapitäne aus Prinzip ablehne. Ich beurteile einen Kapitän nach seinen Fähigkeiten. Ich selbst bin ein guter Kapitän. Eve Lapthorn als Kapitän war ein Witz. Ein armseliger Witz.

Wäre Titus Charlot nicht so wütend gewesen, würde ihm der Sprung von New Alexandria nach Chao Phrya Spaß gemacht haben. So, wie die Dinge lagen, war niemand im Kontrollraum glücklich, und Johnny war nur glücklich, weil er nicht im Kontrollraum war. Noch nie habe ich einen Menschen gesehen, der sich so unbehaglich fühlte wie Eve, als sie die üblichen Befehle zum Start erteilte. Um für uns beide aus der Situation das Beste zu machen, hätte sie die Zügel fest in die Hände nehmen und ein Pokergesicht aufsetzen sollen. Das schaffte sie aber nicht. Sie ließ sich ihre Verlegenheit und ihr Widerstreben anmerken. Das irritierte mich noch mehr, als ich sowieso schon war. Eve hatte überhaupt die Fähigkeit, mir auf die Nerven zu gehen, einfach, weil sie die Schwester des verstorbenen und vielbeklagten Lapthorn war, meines Freundes und Partners zu der Zeit, als ich mich Kapitän schimpfte.

Ich fand, sie hätte den Posten ablehnen sollen, wenn sie ihn nicht unbewegten Gesichts übernehmen konnte. Sie war nicht mit einer Sklavenkette an Charlot gefesselt, und todsicher brauchte sie das Geld nicht. Aber vermutlich betrachtete sie es als eine Art Herausforderung, die nicht nur von Charlot, sondern auch von mir ausging. Ich persönlich bin der Ansicht, man sollte keine Herausforderung annehmen, wenn man nicht damit fertig werden kann, aber andere Leute sind eben nicht so realistisch und so verantwortungsbewußt wie ich.

Also herrschte wie üblich an Bord der *Dronte* eine gespannte Atmosphäre, vielleicht noch gespannter als üblich.

Ganz ehrlich, ich kann mich nicht daran erinnern, daß die *Dronte* jemals ein glückliches Schiff gewesen ist. Mir machte es Freude, sie zu fliegen. Ich liebte es, unter dem Helm zu sitzen. Aber man vergißt niemals ganz, was sich hinter dem Kontrollsitz abspielt, wenn der Ärger ebensogut von innerhalb des Schiffes wie von draußen kommen kann. Jedes Mal, wenn ich die *Dronte* auf ihren vorprogrammierten Kurs gebracht hatte, ganz gleich, wann oder wo, mußte ich in diese Atmosphäre glimmenden Mißtrauens und versteckter Feindseligkeit zurückkehren. Dabei spielte es nicht einmal eine Rolle, ob Charlot in Person anwesend war oder nicht. Im Geiste war er immer da.

Während die *Dronte* von dem Corinther Raumhafen abhob, dachte ich daran, daß mein bester Flug mit diesem Vogel eigentlich die wahnsinnige Reise durch den Halcyon-Nebel gewesen war, nachdem wir die *Lost Star* geplündert (beziehungsweise nicht geplündert) hatten. Ich war in Lebensgefahr gewesen und hatte schreckliche Schmerzen erleiden müssen, aber damals hatten die *Dronte*, der *Wind* und ich vereint gegen die Naturgewalten gestanden, statt daß wie jetzt der *Wind* und ich allein in einer See negativer Gefühle ertränkt wurden. Diese Situation mußte unbedingt eintreten, sobald ich das Schiff auf Kurs nach Chao Phrya gebracht hatte. Ich studierte die Karten so sorgfältig und genau wie immer und programmierte einen perfekten Minimalweg. Beinahe wünschte ich mir, ich hätte ein paar Staubwolken, durch die ich die *Dronte* steuern konnte, oder einen Engpaß, wo sie entweder aus dem Kurs geworfen oder kräftig durchgeschüttelt werden würde. Aber zwischen New Alexandria und Chao Phrya gab es nichts als das leere Nichts, davon allerdings eine Menge, denn Chao Phrya war vom Kern der Zivilisation ein ganzes Stück entfernt. Andererseits war die Entfernung wieder nicht so groß, daß wir uns in die Nähe des galaktischen Zentrums oder an den Rand begeben mußten. Alles war schön sicher und langweilig.

Als ich den Helm abnahm und es der *Dronte* überließ, ihren Weg bei fünfzigtausendfacher Lichtgeschwindigkeit selbst zu finden, hielt Eve eine Tasse Kaffee für mich bereit. Charlot verlangte höchstmögliche Geschwindigkeit. Nun, bei fünfzigtausend würden wir jedes Schiff überholen und um Stunden früher Chao Phrya erreichen, ob es nun dreißig Stunden Vorsprung hatte oder nicht. Ich bedankte mich freundlich bei Eve und verkniff mir jede sarkastische Bemerkung darüber, daß der Kapitän auch die Aufgaben der Stewardeß übernommen hatte.

»Geschätzte Ankunftszeit?« fragte Titus.

Wie immer, gab ich ihm die Zeitdauer und nicht die Uhrzeit an, weil ich, was ihm wohlbekannt war, keine Uhr trage. »Neunzehn Stunden und etwas. Wenn Sie wollen, kann ich es Ihnen auf die halbe Sekunde genau ausrechnen.«

»Was ist mit der *White Fire*?« kam Johnnys Stimme aus dem Lautsprecher über dem Kontrollsitz. Die *White Fire* war das Schiff, mit dem die Frau und das Mädchen reisten.

»Sie kann das System frühestens vier Stunden nach unserer Landung erreichen«, teilte ich ihm mit. »Kein Grund zur Aufregung.«

Charlot lachte auf.

»Sie rechnen also mit Aufregungen?« fragte ich ihn.

»Vielleicht.«

»Halten Sie es nicht für richtig, uns darüber zu informieren?« fragte Eve in dem Versuch, sich so zu benehmen, als ob sie die Verantwortung trage.

»Mit Chao Phrya läßt sich schwer umgehen.«

»Das haben Sie schon einmal gesagt«, warf ich trocken ein. Ich erinnerte mich daran, daß er auf diesem Planeten persona non grata war.

»Warum?« wollte Eve wissen.

»Die *Zodiac*-Familien sind unfreundlich«, antwortete Charlot.

»Weiter«, drängte ich. »Nun verraten Sie ihr schon, daß Chao Phrya eine Welt ist, für die ›Kontakte nicht zu empfehlen‹ gilt.«

»Das entspricht nicht den Tatsachen«, gab Charlot eisig zurück. »Das Gesetz von New Rome wird dort offiziell anerkannt. Es ist nur so, daß die Menschen, die den Planeten kolonisiert haben, Außenweltler nicht gerne sehen. Eine weitere Einwanderung erlauben sie nicht. Außer einem halben Dutzend Repräsentanten von New Rome sind dort nicht einmal Botschafter von anderen Welten zugelassen. Sie wollen keinen Handel, sie wollen keine Kommunikation, wenn sie nicht unbedingt dazu gezwungen sind.«

»Niemand wird zur Kommunikation gezwungen«, bemerkte ich.

»Sei ruhig«, sagte Eve. »Laß Charlot erzählen.«

Sehr viel Nachdruck saß nicht hinter diesem Befehl. Aber ich tat, wie mir geheißen worden war.

»Das Gesetz verlangt, daß der Raumhafen für Schiffe im Orbit gewisse Dienstleistungen erbringt«, fuhr Charlot fort. »Unter gewissen Umständen kann man einem Schiff die Landeerlaubnis nicht verweigern. Wir haben vor der Ankunft der *White Fire* keine Zeit mehr, um uns volle Rückendeckung durch das Gesetz zu versichern. Daher könnte es Ärger geben. Aber es werden beide Schiffe im Orbit bleiben müssen, und dort werden wir eine gerichtliche Verfügung abwarten.«

»Optimist«, war mein Kommentar.

Niemand nahm Notiz davon.

»Der Grund, warum die Bevölkerung von Chao Phrya eine so ablehnende Haltung gegen Außenweltler einnimmt, ist, daß sie neurotische Isolationisten sind«, erläuterte Charlot. »Nicht einer von ihnen hat jemals den Planeten verlassen. Sie haben außer der *Zodiac* kein eigenes Schiff, und das ist kein Schiff mehr, sondern ein Schrein der Verehrung. Den Raumhafen haben sie nur gebaut, damit sie alle Kontakte zur Außenwelt unter Kontrolle haben.«

»Wie ist es möglich, daß sie alle neurotisch sind?« fragte Eve.

»Ganz einfach«, fiel ich ein und schnappte Charlot ruchlos die Pointe weg, »die *Zodiac* war ein Generationenschiff.«

Eve verstand nicht. Johnny sagte kein Wort. Ich wußte jedoch, daß er immer noch zuhörte und daß er es auch nicht verstand.

»Das gelobte Land«, warf ich voller Abscheu hin.

»Was?«

»Bevor Spallanzani die Wahrscheinlichkeitstransformation erfand und lange vor dem Zeitalter der Massenreduktion gab es Raumschiffe mit einem sogenannten Schubtaktantrieb«, erklärte ich Eve. »Wahrscheinlich kennst du sie unter der Bezeichnung ›Rollfässer‹, und wenn heutzutage auf den Pilotenschulen überhaupt noch irgendwelche Theorie gelehrt wird, wirst du wissen, warum man sie so nannte. Es gab nämlich schon vor dieser erleuchteten Zeit der hohen Geschwindigkeiten Raumfahrt.«

»Raumfahrt mit Unterlichtgeschwindigkeit«, nickte Eve. »Aber . . .«

Charlot riß das Wort wieder an sich. »Die *Zodiac* brauchte für den Flug von der Erde nach Chao Phrya vierhundertachtzig Jahre. Ihre Geschwindigkeit kam nicht einmal an die Lichtgeschwindigkeit heran. Chao Phrya befand sich in dem fünften System, das die Auswanderer nach bewohnbaren Welten durchsuchten. Vorher hatten sie schon zwei Welten abgelehnt, auf denen sie hätten überleben können, weil es ihnen nicht ums Überleben ging. Es ging ihnen um den Garten Eden, um einen Planeten wie das Paradies, ein gelobtes Land. Während der neunzehn Generationen, die diese Menschen in ihrem Schiff lebten, erhielten sie die Hoffnung auf das gelobte Land aufrecht. Sie lebten nicht für sich, sondern für ihre Nachkommen. Ihr einziger Daseinszweck war, ihren Kindern eine vollkommene Welt zu geben. Von diesem Gedanken waren sie besessen. Das Leben an Bord dieses Generationenschiffes ist kein schönes Leben. Endlich fanden sie die richtige Welt, und ihre Kinder erbten sie. Aber die Kinder erbten auch die Besessenheit. Ihre Einstellung zu Chao Phrya ist dieselbe wie die ihrer Vorfahren. Chao Phrya ist das gelobte Land, ist heiliger Boden. Es gehört ihnen bis in alle Ewigkeit und sonst niemandem. Das ist ein bekanntes Syndrom. Es schleift sich ab, doch dazu gehören mehrere Generationen. Die Kinder der *Zodiac* hatten auf eine Weise unerhörtes Glück, daß der Planet noch unentdeckt war. Die galaktische Zivilisation entdeckte

Chao Phrya erst vor vierzig Jahren – fast ein Jahrhundert nach der Landung der *Zodiac*.

Wie die Kinder der *Zodiac* auf das Erscheinen von Fremden reagierten, können Sie sich sicher vorstellen. Sie hatten eine Tradition von zweiundzwanzig Generationen, die Opfer gebracht hatten. Die Neuankömmlinge flitzten mühelos zwischen den Sternen umher und ignorierten die seltsame alte Relativitätstheorie, die die *Zodiac*-Leute immer noch für ein Naturgesetz hielten. Sofort kapselten sie sich vollständig ab. Sie wollten von der Galaxis und dem Rest der menschlichen Rasse nichts mehr wissen. Das jedoch konnte nicht zugelassen werden. Sie mußten das Gesetz von New Rome akzeptieren. Es blieb ihnen keine Wahl. Da waren nämlich die Anacaona.

Wissen Sie, für die Kinder der *Zodiac* gehörten die Anacaona einfach zur Ausstattung ihres gelobten Landes. Keinem von ihnen kam der Gedanke, die Anacaona könnten ein Recht auf diesen Planeten haben. Sie waren da, und das bedeutete nichts weiter, als daß eine gütige Vorsehung sie zum Nutzen der Kinder der *Zodiac* geschaffen hatte. Sie waren keine Menschen. Sie waren Sklaven. Aus den Offizieren der *Zodiac* wurde die Regierung der Neuen Welt, und die Familien zogen ein und übernahmen die Herrschaft. Innerhalb von Hunderten von Meilen rund um ihren Landeplatz vernichteten sie buchstäblich jede Spur der Eingeborenenkultur, und als der Planet zum zweiten Mal entdeckt wurde, waren sie dabei, sich mit furchterregender Geschwindigkeit auszudehnen. Blutvergießen hatte es nicht gegeben. Die Anacaona waren ohne Gewaltanwendung besiegt worden. Wären die Wiederentdekker hundert Jahre später gekommen, dann hätte es vermutlich auf dem ganzen Planeten keinen einzigen wilden Anacaona mehr gegeben. Die ganze Rasse wäre domestiziert und humanisiert gewesen. Die Anacaona sind intelligent und begabt zur Nachahmung – die perfekten Sklaven. Auch hatten sie selbst nur einen Kontinent besiedelt. Ihre eigene Ausbreitung als Spezies hatte noch nicht richtig begonnen.

Die *Zodiac*-Leute begingen keinen Völkermord, aber sie waren gefährlich nahe an die Ausrottung einer Kultur gekommen. New Rome sandte seine Vertreter aus, und New

Alexandria ebenfalls. Der Streit dauerte Jahre. Im letzten Stadium kam ich nach Chao Phrya, um Vorbereitungen für das Anacaona-Projekt zu treffen, das jetzt in der Kolonie bei Corinth durchgeführt wird. Auf die Einzelheiten dieses kalten Krieges brauche ich nicht näher einzugehen. Sie können sich auch so vorstellen, wie schwierig alles war. Zuletzt sahen die Kinder der *Zodiac* ein, daß sie keine andere Wahl hatten. Wenn sie die Anacaona nicht in Ruhe ließen, würde New Rome Truppen schicken. Wenn Chao Phrya nicht von den *Zodiac*-Offizieren nach dem Gesetz von New Rome regiert wurde, würde es von einer Militärregierung nach dem Gesetz regiert werden. Davon, daß New Rome den Planeten als ›Kontakt nicht zu empfehlen‹ klassifizierte, konnte gar nicht die Rede sein. Das geschieht nur bei solchen Welten, auf denen entweder ein fremdrassiges Volk nicht kolonisiert zu werden wünscht, oder bei einer menschlichen Bevölkerung mit exzentrischer Einstellung, falls andere Interessen nicht berührt werden.

Die Schiffsoffiziere mußten kapitulieren. Sie erklärten sich bereit, auf Chao Phrya unsere Gesetze walten zu lassen, wenn sie nur an der Macht bleiben konnten. Die Wiederentdeckung hatte nur ihre Entschlossenheit verstärkt, unter sich zu bleiben und jede Einmischung von außen auszuschalten.

Die Kinder der *Zodiac* hassen uns. Wir – besonders wir von New Rome und New Alexandria – sind über ihr heiliges, gelobtes Land getrampelt und haben ihnen gesagt, wie sie es zu verwalten hätten, falls sie nicht riskieren wollten, daß es ihnen weggenommen wird.

All dieser Haß wird sich gegen uns richten, wenn wir landen wollen. Unser einziger Vorteil ist, daß die *Zodiac*-Leute fürchten, wir könnten unsere Drohungen ausführen. Sie werden mit uns zusammenarbeiten, aber erst, wenn wir sie in Schrecken versetzt haben. Sie werden uns nicht töten, und sie werden uns nicht rundheraus jede Hilfe abschlagen, aber sie werden uns alle Schwierigkeiten machen, die sie können.

Mich werden sie vermutlich gar nicht landen lassen. Vielleicht lassen sie nur einen von uns den heiligen Boden betreten, und dann werden Sie gehen müssen.«

Er meinte mich.

»Vielen Dank«, sagte ich.

»Denken Sie immer daran, durch Ihr Auftreten zu dokumentieren, daß die ganze Galaxis hinter Ihnen steht. Wir müssen diese Angelegenheit als diplomatischen Zwischenfall auf höchster Ebene behandeln. Sie sind mit den dortigen Verhältnissen vertraut. Geben Sie den *Zodiac*-Leuten niemals einen Zollbreit nach.«

»Großartig«, meinte ich. »So etwas habe ich mir schon lange gewünscht. Ich soll mich allein auf einen Planeten begeben, wo jeder einzelne Mensch mich haßt. Das ist ja prima.«

So besorgt wie ich tat war ich gar nicht. Ich war davon überzeugt, daß ich es schaffen würde. In Schwierigkeiten gerate ich nur dann, wenn die Situation es erfordert, daß ich nett zu den Leuten bin.

Charlot jedoch war sehr besorgt. Er hegte sehr bittere Gefühle gegen Chao Phrya. Ich konnte es mir leisten, die traurige Geschichte, die er uns eben erzählt hatte, philosophisch zu betrachten. Die Galaxis ist groß. Manches geht schief. Wenn Kulturen zusammenstoßen, hat immer irgendwer zu leiden. Es läßt sich nicht ändern.

Allerdings wird nichts besser dadurch, daß man eine philosophische oder zynische Haltung einnimmt. Charlot konnte weder philosophisch noch zynisch sein, weil er den Sinn seines Daseins darin sah, die Welt zu verbessern. Er glaubte felsenfest daran, daß New Alexandria dazu den richtigen Weg gefunden hatte.

Ich bin mißtrauisch gegen New Alexandria und noch mißtrauischer gegen New Rome. Der Gedanke, New Alexandria sei vielleicht die größte Kulturvernichtungsmaschine aller Zeiten, geht mir nicht aus dem Kopf. Man macht sich dort ernsthaft Sorgen um die nichtmenschlichen Rassen der Galaxis, aber es ist nun einmal so, daß die Philosophie von New Alexandria anthropozentrisch ist. Die Konzepte sind menschlich, und die Methoden sind menschlich. Typisch ist das Resultat der Synthese von menschlichem und khormonischem Wissen. Sie erzeugte einen gewaltigen Fortschritt der menschlichen Technologie. Soweit ich wußte, flog kein Khormon ein Schiff vom Typ der *Dronte*.

Über all das wollte ich nicht mit Charlot streiten. Ich habe meine eigene Denkungsart. Wir hätten niemals auch nur unsere Vorstellungen vergleichen können. Aber ich wußte, wenn er mich allein auf die Oberfläche von Chao Phrya schickte, würde ich nicht mit ganzem Herzen bei meiner Aufgabe sein. Und er wußte das auch. Ich glaube einfach nicht an den homo galacticus und noch weniger an den homo deus. Folglich konnte es zwischen Charlot und mir nie zu einem Verstehen kommen.

Mittlerweile hatten Eve und ich jedoch verstanden, welche Ausmaße unser Problem nehmen würde. Auch wir machten uns jetzt auf Schwierigkeiten gefaßt.

»Was hält man auf Chao Phrya von Ihrer Kolonie?« fragte ich.

»Man haßt den bloßen Gedanken daran«, antwortete Charlot.

»Welchem Empfang werden sie demzufolge der Frau und dem Mädchen bereiten?«

»Das weiß ich nicht«, gestand er. »Ich glaube, sie würden am liebsten vergessen, daß die Kolonie existiert. Sie werden niemandem Dank wissen, der sie daran erinnert. Sie werden der *White Fire* keine Landeerlaubnis geben. Soviel steht fest.«

»Aber das ist es nicht, was Ihnen Sorgen bereitet«, fragte Eve.

»Sie glauben, daß die Flüchtlinge irgendwie doch auf den Planeten gelangen werden«, fiel ich ein.

»Ich hoffe, das wird nicht geschehen«, sagte Charlot.

»Und wenn es trotzdem passiert, sind die diplomatischen Verhandlungen im Eimer«, stellte ich fest.

»Offensichtlich.«

Ich wußte jedoch, daß das nicht der Hauptgrund für seine Aufregung war. Ich sollte die *Zodiac*-Leute glaubhaft machen, die ganze Schwere des Gesetzes von New Rome würde sie plattwalzen, wenn sie uns rieten, abzuschwirren. Aber Titus Charlot fürchtete, New Rome könne mehr daran interessiert sein, den Frieden zu wahren, als Charlots Probleme zu lösen.

Er hatte Angst davor, New Rome könne zweckmäßigerweise entscheiden, der Tatbestand der Kindesentführung sei nicht bewiesen. Diplomatische Schwierigkeiten kümmerten Charlot überhaupt nicht. Aber er dachte, wenn wir auf eine Entscheidung von New Rome zu warten hatten und wenn es den *Zodiac*-Leuten inzwischen gelang, Protest einzulegen, könnte uns der Boden unter den Füßen weggezogen werden. Ich wußte sehr gut, warum er mich allein hinunterschicken wollte, falls sich nicht sofort eine andere Lösung ergab.

Dieses eine Mal vertraute er mir mehr als dem Gesetz von New Rome.

Ich fühlte mich geschmeichelt. Begeistert war ich trotzdem nicht. Obwohl ich gewissermaßen persönlich in den Fall verwickelt war, hätte ich die Dinge laufen lassen, wie sie wollten.

Der Flug nach Chao Phrya – neunzehn Stunden und ein bißchen – verlief reibungslos. Johnny lernte von Mal zu Mal besser, mit dem Antrieb umzugehen. Natürlich war er noch nie in einer wirklich schwierigen Situation gewesen, aber ich merkte, daß er das richtige Fingerspitzengefühl besaß. Ein Rothgar war er selbstverständlich nicht, doch er konnte sich als Ingenieur sehen lassen.

Ich ging in einen konventionellen Orbit und begann, den Hafen zu rufen. Zuerst kam keine Antwort. Ich ließ das Signal weiterlaufen. Endlich forderte mich eine unmißverständlich feindselige Stimme zum Sprechen auf.

»Hier ist die *Dronte*«, meldete ich mich und gab unseren Identifikationskode durch. Ich konnte mir denken, daß seine Feindseligkeit sich verstärkte, als er erfuhr, daß wir von New Alexandria kamen. Vorausgesetzt, daß er den Kode entziffern konnte, natürlich.

»Was wollen Sie?« fragte er grob, noch bevor ich fertig war.

Ich vollendete die juristischen Formalitäten und wandte mich dann von der Konsole ab. »Kapitän«, flötete ich, »jetzt sollten Sie wohl besser übernehmen.«

Eve bewegte sich auf die zweite Kommunikationsschalttafel im Hintergrund des Kontrollraums zu. Sie würdigte mich keines Blickes.

»Was soll ich ihm sagen?« erkundigte sie sich bei Charlot. Wenigstens, dachte ich, ließ sie ihn nicht gleich selbst sprechen. Es war ihre Aufgabe, und sie erfüllte sie.

»Sagen Sie ihm die Wahrheit«, riet Charlot. Das schien eine abenteuerliche Politik zu sein, aber Charlot meinte natürlich seine Version der Wahrheit, die nicht genau die gleiche war wie meine.

»Die Wahrheit«, murmelte ich und trug Ekel zur Schau.

»Halte dich heraus«, befahl Eve mit einiger Strenge.

Sie identifizierte sich.

»Was wollen Sie?« wiederholte die blecherne Stimme.

»Innerhalb von Stunden«, erläuterte Eve ruhig, »wird die Jacht *White Fire*, ein W-Transformer, hier eintreffen. Sie ist von einer Anacaona aus der Kolonie von New Alexandria gechartert. Die Frau wird des Verbrechens der Kindesentführung angeklagt. Ihr Opfer ist in ihrer Gesellschaft. Wir wollen beide wiederbekommen. Wir bitten um Landeerlaubnis und um Festnahme der an Bord der *White Fire* befindlichen Personen, sobald das Schiff landet.«

»Ihr seid kein Polizeischiff.«

»Wir sind befugt, eine Festnahme durchzuführen. Wir haben den Eigentümer an Bord, und er ist von der Regierung New Alexandrias bevollmächtigt.«

Der Mann auf dem Boden hätte die volle Identifikation verlangen sollen, aber das tat er nicht. Die Erwähnung von New Alexandria genügte, ihn rot sehen zu lassen.

»Warten Sie. Bleiben Sie im Orbit. Ich werde Ihr Gesuch den zuständigen Behörden vorlegen.« Der Hohn in seiner Stimme war beinahe mit Händen zu greifen.

Er schaltete ab.

»Ein reizender Mensch«, kommentierte ich.

Wir warteten. Wir warteten sehr lange. Entweder hielten die *Zodiac*-Leute eine lange Debatte ab, oder das nette Kerlchen von vorhin hatte große Schwierigkeiten, die zuständigen Behörden zu finden. Mehr als eine Stunde verging, bis unser Empfänger wieder piepte. Ich ließ Eve sprechen.

Die *Zodiac*-Leute kamen sofort zur Sache.

»Die Landeerlaubnis ist verweigert«, erklärte eine tiefe

Stimme. Sie gehörte nicht dem Mann, mit dem wir bereits gesprochen hatten, es sei denn, er versuchte, mehr Wichtigkeit hineinzulegen.

Ich sah, daß Charlot mit den Zähnen knirschte.

»Warum?« fragte Eve.

»Wir erkennen keine Autorität von New Alexandria an«, stellte die Stimme fest, als sei jeder Widerspruch zwecklos.

»Sagen Sie ihm, er sei gesetzlich verpflichtet, uns anzuerkennen«, soufflierte Charlot.

»Sie sind gesetzlich . . .«, begann Eve. Da schaltete er ab.

Sofort sandte sie wieder unser Signal aus.

Er meldete sich erneut und erklärte: »Das Gesetz ist eine Sache für die Beamten. Wir sprechen über diese Angelegenheit nur mit einer ordnungsgemäß autorisierten Amtsperson.«

»Wir sind ordnungsgemäß autorisiert«, erklärte Eve kühl. »Wenn Sie sich die Mühe machen wollten, unsere Kodes zu überprüfen, würden Sie feststellen, daß wir von New Rome anerkannt sind.« Damit meinte sie natürlich, Charlot sei so bedeutend, daß New Rome ihm Rückendeckung geben würde. Die einfache Tatsache war, wir waren nun einmal keine Polizisten, und die *Zodiac*-Leute hatten recht, wenn sie auf die Ankunft von Polizisten warten wollten. Was lange Zeit nach der Ankunft der *White Fire* geschehen würde.

»Wir hätten Denton mitnehmen sollen«, bemerkte ich.

»Das hätte keinen Unterschied gemacht«, belehrte Charlot mich. »Sie müssen unserem Ersuchen ebenso nachkommen wie dem von jemand anderem. Sagen Sie ihnen, sie würden sich mitschuldig an dem Verbrechen machen, wenn sie unserer Forderung nicht stattgeben.«

Eve sagte es ihnen. Sie waren nicht beeindruckt.

»Das Schiff, das Sie erwähnen«, antwortete eine tiefe Stimme, »wird ebenfalls keine Landeerlaubnis erhalten. Sie werden beide im Orbit bleiben, bis eine Amtsperson mit der nötigen Kompetenz eintrifft.«

Charlot nahm Eve das Mikrophon ab. »Nehmen Sie Vernunft an«, forderte er. »Sie können das Problem nicht im Weltraum hängenlassen. Die *White Fire* wird erst gar nicht um Landeerlaubnis bitten. Wir verlangen Ihre Genehmigung, daß wir ihr folgen und eine Festnahme durchführen können.«

»Das ist nicht gesetzlich«, erwiderte der Mann auf dem Boden.

Aus einem Augenwinkel sah ich, daß Charlot die Fingernägel in die Handflächen krallte.

»Werden Sie Mannschaft und Passagiere der *White Fire* festnehmen, wenn das Schiff auf Chao Phrya landet?« fragte Charlot mit erzwungener Ruhe.

»Hängt davon ab, wo das Schiff landet, nicht wahr?« höhnte der Mann mit der tiefen Stimme. »Wir besitzen kein Transportmittel, mit dem wir in Minutenschnelle den Planeten umkreisen können. Wenn das Schiff ein paar tausend Meilen von uns entfernt herunterkommt, können wir nichts dagegen tun, oder?«

»Wir können etwas tun!« bemerkte Charlot.

»Sie sind nicht bevollmächtigt, etwas zu tun«, gab der Sprecher zurück. »Sie müssen im Orbit bleiben.«

Und damit schaltete er wieder ab.

Diesmal machte sich keiner von uns die Mühe, ihn zurückzurufen. Wir hatten gehört, was er zu sagen hatte. Es hatte keinen Zweck, weiter mit ihm zu streiten. Wir konnten die Verhandlungen wieder aufnehmen, sobald wir den Leuten ein fait accompli vorweisen konnten. Also mußten wir auf die Ankunft der *White Fire* warten und die schwache Hoffnung nähren, daß ihr Kapitän nicht vorgewarnt war und sofort auf dem Raumhafen oder an einem Ort, den kein Mitglied der *Zodiac*-Polizei erreichen konnte, landen würde.

Ich fühlte mich ganz und gar nicht glücklich.

V

Etwa zehn Minuten vor dem Zeitpunkt, zu dem wir die *White Fire* erwarteten, sagte Eve mir, ich solle mich unter den Helm begeben und mein Sehvermögen mit den Sensoren der *Dronte* verschmelzen, damit ich berichten konnte, was sich tat. Ich gehorchte wortlos.

Niemand kann ein Raumschiff mit dem bloßen Auge sehen, außer, es ist direkt vor einem, aber die *Dronte* hatte viel bessere Augen als die schwachen Instrumente, die wir Menschen in unseren Köpfen trugen. Sie konnte in einer Entfernung von neunzig Millionen Meilen eine Erbse erkennen (obwohl der Anblick von weit entfernten Objekten notwendigerweise ein bißchen hinter der Zeit zurück war), und ihre Computer konnten in Mikrosekunden einen unwichtigen Felsbrocken von interessanten Dingen unterscheiden. Alle Informationen wurden von den organometallischen Synapsen in der Konsole registriert und innerhalb des Helms dem unmittelbaren Wahrnehmungsvermögen des Piloten zugeführt. Es läßt sich nicht erklären, welches Gefühl man unter dem Helm eines gewöhnlichen Schiffes hat, ganz zu schweigen von dem der *Dronte*. Diese Erfahrung ist unvergleichlich. Das Ganze lief darauf hinaus, daß ich die *White Fire* »sehen« konnte, sobald sie die Umlaufbahn des fünften Planeten passiert hatte. (Chao Phrya ist der zweite Planet.) Ich beobachtete ihren Flug. Sie war schon weit draußen auf Phase Null gegangen und hatte keine Eile.

Ich konnte sie sehen, und sie konnte mich sehen. Vermutlich konnte ihr Kapitän sich denken, welches Schiff wir waren.

Abgesehen von ein paar Minuten für die letzte Transformation war sie ganz pünktlich. Das war nicht überraschend, denn sie war auf demselben Kurs gekommen wie wir, und da stand nichts im Weg als Vakuum.

»Sie ist gleich da«, verkündete ich. »Soll ich sie anrufen oder ihr die *Dronte* vor den Bug setzen?«

»Rufen Sie sie an«, befahl Charlot.

Ich sandte ein Signal aus. »Soll ich mich identifizieren, wenn sie antwortet?« fragte ich.

»Das können Sie machen, wenn Sie wollen. Allerdings wird man längst wissen, wer wir sind.«

Da auf mein Signal nicht geantwortet wurde, erhöhte ich die Energie und gab ihm eine volle Frequenzbreite, so daß man es auf der *White Fire* nicht ausblenden konnte. Ich sah keinen Grund dafür, nicht grob zu werden.

Der Kapitän meldete sich mit »Hallo«.

»Hier ist die *Dronte* . . .«, begann ich.

»Welch eine Überraschung!«

Ich verzichtete auf weitere Höflichkeiten und erklärte in Dentons Tonfall: »Sie sind festgenommen.«

»Kommen Sie mir nicht in den Weg«, sagte er. »Sie mögen schnell sein und glatt wie ein Aal, aber aufhalten können Sie mich nicht. Versuchen Sie es erst gar nicht.«

Ich legte meine Hand über das Mikrophon.

»Noch ein Witzbold«, informierte ich Charlot mit einiger Bitterkeit. »Was möchten Sie, das ich tun soll?«

»Was haben Sie erwartet?« fragte er zurück. »Nur ein Wahnsinniger verhilft einer Kriminellen zur Flucht von New Alexandria. Er kann kein richtiger Raumfahrer sein.« Ich reagierte darauf nicht, obwohl ich eine ganze Menge richtiger Raumfahrer kannte, denen der Gedanke an eine illegale Abreise von New Alexandria keine Magenschmerzen verursacht hätte. Ich konnte nicht gerade behaupten, die meisten meiner besten Freunde seien Kidnapper, aber nicht viele von ihnen hätten beim Anblick einer fetten Geldsumme verächtlich die Nase gekraust.

»Was soll ich tun?« verlangte ich zu wissen.

»Beobachten Sie ihn«, sagte Charlot.

»Soll ich mich ihm an die Fersen heften?«

»Nein.«

Ich beobachtete ihn. Viel zu beobachten gab es nicht. Ich konnte mir denken, was passieren würde, und es passierte auch.

»Er landet«, verkündete ich. »Er hat nicht einmal angehalten, um mit der Bodenkontrolle zu sprechen.«

»Wo wird er landen?« fragte Charlot. Seine Stimme bebte vor Wut.

»Kann ich nicht sagen. Er fliegt verkehrt herum. Ich muß wenden, wenn ich seine Landung verfolgen will. Andernfalls haben wir den Planeten zwischen uns.«

»Dann wenden Sie doch!« fauchte Charlot.

Ich nahm die *Dronte* aus dem Orbit und folgte der hinuntergehenden *White Fire*.

»Möchten Sie, daß ich lande?« fragte ich.

Eine Pause entstand. Es war eine schwierige Entscheidung. Charlot entschied sich für das legale Vorgehen.

»Nein«, befahl er. »Halten Sie die Position der *White Fire* fest. Dann kehren Sie in den Orbit zurück. Dann verbinden Sie mich wieder mit dem Idioten vom Raumhafen.«

Ich tat eins nach dem anderen.

Minuten vergingen, während ich die Bodenkontrolle rief. Ich fürchtete schon, ich müsse es mit demselben Trick wie bei dem Kapitän der *White Fire* versuchen, um die *Zodiac*-Leute zu zwingen, sich zu melden. Aber sie wußten ebensogut wie wir, was sich abspielte. Sie wußten, daß sie erneut mit uns sprechen mußten.

»Nun komm schon«, murmelte Charlot – ein höchst ungewöhnliches Zeichen von Ungeduld bei ihm.

»Wahrscheinlich versuchen sie immer noch, den Landeplatz der *White Fire* festzustellen«, meinte ich. »Dazu brauchen sie länger als wir. Sie haben nicht unsere Ausrüstung.«

»Sogar diese Kerle können die Position eines Schiffes feststellen«, schnaubte Charlot. »Wie weit ist es vom Raumhafen entfernt?«

»Eine verdammt weite Strecke«, informierte ich ihn. »Vielleicht sechzehnhundert Meilen, in einem einförmig grünen Gebiet, das achthundert Meilen Durchmesser haben muß. Kann nichts anderes sein als ein Regenwald.«

Charlot stand jetzt neben mir und hielt den Blick auf die Konsole gerichtet. Das heißt, ich konnte ihn nicht sehen, weil ich unter dem Helm saß, aber ich wußte, daß er da war.

Die Bodenstation meldete sich.

»Vielen Dank«, sagte ich. »Hier ist wieder die *Dronte*.«

»Ich weiß, wer da ist«, antwortete die tiefe Stimme. »Was wollen Sie jetzt?«

»Sie wissen verdammt gut, was wir wollen. Die *White Fire* ist soeben gelandet.«

»Das ist unser Problem«, erklärte er.

Ich wußte, daß Charlot übernehmen wollte, deshalb nahm ich den Helm ab und winkte ihm, er möge fortfahren.

»Identifizieren Sie sich«, verlangte Charlot. »Geben Sie Ihren Namen und Ihren Dienstgrad an.«

»Ich bin Lieutenant Delgado von der *Zodiac*-Mannschaft«, kam die Antwort.

»Jetzt hören Sie mir mal zu, *Lieutenant*«, legte Charlot los. »Ich bin Titus Charlot von New Alexandria, und Sie täten gut daran, jemanden herbeizurufen, der eine ganze Menge mehr Autorität hat als Sie. Wenn Sie nicht wissen, welche Bedeutung mein Name hat, schlage ich vor, daß Sie sich bei der Botschaft von New Rome erkundigen. Ich würde gern mit dem Kapitän sprechen, doch wenn Sie ihn nicht in aller Eile holen können, schaffen Sie mir heran, wen immer Sie finden. Ich möchte *jetzt* mit jemandem sprechen, der veranlassen kann, daß etwas *getan* wird. Sobald Sie diesen Mann gefunden haben, holen Sie auch einen Vertreter von New Rome und einen Sprecher für die Familien. Das hier ist eine Angelegenheit, die über Ihre Kompetenzen hinausgeht, und Sie sollten mir das lieber glauben.«

Diese Sprache hat fast immer Erfolg, wenn es sich um Kommiß-Typen handelt. Natürlich gehörte der Lieutenant nicht wirklich zum Militär, aber Dienstgrad ist Dienstgrad, und die Offiziere der *Zodiac* waren immer noch Offiziere.

»Die zuständigen Behörden sind informiert worden«, antwortete Delgado gelassen. »Die Vertreter von New Rome werden konsultiert. Sie werden in angemessener Zeit von der getroffenen Entscheidung benachrichtigt werden.«

»Warten Sie eine Minute, Delgado.« Charlot holte tief Luft.

»Vorsicht, Titus«, murmelte ich. »Sie lassen durchblicken, daß Sie menschlich sind.«

Er ignorierte mich. »Sie spielen mit der Zukunft Ihres Volkes«, wandte er sich an Delgado. Das schien mir eine etwas starke Formulierung zu sein, aber bei Charlot waren alle Sicherungen durchgebrannt. Er war entschlossen, durch gewaltige Angabe zum Ziel zu kommen. »Wenn Sie nicht wissen, daß Sie eine Katastrophe heraufbeschwören, wenn Sie eine Kidnapperin Ihren Planeten als Zukunftsort benutzen lassen, dann haben Sie Recht, als mein Gesprächspartner aufzutreten. Sie haben uns daran gehindert zu landen, um eine bekannte Kriminelle festzunehmen, und Sie haben selbst keinerlei Schritte zur Verhaftung dieser Person getan. Die *White Fire* wird innerhalb von fünf Minuten abheben, und dann sind Sie an dem Verbrechen der Kindesentführung mitschuldig. Mit Ihrer Unterstützung hätten wir die Sache bereinigen können, aber Sie haben mittlerweile einen diplomatischen Zwischenfall daraus gemacht. Jetzt *fordern* wir Ihre Mithilfe bei der Aufspürung der Entführerin und ihres Opfers. Verschwinden Sie vom Sprechgerät und holen Sie mir jemanden, der genug Kompetenz hat, um mir diese Mithilfe zu verschaffen.«

Das war starker Tobak.

Eine andere Stimme kam aus dem Lautsprecher.

»Hier spricht Commander Hawke von der *Zodiac*«, verkündete sie. »Ihr offizielles Ersuchen ist zur Kenntnis genommen. Uns liegt kein Beweis vor, daß irgendein Verbrechen verübt wurde. Wir hatten und haben keinerlei Grund, die Leute von der *White Fire* zu verhaften. Das Schiff hatte keine Landeerlaubnis, doch ist das allein unsere Angelegenheit, und wir haben nicht die Absicht, etwas zu unternehmen. Sobald die zuständigen Behörden an uns herangetreten sind, werden wir Ihr Gesuch um Unterstützung in dieser Angelegenheit in Erwägung ziehen. Der Antrag auf Landeerlaubnis ist abgelehnt.«

Gib es ihm, Junge, dachte ich. Laß dich nicht überfahren. Stell dich nur auf die Hinterfüße. Laut sagte ich nichts, um meine Loyalität nicht in Frage zu stellen.

»Ich bin Titus Charlot von New Alexandria«, fing Charlot von neuem an. »Ich bin der Leiter der Anacaona-Kolonie auf New Alexandria. Die Sicherheit jener Kolonie obliegt allein meiner Verantwortung. Ich habe die gesetzliche Befugnis zu verlangen, daß Sie mir jede Unterstützung in bezug auf die Erfüllung meiner Pflichten gegenüber den Mitgliedern der Kolonie gewähren. Eines der Mitglieder ist entführt worden, und die Entführerin befindet sich augenblicklich auf Ihrem Planeten in Freiheit. Diese Situation wurde durch Ihren Mangel an Hilfsbereitschaft heraufbeschworen. Wenn Sie nicht sofort Ihren Entschluß überdenken und uns die Unterstützung geben, die wir brauchen, werde ich von den zuständigen Stellen in New Rome mein Recht mit Gewalt durchsetzen lassen.«

Als er zu Ende war, warf er mir einen Blick zu, und ich konnte das Glitzern in seinen Augen sehen. Er glaubte, Sieger zu bleiben.

Das glaubte ich übrigens auch, es sei denn, Hawke gelang es, ebenso aufzutrumpfen.

Aber Hawke war schwankend geworden. Er dachte nach, anstatt zurückzuschlagen.

»Können Sie einen Beweis für Ihre Behauptung erbringen?« fragte er.

»Das kann ich«, antwortete Charlot.

»Also tun Sie es.«

»Wir sind im Besitz eines Haftbefehls, ausgestellt auf die als Lenah bekannte Anacaona-Frau, zuletzt wohnhaft in der Kolonie auf New Alexandria.«

»Stammt der Haftbefehl aus New Rome?« erkundigte Hawke sich, obwohl er verdammt gut wußte, daß das nicht der Fall war.

»Der Haftbefehl wurde in voller Übereinstimmung mit dem Gesetz von New Rome ausgestellt«, gab Charlot mit Festigkeit zurück.

Eine inhaltschwere Pause folgte.

Endlich erklärte Hawke: »Die Frau wird festgenommen werden.«

»Wann?«

»Sobald wie möglich.«

»Das genügt nicht. Ein Mädchen ist gekidnappt worden. Ein Kind. Wir verlangen, daß sofort eine Suchmannschaft losgeschickt wird, und wir verlangen außerdem, daß unser Personal an der Suche teilnimmt. Wir verlangen, daß alle geeigneten Maßnahmen ergriffen werden.«

»Sie werden ergriffen werden«, erklärte Hawke ohne zu zögern.

»Das rate ich Ihnen gut«, drohte Charlot. »Andernfalls lasse ich aus New Rome einen Kreuzer mit sechshundert Mann kommen.«

Ich wußte, daß das eine unverschämte Lüge war. Aber wußte Hawke es? Und was würde die Botschaft von New Rome dazu sagen, daß ein Angestellter der Bibliothek von New Alexandria mit einer so massiven Drohung aufwartete?

»Sie müssen warten«, gab Hawke scharf zurück.

»Wie lange?« Charlot widerstrebte es, einzuwilligen.

»Sie werden Ihre Antwort innerhalb einer Stunde bekommen.«

»Machen Sie zwanzig Minuten daraus«, verlangte Charlot.

»Eine Stunde«, sagte Hawke. »Ich gebe Ihnen den Befehl zu warten.« Das Wort »Befehl« betonte er leicht, aber unmißverständlich.

Die Verbindung wurde unterbrochen.

»Ich finde nicht, daß Sie das besonders geschickt gemacht haben«, bemerkte ich.

»Ihre Meinung interessiert mich nicht«, fauchte Charlot. Er war immer noch wütend.

»Ich selbst hätte es besser machen können«, stichelte ich. Wahrscheinlich würde ich dazu nie wieder Gelegenheit bekommen.

Doch er schwieg eisern. Wieder begann eine lange Warterei.

Ich war müde.

– Laß ihn lieber in Ruhe, riet der *Wind*. Jetzt kann alles mögliche passieren. Wenn diese Sache schiefgeht, willst du bestimmt nicht, daß er dir einen Vorwurf daraus macht.

Er kann mir keinen Vorwurf daraus machen, sagte ich.

– Gib ihm keinen Anlaß, fuhr der *Wind* fort. Denke daran, wer für Charlot hinunter auf den Planeten muß, falls die Erlaubnis erteilt wird. Er selbst wird keine Beinarbeit im Dschungel leisten, ganz gleich, wie wichtig ihm die Angelegenheit ist.

Das stimmte natürlich.

Ach, meinte ich, wir werden nie auf den Planeten gelangen. Auf die Drohung mit dem Kanonenboot fallen die da nicht herein.

– Sie wissen aber nicht, daß Charlot gelogen hat.

Und damit hatte er wieder recht.

Um mir die Zeit zu vertreiben, setzte ich die Unterhaltung fort. Wir hatten jedoch nichts Wichtiges zu diskutieren. Ich versuchte nur, wachzubleiben, denn die Wirkung des letzten stimulierenden Schusses ließ allmählich nach. Ich wußte nicht recht, ob ich einen weiteren nehmen sollte. Ob wir nun in der nächsten Stunde landeten oder dazu verdammt wurden, für immer im Orbit zu bleiben, es sah ganz so aus, als bekäme ich bald eine Chance, mich auszuschlafen.

Das Gespräch ging von unserer augenblicklichen Lage zu weniger wichtigen Dingen über. Es war nichts als harmloses Geplauder. Daraus ersieht man, wie kultiviert unsere Umgangsformen in letzter Zeit geworden waren. Der ständige Streß, unter dem wir in den Höhlen von Rhapsodia gestanden hatten, war mitsamt der höllischen Dunkelheit in diesen Höhlen zurückgeblieben. Es war nicht mehr von so großer Bedeutung, daß der *Wind* alles andere als unfähig war, meinen Körper zu manipulieren. Damals in den Höhlen war es für mich eine Angelegenheit von ungeheurer Wichtigkeit gewesen, doch jetzt nicht mehr. Ich war dahin gekommen, daß ich ihn mehr danach beurteilte, was er sagte und was er tat, und nicht danach, was er möglicherweise zu tun fähig war. Ich war ziemlich sicher, er bedeute keine Gefahr für meine egozentrische geistige Unabhängigkeit, die ich so sehr schätzte. Es kommt immer ein Zeitpunkt, an dem man aufhört, gegen etwas anzukämpfen, und lernt, damit zu leben. So erging es mir auch mit dem *Wind*. Ich hatte nicht von heute auf morgen meine Einstellung geändert, und doch war es ein bemerkenswerter Umschwung. Langsam kam ich zu der Erkenntnis, daß der *Wind*, wenn er mich überhaupt änderte, mich besserte. Das hatte der *Wind* mir natürlich schon immer gesagt, aber er war zu höflich, um mich jetzt daran zu erinnern.

Nach Ablauf einer Stunde meldete Commander Hawke sich wieder und teilte uns mit, wir könnten landen. Außerdem setzte er hinzu, die *Zodiac*-Offiziere würden uns in Sachen der illegalen Landung der *White Fire* und ihrer Passagiere volle Unterstützung gewähren.

Unter einer Bedingung.

Auch das war noch besser, als wir erwartet hatten – von Charlots Gesichtspunkt aus. Nicht nur einer, sondern zwei von uns sollten die Suchmannschaft begleiten. Wie gesagt, das war günstig von Charlots Gesichtspunkt aus, nicht von meinem. Charlot bestimmte Eve und – selbstverständlich – mich.

Kapitän Eve. Und Besatzungsmitglied Grainger.

Mir war sofort klar, daß es eine unerfreuliche Unternehmung werden würde.

VI

Falls einer von uns gedacht haben sollte, Commander Hawkes Kapitulation bedeute, daß jetzt alles nach unserem Willen gehen würde, kam die Enttäuschung für ihn schnell. Unter Druck stimmten sie zu, eine Suche nach den Personen zu veranstalten, die die *White Fire* abgesetzt hatte. (Das Schiff selbst war natürlich inzwischen wieder gestartet, und ich erwartete nicht, jemals wieder von ihm zu hören. Es ist leicht genug, einen Namen zu ändern und neue Papiere zu bekommen.) Unter Druck gestatteten sie, daß wir uns der Suchmannschaft anschlossen. Alles sehr nett von ihnen. Wir wußten es zu schätzen. Bis wir herausfanden, was ihre Vorstellung von einer gründlichen Suchaktion war.

Wir waren zwei. Sie waren auch zwei. Sie hießen Max und Linda. Sie haßten einander. Linda gehörte zu den *Zodiac*-Offizieren. Sie galt als unsere Kontaktperson – sie sollte uns bei unseren Verhandlungen mit den Anacaona helfen. Angeblich war sie Anthropologin. Sie war ein reizender Mensch und ungefähr so nützlich wie Eve, die nicht besonders nützlich war.

Max war ein Vertreter der Familien. Er trug die Namen von zwei der einflußreichsten unter den zwölf eugenischen Linien der *Zodiac*. Er verkörperte das, was auf Chao Phrya als Gesetz galt. Ein richtiger Polizist war er nicht, mehr so eine Art nachgemachter Texas-Ranger. Seine Funktion schien weniger darin zu bestehen, uns zu helfen, als vielmehr darin, aufzupassen, daß wir während unseres Aufenthalts auf dem heiligen

Boden uns nicht in irgendwelche subversiven Aktivitäten verwickeln ließen.

Mit Max und Linda trafen wir erst zusammen, nachdem man uns in sichere Entfernung vom Raumhafen gebracht hatte. Man wollte nicht, daß wir uns bei Charlot beschwerten. Es wurde uns nicht erlaubt, unsere eigene medizinische Ausrüstung mitzunehmen. Die Bewohner von Chao Phrya waren darauf aus, das Ganze zu einer Farce zu machen. Charlots Drohungen hatte sie zum Einlenken veranlaßt, das schon. Aber andererseits hatten sie ihre Entschlossenheit verstärkt, es uns so schwer zu machen, wie es menschenmöglich war, ohne den Anschein aufzugeben, sie kämen unseren legalen Forderungen nach.

Ich war ganz bestimmt nicht versessen darauf, unter den Bedingungen, die uns die *Zodiac*-Leute auferlegten, in irgendeinem Dschungel herumzukriechen, aber es gab verdammt wenig, was ich tun konnte. Unsere zahlreichen Proteste legte Eve ein, und das geschah an unserem ersten Tag auf dem Planeten beinahe jede Minute. Erreicht hatte sie absolut nichts. Sie taten alles, was sie konnten, und alles, worum wir sie gebeten hatten. Wir konnten uns damit abfinden, oder weiter protestieren.

Ich würde mich damit abgefunden haben. Eve war anderer Ansicht. Sie versuchte es immer wieder, auch wenn sie gegen eine Mauer lief. Ich war nur Befehlsempfänger. Ich wußte, daß ich für mich selbst sorgen konnte und wahrscheinlich auch für Eve, und trotzdem hätte ich kein gutes Geld auf unsere Erfolgschancen gesetzt.

Seltsamerweise schienen die beiden Vertreter von Chao Phrya ihre Aufgabe hundertprozentig ernstzunehmen. Sie mochten uns nicht, aber sie waren bereit zur Zusammenarbeit, und sie betrachteten unsere Aussichten mit ehrlichem Optimismus.

»Machen Sie sich keine Sorgen«, erklärte Linda. »Es ist nur eine Frage der Zeit. Wohin die Flüchtlinge sich auch wenden mögen, sie können sich vor den Anacaona nicht verbergen. Die Waldbewohner werden sie finden.«

In der Theorie war das alles schön und gut. Aber konnten wir mit der Hilfe der Anacaona rechnen? Schließlich waren die beiden Personen, die wir suchten, Anacaona. Aus welchem Grund sollten die Waldbewohner sie uns ausliefern?

Linda war davon fest überzeugt. »Sie kennen die Anacaona nicht«, belehrte sie mich. »Ihre Unterstützung ist uns absolut sicher.«

»Wieso?« wollte ich wissen.

»Die Anacaona kooperieren *immer*«, berichtete Linda. Sie wußte nicht, warum das so war, und sie konnte es uns nicht erklären. Aber sie war sich ihrer Sache sicher.

Linda Petrosian war ungefähr achtundzwanzig Standardjahre alt, hatte silbern gefärbtes Haar und ausdrucksvolle, gutgeschnittene Gesichtszüge. Sie war sehr hübsch, wie es nicht anders zu erwarten ist, wenn jemand von neunzehn eugenisch kontrollierten Generationen abstammt. Auch für sie war Chao Phrya das gelobte Land. Sie verehrte den Boden und die Luft und alles, was auf dem Planeten kreuchte und fleuchte. Sie liebte es, weil es ihr gehörte. Charlot war der Ansicht gewesen, die Schiffsoffiziere seien nicht ganz so fanatisch wie die Familien, einfach deswegen, weil ihre Vorfahren die Kontrolle über die *Zodiac*-Geschichte gehabt hatten. Aber auf Linda traf das nicht zu. Sie hatte eher noch mehr Fanatismus beziehungsweise ein noch größeres Vorurteil, als ich nach mehr als einem Jahrhundert des Lebens auf dem Planeten erwartet hätte. Ganz bestimmt war sie besessener als Max Volta-Tartaglia. Vielleicht hielten sich die Offiziere gerade deswegen so eng an den wahren Glauben, weil die Verantwortung für die *Zodiac*-Leute in ihrer Tradition lag.

Linda war angeblich Expertin für die Anacaona, aber lange bevor mir der erste Eingeborene zu Gesicht kam, war mir klar, daß sie kaum eine Ahnung von ihrem Fach hatte. Ihre Liebe zu den Anacaona war echt und aufrichtig, doch konnte sie sich nicht vorstellen, es handelte sich bei ihnen um ein eigenständiges Volk mit einer eigenständigen Kultur. In ihren Augen waren die Anacaona ein Teil des gelobten Landes. Sie hatten bestimmte charakteristische Eigenschaften. Darüber wußte sie eine Menge, aber nur in beschreibender Form. Sie wußte nicht warum oder wie. So wie ich es sah, war ihr ganzes Wissen von den Anacaona nicht einen Pfifferling wert. Linda machte es glücklich, daß die Eingeborenen von der Sklaverei befreit worden waren. Warum New Rome darauf so nachdrücklich bestanden hatte, ging über ihren Horizont. Sie dachte, es sei deswegen, weil Sklaverei grausam war. Sie dachte, die Anacaona sollten erzogen werden, um einen angemessenen Platz in der Kultur des gelobten Landes einzunehmen. In einer menschlichen Kultur. Auf ihre eigene Art war sie ebenso darauf aus, die Kultur der Anacaona zu vernichten, wie die erste Generation nach der Landung. Nur vernichtete sie sie mit Freundlichkeit. Ihr höchstes Ziel war, aus den Anacaona imitierte Menschen mit einer der menschlich gleichen Liebe zu dem gelobten Land zu machen.

Beinahe hätte ich Linda Petrosian schätzen und bewundern können, wäre da nicht die Tatsache gewesen, daß sie geistig nicht gesund war.

Unter gar keinen Umständen hätte ich Max Volta-Tartaglia schätzen können, was durchaus auf Gegenseitigkeit beruhte. Er war ein Praktiker. Er wußte, daß das Universum ein Großteil größer war als jenes klägliche Klümpchen gelobten Landes. Er wußte, daß die Sterne nicht nur Lichter am Himmel waren und daß man sie nicht einfach als solche behandeln konnte. Er haßte New Rome und New Alexandria und alle Außenweltler, aber er wußte, daß seine Welt eines Tages einen modus vivendi mit ihnen finden mußte, und er sah keinen Sinn darin, seine Augen vor dieser Tatsache zu verschließen. Er wollte nicht, daß der Planet seine Isolierung aufgab, doch andererseits hielt er nichts von sinnloser Sturheit und possenhafter Diplomatie. Er war dafür, die Realität anzuerkennen. Damit hätte er sehr viel Vernunft bewiesen, wäre seine Einstellung zu dieser Realität nicht von so lächerlicher, unversöhnlicher Feindseligkeit gewesen. Mir war er so angenehm wie ein Geschwür im Nacken. Vernünftigen Argumenten war er zugänglich, aber er trug das Abzeichen auf seiner Schulter, als sei es ein Orden, und er war ein Bastard durch und durch.

Eve verglich ihn ein paarmal mit mir. In gewisser Beziehung hatte sie nicht ganz unrecht, doch in allen wichtigen Punkten gab es keine Ähnlichkeit zwischen uns. Vor allem bin ich ein Mann, der in seinem Beruf etwas leistet.

Max tat es nicht.

Die Zeit verging auf Chao Phrya sehr schnell. Die Tage waren nur siebzehn Stunden lang. Aber wir wurden gezwungen, soviel Zeit zu vergeuden, daß meine Geduld schon sehr strapaziert war, bevor wir unsere Suche noch begonnen hatten.

Alles, was ich über Max und Linda gesagt habe, fand ich in ganz kurzer Zeit heraus. Eve und ich waren ihnen völlig ausgeliefert, und in den ersten drei Tagen hörten sie kaum einmal auf zu reden. Sie gaben sich viel Mühe, uns zu erklären, wer sie waren, und noch mehr Mühe, uns zu verdeutlichen, daß sie nicht daran dachten, sich für ihr eigenes Verhalten oder die Einstellung ihrer Vorgesetzten zu unserem Problem zu entschuldigen. Sie wünschten aufrichtig, wir sollten verstehen, welche Rolle sie im Ablauf des Geschehens übernommen hatten. Nur schienen sie keine besondere Eile zu haben, den Ablauf des Geschehens in Gang zu setzen.

Niemand verschwendete einen Gedanken an die Tatsache, daß ein kleines Mädchen entführt worden war. Niemand zog in Erwägung, es könne vielleicht Eile geboten sein. Alle Sorgen der *Zodiac*-Leute galten uns und nicht etwa unserem Auftrag.

Ich jedoch fand Zeit zu der Überlegung, ob das Mädchen sich in Gefahr befand und, falls ja, in welcher. Es war sehr schwierig, in diesem angeblichen Verbrechen irgendeinen Sinn zu finden. Seine Durchführung mußte große Summen Geldes gekostet haben, und ich konnte mir nicht denken, welchen Profit sich die Entführerin davon versprach. Das Stehlen von Babys ist natürlich ein sehr altes Verbrechen, aber hier handelte es sich um ein ziemlich großes Baby, und sämtliche Begleitumstände paßten nicht zueinander. Die Flucht von New Alexandria war sorgfältig geplant gewesen. Andernfalls wäre sie nicht geglückt.

Wir begannen unsere Reise vom Raumhafen aus in einem Jeep. Unser Gepäck bestand nur aus einem Packsack, so wenig durften wir von der *Dronte* mitnehmen. Von dem Jeep stiegen wir in einen Zug um, der uns in die Hauptstadt brachte. Ich nahm an, dort werde man uns ein schnelleres Transportmittel zur Verfügung stellen, damit wir mit aller gebührenden Eile an den Schauplatz der Ereignisse gelangen konnten, aber da war ich bei weitem zu optimistisch gewesen.

Zuerst einmal war kein schnelleres Transportmittel vorhanden. Die Bewohner von Chao Phrya hatten nur Kurzstrecken-Flugzeuge, und diese waren alle an der Grenze der *Zodiac*-Zivilisation eingesetzt. Und die war weit weg.

Dazu kam, daß die *Zodiac*-Leute durchaus nicht die Ansicht hegten, uns unsere lange Reise sofort antreten zu lassen. Erst mußten gewisse Formalitäten erledigt werden. Eine Menge Formalitäten. Das einzige Mal, daß ich Eves Anwesenheit begrüßte, war während der Zeit, in der wir in der Hauptstadt herumsaßen. Die Formalitäten waren ihre Aufgabe, und selbst bei ihrer Sanftmut müssen sie ihr auf die Nerven gegangen sein.

Wie es sich von selbst versteht, war die Hauptstadt dort angelegt worden, wo damals die *Zodiac* gelandet war. Der ganze Ort war ein großes Museum. Wir besichtigten die *Zodiac* und einen Haufen anderes. Es wurde uns nicht erlaubt, eine Sehenswürdigkeit auszulassen. Das letzte, was wir uns wünschten, waren Fremdenführungen, und gerade deshalb legte man darauf besonderen Wert. Die ganze Zeit versicherte man uns, es gebe keinen Grund zur Aufregung, man versuche nur, uns alles zu erleichtern, die Geschehnisse in den Wäldern seien absolut unter Kontrolle und wir könnten uns auf die Anacaona verlassen.

Natürlich beschwerten wir uns heftig. Wir versuchten, im gleichen Stil wie Charlot zu bluffen. Wir tobten, und wir drohten. Doch die *Zodiac*-Leute hatten in dem Augenblick die Oberhand gewonnen, als sie Charlots Aufenthalt auf das Schiff beschränkten und uns verboten, unsere eigenen Sprechfunkgeräte zu benutzen. Wir waren nicht groß genug, um Eindruck zu schinden. Oft fragte ich mich, was sie wohl Charlot über unsere gemachten oder nicht gemachten Fortschritte erzählten. Wahrscheinlich hielten sie ihn mit Nebensächlichkeiten hin. Und er konnte nichts anderes tun als warten, wenn er nicht einen triftigen Grund hatte, Einspruch zu erheben.

Als wir endlich (mit dem Zug!) die Hauptstadt verließen und

in Richtung des Waldes fuhren, wo die *White Fire* gelandet war, hatten die Bewohner von Chao Phrya Zeit genug gehabt, um auf New Rome unsere Angelegenheit nachprüfen zu lassen. Sie mußten mehr oder weniger herausgefunden haben, wo sie standen. Ich weiß nicht, wie sicher sie sich fühlten, aber eins war klar wie dicke Tinte: Sie behandelten uns jetzt nicht besser, als wir es bereits gewohnt waren. Andererseits ließen sie uns nicht in der Hauptstadt vergammeln, während sie alles selbst erledigten. Sie ließen uns weiter teilnehmen.

Einen Tag lang saßen wir im Zug, und dann stiegen wir in einen Hubschrauber. Wir legten eine ganze Reihe von Meilen zurück, da wir Tag und Nacht unterwegs waren. Trotzdem wurde es Mittag unseres sechsten (lokalen) Tages auf Chao Phrya, bevor wir die Grenze des von den *Zodiac*-Familien kolonisierten Gebiets erreichten und den ersten Blick auf den Regenwald werfen konnten.

Den Nachmittag verbrachten wir in einer Siedlung, die halb Stadt, halb Camp war. Hier gab es mehr Anacaona als Menschen. Die Anacaona verrichteten immer noch einen großen Teil der Bauarbeiten, obwohl die Sklaverei vor vierzig Jahren verboten worden war. Ich hätte gerne gewußt, wieviel sie bezahlt bekamen.

Max deutete auf eine Linie am Horizont. »Da ist es«, sagte er zu mir. »Irgendwo da drin ist ihr Schiff gelandet. Die Anacaona werden jeden, der ausgestiegen ist, gefunden haben. Wir brauchen nichts anderes zu tun, als die Anacaona zu finden.«

»Und wie stellen wir das an?« verlangte ich zu wissen. Ich war überzeugt, daß die Sache einen Haken hatte.

»Nichts leichter als das«, meinte Max. »Wir nehmen uns ein paar von den zahmen Goldenen als Führer. Länger als eine Woche sollte die Suche nicht dauern.«

»*Eine Woche?*« protestierte ich. »Wieso das?«

»Wir müssen zu Fuß gehen«, erklärte er.

»Warum können wir nicht den Hubschrauber benutzen?«

»Sinnlos im Dschungel. Von oben können wir nicht durch das Blätterdach sehen. Außerdem können die Anacaona uns nur am Boden führen. Aus der Vogelperspektive würden sie sich nicht zurechtfinden.«

Ich wußte nicht, ob seine Antworten ehrlich gemeint waren oder ob er nur aus Prinzip Schwierigkeiten machen wollte. Es interessierte mich auch nicht besonders. Am Ende lief es auf dasselbe hinaus. Wenn Max sagte, wir müßten zu Fuß gehen, dann würden wir zu Fuß gehen. Widerspruch war zwecklos.

Mir geht es nicht so wie manch anderen Leuten, daß ich mich ohne Schußwaffe nackt fühle. Andererseits hielt ich es nicht gerade für das höchste der Gefühle, eine Woche oder länger ohne eine Möglichkeit des Selbstschutzes in einem Dschungel herumzutrampeln. Max hatte natürlich einen Laser und ein Sprechfunkgerät und eine Erste-Hilfe-Tasche. Doch Max war nicht das, was ich mir unter Schutz vorstellte. Ich traute ihm nicht über den Weg. Der Gedanke daran, was uns in nächster Zukunft erwarten konnte, entzückte mich durchaus nicht.

Linda verbrachte den Nachmittag, indem sie mit den Anacaona sprach, sich nach für die Suche nützlichen Informationen umhörte und verschiedene Individuen zu überreden versuchte, unsere Führer zu spielen. Offensichtlich wußte jedermann, daß die *White Fire* im Dschungel gelandet war, und auch wo. Jedermann und sein Cousin hätten uns an die Stelle bringen können, aber das war nicht genau das, was wir brauchten. Wir wollten zwei Personen finden, nicht eine Stelle verbrannten Bodens. Die meisten der Eingeborenen wußten über die Waldnomaden gar nichts – sie waren von den Kolonisten als Arbeitskräfte hergebracht worden. Trotzdem vertraute Linda darauf, wir würden genau das Richtige in dem Anacaona-Dorf finden.

Während Linda auf diese Weise beschäftigt war, verdrückte sich auch Max, und die meiste Zeit saßen Eve und ich herum. Es war für uns ein schon vertrautes Gefühl.

»Wie lange wird das Ganze noch dauern?« wollte Eve wissen.

»Max rechnet damit, daß wir eine Woche brauchen werden, um sie zu finden«, antwortete ich. »Dann werden wir eine weitere Woche für die Rückkehr brauchen. Auch wenn man die hiesigen Kurztage auf Standardtage umrechnet, kommt immer noch eine ganz schöne Zeit heraus.«

»Charlot wird sich ärgern.«

»Na klar«, meinte ich. »Und?«

Eve hielt es nicht für nötig, diese Frage zu beantworten.

»Es wäre doch sicher einfacher, die Waldbewohner mit einem Hubschrauber aufzuspüren«, bemerkte sie.

Ich zuckte die Schultern. »Wenn man uns keinen Hubschrauber gibt, bleibt uns kaum etwas anderes übrig, als zu Fuß zu gehen. Aber mache nicht voreilig den natürlichen Widerspruchsgeist der *Zodiac*-Leute dafür verantwortlich. Wirf einmal einen Blick auf die Bäume um dich.«

Eve sah nach oben. Sie schien nichts Auffälliges zu entdecken.

»Sie haben keine Blätter«, stellte sie schließlich fest.

»Stimmt auffallend.« An ihren gummiartigen Zweigen trugen die Bäume eine Art von Häuten. Um ihre fotosynthetische Aktivität zu verstärken, streckten sie die Häute wie die Blätter eines Busches aus. »Dieser Trick funktioniert nicht mehr, wenn die Bäume dichter stehen«, erläuterte ich. »Hier ist offenes Land, aber im Dschungel wird es ganz anders aussehen. Dort muß der verfügbare Raum so wirksam wie möglich ausgenutzt werden. Ich vermute, innerhalb des Regenwaldes werden die Häute eher waagrecht als senkrecht angeordnet sein. Dadurch werden die Bäume wie gigantische Regenschirme wirken. Ich möchte darauf wetten, daß das Blätterdach des Dschungels von oben keinen anderen Anblick bietet als eine grüne Fläche.«

Eve versuchte es sich vorzustellen.

»Und wie wird es drinnen aussehen?« fragte sie. »Auf dem Boden?«

»Dunkel«, sagte ich.

»Und wir sollen dort länger als eine Woche zu Fuß unterwegs sein?«

»Wahrscheinlich werden wir uns dort wohler fühler als bisher«, überlegte ich. »Schläfst du gut?«

Sie schüttelte den Kopf. Es war ihr bereits klar, worauf ich hinaus wollte.

Trotzdem fuhr ich fort: »Unser Lebensrhythmus ist durch die kurzen Tage gestört. Im Dschungel könnte es uns möglich sein, zu einem Vierundzwanzig-Stunden-Zyklus zurückzukehren.«

Wenn das kein Optimismus war! Erstens gibt es Halbdunkel und absolute Dunkelheit, und das ist ein großer Unterschied. Zweitens waren alle übrigen Mitglieder des Suchtrupps an einen siebzehnstündigen Tag angepaßt und würden es nicht gerade gern sehen, wenn wir zu unserer eigenen Bequemlichkeit einen solchen von vierundzwanzig Stunden einzuführen gedachten.

»Jedenfalls«, setzte ich hinzu, »würde ich mir an deiner Stelle keine Sorgen über solche Kleinigkeiten wie das Herumwandern im Dunkeln machen. Mir liegen weit mehr die Schwierigkeiten im Magen, die diese Bande uns noch zu bereiten gedenkt.« Zum Ausgleich war das wieder Pessimismus in Reinkultur.

»Mir gefällt diese Welt nicht«, stellte Eve mit Nachdruck fest.

»Das liegt an der Ausbreitung der Zivilisation im Universum«, erwiderte ich mit meinem üblichen Fatalismus. »Heutzutage sind die Welten nun einmal so. Was erwartest du? Deinem Bruder gefiel das auch nicht. Er pflegte den galaktischen Rand zu bevorzugen, und er handelte immer am liebsten direkt mit den Eingeborenen. Er war durchaus kein Menschenhasser, aber er verabscheute die Invasoren der zweiten Welle – die Ausbeuter, die Geldmenschen und die Politiker. Er liebte den ursprünglichen Zustand. Er wollte die Dinge nicht poliert und aufbereitet haben. Du kennst doch das Syndrom – der primitive Mensch im Kampf gegen die Naturgewalten. Der archetypische Westernheld.«

»Ja«, sagte Eve. »Ich weiß.«

Ich sprach nicht oft mit ihr über ihren Bruder. Seit der reizenden Diskussion, die wir in New York darüber gehabt hatten, ob oder ob nicht und, falls ja, in welchem Ausmaß ich die Verantwortung für seinen Tod trug, war es ein Thema, das uns beide in Verlegenheit brachte.

Nach einigen Augenblicken des Schweigens meinte Eve: »Dir ging es genauso.«

»Nur zum Teil«, widersprach ich. »Ich bin nicht der Typ des mythischen Helden. Ich bin kein Romantiker, ich halte nichts von Rousseau, und ich stimme nicht mit ein in den Ruf ›Zurück zur Natur, auf die Bäume, ihr Affen!‹ Ich arbeite, um zu leben, und lebe, um zu arbeiten. Übrigens brachten uns unsere

Trampfahrten am Rand kaum etwas ein. Klar, Haifische beißen, und ich mag sie nicht. Sie schwimmen dahin, wo es etwas für sie zu holen gibt. Man muß im Wasser mit ihnen rechnen. Es hat keinen Zweck, sie deswegen zu hassen. Heutzutage schrumpft das Universum so schnell zusammen, daß man mit jedem leben können muß, ob es einem gefällt oder nicht. Du kannst keine Gartenwelt finden, in der du bis an dein Lebensende in Frieden verweilen kannst. Das Paradies ist zu einer Handelsware geworden. Die Gesellschaften halten ihren Einzug auf einem Planeten, stutzen ihn nach kosmetischen Gesichtspunkten stromlinienförmig zusammen und beginnen mit dem Ausverkauf. Darin sind sie so tüchtig, daß es sie nicht mehr als ein Jahr kostet. Mit Geld kann man auf der Stelle das Märchenland schaffen. Natürlich wird dabei nicht nach den Regeln des guten Geschmacks verfahren. Mit ästhetischen Prinzipien läßt sich kein Geld verdienen. Man kann sich nicht mehr verstecken. Nirgendwo. Man muß da leben, wo es Leute gibt. Verglichen mit den Handelsgesellschaften ist dieses *Zodiac*-Pack ein Haufen von steinzeitlichen Wilden. Sie können nichts einsetzen, was auch nur von fern an die Technologie von beispielsweise Caradoc herankommt. Und trotzdem – wie lange werden die Regenwälder wohl noch stehen? Wie lange wird es dauern, bis die Kolonisten den ganzen Planeten vereinnahmt haben? Glaubst du im Ernst, die menschliche Rasse würde ihre Finger von einem einzigen Fleckchen in der Galaxis lassen? Von wegen! So ist es nun einmal. Und man muß damit leben. Es hat keinen Sinn, den Kopf in den Sand zu stecken und Vogel Strauß zu spielen. Okay?«

»Großartig«, gab Eve zurück. »Wie du die Menschheit und ihren großen Traum liebst! Ich möchte wetten, du liebst sogar New Alexandria.«

»Mehr als alles andere«, versicherte ich ihr.

»Liebst du auch die Anacaona?«

»Woher soll ich das wissen?« beschwerte ich mich. »Abgesehen von dem Mädchen, das ich damals in meinem Wagen mitgenommen habe, kenne ich ja keinen.«

»Und wie stehst du zu den *Zodiac*-Leuten?«

»Du machst wohl Witze? Die kann man gar nicht lieben. Aber

wer bin ich, daß ich mich ihnen in den Weg stellen darf, wenn sie sich alle erdenkliche Mühe geben, die größten Bastarde der Galaxis zu sein? Und man muß schon sagen, sie haben vollen Erfolg damit. Nein, ich mag sie nicht, und ich will nichts mit ihnen zu tun haben. Würden sie sich darüber nicht aufrichtig freuen?«

»Findest du nicht, daß hinter ihrer Vorstellung vom gelobten Land Sinn steckt?«

»Sinn?« fragte ich zurück. »Von Sinn habe ich nicht gesprochen. Natürlich steckt Sinn dahinter. Es ist eine der sinnvollsten Vorstellungen, denen ich je begegnet bin. Das Gelobte-Land-Syndrom zeigt sich bei allen menschlichen Eroberungen, in der gesamten menschlichen Kultur und Zivilisation. Für die New Alexandrier ist die gesamte Schöpfung ihr gelobtes Land. Die New Romans haben ein ideologisches gelobtes Land. Die von Penaflor und die Handelsgesellschaften ein kommerzielles gelobtes Land. Die engelianische Hegemonie hat ein kommunistisches gelobtes Land. Von diesen allen sind die *Zodiac*-Leute noch die bei weitem vernünftigsten. Sie wollen nicht das ganze Universum haben, sondern nur einen Planeten. Beschränkte Geister haben immer die besseren Chancen. Das ist eine erwiesene Tatsache.«

»Aber du empfindest keinen Haß«, hielt mir Eve ironisch vor. »Du mischst dein Gift in deine Beteuerungen, daß man mit all dem nun einmal zu leben hat und daß es einem gefallen muß.«

»Es muß mir nicht gefallen«, sagte ich. »Von müssen ist gar keine Rede.«

»Also«, rekapitulierte Eve, »du haßt die Leute nicht. Du weißt, daß du mit ihnen leben mußt. Aber du haßt es, mit ihnen leben zu müssen. Wo ist da der Unterschied?«

»Der Unterschied liegt darin, auf welches Ziel der Haß sich richtet. Mein Haß verletzt niemanden.«

»Du verletzt dich selbst.«

»Nein.«

»Du stehst ganz allein gegen das ganze Universum«, behauptete Eve.

»Das stimmt«, gab ich zu. »Ich bin der tpyische Einzelgänger.« Im stillen setzte ich hinzu: Aber ich bin nicht allein. Ich werde nie mehr allein sein.

Die beiden Jahre auf Lapthorns Grab hatten mich verändert. Auch vorher war ich kein Mensch gewesen, der sich wie Lapthorn an Lebensfreude und Abenteuerlust berauschte, aber ich hatte mich bei meiner selbstgewählten Lebensweise ganz wohl gefühlt. Erst seit meiner Rückkehr war ich so bitter geworden.

– Nicht seit deiner Rückkehr, sagte der *Wind*. Seit deiner Abreise. Du lebst immer noch im Schatten von Lapthorns Grab. Wenn du den Willen hättest, davon loszukommen, könntest du es auch.

Vielen Dank, antwortete ich.

Jeder versuchte, aus mir wieder ein Mitglied der Menschheit zu machen. Warum eigentlich?

VII

Als die Dämmerung hereinbrach, tauchte Linda wieder auf. Sie hatte einen Anacaona bei sich. Für mich sahen sie alle immer noch ziemlich gleich aus, aber als ich diesen hier genauer betrachtete, dachte ich, daß es mir keine Schwierigkeiten machen würde, ihn wiederzuerkennen. Er hatte scharfe Augen und ein hohlwangiges, hungriges Aussehen, das zu einem Angehörigen dieser zartgebauten Rasse nicht recht passen wollte.

Er war schlank wie alle Anacaona und beinahe zwei Meter zehn groß, was ein bißchen über dem Durchschnitt für einen erwachsenen Mann lag. Bekleidet war er mit einer Art Rock aus weichem, grauem Material und einem Unterkleid von ähnlichem Stoff, das an den Schultern hervorschaute. Anstelle einer Jacke trug er einen Brustharnisch, der hart und wie ein Chitinpanzer aussah. Seine Grundfarbe war Grau, und darauf befand sich ein seltsames Muster, eine schwefelgelbe Wolke mit einem ungleichmäßigen, purpurfarbenen Rand. Es schien nicht künstlich hergestellt, sondern einer Laune der Natur zu verdanken zu sein.

»Das ist Danel«, stellte Linda vor. »Er kennt den Wald so gut wie irgendeiner, und er sagt, es bereite ihm keine Schwierigkeiten, den Kontakt mit den wilden Anacaona herzustellen.«

»Gut«, erwiderte Eve. »Wir werden ihm für seine Hilfe zu danken wissen.«

Während diese Sätze gewechselt wurden, blickte Danel geistesabwesend um sich.

»Spricht er Englisch?« fragte Eve, der sein Mangel an Aufmerksamkeit auffiel.

»Nein«, erklärte Linda. »Aber ich kann mich in seinem Dialekt verständlich machen. Er hat mir gesagt, sein Bruder und seine Schwester müßten mit uns kommen. Sein Bruder spricht gut Englisch, und seine Schwester genug für eine einfache Unterhaltung. Ich weiß nicht, wieviel Danel von dem, was wir reden, versteht, aber Englisch spricht er nie.« Bei dieser letzten Bemerkung warf Linda einen Seitenblick auf den Anacaona, als mißtraue sie seiner Behauptung, er spreche nur seine eigene Sprache.

Danel zuckte nicht mit der Wimper.

»Warum sollte er in diesem Punkt lügen?« fragte ich.

»Er würde nicht lügen«, belehrte Linda mich. »Anacaona lügen niemals. Er läßt einfach nichts darüber verlauten, und man kann nie sicher sein, was man davon zu halten hat. Die Anacaona sind sehr schwer zu verstehen.«

Linda und Danel sprachen ein paar Worte in der anacaonischen Sprache, die hauptsächlich aus Klick- und Zischlauten besteht, und dann wandte Linda sich wieder an uns.

»Danel ist Spinnenjäger. Er möchte Ihnen versichern, daß Sie in seiner Gesellschaft im Wald nichts zu fürchten haben. Andernfalls würde er seine Schwester nicht mitnehmen.«

Diese seelenruhig abgegebene Feststellung erzielte bei mir gerade das Gegenteil der beabsichtigten Wirkung. Zum ersten Mal hörten wir, daß der Wald kein schöner Ort für einen Spaziergang sei. Natürlich hatte ich so etwas schon vermutet, aber es freute mich gar nicht, recht gehabt zu haben.

»Er jagt also Spinnen.« Ich wußte, es würde noch etwas nachkommen. »Wie sehen diese Spinnen aus?«

»Sie wiegen etwa zwei Tonnen«, informierte Linda mich.

»So habe ich sie mir vorgestellt. Und sie sind sicher ziemlich häufig, nicht?«

»Nein.«

»Das erleichtert mich!« Dieser Ausruf kam von Eve.

»Aber ich wette, sie fressen Menschen«, faßte ich nach.

»Wenn sie die Möglichkeit dazu bekommen«, sagte Linda.

»Und trotzdem bestehen die Bonzen darauf, daß wir keine Waffen tragen dürfen?«

»Ich fürchte, ja. Aber Sie werden nicht in Gefahr sein.«

»Danke für dieses Versprechen«, bemerkte ich. »Ich hoffe nur, Ihren Obermackern ist klar, wie verärgert Titus Charlot sein wird, wenn zwei seiner Bediensteten in einem Spinnennetz enden.«

»Sie weben keine Netze«, gab Linda zurück.

»Danke«, sagte ich nochmals. »Ich habe mich bildlich ausgedrückt.«

»Danel hat ein Gewehr«, fuhr Linda fort. »Außerdem trägt er eine Axt bei sich, was die geeignetste Waffe zum Töten von Spinnen ist. Max wird ebenfalls bewaffnet sein. Ich glaube nicht, daß Sie allzu besorgt sein müssen.«

»Was ist mit den anderen?«

»Michael pflegt gemeinsam mit Danel zu jagen. Er hat ein Musikinstrument . . .«

»Jetzt erzählen Sie mir bloß nicht, die wilden Bestien könnten mit Musik besänftigt werden! Er ist wohl ein Kleinstadt-Orpheus?«

»Sie vermuten das Richtige«, antwortete Linda gelassen. »Die Spinnen lauschen der Musik und werden von ihr hypnotisiert. Während Michael die Spinnen in seinem Bann hält, tötet Danel sie mit der Axt. Es ist beinahe so etwas wie ein Ritual.«

»Und welche Rolle übernimmt die kleine Schwester?« erkundigte ich mich. »Ist sie der lebende Köder?«

»Seien Sie nicht albern«, rügte Linda. »Danel und Michael sind diesmal ja nicht zum Jagen unterwegs. Mercede möchte sie gern begleiten, und sie haben nichts dagegen einzuwenden. Diese Tatsache sollte Sie bezüglich der Spinnen beruhigen.«

»Schon gut«, meinte ich. »Wir wollen uns in der Öffentlichkeit keine Sorgen mehr machen. Danel sieht zu Tode gelangweilt aus. Was tun wir jetzt? Ich nehme nicht an, daß es in diesem Loch ein Vier-Sterne-Hotel gibt. Wo können wir vor der großen Safari ein bißchen Schlaf bekommen?«

»Wir werden bei Danel übernachten«, sagte Linda.

In diesem Augenblick trat Max Volta-Tartaglia zu uns.

»Ich nicht«, erklärte er. »Ich habe andere Pläne.«

Linda warf ihm einen bösen Blick zu. Sie dachte wahrscheinlich, es sei seine Pflicht, sich ihre Anacaona in ihrer natürlichen Umgebung anzusehen. Unbeeindruckt machte er sich wieder davon. Er lud Eve und mich nicht ein, an seinen anderen Plänen teilzunehmen. Ich wollte sowieso lieber mit Danel gehen als mit ihm.

Danels Haus war, wie die etwa vierzig anderen in seiner Nachbarschaft, ein roher Holzbau. Was die Anacaona von Architektur wußten, hatten sie offensichtlich bei den Bauarbeiten gelernt, die sie für die Menschen geleistet hatten. Es gab keinen Unterschied zwischen Hütten im *Zodiac*-Stil und Hütten im Eingeborenenstil. Von außen sahen die anacaonischen Behausungen ein wenig lächerlich aus. Von innen sahen sie außerordentlich lächerlich aus.

Stellen Sie sich einen Anacaona in Ihrem eigenen Wohnzimmer vor, und Sie wissen, welche Wirkung diese Leute zu erzielen versuchten. Abgesehen von ihren eigenen Körpern gab es kaum einen Hinweis darauf, daß es sich bei ihnen um eine eigenständige Rasse handelt. Sie imitierten genau die Lebensweise der Menschen.

Im Haus lernten wir Michael und Mercede kennen – sogar die Namen waren menschlich oder menschlichen Namen so ähnlich, daß es auf dasselbe hinauskam – und zwei oder drei Vertreter der älteren Generation, die ebenfalls menschliche Namen trugen, sich auf menschliche Art benahmen und perfektes Englisch sprachen.

Von dem, was an jenem Abend vorging, verstand ich sehr wenig. Vor, während und nach dem üppigen Essen, das man uns auftischte, wurde sehr viel gesprochen. Mir schien, die älteren Leute fanden sich selbst menschlicher als sie zu sein wünschten, versuchten jedoch, damit fertig zu werden. Die jüngeren gaben dagegen vor, weniger menschlich zu sein als sie waren, ohne recht zu wissen, wie sie es anfangen sollten. Ich muß zugeben, das hört sich recht kompliziert an, zumal sich bei mir, wie gesagt, das Verständnis für eine an sich doch nicht ungewöhnliche Situation nicht einstellen wollte. Es ist auch möglich, daß ich aus meinen Beobachtungen zuviel herauslas. Was die Anacaona betraf, war ich nie sicher. Ich wußte genau darüber Bescheid, wie durch Druck von New Rome die Sklaverei abgeschafft worden war, und mir war klar, daß eine Kultur sterben kann, wenn die ehemaligen Sklaven nicht wissen, wie sie die angenommene fremde Lebensweise wieder loswerden sollen. Aber hinter dem Anacaona-Problem steckte mehr. Ihre dick aufgetragene, grotesk wirkende menschliche Art betonte nur, daß es sich bei ihnen um eine den Menschen sehr fremde Rasse handelte.

Sie sprachen über sich selbst, über die *Zodiac*-Familien, über die jüngste Geschichte und andere Themen. Sie benahmen sich unbefangener gegen uns als es die *Zodiac*-Leute taten, weil es keine große Rolle spielte, daß wir Außenweltler waren. Eve und ich wirkten auf die Anacaona weniger fremdartig als auf Commander Hawke und Linda Petrosian.

Für die drei jüngeren Leute machte natürlich Michael den Sprecher. Danel hatte wenig zu sagen und ließ kaum einmal eine Bemerkung fallen, die übersetzt werden konnte. Mercede war ein wenig gesprächiger, gab sich aber im großen und ganzen damit zufrieden, dem jüngeren ihrer beiden Brüder zuzustimmen.

Michael gefiel mir. Er war kleiner als Danel, doch immer noch ein gutes Stück größer als ich. Er war ein intelligenter, junger Mann, und trotzdem fehlte es auch ihm an einer eigenen Persönlichkeit. Er konnte über ihm fernstehende Dinge und Ereignisse sprechen, aber nicht über das, was er tat oder zu tun wünschte.

Für die Sternenwelten zeigte er viel Interesse, und er brachte mich dazu, mehr über meine eigene Vergangenheit zu erzählen, als ich wollte. Ich verabscheue es, auf das Niveau von Reiseanekdoten hinabzusteigen, aber seine Fragen zwangen mich, meine Erinnerungen auszukramen und eine ganze Menge zu reden. Aus diesem Grund achtete ich weniger darauf, was ansonsten vor sich ging, als ich es getan hätte, wenn es für mich eine Möglichkeit gewesen wäre, etwas zu lernen.

Den ganzen Abend tat sich so absolut nichts von Bedeutung, daß ich weiter nichts davon mitnahm als die bereits erwähnten vagen Eindrücke.

Es war sehr spät, als wir endlich zu Bett gingen. Ich schlief nicht sofort ein. Auch wenn mir die Umstellung des Tagesrhythmus weniger Schwierigkeiten machte als Eve, war ich doch einfach noch nicht müde, und dagegen ließ sich nichts tun. Also begann ich ein müßiges Geplauder mit dem *Wind*.

Ich wünschte, ich könnte einschlafen, sagte ich. Mir schwante, daß ich ohne Waffe und ohne Funkgerät im Wald keine Minute ruhig schlafen würde.

– Feigling, antwortete er. Das sollte ein Witz sein.

Vielleicht könnte ich irgendwo eine Waffe abstauben, überlegte ich.

– Ausgeschlossen, prophezeite er. Ich war geneigt, ihm zuzustimmen. Die *Zodiac*-Leute waren viel zu aufmerksam. Niemand würde irgend etwas leichtfertig herumliegen lassen.

– Danel macht einen zuverlässigen Eindruck, beruhigte mich der *Wind*. Und du weißt doch, daß ein Dschungel nicht so gespickt mit Gefahren ist wie in einem Tarzan-Film. In einem Dschungel geschieht nie etwas.

Man kann darin krank werden, widersprach ich. Außerdem gibt es Insekten. Die kleinen Tiere sind immer lästiger als die großen. Und wir haben nicht einmal unsere eigene Erste-Hilfe-Ausrüstung dabei.

– Nun . . . Er zögerte.

Nun was? forschte ich. Was möchte ich diesmal nicht zu hören bekommen?

– Ich kann Insektenstiche heilen, Blutegel abstoßen und dich von allen parasitären Infektionen bewahren, seien sie äußerlich oder innerlich.

Du und Doktor Mirakels Wunderarznei, gab ich trocken zurück.

– Sag später nicht, ich hätte es dir nicht angeboten.

Das werde ich nicht un, versprach ich. Und du hast freie Bahn. Ich habe es aufgegeben, gegen dich anzukämpfen. Wenn die Tricks, die du mit meinem vegetativen Nervensystem anstellst, mich gesund halten, mach nur. Wecke die verborgen, in meinem Blutkreislauf schlummernden Talente. Du hast die offizielle Erlaubnis dazu. Zum Teufel, warum auch nicht? Du würdest es ja doch auf jeden Fall tun, nicht wahr? Mir wird klar, daß ich seit meinem Aufenthalt auf Lapthorns Grab nicht einmal mehr einen Schnupfen gehabt habe, und mein Stehvermögen ist weit besser, als es von Rechts wegen in meinem Alter sein dürfte. Also sag du später nicht, ich sei undankbar gewesen.

– Dankbarkeit erwarte ich nicht von dir. Ich weiß, daß es dir nicht paßt. Ich weiß, wieviel Wert du darauf legst, Herr über deinen eigenen Körper zu sein. Glaub mir, ich tue nichts, was du nicht auch tun würdest, wenn du es könntest.

Ich glaube dir, räumte ich großzügig ein.

Dieses Gespräch machte deutlich, daß mein Widerstand seit dem letzten Mal, als wir über diesen Punkt diskutiert hatten, weitgehend dahingeschmolzen war. Ich hatte eingesehen, wie nützlich der *Wind* mir war. Allmählich verschmolzen wir zu einer Einheit. Mein Körper gehörte immer noch mir, aber seine Leistungsfähigkeit hatte ich in gewissem Ausmaß dem *Wind* zu verdanken. Früher hatte ich gefürchtet, meine Individualität werde dadurch gefährdet, doch allmählich hatte sich meine Meinung geändert. Es war uns möglich, zusammen in einem Körper zu leben. Wir konnten gemeinsam ein Individuum sein.

Vielleicht hat das in der Theorie nicht viel Sinn. In der Praxis bewährte es sich jedoch gut.

Wie ist deine Einstellung zu zwei Tonnen schweren Spinnen? fragte ich noch, ehe ich mich Morpheus in die Arme warf.

– Ich kann sie nicht ausstehen. Haarige Spinnen sind niedlich, wenn sie klein sind, aber es sollte verboten werden, daß sie sich zu solcher Größe auswachsen.

Und da behauptete er, er habe keinen Sinn für Humor.

VIII

Max war es, der mich in allen Einzelheiten über die Kryptoarachniden (in der Umgangssprache Spinnen genannt) informierte.

Die Evolution hatte auf Chao Phrya im großen und ganzen den gleichen langweiligen Verlauf wie auf der Erde und einem ganzen Schwung anderer Welten genommen. Aber anfangs geringfügige Unterschiede in der zeitlichen Aufeinanderfolge hatten in den späteren Stadien zu gewaltigen Unterschieden geführt. Eine Million Jahre oder so herum bedeuten in der Geschichte der Evolution gar nichts. Das heißt jedoch nicht, daß eine bestimmte Gruppe dem Rest der Schöpfung soviel Vorsprung geben kann, ohne Schwierigkeiten dabei zu bekommen, sich auf das Niveau zu schwingen, das sie andernfalls erreicht hätte.

Auf Chao Phrya hatten die Wirbeltiere sich mehr Zeit gelassen, aus dem Meer zu kriechen, als die mit einem Außenskelett versehenen Kreaturen. Folglich gelang es letzteren, sich eher an das Leben auf dem trockenen Land anzupassen. Sie nutzten ihren zeitlichen Vorsprung, um all die Probleme zu lösen, die ihnen auf der Erde Grenzen gesetzt hatten, wie die schwerfälligen Atmungsorgane, das unzulängliche Ei und das um den Schlund gebaute Gehirn.

Auf der Erde und den meisten anderen Planeten waren es die Wirbeltiere, die sich zu eierlegenden und später zu lebendgebärenden Säugetieren entwickelten. Auf Chao Phrya wurden sie von den exoskeletalen Formen um Längen geschlagen, und als sie sich endlich entschlossen, den Mutterschoß des Ozeans zu verlassen und zu Lungenatmern zu werden, stießen sie auf eine weit zähere Konkurrenz, als sie allein nach den Aussagen der Statistik hätten erwarten müssen. Durch den Selektionsdruck holten die Wirbeltiere ihren Rückstand schnell auf, aber Selektionsdruck wirkt in beiden Richtungen, und es war ihnen nie gelungen, die Kryptoarthropoden oder Gliederfüßer in die Ecke zu drängen. Die Kryptochordaten oder Rückenmarktiere lieferten die meisten Pflanzenfresser, eine Menge Insektenfresser und die allesfressenden Anacaona, aber die Kryptospinnen und die Kryptoskorpione blühten und gediehen. Die Vögel erhoben sich niemals in die Lüfte, so daß die exoskeletalen Lebewesen ihr Monopol auf das Fliegen behielten. Allerdings ist das nicht ganz so verwunderlich, wenn man bedenkt, daß die auf Chao Phrya vorkommenden Bäume für Vögel nichts Verlockendes hatten.

Ich konnte mich des Gedankens nicht erwehren, daß die Kryptoarthropoden, wenn sie schon ein Gehirn entwickelt hatten, dessen Fehlen das Vorankommen ihrer irdischen Kollegen so stark behinderte, ebensogut auch Herz und Gemüt hätten entwickeln können. Gliederfüßer mit Herz und Gemüt sind bedauerlicherweise in der Galaxis Mangelware. Aber auch auf Chao Phrya hatten es die Krabbeltiere eben nicht in sich.

Welch ein Jammer.

Max berauschte sich daran, seine biologischen Kenntnisse zu zeigen. Sein Abriß der Evolution war ein wenig doktrinär, aber er konnte stolz darauf sein, mit welchem Fleiß die *Zodiac*-Leute sich der Aufgabe gewidmet hatten, ihr gelobtes Land kennenzulernen. Die Wörter »unmöglich« und »unvermeidlich« kamen in seinen Aufführungen ein bißchen zu häufig vor, und wenn er an einigen der Orte gewesen wäre, zu denen mich mein Schicksal schon geführt hatte, hätte er seine Anschauungen vielleicht geändert. Doch eigentlich konnte ich ihm seinen beschränkten Horizont nicht vorwerfen. Er hatte nicht viele Möglichkeiten gehabt, ihn zu erweitern.

Mein erster Eindruck von dem Regenwald war ganz entschieden unerfreulich. Wie ich es vorhergesagt hatte, war es darin dunkel. Aber es war nicht auf die Art dunkel, die ich erwartet hatte. Ich hatte mir einfach nicht vorstellen können, wie hoch und dicht das Blätterdach sein würde.

Gott sei Dank brauchten wir uns unseren Weg nicht durch eine mit Ackerwinden verfilzte Weißdornhecke zu hauen. Wir konnten ohne allzu große Schwierigkeiten marschieren, obwohl wir die meiste Zeit zwischen morschen Pilzen und anderen primitiven Pflanzen hindurch mußten, die uns bis an die Oberschenkel und manchmal sogar bis an den Gürtel reichten.

Die Bäume waren gigantisch. Ihre Stämme hatten in Brusthöhe einen Durchmesser von neunzig bis hundertfünfzig Metern, und die Wurzelknoten am Boden waren oft doppelt so dick. Die gefährlichsten Hindernisse bildeten für uns hervorstehende Wurzeln, die von dem Pflanzenwuchs verdeckt wurden. Das Blätterdach schwebte gut und gern eine Viertelmeile über uns in der Luft. Die Zweige waren lang und viel kräftiger als die Stöckchen, die wir auf dem offenen Land gesehen hatten, aber trotzdem waren sie immer noch flexibel. Sie trugen breite, faserige Gewebe und ganze Wagenladungen der durchscheinenden Membranen, mit denen sie aus dem Sonnenlicht Energie gewannen. Soweit ich es beurteilen konnte, hatte das Blätterdach keine große Dicke, aber es war sehr kompliziert. Von oben hatte der Wald grün ausgesehen. Von unten, wo uns gefiltertes statt reflektiertes Licht erreichte, zeigte er ein bläuliches Violett. Die roten Wellenlängen wurden beinahe vollständig zurückgehalten. Daraus ließ sich schließen, daß die Photon-Fallen in dem Gitterwerk mit einer ausgeklügelten, sehr wirksamen Technik arbeiten mußten.

Die Blätter deckten den Regenwald buchstäblich vom einen bis zum andern Ende zu. In diesem Dach gab es keine Löcher, nur gelegentlich etwas hellere Stellen. Daher war es auch eine sehr leistungsfähige Feuchtigkeitsfalle. Der Wald war ein einziges, riesiges Treibhaus. Allein die Tatsache, daß die Bäume die meisten Infrarotstrahlen absorbierten, bewahrte uns davor, gekocht zu werden. Trotzdem hätte ich mir unschwer einen angenehmeren Aufenthaltsort vorstellen können. Ich glaube, die Bodenpflanzen, die sich nicht durch Fotosynthese ernährten, lebten eher von Thermosynthese als von faulenden Stoffen. Auch sie nahmen eine Menge Feuchtigkeit auf, so daß die Nässe gerade noch erträglich war.

Die Luft innerhalb des Regenwaldes stieg einem, obwohl sie dumpf war, zu Kopf. Der Sauerstoffgehalt lag um acht bis zehn Prozent über dem der Atmosphäre auf dem offenen Land, weil die Blätter einen Großteil des von ihnen erzeugten Sauerstoffes nach unten statt nach oben sandten, und durch das Blätterdach entwich viel zu wenig, um einen Ausgleich herzustellen, wenigstens tagsüber. Des Nachts, wenn die Bäume atmeten, aber die Photosynthese eingestellt hatten, ging der Sauerstoffgehalt ein wenig zurück.

Je weiter wir ins Innere vordrangen, desto berauschter wurden wir. Es dauerte mehrere Stunden, bis sich unsere Lungen angepaßt und unsere Gehirne an den Zustand gewöhnt hatten. Wir gingen im Gänsemarsch. Danel und Mercede führten, dann folgten Max, Eve, ich und Linda, und Michael bildete die Nachhut.

»Schön hier, was?« bemerkte ich zu Eve. Sie war nicht beeindruckt. Das überraschte mich. Ich hätte nicht gedacht, daß ihr Unbehagen größer sein könnte als ihr Sinn für das Wunderbare. Lapthorns Unternehmungslust war von ein bißchen Wärme und Feuchtigkeit nie gedämpft worden. Vielleicht war sie doch nicht ganz so raumhungrig, wie sie es sich einbildete. Mir war schon öfter der Gedanke gekommen, daß sie sich wegen des Schicksals, das ihr Bruder erlitten hatte, zuviel Zwang antat.

»Warum ist dieser Wald nicht grün?« fragte sie.

Ich erklärte ihr den Unterschied zwischen gefiltertem Licht und reflektiertem Licht. Transparente Blätter waren ihr noch nicht vorgekommen. Aber zu meinen Ausführungen zog sie ein ärgerliches Gesicht. Natürlich war ihr das nichts Neues.

»Es wirkt wie ein einziges Blatt«, beschwerte sie sich. »Nirgendwo gibt es eine Stelle, wo Licht einfallen kann.«

»Die Bäume sind nicht zusammengewachsen«, versicherte ich ihr. »Sie haben nur ein Gentleman's Agreement über den Raum zwischen den Wipfeln geschlossen. Ihre Blätter können sich nicht mehr als ein paar Zentimeter überlappen, weil wir sonst die Ränder sehen müßten. Jedenfalls müssen sie, wenn es regnet, ihre Köpfe beugen, um das Wasser herabströmen zu lassen, und das können sie nicht tun, wenn sich ihre Zweige in nennenswertem Umfang ineinander verheddert hätten.«

»Und wie kommt das überschüssige Wasser wieder aus dem Wald hinaus?« wollte sie wissen.

»Durch Flüsse«, erwiderte ich kurz. Außerdem mußte die Verdunstung durch das Blätterdach ungeheuerlich sein, weil die Blätter im Gegensatz zu denen in den Dschungeln auf den meisten Planeten nicht mit einer Wachsschicht bedeckt waren.

Ich hielt es jedoch nicht für der Mühe wert, die Diskussion dadurch zu komplizieren, daß ich ihr eine Vorlesung über den Wasserkreislauf in subtropischen Gebieten hielt.

Doch Linda konnte nicht schweigen. Sie erläuterte: »Das Blätterdach wird bei schweren Regenfällen auseinandergerissen, und dann falten sich die Wipfel zusammen, um sich zu regenerieren. Bei diesen Gelegenheiten findet auch eine freie Verdunstung statt.«

Ich dankte ihr freundlich für diese zusätzliche Information. Jedermann auf Chao Phrya schien zu wissen, wie diese Welt funktionierte. Wissen macht stolz. Wenn man mehr weiß, als man wissen muß, macht das eitel. Ein gelobtes Land erzeugt Eitelkeit.

»Die verdammten Dinger sind höllisch schwer zu roden«, ergänzte Max, und er meinte damit mehr die Wurzeln als die Bäume selbst. »Man kann keine vernünftigen Straßen durch den Wald legen. Natürlich wollen wir die Bäume nicht fällen, außer da, wo es unbedingt notwendig ist. Aber ohne Straßen ist der ganze verdammte Dschungel eine undurchdringliche Barriere.«

»Pech«, bemerkte ich ohne Mitgefühl. Aber ich wußte, sie würden eine Möglichkeit finden, die Segnungen der Zivilisation auch in das Land jenseits des Waldes zu bringen. Sie würden es nie zulassen, daß sich ihrem Ehrgeiz ein kleines Regenwäldchen in den Weg stellte.

»Wir werden doch wohl keine schweren Regenfälle erleben?« erkundigte Eve sich bei Linda.

»Nein«, antwortete diese. »Jetzt ist keine Regenzeit. Augenblicklich ist das Wetter beständig.«

»Ich habe bisher noch gar keine großen Tiere gesehen«, setzte Eve das Gespräch fort.

»Da hast du Glück gehabt«, fiel ich ein. »Gib dich mit den Krabbeltieren im Unterholz zufrieden. Sie können uns auf die Dauer noch lästig genug werden, ohne daß wir dazu auf Riesenspinnen stoßen müssen.«

»Die Käfer auf dem Boden sind harmlos«, erklärte Max. Er blieb zurück, um leichter mit mir reden zu können. »Es gibt von ihnen eine ganze Menge, aber beißen werden sie uns nicht. Wir schmecken ihnen nämlich nicht. Solange es Ihnen nichts ausmacht, Ihre Stiefel mit einigen von ihnen zu teilen, werden sie Sie überhaupt nicht belästigen.«

»Das glaube ich Ihnen gern«, erwiderte ich. »Und trotzdem würde ich mich wohler fühlen, wenn ich die medizinische Ausrüstung der *Dronte* in meinem Packsack hätte. Ihrer Hexendoktortasche traue ich nicht. Wußten Sie schon, daß die Wissenschaft Fortschritte gemacht hat, seit Ihre Opas in ihrem eisernen Sarg eingeschlossen wurden?«

»Wir haben alles dabei, was wir möglicherweise benötigen können«, bemerkte Linda ein wenig gereizt.

»Wir wollen hoffen, daß Sie recht haben.« Ich verzog das Gesicht, als plagten mich unheilvolle Ahnungen.

»Und was ist mit den Anacaona?« fragte Eve. Das war ein guter Einwand. Wir hatten die besten Stiefel an, die die Galaxis liefern konnte, und dabei schmeckten wir den hiesigen Blutsaugern angeblich nicht einmal. Die Anacaona trugen leichte Sandalen, und sie schmeckten ihnen.

»Ihnen wird nichts geschehen«, versicherte Max uns. Diese Einstellung vertrat er dauernd. Ich hätte es begrüßt, wenn er gelegentlich etwas Abwechslung hineingebracht hätte, indem er zugestand, es könne auch einmal etwas schiefgehen. In meinen Augen war er ein dummer Junge. Ich wußte nur allzugut, daß nichts so glatt ablaufen kann, wie er es uns ständig versicherte.

Ich hoffe immer das Beste und bin auf das Schlimmste gefaßt.

Er mußte mein Mißtrauen spüren, denn er lachte und sagte: »Hier gibt es absolut nichts, was Ihnen etwas tun kann, ausgenommen Spinnen und Magnawanderer. Die Ökologie des Regenwaldes ist zu einfach, um weitere Gefahren hervorzubringen. Alles andere, was hier lebt, interessiert sich nur für Pflanzen und Insekten.«

»Und was«, fragte ich argwöhnisch, »ist ein Magnawanderer?«

»Ungefähr so groß.« Max hielt seine Hand etwa sechzig Zentimeter über den Boden. »Das Ungeziefer treibt sich in diesem Zeug herum« – er stieß mit der Stiefelspitze einen Haufen Pilzmoder hoch – »und fällt über die Cropper her. Sie können in wenigen Stunden eine ganze Herde bis auf die blanken Knochen vertilgen. Ein jämmerlicher Anblick. Aber sie sind nicht besonders stark. Sie sind ziemlich zerbrechlich, und mit einem kräftigen Tritt kann man sie erledigen. Außerdem rennen sie wie vom Teufel gejagt davon, wenn man die Bodenvegetation anzündet«, erklärte Max genüßlich.

»Finden Sie nicht«, fragte ich voller Langmut, »es wäre eine gute Idee gewesen, diese harmlosen Tierchen zu erwähnen, bevor wir losmarschierten?«

»Möchten Sie umkehren?« fragte er zurück.

»Sie wissen, daß wir nicht umkehren können. Gerade deswegen wäre es ja eine so verdammt gute Idee gewesen, wenn Sie uns vor diesem Ungeziefer gewarnt hätten, bevor wir darauf treten. Warum, zum Teufel, haben Sie gestern abend nichts davon gesagt?«

»Gestern abend war ich nicht mit Ihnen zusammen«, stellte Max richtig fest. »Und ich erzähle es Ihnen ja jetzt.«

»O Gott«, stöhnte ich. »Sind Sie ein Dummkopf!«

»Danke«, antwortete er ungerührt.

»Sie sind noch niemals hier im Regenwald gewesen, nicht wahr?« forschte ich.

»Nur ganz kurz. Aber Linda war hier.«

»Mit den Anacaona.«

»Natürlich.«

»Und die Anacaona kennen den Wald besser, als Sie die Hoffnung haben können, ihn kennenzulernen. Kapieren Sie nicht, wie idiotisch es ist, einfach in den Wald zu marschieren, ohne eine blasse Ahnung von Dschungel-Expeditionen zu haben, als ob . . .« ich machte eine Pause ». . . als ob das verdammte Gebiet Ihnen gehörte.«

Eigentlich hätte ich mir das von vornherein denken können.

»Zum Teufel mit euch allen«, fuhr ich mit Nachdruck fort. »Geben Sie mir den Revolver.«

»Nein.«

»Sehen Sie mal«, sagte ich, und dummerweise fing ich die Sache ganz verkehrt an, »Ihnen kann man doch nicht einmal einen Eimer und einen Spaten anvertrauen. Geben Sie mir den Revolver.«

»Gehen Sie zum Teufel«, bemerkte er.

In müder Verzweiflung schüttelte ich den Kopf. »Das werden wir höchstwahrscheinlich tun. Wir alle. Und eher, als Sie denken.«

Diese schaurige Prophezeiung beendete die Konversation.

Für mich war zweierlei von Vorteil – meine Erfahrung und der *Wind*. Abgesehen davon mußte ich mein spärliches Vertrauen auf die Anacaona und das blinde Glück setzen. Mit dem, was ich über mögliche Pannen und Unglücksfälle nicht wußte, hätte man eine Enzyklopädie füllen können. Ich hoffte nur, daß Danel während seiner Tätigkeit als Spinnenjäger sich alle Fertigkeiten erworben hatte, die er brauchte. Irgendwie bezweifelte ich es. Er war noch nicht alt genug dazu. Ich hätte zu gern gewußt, wie viele Spinnen er mit seiner zuverlässigen Axt schon ins Jenseits befördert hatte. Wenigstens war er sich der Gefahr genügend bewußt, um außerdem einen Laser bei sich zu tragen, für den Fall, daß unvorhergesehene Umstände eintraten.

Meine Unruhe verminderte sich nicht.

Um Eve machte ich mir mehr Sorgen als um mich selbst. Sie hatte nichts getan, um ein solches Schicksal zu verdienen. Sie mußte auf diesem Marsch mehr leiden als ich. Sie würde sehr viel eher erschöpft sein als ich. Und ihre Unwissenheit war nur scheinbar ein Segen für sie, denn sie würde sie wohl davor bewahren, Angst zu bekommen, aber todsicher würde sie sie nicht davor bewahren, unvorsichtig zu sein. Wenn einer von uns bei diesem blödsinnigen Ausflug zu Tode kam, war sie die Kandidatin Nummer eins. Das gefiel mir gar nicht. In meinem Leben gab es sowieso schon einen toten Lapthorn zuviel.

Ich wunderte mich über mich selbst, daß ich für Eve soviel Mitgefühl hatte.

Wir marschierten den ganzen Tag, und am Abend machten wir halt. Ich gab keinen Pfifferling mehr für unsere Chancen.

Als es dunkel zu werden begann – und die Dunkelheit im Regenwald war von so absoluter Schwärze wie in den Höhlen von Rhapsodia –, zündeten wir Lampen an und machten uns emsig ans Roden einer Stelle, wo wir unsere Zelte aufschlagen konnten. Das Roden ging leicht, weil die meisten Pflanzen, aus denen die Bodenvegetation bestand, morsch waren und keine Neigung zeigten, sich mit Zähigkeit an ihre Wurzeln zu klammern. Jedoch gelang uns bei dieser Arbeit zum ersten Mal ein umfassender Blick auf das, was zwischen ihnen wibbelte und kribbelte. Obwohl die Insekten hier so groß werden konnten, wie es ihnen beliebte, zogen die meisten von ihnen es offensichtlich vor, klein zu bleiben. Enttäuschenderweise sahen die Käfer ebenso aus wie überall woanders. Wenn man irgendwo in der Galaxis auf einem bewohnbaren Planeten einen Busch schüttelte, wird das, was herunterfällt, so ziemlich das gleiche sein. Manch ein Raumfahrer ist auf einer Welt, wo nichts sonst an die Erde erinnerte, beim Anblick eines Käfers schon von Heimweh überwältigt worden. Ich natürlich nicht.

Die freundlichen Behörden, die es sich nicht hatten nehmen lassen, unsere kleine Expedition auszurüsten, hatten drei Zelte für angemessen erachtet. Offensichtlich bedeutete das Überfüllung. Nur widerstrebend ließ ich mich dazu überreden, ein Zelt mit Max zu teilen.

Für die Stellen, die uns beliefert hatten, sprach in meinen Augen nur eins. Sie muteten uns nicht zu, Nahrungspaste zu essen. Das ist der Vorteil, wenn ein Volk absichtlich primitiv bleibt. Sie wußten gar nicht, daß es für uns etwas ganz Außergewöhnliches war, so lange unterwegs zu sein, ohne auf Nahrungspaste oder synthetische Lebensmittel mit Geschmackszusätzen zurückgreifen zu müssen.

Nach dem Abendessen rief Max die Basis an, die wir am Morgen verlassen hatten, und plauderte freundschaftlich mit den Leuten, die theoretisch für uns sorgten. Natürlich war es jetzt noch nicht nötig, Nachschub für uns abzuwerfen, aber Max forderte sie auf, unser Signal anzupeilen, damit sie wußten, wo wir steckten. Nur für den Fall der Fälle. Bei ihm überraschte mich diese Vorsichtsmaßnahme, obwohl sie unter ein wenig anderen Umständen ein Ding der Selbstverständlichkeit gewesen wäre.

Ich fragte mich, welche Auswahl an Nachrichten über unsere Fortschritte an Titus Charlot auf dem Raumhafen weitergegeben werden würde. Wenn man ihm überhaupt etwas meldete. Mir schoß durch den Kopf, ob Charlot und Johnny ebenfalls von dem hiesigen Überfluß an natürlichen Nahrungsmitteln profitierten oder ob sie gezwungen waren, von den Schiffsvorräten zu leben. Auch wenn das der Fall war, hätte ich nur zu gern mit ihnen getauscht.

IX

Der zweite Tag war ein Abklatsch des ersten, abgesehen davon, daß wir alle ganz steif waren. Wir waren am ersten Tag über acht Stunden (richtige Stunden, nicht nach der lokalen Zeitrechnung gemessen) marschiert und hatten nur zweimal kurz Pause gemacht, um uns auszuruhen und zu essen. Für solche Anstrengungen war keiner von uns fit genug. Zweifellos half mir der *Wind* sehr dabei, die Steifheit zu überwinden, aber ich konnte trotzdem fühlen, wie meine Glieder protestierten. Wie mußte es erst den anderen gehen – und besonders Eve? Natürlich beklagte Eve sich nicht, und Max gab seine Erschöpfung nicht einmal zu. Aber Linda, obwohl sie wahrscheinlich die sportgestählteste von uns war, schämte sich nicht zu bekennen, daß sie sich nicht wohl fühlte.

Wir hatten alle zuviel Zeit in Zügen und Hubschraubern zugebracht, ganz zu schweigen von Autos, Betten und Raumschiffen.

Die Anacaona wanderten jedoch genauso leichtfüßig wie am Tag zuvor, und die Anstrengung schien ihnen überhaupt nichts auszumachen. Allerdings waren ihre Beine auch von Natur aus biegsamer als unsere. Wahrscheinlich war auch ihr Metabolismus auf schnelle Überwindung von Erschöpfungszuständen eingerichtet. Das ist der Vorteil, wenn man von Nomaden abstammt.

Immer noch führte Danel unseren Trupp an. Er hatte eine solche Übersetzung, daß diejenigen, die kürzere Beine hatten als er – und das hatten wir alle – gezwungen waren, ihn gelegentlich zurückzurufen oder ihn zu bitten, stehenzubleiben, damit wir aufholen konnten. Wir konnten kaum in Trab fallen, wenn wir die ganze Zeit durch klebrige Vegetation waten mußten.

Ich hatte den Verdacht, Danel stelle seine eigene Zähigkeit absichtlich zur Schau, um uns unsere Unzulänglichkeit unter die Nase zu reiben. Kurz gesagt, er gab an.

Danel war eine seltsame Person. Da er einer fremden Rasse angehörte, war nichts Besonderes dabei, daß ich ihn sehr seltsam fand, aber er hatte auch im Vergleich zu seinen Geschwistern etwas Seltsames an sich. Daß er sich völlig von uns abschloß, schien dabei von Bedeutung zu sein. Das ließ sich nicht allein damit erklären, daß er kein Englisch sprach. Er sagte auch nie ein Wort zu Linda, obwohl sie sich in seiner Sprache ganz gut verständlich machen konnte.

Ebensowenig ließ er gegenüber Michael und Mercede Bemerkungen fallen, die diese hätten übersetzen können. Auf ihm verdolmetschte Fragen von Eve oder mir antwortete er stets kurz und bündig. Er hatte einfach nicht den Wunsch, etwas über uns zu erfahren. Und dabei war er unser Führer, und sein Bruder und seine Schwester gehörten mit zu unserer Gesellschaft. Seine ganze Haltung zeugte von stummer Feindseligkeit, von passivem Protest. Aber Linda verließ sich offensichtlich darauf, daß er ein fähiger und verantwortungsbewußter Führer war. Ich kam zu dem Schluß, daß er auf seine eigene Art versuchte, Verachtung für die menschliche Rasse auszudrücken.

Ich mochte mit Linda nicht über die Anacaona sprechen, während sie sich in Hörweite befanden, und ich hatte die Gelegenheit verpaßt, mich auf der Fahrt von der Hauptstraße über sie zu informieren. Die beste Nachrichtenquelle, die mir augenblicklich zur Verfügung stand, war natürlich Michael. Deshalb blieb ich zurück, um mich ihm anzuschließen. Dadurch gingen Eve und Mercede jetzt vor mir, und Linda und Max marschierten in einiger Entfernung hinter dem langbeinigen Danel her.

Michael trug eine größere Last als Mercede oder Danel. Er schien sie mühelos bewältigen zu können, aber mir kam diese Arbeitsteilung merkwürdig vor.

»Das ist ein ganz schöner Packen, den Sie den ganzen Tag schleppen müssen«, sagte ich, um ein Gespräch anzuknüpfen.

»Das macht mir nichts aus«, antwortete er.

»Wandern Sie immer auf diese Weise?« erkundigte ich mich. »Ich meine, wenn Sie mit Danel auf die Jagd gehen?«

»Ja«, sagte Michael. »Danel muß imstande sein, sich schnell zu bewegen.«

»Also sind die Spinnen sehr gefährlich?« forschte ich weiter.

»Eigentlich nicht. Aber wir suchen sie eher, als daß wir sie vermeiden.«

»Weshalb jagen Sie Spinnen? Welchen Nutzen haben sie?«

»Sie haben überhaupt keinen Nutzen«, meinte Michael. »Wir können sie zur Anfertigung von Kleidungsstücken und manchen anderen Dingen verwenden, und man kann das Fleisch essen. Aber alles, was wir von den Spinnen gewinnen, können uns die *Zodiac*-Leute ebensogut geben.«

»Und ihr benutzt lieber das *Zodiac*-Zeug als euer eigenes?«

»Es ist besser«, stellte Michael fest.

»Aber Danel jagt Spinnen«, fuhr ich fort. »Er trägt dieses Brustplattendings, das vermutlich aus einem Spinnenpanzer oder einer Spinnenschale oder wie ihr es nennt hergestellt ist.«

»Danel gefällt die Spinnenjagd«, erklärte Michael.

»Und die *Zodiac*-Leute gefallen ihm nicht?«

»Möglicherweise.«

Das war eine diplomatische Antwort.

»Und Ihnen macht es Vergnügen, gemeinsam mit ihm zu jagen?« fuhr ich freundlich fort. »Und den Großteil des Gepäcks zu tragen? Aber Sie haben nicht einmal eine Waffe, mit der Sie sich schützen können.«

»Danel braucht einen Jagdgefährten«, sagte Michael in einem Ton, als sei das eine ausreichende Erklärung.

»Mein Fall wäre das nicht«, stellte ich trocken fest. Eigentlich war das eine vollkommen überflüssige Bemerkung. Ich beäugte seinen Packen und schätzte ab, wieviel schwerer er war als meiner. Michael war ein starker Mann. Meine Kräfte hatten schon vor der Zeit auf Lapthorns Grab nachgelassen. Auch mit Hilfe des *Windes* war ich zu Höchstleistungen nicht mehr fähig. Mir wurde klar, daß meine Augen nur deshalb wie gebannt an

Michaels Packen hingen, weil ich selbst ihn nicht hätte tragen können. Das Alter machte sich bei mir schon ein wenig bemerkbar. Und die beiden Jahre auf jenem schwarzen Felsen hatten zusätzlich an mir genagt. Wenn ich nicht mit allen Mitteln dagegen ankämpfte, war es mit mir als Klassepilot in sieben Jahren vorbei. Dann konnte ich zum Ingenieur oder Linienjockey umsatteln, oder die seit langen vernachlässigte Freundschaft mit dem festen Boden erneuern. Die beiden Jahre, die ich Charlot schuldete, mochten die beiden letzten meiner besten Jahre sein, und diese Überlegung machte sie weder angenehm, noch ließ sie sie schneller vorübergehen. Lapthorns Grab war für mich der Anfang vom Ende gewesen.

Doch das war es nicht, worüber ich mit Michael sprechen wollte. Deshalb verscheuchte ich diese Gedanken. Ich schwatzte ein wenig über den Wald, aber als ich versuchte, ihn ins Gespräch zu ziehen, stellt er mir sofort wieder Fragen über mich selbst. Er interessierte sich für mich. Ich teilte ihm ein paar unwichtige Begebenheiten aus meinem Lebenslauf mit. Endlich faßte er genug Vertrauen, daß ich ein Thema anschneiden konnte, das sich als heikel erwiesen hätte, wenn ich sofort darauf losgesteuert wäre.

»Ihr habt doch vorgestern abend eine Schau abgezogen, stimmt's?« fragte ich.

»Eine Schau?« fragte er.

»Verzeihung. Ich meine die Unterhaltung, die wir in eurem Haus führten. Das war doch alles künstlich, nicht wahr?« Das war keine freundliche Feststellung, aber ich ging davon aus, daß die Liebe zur Wahrheit im Tugendkatalog der Anacaona eine weitaus größere Rolle spielte als in unserem.

»Warum glauben Sie das?« wollte Michael wissen. Ich warf einen Blick nach vorn. Linda war zu weit entfernt, um uns hören zu können, und Eve und Mercede achteten nicht auf uns.

»Es war eine Schau für Linda«, behauptete ich. »Für die *Zodiac*-Leute. Es fiel kein Wort über eure eigenen Belange. Immer, wenn ihr mit Menschen sprecht, sagt ihr das, was die Menschen hören wollen – oder nicht?«

»Natürlich«, gab er zu. Im Geist schüttelte ich den Kopf. Jede

Einstellung wird so oder so davon beeinflußt, was der andere von einem erwartet. Aber mit welcher Leichtigkeit und Begeisterung die Anacaona die ihnen von den Menschen vorgeschriebenen Rollen spielten, das war bemerkenswert.

»Warum gebt ihr Anacaona eure Eigenart so widerspruchslos auf?« fragte ich direkt.

»Das kann ich nicht beantworten«, meinte er. »Es ist eine Frage, die ich nur in Ihrer Ausdrucksweise definieren kann, und in dieser Ausdrucksweise ist es eine Frage, die nicht gestellt zu werden braucht.«

»Das verstehe ich nicht«, sagte ich.

»Es ist eine menschliche Frage«, erklärte Michael. »Ich könnte darauf nur eine menschliche Antwort geben. Und falls ich eine menschliche Antwort geben könnte, wäre das Problem damit bereits erledigt. Nach der menschlichen Denkungsart kann es keinen Grund geben, und der Grund, den es nach unserer Denkungsart gibt, kann nicht in menschlichen Worten ausgedrückt werden.«

Ich gab mir Mühe, ihm zu folgen.

»Was Sie damit sagen wollen«, versuchte ich es, »ist doch, daß ihr, um euch mit den *Zodiac*-Leuten verständigen zu können, es notwendig gefunden habt, eine Persönlichkeit zu entwickeln, mit der sie sich verständigen können, weil eine Verständigung mit euch, wie ihr wirklich seid, für sie nicht möglich wäre. Die Basis, die ihr für die gegenseitige Verständigung gefunden habt, wurde so gut wie ausschließlich durch die Denkungsart der *Zodiac*-Leute diktiert. Ist das richtig?«

»Ich glaube schon.«

»Und Danel wünscht keine Verständigung, weil er nicht will, daß sein Geist vergiftet wird.«

»Nein. Ganz und gar nicht. Danel verständigt sich nicht direkt. Er hat sich nicht viele menschliche Eigenschaften zugelegt. Der Zusammenhang zwischen diesen beiden Dingen kann nicht willkürlich hergestellt werden.«

Jetzt verstehe das mal einer. Ich versuchte, den Sinngehalt zu ergründen, es gelang mir jedoch nicht recht. Michael erzählte mir doch, der anacaonische Geist sei dem menschlichen so fremd, daß die Anacaona, um sich mit den *Zodiac*-Leuten verständigen zu können, eine quasi menschliche Mentalität annehmen mußten. Danel hatte das nicht getan. Aber wie hatte er es vermeiden können, wenn alle seine Leute so eifrig dabei waren, menschlich zu sein? Andererseits, wie konnte ein so außerordentlich fremdartiger Geist es mit Leichtigkeit fertigbringen, die menschliche Denkungsart anzunehmen? Warum geschah das so mühelos?

Michael sprach mit mir nicht als ein Angehöriger einer fremden Rasse. Er sprach mit mir als ein Bestandteil des gelobten Landes.

Ein Kochrezept für Menschlichkeit. Man nehme . . . was?

»Ihr hättet sie alle töten können«, sagte ich. »Ihr könntet es immer noch tun. Ihr seid ihnen zahlenmäßig haushoch überlegen. Löscht sie einfach aus. Euer Volk braucht sich nicht versklaven zu lassen. Ihr hättet euch widersetzen und ihr selbst bleiben können.«

»Warum?« fragte er.

Ja, warum? Es war keine Frage. Er meinte gar nicht »Warum?« Er meinte, ich sei schon wieder von der richtigen Fährte abgekommen. Er konnte mir nicht antworten, es sei denn in menschlicher Ausdrucksweise, und falls er mir in menschlicher Ausdrucksweise antworten könnte, wäre die Frage überflüssig gewesen. Zwischen uns gab es eine Kommunikationsbarriere. Ich konnte nur mit dem Menschen in ihm sprechen, aber ich wollte mit dem Anacaona sprechen.

»Findet ihr es nicht schrecklich, so zu leben?« forschte ich weiter. »Ist es für euch nicht kränkend, daß ihr etwas darstellen sollt, das euch jemand anders aufgezwungen hat?«

»Nein«, sagte er. Das kam mir äußerst seltsam vor. Wenn er seine Identität so bereitwillig aufgab, hatte er dann überhaupt eine Identität haben können? Und wie sollte ich mir das Phänomen Danel erklären?

»Was ist mit Danel?« fragte ich.

»Dasselbe«, sagte er und zuckte die Schultern. Er zuckte die Schultern auf ganz und gar menschliche Art.

Eine oder zwei Minuten lang schwieg ich verständnislos. Dann kam mir eine blitzartige Erleuchtung.

»Es ist eine andere Rolle in demselben Stück«, stellte ich fest.

»Er ist Linda Petrosians fremdrassiges Lebewesen. Er spielt den edlen Wilden. Ihr seid alle zu gut, um wahr zu sein, und deshalb . . .«

Es war ein täuschend einfacher Gedanke. Die Anacaona hatten ein hochentwickeltes Talent zur Nachahmung. Aber wie kam das? Wozu war es benutzt worden, ehe die *Zodiac* landete? Wie hatte es sich entwickeln können? Und zu welchem Zweck diente es? Schmetterlinge geben vor, tote Blätter oder übelschmeckende Artgenossen zu sein, damit sie von ihren Feinden nicht gefressen werden. Aus dem genau entgegengesetzten Grund tun Gottesanbeterinnen so, als seien sie Zweige. Aber so sehr ich meine Phantasie auch strapazierte, ich konnte keine Parallele zu den Anacaona finden.

Der Gedanke, daß eine Rasse im Umgang mit einer anderen Rasse eine Maske trägt, war mir nicht neu. Auf kolonisierten Planeten tritt dieser Effekt häufig auf. Die Menschen sind bekanntermaßen intolerant, und auf vielen Wegen gilt das Gesetz: »Gib vor, etwas anderes zu sein, oder leide, weil du bist, was du bist«, ganz gleich, was das Gesetz von New Rome zu diesem Thema zu sagen haben mag. Aber die Anacaona waren einen Schritt weitergegangen. Bei den anderen Rassen war es offensichtlich, daß sie Masken trugen. Ihr Ressentiment war oft ein integraler Bestandteil der Maske. Die *Zodiac*-Leute jedoch vertrauten den Anacaona vorbehaltlos, und dies Vertrauen war niemals enttäuscht worden. War von dem Anacaona hinter Michaels Maske überhaupt noch etwas übriggeblieben? Vielleicht steckte nicht einmal mehr einer hinter Danels Maske!

Mich beeindruckte Michaels Freundlichkeit bei diesem Gespräch. Also fuhr ich fort, ihm Fragen zu stellen. Ich versuchte, ihm auf Umwegen beizukommen, ihn mit Fangfragen festzunageln, irgendwie das in ihm zu erreichen, was hinter seiner nachgemachten Menschlichkeit verborgen war. Aber er antwortete offen und ganz bestimmt ehrlich. Er verstand, was ich von ihm wissen wollte. Nur konnte er mir einfach nicht helfen. Es lief immer wieder auf dasselbe hinaus: Nach der menschlichen Denkungsart war die Frage überflüssig, und nach der anacaonischen Denkungsart war sie bedeutungslos.

Ich kam zu dem Schluß, daß ich mit meinem schwachen Verstand keine Möglichkeit hatte, das Geheimnis zu enträtseln, wenn sogar Charlot in seiner Anacaona-Kolonie auf Schwierigkeiten stieß.

Ich war davon überzeugt, daß Michael mir die Wahrheit sagte, aber ich war ebenso davon überzeugt, daß es sich um eine spezielle Art von Wahrheit handelte. Vorläufig mußte ich mich mit aufgeschlossener Unwissenheit zufriedengeben. Vielleicht würde ich niemals hinter des Rätsels Lösung kommen.

»Ist die Kolonie auf New Alexandria ein Erfolg?« erkundigte Michael sich.

»Ich weiß nicht viel darüber«, antwortete ich. »Ich habe erst vor ein paar Wochen davon erfahren, und auch nur auf indirekte Weise. Ich vermute jedoch, ein so toller Erfolg kann es nicht sein, wenn Leute aus der Kolonie fortlaufen. Kidnapping ist sicher kein Verhalten, das von den Kolonisten zu erwarten war. Die Frau, die mit dem Kind entflohen ist, muß ihre Gründe gehabt haben, und ich glaube kaum, daß es menschliche Gründe gewesen sind.«

»Was ist Kidnapping?« wollte Michael wissen.

Das gab mir eine Pause zum Nachdenken.

»Das Stehlen einer Person durch eine andere«, informierte ich ihn. Wie anacaonische Denkungsart hörte sich das für mich nicht an. Ich hatte geargwöhnt, Charlot habe uns nicht alles gesagt, was er wußte, und täusche uns bis zu einem gewissen Grade, aber ich hatte nicht angenommen, daß alles, was er sagte, von vorn bis hinten erstunken und erlogen war. Er hatte sich über die Entführung dermaßen aufgeregt, daß schon etwas Wahres daran sein mußte. Und außerdem verließ er sich darauf, daß New Rome ihm Rückendeckung geben würde.

»Können Sie sich einen Grund denken«, fragte ich Michael, »warum ein Anacaona etwas Derartiges tun würde?«

»Kein Anacaona würde etwas Derartiges tun.«

»Aber es ist geschehen«, führte ich aus. »Glauben Sie mir. Titus Charlot hält die Kolonisten nicht als Gefangene. Warum sollte er das auch, wo doch Ihr Volk so außerordentlich kooperativ ist. Ich halte es für möglich, daß das Mädchen aus eigenem freien Willen mit der Frau entflohen ist, aber warum haben sie New Alexandria illegal verlassen? Warum hatten sie den Wunsch, New Alexandria zu verlassen?«

»Fragen Sie die *Zodiac*-Leute, ob ein Anacaona jemals ein Verbrechen irgendeiner Art verübt hat«, riet Michael.

»Ich brauche sie nicht zu fragen«, meinte ich. »Ihre Versicherung genügt mir vollauf. Also sind die Anacaona doch nicht sehr menschlich. Unter den Menschen ist das Verüben von Verbrechen sehr verbreitet.«

»Wir sind keine Menschen«, antwortete er mir. Und das stimmte natürlich. Die Anacaona waren unter keinem Gesichtspunkt menschliche Wesen. Schmetterlinge werden keine toten Blätter. Sie bleiben Schmetterlinge. Nur erzielen sie den optischen Eindruck von toten Blättern – bis sie wegfliegen. War das, was diese Frau getan hatte, die einzige echt anacaonaische Handlung, die ich bisher entdeckt hatte? Wenn ja, wodurch war sie dazu inspiriert worden? Was hatte den Zwang zur Nachahmung durchbrochen?

Ich kam zu dem Schluß, es müsse sich um Zwang handeln. Es war mir unmöglich, mir eine ganze Rasse vorzustellen, deren höchster Wunsch es war, zu perfekten Sklaven zu werden. Ich war äußerst gespannt darauf, die »wilden« Anacaona kennenzulernen. Vielleicht würde mir dann manches klar werden.

»Was mag Ihrer Meinung nach auf New Alexandria geschehen sein?« fragte ich. »Können Sie sich eine Kette von Ereignissen denken, die uns in unsere gegenwärtige Situation gebracht hat?«

»Denken kann ich es mir nicht«, erwiderte er. »Aber es gibt ein Gerücht.«

»Was für ein Gerücht?« drängte ich. Ich wünschte, ich hätte bereits früher davon erfahren.

»Das Mädchen war eine Indris«, sagte Michael. »Das ist aber nur ein Gerücht.«

»Was ist eine Indris?« erkundigte ich mich höflich.

»Ich glaube, Sie würden es einen Götzen nennen.«

»Das Mädchen war eine Göttin?« Ich war ziemlich verblüfft.

»Keine richtige Göttin«, erläuterte Michael. »Eine falsche.«

»Das Mädchen war eine falsche Göttin«, wiederholte ich, nur um sicher zu gehen, daß ich richtig verstanden hatte. »Was bedeutet das? Ich meine, liefert das eine Erklärung für das Verhalten der Frau?«

»Das weiß ich nicht«, sagte er. Also! Erst teilte er mir beiläufig dieses Gerücht mit, und dann hatte er keine Ahnung, welche Bedeutung es haben mochte!

Ich hatte schon zuviel Denkarbeit geleistet. Ich gab es auf.

Das Ende unseres Gesprächs stellte alle meine früheren Überlegungen und Schlüsse in Zweifel. Jetzt war ich nicht mehr sicher, ob ich das, was er mir mitzuteilen versucht hatte, richtig interpretiert hatte. Ich mußte eingestehen, daß ich bei meinem Bemühen, Michael zu verstehen, auf der ganzen Linie versagt hatte. Damit mußte ich mich abfinden, bis mir eine neue blitzartige Erleuchtung kam. Vielleicht kam nie mehr eine. Es heißt, daß es gewisse fremde Rassen gibt, die sich dem menschlichen Verständnis völlig entziehen. Das ist gar nicht anders möglich. Unser Verstand ist begrenzt. Aber es war ein aufreizender Gedanke, daß da eine Rasse war, die wir nicht verstehen konnten, während sie uns offenbar nur allzu gut verstand. Dazu kam, daß sich diese Rasse tatsächlich auf einem recht primitiven Niveau befand. Was ergab sich daraus? fragte ich mich.

Das alles war zuviel für mich. Ich gönnte meinem gemarterten Gehirn eine Ruhepause. Eine Zeitlang vergnügte ich mich damit, Pflanzen in Stücke zu treten und die ungeheuren Baumstämme zu studieren. Mir fiel ein, daß ich vielleicht den Wald vor Bäumen nicht sehen konnte. Ich war zu nah daran an dem Problem. Für ein Gespräch mit Charlot, das meine Verwirrung hätte beseitigen können, wäre ich geradezu dankbar gewesen.

Nachdem wir gegessen, und ich das Loch in meinem Magen einigermaßen gefüllt hatte, entschloß ich mich, Linda ins Gespräch zu ziehen um herauszufinden, was sie alles nicht wußte.

»Wie hoch ist die Verbrechensrate unter den Anacaona?« begann ich.

»Es gibt keine Verbrechen«, klärte sie mich auf. »Die Anacaona sind ein ehrenhaftes Volk.«

»Auch wenn sie mißbraucht werden?«

»Sie werden nicht mißbraucht.«

»Sie wurden mißbraucht.«

»Es hat keine Verbrechen gegeben. Überhaupt keine Schwierigkeiten.«

»Wie erklären Sie sich das?«

»Eine Erklärung hierfür ist nicht notwendig. Es handelt sich um eine Tatsache. Für Verbrechen braucht man eine Erklärung, nicht für deren Fehlen.«

Das schien mir ein negativer Standpunkt und eine sehr bequeme Rechtfertigung der Unwissenheit zu sein, aber ich machte mir nicht die Mühe, dies auszusprechen.

Statt dessen fragte ich: »Was ist ein oder eine Indris?«

»Eine anacaonische Sage.«

»Haben die Anacaona eine komplizierte Mythologie?«

»Die wilden ja. Bei den Anacaona, die sich den *Zodiac*-Familien angeschlossen haben, sind jedoch auch die letzten Spuren davon verlorengegangen. Es kann allerdings sein, daß sie die Überlieferung ausschließlich in privatem Kreis pflegen.«

Mir kam es schon sehr merkwürdig vor, daß jemand, der Anthropologe für Fremdrassen zu sein behauptete, in diesem Punkt solche Unsicherheit zeigte. Es ließ sich daraus schließen, daß Linda Petrosian keinen Deut mehr von den Anacaona verstand als ich selbst. Sie hatte Vertrauen zu dem, was sie taten, aber was sie im Inneren dachten, war für sie ein Buch mit sieben Siegeln.

»Was besagt die Indris-Sage?« fragte ich sie.

»›Indris‹ ist sowohl Singular als auch Plural. Das Wort ist aus unserer Sprache entlehnt worden, um ein Einzelwesen oder eine Gesamtheit von Personen oder Dingen zu kennzeichnen, die früher einmal angebetet wurden.«

»Früher einmal?«

»Der Legende nach waren die Indris lebende Wesen. Sie sollen vor langer Zeit ausgestorben sein, und sie gelten heutzutage als falsche Götter.«

»Seid ihr dafür verantwortlich?«

»Nein. Die Anacaona hielten die Indris schon lange vor der Ankunft der *Zodiac* für falsche Götter.«

»Welcher Glaube hat den Indris-Glauben abgelöst?«

»Gar keiner.«

»Gar keiner?« Es kam mir unwahrscheinlich vor, daß eine Rasse die eine Göttermannschaft als falsch absetzen sollte, ohne dafür etwas Besseres gefunden zu haben. Auf einem so primitiven Niveau war das jedenfalls kaum denkbar.

»Die Anacaona scheinen jetzt ganz frei von Aberglauben zu sein.«

Darüber dachte ich ein paar Minuten nach. »Sind Sie sicher«, sagte ich dann langsam, »daß es jemals eine Zeit gegeben hat, in der die Anacaona die Indris für echte Götter hielten?«

»Natürlich«, gab Linda zurück. »Sie hätten sie doch nicht als Götter betrachten können, wenn sie von vornherein gewußt hätten, daß es falsche Götter waren, nicht wahr?«

Da mußte ich ihr recht geben.

»Michael hat Ihnen wohl von den Indris erzählt?« erkundigte sie sich.

»Wußten Sie von diesem Gerücht?« fragte ich zurück.

»Ja.«

»Aber Sie hielten es für zu unwichtig, um es uns gegenüber zu erwähnen?«

»So ist es. Es ist ein lächerliches Gerede.«

»Trotzdem wüßte ich gern, wer damit angefangen hat und aus welchem Grund es in Umlauf gekommen ist.«

»Das weiß ich nicht.«

»Ich danke Ihnen vielmals.«

»Wenn ich es für wichtig gehalten hätte, dann hätte ich Sie darüber informiert. Das war jedoch nicht der Fall. Ich weiß gar nichts darüber, und es ist nichts als Unsinn. Wenn die wilden Anacaona das aufgebracht haben, kann ich mir nicht vorstellen, wie sie überhaupt auf die Idee gekommen sind, es sei denn, Ihre Kindesentführerin hat sie ihnen in den Kopf gesetzt.«

»Sie ist nicht meine Kindesentführerin«, verwahrte ich mich. »Und ich kann mir beim besten Willen keinen Grund denken, aus dem sie so etwas behaupten sollte, außer . . .«

»Außer was?« fragte Linda.
»Es könnte die Wahrheit sein«, meinte ich.

X

In dem Verhältnis zwischen Max und Danel gab es einige Reibungspunkte. Nicht etwa, daß Danel nicht kooperativ gewesen wäre. Wie alle Anacaona war auch Danel die Seele der Kooperation. Ebensowenig ließ sich Max mehr als nötig anmerken, daß er die Anacaona nicht mochte. Es lag einfach an ihren widersprüchlichen Rollen. Wenn man es überhaupt einen Krieg nennen konnte, es war ein kalter und unblutiger Krieg.

Meiner Meinung nach warf Danel einen leichten Schatten auf das strahlende Bild, das Michael von den Anacaona als von der idealen Rasse, um mit ihr einen Planeten zu teilen, entworfen hatte. Ich hätte gern einmal mit Danel selbst oder mit Mercede gesprochen, weil ich das Gefühl hatte, sie könnten vielleicht die ganze Geschichte in einem anderen Licht darstellen.

Aber ich konnte nur über Danel sprechen – mit Michael, mit Linda und Max. Als wir uns an jenem Abend in unser Zelt zurückgezogen hatten, nahmen Max und ich einen ruhigen Schluck. Daß er mir von seinem privaten Schnapsvorrat anbot, erweckte in mir den Eindruck, er sei jetzt bis zu einem gewissen Grad bereit, mich zu akzeptieren. Trotzdem wurde er mir dadurch nicht angenehmer. Jedenfalls nicht viel.

»Mit Danel kommen Sie wohl nicht gut zurecht?« fragte ich. Max' Vorstellung von einem privaten Geplauder sagte mir nicht zu, und deshalb dachte ich, ich könnte ebensogut gleich auf den Punkt zusteuern, der mich interessierte.

»Ich kann ihn nicht leiden«, stellte Max fest.

»Warum nicht?«

»Wegen seiner ekelhaften Angeberei. Er tötet nur zum Vergnügen Spinnen mit seiner Axt, und er läßt seinen kleinen Bruder für die Spinnen Musik machen, während er den Matador spielt. Er läßt kilometerweit heraushängen, wie er sich im Wald und zu Hause fühlt, und ich will verdammt sein, wenn er ihn besser kennt als ich. Er ist nicht wild, ganz gleich, wieviel Mühe er sich gibt, so zu tun. Er ist ein Schauspieler.«

»Das müßte eigentlich eher eine Beleidigung für Linda als ein Ärgernis für Sie sein«, meinte ich. »Sie ist doch diejenige, die es herrlich findet, den Planeten mit den Anacaona zu teilen. Ich dachte, Sie seien der Ansicht, man solle sich gar nicht um sie kümmern und sie tun lassen, was sie wollen.«

»Sie sind auf der falschen Wellenlänge, Grainger«, erklärte er. »Die Goldenen sind mir im allgemeinen schnurzegal. Ich bin nicht der Meinung, es sei unsere Pflicht, uns um sie zu kümmern, weil sie ein Bestandteil unseres geliebten Planeten sind. Mir ist überhaupt alles egal, was mich nicht berührt. Aber Danel berührt mich. Hier und jetzt. Wenn er die Aufgabe hat, uns zu helfen, soll er uns helfen und seine blöden, stummen Pantomimen unterwegs lassen.«

»Haben Sie sich noch nie Gedanken darüber gemacht, warum er sich so benimmt?«

»Nein. Verstehen Sie mich nicht falsch, ich habe gar nichts gegen die Goldenen. Wenn ich neulich ihre Einladung zum Abendessen abgelehnt habe, so bedeutet das nicht, daß ich es nicht über mich bringen könnte, einen Fuß über die Schwelle eines ihrer Häuser zu setzen. Mich stößt nur ihre Schauspielerei ab. Alle sind sie entweder zu entgegenkommend oder zu verschlossen. Sie sind ein Haufen von Heuchlern, und mehr ist darüber nicht zu sagen. Sie sind harmlos, und sie sind nützlich, aber wenn Ihnen jemand erzählen sollte, sie seien ein Gottesgeschenk für die *Zodiac*-Familien, glauben Sie ihm nicht. Weil sie das nämlich nicht sind. Was auch immer sie tun mögen, sie tun es aus ihren eigenen Gründen. Ich kenne diese Gründe nicht, aber ich bin todsicher, daß die Goldenen nicht nur für die Bequemlichkeit und das Vergnügen der *Zodiac*-Familien geschaffen wurden. Das scheinen Linda und ihre Freunde jedoch zu glauben. Mit der Idee, Chao Phrya sei unser gelobtes Land, hat das nichts zu tun, und es ist sowieso schon eine alte, abgenützte Idee. Einfach weil die Eingeborenen so hilfsbereit sind und so genau der Vorstellung entsprechen, die sich Menschen wie Linda von ihnen machen, fühlen sich Linda und Konsorten verpflichtet, die Bastarde zu lieben. Aber ohne mich! Ich lasse mich nicht davon abbringen, sie zu hassen, auch dann nicht, wenn sich einer von ihnen vor meinen Augen so aufführt, als verkörperten sich in ihm die gute, alte Zeit und die guten, alten Sitten. Verstehen Sie?«

»Ich verstehe«, sagte ich. »Aber Sie bemühen sich gar nicht um Verständnis.«

»Zum Teufel«, fluchte Max, »wenn ich versuchen wollte, in diesem Leben alles zu verstehen, würde ich verrückt werden. Verstehen Sie uns, ganz zu schweigen von ihnen?«

»Ich kann menschliches Verhalten verstandesmäßig erfassen«, versicherte ich ihm.

»Blödsinn! Sie verstehen gar nichts, und ihr verstandesmäßiges Erfassen des menschlichen Verhaltens können Sie sich an den Hut stecken. Es gibt eine Menge Dinge im Leben, die ich nie verstehen werde, und das stört mich nicht im geringsten. Warum soll man sich den Kopf zerbrechen? Ich tue meine Pflicht, und alles andere geht mich nichts an.«

Das war eine hübsche Philosophie, und ich glaube, für Leute wie Max ist sie genau das Richtige. Lapthorn legte mehr Wert darauf, etwas mit dem Gefühl als mit dem Verstand zu erfassen. Er wollte zwar Erklärungen haben – er war der wißbegierigste Mensch, dem ich je begegnet bin –, aber seine Erklärungen waren von anderer Art als meine Erklärungen. Ich wollte wissen, warum etwas geschah. Ihn interessierte nur, wie es geschah, und besonders, welches Gefühl es vermittelte. Max war nicht einmal Lapthorn. Soweit ich es beurteilen konnte, gab er sich damit zufrieden, gedankenlos durchs Leben zu trampeln. Aber vielleicht beurteilte ich ihn falsch. In diesem Punkt geben die Menschen nur sehr selten ehrliche Auskünfte über sich selbst.

»Wenn Danel so stolz darauf ist, daß ihn die menschliche Art nicht beeinflussen kann«, meinte ich, »warum hat er sich dann bereit erklärt, uns zu führen?«

»Ich werde Ihnen drei Gründe dafür nennen«, bot Max großzügig an. »Ich persönlich halte allerdings keinen davon richtig. Erstens: Er hat von irgendwem, einem Menschen oder einem Anacaona, den Befehl dazu erhalten. Zweitens: Er will nur seinen anacaonaischen Stolz und seine Integrität zur Schau stellen. Drittens: Er glaubt, daß es der Mühe wert sein könnte, selbst einen Blick auf die Personen zu werfen, die Sie suchen. Okay?«

»Nicht ganz«, antwortete ich. »Dieser letzte Punkt – der bedeutet doch, daß Sie glauben, das Mädchen sei eine Indris.«

»Er glaubt es vielleicht.«

»Und Sie denken, er könnte recht haben?«

»Quatsch! Hören Sie, können wir mit diesem Fragespiel nicht ein für allemal aufhören? Wenn man Sie reden hört, muß man ja auf den Gedanken kommen, daß diese ganze Suchaktion nur ein Deckmantel für ein Spionageunternehmen ist. Mir ist noch nie jemand begegnet, der versucht hat, so vieles so schnell herauszufinden. Wenn wir nicht meilenweit von jedem bewohnten Ort in diesem verdammten Dschungel steckten, würde ich schwören, Sie sammelten Informationen für irgendeinen geheimen Zweck.«

Diese Anschuldigung warf mich um.

»Zum Teufel, wer könnte schon den Wunsch haben, bei Ihnen herumzuspionieren?« fragte ich.

»Sparen Sie sich das. Ich bin kein Kind mehr«, behauptete Max. »Wir mögen in Ihren Augen Hinterwäldler sein, und wir mögen den Wunsch haben, nichts über eure große, wundervolle Galaxis zu erfahren, aber wir müssen trotzdem genug wissen, um unsere eigenen Interessen wahren zu können. Was ist mit den Leuten, die herumziehen, um Welten zu kaufen und zu verkaufen? Was ist mit den Leuten, die einen Planeten in der kürzestmöglichen Zeit seines ganzen Metalls berauben?«

Er meinte wohl die Caradoc-Gesellschaft und ihre Gesinnungsgenossen. Was er über ihre gewissenlosen Methoden sagte, stimmte schon, aber er hatte keine Ahnung davon, wie sie taktisch vorgingen.

»Klar«, räumte ich ein, »die Galaxis ist voll von derartigen Schurken. Planeten haben Geldeswert. Aber nicht ein Planet wie Chao Phrya. Solche Welten nutzen denen nichts. Das heißt, wenn sie bewohnt sind. Ohne Bevölkerung können sie von den Know-how-Verkäufern in sehr hübsche Zufluchtsorte verwandelt werden. Das Know-how ist heutzutage der große

Verkaufsschlager. Metalle sind es nicht. An Rohmaterialien kann man zu leicht kommen. Viel zu leicht. Heute ist nur noch das von Wert, was nicht durch Bergbau oder Massenproduktion erzeugt werden kann. Wissen und Überlieferungen bringen das große Geld, sobald die New Alexandrier sie durch ihre Mühle gedreht haben. Aber die Handelsgesellschaften sind am meisten am Kauf und Verkauf von Krieg und Frieden interessiert. Sie spielen mit hohen Einsätzen und auf einem gewaltigen Feld. Sie schrecken vor nichts zurück, wenn es ihnen nur einen Profit bringt. Aber ich kann Ihnen versichern, sie werden keinen Spion dafür bezahlen, daß er sich hier bei Ihnen umsieht. Dieses dunkle Treibhaus ist bei weitem nicht verlockend genug. Sie pflanzen auch nichts an, woraus sich hübsche Rauschgifte herstellen ließen. Sie haben überhaupt nichts, was ihnen den Mund wässerig machen könnte, weil Sie den potentiellen Wert Ihres Planeten als Paradies bereits vernichtet haben, indem Sie darauf leben. Außerdem wissen Sie ganz genau, daß New Rome sich dafür stark macht, alle notwendigen Schritte zum Schutz von Eingeborenen zu unternehmen. Auf Ihrem Planeten gibt es Eingeborene – die Anacaona.«

Er glaubte mir nicht. Er konnte mir einfach nicht glauben.

»Es ist doch nicht möglich, daß Sie denken, wir wären unter Vorspiegelung falscher Tatsachen hergekommen?« fragte ich.

Er zuckte die Schultern.

»Ist das der Grund dafür, daß Ihre Regierung uns alles so verdammt schwer macht?« fuhr ich fort. Nach einem Augenblick des Nachdenkens setzte ich hinzu: »Nein. Das kann es nicht sein. Auch wenn Ihre Leute noch so paranoid sind, würden Sie Titus Charlot und dem Gesetz von New Rome doch sicher vertrauen.«

Trotzdem, der von Max ausgesprochene Verdacht war eine ganz gute Erklärung für die Sturheit der *Zodiac*-Leute bei dieser ganzen Angelegenheit.

»Hören Sie«, sagte Max. »Mich kümmert es nicht besonders, wer Sie sind. Ich habe diesen Auftrag erhalten, weil irgendwer bei euch beiden Kindermädchen spielen muß, ganz gleich, was ihr eigentlich vorhabt. Wenn Sie es unbedingt hören wollen, will ich einräumen, daß ich persönlich nicht der Meinung bin, es sei hier eine Verschwörung im Gange, uns unseren Planeten wegzunehmen. Es würde mich aber nicht wundern, wenn einige unserer Offiziere genau das glauben würden. Es stimmt schon, daß manche von ihnen paranoid sind. Im selben Augenblick, wo ihnen jemand mit gerichtlichem Vorgehen und Gewaltanwendung droht, widersetzen sie sich ihm, und das kann man ihnen nicht verübeln. Aber werfen Sie mir nicht vor, wir würden Ihnen nicht die Hilfe geben, die Sie verlangt haben. Wir tun alles, was wir können.

Übrigens, was geht es uns eigentlich an, wenn ein Schiff zwei Goldene weit weg von uns mitten im Dschungel absetzt? Es geht uns überhaupt nichts an! Was, zum Teufel, haben Sie von uns erwartet, als Sie plötzlich an unserem Himmel auftauchten und uns anblökten? Sollten wir einen roten Teppich für Sie ausrollen und Ihnen unsere gesamte Polizei einschließlich Sherlock Holmes zur Verfügung stellen? Auf diesem Planeten wird gearbeitet, Grainger. Faulenzer gibt es hier nicht. Und das Know-how, von dem Sie vorhin sprachen, das haben wir. Wir bauen diese Welt auf. Sie haben verdammtes Glück gehabt, daß der Commander überhaupt auf zwei Leute verzichtet und Ihnen erlaubt hat, Ihr dummes Spiel zu spielen. Die Anacaona werden die beiden von Ihnen gesuchten Personen finden. Wenn Sie sie mitnehmen wollen, werden die Anacaona sie uns übergeben. Ich weiß nicht, was das Ganze zu bedeuten hat, aber ich weiß ganz genau, daß es für uns nicht wichtig ist.

Also spielen Sie sich nicht auf, als seien Sie der Kapitän. Sie sind ein Nichts, Grainger.«

Damit hatte er es mir aber gegeben.

Es hatte keinen Sinn, sich mit ihm zu streiten. Mit diesen Leuten war schwierig umzugehen, weil mit ihnen schwierig umzugehen war. Wir befanden uns hier nicht auf Rhapsodia, wo man nicht fehlgehen konnte, wenn man jeden einzelnen wie einen Wahnsinnigen behandelte. Warum sollte ich alle verärgern, indem ich versuchte, Antworten auf Fragen zu erhalten, die sie für überflüssig hielten?

Statt dessen sprach ich mit dem *Wind*. Mit dem ließ sich wenigstens ein intelligentes Gespräch führen.

All das geht mir langsam auf den Wecker, sagte ich.

– Ach nein, erwiderte er. Wessen Fehler ist das denn? Nimm's leicht. Ihr müßt noch eine ganze Reihe von Tagen durch diesen Wald marschieren. Genieße die Landschaft. Dann hast du wenigstens ein Vergnügen.

Besten Dank für den guten Rat. Aber kannst du nicht etwas Licht auf unsere verschiedenen Probleme werfen? Hast du einen nützlichen Hinweis zum Verständnis der Sache?

– Erst muß ich dir eine Frage stellen.

Nur zu. Geniere dich nicht.

– Wir haben bisher nichts entdeckt, woraus sich der Schluß ziehen ließe, die Anacaona seien das Endprodukt der Evolution. Was Max dir berichtet hat, ist soweit zweifellos die Wahrheit. Aber die Säugetiere auf Chao Phrya – beziehungsweise das, was hier dafür gilt – haben sich nicht auf die gleiche Weise entwickelt wie auf der guten, alten Erde. Sicher, da sind die Cropper, und so wie ich diesen Ausdruck aus der hiesigen Umgangssprache verstehe, können sie vom Kaninchen bis zum Elefanten alles sein. Aber ganz bestimmt sind sie keine Affen. Ich glaube einfach nicht, daß sich die Anacaona auf diesem Planeten entwickelt haben. Sie sind ebensowenig Eingeborene wie die *Zodiac*-Leute.

Großartig, bemerkte ich.

Der *Wind* hatte da eine Hypothese aufgestellt, die es wohl wert war, in Betracht gezogen zu werden, aber sie machte die Sache kaum einfacher. Ganz im Gegenteil, sie machte sie nur noch komplizierter.

Warten wir ab, was sich diese Woche noch tun wird, sagte ich. Und dann schlief ich ein.

XI

Der nächste Tag war wieder sehr anstrengend für diejenigen unter uns, die nicht topfit waren – und das waren wir mit Ausnahme von Danel alle nicht. Sogar Michael begann, Zeichen von Erschöpfung zu zeigen.

Mit immer der gleichen grimmigen Entschlossenheit pflügte Danel voran. Er setzte die Füße fest auf, und er stampfte sich buchstäblich seinen Weg durch den weichen Teppich morscher Pflanzen. Der Boden war alles andere als eben, und die Einbrüche, die wir zu überwinden hatten, waren um so tückischer, als die wuchernden Pflanzen uns ihre wahre Natur verbargen. Es war auch nicht möglich, einen Bogen um besonders dichte Vegetation zu machen. Wir mußten hindurch, ob sie uns nun bis an die Knöchel oder bis an den Gürtel reichte. Zum Glück nahm uns Danel mit seinem wuchtigen Schritt die schwerste Arbeit ab, indem er uns eine Gasse trampelte. Max und ich wechselten uns damit ab, an zweiter Stelle zu marschieren und es den uns Folgenden noch etwas leichter zu machen. Als ich wieder einmal Max an mir vorbeiließ, überwältigte mich die Müdigkeit dermaßen, daß ich nicht mehr einzusehen vermochte, warum Danel in einem solchen Sturmschritt vorging.

»Hören Sie«, sagte ich zu Michael, »er muß langsamer machen. Als ein gemeinsamer Trupp können wir sein Tempo nicht beibehalten. Weiß er denn gar nichts über das Konvoi-Prinzip? Bald wird irgendwer zusammenklappen, wenn er diese wahnsinnige Geschwindigkeit nicht herabsetzt.«

»Ich habe es ihm schon gesagt«, antwortete Michael. »Aber er hat gar nicht hingehört. Irgend etwas geht in seinem Kopf vor.«

»Na prima«, bemerkte ich. »Irgend etwas geht in seinem Kopf vor. Kann Mercede nicht einmal versuchen, ihm gut zuzureden? Abgesehen von Eve hat sie am meisten darunter zu leiden.«

Eves Kräfte waren diesem Gewaltmarsch natürlich nicht gewachsen. Wir hatten ihr einiges von ihrem Gepäck abgenommen, aber sie bekam Blasen an den Füßen, und dann gingen die Blasen auf, und dagegen konnten wir gar nichts tun. Wenn wir aus der *Dronte* hätten Medikamente mitnehmen dürfen, hätte sie wenigstens einen stimulierenden Schuß bekommen können. Aber dem, was ihr aus der Doktortasche der *Zodiac*-Leute angeboten wurde, traute sie nicht, und das konnte ich voll und ganz verstehen.

»Mercede wird auch nichts ausrichten können«, gestand Michael kläglich ein. Reichlich spät fiel mir auf, daß ihn irgend etwas bedrückte.

Etwas war ganz und gar nicht in Ordnung.

»Um Himmels willen, sagen Sie es mir«, bat ich. »Was veranlaßt Danel zu dieser Geschwindigkeit?«

»Er möchte die Waldbewohner so schnell wie möglich erreichen.«

»Warum?«

»Bevor er . . .«, Michael suchte nach den richtigen Worten.

»Sie glauben, daß er krank ist«, half ich ihm ein.

»Ja.«

»Und sind Sie auch krank?«

»Ja.«

»Und Mercede?«

Er zuckte verlegen die Schultern. Offenbar waren alle drei krank.

»Was ist es?«

»Ich weiß es nicht. Wir müssen uns im Dschungel infiziert haben. Diese Krankheiten werden durch Parasiten übertragen.«

»Sie können doch nicht alle von demselben Insekt gestochen worden sein«, meinte ich.

Er schüttelte den Kopf. »Es genügte, daß einer von uns infiziert wurde. Als wir nun im gleichen Zelt schliefen . . . zusammen mit einem halben Hundert Insekten . . .«

Ich blickte nach vorn auf Danels weit von uns entfernte Gestalt. Er wollte nicht krank werden, solange er uns führte. Wenn alle drei Anacaona krank wurden, waren wir auf uns selbst angewiesen, und dann hatten wir außerdem eine beträchtliche Last am Hals. Ich verfluchte die Tatsache, daß uns dies wahrscheinlich noch mehr Zeit kosten würde, aber am meisten verfluchte ich unser Pech. Schuld der Anacaona war es nicht. Ich war versucht, den *Zodiac*-Leuten und ihrer Sparsamkeit bei unserer Ausrüstung die Verantwortung zuzuschieben, aber auch das hatte keinen Sinn.

»Sagen Sie ihm, er soll sich nicht selbst umbringen«, forderte ich Michael auf. »Wenn es uns nicht gelingt, die Waldbewohner zu finden, haben wir eben Pech gehabt. Es nutzt gar nichts, daß er sich so beeilt.«

Dieser gute Rat kam jedoch viel zu spät. Danel war außer Sicht geraten, und als ich einen Schritt zulegte, um zu ihm aufzuschließen, fiel Eve hin. Ich zögerte. Dann rief ich Max zu, er solle Danel zum Halten bringen, und ging zurück.

Eve war von einer Spinne erschreckt worden. Nach den auf Chao Phrya geltenden Begriffen war es keine große, sondern nur eine Netzspinne vom Umfang eines Fußballs. Als sie Eves Weg kreuzte, wäre Eve beinahe auf sie getreten, und als Eve ausweichen wollte, war sie über eine Wurzel gestolpert. Sie hatte sich das Schienbein verletzt und einen Knöchel verstaucht. Es war nichts Schlimmes und hielt uns nur ein paar Augenblick lang auf. Doch als diese Augenblicke vorbei waren, sank Michael in einem Anfall äußerster Erschöpfung zu Boden, und Max kam zurück, um zu vermelden, es sei ihm nicht gelungen, Danel anzuhalten. Der Spinnenjäger entfernte sich in jeder Sekunde weiter von uns, und in dem Zustand, in dem er sich befand, würde er weder merken noch sich darum kümmern, ob wir weiter hinter ihm hermarschierten oder nicht.

»Wir sollten besser haltmachen«, sagte ich.

Eve protestierte, aber Max stimmte mir zu. Michael war bei Bewußtsein und hatte den besten Willen zum Weitergehen, aber er war dazu nicht imstande. Ich konnte keine Symptome einer mir bekannten Krankheit entdecken. Allerdings wußte ich auch nicht, wonach ich zu suchen hatte. Mercede wirkte immer noch ganz gesund.

Max forderte Linda auf, Kaffee und Suppe zu machen, während er mit dem Roden einer Stelle begann, wo wir uns hinsetzen konnten, ohne von Insekten geplagt zu werden.

»Was ist das für eine Krankheit?« fragte ich Michael. »Können Sie abschätzen, wie lange sie dauern wird? Oder welche Wirkungen sie hervorruft?«

Er wußte es nicht. Schließlich war er kein Arzt. Wie konnte er da genau wissen, was ihm fehlte? Außerdem hatten die Krankheiten verschiedene Wirkungen. Manchmal starben die Leute daran, manchmal träumten sie laut. Ich vermutete, mit »laut träumen« meinte er Delirium. Daraus ließ sich ableiten, daß die Krankheit – wie die meisten Infektionen, die man sich in Dschungeln auf der Erde oder anderen Planeten einfangen kann – mit Fieber verbunden war.

»Haben Sie irgend etwas in dieser Do-it-yourself-Hexendoktortasche, was ihm helfen könnte?« fragte ich Max.

Max schüttelte den Kopf. »Ich weiß gar nichts darüber. Ich kann es wirklich nicht riskieren, einem Goldenen menschliche Medizin zu geben. Schließlich können wir diese Krankheit nicht bekommen, und deshalb kann man von uns auch nicht erwarten, daß wir wissen, wie sie zu behandeln ist.«

»Was sagen Sie als Anacaona-Expertin dazu?« wandte ich mich mit einer Andeutung bitteren Hohns an Linda.

»Ich weiß auch nichts darüber«, antwortete sie.

Wir hatten keine andere Wahl, als Michael Mercede zu überlassen, obwohl wir wußten, daß das Mädchen ebenfalls krank war und in wenigen Stunden wahrscheinlich nicht mehr in der Lage sein würde, Hilfe zu leisten.

»Vielleicht ist es ganz gut, daß Danel weitergegangen ist«, meinte Eve. »Wenn er die Waldbewohner findet, werden sie ihm sicher helfen können.«

»Und wenn er sie nicht findet«, warf ich ein, »wird er ganz allein mitten im Dschungel sitzen, ohne daß ihm jemand helfen kann.«

Ein unbehagliches Schweigen folgte.

Niemand bewegte sich außer Eve, die in einem kleinen Kreis herumlief, um ihren verstauchten Knöchel auszuprobieren.

»Also, Kapitän«, sagte ich und ließ damit meinen Ärger ein bißchen an ihr aus, »wir scheinen ganz eklig in der Tinte zu sitzen.«

Sie reagierte nicht. Deshalb sah ich mich nach einer anderen

Zielscheibe für meine schlechte Laune um. Doch der gesunde Menschenverstand siegte, und ich beruhigte mich wieder.

»Sie sollten wohl besser die Basis rufen«, schlug ich Max vor. »Erklären Sie ihnen die Situation und sagen Sie, daß wir Hilfe brauchen. Es könnte doch jemand mit einem Fallschirm durch das Blätterdach herunterkommen, oder nicht?«

»Möglich ist es.« Anscheinend dachte er, daß man uns diesen Gefallen jedoch nicht tun würde.

»Heben Sie die Dringlichkeit hervor«, fuhr ich fort. »Sagen Sie, es sei eine Sache auf Leben und Tod.«

»Ich werde es versuchen«, meinte Max.

Die Leute in der Basis schienen allerdings der Meinung zu sein, es gebe nichts, was sie für uns tun könnten. Vorräte würden sie gern abwerfen, aber keine Ärzte. Außerdem hätten sie niemanden, der eine Ahnung von anacaonischen Krankheiten habe, und es sei ihnen auch kein solcher bekannt. Ja, natürlich werde man sich bei den Anacaona erkundigen, aber viel Hoffnung könne man uns nicht machen. Man glaubte nicht, daß die Anacaona Krankheiten behandelten. Sie warteten ab, bis der Patient genas oder starb. Max bestätigte, daß sein Wissen stimmte. Linda ebenfalls. Auch die Anacaona konnten selbstverständlich krank werden. Jeder kann krank werden. Aber nicht jeder gleich so nervös, daß er versucht, den Kranken zu heilen. Manche Leute nehmen es eben, wie es kommt, und lassen es gehen, wie es will. Angeblich war das der anacaonische Standpunkt.

»Verflucht und zugenäht«, sagte ich mit Gefühl. Wir setzten uns alle hin und warteten auf das Hereinbrechen der Nacht.

Michael spielte den ganzen Abend auf seiner Panflöte. Linda und ich leisteten ihm in dem einen Zelt Gesellschaft, Mercede hatten wir dazu überredet, sich in dem anderen Zelt zur Ruhe zu legen. Eve gab acht, ob sich Symptome zeigten, daß es ihr schlechter ging. Wir nahmen an, daß Max sich in dem dritten Zelt befand.

Wir entdeckten eine ganze Reihe von winzigen Stichwunden an Michaels Unterschenkeln. Offenbar war er daran gewöhnt, den Waldkreaturen etwas von seinem Fleisch mitzuteilen, solange er hier draußen war. Wahrscheinlich merkte er es gar nicht, wenn er gebissen wurde. Wir wuschen die Wunden und wickelten ihm einen Verband um die Waden, aber wir hatten das Gefühl, daß das alles vergeblich war. Antiseptika oder Insektenvernichtungsmittel wagten wir nicht anzuwenden. Wir hatten keine Ahnung, welche Wirkung sie auf seinen Metabolismus haben mochten. Wir warteten und lauschten seiner Musik.

Er spielte eine klagende, streng gegliederte Melodie. Seine knochenlosen Finger flogen über die Flötenrohre und konstruierten Kadenzen, deren Verwicklungen er in allen Kombinationen und bis in die letzte Einzelheit nachging. Mir schien es eine rein mathematische Musik zu sein. Es fehlte ihr der Zauber, der notwendig ist, um einen ästhetisch anzusprechen. Aber ich bin kein Musikliebhaber, und es war gut möglich, daß Kenner diese Musik als brillant bezeichnet hätten.

Mir gefiel sie einfach nicht.

Einmal, als Michael eine Pause machte, fragte ich ihn, wie er sich fühlte. Er konnte es mir nicht sagen.

»Es gibt nichts, was Sie tun können«, versicherte er. »Außer warten.«

»Hätten Sie gern Mercede bei sich?« fragte Linda.

»Lieber nicht«, antwortete er. »Vielleicht hat sie sich doch noch nicht angesteckt.« Er befingerte seine Flöte, und ich merkte, daß er in Gedanken schon wieder bei seiner Musik war.

»Spielen Sie eigentlich Melodien, die Sie im Gedächtnis haben, oder erfinden Sie sie während des Spiels?« erkundigte ich mich.

Er blies versuchsweise ein paar Töne.

»Solche Melodien erfinde ich. Aber anderes muß man aus dem Gedächtnis spielen.«

»Zum Beispiel die Musik, die Sie für die Spinnen machen?«

Er schüttelte schwach den Kopf. »Nicht notwendigerweise. Aber die Musik für die Spinnen muß richtig gespielt werden. Sie muß in geeigneter Weise aufgebaut sein.«

Er wollte nicht weitersprechen. Er flötete wieder, aber leise und geistesabwesend, nicht mit der sorgfältigen Beachtung des musikalischen Aufbaus, der mir vorher aufgefallen war. Er nutzte den ganzen Tonumfang seines Instrumentes aus. Linda und ich hörten schweigend zu.

Später, als er die Panflöte weglegte, fragte ich ihn: »Können Sie sprechen?«

»Über was wollen Sie mit mir sprechen?«

»Über die Indris.«

Er schien dem Thema wenig Geschmack abgewinnen zu können.

»Falsche Götter«, sagte er mit müder Stimme. »Aber sie waren ein großes Volk.«

»Sind sie eure Vorfahren?«

»Ja.«

»Auf welche Art unterscheiden sie sich von euch?«

»Auf viele Arten.«

»Dieses Mädchen, von dem Sie sagten, es sei vielleicht eine Indris, oder von dem das Gerücht geht, es sei eine Indris, ich habe sie gesehen, und für mich sah sie genau wie ein anacaonisches Mädchen aus. Woran könnte ich erkennen, ob sie eine Indris ist?«

»Sie würden es nicht erkennen«, stellte er fest und betonte das »Sie« ganz leicht.

»Aber ein Anacaona würde es merken?«

»Ja.«

»Wie?«

»An dem Unterschied in der Denkungsart, in der Sprache.«

»In eurer Sprache?«

»Ja.«

»Dann drücken sich Unterschiede in der Denkungsart in eurer Sprache unbedingt aus?«

»Auf diese Weise wird unsere Sprache benutzt.«

»Ist das der Grund, daß ihr niemals lügt?«

»Ja.«

»Aber ihr erzählt auch in englischer Sprache keine Lügen.«

Er lächelte schwach. »Die englische Sprache wird auf andere Weise benutzt. Wir lügen niemals. Aber manchmal lügt die Sprache. Es liegt an der Art, wie die Dinge in der Sprache ausgedrückt werden.«

Linda packte mich am Arm. »Können Sie ihn nicht in Ruhe lassen? Das Gerede darüber tut niemandem gut.«

»Es tut mir gut«, sagte ich. »Ich beginne einzusehen, warum wir die anacaonische Sprache weder verstehen noch benutzen können. Ich beginne einzusehen, warum auf New Alexandria ein anacaonisches Kind, dessen Eltern Englisch sprechen, allein mit seiner eigenen Sprache aufwachsen durfte.«

»Sie denken doch nicht im Ernst, das Mädchen könne eine Indris sein?« fragte sie ungläubig.

»Vielleicht ist sie eine.«

»Aber die Indris sind nur eine Legende«, protestierte sie.

»Michael.« Ich versuchte erneut, seine Aufmerksamkeit zu erregen. Seine Augen waren geschlossen, doch er schlief nicht. Er öffnete die Augen und sah mich irgendwie vorwurfsvoll an – so kam es mir jedenfalls vor.

»Noch eine Frage. Hatten die Indris Raumschiffe? Reisten sie zwischen den Sternen?«

»Ja«, antwortete er.

»Das ist nicht wahr!« stieß Linda Petrosian hervor.

»Die Anacaona lügen nicht«, erinnerte ich sie.

»Er lügt nicht. Er glaubt selbst daran. Aber es ist nichts als eine Legende. Es ist eine Sache des Glaubens, keine historische Wahrheit.«

»Und doch nennt er sie falsche Götter«, hielt ich ihr vor. »So weit kann es mit dem Glauben bei ihm nicht her sein.«

»Denken Sie daran, was er darüber gesagt hat, daß die Sprache lügen kann.« Linda machte einen letzten, verzweifelten Versuch, ihre Auffassung als richtig hinzustellen. »Diese Ungereimtheit muß von der Unzulänglichkeit der Übersetzung herrühren. Wir verstehen gar nicht richtig, was er sagt.«

»Ich verstehe es.«

»Wir hätten Spuren gefunden«, beharrte sie. »Sie können doch nicht glauben, ein raumfahrendes Volk sei auf diesem Planeten gelandet, habe ihn kolonisiert, habe dann seine Kinder der Degeneration überlassen und außerdem alle Spuren der Zivilisation ausgelöscht.«

»Das hängt davon ab«, überlegte ich, »wann das geschehen ist. Wann sind sie hier gelandet? Wohin sind sie verschwunden? Es könnte doch Millionen von Jahren her sein. Wir haben immer angenommen, daß die Gallacellaner die erste raumfahrende Rasse waren. Dann kamen wir. Danach die Khormonsa. Alle in einem Zeitraum von wenigen tausend Jahren. Keine ältere Rasse hat je Kolonisationsversuche gemacht. Sie waren alle zufrieden, zu Hause zu bleiben, wie es auch heute noch bei neunundneunzig von hundert Leuten der Fall ist. Aber es ist kein Grund vorhanden, warum es nicht hundert oder tausend andere interstellare Kulturen gegeben hat.«

»Wo sind sie jetzt?«

»Das«, versicherte ich ihr, »ist wieder eine ganz andere Frage.«

»Eine Frage, die Sie nicht einfach beiseiteschieben können.«

»Und Sie können die Tatsache nicht einfach beiseiteschieben, daß die Frau, die wir suchen, ein Verhalten an den Tag gelegt hat, das Ihrer Vorstellung von den Anacaona völlig widerspricht. Sie hat Verbrechen begangen. Dafür muß es einen Grund geben. Es muß auch einen Grund dafür geben, daß sie hierher zurückgekommen ist. Irgend etwas von großer Wichtigkeit spielt hier mit, und ich werde nicht ruhen, bis ich es herausgefunden habe. Ihnen mag es gleichgültig sein. Wie ist es nur möglich, daß Sie sich als eine Expertin für die Anacaona betrachten und keine Spur von Interesse zeigen! Aber mich interessiert es. Ich möchte wissen, was ich hier tue. Ich habe bereits einmal versucht, dem Mädchen zu helfen. Jetzt werde ich es ein zweites Mal versuchen. Beim ersten Mal wußte ich nicht, was gespielt wurde – diesmal will ich verdammt sein, wenn ich mich nicht bemühe, es herauszufinden. Niemand außer mir verschwendet einen Gedanken daran, was dem Mädchen zugestoßen sein mag. Die Anacaona haben einen großen Teil Ihrer Kultur und Ihrer Gedanken und Ihrer Lebensweise übernommen, aber ich glaube, Sie sind umgekehrt auch von ihnen beeinflußt worden. Nicht, daß Sie die Anacaona nachahmen, aber ein Einfluß ist trotzdem da. Sie geben sich damit zufrieden, die Dinge laufen zu lassen, wie sie wollen, solange die Entwicklung zu Ihrem Vorteil ist. Sie waren nicht imstande, die Anacaona zu verstehen, und daraufhin haben die Anacaona Sie dahin gebracht, daß Sie sogar den

Versuch zu verstehen aufgegeben haben. Nicht nur die Anacaona, sondern alles. Vermutlich haben die Generationen, die in der *Zodiac* lebten und starben, Ihnen den beschränkten Horizont vererbt. Sie jedoch haben nicht den geringsten Versuch gemacht, ihn wieder zu erweitern. Das einzige, wofür Sie sich einen Zuwachs wünschen, ist der Bereich heiligen Bodens, dem Sie Ihre Fußstapfen aufdrücken können. Ich glaube nicht, daß ich jemals zwei Leute kennengelernt habe, die gegen alles und jedes so verdammt gleichgültig waren wie Sie und Max.«

Der purpurne Dschungel von Chao Phrya muß einen dazu verleiten, lange Reden zu schwingen. Es wurde schon zur Gewohnheit, und nicht nur bei mir. Wenn früher etwas schiefging, hielt ich den Mund und beschränkte mich darauf, für meine eigene Wenigkeit zu sorgen. Aber auf meine alten Tage wurde ich zum Intellektuellen. Ich fragte mich, ob ich es vielleicht gar nicht selbst war, der an allem, was um mich herum vor sich ging, viel zuviel Anteil nahm.

»Was werden wir mogen tun?« fragte Linda schließlich.

»Ich gehe weiter«, antwortete ich. »Ich muß. Eve wird mit mir kommen, und Max vielleicht auch. Wenn Danel zurückkehrt, werden wir mit ihm statt mit Max gehen. Das heißt, wenn Danel gesund ist.«

»Dann haben Sie keinen Dolmetscher«, betonte Linda.

»Wir werden so zurechtkommen müssen.«

»Sie sollten jetzt lieber schlafen«, riet sie.

Ich nickte und stand auf, um ihr Zelt zu verlassen. »Wenn irgend etwas geschieht«, bemerkte ich, »rufen Sie mich.«

Ich trat hinaus und schloß die Klappe hinter mir. Einen Blick warf ich in das Zelt von Eve und Mercede. Sie schliefen beide fest.

In dem dritten Zelt war es dunkel. Da ich nicht in der Finsternis herumstolpern wollte, nahm ich eine Laterne mit hinein. Ich erwartete, Max in seinem Schlafsack schnarchend vorzufinden.

Dort war er aber nicht.

Er war verschwunden.

XII

Als der Morgen graute, sah ich in beiden Zelten nach. Michael ging es schlechter. Er war wach, aber seine Augen waren glasig, er sprach mit schwacher Stimme und ohne Zusammenhang. Seine dunkelgoldene Haut verwandelte sich allmählich in ein flammendes Rot. Er machte einen verwirrten Eindruck, doch fühlte er sich nicht heiß an. Sein Herzschlag hatte sich seit gestern abend beängstigend beschleunigt. Natürlich hatte ich keine Ahnung, ob das ein schlechtes Zeichen war oder nicht.

Auch bei Mercede war die Krankheit zum Ausbruch gekommen. Sie behauptete, es gehe ihr gut. Das mußte mal wieder an der Unzulänglichkeit der Übersetzung liegen. Der Ausdruck konnte alles mögliche bedeuten.

Eine Zeitlang trieb ich mich draußen herum. Schlechtgelaunt versuchte ich darüber nachzudenken, welche Folgen Max' Fahnenflucht für uns haben würden. Wohin er gegangen war, wußte ich genau. Von unserem Lagerplatz führt nur eine durch niedergetrampelte Vegetation markierte Spur weg, und das war die, die Danel gepflügt hatte. Max war ihm gefolgt.

Eve gesellte sich zu mir.

»Was tun wir, wenn er nicht zurückkommt?« fragte sie.

»Nun, Kapitän, was tun wir dann?« knurrte ich. »Jetzt haben wir keine Waffe und kein Funkgerät mehr und dafür zwei kranke Eingeborene. Wir sitzen in der Klemme. Was tun wir also, Kapitän?«

Ich war in scheußlicher Stimmung.

Eves Stolz erlaubte ihr nicht, auf meinen Ausbruch hin den Rückzug anzutreten.

»Du bist der Spezialist für fremde Planeten«, sagte sie. »Du bist Meister in der Kunst des Überlebens. Ich gebe nur die Befehle. Deine Aufgabe ist es, mich zu beraten.«

»Danke«, gab ich zurück. »Der einzige Nutzen, den du von deinem falschen Dienstgrad hast, ist, daß er es dir erleichtert, mir den Schwarzen Peter zuzuschieben. Das Privileg des Kapitäns, was? Wie fühlst du dich in der Einsamkeit des Befehlsgebers?«

»Du bist ein Bastard, Grainger«, stellte sie kühl fest.

»Ja«, stimmte ich zu. »Aber du liebst mich trotzdem.«

»Ein arroganter Bastard«, korrigierte sie sich.

»Auch das.«

Sie ging wieder ins Zelt und überließ mich meiner schlechten Laune. Es war mir nicht gelungen, ihr den Schwarzen Peter zurückzugeben.

Vorwärts, christliche Soldaten, bemerkte ich ironisch.

– Wie viele? fragte der *Wind*.

Einer, gestand ich ihm. Wen könnte ich denn mitnehmen?

– Eve erwartet, daß du sie mitnimmst.

Pfeif auf Eve.

– Ein anderes Mal, sagte er.

Du hast doch einen Sinn für Humor, warf ich ihm vor.

– Das war nicht mein Humor, sondern deiner.

Ich hatte jedoch keine Zeit, mit ihm herumzualbern. Ich hatte sowieso schon zu lange gewartet. Ich wollte auf und davon. Ich begann zu packen.

Eve kam wieder zum Vorschein, als ich mein Bündel gerade verschnürte.

»Was hast du denn vor?« fragte sie.

»Ich werde ihm nachgehen.«

»Das wirst du nicht tun«, befahl sie.

Ich war ehrlich verblüfft. »Du hast doch gerade erst gesagt, es sei alles meine Sache«, beschwerte ich mich. »Ich sei der Experte. Ich müsse dich beraten. Jetzt tue ich es. Ich gehe ihm nach. Du bleibst mit Linda hier.«

»Wir bleiben alle hier und warten.«

»Das kann ich nicht.«

»Die Frage, die ich dir stellte«, erinnerte sie mich, »lautete: Was tun wir, wenn er nicht zurückkommt? Wir werden abwarten, ob er zurückkommt.«

»Wie lange? Noch einen Tag? Eine Woche? Zum Teufel, wir haben keine Waffen, kein Funkgerät, gar nichts. Nur Essen und Wasser. Wenn ich mitten in einem Dschungel festsitzen soll, will ich eine angemessene Ausrüstung haben. Ich werde dem verdammten Max Volta-Tartaglia nachgehen, und wenn es nur wäre, um ihm seinen verdammten Revolver abzunehmen.«

»Bleib hier«, sagte sie. Sie brauchte nichts weiter hinzuzufügen. Ich wußte ganz genau, daß das ein Befehl war. Ich erfüllte den Tatbestand der Meuterei, indem ich davonmarschierte.

Geradewegs in die Arme von Max Volta-Tartaglia.

Es war heute nicht mein Glückstag.

Er ließ mir keine Zeit, etwas zu sagen. »Gut, daß Sie fertig sind. Wir müssen in aller Eile zurück zu Danel. Ich habe nicht damit gerechnet, daß er zusammenbrechen würde. Allein kann ich ihn nicht tragen; Sie müssen mir helfen. Die Käfer machen sich schon an ihn heran. Wir müssen schnell machen.«

Ich war nahe daran, die Beherrschung zu verlieren. Aber dadurch wäre alles nur noch schlimmer geworden.

»Finden Sie nicht«, begann ich in mildem Ton und mit meisterhafter Selbstbeherrschung, »daß Sie uns hätten Bescheid geben können, als Sie davongingen? Finden Sie nicht, es wäre eine freundliche Geste gewesen, wenn Sie uns das Funkgerät zurückgelassen hätten? Und den Revolver? Sie haben unser Leben leichtfertig aufs Spiel gesetzt!«

»Ich konnte Ihnen weder das Funkgerät noch den Revolver lassen«, erwiderte er. »Sie wissen, daß ich meine Befehle habe.«

»Befehle!« Ich spuckte aus. »Haben Sie nur Befehle und keine Vernunft?«

»Ich wußte doch, daß Ihnen nichts geschehen konnte«, meinte er vertrauensvoll. »Ich wollte nur zwei Stunden wegbleiben. Dann hat es ein bißchen länger gedauert, als ich dachte. Sonst wäre ich noch während der Nacht zusammen mit Danel zurückgekommen. Ich war überzeugt, er würde Rast machen, sobald er merkte, daß er nicht mehr weiter konnte.«

»Warum haben Sie uns nicht Bescheid gegeben?« zischte ich.

Er zuckte die Schultern. »Ich hielt es nicht für nötig.«

Ich dachte, er habe uns seine Absicht, einen kleinen Ausflug zu machen, nur deshalb nicht angekündigt, weil es dann zu einem Streit gekommen wäre. Aber es hatte keinen Zweck, jetzt seine Gründe zu durchleuchten. Wir mußten uns auf den Weg machen.

»Okay«, sagte ich, »gehen wir. Aber diesmal lassen Sie den Revolver und das Funkgerät zurück.«

»Den Revolver nicht«, widersprach er. »Das ist mir besonders eingeschärft worden. Doch das Funkgerät lasse ich da. Das ist eine gerechte Entscheidung.«

Das war es nicht, aber was sollte ich mit ihm deswegen streiten?

Es blieb bei dem Kompromiß, und wir brachen auf.

Ich brauchte fünf Meilen, um meine Wut verrauchen zu lassen. Nach sieben weiteren Meilen wurde die Spur, der wir folgten, plötzlich dünner.

Ein Blick, den ich Max zuwarf, bestätigte meinen Verdacht. Wir waren an Ort und Stelle. Und der Vogel war ausgeflogen.

»Hier hat er gelegen«, stellte Max fest. »Ich schwöre es.«

»Was haben Sie bei ihm zurückgelassen?« fragte ich.

»Nichts. Das hatte doch keinen Zweck. Er war völlig bewußtlos.«

»Was haben Sie ihm weggenommen?«

»Nichts«, antwortete er zum zweiten Mal. »Ich . . .«

»Ich weiß«, unterbrach ich ihn. »Sie hielten es nicht für nötig. Also hat er immer noch das Gewehr und die Axt. Aber kein Essen und kein Wasser.«

»So muß es sein.«

»Besten Dank für die Bestätigung. Aber wir sollten hier keine Wurzeln schlagen. Er ist dorthin gegangen.«

Ich zeigte in die Richtung, die die Fährte nahm. Es war die gleiche Richtung wie bisher. Und der Pfad verlief pfeilgerade. Jeder andere wäre in einem Wald, dessen Bäume so groß waren, daß man nie weiter als dreißig Meter sehen konnte, in Schlangenlinien herumgewandert. Danel nahm, und das ohne Kompaß, den kürzesten Weg zu seinem unbekannten Ziel.

»Er muß im Delirium sein«, meinte Max.

»Oder entschlossen«, sagte ich. »Wissen Sie, wohin er will?«

»Da hinten soll ein Berg sein«, antwortete Max. »Allerdings kein hoher Berg. Der Boden steigt von hier aus allmählich an. Die Blätter der Bäume bilden auch da ein geschlossenes Dach, doch die Bodenvegetation ist weiter oben nicht mehr so dick. Aber sicher weiß ich nicht, wohin er will. Er kann durchaus nur ziellos geradeauslaufen.«

Ich entschloß mich, der Hoffnung Raum zu gewähren, daß das nicht stimmte.

Ich setzte mich in Marsch.

»Warten Sie?« rief Max. »Ich finde, Sie sollten umkehren.«

»Warum?«

»Im Lager warten sie auf uns. Die Situation hat sich geändert, und sie müssen Bescheid erhalten. Daher kehren Sie jetzt um. Wir können nicht einfach immer weiterlaufen. Wer weiß, ob wir Danel noch heute finden.«

»Soviel Rücksichtnahme sieht Ihnen ganz und gar nicht ähnlich.«

»Okay«, sagte Max. »Okay. Also ich hätte Ihnen sagen sollen, wohin ich letzte Nacht gegangen bin. Wenn Sie es unbedingt wissen müssen, ich hatte nur die Absicht, einen kurzen Spaziergang zu machen. Erst als ich schon zwei Meilen gelaufen war, entschloß ich mich weiterzugehen. Darum habe ich keine Lebensmittel mitgenommen, darum habe ich das Funkgerät nicht zurückgelassen. Aber jetzt liegen die Dinge anders. Wir müssen gezielt vorgehen. Ich werde ihn finden, wenn das möglich ist. Gelingt mir das nicht, kehre ich zurück. Ihnen kann nichts geschehen, solange Sie ruhig im Lager bleiben. Von der Basis wird man Ihnen einen Hubschrauber schicken. Wenn Sie sich beschweren, daß Sie keine Waffe haben, wird man sich vielleicht erweichen lassen und für Sie einen zweiten Revolver abwerfen.«

Ich hatte keine Lust, alleine zurückzugehen, denn mir kam es so vor, als sei die Suche nach Danel aussichtslos. Bei dieser Expedition war doch wirklich von Anfang an alles schiefgegangen. Ich war in der richtigen Stimmung, die Flinte ins Korn zu werfen und gleich ganz nach Hause zu gehen.

Müde trottete ich auf dem Trampelpfad zurück. Der Weg wurde mir sehr lang.

Als ich noch eine Meile vom Lager entfernt war, bemerkte ich plötzlich eine Überfülle an Cropper-Spuren, die sich kreuz und quer über meinen Weg zogen. Auf dem Hinweg waren sie noch nicht dagewesen. In den letzten paar Tagen hatten wir oft Cropper-Spuren gesehen. Es gab sie in allen Größen, und der Ausdruck »Cropper« bedeutete einfach so etwas wie »harmloses Tier«. Falls sie nicht gerade die Größe von Kühen hatten und in Herden wanderten, richteten sie die Bodenvegetation natürlich bei weitem nicht so zu wie wir, aber ihre Fährten waren immer deutlich zu erkennen. Die niedergetretenen Pflanzen wuchsen sehr schnell nach, doch einen oder zwei Tage lang blieben die Spuren sichtbar.

Es war im Grunde nichts Schlimmes, daß Cropper-Fährten unseren Weg kreuzten, und doch hatte ich ein unruhiges Gefühl. Für gewöhnlich marschierten Cropper-Herden im Gänsemarsch, so daß sie nicht mehr Pflanzen zertrampelten als unbedingt notwendig. Diese Herde – wenn es eine und nicht mehrere Herden gewesen war – hatte sich sehr undiszipliniert bewegt.

Beinahe so, als hätten sie zuviel Eile gehabt, um die Etikette zu wahren.

Eine halbe Meile vom Lager entfernt hörte ich Geräusche. Es war ein aus großer Entfernung herüberklingendes Rascheln, und es schien sich auf eine große, hübsche Strecke zu verteilen. Ich zögerte nicht, ein gesundes Maß an Furcht in mir aufsteigen zu lassen. Ganz in der Nähe ging etwas Bedrohliches vor, und ich war unbewaffnet. Das Lager auch. Ich zog das Messer aus dem Gürtel, nicht, weil ich glaubte, es könne mir von Nutzen sein, sondern weil ich mich damit besser fühlte.

Ich rannte nicht, aber ich bewegte mich doch ziemlich schnell.

Ich hörte jemanden laufen, und gleich darauf sah ich, wer es war.

Es war Mercede, und sie lief mir entgegen so schnell sie konnte. Sie schien mich nicht zu sehen. Sie schien die Absicht zu haben, an mir vorbei und immer weiter geradeaus zu laufen. Sie mußte vor etwas fliehen, das ihr schreckliche Angst einjagte. Mein erster Gedanke waren die Spinnen. Dann erinnerte ich mich daran, wie Max leichtfertig die Dinger abgetan hatte, die er Magnawanderer nannte.

Wanderameisen. Riesige.

Ich stellte mich Mercede in den Weg und rief sie beim Namen. Sie sah mich ausdruckslos an. Dann prallte sie mit mir zusammen.

Ich fing sie auf und hielt sie fest. Sie versuchte nicht, sich loszureißen, sondern schien froh darüber zu sein, daß sie eine Gelegenheit erhielt, zusammenzubrechen, als übertrage sie nun mir die Verantwortung für ihr Schicksal. Ich weiß nicht, ob sie mich erkannte oder ob sie mich für Danel hielt oder ob es ihr gleichgültig war.

Ich sah ihr ins Gesicht, und ihre blinden Augen starrten zurück. Einen Augenblick dachte ich, es sei nur ihre Angst, bis der Verdacht in mir aufstieg, daß sie tatsächlich blind war.

Es war keine Zeit, sich näher mit diesem Problem zu befassen. Der Feind nahte. Ich wußte nicht, sollte ich weiter aufs Lager zugehen oder auf dem Weg, den ich gekommen war, zurückgehen oder weg von der Richtung, aus der das Geräusch kam, und die lag ungefähr im rechten Winkel zu unserem Weg.

»Wo sind die anderen?« brüllte ich.

»Mmmm . . .«, würgte sie.

»Magnawanderer«, ergänzte ich. »Weiß ich. Wo sind Linda, Eve und Michael?«

Sie schüttelte heftig den Kopf. Ich begann, mich auf das Lager zuzubewegen. Sie hielt mich fest und wollte mich nicht gehen lassen. Mir kam zu Bewußtsein, daß das Geräusch jetzt beinahe ein Viertel des Umkreises ausfüllte, von einer Stelle gleich links neben dem Pfad zum Lager nach rechts bis dahin, wo sich die Cropper-Fährte mit dem Pfad kreuzte. Und es wurde lauter.

»Wir können hier nicht stehenbleiben!« rief ich ihr zu.

Sie umklammerte meinen Arm.

»Ich muß zurück ins Lager«, teilte ich ihr mit. Überzeugend klang es nicht. Ich war gar nicht wild darauf, mich dem Geräusch zu nähern.

»Nein«, stöhnte Mercede. »Sie sind weggelaufen. Alle. Alle.«

Und sie waren nicht zusammen weggelaufen. Diese Idioten. Doch natürlich waren die Bäume schuld. Wenn man Eile hat, kann es in einem Wald nur zu leicht geschehen, daß man getrennt wird. Besonders dann, wenn man in Panik ist.

»Wir müssen von dem Weg herunter«, sagte ich. Nicht zu Mercede – sie wußte das bereits. Ich sprach laut mit mir selbst, um die Tatsache zu bemänteln, daß ich am liebsten wie ein Feigling Hals über Kopf davongestürzt wäre.

»Gehen Sie«, drängte Mercede. »Schnell!«

Also gingen wir. Zum Überlegen hatten wir keine Zeit mehr, auch wenn ich noch so viele Zweifel hatte. Ich warf keinen Blick über die Schulter zurück. Zu sehen gab es nichts. Aber immer noch wurde das Geräusch lauter, und ich konnte mir sehr gut vorstellen, daß es von dem Klappern Tausender gutgeölter Scheren kam – ein murmelndes Klippklapp von scharfen Kiefern.

Wir drehten uns um und liefen davon, Hand in Hand. Ich führte sie unsere Privatstraße entlang. Ich weiß nicht, wie sie es geschafft hatte, auf dem Trampelpfad zu bleiben, als sie vom Lager wegrannte, weil es sich bald erwies, daß sie wirklich nichts sehen konnte.

Ständig zog sie mich nach rechts, *weg* von dem Gebüsch. Zwei oder drei Minuten genügten, mich zu überzeugen, daß sie wahrscheinlich recht hatte. Wir durften dem Pfad nicht weiter folgen. Das Wichtigste für uns war, unseren Verfolgern zu entkommen. Kurze Zeit später hatten wir eine beträchtliche Strecke zwischen uns und das Ungeziefer gelegt. Schnell waren die Ameisen nicht. Das Geräusch erstarb in der Ferne.

Es machte nicht allzu viel aus, daß wir uns verlaufen hatten. Wir hatten uns *alle* verlaufen. Das war jetzt kein Fehlschlag unseres Unternehmens mehr, das war der Anfang einer Tragödie. Die *Zodiac*-Leute hatten ihr Blatt überreizt. Sie hatten darauf beharrt, es sei alles ganz einfach, alles unter Kontrolle, es gebe überhaupt keine Gefahr und es könne nichts schiefgehen.

Wenn ich dieses Abenteuer überleben sollte, um zu Denton, zu Max oder zu sonst jemandem sagen zu können: »Das habe ich dir ja gleich gesagt«, dann hatte ich Glück gehabt. Durch etwas anderes als eine gehörige Portion Glück konnten wir kaum noch gerettet werden. Mir war ganz übel, denn Glück ist etwas, wovon ich immer hoffe, daß ich mich nicht darauf zu verlassen brauche.

Ich glaube nicht an das Glück.

Wir stolperten andauernd. Die Baumwurzeln schienen mit

der ausdrücklichen Absicht hingelegt worden zu sein, uns bei jeder Gelegenheit zu Fall zu bringen.

Jedesmal, wenn wir fielen, überkam uns neue Angst – weil wir Zeit verloren, weil uns der Atem knapp wurde, weil unsere Knochen und Muskeln den Dienst zu versagen drohten.

Ich weiß nicht, wie lange wir weitertaumelten, nachdem wir schon viel zu erschöpft waren, um zu rennen. Es müssen Stunden gewesen sein. Wir konnten nichts dabei gewinnen, wenn wir stehenblieben und nachdachten. Ich hatte noch genug Adrenalin in meinem Blut, und Mercede schien wie hypnotisiert zu sein, besessen von der gleichen Entschlossenheit, die Danel von uns weg und weit hinein in den Dschungel getrieben hatte.

Wir konnten das von den Magnawanderern erzeugte Geräusch nicht mehr hören, aber das änderte die Situation für uns nicht. Wir flohen nicht vor den Magnawanderern. Wir flohen aus Furcht und weil wir nicht mehr abbremsen konnten. Man rennt immer, wenn man Angst hat, und man hört nicht auf, solange es etwas gibt, dem man nicht ins Gesicht sehen will, sei das nun ein Magnawanderer oder der Gedanke daran, daß man davongelaufen ist. Das Davonlaufen erzeugt neues Davonlaufen, und man rennt, bis man liegenbleibt.

Mein Herz schmerzte, meine Beinmuskeln verkrampften sich, aber irgendwie gelang es mir, mich ebenso auf den Füßen zu halten wie Mercede. Ihre Angst war nicht größer als meine, und sie war bestimmt nicht besser in Form als ich. Es war ihre Krankheit, die sie unabhängig von ihrem Willen immer weiter fortriß. Ich wußte, wenn Mercede fiel, würde sie liegenbleiben, eine lange Zeit liegenbleiben – ebenso wie Danel. Ich mußte darauf warten, daß das geschah, oder sie würde ohne mich weiterlaufen.

Der *Wind* half mir, aber die Schmerzen konnte er nicht beseitigen. Meine Brust drohte zu zerspringen, meine Beine brannten wie Feuer. Trotzdem hielt ich mit Mercede gleichen Schritt. Es ging bergauf, und die Bodenvegetation wurde dichter und höher.

Das Ende kam, als wir in einen Bodenriß stürzten. Wir rutschten mit den Füßen zuerst hinein und steckten dann bis zum Hals in dem Pilzmoder. Er hielt uns in aufrechter Stellung, weil er so dicht war, daß wir nicht fallen konnten.

Ich ließ Mercedes Hand los.

Etwa eine Stunde später, als es dunkel wurde, machte ich einen Versuch, mich zu befreien und dann Mercede herauszuziehen. Statt ein Stück Boden freizulegen, was mir vermutlich nicht gelungen wäre, kletterte ich auf eine große Wurzel und zog uns langsam bis zu der Stelle, wo die Wurzel aus dem Baumstamm hervorwuchs. Jetzt befanden wir uns einen angenehmen halben Meter über dem Pflanzenwuchs, und die Wurzel war breit genug, daß wir uns in voller Länge darauf ausstrecken konnten, ohne Gefahr zu laufen, bei der geringsten Bewegung hinunterzufallen. Ich legte Mercede hin, während ich es vorzog, mich in sitzender Position gegen den gigantischen Stamm zu lehnen.

Die Dunkelheit brach herein. Ich hatte eine Taschenlampe in meinem Bündel, aber ich machte mir nicht die Mühe, sie herauszusuchen. Ich war zufrieden, zu warten.

Auf den Morgen oder auf die Ungeheuer. Was zuerst da sein würde.

XIII

Der Morgen gewann das Rennen. Wir hörten nicht das leiseste Rascheln oder Klappern, das die Annäherung von Magnawanderern angedroht hätte. Während der ganzen Zeit, die ich auf Chao Phrya war, habe ich niemals eine dieser vermutlich scheußlichen Kreaturen gesehen, aber die Tatsache, daß sie existierten, spielte nichsdestrotrotz eine bedeutsame Rolle in dem Drama, das auf diesem Planeten ablief. Selten habe ich soviel Angst gehabt, denn ich bin auch selten so völlig hilflos gewesen. Was man sehen kann, ist nie ganz so schlimm wie das, was gerade außerhalb des Gesichtsfeldes lauert und jeden Augenblick über einen herfallen kann. Etwas Wirkliches ist nicht schrecklich. Unsere Vorstellungen sind es, die uns ängstigen.

Als der Morgen anbrach, kam es mir vor, als sei Mercede wirklich sehr krank. Ihr Aussehen hatte sich nicht sehr verändert, abgesehen davon, daß sich ihre sanftgoldene Hautfarbe in ein ärgerliches Rot verwandelt hatte. Sie litt weder unter Fieber, noch, soweit ich es feststellen konnte, unter Austrocknung. Ihr Atem ging mühsam, und sie war nicht bei Bewußtsein. In ihrem schweren Schlaf bewegte sie sich ein bißchen, aber ich hatte keine Mühe, sie auf unserem Zufluchtsort über der See von Pilzmoder zu halten. Manchmal jammerte sie. Ich konnte sie nicht verstehen. Vermutlich waren es Wortfetzen ihrer eigenen Sprache.

Ich konnte nichts anderes tun als stillsitzen und warten, bis sie von selbst aufwachte. Tragen konnte ich sie nicht. Sie war ebenso groß wie ich und beinahe ebenso schwer. Und sie zum Aufwachen und Weitergehen zwingen mochte ich auch nicht.

Wir hatten etwas Essen und einen kleinen Wasservorrat, was aus dem Packsack stammte, den ich bei dem vergeblichen Versuch, Danel zu finden, mitgenommen hatte. Länger als einen oder zwei Tage konnten wir damit nicht auskommen. Vielleicht konnte Mercede von den Produkten des Dschungels leben – wenn sie darüber Bescheid wußte –, aber in meinem Fall würde es schwierig werden. Die Tatsache, daß Menschen einen Bruchteil der Pflanzen von Chao Phrya vertragen konnten, machte eine Zufallsauswahl von Nahrung nur um so gefährlicher. Wenn das eine bekömmlich ist, ist das andere ganz bestimmt giftig.

– Du hast zwei Jahre auf Lapthorns Grab überlebt, erinnerte mich der *Wind*.

Da hatte ich noch etwas Nahrungspaste, mit der ich mich behelfen konnte, erwiderte ich. Und Medikamente hatte ich auch. Trotzdem war ich die meiste Zeit krank. Es war eine lange, harte Zeit, bis ich die spärliche Vegetation, die auf den schwarzen Felsen wuchs, durchprobiert hatte. Hier kann ich es mir nicht leisten, krank zu werden.

Trübselig richtete ich meine Augen nach oben auf das purpurne Blätterdach. Ich versuchte, die Ausmaße der riesigen

Stämme und Äste abzuschätzen. Wir mußten uns auf einem ziemlich steilen Abhang befinden, aber der Wald stieg mit dem Boden an. In dem durchscheinenden Dach war keine Lücke zu entdecken. Wahrscheinlich war der ganze Hügel überwachsen.

Die Bodenvegetation war auf dem Abhang sehr unregelmäßig, wie Max es erwähnt hatte, als er von dem Berg sprach, wo die wilden Anacaona zu finden sein mochten. Ich glaube nicht, daß es dieser Berg hier war. Wir waren nicht weit genug gekommen, und wir waren in der falschen Richtung losgelaufen. Einige Zeit brachte ich damit zu, mir einen Weg zurechtzulegen, der uns von unserem jetzigen vorteilhaften Standort hinauf- und um die schlimmsten Dickichte herumführen konnte. Dann gab ich es wieder auf. Der geschlängelte Pfad würde viel zu lang werden. Es war besser, durch die Pilze und schwachen Stengel geradeaus zu trampeln. Sie waren so morsch, daß ihr Widerstand gegen unser Vordringen nicht mehr als eine Geste sein konnte.

Ich fand die Warterei sehr ermüdend. Die ernste Lage schien eine Unterhaltung mit dem *Wind* zu verbieten. Offensichtlich gab es für uns nur noch eins, nämlich den Versuch, aus dem Wald hinauszugelangen, und ebenso offensichtlich konnten wir das ohne tatkräftige Hilfe nicht schaffen. Und wer sollte uns helfen, wenn nicht die wilden Anacaona? Die Frage, was wir tun sollten, wurde folglich zu der Frage, wie wir die wilden Anacaona finden konnten. Ich hatte keine Ahnung. Vielleicht wußte Mercede es, aber wahrscheinlicher war, daß sie es auch nicht wußte. Unsere größte Hoffnung war noch, daß die Waldbewohner den einen oder anderen unserer Gesellschaft entdeckten und daß dann nach den übrigen gesucht wurde. Wenigstens hatte ich keinen Grund, an der Hilfsbereitschaft der Waldbewohner zu zweifeln. Wenn die Frau und das Mädchen bei ihnen waren, konnten wir uns vielleicht eher darauf verlassen, daß sie uns und nicht wir sie fanden. Das war eigentlich eine komische Situation, aber trotz all der Zeit, in der ich versucht hatte, die Anacaona verstehen zu lernen, wußte ich immer noch nicht recht, wie sie sich verhalten würden, und besonders unwahrscheinlich kam mir diese Möglichkeit nicht vor.

Die Zeit verging, und meine trübsinnigen Überlegungen über unsere Lage im allgemeinen wurden von der Sorge um Mercedes Zustand verdrängt.

Würde sie den ganzen Tag bewußtlos bleiben? Mußen wir noch eine Nacht auf der Baumwurzel verbringen?

– Du kannst bei ihr bleiben oder sie verlassen, stellte der *Wind* düster fest. Und wenn du gehst, weißt du nicht, wohin.

Ich dachte darüber nach, wie ich eine Art Signal geben könnte.

– Nur Dummköpfe zünden in einem Wald ein Feuer an, lautete der einzige Beitrag des *Windes* zu meinen Überlegungen.

Er wußte ebenso gut wie ich, daß es absolut nicht in meiner Art lag, stillzusitzen und nichts zu tun. Deshalb hatten mir die zwei Jahre, die ich auf Lapthorns Grab festsaß, so sehr geschadet. Mein eigentliches Ich hatte in dieser Zeit geschlafen, und auch als Axel Cyran und seine vierzig Räuber mein Notsignal für das der *Lost Star* hielten und mich retteten, war es ihm schwergefallen, wieder aufzuwachen. In gewisser Weise war ich immer noch nicht wieder ganz ich selbst. Ich hatte manchmal ein vages Gefühl von Leere. Allerdings war es bei weitem nicht so schlimm wie das, was ich während der leeren Tage auf dem schwarzen Felsen oder gleich danach in der qualvollen, menschenhasserischen Zeit auf der Erde durchzustehen hatte.

– Es wird nicht allzu lange dauern, versprach der *Wind*. Wenn sie nicht bald so weit zu Bewußtsein kommt, daß sie essen und trinken kann, wird sie sterben. Dann mußt du allein weitergehen.

Ein richtiger, aber unerfreulicher Gedanke. Ich konnte für Mercede nichts weiter tun, als zu versuchen, ihr hin und wieder ein bißchen Wasser einzuflößen. Das tat ich auch.

Um die Qual des Wartens abzukürzen, schlief ich endlich wieder ein.

XIV

Am frühen Morgen wachte ich auf. Sekundenlang wußte ich nicht, was mich geweckt hatte. Dann kam mir zu Bewußtsein, daß es ein Geräusch gewesen war. Ich hörte es immer noch. Es war ganz schwach, aber es gab keinen Zweifel daran, was es war.

Es war Michaels Panflöte. Keine Musik der Welt hätte mir lieblicher in den Ohren klingen können. Sie bedeutete neue Hoffnung. Wenn Michael so nahe war, daß ich ihn hören konnte, dann war er auch nah genug, daß ich ihn finden konnte. Wenn es ihm gut genug ging, um zu spielen, dann ging es ihm auch gut genug, um zu denken. Und seine Denkarbeit gab uns eine weit bessere Chance, aus dem Dreck herauszufinden, als meine.

Ich stand auf und brüllte, so laut ich konnte. Durch die plötzliche Bewegung wurde mir schwindlig, und deshalb wurden die letzten Silben seines Namens zu einem Krächzen. Aber ich rief ein zweites Mal und lauschte auf das Echo, das die Baumstämme zurückwarfen. Ich weiß, wie man sich über Entfernung und Richtung täuschen kann, wenn man im Wald versucht, einem Ruf zu folgen. Also rief ich in Abständen von fünf Sekunden immer wieder: »Michael!« und hörte dazwischen auf die Musik der Panflöte.

Eine unerträglich lange Zeit (mindestens zwei Minuten!) wurde die Musik nicht ein bißchen lauter. Dann hörte sie ganz auf. Ich nahm dies als ein Zeichen dafür, daß mein Geschrei wenigstens den Erfolg gehabt hatte, Michael in seiner Konzentration zu stören, und daß er gleich antworten würde. Ich schrie weiter und tat mein bestes, um eine gleichbleibende Lautstärke beizubehalten.

Rings um uns wurde es dunkel, und in mir stieg die Furcht auf, er werde uns in der Finsternis nicht finden können. Natürlich war das eine ganz unvernünftige Furcht, aber sie brachte mich dazu, mich hinzuknien und in meinem Packsack nach der Taschenlampe zu kramen. Dann schwenkte ich den Lichtstrahl in einem weiten Bogen, so daß er zwischen den

Baumstämmen hindurchdringen konnte. Eine sehr nützliche Maßnahme war das nicht. Nach weniger als vierzig Metern mußten die Baumstämme das Licht doch verdecken.

Aber mein Gebrüll erfüllte seinen Zweck. Endlich tauchte Michael auf. Er bewegte sich langsam, beinahe, als sei er betrunken. Seine Finger gingen über den Pfeifen auf und ab, obwohl er das Instrument nicht mehr an den Lippen hatte. Seine Augen waren groß und blicklos, doch war das wahrscheinlich eine optische Täuschung. Wie ein Automat kam er näher und näher auf mich zu. Er konnte mich nicht sehen. Wie Mercede war er blind.

Ich hörte auf zu rufen. Das Echo verstummte.

Michael stolperte, zögerte und wartete auf einen neuen Ruf, der ihn führen konnte.

»Michael«, sagte ich in einem so normalen Ton, wie ich ihn irgend zustandebringen konnte, »hier sind wir. Auf einer Wurzel. Können Sie das Licht sehen?«

Er hörte mich, und sein Gesicht hellte sich ein wenig auf, als ihm klar wurde, daß er mich gefunden hatte. Seine Finger bewegten sich langsamer. Es kostete ihn eine bewußte Willensanstrengung, sie zum Innehalten zu bringen.

Er hatte keinen Packsack bei sich. Kein Essen. Kein Wasser.

Er sah zu mir hoch, und plötzlich erkannten seine Augen wieder etwas. Er nickte mit dem Kopf.

»Sie können mich jetzt sehen«, stellte ich fest.

»Nicht sehr gut«, antwortete er. »Aber sehen kann ich.«

»Mercede ist blind«, teilte ich ihm mit. »Sie ist schon den ganzen Tag bewußtlos. Wir sind vor den Magnawanderern davongelaufen.«

»Ich weiß«, gab er zurück.

»Haben Sie die anderen gesehen?« forschte ich. »Eve? Linda?«

»Ich war mit Eve zusammen«, sagte er. »Ich habe sie verloren.«

»War sie verletzt?«

»Nein. Haben Sie etwas zu essen?«

»Ein bißchen. Aber ich weiß nicht, was davon Sie vertragen. Können Sie unsere Nahrung essen?« fragte ich.

»Ich glaube schon. Wasser können wir aus dem Fluß holen.«

»Aus dem Fluß?«

»Er ist ganz in der Nähe. Ich war dort, als ich Sie rufen hörte. Geben Sie mir etwas zu essen? Dann bringen wir Mercede an den Fluß.«

Er wies nach rechts, schräg über den Abhang hin.

Ich warf ihm den Packsack hinunter und sprang hinterher. Er fand eine freie Bodenstelle, setzte sich hin und suchte in dem Sack herum.

»Ich weiß nicht, ob wir Mercede tragen können«, meinte ich. »Halten Sie es für richtig, daß wir sie aufwecken?«

Er setzte die Flöte an die Lippen, runzelte die Stirn und spielte eine kurze Melodie. Sie war ganz anders als die langgezogenen Töne, die ich sonst von ihm gehört hatte. Es war eine harte, durchdringende Tonfolge. Ihr fordernder Klang hatte eine sofortige Wirkung auf Mercede, die aus ihrem halbkomatösen Zustand erwachte, den Kopf schüttelte, sich auf ihrem Wurzellager herumrollte und ihre Muskeln streckte. Sie richtete sich auf die Knie auf, und dann stellte sie sich auf die Füße. Ich reichte ihr die Hand und half ihr von der Wurzel herunter.

Als ich sie stützte und zu Michael führte, erkannte ich, daß sie immer noch blind war. Ich leuchtete ihr mit der Taschenlampe ins Gesicht, aber sie reagierte nicht darauf.

»Können Sie etwas tun, damit sie ihr Augenlicht zurückerhält?« fragte ich. In diesem Augenblick glaubte ich, es gebe nichts, was die Musik der Panflöte nicht bewirken könne.

Doch Michael schüttelte den Kopf.

Den Rest unserer Essensvorräte teilten wir unter uns drei auf. Michael sah sich alles sorgfältig an und entschied, es sei nichts dabei, das nicht für beide Rassen genießbar sei. Viel war es sowieso nicht.

»Und was tun wir jetzt?« fragte ich, als wir gegessen hatten.

»Wir gehen zum Fluß«, erinnerte er mich.

»Und dann?«

»Wir werden die Waldbewohner finden.« Michael zeigte eine Menge Optimismus. Und dabei war Mercede blind, und sie beide waren immer noch krank.

»Wissen Sie irgend etwas von den anderen?« fragte ich ihn. »Können die Magnawanderer sie eingeholt haben?«

»Das glaube ich nicht. Wir wußten, was vor sich ging. Wir sind alle davongelaufen. Solange sie schnell genug laufen, sind sie in Sicherheit. Wenigstens vor den Magnawanderern.«

»Wie wird es ihnen ergehen?«

Michael zuckte die Schultern. »Wenn sie die Waldbewohner oder die Waldbewohner sie finden, ist alles in Ordnung.«

»Und wenn nicht?«

Wieder zuckte er die Schultern. Ich wußte es ebensogut wie er. Der Wald war groß. Danel konnte mittlerweile schon bei den Waldbewohnern sein. Oder Max. Aber hatten sie eine Vorstellung davon, wo wir uns befanden? Und konnten sie wissen, daß es einen dringenden Grund gab, uns zu suchen?

Als wir zum Fluß aufbrachen, setzte Michael die Panflöte wieder an die Lippen und spielte eine leise, weiche Melodie. Während er spielte, veränderten sich seine Augen erneut. Ich wedelte mit meiner Hand vor seinem Gesicht herum. Er war wieder blind. Die Anstrengung, eine Verbindung zwischen Auge und Gehirn aufrechtzuerhalten, war ihm zuviel geworden. Er mußte imstande sein, die Flötenmusik als Sonarsystem zu benutzen, und diese Musik mußte sich direkt an das Gehirn wenden. Auf diese Weise hatte er Mercede aus ihrer tiefen Ohnmacht erwecken können, und auf diese Weise hypnotisierte er für Danel Spinnen.

Wie der Rattenfänger von Hameln führte er uns durch den Dschungel. Mit Hüften und Ellbogen erzwang er sich den Weg durch den dichteren Pflanzenwuchs, während seine Finger sich unaufhörlich über die Pfeifen bewegten. Seine zarte Melodie rief in mir Gedanken an Wind und Wasser hervor. Das gefiel mir nicht. Hätte ich in einem Konzertsaal oder vor einem Fernsehapparat gesessen, dann wäre die Musik geeignet gewesen, in mir Sehnsucht nach der weiten, freien Natur zu wecken. Aber hier waren wir der weiten, freien Natur erbarmungslos ausgeliefert, und nichts war mir ferner, als schwärmerische Gefühle für sie zu hegen. Die Musik entsprach unserer Situation allzu genau. Und es war eine schlimme Situation. Wir befanden uns immer noch in Schwierigkeiten.

Wir freuten uns auf das Wasser, aber es schmeckte sauer. Für eine Weile kehrte Michael in das Reich der Lebenden zurück und war ansprechbar.

»Ruhen wir uns jetzt bis morgen früh aus?« fragte ich ihn.

»Nein.«

Diese Antwort hatte ich hören wollen. Ich wollte keine weitere Zeit mehr verlieren. Wenn er jedoch der Meinung gewesen wäre, Mercede könne nicht die ganze Nacht weiterschlafen, hätte ich keinen Einspruch erhoben.

Die Tatsache, daß es dunkel war, machte ihnen beiden natürlich nichts aus.

»Flußaufwärts«, antwortete Michael. Er setzte kein Wort der Erklärung hinzu. Der Hügel mußte höher sein, als ich gedacht hatte. Vielleicht führte der Abhang doch hinauf in die Berge. Die Vorstellung, die ganze Nacht bergauf gehen zu müssen, hatte nichts Verlockendes. Aber der Weg wurde uns dadurch erleichtert, daß sich zu beiden Seiten des Flusses – eigentlich war es eher ein Bach – ein schmaler Streifen befand, wo die Pflanzen eher waagerecht als senkrecht wuchsen. Das war wie ein hochfloriger Teppich und behinderte uns nicht im geringsten.

Als Michael von neuem begann, seine Finger gedankenverloren über die Pfeifen gleiten zu lassen, half ich Mercede auf die Füße.

»Geht es Ihnen gut?« fragte ich sie. Ich flüsterte, weil ich annahm, Michael würde jetzt gleich anfangen zu spielen, und ich wollte nicht, daß meine Stimme störend in die zarte Flötenmusik einbrach.

»Mir geht es gut«, versicherte sie mir.

»Das Laufen macht uns nichts«, warf Michael ein.

Eigentlich hatte ich nicht den Wunsch, in diesem ungünstigen Augenblick ein intellektuelles Gespräch zu beginnen, aber ich konnte doch nicht umhin zu fragen: »Wie schafft ihr das?«

»Wir müssen in Bewegung bleiben«, sagte er.

»Diese Flötenmusik mag euch in die richtige seelische Verfassung dazu setzen«, fuhr ich fort, »aber Kraft und Ausdauer kann sie euch nicht geben. Wenn Sie sie benutzen, um euch ständig weiter anzutreiben, muß sie euch doch letzten Endes töten.«

»Die Krankheit unterstützt mich«, stellte er fest.

»Wie?«

»Sie beschleunigt den Abbau gespeicherter Energie.«

Ich verzichtete darauf, ihn weiter zu drängen, und ließ das Thema fallen. Wenn er sagte, er könne weitergehen, und Mercede auch, war ich bereit, ihm zu glauben.

»Am besten gehe ich voran«, schlug ich vor. »Ich möchte nicht, daß einer von euch beiden ins Wasser fällt. Ich kann nicht schwimmen.«

Ich hielt es für einen guten Gedanken, Mercede solle eine Hand auf meine Schulter legen und Michael mit seiner Flöte hinter uns hergehen, aber offensichtlich hatte Mercede eine Abneigung dagegen, mich zu berühren. Letzte Nacht hatten wir uns aneinander festgehalten, aber das war gewesen, als die Panik uns in ihrem Griff hatte. Bei kaltem Blut konnte sie sich nicht dazu überwinden.

Also setzte ich mich in Marsch und überließ es ihnen, wie sie es machen wollten, daß wir zusammen blieben.

Nun, sagte ich zu dem *Wind*, hat sich Kapitän Lapthorn, die bekannte Verbrecherjägerin, nicht mit Ruhm bekleckert? Die *Zodiac*-Leute haben es mit Leichtigkeit geschafft, ein völliges Durcheinander anzurichten. Wird Charlot nicht entzückt sein?

– Wenn ihr die Waldbewohner trefft, antwortete er, stehen eure Chancen, Alyne und ihre Entführerin zu finden, mindestens ebensogut wie vorher.

Vielleicht, gab ich zu. Aber der Lösung des Rätsels sind wir noch keinen Schritt nähergekommen. Wir wissen so gut wie nichts über das Verbrechen, das mögliche Motiv und die möglichen Reaktionen irgendwelcher anderer Parteien, die noch mit hineinverwickelt werden können. Welche Chancen hätte Sherlock Holmes, wenn er unter solchen Umständen arbeiten müßte? Ich möchte wetten, sehr geringe.

– Das würde von seiner Fähigkeit, Schlüsse zu ziehen, abhängen.

Okay, Sherlock, sagte ich. Zieh deine Schlüsse. Hör auf damit, mich von oben herab zu behandeln. Erkläre mir alles.

– Das kann ich nicht.

Vielen Dank.

– Nehmen wir einmal an, das Mädchen sei tatsächlich eine Indris.

Mit dieser Annahme habe ich es schon versucht, versicherte ich ihm.

– Und?

Und was?

– Dann ist sie ein Nachkomme einer alten, raumfahrenden Rasse, die heute keinerlei interstellare Kontakte mehr hat. Vielleicht sind sie alle tot, aber ein einfacherer Gedanke ist, daß sie nur nach Hause oder anderswohin gingen. Diese Frage brauchen wir im Augenblick nicht weiter zu untersuchen. Die Anacaona sind ihre Nachkommen, die entweder durch die natürliche Entwicklung oder durch die Einflüsse dieses Planeten degeneriert sind. Das Mädchen ist ein Rückschlag auf längst verlorengegangene Erbanlagen. Welchen Gedanken ruft das in dir hervor?

Genetische Manipulationen, sagte ich.

Er antwortete nicht. Er überließ es mir, den Faden weiterzuspinnen.

Wie Charlot mir gesagt hat, ist die Frau nicht ihre Mutter. Deshalb handelt es sich um Kidnapping. Wer war denn dann die Mutter des Kindes? Hatte es überhaupt eine Mutter gehabt? Eine Minute lang staunte ich über meine eigene Geistesleistung. Dann wurde mir klar, daß auch diese Überlegung uns keinen Schritt weiterbrachte. Ein Motiv ließ sich daraus nicht ableiten, und es wurde dadurch kein neues Licht auf das Verhalten der Waldbewohner geworfen.

Allerdings warf es ein neues Lichtlein auf Titus Charlot. Selbst in meiner zynischsten Stimmung hatte ich nie im Ernst angenommen, Charlot würde mit seinen Gästen in der Anacaona-Kolonie derartige Experimente anstellen. Ich hatte seinen Versicherungen geglaubt, es handele sich um eine gemeinschaftliche Arbeit daran, das Verstehen zwischen den beiden Rassen zu fördern und eine Synthese des Wissens und des Gedankengutes zu finden. Aber wenn das, was der *Wind* glaubte, die Wahrheit war, dann warf das ein neues – und in meinen Augen abscheuliches – Licht auf die Methoden, die Charlot zu diesem Zweck anwandte.

Ich merkte mir vor, daß ein Polizist namens Denton mir einen Drink schuldete.

Möglicherweise sogar einen doppelten.

Endlich graute der Morgen, und wir hatten keine Anacaona gefunden. Wir hatten überhaupt nichts gefunden. Wir stiegen immer noch flußaufwärts den Berg hinan. Der Abhang war nicht steil und frei von Hindernissen, so daß wir keine Schwierigkeiten hatten. Aber bergauf ist bergauf, und wenn es lange Zeit bergauf geht, strengt das an. Michael und vermutlich auch Mercede wurden von der Flötenmusik vorangetrieben. Meine Kräfte unterstützte der *Wind*. In gewisser Weise war ich froh, daß es Eve und Linda nicht gelungen war, sich uns anzuschließen. Ich hoffte, sie waren zusammen und hatten genug Essen und Wasser und genug Verstand, um in unserem alten Lager zu bleiben, damit wir sie finden konnten, sobald und falls eine Suchaktion gestartet wurde. Wenn sie großes Glück hatten, war Linda noch im Besitz des Funkgeräts, und dann waren sie sogar besser dran als wir.

Im ersten Tageslicht legten wir eine kurze Rast ein. Michael war dagegen, aber er gab nach, um mir einen Gefallen zu tun.

Er hörte auf zu spielen.

»Wie weit ist es noch?« fragte ich.

»Nicht mehr sehr weit«, antwortete er.

»Wir haben doch ein bestimmtes Ziel, nicht wahr?« forschte ich. »Wir folgen dem Fluß nicht nur aus reinem Optimismus?«

»Wir haben ein Ziel«, gab er zu.

»Weiter«, drängte ich. »Was ist es?«

»Es war einmal eine Stadt«, erklärte Michael. »Jetzt ist sie unter dem Wald begraben. Sie sieht nicht mehr wie eine Stadt aus. Aber die Waldbewohner benutzen sie oft. Ich denke, sie könnten dort sein!«

»Eine *Stadt*? Eine Stadt im Dschungel? Eine anacaonische Stadt?«

»Nein«, stellte er ruhig, beinahe geistesabwesend fest. »Eine Indris-Stadt natürlich.«

»Linda behauptete, es gebe keine. Nicht einmal Spuren davon. Gar keine Relikte irgendeiner Art.«

»Sie weiß nichts davon«, sagte Michael.

»Dann habt ihr sie angelogen. Ihr habt es vor ihr geheimgehalten.«

Er schüttelte den Kopf. »Niemand hat sie angelogen. Sie wollte es nicht wissen.«

Also wollte Linda über die Indris nichts wissen. Von edlem Forschungsbetrieb der reinen Wissenschaft wegen war bei ihr keine Spur zu finden. Die Vorstellung, Chao Phrya sei das gelobte Land, hatte bereits alle Fragen beantwortet. Verwirre mich nicht mit Tatsachen, meine Theorie ist bereits fertig. Ich schüttelte traurig den Kopf.

Die Stadt fesselte mich. Ich gehöre nicht zu den Leuten, die beim Anblick von Ruinen in Begeisterung geraten, aber alles, was mir eine Abwechslung in der Eintönigkeit des Waldes bieten konnte, war meinen Augen willkommen. Auch beruhigte es mich sehr, daß es eine bestimmte Stelle gab, an der wir die bisher unsichtbaren Waldbewohner finden konnten.

Jedoch machte sich mein mir angeborener Pessimismus sofort ans Werk, mich auf eine Enttäuschung vorzubereiten. Es ist falsch, alle Hoffnungen auf ein Ziel zu setzen. Die erste Regel in der Kunst des Überlebens ist, daß man, was auch geschehen mag, in seinen Anstrengungen nicht nachlassen darf.

Tatsächlich fanden wir die Stadt. Zwei Stunden später standen wir mitten drin.

Es sah hier nicht wie in einer Stadt aus. Die Bäume wuchsen, das purpurne Blätterdach zeigte keine Lücke, der Boden war mit dem gleichen Moder bedeckt, durch den wir bereits seit einer Woche wateten. Aber wenn man die Pflanzendecke hier und da wegkratzte, wurde es offenbar, daß sich darunter Stein befand. Glatter Stein. Bearbeiteter Stein. Die Baumstämme und ihre riesigen Wurzeln ließen sich von Stein nicht aufhalten. Neunzig Prozent der Stadt war zu Staub zerfallen. Kein Gebäude war stehengeblieben. Aber an manchen Stellen ließ sich ahnen, daß hier einmal eine Stadtstraße gewesen war.

Ich schätzte, daß die Stadt seit Zehntausenden von Jahren tot war. Allerdings bin ich kein Fachmann für solche Schätzungen. Es konnte auch eine hundertmal längere Zeit sein. Aber die Bäume, die in der Stadt wuchsen, waren groß und alt. Sie hatten länger als Jahrhunderte dazu gebraucht, die Stadt unterzukriegen.

Es stimmte, daß die Waldbewohner hier gewesen waren. Aber jetzt waren sie nicht mehr hier.

Wir hatten den Anschluß verpaßt.

XV

Der einzige Bewohner der versunkenen Stadt war ein toter Cropper. Er hatte etwa die Größe einer Kuh. Ich nehme an, daß er auch die gleichen Aufgaben wie eine Kuh erfüllte. Er lag in der Mitte eines Platzes, der methodisch von allem Pflanzenwuchs freigeräumt worden war. Hier mußte das Lager der Waldbewohner gewesen sein. Bei ihrem Abzug hatten sie eine deutliche Spur hinterlassen. Breit war sie jedoch nicht, denn sie hatten sich an die Gebräuche des Landes gehalten und waren jeweils in die Fußstapfen des Vordermannes getreten. Aber der Pfad war bestimmt von einer ganzen Menge von Füßen ausgetrampelt worden. Es würde eine oder zwei Wochen dauern, bis er wieder zugewachsen war.

»Ist der Cropper noch frisch?« fragte ich Michael. Mir kam er so vor, aber ich wollte doch lieber seine Meinung hören.

»Ja«, antwortete er. »Wir sollten das Fleisch trotzdem gründlich kochen.«

»Das Tier ist doch nicht an etwas Scheußlichem gestorben?« erkundigte ich mich. »Kann man irgendwie erkennen, warum die Waldbewohner es unberührt liegengelassen haben?«

Er schüttelte den Kopf.

»Ich weiß es nicht«, meinte er nachdenklich. »Fast möchte ich glauben . . .«

Er zögerte, und ich sprach den Gedanken an seiner Stelle aus.

»Sie glauben, daß sie es für uns dagelassen haben?«

»Vielleicht. Aber sicher können wir nicht sein.«

»Eine Botschaft ist nicht dabei«, stellte ich fest. Ich weiß nicht, was für eine Art von Botschaft ich erwartet hatte. Sie würden doch kaum einen Zettel mit den Worten: »Sind bald zurück – bedienen Sie sich« schreiben. Die Anacaona kannten für ihre Sprache keine Schrift. Es war sogar möglich, daß ihre Sprache überhaupt nicht in Schriftzeichen festzuhalten war.

»Können wir ohne Gefahr ein Feuer anzünden?« fragte ich Michael.

»Ja«, erwiderte er. »Können Sie es tun?«

Ich fischte ein Feuerzeug aus meinem Packsack. »Auf Reisen unentbehrlich«, bemerkte ich.

»Das Feuer kann hier keinen Schaden anrichten.« Michael wies auf die gerodete Stelle.

»Eure Leute hatten kein Feuer. Es liegt keine Asche da.«

»Sie brauchen kein Feuer. Sie mögen kein rohes Fleisch wie eure Leute.«

»Wie steht es mit Ihnen und Mercede?«

»Wir essen Fleisch. *Eure* Leute haben *unsere* Leute eine Menge Dinge gelehrt.«

Es war nicht leicht, das Feuer in Gang zu bringen. Die Bäume ließen keine Zweige fallen, und die Pflanzenstengel brannten nur schwer. Anfangs erzeugten wir nichts weiter als viel Rauch und Gestank, aber schließlich führte die Beharrlichkeit zum Ziel. Nach und nach päppelten wir in einem Loch zwischen zerbröckelten Steinen eine ganz hübsche Flamme hoch.

Ich bin nie sehr geschickt darin gewesen, ein Tier zu zerlegen. Auf den Randwelten gehört es zu den Dingen, an die man sich gewöhnt. Ich machte mich daran, Fleischstücke von dem toten Cropper abzuhacken, und benutzte mein Messer als Bratspieß. Es ging langsam, und meine Hand war so nah an der Flamme, daß es schmerzte. Doch die Umstände erforderten es, daß das Fleisch gut durchgebraten wurde. Die Bakterien von Chao Phrya würden mir wahrscheinlich nichts tun – obwohl es durchaus nicht unmöglich war, wenn man die metabolischen Überschneidungen der Lebenssysteme der Erde und dieses Planeten in Betracht zog –, aber das letzte, was ich mir wünschte, war, daß Michael oder Mercede oder beide sich eine zweite Infektion zuzogen. Ich wußte, sie würde sie trotz natürlicher Abwehrkraft und magischer Musik töten.

Mercede hatte sich auf den Steinen ausgestreckt, und Michael saß leise flötend neben ihr. Die Musik hatte wohl den Zweck, sie behutsam wieder aus dem Trancezustand zu führen, in dem sie die ganze Nacht gewandert war.

Wir aßen schweigend. Das Fleisch war zäh und schmeckte gräßlich. Wegen meiner geringen Erfahrungen als Küchenchef war es reichlich mit Holzkohle gewürzt worden, aber ich war so froh, endlich wieder etwas zwischen die Zähne zu bekommen, daß ich die Mängel gern übersah.

Michael reichte seiner Schwester meine Feldflasche und erhob sich. »Wie geht es Ihnen?« fragte ich.

»Schlecht«, verkündete er. Ich war ein wenig überrascht. Die ganze Zeit vorher hatte er seine Krankheit auf die leichte Schulter genommen.

»Und Mercede?«

»Sie erholt sich langsam. Ich glaube, wir sollten sie schlafen lassen. Für die nächste Zeit bringt es uns nichts, wenn wir weitergehen. Wir sind hier ganz gut aufgehoben.«

»Denken Sie, sie werden zurückkommen?«

»Vielleicht.« Seine Stimme klang neutral. Dann war es also durchaus möglich.

»Also können wir uns ausruhen«, sagte ich. »Wir werden hier warten, bis Sie es für richtig halten, wieder aufzubrechen.«

»Danke«, sagte Michael.

»Nichts zu danken. Sie sind derjenige, der hier Bescheid weiß. Wollen Sie auch versuchen zu schlafen?«

»Ich weiß nicht, was das beste wäre«, erwiderte Michael. »Ich habe mich in diesen letzten Tagen immer mehr auf die Musik verlassen. Beinahe fürchte ich, daß mein Herz stehenbleiben wird, wenn ich meinem Körper noch mehr abverlange.«

Ich überlegte, ob ich Mitgefühl äußern sollte oder nicht. Es war unvermeidlich, daß es nach Herablassung klingen würde. Ich wußte nicht, ob er mich gut genug kannte, um zu glauben, daß ich es aufrichtig meinte. Ich hatte überhaupt keine Ahnung davon, was er von mir hielt. Folglich senkte ich meine Augen und schwieg.

»Ich muß der Krankheit eine Ruhepause gönnen«, fuhr Michael fort. »Wenn ich sie noch lange in mir behalte, wird sie mich, wenn ich sie entlasse, in Stücke reißen.«

»Was müssen Sie dazu tun?«

»Ich werde ganz stillsitzen. Ich muß mit der Krankheit allein fertig werden.«

»Ohne Musik?«

»Ohne Musik.«

Ich zweifelte nicht daran, daß er wußte, wovon er sprach, aber ich wollte ihn darüber nicht ausfragen. Es war besser, er fing gleich mit seinen Maßnahmen an. Manchmal muß man sich damit zufriedengeben, daß man etwas nicht versteht. Das, was geschieht, kann wichtiger sein als das, was man davon hält.

Michael setzte sich zurecht, und dann erstarrte er plötzlich in einer halb knienden, halb liegenden Haltung. Seine Augen starrten auf etwas, das sich hinter mir befand. Ich konnte sein Gesicht deutlich erkennen. Jeder Zug darin wurde schärfer, weil einer nach dem anderen förmlich gefror, und mir *erschien* jeder Zug schärfer, weil mir dieser Vorgang Angst einjagte. Ein Kälteschauer lief mir das Rückgrat hinunter. Ich begann mich umzudrehen, ganz langsam, und ich wußte schon, was sich hinter mir befand.

»Nicht bewegen«, zischte Michael. Obgleich er Englisch sprach, hatte seine Stimme den Klang der anacaonischen Sprache. Ich drehte meinen Kopf nicht weiter. Sehen konnte ich es noch nicht.

»Bleiben Sie, wo Sie sind«, setzte Michael hinzu. »Entspannen Sie sich, damit Sie sich stillhalten können.«

Mit grotesk langsamen Bewegungen nahm er die Panflöte von seinem Schoß und hob sie an die Lippen.

Er begann eine traurige, durch Mark und Bein gehende Melodie, die sich wie drei- oder viermal verlangsamte Tanzmusik anhörte, zu spielen. Die klagenden Töne erfüllten die Luft. Sie hoben und senkten sich wie Ebbe und Flut.

Ich wagte nicht, meinen Kopf zu drehen, weil er mir gesagt

hatte, ich solle mich nicht bewegen. Aber ein paar Minuten später war es gar nicht mehr nötig, nach hinten zu sehen. Zwischen den Bäumen hinter Michael kam eine zweite hervor. Dann erschien links eine weitere, der bald darauf noch eine folgte.

Schließlich konnte ich vier sehen, und vermutlich waren verschiedene andere da, die ich nicht entdecken konnte, ohne über meine Schulter zu blicken. Hatte der Blutgeruch sie angelockt, der von dem toten Cropper ausging, oder der Rauch des Feuers? Das war jetzt gleichgültig. Sie waren da.

Endlich.

Wir hatten keine Waffen außer meinem Messer. Michaels Flöte hielt sie in einer Art Bann, aber ich wußte nicht, wie stark dieser war oder was ihn brechen mochte. Ich wußte auch nicht, wie lange er in seinem augenblicklichen Zustand spielen konnte. Ich konnte mir jedoch lebhaft vorstellen, was geschehen würde, wenn er zu spielen aufhörte.

Die Kryptoarachniden hatten ungefähr die Größe von Schwarzbären, nur daß ihre Beine länger waren und ihnen mehr Umfang verliehen. Sie hatten auch ein Fell von Schwarzbären. Aber bewegt hatten sie sich wie Spinnen. Diese wellenförmigen, ruckweisen Bewegungen der zahlreichen Beine kannte ich sehr gut, doch Freude hatte mir der Anblick noch nie gemacht. Ihre Münder waren haarig und mit einer großen Anzahl von Fortsätzen versehen, mit denen sie die Beute vor dem Hinunterschlucken zerreißen und zerkleinern konnten. Augen vermochte ich nicht zu entdecken. Sie hatten keine Augenstiele wie irdische Spinnen, aber in ihrem Fell konnte sich jede Menge von Sehorganen verbergen. Ich hatte keine Möglichkeit, es festzustellen. Vielleicht hatten sie richtige Augen, die wie bei einem Maulwurf klein und tiefliegend waren. In dem purpurnen Dschungel konnten sie sich auf optische Eindrücke nicht besonders verlassen. Jedenfalls mußten sie Bewegungen wahrnehmen können, sonst hätte Michael nicht darauf bestanden, daß ich mich ruhig verhielt.

Ich befand mich in einer völlig hilflosen Lage. Michael hatte einfach keine Zeit mehr gehabt, mir zu sagen, was ich tun oder lassen sollte. Ich wußte nicht einmal, ob es etwas gab, das ich tun konnte. Ich versuchte, mich daran zu erinnern, was ich über Danels quasi rituellen Methoden bei der Spinnenjagd gehört hatte. Michael hypnotisierte die Spinnen. Danel erschlug sie – das war alles, was mir bekannt war. Danel mußte sich bewegen, wenn er die Spinnen mit der Axt tötete, aber wie schnell? Beziehungsweise wie langsam? Worin bestanden die Gefahren, und was tat er, um ihnen zu begegnen?

Konnte ich einfach aufstehen, auf dem freigeräumten Platz – der nun zu einer Art Arena geworden war – herumgehen und die Spinnen mit dem Messer zu Tode hacken?

Was soll ich tun? schrie ich im stillen.

– Immer mit der Ruhe, sagte der *Wind*. Bewege dich ganz langsam und immer im Takt mit der Musik.

Das hörte sich vernünftig an. Auf dieser Basis konnte ich einen Versuch wagen. Aber die Musik war viel zu langsam, der Rhythmus zu gezwungen. Es war mir unmöglich, meine Bewegungen darauf abzustimmen.

– Also dann bewege dich einfach langsam. Was du auch tust, mach ganz, ganz langsam. Ich werde dir helfen.

Ich brachte es nicht fertig, langsam zu denken. Meine Gedanken rasten. Was, zum Teufel, konnte ich tun? Mach nicht erst den Versuch, sie zu Tode zu hacken, ermahnte ich mich selbst. Du kannst nicht mehr als einen Streich führen. Danel pflegt nur einmal zuzuschlagen. Die hypnotische Wirkung der Musik wird nicht so stark sein, daß sie nach dem ersten Stich noch stehenbleiben. Erschlage sie mit etwas Großem. Mit einem großen Stein.

Meine Augen wanderten dahin, wo wir die Feuerstelle gebaut hatten. Dort lagen verschiedene große Steine. Ich mußte einen auswählen, den ich hochheben und tragen konnte, bei dem es aber andererseits keinen Zweifel daran gab, daß er einer zwei Tonnen schweren Spinne das Lebenslicht ausblasen würde. Es schien ein hoffnungsloses Unterfangen zu sein. Ein zwei Tonnen schweres Wesen mit einem Exoskelett mußte jedoch viel zerbrechlicher sein als ein großes Säugetier oder Reptil. Noch wichtiger war die Frage: Konnte ich einen passenden Stein hervorziehen, ohne den ganzen Schutthaufen zum Einsturz zu bringen und eine Kettenreaktion von Bewegungen hervorzurufen?

Gab es nichts anderes, was ich tun konnte?

– Du kannst ja mal fragen, sagte der *Wind*.

Michael kann nicht antworten.

– Mercede?

Sie wird noch stundenlang bewußtlos sein, und sie könnte mir vielleicht sowieso nicht helfen.

– Wenn du Zweifel hast, riet der *Wind*, warte ab.

Ich warte ja ab, versicherte ich ihm. Ich zaudere. Aber es ist Feuer unterm Dach. Ich weiß nicht, ob mir überhaupt noch Zeit bleibt.

Mir war klar, daß ich mit einer einzigen falschen Bewegung alles verderben konnte, aber es gab keine Möglichkeit, falsche Bewegungen von vornherein auszuschließen. Ich konnte mir nur alles, was ich vorhatte, genau zurechtlegen und mich seelisch darauf vorbereiten, was ich tun sollte, wenn ich mittendrin feststellte, daß es nicht funktionierte.

Irgend etwas mußte ich tun, oder wir waren alle schon so gut wie tot.

Ich sah Michael an. Er war über seiner eigenen Musik in Trance gefallen. Er konnte mich nicht erkennen. Er konnte nicht einmal Angst zeigen. Auf seinem Gesicht lag eine erschreckende Entrücktheit, während sein Mund über die Pfeifenöffnungen glitt.

Der Junge ist ernstlich krank, sagte ich mir. Vor noch nicht zehn Minuten hat er erklärt, er müsse der Krankheit eine Ruhepause gönnen, denn wenn er sie noch lange in sich behalte, werde sie ihn, wenn er sie entlasse, in Stücke reißen. Konnte er noch lange durchhalten? War das die richtige Musik? Gab sie ihm, indem sie die Spinnen hypnotisierte, gleichzeitig Kraft, oder würde er gleich vor Erschöpfung zusammenbrechen?

Wie lange konnte es noch dauern, fragte ich mich. Stunden? Minuten? Die ganze Nacht hindurch?

– Gut, stimmte der *Wind* dem Entschluß zu, der sich in mir gebildet hatte. Steh auf.

Ich ließ meinen Kopf die Drehung vollenden, zu der ich vor

einigen Minuten angesetzt hatte. Der Kryptoarachnide hinter mir war nur fünf Meter entfernt. Er hockte auf einem Haufen loser Steine, durch die sich eine Baumwurzel gedrängt hatte. Ein langes Bein war in bizarrer Weise ausgestreckt. Die Spinne war mitten in einem Schritt, der sie hinunter von dem Steinhaufen und an die Stelle, wo ich saß, geführt hatte, in Trance verfallen.

Es waren noch drei weitere da, die ich vorher nicht hatte sehen können.

Das machte insgesamt acht.

Ich richtete meine Aufmerksamkeit wieder auf die, die mir am nächsten war. Ein bestens geeigneter Stein lag genau vor ihren Füßen. Aber wenn ich ihn aufnahm, kam ich nahe genug an die Kiefer der Spinne, um sie zu küssen.

Versuchsweise erhob ich mich auf die Füße.

Der *Wind* flüsterte mir nicht ins Ohr, denn wenn ich bei einer Arbeit war, störte er mich nie, aber ich war mir seiner Gegenwart bewußt – nicht nur in meinen Gedanken, sondern auch in meinen Bewegungen. Ich kontrollierte meine Bewegungen mit äußerster Konzentration. Und doch nagte an mir ständig die Versuchung, die übermäßige Langsamkeit zugunsten einer panischen Hast aufzugeben.

Ich richtete mich nicht völlig auf, sondern blieb in gebückter Haltung und schlich mich wie eine Krabbe an die Spinne an. Es erschien mir leichter, erst einen Arm und ein Bein auf sie zuzubewegen und dann den Arm und das Bein, die der Spinne abgekehrt waren, nachzuziehen. Vielleicht fiel dem Untier dann nicht so auf, daß ich mich bewegte.

Obwohl ich wirklich alles ganz, ganz langsam tat, schien mir kaum ein Augenblick vergangen zu sein, als ich mich auf gleicher Höhe mit dem ausgestreckten Vorderbein der Spinne befand. Ich sah darauf hinab. Es war so dick wie mein eigenes Bein. Es hatte einen großen, haarigen Klumpfuß. Der Chitinpanzer unter dem groben Haar hatte einen purpurnen Schimmer.

Der Fuß geriet in Bewegung.

Ich nicht.

Zweifellos verdanke ich mein Leben der Tatsache, daß ich

vor Schreck erstarrte. Die Spinne verfiel wieder in Unbeweglichkeit.

Noch vorsichtiger kroch ich zentimeterweise in den Schatten des Ungeheuers. Ich konnte seinen Atem riechen. Er war schwer und süß und nicht eigentlich unangenehm. Ich konnte die Myriaden winziger Bewegungen seiner Mundpartien sehen. Sie erfolgten ganz automatisch und ohne seine Kontrolle, aber trotzdem waren sie angsterregend und bedrohlich. Beinahe konnte ich spüren, wie sich die Muskeln der Spinne bei der unnatürlichen, erstarrten Haltung verkrampften.

Meine Hände umfaßten den Stein. Ich begann, ihn nach rückwärts zu ziehen und betete, ich möge sein Gewicht weder über- noch unterschätzt haben. Als ich ihn über den Boden zog, machte er ein dünnes, kratzendes Geräusch, und die Spinne zog ihr ausgestrecktes Bein zurück. Wieder gelang es mir, ruhig zu bleiben, und sobald ich innehielt, erstarrte die Spinne wieder. Aber ich hatte keine andere Möglichkeit, als den Stein hervorzuziehen. Er war nicht so schwer, daß ich ihn nicht hätte hochheben können, aber für mich war das doch eine ganz stramme Leistung im Gewichtheben, und ich brauchte einen gewissen Abstand, um den Stein in einer glatten Bewegung hochreißen und auf die Spinne schmettern zu können. Es war mir ganz und gar unmöglich, daß ich ihn vom Boden abhob, bevor ich ihn unter dem Körper des Ungeheuers hervorgezogen hatte.

Als das Kratzen von neuem begann, erwachte die Spinne aus ihrer erstarrten Haltung. Aber ihre Bewegungen waren ebenso langsam wie meine. Das Scharren des Brockens störte die Musik so wenig, daß die Spinne nur in ganz geringem Umfang ihren Willen zurückgewann. Ihre Bewegungen waren fast völlig reflexbedingt.

Endlich hatte ich den Stein unter dem Körper der Spinne hervor bis zu der Stelle gezogen, wo kurz vorher der ausgestreckte Fuß geruht hatte. Ich umspannte ihn fest mit meinen Armen und schätzte die Entfernung zu Kopf und Rumpf der Spinne ab, um sicherzugehen, daß die Flugbahn genau die richtige sein würde.

Dann begann ich, den Stein hochzuheben. Einen entsetzlichen Augenblick lang fürchtete ich, meine ermüdeten Muskeln seien dieser Aufgabe nicht gewachsen. Aber ich brauchte meine vom *Wind* gestützten Kräfte nur zu sammeln. Ich hob den Stein in Gürtelhöhe, in Brusthöhe und schließlich über meinen Kopf. Sein Gewicht ließ mich ein wenig schwanken, und meine Brust schmerzte, als ich mich darauf vorbereitete, die Arme auszustrecken und den Griff zu wechseln. Dadurch fiel die Bewegung nicht so glatt aus wie geplant, und als ich das schwere Geschoß niedersausen ließ, hatte sich die Spinne bewegt. Mit einem einzigen Gleiten ihrer acht Beine war sie einen vollen Meter näher an mich herangekommen. Der Stein fiel nicht auf das Gelenk zwischen Kopf und Rumpf, wie es meine Absicht gewesen war, sondern auf den Hinterleib. Er traf mit der Kante auf, das Exoskelett zerplatzte mit einem hörbaren Krachen, der Stein sprang vor und schmetterte, nur einen Zentimeter vor meinen Zehen, den Kopf der Spinne auf den Boden. Ich mußte mich zurückziehen. Die Spinne starb augenblicklich, ihre Reflexe jedoch nicht. Ihre Beine zuckten noch mindestens zehn Sekunden lang konvulsivisch. Eines löste sich dabei sogar vom Körper.

Dem Getöse, das der fallende Stein verursacht hatte, folgte absolute Stille, in der nichts zu hören war als die Musik der Panflöte. Aber durch die Todeszuckungen des Kryptoarachniden, meinen Rückwärtsschritt und das Niederfallen des Steins war ein beträchtliches Maß von Bewegung entstanden, wenn auch nur auf begrenztem Raum.

Als ich mich – langsam! – umdrehte, um zu sehen, was die anderen Spinnen machten, waren sie ein paar Schritt näher gerückt. Sie waren schon wieder in Trance verfallen, aber alle hatten sie an Boden gewonnen.

Die nächste war nur noch sechs oder sieben Meter von Michael entfernt, und die letzte nicht mehr als dreißig. Ein mathematisches Genie wäre erforderlich gewesen, um auszurechnen, wie weit jede einzelne vorankommen würde, wenn ich eine von ihnen tötete. Mit sparsamsten Bewegungen konnte ich es vielleicht schaffen. Aber leider hatte ich nicht das Monopol auf Bewegungen. Immer, wenn eine von den

Kreaturen starb, würde sie durch ihr Gezappel zu unserem kollektiven Untergang beitragen.

Als ich mich bückte und den Stein zwischen den Überresten des Vorderleibs der getöteten Spinne heraussuchte, reagierte sie auf meine Berührung mit einem rein automatischen Zucken. Ich bemerkte, daß eine andere Spinne einen halben Schritt tat, der sie dreißig Zentimeter näherbrachte.

Ich wußte auch, daß der Stein mir immer schwerer werden würde, je weiter ich ihn zu tragen hatte, und daß das den glatten Bewegungsablauf beeinträchtigen mußte.

In diesem Augenblick verwirrte sich die Flötenmusik.

Der Schreck kam so völlig unerwartet und war so gräßlich unheilverkündend, daß ich ihn nicht meistern konnte. Ich ließ den Stein fallen. Hätte er meine Zehen getroffen, wäre das mein Tod gewesen. Aber ich hielt die Beine gespreizt, und er fiel zwischen sie.

Die Spinnen rückten einen weiteren Schritt vor.

Es war hoffnungslos.

Ich stand schon wieder völlig unbeweglich, aber das nützte jetzt auch nichts mehr. Michael verlor den Faden der Melodie. Er war zu Tode erschöpft. Die Krankheit überwältigte ihn. Seine Konzentration ließ nach.

Er raffte sich noch einmal auf, doch mir war klar, daß es unmöglich geworden war, die Spinnen zu töten.

Für mich gab es eine Möglichkeit zur Flucht. Ich konnte weggehen, ganz langsam, durch den Ring der Angreifer, an den Rand des Waldes. Ich konnte zwischen den Bäumen verschwinden und dann davonrasen, als sei der Teufel hinter mir her. Selbst wenn sie mich jagen sollten, hatte ich eine gute Chance, ihnen zu entkommen. Ich konnte den Fluß überqueren. Sie nicht.

Ich bin kein Held. Ich habe nie behauptet, ein Held zu sein. Wenn ich sofort gestartet wäre, hätte ich es schaffen können. Aber ich startete nicht. Nicht, weil ich ein Held bin, sondern eher aus dem gegenteiligen Grund. Ich hatte Angst. Ich zauderte. Und damit hatte ich meine Chance vertan.

Michael verhedderte sich von neuem, und die Spinnen kamen näher. Sie kamen sehr langsam, aber sie kamen. Sie hatten keine Eile, und vielleicht hätte ich immer noch fortlaufen können. Aber ich konnte mir nicht helfen. Ich sah mir die Spinnen an, und ehe ich noch Zeit zum Überlegen gefunden hatte, war ich bei Michael.

Ich blickte auf ihn hinab, und ich blickte über seine Schulter auf Mercede. Er war kurz davor, zusammenzubrechen. Sie schlief wie ein Baby und ahnte von allem nichts.

Ich nahm die Panflöte von Michaels Lippen. Ganz behutsam. Er leistete keinen Widerstand.

Als die erste Spinne sich auf uns stürzen wollte, führte ich die Flöte an meine eigenen Lippen.

Jetzt bist du dran, sagte ich zu dem *Wind*. Ich bin unmusikalisch.

XVI

Der *Wind* war gut. Zwar erreichten wir Michaels Leistung nicht ganz, aber wir hatten ja auch nicht seine Trickfinger. Immerhin waren wir gut genug für die Spinnen. Ich nehme an, sie waren ziemlich beschränkt. Wir versuchten gar nicht erst, dasselbe Musikstück zu spielen. Wir begnügten uns mit etwas Einfacherem und mit sehr viel mehr Wiederholungen. Wir hatten weder die Zeit noch die Fähigkeit, alle möglichen Variationen über unser Thema aneinanderzureihen. Als wir merkten, daß unser kurzes Stückchen seine Dienste tat, spielten wir es immer wieder von vorn. Wir gaben uns Mühe, Michaels Stil zu imitieren, und in diesem Punkt erzielten wir wohl einen bescheidenen Erfolg.

Irgendwie kam ich mir wie ein unbeteiligter Zuschauer vor. Es war nicht das erste Mal, daß der *Wind* meinen Körper kontrollierte. Aber als wir im Halcyon-Nebel die *Dronte* landeten, war ich bewußtlos gewesen, und ansonsten hatte der *Wind* heimlich oder gegen meinen Willen gearbeitet.

Es war ein seltsames Gefühl, dies bewußt zu erleben, doch so schlimm, wie ich es mir vorgestellt hatte, war es bei weitem nicht. Es war beinahe so, als sei ich starr wie die Spinnen – nicht gegen meinen Willen, sondern weil ich das Gefühl hatte, ich dürfte mich nicht bewegen und nicht einmal laut denken, damit der innere Konflikt den *Wind* bei der Koordinierung meines Körpers nicht störte. Ich mußte ein geistiger Fötus werden, so klein und unbedeutend wie nur möglich.

Das Wichtigste dabei war, daß ich den guten Willen dazu hatte und daß mich das Ganze nicht schreckte. Ich liebte den *Wind* nicht gerade, aber das ist auch nicht nötig, wenn man nur weiß, daß man auf derselben Seite steht. Immer noch hatte ich die Angst davor nicht ganz abgelegt, er könne mich »überneh-men«, aber sie hatte sich doch schon recht abgenutzt. Der *Wind* und ich hatten zu lange miteinander gelebt, um uns im Kriegszustand zu befinden.

Ich starrte kalt durch die Augen, deren Bewegungen ich nicht mehr kontrollierte. Ich konnte vier Spinnen sehen. Eine war tot. Also lauerten drei hinter uns. Ich konnte mich nicht mehr daran erinnern, welche uns am nächsten war, aber vermutlich war es eine von denen, die ich nicht sehen konnte.

Neben mir sank Michael zu Boden. Er lag ganz still. Sein Körper krümmte sich um meine Füße.

Als ich mich an die neue Situation gewöhnt hatte, beschlich mich das unbehagliche Gefühl, daß das, was wir taten, nur das Unvermeidliche hinausschob. Es war kaum anzunehmen, daß Michael oder Mercede sich in vorhersehbarer Zukunft so weit erholen würden, daß sie aufstehen und Spinnen töten konnten, und selbst wenn das möglich gewesen wäre, hätten die Spinnen eher uns gehabt als wir sie. Ich fragte mich, was der galaktische Rekord im Dauerflötenspiel sei und ob die Fähigkeit des *Windes*, meinen Körper besser zu nutzen als ich selbst, uns dazu verhelfen würde, diesen Rekord zu brechen.

Wahrscheinlich nicht, entschied ich. Der *Wind* hatte im Augenblick mehr zu tun, als behutsam mein vegetatives Nervensystem zu steuern. Wenn er die volle Kontrolle über meinen Körper ausüben mußte, war er vermutlich nur einen Hauch tüchtiger als ich. Aber – es mußte doch möglich sein, daß ich seine Rolle übernahm, ebenso wie er die meine!

Ich wußte nur nicht, wie ich das anfangen sollte.

Uns blieb nichts anderes übrig, als auf Hilfe zu warten, auch wenn wir keinen Grund zu der Annahme hatten, wir könnten in naher Zukunft welche bekommen. Zweifellos würden die Waldbewohner zurückkommen. Aber *wann*?

Die Finsternis der Nacht brach so schnell über uns herein wie üblich und raubte uns auch noch den geringen Trost, daß wir die Unbeweglichkeit des Feindes sehen konnten. Sogar das stumpfrote Glühen unseres Feuers erstarb, und wir saßen in absoluter Dunkelheit.

Die Flötenmusik tönte immer weiter fort.

Ich begann sie zu hassen.

Von neuem stieg Furcht in mir auf. Mein Zeitgefühl schien gestört zu sein. Die Logik sagte mir, es müsse mehr Zeit verstrichen sein, als ich tatsächlich »erfahren« hatte, und trotzdem wurde mir die Zeit zu lang. Im Dunkeln war es sehr unangenehm, daß ich meiner sämtlichen Sinne beraubt war. Nicht, daß ich keine Sinneseindrücke mehr empfing. Mich störte das Gefühl, daß ich meine Sinne nicht *benutzen* konnte. Ich war innerhalb meines Körpers zu jeder Handlung unfähig – und das freiwillig! –, und die Finsternis verstärkte mein Unbehagen. Es war ein Gefühl, das der Furcht unweigerlich immer mehr Raum geben mußte, und so sehr ich mich auch bemühte, ich konnte nichts dagegen tun.

Ich wußte, daß die Gefahr in der Furcht an sich lag. Die Furcht greift nicht nur den Verstand, sondern auch den Körper an. Auf ihrem Höhepunkt konnte sie einem das Bewußtsein rauben, das Herz stillstehen lassen . . . Und dann konnte der *Wind* meinen Körper nicht mehr kontrollieren. Wir würden beide sterben müssen. Im Halcyon-Nebel hatte ich das Bewußtsein verlieren müssen, bevor der *Wind* eingreifen konnte, weil ich von Entsetzen verzehrt und paralysiert wurde, und der *Wind* konnte mit meinem Körper nichts anfangen, solange meine Einbildungskraft ihn mit Furcht speiste.

Wenn ich mich von meiner Furcht überwältigen ließ, würde etwas Schreckliches geschehen.

Ich kämpfte.

Seite an Seite kämpften der *Wind* und ich gegen die Umstände und gegen unsere eigene Schwäche. Wenn der *Wind* mir irgendeine aktive Hilfe gab, merkte ich nichts davon. Wenn ich dem *Wind* auf irgendeine Weise half, geschah das nicht als bewußter Willensakt. Aber auch wenn jeder von uns für sich allein kämpfte, war die Wirkung auf den jeweils anderen doch groß. Es führte uns enger zusammen, als wir es durch eine vernünftige Aussprache je hätten erreichen können. Wir wurden durch Verzweiflung und Todesangst aneinandergeschweißt.

Wenn ich früher über den *Wind* nachdachte, war die logisch am häufigsten wiederkehrende Befürchtung die gewesen, daß es allein für mich einen körperlichen Tod gab. Er konnte ja zu einem neuen Wirt überwechseln. Ich hatte mir immer darum Sorgen gemacht, daß er mit meinem Leben leichtfertiger umgehen könnte als ich. In jener Nacht fand ich heraus, daß ich unrecht gehabt hatte. Solange er in meinem Gehirn lebte, war der *Wind* ebenso vom Tod bedroht wie ich. Er mochte die neun Leben einer Katze haben, aber er lebte immer nur eins auf einmal. Indem er sich, um darin leben zu können, meinem Gehirn anpaßte, war er vollständig menschlich geworden, wenn dieser Vorgang auch umkehrbar war. In der Natur der Dinge lag es, daß er mit mir starb, wenn ich starb. Das entdeckte ich, als wir im Regenwald gemeinsam kämpften.

Danach war es mir nicht länger möglich, mich von dem *Wind* getrennt zu halten. Jener Augenblick war der Wendepunkt in der Geschichte meiner eigenen Verfremdung.

Ich wußte, wenn wir überleben sollten, würde ich nie wieder derselbe Mensch sein.

Ich besiegte meine Furcht.

Die Musik tönte immer weiter, und wir besaßen Festigkeit und Entschlossenheit genug, um spielen zu können, bis wir zusammenbrachen oder bis wir die Spinnen nicht mehr länger in dem hypnotischen Bann halten konnten.

Allmählich sehnten wir uns nach dem Morgen. Das war ein sinnvolles Ziel. Wir wußten, daß wir morgen den ganzen Tag spielen mußten und uns nach dem Abend sehnen würden, aber das machte nichts. Wir konnten immer nur das nächste Ziel ansteuern, das wir uns gesetzt hatten. Über das Unendliche oder Unbegrenzte nachzudenken, war sinnlos. Das Problem war ganz entschieden endlich und begrenzt.

Eine Nacht war auf Chao Phrya natürlich bei weitem nicht so lang wie auf den meisten anderen Welten, die ich während meiner Wanderjahre mit Lapthorn kennengelernt hatte, und da mein Zeitgefühl gestört war, verging sie für mein Empfinden sogar noch schneller. Ich glaube, auf diesen anderen Welten hätte unsere kollektive mentale Kraft nicht ausgereicht. Die Morgendämmerung verlieh uns neue Stärke. Es war ein Segen, wieder etwas sehen zu können, auch wenn wir vorher wußten, was wir zu sehen bekommen würden. Es trug mit dazu bei, daß unsere Hoffnung wuchs.

Dies zusätzliche Quentchen Hoffnung kann sehr wohl unser Leben gerettet haben.

Ein paar Minuten nach Anbruch des Morgens kam Michael wieder zu sich und rollte sich schwerfällig von meinen Füßen weg. Er stand nicht auf. Er erinnerte sich an die Spinnen und blieb still liegen. Die Augen hatte er geöffnet. Ich war sehr froh, daß es ihm gutging.

Auch Mercede erwachte. Bevor sie die Augen öffnen konnte, faßte Michael ihren Arm und sprach auf sie ein. Die Worte kamen in einem schnellen, ununterbrochenen Zischen heraus. Sie verstand und zeigte keine Spur von Panik. Sie gab keine Antwort und blieb ganz ruhig liegen. Die Kryptoarachniden ruckten wärend des ganzen Vorgangs nur kurz an.

Nachdem Michael einmal den Kopf gedreht hatte, um mit Mercede zu sprechen, konnte ich sein Gesicht nicht mehr sehen. Daher wußte ich auch nicht, welchen Ausdruck es trug. Was mochte er gedacht haben, als er aufwachte und feststellte, daß ich den Spinnen etwas vorgeflötet und sie die ganze Nacht in Trance gehalten hatte!

Ich vermutete, Michael sammelte seine Kräfte. Sicher hätte er, sobald er dazu imstande war, versucht, irgend etwas zu tun. Was das gewesen wäre, weiß ich nicht. Er kannte sich mit den Spinnen besser aus als ich, und ihm mochte es möglich sein, sie zu töten, ohne ihnen immer wieder zu erlauben, sich aus dem Trancezustand zu befreien, wie sie es bei der von mir angewandten Methode getan hatten. Es ist auch nicht ganz auszuschließen, daß er die Absicht hatte, mit Mercede in den Wald zu laufen und sich und seine Schwester zu retten. Ich hätte ihm daraus keinen Vorwurf gemacht. Es hätte recht gut sein können, daß ich ebenso gehandelt hätte.

Aber Michael brauchte seine Kräfte nicht.

Gerade als ich in den klagenden Kadenzen, die der *Wind* immer wieder und wieder spielte, das erste Zögern bemerkte, schoß ein Lichtstrahl durch den trüben, purpurnen Morgen, und eine der Spinnen ging in Flammen auf. Ich wurde geblendet und konnte das, was folgte, nicht sehr deutlich erkennen, aber ich merkte, daß der Strahl herumschwang und daß die Spinnen aus ihrer Trance erwachten.

Sie setzten sich in Bewegung, aber sie hatten keine Chance mehr. Der Feuerstrahl des Lasers wurde nur einmal unterbrochen, als Danel ihn auf die Stelle hinter uns richtete. Dann verbrannte er die drei, die uns im Rücken waren.

Innerhalb von drei oder vier Sekunden standen sie alle in Flammen. Es war eine hübsche Leistung im Kunstschießen.

Plötzlich gehörte mein Körper mir wieder, und ich fuhr herum, um mich zu überzeugen, daß keine Gefahr mehr bestand. Dann drehte ich mich hastig wieder zurück, um Danel anzusehen.

Das geschah alles zu schnell. Ich brach zusammen. Im Fallen bemerkte ich noch, daß jemand von den Bäumen her auf Danel zurannte.

Es war Alyne.

Die Panflöte glitt mir aus den Fingern, und ich begrub sie unter mir.

Sie zerbrach.

Ich verlor das Bewußtsein.

XVII

Als ich wieder zu mir kam, hatte sich unsere Gesellschaft bedeutend vergrößert. Überall waren Leute, Waldbewohner und andere.

Halb und halb erwartete ich, einen Kreis besorgter Gesichter um mich zu finden, aber meine bruchstückhaften Träume von Leuten und Spinnen und Panflöten hatten die Zeit entfliehen lassen. Es kam mir nicht sofort zu Bewußtsein, daß meine Ohnmacht in einen tiefen Schlaf übergegangen war und inzwischen eine ganze Reihe von Stunden vergangen waren. Jetzt war es beinahe Abend.

Ich wurde gegen einen Steinhaufen gelehnt, und unter den Kopf schob man mir irgendein zusammengefaltetes Kleidungsstück. Michael und Mercede lagen zu meiner Rechten. Beide schliefen. Sie waren in Decken eingewickelt und fühlten sich offensichtlich ganz wohl. Linda und Danel saßen zwischen ihnen und wachten über sie.

Über mich wachten Eve Lapthorn und das Mädchen, das ich in den Hügeln bei Corinth kennengelernt hatte.

»Hei«, sagte Eve, als ich mich aufsetzte und streckte und die Steifheit aus meinen Muskeln zu vertreiben suchte. Mir tat alles weh.

»Willkommen bei unserer Party«, antwortete ich. »Wie ich sehe, hast du das Baby nach Hause gebracht. Ich gratuliere.«

»Das stimmt nicht ganz«, bekannte Eve. »Das Baby hat mich nach Hause gebracht! Ich hatte mich im Wald verlaufen.«

»Das überrascht mich aber!« Natürlich hatte ich keinen Augenblick angenommen, die Sache könne sich anders abgespielt haben.

Ich sah Alyne an. Sie hatte die Knie unters Kinn gezogen und kringelte nachdenklich die Zehen. Ihre Zehen waren, ebenso wie ihre Finger, in bemerkenswerter Weise zum Kringeln eingerichtet.

»Plötzlich sind alle wieder da«, sagte ich vor mich hin. »Nicht nur die Kavaliere der Vereinigten Staaten, sondern auch das goldene Mädchen. Soviel Glück an einem Tag habe ich nicht mehr gehabt, seit . . .«

Ich hielt inne, weil mir kein Beispiel einfiel. Daß ich versuchte, witzig zu werden, war jedoch ein gutes Zeichen.

Alles schien in Ordnung zu sein. Die Waldbewohner hatten ausgezeichnete Arbeit geleistet.

Eve sah mich mit einer Mischung aus Verwirrung und Belustigung an. Den Gesichtsausdruck des Mädchens konnte ich nicht deuten.

»Geht es Michael gut?« fragte ich.

Eve nickte.

Danel verließ seinen Bruder und seine Schwester und kam zu mir herüber. Ich hob scherzhaft salutierend die Hand, aber ich meinte es ganz ernst.

»Vielen, vielen Dank«, sagte ich. »Wie Sie geschossen haben, das war erstklassig.«

Er zögerte, und dann nickte er. Ich glaube, das war eher eine Antwort auf meinen Gruß als auf meine Worte.

»Bist du sicher, daß du wieder in Ordnung bist?« fragte Eve.

»Ganz sicher. Nur hungrig bin ich, sehr, sehr hungrig. Außerdem brauche ich einen Schuß, aber wir haben keinen. Ich werde mich mit dem Essen begnügen.«

»Es wird nur eine Minute dauern.« Eve stand auf und ging davon. Nach ein paar Schritten drehte sie sich um und verkündete: »Da ist jemand, der mit uns sprechen möchte.«

»Doch nicht Max?«

»Die Kidnapperin«, erklärte Eve.

»Soll warten! Wir werden sie nach dem Hauptgang empfangen und keine Minute eher.« In Wirklichkeit brannte ich darauf, mit jemandem zu sprechen, der wahrscheinlich eine Erklärung für das ganze traurige Durcheinander liefern konnte, aber das Protokoll muß beachtet werden.

Ich wandte meine Aufmerksamkeit wieder Danel und dem Mädchen zu. Da ich wußte, daß keiner von beiden ein Wort von dem, was ich sagte, verstand, strengte ich mich nicht mit Reden an. Wir drei saßen still beieinander, bis Eve mit dem Essen zurückkam. Es geschah nichts, und doch glaube ich, daß es keine verlorene Zeit war. Es bedeutete etwas, daß wir *zusammen* dort saßen. Danel konnte mir nicht mehr dafür danken, daß ich seinen Bruder und seine Schwester gerettet hatte, als ich ihm dafür, daß er mich gerettet hatte. Für das, was wir empfanden, brauchten wir keine Worte.

Wie ich verlangt hatte, erschien die Frau gleich nach dem Hauptgang. Danel ging, aber das Mädchen blieb da. Sie zeigte keine Spur von Reaktion auf die Frau. Es war kein Zeichen von Feindseligkeit zwischen ihnen zu entdecken. Mit der Kidnapping-Theorie konnte es nicht weit her sein.

»Ihr Name ist Grainger«, sagte sie.

»Das ist richtig.«

»Sie sind als Vertreter von Titus Charlot hier?«

»Das ist sie.« Ich wies auf Eve. »Ich bin nur ein Angestellter.«

Die Frau hatte keinen Sinn für die Stichelei. Das konnte man auch nicht von ihr erwarten.

»Sie brauchen sich keine Sorgen zu machen«, beruhigte ich sie. »Es wird bestimmt nicht nötig sein, Sie nach New Alexandria zurückzubringen, wenn Sie es nicht wollen. Nur das Mädchen müssen wir mitnehmen. Bitte, erklären Sie uns doch alles. Nicht für Titus Charlot. Für mich.«

»Was wissen Sie über die Kolonie?« fragte sie.

»Nichts«, versicherte ich.

»Alyne kennt Sie.«

»Ja, ich habe sie einmal in einem Luftkissenauto mitgenommen. Sie schien in Schwierigkeiten zu stecken. Ich fürchte, ich hatte keinen Erfolg damit, sie daraus zu befreien. Die Polizisten haben sie geschnappt.«

Sie sah mich kalt und forschend an. Ich vermute, mein Benehmen stieß sie ab. Offenbar wußte sie über die ganze Angelegenheit eine Menge mehr als ich, aber über meine Person wußte sie gar nichts.

»Hören Sie, ich will Ihnen aufrichtig sagen, wo ich stehe«, versuchte ich es von neuem. »Wenn Eve Ihnen etwas anderes erzählen möchte, ist das ihre Sache. Ich arbeite für Charlot. Mit der Kolonie habe ich aber nichts zu tun, und ich weiß nichts darüber. Nur der Vollständigkeit halber, ich schätze weder Charlot noch seine Methoden, doch das ist jetzt unwichtig. Er teilte mir mit, Sie hätten Tyler bestochen und das Mädchen entführt. Er wußte nicht, aus welchem Grund. Er sagte, Sie seien nicht die Mutter des Mädchens, und damit konnte die Anklage wegen Kidnapping halbwegs begründet werden. Ich wurde hergeschickt, um das Mädchen zurückzuholen, und diese Absicht habe ich auch, falls Sie mir nicht ein paar sehr gute Gegenargumente nennen, die das Mädchen bestätigt. Mir liegt nichts daran, Sie vor Gericht zu bringen oder was Charlot sonst mit Ihnen vorhaben mag. Sie dürfen bleiben, vorausgesetzt, daß Sie mit den *Zodiac*-Leuten ins reine kommen können. Okay?«

»Alyne kann zurückkehren«, antwortete sie ruhig. »Wir sind hier fertig. Ich habe sie nicht gegen ihren Willen mitgenommen. Sie wußte, was ich tat, und warum ich es tat.«

»Hat sie es verstanden?« wollte Eve wissen. »Sie ist noch ein Kind.«

»Die Bedeutung dessen, was ich getan habe, konnte sie unmöglich verstehen«, räumte die Frau ein. »Es stimmt, daß sie noch ein Kind ist. Aber sie ist auch eine Indris. Sie wußte es.«

»Gut«, fiel ich ein. »Das akzeptieren wir. Erzählen Sie uns die ganze Geschichte.«

Sie tat es, und es war folgendes.

»Alle Leute, die für die Kolonie angeworben wurden, waren Freiwillige aus dem Gebiet, das die *Zodiac*-Familien besetzt haben. Die New Alexandrier wollten wissen, was wir ihnen zeigen konnten, und wir wollten wissen, was sie uns zeigen konnten. Ich glaube, die meisten von uns hatten die Absicht, zurückzukommen, ohne daß uns die auf New Alexandria verbrachten Jahre irgendeinen Nutzen gebracht hatten. Und das hatten sie nicht. Wir konnten von den New Alexandriern kaum etwas lernen, was wir nicht schon längst von den *Zodiac*-Leuten gelernt hatten. Im Grunde lernten wir nur, daß ihr uns nicht verstehen könnt.

Wir sind euch unverständlich, aber ihr seid uns nicht unverständlich. Wir haben gar keinen Begriff für Fremdartigkeit. Wir können uns keine Trennungslinien zwischen Personen oder Sachen vorstellen.

Wir sind sehr anpassungsfähig. Einige von uns haben menschliches Wesen von euch übernommen. Wir können in unseren eigenen Augen oder für einander keine Menschen werden, aber wir können in eueren Augen fast zu Menschen werden. Ihr könnt uns vertrauen. Ihr könnt uns motivieren. Ihr könnt uns ein Ich geben. Ihr könnt uns alles geben, was ihr habt, und soweit könnt ihr uns verstehen. Aber ihr könnt nicht verstehen, was wir in unserer Sprache und für uns sind. Ihr könnt euch nur mit den menschlichen Eigenschaften verständigen, die ihr uns gegeben habt. Ihr könnt unsere Sprache nicht verstehen. Ihr könnt nicht verstehen, was unsere Sprache bedeutet, denn das ist nicht dasselbe, was eure Sprache bedeutet.

Einige von uns, sowohl hier auf Chao Phrya als auch in der Kolonie auf New Alexandria, können eure Sprache nicht lernen, weil sie die menschlichen Eigenschaften nicht annehmen wollen, die sie annehmen müßten, um die Sprache lernen zu können. Das ist für uns die einzige Möglichkeit. Man kann nicht von einer Sprache in die andere übersetzen. Und die anderen Mittel der Verständigung habt ihr nicht.

In der anacaonischen Sprache gibt es keine Täuschung. Es gibt keine Mißverständnisse. Es gibt keine Philosophie. Es gibt keine Ontologie.

Die Kolonie auf New Alexandria ist ein gläserner Käfig. Wir beobachten, und wir werden beobachtet. Der Gewinn dabei ist sehr klein. Auf eure Leute hat das die Wirkung, daß sie sich beim Beobachten noch mehr Mühe geben. Titus Charlot wird nie zugeben, daß er etwas nicht versteht, oder die Möglichkeit einräumen, er werde niemals dahinkommen, es zu verstehen. Er machte Versuche. Natürlich kooperierten wir.

Die New Alexandrier mochten uns nicht. Sie versuchten es, aber es ging nicht. Ich glaube, es liegt daran, daß wir eine Beleidigung ihrer Eitelkeit darstellten. Wir konnten ihre Sprache sprechen, aber sie nicht die unsere. Wir konnten Motive in eurer Sprache interpretieren. Wir konnten philosophische Konzepte in eurer Sprache interpretieren. Eure Leute verstanden nicht, daß das mit unserer Anpassungsfähigkeit zusammenhing. Es lag nicht an unseren *Ichs*, denn wir hatten keine Ichs außer denen, die eure Leute uns gegeben hatten. Nicht einmal Titus Charlot, der ein brillanter Mann ist, konnte akzeptieren, daß wir eure Methoden der Verständigung nur in passiver Weise benutzen können. Sein Standpunkt erlaubte ihm nicht, das Problem der Verständigung in der richtigen Art zu betrachten. Er hat keinen Begriff dafür, wie es ist, wenn man nicht voneinander getrennt ist. Er kann nicht einsehen, daß wir uns von ihm unterscheiden, aber er sich nicht von uns.

Alyne war ein Experiment, von dem Titus Charlot sich erhoffte, es würde die Kluft, die er zwischen uns sah, überbrücken. Alyne wurde in einer Maschine gezeugt. Sie wuchs in der Maschine, und die Maschine manipulierte die Entwicklung des Embryos. Die Maschine ersetzte oder änderte die Gene nicht, aber sie reorganisierte ihre Anordnung. Charlot sagte uns, der Zweck sei eine eingehende Studie über die biologische Entwicklung der Anacaona. Vielleicht war das richtig. Aber er wußte von den Indris, soweit wir ihm darüber berichten konnten. Er kann kaum durch Zufall eine Indris geschaffen haben. Ich weiß nicht, wie viele andere Embryos es gegeben hat. Alyne war die einzige, die aus der Maschine geboren wurde. Sie wurde einem anacaonischen Ehepaar übergeben. Nicht mir.

Ich glaube, daß Charlot die Absicht hatte, die Rasse, von der wir abstammen, wieder ins Leben zu rufen. Er hatte eine Vermutung und versuchte, dafür eine Bestätigung zu erhalten. In seiner Vorstellung bedeutete, ohne ein Ich zu sein auch ohne eine Seele zu sein. Er glaubte, die Indris hätten Ichs gehabt. Er glaubte, die Tatsache, daß wir keine haben, weise darauf hin, die Indris seien nicht nur unsere Vorfahren, sondern auch unsere Schöpfer gewesen.

Er hielt uns für Androiden, geschaffen durch Gewebekulturen und gestaltet durch genetische Manipulationen. Er dachte, er könnte den Prozeß umkehren. Das Experiment war erfolgreich.

Alyne ist eine Indris. Sie spricht eine Sprache wie die unsrige, aber sie spricht sie auf eure Art. Ihre Sprache kann übersetzt werden, und deshalb glaubt Titus Charlot, sie sei das von ihm gesuchte Verbindungsglied und der Schlüssel zu dem Problem der Anacaona. Ich glaube, er hat recht. Alyne hat unsere Mittel, aber eure Methoden der Verständigung. Sie kann euch lehren. Aber sie kann auch uns lehren. Die Leute der *Zodiac* haben uns das Wesen der Menschheit gegeben. Ich glaube, daß wir ebenso das Wesen der Indris brauchen. Vielleicht wäre ich niemals auf diesen Gedanken gekommen, wenn ich nicht zuvor das Wesen der Menschheit empfangen hätte.

Titus Charlot hatte für sich selbst einen Zugang zu unseren falschen Göttern geschaffen. Ich wollte ihn auch für uns, und vor allem für die Waldbewohner. Die Leute in der Kolonie hatten bereits alle das Wesen der Menschheit angenommen. Deshalb waren wir nicht sicher, ob Alyne das Wesen der Indris durch *unsere* Kommunikationsmittel übertragen konnte oder ob eine Verständigung nur mit den Anacaona möglich war, die mit dem Wesen der Menschen geprägt waren. Wir konnten es nur hier feststellen. Es ist fast unmöglich zu erklären, weil Sie keine Vorstellung von den Kommunikationsmitteln haben, über die ich spreche. Dabei handelt es sich nicht um eine Verständigung zwischen zwei oder zweihundert Personen. Diese Kommunikation schließt Worte und Musik und andere Dinge ein, und alle diese Dinge an sich und nicht in kodierten Symbolen.

Es mußte *jetzt* geschehen. Es mußte geschehen, bevor Charlot anfing, selbst mit Alyne zu sprechen. Es mußte geschehen, bevor sie alt genug war, um das Wesen der Menschheit anzunehmen. Charlot sagte: ›Nicht jetzt – später.‹ Er verstand nicht. Ich brachte Alyne nach Chao Phrya. Ich mußte es tun. Sie mußte vor den Waldbewohnern singen. Sie mußte mit ihnen sprechen. Sie mußte ein Teil dieser Welt und des Universums werden. Sie mußte zu Hause sein, ehe sie überhaupt sein konnte. Bevor Titus Charlot sie in ein menschliches Wesen verwandelte. Ich wollte meinen Leuten das Wesen der Indris zurückgeben.

Sie wissen, welche Eigenschaften die Indris meinen Leuten mitgegeben haben, und ich glaube, Sie wissen auch, aus welchem Grund. Wenigstens das müßten Sie verstehen können. Die Indris befinden sich innerhalb Ihrer geistigen Reichweite, auch wenn die Anacaona es nicht sind. Sie können die Absichten der Indris nachempfinden. Sie wissen, warum sie uns keine Ichs gaben. Sie wissen, warum sie uns manipulierbar machten. Sie wissen, warum sie uns unfähig zur Lüge machten. Sie wissen, warum sie uns so schufen, daß wir ein Teil dieser Welt und ein Teil der Existenz wurden, die wir mit ihnen teilten. Nicht wahr, soviel verstehen Sie?«

Soviel verstand ich nur zu gut.

Es hatte etwas mit dem Paradies zu tun. Sie hatten sich selbst Götter genannt. Eines Tages konnten die Menschen auf den gleichen Gedanken kommen. Wenn wir einmal der Eroberungen, des Herrschens und der Umgestaltung überdrüssig waren, würden wir uns als Götter versuchen. Das war unvermeidlich. Wir hatten schon jetzt eine Bezeichnung für das Syndrom.

Das gelobte Land.

XVIII

Ich konnte mir vorstellen, welche Bedeutung das Projekt für Charlot hatte. Die Indris waren eine raumfahrende Rasse, über die in der Galaxis nichts mehr bekannt war. Tot waren sie wahrscheinlich nicht, doch sie waren nicht die Herren über Raum und Zeit, die sie aufgrund ihres Vorsprungs vor uns und den Gallacellanern und den Khormonsa hätten sein können. Das allein war schon ein Problem erster Ordnung. Aber es gab eins, dessen Lösung weitaus wichtiger war. Wenn wir all unserer Spiele überdrüssig waren und in die Fußstapfen der Indris treten wollten, dann mußten wir wissen, warum die Indris ihre eigenen Schöpfungen nicht verstehen konnten. Warum war eine Kommunikation zwischen ihnen und ihren Androiden, ihren Robotern, ihren Golems nicht möglich?

Daß sie nicht möglich war, ging aus der Geschichte, die die Frau uns erzählt hatte, klar hervor. Die Indris hatten aus ihrem eigenen Fleisch und Blut Wesen geschaffen, die sie nicht verstehen konnten. Die Frage war nicht, ob die Anacaona »fortgeschrittener« oder »höher entwickelt« waren. Das hieße die Angelegenheit simplifizieren. Sie waren nur anders. Und es war beunruhigend, daß aus Fleisch und Blut der Indris ihnen so ganz und gar fremde Wesen hatten entstehen können. Wie mochten Wesen ausfallen, die die Menschen schaffen würden?

Ich verstand die Anacaona nicht. Ihre Denkprozesse waren für mich ein Buch mit sieben Siegeln. Aber im Gegensatz zu Charlot gab ich mich damit zufrieden, nicht zu verstehen. Mir genügte es, an Danel als den Mann zu denken, der die Spinnen erschossen und mein Leben gerettet hatte, an Michael, den Mann, der krank geworden war und die Panflöte gespielt hatte und dann nicht weiterspielen konnte und dem ich ebenso wie seiner Schwester das Leben gerettet hatte. Diese Bedeutung hatten die Goldenen für mich.

Für Titus Charlot war es unmöglich, in derartigen Begriffen zu denken.

Wenn man sich darauf vorbereitet, den Gott zu spielen, kann man nicht auf einer Ebene leben, wo sich konkrete Dinge ereignen und einen in Mitleidenschaft ziehen.

Wenn die anacaonische Frau recht damit hatte, daß Charlot niemals verstehen würde (und ich setzte nicht unbedingt voraus, daß sie damit recht hatte), dann verlor er sein Spiel. Er konnte alle seine ehrgeizigen Pläne, daß er den Grundstein legen würde zu einem Gebäude, das Steinchen für Steinchen aus dem gesamten Wissen und sämtlichen Geheimnissen der Galaxis errichtet werden sollte, in den Papierkorb werfen. Kein Wunder, daß er soviel Wert auf Alyne legte. Kein Wunder, daß die Anacaona sich gezwungen gesehen hatten, sich zu einer Entführung zu verschwören. Sie mußten ausnahmslos alle beteiligt gewesen sein. Andernfalls hätten sie nie genug Geld zusammengebracht, um Tyler und den Kapitän der *White Fire* zu bestechen. Und erst recht war es kein Wunder, daß Tyler und sein Kollege wie die Verrückten losgesaust waren, um das Mädchen von seinem harmlosen, kleinen Spaziergang zurückzuholen, und daß es so dringlich gewesen war, die Polizei zu Hilfe zu rufen.

Für Titus Charlots Eitelkeit war Alyne ihr Gewicht in Gold

wert. Und im ganzen Universum stand Titus Charlot nichts höher als seine Eitelkeit.

Ich war überzeugt davon, daß die Frau die Wahrheit sagte und daß sie uns ihre Gründe so vollständig dargelegt hatte, wie es ihr möglich war. Wenn ihre Geschichte Lügen oder Mißverständnisse oder unrichtige Darstellungen enthielt, dann war es die Sprache, die log, und nicht die Frau.

Eve konnte das Ganze nicht akzeptieren. Sie verstand nicht, wie die Indris – oder sonst jemand – Wesen schaffen konnten, die sich ihrem Verständnis entzogen. Das einzige Argument der Frau war:

»Könnt ihr Menschen eure Kinder verstehen, *bevor* es euch gelungen ist, Menschen aus ihnen zu machen?«

Ich hielt das für ein sehr gutes Argument.

Am nächsten Morgen machten wir uns auf den Rückweg. Michael und Mercede hatten sich noch nicht genügend erholt, um sich uns anschließen zu können, und Danel blieb bei ihnen im Wald. Eine aus einem halben Dutzend Waldbewohnern bestehende Eskorte brachte uns bis an den Rand des Dschungels. Die Frau kam nicht einmal so weit mit uns. Auch sie blieb da.

Max befand sich nicht bei uns. Später erfuhren wir, daß es ihm gelungen war, nicht von den Anacaona entdeckt zu werden und daß er schließlich aus eigener Kraft aus dem Dschungel herausgefunden hatte. Als er die Zivilisation wieder erreichte, überbrachte er der Versorgungsbasis die traurige Nachricht von unserem Tod. Dort klärte man seinen Irrtum freundlicherweise auf und informierte ihn, daß man uns Lebensmittel für drei Tage abgeworfen hatte.

Als wir ankamen, wartete er auf uns. Er hatte uns nur um sechs Stunden geschlagen. Übermäßig erfreut, uns zu sehen, schien er nicht zu sein.

Seine Haltung machte es mir unmöglich, ihn darum zu bitten, zwei kleine Besorgungen für mich zu erledigen. Ich mußte mich an Linda wenden.

Vor unserem Aufbruch hatte ich nicht mehr mit Michael sprechen können, und so hatte ich ihm mein Bedauern darüber, daß seine Panflöte zerbrochen war, nicht ausdrükken können. Ich bat Linda, ihm zusammen mit meiner Bitte um Entschuldigung für meine Fahrlässigkeit auf meine Kosten eine neue zu überreichen.

Mit Linda führte ich ein langes Gespräch über die Anacaona. Ich versuchte, ihr all das klarzumachen, was sie mir meiner Meinung nach hätte klarmachen müssen, ehe wir zu unserer Expedition aufbrachen. Ich sprach mit ihr über die direkte Kommunikation zwischen Verstand und Umgebung, über die die Anacaona offenbar verfügten. Ich hob hervor, welche Bedeutung ihre Sprache und ihre Musik dabei hatten, sie miteinander und mit der ganzen Welt zu verbinden. Ich erklärte ihr die Entführung, indem ich sagte, die Frau habe versucht, den Waldbewohnern die Götter zurückzugeben, die vor so langer Zeit ihre Kinder im Stich gelassen und sich selbst als falsche Götter deklariert hätten. Die Eltern hatten eine Verständigungsmöglichkeit gebraucht und keine gefunden. Die Kinder brauchten keine Verständigungsmöglichkeit. Für sie genügte es, zu *sein*, und das Mädchen konnte ihnen helfen zu sein.

Ab hier war Linda nicht mehr einverstanden. Sie akzeptierte meine Auslegung von der Indris-Legende. Auch wenn sie ihr gelobtes Land noch so sehr liebte, konnte sie sich der Einsicht nicht verschließen, daß schon andere hier gewesen waren und daß diese Welt auch für sie das gelobte Land und eine Möglichkeit, das Paradies zurückzugewinnen, bedeutet hatte. Aber trotzdem blieben ihre Vorurteile unverändert. Die Tatsachen konnten nicht an ihrem festen Glauben rütteln.

Sie war aufrichtig. Sie war ein netter Mensch. Ich mochte sie. Aber ich konnte nicht umhin, sie ein wenig zu bedauern. Das ist arrogant, klar, aber so empfand ich nun einmal. Sie kam mir so leer vor. Die Anacaona hatten einen für ihre Umgebung weit offenen Geist. In Lindas Geist fand nichts anderes Einlaß als ihr Glaube an das gelobte Land. Sie und die Leute, die sie angeblich studierte, bildeten entgegengesetzte Pole.

Es war nicht meine Aufgabe, Linda einen Rat zu geben oder zu versuchen, sie zu ändern. Ich berichtete ihr, was ich wußte, und ich bedachte einige ihrer Reaktionen mit einer

Portion Sarkasmus. Sie war nicht beleidigt, weil sie wußte, es war nicht böse gemeint. Ansonsten verpuffte alles, was ich sagte, wirkungslos.

Linda blieb in der Stadt am Rande des Regenwaldes, und nur Max begleitete uns auf unserer langen Reise zurück zum Raumhafen.

Es war nicht angenehm, die Sonne wiederzusehen. Die psychische Anregung wurde durch das physische Unbehagen schnell zunichte gemacht. Ich mußte tagsüber eine dunkle Brille tragen, bis wir mit Alyne die *Dronte* erreichten. Max und Eve ging es ebenso. Da wir uns nicht im Hochsommer befanden, müssen wir wie eine Operetten-Version der Mafia ausgesehen haben.

»Schade, daß Sie während Ihres Aufenthalts soviel Schwierigkeiten hatten«, bemerkte Max einmal, als wir nach Verlassen des Hubschraubers auf den Zug warteten. »Dies ist wirklich eine sehr schöne Welt, und, wie Sie sehen können, machen wir auch etwas daraus. Ein Jammer, daß Sie da draußen keine bessere Publicity für uns machen können.«

»Der Ansicht bin ich nicht«, widersprach ich. »Publicity ist das letzte, was Sie brauchen. Wir haben kein verzerrtes Bild von dieser Welt, sondern Sie. Denken Sie daran, daß wir die kosmische Perspektive haben.«

»Mit dieser Logik müßten alle Planetenbewohner ein verzerrtes Bild von ihrer eigenen Umgebung haben«, konterte er.

»Nicht nur die Planetenbewohner. Jedermann«, berichtigte ich ihn. Natürlich kapierte er nicht, worauf ich hinauswollte.

»Nun«, meinte er, »es ist wohl auch unwichtig, was Sie denken. Letzten Endes sind Sie selbst ziemlich unwichtig.«

»Das bin ich«, antwortete ich glücklich. »Völlig unwichtig. Was ich denke, ist für niemanden einen Pfifferling wert, außer für mich selbst. Würde es etwas ausmachen, wenn alle Welt aufhörte zu denken?«

Auch dafür hatte er keinen Sinn. Eve übrigens auch nicht. Bei ihr würde es noch einige Zeit dauern, bis sie richtig erwachsen war. Sie machte sich zu viele Gedanken um die falschen Dinge.

Als wir am Raumhafen ankamen, konnte Alyne mindestens fünfzig Wörter Englisch sprechen. Ich möchte eilends hinzufügen, daß das hauptsächlich auf Eves hilfsbereite Art zurückzuführen war. Eve hielt nicht viel vom Schweigen. Das Mädchen hatte es gern, wenn Eve sich mit ihr unterhielt, und Eve fand, sie sei eine angenehme Gesellschaft. Vielleicht lag das daran, daß Alyne nicht ironisch wurde. Eve genügte es nicht, daß das Kind lächeln und bei passender Gelegenheit eine freundliche Geste machen konnte. Sie hielt es für ihre Pflicht, dem Mädchen unsere Namen beizubringen und ihr einen Wortschatz zu vermitteln, mit dem sie ausdrücken konnte, wie glücklich sie sei und wie schnell der Zug fahre.

Ich fand das reichlich albern. Ich hatte nicht das Bedürfnis, mich dem Mädchen gegenüber auszudrücken, aber wenn ich es gehabt hätte, dann hätte ich eine Methode gewählt, die es uns ermöglichte, etwas zu meinen, wenn wir etwas sagten. Worte, die keinen anderen Sinn hatten, als ein Geräusch zu erzeugen, schienen mir eine Beleidigung für Eve, für Alyne und für die Intelligenz im allgemeinen darzustellen. Aber ich sagte nichts. Zweifellos würde Titus Charlot Eve dankbar sein, daß sie ihm den Anfangsunterricht abgenommen hatte. Allerdings war es auch möglich, daß er ihr den Kopf abriß, weil sie in sein Experiment hineingepfuscht hatte.

An Bord der *Dronte* wurde uns kein überschäumender Empfang bereitet. Charlot hatte eine viel zu lange Zeit tatenlos Daumen gedreht, und alle Welt hatte ihn ständig unhöflich behandelt. Als er zuerst vernommen hatte, wir brächten das Mädchen zurück, war er sicher entzückt gewesen, aber seitdem waren mehrere Tage vergangen, und seine Hochstimmung war von Ungeduld abgelöst worden.

Ich hatte nicht den Wunsch, mit ihm über das Mädchen zu sprechen. Das hätte doch nur zu einer sehr langen und völlig zwecklosen Diskussion über alles mögliche geführt, was ich zwar gern als Tatsache akzeptierte, worüber ich jedoch nicht streiten wollte. Ich überließ es Eve, die Erzählung der Frau wiederzugeben, so gut sie es vermochte. Es war auch ihre Aufgabe. Sie hatte die Leitung der Expedition gehabt. Ich war nur ihr Untergebener. Aber ich beneidete Eve nicht darum, und ich gab gut acht, daß ich nicht mit hineingezogen wurde. Ich war zufrieden, die *Dronte* zurück nach Corinth zu fliegen und unsere Erlebnisse in den Tiefen meines Gedächtnisses zu verstauen.

Die geeigneten Medikamente und ein langer Schlaf beseitigten die schlimmsten Folgen unseres Unternehmens.

Als ich endlich die *Dronte* abhob und damit einen endgültigen Punkt hinter die ganze Geschichte setzte, dachte ich darüber nach, daß ich über den Abschied von Chao Phrya noch froher war als damals über den von Rhapsodia. Selbstverständlich war ich in meiner eigenen und unnachahmlichen Art auch von dieser Welt völlig unberührt geblieben, und das einzige, was ich von hier mitnahm, war ein kleines Paket in meiner Tasche. Das war die zweite Besorgung, die Linda für mich erledigt hatte, bevor wir die kleine Stadt am Rand des Waldes verließen.

Aber während unseres Aufenthalts auf Chao Phrya hatten wichtige Entwicklungen stattgefunden. Das Band zwischen mir und dem *Wind* hatte sich gefestigt. Endlich waren wir Zwillingsseelen geworden. Im Halcyon-Nebel hatte ich die Hilfe des *Windes* gebraucht, und in den Höhlen von Rhapsodia vermutlich auch, doch das war etwas ganz anderes gewesen. Seit dem Augenblick, als ich Michaels Panflöte in die Hand nahm, brauchte ich den *Wind* jetzt ständig, und das würde erst mit meinem Tod enden.

Während ich mich auf dem Flug nach Alexandria in meinem Kontrollsitz entspannte, dachte ich auch darüber nach, daß ich – daß wir immer noch an Charlot gebunden waren. Ich zählte die Tage, die während unseres Aufenthalts auf Chao Phrya vergangen waren. Umgerechnet von lokaler auf Standardzeit waren es gar nicht so viele. Mein Vertrag hatte noch eine lange Laufzeit.

Was würde als nächstes kommen?

– Ist das wichtig? fragte der *Wind*.

Nicht besonders, gab ich zu. Wichtig ist die Ausdauer. Die ersten anderthalb Jahre sind die schlimmsten. Die letzten sechs Monate werden im Nu vergehen.

Das meinte ich ironisch.

Er lachte.
Das war eine Überraschung für mich.
Das Leben ist hart, bemerkte ich.
– Es könnte schlimmer sein, gab er zurück.
Ja, sagte ich. Es könnte regnen.

XIX

Die Geschichte hat noch ein Postskriptum.

Am Abend nach unserer Landung auf New Alexandria traf ich den ehemaligen Leibwächter in einer Bar. Wir stießen sozusagen zusammen. Während Charlot sich außerhalb des Machtbereichs der hiesigen Polizei aufhielt, hatte er andere Aufgaben erhalten, und jetzt hatte er nicht mehr soviel Gelegenheit zum Nichstun. Aber er hatte sich, sobald er konnte, auf die Suche nach mir gemacht. Er trug Zivil und sah beinahe menschlich aus.

»Du hast sie also zurückgebracht?« fragte er.

»Na klar«, erwiderte ich.

»Und?«

»Du schuldest mir einen Drink«, informierte ich ihn.

»Kannst du es vor Gericht beweisen?«

»Nein. Du mußt schon mein Wort dafür nehmen.«

Er schürzte die Lippen, und dann wandte er sich ab und bestellte die Drinks. Ich trank langsam. Ich hatte mein Vergnügen daran. Ich habe immer Vergnügen daran, wenn ich eine Wette gewinne.

»Bist du schon mal im Raum gewesen?« fragte ich ihn.

»Nein.«

»Das erklärt einiges. Weißt du, die Schwierigkeit mit den Leuten, die ihr Leben lang am Boden kleben, ist, daß ihnen die kosmische Perspektive mangelt. Fühlst du dich mit der heiligen Scholle von New Alexandria verbunden?«

»In gewisser Weise ja«, meinte Denton. »Aber ich bin kein Fanatiker.«

»Du fühlst dich hier zu Hause, wie?«

»Für mich ist es okay.«

»Du hast nie so etwas wie Wanderlust empfunden?«

»Manchmal schon. Aber ich bin damit fertig geworden.«

Ich mußte über seine Ausdrucksweise lächeln. »Hast du jemals das dringende Bedürfnis gefühlt, die Wunder des Universums zu *verstehen*?« forschte ich. »Kommt dir dein Leben unvollständig oder unerfüllt vor, wenn du bei der Erforschung des Sinns des Lebens irgendwelche Steine nicht umdrehen kannst?«

»Ich glaube nicht.«

»Dein Drang nach Verständnis ist nicht ununterdrückbar?«

»Nein.«

Er lächelte und wartete darauf, daß ich ihm verriet, von was ich eigentlich faselte.

»Das ist gut«, erklärte ich. »Mir geht es ebenso. Aber ich möchte gern Bescheid wissen. Du nicht? Ich sehe mit Vorliebe unter Steine. Glaubst du, das könnte krankhaft werden? Oder kannst du dir vorstellen, daß das Konzept der Bibliothek von New Alexandria geisteskrank gewordene Neugier ist?«

Meine Gedankensprünge verwirrten ihn.

»Ich weiß nicht«, sagte er.

»Ich auch nicht. Möchtest du noch einen Drink?«

»Ich dachte, du hättest die Wette gewonnen und könntest sagen: ›Das habe ich dir ja gleich gesagt.‹«

»Kann ich auch. Das habe ich dir ja gleich gesagt. Und jetzt möchte ich dir einen Drink spendieren, weil ich ein gutes Herz habe.«

»Danke«, sagte Denton.

Ich bestellte die nächste Runde.

»Möchtest du die ganze Geschichte nicht erzählen?« fragte er.

»Später. Wir sollten erst noch einiges trinken. Dann wird sie weniger langweilig wirken.«

Mit diesen Worten holte ich das kleine Paket aus meiner Tasche. Ich wickelte es aus, stellte den Inhalt hochkant auf die Bar und betrachtete ihn nachdenklich.

»Was ist denn das?« wollte Denton wissen.

»Das ist ein Geschenk. Für Titus Charlot. Ich habe es ihm bis jetzt noch nicht überreicht. Es soll ihm bei seiner Suche nach Verständnis helfen. Das ist ein sehr wertvolles Forschungsinstrument.«

»Ja«, meinte der Polizist. »Aber *was* ist es?«

»Das ist eine Panflöte«, antwortete ich.

HIER ENDET DAS DRITTE BUCH

VIERTES BUCH

Das Paradies-Prinzip

I

Während meiner langen und reichlich mühseligen Laufbahn als galaktischer Parasit habe ich oft Gelegenheit zu dem Gefühl gehabt, jedermann hasse mich. Doch nur einmal ist es vorgekommen, daß dieser Zustand mir Vergnügen bereitete. Das war auf Pharos.

Nach der Landung wanderte ich noch am gleichen Tag in die Budenstadt, die die Caradoc-Leute zu ihrer Bequemlichkeit aufgeschlagen hatten. Zumeist handelte es sich um Plastikhütten aus Fertigteilen, aber die Vorarbeiter und die Manager und die Organisatoren hatten etwas eindrucksvollere Bauwerke aus Kuprokarbon, um ihren höheren Status unübersehbar zu dokumentieren. Die Stadt bot nicht gerade einen gepflegten Anblick, aber zweifellos würde man es im Laufe der Zeit fertigbringen, die rührende Imitation eines Vorortes daraus zu machen. Natürlich hatte der Raumlandeplatz vor allem anderen Vorrang, und auf ihn konzentrierte sich im Augenblick die gesamte Aufmerksamkeit.

Ungefähr eine halbe Stunde lang spazierte ich ohne besondere Absicht durch die Straßen und machte mir die Füße schmutzig. Ich wollte mir die Anlage nur einmal ansehen. Die wichtigsten Einrichtungen – die Läden, die Bars und das Nervenzentrum der Operation – lagen an einer halbkreisförmigen Straße im Norden, und zwar der gesellschaftliche Brennpunkt an dem einen und die Verwaltungsgebäude an dem anderen Ende, während sich das kommerzielle Element in der Mitte befand. Dem Bogen der Straße mit der Front zugewandt stand eine einzelne Hütte, über deren Tür jemand die Worte NEW ROME gekritzelt hatte. Wahrscheinlich war sie von der Caradoc-Gesellschaft geliefert und aufgestellt worden, und Caradoc hatte wohl auch den Vertreter des Gesetzes von dem nächsten Recht und Ordnung repräsentierenden Außenposten eingeflogen. Caradoc besaß eine schlagkräftige private Polizeitruppe, die selbstverständlich im Verwaltungskomplex komfortabler untergebracht sein würde. Ich machte mir nicht die Mühe, nach ihr Ausschau zu halten.

Da ich nach dem langen Flug von New Alexandria eine Erfrischung nötig hatte, ging ich in eine der Bars. Es war früher Abend, aber Caradoc ließ es gemütlich angehen und arbeitete mit nur einer Schicht am Tag. Deshalb war schon Feierabend und das Lokal ziemlich überfüllt.

In dem Augenblick, als ich durch die Tür trat, wurde in mir das Gefühl wach, ich sei unwillkommen. Ich kann nicht behaupten, jedes Auge innerhalb des Raums habe sich mir plötzlich zugewandt oder ich hätte es zustande gebracht, daß jedes Gespräch abbrach und tödliche Stille eintrat. Es war von Mund zu Mund gegangen, die *Dronte* sei gelandet, und ihr Pilot war bei Caradoc gut bekannt. Es hatte eine Zeit gegeben, da wurden über mich ständig Witze gerissen, und das hatte ich Axel Cyrans gemeinem Streich und dem Prozeß wegen der Gebühren für die Rettung aus Raumnot zu verdanken. Aber seit der Sache mit der *Lost Star* und den vier Caradoc-Schiffen, die dabei draufgingen, war ihnen das Grinsen in Null Komma nichts vergangen.

– Was ist das für ein Gefühl, so populär zu sein? fragte der *Wind*.

Weißt du das nicht? konterte ich.

Mit ungeschmälerter Selbstsicherheit ging ich an die Bar vor und bestellte etwas, bei dem ich zusehen konnte, wie es aus einer mit einem Markenzeichen etikettierten Flasche eingegossen wurde. Zwar hatte ich den Barmixer nicht im Verdacht, er hege feindselige Absichten gegen mich, aber ich wollte nun einmal nicht das selbstgebraute Gesöff von Caradoc.

Ich gab dem Mann einen Geldschein, überzeugte mich, daß das Wechselgeld stimmte, und dann drehte ich mich langsam um und sah mir die buntscheckige Versammlung genau an, so, wie es die Helden in Western-Filmen tun. Einige der Anwesenden blickten immer noch zu mir her, aber die meisten hatten sich offensichtlich entschieden, mich zu ignorieren. Das war das Sicherste. Ich grinste alle und keinen im besonderen bösartig an.

Ich glaube, sagte ich zu dem *Wind*, dieses Kommando wird mir gefallen.

– Bastard, antwortete der *Wind* und ließ durchblicken, daß meine Einstellung ihn anekelte. Außerdem, setzte er hinzu, ist es diesmal gar kein Kommando. Du bist lediglich als Pilot mitgekommen.

So war es auf Rhapsodia auch, erinnerte ich ihn. Und irgendwie wurde ich dann doch in die Geschehnisse verwikkelt.

– Wenn du hier auch irgendwie in die Geschehnisse verwickelt wirst, warnte der *Wind*, könntest du Ärger bekommen. Ich habe den Eindruck, dieser Haufen kocht schon vor Wut, weil Charlot als Schiedsrichter hergeschickt worden ist. Es ist gar nicht notwendig, daß auch du dich noch einmischst.

Wir werden dafür bezahlt, uns einzumischen, betonte ich.

– Charlot wird dafür bezahlt, sich einzumischen, berichtigte er mich. Du fliegst nur das Schiff.

Sollen wir wetten? fragte ich ihn. Charlot wird eine Menge Hilfe brauchen, bis er auf diesem Planeten Ordnung geschaffen hat. Er hat Eve für die Bedienung der Aufnahmegeräte mitgebracht, und Nick wird er als Botenjungen einspannen. Da wird er auch für mich etwas zu tun finden. Es wird ihm gegen den Strich gehen, mich den ganzen Tag herumsitzen zu sehen, während er für meine Dienste ungeheure Summen zahlen muß. Denke daran, daß ich der Fachmann für fremde Planeten bin.

– Die Tatsache, daß du dich den größten Teil deines Lebens auf fremden Planeten durchgeschlagen hast, macht dich noch nicht zum Fachmann für diese.

Das ist ein Fall, in dem die Praxis mehr wert ist als die Theorie, stellte ich fest.

Das war die reine Wahrheit. Durch nichts kann man besser lernen, fremde Lebewesen zu verstehen, als wenn man versucht, an ihnen seinen Lebensunterhalt zu verdienen. Natürlich hatte ich nicht Lapthorns Einfühlungsvermögen – Lapthorn konnte sich völlig auf eine fremde Mentalität einstellen –, aber ich kam zurecht. Bauernschläue, nehme ich an, und ein berechnender Charakter.

Ich war in ausgezeichneter Stimmung, denn dieser Job machte mir wirklich Spaß. Nicht nur, weil er mir eine Chance gab, auf Caradoc-Eigentum herumzulaufen und Caradoc-Katzen mit Fußtritten zu traktieren und dabei zu wissen, daß es niemand wagen würde, mich mit schmutzigen Bezeichnungen zu belegen, sondern hauptsächlich, weil es wie eine gesunde, sichere Mission aussah, durch die Zeit vergehen würde. Alles, was die Zeit verstreichen ließ, war mir recht. Jeder Tag brachte mich dem Punkt näher, wo ich wieder mein eigener Herr sein würde.

Natürlich hatte Pharos nicht auf Charlots Terminkalender gestanden – der Planet gehörte nicht zu den Hindernissen, die sich einem hin und wieder in den Weg legen. Das ist die Kehrseite der Medaille, wenn man einer der wichtigsten und verantwortlichsten Männer der Galaxis ist. Und das war er, wenn er auch verrückt war.

Übrigens fand ich es nicht besonders geschickt von den New Alexandriern, Charlot als Schiedsrichter in einem Streit einzusetzen, bei dem die Caradoc-Gesellschaft eine der Parteien war, nachdem die Schlappe, die Caradoc vor weniger als einem Jahr im Halcyon-Nebel erlitten hatte, auf Charlots Rechnung ging. Aber die Wege Gottes und der Bibliothekare – besonders der letzteren – sind verschlungen. Vielleicht hatte New Alexandria gute Gründe, Charlot einzuspannen.

Auf Pharos war folgendes geschehen: Caradoc hatte es sich im Zuge seiner Paradies-Unternehmungen unter den Nagel gerissen. Die ersten Forschungsteams hatten aus irgendwelchen Gründen ein paar Millionen Eingeborene übersehen, und als diese aus dem Wald herausspazierten, um sich anzugucken, wie Caradocs Planierraupen das Gelände einebneten, hatte sich Caradoc auffällig langsam darin gezeigt, die Anmeldung des Besitzanspruchs zurückzuziehen. Trotz der Geheimhaltung tauchten aber schließlich doch Gerüchte auf, und plötzlich hatte eine selbsternannte Schutzkommission, die sich *Aegis* nannte, mit einem großen Tamtam begonnen. Als sie eine Mannschaft von Beobachtern und Agitatoren einflogen, konnten die Caradoc-Leute jedoch mit etwas aufwarten, das sie einen Vertrag nannten, und darin beschworen die Eingeborenen ewige Harmonie mit der Caradoc-Gesellschaft und allen ihren Werken. Die mit Gutachten und Gegengutachten gefüllten Akten drohten New Rome unter sich zu begraben, und so hatte sich New Rome mit der Bitte, einen Schiedsrichter zu stellen, an New Alexandria gewandt. Die Biliothek beauftragte Charlot, der natürlich ihr Experte Nummer eins für das Verhältnis zwischen Menschen und Nichtmenschen war. In der Zwischenzeit durfte Caradoc nur noch in engen Grenzen weiterarbeiten. Jetzt waren wir also alle hier. Vier- oder fünfhundert Caradoc-Angestellte – alles ausgebuffte Planetenzähmer –, die Daumen drehten und ihre Maschinen warteten, ein zusammengewürfeltes Dutzend von *Aegis*-Heinis, die möglichst viel Wirbel machten, ein einsamer Repräsentant des Gesetzes von New Rome und die Mannschaft der *Dronte*. Äußerst gemütlich! Und konnte es für unsere Zusammenkunft einen schöneren Ort geben als das Paradies?

Von da aus, wo ich gerade stand, sah es natürlich ganz und gar nicht nach einem Paradies aus. Das Innere einer Bar entspricht wohl kaum irgend jemandes Vorstellung vom Paradies, wenn er nicht ein unverbesserlicher Trunkenbold ist. Ich gebe zu, daß ich gegen Caradoc Vorurteile habe, und ich hätte weitaus lieber irgendwelche anderen Leute als die von Caradoc als Paradiesgestalter hier erblickt, wenn diese Paradiessache nun schon einmal sein mußte. Und ich vermute, sie mußte sein. Das ist eine der Tatsachen des Lebens.

In einer Ecke des Raums war ein Kartenspiel im Gange, und ich schlenderte hin, um zu kiebitzen. Schließlich mußte ich etwas tun, um mich, solange ich hier war, bei gesundem Verstand zu erhalten. Als ich durch den Raum ging, zog ich wiederum die Aufmerksamkeit auf mich. Die Männer sahen hoch und wollten wissen, wohin ich ging und warum. Abgesehen von dem Fall, als damals ein Komiker eine Kirche auf Jimsun geplündert hatte und Lapthorn und ich die Hauptverdächtigen waren (man hat schließlich die Richtigen doch noch erwischt), haben niemals so viele Leute Interesse an meinen Aktionen gezeigt.

Wie bereits erwähnt, war der Raum überfüllt, aber als ich ihn durchquerte, wurde mir ein Weg frei gemacht. Ich brauchte nicht einmal »entschuldigen Sie bitte« zu sagen. Es ist angenehm, wenn einem so viel Rücksichtnahme zuteil wird, selbst wenn man Anlaß hat, die Beweggründe der Leute zu beargwöhnen. Ich sah eine Weile zu und hielt mein halbleeres Glas in der Hand, ohne es auszutrinken. Niemand sagte, er wolle mir ein neues spendieren, und es war teures Zeug. Caradoc ließ seine Angestellten für ihre Laster bezahlen.

Sie spielten Doc Pepper, wobei es auch ein wenig auf Geschicklichkeit ankommt. Das war ein Beweis dafür, wieviel Freizeit diese Jungens hatten, denn für gewöhnlich herrschen in solchen Lagern Spiele vor, bei denen das Geld schneller den Besitzer wechselt und die Regeln einfacher sind.

Sie schienen sehr versierte Spieler zu sein, und das war schade. Es ist nämlich viel leichter, solchen, die an das Glück glauben, Geld abzunehmen. Sie forderten mich nicht zum Mitspielen auf. Sie machten keine hämischen Bemerkungen über Kiebitze. Sie spielten einfach weiter, und gelegentlich streiften sie mich mit einem ausdruckslosen Blick.

Meine Augen wanderten zur Tür. Sie stand einen Spalt offen, und ein Gesicht lugte herein. Es war schwer zu erkennen, denn draußen war es inzwischen ziemlich dunkel geworden. Zuerst dachte ich, es sei eine Frau – eine Gesellschaftshure –, aber dann merkte ich, daß das Gesicht dazu ein bißchen zu grau war. Es war ein fremdes Lebewesen. Ein Eingeborener. Über sie wußte ich nicht viel, nur, daß sie humanoid, neugierig, einfältig und samt und sonders weiblich waren. Nach dem Schweigen zu schließen, das eintrat, als auch andere das seltsame Wesen bemerkten und ihre Augen auf den Türspalt richteten, wußte keiner der Caradoc-Leute wesentlich mehr. Jemand beugte sich vor und schob die Tür vorsichtig ganz auf. Die Eingeborene starrte mit offensichtlicher Neugier herein. Die Caradoc-Crew starrte zurück, und ihre Neugier war ebenso offensichtlich. Ich hatte mir eingebildet, mein Auftritt sei wirkungsvoll gewesen, aber im Vergleich zu dieser neuen Gestalt auf der Szene verblaßte er zur Bedeutungslosigkeit.

»Komm herein«, rief einer aus der entferntesten Ecke mit einer vor Sarkasmus triefenden Stimme. Das Schweigen war gebrochen.

»Tritt ruhig näher.«

»Was möchtest du trinken?«

»Putz dir die Füße ab!«

Die letzte Bemerkung rief Gelächter hervor. Es erstarb, als das fremde Lebewesen sich langsam vorwärts bewegte und in den vollen Schein des elektrischen Lichts trat.

Ihr Körper war mit hellgrauem Pelz bedeckt. Ihr Gesicht erinnerte mich mit den großen, schwerlidrigen Augen an das einer Eule. Die Lider bewegten sich langsam auf und ab, so daß in der einen Sekunde die Augen voll sichtbar waren und in der nächsten nur noch die Hälfte oder drei Viertel davon. Von ihrem Kopf fiel eine Art Mähne aus hellerem Grau über ihren Rücken, und daraus sahen zwei kleine, spitze Ohren hervor. Ihre Arme waren dünn und kurz, und sie ging mit ständig gekrümmten Beinen. Sie war nackt, aber das dichte Fell verbarg ihre Lenden.

Der Mann, der die Tür aufgeschoben hatte, schloß sie jetzt hinter ihr. Sie drehte sich nicht um. Sie sah sich weiter die Leute im Raum an. Ich spürte, we sie sich überlegten, welche Haltung sie einnehmen sollten. Wie war die Caradoc-Politik? Bedeutete meine Anwesenheit einen Unterschied? Es war klar, daß wir es hier mit einer unvorhergesehenen Situation zu tun hatten.

Es waren mehr als vierzig Leute anwesend. Unter vierzig Mann braucht es bloß einen zu geben. Und ich wußte nur zu gut, wenn dieser Hurensohn sich mit der Eingeborenen einen üblen Scherz erlauben sollte, dann fiel es mir zu, ihr zu helfen. Unter anderen Umständen würden die Caradoc-Leute vermutlich versucht haben, ihr eigenes Haus in Ordnung zu halten, es sei denn, die *Aegis*-Leute hatten recht damit, wenn sie sich über die Greueltaten empörten, was mir jedoch unwahrscheinlich vorkam. Aber da ich dabei war, sah die Sache anders aus. Ich war der Außenseiter. Sie würden mich provozieren, mich einzumischen. Sie wollten mich in Aktion sehen. Eine kleine, altmodische Schlägerei war genau das, was ihnen guttun würde.

Das war bestimmt spannender als Doc Pepper.

Ein paar Augenblicke lang war es in der Bar unnatürlich still.

Dann trat der selbsternannte Caradoc-Champion ins Rampenlicht. Er war gebaut wie ein Bär, aber er hatte das Gesicht eines Schweins. Natürlich konnte er einen IQ von hundertachtzig haben, aber jeder Zoll an ihm sah nach einem Kretin aus, und ich konnte mir lebhaft vorstellen, wie er darunter zu leiden hatte. Er war ein Hasser. Er haßte mich, und er haßte die Eingeborene – und wahrscheinlich haßte er alle Eingeborenen, einerlei, von welchem Planeten.

Er stand auf, stellte den rechten Fuß auf einen Stuhl und stützte sich auf sein Knie.

»Du bist wohl in die Stadt gekommen, um einen Blick auf uns zu werfen?« fragte er. Diese Worte waren mit Bedacht gewählt. Er wußte ganz genau, daß die Frau ihn nicht verstand. Er sprach mich damit an.

Sie wandte sich ein wenig zur Seite und richtete ihre Augen auf ihn. Klar, denn außer ihm hatte niemand sich bewegt oder einen Laut von sich gegeben. Sie stand ganz ruhig und unbefangen da. Nicht das kleinste Anzeichen von Furcht war an ihr zu erkennen.

»Ich sag dir was, Schätzchen.« Seine Stimme war eine einzige Herausforderung. »Du kommst mit mir nach oben, und da zeige ich dir etwas.« Die letzten Worte spuckte er förmlich heraus. Er war betrunken genug, daß er bald die Kontrolle über sich verlieren mochte, aber er war nicht so betrunken, daß er nicht noch genau wußte, was er tat. Er nahm den Fuß vom Stuhl und ging auf die Fremde zu. Er streckte die Hand aus und sagte: »Mein Name ist *Varly*.«

Und sie ergriff seine Hand. Das erschreckte ihn, und beinahe wäre er aus Abscheu vor der Berührung zurückgesprungen. Aber gleich darauf hatte er seine Vorurteile überwunden und drückte ihre Hand – nicht besonders fest.

»Hier entlang.« Ein scheußliches, spöttisches Grinsen verzog sein Gesicht, das er mir zuwandte, damit ich es voll genießen konnte.

Es hatte keinen Zweck, noch länger zu zögern. Ich ergriff die freie Hand des Kartengebers und drückte mein Glas hinein.

»Halten Sie mal«, sagte ich. Damit wollte ich alle darauf aufmerksam machen, daß ich schon unterwegs war. Ich trat vor. Es freute mich, daß Varly die Hand der Frau losließ und sich mir zuwandte. Dabei drückte er den Kopf gegen seine zweifellos haarige Brust. Wenn er die Eingeborene festgehalten hätte, wäre es schwieriger für mich gewesen.

Auge in Auge mit Varly trat ich dicht vor ihn hin. Er pumpte sich mit Willenskraft voll. Dann wandte ich mich der Eingeborenen zu. Ich nahm die Hand, die Varly losgelassen hatte, und führte die Frau behutsam auf die Tür zu. Unauffällig schob ich mich zwischen sie und den großen Mann. Der Kerl, der die Tür geschlossen hatte, rührte keinen Muskel. Seine Augen hingen an meinem Gesicht, aber ich gönnte ihm keinen Blick. Ich öffnete die Tür, und die Frau trat ohne Zögern hinaus.

»Geh nach Hause«, sagte ich, und gleichzeitig dachte ich, daß ich mit dieser sinnlosen Bemerkung meinen dramatischen Auftritt nur verderben konnte.

Sie blieb einfach stehen und sah mich mit ihren großen Augen an. Plötzlich kam mir zu Bewußtsein, daß ich schon einmal haargenau dasselbe erlebt hatte. Grainger, der fahrende Ritter. So was Blödes! Alle Ratschläge, die ich Lapthorn für solche Gelegenheiten gegeben hatte, ließen mich schaudern.

Ich zeigte in die Richtung, von der ich annahm, daß sie sie in der kürzestmöglichen Zeit aus der Stadt hinausführen würde. Sie rührte sich nicht. Ich winkte mit der Hand, und schließlich setzte sie sich in Bewegung. Ich beobachtete sie, bis sie mir, zwanzig Meter die Straße hinunter, den Rücken zuwandte und dann, immer noch ohne Hast und ohne Angst, weiterging. Zwei Caradoc-Leute begegneten ihr. Sie wandten die Köpfe, berührten sie aber nicht. Ich nahm an, jetzt sei sie in Sicherheit, und kehrte in die Bar zurück.

Varly wartete auf mich. Er war nicht wie ein Idiot an derselben Stelle stehengeblieben, sondern leise hinter mir hergekommen. Er pustete mir in den Nacken, und er lauerte darauf, daß ich mich umdrehen und ihm in das häßliche Gesicht blicken würde. Als ich es tat, war er ganz ruhig und zeigte keine Überraschung. Ich hatte ihn nicht gehört, doch sein Geruch hatte mir verraten, daß er da war.

Ich hatte nicht genug Platz, um die Tür zu schließen. Er brauchte nichts weiter zu tun, als mir einen Stoß zu geben, und dann wäre ich draußen auf der dunklen Straße und konnte zu Brei geschlagen werden. Er war etwa acht Zentimeter größer und gut anderthalb Kilo schwerer als ich. Er war ein großer Mann.

Aber als erstes wollte er mich beleidigen.

»Verdammter Affenfreund«, sagte er.

Über so viel Phantasielosigkeit hätte ich beinahe lachen müssen. Aber er hielt stumpfsinnige Grobheit der Situation angemessener als Eleganz der Ausdrucksweise. Schließlich würde er am nächsten Morgen seinen Vorgesetzten erklären müssen, daß er sinnlos betrunken gewesen sei und nicht mehr gewußt habe, was er tat, geschweige denn wem er es tat.

Ich wünschte, ich wäre nahe genug am Türrahmen gewesen, um mich mit dem Anschein der Beiläufigkeit dagegenlehnen zu können. Aber meine Position erforderte, daß ich aufrecht auf beiden Beinen stand. Ich wartete ab, was er noch zu sagen hatte.

»Ich werde dich umbringen . . .«, begann er. Dann kam noch eine Menge mehr von der Sorte, aber ich hörte ihm nicht zu. Statt dessen fixierte ich ihn, wie ich es gleich zu Anfang getan hatte. Er schloß mit einer Bemerkung des Sinnes ». . . und gib auf die Hände acht, denn auf ihnen wirst du nach Hause kriechen müssen. Ich werde dir nämlich die Beine brechen.«

»Das wirst du nicht tun«, antwortete ich, ohne einen Finger zu rühren.

Das ließ ihn zögern. Er merkte, daß ich ihn anstarrte, und plötzlich konnte er meinen Blick nicht mehr aushalten. Fast hätte er doch noch zugeschlagen, aber er hatte den ganzen Dampf schon abgelassen. Ich nahm an, daß er seine Betrunkenheit jetzt wirklich zu spüren bekam, denn er wirkte sehr unsicher. Zweifel malten sich auf seinem Schweinegesicht.

Ich fuhr fort, ihn anzustarren, und inzwischen war ich ziemlich überzeugt, er werde nichts mehr unternehmen. Er war aus dem Rhythmus gekommen. Die vorgetäuschte Betrunkenheit, die vor ganz kurzer Zeit seine Entschuldigung hätte werden sollen, bot ihm nun einen Ausweg. Er murmelte einen Fluch, ließ den Kopf hängen und schlurfte nach draußen. Als er an mir vorbeiging, versetzte er mir einen Stoß mit dem Ellenbogen, und dann taumelte er in die Nacht hinaus.

Ich wurde seitlich gegen den Türrahmen geworfen, und ich stieß mir den Musikantenknochen an, was meinen Arm vorübergehend lähmte, aber ich ließ mir den Schmerz nicht anmerken. Schließlich mußte ich meine Würde wahren.

Varlys Stimme ließ sich noch einmal aus einiger Entfernung mit »verdammte Affen« oder etwas Ähnlichem hören. Ich hoffte sehr, er würde keiner Eingeborenen begegnen, doch war bei seiner Betrunkenheit jetzt eigentlich nichts mehr zu befürchten.

Niemand sagte ein Wort zu mir, als ich zu den Doc-Pepper-Spielern zurückkehrte. Alle verhielten sich wieder so, wie sie es vor dem Eintritt der Fremden getan hatten.

Mein Glas stand auf dem Tisch. Der Kartengeber schaute nicht auf, als ich es wieder an mich nahm.

Ich sah die Männer in meiner Nähe einen nach dem anderen an, bis einer es zuließ, daß unsere Blicke sich begegneten. Ich hob ihm leicht mein Glas entgegen. Er tat desgleichen. »Ich weiß, wann ich erwünscht bin«, sagte ich ruhig zu ihm und trank aus. »Aber für gewöhnlich bleibe ich trotzdem da.« Den letzten Satz murmelte ich beinahe unhörbar, aber ich denke, er verstand trotzdem, was ich damit sagen wollte. Mein Abgang war lange nicht so eindrucksvoll wie mein Auftritt.

Es war eine warme Nacht. Natürlich.

Welch ein Willkommen, bemerkte ich.

– Du hast es nicht anders gewollt, antwortete der *Wind*. Lüg dir nicht selbst vor, es sei nicht zu vermeiden gewesen. Du wußtest, sie konnten es sich nicht leisten, Ärger zu machen.

Vielen Dank, sagte ich. Ich wünschte, ich wäre auch allwissend.

II

Die Sterne waren wunderschön, und die Luft roch nach . . .

Auf diesem Planeten hatte man einfach ein gutes Gefühl. Es war nichts, was man hätte näher bezeichnen können. Ich konnte mir vorstellen, dort zu Hause zu sein. Pharos war wie eine junge Erde. Die Nacht war keine fremde Nacht, ganz und gar nicht.

Mir war zumute wie einem Hund, der den Mond anheult.

Alles war so süß und schön und machte einen krank. Es war widerlich, wie diese Welt von mir Besitz ergriff. Es war eine Beleidigung. Ich konnte mich dem Einfluß nicht entziehen, aber trotzdem vertraute ich darauf, daß nichts mein Inneres berühren konnte, ganz gleich, welche Gefühle mich auf dem Rückweg zum Landeplatz übermannten. Ich stand über allem. Ich konnte es mir erlauben, zynisch zu sein.

Natürlich hatte man die Stadt ein gutes Stück vom Landeplatz entfernt angelegt. Es war nur ein kleiner Hafen – nicht im entferntesten mit den Meilen und Meilen des New Yorker Raumhafens oder mit denen anderer Zentralwelten zu vergleichen. Hier ein Schiff zu landen, war, wie mit einem Fußball nach einer Briefmarke zu zielen.

So hatte ich bis zur *Dronte* eine schöne Strecke zu laufen, weit genug, um unterwegs den richtigen Eindruck von dem nächtlichen Pharos zu gewinnen.

Es war verständlich, warum Pharos zu einer Schachfigur in dem Paradiesspiel geworden war. Es war eine zuckerige Version der Erde. Zum größten Teil bestand der Planet aus Meeren, und aufgrund der Umlaufgeschwindigkeit um seine Sonne war der Unterschied zwischen den Jahreszeiten praktisch bedeutungslos. Manchmal, so lautete das Gerücht, konnte es auch schlechtes Wetter geben, aber das Klima war wundervoll. Ein paar Planetentechniker, zwei botanische Schönheitschirurgen und wenige Milliarden Dollar konnten diese Welt in kürzester Frist in den Himmel verwandeln. In einem galaxisweiten Wirtschaftsgefüge macht der Überfluß an allem Gegenstände nahezu wertlos. Nicht der Handel mit *Dingen*, sondern das Geschäft mit Dienstleistungen bringt das große Geld, und die Geld kauft und verkauft Welten und Sonnen und Völker.

New Alexandria war die mächtigste Welt in der Galaxis, weil sie mit Wissen handelte. New Rome war sehr mächtig, weil es mit Gesetz handelte (in der Maske der Gerechtigkeit). Das Paradiesspiel war eine goldene Treppe, die zu galaktischer Macht führte, weil es Lebensqualität verkaufte. Ein reicher Mann kann seine irdischen Besitztümer nicht mit in den Himmel nehmen (so heißt es), aber er kann sie dazu benutzen, daß der Himmel zu ihm gebracht wird. In diesem Zeitalter hatte der Prophet es in der Tat nicht nötig, zum Berg zu gehen. Immer vorausgesetzt natürlich, daß er Geld hatte.

New Alexandria hatte ein Monopol auf seine Art von Macht, weil Wissen nur dann nutzbar gemacht werden kann, wenn man genug davon hat. New Rome hatte beinahe per definitionem ein Monopol auf seine Art von Macht – es machte Gesetze, die ihm das Monopol verliehen. Aber das Paradiesspiel konnte jeder spielen. Man brauchte nur in sein Schiff zu hüpfen und die Augen offenzuhalten. Das ist leicht. Schwierig wird es beim Paradiesspiel erst, wenn man das Paradies gefunden hat. Dann muß man es nämlich auch zu verwerten wissen.

Ich persönlich glaube nicht daran. Ich kann es verstehen, aber ich glaube es nicht. Das Rezept ist ganz einfach. Der Geschmack ändert sich, aber nicht sehr viel. Wenn man das Paradies findet, kann man es gar nicht verkennen. Es ist eine Welt, die so und so groß und so und so weit von einem Stern entfernt ist, der Sols Zwillingsschwester sein könnte. Für gewöhnlich hat sie eine Menge Wasser, eine Menge Vegetation und nicht zuviel Mikrofauna (obwohl hierbei Abhilfe geschaffen werden kann). Sie hat eine Sauerstoff-Stickstoff-Atmosphäre, möglichst mit einer Spur Sauerstoff mehr als die Erde. Das alles hört sich schrecklich trocken und nüchtern an. Ist es auch. Und darum glaube ich nicht daran. Das Paradiesspiel realisiert die seichtesten, oberflächlichsten Tagträume. Der Inhalt der Geschenkpakete ist das prächtige Papier, in das sie eingewickelt sind, nicht wert. Aber die Pakete verkaufen sich gut.

Möchten Sie eine Fahrkarte ins Paradies kaufen?

Nur Erste Klasse!

Nicht für mich. Sicher war der Planet schön. Pharos war die Inkarnation dessen, das wir alle, so wie wir konditioniert sind, für schön halten und wovon wir träumen – die noch nicht vergiftete Erde. Komm nach Pharos und laß dich von deinen eigenen Sinnen betrügen, von deinen eigenen Gefühlen übers Ohr hauen. Komm nach Pharos und lebe in der vollkommenen Umgebung, die maßgeschneidert für deine Bedürfnisse, deine Wünsche, deine Träume ist. Komm nach Pharos, und du bist schon zu Lebzeiten im Paradies. Komm nach Pharos und stirb.

Wie gesagt, mir war so jämmerlich zumute wie einem Hund. Es war nichts als eine Stimmung, und ich wußte, sie würde vorübergehen. Morgen früh kam mir alles vielleicht wieder der Mühe wert vor, und ich mochte erneut Spaß an der Sache haben. Doch ich wußte, solange wir hier waren, würde die Art des Problems, das Charlot lösen sollte, die winzige Spur Galle sein, die mir das ganze Leben verbitterte.

Charlot hatte sich einen schlechten Zeitpunkt für ein Gespräch mit mir ausgesucht, aber er wartete schon auf dem Landeplatz auf mich. Er fing mich ab, als ich auf die *Dronte* zumarschierte und nahm mich mit in das »Büro«, das Caradoc ihm freundlicherweise für die Dauer seines Aufenthalts auf Pharos zur Verfügung gestellt hatte.

Es war eine Baracke mit drei Räumen, Plastikmöbeln, Plastikaktenschränken und Plastikarmaturen. Sogar Teppiche gab es hier, ein Zeichen dafür, daß die Caradoc-Leute versuchten, die Ärmlichkeit ihrer Einrichtungen zu verdecken.

Ich war auf die spanische Inquisition gefaßt, aber er fragte nicht einmal, wo ich gewesen sei, beziehungsweise, was ich angestellt hätte. Niemand sonst war in der Nähe, und daher wußte ich, er wollte keine allgemeinen Instruktionen erteilen.

»Ich brauche Ihre Hilfe«, verkündete er.

Das Leben ist voller Überraschungen. Entweder übte sich Charlot neuerdings in Demut, oder dies war eine neue Methode, widerspenstige Angestellte zu behandeln.

Ich wartete darauf, daß er fortfuhr.

»Wir sind in Zeitnot«, sagte er. »Uns stehen nur Tage zur Verfügung, in denen wir über die fremden Lebewesen alles herausfinden müssen, was es zu wissen gibt. Sie sind der einzige andere Mann auf diesem Planeten, dem es gelingen könnte, mit ihnen zu einer Verständigung zu kommen.«

»Weshalb diese Eile?« erkundigte ich mich.

»Wir müssen einen überzeugenden Grund finden, der Caradoc von dieser Welt vertreibt, und wir müssen diesen Grund so weiten Kreisen wie irgend möglich bekanntgeben, bevor Caradoc den Entschluß faßt, *Aegis*, Keith Hust und uns hinauszuwerfen und die Arbeit fortzusetzen.«

»Ich habe geglaubt, Schiedsrichter müßten erst alle Tatsachen feststellen und sich dann eine Meinung bilden«, bemerkte ich.

»Wir kennen bereits genügend Tatsachen«, erwiderte Charlot. »Jetzt geht es um einen diplomatischen Vorwand. Caradoc hat seinen Vertrag. Wir alle wissen, daß er wertlos ist, aber Caradoc könnte bereit sein, das zu übersehen und weiterzumachen. Wir müssen einen eigenen Grund finden, bevor die Caradoc-Leute sich zum Handeln entschließen.«

»Aber wenn die Caradoc-Leute etwas unternehmen, können wir doch entscheiden, daß sie nicht das Recht dazu haben.«

Charlot machte eine ungeduldige Handbewegung. »Die Caradoc-Gesellschaft ist zu groß, als daß man sie ohne weiteres herumschubsen könnte.« Er sprach, als müsse das schon einem Kind von drei oder vier bekannt sein. »Wenn Caradoc sich diese Welt aneignen will, dann können wir nichts tun, dann kann New Rome nichts tun und dann kann auch sonst niemand etwas tun, es sei denn, wir wären bereit zu einem regelrechten Krieg. Wir wollen keinen Krieg, und wir wollen keinen Präzedenzfall. Wir können Caradoc nicht zwingen, sich zurückzuziehen, und deshalb müssen wir die einzige Möglichkeit ergreifen, die wir haben, um Druck auszuüben. Nur politischer und moralischer Druck bleibt uns. Wir müssen einen sehr guten Grund finden, damit wir Caradoc raten können, zum Teufel zu gehen, und uns bleiben nur Tage dafür.«

Ich verstand. Nach meinem Zusammenstoß mit Varly konnte ich gar nicht anders. Charlot wollte das, was ich getan hatte, in einem etwas größeren Maßstab getan haben. Da stand ich ganz auf seiner Seite. Ich bezweifelte, daß unsere Motive die gleichen waren, aber wir wollten die gleiche Art von Gerechtigkeit.

»Beten Sie, daß dieses Büro nicht verwanzt ist«, riet ich ihm. »Denn wenn man bei Caradoc erfährt, was Sie gerade gesagt haben, wird man auf der Stelle Gegenmaßnahmen treffen.«

Er lachte kurz auf. Er lachte nie, wenn etwas komisch war, sondern nur, wenn etwas verkehrt war.

»Es ist kein Geheimnis«, meinte er. »Die Caradoc-Leute können nicht hundertprozentig sicher sein, ob die Entscheidung schon gefallen ist, aber sie wären Narren, wenn sie glaubten, sie würde zu ihren Gunsten ausfallen. Die einzigen Freunde, die sie haben, sind die Idioten von *Aegis*.«

Das überraschte mich.

»Sie meinen, die *Aegis*-Leute sind nicht echt?«

»Doch, doch, aber sie sind Idealisten. Caradoc kann mit ihrer Art der Opposition viel leichter fertig werden als mit unserer. Die Caradoc-Gesellschaft hat keinen heißeren Wunsch, als daß dieser Konflikt in den Augen der Öffentlichkeit als ein Streit zwischen ihr und *Aegis* erscheinen möge. Wir müssen klarstellen, daß es ein Konflikt zwischen Caradoc und den Eingeborenen ist. Wir müssen nachweisen, daß Caradoc sie unterdrücken will. Caradoc hofft auf eine Chance, die Galaxis zu überzeugen, daß seine Absichten nicht schlechter sind als die jedes beliebigen anderen. Wenn der ›beliebige andere‹ *Aegis* ist, hat Caradoc eine Chance. Finden Sie etwas, das ich benutzen kann. Irgend etwas.«

»In welcher Art?« wollte ich wissen.

»Weisen Sie nach, daß es für die fremden Lebewesen eine Katastrophe bedeuten würde, für Caradocs Paradiesbande die Gastgeber zu spielen. Beweisen Sie, daß sie gezwungen wurden, jenen Vertrag zu unterschreiben. Beweisen Sie, daß Caradoc Krankheiten einschleppt, die die gesamte eingeborene Bevölkerung des Planeten töten werden. Irgend etwas. Aber beweisen Sie es.«

Ich dachte an die Frau, die in die Bar gekommen war. Vertrauensvoll, freundlich. Ohne Angst, ohne Aggression. Was hatte sie gegen Caradoc? Nichts. Sie wußte es eben nicht. Aber wäre es anders, wenn sie es wüßte?

»Ich werde tun, was ich kann«, versprach ich. »Nur weiß ich nicht, ob ich etwas finden werde. Und um ganz ehrlich zu sein, ich bin nicht überzeugt, daß wir Caradoc überhaupt aufhalten können. Ich verstehe nicht, warum die Leute nicht einfach weiterarbeiten.«

»Sie arbeiten nicht einfach weiter«, antwortete Charlot, »weil sie nicht wissen, wie weit sie gehen und damit durchkommen können. Sie sind sich nicht im klaren darüber, wieviel Geld auf seiten der Moral steht.«

Jetzt war ich an der Reihe zu lachen.

»Sie können es sich leisten, zynisch zu sein«, stellte Charlot fest. »Sie brauchen sich keine Gedanken um Ihre Gewinnspanne zu machen. Die Caradoc-Leute spielen mit mehr Welten als mit dieser einen. Es ist ein risikoreiches Spiel. Für Sie, Grainger, ist es leichter als für Frank Capella und seine Vorgesetzten. Für diese Menschen hängen Vermögen und Zukunft vom Ausgang dieses Spiels ab. Und sie haben keine Möglichkeit, die Antworten vorauszuberechnen.«

Wenn du zweifelst, dachte ich, dann zögere. Ich stand auf. »Ich sollte lieber schlafen gehen, wenn ich morgen an die Arbeit muß.«

Er machte keine Anstalten, mir zu folgen. Offenbar hatte er noch einige Denkarbeit zu erledigen – seine Strategie zu planen oder sich einfach Sorgen zu machen.

Er hielt sich auch nicht damit auf, mir »danke« zu sagen.

III

Eve rüttelte mich wach. Ich hatte nicht das Gefühl, sehr lange geschlafen zu haben, aber ich verzichtete auf dumme Fragen wie: »Wie spät ist es?« Kurze Schlafperioden sind ein Teil der Anpassung an die lokalen Bedingungen.

»Haben wir es eilig?« fragte ich sie. Sie schien besonders kurz angebunden zu sein.

»Du bist mit einemmal populär«, bemerkte sie. »Der Chef

möchte dich auf der Stelle sehen. Nicht uns alle – nur dich. Was hast du getan?«

»Nichts«, erwiderte ich ihr.

»Was hast du nicht getan?« forschte sie weiter.

Auch auf diese Frage antwortete ich mit »Nichts«. Sie schien nicht besonders überrascht zu sein, aber ich sah ihr an, daß sie neugierig war. Es war ja eine bekannte Sache, daß Charlot bei seinen Unternehmungen Nick als Hilfskraft heranzog, doch selbst wenn wir alle zusammen für seine Pläne eingesetzt wurden, lautete der Rat, den er mir gab, für gewöhnlich nur: »Geben Sie acht, daß Sie nicht in Schwierigkeiten kommen.« Offenbar wußte Eve nichts von dem Tête-à-tête, das Titus und ich gestern abend gehabt hatten. Ich fragte mich, ob sie wußte, daß wir, wie Titus mir gesagt hatte, Beweise fabrizieren sollten. Als mein Kopf klarer geworden war, kam ich zu dem Schluß, daß sie es höchstwahrscheinlich nicht wußte. Da sie die offizielle Berichterstatterin unserer Mission war, konnte alles, was sie sah und hörte, später zum Beweismaterial vor Gericht werden. Unserem Vorhaben konnte es nur schaden, wenn unsere Ausgangsposition amtlich festgehalten wurde.

Sie hatte das Frühstück für mich schon fertig. Ich schlang es hinunter – nicht, weil es so gut schmeckte, sondern weil man Nahrungspaste auf diese Weise am besten von außen nach innen befördern kann.

Titus dauerte es zu lange. Er tauchte am Eingang der Kabine auf, als ich noch meinen Kaffee trank. Mit einem Blick streifte er Eve, die immer noch auf der Koje saß und auf mich wartete, obwohl sie bestimmt etwas Besseres zu tun gehabt hätte. Dann ergriff er das Wort.

»Ich muß sofort los und mir die Eingeborenen ansehen«, verkündete er. »Es ist keine Zeit zu verlieren. Holcomb – das ist der *Aegis*-Mann – und Capella wollen mich beide mit ihrem Vortrag belästigen. Nick wird sich um Capella kümmern, aber Holcomb könnte uns wirklich etwas Interessantes zu berichten haben. Werden Sie ihn sich anhören?«

»Sicher«, antwortete ich.

»Es wird nicht lange dauern. Zwei Stunden vielleicht, wenn

Sie dafür sorgen, daß er bei der Sache bleibt und nicht zu polemisieren beginnt.«

»Das wird nicht einfach sein«, betonte ich.

»Sie werden es schon schaffen«, behauptete er mit rührendem Vertrauen.

»Und was ist mit mir?« fragte Eve.

Charlot zögerte nur einen winzigen Augenblick. »Es wird Zeit kosten, bei den Eingeborenen einen Fortschritt zu erzielen. Die Verständigungsschwierigkeiten sind ungeheuerlich.«

»Haben die Caradoc-Leute keine Dolmetscher?« fragte Eve unschuldig.

»Das sind ja die Verständigungsschwierigkeiten, die er meint«, warf ich trocken ein. Charlot sah mich an, als sei ich ein Skorpion im Bettzeug. Ich verstand. Ich war ein unvoreingenommener Forscher, der nichts als die Wahrheit suchte. Capellas eventuell vorhandene Wanzen konnten wir getrost ignorieren, aber die keuschen Ohren unserer Berichterstatterin mußten geschützt werden. Ich versuchte, ihm mit einem Nicken und einem Verziehen meiner Gesichtsmuskeln zu signalisieren, daß ich in Zukunft vorsichtig sein würde.

Charlot wandte sich wieder Eve zu. »Ich halte es für das beste, wenn Sie mit Grainger gehen. Schließlich hat Holcomb das ganze Durcheinander aufgerührt – was er zu sagen hat, sollte am Anfang Ihrer Aufnahmen stehen. Den Gesichtspunkt der Caradoc-Leute können wir immer noch berücksichtigen, und sie werden dafür sorgen, daß wir sie nicht vergessen.«

Diese Entscheidung überraschte mich und Eve noch mehr. Sie bewies ein so überwältigendes Vertrauen seitens Charlots. Offenbar setzte er voraus, daß ich hundertprozentig auf seiner Seite stand und mit dem Herzen dabei war, denn er verließ sich doch darauf, daß ich nichts sagen würde, auch nicht durch Zufall, was nicht in die Berichte kommen durfte. Was er über das geplante Vorgehen sagte, war alles gut und richtig, aber ich hätte angenommen, daß er Eve mit dem ehrlichen, aufrechten Kapitän delArco zusammenspannen würde. Nick delArco hätte *niemals* ein unpassendes Wort geäußert; es schoß ihm nicht einmal, davon war ich überzeugt, insgeheim durch den Kopf. Und jetzt hatte Charlot Nick dazu bestimmt, uns den langweiligen Kram abzunehmen, während er nicht nur sich selbst, sondern auch mich für qualifiziert hielt, das eigentliche Problem zu lösen.

Sicher hatte Titus seine Gründe. Vielleicht wollte er mich unter Kontrolle halten. Vielleicht wollte er, daß ich die Berichterstatterin unter Kontrolle hielt. Jedenfalls brachen Eve und ich zu einem hübschen Morgenspaziergang in Richtung von Caradocs Budenstadt auf.

»Du bist auf einmal so kooperativ geworden«, bemerkte sie, sobald wir außer Charlots Hörweite waren.

»Warum nicht?« gab ich zurück. »Auf dieser Mission besteht kaum eine Gefahr für meinen Hals oder meinen guten Namen.«

»Ich dachte, daß du alle Unternehmungen Charlots und besonders die Methoden, die er dabei anwendet, aus Prinzip mißbilligst.«

»Das hier ist gar keine von seinen Unternehmungen«, erklärte ich, »seine Methoden sind es bestimmt nicht. Ich bin neutral.«

»Neutral! Du haßt doch alles, was mit Caradoc zusammenhängt, wegen der zwanzigtausend Schadenersatz, zu denen du verurteilt worden bist.«

»Ich schulde aber Charlot diese zwanzigtausend, und nicht Caradoc«, entgegnete ich. »Meine Rechnung mit Caradoc habe ich beglichen, als ich die *Lost Star* als erster fand. Ich hege keinen Groll mehr gegen die Gesellschaft.«

Wahrscheinlich wußte sie ganz genau, daß ich einen Groll im Durchschnitt zweimal solange hege wie irgendein anderer Mensch, aber sie sah ein, daß diese Diskussion im Sande verlief, und deshalb ließ sie das Thema fallen und erging sich in Betrachtungen über die Landschaft. Sie war noch nicht vom Landeplatz weggekommen – sie und Charlot waren gestern eifrig damit beschäftigt gewesen, alle Vorbereitungen für die Untersuchung zu treffen.

Eve machte den Eindruck, als scheue sie sich, ihre Begeisterung zu zeigen. Merkwürdig. So hatte ihr Bruder nie reagiert.

Viel zu sehen gab es eigentlich nicht. Die Straße – wenn man das eine Straße nennen konnte – führte über offenes Land, das zu trocken war, um zu dieser Jahreszeit vor Vegetation zu strotzen. Zu beiden Seiten vor uns lag Wald, aber auf der einen Seite war er hundert und auf der anderen zweihundert Meter weit weg. Ein Stückchen davon mußten wir auf unserem Weg in die Stadt durchqueren, doch war es kein besonders eindrucksvolles Stückchen. Die schweren Maschinen, die hier wochenlang in allen Richtungen durchgebrochen waren, hatten sehr sichtbare Narben hinterlassen.

Der Pflanzenwuchs war in dieser Gegend äußerst langweilig. Nichts von exotischer Form oder Beschaffenheit war vorhanden. Die Farben wichen ein wenig von den von der Erde importierten Sorten ab, die in sechs von zehn Welten angepflanzt werden, aber vermutlich wollte man erst in Ruhe entscheiden, welche von Mutter Erdes Blumenkindern die Kolonien im Raum am besten schmücken würden. Tatsächlich war für ein ungeschultes Auge hier überhaupt nichts Fremdartiges zu entdecken. Natürlich konnten wesentliche Unterschiede im Aufbau, in der Nahrungsaufnahme und in den Fortpflanzungsmethoden vorhanden sein, aber seien wir ehrlich, wenn man einen Raumfahrer fragt, was dieses grüne Zeug sei, wird er antworten, es sei Gras. Pflanzen sehen so gut wie immer nach Pflanzen aus. Sie haben gar keine Möglichkeit, anders auszusehen. Sogar die Bäume mit den purpurnen Regenschirm-Membranen, die wir im Gelobten Land der *Zodiac*-Familien kennengelernt hatten, konnte man für nichts anderes als Bäume halten. Die Anpassung an die Strahlung folgt auf erdähnlichen Planeten immer dem gleichen Muster wie auf der Erde selbst. Natürlich ist das auf *nicht* erdähnlichen Planeten etwas anderes, und man kann auf solchen, die *beinahe* erdähnlich sind, eine Menge Überraschungen erleben (zum Beispiel Riesenspinnen), aber die Planeten, die für das Paradiesspiel in Frage kommen, sind ausnahmslos Schwestern unserer Mutter Erde.

Eve schien sogar ein wenig enttäuscht zu sein.

»Es ist hübsch hier«, meinte sie, »aber ein Paradies ist es doch kaum.«

»Wir sind auf einer dreckigen Straße in einem langweiligen Gebiet«, machte ich sie aufmerksam. »Das Paradies besteht aus

Winkeln und Ecken. Es ist eine persönliche Angelegenheit, und es reicht nicht viel weiter als der persönliche Lebensraum. Man braucht nicht bei jedem Schritt über ein Wunder zu stolpern. Dies ist Erz, das das Paradiesmetall in Mengen birgt. Die Luft tut einem gut, und der Wind bringt einen angenehmen Geruch aus dem Wald mit sich. Und tief im Wald liegt die Stelle, wo Caradoc seine Taschenparadiese anlegen will. Dorthin werden keine Planierraupen gebracht und auch keine Bautrupps. Man wird Spezialisten und Künstler einsetzen. Sie schaffen ihre Werke mit der Spitzhacke, aber Künstler sind sie trotzdem.«

»Du redest, als sei es bereits entschieden, daß Caradoc die Erlaubnis zum Weitermachen erhalten wird.«

Ich grinste. »Nein. Ich versichere dir, ich habe nur hypothetisch gesprochen. Ich wollte die Methode im allgemeinen erklären, ich habe nicht diesen Planeten im besonderen gemeint. Es ist noch lange nicht ausgemacht, daß Caradoc eine Lizenz bekommen wird, Pharos zu vergewaltigen.«

Eine Weile herrschte Schweigen. Dann fragte Eve: »Was ist mit den Eingeborenen?«

»Was soll mit ihnen sein?«

»Nimmt ihr Vorhandensein dieser Welt nicht den Wert als Paradiesplanet?«

Ich merkte, worauf sie hinauswollte. Würden die Caradoc-Leute wirklich einen Rassenmord begehen, wenn es ihren Zwecken dienlich war? Das war selbst Caradoc kaum zuzutrauen, aber . . .

»Ausgeschlossen«, sagte ich. »Du verstehst das Paradiessyndrom nicht richtig. Es befällt nur die ganz Reichen. Natürlich bin ich nicht in der Lage, aus eigener Erfahrung zu sprechen, aber es heißt, daß die ganz Reichen dazu neigen, sehr neurotisch der Dinge wegen zu werden, die man nicht mit Geld kaufen kann. Letzten Endes ist es verdammt gleichgültig, ob wirklich alles seinen Preis hat oder nicht. Es kommt allein darauf an, wie die Menschen denken. Und die Art, wie die ganz Reichen zu denken pflegen, ist die, daß der höchste Preis ihnen Freiheit vom Geld erkauft. Wie gesagt, ich kann die Richtigkeit dieser Annahme nicht bestätigen, aber es ist die Psychologie, auf die das Paradiesspiel aufbaut.

Die Vorstellung des Reichen vom Paradies – und auch die Vorstellung des zivilisierten Menschen von Utopia – ist im wesentlichen primitiv. ›Zurück zur Natur, auf die Bäume, ihr Affen‹ ist jahrhundertelang der Schlachtruf der Idealisten gewesen. Buchstäblich alle Modelle einer vollkommenen Gesellschaft und einer vollkommenen Art zu leben haben eine bezaubernde Naivität an sich – sie malen sich Menschen aus, die im Stande gesegneter Unschuld existieren. Die Sehnsucht nach dem Paradies läßt sich bis in vorgeschichtliche Zeiten zurückverfolgen, als habe es im Anfang wirklich einen Garten Eden gegeben. Das Paradies ist einfach. Es ist schön. Es ist unverdorben. Aber ganz bestimmt ist es nicht leer. Vögel, Vierfüßler und Schlangen sind wesentliche Bestandteile, obwohl die meisten Menschen ein Paradies ohne Schlangen wahrscheinlich vorziehen würden.

Und das, was dem Paradies erst das Gütesiegel aufprägt, ist die einfache, schöne, unverdorbene, in gesegneter Unschuld lebende proto-menschliche Rasse. Wirkliche Menschen dürfen es nicht sein, denn niemand könnte sich dazu bringen, *das* zu glauben. Humanoide Lebewesen. Die Anacaona wären perfekt geeignet gewesen, wenn es mit ihnen nicht ein anderes Problem gegeben hätte. Auch die hiesigen Eingeborenen machen einen sehr guten Eindruck. In bezug auf die Eingeborenen hat Caradoc nur das eine Problem, wie man sie auf ihre Rolle beschränken kann. In bezug auf New Rome hat Caradoc nur das eine Problem, ob ihm erlaubt wird, sie auf ihre Rolle zu beschränken. Aber der einzige Rassenmord, den Caradoc auf Pharos begehen würde, wäre wohl der an den Schlangen, ganz gleich, welche Alpträume die *Aegis*-Leute heraufbeschwören. Es gibt Menschen, die auch das mißbilligen, aber gegen das Gesetz ist es nicht.«

»Machen sich die *Aegis*-Leute das denn nicht klar?«

»Wahrscheinlich schon.«

»Warum erheben sie dann so wilde Anschuldigungen?«

»Neurotische Übertreibungen. Sie wollen Caradoc aus vollkommen ehrlichen, ethischen Gründen aufhalten. Aber dabei verfallen sie in Hysterie. Für ihren guten Zweck scheuen sie sich nicht, mit Dreck zu werfen. Zweifellos ist ihnen schon tausendmal vorgehalten worden, daß sie, wenn ihre Sprache gerecht ist, es nicht nötig haben, zu Lügen und Greuelpropaganda Zuflucht zu nehmen. Und sie haben tausendmal darauf gewartet, daß ihre gerechte Sache Gefahr läuft, in den Lügen und der Greuelpropaganda der anderen Seite ertränkt zu werden. Das stimmt schon. Wenn sie nicht Feuer mit Feuer bekämpfen, verlieren sie. Ergreifen sie aber die ihnen geeignet erscheinenden Maßnahmen, wird das Ganze zu einer Groteske. So ist es nun einmal.«

»Dann sympathisierst du mit ihnen?« fragte Eve.

»Eigentlich nicht.«

»Glaubst du, es wäre besser, wenn sie sich an die Wahrheit hielten?«

Ich zuckte die Schultern. »Das müssen sie selbst entscheiden. Ich halte von der organisierten Wahrheit nicht mehr als von der organisierten Hysterie. Ich halte eben einfach nichts von der Organisation.«

»Wie würdest du denn Caradoc aufhalten?«

»Ich?« staunte ich. »Ich bin nur *so* groß. Ich kann Caradoc nicht aufhalten. Ich bin froh, wenn Caradoc für mich im Universum Platz läßt. Aber deswegen brauche ich Caradoc nicht zu lieben.« Im stillen setzte ich hinzu – so konnte die Berichterstatterin es nicht hören –: Und wenn sich mir die Gelegenheit bietet, werde ich Caradoc einen Tritt in den Hintern geben. Ein Defätist zu sein bedeutet nicht automatisch, auch ein Kollaborateur zu sein.

Eve war nicht mit mir einverstanden. Sie fing keinen Streit an, wahrscheinlich deswegen, weil sie mit den Aufnahmegeräten verbunden war, aber ganz entschieden hatte sie eine andere Meinung, und die war bei weitem nicht so negativ wie die meine. Im Grunde hätte sie sich wegen der Aufnahme keine Sorgen zu machen brauchen. Ich wohl, aber sie nicht. Das Gericht filtert persönliche Vorurteile, die durch die Augen und Ohren des Berichterstatters in die Aufnahme eingeflossen sind, aus. Voreingenommenheit bei Eve würde sie für ihre Rolle als Berichterstatterin nicht untauglich machen. Voreingenommenheit bei mir konnte Caradoc jedoch einen Ansatzpunkt geben, mir die Qualifikation als Untersucher abzusprechen.

Wir durchquerten den Wald, und dann hatten wir die Hütten vor uns liegen. Ich merkte, wie Eve von Minute zu Minute enttäuschter wurde, und ich fragte mich, was sie eigentlich erwartet hatte. Auf Chao Phrya hatte alles viel primitiver ausgesehen, aber die *Zodiac*-Leute hatten auch die entsprechenden technischen Möglichkeiten nicht gehabt. Wahrscheinlich dachte Eve, Caradoc hätte etwas Besseres zustande bringen müssen.

Sie hatte ein behütetes Leben geführt.

IV

David Holcomb war ein sehr junger Mann mit einem engelhaften Gesicht. Ich war überzeugt, daß er ein süßes Baby gewesen war. Ebenso war ich überzeugt, daß er seit damals sehr häufig von anderen Kindern verprügelt worden war und daß sein Inneres bei weitem nicht so sonnig war wie sein Äußeres.

Seine jetzige Stellung hatte er so ziemlich mit eigener Anstrengung, aber ganz bestimmt nicht mit eigenem Geld errungen. Sein Verein bestand aus einem Dutzend Leute, die Hälfte davon Frauen. Das war die übliche Taktik. Solche Gruppen können mehr Wirbel veranstalten, wenn ihre Mitglieder jung und weiblich sind. Natürlich waren sie nicht die einzigen Frauen auf Pharos, denn Caradoc hatte Huren mitgebracht, aber wer ist schon je mit den von der Gesellschaft zugeteilten Rationen zufrieden? (Und für die Paradiesmannschaft galten noch mehr Einschränkungen als für einen normalen Brückenkopf. Keine Jagd, keine Verschmutzungen.)

Holcomb hatte einen von seinen Amateurvamps bei sich, als Eve und ich mit ihm in der Schachtel zusammentrafen, die Caradoc ihm und seiner Gruppe großzügig zur Verfügung gestellt hatte. Ihr Name war Trisha Melly, und ihre Kleidung konnte einen umwerfen. Auch mit der Intelligenz einer Ameise hätte man merken müssen, daß *Aegis* vor nichts zurückschreckte, um die Gerechtigkeit auf seine Seite zu ziehen. Mir schoß es durch den Kopf, daß Charlot noch einen weiteren Grund gehabt haben könnte, Eve mit mir zu schicken und nicht Nick. Nicht, daß Eve, abgesehen von der Tatsache, daß ich der Freund ihres verstorbenen Bruders gewesen war, irgendein persönliches Interesse an mir gehabt hätte, aber sie war eine voll ausgewachsene Frau und würde Trishas Technik todsicher torpedieren.

»Sie wissen gar nicht, wie froh ich bin, Sie zu sehen«, begann Holcomb.

»O doch, das weiß ich«, erwiderte ich. Von diesem Augenblick an erkannte er, daß er es mit mir nicht leicht haben würde. Aber das hatte er auch gar nicht erwartet, und so ließ er sein Lächeln nicht abrutschen.

»Wir sind vollkommen überzeugt, daß Titus Charlot der gerechten Sache zum Sieg verhelfen wird«, warf Trisha ein.

»Darauf möchte ich wetten, daß Sie überzeugt sind«, murmelte ich laut genug, daß sie es verstehen konnten.

Holcomb warf mir einen schiefen Blick zu. Er dachte wohl, ich sei nicht der geeignete Mann. Ich hatte ihm unsere Namen genannt, aber nicht genau erklärt, wer und was wir waren. Er mochte sich vorgestellt haben, Charlot werde eine kleine Armee von Bibliotheksbürokraten mitbringen.

»Sie sind der Pilot, nicht wahr?« erkundigte er sich. Das lag nicht daran, daß mein Ruhm schon bis zu ihm vorgedrungen war. Er hatte nur die in meinem Nacken implantierten Elektrodenanschlüsse bemerkt, obwohl sie bei mir geschmackvoll unter den Haaren verborgen waren.

»Das ist richtig«, antwortete ich.

»Welche Absicht verfolgt Ihr Arbeitgeber damit, daß er uns Piloten schickt, damit wir ihm unsere Sache vortragen?«

»Welche Absicht verfolgen Sie mit dieser Beschwerde?« gab ich zurück.

»Sie sind sich sicher im klaren darüber«, stellte er eisig fest, »daß ich zu einem späteren Zeitpunkt mit dem Schiedsrichter persönlich sprechen werde.«

»Eve ist mit den Aufnahmegeräten verbunden«, informierte ich ihn. »Wir wollen nur wissen, ob Sie uns etwas Wichtiges zu sagen haben. Über die Motive und den politischen Standpunkt

Ihrer Gruppe wissen wir bestens Bescheid. Sie sind nicht der Anwalt, der diese Welt beziehungsweise ihre Eingeborenen vertritt. Für die Untersuchung haben Sie keine andere Bedeutung, als die eines Zeugen. Können Sie über irgend etwas Zeugnis ablegen, dann tun Sie es. Wenn Charlot selbst mit Ihnen sprechen möchte, wird er es tun. Aber Sie haben in dieser Angelegenheit keinen irgendwie gearteten diplomatischen Status. Für mich sind Sie nicht wichtiger als einer der Arbeiter, der Löcher in die Landschaft gräbt. Ist das klar?«

Ich überschritt ein bißchen meine Kompetenzen, aber ich sah keinen Grund, warum ich diesen Leuten entgegenkommen sollte. Entweder würden sie sagen, was sie zu sagen hatten, oder sie würden anfangen, Fragen der Etikette aufzubauschen, und wenn sie letzteres taten, hatte ich nicht die Absicht, dazubleiben und zuzuhören.

Holcomb schäumte eine Weile, aber das Mädchen beruhigte ihn wieder. Endlich entschied er sich, den falschen Start zu vergessen und einen neuen zu wagen.

»Sehen Sie mal, wir wollen doch nicht mit Ihnen streiten. Wir sind es doch, die diese Untersuchung verlangt haben – wenn wir nicht wären, hätte es gar keine Untersuchung gegeben. Wir wollen Ihnen helfen, wie wir nur können.«

»Das ist nett«, sagte ich. »Ich wüßte nur gern, welche Art von Hilfe Sie uns geben können. Aber müssen wir wirklich hier drin bleiben?«

Caradoc hatte Holcomb & Co. eine aus einem Raum bestehende Hütte zur Verfügung gestellt, in der es keine Möbel und keinen anderen Komfort als einen Wasserhahn und eine Toilette gab. Sie hatten ihre eigenen Schlafsäcke mitgebracht, aber sie waren mit einem Frachtschiff gekommen, und sie hatten nichts anderes als ihre Packsäcke mitnehmen können. Die Hütte war nicht gerade ein Saustall, aber ein angenehmer Aufenthalt war sie auch nicht. Ich konnte mir einen schöneren Ort vorstellen, um die Probleme dieses Planeten zu lösen.

Wir brachen zu einem Spaziergang auf, und wir gingen dabei ungefähr die gleiche Strecke ab wie ich am Abend zuvor, wobei Holcomb mich auf die Tatsachen hinwies, die ich selbst schon festgestellt hatte. Seine Kommentare zogen sich sehr in die

Länge. Eine Weile ließ ich ihm den Willen, denn wenn er irgend etwas von Bedeutung über die augenblickliche Situation auf Pharos verlautbaren sollte, dann würde es in einen Schwulst von Phrasen und allgemeinen Erläuterungen verpackt sein. Redete er gleich zu Anfang drauflos, dann konnte ich ihn später mit der Bemerkung, er wiederhole sich, beim Thema halten.

Von Greueltaten hatte er nichts zu berichten; er beschwerte sich hauptsächlich darüber, daß Caradoc ihm keine volle Unterstützung dabei gewährte, daß er sich in Caradocs Angelegenheiten einmischte, und das überraschte mich durchaus nicht. Seit er auf Pharos war, hatte er viele Vermutungen angestellt und sehr wenig Tatsachen in Erfahrung gebracht. Mir kam es so vor, als habe er sich auch keine Mühe gegeben. Seine Rolle war die des Agitators. Beweismaterial kam für ihn an zweiter Stelle. Die Hauptpunkte seines Berichts bekräftigte er mit der Bemerkung: »Wie allgemein bekannt.«

»Allgemein bekannt« war, daß Caradoc die Eingeborenen betrog und ihnen ihre Welt wegnahm.

»Allgemein bekannt« war, daß Caradoc dauernde Änderungen in der Biosphäre des Planeten hervorrufen wollte, um die Paradiesinseln noch begehrenswerter zu machen.

»Allgemein bekannt« war, daß Caradoc die Eingeborenen zur Erbauung, Verherrlichung, Belustigung und Bequemlichkeit seiner potentiellen Kunden versklaven wollte.

»Allgemein bekannt« war, daß die Kultur der Eingeborenen dabei zugrunde gehen würde.

»Allgemein bekannt« war, daß die Eingeborenen, wenn sie sich widerspenstig zeigten, ausgelöscht werden würden, und das wäre längst geschehen, wenn nicht die Information, daß es sie gab, durchgesickert wäre.

Aber letzten Endes hatte er gegen die Caradoc-Leute nichts anderes vorzubringen, als daß er sie nicht leiden mochte und daß sie sich gegen ihn geheimnistuerisch verhielten. Von meinem Standpunkt aus schien mir beides nicht besonders interessant zu sein.

Ich erkundigte mich bei ihm nach den Eingeborenen.

Er erzählte uns, sie seien vollkommen furchtlos und vertrauensvoll. Offenbar hatten sie keine natürlichen Feinde, und sie hatten nie gelernt, vor irgend jemandem oder irgend etwas auf der Hut zu sein. Sie hatten eine nicht ganz einfache Sprache, keine Religion, keine Ansätze zur Zivilisation und – offensichtlich – nur ein Gesetz: Lebe in Frieden.

»Beherrscht irgendwer aus Ihrer Gruppe die Eingeborenensprache?« wollte ich wissen.

»Nein«, gestand er, »aber wir sind alle schon an dem Ort gewesen, wo die Eingeborenen ihr Lager haben, und wir haben uns mit Hilfe der Caradoc-Dolmetscher mit ihnen unterhalten. Ein Mann namens Kerman lebt als eine Art Gesandter bei der Gruppe, und außerdem gibt es da noch einen Kommunikationsexperten namens Merani. Beide erwecken den Eindruck, daß sie die Sprache fließend sprechen. Ich traue ihnen nicht, aber sie scheinen ihr Bestes für eine Verständigung zu tun. Ich habe den Eindruck, daß sie die Eingeborenen schon ganz hübsch auf ihren Standpunkt konditioniert haben.«

Die letzte Bemerkung ignorierte ich. »Wissen Sie etwas über die ökosystematische Theorie?« fragte ich.

»Ja, natürlich.«

Sein Gesicht drückte so viel beleidigte Unschuld aus, daß ich annahm, er log. Aber als Mitglied der *Aegis* mußte er wenigstens eine Ahnung von Biologie haben, und daher wußte er wahrscheinlich ebensoviel wie ich.

»Kommt es Ihnen nicht sehr merkwürdig vor, daß diese Leute – wie Sie es ausdrücken – keine natürlichen Feinde haben?«

»Es gibt hier keine großen Raubtiere«, antwortete er, und das war der typische Idiotenkommentar.

»Und was ist mit kleinen Raubtieren?« faßte ich nach. »Mit Parasiten? Viren?«

»Nichts dergleichen.«

»Und das kommt Ihnen nicht merkwürdig vor?«

»Doch, ja.« Es schien ihn zu wundern, daß ich auf einfachen Tatsachen herumhackte. »Aber das erklärt doch nur, warum die Eingeborenen so vertrauensvoll sind und die Caradoc-Leute sie ohne Schwierigkeiten ausbeuten können.«

»Das ist keine Erklärung.« Ich wurde ärgerlich. »Das ist die

Frage, die einer Erklärung bedarf. Wie viele Planeten kennen Sie, auf denen es weder Raubtiere noch Parasiten gibt? Zum Teufel, wie sollen sich Ihrer Meinung nach diese Leute entwickelt haben, wenn auf sie niemals ein Selektionsdruck ausgeübt worden ist? Von den humanoiden Rassen gehen zwölf auf ein Dutzend, weil die Evolution unter gleichen Bedingungen einen ähnlichen Verlauf nimmt. Aber hier sind Lebewesen, die so humanoid sind, wie man sie sich nur vorstellen kann, und Sie erzählen mir, die Bedingungen seien radikal anders als irgendwo sonst in der bekannten Galaxis. Was tut ihr denn eigentlich hier, außer daß ihr Prospekte verteilt? Seid ihr wirklich so absolut unwissend, daß ihr nicht einmal versucht habt, die Grundlagen der hiesigen Situation zu erforschen?«

»Das ist ungerecht«, warf mir Trisha Melly vor. Sie hatte sich überraschend lange ruhig verhalten – zu der Diskussion hatte sie nichts beizutragen, und mit den Plänen, die sie sonst im Kopf gehabt hatte, war sie nicht zum Zuge gekommen. Entweder hatte sie beschlossen, ich als Charlots Laufbursche lohne die Mühe nicht, oder sie fühlte sich mir nicht gewachsen.

»Nein, es ist gerecht.« Ich konnte mich nicht enthalten hinzuzusetzen: »Ich bin derjenige, welcher zu entscheiden hat, was gerecht ist und was nicht, das wissen Sie doch.«

»Nun sehen Sie«, setzte Holcomb von neuem an, »ich habe Ihre Argumente durchaus verstanden. Es stimmt, daß das Leben auf Pharos merkwürdigen Regeln folgt. Aber sie sind nicht das Entscheidende. Entscheidend ist, was Caradoc dieser Welt und ihren Bewohnern antun will. Natürlich sind die Eingeborenen eine eingehende Untersuchung wert, doch zuerst müssen wir sie retten.«

Ich schlug die Augen zum Himmel auf, als erhoffe ich mir eine Eingebung von oben.

»Sie verstehen ja nicht einmal, was hier vorgeht«, warf ich ihm vor.

»O doch, ich verstehe es ganz genau. Vielleicht nicht von Ihrem Gesichtspunkt aus – ich bin schließlich kein New Alexandrier. Ich bin ein Menschenfreund. Ich weiß, daß die Caradoc-Gesellschaft diese Welt vergewaltigen will, und ich habe die Absicht, alles in meiner Macht stehende zu tun, um das zu verhindern. Es tut mir sehr leid, aber Ihren einseitigen wissenschaftlichen Standpunkt kann ich nicht teilen.«

Ich war kein New Alexandrier, aber ich widersprach ihm nicht. Auch hatte ich meine eigenen Vorstellungen darüber, wer hier einseitig war, aber in diesem Punkt widersprach ich ihm ebensowenig.

»Ist Ihnen nie der Gedanke gekommen«, forschte ich, »daß die Sache zwei Seiten haben könnte? Wäre es nicht möglich, daß es sich von Caradocs Standpunkt aus um ein friedliches Volk handelt, das gegen Caradocs Unternehmungen gar nichts einzuwenden hat? Haben Sie nie darüber nachgedacht, daß die Eingeborenen, da doch ihr einziges Gesetz ›Lebe in Frieden‹ lautet, sich über Besucher aus anderen Welten freuen könnten? Ist Ihnen nicht aufgefallen, daß Sie kein einziges Stück Beweismaterial darüber haben, daß Caradoc gegen die Interessen der Bewohner dieser Welt handelt?«

»Die Tatsachen«, behauptete er stur, »sprechen für sich selbst.«

»Sie kennen die verdammten Tatsachen ja nicht einmal!« Ich hatte die Stimme erhoben, und mir fiel erst jetzt auf, daß wir die Aufmerksamkeit anderer Leute auf der Straße erregten. Caradocs Ohren lauschten auf jedes einzelne Wort.

»Caradocs Anwesenheit hier und seine erklärte Absicht, diese Welt zu einem Paradiesplaneten umzugestalten, sind die einzigen Tatsachen, auf die es ankommt. Und in Verbindung damit die Tatsache, daß sich auf dieser Welt eine eingeborene Rasse befindet.«

»Wenn Sie glauben, daß sich das Problem darauf beschränken läßt, dann haben Sie einen beschränkten Verstand.«

»Aber es läßt sich darauf beschränken«, kam ihm die Frau zu Hilfe. »Alles andere soll nur vom Kern der Sache ablenken. Wir haben kein Recht, hier zu sein. Das ist nicht unsere Welt.«

»Soeben haben Sie Jahrhunderte der Geschichte und ein Knäuel von juristischen Problemen, die eine ganze Welt zu entwirren versucht, beiseite gefegt«, rieb ich ihr unter die Nase. »Sie sind Jahrtausende hinter der Zeit zurück. Klar, wir hätten die Erde nie verlassen dürfen. Die Europäer hätten Amerika und Australien nicht besiedeln sollen. Die Eiszeitmenschen hatten kein Recht, sich im Mittelmeerraum festzusetzen, als das Eis sich zu den Polen zurückzog. Aber das ist nicht die Welt, in der wir leben. Wir müssen einen Entschluß darüber fassen, was wir *jetzt* tun sollen. Die galaktische Zivilisation erfordert eine galaktische Moral.«

»Sie sind ebenso schlecht wie Caradoc«, warf sie mir vor.

»Mag sein.« Ich hatte das Gespräch ziemlich satt. »Aber um noch einmal auf den Anfang der Diskussion zurückzukommen: Haben Sie mir irgend etwas – *irgend etwas* – zu berichten, das zu unserem Verständnis der hiesigen Vorgänge beitragen könnte?«

»Wenn Sie uns nicht verstehen wollen«, tönte Holcomb, »glaube ich nicht, daß ich Ihnen irgendwie helfen kann.« Es klang, als bemitleide er eine verlorene Seele.

»Überheblicher Bastard«, murmelte ich, aber nur der *Wind* konnte es hören.

Holcomb und ich schieden nicht im besten Einvernehmen. Eigentlich schieden wir überhaupt nicht. Ich wollte gerade etwas sagen, als ich rauh unterbrochen wurde.

»Da ist eine Schlägerei im Gange«, sagte Eve.

»Was?« Ich war aus dem Konzept gebracht. »Wo?«

»Da!« sagte sie sehr hilfreich, ohne mir die Richtung zu zeigen. Ich blickte ringsum und versuchte, etwas Außergewöhnliches zu entdecken. Wir waren langsam durch die Straßen der Stadt geschlendert und befanden uns nun etwa im Mittelpunkt, nicht weit von dem wichtigsten Viertel entfernt. Etwa zweihundert Meter weiter war die Ecke zu der halbkreisförmigen Straße, und dort hatte sich eine Menschenmenge versammelt.

»Sehen wir mal nach.« Ich machte mich auf den Weg. Ich beeilte mich nicht, weil ich nicht annahm, es könnte etwas mit mir zu tun haben. Eve, Holcomb und Trisha Melly hefteten sich an meine Fersen.

Es war tatsächlich eine Schlägerei, und ich dachte, sie finde zwischen zwei Caradoc-Leuten oder einem Mann von Caradoc und einem von Holcombs Verein statt, aber dem war nicht so.

Caradoc war natürlich beteiligt. Einer der Arbeiter demonstrierte seine Fähigkeiten im Catch-as-catch-can. Aber sein Gegner gehörte weder zu Caradoc noch zu Holcomb. Er war einer von uns – unser abenteuerlustiger Ingenieur Johnny Socoro.

Ich wußte nicht, was er in der Stadt zu suchen hatte, und ich wußte auch nicht, wie es zu dem Kampf gekommen war, aber nach meinem eigenen Erlebnis von gestern abend konnte ich es mir recht gut vorstellen. Ich beschleunigte den Schritt, ohne mich in Trab zu setzen. Unauffällig kam ich näher.

Glücklicherweise hatte Johnny sich nicht mit Varly eingelassen. Wenigstens hatte er soviel gesunden Menschenverstand bewiesen, sich einen eher von seiner Statur auszusuchen. Aber Johnny war Kinderschwester für einen Raumschiffantrieb und sein Gegner ein Planetenzähmer, was dem Jungen keine große Chance ließ.

Außerhalb des Zuschauerkreises blieb ich stehen. Eve prallte gegen mich.

»Nun los!« forderte sie mich auf. »Tu etwas!«

»Daß du immer Witze machen mußt«, tadelte ich. »Wenn ich mich einmische, tun es alle anderen auch. Falls du es noch nicht bemerkt haben solltest: Es sind dreißig Mann, und alles große Kerle.«

Einen Augenblick lang starrte sie mich entgeistert an. »Er wird verletzt werden«, stieß sie mit kläglicher Stimme hervor.

»Natürlich. So etwas kommt vor«, antwortete ich. »Nachher kannst du deine mütterlichen Instinkte befriedigen und ihn verbinden.« Das machte sie völlig sprachlos, was ein Glück war.

Ich sah dem Kampf zu. Johnny verlor, das war so offensichtlich, daß der andere mehr mit ihm herumspielte als ihn zusammenschlug. Ich wußte, Johnny hatte angefangen, und ich wußte auch, daß er provoziert worden war. Das war die Taktik der Caradoc-Leute. Aber sie konnten es sich nicht erlauben, ihn totzuschlagen.

»Er hat eine Schußwaffe«, flüsterte Eve. Sie meinte Johnny. Johnny liebte es, eine Schußwaffe zu tragen.

»Er sollte sie lieber nicht benutzen«, gab ich zurück. Langsam machte ich mir doch Sorgen.

Johnny fing sich eine Rechte ein, hinter der nicht viel Kraft steckte, und ging zu Boden. Er bemühte sich, sofort wieder auf die Füße zu springen, aber sobald sein Gewicht auf seinen Fersen lag, trat ihm der Caradoc-Mann gegen die Beine, und Johnny erkannte, daß dasselbe gleich noch einmal passieren würde, wenn er versuchte, aufzustehen. Er kroch auf Händen und Knien weg, aber der andere rückte ihm nach und paßte auf, daß Johnny keinen Abstand gewinnen konnte. Schließlich warf sich Johnny einfach auf den Rücken und zielte mit den Füßen nach den Lenden des Caradoc-Mannes. Es war ein interessanter Schachzug, aber ein erfolgloser. Der Caradoc-Mann packte einen von Johnnys Knöcheln und riß Johnny daran in die Luft. Dann ließ er ihn auf den Kopf fallen.

Der Kampf war vorbei. Johnny konnte ruhig liegenbleiben und sich später aufsammeln lassen. Einen entsetzlichen Augenblick lang glaubte ich, er werde den Strahler loshaken, denn er richtete sich mit einer heftigen Verdrehung seines Körpers auf. Aber er war bloß wütend, nicht wahnsinnig. Als er sah, daß der andere Mann stillstand, zögerte er. Dann tat er so, wohl aus falsch verstandenem Stolz, als wolle er noch einmal anfangen.

Ich wollte ihm zurufen, er solle bleiben, wo er war, aber da rückte, wenn auch ein bißchen spät, die US-Kavallerie an.

Ein Mann in schwarzer Polizeiuniform ging schnellen Schrittes an mir vorbei, schob die zuschauenden Caradoc-Männer mit der Schulter beiseite und stellte sich zwischen die beiden Kombattanten.

Mir fiel auf den ersten Blick auf, daß er ein sehr, sehr müder Mann war. Das machte ich ihm gewiß nicht zum Vowurf. Er saß auf dem heißesten Stuhl auf diesem Planeten. Keith Just, der einzige Vertreter von New Rome auf Pharos, der hier die Beachtung der Gesetze erzwingen sollte. Der reine Sheriff, nur daß er kein Gefängnis zur Verfügung hatte.

Er schien nicht zu wissen, ob seine Ankunft die Schlägerei unterbrochen hatte oder ob sie schon vorher beendet gewesen war. Er blickte von einem zum anderen, nicht zornig und nicht drohend, bloß erschöpft.

Nach einer Weile richtete er seine babyblauen Augen auf Johnny und fragte: »Wer, zum Teufel, sind Sie?«

Johnny antwortete ihm nicht, aber von irgendwoher tauchte Nick delArco auf, eifrig bestrebt, alles aufzuklären. Bei ihm war ein dicker Mann in einem sehr teuren Anzug mit einem weißen Sonnenhut – wahrscheinlich Frank Capella, der hiesige Caradoc-Chef.

Die Zuschauer begannen, sich zurückzuziehen, und das war wohl eher auf Capellas Erscheinen als auf das von Just zurückzuführen. Drei oder vier blieben jedoch nicht nur stehen, sie spielten sich sogar in den Vordergrund. Auch sie trugen Uniform – und zwar die von Caradocs privater Polizeitruppe.

Alle redeten durcheinander. Irgendwer verlangte, der Caradoc-Mann solle unter Arrest gestellt werden – wenn das nicht Capella selbst war, der eine Show abzog. Nick delArco erklärte Keith Just, wer er sei und wer Johnny sei, während Just immer noch überlegte, wen er befragen solle, und Johnny sich bemühte, jemanden zu finden, dem er klarmachen konnte, daß es nicht seine Schuld war.

Ich nahm an, nach einiger Zeit würde sich alles aufklären.

Ich drehte mich um und sah Holcomb an, der darauf wartete, daß ich genau das tun würde. »Die Caradoc-Leute wollen Sie hier nicht«, bemerkte er. »Sie wollen keinen Schiedsrichter. Sie wissen, daß sie im Unrecht sind.«

»Danke«, antwortete ich, »für all Ihre Hilfe und die angenehme Zusammenarbeit. Meiner Meinung nach haben Sie hier Ausgezeichnetes geleistet. Was wir alle brauchen, sind mehr Menschen mit Ihrem galaktischen Geist. Ganz bestimmt wird Charlot Sie noch selbst sprechen wollen, wenn er einmal dreißig Sekunden Zeit übrig hat.«

Ich ging davon, ohne eigentlich zu wissen, wohin ich wollte. Eve entschied sich nach einem Augenblick des Zögerns, keine eigenen Gedanken zu verwirklichen, und folgte mir.

»Wenn ich nicht wäre«, sagte Holcomb zu meinem sich entfernenden Rücken, »wären Sie überhaupt nicht hier.«

»Danke«, antwortete ich, ohne mich zu ihm umzudrehen. »Ich danke Ihnen sehr.«

»Ich finde, besonders gut hast du das nicht gemacht«, meinte Eve.

»Typisch für dich.«

»Ich weiß gar nicht, warum Charlot dich für diese Aufgabe eingesetzt hat«, fuhr sie fort.

»Typisch für dich«, wiederholte ich.

V

Am Abend hielt Charlot einen Nachruf auf diesen Tag. Es war kein sehr guter Nachruf. Es war ja auch kein sehr guter Tag gewesen.

Charlot war absolut nicht ungehalten. Er hatte nichts dagegen, daß Johnny sich mit dem Caradoc-Personal prügelte. Er hatte nichts dagegen, daß ich mit David Holcomb äußerst undiplomatisch verfuhr. Es schien ihm überhaupt nichts auszumachen, daß die Situation auf Pharos eher einem Zirkus glich als der Arbeit einer Kommission, die Tatsachen feststellen sollte. Vielleicht hielt er die Zirkusähnlichkeit der ganzen Angelegenheit für angemessen.

Ich hatte das Gefühl, es könne noch schlimmer kommen.

Danach gingen die anderen alle zurück zum Schiff. Ich blieb bei Charlot, um noch über die Fortschritte oder den Mangel an Fortschritten zu sprechen.

»Ich gehe davon aus«, begann ich, »daß die wahre Natur des hiesigen Unternehmens ein Geheimnis zwischen Ihnen, mir und den Wanzen ist.«

»Hier sind keine Wanzen«, stellte er fest.

»Haben Sie es nachgeprüft?«

Er nickte.

»Okay«, sagte ich. »Dann bleibt es also zwischen Ihnen und mir. Warum? Ich verstehe, warum Sie es aus den Aufzeichnungen heraushalten wollen, aber wie kommt es, daß ich plötzlich zum inneren Kreis gehöre und Nick nicht? Irgendwie sieht Ihnen das gar nicht ähnlich.«

»Es ist eine Sache der Qualifikation«, klärte er mich auf. »Wenn ich könnte, würde ich es allein machen.«

Ich hielt es für klüger, zu diesem plötzlichen Ausbruch von Bescheidenheit nichts zu bemerken.

»Sie hätten sich Hilfe von New Alexandria mitbringen können.«

»Aber niemanden, der Ihre Art von Erfahrung hat.«

Das war schmeichelhaft, aber nicht ganz überraschend. Die Tatsache, daß ich überhaupt für Charlot arbeitete, bewies, daß er ungewöhnliches Vertrauen in meine Fähigkeiten setzte. Manchmal überlegte ich mir, ob er wohl über den *Wind* Bescheid wisse, aber ich konnte mir nicht vorstellen, wie er dahintergekommen sein sollte, und der *Wind* glaubte es auch nicht. Ich hatte nur so eine Idee, es sei lediglich Charlots Eitelkeit. Er verließ sich nur auf sein eigenes Urteil und seinen eigenen Eindruck, und wenn er damals, als Lapthorn und ich noch im Auftrag von New Alexandria die *Javelin* flogen, zu der Überzeugung gekommen war, ich sei ein toller Kerl, dann würde nichts in der Galaxis ihn von diesem Urteil wieder abbringen.

»Haben Sie irgend etwas für mich?« fragte er.

»Ich weiß nicht«, antwortete ich. »Ich habe mit Holcomb gesprochen, aber Sie wußten ja im voraus, daß das nur Zeitverschwendung sein würde. Er bezweckt mit seinem Hiersein nichts anderes, als sich selbst zu profilieren. An Pharos und den Eingeborenen ist er nicht ernsthaft interessiert. Ich habe von seinen Jüngern nur einen gesehen – ein Mädchen. Auch sie ist ein bißchen verdreht. Ich dachte, sie würde versuchen, sich an mich heranzumachen, aber sie wurde entweder von Eve oder von mir abgeschreckt. Oder es war ihr nicht der Mühe wert.

Nun, das ist alles irrelevant. Holcomb hat mich auf eine Spur gebracht, die Sie selbst zweifellos schon entdeckt haben. Er erzählte mir – offensichtlich ohne von der Bedeutung dieser Mitteilung eine Ahnung zu haben –, das Leben hier sei nicht den Mühen und Plagen unterworfen, die es auf anderen Welten gestaltet haben. Das einzige Gesetz der Eingeborenen lautet seiner Auskunft zufolge ›Lebe in Frieden‹. Das halte ich aus verschiedenen Gründen für ein merkwürdiges Gesetz, aber Sie wissen ja, daß ich ein Zyniker bin. Es ist doch weniger ein Gesetz als eine Beschreibung des Lebens auf diesem Planeten. Nachdem ich Holcomb verlassen hatte, versuchte ich, eine Bestätigung dafür zu finden. Ich machte mit Eve einen wunderschönen Spaziergang im Garten Eden. Sie verstand nicht, was ich im Sinn hatte, und ich gab ihr keine Erklärung. Wahrscheinlich wird sie Ihnen dankbar sein, wenn Sie sie morgen mit jemand anderem gehen lassen.

Ich habe mir die Pflanzen ganz genau angesehen. Sie haben auf den ersten Blick nichts Ungewöhnliches an sich. Ich habe sorgfältig nach Mehltau und Fraßstellen von parasitären Insekten gesucht, aber nichts gefunden. Und was noch wichtiger ist, ich habe keine Insekten, keine Spinnen, so gut wie überhaupt keine Mikrofauna entdeckt. Die Dinger, die ich gefunden habe, sehen alle wie Würmer aus, aber sie sind keine Würmer wie die auf den meisten anderen Welten. Sie erinnerten mich an bewegliche Meeresalgen.

Natürlich kann ich nach nur einem Spaziergang nicht viel über die größeren Tiere sagen. Aber alle schienen überhaupt keine Angst bei meinem Näherkommen zu empfinden. Das ist an sich nicht so erstaunlich, weil den Caradoc-Leuten das Jagen oder Fangen oder ein sonstiges feindliches Vorgehen gegen die Tiere verboten ist, und daher haben sie noch nicht gelernt, daß sie vor einem Menschen weglaufen müssen.

Aber einige seltsame Merkmale haben sie doch. Sie besitzen keine Zähne. Nicht ein einziges Tier. Ich konnte nicht feststellen, wie sie sich ihre Nahrung einverleiben. Ich habe sie beobachtet, aber ich habe nicht gesehen, daß eins mal einen Grashalm angeknabbert hätte. Ich habe die Theorie, daß sie sich durch Sonnenenergie ernähren, in Betracht gezogen und wieder verworfen. Hier gibt es die unterschiedlichsten Formen, und die können sich einfach nicht ohne jeden Selektionsdruck entwickelt haben. Wenn sie alle von der Photosynthese leben würden, könnten sie in ihrem Aussehen nicht so stark voneinander abweichen. Und wieso gibt es Humanoide, wenn die Rolle, die die Humanoiden sonst spielen, einfach nicht existiert.

Zwei andere Vorschläge hätte ich noch zu machen. Erstens: Es kann ein außergewöhnlich starkes selektives Agens geben, das wir nicht sehen und das in einer Art wirkt, die uns bisher noch nicht vorgekommen ist. Zweitens: Das ganze verdammte Ding könnte künstlich sein. Wir sind hier am Rand, ein großes, großes Stück von Chao Phrya entfernt. Aber jetzt, wo wir wissen, daß es die Indris einmal gegeben hat, könnte es sich lohnen, einige Probleme, die wir schon einmal für gelöst gehalten haben, noch mal mit anderen Augen anzusehen.«

»Welche Annahme halten Sie selbst für die wahrscheinlichere?« frage Charlot.

Ich zuckte die Schultern. »Gefühlsmäßig die erste. Nach Chao Phrya neige ich dazu, überall, wo ich hinsehe, Indris zu entdecken, und so könnte die zweite Idee in meinem Kopf aufgetaucht sein. Die erste Idee ist die bessere. Aber es sind noch grundlegende Tatsachen aufzuklären. Vielleicht haben Sie etwas erfahren, als Sie mit dem Sowieso bei den Eingeborenen waren.«

»Mit Merani«, lieferte Charlot den mir entfallenen Namen. »Ja, ich habe mir die Eingeborenen kurz angesehen. Heute war ich mehr daran interessiert, Meranis Arbeit mit ihnen kennenzulernen. Ich bin der Meinung, daß seine linguistischen Analysen mich viel schneller zum Kern der Sache bringen als seine wissenschaftlichen Beobachtungen. Unglücklicherweise kleben seine Biologen zu sehr an traditionellen Methoden. Sie sammeln die Daten, sie werten sie nicht aus. Eine linguistische Analyse kann man auf diese Weise nicht durchführen, und daher werden mehr Intelligenz und Verständnis in die Arbeit investiert, die die Kommunikationsbarriere niederbrechen soll.«

»Gibt es irgendein Anzeichen für Schwierigkeiten der Art, wie wir sie bei den Anacaona gefunden haben?« erkundigte ich mich.

Er schüttelte den Kopf, und dann strich er sich mit der Hand über die Stirn und kniff die Augen fest zu, als kämpfe er gegen einen leichten Kopfschmerz an. Das Licht in der Baracke war ein bißchen grell, und er hatte einen langen Arbeitstag hinter sich. Plötzlich wirkte er alt, und ich fragte mich, ob ihm die Anstrengung nicht doch ein bißchen zuviel würde.

»Möchten Sie, daß wir abrechnen, damit Sie schlafen können?« fragte ich ihn.

»Nein. Sie müssen erfahren, was ich bisher entdeckt habe. Ich werde mich so kurz wie möglich fassen. Die Eingeborenensprache ist sehr einfach. Sie scheint nicht mehr als fünf- oder sechshundert Wörter zu umfassen. Ganze Sachgebiete fehlen. Wie Sie wissen, sind die Humanoiden alle biologisch weiblich, und daher fehlt das ganze sexuelle Spektrum. Ebenso ist es mit Bezeichnungen für die Verwandtschaft. Soweit Merani es feststellen konnte, haben sie gar keine Vorstellung davon, was Verwandtschaft ist. Es gibt noch andere Merkwürdigkeiten von geringerer Bedeutung, aber das wichtigste Kennzeichen ihrer Sprache ist meiner Meinung nach, daß sie erstens keinen Gattungsnamen für sich selbst und zweitens kein Wort für Tod kennen.«

»Daraus läßt sich nicht ohne weiteres schließen, daß sie nicht sterben«, meinte ich. »Es gibt Dinge, über die manche Leute einfach nicht sprechen.«

»So ist es«, stimmte er zu. »Aber es hat meine Sicht geschärft. Ich habe nicht den geringsten Beweis gefunden, daß das Konzept des Todes auf Pharos existiert. Es scheint zumindest möglich zu sein, daß hier nichts stirbt.«

Das war eine ungeheuerliche Vorstellung. »Ich werde es mir merken«, sagte ich unnötigerweise. »Haben Sie schon irgendeine Erklärung vom biologischen Standpunkt aus gefunden, warum sie alle weiblich sind?«

»Oberflächlich betrachtet ist es ziemlich einfach. Aber alles, was wir wissen, ist oberflächlich. Keine Teilungen, keine Geburten. Zwar enthält die Sprache ein Wort, das Merani mit Geburt übersetzt hat, aber ganz unanfechtbar ist seine Interpretation nicht. In dem Lager gibt es keine Kinder. Es ist möglich, daß das Etikett ›weiblich‹ auf diese Leute gar nicht richtig anwendbar ist.«

»Ich vermute, Sie haben die Bienenstock-Analogie in Betracht gezogen?«

»Kurz. Ohne Erfolg.« Er sah sehr müde aus.

»Gibt es noch etwas, was ich erfahren muß?« fragte ich ihn. »Ich bin selbst ziemlich fertig. Die Luft hier ist gut und anregend, aber mir scheint es, daß sie meinen Metabolismus in einen höheren Gang geschaltet hat. Wir werden wohl, solange wir hier sind, nichts anderes essen dürfen als Nahrungspaste?«

Auf diese Frage hätte ich, da ich gern schlafen gegangen wäre, lieber verzichten sollen, aber in diesem Augenblick kam sie mir sehr wichtig vor.

»Die Caradoc-Biologen haben einige Tests mit möglichen Nahrungsmitteln angestellt«, berichtete Charlot mir. »Aber die Ergebnisse scheinen sie zu beruhigen. Bisher haben sie noch kein hiesiges Gewächs als eßbar freigegeben. Irgendwann werde ich mir ihre Berichte einmal genau ansehen. Caradoc läßt synthetische Lebensmittel hertransportieren, um die Leute glücklich zu machen – sie halten es für wirtschaftlich, weil es Moral und Produktivität hebt –, aber sie wollen uns nichts davon zur Verfügung stellen. Was Caradoc betrifft, so können wir uns allein versorgen. Es tut mir leid. Wenn ich rechtzeitig daran gedacht hätte, dann hätte ich Anweisung gegeben, die *Dronte* besser mit Vorräten auszurüsten.

Und was sonst noch zu besprechen wäre? Ja, Sie haben recht, dies ist eine Welt, die einen müde macht. Kommen Sie morgen mit mir in das Eingeborenenlager, dann können wir uns über einige Berge von Daten hermachen. Es wäre mir eine Hilfe, wenn Sie mir Kerman vom Hals schaffen würden.«

»Macht er Ihnen Ärger?«

»Nein, er drängt mir seine Hilfe zu sehr auf. Er weiß gar nichts, und ihn ständig in meiner Nähe zu haben, ist eine richtige Plage für mich.«

»Ich werde tun, was ich kann«, versprach ich.

Draußen in der kühlen Nachtluft fiel mir auf, wie absurd die Situation war. Titus Charlot, der Fluch meines Lebens, tat mir leid! Doch ganz so absurd war es eigentlich nicht. Man kann sich an alles gewöhnen – sogar an Sklaverei –, und ich war doch immer so stolz auf meinen Realismus und meine Anpassungsfähigkeit gewesen. Es hätte alles viel schlimmer sein können.

Ich wußte, der *Wind* würde mir zustimmen, und das tat er auch. Gern hätte ich mich mit ihm noch über seine Mutmaßungen zu dem Pharosrätsel unterhalten, aber ich hatte nicht gelogen, als ich Charlot sagte, ich sei ziemlich fertig. Die Atmosphäre hier schien meinen Kreislauf wirklich beschleunigt zu haben, und ich kam mir vor, als sei ich den ganzen Tag high gewesen.

Irgend etwas an dieser Welt stinkt, sagte ich.

– Duftet, verbesserte der *Wind*. Er meinte den süßen Waldgeruch, den die Brise herantrieb.

Ich habe mich bildlich ausgedrückt, bemerkte ich.

– Und ich habe versucht, deine Aufmerksamkeit auf etwas Merkwürdiges zu lenken, gab er zurück.

Sofort war mir klar, was er meinte. Pharos duftete tatsächlich. Warum? Auf den meisten Planeten duften die Pflanzen, um Insekten anzulocken, wie auch prächtige Blüten einfach der Insekten wegen existieren. Aber Insekten gab es hier ja nicht.

Dahinter braucht gar nichts Besonderes zu stecken, setzte ich mein Gespräch mit dem *Wind* fort. Vielleicht werden die Pflanzen von vierfüßigen Tieren oder von Vögeln bestäubt. Zu diesem Zweck können sie ebenfalls Duft und Blüten entwickelt haben.

– Das ist nicht der springende Punkt, sagte der *Wind*. Insekten und Vögel bestäuben die Pflanzen nicht aus Mildtätigkeit. Sie haben einen triftigen Grund, dem Duft zu folgen und den Honig aus den Blüten zu saugen. Es ist eine Bestechung. Aber was bieten die Pflanzen auf Pharos als Lockspeise an? Was holen die Bestäuber sich bei ihnen?

Ich war wirklich müde. So müde, daß ich nicht mehr denken konnte.

Du hast recht, sagte ich zu dem *Wind*. Der ganze Planet riecht nach einem süßen Parfum. Diese Welt ist künstlich. Nichts hier scheint eine richtige Funktion zu haben.

– *Das*, betonte er, hängt von der Art der Funktion ab, nach der du suchst.

Es ist ein Paradies, gab ich zurück. Der Planet ist perfekt für das Paradiesspiel. Ist das seine Funktion? Ein auf Kundenwünsche zugeschnittenes Paradies. Aber wer sind die Kunden? Du weißt ebensogut wie ich, daß das Paradiessyndrom allein bei den Menschen anzutreffen ist. Ich halte immerfort Ausschau nach Indris, aber ich bin sicher, daß es so einfach nicht ist.

– Es ist eine Falle, behauptete er.

Reizend, entfuhr es mir. Welch eine entzückende Idee!

Ein ganzer Planet, der eigens als Menschenfalle gebaut worden ist. Da müßte es doch einfachere Möglichkeiten geben.

– Ich habe mich bildlich ausgedrückt, sagte er.

Ich weiß, ich weiß. Ich wünschte nur, ich wäre nicht auf den gleichen Verdacht gekommen. Dies scheint eine Welt zu sein, die völlig frei von unangenehmen Überraschungen ist. Die Caradoc-Leute sind seit drei Monaten hier, und es ist ihnen nichts passiert. Oder falls doch, dann haben sie es uns nicht auf die Nase gebunden.

– Vielleicht bin ich durch dein unangenehm argwöhnisches Wesen schon verdorben worden, meinte der *Wind*.

Und vielleicht hat er damit recht. Es war durchaus möglich, daß unsere dunklen Visionen von unserer Müdigkeit herrührten. Ich fragte mich müßig, wie müde ich *ohne* die freundliche Unterstützung des *Windes* sein würde. Es konnte auch daran liegen, daß wir zu heftig nach Erleuchtung rangen und den Wald vor lauter Bäumen nicht sahen.

Nun ja, dachte ich, als ich mich auszog und in meine Koje legte, wenn man Erleuchtung sucht, sollte man daran denken, daß es immer dann am dunkelsten ist, bevor es noch dunkler wird.

Dann schlief ich ein.

VI

Das Lager der Eingeborenen befand sich neben einem Wasserfall im Wald. Es war kein sehr großer, aber ein seit sehr langer Zeit bestehender Wasserfall, denn er hatte in den Grat, von dem er herabstürzte, eine tiefe Rinne geschnitten. Hinter sich hatte er Stein und vor sich den üppigen Wald. Die Felswand hinter dem Teich wurde ständig von der Gischt besprüht und zeigte keine Spur von Leben. Der Fels hatte keine einheitliche Struktur, sondern Streifen und Taschen aus weicherem Material, das den beständigen Angriffen des Wassers leichter nachgegeben hatte. Daher trug die Wand tiefe Pockennarben, und einige von diesen waren mit Werkzeugen – vermutlich Steinhämmern und -äxten – erweitert und zu Höhlen umgestaltet worden. Diese Höhlen boten den Eingeborenen, wenn sie Schutz benötigten, ein Dach über dem Kopf.

Ich wußte, daß sie kein Feuer benutzten und daß sie keine Feinde hatten, vor denen sie sich fürchten mußten, so daß die Höhlen nur ein Zufluchtsort vor der Kälte des Winters und dem Regen sein konnten. Im Augenblick hatten die Eingeborenen keinen Gebrauch für sie, aber sie waren an dem Teich geblieben. Offensichtlich, so teilte mir Charlot mit, machte ihnen das Baden Vergnügen.

Was mir an den Höhlen im Fels als erstes auffiel, war, daß der Zugang zu ihnen außerordentlich schwierig war. Um sie zu erreichen, mußte man erst über den Teich schwimmen und dann an der Felswand hochklettern. Hinter dem Wasserfall war keine natürliche Rampe, die den Eingeborenen einen leichteren Weg ermöglicht hätte. Das verstand ich einfach nicht. Wenn sie ins Wasser mußten, um ihre Höhlen zu erreichen, hatten diese als Zufluchtsort vor dem Regen kaum viel Sinn. Andererseits, wenn sie abgehärtet genug waren, um im Winter hin und zurück über den Teich zu schwimmen – die Winter waren hier nicht sehr streng –, brauchten sie kaum ein Versteck vor der Kälte. Die Höhlen waren ebenso rätselhaft wie vieles andere, das mit den Eingeborenen zusammenhing.

Caradoc hatte hier eine kleine Basis errichtet, von der die Eingeborenen und ihre Lebensgewohnheiten studiert werden sollten. Die Leute hatten die Gelegenheit, sich in den Höhlen einzurichten, verschmäht und statt dessen ein paar Zelte aufgestellt – einige auf einem nackten Felsvorsprung am Abfluß des Teiches. An dieser Stelle war der Fluß schmal genug, daß ein halbwegs sportlicher Mann ihn mit einem Sprung überwinden konnte, aber die Caradoc-Leute hatten eine Brücke gebaut. Der Rest der Zelte stand oben auf dem Grat, und um den Verkehr zwischen den beiden Teilen der Basis zu erleichtern, hatten sie neben dem Teich eine Treppe in den Steilhang geschlagen.

»Warum die Zweiteilung?« fragte ich Charlot.

»Für alle Zelte war weder oben noch unten genug Platz«, antwortete Charlot mit unangreifbarer Logik. »Aber die Aufteilung hat noch einen tieferen Grund. Die Naturwissenschaftler sind hier unten, die Kulturexperten da oben.«

»Sprechen sie nicht miteinander?«

»Nach den von ihnen gesammelten Daten zu schließen, nein«, sagte Charlot. »Das sind hochspezialisierte Wissenschaftler. Jeder von ihnen hat sein eigenes kleines Forschungsgebiet. Sie häufen detaillierte Berichte über Details an. Nicht einer von ihnen hat, soweit ich es beurteilen kann, Interesse an einer Verständigung – sie wollen nur Daten ansammeln. Wenn es etwas gibt, das zu wissen sich lohnt, wollen sie die ersten sein, die es wissen. Die Männer hier unten sind keine Wissenschaftler, sie sind reine Datensammler. Caradoc hat andere Leute, die die Daten auswerten und das große Bild mit Muße zusammensetzen. Der einzige von ihnen, der auf Pharos ist, ist Merani, und er ist sehr langsam und sehr vorsichtig. Was auch der Schlüssel zu diesem Problem sein mag, *er* hat ihn noch nicht gefunden und wird ihn auch noch lange Zeit nicht finden. Ich glaube nicht, daß das Caradoc Kopfschmerzen macht. Für Caradoc ist der wichtigste Mann der, der die Störenfriede zum Schweigen bringt, und das ist natürlich Kerman. Er ist der Mann, der darauf zu achten hat, daß sich alles im Sinne der Gesellschaft entwickelt. Er ist kein Wissenschaftler – Merani muß ihm die notwendigen Stichworte geben –, aber er ist scharf. Wenn er ein Drittel meiner Ausbildung oder Ihrer Erfahrung hätte, könnte ihm schlagartig die Lösung für unser Problem eingefallen sein, und ich möchte eher annehmen, daß ihm der Sinn für Feinheiten abgeht, der hier vonnöten ist.«

Ich nickte. Während Charlots Ausführungen über die Schwierigkeiten, mit Hilfe der Caradoc-Methoden zu einer Lösung des Problems zu kommen, hatten wir neben dem Teich gestanden. Die Bewohner des Lagers glänzten alle durch Abwesenheit. Es war kein einziger Humanoide in Sicht, und alle Caradoc-Leute waren emsig beschäftigt – entweder innerhalb der Zelte oder in der freien Natur, die, da sie aus Wald bestand, sie vor menschlichen Augen sehr wirkungsvoll versteckte.

»Ab wann ist denn hier etwas los?« fragte ich.

»Die Eingeborenen halten sich an einen ziemlich genauen Stundenplan«, erläuterte Charlot. Sein Blick wanderte zu der Treppe, als erwarte er jemanden. »Sie verschwinden am frühen Morgen im Wald, und wenn die Sonne hoch steht, kommen sie zurück, um zu baden und zu spielen.«

»Wohin gehen sie?«

»Es wird behauptet, zum Essen. Jeden Morgen läuft eine Kohorte von Caradoc-Leuten mit ihnen in den Wald, und innerhalb einer halben Stunde hat jede einzelne Eingeborene auch den letzten von ihnen abgeschüttelt. Sie sind einfach zu schnell und behende. Es hat nicht einmal den Anschein, als täten sie es absichtlich, um etwas geheimzuhalten. Es geschieht einfach. Merani macht sich darüber keine Gedanken: Er hält es nicht für dringend, und er meint, wie alle anderen Probleme werde auch dieses irgendwann einmal gelöst werden.«

Ein Mann – wahrscheinlich der, den Charlot erwartete – stieg jetzt die Treppe herab, und Charlot ging ihm entgegen, so daß ich keine weiteren Fragen mehr stellen konnte.

Der Mann war jung, schwarzhaarig und gut aussehend, dunkelhäutig und kräftig gebaut. Ich vermutete richtig, daß es Kerman war.

Er begrüßte Charlot begeistert und freute sich sehr, mich kennenzulernen. Ich nahm sofort an, daß es nichts als Theater war, aber ich könnte dem armen Burschen unrecht getan haben. Möglich, daß Schweine fliegen können.

Was Charlot vorhatte, war, sich mit einem Berg von Papieren hinzusetzen und sie mit seiner üblichen, erstaunlichen Tüchtigkeit durchzusehen. Genau das sollte er nach Kermans Wunsch aber nicht tun. Kerman wollte, daß er mit den Leuten sprach, daß er aus einer See von Trivialitäten und Nebensächlichkeiten jedes einzelne Faktum herausfischte. Alles natürlich unter der Flagge der bereitwilligsten Kooperation. Es fiel kein einziges unfreundliches Wort. Ehrlich, ich weiß nicht, warum Charlot das mitmachte, aber vielleicht zwang ihn seine offizielle

Position, eine Art von Protokoll zu beachten. Langsam ging mir ein Licht auf, warum er mich so notwendig brauchte. Ich konnte ihm ein bißchen Spielraum verschaffen. Ich konnte mich grob und ungehobelt benehmen, und es würde überhaupt keine Rolle spielen.

Charlot setzte die Zeit fest, zu der wir Pause machen wollten, und dann teilten wir uns auf. Natürlich wünschte sich Charlot vor allem, daß ich Kerman entführte, aber obwohl wir uns beide Mühe gaben, hatten wir in diesem Punkt keinen Erfolg. Kerman übergab mich einem der Biologen – einem zappeligen Mann mit bifokalen Gläsern namens Furin. Ich wußte, wenn ich mit ihm sprach, würde ich ihn wahrscheinlich böse machen und überhaupt nichts erreichen. Deshalb entschied ich, ich könnte ihn ebensogut ignorieren.

Ich hörte zu, während er mir erzählte, was wo vor sich ging und wer was tat, sagte »Danke«, marschierte auf eine Reihe mit Ordnern zu, die mit Beobachtungen der hiesigen Ökologie gefüllt waren, und griff mir Nummer eins.

Furin rief: »Das dürfen Sie nicht!« und der Mann, dessen Fleißarbeit ich mir angeeignet hatte, verlangte: »Lassen Sie die Finger davon!« und ich sagte: »Schiebt ab.«

Es gab etwas Gerangel und ein paar halblaute Proteste, und dann rannte Furin davon, um mich zu verpetzen. Ich setzte mich mit dem Ordner hin und wartete die Folgen ab. Der Himmel fiel nicht ein. Ich hatte gewonnen.

Also fing ich an zu lesen.

Sofort stürzte ich in ein Fachchinesisch, das neunzig Prozent der Berichte, aus was sie auch immer bestehen mochten, zu Abfall machte. Ich merkte schon, für jemanden mit meiner geringen akademischen Bildung war das eine harte Arbeit. Ich mußte Charlots Aufgabe übernehmen, und all die Jahre, in denen ich die Randwelten abgegrast hatte, waren kein Ersatz für ein Gramm von seinen Talenten.

Eine halbe Stunde brauchte ich, bis ich das Ablagesystem durchschaut hatte, und es sah so aus, als würde es Tage dauern, bis ich mich an das Verfahren gewöhnt hatte. Aber ich wußte, das war die einzige Möglichkeit, wenn ich jemals an die Tatsachen herankommen wollte. Der Rauchvorhang der geschriebenen Geheimsprache war nur dünn, wenn ich ihn mit dem Rauchvorhang verglich, den sie aufrichten würden, wenn ich ihnen Gelegenheit zum Sprechen gab.

Als ich nach draußen ging, um mich Charlot und seinem Harem von willigen Helfern wieder anzuschließen, fühlte ich mich benommen.

Wir setzten uns an den Rand der Felsklippe, und ich zog unseren Lunch aus meinem Packsack. Der Kaffee befand sich in Tuben und die Nahrungspaste in Plastikschüsseln. Es war ein sehr uninteressantes Essen, aber wir nahmen es zu uns und unterhielten uns dabei. Kerman blieb nur so lange da, bis er mit seiner Vorlesung über Kooperation und die Schwierigkeiten, aus Berichten etwas zu lernen, und die Vorteile einer Mensch-zu-Mensch-Kommunikation fertig war, und ich erwiderte darauf, daß es mir widerstrebte, hart arbeitende Menschen zu stören. Aber allein gelassen wurden wir nach seinem Weggang nicht. Ein merkwürdiger Bursche, der wie ein Tee-Boy aussah, lungerte herum, um uns klarzumachen, daß jeder Wunsch, den wir äußern mochten, in der längstmöglichen Zeit befriedigt werden würde. Auch kamen die Eingeborenen zurück, und sie betrachteten uns, während sie ein paar Meter vom Ufer entfernt Wasser traten. Sie gaben weder durch Zeichen noch durch Laute zu erkennen, ob sie etwas von uns wollten, sie versuchten nicht, sich zur Schau zu stellen, sie sprachen untereinander nicht über uns. Sie starrten uns einfach an.

Abgesehen von den Humanoiden im Wasser saßen auch noch kleine Gruppen auf aus Gras geflochtenen Plattformen in den nächsten Bäumen, und weitere schwangen sich durch die Äste, offenbar mit ihrer privaten Gymnastik beschäftigt.

»Sie spielen«, erklärte Charlot. »Beachten Sie bitte, daß ihre Spiele kein Element des Wettbewerbs enthalten. Sie jagen sich nicht. Sie berühren sich nur, wenn sie sich gegenseitig helfen wollen. Sie spielen nicht einmal Fangen. Diejenigen, die in Gruppen zusammensitzen, machen Wortspiele. Die Caradoc-Leute können die Spiele nicht verstehen, haben aber mit einer Zufallsauswahl von Wörtern daran teilgenommen und Erfolg gehabt. Was sie am meisten verblüfft, ist, daß in dem Spiel nie irgend etwas geschieht. Die Fremden lachen nie, und sie gehen nie weg, um die Eindringlinge auszuschließen.«

»Warum spielen sie überhaupt?« fragte ich. »Es heißt doch, daß Spiele reale Situationen und Vorgänge in ein Medium übertragen, das es leichter macht, mit ihnen fertig zu werden.«

»Mag sein«, antwortete er. »Aber für diese Leute scheint das Spiel alles zu bedeuten. Vielleicht irren wir uns, wenn wir es ›Spiel‹ nennen. Vielleicht ist das das Leben selbst. Doch soweit ich es überschauen kann, ist die einzige Funktion, die ihre Sprache hat, dieses Spiel. Wie haben sie überhaupt eine Sprache entwickelt? Und warum? Man hat den Eindruck, daß sie kein Bedürfnis haben, sich etwas mitzuteilen. Und doch tun sie es.«

»Haben Sie von der Sprache schon genug gelernt, um sie direkt anreden zu können?«

»Noch nicht, aber ich glaube, es würde nichts nützen.«

»Warum nicht?«

»Weil ihre Sprache nicht dazu eingerichtet ist, daß man in ihr Fragen stellen kann.«

Das war eine neue Überraschung.

»Wie, zum Teufel, haben die Caradoc-Leute denn jemals ein Vokabular zusammenstellen können?«

»Die Eingeborenen haben ihnen die Informationen angeboten. Sie lehrten die Caradoc-Leute, das Spiel zu spielen. Sie zeigten und machten vor – auf die übliche Art. Aber zu einem Gespräch kam es nicht. Die Caradoc-Leute mußten nehmen, was ihnen freiwillig gegeben wurde. Sie konnten nicht um mehr bitten.«

»Haben sie Ihnen das alles heute morgen erzählt?«

»Unter anderem«, sagte Charlot.

»Ihre Forschungsteams haben noch ein halbes Dutzend weiterer Lager auf dieser Insel entdeckt – das hier ist nämlich eine Insel, wenn auch eine ziemlich große. Es ist kein Kontinent.«

»Danke«, antwortete ich trocken. »Es ist komisch, aber ich weiß, wo ich das Schiff gelandet habe.«

Für einen Augenblick sah er verblüfft drein. Es sah ihm nicht ähnlich, einen Fehler zu machen. »Entschuldigung«, sagte er.

»Was ist mit diesen Gruppen?« half ich ihm über die Verlegenheit hinweg.

»Sie sind genau wie diese hier. Auf der ganzen Insel befindet sich kein Gebäude, nur aus dem nackten Felsen herausgehauene Höhlen. Die Humanoiden schlagen kein Holz, sie roden überhaupt keine Vegetation. Aber was wichtiger ist: Auf der ganzen Insel ist kein einziges Kind, keine einzige schwangere Frau zu entdecken, und nichts weist darauf hin, daß die einzelnen Inseln miteinander in Verbindung stehen, obwohl der Archipel nur ganz schmale Wasserstraßen hat. Alle Daten scheinen darauf hinzuweisen, daß die Eingeborenen unsterblich sind – die Einwohnerzahl ändert sich einfach nicht. Und das betrifft nicht nur die Humanoiden, wenn meine Vermutung richtig ist. Die ganze Biosphäre scheint absolut stabil zu sein – abgesehen von den Schäden, die die Caradoc-Leute angerichtet haben, und die sind verhältnismäßig geringfügig. Ich weiß, daß ich aus spärlichen Informationen gewagte Schlüsse ziehe, aber um diese Probleme zu lösen, müssen wir es tun, wenn wir auch die Logik nicht außer acht lassen dürfen. Können Sie gegen das, was ich gesagt habe, irgend etwas einwenden?«

Ich blickte geradeaus auf die aufgerührten Wellen des Teiches und beobachtete die Eingeborenen, wie sie mich beobachteten, aber ich hatte jedes Wort gehört.

»Nichts«, antwortete ich. »Ich bin so gut wie überzeugt, daß Sie recht haben. Ich glaube nicht, daß hier etwas stirbt – jedenfalls nicht auf natürliche Weise. Ich habe ein paar Anzeichen dafür gefunden, daß die Tiere sich allein von Flüssigkeiten ernähren. Von der Photosynthese, auf die mein erster Verdacht fiel, leben sie ganz bestimmt nicht. Wenn wir logisch und doch waghalsig vorgehen sollen, möchte ich eine neue Vermutung aussprechen. Ich glaube, daß sie die Vegetation melken. Die Bäume und die Blumen. Ich glaube, daß sie alle Nektar essen – jeder einzelne. Ich würde wetten, daß so gut wie jede Lebensform dieses Planeten in Symbiose mit einer oder mehreren anderen lebt.«

»Und noch was«, fuhr ich fort. »Was Caradoc hier in den Fingern hat, ist keine Schachfigur im Paradiesspiel. Dies ist das perfekte Modell – die junge, unschuldige Erde, die es niemals gegeben hat. Eden, wenn Sie wollen. Ich weiß nicht, was Sie dabei empfinden, aber in meinem kalten, berechnenden Verstand bringt das eine Quelle zum Sprudeln. Ich *weiß*, irgend etwas muß hier verkehrt sein, und ich rechne damit, daß es jeden Augenblick unter den Bäumen hervortritt, wenn das nicht bereits geschehen ist.«

Damit meinte ich natürlich uns. Auf dieser Welt gab es Dinge, die niemand zu finden erwartet hatte. Die Tatsache, daß sie ein echtes Paradies anstelle eines nachgemachten war, bedeutete in den Begriffen der *Aegis*-Philosophie nichts, aber für Caradoc konnte es einen verdammt großen Unterschied bedeuten. Als Titus hier anrückte, um einen Vorwand zu suchen, mit dem sich Caradoc entfernen ließe, konnte er nichts dergleichen erwartet haben. Zweifellos hatte er gute Gründe zu der Annahme, daß Caradoc sich letzten Endes zurückziehen würde. Die Regeln des Paradiesspiels waren alle festgelegt, auch wenn man einen Superökonomen benötigte, um auf ihrer Basis Vorhersagen zu treffen. Aber galten diese Gründe noch? Wie konnte jemand den kommerziellen Wert des *echten* Paradieses abschätzen? Wie würden die politischen – ganz zu schweigen von den religiösen – Folgen aussehen? Wer konnte in dem Beinahechaos der galaktischen Zivilisation für diese Welt die Verantwortung übernehmen? Und wer hatte die Macht, sie Caradoc zu entreißen?

Nach dem, was wir bisher entdeckt hatten, lag hier ein ganz neues Spiel vor.

Natürlich sagte ich über all das kein Wort. Es waren zu viele gespitzte Ohren rings um uns. Aber Charlot wußte, welche Wege meine Gedanken gingen, denn die seinen folgten ihnen bestimmt die gleichen Stufen hinunter, die zu den größten Problemen führten.

»Ich glaube, Sie haben recht«, meinte er. »Wir stecken in viel tieferem Wasser, als ich gedacht hatte. Es gibt hier etwas, das wir noch nicht zu fassen bekommen haben, auch nicht mit unseren Vermutungen. Es mag etwas sehr Einfaches sein, aber . . .« Er verstummte.

Genau, dachte ich. Aber . . .

VII

Den Nachmittag verbrachte ich auf die gleiche Weise wie den Vormittag, und bald hatte ich es herzlich satt. Irgendwo in diesem Wust von Papier war eine wichtige Information verborgen, davon war ich überzeugt. Nur machte meine Überzeugung die Arbeit, mich durch endlose Einzelheiten hindurchzuquälen, nur noch mühseliger. Lange bevor es Zeit zu einer zweiten Pause war, merkte ich, daß ich mich nicht mehr richtig konzentrieren konnte. Schließlich beruhigte ich mein Gewissen mit der Überlegung, es sei unbedingt ein bißchen mehr an Grundlagenforschung erforderlich, und das lieferte mir eine Entschuldigung für einen Spaziergang. Als ich über das freie Stück ging, das den Fluß von dem Wald trennte, entschlossen sich drei der Eingeborenen, mir zu folgen. Ich verlangsamte meinen Schritt, damit sie mich einholen konnten, und wir traten gemeinsam unter die Bäume.

Ich konnte mir keinen Grund vorstellen, warum sie mich begleiteten. Auf Menschen neugierig konnten sie kaum noch sein, nachdem sie sie so lange Zeit in ihrer unmittelbaren Nähe gehabt hatten. Es hatte den Anschein, als habe sie nichts als ein gewisser Herdentrieb veranlaßt mitzulaufen.

Sie sprachen nicht – weder miteinander noch mit mir. Mir fiel ein, was Charlot mir über die spontane Demonstration ihrer Sprache gegenüber den Caradoc-Leuten berichtet hatte. Offenbar hatten sie das aufgegeben. Warum? Vielleicht hielten sie es für nicht mehr notwendig – aber warum hatten sie es anfangs für notwendig gehalten? Sie mochten erwartet haben, ein bestimmtes Ergebnis zu erzielen, und dann waren sie enttäuscht worden. Ich war versucht, es einmal auf ihre eigene Weise zu probieren, auf Dinge zu zeigen und ihre Namen zu nennen und Verben pantomimisch darzustellen. Aber es war kaum denkbar, daß die Caradoc-Linguisten das nicht probiert hatten, und ich nahm nicht für einen Augenblick an, die Eingeborenen könnten unsere Sprache erlernen, die schließlich viel komplizierter als ihre eigene war.

Lange fiel mir nichts ein, wie ich aus dem Zufall, daß die

Fremden mich begleitet hatten, einen Nutzen ziehen könne. Ich sah sie mir genau an, erfuhr aber nichts, was ich nicht bereits wußte. Sie sahen sich alle ähnlich – so ähnlich, daß es fast unnatürlich wirkte. Das ungewohnte Aussehen fremder Lebewesen macht sie für das ungeschulte menschliche Auge immer untereinander ähnlich, aber es war mehr als das. Diese Wesen waren identisch.

Sie wichen meiner Berührung nicht ängstlich aus – sie erlaubten mir, über ihren Pelz zu streichen und mir ihre winzigen Hände anzusehen, aber sie versuchten nicht, mich zu berühren und zu studieren. Sie gaben sich damit zufrieden, mich mit ihren großen, kreisrunden Augen anzustarren. Sie machten einen so nachdenklichen Eindruck, daß ich mich fragte, was wohl in ihren Köpfen vorgehen mochte.

Als ich vor ihren Augen mit meinen Fingern schnippte, blinzelten sie reflexartig, aber ich konnte keine bewußte Reaktion bei ihnen hervorlocken. Natürlich kam es nicht in Frage, eines von ihnen zu schlagen, aber ich überlegte mir, ob ich sie nicht erschrecken könnte, indem ich ihr ungeschriebenes Gesetz verletzte und ein paar der farbenprächtigen Blüten von den Büschen und Schlinggewächsen und dem Waldboden pflückte. Ich suchte mir sieben Stück mit ziemlich langen Stielen zusammen. Sie beobachteten mich, zeigten aber keine Überraschung. Schließlich hielt ich einer von ihnen den Strauß hin. Als sie sich nicht rührte, nahm ich ihre Hand und drückte ihr die Blumen hinein. Sie mußte mich verstanden haben, was meine Absicht war, denn schließlich reagierte sie. Ich hatte sie kaum berührt, als sie auch schon weg war. Sie trat einfach einen Schritt zurück, und dann verschwand sie mit bestürzender Schnelligkeit im grünen Dickicht des Waldes. Im gleichen Augenblick waren auch die anderen untergetaucht.

Ich roch an jeder einzelnen Blume. Sie dufteten alle. Dann ließ ich sie fallen, und ich fühlte mich ein wenig schuldig, daß ich sie überhaupt gepflückt hatte. Der Duft blieb an meinen Händen haften, und es nützte so gut wie nichts, daß ich sie heftig an meinen Hosen abwischte.

Ich folgte einem zweiten Gedankengang. Am Vormittag hatte ich entdeckt, daß die hiesige Fauna von einer Diät zu leben schien, die ausschließlich aus Flüssigkeiten bestand, und daher begann ich jetzt nach einer Versorgungsquelle zu suchen. Ich konnte nichts in Bodennähe finden, aber ich hatte die akrobatischen Kunststücke der Eingeborenen in den Bäumen beobachtet, und dabei hatte ich mir gedacht, ihre Nahrung könne sich auch hoch oben in den Wipfeln befinden.

Die Baumstämme hatten ziemlich weit unten einen Überfluß an dünnen Ästen und die Büsche noch mehr, aber weit und breit war nichts zu entdecken, das mein Gewicht hätte tragen können. Ich würde an den Schlingpflanzen hochklettern müssen.

Ich bin kein geübter Seilkletterer, und ich stellte fest, daß ein guter Teil der Lianen entweder oben nicht fest genug saß oder überhaupt nicht stark genug war. Ich brauchte beinahe eine Stunde, bis ich es geschafft hatte, mich bis zu den Hauptästen eines der Bäume hochzuarbeiten. Als ich erst einmal soweit war, konnte ich leicht bis in den Wipfel hinaufsteigen.

Ich hatte mir in der Hoffnung, hoch genug hinaufzukommen, um über das Walddach hinwegblicken zu können, einen sehr großen Baum ausgesucht, aber oben gab es ebensoviel Schlingpflanzen und Dickicht wie unten in der Nähe des Bodens. Allein schon die Überfülle an Vegetation war ein wenig merkwürdig. Buchstäblich alles Grünzeug bestand aus einer Unzahl winziger Blättchen, und trotz ihrer Dichte wurde das Sonnenlicht bei weitem nicht so stark wie in einem subtropischen Wald ausgeschlossen. Die Äste der Bäume und die Stengel der Schlingpflanzen waren alle ziemlich dünn und längst nicht so wasserreich, wie ich angenommen hatte.

Aber ich war überzeugt, daß die Humanoiden und alle übrigen Lebensformen auf diesem Planeten die Pflanzen auf irgendeine Art molken, und ich war entschlossen, ihre Methode zu entdecken. Ich verschwendete beträchtliche Zeit in der erfolglosen Suche nach zitzenähnlichen Organen, obwohl mir die Logik gleich hätte sagen sollen, daß die Anatomie dieser Pflanzen das Ausfließen größerer Flüssigkeitsmengen unmöglich machte. Erst als mir aufging, daß das, was ich für Lianen gehalten hatte, keine Schmarotzerpflanzen, sondern Bestandteile der Bäume waren, kam mir ein Gedanke, wie die Tiere von den Pflanzen ernährt wurden. Sie mußten ein beträchtliches Stück der Ranken hinunterschlucken, so daß der mit Blättern besetzte Stengel bis in den Magen gelangte. Die insgesamt sehr große Blattoberfläche schied dann einen Teil des Produktes ihrer Photosynthese in flüssiger Form aus. Dann würden die unbeschädigten Ranken wieder aus dem Magen entlassen und durften mit der Photosynthese fortfahren.

Aber wenn die Pflanzen so viel von ihrer eigenen Nahrung abgaben, wie konnten sie selbst wachsen und, wenn nötig, Zellen ersetzen? Natürlich war die Antwort darauf, daß sie nicht wuchsen und keine Zellen ersetzten. Eine andere Tatsache, die mir auch schon früher hätte auffallen müssen, wurde durch eine schnelle Überprüfung offenbar. Die Blüten hatten nur ein Fortpflanzungsorgan. Nicht nur die Humanoiden und die Tiere, sondern auch die Pflanzen waren weiblich. Aber wozu gab es dann überhaupt Blüten und Nektar? Wahrscheinlich ernährten sich gewisse Tiere oder Vögel, wie ich bereits vermutet hatte, von dem Nektar. Doch was hatten die Pflanzen davon?

Nichts ergab einen Sinn. Es sei denn, dies war jemandes Traum vom Paradies.

Als ich wieder mit Charlot zusammentraf, berichtete ich ihm von meinen Entdeckungen. Er schien weder beeindruckt noch besonders daran interessiert zu sein. Er sah nur müde aus. Als wir zum Schiff zurückgingen, sprachen wir nicht miteinander. Alle Fragen, alle Klagen hatten wir schon im Selbstgespräch erschöpft. Wir fühlten uns frustriert.

Auf dem Rückweg durch die Stadt wurden wir nicht weniger als dreimal aufgehalten. Der erste, der uns ansprach, war David Holcomb. Er bat honigsüß um eine persönliche Unterredung mit Charlot, dem er erklären wollte, welche Seite er in dem Disput vertrete. Als Charlot ziemlich kurz erwiderte, er (Holcomb) habe gar keine Seite in dem Disput und er könne gern alles, was er zu sagen habe, der Berichterstatterin oder einem anderen Mitglied der Crew mitteilen, ansonsten solle er ihn aber in Frieden lassen, bekam der *Aegis*-Mann einen Anfall gerechter Entrüstung. Charlot schnitt ihm das Wort mit ein paar ausgewählten Beleidigungen ab, die gar nicht seinem sonstigen Stil in derartigen Angelegenheiten entsprachen. Daraufhin zog sich Holcomb zurück und schwor, wenn er nicht gebührend angehört werde, solle New Alexandria die *Aegis*-Bewegung noch kennenlernen.

Der zweite, der uns aufhielt, war der fette Mann, Frank Capella. Als ich ihn auf uns zukommen sah, dachte ich, er werde genau das gleiche sagen wie Holcomb, und ich bereitete mich auf ätzende Worte vor, aber er war ein viel besserer Diplomat. Er wollte uns nur helfen. Er wollte sich vergewissern, daß wir alle mögliche Unterstützung von seinem wissenschaftlichen Stab bekamen, wollte sich wegen der unerfreulichen Angelegenheit zwischen einem seiner und einem unserer Männer entschuldigen und uns versichern, daß wir um alles, was wir wünschten, nur zu bitten brauchten. Während dieser ganzen Rede nickte und grunzte Charlot und strahlte äußerste Langeweile aus.

Schließlich lief uns auch noch Keith Just über den Weg, und er gab sich große Mühe, es ganz zufällig wirken zu lassen. Er erkundigte sich, wie wir vorankämen und ob in naher Zukunft eine Entscheidung Charlots zu erwarten sei. Zu Just benahm sich Charlot wenigstens höflich, und als er sich verabschiedet hatte, bemerkte er, Just sei ein Mann, der uns womöglich einen neuen Gesichtspunkt liefern könne. Er schlug vor, ich solle demnächst einmal mit ihm reden.

Sobald wir auf der Straße zum Landeplatz waren und die Gefahr einer Unterbrechung nicht mehr bestand, fragte ich Charlot, was ihm fehle.

»Sie sehen aus wie etwas, das sechs Wochen tot ist, und zwar schon seit dem ersten Abend«, stellte ich unverblümt fest. »Ich habe noch nie erlebt, daß Sie Leute auf diese Art behandeln. Sie zeigen ebensoviel Diplomatie, wie ich es für gewöhnlich tue. Was ist denn los?«

»Der Mangel an Diplomatie ist zum Teil Berechnung«, antwortete er. »Wir haben viel Arbeit zu erledigen, und die Zeit, alle Räder zu ölen, wie ich es sonst zu tun pflege, kann ich nicht erübrigen. Ich habe Kapitän delArco und Miß Lapthorn als Verbindungsoffiziere eingesetzt und so viel Verantwortung delegiert, wie es irgend möglich war, nur damit ich selbst frei für die Untersuchung bin. Vielleicht hätte ich von New Alexandria einen Stab von Diplomaten mitbringen sollen, aber ich wußte, sie hätten mich beinahe ebenso geplagt wie es diese Leute täten, wenn ich es ihnen gestattete. Mir ist es lieber, ich kann mit der Mannschaft arbeiten, die ich hier habe. Sogar mit Ihnen.

Sie haben jedoch recht in der Annahme, ich sei krank. Ehe wir auf Pharos landeten, war es nur eine kleine Unpäßlichkeit, aber die geringfügige Einwirkung der hiesigen Luft auf den Metabolismus hat es verschlimmert.«

»Es ist doch sicher nichts Unheilbares?« fragte ich. In einem Zeitalter, das zwar weitverbreitete Krankheiten kannte, aber keine, gegen die es keine Medizin gab, war diese Frage eigentlich überflüssig.

Aber er antwortete: »Doch.« Und er setzte hinzu: »Es ist das Alter.«

VIII

Ich wußte, früher oder später mußte irgend etwas passieren, und an jenem Abend braute sich tatsächlich etwas zusammen. Ich war wieder im Schiff, und ich fühlte mich ruhelos und fragte mich, ob es eine gute Idee sei, in die Stadt zu gehen und mit Just zu sprechen oder vielleicht ein Glas zu trinken. Charlot hatte es fertiggebracht, Merani einige Unterlagen zu entführen, und jetzt hatte er sich in seiner Kabine eingeschlossen und suchte nach einer Inspiration. Eve und Nick waren in die Stadt gegangen und zum Abendessen dort geblieben, und wahrscheinlich waren sie mit der undankbaren Aufgabe beschäftigt, sich die bedeutungslosen Meinungen von bedeutungslosen Leuten anzuhören und bedeutungslose Aufnahmen zu machen.

Johnny und ich waren zusammen im Kontrollraum. Er war den ganzen Tag auf dem Landeplatz gewesen, und er sah als

Ergebnis seiner gestrigen Unternehmungen ein bißchen angeschlagen aus.

»Wenn du schon einmal da bist, könntest du ein paar Dinge überprüfen«, sagte er.

»Zum Beispiel was?«

»Ich habe einige deiner Instrumente gecheckt«, gestand er zögernd ein.

»Du läßt die Finger von meinen Instrumenten!« explodierte ich. »Du weißt verdammt genau, daß deine Tätigkeit in diesem Schiff unterhalb dieses Decks beginnt. Du bleibst weg vom Kontrollsitz und von den Anzeigen. Zum Teufel, nun sag schon! Was sollte ich deiner Meinung nach wissen?«

»Wirf mal einen Blick in den Helm«, riet er.

Ich war wütend. Für einen Piloten ist sein Helm das Allerheiligste. Ich hätte sogar Einspruch erhoben, wenn Eve den Helm berührt hätte, obwohl sie selbst Pilotin war, das Schiff schon geflogen hatte und es vielleicht eines Tages wieder würde fliegen müssen. Wenn Johnny damit herumspielte, war das eine Verletzung des Prinzips, die ich nicht ohne weiteres hinnehmen konnte.

»Verdammt noch mal, was hast du angestellt?« wollte ich wissen. Meine rechte Hand streckte ich nach dem Helm aus, aber ich machte keinen Versuch, ihn in die richtige Position zu bringen.

»Ich habe Ausschau gehalten«, stotterte er verlegen. »Ich weiß ja, daß ich das nicht tun sollte, aber ich wollte nur einmal wissen, was das für ein Gefühl ist – damit ich besser verstehe, was hier oben vor sich geht, wenn ich unten den Fluß im Gleichgewicht halte. Ich hätte es dir gar nicht erzählt, wenn ich nicht den Eindruck hätte, daß da draußen etwas Seltsames vor sich geht.«

»Warum hast du mir das nicht eher gesagt?« fragte ich. »Wir sitzen hier bereits seit einer halben Stunde.«

»Weil es jetzt gleich anfangen muß. Im Osten. Um Gottes willen, *sieh nach*. Mich beschimpfen kannst du auch später noch.«

Ich verschwand mit dem Kopf unter dem Helm. Natürlich waren die Schiffsinstrumente nicht tot, aber sie boten einem ihre Informationen nicht freiwillig an, wenn man nicht danach fragte. Das Instrumentenbrett diente hauptsächlich der Dateneingabe. Der Helm war für die Beobachtung und die sensorischen Funktionen da.

Ich blickte nach Osten und erwartete, einer der beiden Möndchen des Planeten werde aufgehen. Aber es war kein Mond. Wenigstens hatte Johnny sich nicht für nichts und wieder nichts in Schwierigkeiten gebracht. Es war ein Schiff, das den Planeten umkreiste, und dort hatte kein Schiff das Recht, sich aufzuhalten.

Das Caradoc-Versorgungsschiff – das als einziges berechtigt war, hier zu landen, solange unsere Untersuchung dauerte – konnte es nicht sein, denn das würde nicht im Orbit herumhängen und das Geld der Gesellschaft verschwenden.

»Nun?« forschte Johnny nach einer Anstandspause.

»Es ist ein Schiff«, sagte ich.

»Dann hatte ich recht.« Seine Stimme klang sehr erleichtert. »Es ist vielleicht ganz gut, daß ich einen Blick riskiert habe.«

»Verdammt noch mal«, polterte ich, »das ist keine Entschuldigung! Mir wäre es auch egal, wenn du einen Zwanzig-Tonnen-Meteoriten gefunden hättest, der gerade auf uns herunterfällt. Ich will einfach nicht, daß du mit meiner Ausrüstung herumspielst.«

»Aber es könnte wichtig sein«, beschwerte er sich.

»Nicht so wichtig«, versicherte ich ihm. Aber ich dachte heftig nach, und das Gift war aus meiner Stimme verschwunden. Dieses Schiff machte mich sehr neugierig.

»Soll ich den Chef rufen?« fragte er.

»Laß ihn in Ruhe. Ich weiß wirklich nicht, warum er dich angeheuert hat – es sei denn, er wollte mich damit aus deinem Hinterzimmer herauslocken. Nun sorge wenigstens dafür, daß er seinen Entschluß nicht noch nachträglich bereut. Du hast sowieso schon etwas bei ihm im Salz liegen wegen dieses idiotischen Gefängnisausbruchs auf Rhapsodia. Gib ihm nicht noch mehr Gründe.«

»Was hast du denn? Ich habe doch nur vorgeschlagen, wir sollten ihm melden, da sei ein Schiff im Orbit.«

»Ja, aber er ist krank«, erklärte ich, »und er möchte nicht, daß ihm noch ein paar Puzzlestücke mehr auf den Tisch geworfen werden, von denen er nicht weiß, wie sie ins Gesamtbild passen.«

»Du bist ja mit einemmal sehr rücksichtsvoll gegen ihn«, bemerkte Johnny. »Ich dachte, du wünschtest dir nichts sehnlicher, als daß der alte Mann einen dauerhaften Herzanfall bekäme.«

»Ein anderes Mal.« Ich hörte nur mit halbem Ohr hin. »Im Augenblick gehört er zu den von mir höchstgeschätzten Personen . . . Ich frage mich, ob ich seinen Strahl erwischen kann. Wie lange ist es her, daß es zuletzt am Himmel war?«

»Nicht sehr lange. Etwas mehr als vier Stunden, schätze ich.«

»Dann ist jemand sehr emsig gewesen. Wenn er die Leute im Schiff über das, was hier unten geschehen ist, auf dem laufenden gehalten hat, werden sie wahrscheinlich gerade eben dabeisein, ihre Pläne zu schmieden, während sie nach dem Dinner ihre Tasse Tee trinken oder ihren Joint rauchen oder was es sein mag.«

Er stand von seinem Sitz auf und wagte es, sich neben den Kontrollsitz zu stellen. Aber er hielt die Hände auf dem Rücken.

»Glaubst du, du kannst den Rufstrahl anzapfen?« fragte er.

»Das müßte leicht sein. Wo auch die Quelle des Strahls sein mag, sie kann nicht weiter als eine Meile von hier entfernt sein. Es ist gleichgültig, wie eng gebündelt er ist, denn ein bestimmtes Maß an Streuung gibt es immer. Nichts als eine Sache der Abstimmung. Aber ich muß voll aufdrehen, sonst bekomme ich nur die eine Hälfte des Geplauders herein. Also verhalte dich ruhig. Atme nicht zu laut. Und wenn du niest, schlage ich dir den Kopf ein.«

Ganz vorsichtig begann ich, nach der hpyothetischen Verbindung zwischen Schiff und Bodenstation zu suchen. Ich mußte die Energie niedrig halten, damit es nicht, wenn es mir plötzlich gelang, ihren Strahl einzufangen, zu einem plötzlichen Energieausbruch kam, der ihnen verraten würde, daß ein Lauscher am Werk war.

In angespanntem Schweigen vergingen einige Minuten,

während meine Finger mit äußerster Behutsamkeit über die Skalen glitten.

Dann hörten wir die Stimme.

»Hören Sie«, sagte sie, und obwohl sie nur schwach war, konnten wir den hysterischen Ton nicht verkennen, »die Sache ist zu groß . . . ich werde einfach nicht damit fertig . . . So etwas liegt nicht innerhalb meines Kompetenzbereichs . . . Ich brauche hier wenigstens einen Direktor . . .«

»Sie wissen doch, wie weit wir von der Basis entfernt sind«, lautete die Antwort. »Ich kann sie nicht rufen . . . Es würde eine Woche dauern, bis eine Botschaft durchkommt . . .«

»Ich habe keine Woche mehr!«

»Ich *weiß*, daß Sie keine Woche mehr haben . . . Das ist es ja, was ich meine . . . Was auch immer Sie tun, Sie müssen nach eigenem Ermessen handeln . . . Sie sind der Mann vor Ort . . . Sie tragen die Verantwortung . . . Sie haben den entsprechenden Dienstgrad . . . Sie haben das Schiff hier oben . . . Es ist *Ihre* Entscheidung . . .«

»Derartige Entscheidungen kann ich nicht fällen . . . Das ist nicht mein Niveau . . . Ich habe *nicht* den notwendigen Dienstgrad dazu – nicht Charlot, nicht mit dem, was Kerman bereits . . . Alles, was ich von ihm bekomme – von irgendwem bekomme – ist Blödsinn . . . Ich verstehe das nicht . . . Ich kann die Verantwortung nicht übernehmen, wenn ich nicht weiß, was vorgeht . . . Wir brauchen weitere Experten . . . Wir brauchen mindestens einen Direktor . . . Es gibt keine Möglichkeit, in Erfahrung zu bringen, wie groß diese Sache ist oder was für eine Sache es ist . . .«

»Wollen Sie wohl um Gottes willen den Mund halten? Zum Teufel, was verlangen Sie eigentlich von mir . . .? Ich stehe unter Ihnen . . . Ich kann Ihnen die Verantwortung nicht nehmen . . . Sie sind der Mann auf dem Boden, Sie müssen mir die Befehle erteilen . . . Aber wenn Sie mich nach Hause schicken und um Hilfe brüllen lassen, dann wird man Sie ans Kreuz nageln . . . Das wissen Sie . . . Das wird man tun, ob in der Zwischenzeit etwas passiert oder nicht . . . Ich bin Ihre Trumpfkarte im Ärmel, und das sollten Sie nicht vergessen . . . Sie befehlen mir zu landen, oder Sie lassen mich hier oben, das liegt ganz bei Ihnen . . . Aber durch nichts könnten Sie mich dazu bringen, selbst die Initiative zu ergreifen . . . Das ist *Ihre* Kastanie, die aus dem Feuer zu holen ist . . . Ich kann gar nichts tun, ich kann Ihnen nur raten, sich zusammenzureißen . . . Finden Sie etwas über diese Welt heraus, und zwar schnell, und es muß etwas sein, das bei Charlot zieht . . . Es hat doch keinen Sinn, nach Experten zu jammern, denn alle Experten, die Sie benötigen, sitzen Ihnen ja bereits auf dem Schoß . . . Wenn die nichts finden, müssen Sie eben selbst etwas finden . . . Wenn Sie das Handtuch werfen, dann täten Sie gut daran, einen sehr triftigen Grund dafür zur Hand zu haben . . . und auch, wenn Sie meine Jungens nach unten holen . . .«

»Das will ich Ihnen ja gerade klarmachen, Sie verdammter Narr . . . Es gibt keine triftigen Gründe, verflucht! . . . Wir wissen einfach nicht, was wir da haben . . . Dies ist eine *fremde Welt*, zum Donnerwetter . . . Wir können ihren Preis nicht einfach in eine Registrierkasse tippen . . . Ich weiß ja nicht einmal, ob wir überhaupt etwas haben, das sich verkaufen läßt . . . Ich sage Ihnen . . .«

»Sie haben es mir bereits gesagt . . . Nicht einmal, hundertmal . . . Bin ich vielleicht Sherlock Holmes . . .? Ich will *Ihnen* einmal etwas sagen. Hören Sie auf, mir von Ihren verdammten Problemen zu berichten, und fangen Sie damit an, mir ein Rezept dafür zu geben, was ich *tun* soll . . . Entweder das, oder Sie fangen damit an, sich Ihre Entschuldigungen zusammenzubasteln, und es müssen *gute* Entschuldigungen sein . . . Und jetzt reicht es mir, ich schalte ab . . . Sorgen Sie dafür, daß Sie mir das nächste Mal wirklich etwas zu *sagen* haben, denn es dreht mir den Magen um, wenn ich mir zum fünfundneunzigsten Mal Ihre verdammten *Probleme* anhören muß . . . Okay?«

»Okay«, ließ sich die erste Stimme hören, und ich hatte noch nie in meinem Leben etwas vernommen, das weniger okay klang. »Okay, verdammt noch mal . . . Ich bleibe in Verbindung . . . Wenn es irgendwelche *Entwicklungen* gibt.«

»So ist's recht«, sagte der Mann im Schiff. »*Entwicklungen*. Wenn ich Sie wäre, würde ich *entwickeln* . . . Und zwar schnell . . . Gute Nacht.«

Ich konnte mir vorstellen, daß der Mann am Boden noch etwas ziemlich Schmutziges hinzusetzte, um dieses fröhliche Geplauder abzurunden, aber die Verbindung war unterbrochen, und er hatte nur noch sich selbst als Zuhörer.

»Ei, ei«, sagte ich. »Da haben wir aber eine Menge erfahren.«

»Es war der Caradoc-Mann«, bemerkte Johnny. »Frank Capella.«

»Kluges Kind. Wie heißt der Lieblingsaffe des Kapitäns?«

Eine Pause entstand.

»Wirst du es Charlot melden?« fragte Johnny.

»Ich weiß nicht recht«, sagte ich, und so war es. Was sollte ich ihm melden? Daß Caradoc ein Schlachtschiff im Orbit hatte? Daß Capella ebensowenig Antworten auf die Probleme hatte wie wir? Also was? Wir wußten bereits, daß Capella auf dem heißesten Stuhl saß, den es seit der Abschaffung des elektrischen gegeben hatte.

»Ich glaube, wir können ihn kaufen«, entfuhr es mir plötzlich.

»Wen?« fragte Johnny, der immer noch an Charlot dachte.

»Capella. Ich glaube, er ist käuflich. Diese Welt kümmert ihn nicht. Ihn kümmert nur seine Position bei Caradoc. Im Augenblick wünscht er sich nichts so sehr wie etwas tun zu können und einen Grund dafür zu haben. Er hat keinen Grund, dem Schiff die Landung zu befehlen und das Universum in die Schranken zu fordern. Er weiß, daß es das ist, was seine Vorgesetzten wollten, und er weiß, daß sie ihn dessen nicht für fähig halten und daß sie ihn trotzdem in Stücke zerlegen werden, wenn er es nicht tut. Er ist reif für Verhandlungen. Er ist im Augenblick wie eine Schießbudenfigur aufgestellt.«

»Dann sollten wir es lieber Charlot berichten«, meinte Johnny. »Schnell, damit Capella nicht noch etwas Dummes anstellt.«

Ich schlug ihm auf die Schulter und mimte den alten Kameraden, denn mir war plötzlich zu Bewußtsein gekommen, daß er für den Plan, der in mir aufgestiegen war, ein bißchen zuviel wußte. Diesen Trick hatte ich einmal an Nick delArco ausprobiert, und wenn er mir bei dem Kapitän gelungen war, sollte es bei dem kleinen Johnny erst recht klappen. Ich war sein Held.

»Sieh mal, mein Sohn«, begann ich. »Du magst eben von einem Weihnachtsbaum gefallen sein, aber ich nicht. Titus Charlot ist nicht der einzige Mann, der ein Talent dazu hat, sich Vorwände auszudenken. Wenn ich Capella kaufen und ihn an Charlot weiterverkaufen kann . . .«

»Ja, wozu denn?« fragte Johnny. Er verstand nicht.

»Capella braucht mich«, fuhr ich fort. »Er kann nicht an Charlot herankommen, aber ich. Capella weiß recht gut, daß Charlot ihn nicht retten kann, falls man ihn nicht dazu zwingt. Ich kann ihn zwingen. Ich kann *sie beide* zwingen.«

Einen Augenblick lang war ich ganz hingerissen. Aber mit einem Plumps brachte ich mich auf den Boden der Wirklichkeit zurück. Wenn ich etwas hieraus machen wollte, dann mußte ich sehr vorsichtig zu Werke gehen. Ich wußte etwas über Capella, das Charlot nicht wußte, und ich wußte etwas über Charlot, das Capella nicht wußte. Theoretisch reichte das, um schnell Geld zu machen. Aber Charlot gegenüber war ich in einer äußerst schwierigen Situation – wenn ich ihn aufs Kreuz legte, nachdem er mir sein Vertrauen geschenkt und ich mich zur Zusammenarbeit bereit gezeigt hatte, dann würde er es mich doppelt büßen lassen. Außerdem war ich persönlich – sowohl akademisch als auch gefühlsmäßig – an den Vorgängen auf Pharos interessiert, und selbst ein Zyniker wie ich wirft nicht aus kommerziellen Gründen ohne weiteres das hin, wofür er sich in solcher Weise engagiert hat.

Einen entsetzlichen Augenblick lang war ich versucht, Charlot alles zu erzählen und mich auf seine zweifelhafte Großzügigkeit zu verlassen. Dann entschloß ich mich, mir alles erst noch einmal gründlich zu überlegen.

Schaden konnte das auf keinen Fall.

»Warte mal«, sagte Johnny, der in konzentriertem Nachdenken die Augen zusammengekniffen hatte. Wie sollte ich das nun wieder verstehen? »Ehe du dein Spielchen in Gang bringst, mußt du noch etwas erfahren.«

»Was denn?«

»Es ist draußen«, erklärte Johnny.

»Nun sag schon!«

»Komm lieber mit«, riet er. »Ich bin mir nicht sicher. Es könnte auch gar nichts zu bedeuten haben. Ich habe nicht alles, was Charlot gestern abend sagte, verstanden. Aber wenn das, was er über diese Welt sagt, stimmt, dann ist da etwas, das eine Erklärung erfordert. Nimm eine Taschenlampe mit.«

»So dunkel ist es noch gar nicht.« Sein geheimnisvolles Benehmen hatte mich so bestürzt gemacht, daß mir nichts anderes einfiel.

»Das weiß ich«, gab er zurück, »aber das, was ich dir zeigen will, ist unten in einem Loch. Okay?«

Ich zuckte die Schultern. »Wie meinst du das? Johnny, wenn du den Schlüssel zu dem ganzen Problem gefunden hast, dann werde ich dir meinen aufrichtigen Dank sagen, und wir können *gemeinsam* überlegen, wie wir weiterhin vorgehen sollen.«

Natürlich war das ironisch gemeint, aber ich achtete darauf, keinen aggressiven Ton in meiner Stimme mitschwingen zu lassen. Ich übersah nämlich nicht, daß Johnnys gesunder Menschenverstand mir noch sehr von Nutzen sein konnte.

Wir verließen das Schiff. Der Landeplatz lag völlig verlassen da. Caradocs schwere Maschinen standen alle still – die Arbeiter waren für heute nach Hause gegangen. Und ihre vorher geleistete Arbeit hatte nur darin bestanden, daß sie die Planierraupen und Bagger ein bißchen hin und her fuhren, denn alle Pläne waren vorerst aufgeschoben worden. Sie hatten nicht einmal einen Nachtwächter zurückgelassen. Wer würde schon im Paradies eine Planierraupe stehlen!

Wir überquerten den Platz, und ich wog im Geist immer noch verschiedene Möglichkeiten gegeneinander ab. Im Grunde lief es auf eine Frage hinaus: Konnte ich Charlot weit genug vorauskommen, um in die Position zu gelangen, ihm eine Lösung zum Verkauf anzubieten? Das war ein sehr ehrgeiziges Vorhaben. Charlot war ein sehr, sehr kluger Mann. Abgesehen davon, daß er krank war, er war etwas einseitig, und er mochte das Problem von einem Gesichtspunkt aus angehen, der sich als der falsche herausstellen konnte. Ich hatte das Gefühl, wenn Charlot, Capella und Holcomb sich in einem wanzenfreien Raum zusammensetzen würden, dann könnten wir eine zufriedenstellende Übereinkunft ausarbeiten. Es war nichts weiter dazu nötig als von jeder Seite ein bißchen Entgegenkommen.

»Da wären wir«, sagte Johnny.

Wir standen am Rand des Landeplatzes. Wenn es nach Caradocs Plänen ging, würden hier einmal die Abfertigungsgebäude stehen, und das Loch, dessen tiefer Schlund uns entgegengähnte, enthielt dann die Fundamente der Raumhafenverwaltung.

Ich leuchtete mit der Taschenlampe in das Loch.

»Ein lausiger Platz, um Fundamente zu legen«, bemerkte ich. »Der Fels ist hier unten ganz weich und krümelig. Sie werden tief graben müssen.«

»Sie haben tief gegraben«, sagte Johnny und kletterte in den Schacht hinunter. Er hatte recht – das Loch hatte eine beträchtliche Tiefe.

»Weißt du, daß wir auch wieder hinauskönnen?« fragte ich.

»Ich habe es heute nachmittag ausprobiert«, versicherte er mir. Ich hoffte, er hatte recht, und folgte ihm nach unten.

»Hier!« Er schabte mit den Fingerspitzen an der Wand des Schachtes. »Leuchte mal hierher . . . und da . . . und da . . .«

Alles, was ich sehen konnte, waren Kratzer in dem weichen Stein.

»Es muß eine Menge mehr dagewesen sein«, sagte Johnny. »Aber sie haben es mit der Schaufel kaputtgemacht. Es wird oben in dem Dreckhaufen liegen, aber ich nehme nicht an, daß man die Stücke noch richtig erkennen kann. Das Stückchen hier ist aber nicht beschädigt, siehst du – die Deckschicht ist weggekrümelt –, der Stein ist sehr weich, wie du gesagt hast. Dieses Land hat einmal sehr viel tiefer gelegen – war wahrscheinlich vom Meer bedeckt, und das Wasser hat sich ganz langsam zurückgezogen. Vielleicht war dieses Gebiet einmal sumpfig. Hier, da kannst du sehen, was ich meine . . . Diese Linie, und diese. Hier ist der Fuß, und da ist das Auge.«

In meinem Gehirn klickte es. Er zeigte mir petrifizierte Knochen. Das Ding in dem Loch war ein Fossil. Ich ließ das Licht der Taschenlampe über die ganze Länge des Geschöpfes und wieder zurückwandern. Der Kopf war nicht allzu deutlich zu erkennen, aber ich hatte genug gesehen. Und der Fuß war eine endgültige Bestätigung.

Das war das Fossil eines ausgestorbenen Tieres.

Mit Klauen und Zähnen.

IX

Wir machten uns sehr schmutzig, als wir aus dem Schacht hinausstiegen, aber sonst gab es keine nennenswerten Schwierigkeiten. Langsam gingen wir zur *Dronte* zurück.

»Ist es wichtig?« wollte Johnny wissen.

»Darauf kannst du dein junges Leben wetten«, versicherte ich ihm. »Es ist ganz einfach . . . Natürlich hat das Paradiessyndrom uns alle in die Irre geführt. Die vollkommene Welt, eine unschuldige, unverdorbene, *junge* Erde. Und es sah tatsächlich nach einem Garten Eden aus – den Wünschen des Kunden entsprechend entworfen, frisch aus der Fabrik . . .

Nur ist diese Welt nicht frisch. Sie ist nicht primitiv. Sie ist nicht jung. Sie ist weit älter als die Erde. *Natürlich* hat hier eine Evolution stattgefunden. Es ist nicht so, daß sie noch gar nicht angefangen hat – sie ist *abgeschlossen*. Bestimmt ist alles hier seit einer Million Jahren oder länger unverändert geblieben. Sicher stirbt hier nichts und niemand – *jetzt* nicht mehr. Das Leben hat sich stabilisiert. Irgend etwas hat es stabilisiert. Irgend etwas hat das ganze Leben auf dieser Welt auf ein bestimmtes Gleis gefahren und sorgt dafür, daß es dort auch bleibt. *Natürlich* gibt es hier ein Agens, das eine Selektion bewirkt – der Grund, warum wir es bisher nicht gefunden haben, ist, daß es im Augenblick nicht aktiv ist. Es hat nichts zu selektieren. Vielmehr, es *hatte* nichts zu selektieren, bevor Caradoc . . .«

»*Grainger!*«

Der Schrei gellte über das halbe Landefeld. Nick delArco rannte quer über den Platz, um uns abzufangen. Er war soeben aus der Stadt zurückgekehrt, und zwar in aller Eile. Irgend etwas war passiert. Überall begann es zu passieren.

»Hol die Jungfrau heraus«, verlangte er, als er uns so nahe gekommen war, daß er nicht mehr zu brüllen brauchte. »Wir müssen ganz schnell in die Stadt. Ich hole Charlot. Just will ihn sprechen. Das ist der Beginn eines Krieges!«

»Was ist denn los?« fragte Johnny.

Nick hatte sich bereits umgedreht und raste auf die *Dronte* zu. Wir liefen hinter ihm her. Er sah über die Schulter zurück und berichtete: »Einer der Caradoc-Männer hat eine Eingeborene ermordet. *Aegis* schreit nach Blut. Die Zeugen wollen nicht reden. Just hält die Hände über einen Vulkan. Es wird noch mehr Tote geben, wenn Charlot nicht Ordnung schaffen kann.«

Bis er seinen Bericht beendet hatte, waren wir schon im Schiff, und Charlot kam aus seiner Kabine und wollte wissen, was der Aufruhr zu bedeuten habe.

»Hol die Jungfrau«, wies ich Johnny an, während delArco begann, alles noch einmal von vorn zu erzählen. Ich lehnte mich gegen das Schott und wischte mir meine schmutzigen Hände am Hemd ab.

Vermutlich blieb mir gerade noch Zeit genug, das Hemd zu wechseln.

– Da siehst du, wie groß die Chance ist, daß sich alle zu einem friedlichen Gespräch zusammensetzen, sagte der *Wind*.

Eine vielversprechende politische Karriere ist in der Knospe zerstört worden, bemerkte ich.

– Das hat dich vor dir selbst gerettet, behauptete er. Mit tödlicher Sicherheit hättest du alles verdorben.

Unsinn, erwiderte ich. Wie hätte ich mit deiner Unterstützung versagen können?

Er lachte. Ein lachender Parasit vermittelt einem ein sehr merkwürdiges Gefühl. Das würgt jedes Gespräch ab.

Ich erhielt den Befehl, die Eiserne Jungfrau zu fahren – was eher auf meine offizielle Stellung als für den Transport Verantwortlicher als auf meine Geschicklichkeit im Fahren von Bodenfahrzeugen zurückzuführen war. Nick, der darin auf der Erde Erfahrung gesammelt hatte, wäre wohl imstande gewesen, uns eine Winzigkeit schneller vorwärts zu bringen.

Wenn ich fahre, mache ich mir zuviel Gedanken über die

anderen Benutzer der Straße – zum Beispiel über die vier Fußgänger, die uns entgegenkamen. Sie rannten nicht, und sie waren mir nicht im Weg, aber Gedanken machte ich mir trotzdem. Ich verstand nicht, warum irgendwer zu dieser Nachtzeit, wenn nur noch in der Stadt etwas los war, zum Landeplatz gehen sollte. Ich konnte nicht erkennen, wer sie waren, aber ich war argwöhnisch.

»He«, sagte ich. »Glaubt ihr nicht, wir hätten jemanden bei der *Dronte* zurücklassen sollen?«

»Warum?« Das kam von Johnny – wahrscheinlich weil er wußte, daß, sollte irgendwer zurückgeschickt werden, die Wahl auf ihn fallen würde.

»Weil gerade vier Schatten in entgegengesetzter Richtung verschwunden sind.«

»Ins Schiff hinein können sie nicht«, beruhigte Charlot mich. »Und vermutlich haben sie gar nicht die Absicht.«

»Wir hätten die *Dronte* nicht allein lassen sollen«, beharrte ich auf meiner Meinung. »Wir befinden uns auf einer fremden Welt.«

»Fahren Sie weiter«, befahl Charlot.

Ich zuckte die Schultern und fuhr weiter. Wahrscheinlich machte ich mir überflüssige Sorgen. Auf Pharos gab es niemanden, der der *Dronte* Übles wünschen konnte. Der Tatsache, daß sich auf dem Landeplatz auch noch andere Schiffe sowie eine Menge schwerer Maschinen befanden, maß ich keine Bedeutung zu.

Der Schauplatz des Geschehens war die Bar, in der ich meinen ersten Abend gefeiert hatte. Heute war sie noch voller – die Menschen waren zusammengedrängt wie Ölsardinen, obwohl Caradocs Sicherheitsbeamte dabei waren, mit anerkennenswerter Schnelligkeit Zuschauer von innen nach außen zu befördern.

Mit quietschenden Bremsen brachte ich die Jungfrau zum Halten. Es war eine dramatische Geste, die bewirken sollte, daß unsere Ankunft auch ja bemerkt wurde. Wir stürzten hinaus, als seien wir das Überfallkommando, das nach einer Schlägerei die Ordnung wiederherstellen wollte. Johnny konnte es nicht abwarten, zu sehen, was los war, und Nick drängelte, um einen Weg für Charlot zu bahnen. Ich blieb bescheiden zurück.

Wie ein lebendes Bild standen alle stocksteif um die Leiche der Ermordeten. Sie war auf die Bar gelegt worden. Capella saß auf einem Stuhl, den Kopf in der Hand, den Ellbogen ein paar Zentimeter vor dem Gesicht der Fremden aufgestützt. Er wirkte gelangweilt. Just stand, und er hatte immer noch seine Schußwaffe in der Hand – was mir ein taktischer Fehler zu sein schien. Die Leute in der unmittelbaren Nähe der Bartheke gehörten alle – mit Ausnahme von Varly – zu Caradocs Privatpolizei. Ich brauchte nicht erst zu fragen, wer es getan hatte. Auch Eve war da. Sie stand hinter Capella. Niemand sprach ein Wort – sie warteten alle, bis die handelnden Personen vollzählig da waren. Vermutlich hatte es in der Menge aufgeregtes Geschnatter gegeben, bevor wir eintrafen, aber das hatte aufgehört, sobald wir die Bühne betraten. Die einzigen Laute, die wir vernahmen, als wir uns nach innen drängten, waren die Ansagen, die ein paar Pokerspieler machten. Durch Mord und Totschlag ließen diese Jungens sich nicht stören.

Charlot wandte sich als erstes an Just, aber ich hatte keine Lust, darauf zu warten, bis sie mit den einleitenden Redensarten fertig waren. Ich tauchte wieder in der Menge unter, suchte mir in meiner Nähe einen Burschen aus, der den Eindruck machte, daß er sich einschüchtern ließ, klopfte ihm auf die Schulter und fragte: »Was ist passiert?«

Er schielte mich an. »Sie sind der, der neulich hier war«, sagte er. Ich hatte den scheußlichen Verdacht, daß dies keine nur so hingeworfene Bemerkung war.

»Was ist *heute* passiert?« fragte ich.

»Sie haben es doch miterlebt, was vorgestern abend los war. Nun, sie ist zurückgekommen. Wenn Sie nicht . . . nun, wie dem auch sei . . . diesmal ließ sie ihn . . .«

»Hat er sie vergewaltigt?« Mir war übel.

»Es war keine Vergewaltigung.«

»*Hier*?«

»Hier nicht. Oben.«

»Warum hat er sie umgebracht?«

»Weiß ich nicht.«

»Wie ist es herausgekommen?«

Er zuckte die Schultern. »Varly kam herunter und erzählte es uns. Er war betrunken.«

Ich schüttelte den Kopf. »Ein Raum voller Menschen«, sagte ich. »Polizisten darunter. Und ihr alle habt es zugelassen, daß er sie mit nach oben nahm?«

»Es konnte ja keiner wissen, daß er sie töten würde.«

Ich wandte meine Aufmerksamkeit wieder den Geschehnissen an der Bar zu. Jemand von der *Aegis*-Gruppe – es war nicht Holcomb – verlangte heftig ein Hearing, aber er stand in der Nähe der Tür, und die Caradoc-Polizisten warfen ihn hinaus. Dagegen erhoben weder Just noch Charlot Einspruch. Sie sprachen darüber, was jetzt geschehen sollte. Just hatte Varly festgenommen und wollte ihn irgendwo einsperren, wo er selbst ihn unter Aufsicht hatte. Die Caradoc-Polizisten hatten im Prinzip nichts dagegen, aber sie wollten, daß ihren eigenen Leuten die Bewachung des Gefangenen anvertraut werde. Es war durchaus einzusehen, warum das nicht ging. Der Vertrag, den Caradoc mit den Eingeborenen abgeschlossen haben wollte, war, was die juristische Lage betraf, nicht ganz klar. Zwar gab es keinen Zweifel darüber, welches Gesetz anwendbar sei, aber wohl, wem die Polizeigewalt zufiel. Ich merkte, daß Charlot auf der Hut war. Just wollte ihm den Schwarzen Peter zuspielen, und wenn das geschah, konnte später das Argument der Befangenheit vorgebracht werden. Charlot war entschlossen, den Schwarzen Peter nicht anzunehmen.

Ich warf einen Blick auf Capella und wußte sofort, daß er etwas im Schilde führte. Ich konnte nicht beurteilen, ob er den Vorfall arrangiert hatte oder ob er nur nachträglich seinen Vorteil daraus ziehen wollte, aber das Glitzern seiner Augen verriet genug.

»Sehen Sie, Mr. Charlot«, führte Just aus, »wir haben doch keine Möglichkeit zu klären, welches Gesetz hier anwendbar ist. Wenn es das Gesetz der Eingeborenen ist, dann können allein die Eingeborenen Varly in Haft nehmen. Und wenn das, was Capella sagt, richtig ist, dann haben die Eingeborenen von dergleichen Maßnahmen keine Ahnung. Andererseits, wenn das Gesetz von New Rome anwendbar ist, dann müssen wir entscheiden, ob ich oder Caradoc ihn einsperren muß. Mr. Capella macht geltend, laut dem mit den Eingeborenen abgeschlossenen Vertrag gelte hier das Gesetz von New Rome, und damit falle Caradoc die Polizeigewalt zu. Nun erhebt Mr. Capella den Anspruch, Varly in Gewahrsam zu halten, bis die hiesige Vertretung von New Rome einen Auslieferungsantrag gestellt habe.«

»Das ist Unsinn«, entschied Charlot. »Wenn das Gesetz von New Rome auf diesem Planeten gilt, dann sind Sie die höchste juristische Autorität. Und wenn das Recht der Eingeborenen gilt, dann hat Caradoc überhaupt keinen Anspruch auf Varly.«

»Aber ich kann ihn doch nicht freilassen«, protestierte Just. »Und ich kann ihn auch nicht einsperren, wenn mir die Caradoc-Leute keinen geeigneten Raum dafür zur Verfügung stellen. Soll ich etwa Capella auch festnehmen?«

Ich verstand sein Problem. Just hatte entdeckt, daß die Last der Verantwortung ihm zu schwer war. Er saß mit Capella im gleichen Boot, er mußte Entscheidungen treffen aufgrund von Daten, die er nicht hatte. Seine Vorgesetzten würden sicher die gleiche unfreundliche Haltung einnehmen wie die Capellas, aber die Konsequenzen seiner Entscheidung konnten weitreichend sein, weil sie einen Präzendenzfall schaffen mochten. Just war an dieser Welt ebenso interessiert wie jeder andere, und er wußte ganz genau, daß Capella händeringend nach einem Vorwand suchte, die Entwicklung voranzutreiben.

Kurz, sein Problem war, daß er es nicht wagte, Capella diesen Vorwand zu liefern, denn damit konnte er ihm die Munition in die Hände spielen, die Capella in dem Kampf ums Paradies brauchte.

Charlot war ein schneller Denker, aber bestimmt war er nicht schnell genug, um hier eine Lösung zu finden. Nicht, wenn er seine üblichen Denkmethoden anwandte.

Manchmal habe ich brillante Einfälle. Im allgemeinen gehe ich vorsichtig mit ihnen um, weil sie nicht immer funktionieren. Aber die augenblickliche Situation erforderte sofortiges Handeln.

»Mr. Just, Sir«, sagte ich und trat vor, um jedem kundzutun, daß ich es war, der sprach. »Ich habe eine Beschwerde gegen diesen Mann da«, – ich zeigte dramatisch auf Varly – »vorzubringen, und ich verlange, daß Sie gegen ihn Anklage erheben, weil er vorgestern abend einen verbrecherischen Angriff auf mich verübt hat. Es kann gar kein Zweifel bestehen, daß dieses Verbrechen unter das Gesetz von New Rome fällt. Weiter verlange ich, daß Sie ihn sofort an dem einzigen Ort dieses Planeten einsperren, der einwandfrei unter der Verwaltung von New Rome steht, und das heißt, in der *Dronte*, die zur Zeit im Auftrag New Romes eingesetzt ist.«

Wie ich die juristischen Ausdrücke vorbrachte, das hörte sich schrecklich an, aber zweifellos hatte ich mich verständlich gemacht. Ich hatte Just sowohl einen einwandfreien Grund zur Festnahme als auch ein sicheres Gefängnis angeboten.

»Man kann einen Mann nicht wegen eines tätlichen Angriffs festnehmen, wenn er soeben einen Mord begangen hat«, protestierte Capella mit rührender Loyalität gegen seinen Angestellten. Aber damit kam er nicht durch. Just zögerte keine Sekunde. Er erkannte, daß ich ihm einen Ausweg bot, und wenn das nicht klappte, konnte er immer mich dafür verantwortlich machen. Er brannte darauf, aus dem Rampenlicht verschwinden zu können.

»Gibt es Zeugen?« fragte er mich.

»Na klar. Den Barmixer, die Kartenspieler und diesen schielenden Burschen hier.«

»Gut«, erklärte der Vertreter des Gesetzes. »Ich werde morgen früh eine Untersuchung durchführen. In der Zwischenzeit wird Varly in der *Dronte* eingesperrt.«

»Ich werde Sie hinfahren«, bot ich liebenswürdig an.

»Ich möchte lieber jemanden haben, der nicht in die Sache verwickelt ist.« Just lächelte jetzt. »Wie ist es mit Ihnen?« Er sah Johnny an.

»Gern«, stimmte Johnny zu.

»Ich muß doch aber nicht zu Fuß zurückgehen?« fragte ich und stellte mich vor Capella, der dazu ansetzte, etwas zu sagen.

»Nein«, antwortete Just. »Sie können auf dem Rücksitz mitfahren.«

Er ließ Capella nicht mehr zu Wort kommen. Er ging.

Ich hatte nicht den leisesten Wunsch, noch zu bleiben und mit Capella zu sprechen. Varly hatte die Reihenfolge meiner Sympathien beziehungsweise Antipathien erneut geändert. Ich kam zu dem Schluß, daß ich Caradoc noch mehr verabscheute, als ich es verabscheute, für Charlot zu arbeiten.

Auf dem Rückweg zum Schiff erzählte ich Charlot alles. Ich berichtete ihm von dem Schlachtschiff, und ich sagte ihm, vermutlich seien wir von falschen Voraussetzungen ausgegangen. Ich hatte erwartet, er werde vor Freude strahlen, aber er brummte nur.

»Was ist?« fragte ich.

»Sie sind sehr schnell vorgegangen«, meinte er.

»Habe ich etwas falsch gemacht?« Meine Selbstzufriedenheit schwand dahin.

»*Sie* nicht«, antwortete er. »*Aber wir haben ihnen die Leiche dagelassen!*«

»Sie können kaum ableugnen, daß ein Mord stattgefunden hat«, versuchte ich ihn zu trösten.

»Darum geht es nicht. Sie werden die Leiche in kleine Stücke zerlegen. Welche Erkenntnisse aus der Obduktion auch zu gewinnen sein mögen, sie werden sie eher haben als wir. Sie können die Lösung des Problems vor uns finden.«

»Machen Sie sich doch darüber keine Gedanken«, riet ich. »Das wird alles viel zu kompliziert. Das Schlachtschiff da oben gibt Ihnen den Vorwand, den wir vor der Öffentlichkeit brauchen, Caradoc von dem Planeten zu verweisen.«

Charlot schüttelte den Kopf. »Wir müssen ihr selektives Agens finden. Wir müssen wissen, was jede Veränderung auf dieser Welt verhindert. Wir brauchen den Beweis, daß irgendeine feindliche Kraft am Werk ist.«

Ich fragte mich, ob die nächsten Runden im Paradiesspiel ebenso schwer zu gewinnen sein würden wie diese.

X

Die Scheinwerfer der Jungfrau fielen auf die menschliche Kette, die den Weg blockierte, und wir warfen Anker. Johnny hatte sich selbst natürlich auf das Bremsen gefaßt gemacht, aber wir anderen wurden nach vorn geschleudert. Varly stieß sich den Kopf an der Windschutzscheibe und brach in einen Strom von Verwünschungen aus.

Keiner stieg aus. Wir warteten darauf, daß sie uns eine Erklärung gaben. Ein Mann trat vor und lugte in die Jungfrau. Es war David Holcomb. Er schien überrascht zu sein, daß so viele Menschen auf so kleinem Raum zusammengepfercht waren.

»Fahren Sie lieber hundert Meter zurück«, riet Holcomb, nachdem Johnny beide Fenster heruntergekurbelt hatte. In der Jungfrau war alles luftdicht verschlossen – sie war ja auch nicht für Vergnügungsfahrten gedacht.

»Warum?« wollte Johnny wissen.

»Fahren Sie zurück«, wiederholte der *Aegis*-Mann.

Ich begann, mit der Tür zu kämpfen, und schließlich bekam ich sie auf. Ich stieg aus und half Charlot ins Freie. Eve und Nick folgten uns.

»Wir wollen keinen Ärger.« Damit sprach Holcomb Titus Charlot an.

»Warum wollen Sie uns nicht weiterfahren lassen?« erkundigte sich Charlot.

Holcomb warf einen Blick zur Seite, als bereite ihm Keith Justs Anwesenheit in der Jungfrau Unbehagen.

»Weil es in zwei Minuten nicht mehr sicher sein wird, über den Landeplatz zu gehen. Sie müssen zurücksetzen – vielleicht genügen zwanzig Meter schon. Wir wollen nicht, daß irgendwer verletzt wird.«

»Was haben Sie getan?« fragte Charlot.

»Ihres Schiffes wegen brauchen Sie sich keine Sorgen zu machen. Wir haben nachgesehen – es ist fest versiegelt. Nichts steht in solcher Nähe, daß es in Gefahr geraten könnte. Es ist dazu konstruiert, weit mehr auszuhalten als das Zeug, das wir gelegt haben.«

»*Was für Zeug?*« Charlot wurde energisch.

»Sie haben uns dazu gezwungen, Mr. Charlot. Wir konnten kein Hearing erreichen. Niemand hat von uns im geringsten Notiz genommen. Dies ist für uns die einzige Möglichkeit. Wollen Sie jetzt bitte zurücksetzen? In dreißig Sekunden wird alles auf dem Landeplatz mit einem Knall in die Luft gehen.« Demonstrativ sah Holcomb auf seine Uhr.

»Johnny«, sagte Nick ruhig, »fahre die Jungfrau so fünfzig Meter zurück.«

»Okay, Kapitän.« Er legte den Gang ein. »Kommen Sie auch mit?«

Nick faßte Charlots Arm. »Kommen Sie, Sir, wir müssen zurückgehen. Wir können in sicherer Entfernung weiterdiskutieren.« Ohne ein weiteres Wort drehte Charlot sich um und ging hinter der Jungfrau her. Fünfzig Meter weiter blieben wir alle stehen. Holcomb und seine Leute hatten uns begleitet. Alle Augen wandten sich dem Landeplatz zu. An dem einen Ende konnten wir die schlanke Gestalt der *Dronte* sehen, überragt von den Caradoc-Schiffen.

»Hinlegen!« Holcomb folgte seinem eigenen Rat und ließ sich mit dem Gesicht nach unten in das Gras neben der Straße fallen. Wir eiferten seinem Beispiel nach. Charlot allerdings bequemte sich nur zu dem Zugeständnis, sich im Schatten der Jungfrau zu ducken.

Ich hob den Kopf, damit ich sehen konnte, was sich ereignete.

Der Blitz kam nur um den Bruchteil einer Sekunde eher als der Donner. Der Lichtschein war nicht hell – ich blinzelte, wurde jedoch nicht geblendet. Ich fühlte die Schockwelle im Boden, aber es trat nur ein kurzer Luftzug auf – ein heißer, trockener Atem, der die paar Schweißperlen auf meiner Stirn aufsaugte.

Der erste Eindruck war enttäuschend. Die drei großen, schwarzen Schatten fielen nicht etwa um. Man brauchte mehr als ein paar Kapseln Sprengstoff, um ein Sternenschiff zu erschüttern. Aber ich konnte mir vorstellen, daß sie die

Bomben an den Außenhülsen eines jeden Schiffes festgemacht hatten und ebenso an jeder Planierraupe und jedem Bagger auf dem Platz. *Aegis* konnte einen Punkt für sich verbuchen.

»Wenn ihr die Hülle in der Nähe eines Antriebs angeknackst habt«, sagte ich, »ist jetzt das ganze Feld radioaktiv verseucht. Das wird eine Wunde auf dieser Welt hinterlassen, die auch in fünfhundert Jahren noch nicht verheilt ist. Zum Teufel, was wolltet ihr eigentlich damit beweisen?«

Aber Holcomb ignorierte mich völlig. Er sah immer noch Charlot an.

»Wir mußten uns irgendwie bemerkbar machen«, erklärte er. »Wir konnten es nicht zulassen, daß Sie uns übersehen. Wir haben etwas Wichtiges zu sagen, und wir haben die Absicht, uns Gehör zu verschaffen. Die Öffentlichkeit muß erfahren, was hier vor sich geht, oder unsere Sache ist verloren, ganz gleich, was mit Caradoc geschieht. Es muß vollkommen *klar* sein, verstehen Sie? Die Prinzipien, die wir vertreten, müssen den Leuten eingehämmert werden. Wir dürfen nicht zulassen, daß Sie alles vertuschen. Wir müssen die Geschehnisse auf Pharos zu einem *Fanal* werden lassen.«

»Sie hätten ein Dutzend Menschen töten können.« Charlots Stimme klang flach und ausdruckslos.

»Wir haben niemanden getötet«, entgegnete Holcomb. »Wir haben uns überzeugt, daß niemand an Bord Ihres Schiffes war. Wir haben den Platz nach Caradoc-Personal abgesucht. Wir haben uns sogar bemüht festzustellen, ob sich in dem Gebiet um den Hafen Eingeborene aufhielten. Niemand ist verletzt worden.«

»Das war doch vollkommen *sinnlos*.« Charlot konnte es immer noch nicht verstehen. »Es ist nichts als eine leere Geste. Es hat überhaupt nichts zu bedeuten. Es wird Sie nicht im geringsten populärer machen. Sie werden außerhalb dieses Planeten keinen Vorteil davon haben, und auf diesem Planeten erst recht nicht. Es ist der reine Unfug.«

»Es wird Caradoc zeigen, daß wir es ernst meinen. Nicht nur hier, sondern auf jeder Welt, wo die Gesellschaft in größerem Umfang tätig sein will. Wenn wir sie nicht aufhalten können, werden wir sie dafür bezahlen lassen. Die einzige Möglichkeit, an eine Bande wie Caradoc heranzukommen, ist, daß man ihr Eigentum zerstört. Der kollektive Geldbeutel ist die einzige Stelle, an der ein Caradoc-Mann Schmerz empfinden kann. Wir können Bomben an jedes Stückchen Ausrüstung legen, das Caradoc dazu benutzen will, eine Welt zu schänden. Überall. Ob Sie uns nun zuhören wollen oder nicht, ob New Rome uns zuhören will oder nicht, wir können Caradoc aufhalten.«

Charlot schüttelte den Kopf. »Ihr könnt Aufstände anzetteln«, sagte er. »Ihr könnt Massenmorde provozieren. Aber Caradocs Geldbeutel oder Caradocs Pläne könnt ihr nicht einmal ankratzen. Nicht auf diese Weise. Es ist einfach nicht möglich.«

Wir gingen weiter, um den Schaden zu inspizieren. Dabei verteilten wir uns. Johnny brachte die Eiserne Jungfrau wieder in den Vorwärtsgang, und sie kam hinter uns her. Holcomb hatte die Spitze übernommen – schließlich war es ja seine Handarbeit, die er sich ansehen wollte.

Es brannten einige Feuer, und es stank scheußlich nach verschmorter Plastik und brennendem Maschinenöl. Wo die Caradoc-Planierraupen in einer ordentlichen Reihe geparkt waren, lag jetzt ein schwarzer Trümmerhaufen, aus dem Rundungen metallener Leichen wie Kamelbuckel hervorstachen. Die Explosionen hatten das Erdreich aufgewirbelt, und alles war schmutzig. Überall war der Lack zerkratzt.

Die Bagger waren zum größten Teil da stehengelassen worden, wo sie gerade Löcher gegraben hatten, und sie bildeten vereinzelte Haufen. Wenige waren noch zu erkennen. Die Schaufeln waren angerissen und weggeschleudert worden, die charakteristischen Linien ihrer Umrisse waren verbeult.

Soweit wir sehen konnten, war den Schiffen nur wenig Schaden zugefügt worden – sie bestanden alle aus haltbarerem Material. Aber ihre Hüllen hatten Löcher, und die Maschinen in ihren Bäuchen waren nahe daran gewesen, in die Luft zu gehen. Aus einer der Hüllen floß Plasma – tropf, tropf, tropf lief es stetig in einen Krater.

Ich stand allein inmitten des Ganzen und sah mir die Schweinerei an. Nick war zur *Dronte* geeilt, aber ich wußte, ihr war nichts geschehen. In einem Umkreis von hundert Metern hatte es in ihrer Nähe keine Explosion gegeben, und angefaßt hatten die *Aegis*-Leute sie sicher nicht. Die Schockwellen konnten ihr nichts anhaben.

Eve kam und stellte sich neben mich, und Johnny hielt die Jungfrau kurz vor einem der Caradoc-Schiffe an. Er stieg an der mir zugewandten Seite aus, weil Keith Just die andere Tür benutzte und diese festhielt, um Varly zu winken. Ich sah zu ihnen hin, und beinahe zufällig nahm ich die Tatsache wahr, daß die Hülle dieses Schiffes nicht beschädigt war.

Fast ohne Mitwirkung meines Denkvermögens dämmerte mir, was gleich geschehen mußte.

»He!« brüllte ich. »Macht, daß ihr weg . . .«

Die Explosion riß mir das Wort vom Mund. Ich ließ mich fallen.

Eve schrie.

Als es wieder still geworden war, rannten wir sofort zu der Stelle hin. Das hätten wir nicht tun sollen, denn wo *eine* Bombe gewesen war, konnten auch noch mehr sein, und Gedanken über unsere eigene Sicherheit wären weitaus zweckmäßiger gewesen.

Johnny war okay, weil die Jungfrau ihn abgeschirmt hatte, und die Jungfrau selbst war auch okay. Aber Keith Just war über ihr Vorderende geschleudert worden, und er lag jetzt wie eine Lumpenpuppe auf dem Boden. Gleich hatte sich ein Kreis von Menschen um ihn versammelt, und alle hielten den Atem an, bis Charlot dem Vertreter des Gesetzes ins Gesicht schlug und wir alle seinen kräftigen Fluch vernahmen.

Innerhalb einer halben Minute war er imstande, sich aufzusetzen, und eine sorgfältige Inspektion der verschiedenen Teile seines Körpers ermöglichte Charlot die Verlautbarung, er habe nichts als blaue Flecken davongetragen. Die Schockwelle war zum größten Teil nach unten in den unschuldigen Boden gegangen.

Holcomb floß über vor Entschuldigungen. Aber sein Ton ließ durchblicken, daß er es nur tat, weil wir es von ihm erwarteten. Ich entdeckte Trisha Melly innerhalb der Gruppe aufgeregter Zuschauer, hielt ihren Blick fest und fragte: »Was empfinden Sie denn dabei?«

Sie drehte mir den Rücken zu.

Danke für das schnelle Eingreifen, sagte ich zu dem *Wind*.

– Nicht der Rede wert, meinte er bescheiden.

Trotzdem danke. Mir lag daran, ihm meine Dankbarkeit zu zeigen, weil ich ihm seine Einmischung in derartigen Situationen früher einmal sehr übelgenommen hatte. Seit damals hatte ich erkannt, welch ein Wunder es doch war, daß ich immer noch unter den Lebenden weilte, und ich war etwas weniger wählerisch bezüglich der Mittel geworden, die mein Überleben ermöglicht hatten.

Nick und Holcomb stellten Just auf die Füße, und alles sah so aus, als sei es in bester Ordnung.

Bis Just wieder bei klarem Verstand war, umherblickte und fragte: »Wo ist Varly?«

XI

Zwischen diesem Morgen und dem gestrigen schien eine schrecklich lange Zeit zu liegen.

Es hatte, trotz der Herausforderung, die Holcomb und seine Guerillataktiken darstellte, keinen weiteren Mord mehr gegeben. Ein Aufstand war mit knapper Not abgewendet worden. Die *Dronte* war, ungeachtet der Tatsache, daß der ursprüngliche Vogel entflogen war, in ein Gefängnis umgewandelt worden. Anstelle von Varly hatten wir die gesamte *Aegis*-Gruppe in Schutzhaft. Die Caradoc-Polizei hatte sie für Just eingefangen, aber sobald dieser sie einmal unter seinen Fittichen hatte, entschied er, er habe mit Caradoc nichts mehr zu tun, und so hatte er Johnny zum Hilfssheriff gemacht. Ich persönlich war der Meinung, das sei nicht der klügste seiner Schritte gewesen, denn mir war bekannt, daß Johnny im Grunde seines Herzens ein aggressives, unbesonnenes Geschöpf war. Aber andererseits stand fest, daß Just etwas Hilfe gebrauchen konnte, und außer mir stand ihm sonst niemand zur Verfügung. Ganz abgesehen davon, daß ich andere Dinge im Kopf hatte, wäre das keine Aufgabe gewesen, über die ich mich gefreut hätte.

Die Frage, was nun wegen Varly geschehen solle, war ein besonders haariges Problem. Capella war bereit, seine gesamte Mannschaft für eine Suche abzustellen, und das war ein Anerbieten, gegen das sich eigentlich kein Einwand erheben ließ. Aber Just scheute sich, einem solchen Projekt seine offizielle Zustimmung zu geben. Andererseits konnte er – ganz allein – keine eigene Suche veranstalten. Das einzige, was ihm übrigblieb, war, einen Steckbrief auszuhängen und ansonsten der Dinge zu harren, die da kommen sollten.

Noch schwieriger wurde alles dadurch, daß Charlot ernstlich erkrankt war. Nach dem Frühstück hielten wir eine Konferenz ab, und von Anfang an stand fest, daß er nicht imstande war, heute wieder über den von Caradocs Wissenschaftlern gesammelten Daten zu sitzen. Er schickte Eve und Nick mit der Weisung fort, so viel an Berichten mitzubringen, wie menschenmöglich war. Wir wußten beide, das war nichts als eine leere Geste, denn falls die Caradoc-Leute etwas wissen sollten, würden sie es geheimhalten, und wir hatten guten Grund zu der Annahme, daß sie gar nichts wußten.

Sobald sie weg waren, fragte Charlot: »Wie ist das mit diesem Schiff, das Caradoc im Orbit hat?«

Ich zuckte die Schultern. »Ich habe Ihnen gestern abend buchstäblich alles berichtet. Aus dem Gespräch ging nichts Besonderes hervor. Ich nehme an, es ist ein Schlachtschiff, das auf Befehle von Capella wartet, aber ich könnte mich auch irren. Immerhin habe ich den Eindruck, Capella sucht nur noch nach einem guten Vorwand, um diese Welt gegen jedermann verteidigen zu können. Das Problem der Caradoc-Gesellschaft ist unser Problem. Sie ist dringend in Verlegenheit um ein Argument, das einer politischen Auseinandersetzung standhalten kann. Sie braucht einen Grund, das Gesetz von New Rome mißachten und das Schiff landen lassen zu können. Außerdem braucht sie Beweismaterial, das ihren sogenannten Vertrag vor Gericht stützt, und eine Ausrede dafür, daß sie uns ausgetrickst hat. So etwas kann immer zusammengekocht werden, aber ehe die Caradoc-Gesellschaft die Suppe anrührt, will sie genau wissen, welches Risiko sie dabei eingeht und wie hoch der Gewinn ist, den ihr die Operation einbringen wird. Er muß außerordentlich hoch sein, denn es könnte kostspielig für sie werden, wenn sie sich gleichzeitig mit New Rome und New Alexandria anlegt. Ich persönlich stimme Capella zu – es ist eine viel zu schwierige Entscheidung für ihn, aber er ist nun einmal der Mann, der die Kastanien aus dem Feuer holen muß, und im Augenblick schwitzt er Blut. Ich möchte nicht einmal raten, welchen Weg er einschlagen wird.«

Charlot grübelte. »Wir dürfen ihn nicht dazu kommen lassen, etwas zu unternehmen. Wir müssen schnell handeln. Wir müssen die ersten sein. Ich würde die *Dronte* noch heute starten lassen und in drei Tagen in New Rome sein, wenn ich das für einen guten Schachzug hielte. Aber was wir in New Rome auch erzählen, es muß *stimmen.*«

»Warum?«

»Weil es in diesem Spiel nur eine Runde gibt. Es werden andere Untersuchungen auf anderen Welten stattfinden. Wahrscheinlich werde nicht ich es sein, der sie durchführt, aber es wird jemand von meiner Art sein, und ich muß ihm zumindest eine Chance lassen. Wir können es nicht riskieren, unrecht zu haben. Einen Irrtum können wir uns nicht leisten.«

»Sie wissen ja«, sagte ich, »daß die politische Seite der Angelegenheit nicht auf meiner Linie liegt. Ich habe einfach nie die Gelegenheit gehabt, in den Korridoren der Macht zu wandeln, in denen dieses freundschaftliche Murmelspiel stattfindet. Ich weiß nicht, bei wem die höchste Autorität liegt oder wie sie eingesetzt wird. Aber mir scheint, wenn die Caradoc-Gesellschaft Schritte unternehmen möchte, um die Herrschaft über die Galaxis an sich zu reißen, und doch Angst hat, dabei eins über den Kopf zu bekommen, dann könnte sie für den Beginn des Kampfes einen besseren Ort finden als Pharos. Sie prescht ja aus dem Hintergrund vor – es schadet ihrer Position nichts, wenn sie noch ein Jahr oder ein Jahrzehnt wartet. Es können sich noch bessere Chancen bieten. Der Weg des geringsten Widerstandes bedeutet hier, sich zurückzuziehen. Capella ist kein Idiot. Er muß das wissen. Sie müssen imstande sein, ihn zu einem vernünftigen Entschluß zu bringen. Sie und er brauchen nicht auf verschiedenen Seiten zu stehen. Sie könnten sich an einen Tisch setzen und gemeinsam Entschuldigungen ausdenken. Niemand, der in Capellas Schwierigkeiten steckt, kann es sich erlauben, *keinen* Schlußverkauf zu veranstalten.«

Charlot sah mich unverwandt und ernst an. Er lehnte sich in seinem Stuhl zurück, als sei er zu schwach, um aufrecht zu sitzen.

»Einen anderen Standpunkt als den der Zweckmäßigkeit kennen Sie wohl nicht?« fragte er.

»Nun, ich sehe ein, daß es hier auch um Prinzipien geht. Ich kann es mir leisten, hin und wieder ein Prinzip zu befolgen, weil das einzige Ding, das von meinen Entscheidungen abhängt, meine Wenigkeit ist. An Ihren Schürzenbändern baumelt eine ganze Welt. Da erhebt sich die Frage: Können Sie sich Prinzipien leisten?«

»Jawohl«, antwortete er.

»Nach Rhapsodia?« fragte ich. »Und was ist mit den Anacaona? In beiden Fällen habe ich von Ihren Prinzipien nicht viel bemerkt. Und was für ein edles Prinzip steckt dahinter, daß Sie meine Schulden bezahlt haben, damit Sie mich im Halcyon-Nebel einem Gerücht nachjagen lassen konnten? Ist Ihnen dabei nie das Wort *Erpressung* eingefallen? Haben *Sie* je einen anderen Standpunkt als den der Zweckmäßigkeit gekannt?«

Er schloß die Augen. »Ist es wirklich nötig, daß wir all das jetzt diskutieren? Es gibt wichtigere Dinge. Sie wissen ganz genau, daß ich an das, was ich tue, glaube. Die Anacaona sind Teil von etwas viel Größerem. Sie mögen meine Experimente mißbilligen, aber Sie können mir nicht vorwerfen, ich hätte keine Prinzipien. Was die Sache auf Rhapsodia betrifft, habe ich alles getan, was ich konnte, um Schwierigkeiten zu vermeiden. Sie haben damals Ihre Loyalität der falschen Seite geschenkt. Und niemand hat Sie gezwungen, für mich tätig zu werden. Aber bitte, streiten Sie heute nicht mit mir. Der Unterschied zwischen unseren Auffassungen gehört nicht zur Sache, und wir haben keine Zeit. Ich werde nicht versuchen, Capella zu bestechen. Ich möchte Capella ans Kreuz geschlagen sehen. Der Glaube, die ganze Galaxis könne wie ein kommerzielles

Unternehmen betrieben werden, ist von Übel. Wir müssen einen Maßstab für geistige Gesundheit setzen, oder es wird einen Krieg geben – einen Krieg, der Welten zerstören und Milliarden von Menschen töten wird. Es nützt nichts, Caradoc und seine Vettern auszurotten. Wir müssen die Opposition gegen die Caradoc-Moral stark genug machen, dann können wir viel Blutvergießen vermeiden. Ich bitte Sie nicht um Verständnis, und ich weiß, daß Sie mir nicht einfach glauben werden, aber Sie *müssen* einsehen, daß wir auf derselben Seite stehen, und solange Sie für mich kämpfen, werden Sie *auf meine Weise* kämpfen. Ist das klar?«

Ich hätte ihn nicht provozieren sollen. Ich wußte nicht, ob er recht oder unrecht hatte. Ich maße mir keine Entscheidung an, was Recht und was Unrecht ist. Ich weiß nur, was mir gefällt und was mir nicht gefällt. Charlot gefiel mir nicht besonders. Capella noch weniger. Wenn ich mit Charlot verbündet war, war es nur,vernünftig, nach seinen Methoden vorzugehen. Auf diese Weise hatten wir eine doppelte statt zwei halber Chancen.

»Okay«, stimmte ich zu. »Was werden wir tun? Wir haben keine Zeit, all das Papier durchzusehen, das Eve und Nick anschleppen werden, und Sie wissen, daß das sowieso nur Zeitverschwendung sein würde.«

Es entstand eine Pause, während der sein Verstand die Spur wechselte und zu dem Problem, welches Geheimnis hinter dem Lebenssystem auf Pharos steckte, zurückkehrte.

»Eine Obduktion der Leiche hätte uns vielleicht neue Erkenntnisse vermittelt«, meinte er. »Aber jetzt ist es zu spät, und ich glaube nicht, daß ich mich als besonders guter Pathologe erwiesen hätte. Wir müssen einen neuen Anlauf nehmen. Durch Logik läßt sich das Problem nicht lösen, weil wir keine Daten haben. Aber wir können Vermutungen anstellen, bei denen es nicht allzu schwierig ist, die Richtigkeit nachzuprüfen.«

»Fangen Sie an«, forderte ich ihn auf. »Sie sind der Experte.«

»Nehmen wir einmal an«, begann er und rückte sich in seinem Stuhl zurecht, so, daß ich erkannte, dies würde eine lange Sitzung werden, »daß die Schlüsse, die Sie aus der

Entdeckung des Fossils eines Fleischfressers gezogen haben, tatsächlich richtig sind. Dann bedeutet das, daß diese Welt viel älter ist, als wir gedacht hatten. Jetzt sehen wir die Situation auf folgende Weise. Vor langer Zeit hat auf diesem Planeten eine Evolution stattgefunden, die wir im Rahmen unserer Hypothese normal nennen wollen. Vergleichbar mit der Entwicklung auf der Erde. So entstand auch eine humanoide Rasse. Sie hatte das Stadium erreicht, das wir in unserer eigenen Geschichte die Steinzeit nennen. Richtig?«

»Sie brauchen es nicht in allen Einzelheiten darzustellen«, murrte ich. »Mir ist ja alles klar.«

»Die Einzelheiten erwähne ich meinetwegen«, gab er zurück. »Ich möchte Schritt für Schritt vorgehen und keine voreiligen Schlüsse ziehen.

Auf dieser Steinzeitstufe weicht nun die Evolution plötzlich von dem normalen Weg ab. Oder nicht plötzlich, aber doch schnell genug. Irgend etwas entwickelt sich, das das gesamte Leben von der höchsten bis zur niedrigsten Stufe infiziert.«

»Mußte es sich entwickeln?« fragte ich. »Es hätte auch von außerhalb kommen können. Arrhenius-Spuren.«

»Woher ist es dann gekommen?« konterte er. »*Irgendwo* hat es sich entwickelt, und da wir dergleichen bisher nirgendwo anders entdeckt haben, ist es viel wahrscheinlicher, daß es sich hier entwickelt hat. Aber *was* ist es? Davon gewinnen wir eine bessere Vorstellung, wenn wir uns genau ansehen, was es *bewirkt*.

Ganz einfach, es pazifiert den Planeten. Es zwingt das gesamte Leben zur Unterwerfung unter ein einziges Gesetz – lebe in Frieden. Es eliminiert alle Konflikte, einschließlich der sexuellen Fortpflanzung, die letzten Endes dazu dient, Konflikte hervorzurufen und die Evolution durch natürliche Selektion zu erleichtern. All das wird durch diesen neuen Organismus – wenn es ein Organismus ist – abgeschafft. Aber er benutzt zwei verschiedene Strategien. Einige Lebewesen sterben aus – die großen Fleischfresser, die zerstörerischen Parasiten. Andere werden *verändert* – zum Beispiel die Humanoiden. Die Tiere, die am Leben gelassen wurden, sind die, die zufällig Saftsauger waren beziehungsweise die, denen es möglich war, sich in Saftsauger zu verwandeln. Und um ihren Bedürfnissen gerecht zu werden, mußte auch die Vegetation geändert werden. Was wir hier vor uns haben, ist die organisierte Metamorphose des gesamten Lebenssystems. Was fällt Ihnen dabei ein?«

»Gesteuerte Mutation«, antwortete ich.

»Das ist offensichtlich. Aber dahinter steckt noch mehr. Dieser neue Organismus mag imstande sein, Mutationen zu steuern, aber nur in bestimmten Grenzen. Denken Sie daran, daß er die Fleischfresser getötet hat. Nur *einige* Arten wurden verändert.

Doch das, was dieser Paradiesvirus tut, enthält noch ein zweites und wichtigeres Element. Er tötet, aber nur, um eine Situation zu schaffen, in der nichts mehr stirbt. Da liegt ein Paradoxon begraben. Auf welcher Ebene herrscht Unsterblichkeit? Auf der der Organismen bestimmt, aber auch auf der der Zellen? Sind die Humanoiden unsterblich, weil ihre alternden Zellen fortlaufend durch junge und gesunde ersetzt werden, oder sind sie unsterblich, weil ihre Zellen niemals altern?«

»Wenn wir eine Mutationskontrolle voraussetzen«, warf ich ein, »dann ist die zweite Annahme die wahrscheinlichere.«

»Also gut. Wenn wir annehmen, daß hinter all dem eine Mutationskontrolle steckt, dann können wir unser geheimnisvolles Agens in gewissem Umfang beschreiben. Welche Organismen können Mutationen steuern? Ein Virus, der sich mit den Chromosomen vereinigt und ihnen die Fähigkeit zur Selbstreparatur verleiht? Vielleicht – aber wie erklären wir die gewaltigen Umwälzungen im Lebenssystem? Wie trägt ein Virus die notwendigen Informationen darüber, wie Reparaturen auf molekularer Ebene und allen anderen Ebenen durchzuführen sind, durch die gesamte Biosphäre? Dieser Organismus ist ein Bildhauer. Er hat ein ganzes Ökosystem von Grund auf neu modelliert. Wie kann er so klein sein, daß er für das nackte Auge unsichtbar ist?«

»Vielleicht ist er das nicht.«

»Vielleicht nicht.« Charlot machte wieder eine Denkpause. »Angenommen, wir haben ihm zuviel zugeschrieben. Angenommen, er hat das nicht alles getan. Angenommen, eine sexuelle Fortpflanzung, wie wir sie kennen, hat es hier von Anfang an nicht gegeben. Bei jeder Lebensform ist das männliche Geschlecht, wenn es seine Aufgabe erledigt hat, ein entbehrlicher Luxus. Angenommen, auf Pharos ist die Parthenogenese von jeher das allgemein verbreitete Prinzip gewesen. Auch ohne sexuelle Fortpflanzung kann es immer noch eine ziemlich konventionelle Evolution gegeben haben – die gleichen Arten von Organismen haben sich entwickelt, um die gleichen Arten von Nischen zu füllen. Das Nichtvorhandensein der sexuellen Fortpflanzung würde nur alles verlangsamen. Wenn es keine neuen Gen-Kombinationen gab, dann bedeutet das nichts weiter, als daß die Mutation für den Ursprung von Variationen wichtiger war als zum Beispiel auf der Erde. Und das paßt!

Die Manipulation durch Mutation könnte sich hier als Alternative zur sexuellen Fortpflanzung entwickelt haben, verstehen Sie? Das Material, das die genetischen Informationen und das Zeugungspotential auf dieser Welt trägt – die Chromosomen oder das, was ihnen hier entspricht –, ist nicht von der gleichen Art wie auf den meisten anderen erdähnlichen Welten. Es hat *spontanere* Änderungen hervorgerufen, und es hat sich auf andere als die übliche Weise stabilisiert. Es muß in einem hohen Ausmaß selbstmutierend sein, und statt eines durch die Sexualität gesteuerten Ausleseprozesses gibt es hier eine andere Form der Auslese, die eine bestimmte Form von Tests einschließt. Alle Lebenssysteme entwickeln sich auf die Stabilität hin, denn das ist es, was Leben bedeutet: Die Aufrechterhaltung der Ordnung in einem entropischen System, das dem Chaos zustrebt. Unser Lebenssystem hat es mit dem einen Weg versucht, das Lebenssystem auf Pharos mit einem anderen. Der Selektionsdruck hat nicht – oder noch nicht – funktioniert. Aber die Mutationskontrolle *hat* funktioniert – jedenfalls auf Pharos.

Diese Welt folgte lange Zeit den normalen Methoden der Entwicklung – sie erkundete die gleiche Skala von Variationen. Aber grundlegend dialektisch – der augenblickliche Stand der Variation bestimmt, wie die nächste aussehen wird und so weiter. Auf der Erde gibt es keine Möglichkeit, Fehler auszuradieren und von vorn zu beginnen. Hier gibt es sie. Ich weiß noch nicht recht wie, aber auf dieser Welt hat es nie einen richtigen Konkurrenzkampf gegeben. Die Entwicklung hat sich durchaus nicht plötzlich vollzogen. Was ich bereits gesagt habe – daß es sich um eine organisierte Metamorphose handelt –, stimmt nicht nur im metaphorischen Sinn. Dieses Lebenssystem ist immer kooperativ gewesen wie ein gigantischer Bienenstock. Es hat versucht, durch Raubtier-Beutetier-Situationen ins Gleichgewicht zu kommen, und als das ein Fehlschlag war, hat es einen neuen Versuch zur Erreichung eines Gleichgewichts gemacht, indem es zurück ans Zeichenbrett ging. Es nahm, was es hatte, wurde das los, was es nicht gebrauchen konnte, und benutzte das, was übrigblieb, um ein Paradies zu schaffen.«

»Sie setzen eine Art von Bewußtsein voraus«, wandte ich ein. »Sie sagen, das ganze Lebenssystem sei eine einzige Einheit, und es habe gewußt, was es tat, als es in die Metamorphose eintrat.«

»Ich schreibe dem hiesigen Lebenssystem nicht mehr Bewußtsein zu als einem Bienenstock«, antwortete Charlot. »Ich nehme an, daß es eine breite Skala der Lebensform gibt, doch braucht sie nicht breiter zu sein als in der Biosphäre der Erde. Es ist nur ein anderes Modell. Sie machen den alten Fehler, daß Sie meinen, wenn etwas befohlen wird, müsse logisches Denken dahinterstecken. So ist es nicht. Die Basis des Lebens ist, daß komplizierte Modelle *spontan* entstehen. Im Urschleim bildeten sich komplizierte Moleküle, wie sich Kristalle aus ihren eigenen Lösungen bilden. Logik ist eine Simulation der Eigenschaft der Dinge, nicht anders herum. Dieses Lebenssystem hat weder Bewußtsein noch Intelligenz, um Ordnung zu schaffen. Es kommt sehr gut ohne Intelligenz zurecht. *Unser* Lebenssystem, das die alternative Methode oder *eine* alternative Methode darstellt, ja, das braucht Intelligenz und Selbstbewußtsein, um etwas leisten zu können, und es wird noch sehr lange Zeit dauern, bis wir erfahren, ob unser System funktioniert. Am Ende mag unsere Art gezwungen sein, auf ein direktes Ausleseverfahren durch Mutation überzugehen, das die ganze unordentliche, natürliche Selektion ersetzt. Die ultimate Bestimmung *aller* Lebenssysteme mag sich von dieser hier nicht allzu sehr unterscheiden. Vielleicht sind wir nur ein Glied in der Kette.«

»Ja«, sagte ich. »Aber wir können vielleicht, ehe wir in Träume über eine Umgestaltung des Universums versinken, einmal festhalten, ob uns das im Augenblick irgendwohin führt? Wenn es richtig ist, hilft es uns?«

Er war allerdings schon in seine Träume versunken. Dies war eine Theorie, die sehr gut in seine eigene monadistische Philosophie paßte. Auch wenn ich keinen anderen Grund gehabt hätte, sie anzuzweifeln, wäre das einer gewesen. Ich weiß, daß Raupen sich in Schmetterlinge verwandeln, aber die Vorstellung, die Erde könne sich in ein Paradies verwandeln, schien mir nicht ganz das gleiche zu sein. Doch Titus mochte mit seiner Annahme, daß wir es nicht, wie ich geglaubt hatte, mit einem selektiven Agens – einem Paradiesvirus – zu tun hatten, sondern mit einer Eigenschaft, die für das Leben auf Pharos charakteristisch war, durchaus recht haben.

Die Frage war nur: Hatten wir irgend etwas davon?

Und die treffende Antwort lautete: Nein.

»Wir müssen dieses Lebenssystem analysieren«, sagte Charlot. »Wir müssen es bis auf die Moleküle auseinandernehmen. Schon aus dem Grund, weil wir unser Wissen über das, was Leben *ist*, erweitern wollen, werden wir dieses System studieren. Wenn es uns gelingt, unsere Erkenntnisse in genetische Kontrollmaßnahmen umzusetzen, können wir beinahe alles tun.«

»Na klar«, fiel ich ein. »Wir können Gott spielen. Aber diese Art des Denkens führt uns geradewegs in eine Sackgasse. Wenn diese Welt derartig wertvoll ist, dann ist es Caradoc nicht zu verdenken, wenn es alles tut, um sie zu behalten. Sie mögen das Problem gelöst haben, aber Sie haben sich soeben die eigene Kehle durchgeschnitten. Wenn ich Sie wäre, würde ich flugs noch einmal von vorn beginnen und eine andere Antwort finden. Sie erwähnten einen Virus, und dann sind Sie wieder davon abgekommen. Sie könnten gut beraten sein, wenn Sie noch einmal zu diesem Virus zurückkehrten. Mit einem ein bißchen gefälschten Beweismaterial können wir den alles infizierenden Virus für Sie finden, und wir können über die Welt Quarantäne verhängen lassen. Ist das nicht genau das, was Sie wollen?«

»Aber die Virustheorie ist einfach unhaltbar!« protestierte er.

»Vielleicht«, meinte ich. »Und es ist Ihre Schlacht, nicht meine. Wenn Sie Ihre Theorie ausposaunen wollen, können Sie es von mir aus gerne tun. Doch so, wie ich die Sache sehe, gibt uns das keinen Anhaltspunkt. Sicher, machen Sie nur aus dieser Welt etwas ganz Besonderes, damit wir sie zu Forschungszwecken beanspruchen können. Aber wäre es nicht besser, Sie würden sie gleichzeitig als völlig wertlos hinstellen?«

Er schwieg, und ich konnte seine gequälten Gedanken erkennen. Natürlich war Titus Charlot ein erstklassiger Diplomat. Aber vor allem war er Bürger von New Alexandria. Seine Prinzipien waren die der Bibliothek: Die Heiligkeit des Wissens und der Erkenntnis steht über allen anderen Dingen. Du kannst lügen und betrügen und erpressen, wenn es beim Sammeln und Interpretieren von Daten hilft. Aber nur dann, wenn es hilft. Die lange Rede, die Titus mir anfangs über seine Prinzipien gehalten hatte, war jetzt ins rechte Licht gerückt. Er hatte in der Hoffnung – vielleicht sogar in dem Glauben – nach der Wahrheit gesucht, daß sie ihm eine Waffe für seinen Fall liefern würde. Jetzt hatte er die Wahrheit oder das, was er für die Wahrheit hielt. Aber die Waffe war gegen ihn gerichtet. Welche Prinzipien würden nun zur Anwendung kommen?

»Ich muß nachdenken«, sagte er. »Gehen Sie.«

»Vielen Dank«, bemerkte ich.

Mein Sarkasmus schien ihn ein wenig zu überraschen. »Ich bin Ihnen dankbar für Ihre Hilfe«, setzte er verspätet hinzu. »Wirklich. Sie ist mir von großem Nutzen gewesen. Glauben Sie nicht, daß ich Sie nun, wo Sie Ihren Zweck erfüllt haben, ausschließen möchte – ich muß einfach eine Weile allein nachdenken. Ich werde Ihnen mitteilen, zu welchem Vorgehen ich mich entschließe.«

»Danke«, wiederholte ich und verschwand. Ich bin mir nicht ganz sicher, warum ich so wütend war, daß ich in diesem Augenblick hinausgeworfen wurde. Vielleicht verfiel ich dem

Größenwahn und glaubte, er müsse mir jedes Wort von den Lippen saugen. Vielleicht hatte ich die ganze traurige Angelegenheit einfach satt.

Ich begab mich in den Kontrollraum der *Dronte* und brütete über Charlots Ausführungen. Warum war diese Welt so, wie sie war? Zugeben mußte ich, daß seine Theorie logischer klang als jede andere. Ich wünschte nur, ich wüßte, was als nächstes geschehen würde.

Dann sah ich mir die Aufzeichnungen an. Nachdem ich einmal ein Gespräch zwischen Capella und seinen Verbündeten am Himmel gehört hatte, wollte ich weitere Unterhaltungen natürlich nicht verpassen. Deshalb hatte ich die Empfangsanlage auf Computer geschaltet, und wenn ich die neuesten Nachrichten haben wollte, brauchte ich sie mir nur ausdrucken zu lassen.

Ich erwartete eigentlich nicht, irgend etwas zu finden, denn ich dachte, Capella würde sich erst nach dem Dinner wieder mit dem Raumschiff in Verbindung setzen, aber da hatte ich falsch gedacht.

Vor zehn Minuten hatte ein kurzer, formeller Austausch stattgefunden. Hätte ich Charlot ein bißchen eher verlassen, hätte ich noch selbst zuhören können. Das war ein ganz anderes Gespräch als das von gestern abend.

Capella hatte dem Schlachtschiff befohlen, zu landen und seine Besatzung für die Suche nach einem entflohenen Mörder, der sich irgendwo auf der Insel aufhalte, einzusetzen. Diese Nachricht war sehr vorsichtig formuliert und enthielt die Bemerkung, der Vertreter von New Rome auf Pharos habe einen Haftbefehl gegen den Mann ausgestellt, sei aber zu beschäftigt, um selbst eine Suche zu organisieren.

Ich wußte genau, daß Keith Just Capellas Suchprojekt nicht offiziell gebilligt hatte, aber er hatte auch ausdrücklich gesagt, man solle es sein lassen. Beinahe jedes Wort, das zwischen Just und Capella gewechselt worden war, konnte Capella die Möglichkeit zu einer zweideutigen Auslegung geben. Er ließ das Schlachtschiff im Namen von New Rome landen. Wenn es einmal unten war, hatten Capella und der Kapitän den Planeten im Besitz ihrer Waffen.

Ich hatte den häßlichen Verdacht, nur etwas in der Größenordnung eines Wunders könne dieses Schiff dazu bringen, sich bescheiden wieder in den Himmel zu schwingen. Und da ich wußte, was Charlot wußte, kam dazu der ebenso häßliche Verdacht, New Rome werde Caradoc nicht lächelnd *carte blanche* geben, den Planeten zu seinem Vergnügen zu vergewaltigen. Wir schienen uns Schritt für Schritt näher auf einen Krieg zuzubewegen. Vielleicht wollte es nur die Entschlossenheit seiner Gegner erproben, ohne die ernsthafte Absicht zu hegen, bis zum bitteren Ende zu gehen. Aber das Vorgehen beider Seiten vermittelte das unbehagliche Gefühl der Unvermeidlichkeit. Wenn nicht hier, dann würde irgendwo anders der Kampf beginnen.

Und anstelle der Diplomaten würden die Kanonen sprechen.

XII

Ich glaubte, der nächste Punkt auf der Tagesordnung wäre ein gräßlicher Schrei zwischen allen beteiligten Parteien, der wahrscheinlich mit einem Abbruch der diplomatischen Beziehungen enden würde. Aber das wollte Charlot nicht. Seiner Meinung nach hatte sich an seiner Mission nichts geändert. Er sucht immer noch nach einem Hebel, den er vor den Gerichtshöfen New Romes unter den Augen aller Welten der zivilisierten Galaxis ansetzen konnte. Für ihn machte es keinen Unterschied, daß der Heuhaufen, in dem er nach der Nadel suchte, so aussah, als werde er gleich in Flammen aufgehen. Er wußte, was er tat, und er hatte die Absicht, es zu tun.

Ich stand mit Keith Just auf dem Landeplatz, und wir beobachteten, wie das Schiff herunterkam. Es konnte nicht auf dem winzigen Feld, das Caradoc gerodet hatte, landen, auch wenn es dort keine Bombenkrater gegeben hätte, und der Kapitän hatte sicher nicht die Absicht, es ins Meer fallen zu lassen oder ein Loch mit einer Meile Durchmesser zu brennen, nur damit er beim Start Treibstoff verschwenden mußte.

Deshalb ging er auf eine Höhe, in der er einen Prozentsatz seines Personals und seiner Ausrüstung innerhalb der Atmosphäre ausschleusen konnte. Den Weg bis zum Boden mußten sie dann alleine finden.

Das Schiff stieg über den östlichen Horizont und wurde größer und größer, bis es die Sonne verdeckte und den ganzen Landeplatz in schwarzen Schatten tauchte und sich mit einem leuchtenden Halo versah. Es wurde langsamer, bis es zentimeterweise über den Himmel zu kriechen schien, und während es weiter nach unten schwebte, wurde es immer noch größer.

Aus dem Augenwinkel bemerkte ich das Entsetzen in Justs Gesicht, als ihm klar wurde, daß er Entfernung und Größe wegen der Geschwindigkeit des Schiffes falsch eingeschätzt hatte.

Das Schiff stand noch nicht ganz senkrecht über uns, löschte aber immer noch mit seinem Schwanz das Sonnenlicht aus, als es eine Horde schwarzer Pünktchen ausstieß. Es sah aus, als platze eine Samenkapsel. Jedes war groß genug, um schwere Artillerie und einen Zug Soldaten samt ihren Waffen zu transportieren, doch wie sie sich da im Schatten vom Mutterschiff wegbewegten, schienen sie ein Schwarm schwarzer Fliegen zu sein.

Doch wurde die Sonne wieder freigegeben, und wir mußten beide geblendet wegsehen. Als wir wieder etwas erkennen konnten, begann das beschleunigende Schlachtschiff scheinbar zusammenzuschrumpfen, während die Tochterflotte bei ihrem Abstieg wuchs. Unseren Augen schien es erst ein Schwarm von Bienen, dann von Heuschrecken, dann von schwarzen Schmetterlingen zu sein.

Das Mutterschiff verschwand, und seine Kinder waren nun richtig zu erkennen. Wir sahen die Umrisse, spürten das Schwirren der Rotoren, hörten das Summen der mit geringer Energie arbeitenden Antriebe. Es war kaum vorstellbar, daß sie auf dem Landefeld Platz finden würden, aber sie formierten sich zu einem dichten Haufen. Als sie noch etwas tiefer gekommen waren, begannen sie zu kreisen, und dann lösten sich jeweils vier von dem Schwarm und landeten mit militärischer Exaktheit.

Die Hubschrauber standen so dicht nebeneinander, daß zwischen ihren Rotoren kaum ein Meter Abstand war. Sie waren groß – nicht so groß wie die *Dronte*, aber bestimmt so groß wie die alte *Feuerfresser* und die *Javelin* – die Schiffe, die ich früher geflogen hatte. Und doch waren diese Dinger zu Hunderten in dem Schlachtschiff untergebracht gewesen. Ich wußte nicht, wie viele Schlachtschiffe Caradoc besaß, aber der bloße Gedanke an ein einziges würde genügen, die meisten Welten einzuschüchtern. Ich wußte, New Rome hatte nichts Vergleichbares, und ich wußte, auf den Werften von Penaflor war niemals ein derartiges Monstrum hergestellt worden. Das Schiff war im Raum gebaut worden, im System von Vargos Stern, wo Caradoc sein Eingeweide, wenn nicht sein Herz hatte. Die Engelianische Hegemonie mochte ein halbes Dutzend Schiffe ähnlicher Art haben, und zweifellos waren die anderen Handelsgesellschaften eifrig dabei, welche zu bauen, aber ich hatte noch nie zuvor etwas so Ungeheuerliches gesehen.

Als ich zusah, wie sich das Feld mit Flugzeugen füllte und der schwarze Punkt, der das Schlachtschiff war, in der dünnen Wolke, die über dem westlichen Horizont lagerte, verschwand, wurde mir zum ersten Mal voll bewußt, welch eine Bedeutung die Gesellschaften darstellten. Die ersten Schiffe, die in den Weltraum starteten, waren die der Regierungen der Erde gewesen. Wenn die Erde – wie zum Beispiel Khor – nur *eine* Regierung gehabt hätte, wäre ihre Macht vielleicht groß genug gewesen. Aber die Macht der Einzelregierungen erwies sich sehr schnell als zu schwach, sobald die Kolonien autark wurden und ihre Unabhängigkeit erklärten. Die Macht, die dann ans Ruder kam, war die Macht des Know-how – die Macht der Bibliothek und der Bürokratie. Die Macht, Dinge zu *tun*, war völlig entwertet, die hatte jeder. Die Macht, auf die es ankam, beruhte auf dem Wissen, *wie* man die Dinge zu tun hatte. New Alexandria belieferte die Welten mit diesem Wissen, und dann vereinigte New Rome sie zu einer Zivilisation. Als ich vor beinahe zwanzig Jahren das erste Mal in den Raum gegangen war, konnte man die Situation immer noch ungefähr so beschreiben. Aber im Verlauf dieser Jahre waren die Handelsgesellschaften aufgeblüht wie Novae. New Alexandria und New Rome hatten die Galaxis zivilisiert – hatten sie gefüttert und genährt wie ein mutterloses Ferkel –, und sie hatten dadurch Möglichkeiten in einem nie erwarteten Umfang geschaffen. Plötzlich war es möglich, ganze Welten zu besitzen. Die Möglichkeit, durch Ausbeutung reich zu werden, schwoll unendlich an. Im Raum gab es keine Grenzen. Eine Caradoc-Gesellschaft hatte es natürlich schon gegeben, bevor ich geboren wurde – und auch ein Star-Cross-Kombinat und eine Sunpower Incorporated – aber erst im Laufe meines Lebens und meiner Jahre im Raum wuchsen sie zu so erschreckenden Proportionen an. Sie waren mittlerweile so groß geworden, daß sich ihre Macht mit der von New Alexandria und New Rome vergleichen ließ. Aber es war eine andere Art von Macht.

Bisher hatten die Bibliothek und das Gesetz die Gesellschaften kontrolliert und in Schach gehalten. Ich hatte längst gewußt, es würde eine Zeit kommen, wo ein Gleichgewicht hergestellt war und die Gesellschaften versuchen würden, die Kontrolle an sich zu reißen. Daß es so bald sein würde, hatte ich nicht geglaubt.

Es lag nicht an den beiden Jahren auf Lapthorns Grab, daß ich auf eine solche Entwicklung nicht vorbereitet war – in meinem ganzen Leben habe ich dazu geneigt, die Geschwindigkeit des Wandels zu unterschätzen. Alles geschah jetzt schneller als jemals zuvor in der Geschichte. Und die Beschleunigung hielt immer noch an.

Ich blickte auf die Reihen, die Caradocs Stolz und Freude waren – auf die Männer in Schwarz, die aus den Hubschraubern und Düsengleitern strömten –, und ich wußte plötzlich, daß sie die Soldaten nicht nur spielten. Das war ernst. Wenn es nicht diese Welt war, dann die nächste oder übernächste. Die Galaxis war voll von Welten, die eingenommen werden konnten, und früher oder später (früher, so sah es jetzt aus) würde Caradoc damit anfangen, sie einzunehmen. Sie war zu groß geworden, um noch herumgeschubst werden zu können. Charlot suchte wie ein Wahnsinniger nach einem Wunder, das diese Welt Caradocs gefräßigem Schlund entreißen konnte.

Vielleicht fand er eins. Aber nicht einmal Titus Charlot konnte zehn oder hundert Wunder finden.

»Ich nehme an, das wär's«, sagte Just ruhig. »Der Krieg wird hier beginnen.«

»Nein«, widersprach ich. »Der Krieg hat schon vor vielen, vielen Jahren begonnen. Was hier beginnt, ist die Wahl der Waffen.«

»Zum Teufel, was soll ich tun?« fluchte er. »Das hier ist illegal. Sie wissen es, und ich weiß es. Also, wen soll ich festnehmen? Capella? Das Schlachtschiff? Was soll ich tun?«

»Dankbar sein«, sagte ich. »Wir sitzen hier alle auf Dynamit. Sie können überhaupt nichts tun. Das ist gut. Wenn auch Sie eine Armee hätten, würden Sie das Schicksal von Welten auf Ihren knochigen Schultern tragen. Seien Sie froh, daß es nicht so ist.«

»Und was ist mit Ihnen?« Eine Andeutung von Ärger hatte sich in seine Stimme eingeschlichen, als hätte ich ihn soeben beschuldigt, in mehr als nur einem Sinn impotent zu sein. »Was werden Sie tun?«

»Ich?« fragte ich unschuldig zurück. »Das ist nicht mein Kampf. Ich arbeite nur hier. Ich bin nicht verpflichtet, für irgendwen – außer für mich selbst – Partei zu ergreifen. Was Charlot betrifft – der kämpft nicht mit Feuer. Ihm würde nicht einmal im Traum einfallen, auf den geringsten von Caradocs Mitarbeitern eine Schußwaffe zu richten. Er wird mit seinen eigenen Methoden kämpfen, und wenn Caradoc siegen sollte, wird er einfach einpacken und nach Hause gehen. Ihm ist es gleichgültig, ob die Bibliothek und das Gesetz die Gesellschaften kontrollieren oder umgekehrt.«

Just schüttelte den Kopf. »Ich empfinde beinahe Sympathie für diese *Aegis*-Hysteriker«, sagte er. »Wenn sie mir auch viel Ärger gemacht haben, sind sie doch keine schlechten Menschen. Zumindest haben sie klare Fragen im Kopf.«

»Ja«, antwortete ich, »in *ihren* Köpfen, und das sind Holzköpfe. Wie kommen Sie auf die Idee, es könne *klare* Fragen geben? Die Fragen sind so schlammig wie die Tiefen eines stehenden Gewässers, und die Antworten sind genauso. So einfach ist das nicht. Ist es nie. Lassen Sie die *Aegis*-Jungens los

– lassen Sie sie mit ihren Zähnen auf diesen Haufen losgehen. Dann brauchen wir uns ihretwegen keine Gedanken mehr zu machen.«

»Ich verstehe nicht, worauf Sie hinauswollen«, erklärte Just.

»Das tun wenige«, tröstete ich ihn.

Caradocs Privatarmee marschierte in die Stadt. Zwei Stunden später kamen sie zurückmarschiert. Bis dahin waren Eve und Nick angerückt und schleppten alles mit sich, was sie Kerman und Merani hatten stehlen können. Natürlich hatten sie nicht mit der Jungfrau zum Lager fahren können, und deshalb hatten sie das meiste selbst tragen müssen. Offenbar hatten sie um Hilfe gebeten, und sie war ihnen gewährt worden – in der Gestalt eines einzelnen Caradoc-Technikers, der ein Gewicht von gut und gern hundertzehn Pfund haben mußte. Doch alle drei brachten eine eindrucksvolle Menge Akten mit. Sie würden Titus mit Lesestoff für mehrere Stunden versorgen. Zumindest brauchte er jetzt die *Dronte* nicht mehr verlassen. Auch wenn er keine medizinischen Bulletins herausgab, stand fest, daß er leidend war. Als ob er nicht schon sowieso mit genügend Schwierigkeiten zu kämpfen gehabt hätte.

Als die Soldaten zurückkamen – es waren nicht mehr ganz so viele –, schickten sie zwei Mann zu uns.

Der erste, der auf unserer Schwelle erschien, war der Sicherheitsoffizier, der unseren angespannt lauschenden Ohren erklärte, er habe den Befehl, Kontakt mit Keith Just aufzunehmen zum Zwecke einer Zusammenarbeit in der Angelegenheit frei herumlaufender, gefährlicher Mörder.

Unglücklicherweise hatte sich Just in eine Orgie von Selbstmitleid und Groll geflüchtet und war daher nicht in der besten Stimmung. Der Sicherheitsoffizier war ein ziemlich junger Mann, und wenn er auch wahrscheinlich nicht ganz unschuldig daran war, daß die höheren Caradoc-Dienstgrade sich keiner großen Beliebtheit erfreuten, so war er doch kein besonders unangenehmer Mensch.

Aber Just gab ihm eine Antwort, die in ihrer Kürze nichts als die Aufforderung enthielt, der Sicherheitsoffizier solle etwas ziemlich Schmutziges mit sich selbst tun.

Der junge Mann schien nicht schrecklich beleidigt und nicht

im geringsten überrascht zu sein. Als er zu seinen Vorgesetzten zurückkehren wollte, wahrscheinlich, um die Vorbereitungen für seine eigene Suche zu treffen, rief ich ihm zu, er solle warten.

Er drehte sich halb um und zögerte.

»Für den Fall, daß Ihnen das eine Hilfe ist«, brüllte ich, »er ist in diese Richtung gelaufen!«

Der Sicherheitsoffizier bedachte mich mit einem bösen Blick.

Und ich hatte ihm doch nur helfen wollen.

Etwa fünf Minuten später näherte sich jemand der *Dronte* und wurde wie der erste von einer kleinen Gruppe, zu der auch ich gehörte, an der Schwelle aufgehalten, damit er nicht in die geheiligten Innenräume des Schiffes eindringen konnte.

Dieser Mann war groß und rothaarig und trug ein breites Grinsen mit aufwärts gebogenen Mundwinkeln zur Schau. Er hatte nicht übermäßig viel Lametta an seiner Uniform, so daß ich annahm, er sei nicht besonders wichtig. Aber er glaubte wohl, seine Persönlichkeit allein signalisiere seinen Dienstgrad.

»Ich möchte Charlot sprechen«, verkündete er. »Mein Name ist Ullman.«

»Sie können ihn nicht sprechen«, gab ich zurück. »Mein Name ist Grainger.«

»Ich bin der Kapitän des Schiffes dort oben.« Er zeigte zum Himmel. »Und ich habe den Befehl über die Bodenoperationen. Ich habe mit Ihrem Chef wichtige Dinge zu besprechen.«

Ich zählte zehn Sekunden ab, in denen ich ihn anstarrte, und ich hoffte, sein Grinsen würde verblassen. Aber das tat es nicht. Schließlich erklärte ich: »Ich werde dem Kapitän sagen, daß Sie hier sind.«

Ich rief Nick delArco und überließ ihm Ullman. Ich selbst suchte Charlot auf.

Eve war bei ihm. Er hatte mit der Durchsicht der Berichte angefangen – er hatte sie über das ganze untere Deck verteilt –, und er berichtete Eve von den Ideen, die ihm heute morgen gekommen waren.

»Der Schlachtschiff-Skipper ist unten«, meldete ich. »Ich habe ihn bei Nick gelassen. Welche Politik verfolgen wir?«

»Ignorieren«, befahl Charlot.

»Und dann gehen sie vielleicht wieder weg?«

Er sah mich scharf an. »Ich dachte, Ihr Interesse an dieser Sache sei nicht so groß, daß Sie auf Ihre üblichen schlechten Witze verzichten würden«, meinte er mit täuschender Sanftmut.

»Glauben Sie mir«, antwortete ich, »wenn ich mir wegen der Situation Sorgen machen müßte, wäre ich zu Tode geängstigt. Schlachtschiffe rufen immer meinen Sinn für Humor hervor.«

»Dann bezähmen Sie ihn hier.« Charlots Stimme klang resigniert. »Halten Sie mir diese Soldaten vom Leib und besonders von meinem Rücken. Sollen sie doch auf den Mörder Jagd machen und auf dem Landeplatz nach Herzenslust exerzieren. Tun Sie so, als gäbe es sie überhaupt nicht.«

»Just hat die Nerven verloren«, ergänzte ich meinen Bericht.

»Vergessen Sie Just. Er ist nicht wichtig. Nick soll hier übernehmen – er kann sich um alles kümmern. Ich möchte, daß Sie wieder in Kermans Lager gehen. Ich weiß nicht, was uns diese Unterlagen zu bieten haben, aber eine vollständige Lösung ist es ja sowieso nicht. Sprechen Sie mit den Leuten, benutzen Sie Ihre Augen und Ihren Verstand. Wir können es uns nicht erlauben, keinen Mann vor Ort zu haben, und ich bin anderweitig zu beschäftigt.«

»Glauben Sie im Ernst, daß das etwas nützen wird?« fragte ich.

»Haben Sie sonst irgend etwas Dringendes zu tun?« schoß er zurück.

Also ging ich wieder einmal in das Lager der Eingeborenen. Eve kam mit mir – sie hatte zwar noch nicht alle Ausführungen Charlots aufgenommen, doch würde dafür auch später Zeit sein.

»Wie krank ist er?« wollte Eve wissen, sobald wir das Landefeld hinter uns hatten.

»Bin ich ein Arzt?«

»Du bist in den letzten zwei Tagen öfter mit ihm zusammen gewesen als sonst jemand«, betonte sie.

»Wir haben aber nicht über seine Symptome gesprochen. Was wir hier haben, das ist ein Kopfschmerz im King-Size-Format.«

»Vor Gericht wird es gegen die Caradoc-Gesellschaft sprechen, daß sie alle diese Männer hat landen lassen«, sagte Eve.

»Na klar.«

»Das hört sich an, als seist du nicht überzeugt.«

»Doch, völlig.«

»Mein Gott, du hast dich kein bißchen geändert«, explodierte Eve. »Du bist immer noch derselbe wie im Raumhafen von New York. Deine Bitterkeit macht dir und allen anderen das Leben schwer. Kannst du überhaupt nicht in normalem Ton mit mir sprechen?«

»Einem alten Hund kann man keine neuen Tricks mehr beibringen«, antwortete ich mit bedauerlichem Mangel an Originalität.

»Wie hat Michael es ausgehalten, dich in all den Jahren zu ertragen?« erkundigte sie sich.

»Mit Schwierigkeiten«, sagte ich. Und ich setzte hinzu: »Aber er hatte keine andere Wahl.«

»Hältst du das für eine Entschuldigung?« fragte sie.

»Nein«, antwortete ich.

Mit derlei netten, unwichtigen Gesprächen verkürzten wir uns die Zeit auf dem langen Weg. Der *Wind* mischte sich nicht ein, aber ich spürte seine Mißbilligung. Auch er gehörte zu denjenigen, die von mir verlangten, ich müsse gewaltige Anstrengungen machen, um mich mit der menschlichen Rasse wieder zu vereinigen. Er glaubte einfach nicht, daß Einsamkeit eine akzeptable Alternative sei.

Im Lager angelangt wurde ich allen so lästig, wie Charlot es sich nur wünschen konnte. Ich hielt es nicht für notwendig, besonders vorsichtig zu sein, aber andererseits wollte ich ihnen auch nichts erzählen, was sie selbst noch nicht herausgefunden hatten. Vor allem wollte ich nichts sagen, was sie in ihrer Vorstellung, dieser Planet sei von großem Wert, bestärken könnte. Deshalb hielt ich über Charlots Theorie, die Evolution sei hier über eine Auslese durch Mutation anstelle einer natürlichen Selektion erfolgt, wohlweislich den Mund. Meine Fragen waren nicht ganz so zurückhaltend formuliert wie ihre Antworten, aber ich hatte den entschiedenen Eindruck, wir könnten noch jahrelang um den springenden Punkt herumtanzen, ohne jemals ans Ziel zu gelangen.

Die meiste Zeit hielt ich mich an die Biologen – die Zellbiologen, die ein paar interessante Anomalien in der Zusammensetzung der Tierchen auf subzellularer Ebene gefunden haben mochten. Nur war das kein Gebiet, auf dem ich selbst nennenswerte Kenntnisse besaß. Ich war ja kein Wissenschaftler, sondern nur ein Beobachter, der gern verstehen wollte, wie alles funktioniert.

Alles in allem kam für uns nichts weiter heraus als Frustration. Trotzdem machte ich weiter, und es war kurz vor Sonnenuntergang, als wir den Rückweg zum Schiff antraten.

Der Wald war sehr ruhig, sehr friedlich und sehr schön, doch hatte ich mit meinem eigenen Paradiessyndrom keinen Kummer mehr. Diese Welt sah für mich gar nicht mehr nach einem Paradies aus.

Der Grund war keinesfalls, daß ich mich durch das, was ich von diesem Lebenssystem erfahren hatte, abgestoßen fühlte, sondern vielmehr, daß etwa alle zwanzig Minuten einer der großen, schwarzen Vögel über die Baumwipfel schwebte. Sie waren auf der Suche nach Varly. Und sie hatten ebensoviel Erfolg wie wir.

XIII

Eve und ich entschlossen uns, statt durch die Stadt geradewegs durch den Wald zu gehen. Nur ist es in einem Wald nicht gut möglich, einen geraden Weg einzuhalten, und zweifellos brauchten wir mehr Zeit, als wenn wir der Straße gefolgt wären. Aber uns kam es gar nicht darauf an, Zeit zu sparen. Wir wollten mit niemandem zusammentreffen. Doch das sollte ein Wunsch bleiben.

Wir hatten kaum die halbe Strecke zurückgelegt, als einer der Hubschrauber über unsere Köpfe zischte, eine scharfe Kehrtwendung machte und dann auf der Stelle schwebte, während eine Stentorstimme uns über Lautsprecher aufforderte, stehenzubleiben oder erschossen zu werden.

Wir blieben stehen.

Der Lautsprecher donnerte weiter und gab uns äußerst präzise Anweisungen, *wie* still wir zu stehen und welche Haltung wir einzunehmen hätten. Auch teilte er uns ausführlich mit, was passieren würde, wenn wir seinen Befehlen nicht folgten.

Die Männer im Hubschrauber brauchten fünf Minuten, bis sie Männer auf dem Boden zu uns gelotst hatten, und das gab mir reichlich Gelegenheit, es satt zu bekommen, die Hände in die Luft zu halten.

Die Suchmannschaft erschien, kreiste uns ein und stellte überflüssigerweise ihren Mut und ihre Entschlossenheit zur Schau, indem sie die Mündungen ihrer Waffen auf uns richtete.

Der Ranghöchste war ein dünner Mann mit einem Rattengesicht und einer im Aufblühen begriffenen Akne. Er sah uns mit einem Ausdruck an, den ich mir als vorschriftsmäßige Grimmigkeit ausdeutete, und nach angemessenem Nachdenken entschied er, daß keiner von uns beiden Varly sei.

»Zum Teufel, was haben Sie hier draußen zu suchen?« fragte er mit einer Schärfe, die durchblicken ließ, er mache uns für die Mühe verantwortlich, die er durch uns gehabt hatte.

»Dies ist ein freies Land«, antwortete ich.

»Wissen Sie nicht, daß sich hier irgendwo ein gefährlicher Mörder herumtreibt?«

»Mein Sohn«, sagte ich, »dessen bin ich mir voll bewußt. Ich habe das zweifelhafte Vergnügen gehabt, mich ein gutes Teil länger als Sie auf diesem Planeten aufzuhalten. Ich habe das Unglück gehabt, Mr. Varly kennenzulernen, und es war für mich keineswegs das höchste der Gefühle, von ihm beiseite geschubst zu werden. Es schmeichelt mir gar nicht, für Mr. Varly gehalten zu werden. Falls es Ihnen und Ihren Männern recht ist, würde ich es begrüßen, wenn jeder einzelne Lauf auf eine neutrale Stelle gerichtet würde, damit ich meinen Nachhauseweg fortsetzen kann. Es ist ein langer Tag gewesen.«

»Sie können Gift darauf nehmen, daß ich es nicht schlucken

werde, wenn Sie mich einseifen wollen«, erklärte er in einer schmerzhaften Mischung von Metaphern.

»Na gut. Dann verraten Sie mir vielleicht, was Sie im einzelnen dagegen unternehmen wollen.« Damit schob ich behutsam mit der Spitze meines Zeigefingers einen Gewehrlauf beiseite.

»Ich werde Sie mit einer Eskorte nach Hause schicken«, sagte er.

»Ich will keine Eskorte«, gab ich zurück. »Wollen Sie eine Eskorte, Ex-Kapitän Lapthorn?«

»Die Idee ist gar nicht so schlecht«, meinte Eve. »Es wird dunkel, und wir möchten schließlich nicht, daß uns eine andere Gruppe dieser Schwachköpfe auf Verdacht hin erschießt.«

Da hatte sie recht. Aber es standen Prinzipien auf dem Spiel.

»Ich werde mich nicht von einer Horde Kindern in schwarzen Spielanzügen nach Hause bringen lassen«, stellte ich kalt fest.

»Es geschieht nur zu Ihrem eigenen Schutz«, betonte der Dünne, der wahrscheinlich ein Unteroffizier oder etwas dergleichen war, auch wenn mir die Abzeichen auf seiner Uniform unbekannt waren. »Wir können es nicht zulassen, daß diese Sache verschlampt wird. Wir sind hier, um dafür zu sorgen, daß nicht noch jemand verletzt wird. Wir wollen Varly finden, bevor er noch einen umbringt, und das bezieht sich auch auf Sie. Der Mann ist bewaffnet und gefährlich.«

»In dieser Gegend gibt es eine Menge Dinge, die bewaffnet und gefährlich sind«, bemerkte ich und machte seinen scheußlichen Akzent nach, weil ich hoffte, der Ärger darüber werde seine Akne zum Ausbruch bringen.

»Ich bestehe darauf, daß wenigstens zwei meiner Leute Sie bis an Ihren Zielort begleiten.« Er war doppelt stolz darauf, daß er »meine Leute« sagen und »Zielort« aussprechen konnte.

Ich kam zu dem Schluß, daß ein Kompromiß, die Seele der Diplomatie, am Platz war.

»Machen Sie einen Mann daraus, und die Sache ist geritzt«, lenkte ich ein. »Und ich werde Sie auch für einen Orden vorschlagen.«

Er lächelte – nicht wegen des Ordens, sondern weil er

dachte, er habe mich ausmanövriert und ich sei jetzt mit einer Eskorte einverstanden. Schnell wurde ein Pechvogel damit beauftragt, bei uns zu bleiben, während der Rest geräuschvoll in den Wald abmarschierte.

»*Paradies*!« stieß ich hervor. »Von der Begegnung mit diesem Haufen werde ich mich nie erholen.«

»Wir haben strengen Befehl, nichts zu zerstören.« Der Jüngling mit dem Gewehr blickte ein wenig beleidigt drein.

»Ja-a«, machte ich. »Komm, Sonnenschein, geh'n wir nach Hause.«

Wir hatten noch keine drei Schritte getan, als ich einen Plumps hörte, und als ich mich umdrehte, sah ich unseren furchtlosen Bewacher zusammensinken. Er war mit einem Kolben auf den Kopf geschlagen worden.

Varly bückte sich und hob das Gewehr auf, und ehe ich mich noch rühren konnte, zeigte die Mündung auf meinen Magen.

»Zum Teufel«, entfuhr es mir. »Wo kommen Sie denn her?«

»Ruhig!« zischte er mit wütendem Gesicht. Seine dicht beieinanderstehenden Augen glotzten und waren blutunterlaufen. Als Antwort auf meine Frage zeigte er nach oben. Es konnte kaum ein Zufall sein – er mußte der Suchmannschaft gefolgt sein. Aber warum? Doch sicher nicht aus müßiger Neugier, und er konnte auch nicht auf den Einfall gekommen sein, es sei jemand in der Nähe, der ihm helfen würde.

»Sie haben ein ziemliches Risiko auf sich genommen, nicht wahr?« fragte ich. Und mit leisem Flüstern setzte ich hinzu: »Für wen halten Sie sich? Für Tarzan?«

»Das geht Sie nichts an«, flüsterte er zurück.

»Mag sein. Und was nun?« murmelte ich. Eve stand ganz steif neben mir. Ich nahm ihren Arm und drückte ihn kräftig, um ihr damit zu raten, sich still zu verhalten. Es war so gut wie sicher, daß sie dachte, wir könnten ihn gemeinsam überwältigen, denn er wußte ebensogut wie wir, daß die Armee in Sekundenschnelle über ihm sein würde, wenn er den Strahler abfeuerte. Aber ich hielt es nicht für notwendig, daß irgendwer von uns beiden verletzt wurde.

»Hören Sie«, verkündete er, »ich ergebe mich. Aber liefert

mich nicht den Jungens in Schwarz aus. Ihr könnt mich in eurem Schiff einsperren, aber nirgendwo sonst.«

»Nun, ich weiß nicht, ob das die beste Wahl ist«, gab ich zu bedenken. »Diese Jungens in Schwarz haben Ihnen eine Menge zu danken. Wären Sie nicht gewesen, dann würden sie immer noch nach einem Vorwand suchen für eine Landung. Was haben Sie sich eigentlich bei dem, was Sie getan haben, gedacht?«

»Lassen wir das.« Er hob das Gewehr, um damit anzudeuten, daß er keinen Spaß mache. »Ich gehe mit euch. Dreht euch um und haltet Abstand voneinander. Nehmen Sie die Hand von dem Arm des Mädchens, Grainger. Jetzt vorwärts! Gehen Sie langsam und halten Sie Abstand. Wenn etwas – wenn irgend etwas passiert, dann schieße ich euch beide in den Rücken. Das ist mein Ernst.«

Bei vielen Menschen wäre es kein Ernst gewesen. Doch ich glaubte, daß es bei Varly der Fall war. Er war ein Mann, der die Gewohnheit hatte, gewalttätig zu werden, auf Angst mit Feuer zu reagieren. Ich wußte, wir beide befanden uns in der unmittelbaren Gefahr, verbrannt zu werden.

»Wenn sie mich schnappen«, zischte Varly, »dann werden sie mich töten. Denkt daran! Und sie werden mich schnappen, wenn ich nicht mit euch gehe. Ich habe nichts zu essen, und ich traue mich nicht, das dreckige, fremde Zeug zu versuchen. Ich kann nirgendwohin, nur in euer Schiff. Und dahin werde ich jetzt gehen.«

Ich sagte nichts, damit ich ihn nicht beleidigte. Diese Wirkung habe ich oft auf andere Menschen. Ich ging seinem Wunsch entsprechend langsam weiter. Eve tat das gleiche. Ab und zu bemerkte ich, daß sie mich mit einem Seitenblick streifte. Sie hatte mein Signal mißverstanden und wartete nun darauf, daß ich etwas tat – etwas Heldenhaftes. Ich hätte geglaubt, sie kenne mich besser, aber vielleicht hatte sie sich die falschen Ideen in den Kopf gesetzt, als damals auf Chao Phrya die Spinnen zum Tee gekommen waren.

– Wir können ihn überrumpeln, sagte der *Wind*. Das Licht ist trübe, seine Reaktionszeit kann nicht besonders kurz sein. Du und ich, wir sind schnell. Packen wir ihn.

Wir könnten es schaffen, antwortete ich ihm, aber er ist groß. Ich weiß, du kennst ein paar hübsche Tricks, doch selbst wenn du aus meinem Körper die Bestleistung herausholst, sind wir ihm immer noch nicht gewachsen.

– Komm, komm, redete der *Wind* mir zu. Wir können ihn zu Boden schicken, bevor er einmal geblinzelt hat. Mach schon!

Nein.

– Feigling.

Du weißt es besser.

– Das ist wahr.

Vielleicht. Vielleicht auch nicht. Aber es hat mit diesem Fall nichts zu tun. Wenn ich dächte, es wäre der Mühe wert, würde ich es vielleicht tun. Aber das ist es nicht. Zum Kuckuck – er will doch nichts weiter, als sich jemandem ergeben, der ihn nicht gleich aufhängt. Warum sollen wir nicht tun, was er will?

– Glaubst du ihm?

Du nicht?

– Er ist nicht der Typ dazu. Er ist hartgesonnen. In seinem Gehirn steckt nichts anderes als Brutalität. Er wird dich zwingen, bis zum Schiff zu gehen, und wenn er einmal dort ist, wird er fortfahren, dich zu zwingen. Das wird er so lange weitertreiben, bis ihn jemand über den Haufen schießt. Packe ihn lieber hier, wo die Gefahr nicht so groß ist, daß Menschen zu Schaden kommen.

Außer Eve und mir, machte ich ihn aufmerksam. Und er hält ein Gewehr auf unsere Rücken gerichtet. Das Risiko ist mir zu groß. Ich werde es nicht eingehen. Richtig?

– Falsch.

Trotzdem machen wir es so, wie ich will.

Er verfiel in Schweigen. Alle wollten sie, ich solle ein Held sein. Nun, heutzutage zahlt sich das selten aus, und ich war überzeugt, wir könnten nichts besseres tun, als Varlys Anweisungen zu gehorchen. Deshalb ging ich ruhig weiter.

Wir kamen ziemlich langsam vorwärts, und wir brauchten wesentlich mehr Zeit als erforderlich, bis wir in die Nähe des Landeplatzes gelangt waren. Sobald wir uns in Rufweite befanden, mußten wir noch vorsichtiger sein. Varly wußte recht gut, daß es auf dem Feld von Schwarzhemden nur so wimmelte.

Aber er wußte auch, daß die *Dronte* nicht weit vom Rand entfernt stand.

Er ließ uns langsam um das Feld herumgehen und verhielt sich sehr leise. Mittlerweile war es im Wald beinahe völlig dunkel geworden, und Varly pustete uns in den Nacken, weil er sicher sein wollte, daß er uns mit einem Druck seines Fingers rösten konnte.

Endlich befahl er uns anzuhalten, und dann schob er uns nach vorn aus dem Unterholz. Ein niedriger Dreckhaufen verdeckte uns vor den Leuten, die sich auf dem Hauptteil des Platzes befanden.

»Vorwärts«, sagte er zu mir. »Gehen Sie in gerader Linie. Ich halte mich dicht hinter Ihnen.«

»Das kann ich nicht«, gab ich zurück.

Ich fühlte, wie sich mir der Gewehrlauf in den Rücken bohrte.

»Warum nicht?« zischte er. Seine Lippen waren ganz dicht an meinem Ohr, und ich spürte die Feuchtigkeit seines heißen Atems.

»Weil da ein Loch ist«, informierte ich ihn.

Er zog scharf die Luft ein, und ich merkte, daß er wütend war. »Dann gehen Sie um das Loch herum!« Seine Stimme klang gequält, als habe er Schmerzen.

Ich machte einen halben Schritt nach vorn auf den Haufen losen Erdreichs zu, und ich fühlte, wie mir die Gewehrmündung das Rückgrat entlangglitt. Ich sah über die Schulter zurück. In dieser Dunkelheit konnte ich nicht sicher sein, und ich wagte nicht, dem Zeugnis meiner Augen zu trauen, aber es kam mir vor, als brauche Varly das Gewehr als Krücke und stütze den Lauf auf den Boden. Doch er merkte, daß ich mich umdrehte, und er hob die Mündung wieder, wobei er auf den Füßen schwankte.

»Bewegung!« befahl er, und seine Stimme quietschte, als habe er keine Kontrolle mehr darüber.

Ein schwaches Licht schimmerte auf dem Gewehrlauf, und es schimmerte auch auf Varlys Gesicht. Er hatte hohes Fieber.

In dem Augenblick, als ich das erkannte, wußte er, daß ich es wußte. Seine leblosen Finger ließen das Gewehr fallen.

»Es ist zu spät«, röchelte er. »Um Gottes willen, bringen Sie mich ins Schiff!« Er drängte sich zwischen Eve und mir durch, kletterte den Erdhaufen hinauf und schlug der Länge nach hin.

Er fiel nicht zu dem toten Fleischfresser hinunter, sondern blieb mit unnatürlich ausgespreizten Armen und Beinen an der Kante liegen. Sein Gesicht war nach oben gewandt, und die Beleuchtung des Landefeldes ließ mich erkennen, daß es schweißüberströmt und verzerrt war. Seine Augen standen offen, und das Weiße war mit roten Adern durchzogen.

»Was ist geschehen?« fragte Eve. »Was hast du mit ihm gemacht?«

»Gar nichts«, erwiderte ich. »Es stimmt etwas nicht mit ihm.«

Er lag ganz still. Ich ergriff sehr vorsichtig sein Handgelenk und suchte nach dem Puls. Ich hob seine Hand hoch und ließ sie wieder fallen.

»Er ist tot.«

»Einfach so?« Eve konnte es nicht glauben.

»Einfach so«, bestätigte ich.

»Er sah doch aber ganz gesund aus, als er uns überfiel«, wunderte sie sich. »Das ist nicht mal eine Stunde her. Und er sprach . . .«

»Nun, er war eben nicht gesund.«

»Und mit dieser Krankheit, die er hatte . . .«

». . . hat er uns angesteckt«, führte ich den von Eve angefangenen Satz zu Ende. »Zumindest mich. Wir wollen machen, daß wir ins Schiff kommen.«

Wir ließen ihn liegen und rannten zur *Dronte* hinüber. Die Außentür der Schleuse stand offen, und dahinter wartete Johnny.

»Hol Just!« rief ich ihm zu und legte einige Dringlichkeit in meine Stimme. »Und berühre keinen von uns!«

Ich schob Eve in die Entgiftungskammer und trat selbst auch ein. Die Düsen begannen zu sprühen, und wir packten unsere gesamte Kleidung in Plastikbeutel und versiegelten sie. Ich schloß an Eves Anzug und danach an meinen Sauerstoffflaschen an. Ich röstete jeden Keim, der hier lauern mochte. Dann verließen wir die Kammer.

Draußen warteten Johnny, Keith Just und Nick delArco auf uns. Viel mehr als fünf hatten auf dem Deck keinen Platz.

»Ich möchte, daß jeder in die Kammer geht, einer nach dem anderen und so schnell wie möglich«, erklärte ich. »Alle müssen Anzüge anziehen. Die Schleuse bleibt bis auf weitere Anweisung geschlossen. *Niemand* geht hinaus. Nick, du benachrichtigst Charlot, daß Varly am Rand des Platzes liegt und daß er an etwas Unerfreulichem gestorben ist. Ich gehe hinauf in den Kontrollraum und gebe eine Warnung durch. Ich weiß nicht, was ihn getötet hat, aber ich werde kein Risiko eingehen.«

Nick wußte ebensogut wie ich, daß kein Risiko es wert war, eingegangen zu werden, und deshalb hielt er sich nicht damit auf, mir auseinanderzusetzen, der Planet Pharos sei absolut sicher und es gebe gar keine Möglichkeit zur Infektion. Er ging sofort zu Charlot.

Ich stieg so schnell wie menschenmöglich die Stufen zum Kontrollraum hinauf. Ich setzte mich und schaltete ein Rufzeichen ein, das in Capellas Stadt die Toten aufwecken mußte.

Sofort bekam ich Antwort. Wahrscheinlich machte ständig jemand Dienst und hielt die Verbindung mit dem Schiff.

Er begann, mich zu beschimpfen, aber ich unterbrach ihn.

»Sparen Sie sich das«, sagte ich. »Hier ist Grainger von der *Dronte*. Machen Sie so schnell wie möglich Capella und Ullman ausfindig. Sagen Sie ihnen, Varly sei tot, und es habe ihn etwas umgebracht. Verstanden?«

»Es ist schon jemand unterwegs«, versicherte die Stimme am anderen Ende. »Sie werden beide innerhalb von Minuten Bescheid wissen.«

»Gut. Dann nehmen Sie folgendes auf. Haben Sie eingeschaltet?«

»Ja.«

»Varly liegt oben auf einem Erdhaufen am Rand des Landefeldes in der Nähe der *Dronte*. Niemand darf sich ihm ohne Schutzanzug nähern. Ich weiß nicht, woran er gestorben ist, aber es hat ihn innerhalb von Minuten getötet.«

Eine neue Stimme meldete sich. »Hier ist Ullman. Zum Teufel, was hat das alles zu bedeuten?«

»Ich gebe eine Seuchenwarnung durch«, informierte ich ihn.

»Eine *Seuchen*warnung?! Sie wissen verdammt genau, daß dieser Planet sauber ist! Versuchen Sie etwa, uns reinzulegen? Mit einer so dummen Geschichte, wie Sie sie sich ausgedacht haben, können Sie uns nicht von dieser Welt vertreiben.«

»Ich will Sie im Augenblick gar nicht von dieser Welt vertreiben«, versicherte ich ihm. »Ich will, daß jeder schön hierbleibt. Uns mag bevorstehen, daß wir noch lange, lange Zeit hier festsitzen. Veranlassen Sie lieber Merani und Kerman und alle ihre Jungens, hinaus zum Landeplatz zu kommen, weil es nämlich jetzt dringendere Arbeiten gibt, als Wortspiele mit den Eingeborenen zu treiben. Sie sollen die Leiche so schnell wie möglich obduzieren und herausfinden, was sie zu einer Leiche gemacht hat.«

»Ich glaube immer noch, daß das ein Trick ist«, brummte Ullman.

»Seien Sie kein Idiot«, riet ich. »Was sollten wir Ihrer Ansicht nach denn dabei gewinnen können?«

»Es ist eine biologische Unmöglichkeit, daß hier irgendeine Infektion auftritt«, behauptete er.

»Aber Varly ist an irgend etwas gestorben«, erwiderte ich. »Ich sage nicht, daß es etwas Fremdes sein muß. Er kann es mitgebracht haben. Aber eins steht fest: Der Mann ist tot, und wenn ich Sie wäre, würde ich sofort jeden Menschen auf dem Boden in einen Schutzanzug stecken.«

»Nun, genau das werden wir tun«, verkündete Ullman. »Vom ersten bis zum letzten. Und wenn das nicht stimmt, was Sie sagen, dann können Sie was erleben.«

Ich schaltete ab. »Da bin ich aber gespannt«, murmelte ich.

Charlot kam in den Kontrollraum und sah in seinem hautengen Plastikbeutel grotesk aus.

»Es ist unmöglich«, erklärte er.

»Ja«, sagte ich, »ich weiß, daß es unmöglich ist. Aber ich bin seit ziemlich langer Zeit im Raum, und mir ist bekannt, daß man, wenn einer tot daliegt und diesen Ausdruck auf seinem Gesicht hat und wenn Blut und Schweiß noch aus ihm heraussickern, keine Zeit vergeudet, um herauszufinden, wie das Unmögliche nun doch möglich geworden ist. Man fängt an zu schreien, und wenn man lange genug geschrien hat, dann fängt man an zu beten, daß man sich nicht angesteckt hat. Sie dürften nicht in Gefahr sein; Sie sind ja den ganzen Tag nicht draußen gewesen. Doch ich bin mehr als eine Meile mit diesem Bastard gelaufen, und er hat mich die ganze Zeit angehaucht, und ich habe nach seiner Hand gefaßt, um festzustellen, ob er noch lebte. Jetzt beschuldigen Sie mich nicht, ich sei in Panik geraten. Wenn dem so wäre, dann hätte ich inzwischen das Ding über jeden Zentimeter des Landeplatzes verteilt.«

Plötzlich ertönte ein lautes Rufzeichen, und ich griff nach dem Schalter der Kommunikationsanlage.

»Hier ist die *Dronte*«, meldete ich mich.

»Hier ist Srinjat Merani«, sagte der andere. »Ich finde, wir sollten die Verbindung offenhalten und jeden Mann auf dem Boden einschalten. Ich habe das Lager unter Quarantäne gestellt und Ullman angewiesen, mit höchster Geschwindigkeit Entseuchungsanlagen einzufliegen. Wir haben eine Seuche im Lager, Mr. Grainger. Die Situation ist verzweifelt.«

Wem erzählen Sie das, brummte ich mir in den Bart.

Ich drehte mich zu Charlot um. »Es mag ja unmöglich sein, aber das Wunder, das Pharos retten wird, hat sich soeben mitten unter uns ereignet. Jetzt haben wir ein neues Problem.«

Er sah richtig krank aus. Vermutlich machte ich auch keinen besonders gesunden Eindruck.

XIV

Als alle Personen an Bord in transparente Plastik gekleidet waren, versammelten wir uns, um über den Ernst der Lage zu diskutieren. Mit wir meine ich die Mannschaft – Keith Just und seine zahlreichen Gäste waren auf das untere Deck beschränkt worden.

Als Eve eintraf, hatte Charlot bereits zu seiner Zufriedenheit erfahren, daß ich mich nicht von der Seuche ergriffen fühlte. Ungeachtet der Tatsache, daß ich den ganzen Tag im Lager und einen guten Teil des Abends in Varlys Gesellschaft gewesen war, hatte ich nicht ein einziges Symptom. Natürlich bedeutete das nicht, daß ich außer aller Gefahr war. Wir wußten nichts über die Inkubationsperiode von dem, was Varly getötet hatte.

»Wie fühlen Sie sich?« fragte Charlot Eve.

»Gut«, antwortete sie ein wenig zögernd.

»Wirklich?« forschte er. »Tapferkeit ist jetzt nicht am Platz. Haben Sie irgendwelche Beschwerden?«

»Ich kann nichts feststellen«, antwortete Eve.

»Kapitän?«

»Mir geht's gut«, versicherte Nick. »Ich bin ein bißchen müde, aber davon abgesehen bin ich noch nie besser in Form gewesen.«

»Johnny?«

»Nicht besonders gut«, sagte Johnny. Daraufhin entstand ein langes Schweigen. Mit dieser Antwort hatte niemand gerechnet. Eve und ich waren draußen gewesen. Nick konnte sich durchaus im Lauf der letzten Tage angesteckt haben. Aber Johnny war seit seiner Schlägerei nicht mehr über die Grenzen des Landeplatzes hinausgekommen. Wenn einer der Ansteckung entkommen wäre, hätte es Johnny sein müssen.

»Wie fühlen Sie sich?« Charlots Stimme klang kalt und schneidend.

»Mir ist seit drei oder vier Stunden übel«, gestand Johnny. »Nicht schlimm – es schien nichts Ernstes zu sein. Nur ein verdorbener Magen, ein bißchen Durchfall. Mir ist etwas heiß, und mein Mund ist trocken, aber das ist auch alles.«

»Es kann nicht dasselbe sein«, meinte ich. »Varly ist innerhalb einer Stunde daran gestorben.«

»Blödsinn!« schnaubte Charlot. »Wissen Sie denn, wie es ihm ging, als Sie ihm begegneten?«

»Sie haben recht«, gestand ich unglücklich ein. In meiner

Bemerkung hatten sich mehr die Hoffnung und mein Wunsch, Johnny zu beruhigen, als medizinisches Wissen ausgedrückt.

»Denken Sie nach!« befahl Charlot. »Haben Sie in den letzten beiden Tagen irgend etwas getan, wobei Sie – und nur Sie – sich einem Krankheitserreger ausgesetzt haben könnten?«

Das war eine schwierige Frage. Was konnte auf Pharos möglicherweise ein Krankheitserreger sein? Hier gab es nichts, das biß, nichts, das stach. Die einzigen Bazillenträger auf Pharos, von denen wir wußten, waren wir selbst. Und es stand fest, daß keiner von den Caradoc- oder *Aegis*-Leuten etwas von der Art, wie es Varly getötet hatte, in sich hatte.

»Da hat's eine Schlägerei gegeben«, berichtete Johnny. »Ich habe ein paar blaue Flecken davongetragen. Das kommt mir als das Wahrscheinlichste vor. Ich bin in eins der von Caradoc gebuddelten Löcher hinabgestiegen, aber ich habe Grainger gezeigt, was ich da gefunden habe, und es sind auch ein paar Mann von Charlot unten gewesen und haben sich die Knochen angesehen. Die einzige andere Möglichkeit . . . aber das kann es nicht gewesen sein.«

»Sagen Sie es mir!« verlangte Charlot. »Ich werde beurteilen, ob es sein kann.«

»Heute morgen habe ich . . . ein bißchen mit einigen der Eingeborenen gesprochen . . . und gespielt. Sie kamen aus dem Wald und sahen sich hier um. Ich wollte sie mir nur einmal genau ansehen.«

»Unmöglich«, warf ich ein. »Wir alle sind öfter als er mit Eingeborenen in Kontakt gewesen.«

»Varlys letzter Kontakt war, soviel bekannt ist, der mit einer Eingeborenen«, gab Nick zu bedenken. »Er hat eine getötet.«

»Merani und sein Team haben eng mit den Eingeborenen zusammengearbeitet«, warf Eve hastig ein.

»Monatelang sind sie bei ihnen gewesen«, bekräftigte ich. »Auch ich bin in Kontakt mit ihnen gewesen. Titus auch. Und ebenso die *Aegis*-Leute.«

»Einen Augenblick«, sagte Johnny.

Wieder herrschte Schweigen. Wir alle dachten, ihm sei noch etwas eingefallen – und wir warteten auf die uns erleuchtende Enthüllung.

»Die *Aegis*-Leute«, stieß Johnny hervor. »Einige von ihnen . . . Ich glaube, sie haben auch Durchfall.«

»Aber sie sind doch da unten eingesperrt!« protestierte ich.

»Das ist richtig«, antwortete Johnny. »Die einzigen Leute, die sich heute hätten anstecken können, sind Just und ich. Aber gestern . . . da waren sie überall und nirgends.«

»Bleiben Sie hier!« befahl Titus. Er schritt aus dem Kontrollraum und kletterte zu den unteren Decks hinunter.

»Inzwischen können wir es alle haben«, meinte Nick.

»Danke«, fuhr ich ihm über den Mund. »Antreten zum tot umfallen! Sollen wir Wetten abschließen, wer morgen früh noch am Leben sein wird?«

»Sei still!« rief Eve.

Pause.

Ein paar Minuten später kam Charlot zurück. »Wir sind in ernsten Schwierigkeiten«, verkündete er.

»Das wissen wir«, sagte ich.

»Wie viele?« fragte Johnny.

»Vier«, antwortete Charlot. »Im Anfangsstadium. Sie hielten es für nichts Schlimmes. Sie fühlen sich ein bißchen schlecht, aber nicht sehr. Vier von ihnen. Und Just.«

Eve barg das Gesicht in den Händen. In der ganzen Zeit, als Varly mit seinem Gewehr auf ihren Rücken zielte, hatte sie nicht ein Zehntel so verängstigt ausgesehen wie jetzt.

»Das ist doch alles völlig unverständlich«, sagte ich. Irgendwer mußte es ja sagen. Es war eine ziemlich dumme Bemerkung, aber, verdammt noch mal – es *war* völlig unverständlich. Es lag so gar keine Logik darin. Vier *Aegis*-Leute plus Just plus Johnny plus Gott weiß wie viele in Meranis Lager fühlten sich krank. Nicht schlimm krank – nur krank. Das war etwas, das man sich auf beinahe jeder Welt holen konnte, und meistens auch tat. Andere Luft, anderes Wasser. Zum Teufel, Durchfall konnte man schon bekommen, wenn man neunzig Meilen über Land reiste. Ich hatte bei hundert Gelegenheiten die von Johnny beschriebenen Symptome gehabt.

Aber kein einziger bisher auf Pharos hatte daran gelitten. Die Caradoc-Leute waren seit Monaten hier, die *Aegis*-Leute seit

Wochen, unsere eigene Gruppe erst seit Tagen. Ganz plötzlich hatte dieser Bazillus – oder was es war – uns ausfindig gemacht. Und etwas – konnte es wirklich derselbe Bazillus sein? – hatte Varly getötet. Ihm war nur Gerechtigkeit widerfahren, aber zusätzlich war jeder Mann (und jede Frau) auf dem Planeten in Panik geraten.

Was war heute vorgefallen? Nur eins. Das Schlachtschiff hatte tausend Mann ausgeladen. Das war genug, um fünfzig Millionen Bazillen auf die Oberfläche des Planeten zu transportieren. Aber die Seuche war genau an den Stellen ausgebrochen, wo Caradocs Schwarzhemden *nicht* gewesen waren – in dem Eingeborenenlager, in der *Dronte* und bei Varly. In seine Nähe waren die Invasoren bestimmt nicht gekommen.

Was war gestern geschehen? Was hatten Varly, die *Aegis*-Leute, Johnny, Just und die Wissenschaftler am Wasserfall an diesem Tag *alle* getan? Nichts. Absolut nichts.

Das Ganze war völlig unverständlich, das hatte ich ja gesagt.

»Kapitän!« Charlot entschied, mich zumindest für den Augenblick zu ignorieren. »Ich wünsche, daß ein Abschnitt des unteren Decks sterilisiert und als Isolierstation mit einer Schleuse, die jedes Mal, wenn jemand hindurchgegangen ist, entgiftet werden kann, eingerichtet wird. Ich wünsche, daß jeder, der auch nur die geringsten Symptome zeigt, auf diese Isolierstation gebracht wird. Aber lassen Sie ihnen die Schutzanzüge vorläufig an für den Fall, daß sie nicht alle dieselbe Krankheit haben. Just übernimmt den Befehl innerhalb der Station, Sie außerhalb. Wir werden von Ullman einen Arzt bekommen – oder unsere Kranken in ihre Isolierstation transportieren lassen, falls Sie keinen Arzt für uns übrig haben. Miß Lapthorn wird Ihnen helfen. Grainger, Sie kommen mit mir. Wir wollen feststellen, was Caradoc wegen der Leiche unternimmt.«

»Was ist mit der Kommunikationsanlage?« fragte ich.

»Rufen Sie noch einmal alle Stationen ab, und dann kann einer von den *Aegis*-Leuten, der nicht krank ist, sie übernehmen und den Dauerkontakt aufrechterhalten.«

»Von den *Aegis*-Leuten? Im Kontrollraum?«

»Es ist ja nur eine zeitweilige Maßnahme«, fertigte Charlot

mich ab. »Ich werde in Kürze wieder hier sein, selbst wenn Sie andere Dinge zu tun bekommen.«

Dabei fiel mir etwas ein.

»Wie fühlen *Sie* sich denn?« wollte ich wissen.

»Schlecht«, antwortete er. »Wahrscheinlich schlechter als diejenigen, die wirklich krank sind. Aber das, was sie haben, habe ich nicht.«

»Sind Sie da ganz sicher? Sie sind der einzige Fall von Krankheit auf dieser Welt, über den wir vor heute Bescheid wußten.«

»Ich versichere Ihnen, ich habe keine Seuche verbreitet.« Charlots Stimme klang so trocken wie verkohltes Papier. »Ich war nicht krank – nur die Altersschwäche machte sich etwas bemerkbar. Ja, ich weiß, was Sie denken. Sie brauchen mich nicht durch weitere Anspielungen darauf zu ärgern. Natürlich könnte ich mich irren. Natürlich kann ich innerhalb einer Stunde tot sein. Aber setzen Sie lieber all Ihre Hoffnung darauf, daß ich recht habe, denn wenn ich unrecht habe, wer soll uns alle aus diesen Schwierigkeiten herausholen? Kerman? Ein Militärarzt aus dem Schlachtschiff, der Pharos bis heute noch nie gesehen hat? Beten Sie lieber um meine Gesundheit, Grainger. Jetzt rufen Sie die Stationen ab, und dann gehen wir.«

Wortlos aktivierte ich ein Rufzeichen über alle Wellenlängen.

»Merani hier«, kam sofort eine Meldung.

»Hier ist Powell. Ich bin in der Stadt«, lautete eine zweite.

»*Harrier* 32.« Der hier nannte wahrscheinlich den Namen eines Fahrzeugs und nicht den einer Person. »Eine Sekunde. Ullman möchte mit Ihnen sprechen.«

»Auf die Sekunde kommt es nicht mehr an«, sagte ich. »Hier ist die *Dronte*. Wir haben sechs gemeldete Krankheitsfälle. Keiner davon scheint ernst zu sein.«

»Wir haben nahezu dreißig Fälle«, berichtete Merani. »Einige sind nur leicht. Wenigstens zehn sind ernst – zwei können kritisch sein. Bisher keine Todesfälle.«

»Fragen Sie ihn, wann die Seuche ausgebrochen ist«, verlangte Charlot.

Ich gab die Frage weiter.

»Vor heute morgen hat niemand etwas davon gesagt, daß er sich nicht gut fühle«, antwortete Merani. »Die ersten Fälle – das sind die, die jetzt kritisch sind – tauchten in der biologischen Abteilung auf. Sie meldeten sich am frühen Abend krank, kurz bevor Sie das Lager verließen. Wie ernst die Situation ist, haben wir erst vor wenigen Stunden gemerkt.«

Ihr Esel, dachte ich. »Wer hat dort den Befehl?«

»Kerman.«

»Und Kerman ist nicht krank?«

»Nein. Vollkommen gesund. Ist dies wirklich . . .?«

»Ja«, sagte ich. »Powell – haben Sie etwas zu melden?«

»Keine Zahlen«, antwortete er. »Hier in der Stadt hat das Militär übernommen. Ullman ist zurück zum Landeplatz gegangen . . .«

»Hier ist Ullman!« Eine neue Stimme schnitt Powell das Wort ab. »Ich übernehme den Befehl für die gesamte Operation, Mr. Grainger. Der ganze Planet steht von jetzt ab unter Kriegsrecht. Bleiben Sie in Ihrem Schiff! Ich habe ein Ärzteteam auf das Problem angesetzt und auch das medizinische Personal aus der Stadt herangezogen. Wir werden in kürzester Zeit eine Lösung finden.«

»Sie können zum Teufel gehen«, sagte ich. »Was glauben Sie denn, wer Sie sind? *Kriegsrecht*!«

»Bleiben Sie in Ihrem Schiff!« wiederholte Ullman.

Charlot legte mir die Hand auf die Schulter und beugte sich vor.

»Ich warne Sie, Ullman«, sprach Charlot. »Wenn Sie sich mir in irgendeiner Form in den Weg stellen, werden Menschen auf diesem Planeten sterben. Eine große Anzahl von Menschen. Dies ist kein medizinisches Problem – dies ist ein Problem der ökosystematischen Analyse.«

»Quatsch«, polterte Ullman. »Niemand von meinen Männern oder von den Leuten in der Stadt hat schlimmere Symptome als solche, die sie nicht auch selbst mit einer kleinen Dosis eines Abführmittels hätten hervorrufen können. Verdammt noch mal, ich bin auf hundert Planeten gewesen, und diese leichte Übelkeit habe ich so gut wie immer am ersten Tag nach der Landung gehabt. Sie können mir die Qualifikation nicht absprechen. Wenn dies wirklich eine Seuche ist, dann werde ich unter den ersten sein, die daran sterben, und dann können Sie übernehmen. In der Zwischenzeit habe ich den Befehl. Haben Sie das verstanden?«

»Ullman«, beschwor Charlot ihn, »wenn Sie sich infiziert haben, dann sind Sie in Lebensgefahr. Sie sind nicht in der Lage, Ihre Autorität geltend zu machen. Sie haben völlig recht damit, daß Sie unter den ersten sein können, die sterben werden. Varly ist bereits tot.«

»Er ist nicht an Bauchschmerzen gestorben!«

»Wissen Sie, woran er gestorben ist?«

»Ich habe Chirurgen und Bakteriologen zu meiner Verfügung, die ihn in diesem Augenblick obduzieren«, erklärte Ullman.

»Ich werde in zwei Minuten dort sein.«

»Wenn Sie das versuchen, werde ich Ihnen den Zutritt mit Gewalt verwehren lassen.«

»Ebensogut können Sie sich selbst den Hals abschneiden. Versuchen Sie nicht, aus sich einen Helden zu machen, Kapitän Ullman. Wenn Sie Ihren gesunden Menschenverstand benutzen, müssen Sie einsehen, daß Sie dieses Spiel nicht gewinnen können. Auf dieser Welt sind Sie geschlagen. Nicht ich habe Sie geschlagen – das hat Pharos getan. Nun stehe ich auf Ihrer Seite, Kapitän. Irgendwer muß Ihnen das Leben retten. Die Leben aller Menschen auf diesem Planeten. Sie können es nicht. Ich weiß nicht, wieviel Vertrauen Sie wirklich in Ihre Ärzte setzen, aber glauben Sie mir, sie werden keine Lösung finden. Fragen Sie sie doch! Kapitän, Sie stecken in Schwierigkeiten.«

»Sie versuchen, mich als Dummkopf hinzustellen«, beschwerte sich Ullman. »Ich weiß nicht, woran dieser Mann gestorben ist, aber ich weiß mit absoluter Sicherheit, daß es nicht das war, was sich bei mir bemerkbar macht. Sie wissen ebensogut wie ich, daß es völlig *normal* ist. Sie nutzen einen empfindlichen Magen dazu aus, uns allen Todesangst einzujagen und daraus Ihren Vorteil zu ziehen. Damit kommen Sie nicht durch, Charlot.«

»Kapitän Ullman, beantworten Sie mir eine Frage. Bei wie

vielen Männern in der Stadt zeigen sich genau die gleichen Symptome wie bei Ihrer Mannschaft? Sie sind schon seit Monaten hier. Das ist Ihnen bekannt.«

»Und *Ihnen* ist bekannt, daß in der Minute, in der jemand eine Seuchenwarnung durchgibt, jeder Drückeberger mit einem Pickel anfängt zu glauben, er habe Typhus. Sie haben diese Seuche erfunden, Charlot. Sie und Ihre verrückte Warnung sind dafür verantwortlich. Nicht einer von meinen Männern ist *wirklich* krank. Ich weiß, was sie haben, denn ich habe es auch, und es hat gar nichts zu bedeuten, und es wird Ihnen nicht gelingen, uns damit Angst einzujagen. Morgen früh wird es uns allen wieder gutgehen, und bis dahin haben meine medizinischen Teams alles unter Kontrolle, und Sie werden in Ihrem verdammten Schiff bleiben.«

»Was ist mit den Männern im Lager, Ullman? Und sagen Sie mir doch – wie viele von Ihren und Capellas Leuten haben diese eingebildete Krankheit?«

»Das ist irrelevant«, erklärte Ullman.

»Verdammt noch mal, das ist es nicht!« brüllte eine dritte Stimme dazwischen. Es war Merani, und er stand offenbar am Rand der Hysterie.

»*Wie viele?*« beharrte Charlot.

»Ich werde es Ihnen sagen«, meldete sich Powell. »Hier bei mir ist jetzt ein Arzt. Bei uns sind es zweihundertundfünfzig Männer, und bei Ullman sind es nahezu tausend. Insgesamt sind das mehr als zwölfhundert. Siebenhundert haben sich krank gemeldet. *Siebenhundert*!«

»Alle mit Bauchschmerzen!« heulte Ullman.

»Ich komme hinaus«, verkündete Charlot. »Ich bringe Grainger mit. Wir werden mit Ihren Ärzten sprechen, und wir werden uns den Obduktionsbefund ansehen. Versuchen Sie nicht, uns daran zu hindern, Kapitän Ullman.«

Er schaltete nicht ab. Er trat nur von der Konsole zurück und ging zur Tür. Ich folgte ihm. Hinter uns in dem leeren Kontrollraum erklangen immer noch wütende Stimmen. Ullman war nicht populär – gar nicht populär. Caradoc schien diese Runde des Paradiesspiels einwandfrei verloren zu haben. Merani und Powell – wer Powell auch sein mochte – waren bereit, das Handtuch zu werfen. Siebenhundert andere ebenfalls. Ullman hatte keine Chance mehr. Aber wir hatten jetzt ein neues Spiel zu spielen. Das Paradiesspiel hatte sich in »Schlag den Teufel« verwandelt.

XV

Ohne große Schwierigkeit fanden wir den Hubschrauber, in den man Varlys Leiche gebracht hatte. Niemand zeigte uns den Weg, aber es versuchte auch niemand, uns aufzuhalten.

Ullman war nicht da. Ich schloß daraus, daß ihm ganz plötzlich der Gedanke gekommen war, Vorsicht sei der bessere Teil der Tapferkeit, oder daß er hatte sausen müssen. Mir war es gleichgültig.

Varly war jetzt nichts mehr als ein blutiger Haufen. Ich ertrug es nicht, ihn anzusehen. Man hatte ihn mit ruchloser Tüchtigkeit und großem Erfolg auseinandergenommen. Ich war froh, daß ich an einer Sauerstoffflasche innerhalb eines Plastikbeutels nuckelte – ich hatte so eine Ahnung, daß ich den Geruch nicht ausgehalten hätte.

Auch alle anderen steckten in Plastikbeuteln. Es waren ungefähr ein Dutzend Leute da, und sie rasten alle herum wie die Irren. Ihre angespannten Gesichter und die eiskalte Tüchtigkeit, die sie ausstrahlten, zeigte, daß sie ihr Äußerstes gaben.

Der Hubschrauber war vollgestopft mit chirurgischen und mikroanalytischen Ausrüstungen, und das meiste davon wurde benutzt oder war benutzt worden. Ich mußte es bewundern, wie Caradoc vorgesorgt hatte, auch wenn mir bewußt war, daß damit eigentlich Soldaten, die in Stücke gerissen worden waren, wieder zusammengeflickt werden sollten, damit sie von neuem in Stücke gerissen werden konnten.

Der einzige Mann, der genug Zeit hatte, um unseren Eintritt zu bemerken, war der Koordinator. Er schüttelte uns herzlich die Hand und beteuerte, er wisse unsere Hilfe sehr zu schätzen. Ich dachte bei mir, er trage zu dick auf, aber nach Ullman war er eine erfrischende Abwechslung. Entweder hatte er eine unterschiedliche Lebenseinstellung, oder er hatte aus der Obduktion genug gelernt, um zu wissen, daß ihm sein Brot auf die Butterseite gefallen war. Er stellte sich als Markoff vor.

»Woran ist er gestorben?« fragte Charlot und schnitt den Strom höflicher Redensarten mit einer Handbewegung ab.

Markoff wurde auf der Stelle ernst.

»Tut mir leid«, sagte er. »Ich glaube, das ist bei mir eine Überreaktion. Aber das ist genug, um . . . Ich fürchte, die Frage ist nicht: ›Woran ist er gestorben?‹ sondern ›Woran ist er nicht gestorben?‹«

Ich merkte, daß die Redseligkeit des Arztes Charlot ungeduldig machte. Ich kannte den Typ – groß, breit, bärtig, die Seele jeder Party, ein Mann, der gern half und gern anerkannt wurde. Das ging schon daraus hervor, wie er jetzt darüber schwatzte, es stehe alles so schlimm wie nur möglich. Aber Charlot gab keinen Pfifferling für den Drang des Doktors, sich zu profilieren.

»Woran ist er gestorben?« wiederholte er, und seine Stimme knallte wie eine Peitsche.

»Bisher haben wir drei verschiedene Viren gefunden«, gestand Markoff unglücklich. »Und drei verschiedene Trägerbakterien.«

»Stammen die Viren von der Erde?«

»Das würde ich ohne zu zögern annehmen, wenn mich nicht eins stutzig gemacht hätte. Alle drei sind DNA-Viren – ziemlich groß mit komplizierten Proteinhüllen. Aber wir können nicht einen von ihnen identifizieren. Nicht einer von ihnen ist bekannt.«

»Und doch sind es DNA-Viren?«

»Ja.«

»Und daher können sie sich unmöglich hier auf Pharos entwickelt haben?«

Beinahe hätte Markoff mit den Schultern gezuckt; er konnte sich gerade noch beherrschen. »Sie wissen über das hiesige Lebenssystem mehr als ich«, sagte er. »Diese Viren enthalten zweifellos DNA, was, soweit ich weiß, ein Charakteristikum des irdischen Biosystems ist. Aber ich habe noch nie zuvor etwas Ähnliches wie diese Viren gesehen.«

»Nie etwas *Ähnliches*?« faßte Charlot nach.

»Nun«, berichtigte Markoff sich, »etwas Ähnliches natürlich schon insofern, als alle Viren sich ziemlich ähnlich sind, und so sind auch diese hier den bekannten Arten nicht unähnlich. Aber sie gehören eben nicht zu den bekannten Arten.«

»Was ist mit den Bakterien?«

»Dieselbe Geschichte. Zwei Kokken, jede etwa zwei Mikron im Durchmesser. Ein Bazillus, sechs Mikron lang. Ihre chemische Zusammensetzung deutet so gut wie sicher auf terranischen Ursprung hin. Alle drei unbekannt.«

»Aber den bekannten Arten ähnlich.«

»Sehr ähnlich. Nur ist keine der bekannten Arten, denen sie am ähnlichsten sind, ein Krankheitserreger. Und bei keiner ist jemals festgestellt worden, daß sie zum Träger eines Virus geworden ist. Verdammt, diese Viren lassen sich von den Bakterienzellen nur transportieren, die fressen sie nicht. Es sind Viren, die Menschen infizieren. Charlot – unbekannte, Menschen infizierende Viren, die von unbekannten Bakterien getragen werden. Sagt Ihnen das etwas?«

»Ja«, nickte Charlot.

»Dann wäre ich Ihnen dankbar, wenn Sie es mir erklären würden.«

»Es sind Mutanten.«

»Das ist unmöglich. Sie wollen doch nicht im Ernst behaupten, daß sich innerhalb von Tagen durch rein zufällige Mutationen sechs neue Spezies gebildet haben?«

»Der Zufall hat sehr wenig damit zu tun«, verkündete Charlot.

»Sie sprechen in Rätseln.«

»Diese Welt hat ein einzigartiges Lebenssystem. Es kennt keine Zuchtwahl. Es hat sich durch ein von Mutationen gesteuertes Ausleseverfahren entwickelt. Terrestrische Mikroorganismen – völlig harmlose, freilebende terrestrische Mikroorganismen – sind, sobald sie von der Caradoc-Vorhut eingeschleppt wurden, von dem hiesigen Lebenssystem adoptiert und in tödliche Krankheitserreger umgewandelt worden. Ich weiß nicht wie, und ich weiß nicht warum, aber so ist es geschehen. Wichtig ist – was können wir dagegen tun?«

»Wir können spezifische Mittel gegen diese Bakterien vorbereiten. Das ist ganz leicht.«

»Die Bakterien sind nicht das Problem. Was können wir gegen die Viren tun?«

»Wir können immunisieren. Nur ist es dazu schon ein bißchen spät. Wir brauchen für jeden Virus ein eigenes Serum, dessen Herstellung Zeit erfordert. Und wenn das Serum fertig ist, wird es nur Leute, die noch nicht infiziert sind, und nur gegen dieses bestimmte Virus schützen. Wenn das hiesige Lebenssystem neue Viren in Massenproduktion herstellt, können wir kaum hoffen, jede Ansteckung zu unterbinden. Und selbst wenn das möglich wäre, könnten wir nur eine winzige Minderheit des Personals auf der Planetenoberfläche schützen. Mehr als die Hälfte der Leute ist bereits infiziert, wenn die herumschwirrenden Gerüchte auf Wahrheit beruhen. Sitzt der Virus einmal fest, gibt es nichts mehr, was wir tun können. Wir können die auftretenden Symptome behandeln, aber der Himmel weiß, ob das irgendeinen Zweck hat. Dieser Mann ist in einem Zeitraum von zwei Virusgenerationen zerfressen worden. Ursprünglich war ein halbes Dutzend Zellen infiziert, diese produzierten jede mehrere Millionen Viren. Die Sekundärinfektion war dann beinahe total. Sein Blut zersetzte sich einfach *so*.«

Markoff schnippte mit den Fingern. Es war ein entsetzliches Geräusch. Und es war keine sehr hübsche Vorstellung.

»Da ist noch eine Kleinigkeit«, meldete ich mich zu Wort. »Wenn diese Dinger so unglaublich zeugungstüchtig sind, wie kommt es dann, daß niemand sie sich vor dem heutigen Tag eingefangen hat und daß die meisten Opfer nichts Schlimmeres als eine Verdauungsstörung zu haben scheinen?«

»Die erste Frage ist leicht zu beantworten«, erwiderte Markoff. »Wenn diese Viren absichtlich zu der jetzt vorliegenden Art umgestaltet worden sind, dann wurden sie nicht in einem freien Augenblick zusammengebastelt. Ich weiß nicht, wie ein durch Mutationen gesteuertes Ausleseverfahren funktioniert, aber eins weiß ich sicher – es sind Tausende von Generationen nötig, um eine harmlose Bakterie in einen tödlichen Killer zu verwandeln, ob die Evolution nun von dem Kampf ums Dasein oder irgendwelche verwünschten interzellularen Tricks hervorgerufen wird. Aber was Ihre zweite Frage betrifft . . .«

»Diese Bakterien«, unterbrach Charlot ihn. »Zwei Kokken, ein Bazillus. Dann sind sie keine Mutationen von einem einzigen Original?«

»Es ist nur eine Schlußfolgerung, aber ich würde sagen: nein«, antwortete ihm der Bärtige. »Bei den Viren gilt das gleiche. Sie haben keinen gemeinsamen Vorfahr. Sie sind Modifikationen verschiedener Arten, glaube ich.«

Ich glaubte zu wissen, worauf Charlot hinauswollte.

»Aha, alle Leute mit Bauchschmerzen haben Modell eins erwischt, Varly dagegen die Modelle zwei, drei und vier.«

Charlot schüttelte langsam den Kopf. »Nein. Dahinter steckt zuviel Methode, als daß es eine so einfache Erklärung geben könnte. Viel zuviel Methode. Hier sind verschiedene Typen und Organismen gleichzeitig losgelassen worden. Organismen, die sorgfältig für einen bestimmten Zweck gestaltet worden sind . . . Nein! Für mehr als nur einen Zweck. Es sind große Viren, sagten Sie, komplizierte Viren. Sie tragen mehr genetische Informationen in sich, als ein einfacher, stumpfsinniger Killer sie braucht. Wir dürfen nicht glauben, daß der Zufall hier irgendeine Rolle spielt. In diesem Lebenssystem gibt es keinen Zufall. Die Art, wie Pharos die Sache angefaßt hat, hat nichts mit Versuch und Irrtum zu tun. Varly ist nicht der einzige, der sich mit den tödlichen Erregern infiziert hat. Jeder Mann, der krank ist, trägt das gleiche kleine Bündel sofortigen Todes in sich, aber die Viren schlafen. Nicht nur das. Auch jeder Mann, der *nicht* krank ist, trägt sie in sich. Es gibt drei Stadien der Virusinfektion: Erstens, das Virus dringt ein, tut aber nichts. Zweitens, die genetischen Elemente binden sich an das Chromosomenmaterial. Drittens, die Viren unterwerfen sich die gesamte Zellaktivität.

Der Grund, warum fünfundneunzig Prozent der Erkrankten keine schlimmeren Symptome zeigen als die einer geringfügigen Verdauungsstörung, ist, daß sie keine schlimmere Krankheit *haben* als eine harmlose Verdauungsstörung. Das ist nur das Anfangsstadium der Krankheit, die Varly getötet hat. Wir – Sie und ich und der Rest aller Gesunden – haben nicht einmal das. In unseren Körpern halten sich die Bakterien und die Viren völlig still. Keine Virusinfektion, keine Zellteilung der Bakterien, die einer Virusinfektion vorauszugehen pflegt.«

»Das ist immer noch nichts als eine halbe Erklärung«, sagte ich. »Sie beschreiben damit genau, wie es vom medizinischen Standpunkt aus geschieht. Aber es fehlt ihr an Logik.«

Charlot blickte mir ins Gesicht, und hinter seinen wäßrigen Augen konnte ich die Relais mit Lichtgeschwindigkeit klicken hören. Doch leichte Spuren von Zorn und Enttäuschung in seinem Ausdruck verrieten mir, daß er keinen Erfolg hatte. Er wurde von der auflaufenden Flut seines eigenen Genies dahingetragen, aber er konnte die Gleichungen nicht ganz lösen. Er wußte, was vorging und ich war ebenso wie er davon überzeugt, daß er es richtig beschrieben hatte, aber es wurde einfach keine Antwort ausgefällt. Immer und ewig war diese Welt Charlots Logik um Nasenlänge voraus. Wir entdeckten immer mehr, wir gruben tiefer und tiefer, und doch fanden wir die Lösung nicht.

»Es ist hier«, sagte er und hielt mir die hohle Hand hin. »Aber ich kann es nicht ganz fassen.«

Sein Tonfall deutete an, daß er seine Krankheit dafür verantwortlich machte. Offensichtlich dachte er, es *müsse* ihm gelingen, sich die Antwort aus dem Ärmel zu schütteln. Vielleicht hatte er recht. Ein gesunder Charlot hätte diese Entwicklung schon vor zwei Tagen kommen gesehen und sie verhindert. Vielleicht.

»Denken wir im Augenblick einmal nicht an das Warum«, schlug ich vor. »Überlegen wir lieber, ob wir irgend etwas dagegen unternehmen können.«

»Dem stimme ich von ganzem Herzen zu«, erklärte Markoff, dem Charlots Niedergeschlagenheit völlig den Wind aus den Segeln genommen hatte.

»Bereiten Sie die Seren vor«, befahl Charlot.

Markoff nickte. »Das wird bereits getan. Es ist eine selbstverständliche Maßnahme. Aber es sind so viele . . . tausend und mehr Männer zu behandeln . . . und unsere Möglichkeiten hier sind begrenzt. Wir brauchen dazu Zeit, und die haben wir einfach nicht. Wir werden auch die Symptome all derer behandeln, die krank sind. Doch auch dazu braucht man Zeit und Personal und Einrichtungen, die wir nicht haben. Wunder können wir nicht wirken.«

Charlot nickte zustimmend. »Keine Wunder.«

Ein Soldat kam aus der Schleuse. Sein Gesicht verriet einige Aufregung.

»Dr. Markoff!« sprach er den Arzt an.

»Verschwinden Sie.« Markoff streifte den Mann nur mit einem flüchtigen Blick. »Ich habe Ihnen bereits gesagt, daß Kapitän Ullmans Befehle mich nichts angehen.«

»Darum handelt es sich nicht«, sagte der Soldat. »Ullman ist zusammengebrochen. Ein paar Augenblicke, nachdem er über die Gemeinschaftswelle gesprochen hatte. Er ist bewußtlos. Wir haben ihn in sein Bett gebracht, aber ich glaube, er stirbt.«

Ich wechselte mit Charlot einen überraschten Blick. Das war der Mann, der sich bis zuletzt dagegen gesträubt hatte, an eine Seuche zu glauben. Ein geeigneteres zweites Opfer hätte ich mir kaum ausdenken können, wenn es schon ein zweites Opfer geben mußte. Aber warum Ullman? Was hatte den Virus von Phase eins auf Phase zwei geschaltet?

»O mein Gott«, entfuhr es mir, »ich weiß, warum.«

»Warum was?« fragte Markoff.

»Ich weiß, warum die Krankheiten in dieser Form auftreten.«

Ich hielt inne, nicht, weil ich es besonders spannend machen wollte, sondern weil ich mir zuerst die Worte zurechtlegen mußte.

»Sehen Sie, Varly ist tot«, begann ich. »Er hat eine Eingeborene getötet. Im Lager der Wissenschaftler schlug die Seuche hart zu – unter den Biologen, nicht unter den Linguisten. Vier *Aegis*-Leute sind krank. Vier *Aegis*-Leute waren daran beteiligt, die Caradoc-Maschinen in die Luft zu sprengen. Johnny ist krank. Johnny hatte eine Schlägerei mit einem der Caradoc-Männer. Über die Hälfte der Soldaten sind krank – und das sind Berufssoldaten. Ullman ist zusammengebrochen – Augenblicke nachdem er seine Wut an uns ausgelassen hatte. Wir haben das hier herrschende Gesetz nicht vollständig erfaßt, Titus. Es heißt: *Lebe in Frieden oder überhaupt nicht.*«

»Die Kompliziertheit der Viren«, murmelte Charlot in tiefem Nachdenken. »Ein Auslöser, der auf Aggression reagiert. Bestimmte physiologische Änderungen, die an Zorn, an Mord, an Zerstörung geknüpft sind. Warum die Biologen?«

»Sie haben Lebewesen getötet«, antwortete ich. »Zum Sezieren, zum Analysieren. Jedem anderen war es eigens verboten worden, zu töten. Dieses Lebenssystem verfügt über eine perfekte Organisation. Es hatte den Tod ausgelöscht. Wir haben den Tod zurückgebracht. Jetzt löscht er uns aus. Jeder Akt der Aggression, der Gewalttätigkeit, des Zorns . . .

»Jesus«, endete ich. *»Stellen Sie sich doch vor, was geschehen wird, wenn wir diese Viren hinaus unter die Sterne tragen!«*

XVI

Johnny sah nicht besonders schlecht aus. Schlimmer als ein Fall von Seekrankheit war es nicht. Bisher.

Ich erzählte ihm von unserer Vermutung. Das dauerte einige Zeit, denn die Sache mit den Viren und den Bakterien verstand er nicht ganz. Trotzdem gelang es mir, ihm klarzumachen, daß er gut daran täte, sein Temperament zu zügeln und von jetzt an bis auf weiteres – vielleicht für immer! – nichts als reine Gedanken zu denken.

»Werden wir je von hier weg können?« fragte er.

»Ich weiß es nicht«, mußte ich gestehen. »Das Schlachtschiff hat um Hilfe nach New Alexandria geschickt, aber bis irgendwer hier eintrifft, wird es eine Woche oder länger dauern. Und dann wird es jemand anderem obliegen, zu entscheiden, ob irgendwer hier landen darf oder nicht. Inzwischen tun die Caradoc-Leute alles, was sie können.«

»Wie viele sind bisher gestorben?« wollte er wissen.

»Nur vier. Varly, Ullman und zwei Biologen. Bei einigen anderen ist deine Art von Symptomen schlimmer geworden, aber entweder haben die Viren nur einmal ihre Muskeln gestreckt, oder es war eine freundschaftliche Warnung an die Betroffenen, ihre Sünden oder sonst etwas zu bereuen.«

»Vermutlich fürchtet sich jetzt jeder vor seinen eigenen Gefühlen«, meinte Johnny.

»Du sagst es, mein Sohn. Verdammt, wenn ich daran denke, wie ich ohne jeden Skrupel diese Blumen gepflückt und sie dann achtlos auf den Boden fallen gelassen habe, als komme es überhaupt nicht darauf an! Und dann die Herumschreierei mit Holcomb . . .

Ich muß vermutlich alles in allem doch ein braver Junge sein. Vielleicht hat Pharos meine Motive gebilligt. Es ist zwar nicht die richtige Zeit für meinen speziellen Humor, aber, weißt du, der Gedanke ist es, der zählt.«

Er lachte nicht. So weit war es gekommen. Niemand wagte zu lachen. Das heißt, niemand von denen, die uns glaubten. Wir hatten versucht, die guten Nachrichten – beziehungsweise die schlechten Nachrichten, das hing von dem jeweiligen Temperament ab – mit allen uns zur Verfügung stehenden Mitteln zu verarbeiten, aber sie waren nicht besonders gut aufgenommen worden. Die Soldaten wollten das einfach nicht glauben, obwohl sie Ullmans Leiche und das Zeugnis ihrer eigenen Militärärzte als Beweise hatten.

Es konnte jedoch kein Zweifel daran bestehen, daß ich recht hatte. Wenn ich noch eine weitere Bestätigung gebraucht hätte, so lag eine direkt vor meiner Nase. Ich hatte Charlot vor Wut schäumen sehen, weil er die Antwort, die doch schon innerhalb seiner Reichweite schwebte, nicht fassen konnte. Jetzt hatte ihn Phase eins erwischt – Bauchschmerzen und Durchfall, und er mußte jedes Quentchen seiner meisterhaften Selbstbeherrschung einsetzen. Er war schon vorher leidend gewesen, und er hätte gut ohne diese zusätzliche Belastung auskommen können.

Wir hatten den sterilen Abschnitt auf dem Deck der *Dronte* beträchtlich erweitert, damit jeder der Kranken, wenn er das Bedürfnis dazu hatte, sich zurückziehen konnte. Das letzte, was wir wollten, war, daß sie sich gegenseitig auf die Nerven gingen. Andererseits wollten wir auch nicht, daß sie durch Isolation neurotisch wurden. Es war ein schwieriges Problem, aber wir konnten nichts anderes tun, als die Informationen sowie die Hilfe, die wir leisten konnten, zur Verfügung zu stellen und die Leute beides so benutzen zu lassen, wie sie wollten.

Nie zuvor in meinem Leben hatte ich so viel Zeit mit ernsthaften Bemühungen verbracht, zu jedermann nett zu sein, und nie zuvor in meinem Leben hätte ich mit einem solchen Versuch so viel Erfolg gehabt.

Besonders Johnny schien sich zu freuen, wenn ich ihm ab und zu Gesellschaft leistete. Mir war immer bewußt gewesen, daß er von mir eine etwas höhere Meinung hatte, als mit logischem Denken zu vereinen war, aber meine eigene Einstellung zu dieser Heldenverehrung wurde durch die Pharosseuche vollständig geändert.

Vorher hatte ich Johnny eigentlich nie richtig *gemocht*. Plötzlich mochte ich ihn. Ich tat nicht nur so, um seine Krankheit nicht zu verschlimmern. Ich mochte ihn wirklich. Es ist bemerkenswert, wie sich der menschliche Charakter ändern kann, wenn die Umstände für eine Veränderung günstig sind.

»Wie kommen sie denn mit der Entwicklung der Impfseren voran?« erkundigte Johnny sich. Zwei Tage waren seit jener langen, schlaflosen Nacht, als die Seuche zuerst zugeschlagen hatte, vergangen. In der Zwischenzeit hatte über jeder menschlichen Aktivität eine Art von tödlicher Stille gelegen. Ich hatte schon von Leuten gehört, die sich vor ihrem eigenen Schatten fürchteten, aber die Angst, mit der wir es hier zu tun hatten, war viel tiefer verwurzelt.

»Langsam«, antwortete ich ihm.

»Wie viele verschiedene Sorten brauchen wir denn jetzt?«

»Fünf. Markoff ist sicher, daß wir alle Viren identifiziert haben. Wahrscheinlich hätten sich noch mehr entwickelt, wenn die Seuchenwarnung nicht so früh hinausgegangen wäre.«

»Wie bescheiden von dir, das zu sagen«, bemerkte Johnny.

»Das war nicht mein Verdienst. Wenn man irgendwem einen Verdienst daran zuschreiben muß, dann Varly. Er war so gefällig, einen Mord zu begehen und uns dadurch innerhalb von wenigen Stunden den Ernst der Lage vor Augen zu führen.«

»Wie konnte sich die Krankheit so schnell ausbreiten?« fragte Johnny weiter. »Ich kann mir nicht denken, wie die Anstekkung erfolgt ist. Wer hat die anderen infiziert?«

»Keiner«, erläuterte ich. »Das Lebenssystem auf Pharos hat wie eine große Einheit gearbeitet und hat uns alle gleichzeitig mit der Infektion angehaucht. Eine Ansteckung hat es nicht gegeben, ausgenommen hier auf dem Landeplatz, wo zu den nächsten Pharos-Organismen eine bestimmte Entfernung bestand. Aber denke daran, da waren doch die Eingeborenen – die unschuldigen, harmlosen Eingeborenen, mit denen du neulich gesprochen hast. Und das haben sicher noch andere getan.«

Er nickte. »Ich verstehe.« Nach einer kurzen Pause setzte er hinzu: »Ich schwöre, ich werde nie wieder eine Schlägerei anfangen, ganz egal, was einer zu mir sagt.«

»Ja-a.« Ich gestatte mir nicht die leiseste Spur von Sarkasmus oder Zynismus. »Wenn dies alles vorbei ist – falls es jemals soweit kommt –, erinnere mich daran, daß ich dir sage, ich hätte es dir ja gleich gesagt. Aber weißt du, es hätte schlimmer kommen können. Wenn du diese Schlägerei vor zwei statt vor vier Tagen gehabt hättest, dann könntest du jetzt tot sein.«

»Trotzdem verstehe ich nicht, warum der Virus mich noch nach diesem Vorfall erwischt hat«, brummte Johnny. »Oder lag das an meinem Charakter im allgemeinen?«

»Der äußere Anschein kann täuschen«, erklärte ich. »Aber ich glaube wirklich nicht, daß dieses Ding fähig ist, über die Moral zu richten. Die Auslösung erfolgt auf rein chemischem Wege. Vermutlich warst du immer noch wütend – hast darüber nachgedacht –, hast die Schlägerei in der Erinnerung immer von neuem erlebt. Das hat die physiologische Reaktion hervorgerufen, die Phase eins zum Ausbruch brachte. Denke von nun an nur noch erfreuliche Gedanken, ja?«

»Ich wette mit dir, daß du keine fünf Minuten lang *nicht* an ein weißes Pferd denken kannst«, sagte er.

Natürlich war er in einer scheußlichen Situation. Wenn man

weiß, an was man nicht denken darf, wie soll man es dann vermeiden, daß einem gerade diese Sache andauernd im Kopf herumspukt? Doch die Einstellung dazu war die Hauptsache. Wenn Johnny jetzt an die Schlägerei dachte, dann malte er sich aus: »Ich hätte dem Bastard *dies* antun sollen und *dies*, und wenn er mir in die Finger kommt . . .« Nein, jetzt dachte er: »Warum habe ich mich von dem Burschen nur herausfordern lassen?«

Ich persönlich war der Meinung, wir hätten jeden Kranken bis an die Ohren mit Glückssaft auffüllen und alle unter schweren Beruhigungsmitteln halten sollen, während wir übrigen das Problem lösten. Vermutlich waren noch genug Männer da, die zwar für die ärztliche Arbeit nutzlos waren, aber sich sehr gut um ein paar hundert Schläfer kümmern konnten. Ich gehörte ja auch dazu. Aber Charlot und Markoff hatten unter sich beschlossen, sie wollten den Vorrat an Sedativen nicht angreifen, außer in Fällen, wo es unbedingt notwendig war. Ihre Gründe verstand ich schon – wenn wir auch im Augenblick noch reichlich versorgt waren, so konnten wir doch für immer hierbleiben müssen, und in diesem Fall bekam die Menge an vorhandenen Drogen eine ganz neue Bedeutung. Sie planten auf lange Sicht, obwohl sie jedem, der sich bei ihnen nach den gemachten Fortschritten erkundigte, mit gedämpftem Optimismus antworteten. Für mich war dieses Verhalten sehr aufschlußreich.

»Ich glaube, wir müssen alle ein kleines bißchen verrückt sein«, überlegte Johnny. »Das Schlimmste, was uns passieren kann – das wirklich Allerschlimmste –, ist, daß wir zu einem Leben im Paradies verurteilt werden und dann für alle Zeit ein friedliches, harmonisches Dasein haben. So ist es doch. Manchmal frage ich mich, warum wir so heftig und so entschlossen dagegen ankämpfen.«

Da hatte er natürlich recht. Das war doch die Erfüllung aller Träume, nicht wahr? Diese Träume standen hinter dem Paradiessyndrom, das die Ursache des Paradiesspiels war, welches wiederum der Grund dafür war, daß es zu Schwierigkeiten auf dieser Welt gekommen war. Also, was war so schrecklich daran? Aber wie ich schon erwähnte, ich glaube nicht an das Paradies. Ich mag das Paradiesspiel nicht. Ich halte das Ganze für eine Farce und eine Illusion.

Wenn es mir Freude gemacht hätte, zu triumphieren, weil ich recht behalten hatte, dann hätte ich mich nur auf Pharos zu beziehen brauchen. Aber in einer Situation wie der unsrigen hat man ein bißchen zuviel Angst, um zu triumphieren. Man hat Angst vor allem, was man ist. Die Tatsache, daß der Virus mich auf meinem Weg zur Hölle noch nicht angefallen hatte, bedeutete nicht, daß ich ein einwandfreier Kandidat für den Himmel war. Der Bursche, der in den alten Sagen vor dem Heiligen Gral seine lilienweißen Pulswärmer verliehen bekam, wäre von dem Leben auf Pharos vielleicht entzückt gewesen. Aber wir armen menschlichen Wesen . . .

Wir hatten keine Chance.

»Das ist richtig«, antwortete ich Johnny mit einer Stimme, die nur ein bißchen traurig und ein bißchen bitter klang. »Das hier ist der schönste Ort in der Galaxis, auf dem zu bleiben man verurteilt werden kann. Er ist bestimmt tausendmal schöner als der *letzte* Ort, von dem ich glaubte, ich müsse mein ganzes Leben lang dort bleiben.«

Dieser letzte Ort war natürlich Lapthorns Grab, dieser Klumpen nackter Felsen am Rand des Halcyon-Nebels. Dieser Ort hatte mir Schlimmes angetan, aber ich war nicht vollständig überzeugt, ob Pharos mir nicht noch Schlimmeres antun würde.

Als ich Johnny verließ und mich wieder an die Seuchenbekämpfung machte, begegnete ich Trisha Melly. Sie machte immer noch keine Anstalten, mich zu verführen, aber wenigstens hatte sie nichts mehr dagegen, mit mir zu sprechen, was mehr war, als sich von Holcomb sagen ließ.

Wir wechselten ein paar Worte. Sie war ein richtiges Sonnenstrählchen. Eine in der Wolle gefärbte Idealistin. Sie hatte eine Möglichkeit gefunden, eine gute Seite an der Sache zu sehen. Sie hielt es für unsere Pflicht, unsere Schiffe aufsteigen zu lassen und unser herrliches Geschenk der ganzen galaktischen Zivilisation zu bringen. Lebe in Frieden oder überhaupt nicht. Das sei unsere Bestimmung.

Vielleicht hatte sie sogar recht.

Wenn mein spezieller Humor für eine Sekunde zum Durchbruch kam, dachte ich, es könne unsere gerechte Strafe sein. Aber ich wußte, die menschliche Rasse würde sie nicht hinnehmen. Sie würde mit allen Mitteln gegen die Seuche ankämpfen, und am Ende würde sie sie besiegen. Es war absolut sicher, daß wir zur Zeit noch nicht reif für den Himmel waren.

XVII

In den nächsten zwei Tagen gab es keine Todesfälle mehr, aber ständig meldeten mehr Männer, daß sich bei ihnen die Anfangssymptome bemerkbar machten. Am Abend des fünften Tages nach der Seuchenwarnung waren weniger als hundert Männer und Frauen übrig, die offenbar gesund waren. Nicht einer hatte sich erholt oder auch nur die geringsten Anzeichen einer Besserung gezeigt. Eine ganze Anzahl von Fällen schien sich verschlimmert zu haben, aber bei ihnen hatten sich nur die bereits vorhandenen Symptome verstärkt, und niemand konnte sagen, ob daran die Viren oder die Angst schuld war. Halb und halb rechnete ich damit, früher oder später würde irgendein Idiot aus purer Angst, daß es passieren könnte, bei sich einen Ausbruch der tödlichen Phase hervorrufen und eine Panik erzeugen, die noch mehr Leute tötete. Aber das geschah nicht. Die Pharosviren hatten ein ungewöhnlich feines Unterscheidungsvermögen – von Furcht oder anderen starken Emotionen wurden sie nicht aktiviert, nur von Zorn oder Zerstörungswut. Diejenigen von uns, die fähig waren zu arbeiten – einschließlich einer ganzen Reihe von denen, die wahrscheinlich krank waren –, halfen mit bei der Suche nach einem Wunder-Agens, das uns alle von den Killerviren reinigen würde. Es war wie die Suche nach dem Lebenselixier oder dem Stein der Weisen.

Aber wir hatten zusätzliche Hilfe.

Es war eine Hilfe, von der niemand außer mir wußte, und ich

hatte nicht die Absicht, es irgendwem zu erzählen. Wenn der *Wind* es schaffen sollte, würde ich den ganzen Ruhm für mich in Anspruch nehmen.

Ich hatte früher dazu geneigt, den *Wind* zu vernachlässigen. Anfangs hatte ich ihn so gut wie möglich ignoriert, weil ich von ganzem Herzen, wenn auch vergeblich, hoffte, dann werde er wieder weggehen. Als ich begann, mich mit seiner Anwesenheit auszusöhnen, war aus Abscheu allmählich Koexistenz geworden. Für mich war er so etwas wie eine innere Stimme, ein unsichtbarer Gefährte. Ich sprach mit ihm, und ich dachte von ihm, als sei er menschlich – was er in gewisser Weise ja auch war. Die Menschlichkeit war ihm aufgezwungen worden. Er hatte sich als menschlich organisierter Verstand manifestiert. Mir war immer klar gewesen, daß er andere und bessere Fähigkeiten hatte als ich, aber sie waren mir immer unbehaglich gewesen, und ich hatte keinen Versuch gemacht, sie im einzelnen zu erforschen. Auch hatte ich mich nie bemüht, die Geheimnisse seines Lebenszyklus und seiner persönlichen Beschaffenheit zu enträtseln. Ich wußte nicht einmal, aus was er bestand.

Vielleicht klingt es merkwürdig, daß ich auf alle diese Dinge niemals neugierig gewesen war, da ich doch von Natur aus neugierig bin. Doch mir hat es nie gelegen, etwas Fremdes in mich aufzusaugen. Lapthorn war so – alles, was er berührte, hinterließ einen Eindruck auf seiner Seele. Er wollte die Dinge nicht nur verstehen, er wollte sie auch fühlen, sich mit ihnen identifizieren. Ich verhielt mich da ganz anders – kalt, hochmütig, verschlossen. Im Grunde bin ich ein pragmatischer Mensch. Ich schwelge weder in Gefühlen, noch lasse ich meinen Verstand davongaloppieren. Meine Neugier richtet sich auf Dinge außerhalb meines eigenen Ichs, und ich setze sie, soweit das möglich ist, auf objektive Weise ein. Ich versuche niemals, meine äußeren Erfahrungen mit meinen inneren, persönlichen Erfahrungen zu verketten, wie es Lapthorn tat.

Ich wußte, daß der *Wind* in mir war, ich erlebte den *Wind*, als sei er ein unabhängiger Teil meiner selbst. Deshalb benahm ich mich gegen den *Wind* ganz anders, als es dem normalen

Spektrum meiner Reaktionen auf die Dinge außerhalb von mir entsprochen hätte. Ich fühlte *keine* Neugier wegen des *Windes*. Ich fühlte mich nicht einmal zu dem Versuch gedrängt, ihn zu verstehen.

Doch auf Pharos wurde meine Verbundenheit mit dem *Wind* zu einer Lebensnotwendigkeit. In gewisser Weise war das auch früher schon so gewesen. Er hatte mir im Halcyon-Nebel das Leben gerettet, und auf Chao Phrya wieder, und vielleicht auf Rhapsodia auch. Aber bei diesen Gelegenheiten hatte es sich um eine einmalige Tat gehandelt, die so schnell vergessen war, wie sie vorbei war. Auf Pharos mußte ich mehrere Tage lang mit dem, was er tat, leben.

Wie jeder andere auf Pharos war ich mit den Killerviren, die das Lebenssystem des Planeten geschaffen hatten, infiziert. Im Gegensatz zu den meisten anderen Menschen blieb ich jedoch von den Viren völlig unbeeinflußt. Ich bin zwar von Natur aus kein gewalttätiger Mensch, aber ich kann nicht behaupten, ich sei frei von aggressiven Neigungen, zerstörerischen Impulsen und Zorn, was auf einige Anwesende offensichtlich zutraf. Daß ich nicht krank wurde, war ganz und gar nicht mein Verdienst, sondern der des *Windes*.

Der *Wind* war nur ein zweiter Verstand, der mein Gehirn und meinen Körper mit mir teilte. Aber er war ein viel älterer Verstand und ein viel fortgeschrittenerer Verstand. Er konnte aus der Geist-Körper-Einheit viel mehr machen als ich.

In gewisser Hinsicht war eher er als ich mein eigenes Selbst. Aber er war auch rücksichtsvoll und schätzte ein harmonisches Zusammenleben. Er konnte mich ebensowenig loswerden wie ich ihn, und er konnte meinen Körper nicht »übernehmen«. Er konnte gehen, wenn ich rannte, aber alles, was dabei herauskommen würde, war, daß ich hinfiel – es war gar keine Rede davon, daß der eine von uns den anderen beherrschen konnte. Was wir taten, mußten wir gemeinsam tun. Die einzigen Gebiete, auf denen er die totale Kontrolle hatte, waren die, auf denen ich gar keine hatte. Die Verteidung des Körpers gegen angreifende Parasiten war ein solches Gebiet.

Er konnte die Invasion nicht aufhalten, und er konnte die Parasiten, wenn sie einmal drinnen waren, nicht töten, aber er konnte gegen die verderblichen Wirkungen ankämpfen, die sie auf meinen Körper hätten haben können. Ich war gegen die Pharosviren nicht immun, aber sie konnten mich nicht umbringen. Es war gut, das zu wissen.

Was mehr war: Wenn irgendwer eine Chance hatte, eine Strategie auszuarbeiten, wie man in großem Maßstab gegen die Viren angehen konnte, dann war es wahrscheinlich der *Wind*. Er mochte weder Markoffs Wissen noch Charlots Genie haben, aber er brauchte kein Mikroskop, um die Viren zu erkennen.

Wie kommst du voran? erkundigte ich mich am Morgen des fünften Tages.

– Es ist schwierig, erwiderte er. So ohne weiteres kann man mit dem Bewußtsein nicht auf molekulare Ebene hinabsteigen.

Ich dachte, das käme bei dir ganz von selbst, sagte ich.

– Tut es auch. Wenn ich in freilebendem Zustand bin. Aber dann bin ich auch gleichzeitig praktisch im Schlaf. Du weißt, wie lange ich gebraucht habe, bis ich einen Zugang zu deinem Verstand gefunden hatte, als wir beide als Schiffbrüchige auf diesem elenden Felsen saßen. Da ich meine genetischen Informationen in einer Zufallsauswahl auf Luftmoleküle programmieren mußte, war nicht mehr viel von meinem Bewußtsein übrig. Der Übergang von einem System zu einem anderen kommt bei mir von selbst, aber das bedeutet nicht, daß ich Wunder wirken kann. Du warst einmal ein Ei, erinnerst du dich?

Nicht genau, antwortete ich.

– Siehst du wohl.

Hast du überhaupt irgendwelche Fortschritte gemacht? bohrte ich weiter.

– Ich habe es schon ziemlich gut im Gefühl, wie die Auslöser zusammengesetzt sind. Wir hatten recht mit der Annahme, daß es auf die Auslöser ankommt – auch wenn die Viren sich voneinander unterschieden, sind die Auslösermechanismen sich im Grunde sehr ähnlich. Wenn wir einen Auslöser desaktivieren können, wird es uns auch bei den anderen gelingen. Und das ist es, was wir brauchen, wenn wir nicht wollen, daß die Galaxis zu ewigem Frieden verurteilt wird – wobei ein wahrscheinlicher Nebeneffekt die Auslöschung der menschlichen Rasse sein wird. Aber es ist nicht genug, ein Gefühl für die Auslöser zu haben. Ich habe einfach die Fähigkeit nicht, auf dieser Ebene zu erkennen, welches Gegenmittel, wenn es überhaupt eins gibt, wirksam wäre. Wenn Markoff eine Simulation des Moleküls in seinen Computer eingeben würde, könnte ich, glaube ich, bestätigen, ob sie richtig ist oder nicht, und dann könnte der Computer ein wirksames Mittel ausarbeiten. Aber wie lange braucht Markoff für eine solche Simulation? Monate! *Wenn* der Computer soviel Speicherkapazität hat, was ich bezweifle.

Alles in allem, sagte ich, hast du gar keinen Erfolg.

– Nein, meinte er zögernd, ganz so ist es doch nicht.

Sprich weiter.

– Es ist nur eine Vermutung, antwortete der *Wind*. Auf dieser Stufe kann ich noch keine Garantie für die Richtigkeit übernehmen. Aber mir kommt es so vor, als sei der Auslöser nicht schlau genug, um auf die Weise zu arbeiten, wie du es dir vorstellst.

Ich stelle es mir so vor, daß er chemische Veränderungen im Blut erkennt, die die Folge von starken, gefühlsmäßigen Ausbrüchen sind.

– Du mußt aber bedenken, daß nicht jeder Gefühlsausbruch eine spezifische Veränderung hervorruft. Chemisch gesehen sind sich starke Emotionen alle ziemlich ähnlich. Bei Lust wie bei Wut, bei Freude wie bei Haß reagieren die Drüsen in etwa der gleichen Weise. Wenn der Auslöser von der chemischen Zusammensetzung des Blutes aktiviert würde, müßte er darauf kodiert sein, eine große Menge von Variablen in die Rechnung einzubeziehen, und selbst dann wäre er immer noch nicht hundertprozentig zuverlässig.

Bis heute hat er sich als sehr zuverlässig erwiesen, sagte ich. Welche Alternative gibt es hier? Du willst doch wohl nicht etwa behaupten, ein Virus könne telepathische Fähigkeiten haben?

– Nicht gerade telepathische, aber etwas in dieser Art, erklärte der *Wind*. Ich glaube, die Stimulantien, die den Auslöser aktivieren, sind elektrisch. Ich glaube, die Viren richten sich nach den Vorgängen in den Nervenbahnen.

Ist dir so etwas schon einmal vorgekommen? fragte ich. Kannst du mir ein Beispiel nennen?

– Ja, sagte er. Ich bin ein Beispiel. Und wenn meine Annahme richtig ist, dann ist auch das Lebenssystem auf Pharos ein Beispiel. Du siehst, daraus läßt sich schließen, daß dieses System der Auslese durch Mutation durchaus funktionieren kann. Es ist schwer verständlich, wie das Lebenssystem auf Pharos es ohne natürliche Selektion schafft, zwischen alternativen Formen zu wählen. Es kann sie doch nicht in der Art prüfen, wie Mutationen auf der Erde durch ihre Umgebung auf ihre Überlebensfähigkeit hin geprüft werden. Das Pharossystem kann nur auf folgende Weise vorgehen: Leben bedeutet Ordnung, und mit Ordnung ist ein bestimmtes Muster elektrischer Aktivität verbunden. Mir scheint, der einzige kritische Punkt der Evolution auf Pharos – die zuvor mit der auf der Erde eine oberflächliche Ähnlichkeit gehabt haben mag – ist die Entwicklung dieses Auslösers, der Unterschiede in den elektrischen Reaktionen erkennt. Sofort machte sich der Auslöser daran, Pharos in ein perfekt geordnetes, völlig stabiles Paradies zu verwandeln. Und die natürliche Reaktion des Lebenssystems auf jeden Angreifer oder eine zufällig auftauchende Mutation in den eigenen Reihen ist, daß dieser Auslöser losgelassen wird. In Körpern irdischen Ursprungs hat er nur langsam gearbeitet, weil die chemische Zusammensetzung ihm fremd war, aber die Tatsache, daß er überhaupt gearbeitet hat, läßt schließen, daß das System eher auf elektrische als auf chemische Impulse reagiert.

Okay, sagte ich, das will ich dir abnehmen. Und nun?

– Statt nach einer chemischen Substanz zu suchen, die die Proteine des Auslösers auflöst, müssen wir etwas finden, das sie auf elektrische Weise auflöst.

Aber auf nuklearer Ebene *ist* chemische Aktivität elektrische Aktivität, wandte ich ein.

– So ist es. Der *Wind* hatte die Bemerkung vorausgesehen. Aber umgekehrt gilt nicht unbedingt das gleiche.

Darüber dachte ich einen Augenblick nach. Was sollen wir

deiner Meinung nach tun? fragte ich dann. Uns gegenseitig fünftausend Volt durch den Körper jagen?

– Nicht nötig, sagte der *Wind*. Hast du noch nie etwas von Echostrom gehört?

XVIII

Ich lief mit dieser brillanten Idee zu Charlot. Er war ziemlich krank, aber sein Verstand arbeitete einwandfrei. Ich berichtete ihm von der Vermutung, die Mutationsauslese auf Pharos richte sich nach elektrischen Impulsen, und führte ihn durch eine hübsche Kette von »Daher« und »Folglich« bis zu der Möglichkeit, die Auslöser durch den Einsatz von Magneten außer Gefecht zu setzen.

Um ganz ehrlich zu sein, ich hatte angenommen, er würde vor Lachen platzen. Meiner Meinung nach klang es ein bißchen gar zu lächerlich. Natürlich wußte ich nicht, wovon ich sprach – der *Wind* soufflierte mir alles. Ich trug es nur vor. Aber es muß doch eine Art von Sinn ergeben haben, denn es feuerte offensichtlich Charlots fruchtbare Phantasie an.

»Es ist eine Chance«, sagte er. »Unbedingt eine Chance.«

»Aber etwas macht mir Sorgen«, gestand ich.

»Und das wäre?«

»Das Herumspielen mit den Auslösern. Ich glaube, damit muß man sehr, sehr vorsichtig sein. Ein falscher Schritt, und die Katastrophe ist da.«

Er nickte. »Ja, vorsichtig müssen wir sein, aber das ist von geringerer Bedeutung. Wenn Sie recht haben, dann haben wir eine Möglichkeit gefunden, die Viren anzugreifen, und darauf allein kommt es an. Das brauchen wir – und zwar schnell.«

»Schnell?« wiederholte ich. »Ich dachte, jetzt sei es vorbei mit der Hetzerei. Das heißt, solange wir alle friedlich bleiben.«

»Sie haben das nicht zu Ende durchdacht«, warf er mir vor.

Es ist nicht ganz unverständlich, daß ich mich durch diese Bemerkung ein wenig beleidigt fühlte. »Nicht zu Ende durchdacht! Mein Gott, ich habe an nichts anderes mehr gedacht. Ich habe Ihnen soeben eine komplette Diagnose des Falles geliefert. Sie ist vielleicht nicht richtig, aber dahinter steckt doch eine solide Denkarbeit. Und jetzt erzählen Sie mir, ich hätte das nicht zu Ende durchdacht. Haben Sie das ausgearbeitet, was ich Ihnen gerade vorgetragen habe?«

»Mit der Zeit wäre ich wohl von selbst darauf gekommen«, behauptete er. »Aber ich will Ihre Leistung ja nicht herabsetzen. Wenn Sie recht haben, dann haben Sie zu einem richtigen Wunder beigetragen. Und ich hoffe sehr, Sie haben recht. Ich meine nur, wir müssen uns beeilen, weil in wenigen Tagen ein Schiff von New Alexandria hier eintreffen wird.«

»Um uns zu helfen«, betonte ich.

»Wenn uns geholfen werden kann. Wenn nicht . . .«

»Dann was?«

»Sie wissen doch, was diese Viren den Menschen da draußen antun könnten!«

»Na und? Sie können doch niemandem schaden, solange sie auf den Planeten beschränkt bleiben. Wir haben alle Zeit der Welt, das Problem zu lösen.«

»Und was ist mit den Trisha Mellys der Galaxis?«

»Trisha? Sie ist eine Idiotin. Aber gefährlich ist sie nicht.«

»O doch. Was glauben Sie, wie viele Menschen mag es da draußen geben, die einfach begeistert von der Möglichkeit wären, uns allen den Frieden aufzuzwingen? Wie viele Menschen würden die Viren eher für ein Geschenk Gottes als für eine mögliche Katastrophe ansehen? Wie viele Menschen würden gern überall solche Paradiese schaffen, wie wir es hier haben. Welches Bedürfnis versucht Ihrer Meinung nach das ganze Paradiesspiel zu befriedigen?«

»Aber wie könnte ein Mensch so viel Selbstvertrauen haben?« rief ich. »Wir alle leben nur in der Hoffnung auf ein Heilmittel. Wenn wir glauben müßten, das wäre für immer . . . Wie kann ein Mensch sicher sein, daß er nie wieder dem Zorn, dem Haß oder dem Impuls, jemanden zu schlagen, nachgeben wird?«

»Wollen Sie darauf wirklich eine Antwort hören?« fragte Charlot.

»Nein«, sagte ich. »Ich sehe es ja ein.«

»Also, wir können uns einen Planeten wie diesen in der Galaxis einfach nicht leisten, wenn wir nicht ein wirksames Gegenmittel für die hier produzierten Viren finden. Ich fürchte, das Schiff von New Alexandria wird eine größere Verantwortung tragen als dafür, uns zu helfen. Irgendwer wird die Verantwortung auf sich nehmen, unsere Vernichtung zu befehlen.«

»Den ganzen Planeten?«

»Den ganzen Planeten.«

»Und sonst weiß niemand etwas davon?«

»Nur, wenn er von selbst darauf gekommen ist. Aber das ist etwas, worüber in der gegenwärtigen Situation niemand sprechen wird.«

»Sie glauben, man würde uns tatsächlich vernichten?«

»Davon bin ich überzeugt.«

»New Alexandria?«

»Diese Sache geht nicht nur New Alexandria an. Das wissen Sie. Die Galaxis ist voll von zerstörerischen Menschen. Betrachten Sie es einmal von ihrem Standpunkt aus. Pharos muß zerstört werden, oder es wird alles andere zerstören. Was haben sie für eine andere Wahl? Wir haben keine Zeit, Grainger. Ich weiß nicht, welche Spanne sie uns noch großmütig gewähren werden, aber ich weiß, wenn wir innerhalb dieser Frist kein Heilmittel finden, werden wir nicht bis an unser seliges Ende in Frieden und Harmonie im Paradies leben. Wir werden ohne Rückfahrkarte auf den Weg in die Sonne geschickt.«

»Sie haben recht.« Ich fühlte mich ein wenig benommen. »Sie haben vollkommen recht. Ich hatte das nicht zu Ende durchdacht. Deswegen bin ich jetzt doppelt froh, daß ich zur Lösung des Problems auch einen kleinen Beitrag leisten konnte. Aber mit Trisha Melly sympathisiere ich trotzdem. Ich hätte ihre Meinung nicht so einfach ablehnen sollen. Ehrlich, ich bin nicht auf den Gedanken gekommen, daß sie uns einfach nicht am Leben lassen können. *Sie!* Nicht Caradoc – nicht die schwarzen Schurken, die niemand liebt, sondern *sie,* New Alexandria und New Rome und dieser ganze Haufen. Wissen

Sie, Titus, manchmal glaube ich, ich bin dämlich. Und manchmal glaube ich, ich wäre auf diesem lausigen Felsklumpen, auf Lapthorns Grab besser dran gewesen.«

»Ich würde mich vorsehen, zu bitter zu werden«, sagte er ruhig. »Es ist nicht gesund.«

– Schreib dir das hinter die Ohren, warf der *Wind* ein. Ich kann keine Wunder wirken. Wenn du den Auslöser aktivierst, müssen wir beide die Konsequenzen tragen.

Ich seufzte.

»Okay. Ich werde ein anderes Mal darüber nachgrübeln. Sprechen Sie mit Markoff, Titus. Fangen Sie an, mit seinem Computer zu spielen, und dann werden Sie feststellen, ob eine magische magnetische Kur möglich ist. Ob wir das Mittel schlucken müssen? Oder bis zum Hals darin baden? Jedenfalls wünsche ich Ihnen von ganzem Herzen einen baldigen Erfolg. Und kann ich bitte einen kleinen Schuß haben, der mich glücklich macht? Ich fühle mich heute morgen etwas schwach.«

»Bitte entschuldigen Sie«, sagte er.

»Das ist wirklich allerhand bei jemandem, der sich ungefähr ebensooft entschuldigt wie ich«, bemerkte ich. »Weshalb?«

»Ich hätte nicht mit Ihnen darüber sprechen sollen.«

»Ich bin verdammt froh, daß Sie es getan haben. Wenn mein Freund und ich durch eigenes Nachdenken darauf gekommen wären, hätte ich vielleicht die Katze aus dem Sack gelassen.«

»Freund?« forschte er.

»Nur so eine Redensart.« Mehr verriet ich ihm nicht. Aber ich bekam den Schuß. Und ich brauchte ihn wirklich.

Danach besuchte ich wieder einmal Johnny in der Hoffnung, es werde mich aufheitern. Das tat es aber nicht. Obwohl das Stimulans Wohlwollen und Charakterstärke durch meine Adern spülte, stellte ich fest, daß die Gesellschaft menschlicher Wesen mich nur dazu verleitete, über unangenehme Dinge nachzudenken.

Nicht etwa, daß ich irgendwem Vorwürfe machte – das bestimmt nicht. Was Charlot sagte, war ganz richtig. Die Menschen, die diese Welt vernichten konnten, würden nicht wagen, davon Abstand zu nehmen, falls wir keine Möglichkeit fanden, Pharos' schwere Waffen unwirksam zu machen. Eine andere Entscheidung konnten sie vor ihrem Gewissen gar nicht verantworten. Aber andererseits sind es Dinge dieser Art, die einen zynisch machen können.

Ich glaube, am schlimmsten von allem war, daß ich einige Zeit später zu dem Schluß kam, die Menschen, die Pharos zerstören konnten und es aller Wahrscheinlichkeit nach auch tun würden, könnten in gewisser Beziehung trotz allem einen Irrtum begehen. Die Pharosviren würden die menschliche Rasse nicht vernichten. Wir könnten mit ihnen leben – und nicht nur der eine unter zehn oder fünfzehn Fällen, der niemals Phase zwei erreichte. Nach einiger Zeit würden vielleicht sogar die Bauchschmerzen aufhören. Wir würden nur einen unter fünfzig Leuten verlieren – nun ja, vielleicht käme es bei der Schlußabrechnung auf einen von zehn. Aber auch das wären immer noch Milliarden von Toten. Dagegen waren wir nur lumpige zwölfhundert zuzüglich ein paar tausend Eingeborener. Es hing wohl alles von der jeweiligen ökonomischen Theorie ab.

Statt mich mit Johnny zu unterhalten, machte ich einen Spaziergang im Paradies. Meine Einstellung zu dieser Welt hatte sich geändert. Früher hatte ich feindlich auf sie reagiert. Jetzt mußte ich einen Plastikanzug tragen, wenn ich sie besuchen wollte, und mußte jedes Mal, wenn ich nach Hause kam, in die Entgiftungskammer. Sie war kein Paradies mehr. Sie war nicht einmal mehr schön.

Schönheit, so heißt es, liegt im Auge des Betrachters.

Bei mir lag an der entsprechenden Stelle jetzt ein blinder Fleck.

Ich begegnete unterwegs einigen Eingeborenen. Sie näherten sich mir furchtlos, ebenso neugierig, ebenso verspielt, wie sie an dem ersten Tag gewesen waren, als das erste Caradoc-Schiff auf ihrer Welt landete. Ich ließ sie eine Zeitlang mit mir gehen.

Ich mochte sie.

XIX

Als ich zum Schiff zurückkehrte, hatte die Krankheit ein neues Opfer gefordert – Eve Lapthorn.

Das bedeutete, daß von den siebzehn Leuten, die augenblicklich an Bord der *Dronte* wohnten, nur noch drei – eins der *Aegis*-Mädchen, Nick delArco (genau der Typ, der keiner Fliege etwas zuleide tun kann) und ich selbst – gesund waren. Das war jedoch ein viel, viel besserer Durchschnitt, als Caradoc aufzuweisen hatte. Dort gab es nur noch rund vierzig gesunde Leute, von denen wenigstens sechs, wie gerüchteweise verlautete, die Gesellschaftshuren waren. Markoff hatte es erwischt, und die meisten seines Stabes auch, aber sie weigerten sich, ins Bett zu gehen. Sie konnten es sich nicht leisten, mit ihrer Arbeit aufzuhören.

Sobald ich vernahm, daß das Ding seine Klauen in sie geschlagen hatte, besuchte ich Eve. Sie lag nicht im Bett, sie ruhte sich nur aus, und der Ausdruck tapferer Fröhlichkeit auf ihrem Gesicht wirkte wie aufgemalt.

»Hei«, sagte ich, »was hast du angestellt?«

»Nichts«, antwortete sie.

»Das sagen alle«, versicherte ich mit gespielter Scherzhaftigkeit. »Du hast nicht etwa plötzlich den unwiderstehlichen Drang verspürt, jemanden zusammenzuschlagen?«

»Nein«, sagte sie. »Wenn ich auf irgendwen ärgerlich geworden bin, dann nur auf mich selbst.«

»Das ist schon sehr arg«, bemerkte ich, »wenn man nicht einmal in seinen eigenen vier Wänden auf sich selbst ärgerlich werden darf, ohne dafür leiden zu müssen. Das ist mir hier ein schönes Paradies. Es befiehlt einem, auf der Stelle glücklich zu sein. Das Leben ist hart.«

»Das ist es«, stimmte sie zu.

»Nun sag mal im Ernst«, forderte ich sie auf. »Ist wirklich nichts weiter gewesen, als daß du ärgerlich auf dich selbst geworden bist?«

»Ehrlich, ich weiß es nicht«, seufzte Eve. »Das könnte es

sein. Aber ich glaube, wahrscheinlicher ist der Grund, daß ich allmählich anfange, diesen Planeten zu hassen.«

Ich nickte voller Mitgefühl. »Es ist schwer, ihn zu lieben«, räumte ich ein.

»Dir scheint es zu gelingen«, meinte Eve.

»Ich liebe ihn nicht«, beteuerte ich. »Aber ich habe langsam aufgehört, ihn zu hassen, statt andersherum.«

Sie sah mich lange und forschend an, und ich fühlte mich unter diesem Blick ein wenig unbehaglich.

»Wie kann es nur sein«, überlegte Eve, »daß ein reizbarer Mensch wie du, der sich etwas darauf zugute hält, das ganze Universum zu hassen, sich dieses Ding vom Leibe halten kann, während wir anderen es einer nach dem anderen in unsere Körper einlassen müssen?«

»Ich hasse das Universum nicht«, gab ich zurück. »Ich kann es nur nicht besonders gut leiden. Vermutlich empfinde ich einfach nichts Besonderes dafür. Verwechsle mich nicht mit Nick. Er hält das Ding mit reiner Herzensgüte zurück. Mich kriegt es nicht, weil ich gar kein Herz habe.«

Sie sah mich immer noch an.

»Dein Bellen muß verteufelt viel schlimmer sein als dein Beißen«, bemerkte sie.

»Beißen? Ich beiße überhaupt nicht. Du kennst mich – ich bin zu klein, um für irgendwen eine Belästigung darzustellen. Ich beiße nicht, und bellen tue ich erst recht nicht. Ich gebe höchstens gelegentlich einen Pieps von mir.«

Eve schüttelte den Kopf. »Niemand ist zum Beißen zu klein. Und diese ganz kleinen Viren beißen am schlimmsten zu.«

Ich spreizte die Hände. »In diesem Fall habe ich keine Entschuldigung. Ich beiße nicht, weil ich nicht beiße. Es hat keinen Sinn, darüber nachzudenken, warum das Ding mich nicht krank gemacht oder gleich ganz umgelegt hat wie den armen Ullman. So ist es nun einmal. Ich kann dir mein Geheimnis nicht verraten.«

»Es wäre dafür auch sowieso zu spät«, stellte sie traurig fest.

»Nimm's leicht.«

»Es *ist nicht* leicht.«

»Ich weiß.«

Aber das glaubte sie mir nicht. Sie traute mir nicht zu, daß ich Verständnis für sie hatte. Sie verstand nicht, warum ich von dem Paradiesvirus unberührt blieb, aber sie war überzeugt, daß ich kein Verständnis haben konnte, *weil* ich es war. Ich glaube, sie konnte sich nicht damit abfinden, daß die Krankheit sie erwischt hatte, mich aber nicht. Sie war mit den *Aegis*-Leuten zusammengewesen, und da war es mehr oder weniger unvermeidlich gewesen, daß sie ein bißchen von deren Ideen in sich aufnahm. Sie sah diese Geschichte als eine Art von Prüfung an – sie glaubte, wer sich ansteckte, erweise sich damit als schwach, als schlecht. Er trage eine Art von Brandmal. Ich merkte, daß sie neidisch auf mich war.

»Sie werden das Heilmittel bald haben.« Meine Stimme klang nicht sehr überzeugend. Nicht weil ich nicht glaubte, was ich sagte – ich war überzeugt, es werde bald ein Heilmittel entwickelt sein. Sondern weil ich wußte, daß es nicht die Sorge um das Serum war, was ihr zu schaffen machte. Sie dachte, sie hätte imstande sein müssen auszuhalten.

Für sie war es gefährlich, einer solchen Stimmung nachzugeben.

»Hör zu, ich will dir erzählen, warum ich nicht infiziert worden bin«, sagte ich. »Ich mache euch etwas vor. Ich habe mir ab und zu einen Schuß genehmigt, so daß mein Geist immer etwas umnebelt war. Auch heute morgen hatte ich einen – sonst läge ich jetzt schon flach. Wenn wir geglaubt hätten, es bestehe Gefahr, hätten wir dich auch damit versorgt. Aber wir dachten, du könntest aus eigener Kraft aushalten. Wir hatten Vertrauen zu dir.«

Ihre Augen suchten in meinem Gesicht nach Anzeichen dafür, daß ich log. Ich weiß nicht, was sie zu finden erwartete.

»Michael wäre der Krankheit nie zum Opfer gefallen«, erklärte sie mit flacher Stimme. Ich wußte, das war der Kern ihres Problems. Das war der Gedanke, der sie verfolgte.

»Gleich am ersten Tag hätte es ihn erwischt.« Das sagte ich nicht nur, um sie zu trösten. Das war die reine Wahrheit. »Dein Bruder war ein feiner Kerl. Ich habe nie einen besseren kennengelernt. Aber für eine solche Art von Kampf war er nicht ausgerüstet. Dein Bruder lief über vor Zorn, ebenso wie er vor jedem anderen menschlichen Gefühl überlief. Das lag nun einmal in seiner Natur. Er war, was er war, weil er auf die Dinge reagierte, und seine Reaktionen waren ehrlich. Aber er hatte die Selbstdisziplin nicht, die er gebraucht hätte, um dieser Krankheit zu widerstehen. Er hätte sie sofort bekommen. Nur Phase eins – nur die Bauchschmerzen und den Durchfall, damit er achtgab, damit er sich im Zaum hielt. Es hätte ihn nicht getötet – so viel Aggression hatte er nicht in sich. Aber auch er war nur menschlich.«

»Und du bist es nicht?«

Die Bitterkeit, die in ihrer Stimme mitschwang, erschreckte mich.

»Zum Teufel«, sagte ich, »ich weiß es nicht. Vielleicht bin ich es nicht. Aber Nick ist menschlich. Und du bist menschlich. Niemand läßt sich einfallen, Trennstriche zwischen euch zu ziehen. Verdammt, *Johnny* ist menschlich. Nach menschlichen Begriffen bedeutet der Virus gar nichts. Das vergessen wir alle andauernd. Dies Ding ist *fremd*. Es kommt von außen.«

»Es ist objektiv.«

»Es ist *willkürlich*«, berichtigte ich sie. »Diese Welt ist *nicht* das Paradies – das sollten wir mittlerweile alle gemerkt haben. Sie ist nicht Gottes Himmel, sie hat nicht den Zweck, die Gerechten von den Ungerechten zu scheiden. Was deinen Bauch zwackt, ist nicht das Flammenschwert des Heiligen Petrus. Es ist eine *Krankheit*. Um Gottes willen, was macht es schon aus, ob dein Bruder von der Krankheit befallen worden wäre oder nicht? Er ist *tot*, verdammt noch mal. Keiner von uns ist er. Keiner von uns *schuldet* ihm irgend etwas. Er ist nicht durch meine Schuld gestorben, und du brauchst nicht zu versuchen, er zu sein, weil er gestorben ist. Das hier geschieht zwei Jahre später. Mehr als zwei Jahre später. Wir sind auf Pharos. Es hat mit ihm überhaupt nichts zu tun.«

Ich hätte gar keine so lange Rede zu halten brauchen. Ihre Bitterkeit war schon verflogen. Sie wußte, daß ich recht hatte.

»Soll ich probieren, Charlot zu überreden, daß er dir einen Schuß gibt?« fragte ich. »Wir haben eine Menge Vorrat, und das Rettungsschiff wird wahrscheinlich weiteren mitbringen. Diese strenge Rationierung ist nichts als Unfug.«

»Ich komme schon zurecht«, versicherte sie mir.

»Gib dir ja Mühe«, drohte ich. »Wenn du stirbst, verzeihe ich dir das nie.«

Ich meinte, was ich sagte. Ich kann nicht ehrlich sagen, wieviel von dem ganzen Gespräch ich aufrichtig gemeint hatte, aber es war die Wahrheit, daß mir an Eve etwas lag. Der Paradiesvirus bewirkte, daß mir an ihr etwas lag.

Wenn das so weitergeht, sagte ich zu dem *Wind*, als wir zurück in den Kontrollraum kletterten, dann liegt mir an jedem einzelnen Menschen so viel, daß ich anfange, diese Welt gemeinsam mit den anderen zu hassen. Du mußt da drinnen eine verflucht schwere Arbeit zu leisten haben.

– Mach dir keine Sorgen, erwiderte er. Es ist nur eine Sache der Zeit. Ich bin jetzt sicher. Ganz sicher. Es sind die Echoströme im autonomen Nervensystem. Es muß so sein. Sie können unter Beobachtung gehalten werden. Vergiß nicht, daß Pharos das Muster, das Hand in Hand mit aggressivem Verhalten geht, erst erlernen mußte.

Erlernen? fragte ich.

– Das Lebenssystem hat den Virus nicht aufgrund einer Intuition erschaffen, hielt er mir vor. Oder aufgrund von Telepathie. Es hat kein Bewußtsein – es ist nur sehr hoch organisiert. Und hat ein sehr feines Unterscheidungsvermögen.

Hört sich an, als wüßtest du, wovon du redest, mußte ich einräumen.

Ich begab mich in den Kontrollsitz und setzte den Helm auf. Nicht, daß ich an den Kontrollen irgend etwas zu tun gehabt hätte. Ich wollte nur einmal einen Blick auf das Universum werfen. Ich bekomme Angstzustände, wenn ich nicht ab und zu durch den Helm die Verbindung mit dem Universum herstellen kann, um mich zu vergewissern, daß das, was meine Sinne mir vermitteln, auf gar keinen Fall schon alles ist.

Müßig hielt ich nach dem Rettungsschiff von New Alexandria Ausschau, aber es war noch nicht im System. Es sollte auch erst in ein oder zwei Tagen eintreffen. Außerdem war ich gar nicht wild darauf, es zu sehen. Wenn Charlot recht hatte, hatte es für uns nicht nur Medizin an Bord.

Ich rief alle Stationen der Gemeinschaftswelle an. Im Lager hielt Merani immer noch den Dienst aufrecht. Er wechselte sich mit ein paar anderen Männern ab – trotz allem gab es eine ganze Reihe von gesunden Individuen am Wasserfall. Der geheimnisvolle Powell, den ich nie gesehen hatte, meldete sich periodisch aus der Stadt, aber er war krank. Die Stadt war zu dem Schluß gekommen, die Kommunikation habe keinen solchen Vorrang, daß sie gesundes Personal erfordere. Die Armee hatte eine eigene Station, obwohl sie nur hundert Meter von uns entfernt war. Militärischer Stolz und das Protokoll, nahm ich an. Auch hier versahen kranke Männer den Dienst.

Todesfälle wurden nicht mehr gemeldet und nur noch wenige neue Erkrankungen. Man konnte fast sagen, es habe sich alles mittlerweile eingespielt. Wir hatten uns an den Zustand gewöhnt. Allerdings hieß es, die Disziplin lasse bei der Armee viel zu wünschen übrig. Einige meinten sogar, nach dieser Erfahrung würde dieser spezielle Zweig der Caradoc-Organisation niemals wieder mit militärischer Präzision funktionieren. Es wurden ganz offen Mutmaßungen darüber angestellt, ob die frischgebackenen Pazifisten in dem Augenblick, wo ihre Bauchschmerzen aufhörten, von selbst wieder auf Vordermann kommen würden, und es herrschte eine allgemeine und zynische Übereinstimmung, wahrscheinlich würden sie. Aber andererseits ging die herrschende Meinung dahin, jeder Mann auf Pharos hätte für sein ganzes Leben Zurückhaltung und Rücksicht gelernt, und das genüge, um ihn zum Berufssoldaten untauglich zu machen.

Innerhalb gewisser Grenzen war das ein hübscher Gedanke.

Außerdem brachte er einen auf eine Menge anderer hübscher Gedanken. Wir hatten uns bereits überlegt, was dieser Virus anrichten könne, wenn er auf die Galaxis losgelassen würde. Aber ein ganz unterschiedliches Bild ergab sich, wenn man sich vorstellte, was es zu bedeuten hätte, wenn der Virus kontrolliert werden konnte. Ich wollte den Ereignissen nicht vorgreifen, aber ich war doch der Meinung, diese Viren seien sehr viel wertvoller als die Würmer, die wir in den Höhlen von Rhapsodia gefunden hatten. Sie hatten große Möglichkeiten. Selbst meine beschränkte Phantasie konnte ganz deutlich erkennen, daß sie in den Händen von New Alexandria und New Rome das Gesicht der Zivilisation ändern könnten.

Es war nur schade, dachte ich, daß das Mittel zur Kontrolle des Pharosvirus, wenn wir ihn fanden, auch der Caradoc-Gesellschaft zur Verfügung stehen würde.

XX

Das Rettungsschiff von New Alexandria traf am achten Tag nach der Seuchenwarnung ein. Es kam nicht allein. Ihm folgte ein bewaffnetes Schiff von New Rome.

Die Neuankömmlinge waren nicht wild darauf, als helfende Engel tätig zu werden. Sie hatten sich offensichtlich darauf vorbereitet, eine lange Zeit im Orbit zu bleiben und in aller Ruhe die Situation auf dem Boden zu erkunden. Sie wollten alles erfahren, was wir wußten und was wir dachten und dann erst selbst einmal darüber nachdenken.

Beinahe von der ersten Minute an gab es Ärger, als ihnen berichtet wurde, Charlot könne nicht selbst mit ihnen sprechen und Markoff könne auf keinen einzigen Mann verzichten. Anfangs sprach Nick mit ihnen. Charlot hatte ihm in gewissem Umfang Instruktionen erteilt. Aber bald lud sich Merani die Hauptlast der Berichterstattung auf, und gelegentlich wurde er von anderen Stellen unterbrochen. Die Männer am Himmel waren nicht glücklich darüber, doch verschiedene Leute auf dem Planeten waren sehr schnell mit der Bemerkung zur Hand, wenn sie mehr Einzelheiten wissen wollten, dann seien sie herzlich eingeladen, nach unten zu kommen und sich selbst umzusehen.

Nach mehreren Stunden des Zuhörens, Sprechens und Nachdenkens entschlossen sich einige, genau das zu tun. Sie landeten ein Boot von dem Schiff aus New Alexandria. Sobald sie unten waren, verlangten sie Charlot zu sprechen, und ein »Nein« als Antwort wollten sie nicht hinnehmen. Zum Schluß mußten Nick und ich sie in Markoffs Hauptquartier führen.

Dort herrschte tödliche Ruhe. Immer, wenn ich in diesem Hubschrauber gewesen war, hatte es dort vor Geschäftigkeit gesummt wie in einem Bienenstock – jeder hatte irgend etwas zu tun gehabt, nicht unbedingt in aller Eile, aber in einer Art, die einem klarmachte, daß man voll beschäftigt war und nicht gestört werden durfte. Diesmal war es anders. Alles war still.

Markoff saß auf einem Stuhl, Charlot ruhte auf einem der Betten. Sonst war kaum jemand zu sehen, und die, die zu sehen waren, taten offensichtlich nichts anderes als warten.

Ich hatte keine Möglichkeit, mehr als nur ein paar Worte mit Charlot zu wechseln, bevor ich ihn der Rettungsmannschaft überlassen mußte. Aber diese paar Worte genügten.

»Haben Sie es?« fragte ich.

Er nickte.

»Wann können Sie es bekanntgeben?«

»In einer Stunde.«

»Haben Sie es an sich selbst versucht?« fragte ich weiter.

Er lächelte – seit Wochen war es das erste Mal, daß ich ihn lächeln sah. »Und andere. Ich bin zu alt, um nicht entbehrlich zu sein.«

Ich wußte, das war nicht der Grund. Er glaubte, er habe ein Mittel gefunden. Wenn Titus Charlot glaubte, recht zu haben, dann war er auch bereit, dafür geradezustehen.

Die New Alexandrier rissen das Gespräch an sich, doch er war nicht in der Stimmung, ihnen die Oberhand zu lassen. Sie mochten auf der Bibliothekswelt zu den ganz Großen gehören, aber es war keiner dabei, der einen höheren Rang innehatte als Charlot, und er war entschlossen, in dieser Angelegenheit an keinen von ihnen seine führende Stellung abzutreten. Ich stand herum und hörte ihm zu, während er sie einschüchterte und ihnen die wichtige Information entgegenschleuderte, als durchbohre er sie mit einem Speer. Wie ich ihn so beobachtete, wußte ich, daß wir in Sicherheit waren. Er hatte die Situation unter Kontrolle. Alles würde sich so entwickeln, wie er es haben wollte.

Noch ehe die Stunde um war, begann der technische Stab mit den Blutproben und bereitete die entscheidenden Untersuchungen vor. Wir wurden alle hinausgescheucht. Wir hätten ebensogut zurück zur *Dronte* gehen oder einen Spaziergang machen können, aber wir blieben wartend vor Markoffs Hubschrauber stehen.

Andere Leute, alarmiert durch das Gerücht, jetzt komme die Sache zum Schwur, gesellten sich zu uns. Nachdem etwa eine Stunde vergangen war, stand dort keine Gruppe mehr, sondern eine Menschenmenge. Nach zwei Stunden war es eine sehr ängstliche und aufgeregte Menschenmenge. Die Ärzte hatten es gar nicht eilig, uns aus unserem Elend zu erlösen. Jeder einzelne Anwesende hatte ein flaues Gefühl im Magen, wenn er daran dachte, das Mittel könne nicht gewirkt haben. Aber wir alle warteten weiter, füllten uns immer wieder mit neuer Hoffnung auf – der Hoffnung, daß man drinnen im Hubschrauber nur noch dabei war, die letzten Zweifel zu beseitigen und sich absolut zu vergewissern, daß die Neuigkeit, die uns schließlich mitgeteilt würde, eine gute Neuigkeit war.

Von der dritten Stunde war schon ein guter Teil verstrichen, und uns war in unseren transparenten Plastikanzügen unter der Sonne sehr heiß geworden, als endlich und unmißverständlich alle unsere Sorgen beseitig wurden. Markoff machte die Ankündigung.

Er sagte nichts weiter als: »Es wirkt.«

Alles raste davon. Jeder wollte als erster mit der guten Nachricht nach Hause kommen. Von der *Dronte* waren nur Nick und ich dabeigewesen, und wir wußten beide, es hatte keinen Sinn, ein Rennen daraus zu machen. Schweigend gingen wir zusammen weg. Wir stiegen in die Schleuse, und als die innere Tür aufschwang, winkte ich ihm, als erster einzutreten. Er war besser als ich dazu geeignet, die Rettung zu verkünden.

Doch ich mußte dann erzählen, wie es geschehen sollte. Dafür war ich auch der richtige Mann, denn mein geistiger Parasit hatte ja den entscheidenden Vorschlag gemacht. Die *Aegis*-Leute wollten nichts weiter wisen, als daß alles okay war, aber Just, Eve und Johnny hingen an meinen Lippen, während ich meine Show abzog.

»Es ist ganz einfach«, versicherte ich ihnen, »wenn man nur erst einmal auf den Gedanken gekommen ist. Die Viren sind ursprünglich durch Trägerbakterien in eure Körper geraten. Wenn sie dort sind, machen sie sich jedoch über die Zellen in den Därmen her, und zum Schluß setzen sie sich in den Zellen des autonomen Nervensystems fest. Natürlich blieben die Bakterien infiziert und waren nicht das eigentliche Problem, weil man gegen sie mit gewöhnlichen Antibiotika vorgehen konnte.

Mit den Viren war es jedoch schwieriger. Sie existierten in zwei Formen – die eine, die schlafende Ringform im Zytoplasma der Zellen, verursachte keine Schwierigkeiten. Aber wenn die Ringform aufbrach und sich mit den Chromosomen im Zellkern verband, gab es geringfügige Störungen des autonomen Nervensystems. Das passierte in neunzig Prozent aller Fälle. Die Symptome waren nicht schlimm – nur die Übelkeit und die allgemeinen Beschwerden, die mit harmlosen Infektionen verbunden sind. Aber damit war der Hahn erst gespannt.

Die Viren hatten auch noch einen Auslöser, durch den sie die gesamte Zellenergie aufnehmen, sich ungeheuerlich vermehren und Millionen anderer Zellen im ganzen Körper infizieren konnten. Zuerst nahmen wir an, der Auslöser würde durch chemische Veränderungen, wie sie bei Aggressivität und Zorn auftreten, aktiviert werden. Aber die Drüsentätigkeit ist nicht der einzige physiologische Beweis eines Gefühlsausbruchs – es tritt dabei auch eine charakteristische elektrische Aktivität im Gehirn auf. Nun gibt es bei jeder größeren Veränderung in der elektrischen Aktivität des Gehirns einen deutlich erkennbaren Echostrom im autonomen Nervensystem. Es wurde die Vermutung angestellt, ein ganz bestimmter Echostrom löse den in den Chromosomen sitzenden Virus aus, genau wie im Anfang ein bestimmter Echostrom die Ringform veranlasse, aufzubrechen und in den Zellkern zu wandern.

Diese sich auf zwei Ebenen abspielende Aktivität lieferte die erste Hoffnung, es könne ein Heilmittel gefunden werden. Das Pharoslebenssystem als Ganzes ist viel höher organisiert als irdische Lebenssysteme, und es kann elektrische Aktivitäten in lebenden Geweben erkennen und unterscheiden. Als Markoff erst einmal ein Computermodell der elektrischen Struktur in den Viren aufgestellt hatte – was viel leichter war, als ein elektrochemisches Modell herzustellen –, da brauchte bloß noch geprüft zu werden, auf welche elektrischen Aktivitäten im menschlichen Körper die Viren ansprechen. Echoströme können auch von außen in das autonome Nervensystem induziert werden, indem man den Hypothalamus oder das Innenohr stimuliert. Schließlich entdeckten Markoff und Charlot die Struktur, die nicht nur den Auslöser desaktiviert, sondern auch den Virus auslöst. Die Induktion ist ganz einfach – bei dir, Eve, und bei mir wird man die implantierten Elektroden dazu benutzen. Andere Leute werden ein wenig mehr an Unbequemlichkeit erdulden müssen, aber sie haben die Wahl zwischen einer Behandlung mit Elektroden oder mit Ultraschall.

Wir haben schon so gut wie alles Notwendige getan, um die Bakterien zu vernichten. Sobald unser Inneres gereinigt ist, können wir alle nach Hause gehen. Natürlich werden wir erst in Quarantäne müssen, aber das wird nur eine Angelegenheit von wenigen Wochen auf einer Raumstation oder irgendwo auf einer toten Welt sein. Die Caradoc-Leute haben sich bereit erklärt, diese Welt aufzugeben, und ich glaube, es wird nicht lange dauern, bis New Rome den Zutritt verbietet. Man wird ein Schiff in einen Orbit bringen, um die Welt unter Bewachung zu halten, aber das ist auch alles.«

»Wo sollen wir uns anstellen?« wollte Johnny wissen.

»So schnell wird's nicht gehen«, belehrte ich ihn. »Hier gibt es eine Menge Leute mit Bauchschmerzen. Wir können Meranis Männer jetzt zurückbringen, und die Caradoc-Leute können damit anfangen, ihre Stadt abzubrechen, vorausgesetzt, daß Holcomb und seine voreiligen Freunde ihnen genug Maschinen dafür übriggelassen haben. Es wird einige Tage dauern, bis jeder einzelne behandelt worden ist, und dann dürft ihr auch nicht erwarten, daß ihr euch auf der Stelle besser fühlt. Aber in weniger als einer Woche werden wir diese Welt verlassen können. Wir alle.«

»Was werden sie mit dem Virus anfangen?« erkundigte sich Just. Ich hatte so lange gesprochen, daß er in der Zwischenzeit über den Freudentaumel, der ihn bei der Nachricht befallen haben mußte, er werde weiterleben, um das Gesetz auf einer anderen unschuldigen Welt zu vertreten, hinweggekommen war. Er war von New Rome, und wenn er auch nicht der hellste Vertreter des Gesetzes war, den ich je kennengelernt hatte, so wußte er doch genau Bescheid über den kalten Krieg, der zwischen der gegenwärtigen Aristokratie und den Handelsgesellschaften geführt wurde.

»Ich weiß es nicht«, sagte ich. »Wahrscheinlich können Sie es besser erraten als ich.«

»Man wird das Zeug anwenden wollen«, vermutete er.

»Ganz bestimmt«, gab ich ihm recht.

»Bei Kriminellen«, fuhr er fort.

»Und bei Sklaven«, ergänzte ich. »Und politischen Feinden. Und bei einer Menge anderer Leute.«

»Es könnte eine Reihe von Problemen lösen.«

»Und eine Reihe neuer schaffen.«

Er wandte sich ab. Ich wußte, er hatte eine Menge Denkarbeit zu leisten, aber hauptsächlich solche, die ihn persönlich betraf. Das Schiff aus New Rome war ja nicht zum Vergnügen gekommen.

Ich merkte, es war an der Zeit, sich von neuem vor Caradoc zu fürchten. Vor Caradoc und dem Schlachtschiff und der Art, wie es über dem Himmel einer Welt, auf der es nichts zu suchen hatte, Truppen verteilt hatte.

Es war vorbei – auf Pharos. Aber irgendwo anders würde es weitergehen.

XXI

Die Quarantäne war eine willkommene Ruhepause. Noch schöner wäre es gewesen, wenn wir die Unterbringung nicht mit zwölfhundert Caradoc-Leuten, die meisten davon Soldaten, hätten teilen müssen. Aber schließlich versuchte ich, mich damit abzufinden, und es gelang mir gar nicht schlecht.

Wer diese Tage, in denen wir nichts weiter zu tun hatten, als uns den Hintern zu wärmen, am meisten genoß, war Titus Charlot. Wahrscheinlich war es seit Jahren das erste Mal, daß er eine Art Ferien machte, und sie gaben ihm die Gelegenheit, sich weitgehend von der Schwäche zu erholen, die ihn auf Pharos befallen hatte, lange bevor wir die Viren entdeckten. Natürlich würde er nie wieder jung sein und wahrscheinlich auch nie wieder so leistungsfähig und vital wie in der Zeit vor Pharos. Aber durch die erzwungene Ruhepause erhielt er die gute Chance, noch eine ganze Reihe von Jahren zu leben.

Ich sah ihn wenig, und er suchte meine Gesellschaft nicht. Er hat sich nie die Mühe gemacht, mir für die ihm auf Pharos geleistete Hilfe zu danken, und der Gedanke, die aufopfernde Loyalität, die ich gezeigt hatte, mit Geld oder einer Lockerung der Vertragsbedingungen zu belohnen, ist ihm bestimmt überhaupt nicht gekommen. Aber ich wußte, es hatte keinen Sinn, auf ein Wunder zu hoffen. Wahrscheinlich war er in seinem ganzen Leben noch nie jemandem für irgend etwas dankbar gewesen.

Das eine Mal, als ich ihn – kurz! – sah, hatte er Neuigkeiten für mich. Seine Augen funkelten, und auf seinem Gesicht malte sich die Befriedigung darüber, daß er recht behalten hatte.

»Sie erinnern sich daran, was wir auf Rhapsodia gefunden haben?« fragte er.

»Wie könnte ich das vergessen!«

»Es ist uns gelungen, die metabolischen Eigenschaften der Würmer künstlich herzustellen, und zwar in den Laboratorien von New Alexandria.«

»Na klar.« Ich gab mir Mühe, in meiner Antwort nichts anderes als Resignation zum Ausdruck zu bringen. »Sie sagten ja, wenn die Menschheit erst einmal wisse, daß das Zeug existiert, dann würde es ihr auch gelingen, es künstlich zu erzeugen. Sie sagten, unterdrückt könne dieses Wissen nicht werden. Ich weiß. Welche Stadt wollen Sie zerstören, um es zu testen?«

»Keine«, erwiderte er.

»Sie erzielen in letzter Zeit tatsächlich phantastische Erfolge, nicht wahr?« knurrte ich. »Jeden Monat eine weitere ultimative Waffe! Wenn Caradoc zu einer neuen Konfrontation bereit ist, werden Sie beide imstande sein, das ganze verdammte Universum schon in der ersten Runde zu zerstören.«

»Ich denke, diese Konfrontation kann für eine Weile verschoben werden«, bemerkte Charlot.

»Letzten Endes haben wir auf Pharos doch etwas bewiesen. Wir haben bewiesen, daß die menschliche Rasse die Schöpfung nicht so fest im Griff hat, wie Caradoc glaubte. Es gibt Dinge, die nicht so leicht zu beseitigen sind wie Familienzwistigkeiten.«

»Neuerdings schon«, versicherte Charlot. »Der Krieg ist nicht mehr das, was er früher war, da unsere Hauptwaffe jetzt der Frieden ist. Im Augenblick denken die Caradoc-Leute nach. Ich glaube, sie werden zu dem Schluß kommen, daß der Tagesbefehl ›mehr Fingerspitzengefühl‹ lauten muß. Die nackte Konfrontationspolitik, die sie auf Pharos gezeigt haben, hat zu einem schrecklichen Fehlschlag geführt.«

»Aber es steht fest, daß nicht *wir* sie geschlagen haben«, betonte ich. »Auf der nächsten Welt wird nicht noch einmal das gleiche geschehen.«

Charlot schüttelte den Kopf. »In dem Umfang, wie Caradoc es angestrebt hat, wird die bisher verfolgte Politik nie mehr durchzusetzen sein. Vielleicht auf einer Welt, vielleicht auf zweien. Die Galaxis läßt sich damit nicht erobern. Dazu braucht man eine Menge mehr als nackte Gewalt. Pharos war ein Zug, den Caradoc nicht noch einmal versuchen wird, denn auf dem Spielbrett stehen jetzt ganz andere Figuren.«

»Also so sehen Sie es?« fragte ich ihn. »Figuren auf einem Spielbrett! Ein Mittel, das ganze Städte zerfrißt, und der gemeinste, hinterlistigste Killer, den die Natur je hervorgebracht hat, sind für Sie nichts als zwei neue Figuren! Das Ganze ist ja nur ein Spiel, nicht? Die ganze Zivilisation ist nichts weiter als ein Paradiesspiel in größerem Rahmen?«

»Auf diese Weise kann man es betrachten.« Charlot ließ sich nicht aus der Ruhe bringen.

»*Sie* können es so betrachten«, gab ich zurück. »Ich bin nicht groß genug, um derart gewichtige Spiele zu betreiben. Ich könnte die Steine nicht einmal weiterschieben. Zum Teufel, ich bin ja selbst nichts anderes als ein Bauer auf dem Brett. Ihr Bauer.«

»Sie könnten sehr viel schlimmer dran sein«, gab Charlot zu bedenken.

»Ach ja? In Ihren Händen bin ich ein Königsbauer – kann man noch schlimmer gefährdet sein? Ich habe mich schon beinahe daran gewöhnt, daß irgendwelche Leute die Mündungen ihrer Waffen auf mich richten. Bei mir ist es schon zum Reflex geworden, daß ich jedes Mal in Deckung gehe, wenn irgendwo ein Licht aufblitzt. So etwas macht mir absolut keinen Spaß, Titus. Für diese Art von Leben bin ich nicht geeignet, und das wissen Sie. Ich bin ein einfacher Mensch, und ich liebe das einfache Leben. Alle diese Angelegenheiten, in denen Sie die Finger haben, sind mir zuwider. Ich habe nicht das geringste Interesse daran, in dem verdammten Paradiesspiel mitzumachen.«

»O doch«, sagte Titus Charlot.

»Nur insofern, als es mir nicht gleichgültig ist, wer gewinnt. Aber von jetzt an in alle Ewigkeit wird es keinen Sieger und keinen Besiegten mehr geben. Mit jedem Zug werden die Figuren auf dem Brett größer und größer. Sie spielen mit Gewalten, die ganze Welten hinwegfegen können, mit Kräften, die stärker sind als eine Milliarde Menschen. Ich weiß, daß Sie ein Genie sind, und ich weiß, daß Sie immer recht haben, und ich weiß, daß die Bibliothek die Zivilisation auf ihrer Handfläche trägt, aber die Spielsachen, mit denen sie sich die Zeit vertreiben, sind einfach ungeheuerlich. Diese Dinge werden das Spiel entscheiden, nicht Sie.«

»Und?« fragte er.

»Und nichts. Ich bin nicht der Boß, ich bin nur ein Angestellter.«

»Grainger«, verkündete Titus Charlot in ernstem Ton, »seit die Chinesen das Schießpulver erfunden haben, spielen die Menschen mit Gewalten, die größer sind als sie selbst.«

»Und?« schlug ich ihm sein eigenes Argument um die Ohren.

»Und die Übung hat uns gutgetan.«

»Davon habe ich auf Pharos nichts gemerkt.« Ich erlaubte mir das Vergnügen, recht hämisch zu sprechen. »Auf Pharos haben wir verloren. Es gibt ein Paradies, das nicht zu einem Bauern in dem Spiel gemacht werden kann. Und wenn der nächste Planet an die Reihe kommt, wird uns das, was auf Pharos geschehen ist, nicht von geringstem Vorteil sein.«

Erneut schüttelte Charlot den Kopf. Er wirkte ein wenig belustigt. Ich wußte, daß er mich verspottete, aber das konnte mich nicht mehr besonders aufregen. Meiner Meinung nach war er auf dem Holzweg, wenn er so tat, als habe er die totale Kontrolle und als verstehe er alles. Auf seine Art mochte er ein König sein, doch war ich ziemlich überzeugt, die Geschichte werde ihm nie die Bewunderung zollen, die er erwartete und sich so sehnlich wünschte.

Aber was Pharos und die mit dieser Welt in Zusammenhang stehenden Ereignisse betraf, behielt er das letzte Wort.

»Die Caradoc-Gesellschaft spielt das Paradiesspiel vom falschen Gesichtspunkt aus«, dozierte er. »Es hat keinen Sinn, eine jungfräuliche Erde als Vorbild für das Paradies zu nehmen. *Dieses* Paradiesspiel ist schon vor langer Zeit zu Ende gegangen. Wie Sie wissen, *hatten* wir einmal unsere unverdorbene Erde. Wir *hatten* den primitiven Garten Eden. Wir lebten darin, und wir machten Zug um Zug, bis es nicht mehr weiterging. Wir kennen das Ergebnis. Das Spiel hieß Paradies gegen Zivilisation.

Und das Paradies verlor.«

HIER ENDET DAS VIERTE BUCH

FÜNFTES BUCH

Das Götterdämmerungs-Programm

I

Ich bin Raumfahrer. Ich liebe den Raum. Ich liebe den Raumflug, und ich kenne jeden Trick, der es mir ermöglicht, den exzentrischen Eigenschaften des Raums besser zu begegnen als irgendein anderer. Ich fühle mich im tiefen Raum zu Hause, und ich kann mit allem fertig werden, was mir der tiefe Raum in den Weg wirft. Die *Dronte* im tiefen Raum zu fliegen, war für mich eine Freude und ein Privileg.

Aber die *Dronte,* so erklärte ihr Erbauer, konnte weit mehr leisten als ein anständiges Raumschiff. Es sei nicht seine Absicht, sagte er, die *Dronte* lediglich als Transportmittel von Punkt A zu Punkt B zu benutzen – was jeder Wald-und-Wiesen-W-Transformer beinahe ebensogut gekonnt hätte. Es war immer sein Ziel gewesen, die *Dronte* für Dinge einzusetzen, zu denen kein anderes existierendes Schiff imstande war. Aus diesem Grund hatte er mich angeheuert. Nun ja, es hatte sich nicht alles so entwickelt, wie er es geplant hatte, denn er war ein vielbeschäftigter Mann, und er hatte sowohl für die *Dronte* als auch für mich andere Beschäftigungen gefunden, die (seiner Meinung nach) eigentlich nichts Besonderes waren.

Und deshalb war er außer sich vor Entzücken, als sich ihm die Gelegenheit bot, seinen Lieblingstraum zu verwirklichen und gleichzeitig die *Dronte* in einer Umgebung einzusetzen, für die kein anderes Raumschiff in der Galaxis geeignet gewesen wäre.

Ich war nicht entzückt. Ganz im Gegenteil.

Ich hasse Atmosphären. Natürlich sehe ich ein, daß bestimmte Arten von Atmosphären nicht nur nützlich, sondern auch höchst wünschenswert sind, weil sie das Leben – und besonders mein Leben – erhalten. Aber ich bin der Ansicht, daß eine Atmosphäre kein Ort ist, in der ein Raumfahrer, der auf sich hält, ein Raumschiff steuern sollte.

Und wenn »Atmosphäre« nur ein Euphemismus für ein

wolkenerfülltes, sturmzerrissenes Inferno ist, wie man es auf einer Welt wie Luzifer V findet, fühle ich mich berechtigt, diese Atmosphäre zu hassen.

Ich zweifelte nicht daran, daß die *Dronte* dafür entsprechend ausgerüstet war. Selbstverständlich zweifelte auch Charlot nicht daran, denn er war an Bord und lugte mir ständig über die Schulter, und die theoretischen Fähigkeiten der *Dronte* konnte er wahrscheinlich besser beurteilen als ich. Ich bin ein Praktiker, und ich gebe gern zu, daß zwar das Schiff der Aufgabe gewachsen sein mochte, ich es jedoch nicht war. Aber Charlot akzeptierte Ausreden dieser Art nicht. Charlot war ein Mann, der an theoretische Fähigkeiten glaubte. Er machte keine Zugeständnisse an menschliche Schwächen.

Ich tauchte in die Atmosphäre ein und kam mir ganz so vor wie die sprichwörtliche Schneeflocke in der Hölle. Die Geschwindigkeit betrug nur einige tausend kph und ging noch weiter herunter. Ich bereitete mich darauf vor, die Flügel zu entfalten, um Auftrieb zu bekommen. Den Auftrieb bekam ich sowieso, und ich dachte mir, es sei viel besser, ihn mir zunutze zu machen, als mit Raketenstößen und Plasmastrom dagegen anzukämpfen. Ich wünschte mir, ich könnte meinen Schiffskörper fest zusammenziehen, wie eine Kanonenkugel durch zweitausend Kilometer Atmosphäre fallen, mich dann auf wunderbare Weise strecken und unmittelbar über der Planetenoberfläche wieder Kontrolle über mich gewinnen. Aber die Oberfläche war auf Luzifer V schwer zu finden. Sie versteckte sich unter einem Mantel von fliegendem Staub, der Gezeiten unterworfen und von unaufhörlichen Blizzards gepeitscht war. Selbst wenn ich imstande gewesen wäre, mich als fallenden Stein zu maskieren, hätte mir das immer noch keinen einfachen Weg nach unten ermöglicht. Unter derartigen Bedingungen konnte ich mich nicht »strecken« – ich wäre entzweigerissen worden. Nein, ich mußte ganz langsam mit ausgebreiteten Flügeln und mit so weit reduzierter effektiver Masse, wie ich es gerade noch wagte, nach unten gehen und so tun, als sei ich ein Herbstblatt und kein Geschöpf aus Stahl und Fleisch.

Als sich die Atmosphäre rings um mich schloß, vermittelten

mir meine Schiffssinne ein plötzliches irrationales Gefühl von Klaustrophobie. Ich meinte zu ertrinken, von einem weichen Tuch erstickt zu werden. Ich schüttelte das Gefühl ab.

Auf einem langen Bogen stieg ich hinunter und glich die Wirkung der dicker werdenden Luft mit dem Plasmastrom aus. Ich ließ so viel Energie in den Antrieb einfließen, wie er aufnehmen konnte, denn ich wußte, ich würde so viel davon brauchen, wie ich bekommen konnte. Langsam baute ich die Schutzschilde ab. Bei dieser Geschwindigkeit waren sie mir mehr ein Hindernis als eine Hilfe. Ganz gleich, wie stromlinienförmig ein Schiff ist, und selbst wenn es eine so anpassungsfähige Haut hat wie die *Dronte,* es gibt keine Möglichkeit, den Aufprall von Materie gegen die Schilde auszugleichen. Und da unten würde ich genug um die Ohren haben, auch wenn ich mich nicht um Wirbel in den Schilden kümmern mußte. Wenn ein getroffener Schild eines meiner Glieder auch nur für eine Sekunde lähmte, konnte das tödlich sein. Andererseits merkte ich, wie die Atmosphäre, je mehr ich die Schilde abbaute, an meiner Haut riß und zerrte und mich verbrannte. Weiter unten mußten die Klingen, die mich schnitten, noch schärfer werden. Ich wußte, daß ich bluten würde, mein Schiffskörper und mein eigener Körper im Pilotensitz.

»Fertig«, sagte ich zu Eve. Sie stand neben mir und hielt die Bordapotheke bereit. Wir hatten uns bereits darüber verständigt, welche Schüsse ich brauchen würde, und einen Kode ausgemacht, mit dem ich sie verlangte. Sie mußte mir den ersten Schuß mit einer Spritze geben. Ich hatte mich nämlich nicht an die Tropfflasche zur intravenösen Ernährung anschließen lassen, weil ich keine Apparate an mir wünschte. Sie konnten die Empfindungen, die ich über meine Außenhaut empfing, nur verwischen. Diese Empfindungen waren schmerzhaft, aber das Leben des Schiffes hing davon ab, daß ich sie richtig deutete und entsprechend darauf reagierte.

»Johnny«, sagte ich, als wir tiefer und tiefer sanken.

»Noch nichts«, antwortete er.

Ich mußte den Reduktionskoeffizienten über 0,9 halten, damit unsere effektive Masse so nahe wie möglich an Null blieb, und bei diesen Werten ist das ganze System am empfindlichsten. Eine Unausgeglichenheit irgendeiner Art an den Entladungspunkten würde den Plasmastrom zum Bluten bringen: Ganz vermeiden ließ sich das Bluten auf keinen Fall, aber wir mußten den Verlust unter Kontrolle halten. Und »wir« bedeutete nicht nur ich allein, sondern Johnny auch. Das war eine schwierige Aufgabe für ihn – bei weitem die schwierigste, die ihm je gestellt worden war.

Wie geht es dir? fragte ich den *Wind*.

– Alles in Ordnung, versicherte er mir.

Es gab lange Sekunden des Schweigens, in denen nichts geschah. Ich fuhr fort, die Schilde langsam und sorgfältig zu verdünnen und kam mir vor wie eine Stripteasetänzerin. Ein paar scheußliche Augenblicke erlebte ich, als die über meine Haut huschenden Luftmoleküle ein andauerndes Jucken erzeugten, aber das kannte ich aus langer Erfahrung, und es regte mich nicht mehr auf. Ich fühlte, wie sich kratzender Druck aufbaute. Ich habe noch nie ein härenes Hemd getragen, aber so ähnlich stelle ich es mir vor. Je tiefer wir kamen, desto stärker wurde der Druck, aber das war nicht das Schlimmste, sondern die heftiger werdenden Turbulenzen. Die *Dronte* war so gebaut, daß sie mit Turbulenzen fertig werden konnte. Sie hatte Flügel wie ein Vogel, sensorische und motorische Nerven, die ihrer Außenhaut vollkommene, dynamische Stromlinieneigenschaften gaben. Aber nichts ist vollkommen, und es war immer etwas da, das ich nicht ausschalten konnte. Es war, als glitten Finger über mich hin, manchmal leicht, manchmal grob.

Innerhalb des Kontrollraums sah alles so aus, als sei es in bester Ordnung. Für die Leute, die mich beobachteten, wirkte es kinderleicht. Sie hatten keine Möglichkeit, mitzuempfinden, was ich fühlte, keine Möglichkeit, das lauernde Entsetzen wahrzunehmen, das ich aus den Augenwinkeln erspähte. Für sie war es genauso, als seien wir auf einem vorprogrammierten Kurs im völligen Vakuum, abgesehen davon, daß ich große Anspannung und Konzentration ausstrahlte.

Die Schilde verblichen zu Spinnweben, und die ganze Oberfläche begann zu prickeln.

»Gib mir jetzt den zweiten«, sagte ich und wunderte mich selbst, wie ruhig meine Stimme klang.

Die Nadel stach in meinen Arm, und beinahe automatisch zählte mein Gehirn die Sekunden bis zum Eintritt der Schmerzunempfindlichkeit.

Die Erleichterung hielt nur kurz an. Die Angriffe der Atmosphäre waren stärker als die betäubende Wirkung, und meine Haut tat mir weiter weh.

– Nimm keinen mehr, warnte der *Wind*, sonst verliere ich die Kontrolle.

»Okay«, beruhigte ich ihn.

Ich hatte nicht vor, ihn oder mich das Bewußtsein verlieren zu lassen.

Noch zwei Minuten, und wir gerieten in Wolken. Plötzlich trat eine dramatische Änderung ein.

»Da haben wir's«, bemerkte ich an Johnnys Adresse.

Der Schmerz packte mich zuerst im Rücken wie ein Muskelkrampf. Wir waren jetzt ganz langsam – hatten nicht mehr als ein paar hundert kph, aber je langsamer wir wurden, desto kniffliger war es, den Plasmastrom bis zur n-ten Dezimalstelle auszubalancieren. Ich konnte das Reduktionsfeld überhaupt nicht mehr wahrnehmen, und den Antrieb empfand ich als kleistrige Masse. Ich kam mir halbtot vor, und trotzdem mußte ich mich so elegant wie ein Adler und so delikat wie ein Kolibri bewegen. Das Betäubungsmittel, das meinen Körper beruhigte, begann, mein Gehirn zu umnebeln.

»Stim«, sagte ich.

Wieder stach die Nadel zu. Ich wußte – und Eve wußte es auch –, daß eine solche Drogenzufuhr auf lange Sicht schlecht für mich war, sein mußte, aber ich brauchte jetzt Hilfe, und wenn ich morgen dafür leiden mußte . . . nun, dann war ich wenigstens noch am Leben, um leiden zu können. Mir gefällt es auch nicht, mich mit künstlichen Mitteln aufzuputschen, aber ich bin nicht stolz. Ich liebäugelte nicht mit einer Katastrophe. Zweifellos würde mich das Jahre meines Lebens kosten, aber wenn man die Risiken gegeneinander abwog . . .

»Achtung«, ließ sich Johnny hören.

Er hätte mich nicht zu warnen brauchen. Ich konnte fühlen,

daß mir der Plasmastrom wie Sand zwischen den Fingern zerrann. Ich konnte fühlen, daß die Gefahr mich wie eine Woge der Übelkeit umfloß. Meine Gesichtsmuskeln verkrampften sich, als ich mit den Kontrollen rang. Ich fühlte Johnnys Hände irgendwo in meinem Inneren, wie er an dem Antrieb arbeitete, wie er den Kortex molk, wie er seine Hände und sein Fingerspitzengefühl einsetzte. Das war ihm noch nie in seinem ganzen Leben abgefordert worden. Der Fluß strömte weiter. Wir bluteten nicht. Wir hatten das Schiff unter Kontrolle.

Und es ging immer weiter nach unten, tief hinein in die Atmosphäre von Luzifer V, der Welt, die die Gallacellaner Mormyr nannten. Und immer noch war kein Ende in Sicht. Die Sensoren nahmen unter uns nichts weiter auf als einen mit Stürmen gefüllten Abgrund. Ich nahm Schub aus dem Antrieb, fütterte die Energie in den Fluß und den Kortex und füllte die Reserven wieder auf und verringerte unsere Vorwärtsbewegung, so daß wir steiler und steiler fielen. Ich hatte immer noch Schmerzen, aber die Medikamente und der *Wind* sorgten dafür, daß ich meine Aufgabe erfüllen konnte. So weit, so gut.

Aber es würde noch schlimmer werden.

Die doppelte Empfindung begann mich zu stören. Ich konnte die Geister Eves und Titus Charlots fühlen. Sie schwebten in der Atmosphäre des Planeten über mir wie Dämonen, die dem Schiff bei seinem Abstieg folgten, es wie Habichte beobachteten, es zu größerer Geschwindigkeit antrieben . . . in den Tod trieben?

Der Fluß stockte. Er versuchte, in Bewegung zu bleiben, mir zu helfen, aber er wurde gegeißelt von den Winden und den Dämpfen, die um das Schiff heulten. Die *Dronte* gab mir alles, was sie konnte, sie tat von sich aus ihr Bestes. Ich ließ mein Selbst in die Synapsen des Vogels einfließen, wir verschmolzen, ich wurde eins mit dem Fluß, der sich unter der Tortur behauptete. Es war, als wandere eine Spinne durch die Kammern meines Herzens, als schwämmen Tausendfüßler in meinem Gedärm. Ich merkte, wie ich mich innen öffnete, ganz langsam, ganz sachte, ohne jeden Schmerz, und ich begann zu zerfließen.

Wir kamen immer niedriger, in Wolken aus schwarzem Staub

und Eis, in den wütenden Sturm, der nach uns stach. Ich blutete. Ich verlor Energie. Johnny arbeitete so schnell und so einfühlsam, wie er nur konnte. Er hatte das richtige Fingerspitzengefühl, daran gab es gar keinen Zweifel. Er war gut, aber er war nicht gut genug. Ich öffnete mich in meinem Inneren weiter und weiter, und ich blutete.

Endlich teilten mir die Sensoren mit, daß es ein »Unten« gab, auf das wir zuhalten konnten, daß der Schwerkraftschacht einen Boden hatte, daß es einen Hafen gab, wenn ich ihn nur erreichen konnte. Aber es war zu spät. Johnny geriet in Panik. Ich fühlte, wie sie in ihm aufstieg und in die Bewegungen seiner Finger, die in meinem Inneren arbeiteten, einfloß. Ich konnte fühlen, wie der Fluß seiner Hysterie und dem Wahnsinn des Sturms unterlag.

Der Schmerz schüttelte mich. Ich wußte, ich konnte nichts anderes mehr tun als weglaufen. Ich versuchte zu schreien und hoffte, daß selbst ein wortloser Schrei Johnny wieder ins Gleichgewicht brachte, Eve mitteilte, daß ich einen neuen Schuß brauchte, Charlot überzeugte, daß ich einfach nicht tun konnte, was er von mir verlangte. Aber ich brachte keinen Schrei zustande. Mein Kiefer war festgekrampft, und nur einer wußte um mich Bescheid. Das war der *Wind*, der in meinem Gehirn gefangensaß und sich wand vor Todespein.

Die letzten Energiefetzen fluteten aus dem Kortex in das Reduktionssystem. Der Fluß stockte. Ich ließ die Düsen feuern, um durch den ganzen Schiffskörper eine Imitation von Leben zu jagen, und ich blies Energie durch das Nervensystem des Schiffs. Mit einem einzigen konvulsivischen Zucken – und das hätte außer der *Dronte* und mir kein Vogel, kein Raumschiff und kein anderes Ding in der Galaxis tun können – füllte ich das Reduktionsfeld mit neuer Kraft.

Der Fluß erwachte von neuem, und Johnny mit ihm. Wir kämpften alle zusammen, die *Dronte*, Johnny, der *Wind* und ich, und wir schafften es gerade noch zu fliehen. Voller Entsetzen liefen wir davon. Der Fluß verzehrte sich selbst, und wir stiegen wieder.

Schmerz überfiel mich, als wir nach oben stiegen. Überhaupt kein Schild mehr, nichts, was mich schützen konnte. Mir war, als verbrenne ich bei lebendigem Leibe. Meine Haut warf Blasen und verbrannte zu schwarzer Asche, und die Asche lag kalt auf meinen Knochen.

Aber die *Dronte* wurde sogar damit fertig. Johnny und der *Wind* bauten das Syndrom auf, und sie fanden Energie für den Antrieb, Energie für die Raketen und – endlich! – auch Energie für die Schutzschilde. Höher und höher stiegen wir, und ich merkte, daß wir alle noch am Leben waren und am Leben bleiben würden.

Ein Krächzen kam mir über die Lippen . . . Ich glaube, es war das Wort »los«.

Und es ging los. Wir stiegen in Sekunden auf eine Höhe, von der wir in langen Minuten hinabgestiegen waren. Wir gewannen den freien Raum. Immer noch lag ich steif im Pilotensitz. Mein Körper und meine Qual versickerten in dem Schiff. Wir alle waren in diesen Sekunden, als wir um die letzten Spuren von Energie kämpften, miteinander vereinigt.

Wir schafften es.

Als wir wieder im freien Raum waren, lag ich völlig hilflos da. Mein menschliches Selbst hatte nicht mehr Macht über sich als ein ungeborenes Kind. Noch als wir schon tief im interplanetaren Vakuum waren, hatte ich nur ein Gefühl, das sich auf meinen Körper allein – nicht auf die Schiff-Mensch-Einheit – bezog, und das war das Gefühl des Verströmens. Meine Blase hatte sich geleert, und aus beiden Mundwinkeln lief mir Blut und vermischte sich mit meinen Tränen.

Eve wischte mich auf. Als sich mein Bewußtsein normalisierte, fühlte ich, wie sie mir mit einem feuchten Tuch über das Gesicht fuhr. Ich konnte Charlot schnaufen hören.

Für lange Minuten wagte niemand ein Wort zu sagen. Zu niemandem und über nichts. Die beiden Gallacellaner, die hinten im Kontrollraum saßen, warteten unbeweglich. Nick delArco hatte nichts zu sagen.

Natürlich war es Charlot, der schließlich das Schweigen brach.

»Weniger als hundert Meter«, sagte er. Das war alles. Nichts als: Weniger als hundert Meter. Kein Mitgefühl, kein Verständnis. Ihn interessierte nur, wie weit wir gekommen waren, bevor wir die Flucht ergriffen. Er wußte, wenn wir uns der Oberfläche bis auf weniger als hundert Meter nähern konnten, dann war es theoretisch auch möglich, ganz hinunterzukommen. Er sah das Blut einfach nicht, das aus mir hervorströmte. Er sah nur, daß er den Sieg schon in Reichweite gehabt und wieder verloren hatte.

»Es ist unmöglich«, stieß ich hervor. »Ich schaffe es nicht.«

»Sie hatten es schon beinahe geschafft«, antwortete er. »Es fehlten nur noch ein paar Meter.«

»Das macht keinen Unterschied. Ein Meter oder ein Parsek. Diese letzten hundert Meter waren die schlimmsten. Da kann nichts leben. Nichts. Es gibt keinen Weg nach unten durch diese letzten hundert Meter. Keinen Weg.«

»Sie hatten noch Energie übrig«, nörgelte er. »Genug Energie, um wieder zu steigen.«

»Und wenn ich diese Energie zum Landen benutzt hätte?« Meine Stimme klang heiser vor Schmerz. »Womit wäre ich dann wieder gestartet?«

»Sobald wir unten gewesen wären . . .« begann er.

»Und was, wenn die Energie auf den letzten zehn Metern alle gewesen wäre?« unterbrach ich ihn. »Oder auf den letzten zehn Zentimetern? Wir brauchten uns bloß zu überschlagen . . . und wir hätten überhaupt keine Sorgen mehr gehabt.«

»Es war mein Fehler«, kam Johnnys Stimme über den Lautsprecher. »Es war mein Fehler. Wenn ich den Fluß nur noch für ein paar Sekunden hätte halten können . . . Grainger war nicht schuld daran.«

Wenn er doch nur den Mund gehalten hätte!

»Stimmt das?« fuhr Charlot auf.

»Niemand hätte den Fluß halten können«, sagte ich. »Niemand. Johnny war ausgezeichnet. Niemand hätte mehr tun können. Rothgar nicht, und Jesus Christus auch nicht. Kein menschliches Wesen kann auf dieser Welt ein Schiff landen. Es ist einfach unmöglich.«

»Ich hätte es schaffen können«, sagte Johnny, und seine Stimme gellte mir in den Ohren wie das Bimmeln einer Totenglocke. »Wenn ich nur . . .«

»Willst du deinen verdammten Mund halten!« heulte ich los.

»Willst du noch einmal nach unten? Sei kein Idiot! Du hast dein Bestes gegeben. Dein Letztes. Es gibt nichts mehr, was irgendwer tun könnte. Es ist unmöglich. Es ist sinnlos, jetzt oder später darüber nachzudenken. Du mußt einsehen, daß es Dinge gibt, die man nicht tun kann.«

– Es ist möglich, sagte der *Wind*, und du weißt es.

Das hatte mir gerade noch gefehlt. Ja, es war möglich, mit einem vollkommenen Ingenieur und einem vollkommenen Piloten. Das Schiff konnte es schaffen. Aber Johnny war nur Johnny, und von mir wollte ich lieber schweigen. Ja, es konnte vollbracht werden. Aber nur von einem Wahnsinnigen. Und nur ein Wahnsinniger würde Charlot gegenüber eine Andeutung fallen lassen, daß ein weiterer Versuch noch Sinn habe. Er war nur ein Mensch. Er konnte uns nicht noch einmal nach unten schicken. Nicht, wenn es unmöglich war.

Stylaster – der Gallacellaner, für den der ganze Zirkus veranstaltet worden war – äußerte etwas in seiner Muttersprache. Kein Mensch beherrschte diese Sprache, denn die Gallacellaner hüteten ihre Privatsphäre. Folglich mußten wir auf die Übersetzung warten. Der Name des Dolmetschers war Ecdyon.

»Stylaster sagt, Ihr Pilot sei beschädigt worden«, wandte Ecdyon sich an Charlot. »Muß er für den zweiten Versuch ausgewechselt werden?«

Ich bedachte ihn mit dem bösartigsten Blick, den ich fertigbrachte. Aber was macht sich ein fremdes Lebewesen schon aus einem bösartigen Blick? Ecdyon wußte Bescheid, und ich hätte darauf gewettet, daß auch Stylaster Bescheid wußte. Sie hatten sich auf ein riskantes Spiel eingelassen. Das war jetzt ein Test für Charlots berühmtes diplomatisches Talent.

»Der Pilot kann nicht ersetzt werden.« Charlot wandte sich an Ecdyon, hielt aber ein Auge auf mich gerichtet. »Er muß sich ausruhen, bis er wieder zu Kräften gekommen ist. Dann werden wir über einen zweiten Versuch sprechen.«

»Sie können sich den Mund in Fransen reden«, fiel ich ein. »Ich werde auf keinen Fall noch einen zweiten Versuch machen.«

»Darüber sprechen wir später«, verkündete Charlot drohend. Er sprach leise, denn Ecdyon klickte Stylaster schnell etwas auf Gallacellanisch vor.

»Es ist unmöglich«, sagte ich.

»Das habe ich zu entscheiden.«

»Zum Teufel, das haben Sie nicht. Sie sind nur der Eigentümer des Schiffes. Ich fliege es, und Nick ist der Kapitän. Der einzige Mann, der mir befehlen kann, zurück in diese Hölle zu fliegen, ist Kapitän delArco. Er weiß jedoch, daß ich es ernst meine, wenn ich sage, daß es unmöglich ist, und er wird mir den Befehl nicht geben. Sie haben keine gesetzliche Handhabe, mich herumzukommandieren, Mr. Charlot.«

In seinem Blick lag reines Gift. Alle Höflichkeit und Hilfsbereitschaft und Beinahe-Freundschaft, die sich auf Pharos zwischen uns entwickelt hatte, waren verschwunden. Er war ein alter Mann. Er war ein kranker Mann. Wenn es etwas gab, das er vor seinem Tod noch tun wollte, dann war es, einen Kontakt mit den Gallacellanern herzustellen. In den fünf Jahrhunderten, seit die Gallacellaner und die menschliche Rasse auf Luzifer V zusammengetroffen waren, hatte es nur eine Gelegenheit gegeben, einen Kontakt herzustellen, und das war diese. Nichts als Grainger und die physikalische Unmöglichkeit standen zwischen Charlot und Stylaster, und Charlot war nicht der Mann, der vor der physikalischen Unmöglichkeit klein beigab. Welche Chance hatte da wohl Grainger?

»Kapitän delArco wird sich nach meinen Instruktionen richten«, erklärte Charlot kalt. Er wurde von Minute zu Minute wütender, weil er wußte, jedes Wort würde jetzt oder später Stylaster zur Kenntnis gelangen.

»Darüber sollte Kapitän delArco lieber ganz genau nachdenken«, konterte ich. »Und Sie auch. Ich sage Ihnen und jedem anderen, der mich hören kann, daß ich das Schiff nicht noch einmal in die Atmosphäre dieses Planeten bringe. Sie können mich ins Gefängnis stecken lassen, bis ich verfaule. Jeder Landungsversuch auf Mormyr ist ein Versuch zum Mord und Selbstmord, und ich werde es nicht tun.«

Ich mußte mich so kräftig ausdrücken. »Es ist zu gefährlich«, oder »ich habe Angst« oder »es tut weh« wäre an Charlot verschwendet gewesen. Nichts konnte ihn aufhalten als die schiere Unmöglichkeit. Also blieb ich dabei, es sei unmöglich. Einmal hatte ich mich von ihm überreden lassen, weil ich nicht in der Lage war, mich zu weigern. Aber ich würde nicht zurückgehen. Meiner bescheidenen Meinung nach hatte niemand das Recht, das von mir zu verlangen. Und insgeheim verließ ich mich darauf, daß Nick delArco, wenn es auf Biegen und Brechen ging, sich Charlot widersetzen würde.

»Sie müssen es noch einmal versuchen«, sagte Charlot.

»Nein!« rief Eve, die mir immer noch Blut aus den Mundwinkeln wischte. »Das kann er nicht. Er hat recht. Es würde ihn umbringen.«

Ich war ihr ehrlich dankbar, daß sie mich gerade in diesem Augenblick unterstützte. Johnny hatte so viel Verstand, den Mund zu halten, und Nick delArco hatte nichts – noch nichts – zu sagen.

Ich streckte die Arme aus, um wieder nach den Kontrollen zu greifen, und Eve ließ den Helm über meine Augen zurückgleiten.

Wir trieben im Orbit um Luzifer dahin, weg von Mormyr.

»Nach Hause?« fragte ich.

»Nach Iniomi«, befahl Charlot. »Dort können Sie sich erholen. Dann sprechen wir darüber, was als nächstes geschehen soll.«

Ich gab den Kurs zum vierten Planeten ein.

Stylaster fing an zu klicken wie eine Schreibmaschine.

»Stylaster sagt«, übersetzte Ecdyon, »daß Ihr Schiff höchst eindrucksvoll war. Er vertraut darauf, daß wir Erfolg haben werden.«

»Bastard«, murmelte ich so leise, daß der Dolmetscher es nicht hören konnte. Gleich darauf bereute ich, es nicht lauter gesagt zu haben. Aber es kam mir albern vor, es zu wiederholen.

– Ich glaube immer noch . . . begann der *Wind*.

Ich weiß, antwortete ich. Halt den Mund.

Dann setzte ich die *Dronte* auf den programmierten Kurs.

II

Nach der Landung auf Iniomi war ich im Grunde zu nichts anderem mehr fähig, als in meine Koje zu kriechen und auf den Doktor zu warten. Aber ich hatte keine Lust dazu. Ich hatte auch nicht die Absicht, etwas zu tun, wozu ich keine Lust hatte. Deshalb ließ ich das Schiff wie einen Kartoffelsack hinunterplumpsen, zog meine müden Knochen aus seinem Bauch und schlich in die fremde Nacht hinaus.

Die Sterne leuchteten hell, und sie waren dichter zusammengepackt, als ich sie für gewöhnlich von den Welten aus sehe, auf denen ich mich aufhalte, um meinen Lebensunterhalt zu verdienen. Sie waren sogar noch heller als die Sterne von New Alexandria. Luzifer befand sich nahe am galaktischen Kern – manche Leute rechnen ihn sogar zu den Zentralsternen. Aber wir, die Menschen, waren an die wirklichen Zentralsterne noch nicht herangekommen. Das war ein böser Raum zum Fliegen, und auch die Welten waren böse Welten. Wir hielten uns davon fern und beschränkten uns auf Regionen, die für unsere Art geeigneter waren. Aber vielleicht wären wir doch in den Kern eingedrungen und hätten auf diese Weise die Tentakel der interstellaren menschlichen Zivilisation hineingestreckt, wenn die Gallacellaner nicht gewesen wären. Der Kern war ihre Heimat. Sie lebten auf den Welten, die wir für schlechte Welten hielten. Für uns hatten sie nicht viel übrig, und das Gefühl war durchaus gegenseitig.

Die Gallacellaner hatten die Raumfahrt schon lange vor der Zeit gekannt, als es der menschlichen Rasse gelang, das eigene System zu überschreiten, und sogar schon bevor die Khormonsa begannen, ihre galaktische Gesellschaft aufzubauen. Wohin wir auch kamen, die Gallacellaner waren früher dagewesen – zumindest, um sich die Welt einmal anzusehen. Aber sie waren vorsichtige Leute. Wir fanden keine Spur von ihnen, bis wir sie mitten ins Fleisch trafen. Das war auf Iniomi. Kurz darauf begegneten wir ihnen auch auf vierzig oder fünfzig anderen Welten. Unsere Zivilisationen überlappten sich ein wenig, aber nicht viel. Was wir das Herz der Galaxis nannten, galt bei den Gallacellaner schon beinahe als ihr Rand. Sie kamen aus dem Zentrum. Die Menschen und die Khormonsa kamen aus den äußersten Bereichen.

Iniomi fand in alle Geschichtsbücher Eingang als die Welt, wo wir mit den Gallacellaner zusammentrafen. Nachdem sie einmal erwähnt worden war, wurde ihr natürlich mehr Aufmerksamkeit gezollt, als ihr eigentlich zustand. Luzifers innere Planeten – II und III – zogen mehr Menschen an, als aus sachlichen Gründen gerechtfertigt gewesen wäre. Sie blühten auf, obwohl das Leben auf beiden von ihnen schwerer war als auf den meisten anderen Planeten, auf denen Menschen sich ansiedelten. Die Gallacellaner behielten auf Iniomi nur eine kleine Basis, ohne daß uns ihre Gründe dafür erkennbar gewesen wären. Zum Zwecke der Kommunikation legten wir ebenfalls eine kleine Basis an, aber die Gallacellaner waren an Kommunikation nicht interessiert. Sie lehrten niemanden ihre Sprache und erlaubten nur einigen Angehörigen niedriger Kasten ihrer eigenen Gesellschaft, ein paar menschliche Sprachen zu lernen. Mehrere Jahrhunderte der Konversation hatten kaum einen Fortschritt gebracht. In die menschlichen Sprachen war eine Anzahl gallacellanischer Namen aufgenommen worden, doch selbst das war via die Dolmetscher geschehen, die für die gallacellanischen Klicklaute humanoide Entsprechungen erfanden. Menschen konnten das Klicken ganz gut imitieren, aber sie konnten sich nicht verständlich machen. Wörter wie Mormyr und Iniomi waren zwar gallacellanischen Ursprungs, aber sie klangen wie menschliche Wörter, weil die Dolmetscher sie uns in dieser Form mitgeteilt hatten.

Der durchschnittliche Gallacellaner ist etwa zwei Meter zehn groß und wirkt noch größer, weil er große Ohren hat, die von seinem Kopf nach oben stehen. Wenigstens wird behauptet, diese Organe seien Ohren. Genau wissen wir es nach mehreren hundert Jahren immer noch nicht. Seine Gesichtsfarbe schwankt zwischen Gelb und Braun, ist manchmal gestreift oder gefleckt und hat die Struktur von Wachs. Er hat sowohl hinten als auch vorn im Kopf Augen, und er hat hinten auch einen Mund, der aber ganz anders aussieht als der Mund an der Vorderseite. Der eine dient zum Essen (der vordere), der andere zum Sprechen. Ein Gallacellaner wendet einem für gewöhnlich den Rücken zu, wenn er mit einem reden will, aber wenn man ein zweiter Gallacellaner ist, muß man dem Sprecher auch den Rücken zuwenden, so daß die Geste nicht unhöflich wirkt. Da die Gallacellaner sich nicht ansehen, wenn sie sich unterhalten, bedürfen sie keiner Mimik, doch manchmal benutzen sie Handbewegungen, um die Aufmerksamkeit der hinteren Augen eines Rassengenossen zu erwecken, mit denen er für gewöhnlich zum Himmel oder auf den Boden blickt. Es wurde die Hypothese aufgestellt, die Gallacellaner hätten so viele Augen und benutzten sie in der beschriebenen Art, weil sie auf ihrer Heimatwelt eine große Zahl natürlicher Feinde hatten. Dafür gibt es keinen Beweis. Der Körper eines Gallacellaners wirkt humanoid, kann aber viele Bewegungen ausführen, die einem Menschen unmöglich sind. Die Glieder sind von anderer Form und besitzen viele Gelenke, und deshalb kann ein Gallacellaner seinen ganzen Körper von oben bis unten wie eine Sprungfeder zusammenziehen. Es wird angenommen, daß die Gallacellaner bemerkenswerte Turner sind. Die Frauen sehen in jeder Beziehung ähnlich wie die Männer aus, nur daß sie ein wenig gedrungener sind und sich entweder nicht zusammenrollen können oder von dieser Fähigkeit keinen Gebrauch machen.

Über den gallacellanischen Charakter ist wenig bekannt. Sie kommen uns stolz und fremdenfeindlich vor, sind aber durchaus nicht bösartig. Es mangelt ihnen einfach an Neugier und Kontaktfreudigkeit. Charlot wollte natürlich die Gallacellaner in sein Projekt einbeziehen, fremdrassige und menschliche Denkungsweisen zu integrieren. Die Khormonsa hatten dabei mit Begeisterung mitgemacht. Aber die Gallacellaner weigerten sich. Niemand hätte überraschter sein können als Charlot, als ihm der Gallacellaner namens Stylaster Zusammenarbeit im Austausch für ein wenig Hilfe bei einer Bergungsaktion anbot.

Das erklärt, warum Charlot so wild darauf war, die *Dronte* auf die Oberfläche von Mormyr hinunterzubringen. Überflüssig zu erwähnen, daß ich auf das Projekt bei weitem nicht so wild war wie er. Ich habe etwas dagegen, mein Leben für nichts und wieder nichts zu riskieren. Ich hatte schon bei der verrückten Jagd nach der *Lost Star* nicht mitmachen wollen, und ich wollte auch bei dieser Sache nicht mitmachen, die zu meiner Beunruhigung dem ersten Fall glich wie ein Ei dem anderen. Meiner Meinung nach konnten die Gallacellaner, wenn sie das auf Mormyr gestrandete Schiff retten wollten, es gefälligst allein tun. Und wenn sie dazu keine Lust hatten, hätten sie eben vorher besser auf das Schiff aufpassen sollen.

Normalerweise habe ich nichts dagegen, fremden Lebewesen zu helfen. Ich mag fremde Lebewesen. Aber die Gallacellaner waren nicht von der Art, die man mögen kann. Ecdyon war der einzige, mit dem ich je Gelegenheit gehabt hatte, ein paar Worte zu wechseln. Die meisten dieser Worte hatten mir jedoch nicht besonders gefallen, auch wenn ich wußte, daß es Stylaster und nicht Ecdyons eigene Worte waren. Ich habe mich schon von einigen Leuten zu ziemlich riskanten Sachen überreden lassen, aber nicht dann, wenn sie mich so überheblich und beleidigend ansprachen wie Stylaster.

Ich wanderte durch die Straßen des Raumhafens von Iniomi – in dem menschlichen Sektor – und dachte heftig nach. In meinem Job als Pilot hatte ich lange Zeit eine ziemlich ruhige Kugel geschoben, und dabei war ein beträchtlicher Teil der zwei Jahre, für die ich Charlot verpflichtet war, vorübergegangen. Es schien jammerschade zu sein, diese ganze Zeit zu vergeuden, indem ich mich jetzt auf die Hinterbeine stellte. Wenn ich ihm den Dienst aufkündigen wollte, hätte ich es gleich am Anfang tun sollen. Andererseits war Titus Charlot ein Spinner. Ich hatte mich wieder und wieder voll für ihn eingesetzt, und trotzdem zeigte er nicht die geringste Spur von Dankbarkeit beziehungsweise die Absicht, davon Abstand zu nehmen, mir die Zukunft zu versauen. Übrigens war ihm die Zukunft aller anderen Personen, die für ihn arbeiteten, ebenso egal. Je jämmerlicher sein Gesundheitszustand wurde, desto entschlossener war er, aus der ihm noch verbleibenden Zeit alles herauszuquetschen, was er konnte.

Ich überlegte, ob ich kündigen solle, und das war eine schwierige Frage.

Der *Wind* hatte natürlich volles Zutrauen in unsere Fähigkeit, alles zu vollbringen, was von uns verlangt wurde. Er hielt uns für ein großartiges Team und meinte, wir hätten eben erst mit unserer Integration begonnen. Ich dagegen dachte, er habe Anfälle von Größenwahn. Er war auf der Welt der schwarzen Felsen, wo ich ihn mir eingefangen hatte, viel länger gewesen als ich. Man konnte es ihm nicht verübeln, daß er froh war, wieder dahin zu kommen, wo sich etwas tat. Ganz bestimmt hatte er sich auch als sehr nützlicher Gefährte erwiesen. Aber ganz gleich, wie groß mein Vertrauen zu ihm war, Tatsache blieb, daß ich ich war und damit derjenige, der entscheiden mußte, was aus mir werden sollte. Im Umgang mit Geistesparasiten muß ein bestimmtes Protokoll beachtet werden.

Es war eine kalte Nacht, und ich war ganz und gar nicht in der Kondition, meilenweit zu laufen. Außerdem erstreckte die Stadt sich auch nicht über Meilen. Deshalb machte ich vor einem kleinen Café halt, trat ein und setzte mich, um eine Weile zu grübeln. Der Raum war nur schwach beleuchtet, und ich wählte mir mit Absicht eine schattige Ecke, aber ich wußte, daß ich mich nicht verstecken konnte. Auf Iniomi gab es nicht mehr als ein Dutzend Stellen, wo ich mich hätte aufhalten können, und wenn irgendwer auf die Idee kam, mich zu suchen, würde er mich letzten Endes finden. Daß jemand nach mir Ausschau halten würde, wußte ich. Es blieb nur noch abzuwarten, wer.

Das Café war leer – Iniomi kannte kein Nachtleben. Unwirtliche Welten erzeugen ungesellige Leute. Auf Iniomi gab es kein eigenständiges Leben, und die Luft war außerhalb der Kuppel nicht atembar. Die Basis wurde von Pallant, der dritten Welt, aus versorgt. Niemand wußte genau, warum die Basis nicht längst aufgegeben worden war. Alle Versuche, mit den Gallacellanern in Verbindung zu kommen, hatte man schon vor Generationen eingestellt. Doch bei diesen Brückenköpfen der menschlichen Rasse ist es so, daß sie irgendwie immer weiterbestehen. Leute, die es dort nicht aushalten können, gehen, und aus denen, die bleiben, wird die Bevölkerung des Planeten. Es sind ungesellige Leute, aber immerhin sind es Leute.

Der Kaffee war gut. Wirklich. Pallant war zwar eine arme, aber eine produktive Welt. Nicht groß genug, daß die

Handelsgesellschaften sie übernommen hätten, aber gut genug, um den eigenen Bedarf und noch etwas darüber hinaus zu erzeugen. Kleine Händler – solche, wie Lapthorn und ich es gewesen waren – kamen und gingen die ganze Zeit. Welten wie Pallant waren jetzt, wo die Gesellschaften langsam, aber sicher alles aufsaugten, was der Mühe wert war, die einzigen Orte, wo sie ihren Lebensunterhalt verdienen konnten.

Auch die Ruhe tat mir gut. Der Raum war warm, und die Kellnerin machte keinen Versuch, ein Gespräch mit mir anzufangen. Sie saß still da und las und wartete geduldig darauf, daß die Nacht verging. Ich zog ein Päckchen Spielkarten aus der Tasche und mischte es, aber ich machte mir nicht die Mühe, eine Patience auszulegen.

Ich weiß wirklich nicht, wen ich erwartete. Ich hoffte, Charlot werde es nicht sein, und das glaubte ich auch nicht. Aber Johnny könnte kommen, um mir auseinanderzusetzen, warum es ihm nicht gelungen war, den Plasmastrom in Gang zu halten, und mir zu versichern, das werde nicht noch einmal geschehen. Nicht, daß ich ihm einen Vorwurf gemacht hätte. Er hatte alles geleistet, was man von ihm erwarten konnte. Er war ein guter Ingenieur. Manchmal zerreißt das Flußfeld eben, und mehr ist darüber nicht zu sagen. Niemand ist vollkommen. Deshalb wäre es ja ein solcher Wahnsinn, den Versuch zu wiederholen, selbst wenn Johnny es ein bißchen besser machen könnte. Das nächste Mal würde dann eben ich einen Fehler machen. Ich legte mir im Geiste zurecht, was ich zu Johnny sagen wollte.

Aber auch Eve könnte auftauchen. Eve sah oft nach mir, nur um sich zu überzeugen, wie es mir ging. Eve hatte an meinem Wohlergehen – oder seinem Gegenteil – ein beinahe krankhaftes Interesse. Ich war der Mann, der ihren Bruder gekannt hatte, der Mann, der anstelle ihres Bruders hätte sterben können. Sie war Lapthorns Geist, der mich verfolgte. Aber nicht in böswilliger Art. Mir machte es nichts aus. Ich hätte nichts dagegen gehabt, wenn Eve durch die Tür gekommen wäre, um nach mir zu sehen und mit mir darüber zu sprechen, was alles noch geschehen könnte.

Wie sich dann herausstellte, war es Nick, der kam. Vielleicht war er geschickt worden, vielleicht hatten sie darüber diskutiert und beschlossen, Nick sei am besten dazu geeignet, mich soweit zu besänftigen, daß ich für menschliche Gesellschaft wieder geeignet war. Nick war mein Freund. Seitdem wir uns auf jener Welt im Halcyon-Nebel verbündet hatten, hielt Nick sich für meinen Busenfreund. Aber er wußte, daß ich die Dinge anders sah als er. Er wußte, daß etwas zwischen uns stand – ein Schiff. Er war stets bestrebt, dieses Hindernis zu beseitigen und eine echte Seelengemeinschaft reifen zu lassen. Er war nämlich ein Mann, der es einfach brauchte, Sympathie zu geben und zu empfangen. Aber ich hatte das nie zugelassen. Eine Sache des Prinzips.

»Du solltest den Arzt aufsuchen«, sagte er.

»Ich sollte nicht in einem so schlechten Zustand sein, daß ich einen Arzt brauche«, brummte ich.

»Für Charlot bedeutet das sehr viel, die Gallacellaner dahin zu bekommen, daß sie ihre Mauer des Schweigens brechen.«

»Es ist keine Mauer des Schweigens«, erklärte ich. »Es ist eine Mauer der Gleichgültigkeit. Sie mögen uns nicht. Sie haben uns nie gemocht. Das kann man ihnen nicht zum Vorwurf machen. Ihr einziges Interesse an uns besteht darin, daß sie uns davon abhalten, sich in ihre Angelegenheiten einzumischen. Sie wollen nichts über uns erfahren. Die ganze menschliche Rasse akzeptiert das, mit Ausnahme von Charlot. Die Gallacellaner führen ihn an der Nase herum. Sie nutzen ihn aus, oder sie versuchen, ihn auszunutzen. Das weiß er, und das macht ihn wütend. Er weiß außerdem, daß er es nicht fertigbringt, den Köder zu verschmähen, und das macht ihn noch wütender. Wir alle wären viel besser dran, wenn er die Sache sein ließe.«

»Du willst mich gegen ihn ausspielen«, beschwerte sich Nick.

Ich nickte. Ich steckte die Karten wieder in die Tasche.

»Angenommen, ich stelle mich auf seine Seite?«

Ich zog mit dem ausgestreckten Zeigefinger quer über den Adamsapfel.

»Wäre es möglich?« fragte Nick.

Ich zögerte. »Vielleicht«, gab ich nach einer Weile zu. Ich dachte, ernste Aufrichtigkeit sei die beste Art, mit einem Mann wie delArco zu sprechen. »Vielleicht wäre es möglich. Bis auf die Oberfläche abzusteigen ist das Schwierigste. Ist man einmal unten, ist es einfacher, wieder zurückzukommen. Das Beschleunigen geht immer leichter als das Abbremsen. Nur gibt es keinen Menschen in der Galaxis, der es schaffen kann. Johnny kann es nicht und ich auch nicht. Wir sind beide gut. Aber das geht über menschliches Vermögen. Und ich bin Raumfahrer, wie du weißt, kein Tiefseetaucher. Der Flug in der Atmosphäre ist nicht meine Spezialität. Da unten zählt mein guter Ruf als Pilot gar nichts. Ich habe Angst, Nick. Für mich und für das halbe Dutzend anderer, die sterben werden, wenn ich einen Fehler mache. Ich bin kein junger Mann mehr, Nick. Ich kann die Verantwortung nicht übernehmen, noch einmal in diese Höllenküche hinunterzugehen. Ich kann es nicht, und ich will es nicht. Wenn du zu dem Schluß kommst, du könntest eine solche Verantwortung tragen – bitte, dann gib mir Befehle. Du bist der Kapitän. Ich würde diesen Befehlen nicht gehorchen, und damit wären wir wieder da, wo wir angefangen haben. Andererseits kannst du Titus versichern, daß es unmöglich ist. Er kann dich entlassen, aber das ist auch alles. Letzten Endes hast du die Autorität. So lautet das Gesetz.«

»Ich will die *Dronte* nicht verlieren«, sagte er. Das war eine leere Behauptung. Die *Dronte* gehörte ihm nicht, auch wenn er zu ihrem Kapitän ernannt worden war. Er war nicht einmal ein Raumfahrer. Vielleicht hatte er sich immer gewünscht, einer zu sein – die ganze Zeit, als er Schiffe baute und dabei reich wurde –, und die Tatsache, daß er jetzt dem Namen nach einer war, mußte für ihn echte Bedeutung haben. Aber »echt« ist eine relative Bezeichnung.

»Es ist scheußlich, für Titus Charlot zu arbeiten«, stellte ich fest.

»Er ist einer der wichtigsten Männer der Galaxis«, erwiderte Nick.

»Na und? Er wird dir sein Geld nicht hinterlassen, ganz zu schweigen von seinem Platz in den Geschichtsbüchern. Was macht es für einen Unterschied, ob er bei der Bibliothek von New Alexandria ein großer Mann oder ein Tramp vom Rand der Galaxis ist? Es ist so oder so scheußlich, für ihn zu arbeiten.«

»Du hast dich auf Pharos sehr für ihn eingesetzt.«

»Mir würde nichts fehlen, wenn ich Pharos nie gesehen hätte. Okay, damals haben wir Seite an Seite gekämpft. Aber ich bin nicht so dumm, daß ich mir einbilde, so werde es jetzt immer und ewig weitergehen. Titus nutzt mich ebenso aus, wie die Gallacellaner versuchen, ihn auszunutzen.«

»Die Piloten, die die *Dronte* gern fliegen möchten, stehen schon Schlange«, bemerkte Nick.

»Laß sie«, antwortete ich. »Ich gönne ihnen das Vergnügen.«

»Ist das dein Ernst?« staunte Nick. »Einfach so? Wenn du an Charlot nicht für zwei Jahre gefesselt wärst, würdest du dann deine Heuer kassieren und weglaufen und das Schiff dem ersten besten überlassen? Und noch dazu lachen? Du liebst das Schiff, Grainger, das weiß ich doch.«

Nun ja, natürlich hatte er recht. Aber er hatte gleichzeitig unrecht. Wenn ich vor die Wahl gestellt würde, einen Landungsversuch auf Mormyr zu machen oder das Schiff aufzugeben, würde ich das Schiff aufgeben, dachte ich. Doch ich konnte mir nicht sicher sein, weil ich nicht wirklich vor diese Wahl gestellt wurde. Der Druck ist es, der die Dinge so schwierig macht.

»Vielleicht könnten wir Charlot zur Vernunft bringen«, meinte ich. »Wenn wir es gemeinsam versuchen.«

»Du und ich gegen das gewaltige Lagerhaus gallacellanischen Wissens?« fragte er.

Ein Punkt für Nick delArco.

»Er ist ein alter Mann«, erklärte ich ruhig. »Er kann es sich leisten, sein eigenes Leben aufs Spiel zu setzen.«

»Noch vor einer Minute hast du darüber gejammert, daß du selbst nicht mehr ganz jung bist«, hielt Nick mir vor.

»Und Johnny?«

»Johnny will ja.«

»Johnny ist ein Vollidiot. Aber was ist mit Eve?«

Schweigen. Ja, was war nun mit Eve? Ich hätte gern gewußt, ob Nick sie liebte. Wahrscheinlich war es so. Deshalb war von ihm keine sachliche Antwort zu erwarten.

»Weißt du was?« ließ er sich nach geraumer Zeit hören. »Ich kann einfach nicht glauben, daß du dir so viel Gedanken um Johnny und Eve machst.«

Ich zuckte die Schultern. »Du magst recht haben. Ich bin auch zu meinen besten Zeiten ein selbstsüchtiger Bastard. Wenn mir die Chance geboten würde, für diese beiden mein armes Leben zu opfern, ließe ich sie mir wohl eher entgehen, als daß ich danke sagte und glücklich stürbe. Ich bin kein Held. Überhaupt kein Held. Ich sorge in erster Linie für meine eigene Haut. Wer tut das nicht? Aber ich sage die Wahrheit. Ob ich mir Gedanken mache, ist nicht so wichtig . . . Machst du dir Gedanken?«

»Ja«, gestand er.

»Das habe ich mir gedacht.«

Jetzt hatte ich ihn da, wo ich ihn haben wollte. Er würde mir keinen Selbstmordbefehl erteilen. Die Gallacellaner konnten ihre schmutzige Arbeit selbst tun, und Charlot konnte von mir aus einen Schlaganfall bekommen. Traurig für ihn.

Wir sahen einander schweigend an. Dann senkte Nick den Blick und rührte langsam seinen Kaffee um. Die Tasse war halbleer.

»Kommst du mit zum Arzt?« fragte er.

»Vielleicht.«

»Möchtest du, daß ich dich allein lasse?«

»Was hätte ich davon? Sobald du in der *Dronte* ankommst, macht sich doch ein anderer auf, um mit mir zu sprechen.«

»Du bist ihnen nicht gleichgültig.«

»Weiß ich.«

»Auch wenn sie Vollidioten sind«, setzte er beinahe unhörbar hinzu.

»Ich glaube nicht, daß ich ein Gespräch von Mann zu Mann mit Johnny in diesem Augenblick ertragen könnte«, erklärte ich. »Es wäre mir ein bißchen zu anstrengend. Und wenn jemand anders . . .«

»Schon gut«, sagte Nick, »schon gut.« Er griff nach seiner Tasse und leerte sie. Dann stand er auf.

»Gehst du zum Arzt oder nicht?«

Mir blieb wohl nichts anderes übrig. Ich stand ebenfalls auf.

»Vielleicht schreibt er mich raumuntauglich«, überlegte ich laut. »Welch eine Tragödie! Eine große Karriere in der Knospe erstickt. Nichts ist so ergreifend wie ein Raumfahrer, der nie wieder starten darf.« Das war ein böser, bitterer Witz, und er gefiel mir selbst nicht besonders.

Wir gingen zusammen durch die kalte, sternenglänzende Nacht zurück.

Am Eingang zu den Landeplätzen begegneten wir einem Gallacellaner niedriger Kaste. Ich sah ihn an und fragte mich, ob es Ecdyon sei und, falls ja, ob ich »Hallo« zu ihm sagen solle. Aber er ignorierte uns, und so taten wir desgleichen. Innerhalb der *Dronte* waren die Lichter noch an. Charlot lungerte im Korridor herum. Offensichtlich wollte er irgend etwas sagen. Ich war versucht, so zu tun, als sei ich ein Gallacellaner, und an ihm vorbeizugehen, als ob ich ihn nicht wiedererkenne. Aber das brachte ich nicht fertig. Nick und ich blieben stehen, damit Charlot seinen Kommentar loswerden konnte.

»Stylaster hat gesagt, bevor er ging, er hoffe, Sie erholen sich wieder vollständig«, bemerkte Charlot.

»Wie nett von ihm«, rief ich aus. »Oder vielleicht war es doch nicht so nett. Hat er zufällig erwähnt, warum er ein so freundliches Interesse an meinem Wohlergehen nimmt?«

»Der Arzt wartet auf Sie«, erklärte Charlot ausdruckslos.

»Wenigstens weiß ich, warum er Interesse zeigt. Er wird dafür bezahlt.«

»Sie brauchen Schlaf«, sagte Charlot. Aus dem Augenwinkel bemerkte ich, daß Kapitän delArco wie eine Marionette zustimmend nickte. Und? Ich brauche wirklich Schlaf.

»Wir sprechen uns morgen früh wieder«, fuhr Charlot fort. »Wir müssen uns über die Zukunft gründlich aussprechen.«

»Morgen früh nach lokaler oder nach Realzeit?« erkundigte ich mich. Wir waren noch nicht lange auf Iniomi, und der Zeitwechsel war höchst unangenehm gewesen.

»Ich lasse Sie wecken, wenn wir soweit sind.«

»Gut.«

»Noch eins.«

»Ja?«

»Laufen Sie nicht wieder so mir nichts, dir nichts fort. Die Vorschriften besagen, daß . . .«

Diesmal fiel es mir überhaupt nicht schwer, an ihm vorbeizugehen, als sei er Luft. Ich begab mich in meine Kabine. Aber ich wußte, damit war die Angelegenheit längst nicht erledigt. Charlot würde mit Zähnen und Klauen um sein Ziel kämpfen.

III

Am nächsten Morgen brauchte niemand zu kommen und mich zu wecken, denn ich wachte von selbst auf. Mir war es gar nicht eilig damit, meine Schiffskameraden aufzusuchen und mit ihnen die unerfreulichen Erlebnisse des gestrigen Tages durchzukauen. Ich machte mich äußerlich menschlich und unterzog mich dann der langwierigen Aufgabe, auch wieder menschlich zu empfinden. Dann wartete ich darauf, daß es an meiner Tür klopfte. Das dauerte lange Zeit, und als endlich jemand klopfte, war es nicht der, den ich erwartet hatte.

Tatsächlich war es der Gallacellaner Ecdyon. Er stellte sich mit aller Förmlichkeit vor, aber ich erkannte schon an seiner Kleidung, daß er nicht Stylaster war, und soweit ich wußte, hatten wir keine anderen Gallacellaner an Bord.

»Stylaster läßt anfragen, ob Sie sich völlig erholt haben«, sagte er, sobald ich mein Erstaunen überwunden und er Zeit gehabt hatte, mir den Rücken zuzuwenden.

»Mir geht es nicht so schlecht, wie es sein könnte«, versicherte ich ihm.

»Stylaster läßt fragen, wann Sie den nächsten Versuch machen können.«

Ich kniff meine Augen zusammen. Da stimmte etwas nicht. Stylaster mochte Charlot gefragt haben, ob ich mich völlig erholt habe, und Charlot mochte den Dolmetscher zu mir geschickt haben. Aber es war einfach unglaubhaft, daß Stylaster mir – ob mit oder ohne Dolmetscher – eine Frage stellte. Gallacellaner sind sehr statusbewußt, und sobald sie hinter die Position jedes einzelnen in einer menschlichen Gemeinschaft gekommen sind, sprechen sie mit dem Mann an der Spitze und mit keinem anderen. Nun war Ecdyon zwar aufgrund der Tatsache, daß er Fremdsprachen gelernt hatte, um mit fremden Lebewesen sprechen zu können, ein modifizierter Gallacellaner, ja, fast schon selbst ein Fremder, aber trotzdem immer noch Gallacellaner genug, um so etwas nicht zu machen.

»Ich werde keinen zweiten Versuch machen«, stellte ich fest.

»Stylaster wünscht . . .« begann er.

»Was wollen Sie?« fragte ich ihn.

Seine großen, gelben Hinteraugen zwinkerten. Erst das eine, dann das andere. Die kleinen schwarzen Pupillen erweiterten sich ein wenig und zogen sich wieder zusammen. Mir kam es vor, als ziehe er eine Schau ab.

»Charlot hat Sie geschickt, nicht wahr?« fragte ich ihn.

»Nein.«

»Stylaster hat es nicht getan.«

»Stylaster wünscht, daß ich mich über alles, was geschieht, auf dem laufenden halte.«

Ich verstand. »Er hat Ihnen den allgemeinen Auftrag erteilt, alle Fragen zu stellen, die Ihnen notwendig erscheinen, und er hat es Ihnen überlassen, wen, was und wann Sie fragen wollen? Das ist interessant. Warum sind Sie zu mir gekommen?«

Er zögerte einen Augenblick. »Meine Beobachtungen haben mir die Vorstellung vermittelt, daß es nicht immer der Mensch mit dem höchsten Status ist, der entscheidet, was geschehen soll.«

Ich starrte ihn an. »Klug«, sagte ich. »Das ist wirklich klug. Fremde Sprachen, fremde Weltanschauungen. Sie wissen, daß Stylaster niemals auf die Idee gekommen wäre. Er brächte es einfach nicht fertig.« Plötzlich ging mir ein Licht auf, warum die Gallacellaner so wenigen von ihren Leuten erlaubten, fremde Sprachen zu lernen, und warum es überhaupt nur die Angehörigen der niedrigen Kasten durften. Eine Statusgesellschaft bedarf äußerster Stabilität. Sogar für die Art des Denkens gibt es Einschränkungen. Mir fiel das Gerücht ein, die Gallacellaner hätten sich aus einer Spezies entwickelt, die Beutetiere und nicht Raubtiere war. Sie waren keine Individualisten. Ich fragte mich, ob ich Ecdyon ein paar Tips geben solle, wie man eine Revolution organisiert.

»Was wird geschehen, wenn Sie das Schiff nicht auf die Oberfläche von Mormyr hinunterbringen?« fragte der Gallacellaner.

Ich setzte mich auf den Rand meiner Koje und sah zu ihm hoch. »Setzen Sie sich doch«, forderte ich ihn auf. Aber Gallacellaner setzen sich nicht. Er interpretierte meine Einladung ein wenig frei und rollte sich zusammen. Für mich sah das sehr schmerzvoll aus, aber er war dafür gebaut. Das Endergebnis dieser Operation war, daß sich seine Augen ungefähr auf der gleichen Höhe wie meine befanden und sein Körper sich unter seinem losen Gewand verrenkte. Ich konnte ihn mir als eine Art Riesenschlange vorstellen. Doch seine schwarze Robe war weit und verhüllend, mit Blau und Gold geschmückt und wirklich sehr schön. Er sah in keiner Weise abstoßend aus.

Ich dachte darüber nach, was ich ihm antworten sollte. Dann schoß mir der Gedanke durch den Kopf, dies sei eine Gelegenheit, etwas Interessantes zu erfahren, und ich entschloß mich zum Handeln.

»Ich werde Ihnen erzählen, was geschehen wird, wenn Sie mir erzählen, was geschehen wird«, verkündete ich. Wieder blinzelte er. Diesmal war ich sicher, daß es mit Absicht geschah.

»Ja«, antwortete er ohne Zögern. Ob er wirklich wußte, hinter was ich her war? Die Gallacellaner waren dafür bekannt, daß sie nur höchst ungern Informationen preisgaben.

»Okay«, sagte ich. »So sieht es von unserer Seite aus. Wie Sie wohl wissen, haben wir nur ein Schiff, mit dem das, was Sie wollen, durchführbar ist. Wie ich annehme, wollen Sie, daß wir auf Mormyr landen und Sie und Stylaster zu diesem Schiff – oder was es sonst sein mag – befördern, das sich da unten befindet. Jetzt kann ich dieses Schiff hier nicht hinunterbringen, und auch sonst kann es keiner. Es gibt ein paar Männer, die vielleicht die Fähigkeit dazu haben – Männer, die ebenso gut sind wie ich –, aber wenn sie herausfinden, daß ich mich geweigert habe, auf Mormyr zu landen, werden sie sich auch weigern. In gewissem Ausmaß ist das eine Sache der Etikette, doch hauptsächlich liegt es daran, daß sie mein Urteil respektieren. Ergo, wenn ich es nicht tue, tut es auch sonst niemand. Ihr Schiff – oder was es sonst sein mag – bleibt, wo es ist. Die *Dodo*, das Schwesterschiff der *Dronte*, ist bald fertig, aber auch das macht keinen Unterschied. Ich will nicht prahlen und behaupten, daß niemand etwas tun kann, was ich nicht tun kann. Aber ich bin überzeugt, daß, wenn ich es nicht tue, niemand, der es tun kann, tun wird.«

Er ließ sich nichts anmerken. Die Mühe mit dem Blinzeln machte er sich nicht mehr. »Es ist ein Schiff«, teilte er mir mit, offensichtlich bereit, seiner Verpflichtung bei unserem Handel nachzukommen. »Es heißt *Varsovien*. Es wurde vor fast tausend Ihrer Zeiteinheiten auf Mormyr zurückgelassen . . .«

»Jahren?«

»Jahren. Vor tausend von Ihren Jahren.«

»Es wurde zurückgelassen?« wiederholte ich. Ich wollte ihn nicht unterbrechen, aber ich wollte sichergehen, daß ich alles richtig verstanden hatte. »Es wurde nicht zerschmettert?«

»Nein. Es wurde aufgegeben.«

»Und jetzt, nach tausend Jahren, wollt ihr es zurückhaben. Warum?«

»Das weiß ich nicht.«

Er sagte bestimmt die Wahrheit. Und was nützte sie mir? Nun, eine kleine Information, aber besser als gar keine, und ich hatte ihm auch nichts verraten, was wirklich nützlich war. Ich war gerade dabei, in Gedanken die nächste Frage zu formulieren, als die Tür aufflog. Ecdyon hockte dahinter und bekam einen so heftigen Schlag, daß er umkippte. Johnny stürzte in die Kabine.

»Zum Teufel, was willst du?« brüllte ich los und vergaß ganz, daß man vor einem fremdrassigen Lebewesen nicht fluchen darf. Johnny ließ mich nicht ausreden.

»Mayday! Wir haben einen Mayday-Ruf erhalten!«

»Von wo?«

»Eins-fünfzig mk von der Sonne entfernt. Etwa ebenso weit von hier. Wir sind näher dran als Pallant.«

Die Tatsache, daß wir näher dran waren als Pallant, spielte im Grunde keine Rolle. Die *Dronte* war viel schneller als alles, was auf dem Raumhafen von Pallant sitzen mochte. Das war unser Bier.

»In den Maschinenraum, schnell«, wies ich ihn an.

Er verschwand rückwärts aus der Tür, ohne auch nur einen Blick auf den armen Ecdyon zu werfen.

Ich half dem Gallacellaner auf die Füße. Er machte ein merkwürdiges Geräusch mit seinem Hintermund und schien Schwierigkeiten zu haben, durch seinen Vordermund Luft zu bekommen. Wahrscheinlich hatte es ihm den Atem verschlagen. »Verzeihung«, keuchte er, als er wieder in seiner vollen Höhe von zweihundertundzehn Zentimetern aufragte. »Ihre Luft – ist ziemlich schlecht.«

»Ich weiß nicht«, brummte ich, während ich mich von ihm zurückzog und es ihm überließ, den Anfall zu überwinden. »Uns gefällt sie.«

Bis zum Kontrollraum schaffte ich es in Sekunden. Ich schloß die Schleusen und setzte die Warnhupe in Gang. Ich überprüfte, ob der Landeplatz leer war, und entdeckte ein paar Leute, die zur nächsten Deckung rannten. Ich stellte eine Verbindung mit der Hafenbehörde her.

»Erbitte Informationen.«

Der Beamte war auf Draht. Er stellte nicht erst lange Fragen.

»Bleiben Sie dran«, sagte er. »Es läuft soeben ein Funkspruch ein.«

In meinem Empfänger klang ein Heulton auf, als er alles, was über den Fall von Raumnot bekannt war, als gerafften Funkspruch durchgab.

»Danke.« Dann sprach ich Johnny an: »Fang mit dem Countdown an, aber rechne damit, daß du ihn unterbrechen mußt, wenn die Starterlaubnis nicht rechzeitig kommt.«

»Achtzig, neunundsiebzig, achtundsiebzig . . .«, begann Johnny sofort.

»Raumhafen, wieviel Feuer kann ich geben?« fragte ich.

»Nicht mehr als laut Vorschrift«, antwortete der Beamte. »Tut mir leid, wir haben einfach nicht genug Platz.«

»Okay, machen Sie sich keine Sorgen.« Mit einem stärkeren Düsenausstoß beim Start hätte ich ein paar Sekunden gewonnen, mehr nicht. Die *Dronte* würde von Iniomi aus immer noch eher da sein als das offizielle Rettungsfahrzeug von Pallant.

Johnny war bei dreißig angelangt, als der Raumhafenbeamte mir die Starterlaubnis gab. Bis dahin war das ganze Schiff zum Leben erwacht. Ecdyon war in den Kontrollraum hinaufgeklettert, um mir zuzusehen. Nick stand neben mir, und auch Eve mußte irgendwo hier oben sein. Aber weder Charlot noch der andere Gallacellaner zeigten sich. Ich vermutete, sie saßen irgendwo im Hafen bei einer Besprechung, und so mußten wir ohne unsere Bosse aufbrechen.

Ich hielt mich beim Abfeuern der Düsen genau an die Vorschriften. Der Plasmastrom erwachte zum Leben, als wir mit der Energie jonglierten.

»Wir werden so schnell wie möglich die Einstein-Barriere erreichen«, sagte ich zu Johnny. »Fang mit dem Countdown bei hundert an und sieh zu, daß bei dir alles kocht, wenn wir auf Null kommen.«

Es war nicht ganz fair gegen ihn, eine so kurze Frist zu setzen – das bedeutete höchste Anforderungen an die Maschinen, und wenn man höchste Anforderungen an die Maschinen stellt, hat man üblicherweise den Ingenieur schon überfordert. Wenn uns der Übergang nicht gelang, verloren wir Sekunden, statt sie zu gewinnen. Das wäre dann mein Fehler gewesen, aber Johnny würde natürlich sich die Schuld zuschreiben.

»Nick.« In der Hitze des Gefechts vergaß ich ganz, daß wir uns an Bord befanden und er der Kapitän war. »Die Informationen sind in einem gerafften Funkspruch gekommen. Such sie heraus und spiele sie ab. Ich habe keine Zeit dazu. Erzähl mir nach dem Transfer, was los ist, okay?«

Nick tat, was ich ihm gesagt hatte. Während ich sprach, bereitete ich den Übergang vor. Ich stopfte den Fluß mit Energie voll, denn ich brauchte soviel wie möglich für die Schutzschilde. Luzifer war ein materiedichtes System, und man kann in einem Raum, der eigentlich kein Vakuum ist, keinen

Tachyonen-Transfer machen, ohne voll abgeschirmt zu sein. So, wie die Dinge lagen, mußten wir Energie verlieren, wenn ich auf Überlichtgeschwindigkeit ging. Wenigstens ein Schild würde zerbrechen, und falls Johnny und ich nicht sehr aufpaßten, würde der Fluß bluten. Nach dem, was die *Dronte* gestern hatte erleiden müssen, konnte ein neuer Energieverlust sie zum Wrack machen – oder sie wenigstens für einen Monat an den Boden fesseln.

Aber sie benahm sich großartig. Der Fluß blieb vollkommen ausbalanciert, mein Timing war von höchster Präzision, und wir kamen in Null Komma nichts über die Einstein-Barriere. Eine leichte Bewegung meiner Schiffsglieder, das Gefühl, als würden Federn vom Wind zerzaust, und schon war die Abschirmung wieder da, perfekt mit Energie versorgt und ohne jede Schwankung.

»Sehr gut«, sagte ich. »Erstklassige Arbeit, Sohn.« Johnny antwortete nicht. Ich konzentrierte mich weiter, und ich beschleunigte weiter. Ich hielt innerhalb des Helms nach dem Schiff in Raumnot Ausschau, aber ich entdeckte es nicht. Das heißt, ich konnte es von dem übrigen umhertreibenden Schrott und Geröll nicht unterscheiden.

»Position?« rief ich.

Nick ratterte Zahlen herunter, und sobald ich die genaue Stelle wußte, erkannte ich unser Ziel auch. Im mittleren Teil des Systems waren zwei weitere Schiffe unterwegs. Eins davon befand sich in der Nähe von Pallant und war wahrscheinlich das Rettungsfahrzeug, das auf den Mayday-Ruf hin losgeschickt worden war. Das andere hielt ebenfalls auf das havarierte Schiff zu, aber es kam von einem der äußeren Planeten oder von außerhalb des Systems und war noch ein gutes Stück entfernt.

Ich legte die Strecke zwischen Iniomi und dem beschädigten Schiff innerhalb von Minuten zurück. Die Brocken, die im ganzen System anzutreffen waren, versuchten nicht, mir den Weg zu verlegen, und die besonderen Fähigkeiten der *Dronte* ermöglichten es mir, die Partikel zu ignorieren.

»Beginne mit dem Countdown zum Rücktransfer«, wies ich Johnny an. Er fing wieder bei hundert an. Jetzt hatte Nick

Gelegenheit, mir über den Inhalt des Funkspruchs zu berichten.

»Es ist eine Jacht namens *Saberwing*, die einem gewissen Ferrier auf Pallant als Privatbesitz gehört. Die Crew besteht aus drei Mann. Der Mayday-Ruf ist erst vor ein paar Minuten angekommen, und er enthielt keine andere Information als den Namen des Schiffes. Entweder ist ein unfähiger Kapitän an Bord, oder . . . er kann irgendwie nicht feststellen, worin der Schaden besteht.«

»So ein Schwachkopf«, bemerkte ich. »Was erwartet er wohl von mir? Soll ich an Bord gehen oder was? Wir werden ihn anrufen müssen, sobald wir wieder auf Unterlichtgeschwindigkeit sind. Vielleicht hat er weitere Angaben durchgegeben, seit wir den Transfer gemacht haben. Wahrscheinlich rechnet er nicht damit, daß vor Ablauf von mindestens einer Stunde jemand eintritt. Wir müssen den galaktischen Rekord für Rettungsaktionen um Minuten gebrochen haben.«

Wir kamen ebenso leicht über die Einstein-Barriere zurück, wie wir sie überschritten hatten. Fünf Minuten später konnte ich an die Vordertür der *Saberwing* klopfen. Es war eine brillante Leistung, auch wenn ich das selbst sage.

Ich setzte einen Ruf über eine große Bandbreite ab, damit ich das Schiff von Pallant noch erreichte, solange es auf Unterlichtgeschwindigkeit war, falls es mir nicht gelang, Kontakt mit der *Saberwing* aufzunehmen. Bei Nick erkundigte ich mich, ob die *Saberwing* ein W-Transformer sei und ob irgendein Hinweis darauf vorliege, was mit ihr nicht in Ordnung sei.

»Ja, sie ist ein W-Transformer«, antwortete Nick. »Aber sonst wissen wir absolut nichts.«

»Dann kann es auf keinen Fall am Plasma liegen«, murmelte ich. Das war eine Erleichterung. Jedenfalls würde sie mir nicht ins Gesicht explodieren, und sie konnte nicht so heiß sein, daß eine Annäherung unmöglich war. W-Transformer haben nicht viele Vorzüge, aber wenigstens benehmen sie sich rücksichtsvoll, wenn es zu einer Havarie kommt.

Ich forderte die *Saberwing* auf, sich zu melden. Sie antwortete nicht. Ich forderte jeden, der mich hören konnte, auf, sich zu melden, und erhielt Antwort von dem Schiff, das aus Richtung Pallant kam.

»Hier ist die *Graue Gans*«, lautete die Botschaft. »Ich gebe Daten durch.« Heulton. Dann fuhr die Stimme fort: »Wir haben keine zusätzlichen Informationen. Transfer erfolgt in zwanzig Sekunden.«

»Danke«, sagte ich. »Wir sehen uns später.«

Nick spielte unaufgefordert die Daten ab.

»Es ist nur ihre Identifikation«, verkündete er. »Sie ist das lokale Polizeischiff, das sowohl als Ambulanz wie als Rettungsboot eingesetzt wird. Das Kommando hat Kapitän Corey. Das ist alles.«

Es war nicht viel.

Ich bremste ab, während ich mich der *Saberwing* näherte. Sie trieb mit geringer Geschwindigkeit dahin. Ich glich mich ihr an und manövrierte mich längsseits. Ich rief das Schiff noch ein paarmal an, doch es herrschte absolute Stille.

»Und was mache ich nun?« fragte ich die Allgemeinheit. Nachdem ich so schnell so weit gekommen war, geriet ich in Versuchung, einen Raumanzug anzulegen und hinüberzusausen. Aber es sind Fälle bekanntgeworden, bei denen Leute durch vorschnelles Handeln in Schwierigkeiten geraten sind.

Ich rief den Planeten Pallant, sagte, wer ich war, und wies darauf hin, daß es noch beinahe eine Stunde dauern würde, bis das offizielle Rettungsfahrzeug eintraf. Ich bat um Rat.

»Ferrier ist ein sehr bedeutender Mann«, antwortete der diensthabende Beamte auf Pallant, ohne erst meine Anfrage an seine eigenen Vorgesetzten weiterzugeben. »Wir alle wären Ihnen dankbar, wenn Sie ihm sofort die notwendige Hilfe leisten würden.«

Das war kein sehr nützlicher Rat.

»Kapitän«, wandte ich mich an Nick, »was schlagen Sie vor?«

»Wir gehen an Bord. Ich und Eve.«

»Langsam, langsam«, bremste ich ihn. »Wenn irgendwer an Bord geht, sollte lieber ich es sein.«

»Wir können Ihr Leben nicht aufs Spiel setzen«, erklärte Kapitän delArco. »Wenn auch wir in Raumnot geraten . . .«

»Es ist bereits ein Rettungsschiff unterwegs«, stellte ich klar.

»Und wenn Eve zurückbleibt, hat die *Dronte* immer noch eine komplette Mannschaft. Du kannst mitkommen, wenn du gern möchtest, aber ich muß gehen. Ich bin der einzige, der mit den Schwierigkeiten, die es da drüben geben mag, fertig werden kann.«

»Okay«, gab Nick nach. »Wie du willst.«

Noch einmal sah ich mir alles genau an, bevor ich den Helm zurückschob. Die *Graue Gans* war auf Überlichtgeschwindigkeit und kam gut voran. Auch das andere Schiff hielt gerade auf uns zu und war schon ziemlich nahe. Aber ich konnte nicht erraten, woher es kam. Bestimmt nicht von den äußeren Planeten. Ob es ganz zufällig in der Gegend war? Seltsam, daß es sich nicht identifiziert und daß weder die *Graue Gans* noch der Raumhafenbeamte auf Iniomi ein anderes Schiff innerhalb des Systems erwähnt hatte.

»Was ist?« fragte Eve, und mir kam zu Bewußtsein, daß mein Gesichtsausdruck meine Unsicherheit verriet.

»Da ist noch ein Schiff«, antwortete ich. »Es kommt schnurgerade auf uns zu. In einem so von Materie übersäten System wie diesem kann das kaum ein Zufall sein.«

»Das ist die *Cicindel*«, warf Ecdyon ein. Seit dem Start hatte er kein Wort gesprochen. Sofort wandten sich alle Augen ihm zu.

»Ein gallacellanisches Schiff?« fragte ich.

»Ja.«

»Was hat ein gallacellanisches Schiff in den äußeren Regionen dieses Systems zu suchen?«

»Wir haben eine Basis auf Iniomi«, stellte Ecdyon richtig fest. »Warum sollten wir also keine Schiffe in diesem System haben?«

»Warum reagiert es auf einen Notruf?« fragte ich, obwohl es eigentlich keinen Grund gab, mißtrauisch zu sein. Einen Hilferuf beantwortet jeder, und wenn ein gallacellanischer Raumfahrer auch kein anderes Wort einer Fremdsprache kannte, würde er doch wissen, was Mayday bedeutete. Andererseits wußte ich zwar, wie ein khormonischer Hilferuf klang, aber ein gallacellanisches Klickgeräusch hörte sich für mich wie jedes andere gallacellanische Klickgeräusch an.

»Wir verschwenden unsere Zeit«, mahnte Nick.

»Stimmt.« Ich stellte meinen Verdacht zurück und befaßte mich wieder mit den Notwendigkeiten des Augenblicks. »Steigen wir in die Raumanzüge und klopfen an der Tür der *Saberwing* an. Eve, setz dich unter den Helm. Laß dich nicht erschrecken, aber mache dich darauf gefaßt, schnell wegzuziehen, wenn wir es dir sagen. Johnny, bleib auf dem Posten. Du mußt dich ständig konzentrieren.«

Beide gaben zu erkennen, daß meine Ermahnungen höchst überflüssig waren.

Nick und ich stiegen hinunter und holten uns die Raumanzüge aus dem Schrank.

»Die Sprechverbindung bleibt offen«, sagte ich. »Mir ist es lieber, alles in dem Augenblick zu hören, wo es geschieht, als auf das Schiff warten zu müssen.« Über unsere Helmgeräte konnten wir Meldungen von Pallant und von überall empfangen, aber wir hatten nur genug Energie, um mit der *Dronte* zu sprechen – oder mit der *Grauen* Gans, sobald sie auf Unterlichtgeschwindigkeit heruntergıng.

Wir betraten die Schleuse gemeinsam und hakten unsere Sicherheitsleinen ein. Uns standen etwa tausend Meter Kabel zur Verfügung, doch wir waren nur wenig mehr als fünfhundert Meter von der *Saberwing* entfernt.

»Bist du schon einmal gesprungen?« fragte ich Nick.

»Nur bei einer Übung«, gestand er.

»Anders als bei einer Übung ist es jetzt auch nicht. Du darfst nur nicht nervös werden.«

»Es ist ein langer Weg bis nach unten«, bemerkte er.

»Haha.« Ich fand das gar nicht lustig. Aber schließlich bin ich ein Raumfahrer. Er war im Grunde immer noch ein Planetenbewohner.

Wir sprangen zusammen. Ich beleidigte ihn nicht damit, daß ich ihm anbot, seine Hand zu halten. Nun ja, wenn er einen Fehler gemacht und ich seine Hand gehalten hätte, wären wir beide verloren gewesen.

Wir schafften es ohne Schwierigkeiten. Wir trafen auf die Hülle und brachten es beide fertig, daran hängenzubleiben. Nick fluchte, weil er etwas härter aufgeschlagen war als unbedingt notwendig, aber sonst ließ er sich nichts anmerken.

Ich kroch über die Außenhaut des Schiffes auf die Schleuse zu. Es war ein kleines Schiff – ein Vergnügungsboot oder ein Schiff für interplanetare Flüge. Vielleicht benutzte Ferrier es für Geschäftsreisen. Der Beamte auf Pallant hatte gesagt, Ferrier sei ein großes Tier, und das bedeutete, seit die Monarchien aus der Mode gekommen sind, daß er ein großer Geschäftsmann war.

In zwei Minuten hatte ich die Außentür der Schleuse soweit, daß ich sie öffnen konnte, und ich legte gerade meine Hand auf den Griff, als eine Nachricht eintraf. Sie war an die *Dronte* gerichtet, aber bestimmt für uns gemeint.

»Pallant an *Dronte.* Dringende Botschaft folgt als geraffter Funkspruch.«

»Dieser Idiot!« rief ich. »Jetzt müssen wir darauf warten, daß Eve die Nachricht abspielt.«

»Klartext kommt«, verkündete Eve prompt.

Die Nachricht begann mit einer Reihe von Zahlen und Identifikationskodes, auf die ich nicht weiter achtete. Es war ein Polizeispruch von der Hafenbehörde auf Pallant.

»Wir haben Ferrier und den Kapitän des Schiffes aufgespürt. Die *Saberwing* wurde gestohlen. Wiederhole: Die *Saberwing* wurde gestohlen. Raten zur Vorsicht.«

»So, so«, bemerkte ich.

»Was machen wir jetzt?« fragte Nick.

»Diebe können ebensogut in Raumnot geraten wie jeder andere«, erwiderte ich. »Sogar noch eher, wenn sie nämlich mit dem gestohlenen Schiff nicht umgehen können.«

»Vielleicht sollten wir auf die Polizei warten«, meinte er.

»Wir sind nun einmal hier«, betonte ich.

»Wir sind nicht bewaffnet.«

»Wir wollen ja auch keinen Krieg führen. Wir wollen helfen. Hier drin mag irgendein armes Schwein sitzen, das die Maschinen kaputtgemacht hat und verletzt ist. Sicher wird er nicht mit einer Brechstange auf uns losgehen – solche Spiele erlaubt ihm seine Situation nicht. Okay, das Schiff ist geklaut. Na und?«

»Schon gut«, brummte er. »Wenn du es so ansiehst . . .«

Er war immer ein bemerkenswert passiver Kapitän.

Ich öffnete die Tür. Die Schleuse war so eng, daß nur einer auf einmal hinein konnte.

»Ich gehe zuerst«, sagte ich.

»Das wirst du nicht tun«, widersprach Nick. Es lag nicht daran, daß er den Helden spielen wollte, es gefiel ihm nur nicht, 150 mk von der nächsten terra firma entfernt außen an einer Blechbüchse zu kleben. Wer könnte es ihm verübeln? Ich zog mich zur Seite und ließ ihn in die Schleuse kriechen.

»Du weißt, wie man sie bedient?« erkundigte ich mich.

»Ich bin doch kein Idiot«, informierte er mich. Ich war mir da manchmal nicht so sicher. Ich schloß die Tür hinter ihm und fühlte die Vibrationen, als er sie von innen sicherte.

Dann wartete ich. Die Schleusentür ging durch ihren ganzen Zyklus, und ich öffnete sie von neuem und folgte dem Kapitän.

Jenseits der Schleuse lag eine viereckige Kammer, nicht der übliche Korridor. Nick stand an der Wand und hielt auf ziemlich lächerliche Weise die Hände über den Kopf.

Ein Zwerg in einem Raumanzug zielte mit einer Pistole auf ihn.

IV

Rückblickend muß ich einräumen, daß ich an jenem Tag ständig etwas übereilt gehandelt habe. Von dem Augenblick an, als Johnny meine Tür aufriß, hatte ich mich mit Höchstgeschwindigkeit bewegt. Ich hatte nicht mal innegehalten, um nachzudenken. Das ist gar nicht meine übliche Art. Es stimmt, daß mir alles mögliche im Kopf herumging, und es stimmt, daß die Ereignisse sich überstürzt hatten. Aber das war kein Trost, als ich den kleinen Mann mit der gar nicht so kleinen Pistole anstarrte. Ich kam mir wie ein Versager vor.

Er bedrohte uns beide.

»So etwas scheint heutzutage häufig zu geschehen«, bemerkte ich.

»Du brauchst dich gar nicht zu beschweren«, erklärte Nick

bitter. Zweifellos dachte er daran, daß beim letzten Mal, als er ein Schiff betrat und mit einer Pistole empfangen wurde, ich der Mann mit der Pistole gewesen war.

Ich wandte meine Aufmerksamkeit dem Zwerg zu. »Ich weiß schon. Sie sind auf der Flucht und wollen die *Dronte* kapern, um schneller wegzukommen.« Der Gedanke hätte mir kommen sollen, als ich noch auf der anderen Seite der Schleusentür war.

Schweigen. Ich konnte das Gesicht des kleinen Mannes – es war ein außergewöhnlich häßliches Gesicht – durch die Sichtscheibe seines Helms sehen. Sein Mund bewegte sich lautlos, als spreche er.

»Er hat sein Helmfunkgerät nicht eingeschaltet«, sagte ich zu Nick.

»Vermutlich weiß er nicht, wie man das macht«, antwortete er.

Ich hatte ganz und gar nicht die Absicht, auf den Zwerg zuzugehen und meinen Helm an seinen zu legen, damit wir miteinander reden konnten. Wahrscheinlich hätte er mich bis dahin erschossen gehabt. Deshalb hielt ich weiter meine Hände hoch und lehnte mich mit dem Ausdruck unendlicher Geduld gegen das Schott. Der kleine Mann schien noch häßlicher zu werden. Ich blickte zur Seite auf den Druckanzeiger. Er verriet mir, daß der Luftdruck normal war.

»Warum tragen wir überhaupt Raumanzüge?« fragte ich Nick.

»Woher soll ich das wissen?« gab er zurück. »Willst du deinen ausziehen?«

»Es gibt keinen Grund, warum ich es nicht tun sollte.«

Es klickte, als es dem Zwerg endlich gelang, mit der Zunge den Schalter umzulegen, der das Funkgerät anstellte.

»Ich freue mich, daß wir jetzt miteinander reden können«, sagte ich, noch ehe er ein Wort hatte äußern können.

»Sie sind Grainger«, stellte er fest.

Das verschlug mir die Sprache.

»Sie haben uns erwartet?« fragte ich nach einer Pause.

»Richtig. Ich habe auf Sie gewartet.« Seine Stimme klang dünn und heiser. »Tun Sie, was ich Ihnen sage, und es wird Ihnen nichts geschehen.« Er nahm eine Tasche auf, die hinter ihm auf dem Fußboden lag. »Wir kehren zu Ihrem Schiff zurück.«

»Vermutlich hat es nicht viel Zweck, wenn ich Ihnen versichere, daß Sie damit nicht durchkommen?« fragte ich.

»Nein«, erwiderte er.

»Das dachte ich mir. Aber es gibt noch ein paar andere Formalitäten. Ist sonst noch jemand an Bord?«

»Nein.«

»Ist das Schiff wirklich in Raumnot?«

»Nein. Aber es wird in wenigen Minuten explodieren.«

»W-Transformer explodieren nicht.«

»Dieser hier schon«, informierte er mich. »Ich habe eine Bombe gelegt.« Seine Logik war niederschmetternd.

»Dann sollten wir tatsächlich lieber auf die *Dronte* zurückkehren«, gab ich ihm recht und machte einen Schritt auf die Schleusentür zu.

»Noch nicht«, hielt mich der kleine Mann zurück. »Ich gehe als erster. Wenn irgendwer an Bord Ihres Schiffes etwas versucht, das mir nicht gefällt, werden Sie und Ihr Freund noch in diesem Schiff sein, wenn es explodiert. Haben Sie verstanden?«

»Hörst du zu, Eve?« fragte ich.

»Ja«, antwortete sie.

»Tu lieber, was der nette Mensch haben will. Sag Johnny, er soll seine Kanone wegstecken und im Maschinenraum bleiben.«

»Er hat sich nicht von der Stelle gerührt«, teilte sie uns mit.

»Das ist gut. Dann also: Bitte nach Ihnen, mein Herr.«

Ich rückte zur Seite. Der kleine Mann ging an mir vorbei in die Schleuse. Sobald sich die Tür hinter ihm geschlossen hatte, schaltete ich mein Funkgerät aus und forderte Nick durch Gesten auf, dasselbe zu tun. Dann legte ich meinen Helm an seinen.

»Wenn wir sehr viel Glück haben, werden wir ihn nie mehr wiedersehen«, sagte ich. »Jemand, der nicht weiß, wie er sein Helmfunkgerät anstellen soll, weiß sicher auch nicht, wie er von einem Schiff zum anderen gelangt.«

»Und wenn er es doch schafft?« wollte Nick wissen.

»Das ist sein Problem. Bringen Sie dieses Schiff nach Penaflor, vermute ich.«

»Und?«

»Wir bringen das Schiff nach Penaflor. Oder wohin er sonst will. Mir ist es ganz egal, ob ihm seine Flucht gelingt oder nicht.«

Das hörte sich alles sehr vernünftig an. Damals.

Ich schaltete mein Funkgerät wieder ein und hörte die heisere Stimme uns auffordern, jetzt ebenfalls zur *Dronte* überzuwechseln, aber nur einer auf einmal, und wir sollten keinen Blödsinn machen.

Ich sah Nick an, stellte fest, daß er es gehört hatte, und zuckte philosophisch die Schultern. Nick sprang als erster. Ich folgte ihm. Der kleine Mann wartete auf uns. Er hatte bereits seinen Raumanzug ausgezogen. Er war etwa einen Meter dreißig groß, hatte einen kurzen Hals und einen großen Kopf. Sein Gesicht hatte Falten, aber er schien mir noch nicht alt zu sein – vielleicht fünfundzwanzig, mehr nicht. Sein Haar war schwarz, und er hatte sich seit zwei Tagen nicht mehr rasiert. Seine Kleider waren alt und zerlumpt, aber nicht schmutzig. Die Tasche, die er mitgenommen hatte, beulte sich aus, als enthalte sie harte Gegenstände von seltsamer Form. Er sah schweigend zu, wie auch wir unsere Raumanzüge ablegten.

»Kontrollraum«, befahl er, sobald wir fertig waren, und wies mit seiner Pistole nach oben.

»Jawohl, Sir«, antwortete ich. Ich ging voran, Nick folgte mir, und der Zwerg kam als letzter.

Als wir alle glücklich beisammen saßen, entspannte er sich ein wenig und sah sich um. Erst betrachtete er Eve, dann Ecdyon. Es schien ihn zu freuen oder zu belustigen, Ecdyon zu sehen.

»Die *Saberwing* wird in Kürze explodieren«, erklärte er. »Aber ehe wir uns von ihr entfernen, muß ich noch etwas erledigen. Sie lassen es mich besser so schnell tun, wie ich kann, denn wenn ich dabei aufgehalten werde, kommen wir nicht rechtzeitig weg. Ich habe keine Ahnung, welchen Schaden dieses Schiff erleiden wird, aber ich nehme an, daß es nicht ohne Beulen abgehen wird. Je weniger Ärger Sie mir machen, desto eher können wir der Gefahr aus dem Weg gehen. Sie da – Ihr Name ist delArco, nicht wahr? – verlassen jetzt den Kontrollraum. Sie beide, die Frau und der Fremde, stellen sich in die Ecke dort. Fassen Sie sich an den Händen, und halten Sie sie so, daß ich sie sehen kann. Sie bleiben hier.« Der letzte Satz war natürlich an mich gerichtet und sollte ausdrücken, daß ich auf dem Pilotensitz bleiben sollte.

Nick ging ruhig hinaus. Ich wußte, er würde sofort nach unten gehen und sich mit einer Waffe versorgen und auch Johnny eine geben, und ich verstand nicht, warum der Zwerg ihn hinausgeschickt hatte. Aber der kleine Mann ging zur Tür hinüber, nahm aus seiner Tasche zwei dreieckige Keile, steckte sie über und unter der Klinke in die Tür und schlug ein paarmal kräftig mit einem Hammer darauf.

Einfach, aber wirksam. Wir würden durch keinen Helden gestört werden.

Der Zwerg kam zurück und stellte sich an die Kontrollkonsole. Er betrachtete sie sehr genau, ging um sie herum und öffnete eine der seitlichen Inspektionsklappen. Er lugte in das Innere.

»Ich muß meine Pistole ablegen, während ich arbeite«, teilte er uns mit. »Kommen Sie nur nicht auf dumme Gedanken. Ich weiß alles, was Ihnen einfällt, noch ehe Sie es tun können. Ich weiß genau, was jeder einzelne von Ihnen denkt. Ich kann die Gedanken zweier Personen gleichzeitig verfolgen. Halten Sie ja die Hände von diesem Gallacellaner gut fest, damit er nichts anstellen kann. Bleiben Sie ganz ruhig, und wir werden bald unterwegs sein.«

»Wenn ich Sie wäre, würde ich daran nicht herumfummeln«, riet ich ihm.

»Das lassen Sie meine Sorge sein.«

»Was wollen Sie denn tun?« fragte Eve.

Er antwortete nicht. Er legte seine Pistole hin und begann, Zeug aus einer Tasche herauszupraktizieren, wie ein Zauberer Bänder aus einem Zylinder zieht. Er arbeitete schnell.

Ich beantwortete Eves Frage. »Er legt eine Bombe in die Konsole. Er glaubt nicht, daß die Pistole genug ist. Er will uns alle in die Hölle schicken können, indem er den kleinen Finger krumm macht. Er hat einen wirklich freundlichen Charakter.«

»Welchen Zweck verfolgt er?« erkundigte sich Ecdyon.

»Sein Zweck ist«, sagte ich, »dem Polizeischiff zu entkommen, das mit Höchstgeschwindigkeit auf uns zuhält. Er nimmt an, daß die *Dronte* schneller ist und daß sie ein bewaffnetes Schiff ausmanövrieren kann. Da mag er recht haben, aber für letzteres möchte ich nicht garantieren, wenn die *Graue Gans* nahe herankommt. Er kennt meinen und Nicks Namen. Die *Saberwing* hatte gar keinen Schaden, behauptete er, also war der Mayday-Ruf eine Falle für uns. Ich nehme an, er hat den verzweifelten Wunsch, dieses System in größter Eile zu verlassen. Zu Hause muß irgendwer sein, der ihn nicht besonders mag. Sicher ist er nicht brav gewesen. Der Diebstahl von Mr. Ferriers hübscher Raumjacht ist wahrscheinlich das letzte einer Kette scheußlicher Verbrechen.«

Der kleine Mann nahm die Pistole wieder auf und trat zurück. Mit der freien Hand schloß er die Luke.

»Mein Name ist Maslax«, stellte er sich vor. »Und Sie irren sich. Ferriers Jacht sollte mich nur bis zu diesem Punkt bringen. Ich habe meine Karriere als Verbrecher noch nicht einmal begonnen.« Seine Stimme hatte eine sehr unerfreuliche Schärfe angenommen.

»Wie dem auch sei, wir stehen Ihnen ganz zu Diensten«, antwortete ich. »Was liegt Ihnen denn am meisten? Ein Überfall auf Caradocs Schatzhäuser auf Vargos Stern? Oder wollen Sie vielleicht die Bibliothek auf New Alexandria ausrauben?«

Noch während ich sprach, stieg ein ganz scheußlicher Verdacht in mir auf.

»Durchaus nicht.« Seine Stimme war noch schärfer geworden. »Wir fangen mit Luzifer V an. Mit Mormyr. Ich bin hinter der *Varsovien* her.«

Mir wurde plötzlich ganz kalt. Mein Blick wanderte zu Ecdyon hinüber. »Sie Bastard! Sie eklige Schlange! Das ist Ihr Werk, nicht wahr? Sie haben das ausgekocht. Sie wußten, daß ich keinen zweiten Landungsversuch machen würde. Sie wußten, daß Sie mich würden zwingen müssen. Also, von mir aus können Sie tot umfallen. Ich werde Mormyr nicht einmal in die Nähe kommen.«

Maslax sah auf seine Uhr. »Die *Saberwing* wird in weniger als drei Minuten explodieren. Ich schlage vor, daß Sie eine gewisse Entfernung zwischen die beiden Schiffe legen, wenn Sie einer Beschädigung entgehen wollen. Ich möchte nicht, daß die *Dronte* durchlöchert wird. Ich brauche sie.«

Wortlos griff ich nach den Kontrollen. Ich warf einen schnellen Blick in den Helm und schloß die Elektroden an meinem Nacken an. In einem weiten Bogen zog ich die *Dronte* schnell von der *Saberwing* fort. Ich legte ein paar tausend Meilen leeren Raums zwischen uns und das zum Untergang verurteilte Schiff, und dann schaltete ich die Automatik ein. Ich riß mir den Helm ab und richtete meine Augen von neuem auf den Gallacellaner »Ich weiß nichts davon«, erklärte Ecdyon sofort, als er merkte, daß ich ihn ansah. »Überhaupt nichts.«

Ich wußte nicht, ob ich ihm glauben sollte. Wenn es Ecdyon nicht war, dann vielleicht Stylaster. Aber Stylaster hätte sich eines Dolmetschers bedienen müssen. Das wäre wiederum Ecdyon gewesen. Aber lag ein solches Komplott auf Stylasters Linie? Allmählich kam ich wieder zur Vernunft. Von den Gallacellanern war bekannt, daß sie keine schmutzigen Tricks anwandten. Ganz im Gegenteil. Der Gedanke, Stylaster setze einen Mann wie Maslax für seine Zwecke ein, war einfach lächerlich. Und was konnte Ecdyon dabei gewinnen, wenn er auf eigene Rechnung gehandelt hatte?

Maslax blickte offensichtlich belustigt drein.

»Wie haben Sie von der *Varsovien* erfahren?« fragte ich ihn.

»Ich kann Gedanken lesen«, sagte er.

»Gallacellanische Gedanken?«

»Nein.«

»Wie haben Sie es dann erfahren? Nur die Gallacellaner wußten von dem Schiff.«

»Sie auch.«

»Sie wollen mir nicht erzählen, daß Sie Ihre Informationen aus meinem Gehirn haben? Sie haben meine Gedanken gelesen? Wußten Sie daher meinen Namen? Und Nick del-Arcos?«

»Ich weiß mehr als das.« Er verzog höhnisch einen Mundwinkel. »Und über die *Varsovien* weiß ich mehr als Sie.«

Ich blickte wieder zu Ecdyon hinüber. Sein Gesichtsausdruck war für mich undeutbar. Eve hatte seine Hände losgelassen, sobald Maslax seine Pistole wieder aufgenommen hatte.

»Ist das möglich?« fragte ich den Gallacellaner. »Könnte er über das Schiff Bescheid wissen?«

»Ich habe ihm nichts gesagt«, erklärte Ecdyon. »Ich habe ihn vorher noch nie gesehen. Wenn er etwas weiß, hat er eine andere Informationsquelle – eine gallacellanische Quelle –, oder er kann tatsächlich Ihre Gedanken lesen. Und in diesem Fall weiß er nicht mehr als Sie.«

»Ich weiß mehr«, behauptete Maslax selbstbewußt.

»Beweisen Sie es«, forderte ich ihn auf.

»Ich weiß von dem Fenris-Feld.«

Also, das konnte er wirklich nicht aus meinem Kopf haben. Von dem Ding hatte ich noch nie etwas gehört. Ich sah Ecdyon an. »Nun?«

»Mir ist nichts über ein solches Feld bekannt«, sagte er.

Maslax blickte enttäuscht drein. Entweder war er ein sehr guter Schauspieler, oder er hatte ehrlich geglaubt, damit habe er uns einen Beweis geliefert.

»Bedeutet Ihnen das Wort irgend etwas?« fragte ich den Gallacellaner.

»Ich kenne das Wort ›Feld‹«, antwortete er. »Aber das andere Wort kenne ich nicht. Es ist kein gallacellanisches Wort. Sein gallacellanisches Äquivalent ist völlig sinnlos.«

»Die *Varsovien* ist mit dem Fenris-Feld ausgestattet«, stellte Maslax herausfordernd fest. »Ich weiß, daß es so ist. Es hat gar keinen Zweck, daß der Fremde lügt. Ich weiß, was ich weiß.«

»Er lügt nicht«, sagte ich. »Er weiß ebensowenig wie ich, was dieses Feld zu bedeuten hat. Auch ich habe das Wort noch nie gehört. Es stammt aus keiner Erdensprache, die ich kenne.«

»Doch«, fiel Eve ein.

Ich starrte sie an. Maslax starrte sie ebenfalls an. Er war völlig verwirrt.

»Steh nicht schweigend herum«, forderte ich Eve auf. »Erkläre es mir.«

»Fenris war ein Wolf«, antwortete sie. »Ein riesiger Wolf, der den Mond fraß. In der Sage von der Götterdämmerung.«

Mir fiel es nicht schwer, das Wesentliche dieser Aussage zu erfassen. Der den Mond fraß hörte sich in meinen Ohren sehr unheilvoll an. Daraus ließ sich einiges ableiten.

»Bei dem Fenris-Feld handelt es sich um eine Waffe«, stieß ich hervor.

»So ist es.« Maslax lächelte. Er hatte schlechte Zähne. »Ich hab's Ihnen ja gesagt. Ich hab' Ihnen gesagt, daß ich Bescheid weiß.«

Bisher hatte er im Grunde noch gar nichts bewiesen. Aber langsam glaubte ich, daß er vielleicht doch nicht so verrückt war, wie er schien.

Der Lautsprecher knatterte. »*Graue Gans* an *Dronte*. *Graue Gans* an *Dronte*.« Das Polizeiboot war wieder auf Unterlichtgeschwindigkeit, und dort fragte man sich bestimmt, was, zum Teufel, eigentlich vor sich ging.

»Darf ich darauf antworten?« fragte ich Maslax.

»Bitte sehr«, erwiderte er.

»Hier ist die *Dronte*, meldete ich mich. »Grainger spricht.«

»Was ist passiert? Wir sahen, daß die *Saberwing* explodierte.«

»Ja, die *Saberwing* ist explodiert. Ursache war eine kleine Bombe. Nun haben wir noch das Problem des kleinen Bombenlegers. Er hat ein weiteres Ei in meine Kontrollkonsole gelegt, und er hält in diesem Augenblick eine Pistole auf mich gerichtet. Er hat einen Apparat in seiner Tasche, in dem ich den Auslöser für die Bombe vermute, aber bisher sah er sich noch nicht bemüßigt, uns zu drohen.«

»Hier ist der Flughafen auf Pallant«, klang eine neue Stimme auf. »Ist der Name des Mannes Maslax?«

»Ich gratuliere, Sherlock«, gab ich zurück. »Genau der ist es.«

»Dann seien Sie vorsichtig«, riet mir der Mann von Pallant. »Er hat bereits zwei Menschen getötet. Er ist gefährlich.«

»Vielen Dank«, sagte ich. »Ich werde nie behaupten, Sie hätten mich nicht gewarnt.«

»Schalten Sie ab!« wiederholte Maslax.

Ich schaltete ab.

Der kleine Mann sah mich durchbohrend an. »Werden Sie jetzt dieses Schiff nach Mormyr fliegen?«

»Mit einem Wort: Nein.«

Ihm stieg das Blut ins Gesicht, und der Lauf seiner Pistole zuckte. »Nehmen Sie sich in acht«, drohte er. »Wenn Sie diese Haltung einnehmen, könnten Leute zu Schaden kommen.«

»Ich habe den schrecklichen Verdacht« – ich meinte es todernst, obwohl ich in dem leicht ironischen Ton sprach, der mir immer für spannungsgeladene Situationen am besten geeignet erschienen ist – »daß auf jeden Fall Leute zu Schaden kommen werden.«

»Nicht Sie«, erwiderte er. »Keiner von denen, die an Bord sind. Nicht einmal der Fremde. Ich will von Ihnen nichts weiter als den kostenlosen Transport.«

»Nach Mormyr.«

»Nach Mormyr«, bestätigte er.

»Das ist kein kostenloser Transport«, sagte ich. »Nicht einmal ein billiger. Aber dabei fällt mir etwas ein. Wir sprachen gerade über Mormyr und die *Varsovien,* als wir so unhöflich unterbrochen wurden. Sie haben da ein Ding erfunden, das Sie das Fenris-Feld nennen . . .«

»Ich habe es nicht erfunden.«

»Ecdyon, gehe ich recht in der Annahme, daß die Gallacellaner keine Waffen benutzen?« fragte ich den Dolmetscher.

»So ist es«, antwortete er.

»Gehe ich weiter recht in der Annahme, daß es in der ganzen Galaxis kein einziges gallacellanisches Schiff gibt, das in irgendeiner Art bewaffnet ist?«

»Auch das ist richtig.«

»Es gibt gar kein Fenris-Feld?«

»Ich weiß nichts darüber.«

Ich hielt meine Augen auf Maslax gerichtet. Der Zwerg ließ seinen Blick zwischen Ecdyon und mir hin und her huschen.

»Das ist eine Lüge«, behauptete er. »Ich weiß, daß das Schiff bewaffnet ist. Das Schiff ist mit der wirkungsvollsten Waffe ausgerüstet, die . . .«

»O Gott«, stöhnte ich. »Das sind die Folgen des Lesens von Schundromanen.«

Wieder zuckte der Lauf der Pistole. Ich beschloß, bei dem, was ich sagte, diplomatischer zu sein. Schnell überlegte ich. Spielte es eine Rolle, was ich sagte? Konnte er wirklich meine Gedanken lesen? Dafür gab es keinen Beweis . . . Wenn er schon vor dem Diebstahl der *Saberwing* die Absicht gehabt hatte, die *Dronte* zu kapern, kannte er natürlich meinen Namen und den des Kapitäns. Sollte ich versuchen, ihn überraschend niederzuschlagen? Nein, besser nicht. Ich konnte es mir nicht leisten, zu verlieren, und auch wenn er kein Gedankenleser war, konnte er mich töten. Dann würde ich es nie erfahren.

– Er kann keine Gedanken lesen, sagte der *Wind*. Er ist verrückt.

Ich dachte schon, du wärst da drin gestorben, gab ich zurück.

– Ich habe nachgedacht.

Mach weiter damit. Ich bin beschäftigt.

Maslax nahm das Gerät in seiner Tasche zwischen die Finger, zog es aber nicht heraus.

»Sie haben recht«, sagte er. »Das ist der Auslöser . . .«

– Du mußt wissen . . . begann der *Wind*.

»Und wenn Sie nicht tun, was ich von Ihnen verlange . . .« fuhr Maslax fort.

– . . . daß dein Wissen über die Gallacellaner . . .

». . . werde ich dieses Schiff der *Saberwing* hinterherschicken.«

– . . . begrenzt ist. Sie hatten Waffen.

Mir schwirrte der Kopf. Eins nach dem anderen.

»Okay«, antwortete ich Maslax. »Ich fliege nach Mormyr. Wenn wir dort sind, werde ich noch einmal darüber nachdenken. Geraten Sie nur nicht in Panik.«

Ich stülpte mir den Helm wieder über und zog das Schiff in einen Bogen, der uns in die Nähe von Mormyr bringen würde. Ich beschleunigte ein wenig, aber ich hatte nicht vor, über die Einstein-Barriere zu gehen. Von mir aus konnte es Wochen dauern, bis wir Mormyr erreichten. Ich hatte es gar nicht eilig.

Was hast du eben gesagt? fragte ich den *Wind*.

– Die Gallacellaner kannten den Kampf. Sie haben aus freiem Entschluß darauf verzichtet. Ganz bestimmt hatten sie früher einmal bewaffnete Schiffe.

Zum Teufel, woher weißt du das?
– Was glaubst du denn? Ich war einmal ein Gallacellaner.

V

Eine nicht unbeträchtliche Menge Wasser war unter der sprichwörtlichen Brücke hindurchgeflossen, seit der *Wind* meinen Verstand erobert (infiziert?) hatte. Anfangs war mir der Gedanke widerwärtig gewesen, in meinem Schädel, den ich ganz gut selbst ausfüllen konnte, einen zweiten Verstand zu beherbergen. Allmählich hatte ich mich damit ausgesöhnt, hatte mich bemüht, zu einer freundschaftlichen Arbeitsgemeinschaft zu kommen, und war sogar so weit gegangen, daß ich Gebrauch von den Talenten des *Windes* gemacht hatte, wenn meine eigenen zur Bewältigung dieser oder jener Situation nicht ausreichten. Jetzt vertraute ich dem *Wind*, ja, ich mochte ihn sogar. Er war taktvoll, er beschäftigte sich die meiste Zeit still für sich, und er drängte mir seinen Rat kaum je einmal auf, wenn ich ihn nicht darum bat. Wir hatten uns wie zwei reife Individuen mit dem Problem beschäftigt, daß zwei Wesen ein Gehirn miteinander teilen mußten, und wir hatten es unter Kontrolle gebracht.

Aber das alles änderte nichts an der Tatsache, daß ich immer noch – in gewissem Ausmaß – Angst vor dem *Wind* hatte. Ich war mir sicher, daß er nicht vorhatte, meinen Körper zu übernehmen und mein Selbst in die Dunkelheit zu drängen, aber ich befürchtete, meine Persönlichkeit könne durch eine Vermischung unserer Gedanken ausgelöscht werden. Aus diesem Grund erlaubte ich dem *Wind*, meine motorischen Nerven und meine körperlichen Fähigkeiten so zu benutzen, daß das Beste aus ihren Möglichkeiten gemacht wurde. Aber ich hatte es nie zugelassen, daß er in meine Überlegungen eingriff. Man muß in seinem eigenen Gehirn eine gewisse Privatsphäre wahren.

Ich wußte, der *Wind* hatte Zugang zu allen meinen Erinnerungen und meinem gesamten Wissen, soweit es ihn interessierte, und er hatte mir angeboten, mir ebenso seine Erinnerungen und sein Wissen zur Verfügung zu stellen. Ich hatte abgelehnt. Ich hatte mich sogar davor gehütet, Neugier bezüglich der Art seines Seins, seiner Vergangenheit oder seiner Pläne für die Zukunft zu entwickeln. Vielleicht war diese Haltung ein wenig unvernünftig – zumindest hielt der *Wind* die Furcht, der diese Haltung entsprang, für unvernünftig –, aber man muß bedenken, daß der *Wind* ein Geschöpf war, dessen ganze Existenz davon abhing, daß er mit einem anderen Geschöpf ein Gehirn teilen konnte. In der Zeit zwischen zwei Wirten schlief er. Es lag in seiner Natur, sich in jedem gewünschten Ausmaß mit dem jeweiligen Wirt zu vermischen. In meiner Natur lag das nicht. Mein Verstand war für eine individuelle Existenz entworfen. Daher hätte ein völliges Einswerden zwischen uns – das von seinem Standpunkt aus geistige Erfüllung war – für mich die Zerstörung meiner Identität bedeutet. Ich war nicht gewillt, aus purer Höflichkeit irgendwelche Risiken einzugehen. Ich hielt mich von dem *Wind* zurück, denn diese Zurückhaltung garantierte mir meine Identität. Vielleicht verpaßte ich eine einmalige Gelegenheit.

Vielleicht.

Es gibt jedoch Situationen, in denen Zurückhaltung nicht am Platz ist. Mir war klar, daß der *Wind* diesen Schnipsel an Information, er sei früher einmal ein Gallacellaner gewesen, aus strategischen Gründen zurückgehalten hatte. Er wollte mir ganz deutlich vor Augen führen, wie dumm es von mir war, freiwillig auf sein Wissen zu verzichten. Ich wußte auch, daß er von sich aus nichts mehr hinzufügen würde. Ich mußte ihn danach fragen, und ich mußte »bitte« sagen, wenn ich von einer seiner Informationen Gebrauch machen wollte. Diese Haltung nahm ich ihm nicht übel. Daß er in meinem Gehirn wohnte, bedeutete noch lange nicht, daß er meine Interessen vor seine eigenen stellen mußte.

Du warst also einmal ein Gallacellaner, sagte ich.

– Richtig.

Wann?

– Das weiß ich nicht. Das gallacellanische System der

Zeitmessung läßt sich nicht leicht in menschliche Begriffe fassen. Außerdem hatte ich selbst keine Möglichkeit, die Zeit zu messen. Doch als ich auf der Welt am Rand des Halcyon-Nebels in der Falle saß. Doch ich schätzte, daß ich das letzte Mal durch gallacellanische Augen blickte, ist etwa . . . nun, sagen wir zwölfhundert Jahre her. Plus minus . . .

So genau kommt es nicht darauf an. Ich kann mir jetzt eine Vorstellung machen. Du warst lange Zeit gestrandet.

– Länger als du.

Ein bißchen. Dann ist der Gallacellaner dort abgestürzt, wie?

– Er kam vorbei, genau wie du. Die Raumverzerrung schmetterte ihn hinunter, genau wie dich. Es war für mich eine lange Wartezeit, aber sie ist mir nicht richtig zu Bewußtsein gekommen. Du weißt, man denkt nicht, wenn man sich in der gasförmigen Phase befindet.

Nein, das tut man wohl nicht.

Ich dachte kurz darüber nach, wie weit ich die Fragerei treiben sollte. Dieser eine Hinweis, den der *Wind* gerade in dieser Situation hatte beiläufig fallenlassen, hatte meine Neugier über seine Vergangenheit geweckt. Wieviel mußte ich darüber wissen? Wieviel wollte ich darüber wissen?

Okay, sagte ich, ich bin gespannt auf weiteres. Wie lange warst du ein Gallacellaner?

– Nicht lange.

War es nur ein einziger Wirt?

– Ja. Der Gallacellaner nahm mich von meiner Heimatwelt mit. Ich meine die Heimatwelt meiner Spezies. Mit den Gallacellanern gingen, glaube ich, eine ganze Reihe von uns. Aber es waren nicht genug, daß wir eine galaktische Zivilisation hätten gründen können. Das muß noch warten. Vielleicht in einer Million Jahren . . .

So lange lebt ihr?

– Ich nicht. Ich werde hier draußen allein sterben, es sei denn, ich kann zu meiner Heimatwelt zurückgelangen und mich fortpflanzen, in welchem Fall ich dort sterben werde. Nicht allein.

Die Bedeutung der letzten Worte entging mir nicht. Tatsächlich entging mir die Bedeutung der ganzen Geschichte nicht.

Wenn eine genügende Anzahl dieser Dinger (ich betrachtete den *Wind* nicht als Ding, sondern als Person, aber das bezog sich auf ihn allein, der Rest rangierte für mich trotzdem unter Dingern) jemals ihre Heimatwelt verlassen konnte, würde kein Verstand in der Galaxis frei von ihnen bleiben. Die Folgen waren unabsehbar, aber im Augenblick hatte ich keine Zeit, darüber nachzudenken. Es gab noch viele kleinere, einfachere Fragen, die ich stellen mußte.

Was weißt du über die Gallacellaner?

– Soll ich dir alles erzählen?

Nicht alles. Wähle ein paar interessante Einzelheiten für mich aus, die mir helfen, diese Angelegenheit mit dem Raumschiff auf Mormyr und dem Fenris-Feld zu verstehen.

– Gut, sagte er. Ich weiß nicht, ob ich dir viel helfen kann. Ich weiß es einfach nicht. Wir könnten uns einen langen, mühsamen Dialog ersparen, wenn ich dir Zugang zu meinem Wissen gäbe. Aber das willst du ja nicht, und diesmal stimme ich mit dir überein. In dieser gefährlichen Lage hast du keine Zeit dazu. Übrigens, was meinst du, wie lange es dauern wird, bis der Dummkopf mit der Pistole und dem Bombenauslöser merkt, daß wir mit schneckenhafter Langsamkeit durch den Raum kriechen? Doch zurück zu den Gallacellanern. Damals, als ich einer war, benutzten sie Waffen. Nicht nur das. Sie begeisterten sich für Waffen. Wie du weißt – oder vielleicht nur vermutest –, hatten die Gallacellaner und ihre Vorfahren im Laufe der Evolution eine schwere Zeit. Sie lebten auf einer Welt mit harten Bedingungen. Der Selektionsdruck war stark, und besonders für die Beutetiere. Sie entwickelten ihre Intelligenz schneller und besser als die Raubtiere und die Allesfresser. Die ersten Zivilisationen waren auf die Gedanken der Flucht, der Verteidigung, der Sicherheit. Sie brauchten nicht lange, und sie hatten alle ihre Probleme gelöst, indem sie Waffen erfanden, die allen ihren natürlichen Feinden den Garaus machten. Sie schlachteten sie ab und waren sehr zufrieden mit sich selbst. Das ist Geschichte, und für meinen damaligen Wirt war es Vorgeschichte. Ich setzte von mir aus ein paar Erläuterungen hinzu, damit du mir besser folgen kannst.

Ich verstehe schon. Erzähl weiter.

– Wie gesagt, als die Gallacellaner anfingen, in die Galaxis vorzudringen, hielten sie sehr viel von Waffen. Natürlich waren es Waffen, die der Verteidigung dienten. Aber du kennst die alte, alte Geschichte. Defensivwaffen erweisen sich als viel wirkungsvoller, wenn man sie beim Angriff einsetzt. Du kannst dir das interstellare Chaos, das eine Folge der gallacellanischen Raumkriege war, gar nicht vorstellen. Ich war nicht dabei. Das ist immer noch Geschichte. Vielleicht kann ich es mir auch nicht vorstellen. Aber mein Wirt konnte es.

Weiter, sagte ich.

– Damals, als ich ein Gallacellaner war, bemühten sie sich gerade sehr, die Scherben wieder aufzusammeln. Es war niemand da, der ihnen dabei zusehen konnte – sie hatten ihren Abschnitt der Galaxis für sich, ausgenommen ein paar vielversprechende Rassen, die in den Kriegen überrollt worden waren. Die Khormonsa und die Menschen waren, soweit es die Gallacellaner betraf, noch nicht auf der interstellaren Szene erschienen.

Irgend etwas muß zwischen damals und heute passiert sein, warf ich ein. Heute ist es bewiesene Tatsache, daß die gallacellanische Zivilisation keinen Krieg kennt.

– Ja, es ist etwas passiert, und ich kann dir auch sagen, was. Im Gegensatz zu den Menschen haben die Gallacellaner eine strengen Ordnungen unterworfene Kultur. Sie haben einen starken Gemeinschaftssinn. Nach den Kriegen wurden sie von einer Katastrophenangst erfaßt, die schlimmer war, als sie irgendein menschliches Wesen empfinden könnte – so kommt es mir wenigstens vor. Die Gallacellaner beschlossen, auf Kriege und Waffen in Zukunft zu verzichten. Ich weiß, daß einem Menschen diese Vorstellung lächerlich erscheint. Aber die Gallacellaner waren niemals so unehrlich oder so zu Betrügereien geneigt wie die Menschen. Das sage ich nicht, weil ich die menschliche Rasse herabsetzen will – das liegt mir fern. Menschen sind nun einmal so, und ich akzeptiere es. Ich möchte nur darauf hinweisen, daß sich die Menschen aus einer räuberischen Spezies entwickelten und deshalb bestimmte Eigenschaften haben, die die Gallacellaner – die sich aus einer pflanzenfressenden Spezies entwickelten – nicht besitzen. Der

Gemeinschaftssinn und die soziale Struktur der Gallacellaner erlaubten ihnen, etwas zu tun, was die Menschen niemals tun könnten. Sie gaben alles auf. Sie wurden von neuem eine friedliche Rasse. Ich glaube, es blieb ihnen ein starkes Schamgefühl zurück – und das kann ich nur mit der Empfindung vergleichen, die die Khormonsa wegen Myastrid hatten. Wie du weißt, sind die Gallacellaner stolz. Sie sind sich ihrer Geschichte nach wie vor bewußt, obwohl ich darauf wetten möchte, daß sie den niedrigen Kasten, aus denen die Dolmetscher und Vermittler stammen, geschichtliches Wissen vorenthalten. Sie wollen nicht, daß ein Außenstehender davon erfährt. In menschlichen Worten könnte man es vielleicht so ausdrücken, daß die Gallacellaner eine Rasse mit einem Schuldkomplex sind. Aber du weißt, daß sich der Standpunkt einer fremden Rasse nie ganz richtig in einer menschlichen Sprache beschreiben läßt.

Ich fange an zu verstehen, sagte ich zu dem *Wind*. Wahrscheinlich war ich das einzige Individuum in der ganzen Galaxis, dem das Privileg zuteil wurde, sowohl über das Skelett im Schrank der Khormonsa als auch über das im Schrank der Gallacellaner zu erfahren. Welch ein Glück für mich! Gab es auch bei den Menschen ein Skelett im Schrank? Natürlich nicht. Wir verstecken unsere Skelette nicht – wir stellen sie zur Schau, um unsere Nachbarn abzuschrecken, zu verscheuchen.

Und die *Varsovien?* fragte ich.

– Da kann ich, ebenso wie du, nur raten, meinte der *Wind*. Du weißt alles, was ich weiß. Du argwöhnst, was ich argwöhne.

Das tat ich, ja. Die Gallacellaner hatten ihre Waffen aufgegeben. Aber ein kleines bißchen Vorsicht hatten sie walten lassen. Sie hatten einiges davon an einem Ort gelassen, von dem – wenn nur jemand heftig genug danach verlangte – es gerade eben möglich war, sie wieder abzuholen. Sie konnten keine neuen mehr herstellen – nicht, wenn die ganze Rasse von Schamgefühl erfaßt war. Jedenfalls konnten sie es jetzt noch nicht, vielleicht in tausend Jahren, wenn die Erinnerungen sich ein bißchen abgeschwächt hatten. Aber angenommen, es gab eine ganz kleine Gruppe – sagen wir, eine einzige Kaste –, die schamlos genug war, das Geheimnis zu bewahren, wo ein paar der Kriegsschiffe versteckt waren. Das waren Stellen, wo niemand sie je finden würde, aber Stellen, von denen ein wirklich entschlossener, ein beinahe bis zum Selbstmord entschlossener Mann sie zurückholen konnte. Nur einmal angenommen.

Übrig blieben zwei gute Fragen. Nummer eins: Warum wollten die Gallacellaner ihre Waffen zurückhaben?

Von der zweiten Frage konnte man Kopfschmerzen bekommen.

Ich dachte gerade heftig darüber nach, als ich in meinem Nacken zwischen den Elektroden, die mein Nervensystem mit dem der *Dronte* verband, etwas Kaltes fühlte. Es war die Mündung von Maslax' Pistole. Er beugte sich über meine Schulter und sah auf das Instrumentenbrett. Ich kippte den Helm an einer Ecke hoch und sah ihn an.

»Wann erreichen wir Mormyr?« krächzte er. Während ich anderweitig beschäftigt gewesen war, hatte ihn die Ungeduld gepackt. Ich erkannte, daß er mich nicht gern störte, solange ich meine Aufgabe als Pilot erfüllte, aber ich erkannte ebenfalls, daß er zornig war. Ich wog ein paar mögliche Antworten gegeneinander ab und entschied, die Wahrheit sei die beste.

»Sie meinen, bei unserer augenblicklichen Geschwindigkeit?« fragte ich unschuldig.

»Richtig.«

»Oh . . .« Ich tat, als überlege ich. »Ich würde sagen . . . in etwa einem halben Jahr.«

Ich hoffte, er würde vor Wut in die Luft gehen und dabei vielleicht einen Augenblick so unachtsam sein, daß ich ihm die Pistole wegreißen und ihn daran hindern konnte, nach dem Bobenauslöser zu fassen, der in seiner Tasche steckte.

Aber er ging nicht in die Luft. Sein Gesicht verlor nur jede Farbe, und es sah aus, als fühle er sich ganz kalt an. Er nahm den Auslöser aus der Tasche und zeigte ihn mir.

»Ich habe genug von Ihrem Sinn für Humor«, erklärte er. »Wenn wir Mormyr nicht bald erreichen, werde ich dieses Schiff ebenso explodieren lassen wie das letzte. Ich gebe Ihnen genau eine halbe Stunde.«

Ich hätte Mormyr in der Hälfte dieser Zeit erreichen können, aber ich dachte nicht daran, ihm das zu sagen. Es war an der Zeit, einmal zu testen, wie entschlossen er wirklich war.

»Als das letzte Schiff explodierte, waren Sie nicht an Bord«, sagte ich. »Sie können die *Dronte* nicht sprengen, ohne selbst dabei zu sterben. Nun wissen Sie und ich aber beide, daß Sie das nicht wollen.«

Er kicherte. Es war ein gräßliches Geräusch. Er versuchte, mir Angst einzujagen.

»Sie haben noch nicht verstanden, was?« fragte er.

»Allerdings kann ich Ihre Gedanken nicht lesen, aber . . .« Ich hielt inne, weil mir etwas durch den Kopf schoß. Wenn dieser Wahnsinnige tatsächlich Gedanken lesen konnte, wieso hatte er dann nicht gleich erkannt, daß ich im Schrittempo auf Mormyr zuhielt? Warum hatte er so lange Zeit gebraucht, bis er herausgefunden hatte, mit welchem Schalter er das Helmfunkgerät anstellen mußte? Er konnte ebensowenig Gedanken lesen wie ich.

»Sie können keine Gedanken lesen«, stellte ich halb belustigt, halb anklagend fest.

Völlig unerwartet kam jetzt die Reaktion, auf die ich vorhin gehofft hatte. Doch ich hatte keine Möglichkeit, sie zu meinem Vorteil auszunutzen. Er sprang von dem Pilotensitz zurück, als sei er gestochen worden. Ich sah, wie seine Knöchel um den Griff der Pistole weiß wurden, und zwei Sekunden lang rechnete ich fast damit, er werde mich töten. Aber weder ein Strahl noch eine Kugel schoß aus der Mündung. Er nahm den Finger im letzten Augenblick vom Abzug weg.

»Ich kann Ihre Gedanken lesen.« Seine Stimme wurde zu einem Zischen. »Ich weiß, was aus Ihrem Kopf hervordringt.«

»Sagen Sie es mir doch«, forderte ich ihn auf.

»Haß«, antwortete er und legte einiges an eigenem Haß in die Art, wie er es sagte. »Haß und Furcht!«

»Ich muß gestehen«, gab ich zurück und blieb äußerlich so ruhig und gelassen wie möglich, »daß Sie gerade jetzt nicht die von mir höchstgeschätzte Person sind, und ich bin auch bereit zuzugeben, daß es mich ein wenig beunruhigt, wie Sie mit der Pistole da herumwedeln. Meine Haltung möchte ich als ›auf der

Hut sein‹ beschreiben. Aber Haß und Furcht strahle ich doch nicht aus, nicht wahr? Seien Sie vernünftig.«

»Haß!« Wieder wurden seine Fingerknöchel weiß. In seiner Vorstellung verbrannte er mich zu Asche. Aber nur in seiner Vorstellung. »Haß und Furcht.« Er zischte immer noch. Doch jetzt nur noch ganz leise.

»Sie können keine Gedanken lesen«, sagte ich ihm gerade ins Gesicht. »Sie erkennen nicht das geringste von dem, was in meinem Kopf vorgeht.«

– Sei vorsichtig, warnte der *Wind*. Er ist wahnsinnig. Er glaubt, er könne es.

Maslax sah mich an, als sei ich eine giftige Schlange. »Ich brauche Sie. Ich brauche Sie, damit Sie mich nach Mormyr bringen. Sie sind der einzige Mann, der es kann. Aber sonst brauche ich niemanden.«

Er trat einen Schritt zurück und drehte sich halb in die Richtung, wo Eve und Ecdyon in der Ecke warteten. Eve hatte sich inzwischen hingesetzt. Ecdyon stand hinter ihr. Maslax packte Eve beim Handgelenk – nur mit zwei Fingern, weil er den Bombenauslöser in derselben Hand hatte. Er wollte sie hochreißen. Sie blieb sitzen und machte ihr Handgelenk ohne Mühe los. Maslax wirbelte herum und hielt ihr die Mündung ins Gesicht.

»Stehen Sie auf!« befahl er.

Eve erhob sich mit verdrossener Miene.

»Wir fliegen nach Mormyr«, erklärte Maslax. »Schnell. Andernfalls werde ich sie töten.«

Ich wußte nicht, wie weit ich mich ihm widersetzen konnte. Eves Leben stand auf dem Spiel. Wenn er so verrückt war, wie es den Anschein hatte, war es gut möglich, daß er sie wirklich erschoß.

»Sie brauchen sie auch«, gab ich ihm zu bedenken. »Ich brauche sie, wenn ich mit diesem Schiff auf Mormyr landen soll. Das schaffe ich nicht ohne Medikamente. Sie ist die einzige, die weiß, wann sie mir welchen Schuß geben muß.«

»Sie können es dem Fremden sagen«, erwiderte Maslax. »Mir ist es ernst. Machen Sie mir noch mehr Ärger, verbrenne ich sie vor Ihren Augen.«

Ich schüttelte den Kopf. »Wenn Sie sie töten, werden wir nie auf Mormyr landen. Bei einem Abstieg durch eine solche Atmosphäre ist einfach nicht Zeit genug, Anweisungen und Erklärungen zu geben. Es muß schnell und reibungslos und genau richtig gemacht werden. Ohne Eve werde ich es nie schaffen. Ich hätte nicht die geringste Chance. Wenn Sie meine Gedanken lesen können, dann wissen Sie, daß das die Wahrheit ist.

Damit hatte ich ihn, dachte ich. Es war ein guter Schachzug gewesen. Ich erkannte den Zweifel in seinem Gesicht, aber nicht einmal vor sich selbst konnte er diesen Zweifel zugeben. Er mußte sich entscheiden. Konnte er auf Eve verzichten oder nicht?

Er grinste mich hämisch an, und ich wußte, jetzt kam nichts Gutes. Er schlug mich mit meinen eigenen Waffen. »Ich kann Ihre Gedanken lesen«, sagte er. »Sie können die Landung ohne Medikamente schaffen. Sie halten sich für den besten Piloten der Galaxis. Sie werden dabei verletzt werden, aber möglich ist es Ihnen. Die Frau brauchen wir nicht. Was ist? Fliegen wir nach Mormyr, oder soll ich sie töten?«

»Wir fliegen nach Mormyr«, sagte ich.

Ich wandte mich wieder den Kontrollen zu, brachte den Helm in die richtige Lage und wies Johnny an, was er auf dem Weg zum Transfer zu tun habe. Noch während der Beschleunigung konnte ich meine Gedanken nicht von der scheußlichen Situation abwenden, in die wir geraten waren. Mit meinem Argument hatte ich mir nur selbst geschadet. Indem ich behauptete, ich brauche Eve für den Abstieg, hatte ich indirekt, ohne mir dessen bewußt zu werden, zugegeben, daß ein Abstieg tatsächlich möglich war. Hätte mein Verstand schneller gearbeitet, dann hätte ich erklären sollen, eine Landung auf der Oberfläche sei ein Ding der Unmöglichkeit und er solle das Schiff ruhig sprengen, denn sterben würden wir auf jeden Fall. Aber hätte das funktioniert? Vielleicht hätte er angefangen, einen nach dem anderen zu erschießen. Hätte ich dann nicht doch eingewilligt? So verzweifelt ich auch nachdachte, mir fiel nichts weiter ein, als daß ich mich den Stürmen von Mormyr ein zweites

Mal würde ausliefern müssen. Und für was? Für einen wahnsinnigen Zwerg.

Als der Transfer hinter uns lag, hatte ich ein paar freie Minuten. Ich wollte versuchen, mit ihm zu diskutieren. Viel Hoffnung hatte ich nicht, aber versuchen mußte ich es.

»Sehen Sie mal«, sagte ich, »es ist das Risiko einfach nicht wert. Sogar mit Eve und den richtigen Medikamenten zur richtigen Zeit habe ich nur eine Chance von eins zu zehn, daß ich auf die Oberfläche hinuntergelange. Und wenn ich das Schiff nicht ständig in stabiler Fluglage halten kann, wird es sich überschlagen, und wir werden da unten festsitzen, bis wir sterben. Und das wird unter den dortigen Bedingungen nicht lange dauern. Ich weiß, daß die *Varsovien* eine Menge wert ist. Aber sehen Sie nicht ein, daß das Risiko trotzdem zu groß ist?«

Ich hörte Maslax lachen. Sehen konnte ich ihn nicht, denn ich wagte es nicht, bei Überlichtgeschwindigkeit unter dem Helm hervorzukommen.

»Es ist ganz gleichgültig, ob Ihr Schiff für alle Zeiten unten liegenbleibt«, stellte er fest. »Wir können alle in der *Varsovien* zurückkommen. Ich verspreche Ihnen sogar, daß ich Sie freilasse, bevor ich die *Varsovien* zurück nach Pallant bringe. Sie werden am Leben bleiben, Sie alle, wenn Sie nur tun, was ich Ihnen sage.«

»Trotzdem ist es das Risiko nicht wert«, betonte ich.

»O doch, es ist das Risiko wert«, widersprach er. »Sie verstehen das nicht. Ich erzähle Ihnen andauernd, daß Sie das nicht verstehen, aber Sie wollen, daß ich Ihre Gedanken lesen kann. Nie hat mir das jemand geglaubt. Kein einziger. Keiner hat es je zur Kenntnis genommen. Aber ich weiß Bescheid. Ich weiß Bescheid, weil ich ihre Gedanken lesen konnte. Sie bildeten sich ein, sie könnten es vor mir geheimhalten. Sie dachten, sie könnten ihre Gedanken vor mir abschirmen, indem sie mich einfach nicht ansahen, indem sie taten, als sei ich Luft. Sie verstanden es auch nicht. Mir ist es jedes Risiko wert, an das Fenris-Feld zu kommen. Es ist mir mein Leben wert. Es bedeutet mir mehr als die Welt, mehr als das Universum. Das verstehen Sie nicht, wie?«

»Nein«, antwortete ich. »Wirklich nicht.«

»Ich weiß, was Sie denken«, fuhr Maslax fort. »Ich kann Ihre Gedanken lesen. Sie glauben, ich wollte die *Varsovien* für jemand anders bergen. Sie glauben, daß die Gallacellaner mich bezahlen. Sie glauben, daß Ferrier mich bezahlt. Nun, Ferrier ist tot, und sein Mädchen auch. Und ich habe in meinem ganzen Leben noch nie mit einem dreckigen Fremden gesprochen. Niemand bezahlt mich für die *Varsovien*. Ich will sie für mich selbst haben. Sie denken, ich brauche sie zur Flucht, nicht wahr? Sie denken, ich will mit ihr vor der Polizei fliehen und sie an irgendeine andere Welt verkaufen. Aber Sie irren sich. Ich will das Fenris-Feld benutzen.«

»Benutzen gegen wen?« fragte ich schwach. Ich kannte die Antwort schon.

»Gegen sie alle«, zischte er. »Gegen die ganze Welt. Gegen Pallant.«

VI

»Johnny«, sagte ich ruhig – ich mußte trotz allem ruhig bleiben – »wir landen. Ich sehe keine andere Möglichkeit.«

»Ganz wie du willst«, antwortete er.

»Du mußt dich völlig konzentrieren. Ist der Kapitän bei dir?«

»Ja.«

»Dann sag ihm, er soll hinausgehen. Er soll sich auf seine Koje legen und beten. Ich will nicht, daß dich irgend etwas ablenkt, und wenn es nur das ist, daß du ihn aus dem Augenwinkel siehst. Okay?«

»Geht in Ordnung, Grainger«, kam Nicks Stimme aus der Tiefe. »Ich bin schon unterwegs.«

»Gut. Jetzt erkläre ich dir, was ich tun werde. Anstatt in einem langen Bogen abzusteigen, wie ich es beim ersten Mal versucht habe, werde ich gerade nach unten gehen. Ein senkrechter Abstieg bei hoher Geschwindigkeit. Ich werde nicht eher auf Horizontalflug gehen, bis ich bei den letzten paar tausend Fuß auf den herumfliegenden Müll stoße, und dann zische ich ab, damit mich der Sturmwind vom Heck her trifft, und da soll er auch bleiben. Ich denke, daß ich auf diese Weise mit all dem Dreck und Dampf fertig werden kann. Wenn der Wind währenddessen umschlägt, sind wir tot, aber es wird in Sekunden geschehen, und wir könnten ja auch endlich einmal ein wenig Glück haben. Du wirst wissen, wann ich in die Kurve gehe, weil es mir weh tun wird. Wahrscheinlich werde ich schreien. Wenn du mich hörst, hältst du das Plasma im Fluß – denn wenn es blutet, wird es nicht nur ein wenig tröpfeln, es wird explodieren, und dann liegt ein toter Johnny im Maschinenraum. Wir übrigen werden dich um etwa eine und eine halbe Sekunde überleben. Hast du verstanden, was ich vorhabe?«

»Alles klar«, antwortete er.

»Gut. – Eve?«

»Ich weiß schon. Nur das Stimulans. Sobald du es verlangst. Es wird dir weh tun, das weißt du – sehr weh.«

»Darauf verlasse ich mich ja«, versicherte ich ihr. »Es gibt nichts Besseres als Schmerz, um die Reflexe zu beschleunigen.«

»Oder zu lähmen«, bemerkte sie.

»Auch das ist Glückssache«, sagte ich.

»Machen Sie voran«, drängte Maslax.

»Sie haben es tatsächlich eilig, zu sterben«, bemerkte ich.

»Niemand wird sterben«, behauptete er.

»Wie viele Einwohner hat Pallant? Zwanzig Millionen? Das ist eine ganze Menge Niemande.«

»Niemand, was Sie betrifft«, klärte er mich auf. »Sie werden am Leben bleiben, und Ihre Freunde auch.«

»Fang mit dem Countdown an«, sagte ich zu Johnny. Ich hatte meine Umlaufbahn der Drehung des Planeten bereits angeglichen und befand mich genau über der Stelle, die Stylaster mir gestern bezeichnen lassen. Das war ein richtiges Höllenloch da unten.

Johnny war bei den Fünfzigern.

»Da ist noch etwas, an das du denken mußt«, instruierte ich ihn. »Ich gehe schnell hinunter – ich werde die Schilde aufrechterhalten müssen. Aber in der Atmosphäre gibt es so viel Masse, daß ich bestimmt innerhalb von Sekunden einen oder sogar zwei verlieren werde. Der Rest wird abgerissen, wenn ich dicht über der Oberfläche diesen halsbrecherischen Trick vollführe. Wenn nun die Schilde ganz weg sind, wird für eine oder zwei Sekunden auch die Schwerkraft weg sein. Ein ›Unten‹ wird es natürlich geben, aber es wird nicht das ›Unten‹ sein, an das du gewöhnt bist. Achte darauf, daß du fest angeschnallt bist. Und das gilt auch für Sie, Maslax. Ich möchte nicht, daß Sie zufällig gegen den Abzug stoßen.«

»Wir sind alle angeschnallt wie brave Jungen und Mädchen«, versicherte mir der kleine Mann.

Johnny war bei zwanzig angelangt.

»Wir sind soweit.« Ich biß die Zähne zusammen, damit mir kein Wort mehr entschlüpfte.

Ich ließ Energie in die Raketentriebwerke fließen, baute Schub auf und lud den Fluß, und dann kippte ich das Schiff.

Es würde nur Sekunden dauern, aber Sekunden können schrecklich lang und schrecklich voll sein. Ich hatte den *Wind* zur Hilfe, und er würde sein Äußerstes tun, aber Nerven sind Nerven, und das Nervensystem des Schiffes war auf Empfindlichkeit angelegt. Es konnte mir die Empfindung von Materie vermitteln, die um viele Größenordnungen weniger dicht war als die, durch die ich mich stürzen mußte. Das würde mich verletzen, und es würde das Schiff verletzen. Nach oben mußte es viel leichter gehen als nach unten, aber in einem verkrüppelten Schiff konnte es ebenso lebensgefährlich sein. Ich hatte jedoch die feste Absicht, die *Dronte* zurückzubringen, ganz gleich, was Maslax für Pläne haben mochte.

Johnny kam bei Null an, und wir fielen. Der Antrieb kreischte, aber der Fluß war perfekt synchron. Ich hielt den Reduktionskoeffizienten niedrig. Unsere effektive Masse war dadurch schrecklich hoch, aber das bedeutete nur, daß wir um so schneller fielen. Ich machte mir wegen der Masse keine Gedanken, weil ich nicht manövrieren wollte, ausgenommen das eine Mal. Ich hatte alles auf eine Karte gesetzt.

Mir war, als tauche ich in ein Säurebad ein. Ich begann zu brennen, und bald darauf wurde ich von Flammen verzehrt. Gleichzeitig fühlte ich, wie die Hände der Atmosphäre die Schilde zerrissen. Es waren Millionen von Händen, und sie zerrten und hackten und zerschmetterten die Energielinien. Das alles traf mich auf einmal. Es war wie Sterben.

Bei diesem Abstieg gab es keine Zeit. Ich weiß nicht, wie oft die Uhr tickte, wie oft mein Herz schlug, denn von dem Augenblick an, als wir auf die Atmosphäre auftrafen, lebte ich nicht mehr in der gleichen Welt wie die Uhr und das Herz. Ich hing in der Ewigkeit, wurde von der gewaltigen Energie, die in das Schiff und zurück in mich floß, hinausgeblasen aus meinem Körper und meinem Verstand. Ich flog mit dem Körper der *Dronte*, ich fühlte mit den Sinnen der *Dronte*, und ich wußte, wenn nicht ich selbst die Seele der *Dronte* gewesen wäre, wenn sie eine eigene Seele, eine eigene Identität gehabt hätte, würde sie mich töten für das, was ich ihr antat. Aber ich war sie, und sie konnte mich nicht vernichten, weil ich es nicht zuließ, daß sie sich selbst vernichtete. Ich hielt sie ruhig, Plasma, Entladung und Verstand, und der *Wind* hielt mich ruhig, und es ging weiter nach unten, scheinbar für immer.

Irgend etwas in mir war immer noch auf die Instrumente eingestimmt, aber ich hatte keine Ahnung, was es war oder wie es funktionierte. Irgendwo war ein Hebel, den ich ziehen mußte, um diesen Absturz zu beenden, aber der Hebel mußte sich selbst ziehen, weil das »Ich«, das ich kannte, von einer Welle der Todespein festgehalten wurde.

Wir verloren einen Schutzschirm. Er war plötzlich weg. Doch wir verloren keine Energie. Es war einfach keine Zeit dazu. Der zweite Schild folgte dem ersten, und ich klemmte das Reduktionssyndrom ab. Den Fluß ließ ich nicht stocken, ich hielt ihn im Weiterströmen ganz ruhig. Es gab einen flüchtigen Augenblick, in dem wir beinahe die Lichtgeschwindigkeit ohne Transfer überschritten hätten. Wenn das geschehen wäre, hätten wir ein Loch in den Planeten Mormyr geblasen, das zu einem der sieben Wunder des Universums geworden wäre, und die Atome, die einmal ich waren, wären von jetzt bis zum Anbeginn aller Zeit verstreut worden.

Aber die Nadel schoß gerade soviel Leben in meinen Arm, daß mein Herz und mein Verstand in einem winzigen Bruchteil dieses zeitlosen Moments imstande waren, die Qual des

Höllenfeuers zu vergessen. Ich ließ die Raketen feuern, was sie hergeben konnten, und riß das Schiff in die Horizontale.

Die Schilde verschwanden einfach, und sie nahmen oben und unten und ringsum alles mit sich, und für einen Augenblick waren wir alle nirgendwo und nirgendwann. Aber ich fühlte bereits nach den Schwingen des Sturms und paßte ihm meine eigenen Schwingen an und versuchte, irgendwie vollkommene Harmonie herzustellen.

Nun kam es ganz allein auf unser Glück an. Entstand diese Harmonie nicht, war der Sturm, in den ich mich gestürzt hatte, ein wirkliches Chaos. Aber der Sturm blies, blies alles vor sich her, und wir schlossen uns ihm an, und plötzlich waren wir in einem Stück wieder da, tiefer in der Atmosphäre von Mormyr, als es möglich war, und flogen mit ein paar lausigen hundert kph. Der Fluß war ausgeglichen und blieb es, mochte der Sturm auch noch so toben.

Ich verlor mich in einem Wirrwarr von Farben, und alle Teufel der Hölle kreischten mir in den Ohren, und Dampfhammer zermalmten mich zu Brei. Das Schlimmste waren die Farben. Sie blendeten mich. Ich glaubte, ich sei blind oder würde es, aber dann merkte ich, was passiert war. Die Überladung hatte das ganze sensorische Nervensystem durcheinandergebracht. Das Schiff und ich litten unter schwerer Synästhesie – der *Wind* auch. Doch mein Körper war bereits programmiert, und ich tat, was notwendig war. Die Benommenheit dauerte nur ein paar Sekunden, und als ich wieder klar war, tat ich immer noch, was notwendig war.

Ich fühlte keinen Schmerz. Die Schmerzschwelle war längst überschritten. Die Rezeptoren in meinem Gehirn hatten sich einfach ausgeschaltet. Vielleicht hatte der *Wind* sie ausschalten müssen. In den nächsten Stunden, während mein Körper seine vorprogrammierten Bewegungen vollzog, würde ich nichts mehr fühlen. Überhaupt nichts. Der Tastsinn war ganz weg. Er würde irgendwann zurückkehren, und dann würde ich Schmerz fühlen – allen Schmerz der Welt, stundenlang. Aber bis dahin hatte ich ein Betäubungsmittel bekommen und war ohne Bewußtsein.

Es mochte mich Jahre meines Lebens kosten, aber ich würde nicht viel davon wissen.

Sekunden später landeten wir das Schiff.

Wir waren unten.

VII

Dreißig Stunden vergingen, bevor der *Wind* mir erlaubte, aus dem Koma zu erwachen. Bis dahin war ich wieder ganz. Ich fühlte mich schrecklich, schauderhaft, aber menschlich.

Ich hab doch gesagt, daß es unmöglich ist, erinnerte ich ihn.

– Es kommt einem immer schlimmer vor, als es ist, versicherte er mir.

Schlimmer konnte es gar nicht mehr werden, gab ich zurück.

– Im Ernst, es hätte sehr viel schlimmer kommen können, behauptete der *Wind*.

Noch einmal können wir es nicht tun. Es würde mich umbringen.

– Wir könnten es zweimal pro Woche tun und unseren Lebensunterhalt damit verdienen. Die Praxis macht es. Ohne mich hättest du es die ersten zehn oder zwölf Male schwierig gefunden, aber danach – wenn du es überlebt hättest – wärst du imstande gewesen, in aller Seelenruhe auf Mormyr zu landen.

Manchmal war der *Wind* ein munterer kleiner Bastard. Er hatte recht – es kommt einem immer schlimmer vor, als es ist. Aber es gibt Erlebnisse, die man einem Menschen nicht zumuten sollte.

Niemals wieder, sagte ich. Unter gar keinen Umständen.

– Es ist noch nicht vorbei, meinte der *Wind* unheilverkündend. Das Beste kommt erst noch. Unser freundlicher Gastgeber wird immer ungeduldiger, während wir hier liegen und uns erholen. Unseren Freunden geht es jämmerlich. Es gibt Qualen, an die du bisher noch gar nicht gedacht hast.

Ich will nicht an sie denken. Ich will nur hier liegen und krank sein.

– Den Luxus kannst du dir nicht leisten. Du brauchst deinen Verstand für höhere Dinge. Wir haben uns selbst in diese Patsche gebracht. Wir müssen uns überlegen, wie wir wieder herauskommen.

Da gibt es keine Möglichkeit, antwortete ich. Ich glaube, ich werde einfach sterben. Soll doch Maslax das Schiff sprengen. Wir hätten ihm gleich von Anfang an sagen müssen, er solle zum Teufel gehen. Dann hätte ich wenigstens schnell und friedlich sterben können.

– Wenn dir so zumute ist, dann schlaf lieber weiter. Ich wecke dich auf, sobald du besser disponiert bist, das Problem zu bedenken.

Das tat er auch. Das heißt, er weckte mich an diesem Tag noch dreimal, aber mir war einfach zu elend, als daß ich hätte denken können. Ich forderte ihn auf, meine Erinnerungen an den Abstieg zu amputieren, ich bat ihn, etwas gegen meine völlige Erschöpfung zu tun. Aber ihm war weder das eine noch das andere möglich. Als ich das letzte Mal für kurze Zeit aufwachte, flößte Eve mir mit einem Löffel ein wenig Nahrung ein. Bis dahin war ich intravenös ernährt worden.

Ich erwachte zum vierten Mal, und es war wie ein Erwachen aus normalem Schlaf. Sobald ich ganz klar war, überkam mich ein großes Staunen darüber, daß ich wieder heil und ganz war. Aber der *Wind* wollte mir nicht erlauben, ruhig liegenzubleiben und dieses Gefühl zu genießen.

– Du weißt doch, was jetzt geschehen wird, nicht wahr? fragte er.

Nein.

– Denk mal nach. In diesen letzten Tagen bist du entweder wie ein Irrer herumgesaust, oder du hast geschlafen. Hättest du statt dessen mehr nachgedacht, säßen wir jetzt nicht in der Tinte.

Okay, forderte ich ihn auf, erzähl mir, was ich wissen müßte.

– Maslax will die *Varsovien* hochbringen.

Wie schön. Er hat keine Chance. Er beherrscht nicht einmal die Anfangsgründe des Raumflugs.

– Also wen wird er mitnehmen, damit er das Schiff fliegt? Aber ich weiß doch nicht, wie!

– Das wird er dir nicht abnehmen. Die Frage steht gar nicht zur Debatte. Er will mit der Eisernen Jungfrau zur *Varsovien* hinüberfahren und dich mitnehmen. Sobald er sich außerhalb der *Dronte* befindet, müssen wir ihn unschädlich machen. Wir haben keine andere Wahl. Von dir verlange ich nichts anderes, als daß du darüber nachdenkst. Bereite dich seelisch darauf vor. Wähle den richtigen Augenblick. Ich werde bereit sein. Sorge dafür, daß du es auch bist. Okay?

Ich versprach ihm, es im Auge zu behalten. Ich stand auf und zog mich an. Ehe ich damit fertig war, kam Eve herein. Maslax war hinter ihr und richtete die Pistole auf sie. Er lächelte, als er mich sah – ein breites, strahlendes Lächeln. Man hätte glauben können, ich sei sein einziger Freund in der ganzen Welt.

»Ich freue mich, daß es Ihnen gutgeht«, sagte er. »Wirklich, ich freue mich sehr. Ich habe lange Zeit gewartet. Ich meine, jetzt können wir eine neue kleine Reise unternehmen.«

Nachdem wir eine Zeitlang auf ihn eingeredet hatten, stimmte er großzügig zu, daß ich erst essen dürfe, bevor wir mutig auszogen, uns den Gefahren des Unbekannten zu stellen. Auch war er damit einverstanden, daß jemand anderes als ich die Jungfrau fuhr. Nur als es zu der Frage kam, wer mitkommen sollte, erlebten wir beinahe einen Zusammenbruch der diplomatischen Beziehungen. Wenn wir demokratisch abgestimmt hätten, wäre die Expedition zweifellos ganz anders zusammengesetzt worden. Doch wie die Dinge lagen, besaß Maslax die einzige Stimme, die der Erwähnung wert ist, und er machte die Vorschriften.

Deshalb saßen zum Schluß vier Personen in der *Eisernen Jungfrau*, als sie aus ihrem Hafen im Unterbauch der *Dronte* rollte. Eve fuhr, und Ecdyon saß auf dem Vordersitz neben ihr. Die hinteren Sitze teilte ich mir mit Maslax, der Pistole und dem Bombenauslöser. Ich wußte – und er wußte –, daß weder Nick noch Johnny genug von Bomben verstand, als daß sie es wagen konnten, an der im Schiff herumzuspielen. Aber ich war mir nicht ganz sicher, ob sie es nicht trotzdem versuchen würden. Ich hatte ihnen nicht eingeschärft, sie sollten die Finger davon lassen, und insgeheim nährte ich die Hoffnung, sie würden sowohl so tollkühn sein als auch so viel Glück haben, daß sie das Ding entschärften. Und gleichzeitig konnte ich den schrecklichen Gedanken nicht verbannen, sie würden tollkühn sein, ohne Glück zu haben.

Im Inneren der *Jungfrau* trugen wir alle Raumanzüge. Wir machten uns keine Illusionen über die Oberfläche von Mormyr. Das Fahrzeug war so stabil gebaut, daß es eine ganze Weile aushalten konnte, aber niemand hatte je daran gedacht, daß es einmal auf diesem Planeten eingesetzt werden würde.

Ich warf den ersten Blick auf den Dampfkessel, in dem ich die *Dronte* abgesetzt hatte, und plötzlich kehrten alle Schmerzen des Abstiegs zurück. Das Chaos an Sinneseindrücken, das durch die Beschädigung der Sensoren hervorgerufen worden war, herrschte hier tatsächlich in aller Farbenpracht.

Der Himmel schien sich sechs Meter über unseren Köpfen zu befinden. Er war ein kochender Dampfvorhang, der von Blau zu Grau zu Rot blubberte. Alle Farben waren sehr dunkel. Obwohl hier unten Tag war, hatten wir weniger Licht, als die Sterne nachts auf Iniomi lieferten. Die Farben wirkten wie die schillernden Spektren in Ölpfützen. Ich hatte noch nie einen Himmel gesehen, der den Eindruck machte, er sei schwer. Das war nicht nur bedrückend, es rief ein Gefühl von Klaustrophobie hervor. Man war in einem ganz engen Raum zwischen dem Boden und den Wolken eingesperrt. Nur zu leicht fiel man der Täuschung anheim, der Zwischenraum schließe sich langsam, der Himmel sinke herab. Ich kam mir vor wie ein Weizenkorn zwischen zwei sich langsam drehenden Mühlsteinen.

Und der Himmel war zornig. Daran gab es gar keinen Zweifel. Aus geringer Entfernung beschoß er uns mit Regentropfen und Hagelkörnern. Die Schloßen waren oft so groß wie Kastanien, und wenn sie auf die stählerne Hülle der *Jungfrau* aufschlugen, zerschmetterten sie. Sie kamen aus allen Richtungenn, sie wurden umhergetrieben von dem Wind, der so nahe am Boden tolle Wirbel bildete. Das Bombardement hörte sich an wie ein rasender Trommelwirbel. Schlimmer war es, wenn die großen Brocken den Schild oder die Fenster trafen, denn dann zerschmetterten sie nicht, sondern prallten ab und erzeugten ein Geräusch wie eine große Baßtrommel, die hinter dem Rasseln der Kesselpauken ständig Bumbum machte.

Ich brauche kaum noch zu erwähnen, daß die Sichtweite gering war. Der Dampf war so dick, daß wir höchstens auf zehn Meter erkennen konnten, was vor uns lag, und die Unebenheiten des Geländes beschränkten diese Strecke oft noch mehr.

Ich hätte angenommen, wenn über einer Oberfläche ständig Sturm tobt, Regen strömt, Hagelkörner herabhämmern, würde sie zu einer vollkommenen Ebene erodieren und flach wie ein Pfannkuchen sein. Das war durchaus nicht der Fall. Der Fels war nicht homogen: er zerfiel stufenweise. Deshalb ragten rings um uns die verrücktesten Steinformationen auf, oft durchlöchert oder verschlungen wie impressionistische Statuen. Die geschwungenen Formen und die wirbelnden Dämpfe vermittelten den Eindruck von Bewegung. Aber alle diese Bewegungen schienen unmögliche Verrenkungen und Verschlingungen zu sein, als beständen die Statuen nicht aus einem Stück, sondern einem Haufen von winzigen Kreaturen – Schlangen und Fröschen und schwarzen Fischen.

Außer von der ungleichmäßigen Erosion wurde die Landschaft noch von ständiger vulkanischer Tätigkeit und von Erdbeben zerrissen. Die Kruste von Mormyr war sehr dick, aber in den oberen Regionen ungleichmäßig und unstabil. Glücklicherweise fanden die Erdstöße weit unter uns und in großer Entfernung statt, so daß wir innerhalb der *Jungfrau* nicht mehr als ein Zittern spürten. Keine großen Spalten tauchten vor uns auf, nichts zerbrach. Nur der Staub wurde von den Zuckungen des Bodens geschüttelt und aufgewirbelt. Er tanzte in einer mehrere Zentimeter dicken Schicht über dem Boden.

Von den Vulkanausbrüchen hatten wir wenig zu befürchten – die, die wir bemerkten, waren ziemlich zahm. Es stiegen keine feuer- und magmaspeiende Berge in die Luft, obwohl bestimmt derartige Berge nicht sehr weit entfernt waren. Wir sahen nur Schlitze in Bodensenken, aus denen langsam eine zähe Flüssigkeit sickerte, die den farbigen Regen in farbigen Dampf verwandelte und träge Blasen warf und riß und zerfloß und abkühlte.

Was ich mehr als alles andere fürchtete, waren die Blitze.

Zwar stellten wir kein hohes Ziel dar, denn die *Eiserne Jungfrau* war dazu gebaut, nicht stolz, sondern unauffällig zu sein. Aber die verrenkten Felsen rings um uns waren noch niedriger. Meistens war es uns möglich, über niedrig gelegenen Grund zu fahren, aber wegen der austretenden Magmalachen wagten wir uns nicht in die Senkungen. Wir mußten Kompromisse schließen und uns so gut voranarbeiten, wie wir konnten. Die Blitze zeichneten rings um uns Muster auf den Himmel. Wenn sie schnell hintereinander aufzuckten, saßen wir in einem Käfig aus Licht. Die Elektrizität war das einzige, was die auf den Boden zustürzenden Wolken durchdrang. Sonst kam nichts von außerhalb des Kokons aus Sturm, der uns umhüllte.

Natürlich war es außergewöhnlich schwierig und gefährlich, die *Jungfrau* zu fahren. Eve war eine gute Fahrerin, hatte jedoch noch nie unter Bedingungen wie hier auf Mormyr am Steuer gesessen. Ecdyon wies ihr die Richtung – wir wußten genau, wo die *Varsovien* lag –, kamen aber nur qualvoll langsam voran. Da mußte sogar Maslax seine Ungeduld bezähmen. Es waren weniger als vierzig Meilen zurückzulegen, aber dazu brauchten wir Stunden.

In der ersten Stunde schwiegen wir verbissen. Dann wurde die Stille beinahe ebenso bedrückend wie der Himmel. Sie wurde durch nichts unterbrochen als Eves gelegentliche halblaute Flüche, wenn die *Jungfrau* ruckte oder wenn sie zurückfahren mußte, um an einer besonders schlimmen Stelle vorbeizukommen. Ecdyon murmelte ab und zu eine Anweisung oder eine Bemerkung, doch meistens zeigte er nur mit seinen Händen. Das lag daran, daß die Fahrt für ihn besonders unbequem war. Wie ich bereits erwähnte, sind Gallacellaner nicht zum Sitzen gebaut. Auf seinen Platz zwängen konnte er sich nur, indem er sich vorbeugte, und wenn er sich vorbeugte, konnte er sich nicht einrollen. Daher konnte er den Kopf nicht drehen. Seine Vorderaugen sahen ständig nach vorn, und seine Hinteraugen nach rückwärts gerichtet, starrten Maslax ins Gesicht. Ohne sich Zwang anzutun, konnte Ecdyon nur mit Maslax oder mit mir sprechen, mit Eve aber nicht. Ich empfand nach, wie unbehaglich ihm zumute war, aber Maslax wußte es entweder nicht, oder es war ihm gleichgültig. Jedes Mal, wenn

Ecdyon mühsam versuchte, seine Position ein wenig zu verändern, hob der kleine Mann drohend die Pistole gegen ihn.

Ich war ziemlich sicher, daß ich ihm während dieser Fahrt die Pistole hätte wegnehmen können – mit Hilfe des *Windes*. Aber da war eins, was ich vorher nicht bedacht hatte. Maslax hatte sich mit Absicht einen Raumanzug ausgesucht, der zu groß für ihn war – einen, den wir an Bord der *Dronte* hatten, und nicht den, den er auf der *Saberwing* getragen hatte. Er hatte die Beine verkürzt, so daß er mühelos gehen konnte, und den rechten Ärmel auch. Aber den linken Ärmel hatte er gelassen, wie er war. Folglich war der rechte Ärmel um etwa acht Zentimeter kürzer, und unterhalb der Fingerspitzen seiner linken Hand hatte er acht Zentimeter leeren Raum. Darin trug er den Auslöser für die Bombe an Bord der *Dronte*. Wenn ich schnell genug war, konnte ich ihm die Pistole wegnehmen, aber ich hatte absolut keine Möglichkeit, ihn daran zu hindern, die Bombe zu zünden und Nick, Johnny und das Schiff in die Luft zu jagen. Das machte die Situation sehr schwierig. Ich konnte nur hoffen, da er jetzt praktisch einhändig war, würde er irgendwann in der Zukunft einmal stolpern und sich den Hals brechen.

Schließlich konnte ich das Schweigen nicht mehr länger ertragen. Und es war sowieso Zeit, entschied ich, Maslax von neuem zu bearbeiten. Es heißt doch, man kann Wahnsinnige durch gutes Zureden daran hindern, etwas anzustellen, und versuchen wollte ich es auf jeden Fall.

»Wissen Sie«, sprach ich ihn an, als hätten wir soeben zusammen einen Bus bestiegen, »ich scheine eine jener Perioden durchzumachen, wo absolut nichts richtig klappen will. Alle Entschlüsse, die ich fasse, stellen sich hinterher als verkehrt heraus. Verstehen Sie, was ich meine?«

Er sah mich ziemlich düster an, aber ich glaubte, er war froh, daß er seine krankhafte Aufmerksamkeit von der krankhaften Landschaft abwenden konnte.

»Sie haben überhaupt keine Entschlüsse zu fassen«, erklärte er. »Sie haben nur zu tun, was Ihnen gesagt wird.«

»Das ist es ja gerade«, erwiderte ich. »Was werden Sie mir sagen? Die ganze Zeit schon sitze ich hier und nähre einen sehr finsteren Argwohn. Dann fiel mir ein, daß Sie mir eine Menge nutzloser Sorgen ersparen könnten. Sie sind ja kein Schwachkopf, nicht wahr? Sie werden mich nicht auffordern, ein Raumschiff einer fremden Rasse zu fliegen?«

»Das wird sich finden.«

»Es ist Ihnen doch klar, daß ich das nicht kann?« fuhr ich fort. »Sie können meine Gedanken lesen. Sie erkennen, daß ich nichts über fremde Schiffe weiß.«

»Aber er.« Maslax wies auf Ecdyon.

»Stimmt das?« fragte ich den Gallacellaner.

Er antwortete nicht sofort, und mir dämmerte es plötzlich, daß er wahrscheinlich einige Kenntnisse hatte. Er war bestimmt nicht ohne entsprechende Ausbildung auf unsere kleine Mission geschickt worden. Dazu mußten auch Anweisungen gehören, wie die *Varsovien* in die Höhe zu bringen war. Ich fragte mich, ob er wohl lügen werde.

»Nein«, sagte Ecdyon. »Ich weiß gar nichts über die *Varsovien.* Stylaster hat die Informationen, und sonst niemand.«

Maslax glaubte ihm ebensowenig wie ich. »Ein Schiff ist ein Schiff«, behauptete er. »Sogar ich kann ein Raumschiff fliegen. Sogar der kleine Maslax. Einer von Ihnen wird es tun.«

Und wie ist es mit dir? fragte ich den *Wind*. Du bist der Ex-Gallacellaner. Kannst du die *Varsovien* fliegen?

– Du kennst mich, sagte der *Wind*. Ich versuche alles.

Nun kannte ich ihn tatsächlich. Er versuchte alles, das stimmte. Bisher hatte er mich noch nie im Stich gelassen. Aber . . .

Ich wandte meine Aufmerksamkeit wieder Maslax zu. »Wie kommen Sie zu der Vorstellung, Sie könnten Gedanken lesen?«

Sein Kopf befand sich innerhalb des Helms auf der falschen Höhe – seine Nase war da, wo seine Lippen hätten sein sollen –, aber ich konnte trotzdem das meiste von seinem Gesicht durch die Sichtscheibe sehen, und in dem Augenblick, als ich das Gedankenlesen erwähnte, überzog es ein merkwürdiger Ausdruck. Vielleicht wäre es doch richtiger gewesen, nicht davon anzufangen.

»Ich weiß, was in Ihrem Kopf vorgeht«, zischte er. »Ihr Kopf ist voll davon, genau wie bei allen anderen.«

»Welchen anderen?«

»Spielen Sie nicht den Dummen.« Seine Stimme kratzte. »Alle. Alle Leute.«

»Und wovon sind sie voll, Maslax?« Ich piekte ihn weiter, weil ich sehen wollte, was dann geschah. »Immer noch Haß und Furcht? Können Sie nichts anderes lesen als Haß und Furcht?«

»Es gibt nichts anderes zu lesen als Haß und Furcht«, fauchte er mich an. »Mehr ist nicht da.«

Ich schüttelte den Kopf, aber ich sah ihm ständig ins Gesicht. »Sie wissen, daß das nicht wahr ist. Das können Sie nicht im Ernst glauben.«

»Sie wissen es nicht«, schleuderte er mir entgegen. »Sie sind nicht Maslax. Sie sind kein Krüppel. Sie wissen es nicht, wie das ist, wenn jeder, der auf der Straße an mir vorbeigeht, mich ansieht, als sei ich ein Insekt. Sie wissen nicht, wie das ist, wenn jeder, der mir in die Nähe kommt, zurückweicht. Sie wissen nicht, wie das ist, wenn jeder, der mich kennt, mich verabscheut. Sie können es einfach nicht wissen. Sie wissen nicht, was in den Köpfen anderer Leute vorgeht. Sie wissen nicht einmal, was in Ihrem Kopf vorgeht. Sie belügen sich selbst, wie auch aus Ihrem Mund die ganze Zeit Lügen kommen. Sie wissen es nicht. Ich weiß es. Ich sehe Haß und Furcht in den Köpfen anderer Leute. Mehr ist da nicht zu finden. Sie alle hassen Maslax. Sie verabscheuen Maslax. Maslax, den Krüppel, den Zwerg. Das sagen ihre Gedanken. Sie können es nicht leugnen. Sie fühlen es. Sehen Sie sich Ihre eigenen Augen an. Sie hassen mich, Grainger, Sie und der vieräugige Fremde und die Dame am Steuer, die sich so verzweifelte Mühe gibt, nicht zuzuhören. Sie hassen mich, und Sie haben Angst vor mir. Nun, diesmal haben Sie Grund zur Angst. Aber ich brauche Sie – einige von Ihnen –, und ich werde Sie freilassen. Die anderen nicht. Nicht diejenigen, denen ich es heimzahlen werde, daß sie mich ihr Leben lang gehaßt und verabscheut haben. Die nicht.«

»Haben Sie schon jemals in Erwägung gezogen«, fragte ich ruhig, »daß Sie verrückt sein könnten?«

»Haben Sie jemals in Erwägung gezogen«, gab er zurück, »daß ich es nicht sein könnte?«

Ich mußte einräumen, daß ich es nicht in Erwägung gezogen hatte.

»Sie haben die Absicht – wie viele Leute waren es? Zwanzig Millionen? – zwanzig Millionen Leute zu töten, und Sie wollen uns einreden, Sie seien bei gesundem Verstand?«

»Die Einwohnerzahl von Pallant beträgt fünfundzwanzig Millionen«, berichtigte er mich. »Und ja, Sie werden anerkennen müssen, daß ich ein völlig ausreichendes Motiv habe.«

Ich sah Ecdyon an. Er zuckte mit keinem Muskel. Immer noch war ich mir nicht ganz sicher, ob Ecdyon wirklich nichts mit all dem zu tun hatte. Nur ein Gallacellaner hatte über das Kriegsschiff Bescheid wissen können – falls es tatsächlich ein Kriegsschiff war –, und nur ein Gallacellaner niedriger Kaste hätte das in englischer Sprache weitergeben können. Wenn Maslax seine Informationen nicht direkt erhalten hatte – und das war ich bereit zu glauben –, dann hatte er sie eben indirekt erhalten. Über Ferrier? Vielleicht. Aber irgendwann hatte jemand die Nachricht in die englische Sprache übersetzen müssen, und da sah mir Ecdyon ganz nach dem Hauptverdächtigen aus, auch wenn er beteuert hatte, buchstäblich nichts über die *Varsovien* zu wissen.

»Sie haben einen Mann namens Ferrier getötet«, sagte ich zu Maslax. »Hatten Sie auch dafür ein Motiv, oder wollten Sie nur seine Jacht stehlen?«

Maslax lachte hustend. »Ein Motiv? Um Ferrier zu töten? Ich hatte jedes Motiv der Welt. Ich hatte Jahre voll von Motiven. Ich habe ein Leben voll Gründen, Ferrier zu töten. Ich hätte ihn schon vor Jahren töten können. Ich wußte, daß ich es irgendwann einmal tun würde, schon immer.«

»Aber wenn Sie ihn schon vor Jahren getötet hätten«, fuhr ich dazwischen, »hätten Sie nichts über das Fenris-Feld erfahren, nicht wahr?«

Er schwieg. Vielleicht dachte er darüber nach, was ich gesagt hatte. Vielleicht hatte das, was ich gesagt hatte, keinen Sinn für ihn.

»Ferrier hat es erst vor kurzem herausgefunden«, fuhr ich fort. »Wie haben Sie es gemacht? Seine Gedanken gelesen?«

»Ja«, schnappte er schnell nach dem Köder, den ich ihm hinhielt. »Ich habe es in seinen Gedanken gelesen. Deshalb . . . als ich nun Bescheid wußte, da konnte . . . mußte ich ihn töten. Darum . . .«

»Sie erwähnten eine Frau.« Eve hielt ihren Blick weiter auf das gefährliche Gelände gerichtet. »Warum haben Sie sie getötet?«

Ich hätte viel lieber weitere Fragen über Ferrier gestellt, aber ich hatte kein Monopol auf Maslax. Und jedenfalls war es eine Sache von Versuch und Irrtum, die richtigen Fragen herauszufinden. Eves Frage konnte zu weiteren Entdeckungen führen. Wieder zögerte Maslax mit der Antwort. Wir warteten.

»Sie war noch schlechter«, erklärte Maslax endlich. »Noch schlechter.«

»Noch schlechter als wer?« fragte ich.

»Schlechter als alle übrigen. Sie war am schlechtesten. Sie können sich einfach nicht vorstellen, welchen Schmerz ein Gedankenleser empfinden kann . . . eine Welle des Hasses, des nackten Abscheus. Sie wissen einfach nicht . . .«

»Erzählen Sie mir, was geschehen ist«, schlug ich vor. Ich versuchte, Mitgefühl zu heucheln. Entweder war mir das nicht gelungen, oder es war sowieso die falsche Taktik gewesen.

»Halten Sie den Mund!« befahl er. »Wo ist das Schiff? Wir müßten mittlerweile dort sein. Wenn Sie versuchen . . .«

Der Pistolenlauf schwankte und zielte dann auf Eves Nacken.

– Pack ihn, drängte der *Wind*. Doch sogar er ließ es an echter Zuversicht fehlen, und wir wußten beide, solange er den Bombenauslöser in seinem Anzug hatte, war es Unfug, ihm die Pistole wegzunehmen.

»Sie versucht gar nichts«, beruhigte ich den kleinen Mann. »Sehen Sie mal nach draußen. Dies ist keine Autobahn. Wir sind noch weit von dem Schiff entfernt.«

Er sah nach daußen und schien zum erstenmal den farbigen Sturm zu bemerken, der die Welt vor uns verbarg und vergeblich auf den Körper der *Jungfrau* einschlug. Er reckte innerhalb des Helms seinen Hals und spähte nach unten auf den Boden neben dem Fahrzeug. Mehrere Minuten lang blickte er durch das Fenster, offensichtlich fasziniert von dem Zerplatzen der öligen Regentropfen und dem wirbelnden farbigen Staub, der sich mit dem Wasser vermischte, und den Dämpfen, die sich aus dem Staub erhoben und ihn trocken zurückließen.

»Er hörte nie auf«, informierte ich ihn. »Es ist ein konstanter Zyklus. Einige von diesen Felsen sind sehr heiß. Die Atmosphäre ist sehr tief und dick, und die oberen Schichten sind sehr kalt. Das ist nicht nur Wasser. Da oben ist Leben, eine Art von Luftplankton. Wir können es nicht sehen. Die Wesen sind so klein wie Staubkörnchen, und sie werden ständig von den Winden umhergeblasen. Hier unten gibt es noch andere Lebensformen, aber die werden wir wahrscheinlich ebensowenig zu Gesicht bekommen. Sie werden an den kalten Stellen und in den Seen sein – nicht notwendigerweise Wasserseen, das hängt von den zyklothermischen Eigenschaften des Grundgesteins ab. Wir befinden uns im Augenblick auf hochgelegenem Boden. Über die Hälfte der Oberfläche dieses Planeten besteht aus der einen oder anderen Flüssigkeit. Hauptsächlich Schwefelverbindungen und Kohlenwasserstoff. Ein großer Prozentsatz der hiesigen Lebensformen werden Schwefel ebenso – oder anstelle von – Kohlenstoff assimilieren.«

Er sah mich mißmutig an. Ich hatte meinen Vortrag teils aus reiner Angeberei gehalten, aber teils hoffte ich auch, ihn damit in eine bessere Stimmung zu versetzen.

»Es ist nicht der angenehmste Ort, an dem man seinen freien Tag verbringen kann«, bemerkte ich, als er nicht aufhörte, mich anzustarren.

Ein Blitz fuhr beinahe genau über uns herab, und es folgte ein Donner wie eine volle Breitseite. Wir fuhren alle zusammen, und Maslax vergaß, mich weiter mit Blicken zu durchbohren.

»Wir können alle hier unten sterben«, sagte ich zu ihm. »Die Tatsache, daß Sie eine Pistole und eine Tasche voller Bomben besitzen, macht Sie noch nicht zum Herr der Schöpfung. Sie können mit Ihrer Pistole nicht auf das Universum zielen und sagen: ›Ich will das Schiff in die Höhe bringen, liefere mir ein Wunder.‹ Wir haben bereits das Unmögliche möglich gemacht, indem wir hier gelandet sind. Es ist zuviel von uns verlangt, daß wir auch noch mit der *Varsovien* starten sollen. Selbst wenn wir sie erreichen.«

Aber das nahm er mir nicht ab. Er wollte das Wunder, und wenn das Universum es ihm nicht lieferte, war er entschlossen, uns alle zu erschießen, die *Dronte* zu sprengen und den Sturm zu beschimpfen, bis er starb. Das würde nicht lange dauern.

Wie ich da so saß und ihn betrachtete, überkam mich plötzlich ein Gefühl, das mir auch in den schwierigsten Situationen der letzten Monate fremd geblieben war. Es war das Gefühl, daß es keinen Ausweg mehr gab, daß wir, ganz gleich was geschah, alle sterben würden. Vielleicht hatte es im Halcyon-Nebel einen Augenblick gegeben, als ich das gleiche gedacht hatte, vielleicht auch, als Michael die Panflöte nicht mehr weiterspielen konnte, mit der er auf Chao Phrya die Riesenspinne hypnotisierte. Aber bei diesen Gelegenheiten hatte ich etwas getan, ich hatte immer noch Karten in der Hand, die ich ausspielen konnte. Was konnte uns jetzt noch helfen?

Nichts. Nichts, was nicht einem Wunder gleichkam.

Seltsamerweise fällte ich in diesem Augenblick der Hoffnungslosigkeit und der Verzweiflung den Entschluß, was ich tun sollte. Ich hatte genug von Charlot, genug von seinen Wahnsinnsunternehmungen. Es gab im ganzen Universum kein Problem, das Charlot nicht lösen wollte. Er wollte nicht nur Schicksal spielen, er wollte das Schicksal sein. Von mir aus konnte er tun, was er wollte. Aber ich hatte nie den Wunsch gehabt, erster Helfer des Schicksals zu werden. Ich bin nie ein Held gewesen. Sollte er doch Flash Gordon anheuern. Ich hatte die Nase voll. Falls die Ereignisse einen so gnädigen Verlauf nahmen, daß ich noch einmal lebendig aus dieser Sache herauskam, dann war ich fest entschlossen zu kündigen, und wenn Charlot wollte, konnte er ruhig die Rache des Himmels auf mich herabrufen.

»Wir fahren bergab«, sagte Eve. »Da vorn sieht es besser aus.«

Ich wandte meine Aufmerksamkeit wieder der Welt da draußen zu. Die Landschaft sah jetzt tatsächlich viel besser aus. Die Felsenknubbel, die uns meilenweit geplagt hatten, wurden seltener und kleiner. Wir befanden uns auf einem um etwa fünf Grad geneigten Abhang. Der Boden wurde glatter und sauberer. Der Sturm heulte noch ebenso wie vorher, und der Donner krachte, aber das Tosen der Elemente schien jetzt, wo wir einen freien Weg vor uns hatten, ein bißchen weiter entfernt zu sein. Selbst die Sichtweite war besser geworden. Eve beschleunigte.

»Wie weit sind wir noch von der *Varsovien* entfernt?« erkundigte ich mich bei Ecdyon.

»Nach meinen Berechnungen noch etwa zweihundert Meter«, antwortete er.

»Wie groß ist sie?«

»Ich weiß es nicht«, sagte Ecdyon.

Es war sowieso eine müßige Frage, denn während er sie beantwortete, sahen wir das Schiff bereits. Zuerst erhaschten wir nur einen Blick darauf, und wir waren uns noch nicht sicher, ob es wirklich die *Varsovien* war. Aber sie war es. Die ersten Teile von ihr, die wir erkannten, ragten hoch in den Himmel und wurden von Blitzen erleuchtet, und sie hätten beinahe silbrige Flecken zwischen den Wolken sein können. Ich kam sofort zu dem Schluß, daß sie ein langes, hohes Schiff sein mußte, das auf dem Heck stand, und ich fragte mich, wie sie Tausende von Jahren – oder wie lange es gewesen sein mochte – hatte aufrecht stehenbleiben können. Kurze Zeit darauf, als wir in ihren Windschatten fuhren, wurde mir klar, wie sehr ich mich geirrt hatte. Das war ein Schiff! Es lag auf der Seite, aber was für eine Seite! Die *Varsovien* erinnerte mich an Caradocs gigantisches Kriegsschiff, das ich in dem Himmel hoch über Pharos gesehen hatte. Neben diesem Schiff hätte der Truppentransporter von Caradoc wie einer seiner eigenen winzigen Hubschrauber gewirkt. So, wie das Wetter auf Mormyr nun einmal war, konnten wir sie nicht ganz in ihrer vollen Glorie sehen. Es mußte Stunden dauern, um sie herumzugehen. Sie war fünfmal so breit wie jedes Schiff, was ich je gesehen hatte, hoch war. Sie war dazu gebaut, eine Stadt in ihrem Bauch zu tragen – eine Stadt mit sämtlichen Vororten und allen Fabriken, die sie autark machten. Das Schiff bedeutete eine Welt für sich. War es fähig, Monde zu verschlucken? O ja, wenn es nur den Mund öffnen konnte.

Eve zog die *Jungfrau* näher heran, bis wir unter der Wölbung des Schiffsrumpfes waren. Zum ersten Mal waren wir vor dem Sturm geschützt. Nur ab und zu warf ein leichter Windstoß eine Handvoll Regentropfen gegen die Hülle der *Jungfrau*. Langsam fuhren wir an der *Varsovien* entlang und suchten nach einer Beschädigung in der Außenhaut, die ungeachtet jahrhundertelanger Korrosion immer noch wie poliert glänzte.

»Haben Sie irgendeine Vorstellung, wie wir hineinkommen?« fragte ich Ecdyon.

»Wenn wir eine Schleuse finden«, antwortete er, »glaube ich, daß ich sie öffnen kann.«

»Haben Sie etwas von dieser Größe erwartet?« fragte ich weiter.

»Nein.« Er zeigte wieder sein seltsames Blinzeln. Das war die einzige Änderung des Gesichtsausdrucks, den er sich für die Unterhaltung mit Menschen hatte aneignen können. Da es alles Mögliche bedeuten konnte, war daraus nicht allzu viel zu entnehmen, aber diesmal hatte ich den Eindruck, er wolle damit sein Nein besonders betonen – als wolle er sagen: Niemand hätte so etwas erwartet.

»Sie merken jetzt, daß alles umsonst war«, sagte ich nicht nur zu Maslax, sondern auch zu Ecdyon. »Die Aufregung war für nichts und wieder nichts. Von dem Augenblick an, als Stylaster sich mit Charlot in Verbindung setzte, ist das Ganze nichts als eine Farce gewesen. Sehen sie sich das Schiff doch einmal an! Es war nicht dafür gedacht, jemals näher als tausend Meilen an einen Planeten heranzukommen. Es ist im Orbit gebaut worden, und es sollte für immer im Raum bleiben. Ein Ding wie das hier kann man nicht landen.

Es ist absolut unmöglich, soviel Energie zu erzeugen, geschweige denn zu kontrollieren, daß man ein solches Schiff landen oder abheben kann. Die *Varsovien* liegt hier für alle

Zeiten fest, glauben Sie mir. Sie wird niemals vom Boden hochkommen. Wer auch immer sie nach Mormyr gebracht hat, hätte sie ebenso gut auf einen Kurs in die Sonne setzen können.«

»Es wäre besser, wenn Sie unrecht hätten«, sagte Maslax.

»Nein. Sie haben unrecht. Sehen Sie das nicht ein? Erkennen Sie nicht, daß Sie unrecht haben müssen? Das hier ist kein Kriegsschiff. Es ist keine Waffe. Wie wäre das möglich? Wer würde eine Waffe bauen, die groß genug ist, die Bevölkerung eines kleinen Planeten in sich aufzunehmen? Wer würde so ein Ding brauchen, um damit in einer Schlacht zu kämpfen? Seien Sie doch nicht dumm! Es gibt nur einen Zweck, für den ein Volk ein Schiff wie dies benötigen könnte. Nur einen. Weshalb hat man wohl soviel Platz gebraucht? Das hier ist ein Auswandererschiff, sehen Sie das nicht? Und zwar ein intergalaktisches! Zum Teufel, ich weiß nicht, was das verdammte Ding hier zu suchen hat, ausgerechnet auf Mormyr. Ich kann mir überhaupt keinen Grund vorstellen, warum die Gallacellaner absichtlich ein solches Schiff aufgegeben haben. Aber alles, was Sie zu tun haben, Mann, ist, daß Sie die Augen aufmachen! Können Sie wirklich da sitzen und mir erzählen, das sei eine Waffe? Können Sie das?«

»Das Schiff ist bewaffnet«, behauptete Maslax.

»Das Schiff ist tot«, sagte ich. »Wir haben alle unsere Zeit verschwendet. Wir haben uns alle geirrt. Ich glaubte, es handelte sich um ein Kriegsschiff, das die Gallacellaner versteckt haben für den Fall, daß sie jemals ihre Meinung ändern sollten. Aber das ist es nicht. Es kann kein Kriegsschiff sein.«

»Ich sehe eine Luke«, meldete Eve.

»Können wir sie erreichen?« fragte ich. Ich erkannte sie nicht gleich. Dann entdeckte ich sie. Sie befand sich ein gutes Stück unter dem Bauch, hoch über uns. Aber im Schutz des Schiffes konnten wir eine Leiter aus der *Jungfrau* holen und anlegen. Wenn Ecdyon uns ins Innere bringen konnte, würden wir selbst sehen, was für eine Art von Schiff das war.

Eve hielt an und bemerkte: »Nur gut, daß wir die Luke hier schon gefunden haben.«

»Warum?« fragte Maslax.

Eve wies mit dem Finger. Wir konnten nicht wissen, wieviel von der *Varsovien* sich noch in Nebel und Regen hinaus ersteckte, aber es gab keinen Zweifel daran, daß der Rest nicht leicht zugänglich war. Zehn Meter vor uns fiel der Boden ab, und der Felsgrat, an dem wir entlanggefahren waren, fand ein abruptes Ende. Hinter der Klippe lag Sumpf. Hinter dem Sumpf wahrscheinlich ein Ozean.

VIII

Ecdyon und ich mühten uns mit der Leiter ab, während Maslax in der Abgeschlossenheit der *Eisernen Jungfrau* seine Pistole auf Eve gerichtet hielt. Ich war dankbar für die Gelegenheit, ein paar Worte mit Ecdyon zu wechseln, aber es kam absolut nichts dabei heraus. Ich sagte ihm, in dieser Situation dürfte er nichts mehr vor mir geheimhalten, und falls er mich belogen habe, solle er lieber auf der Stelle mit der Wahrheit herausrücken. Unsere Lage sei so verzweifelt, daß ich erwarte, er werde aufrichtig sein. Vielleicht war er das.

Tatsächlich behauptete er, er sei es bereits gewesen.

»Das ist doch einfach nicht möglich«, redete ich ihm zu. »Sie behaupten, nichts weiter zu wissen als das, was Stylaster Ihnen erzählt habe. Sie hätten über dieses Schiff nichts anderes gewußt als die Tatsache – falls es eine Tatsache ist –, daß es vor tausend Jahren hier abgesetzt wurde. Aber haben Sie gewußt, daß die Gallacellaner früher einmal Waffen benutzt haben?«

»Ich habe gesagt, was ich weiß«, beteuerte er.

»Und was ist mit dem, was Sie Maslax erzählt haben? Haben Sie irgendeine Vorstellung darüber, was Stylaster vorhatte, sobald wir ihn hergebracht hätten? Könnten Sie das Schiff vom Boden hochbringen, wenn es überhaupt hochgebracht werden kann?«

»Ich habe zu Maslax gesagt, ich könne das Schiff nicht fliegen, und auch das war die Wahrheit.«

»Sie sind eine große Hilfe. Noch eins: Wer hat Maslax von dem Fenris-Feld berichtet?«

»Es gibt nichts Derartiges.« Ich konnte ihn nur schlecht verstehen, weil der Sturm so heulte.

»Da wollen wir lieber nicht so sicher sein«, gab ich zu bedenken. »Anscheinend ist Ihre Unwissenheit grenzenlos. Mal angenommen, es gibt doch ein Fenris-Feld. Nur mal angenommen. Wer hat wem darüber berichtet?«

»Ich weiß es nicht. Aber . . .«

»Genau das wollte ich hören«, fiel ich ein, als er abbrach. »Los. Erzählen Sie mir auch den Rest.«

»Ich weiß nicht, ob es wahr ist . . .«

»Erzählen Sie es mir trotzdem.«

»Die Hierarchie ist in dieser Sache nicht einer Meinung. Stylaster wird nicht von vielen Kasten unterstützt. Wir haben keinen Streit, verstehen Sie. Wir sind ein friedliches Volk. Aber es gibt Leute, die nicht wünschen, daß die *Varsovien* wiederentdeckt wird. Ich weiß nicht, warum. Ich habe nur Gerüchte gehört. Es gibt ein Schiff mit dem Namen *Cicindel* . . .«

»Das Schiff, das nicht antworten wollte«, fiel ich ein. »Es hielt nach dem Mayday-Ruf auf die *Saberwing* zu.«

»Richtig. Es heißt, daß die *Cicindel* andere Interessen in dieser Angelegenheit repräsentiert. Sie kommt aus einem anderen System. Vielleicht ist sie hergeschickt worden, um . . . zu beobachten . . . welche Fortschritte Stylaster erzielt. Die *Cicindel* befand sich schon einige Zeit im Luzifer-System. Nach Iniomi ist sie nicht gekommen. Aber einmal ist sie gelandet. Auf Pallant.«

»Das ist ja ein ganz dicker Hund«, bemerkte ich. »Also haben sogar die Gallacellaner ihre kleinen Zwistigkeiten.«

Ich kam zu der Einsicht, daß es unfair von mir war, von Ecdyon zu erwarten, daß er alle gallacellanischen Angelegenheiten kannte. Hatte ich vielleicht ein enzyklopädisches Wissen über die menschlichen Angelegenheiten? Nun ja, ich konnte eine Zusammenfassung darüber geben, wer wem innerhalb der vorhersehbaren Zukunft welchen schmutzigen Streich spielen würde, aber Informationen von innen hatte ich gewiß nicht. Ich kannte nur die Gerüchte und Spekulationen. Was würde ich einem Fremden antworten, wenn er mich nach Caradocs genauen Plänen fragte, das bekannte Universum noch fester in den kommerziellen Griff zu bekommen? Was konnte ich ihm antworten? Und Ecdyon war trotz seiner Verbindung zu Stylaster wahrscheinlich weiter entfernt von der Allwissenheit als ich, der ich in letzter Zeit ständig in Charlots Nähe gewesen war. Ich hätte mich gern bei Ecdyon entschuldigt, aber ich wußte nicht, wie ich das machen sollte, ohne ihm eine lange Erklärung darüber zu geben, was mir eigentlich leid tat. Und die Leiter war angelegt. Es war keine Zeit mehr.

Ich bin nie mehr dazu gekommen, mich bei Ecdyon zu entschuldigen.

Es war gar nicht schwer, ins Innere der *Varsovien* zu gelangen. Jedes Kind hätte das geschafft. Die Schleuse war geräumig. Sie konnte uns alle vier leicht aufnehmen. Ich persönlich war gar nicht glücklich darüber, daß wir alle vier an Bord gingen. Mir wäre es lieber gewesen, wenn Eve – und vielleicht auch Ecdyon – in der *Jungfrau* geblieben wären. Aber Maslax glaubte, daß er sie beide brauchte – Ecdyon, um mir zu helfen, festzustellen, was was war, und Eve als die Geisel, die ich am wenigsten gern erschossen gesehen hätte. Wir stiegen alle die Leiter hinauf, und wir betraten alle das Schiff.

Hinter der Schleuse lag eine zylindrische Kammer, die keine andere Tür als die Schleusentür zu haben schien. An der Wand hing ein Schaltbrett mit einer ganzen Reihe von Knöpfen. Ich sage »Wand«, obwohl der Raum im rechten Winkel zur natürlichen Richtung der Schwerkraft stand. Offenbar sollte der Zylinder aufrecht stehen und eine einzige kreisrunde Wand haben. Aber das Schiff lag auf der Seite. Wir mußten uns hinlegen und uns den Hals verdrehen, um uns die Beschriftung neben den Köpfen anzusehen.

»Was heißt das?« fragte ich Ecdyon. Mit plötzlichen auftauchendem Zweifel setzte ich hinzu: »Sie können doch lesen, nicht wahr?«

»Ich kann lesen«, antwortete er. »Das hier ist ein Aufzugschacht. Einer der Knöpfe ist mit ›Kontrollebene‹ bezeichnet. Soll ich ihn drücken?«

»Machen Sie schon«, sagte Maslax.

Ecdyon drückte einen der Knöpfe. Nichts geschah.

»Es ist alles abgeschaltet«, meinte Eve.

»Ist ein Aktivierungsknopf da?« wandte ich mich an den Gallacellaner.

»Hier ist einer nur mit einem Symbol markiert. Das Symbol verstehe ich nicht. Soll ich den Knopf drücken?«

»Das können Sie getrost tun«, erklärte ich. »Wenn es nicht der Aktivierungsknopf ist, wird es ja keine Wirkung haben.«

Ecdyon drückte auf den Knopf, und wir fielen.

Dies eine Mal hatte ich eine halbe Sekunde nachgedacht, bevor ich handelte. Noch als ich Ecdyon sagte, er könne den Knopf drücken, fiel mir ein, daß das künstliche Schwerkraftfeld sich aufbauen würde, wenn der Aufzugsschacht aktiviert wurde. Dann wurde »unten« sehr schnell »seitlich«, und wir landeten alle in einem Haufen am Heckende der zylindrischen Kammer.

Ich wollte im Fall Maslax' Pistole an mich reißen und ihm ein Loch in seinem linken Arm unterhalb des Ellbogens schießen. Das wäre eine zirkusreife Leistung gewesen, doch ich dachte, mit Hilfe des *Windes* könnte sie mir gelingen. Aber es klappte nicht. Vor Schreck schloß sich Maslax' Hand sogar noch fester um die Pistole. Er hatte den Finger nicht vom Abzug weggenommen. Das Ding ging los.

Ich streckte bereits meine Hand nach ihm aus. In dem Sekundenbruchteil, in dem Maslax' Hand sich verkrampfte, merkte der *Wind* jedoch, was passierte, und ich riß meine Hand zurück. Der Strahl berührte den Handschuh meines Anzugs kaum und richtete keinen ernsten Schaden an.

Ecdyon hatte nicht soviel Glück. Er fing den Strahl mit seinem Oberkörper auf.

Maslax lockerte seinen Griff beinahe sofort. Der Strahl erlosch. Der Anzug gab dem Gallacellaner guten Schutz, und zweifellos rettete er ihm das Leben, aber Ecdyon wand sich vor Schmerz auf dem Fußboden. Seine umherschlagenden Glieder trafen mich in der Mitte, warfen mich zurück und raubten mir die letzte Hoffnung, Maslax in diesem Durcheinander zu entwaffnen. Eve war an der Wand zusammengesunken.

Maslax war als erster wieder auf den Beinen. Er brüllte:

»Sie hätten mich warnen müssen!« Er war am Rand der Hysterie. »Das war Ihre Schuld! Ich wollte ihn nicht erschießen. Ich wollte es nicht.«

Ich kniete mich neben Ecdyon um festzustellen, wie schwer er verletzt war. Die Fleischwunde war blauschwarz, aber soweit ich sehen konnte, trat nur wenig Blut aus. (Ich setzte voraus, daß Gallacellaner Blut hatten.) Nach einer Minute hörte er auf, sich zu winden. Aus seinem Hintermund kamen Laute. Er versuchte zu sprechen, aber er brachte nichts anderes als Klicken und Pfeifen zustande, als könne er sich nicht entscheiden, ob er auf gallacellanisch oder englisch jammern solle.

Schließlich wurde er ruhig. Ich blickte durch die Sichtscheibe seines Helms. Er blinzelte.

»Er lebt«, stellte Maslax fest, immer noch mit einer hohen, nervösen Stimme. »Ich habe ihn nicht getötet.«

»Sind Sie sicher, daß Sie es über das Herz bringen, fünfundzwanzig Millionen Leute auf einen Streich zu ermorden?« fragte ich bitter. Eve kniete sich neben mich, um mir zu helfen, Ecdyon auf die Füße zu stellen.

Ecdyon versuchte, etwas zu sagen. Es waren unverständliche Laute, aber es war Englisch.

»Wiederholen Sie«, sagte ich freundlich.

»Ich sagte: Die Luft ist . . .« Er brachte den Satz nicht zu Ende. Ich nickte, um ihm zu zeigen, daß ich verstanden hatte. Die Luft war gut. Das Loch in seinem Anzug bedeutete nicht das Ende für ihn.

»Wir sollten lieber nicht . . .« begann ich. Ich wollte sagen, wir sollten lieber nicht die Helme abnehmen, weil gallacellanische Luft zwar der unseren ähnlich genug war, um atembar zu sein, aber doch für uns nicht ideal, und wir hatten eine Menge Reserven in der *Jungfrau*. Dann überlegte ich es mir. Irgendwann mußte ich Maslax überreden, seinen Anzug auszuziehen, damit ich den Bombenauslöser wenigstens sehen konnte.

Ich fing von neuem an: »Wir sollten lieber nicht unsere Vorräte verschwenden. Schließen Sie die Flaschen und nehmen Sie die Helme ab.«

Wir alle setzten unsere Gesichter der Atmosphäre aus. »Tausend Jahre alt«, murmelte ich, »und immer noch so frisch.« Menschliche Sinne empfanden die Luft frischer, als sie war, weil sie Spuren von Kohlenhydrat enthielt, was man riechen konnte. Aber es war ganz harmlos. Es war ein wenig zuviel Sauerstoff darin, und das mochte einen leicht berauschenden Effekt haben. Ich sagte nichts darüber, denn ich wollte Maslax gar nicht erst darauf aufmerksam machen.

»Welchen Knopf drücke ich jetzt?« erkundigte sich Maslax. Seine Stimme hatte wieder die gewohnte Härte und Heiserkeit.

Ecdyon streckte eine Hand aus und drückte den Knopf für ihn. Er flüsterte: »Ich bin in Ordnung.« Ich hielt ihn an den Armen fest. Er war schwer, und sollte er das Bewußtsein verlieren, würde ich ihn wahrscheinlich nicht halten können.

Aber ich konnte ihm beim Stehen ein wenig Unterstützung geben.

Der Aufzug stieg nach oben. Ich erinnerte mich, daß wir uns nun entlang der Längsachse des Schiffes bewegten, hinaus in den Sumpf.

Die Fahrt dauerte nur zwei oder drei Minuten, aber mir kam sie endlos vor. Auf dem Schaltbrett blitzten keine Lichter auf, die hätten zeigen können, wo wir waren.

Wir hielten an, und die Kammer drehte sich langsam, bis die Tür in die entgegengesetzte Richtung zeigte. Sie mußte von Hand geöffnet werden. Dahinter lag eine zweite Tür, und als wir sie geöffnet hatten, fanden wir uns in einem weiteren Aufzug. Der einzige Unterschied, der mir auffiel, war eine andere Anordnung der Knöpfe auf dem Schaltbrett. Diese hier bildeten ein Quadrat und keine Reihe.

Ecdyon beugte sich vor und las die Beschriftungen.

»Wohin wollen wir?« fragte er.

»In den Kontrollraum«, antwortete ich.

»Es gibt keinen Kontrollraum«, sagte er.

»Dies ist die Kontrollebene.«

»Ja.«

»Dann muß hier doch ein Kontrollraum sein.«

»Nein. Alle diese Schildchen weisen nur auf Reparaturwerkstätten hin. Dann gibt es noch einen Beobachtungsraum und einen Monitorraum. Kontrollen in dem Sinn, wie Sie es meinen, sind überhaupt nicht erwähnt.«

»Und in einem anderen Sinn, als ich es meine?« fragte ich schnell.

»Ich kann es nicht genau sagen. Aber mir scheinen diese Knöpfe darauf hinzudeuten, daß das Schiff vollautomatisch funktioniert.«

»Das wäre nicht sehr praktisch«, überlegte ich. »Selbst wenn es nur einen Robotpiloten hat, muß doch irgendwie ein Flugplan programmiert werden können.«

»Es ist aber kein Knopf da«, sagte Ecdyon.

»Machen Sie voran«, fauchte Maslax.

»Sie können leicht sagen, wir sollen voranmachen«, gab ich zurück. »Suchen Sie doch einen Knopf aus . . . irgendeinen.«

Ecdyon verhinderte den Streit, der daraus hätte entstehen können, indem er einen seiner großen Finger auf einen Knopf drückte. Von neuem bewegten wir uns – nicht aufwärts oder abwärts, sondern seitwärts. Diesmal dauerte die Fahrt nicht so lange. Nur Sekunden.

Wieder kamen wir an eine Doppeltür, durch die es nirgendwo anders hinging als in eine neue Kammer mit nur dem einen Eingang und Ausgang. Doch war diese Kammer wesentlich größer, und ganz bestimmt war sie kein Aufzug. Ich brauchte nicht erst zu fragen, welchen Knopf Ecdyon gewählt hatte. Das hier war der Beobachtungsraum. Mehrere Liegen standen da, und in der Mitte des Raums befand sich eine Säulenplatte mit weiteren Knöpfen – vermutlich zur Kontrolle des Schirms bestimmt.

Ich wartete nicht erst auf Maslax' Einspruch. Ich schritt mit Ecdyon vor, und mit einiger Hilfe von Eve gelang es mir, ihn sich auf einer der mit weichen Kissen belegten Liegen zusammenrollen zu lassen. Er sank viel flacher zusammen, als ich es vorher bei ihm beobachtet hatte, und er sah mehr denn je wie eine Python aus.

»Möchten Sie Ihren Anzug ausziehen?« fragte ich ihn, während ich unsere beiden Helme auf die nächste Liege legte.

»Bitte, erst einen Augenblick ausruhen«, antwortete Ecdyon.

Maslax war im Eingang stehengeblieben und sah sich um. Eve, die ihrem Helm auch abgelegt hatte, ging an die Säulenplatte und drückte einen Knopf. Die Lichter gingen aus.

Maslax setzte zu einem unartikulierten Wutschrei an, als es Eve auch schon gelang, die Lichter wieder einzuschalten. »Tut mir leid«, entschuldigte sie sich.

Der nächste Knopf, mit dem sie es versuchte, brachte den Schirm zum Leben. Ein paar Sekunden lang summte er schwach. Das Geräusch verstummte wieder, und in herrlichem Technicolor erschien ein Bild. Es war keine Überraschung für uns, daß wir in die Atmosphäre von Mormyr hinaussahen. Vermutlich war es ein Blick vom Bug des Schiffes aus, denn alles, was wir sehen konnten, waren Sturm und Meer. Das Wasser war dunkel und häßlich, schäumte wütend unter den Peitschenhieben von Wind und Regen, zischte und warf Blasen wie kochende Milch. Das Zischen konnten wir natürlich nicht hören, wir dachten es uns dazu. Im Inneren der *Varsovien* war es so still wie in einem Grab. Im äußeren Aufzugsschacht hatten wir immer noch das Knattern des Hagels gegen die Außenhülle hören können, aber je weiter wir ins Herz des Schiffes vorgedrungen waren, desto leiser war es geworden. Jetzt, wo Maslax die Tür des Beobachtungsraums geschlossen hatte, gab es überhaupt kein Geräusch mehr.

»Nicht besonders interessant«, bemerkte ich.

»Soll ich mal versuchen, ob ich ein anderes Bild bekommen kann?« Eve studierte nachdenklich die Knöpfe.

»Nein«, sagte Maslax. »Gehen wir.«

»Wohin?« erkundigte ich mich.

»Er hat einen Monitorraum erwähnt.« Maslax wies mit dem leeren Ende seines linken Ärmels auf Ecdyon. Als sich das elastische Anzugsmaterial bewegte, konnte ich die Umrisse des Bombenauslösers erkennen. Er hielt ihn mit der linken Hand fest.

»Er ist verwundet«, sagte ich. »Er kann nicht im ganzen Schiff herumlaufen. Können wir ihn nicht hierlassen?«

»Nein!« lehnte Maslax kurz ab. Eine Erklärung war nicht nötig. Nur Ecdyon konnte gallacellanische Beschriftungen lesen.

Nur . . .? schoß es mir durch den Kopf, als mir der Passagier in meinem Verstand einfiel. He, kannst du lesen? fragte ich ihn stumm.

– Natürlich.

Das hättest du erwähnen können, warf ich ihm vor.

– Ich habe es selbstverständlich vorausgesetzt . . . begann er.

Zum Teufel! Ich hätte es beinahe laut gesagt, weil mir eine neue Idee kam. Ich wette, du kannst auch Gallacellanisch sprechen.

– Nun, das weiß ich nicht. Ich kann Gallacellanisch verstehen, obwohl sich die Sprache in mehr als tausend Jahren ein wenig verändert hat. Aber ob ich es sprechen kann – ich meine, mit deinen Stimmbändern –, das ist eine andere Frage.

Ich zögerte. Sollte ich Maslax verraten, daß ich allein zurechtkommen konnte? Ich entschloß mich, es nicht zu tun. Wahrscheinlich würde er Ecdyon auf keinen Fall irgendwo im Schiff ohne Aufsicht lassen.

Wir gingen alle zurück zum Aufzug, und diesmal fuhren wir in den Monitorraum. Ich hatte den dringenden Verdacht, daß dies der richtige Ort war. Wenn jemand irgendwo ein Paneel mit manuellen Kontrollen verstecken will, ist der logische Platz dafür ein Raum, von wo aus alle Instrumente und technischen Anlagen des Schiffes überwacht werden können. Ich erwartete, im Monitorraum einen wahren Irrgarten an Maschinen und Instrumenten zu finden.

Tatsächlich war er überraschend spärlich eingerichtet. Rings um den Raum lief in einer Höhe von etwa einem Meter zwanzig eine Konsole, aber sie war nur dreißig Zentimeter tief, und es war kein sehr großer Raum. Das konnten nicht mehr als zweihundert Outputs sein, und die meisten davon waren Bandkupplungen, Schirme und Sprechgeräte. Anzeigeinstrumente gab es nur wenige. Jedoch an der gegenüberliegenden Wand hing über der Konsole ein einzelnes Paneel mit einem großen Schalter darin.

Ecdyon ging uns anderen voran hinein. Er stützte sich auf die Konsole, während er begann, die vielen Schildchen und Zeichen zu lesen, die ringsum verteilt waren.

Maslax jedoch hatte nur für eines Augen. Als er an mir vorbeiging, drehte ich mich zu ihm und sah ihn an.

»Ist das der Aktivierungsschalter?« fragte er Ecdyon.

Der Gallacellaner blickte hoch, sah, wohin Maslax zeigte und meinte: »Ich glaube, ja . . .«

Ich beobachtete, wie Maslax die Pistole zwischen die Zähne nahm und die Hand nach dem großen Schalter an der Wand ausstreckte. Ich verbrachte ein paar wertvolle Sekunden damit, daß ich mich fragte, ob ich ihn überwältigen könnte, während er die Pistole zwischen den Zähnen hatte, und dann erst kam mir klar zu Bewußtsein, was er Ungeheuerliches tun wollte.

»O Gott, nein!« brüllte ich. »Fassen Sie den Schalter nicht an!«

Ich stürzte zu ihm hin, aber er mißverstand mich und riß dem Schalter hart nach unten. Dann nahm er die Pistole aus dem Mund und rammte sie mir heftig gegen die Brust. Er schoß nicht, aber einen entsetzlichen Augenblick lang wünschte ich mir beinahe, er hätte es getan.

In die Stille des Monitorraums drang ein tiefkehliges Brummen, das lauter und lauter wurde. Mir kam es beinahe so vor, als bebe der Raum, aber alles blieb unbeweglich. Nur das tiefe, tiefe Grollen dröhnte mir in den Ohren. Die ganze Konsole erwachte zum Leben. Bänder begannen zu schnattern, Schirme erhellten sich, die Nadeln der wenigen Anzeigen, die vorhanden waren, sprangen von Null auf Position.

Maslax blickte verängstigt drein. Sein Gesicht war weiß wie Papier. »Was geschieht da?« wollte er wissen.

»Sie verdammter Idiot!« brüllte ich ihn an, obwohl seine Pistole mir immer noch die fünfte Rippe quetschte. »Das ist ein automatisches Schiff! Es ist bereits programmiert. Merken Sie nichts? – Es hebt ab! Es hebt ab!«

IX

Er stand da und sah mich an, als gehe das alles über sein Begreifen hinaus. Unsicher, ängstlich, kindlich.

Das dauerte nur einen Moment. Dann lächelte er.

Ich glaube, ich hätte lieber die Gorgo lächeln sehen, als

erleben müssen, wie sich dieses langsame Grinsen über sein zusammengedrücktes kleines Gesicht ausbreitete.

»Das ist gut«, sagte er. »Das ist gut. Ich wußte, wir würden es schaffen. Das ist es ja, was ich gewollt habe. Verstehen Sie?«

Ich war sprachlos. Ich konnte nur den Kopf schütteln. Schließlich brachte ich heraus – und meine Stimme klang ganz normal: »Der Sturm wird uns in eine Million kleiner Stücke zerbrechen. Das Schiff ist nicht dafür gebaut. Kein Schiff in der bekannten Galaxis könnte das schaffen. Kein Schiff.«

Ecdyon hatte währenddessen alle Beschriftungen gelesen. »Ich glaube, Sie irren sich«, warf er ein. »Sie sagten, das Schiff könne nicht von einem Planeten starten. Aber hier, neben diesem Schirm, steht eine Reihe von . . . Worten, Symbolen, ich kann sie nicht alle entziffern. Doch es ist ein Startprogramm. Das Schiff wurde auf Mormyr zurückgelassen mit dem fertigen Programm zum Wiederabheben. Es ist doch dafür gebaut.«

Ich wußte, er hatte recht und ich unrecht. Ich konnte es in dem tiefen, schweren Dröhnen fühlen, mit dem das Schiff seine Kräfte prüfte, die Energien verteilte und einsetzte. Ich war zu leichtfertig mit dem Wort »unmöglich« umgegangen. Schon wieder hatte ich nicht bedacht, daß es vieles gab, was ich nicht wußte. Wie es den Anschein hatte, konnten die Gallacellaner weitaus mehr, als ich ihnen zugetraut hätte.

Während ich innerlich über meine Fehler jammerte, griff sich Eve den wirklich wichtigen Gedanken heraus und stieß uns alle mit der Nase darauf.

»Johnny und der Kapitän«, flüsterte sie. »Sie sind noch da unten. Es gibt keinen Weg zurück.«

Maslax sah mir in die Augen, aber konnte es nicht durchhalten. Er senkte den Blick.

»Sie können zurück«, behauptete er. »Sie können das Schiff wieder nach unten bringen. Sie können sie holen. Aber nicht, bevor wir nach Pallant geflogen sind. Nicht, bevor wir das Fenris-Feld angewandt haben.«

Ich kam mir ganz hilflos vor. Lange Zeit hatte ich mich vom Strom der Ereignisse mitreißen lassen, und jetzt hatte er mich zu weit davongetragen. Ich konnte nichts mehr tun. Ich mußte die Folgen meines Versagens auf mich nehmen.

Eve, ein Wahnsinniger, ein verwundeter Gallacellaner und ein gigantisches Schiff auf Kurs zu einem unbekannten Zielort. Wahrscheinlich Andromeda. In diesem Augenblick meinte ich, Andromeda sei ein höchst passender Zielort. Weg von dieser Welt. Hinaus aus der bekannten Galaxis. Hinein in das unendliche Dunkel. Natürlich würden wir alle längst tot sein. Es war ein langer Weg bis Andromeda.

»Maslax«, sagte ich ruhig, »die *Varsovien* ist bereits programmiert. Sie fliegt nicht nach Pallant. Wir wissen nicht, wohin sie fliegt. Sie haben uns getötet, Maslax. Sie selbst, Eve, Ecdyon, ich – wir sind alle tot, ebenso tot, als wenn Sie die Bombe gezündet hätten. Und die *Dronte*. Was nützt Ihnen die Bombe jetzt, Maslax? Das Schiff ist bereits zum Tod verurteilt. Wenn Sie es jetzt sprengen, wäre es ein Zeichen von Erbarmen.«

Eve faßte meinen Arm. »Hör auf, Grainger. Das ist nicht notwendig. Es muß eine Möglichkeit geben, die Automatik auszuschalten und das Schiff neu zu programmieren. Wir müssen es schaffen, das Schiff unter unsere Kontrolle zu bekommen.«

»Wozu?« In einer Geste der totalen Niederlage breitete ich die Arme aus. »Damit der verrückte Krüppel uns befehlen kann, Pallant zu ermorden? Damit er uns alle erschießt, wenn wir uns weigern? Wie können wir gewinnen, Miss Lapthorn? Sag mir doch, wie können wir gewinnen? Wir sind gefangen zwischen dem Teufel und der Finsternis. Es gibt keinen Ausweg. Überhaupt keinen Ausweg.«

– Sie hat recht, sagte der *Wind*. Jetzt ist nicht der richtige Zeitpunkt, sich dem Selbstmitleid hinzugeben. Auch wenn es keine Umstellung auf manuelle Steuerung gibt, muß es eine Möglichkeit zur Umprogrammierung geben. Wir müssen sie finden. Aber als erstes müssen wir uns Maslax schnappen.

Es war eine bemerkenswert vernünftige Zusammenfassung der Situation. Mir war gar nicht vernünftig zumute, aber sobald ich wieder klar denken konnte, gab ich zu, daß wir so und nicht anders handeln mußten.

In diesem Augenblick wirbelten jedoch völlig andere Gedanken durch meinen Kopf. Zum Beispiel: Dieses Schiff stieg soeben durch die schrecklichste Atmosphäre, mit der es je ein Raumschiff zu tun hatte. Sicher, es war groß und stark, aber würde es das wirklich schaffen? Ich wünschte mir, zurück im Beobachtungsraum zu sein, damit ich den wütenden Himmel ansehen konnte, bis er verschwand und uns mit der schwarzen Unendlichkeit und den Sternen allein ließ. Wenn wir aber die Atmosphäre wirklich überwanden, konnten wir jemals zurückkehren? Die Logik sagte ja. Irgendwer hatte schließlich die *Varsovien* zuvor auf Mormyr gelandet. Aber die Angst sagte nein.

Ich hätte mich gern irgendwo hingesetzt, doch wahrscheinlich gab es in dem ganzen Schiff keinen einzigen Stuhl. Nur diese verdammten Liegen, die zum Einrollen gedacht waren. Und nicht einmal die gab es hier.

Das lange Schweigen erweckte in Maslax die Vorstellung, er habe die Situation immer noch im Griff und könne immer noch Befehle erteilen.

»Sie da!« Er zeigte auf Ecdyon. »Sie lesen die Schirme und die anderen Dinger ab. Rechnen Sie aus, wie wir das Schiff dahin bringen können, wohin wir wollen. Sie beide bleiben still stehen.«

»Darf ich meinen Anzug ausziehen?« fragte ich. Natürlich hoffte ich, daß dann alle sich ausziehen würden. Maslax nickte, und ich begann, die Verschlüsse zu öffnen. Eve folgte meinem Beispiel, aber Maslax dachte gar nicht daran. Als Ecdyon den Anzug ablegen wollte, befahl der kleine Mann ihm, an seiner Arbeit zu bleiben. Ich merkte, daß der Gallacellaner sich immer noch auf die Konsole stützte, aber ich konnte nicht feststellen, wie schwer er verwundet war. Wahrscheinlich wußte er es selbst nicht.

»Und wenn Sie schon dabei sind«, setzte Maslax hinzu, »finden Sie auch heraus, wie das Fenris-Feld funktioniert.«

Mir stand das verdammte Fenris-Feld bis zum Hals. Wer hatte das Ding so genannt? Offenbar kein Gallacellaner. Ferrier? Aber wer war Ferrier? Und warum hatten die Gallacellaner in der *Cicindel* Kontakt mit ihm aufgenommen?

»Sie wollen es einfach nicht wahrhaben, wie?« sprach ich

Maslax an. »Es gibt kein Fenris-Feld. Warum sollte irgendwer ein Auswandererschiff mit einer solchen Waffe ausrüsten?«

»Es gibt doch ein Fenris-Feld«, erwiderte er kalt.

»Okay.« Ich fand, es sei an der Zeit, endlich ein wenig Klarheit zu schaffen. »Sie helfen uns, es zu finden. Sie sagen uns, was Sie darüber wissen. Erzählen Sie uns einfach, was Sie von dem verdammten Ding erfahren haben und für was Sie es halten.«

Er leckte sich die Lippen.

»Ich habe es gelesen.«

»In einem Märchenbuch?« forschte ich.

»In seinen Gedanken!«

»In wessen Gedanken?«

»In Ferriers Gedanken. Ferrier wußte davon. Sie hatten ihn informiert – die Gallacellaner. Sie schickten ihm eine Botschaft . . .«

»Die Sie gelesen haben?«

»Ich habe seine Gedanken gelesen«, behauptete Maslax stur.

»Okay«, beruhigte ich ihn. »Sie haben also seine Gedanken gelesen. Wie lautet die Botschaft?«

»Es hieß darin, das Schiff auf Mormyr, das Titus Charlot zu bergen versuche, sei mit einer Waffe ausgerüstet, die Monde verschlingen könne. Ferrier lachte, als er das dieser Frau erzählte, und sie . . . Er sagte, das sei das Fenris-Feld, und er lachte. Sie lachten alle beide, weil sie es nicht verstanden, und sie dachten, es sei nur ein Witz. In der Botschaft hieß es, Ferrier solle Charlot zum allgemeinen Besten aufhalten, denn Stylaster wisse nicht, was sowohl für die Menschen als auch für die Gallacellaner gut sei. Und Ferrier lachte, weil er das für einen Witz hielt, und die Frau, sie . . .« Wieder brach Maslax ab. Er schien sich nicht erinnern zu können, was die Frau getan hatte.

Ich verstand nicht. Ferrier war ein bedeutender Mann – das war uns gesagt worden. Aber niemand auf Pallant war groß genug, daß er Titus Charlot hätte höflich um etwas bitten, geschweige denn ihm Befehle hätte erteilen können. Wer war Ferrier – das Gesetz? War er etwa ein König?

Eve, die wohl eine plötzliche Inspiration hatte, fragte: »Was hat die Frau getan? Was hat sie getan, daß Sie sie getötet haben?

Was ist als Nächstes geschehen? Nachdem Sie hörten, wie er ihr die Botschaft vorlas?«

Maslax kniff die Augen zusammen.

»Ich hatte einen Grund.« Er kam wieder auf bereits Gesagtes zurück. »Ich mußte sie beide töten. Ich hatte keine andere Wahl. Sie verstehen nicht. Sie wissen nicht, wie das war. Sie können es einfach nicht verstehen . . .«

»Erzählen Sie es uns!« Eve nutzte ihren Vorteil aus. »Helfen Sie uns, es zu verstehen. Beschreiben Sie uns, wie es war.«

Dasselbe hatte ich auch schon versucht. Vermutlich hatte ich nicht Eves diplomatisches Fingerspitzengefühl. Bei ihr funktionierte es. Maslax begann zu sprechen.

»Sie hassen mich. Sie haben mich immer gehaßt. Ich brauchte nur die Straße hinunterzugehen, und jeder, an dem ich vorbeikam – jeder! –, sah auf mich herab . . . Immer sehen sie herab . . . Und ich höre die Gedanken in ihren Köpfen. Ich sehe sie in ihren Gesichtern. Sobald ich lesen konnte, las ich es in ihren Gedanken: Tier – häßlich – Krüppel – Zwerg – Haß und Furcht, wenn nur ein Blick auf mich fällt. Und selbst wenn sie mich nicht ansehen wollten – nicht ansehen konnten –, schielten sie aus den Augenwinkeln zu mir hin, und ich konnte die Worte lesen: scheußlich – abstoßend – Gnom – jämmerlich. Immer dasselbe. Bei jedem, an dem ich auf der Straße vorbeikam.

Andere Kinder versuchten, mich zu töten, lachten und jagten mich und taten mir weh. Als ich einen Job bekam – mit Maschinen, Maschinen denken nicht, hassen nicht, fürchten nicht, benutzen die Worte nicht –, ging es weiter. Ich war ungeschickt mit den Maschinen – große, klobige Hände. Sie wollten mich nicht an den Maschinen arbeiten lassen. Botengänge – ausfegen – heb das auf – bring das weg. Sie wollten mir keinen Job geben – nicht an den Maschinen – nicht einmal an den Druckern – grobe Finger – langsam – Botengänge. Und jeden Tag – sie alle – schickt ihn weg – laßt ihn anderswo arbeiten – wir wollen ihn hier nicht – häßlich – klein – Tier – Insekt – Spinne – ekelhaft – geh weg – feg aus – im Keller. Wenn sie mit mir sprachen – ihre Stimmen – nett, freundlich, geduldig – innerlich, Haß und Furcht – Abscheu – Ekel – ich lese die Gedanken, höre die Stimmen nicht. Sie nennen mich mißmutig – bösartig – hassen mich – hassen mich. Jahre und Jahre – sie wissen nicht, daß ich sie hören, daß ich ihre Gedanken lesen kann. Sie wissen nicht, daß ich die Worte sehen kann, daß ich weiß, daß ich verstehe. Sie denken, sie können mich zum Narren halten. Sie denken, Maslax – eine Art von Insekt – klein – verrückt – dumm – schwachsinnig. Aber das ist nicht wahr. Ich kann Gedanken lesen. Ich kenne sie. Ich weiß, was sie sind. Nicht mehr als die Maschinen, an denen sie arbeiten – weniger – alle Tage drucken diese Maschinen Dinge aus, die sie wissen wollen – Tausende von Seiten – alles – die Maschinen wissen – die Menschen, sie wissen gar nichts. Nichts als das, was die Maschinen sagen. Sie glauben, sie sind alles, aber sie sind nichts. Sie können nicht einmal Gedanken lesen . . .«

»Was war das für ein Ort, an dem Sie gearbeitet haben?« unterbrach ich so behutsam wie möglich.

Seine Augen waren von der Decke über den Fußboden und wieder zu Eve zurück geflackert . . . Jetzt hörte er damit auf und sah mich an.

»Es war die Bibliothek«, sagte er.

Das war es – die wichtigste Information. Alles fügte sich zusammen. Ich wußte, was geschehen war.

»Erzählen Sie weiter«, drängte Eve den kleinen Mann. »Was ist geschehen, bevor Sie Ferrier töteten?«

»Ferrier.« Maslax rollte den Namen auf seiner Zunge, als wolle er ihn ausspucken. »Ferrier war der Chef. Der große Mann. Lief immerzu herum – kontrollierte –, schnüffelte. Konnte meinen Anblick nicht ertragen. Wollte mich loswerden. Aber das konnte er nicht – nicht auf Pallant –, jeder arbeitet auf Pallant. Ließ mich meine Arbeit dauernd von vorn machen – beschimpfte mich –, lachte über mich. Ihm war es gleichgültig, daß ich wußte, wie sehr er mich haßte. Es machte ihm Spaß, mich zu hassen. Ich sollte es merken. Ich konnte seine Gedanken lesen. Er war bösartig. Er hatte eine Frau – sie arbeitete an den Maschinen. Er kam sie oft besuchen. Sie haßte mich auch – er sorgte dafür, daß sie mich noch mehr haßte –, sie sprachen über mich – lachten – schimpften –, er verletzte mich um ihretwillen. Ich las ihre Gedanken: scheußlich – eklig – Tier – Krüppel – Spinne. Sie sagen diese Dinge. Sie wissen nicht, daß ich sie hören kann. Aber ich bin immer da – immer in der Nähe. Außer Sicht – sie alle wollen, daß ich außer Sicht bin. Ich helfe ihnen – ich habe meine Verstecke. Außer Sicht – ich kann hören, was sie sagen. Ich kann lesen, was sie denken. Ich höre ihnen zu, als die Botschaft eintrifft. Sie lachen, sie lachen laut – sie verstehen nicht –, sie sind glücklich – sie küssen sich und sagen sich auf Wiedersehen. Die Frau kommt aus dem Büro. Zu plötzlich. Ich bin im Flur, sie stößt gegen mich, sie fällt. Ein Aktenschrank steht offen – die Schublade hat eine scharfe Kante. Sie schneidet sich, nicht schlimm, aber sie schreit und schreit. Sie schreit, weil sie sich vor mir fürchtet, nicht weil sie verletzt ist. Ferrier kommt heraus. Er beschimpft mich, er tritt mich, sie schreit immer noch, blutet immer noch. Er sagt, er wird mich töten – ich weiß, er meint es nicht im Ernst, aber er kommt mir nach, als ich davonlaufe, und ich laufe immer weiter. Ich laufe zu meinem Versteck. Da hole ich meine Pistole, komme zurück und töte sie beide. Wieder schreien sie und schreien. Sie sind tot – ich habe sie getötet –, aber ihre Gedanken – ich kann ihre Gedanken lesen. Ihre Gedanken schreien weiter. Die Worte – ich sehe die Worte immer noch – sie strömen heraus – schmutzig – Tier – Wurm – bringt ihn um . . .«

Er brach ab.

»Okay«, sagte ich. »Den Rest kennen wir.«

Mehrere Minuten vergingen, während er das, was er uns erzählt hatte, im Geist noch einmal durchlebte. Um das zu erkennen, brauchte ich kein Gedankenleser zu sein. Und er hatte auch kein Gedankenleser zu sein brauchen, um zu erkennen, was die Leute auf der Straße von ihm dachten. Vielleicht hatte er hier und da ein wenig Mitgefühl übersehen, bestimmt eine Menge Gleichgültigkeit. Aber man konnte kaum sagen, daß das, was er aufgenommen hatte, völlig falsch und reine Einbildung gewesen sei. Er brauchte keine Gedanken zu lesen. Er hatte auch so Bescheid gewußt.

Ich wandte mich an Eve. »Es ist alles ein tragischer Irrtum«, sagte ich. »Es ist ein Mißverständnis. Schwierigkeiten bei der

Übersetzung. Die Gallacellaner wollten von den Menschen nichts erfahren – noch nie wollten sie etwas erfahren. Nur ganz wenige, wie Ecdyon, wußten etwas über uns. Und sie sind nicht frei, verstehst du? Ecdyon arbeitet für Stylaster. Stylaster betrachtet ihn als ein zusätzliches Bein oder Sinnesorgan oder etwas dergleichen. Was Ecdyon weiß, weiß auch Stylaster. Keinem anderen Gallacellaner wäre es je eingefallen, sich an Ecdyon oder einen von seinesgleichen zu wenden und ihn um Informationen über die Menschen zu bitten. Status, verstehst du? Die Gallacellaner verstanden es einfach nicht.«

»Von was redest du eigentlich?« fragte Eve.

»Von dieser ganzen verrückten Geschichte. Erkennst du nicht, was sich abgespielt hat? Stylaster will die *Varsovien* bergen. Dazu muß er unser Schiff benutzen, aber benutzen ist genau das, was er zu tun versucht. Ihm ist ebensowenig eingefallen, um eine nicht unbedingt notwendige Tatsache mitzuteilen, wie es der Caradoc-Gesellschaft einfallen würde, die Bibliothek von New Alexandria zu finanzieren. Stylaster benutzte Charlot. Irgendein anderer Gallacellaner will schlafende Hunde nicht aufwecken. Er will, daß die *Varsovien* bleibt, wo sie ist. Was unternimmt dieser andere Gallacellaner? Geht er zu Charlot? Natürlich nicht. Er folgt der gallacellanischen Politik, sich an den Mann mit dem höheren Status zu wenden.«

»Charlot hat keine Vorgesetzten«, warf Eve ein.

»Genau. Aber wissen die Gallacellaner das? Was wissen sie über Charlot? Nichts. Oder so gut wie nichts. Was können sie über ihn herausfinden? Wiederum so gut wie nichts, wenn sie ihren Status nicht verletzen wollen. Sie wissen, er ist in der Bibliothek ein großer Mann. Sie wollen sich mit dem obersten Chef der Bibliothek in Verbindung setzen. Aber sie kennen den Unterschied zwischen New Alexandria und der Datensammlung in einer Blechbüchse nicht. Sie richten die Botschaft an Ferrier – ein geradezu lächerlicher Irrtum, doch vom gallacellanischen Standpunkt aus ganz plausibel. Ferrier hält das Ganze natürlich für einen Witz. Er liest die Nachricht seinen Mitarbeitern vor. Das Zerstören von Monden wird erwähnt – vielleicht ist die Botschaft nicht in besonders gutem Englisch abgefaßt –, und Ferrier gibt damit an, wie belesen und witzig er ist, und macht den Witz über das Fenris-Feld. Maslax belauscht die Unterhaltung, und er erkennt nicht, daß es sich um einen Scherz handelt. Minuten später ist aus dem Scherz blutiger Ernst geworden. Und jetzt sind wir hier. Alle schon tot. Und das nur wegen eines blödsinnigen Irrtums.«

»Ich habe nicht gelauscht«, erklärte Maslax.

»Nein«, antwortete ich mit müder Ironie. »Sie haben durch reine Willenskraft den Brief mit Ferriers Augen gelesen. Große Leistung. Aber wenn Sie jetzt meine Gedanken lesen, werden Sie feststellen, daß ich so langsam den Kanal voll habe. Warum geben Sie mir nicht die Pistole und den Bombenauslöser? Dann packen wir alles ein und gehen nach Hause.«

Er war nicht beeindruckt. Er war immer noch entschlossen, die ganze Bevölkerung von Pallant loszuschicken, damit sie Ferrier und seiner Freundin im Höllenfeuer Gesellschaft leisten konnte.

»Mr. Grainger«, unterbrach Ecdyon. »Da ist ein Schiff, das mit uns Verbindung aufzunehmen versucht.«

»Die *Cicindel*?«

»Ich glaube, es ist das Schiff von Pallant. Die *Graue Gans*.«

»Sie sollten lieber . . .« begann ich. Aber Maslax erboste es, daß wir über seinen Kopf hinweg sprachen.

»Ich werde mit ihnen sprechen«, sagte er. »Sie verhalten sich still, Grainger. Wenn Sie den Mund aufmachen, erschieße ich Sie. Also beherrschen Sie sich. Sie da – lassen Sie hören, was sie zu sagen haben.«

Ecdyon beschäftigte sich mit den Kontrollen und trat dann zurück. Er schwankte leicht.

Einen Augenblick herrschte Stille. Dann hörten wir den Mann auf der *Grauen Gans* mit einem Standard-Rufsignal beginnen. Er redete uns als »das Schiff, das von Luzifer V kommt« an, und schnurrte seinen Identifikationskode herunter. Dann hielt er inne und wartete. Ich hörte ein paar gedämpfte Worte, die er zu jemandem von seiner Crew sprach.

»Können Sie mich hören?« fragte Maslax versuchsweise.

»Hallo?« rief der andere. »Hallo? Sind Sie das an Bord des Schiffes von Luzifer V? Bitte identifizieren Sie sich.«

»Hier spricht Maslax«, verkündete Maslax. Er hatte einen scharf ausgeprägten Sinn für dramatische Effekte.

»Wer ist der Kommandant dieses Schiffes?« fragte der Polizist.

»Ich bin der Kommandant«, antwortete Maslax. »Dieses Schiff hört auf mein Kommando.« Er sprach auffallend ruhig und stolz. Er wußte, daß nur seine Stimme das Polizeiboot erreichte. Sie konnten ihn dort nicht sehen. Sie konnten ihn nur nach seiner Stimme und seinen Worten beurteilen. Wenn seine Stimme ruhig und stark und stolz war, dann war er es auch. Er war sich bewußt, daß dieser Augenblick ihm gehörte.

»Welches Schiff sind Sie?« fragte der Polizist. »Identifizieren Sie sich.«

»Dies ist die *Varsovien*«, sagte Maslax. Damit hatte er sich vorgestellt wie ein regierender Fürst, der keine Identifizierung nötig hat.

Eine Pause entstand, in der auf dem Polizeiboot eine Beratung im Flüsterton abgehalten wurde.

»Sie erhalten hiermit den Befehl, sich selbst und Ihr Schiff auszuliefern«, hieß es dann. »Sie sind verhaftet. Wir werden an Bord kommen.«

In diesem Augenblick änderte sich das tiefe Brummen des Antriebs auf der *Varsovien*. Es war eine ganz stubtile Änderung, und nur ein Pilot konnte es merken. Ich merkte es. Eve auch. Wir wechselten einen Blick. Es wurde Energie für den Tachyonen-Transfer aufgebaut. In Kürze würden wir die Einstein-Barriere überschreiten.

»Wenn Sie näher kommen«, drohte Maslax, der immer noch seine Rolle als Captain Blood genoß, »werden wir das Feuer eröffnen und Sie zerstören.«

Wieder wurde auf der *Grauen Gans* geflüstert.

»Was haben Sie vor?« fragte der Polizist. Ich hatte gehofft, diese Frage werde er nicht stellen. Die Antwort würde ihm nicht gefallen.

»Die *Varsovien* ist auf Kurs nach Pallant«, sagte Maslax, was eine ungeheure Lüge war, denn wir wußten nicht einmal, welche Richtung das Programm vorsah. »Wir beabsichtigen, alles menschliche Leben auf dem Planeten zu eliminieren.«

Die geflüsterte Diskussion schien hitzig zu werden.

Die Polizisten mußten auf der Stelle einen Entschluß fassen. Und das war schwer. Gegen besseres Wissen hoffte ich, sie würden keine Dummheit machen. Aber vergeblich. Polizisten sind Polizisten.

»Unsere Instrumente zeigen, daß Sie in etwa eineinhalb Minuten die Lichtgeschwindigkeit überschreiten werden«, meldete sich der Sprecher von neuem. »Wir geben Ihnen genau eine Minute. Wenn Sie bis dahin nicht abgebremst und eingewilligt haben, daß wir an Bord können, werden wir auf Sie schießen.«

Maslax sah Ecdyon an.

»Vernichten Sie das Schiff«, befahl er.

»Nein«, antwortete Ecdyon.

»Er ist ein Gallacellaner, Maslax«, mischte ich mich ein. »Er kann ebensowenig auf das Schiff schießen, wie Sie es vernichten können, indem Sie danach spucken. Es ist ihm psychisch nicht möglich.«

Sekunden vergingen.

Maslax wandte seine Aufmerksamkeit mir zu, aber er richtete die Pistole auf Eve.

»Dann tun Sie es«, verlangte er.

»Ich weiß nicht, wie«, versicherte ich ihm.

»Der Fremde kann es Ihnen sagen. Sie werden auf das Schiff schießen.«

Ich schüttelte den Kopf. »Nein, das werde ich nicht.«

»Sie werden schießen, und zwar schnell. Tun Sie es nicht, töte ich die Frau.«

Wieder schüttelte ich den Kopf. »Ich werde es nicht tun. Sie haben die Pistole, Sie haben sie die ganze Zeit gehabt. Sie hätten die ganze Zeit schießen können. Sie können es immer noch. Aber es würde Ihnen überhaupt nichts nützen. Ich werde nicht auf das Schiff . . .«

Wir hörten – fühlen konnten wir es nicht – den Aufschlag eines Geschosses irgendwo im Unterleib des Schiffes. Ich hörte entferntes Klingeln und das dumpfe Ächzen von anspringenden Maschinen. Von neuem änderte sich der Ton des Antriebs.

Die Automatik hatte bezüglich des Transfers ihre Meinung geändert. Wir wurden langsamer.

». . . schießen«, schloß ich.

Wir alle blickten verstohlen umher, als seien wir uns nicht sicher, ob wir das Recht hätten, noch am Leben zu sein. Aber natürlich waren wir noch am Leben. Die *Graue Gans* war eine Ameise, und wir waren ein Wal. Wir fühlten den Biß kaum. Die *Graue Gans* konnte uns keinen ernsthaften Schaden zufügen.

»Ich glaube, das hätten sie nicht tun sollen«, bemerkte ich.

Inzwischen hatten die Polizisten festgestellt, daß wir abbremsten. Sie sahen es als Zeichen der Kapitulation an.

»Ich rufe die *Varsovien*«, erklang die Stimme. »Wir gehen auf Annäherungskurs. Versuchen Sie keine Tricks, oder wir schießen wieder. Wir werden an Bord kommen, und wir raten Ihnen, sich zu ergeben.«

»Schalten Sie ab«, sagte Maslax zu Ecdyon. Der Gallacellaner rührte sich nicht, und Maslax wiederholte den Befehl mit schärferer Stimme. Ecdyon gehorchte.

Der Zwerg wandte sich mir zu. »Vernichten Sie das Schiff.«

»Nein«, antwortete ich geduldig und fest.

»Wenn Sie die *Graue Gans* nicht zerstören, dann werde ich die *Dronte* zerstören.« Er hob seinen linken Arm. Das leere Stück des Ärmels baumelte höchst lächerlich von seiner Hand.

Natürlich hatte ich gewußt, daß es irgendwann dazu kommen mußte. Ich hatte mir bereits zurechtgelegt, was ich in diesem Fall tun würde – nicht, daß es da viele Möglichkeiten gegeben hätte. Durch keine Drohung in der Welt ließ ich mich zwingen, auf die *Graue Gans* oder sonstwen zu schießen.

»Maslax«, sagte ich leichthin, »Sie haben die *Dronte* bereits vernichtet. Als Sie dieses Schiff aktivierten und von Mormyr starteten, haben Sie die *Dronte* ebenso sicher vernichtet, als wenn Sie die Bombe gezündet hätten. Es gibt nur noch Sie und uns, Maslax. Sie haben die Pistole. Aber ich werde nicht auf die *Graue Gans* schießen, und Eve auch nicht, und Ecdyon auch nicht. Ebensowenig werden wir Ihnen verraten, wie Sie auf das Schiff schießen können. Wenn Sie irgend etwas zerstören wollen, müssen Sie es hier in diesem Raum tun. Wir werden auch keinen einzigen Schuß auf Pallant abgeben. Es gibt nichts, was Sie tun könnten, Maslax. Gar nichts. Ausgenommen, uns drei mit Ihrer kleinen Pistole zu erschießen. Und vielleicht erwischen Sie uns nicht einmal alle. Es ist Ihnen nichts geblieben, Maslax.«

Beinahe wünschte ich mir, er könne meine Gedanken tatsächlich lesen. Denn dann hätte er erkannt, daß es mein voller Ernst war.

Maslax zögerte.

»Wir ändern den Kurs«, meldete Ecdyon mit der Absicht, die Spannung ein wenig zu mildern.

»Warum?« kam ich ihm zu Hilfe. Maslax schwankte immer noch.

»Ich glaube, wir ziehen vom Kurs weg, auf dem die *Graue Gans* sich uns nähert«, erklärte Ecdyon.

Wahrscheinlich sah das Programm ein Ausweichmanöver vor, wenn auf die *Varsovien* geschossen worden war.

»Wir sollten uns lieber anhören, was die *Graue Gans* dazu zu sagen hat«, meinte ich. Ecdyon stellte das Funkgerät wieder an.

Wir konnten gerade die Drohung vernehmen, sie wollten von neuem auf uns schießen, als Maslax »Nein!« heulte und sich auf Ecdyon warf. Ecdyon überragte den Zwerg um ein Beträchtliches, aber Maslax prallte so heftig gegen ihn, daß der Gallacellaner gegen die Wand geschleudert wurde. Seine Wunde brach auf. Er sank zusammen. Maslax fuhr mit der Hand auf gut Glück über die Schalter. Die Stimme des Polizisten wurde abrupt abgeschnitten.

Ich eilte Ecdyon zu Hilfe. Maslax lehnte sich mit dem Rücken gegen die Konsole. Er war sich nicht sicher, wohin er mit der Pistole zielen sollte, er war sich nicht sicher, ob er schießen und, wenn ja, wen er erschießen sollte. Er war wütend und frustriert, aber er hatte die Kontrolle über die Situation verloren, seine Phantasien von einer kolossalen Rache lösten sich in Nichts auf. Er war hilflos trotz der Tatsache, daß er immer noch über die Pistole und die Bombe verfügte. Er wußte einfach nicht, was er tun sollte. Es gab nichts, was er tun konnte, außer, daß er seine Wut an uns ausließ. Aber das konnte er auch wieder nicht tun, weil wir sein einziges Publikum waren. Wir waren die einzigen Personen, die gesehen hatten, daß Maslax nicht nur ein kriechendes Insekt, nicht nur eine Zielscheibe für jedermanns Spott, für jedermanns Haß war. Wir waren die einzigen, die seine wirkliche Macht und seine wirkliche Existenz zu bezeugen vermochten.

Ich wußte, er würde uns nicht jetzt töten. Nicht uns alle auf einmal. Er brauchte Gesellschaft nötiger als Leichen. Wenn es zum letzten Akt kam, wenn er sich in die Ecke gedrängt fühlte, nun, dann war das etwas anderes. Dann würde er schießen. Er würde so lange weiterschießen, bis sie ihn hatten. Aber jetzt nicht. Wir hatten Zeit, wenn auch sonst nichts.

Ein Dröhnen kündigte einen weiteren Treffer an. Die *Graue Gans* hatte wieder geschossen. Wenn du zweifelst, schieße. Blöde Polizisten. Ich half Ecdyon auf die Füße. Er war schwach; ich mußte eine ganze Menge von seinem Gewicht hochstemmen. Er war schwer verwundet. Die Lippen seines Vordermundes zuckten hilflos, und ich konnte die Zähne dahinter sehen – es waren Mahlzähne, keine scharfen Schneidezähne.

Lange Minuten vergingen, in denen Ecdyon keinen Blick auf die Instrumente warf. Er hatte mit sich selbst genug zu tun. Eve kam zu uns, um zu sehen, ob sie helfen könne. Maslax zog sich an die Tür zurück. Als Ecdyon wieder imstande war, sich den Kursanzeigen zu widmen, gab er ein scharfes Geräusch von sich wie das Husten einer Katze, und dann stieß er ein paar Zischlaute hervor, die wie ein Stöhnen klangen. Ich dachte, seine Wunde schmerzte ihn, aber ich irrte mich.

»Das . . . Schiff . . .«, stammelte er mühsam.

Wir warteten.

»Das . . . andere Schiff. Es ist weg.«

»Was meinen Sie? Wie kann es weg sein?« fragte ich, obwohl ich mir sehr gut vorstellen konnte, was »weg« bedeutete.

»Es ist nicht mehr da«, antwortete Ecdyon. »Es ist nicht einmal mehr Staub da. Kein Atom. Es hat sich vollständig aufgelöst. Um die *Varsovien* hat sich eine Sphäre gebildet. Eine Sphäre, in der nichts existiert. Ihr Radius beträgt beinahe fünfhunderttausend Meilen. Wir bewegen uns immer noch. Sogar der Staub – verschwindet einfach.

Das Fenris-Feld . . . ist angestellt.«

»Die Schalter«, sagte Eve. »Als Maslax mit der Faust auf die Schalter schlug und das Funkgerät sich ausschaltete. Er muß das Feld angestellt haben.«

»Nein«, widersprach Ecdyon. »Ein solcher Schalter ist nicht dabei. Er hat nur das Funkgerät ausgestellt. Die Sphäre hat damit nichts zu tun.«

»Das Feld muß sich automatisch aufgebaut haben«, meinte ich. »Als uns das zweite Geschoß traf. Das erste ließ es anlaufen, das zweite setzte es in Gang. Es ist unabhängig programmiert, wie alles andere an Bord dieses verdammten Schiffes auch.«

Maslax begann gerade erst mitzubekommen, was geschehen war. »Ist die *Graue Gans* tot?« fragte er.

»Kein Atom mehr übrig.« Bei dem Gedanken wurde mir ganz übel.

»Das war ich!« prahlte er. »Ich habe sie getötet. Ich habe ihnen gezeigt, was ich tun kann. Sie werden bereuen, daß sie jemals . . .«

»Sie mögen es bereuen«, schnitt ich ihm das Wort ab, »aber es ist nichts mehr von ihnen übrig, womit sie es zeigen können. Das waren nicht Sie, Sie Dummkopf. Es war das Schiff.«

Es war riskant, ihn mit solchen Namen zu beleidigen. Aber mir war danach zumute.

»Ich war es«, sagte Maslax.

»Wenn er glauben will, daß er es war«, sagte Eve zu mir, »läßt du ihn am besten dabei. Es hat doch keinen Sinn, ihn zu provozieren.«

»Er hatte keinen Grund, die Männer in der *Grauen Gans* zu töten«, erwiderte ich. »Was hatten sie ihm zuleide getan?«

»Sie haben auf uns geschossen«, erinnerte Eve.

»Honi soit qui mal y pense«, zitierte ich mit dick aufgetragener Ironie. Ich wußte sehr genau, was den letzten Schiffen, die auf mich geschossen hatten, zugestoßen war. Ihre eigenen Raketen hatten eine Kettenreaktion in Gang gesetzt, die sie vernichtete. Damals hatte es mir nicht leid getan – nicht im geringsten. Aber irgendwie war das hier nicht das gleiche. Eine Ameise hatte einen Wal gebissen.

»Ich weiß nicht recht«, ließ sich Ecdyon hören, »aber ich habe den Eindruck, daß nichts auf unserem Weg liegt und daß wir ganz langsam fliegen.«

»Dann werden wir keine Monde verschlucken?« fragte ich.

»Keine Monde«, erwiderte Ecdyon. Dann: »Warten Sie. Die *Cicindel* – das andere Schiff – ist hinter uns, holt auf – sie wissen nicht –, sie können keine Ahnung davon haben . . .«

Er langte nach den Schaltern, mit denen das Funkgerät bedient wurde, aber Maslax sprang durch den Raum und schlug mit dem Kolben seiner Pistole hart auf Ecdyons Finger.

Ecdyon schrie auf. Er verlagerte sein Gewicht von der Konsole auf meine Schulter, und ich sackte zusammen.

»Nein!« kreischte Maslax. »Sollen sie doch kommen!«

»Das sind Gallacellaner«, sagte ich. »Es ist die *Cicindel* – das Schiff, das die Botschaft brachte, auf die hin Sie zu Ihrem Wahnsinnsunternehmen aufgebrochen sind. Sie ist kein Schiff von Pallant – die Leute an Bord sind nicht einmal Menschen. Sie sind Gallacellaner, verdammt noch mal! Sie können unmöglich etwas gegen sie haben. Diese Leute haben Sie niemals gehaßt. Sie hatten gar keine Möglichkeit dazu. Ihre verrückten Ideen haben mit Ihnen nichts zu tun. Sie werden sie doch nicht töten wollen!«

»Lassen Sie die Finger von diesen Schaltern«, befahl Maslax.

»Wir müssen das Schiff warnen«, redete ich weiter auf ihn ein. »Dort weiß man nicht, was geschehen ist. Man wird denken, wir hätten auf die *Graue Gans* geschossen. Die *Cicindel* will wissen, was sich abgespielt hat. Die Leute an Bord können sich denken, daß sich dieses Schiff nicht in gallacellanischen Händen befindet. Sie wollten von Anfang an nicht, daß es von Mormyr zurückgeholt wurde. Sie müssen uns erlauben, sie davor zu warnen, noch näher zu kommen.«

»Nein«, sagte Maslax. »Sie wollten die *Graue Gans* nicht für mich vernichten. Ich werde die *Cicindel* nicht für Sie retten.«

»Ich werde es tun«, erklärte ich. »Sie können mich erschießen, wenn Sie wollen.« Ich faßte nach den Schaltern, und in diesem Augenblick fiel mir ein, daß ich nicht wußte, wie sie zu bedienen waren. Ich drehte mich nach Ecdyon um, der an der Wand zusammengesunken war. Als ich meinen Kopf abwandte, schlug mir Maslax mit dem Kolben seiner Pistole ebenso auf die Finger, wie er es vorhin bei Ecdyon gemacht hatte.

Es tat weh. Wenn die Konsole flach und glatt gewesen wäre, hätte er mir die Finger gebrochen, aber das Kontrollpaneel stand ziemlich schräg, und meine Finger rutschten zwischen die Schalter. Knochen und Haut waren noch heil. Aber ich gebe stets sehr auf meine Hände acht. Ich bin Pilot, und das Leben eines Piloten sitzt in seinen Fingerspitzen. Schon ein blauer Fleck kann im verzerrten Raum den Unterschied zwischen Leben und Tod bedeuten. Ich hatte den innigen Wunsch, meine Hände zu Fäusten zu ballen und Maslax quer durch den Raum zu prügeln. Von Natur aus bin ich kein gewalttätiger Mensch, aber in diesem Augenblick hätte ich einen Mord begehen können. Es gelang mir jedoch, mich zu beherrschen. Ich hörte mir an, was Maslax sagte.

»Wenn Sie diese Schalter noch einmal anfassen, brenne ich Ihnen die Hand ab«, drohte er.

»Wie lange dauert es noch?« fragte Eve den Gallacellaner.

Ecdyon sah sich die Schirme und Anzeigen an und führte eine schnelle Kopfrechnung durch. »Wenn keins von beiden Schiffen die Geschwindigkeit ändert, vielleicht noch zwanzig Minuten.«

Wir hatten zwanzig Minuten Zeit, um Maslax mit Gewalt, mit List oder durch Überredung von seinem Vorhaben abzubringen. Ich war entschlossen, die *Cicindel* dem Polizeiboot nicht folgen zu lassen.

Nun los, sagte ich zu dem *Wind*, denk dir etwas aus, verdammt!

– Du bist größer, du bist schneller, sagte der *Wind*.

Nicht auf diese Weise. Nicht, solange er auf den Auslöser drücken kann. Es muß einen anderen Weg geben. Einen leichteren Weg.

– Es gibt nur einen anderen Weg.

Erzähl es mir.

– Er hat einen schwachen Geist. Er ist wahnsinnig. Zerbrich ihn.

Ich sah mir das häßliche, bösartige Gesicht des kleinen Mannes genau an. Er erwiderte meinen Blick. Er wartete – wartete mit der Pistole, weil er wußte, ich hatte etwas vor, und er wollte mich töten. Ich konnte es in seinem Gesicht lesen. Dazu brauchte ich keine Telepathie. Er sehnte sich nach dem Vergnügen, mich zu erschießen, und er wartete nur darauf, daß ich ihm einen Anlaß gab.

»Was denke ich, Maslax?« stieß ich hervor. »Los, sagen Sie es mir. Beweisen Sie mir Ihre Talente. Verraten Sie mir, was ich denke.«

»Haß und Furcht«, zischte er. »Haß und Furcht.«

Ich schüttelte den Kopf und gab mir alle erdenkliche Mühe, höhnisch zu sprechen. »Falsch! Ganz falsch! Ich fürchte mich nicht vor Ihnen. Ich hasse Sie nicht einmal. Versuchen Sie es noch einmal, Maslax. Sagen Sie mir, was ich denke. Sie können die Worte doch lesen, oder nicht? Hier oben, in meinem Kopf, sind Worte. Und wie lauten sie, Maslax? Sie können überhaupt keine Gedanken lesen, nicht wahr? Und das wissen Sie. Ich kann Sie hereinlegen, Maslax. Das kann ich, weil Sie meine Gedanken nicht lesen können. Sie wissen nicht, was ich vorhabe.«

»Ich kann Ihre Gedanken lesen«, sagte er. Aber seine Stimme klang nervös. Allmählich erschütterte ich ihn. Ich hatte seine schwache Stelle gefunden. Ich griff seine Phantasien an.

»Zeigen Sie es mir«, forderte ich ihn auf. »Was denke ich? Los, welche Wörter denke ich?«

»Krüppel!«

»Falsch.«

»Haß – Abscheu – Ekel!«

»Falsch!«

»Tier – Insekt – Spinne!«

»Falsch.«

Er schrie: »Sie lügen!«

»Ich lüge nicht.« Meine Stimme klang unbewegt. »Ich lüge nicht. Sie haben die falschen Wörter genannt, Maslax. Sie können keine Gedanken lesen. Aber ich verlange nicht von

Ihnen, daß Sie mein Wort dafür nehmen. Ich werde es Ihnen beweisen. Ich werde es über den letzten Zweifel hinaus beweisen, daß Sie die falschen Wörter genannt haben, und dann werden Sie es zugeben müssen. Wissen Sie auch, wie ich das machen werde? Das sollten Sie wissen, wenn Sie meine Gedanken lesen können. Sie müßten genau wissen, was ich vorhabe. Nun sagen Sie es schon, Maslax. Wie werde ich Ihnen beweisen, daß Sie die falschen Wörter genannt haben? Was werde ich tun?«

Ich trat einen Schritt vor, und er wich einen Schritt zurück. Er hatte Angst – er war ganz durchtränkt von Angst. Das wunderte mich. Mit nichts als Redensarten trieb ich ihn zurück. Die Pistole spielte gar keine Rolle mehr. Ich hatte die Waffe in Händen, auf die es ankam. Ich machte noch einen Schritt vorwärts. Es war mir eine Freude, das nackte Entsetzen in seinen Augen zu sehen.

»Los, los.« Ich sprach immer noch ganz ruhig, ließ aber eine wohlberechnete Dosis Drohung mitklingen. »Sagen Sie es mir. Was werde ich tun? Ich werde beweisen, daß Sie überhaupt keine Gedanken lesen können. Und Sie wissen, daß ich es beweisen kann, weil Sie nicht wissen, was ich tun werde. Das ist doch richtig? Sie wissen es, nicht wahr? Sie wissen, daß ich es beweisen werde.«

Ich konnte mir denken, was er antworten würde, und war darauf vorbereitet.

»Das werden Sie nicht!« quietschte er. »Das werden Sie nicht, weil Sie es nicht können. Es gibt keine Möglichkeit. Es gibt nichts, was Sie tun könnten. Nichts!«

»Nichts?« fragte ich. »Nichts? Ich werde nichts tun, weil es nichts gibt, was ich tun könnte? Nun, wie wäre es damit, Maslax?«

Ich zog meine Spielkarten aus der Jackentasche. Ich besitze nicht viele persönliche Effekten – ich trage nicht einmal eine Uhr –, aber ich habe gern ein Paket Karten bei mir. Manchmal lege ich eine Patience aus. Das beruhigt mich nach einem Flug. Manchmal suche ich mir Partner für ein Spiel, denn das beruhigt meine Nerven ebenso. Seit Johnny auf New Alexandria mit dem Spielen anfing, um die Zeit totzuschlagen, hatte ich dieses Päckchen immer bei mir getragen, um ihm hin und wieder ein bißchen von seiner Heuer abzunehmen. Da ich Charlot so viel schuldete, war ich immer sehr knapp an Bargeld.

Maslax sah auf die Spielkarten, als seien sie eine Klapperschlange, die ihn beißen wollte. Er hob die Pistole und wies damit nicht auf mich, sondern auf die Karten in meiner Hand. Er hatte Angst vor den Karten. Er hatte Angst, weil er nicht gewußt hatte, daß ich sie in der Tasche trug, und er hatte Angst, weil er wußte, was ich mit ihnen vorhatte.

»Was ist denn los, Maslax?« fragte ich. »Sie fürchten sich doch wohl nicht vor einem kleinen Geschicklichkeitstest? Schließlich können Sie meine Gedanken lesen! Sie brauchen überhaupt keine Angst zu haben. Ganz ruhig. Hier, ich zeige Ihnen, wie wir es machen werden. Ich erkläre das Spiel, das ich mit Ihnen spielen will. Ich halte den Kartenstapel in der Hand, so. Ich kann die oberste Karte sehen. Ich konzentriere mich darauf. Und Sie sagen mir dann, welche Karte es ist.«

Ich mischte die Karten einmal, und dann hielt ich sie so, daß das Bild der obersten Karte mir zugekehrt war. Es war die Karosieben. Gerade wollte ich ihn auffordern, mir die Karte zu nennen, als es mir durch den Kopf schoß, daß ich vielleicht – nur vielleicht – unrecht hatte. Oder vielleicht – nur vielleicht – riet er zufällig die richtige Karte. Mein ganzer Plan war ins Wasser gefallen, wenn er beim ersten Mal richtig riet. Ich mischte die Karten von neuem, nahm einundfünfzig Karten zwischen zwei Finger meiner linken Hand und verbarg eine Karte in der rechten. Die eine, die ich verbarg, war die Karosieben. Die Karte, die jetzt obenauf lag, war der Pikbube. Jetzt war es ganz gleich, welche Karte er nannte. Ich hatte eine, mit der ich beweisen konnte, daß er falsch geraten hatte.

»Welche Karte sehe ich?« Ich hielt mir das Päckchen vors Gesicht. »Sagen Sie es mir!«

Sein Mund stand offen, seine Augen glotzten. Er versuchte zu sprechen, versuchte, Worte auszuwürgen, aber es gelang ihm nicht. Vor lauter Angst konnte er keinen Ton hervorbringen.

»Das ist doch eine Kleinigkeit für Sie, Maslax«, höhnte ich.

»Sie können meine Gedanken lesen. Sagen Sie mir einfach, welche Karte es ist.«

Er wich um noch einen Schritt zurück. Er hätte zwei Schritte gemacht, wenn er nicht bereits an der Wand angekommen wäre. Er stieß mit dem Rücken dagegen. Er stammelte, und er sah das Päckchen Karten auf die gleiche Weise an, wie die Menschen jahrelang ihn angesehen hatten, beziehungsweise, wie er es sich eingebildet hatte.

Endlich brachte er es heraus. »Es ist der Bube«, sagte er. »Der Pikbube.«

Mir blieb beinahe das Herz stehen.

Ich tat so, als nähme ich die oberste Karte ab, zauberte aber statt dessen die rote Sieben aus meiner rechten Hand hervor. Ich warf sie ihm zu, und er verfolgte ihren Flug mit den Augen, als sei er davon hypnotisiert. In der Zwischenzeit mischte ich die Karten wieder und nahm eine andere Karte – es war die Karodrei – für einen zweiten Versuch in die rechte Hand. Die Sieben fiel mit dem Gesicht nach oben zu Boden.

»Da haben Sie Ihren Pikbuben.« Ich lud allen Spott, den ich aufbringen konnte, in meine Stimme. »Welches ist die nächste Karte? Los, Maslax, zeigen Sie uns, was Sie wirklich fertigbringen.«

Die oberste Karte des Stapels in meiner linken Hand war die Herzzehn.

Maslax zerbrach. »Der Bube«, sagte er zum zweiten Mal. »Es ist der Pikbube.«

Ich nahm die Zehn ab, zeigte sie ihm und ließ sie fallen.

»Die nächste Karte, Maslax. Nennen Sie mir die nächste Karte! Lesen Sie meine Gedanken!«

Er wimmerte und nannte den Pikbuben zum dritten Mal. Ich drehte das Päckchen um und zeigte es ihm. Die oberste Karte war die Kreuzsechs.

»Es sieht so aus, als wären Sie doch nicht sehr geschickt darin, meine Gedanken zu lesen«, bemerkte ich.

Er heulte auf, und ich warf das Kartenpaket an die Decke.

Maslax schoß. Die Karten gingen in einer Feuerwolke auf.

Ich stürzte vor, packte seinen linken Arm und stieß seinen Ellbogen zurück gegen die Wand. Ich faßte nach dem leeren

Ärmel und fühlte, daß seine gelähmten Finger den Bombenauslöser nicht mehr festhielten. Ecdyon, der sich in dem Augenblick, als ich aus dem Weg war, in einer einzigen fließenden Bewegung auseinandergerollt hatte, bemächtigte sich der Waffenhand des Zwerges. Aber das war gar nicht mehr notwendig. Maslax krümmte sich und ließ die Pistole fallen, als sei seine rechte Hand ebenso taub wie seine linke.

Eve nahm die Pistole auf.

Wir ließen ihn los und wandten unsere Aufmerksamkeit der Konsole zu, wo die Schirme immer noch glommen und aus den Bandschlitzen lange Schlangen auf den Fußboden fielen. Zwei schmorende Karten klebten an der Konsole, die übrigen waren auf den Fußboden niedergesunken. Ich stampfte die letzten Flammen aus. Auf der Decke war eine lange dunkle Spur, wo der Strahl die Plastikverkleidung verbrannt hatte.

Ich fühlte mich schwach. Mit Mühe brachte ich es fertig, daß meine Knie aufhörten zu zittern. Als Pilot hatte ich schon Schiffe durch die schlimmsten vorstellbaren Bedingungen gebracht, und danach hatte ich mich zum sterbenselend gefühlt. Aber nie war es ganz so gewesen wie jetzt. Erst in diesem Augenblick bemerkte ich, daß sich Maslax' nackte Furcht ebenso gesteigert hatte wie meine eigene tief versteckte Panik. Als er die erste Karte richtig nannte, hatte mich Entsetzen geschüttelt, doch ich hatte es in mir eingekapselt. Plötzlich fiel mir ein, daß ich nie mehr erfahren würde, ob Maslax meine Gedanken gelesen hatte oder nicht. Ich würde nie erfahren, ob ich ihn nicht einfach dadurch hätte schlagen können, daß ich meine eigene Angst auf ihn übertrug.

Ich schüttelte meinen Kopf, um meine Gedanken zu klären. »Rufen Sie das Schiff an«, sagte ich. »Warnen Sie es.«

Ich konzentrierte mich ganz darauf, wieder ruhig zu werden und die Spannung abzubauen. Jetzt, wo alles wieder in Ordnung war, brauchte ich nicht darauf achtzugeben, was um mich geschah. Es dauerte mehrere Sekunden, bevor ich erkannte, daß absolut nichts in Ordnung war.

In diesen Sekunden beobachtete Eve mich, und auch sie brauchte einige Zeit, bis sie merkte, daß ich nichts merkte. Schließlich sagte sie mit sehr leiser Stimme: »Grainger.«

Ich sah sie an, und dann sah ich auf die Stelle, die mir ihre Hand wies.

Ecdyon war nach seinem Angriff auf Maslax sofort wieder zusammengebrochen. In unordentlichen Windungen streckte er sich über den ganzen Boden der Kabine. Er war bewußtlos.

XI

Es war nicht der richtige Zeitpunkt um herumzustehen und über die Grausamkeit des Schicksals zu jammern. Ich rang nach Selbstbeherrschung.

»Nimm Maslax den Anzug ab«, sagte ich zu Eve. »Verwahre seine Trickkiste an einem sicheren Ort. Ich kümmere mich um das hier.« Mit einer Handbewegung deutete ich an, daß »das hier«, alles bedeutete, was mit den Instrumenten und Schaltern zu tun hatte.

Okay, du Genie, sagte ich – stumm natürlich –, du kannst also Gallacellanisch lesen. Alles, was er kann, das kannst du viel besser. Sag mir, welchen Knopf ich drücken und welchen ich drehen muß.

– Damit du was tun kannst? fragte der *Wind*.

Damit ich die *Cicindel* warnen kann. Den nächsten Schritt machen wir, wenn das Problem beseitigt ist.

– Wie willst du die *Cicindel* denn warnen? wollte er wissen. Und das war eine gute Frage.

Vielleicht kannst du mir beibringen, gallacellanisch zu klicken, sagte ich. Aber schnell.

– Unmöglich. Du mußt mich die Kontrolle übernehmen lassen. Wenn ich die volle Kontrolle über deinen Körper habe, wird es mir vielleicht – und ich meine vielleicht – gelingen, Geräusche zu produzieren, mit denen ich mich verständlich machen kann. Aber die Kontrolle brauche ich. Das mußt du einsehen.

Ich sah es ein. Aber es gefiel mir nicht. Sicher, er hatte auch früher schon die Kontrolle übernommen – einmal im Halcyon-

Nebel, einmal auf Chao Phrya, als seine musikalischen Talente für uns von lebenswichtiger Bedeutung waren. Aber beim erstenmal saß ich unter dem Helm, und beim zweitenmal war keiner der Anwesenden in einem Zustand, daß er mich hätte beobachten können. Diesmal war es etwas anderes. Ich hatte volle Bewegungsfähigkeit, und Eve stand direkt hinter mir. Mir kam es irgendwie unanständig vor, jemanden meinen Körper und meine Stimme benutzen zu lassen, wenn andere Leute nicht nur zusahen, sondern auch ein fröhliches Geplauder mit mir anfangen konnten.

– Grainger, sagte der *Wind*, die Zeit wird knapp.

Es gab keine Alternative. Ganz unmöglich war es, daß er mir Klickgeräusche in meinem Gehirn vormachte und ich versuchte, sie zu imitieren. Trotzdem zögerte ich immer noch. Wenn ich hilflos gewesen wäre, dann hätte ich ihn ganz automatisch ans Steuer gelassen. Aber ich fühlte mich nicht hilflos. Ich stand auf beiden Beinen und war ganz gesund.

– Wenn du nicht weggehst, muß ich dich k.o. schlagen, warnte der *Wind*.

Das kam schon gar nicht in Frage. Ich wollte ihn nicht in meinem Körper herumspazieren lassen, ohne daß ich ein wachsames Auge auf ihn hielt.

Na gut. Du bist dran.

Ich entspannte mich. Mein Körper sackte nicht einmal zusammen. Ein unheimlicher, anstrengender Augenblick war es, als ich sah, wie meine Hände nach den Schaltern griffen, und ich wußte, daß nicht ich es war, der sie bewegte. Aber der Augenblick ging vorüber. Ich akzeptierte das, was geschah. Im Geist lehnte ich mich zurück und sah zu. Nach meinen Erfahrungen auf Chao Phrya wußte ich bereits, wie schwierig es ist, ein völlig passiver Beobachter zu sein. Wenn man in seinem Körper so lange wie ich der uneingeschränkte Herrscher gewesen ist, gewöhnt man sich daran, alle möglichen Dinge fast automatisch zu tun. Ich meine nicht die Reflexhandlungen, weil die die gleichen waren, wer von uns beiden auch die Kontrolle haben mochte. Ich meine Dinge wie an Eve zu denken und einen Blick zur Seite zu werfen, um zu sehen, was sie gerade tut. Gedanken und Handlungen sind viel enger miteinander verbunden, als wir glauben. Wenn man gar nichts tut, sondern nur still liegt und nachdenkt – genau in dieser Lage war ich jetzt –, erzeugen die Gedankenströme alle möglichen winzigen Handlungen, die sie ergänzen und vervollständigen. Bewußte Konzentration auf die Sinne, geringfügige Änderungen des Gesichtsausdrucks, unterschiedliche Spannungen im Körper – das sind Produkte des Bewußtseins. Ich brachte es fertig, mich all dessen zu enthalten. Aber ein ganz kleiner Konflikt in den Nervenimpulsen genügte, um die Koordination zusammenbrechen zu lassen.

Diesmal war es leichter, weil ich es schon einmal mitgemacht hatte. Ich war nicht so beunruhigt und so ängstlich wie damals in dem purpurnen Dschungel. Aber bei jeder Gelegenheit war an meinen Körper keine andere Anforderung gestellt worden, als ihn vollständig ruhig zu halten. Die Gefahr eines Konfliktes war minimal gewesen. Jetzt war es anders. Ich mußte mich still verhalten, während der *Wind* meinen Körper in einer perfekten Imitation Graingers, wie er sich selbst in einem Stück beieinanderhält, umherbewegte. Das war schwierig.

In den ersten Monaten unserer Gemeinsamkeit – unserer Symbiose, wie der *Wind* ständig betonte – wäre das unmöglich gewesen. Meine Abneigung gegen ihn, meine Furcht vor ihm, mein Groll gegen ihn hätten mich unfähig gemacht, ihm meinen Körper zum beliebigen Gebrauch zur Verfügung zu stellen. Der Konflikt wäre unvermeidlich gewesen. Das zu tun, was ich tat, verlangte unbedingtes Vertrauen. Nicht vollkommene Harmonie. Die hatten wir nie gehabt und konnten sie nie haben. Aber vollkommenes Verstehen. Ich mußte einverstanden sein, daß er auf seine eigene Weise mit meinem Körper umging. Ich durfte mir keine Sorgen darüber machen, was durch seine Unachtsamkeit oder seine böse Absicht mit meinem kostbarsten Besitz geschehen konnte. Das ist viel verlangt von jedem Menschen – vielleicht von mir wegen meiner individualistischen Lebensphilosophie noch mehr als von den meisten anderen. Niemand kann eine solche Erfahrung durchmachen, ohne hinterher verändert zu sein. Von Anfang an hatte ich befürchtet, der *Wind* werde meine alte

Identität aufweichen. Und ich hatte recht gehabt. Grainger war heute nicht mehr derselbe Grainger, der mit der *Javelin* auf der Felsenwelt abgestürzt war, die Lapthorns Grab wurde. Grainger plus *Wind* war ein anderes Wesen, ungleich der Summe seiner Teile.

Ich hatte ihn nicht gewollt, und die Gründe, warum ich ihn nicht gewollt hatte, erwiesen sich als nur zu gut. Und doch versteckte ich mich jetzt in meinem eigenen Verstand und ließ es zu, daß der Eindringling, der mich verändert hatte, mich noch mehr veränderte, indem ich ihm freiwillig meinen Körper gab. Es war notwendig, absolut notwendig, um die derzeitige Situation zu meistern, aber diese Notwendigkeit nahm nichts weg von dem, was geschah, von dem Zwang, dem ich unterworfen wurde, von den Anforderungen, die an mich gestellt wurden. Tatsache blieb, daß ich es, so notwendig es sein mochte, nicht hätte tun können, hätte ich zu dem *Wind* nicht eine ganz besondere Beziehung gehabt.

Ich nenne es unbedingtes Vertrauen. Vielleicht würden andere es Liebe nennen.

Ich hörte die Klickgeräusche aus dem Lautsprecher kommen, und das bedeutete, daß wir Kontakt mit der *Cicindel* hatten. Ich wußte nicht, wieviel Zeit wir noch hatten, und ich konnte nicht verstehen, welche Art von Botschaft der *Wind* an die *Cicindel* durchgab, indem er mit meiner Stimme versuchte, Gallacellanisch zu sprechen. Eine wie lange Erklärung würde der Pilot der *Cicindel* verlangen? Eine wie lange Erklärung konnte der *Wind* geben?

Ich hörte, wie meine Stimme zu klicken begann. Es gibt gar kein unheimlicheres Gefühl, als wenn man der eigenen Stimme zuhört, wie sie eine Unterhaltung in einer Sprache führt, die man überhaupt nicht versteht, und für die man körperlich nicht einmal ausgestattet ist.

Ich hatte kein Gefühl mehr für den Zeitablauf. Zeit läßt sich nur an dem Ablauf von Ereignissen messen und mit dem bewußten Wahrnehmen dieser Ereignisse. Davon war ich ausgeschlossen. Ich hörte, daß die Unterhaltung weiterging, aber es machte mir richtige Schwierigkeiten, zu entscheiden, welche Klicklaute aus dem Funkgerät und welche aus meinem eigenen Mund kamen. Ich war weder an dem einen noch an dem anderen Mechanismus beteiligt.

In der ganzen Zeit konnte ich dem *Wind* natürlich keine Frage stellen. Er unterbrach mich nie, wenn ich sprach, und nur sehr selten, wenn ich einem anderen zuhörte. Er war sehr geschickt darin, seine Bemerkungen und Fragen in die leeren Stellen des Lebens einzufügen – in die Sekunden, in denen nichts geschah, in die Zeit zwischen zwei Ereignissen. Natürlich war er darin geübt, es war seine Art des Lebens. Aber ich befand mich auf fremdem Gebiet. Ich war unsicher, welchen Augenblick ich wählen sollte. Deshalb wartete ich und hatte keine Ahnung von dem, was vorging. Ich konnte die Schirme sehen – der *Wind* behielt sie konzentriert im Auge –, aber mir war nicht klar, was jeder einzelne zeigte. Es hätte leicht sein müssen, das herauszufinden. Die visuelle Darstellung mußte bei beiden Rassen gleich sein, weil unsere Augen auf die gleichen Wellenlängen des Lichts eingestellt waren. Aber ich versuchte es erst gar nicht. Ich fühlte mich viel zu losgelöst, als daß ich die engen Straßen hätte erkunden mögen, die meinem Geist zur Verfolgung der Ereignisse freistanden. Ich sah einfach zu und wartete und war zufrieden, bei der ganzen Angelegenheit ein unbeteiligter Passagier zu sein.

In gewissem Sinn bedeutete die Ruhe eine große Erleichterung für mich. Ich hatte lange Zeit ununterbrochen unter Druck gestanden. Die Stunden, die ich zwischen der Landung auf Mormyr und der Fahrt mit der *Eisernen Jungfrau* in meiner Koje an Bord der *Dronte* verbracht hatte, hatten der Erholung, nicht dem Ausruhen gedient. Diese erzwungene Untätigkeit war für mich seit langem die erste Entspannung. Im Grunde brauchte ich sie.

– Keep smiling, sagte die stumme Stimme des *Windes* zu mir. Wir gewinnen. Die *Cicindel* ist sicher. Das haben wir ganz allein geschafft.

Kann ich meinen Körper jetzt zurückhaben? fragte ich.

– Ich weiß, daß dir das nicht gefällt, sagte er, aber ich halte es nicht für klug. Natürlich, wenn du Gewalt anwendest, muß ich dir nachgeben, aber ich kann dir nur dringend raten, daß du im

Augenblick bleibst, wo du bist, und mich die Sache erledigen läßt.

Du kannst dir deinen dringenden Rat sonstwohin stecken, antwortete ich. Du hast immer geglaubt, du seist ein besseres Ich als ich selbst. Ich will meinen Körper zurück, und wenn du ihn mir nicht geben willst, solltest du mir lieber plausible Gründe dafür nennen.

– Weißt du nicht, daß wir immer noch in Schwierigkeiten sind? Das Schiff ist unter eigenem Dampf auf Kurs nach Gott-weiß-Wohin und folgt einem Programm, von dem wir nichts wissen. Außerdem trägt es eine Wolke der Zerstörung mit einer Million Meilen Durchmesser durch den Raum. Das ist gar nicht komisch. Wir müssen eine Möglichkeit finden, das Ding abzustellen. Ich habe diese Schilder gelesen, und ich habe mir diese Bänder angesehen, und ich weiß es einfach nicht. Wir brauchen dazu Hilfe, und die können wir hier und jetzt nur von einer einzigen Stelle bekommen, und zwar von der *Cicindel*. Ich weiß nicht, wieviel Gallacellaner an Bord der *Cicindel* über die *Varsovien* wissen, aber jedenfalls genug, daß sie eine Warnung durchgeben konnten, selbst wenn sie sie an die falsche Stelle richteten. Ich kann mit ihnen sprechen.

Was ist mit Stylaster? fragte ich. Bestimmt weiß er doch mehr als jeder andere.

– Stylaster wird als erstes fragen, wer ich bin, gab der *Wind* zu bedenken. Was soll ich ihm dann antworten?

Die Wahrheit.

– Unmöglich. Wenn irgendwer von diesen Brüdern herausfindet, daß ein menschliches Wesen sie anblickt, sind sie imstande, sich hinter ihrer Mauer des Schweigens zu verschanzen. Der Bursche, mit dem ich eben gesprochen habe, hat gemerkt, daß etwas nicht stimmt, aber wenigstens hält er mich für einen Gallacellaner. Auf dieser Basis können wir verhandeln. Wer weiß, was geschehen mag, wenn die Wahrheit herauskommt. Bitte, Grainger, laß mich es tun. Du mußt einsehen, daß das unsere beste Chance ist. Vielleicht unsere einzige Chance. Wenn wir nicht herausfinden, wie dieses Schiff zu kontrollieren ist, werden wir Johnny und den Kapitän niemals retten können.

Na gut, gab ich widerstrebend nach. Was hatte ich für eine andere Wahl? Dann mach weiter. Aber tu mir einen einzigen Gefallen. Setz dich mit Nick und Johnny in Verbindung. Wir müssen wenigstens in Erfahrung bringen, ob sie noch leben. Und sag ihnen, sie sollen die Ohren steifhalten.

– Das kann ich nicht.

Wieso kannst du es nicht?

– So weit geht die Reichweite nicht. Maslax hat einen Schalter abgebrochen. Ich kann die *Cicindel* anrufen, aber das ist auch alles. Ich kann weder die Gallacellaner auf Iniomi noch die *Dronte*, noch Pallant oder die menschliche Basis auf Iniomi erreichen.

Dann geht es eben nicht. Keine Bange, ich bleibe ruhig hier sitzen und warte ab. Sieh du nur zu, wie du uns aus dieser Sache herausholst.

Mein Körper drehte sich um, und ich stellte fest, daß meine Augen Eve anblickten. Sie standen neben Maslax, der wie eine Stoffpuppe am Boden lag und jedes Interesse an den Ereignissen verloren hatte. Eve hielt die Pistole in der einen Hand und den Bombenauslöser in der anderen. Ihr Gesicht trug den Ausdruck erstaunter Geduld. Gerade hatte sie beobachtet, wie ich etwas ganz Unmögliches vollbrachte.

»Alles okay«, hörte ich meine Stimme sagen. »Für den Augenblick sind wir sicher. Jetzt haben wir Zeit, unsere Probleme in aller Ruhe zu lösen.«

Sie sah mich forschend an. Warum merkte sie eigentlich nicht sofort, daß jemand anders meine Stimme benutzte? Allerdings hatte sie nicht den geringsten Verdacht.

»Niemand spricht Gallacellanisch«, bemerkte sie.

»Richtig«, hörte ich mich sagen. »Niemand spricht Gallacellanisch. Sobald wir aus dieser Patsche heraus sind, kannst du dich für den Rest deines Lebens darüber wundern, wie wir es geschafft haben. Im Augenblick wollen wir das Unmögliche ohne großes Theater tun, ja?«

Es war eine perfekte Imitation. Das mußte ich zugeben. Meine Stimme, meine trockene Art, mein leicht aggressives Benehmen. Alles perfekt. Er war mir ähnlicher, als ich mir selbst bin – an einem freien Tag.

Mein Blick richtete sich wieder auf das Instrumentenpaneel. Ich klickte heftig. Der Lautsprecher klickte zurück. Ich wußte, das würde eine sehr lange Sitzung werden, aber ich wollte verdammt sein, wenn es mir einfiel zu schlafen. Statt dessen dachte ich über einen oder zwei der falschen Schlüsse nach, die ich so voreilig gezogen hatte. Es war mir gelungen, eine ganze Menge davon in einen sehr kurzen Zeitraum zu pressen. Im allgemeinen bin ich ein erstklassiger Schlüsselzieher, und ich habe fast immer recht. Aber irren ist menschlich, und jeden läßt sein Talent einmal im Stich.

Überall lagen Mißverständnisse. Die Mauer des Schweigens zwischen Gallacellanern und Menschen, der Mangel an Kommunikation. Jetzt war ich ein wenig gescheiter geworden. Ich verstand sogar, warum ich mich in der Sache mit dem Fenris-Feld geirrt hatte. Die *Varsovien* war tatsächlich ein Auswandererschiff, das war offensichtlich. Sie war ganz bestimmt kein Kriegsschiff. Ich hatte geschlossen, sie sei nicht bewaffnet, weil ich bei ihr einfach an ein gallacellanisches Schiff gedacht hatte. Mir war nicht eingefallen, daß es einen Feind geben könne, gegen den sie bewaffnet worden war. So etwas kann einem passieren. Aber dieses Schiff stammte aus den gallacellanischen Kriegen, als es Gallacellaner gegeben hatte. Dieses herrliche Schiff war nicht der Stolz und die Freude der gesamten Rasse. Es war die letzte Fluchtmöglichkeit der einen Partei. Man hatte es nicht gebraucht. Entweder hatte diese eine Seite gewonnen, oder es war Frieden geschlossen worden, und die Gallacellaner hatten sich darangemacht, ihre Zivilisation wieder zusammenzuflicken. Natürlich war die *Varsovien* bewaffnet. Mit der ultimaten Waffe, der ultimaten Verteidigungswaffe. Die Leute in diesem Schiff konnten nicht im Zorn losballern. Die Waffe war in den reaktiven Mechanismus des Schiffes eingebaut. Die *Varsovien* war ein gigantischer Kokon – ein Generationenschiff, das für sich selbst sorgen und eine Million Leute, vielleicht mehr, beherbergen konnte. Wenn man es in Ruhe ließ, ging es einfach über die Einstein-Barriere und verschwand. Wurde es aber angegriffen, dann blieb es noch eine Weile an Ort und Stelle und ließ die Gegner kommen. Erst wenn sie erledigt waren, konnte die Reise mit Überlichtgeschwindigkeit fortgesetzt werden. Typisch gallacellanisch, wenn man darüber nachdachte. Der Traum einer Beute-Spezies. Die vollkommene Rüstung. Die Raubtiere konnten tun, was sie wollten, es nützte ihnen nichts. Der perfekte passive Widerstand. Honi soit qui mal y pense.

Jetzt blieben nur noch zwei Fragen übrig: Warum hatte Stylasters Partei die *Varsovien* zurückhaben wollen? Und warum wollte die *Cicindel*-Partei das verhindern? Aber das waren Fragen von rein akademischem Interesse. Eine dritte Frage war viel wichtiger. Sie fiel mir ein, während ich müßig über die ersten beiden nachdachte.

Die Mentalität einer Beute-Spezies. Die perfekte Rüstung. Die ultimate Verteidigung. Die *Varsovien* hatte natürlich keinen Schalter, um das Fenris- Feld anzustellen. Hatte sie einen, um es abzustellen?

XII

– Es gibt einen Weg, sagte der *Wind*. Nur einen einzigen.

Eben nicht, erwiderte ich. Es muß auch noch ein leichter Weg sein. Verdammt noch mal, dieses Ding ist doch nichts anderes als eine Maschine. Sie arbeitet mit Schaltungen und Drähten und Netzen und Synapsen wie jede andere Maschine. Wir haben nichts anderes zu tun, als einen Draht zu durchtrennen, eine Synapse auszuschalten. Wir brauchen nichts weiter als einen Schraubenschlüssel, den wir an die richtige Stelle werfen. Dein Weg ist der helle Wahnsinn.

– Sieh mal, sagte der *Wind*, und er zeigte nicht soviel Geduld, wie ich sie gezeigt hätte, wären die relativen Positionen umgekehrt, das heißt, normal gewesen. Sieh mal, das ist hier ein sehr, sehr großes Schiff. Es mag eine Maschine sein, aber es ist eine Maschine von einer Kompliziertheit, wie du sie noch nie in deinem ganzen Leben gesehen hast. Jawohl, wir brauchen nur eine Drahtschere oder einen Schraubenschlüssel. Aber wir haben einfach keinen Zugang zu dem richtigen Draht oder den richtigen Innereien. Die Leute auf der *Cicindel* sind gut. Aber, zum Teufel, sie befinden sich eine Million Meilen von einem Schiff entfernt, das sie niemals gesehen haben, und sie sprechen mit einem Sprachbehinderten. Sicher, wenn wir drei Wochen oder einen Monat Zeit hätten, könnten wir ihnen ausreichende Informationen vermitteln. Sie könnten dann etwas ausarbeiten. Sie könnten uns die notwendigen Ratschläge geben. Wir könnten die Werkzeuge und die Pläne finden und die Arbeit mit Millimetergenauigkeit durchführen. Aber, Grainger, dieses Schiff beschleunigt. In fünfzig Minuten oder weniger wird es den Tachyonen-Transfer machen und uns von der *Cicindel* abschneiden. Vielleicht für immer. Willst du nach Andromeda fliegen? Willst du eine Millionen-Meilen-Bombe nach Andromeda bringen?

Was du vorschlägst, bedeutet doch, das Schiff zu sprengen! Ich war immer noch ganz bestürzt.

– Das, was ich vorschlage, entspricht doch ganz deinen Wünschen, sagte der *Wind*. Schneide den Draht durch. Halte die Maschine an. Stelle das Fenris-Feld ab und halte die *Varsovien* im normalen Raum. Die Leute auf der *Cicindel* und auch ich sehen nur eine Möglichkeit, das rechtzeitig zu schaffen. Wir müssen das Gehirn ausbrennen, das diese Maschine koordiniert. Sie können mir genau sagen, wie das von hier aus zu machen ist, und sie können mir auch die Zeit angeben, die uns bleibt, aus diesem Raum und von diesem Deck zu verschwinden und weit genug in die Eingeweide des Schiffes zu gelangen, damit wir nicht mit verbrannt werden. Ist das nun die einzige Möglichkeit oder nicht?

Was ist mit Johnny? Was ist mit dem Kapitän? Wer soll sie von Mormyr abholen, wenn wir nur Standardschiffe zur Verfügung haben? Willst du mit der *Cicindel* auf Mormyr landen?

Das war natürlich eine dumme Frage.

– Wenn notwendig, werde ich genau das tun, erklärte der *Wind*. Was nützen mir Johnny und Nick, wenn wir in einem fliegenden Sarg aus der Galaxis hinausbefördert werden? Wir müssen unsere Probleme eins nach dem anderen lösen. Das erste ist: Wie kommen wir hier heraus? Und da gibt es nur einen Weg. Nur einen. Das Gehirn verbrennen und weglaufen, als sei der Teufel hinter uns her. Sobald der Verteidigungsmechanismus tot ist, kommt die *Cicindel* und nimmt uns auf. Sie werden genau wissen, wo wir sind. Dann können wir uns Sorgen über eine neue Landung auf Mormyr machen. Vielleicht kann Nick das Schiff in die Höhe bringen. Vielleicht kann das Schwesterschiff der *Dronte*, die *Dodo*, rechtzeitig in Betrieb genommen werden. Vielleicht besitzen die Gallacellaner ein Schiff, mit dem wir es wenigstens versuchen können. Aber um es versuchen zu können, müssen wir uns zuerst befreien. Wir müssen uns zuerst retten. Du willst nicht einsehen, daß es nicht anders geht.

Natürlich hatte er recht. Es gab keine Möglichkeit, das Fenris-Feld abzustellen – nicht einfach im Handumdrehen. In der Zeit, die uns noch zur Verfügung stand, konnten wir es nur mit Brutalität schaffen. Wir mußten das ganze verdammte Schiff verkrüppeln. Ich war sehr argwöhnisch gegen die hilfreichen Leute an Bord der *Cicindel*. Sie hatten nicht gewollt, daß das Schiff gestartet wurde. Vielleicht hatten sie ein starkes Interesse daran, daß es zerstört wurde. Vielleicht machten sie uns etwas vor. Vielleicht gab es doch einen einfachen Weg, abgesehen vom Gehirnausbrennen. Aber wie sollten wir das in Erfahrung bringen? Sie hatten uns in der Hand. Wir waren ihnen ausgeliefert. Wir hatten keine andere Wahl, als zu tun, was sie uns rieten, und in irgendeinem Versteck eine oder zwei Meilen weiter unten darauf zu warten, daß sie kamen und uns holten. Aber angenommen, es funktionierte nicht? Angenommen, das Fenris-Feld schaltete sich nicht ab? Was dann?

Es hatte keinen Zweck, sich darüber Sorgen zu machen. Es hatte keinen Zweck, sich überhaupt irgendwelche Sorgen zu machen. Wir mußten tun, was wir tun mußten.

Ich fühlte, wie mein Körper wieder in den Raumanzug stieg, und ich hörte meine Stimme Eve auffordern, es ebenfalls zu tun. Dann hörte ich mich Maslax zurufen, er könne entweder unter eigenem Dampf mit uns kommen oder dableiben, denn Eve und ich hätten schon genug damit zu tun, Ecdyon zu tragen (das heißt, tragen konnten wir ihn sowieso nicht. Wir mußten ihn schleifen).

Maslax antwortete nicht. Der *Wind* verschwende keine Zeit damit, auf irgendein Lebenszeichen von ihm zu warten. Mein Körper war bereits wieder an der Konsole und klickte in das Mikrophon.

Wir drehten uns um.

»Richtig«, sagte meine Stimme. »Bringen wir Ecdyon in den Aufzug.«

Eve und mein Körper faßten je einen Arm und begannen zu ziehen. Ich nahm an, da der *Wind* jetzt aufgehört hatte zu klicken, könnte ich verlangen, meinen Körper zurückzubekommen. Aber er würde das nicht so sehen. Das hier war seine Show. Es war ein Manöver, das er eingeleitet hatte. Nun hielt er sich auch für berechtigt, es zu beenden. Ich mußte es ihm zugestehen, ob es mir gefiel oder nicht.

Wir brachten es fertig, Ecdyon durch die Tür in den kleineren Raum zu bringen. Er bewegte sich und stieß ein paar seltsame Laute aus, die das gallacellanische Äquivalent für Schmerzensschreie sein mochten. Aber er gab kein Zeichen von sich, daß ihm bewußt war, was vor sich ging, abgesehen davon, daß seine sämtlichen vier Augen offenstanden.

Mein Körper zögerte einen winzigen Augenblick. Dann kniete er neben Maslax nieder und zog ihm den Anzug an. Ich hielt mich nicht damit auf, seinen Helm zu befestigen. Ich zog den Zwerg einfach am Kragen hoch, warf ihn zu Eve und dem Gallacellaner in den Aufzug und ließ den Helm hinterher fliegen.

»Wirf mir die Pistole zu«, sagte meine Stimme zu Eve.

Sie tat es, und der *Wind* verabschiedete sich von der *Cicindel* mit ein paar letzten Klickgeräuschen ins Mikrophon. Dann zogen wir uns an die Tür zurück. Er zielte sorgfältig, stellte die Bündelung ein und feuerte einen nadeldünnen Strahl in die Wand genau unterhalb der Konsole.

Wir warteten. Die Nadel fraß sich durch die Wand, und der Raum füllte sich mit Qualm. Ganz in der Nähe ging eine Alarmklingel los, und wir zuckten krampfhaft zusammen. Aber der *Wind* verlor das Ziel nur für einen Sekundenbruchteil. Weißes Feuer loderte aus dem Loch in der Wand. Elektrische Funken sprühten auf. Eine Reihe von Explosionen erzeugten ein scharfes, trockenes Knattern. Ich fühlte, wie meine linke Hand nach der Tür griff und mein Körper sich zum Sprung spannte. Meine Augen wurden heiß, und sehen konnte ich in dem Chaos aus Rauch und Flammen überhaupt nichts mehr.

Dann sprangen wir zurück, knallten die Tür zu, knallten auch die Tür des Aufzugs zu und drückten einen Knopf. Wir brauchten nicht erst lange nach dem richtigen Knopf zu suchen. Der *Wind* war wirklich auf Draht.

Einen schrecklichen Augenblick lang glaubte ich, der Aufzug werde steckenbleiben. Dann fühlte ich den leisen Zug der seitwärts gerichteten Beschleunigung. Unser Rückzug begann, mitten durch den immer stärker werdenden Lärm der Alarmklingeln. Ich horchte auf den großen Knall und wußte nicht, ob ich hoffen sollte, ihn sofort zu hören, oder erst dann, wenn wir ein gutes Stück von der heißen Stelle entfernt waren. Da mir mein Zeitgefühl abhanden gekommen war, verzerrte sich die Wartefrist. Wir schienen innerhalb eines einzigen Augenblicks zu schweben, wir bewegten uns innerhalb eines winzigen, konturenlosen Zylinders, während rings um uns eine Maschine, so groß wie eine ganze Welt, verrückt wurde. Wenn die *Graue Gans* eine Ameise gewesen war, die einen Wal angriff, was waren dann wir innerhalb des Wals? Ganz bestimmt nicht Jonas. Bakterien vielleicht. Oder nicht einmal das. Erreger, die eine Kettenreaktion in Gang brachten, von der der ganze Körper angegriffen wurde. Winzige Moleküle, die die *Varsovien* in einen allergischen Schock versetzten.

Wir stiegen von dem horizontalen Aufzug in den vertikalen um. Wieder trugen wir zuerst Ecdyon hinein, und dann mußten wir umkehren, um Maslax zu holen. Er war nicht tot, nicht einmal bewußtlos, aber sein Körper war völlig schlaff.

Es ging hinunter. Ich wußte, der Weg hinunter war länger als der Weg quer über ein Deck, und die Fahrt würde viel länger dauern. Aber immer noch hatte ich kein Gefühl für die Zeit. Ich war immer noch abgeschnitten vom Ablauf der Ereignisse, wie eine Fliege in Bernstein, eingeschlossen in einen kleinen Tropfen Nichts, in dem es weder Zeit noch Raum gab. Ich war nirgendwo. Und doch existierte ich. Ich nahm nicht teil, aber ich war dabei.

Mein Körper trat Maslax ein paarmal – nicht aus Bosheit, sondern um ihn daran zu erinnern, daß das Leben weiterging. Eve kümmerte sich um Ecdyon und suchte nach Lebenszeichen.

Das Alarmklingeln hielt an, als sei das ganze Schiff mit nichts anderem als mit Alarmklingeln gefüllt, und immer noch war der große Knall nicht gekommen. Wir fielen und fielen. Ich war mir der Bewegung bewußt, die mein Körper und Eve vollführten, aber ich nahm wenig Notiz davon. Die Bewegungen schienen ohne Bedeutung zu sein. Ein paar Worte rauschten an meinem Ohr vorbei, aber ich nahm sie nicht auf. Anfangs hatte ich mir vorgenommen, ich wolle genau zuhören und mir jedes einzelne Wort merken, das der *Wind* mit meiner Stimme sagte. Jetzt kam mir das ganz unwichtig vor.

Wir hielten wieder, und mein Arm streckte sich nach dem Türgriff aus. Ich fühlte, daß mein Gehirn etwas registrierte, das meine Hand zögern ließ. Der Knauf, der sich zu drehen begonnen hatte, blieb stehen, und meine Finger verkrampften sich plötzlich darum. Ich versuchte, wieder Verbindung mit dem Geschehen zu bekommen. Ich wollte wissen, was vorging. Das war aber ganz verkehrt.

Ich hörte meine Stimme sagen: »Da draußen ist keine Luft.«

Na und? Ich trug einen Raumanzug. Ich hatte meinen Helm auf. Ich atmete Luft aus meinem eigenen Lebenserhaltungssystem. Es war doch gleichgültig, ob im Korridor oder der nächsten Kammer Luft war!

Dann fiel mir ein, daß Ecdyons Anzug durchlöchert war.

Ich brauchte diesen ganzen zeitlosen Augenblick. Die Zeit blieb stehen, während ich mich von ihr loslöste und zu sehen versuchte. Ich konnte fühlen, wie fest sich meine Hand um den Türknopf klammerte. Der *Wind* wollte den Griff nicht lockern. Ich wußte, die Entscheidung, die er treffen mußte, durfte ihn nur eine Sekunde kosten. Mehr Zeit hatte er nicht. Wir mußten an einen sicheren Platz gelangen, bevor der große Knall kam und das Schiff aufhörte zu funktionieren. Wir mußten in eine Schleuse flüchten, aus der die *Cicindel* uns retten konnte. Wenn die Energie wegblieb und der Lift fiel . . . würden sie uns niemals finden. Wir würden tot sein.

Beinahe spürte ich, wie die Gedanken in meinem Kopf umherwirbelten. Ich hätte sie einen nach dem anderen aufgreifen und lesen können. Ecdyon: Zwei Meter zehn groß. Kein zweiter Anzug für ihn da. Keine Möglichkeit, den alten zu flicken. Ecdyon: tot.

Meine Hand drehte den Knauf und öffnete die Tür.

»Öffne die andere Tür!« schrie meine Stimme Eve an.

Mein Körper bückte sich schnell zu Ecdyon hinunter, packte ihn, und noch während Eve die Tür öffnete, schoben wir ihn hindurch. Eve ging zurück, um Maslax zu holen. Sie hatte ihm bereits während der Abwärtsfahrt den Helm aufgesetzt. Ihm fehlte weiter nichts.

Ich glaube, wenn Eve nicht zurückgegangen wäre, der *Wind* hätte Maslax zurückgelassen. Ich glaube, der *Wind* hätte lieber diese paar Sekunden dazu benutzt, die Schleusentür so schnell wie möglich zu schließen und die Innenkammer mit Luft aus dem Drucksystem zu fluten. Aber Eve ging zurück und verschwendete wertvolle Sekunden, indem sie ihn mühselig durch die Tür schob. Für einen glatten Bewegungsablauf fehlte es ihr an Kraft als auch an Schnelligkeit. Aber wir brachten Maslax in die Schleuse, wir schlossen die Tür, und wir drehten die Luftventile auf.

Und nichts geschah. Der Tank war leer. Eins der Geschosse von der *Grauen Gans* hatte das Versorgungssystem getroffen, und die Luft war durch die Außenhaut entwichen. Einschließlich der Luft in der Schleuse.

Ecdyon starb auf dem Boden der Kammer.

XIII

Leute sterben. Das ist eine der Tatsachen des – haha! – Lebens. Eine Menge Leute starben im Halcyon-Nebel, auch Alachakh, der mein Freund war. Auf Rhapsodia wurden ein paar Jungens aus gar nicht besonders guten Gründen ausgelöscht. Menschen starben auf Pharos. Wenn die Karten auf Chao Phrya ein wenig anders gefallen wären, hätte es auch dort Tote gegeben. Ferrier war tot, und seine Freundin ebenfalls. Die Mannschaft der *Grauen Gans* war tot.

All das hatte auf mich gar keine Wirkung gehabt.

Aber einen Mann neben mir sterben zu lassen – ihn als Folge meiner eigenen Handlungen sterben zu sehen –, das war etwas anderes. In gewisser Weise war ich sogar verantwortlich dafür, daß sein Anzug beschädigt worden war. Hätte ich Maslax über die Richtung des künstlichen Schwerkraftfeldes informiert, dann wäre seine Pistole nicht losgegangen.

Ich hatte diese Pistole immer noch in der Hand. Bei den mannigfachen Tätigkeiten – Türen öffnen, Körper weiterschleifen, Knöpfe drücken – hatte ich diese Pistole nicht losgelassen, als hänge mein Leben davon ab, daß ich sie in der Hand behielt.

Nun ja, eigentlich hatte der *Wind* sie in der Hand behalten. Welchen Unterschied machte das schon?

Gar keinen.

Ich mag es nicht, wenn Leute sterben. Ich mag es nicht einmal, wenn Leute verletzt werden. Wenn es vor meinen Augen geschieht, wird mir übel dabei. Auch jetzt drehte sich mir der Magen. Aber es war ganz und gar nicht damit zu vergleichen, was ich empfunden hatte, als die *Javelin* abstürzte, weil ich versagt hatte. Bei dem Aufprall war Michael Lapthorn ums Leben gekommen, der ebenfalls – so nehme ich an – mein Freund gewesen war.

Ich hatte genug. Ich hatte mich bereits entschlossen zu kündigen und abzuhauen und mich an einen Ort zu verziehen, wo es ruhig zuging und die Leute nicht tot umfielen oder mir von allen Seiten die Verantwortung für ganze Welten aufluden. Ich hatte genug, und das kam noch dazu. Es hieß, Beleidigung zum Unrecht fügen.

Das Summen in den Wänden des Schiffes erstarb langsam. Es gab keinen großen Knall, keine Zuckungen, kein Schreien. Die *Varsovien* starb so ruhig undd taktvoll wie Ecdyon.

Das Licht in der Schleuse war ausgegangen. Ich hatte eine Handlampe zusammen mit einer Reserve-Luftflasche auf mein Lebenserhaltungssystem montiert, aber ich machte mir nicht die Mühe, sie anzuschalten. Wir warteten im Stockdunkeln. Es fiel kein Wort außer einer gelegentlichen Bemerkung, wie lange es wohl noch dauern werde.

Ich hatte das Kommando über meinen Körper wieder an mich genommen. Wir rechneten damit, daß wir noch einmal Gallacellanisch sprechen mußten. Jeder außer Eve würde annehmen, daß es Ecdyon gewesen war, der sämtliche Unterhaltungen geführt hatte. Er konnte es nicht mehr abstreiten. Ich dachte bei mir, wenn ich selbst nie mehr ein Wort darüber sagte, würde Eve sich nicht sicher genug sein, um davon anzufangen. Das war schon einmal so gewesen. Sie wußte heute noch nicht, was sich an Bord der *Lost Star* abgespielt hatte. Auf alle ihre Versuche, etwas herauszufinden, hatten Nick und ich mit eisernem Schweigen reagiert. Schließlich hatte sie es aufgegeben. Was hätte sie sonst auch tun sollen?

Wir mußten lange warten. Beinahe wünschte ich mir, ich hätte den *Wind* im Pilotensitz gelassen. Dann wäre es mir erspart geblieben, das Vorbeischleichen der Minuten zu empfinden. Aber das wäre eine Art von Selbstmord gewesen, ein Entschluß zur Nichtexistenz. Im Gegensatz zu dem *Wind* bin ich ein Geschöpf aus Körper und Seele. Ich habe nicht seine Vielseitigkeit. Das Mitfahren im Rücksitz war seine Art des Lebens, aber für mich war es eher eine Art des Todes. Man kann sich an üblen und langweiligen Augenblicken nicht vorbeidrücken. Also wartete ich höchstpersönlich und sorgte mich höchstpersönlich und erlebte mein eigenes Elend.

Schließlich hörten wir sie. Ich lehnte mit dem Helm gegen den Metallrahmen der Schleuse, und ich hörte, daß sie draußen waren. Sie öffneten die Tür nicht – sie hantierten für geraume Zeit herum. Zuerst konnte ich mir einfach nicht denken, was sie da draußen eigentlich machten. Dann fiel mir ein, daß sie wahrscheinlich die Schleusen miteinander verbanden. Sie legten eine Verbindung von ihrem Schiff zu der *Varsovien*. Ich fragte mich, ob sie wußten, daß die Schleuse beschädigt war und daß sie sie mit größter Geschwindigkeit flicken mußten, wenn sie sie zu fluten gedachten. Viel machte es nicht aus. Sie hatten bestimmt Luft im Überfluß.

Erst als sie tatsächlich die Tür zu öffnen begannen, wurde ich mir klar darüber, welchen Eindruck sie erhalten mußten.

Da lag ein toter Gallacellaner mit einer Wunde von einer Strahlenpistole in der Brust. Da stand ein Grainger, der die Pistole immer noch in der Hand hielt. Ich konnte das verdammte Ding nicht einmal fallen lassen, weil wir uns, seit das Schiff aufgehört hatte zu funktionieren, im freien Fall befanden. Sie würde einfach innerhalb der Schleuse wie eine große, häßliche Wespe um uns schweben.

Die Tür ging auf, Licht fiel herein, und die Gallacellaner zeigten sich. Es waren zwei – in Raumanzügen. Hinter ihnen erstreckte sich ein etwa zehn Meter langer, weißer Korridor. Dann gab es wieder eine Schleuse. Die Außentür stand offen, die innere war geschlossen.

Durch die Schleuse der *Cicindel* konnten immer zwei auf einmal gehen. Eve und ich waren die ersten. Ich sah keinem unserer Retter ins Gesicht. Ich konnte einfach nicht. Ich steckte die Waffe in das Gepäck auf meinem Rücken. Aber meine Hand fühlte sich heiß an, als trage sie ein Kainszeichen oder etwas Ähnliches.

Hinter der Schleuse war es sehr hell. Die Schwerkraft war ein wenig höher als E-normal, und die Luft war die gleiche scharfe Luft, wie wir sie auf der *Varsovien* geatmet hatten. Zwei weitere Gallacellaner warteten auf uns. Ich nahm meinen Helm ab, und diesmal konnte ich nicht umhin, sie anzusehen.

Durch bloßes Ansehen konnte ich nicht erkennen, welcher Kaste sie angehörten.

»Spricht jemand Englisch?« fragte ich. Sie antworteten nicht.

Eve und ich traten zur Seite, damit die Tür sich öffnen und wieder schließen konnte. Einer der Gallacellaner kam hindurch. Er trug Maslax, als sei der kleine Mann nur eine Stoffpuppe. Der Fremde legte seine Last neben der Tür auf den Fußboden. Ich fühlte mich nicht bemüßigt, nach Maslax zu sehen, und Eve auch nicht. In diesem Augenblick interessierten wir uns nicht besonders dafür, was in naher Zukunft oder später oder am Tag der Gerichtsverhandlung mit Maslax geschah. Wir hatten die Nase voll von Maslax.

Wir warteten, bis der letzte Gallacellaner zurückkam. Er trug Ecdyon.

Ich wünschte, die Gallacellaner hätten einen wechselnden

Gesichtsausdruck. Dann hätte ich feststellen können, was der eine oder andere dachte. Aber sie standen da wie Statisten aus Gummi.

»Wir haben uns bemüht, ihn zu retten«, sagte ich. »Wir haben uns wirklich bemüht.«

Unheilschwangeres Schweigen. Sie sahen mich an, und ich hatte den Eindruck, sie gaben mir die Schuld, obwohl ihre Gesichter so leer wie üblich waren.

Einer von ihnen wandte mir den Rücken und klickte.

Was hat er gesagt? fragte ich den *Wind*.

– Er möchte wissen, wie es kommt, daß du Gallacellanisch sprechen kannst.

Ich lachte. Ich weiß wirklich nicht, was ich erwartet hatte. Anschuldigungen, Fragen, ironische Bemerkungen. Ich weiß es nicht. Das bestimmt nicht.

»Ich kann nicht Gallacellanisch sprechen«, antwortete ich auf englisch. Dann merkte ich, wie dumm das war, und berichtigte mich: »Ich verstehe nicht.« Ich spreizte die Hände und versuchte, recht verständnislos auszusehen.

– Das hat keinen Zweck, sagte der *Wind*. Er weiß Bescheid.

Wieso?

– Ich habe mir ehrliche Mühe gegeben, genau wie ein Gallacellaner zu sprechen, versicherte der *Wind*. Aber deine Stimme hörte sich eben nicht an wie die von einem Gallacellaner. Ich habe alle Kastenformen richtig angewandt, da bin ich sicher. Nur sind deine Stimmbänder nicht für diese Sprache geeignet. Die Leute auf der *Cicindel* müssen sofort gemerkt haben, was los war. Auch wenn es nur ein Gespräch über Funk war.

Für mich hörte sich das Klicken des einen Gallacellaners ziemlich genau wie das Klicken eines anderen an. Doch ich mußte zugeben, daß sie viel müheloser sprachen, als der *Wind* es fertiggebracht hatte. Er hatte recht. Ich war einfach nicht dafür konstruiert.

Okay, sagte ich müde. Dann erzähl ihnen, was geschehen ist. Aber bleibe mit mir in Verbindung, ja? Wenn du eine Sekunde Zeit hast, gib mir schnell eine Zusammenfassung.

Es war ganz leicht, mich wieder in meinen eigenen Schädel zurückzuziehen. Ich war selbst ganz überrascht. Mein Körper schwankte nicht einmal. Die Operation verlief völlig reibungslos. Ich erkannte, daß ich mich allmählich daran gewöhnte, und das gefiel mir gar nicht. Mit dem Übernehmen einer vollständig passiven Rolle ist es wie mit dem Fahrradfahren – wenn man es einmal kann, verlernt man es nicht mehr. Es bleibt immer gefährlich, und es wird nie leicht. Aber man gewöhnt sich daran. Man erwirbt sich eine gewisse Geschicklichkeit. Ich hatte gar nicht den Wunsch, mir diese Geschicklichkeit zu erwerben. Insgeheim schwor ich mir, es nie wieder geschehen zu lassen. Ich wollte nie wieder in eine Situation geraten, wo ich es geschehen lassen mußte. Das versprach ich mir hoch und heilig.

Als geraume Zeit geklickt worden war, fragte ich den *Wind*, ob der Gallacellaner uns glaubte. Ich fürchtete, er glaubte uns nicht. Es war eine so lange und komplizierte und völlig unwahrscheinliche Geschichte.

– Ich habe den Eindruck, es ist ihm völlig gleichgültig, teilte mir der *Wind* mit. Ecdyons Schicksal ist ihm verdammt egal – dazu gehört er einer zu hohen Kaste an. Er hat nicht einmal gefragt, wer ihn erschossen hat, ganz zu schweigen davon, warum ihn irgendwer erschossen hat. Er will gar nicht wissen, was wir an Bord der *Varsovien* gemacht haben, beziehungsweise, warum wir an Bord waren. Er will einzig und allein wissen, wer uns die gallacellanische Sprache gelehrt hat.

Was wirst du ihm erzählen? fragte ich.

– Ich erzähle es ihm schon, versicherte er mir. Keine Angst, ich erzähle es ihm schon.

Was? Die Wahrheit?

– Du mußt doch immer Witze machen. Das würde er nicht glauben. Ich habe gesagt, wir hätten es durch Zuhören, durch Beobachten, durch Studieren gelernt. Ich habe ihm auseinandergesetzt, die Bibliothek auf New Alexandria habe alles zusammengetragen, was die menschliche Rasse über die Gallacellaner wisse, und das sei eine ganze Menge. Ich werde noch ein wenig weiter mit ihm sprechen und ihm die Vorteile des gegenseitigen Verständnisses und der Kommunikation vor Augen zu halten.

Zum Teufel, für wen hältst du dich? Für Titus Charlot?

Aber ich bekam keine Antwort. Der *Wind* klickte wieder.

Wir brauchten nicht sehr lange im Korridor herumzustehen.

Sie brachten uns in eine Kabine, eine große Kabine, die so luxuriös eingerichtet war, daß sie nichts anderes sein konnte als die Kabine des Kapitäns. Interessiert waren sie nur an mir oder, besser gesagt, am *Wind*. Aber Eve war nervös und wollte bei mir bleiben. Sie erhoben keinen Einspruch. Maslax brachten sie an einen anderen Ort. Ich habe ihn niemals wiedergesehen. Anzunehmen ist, daß sein Interesse an der Welt wiedererwachte, nachdem er eine Zeitlang auf Iniomi verbracht hatte. Aber er bekam seinen Job in der Bibliothek nicht wieder. Er wurde nicht einmal nach Pallant zurückgeschickt. Vermutlich endete er auf Airn, der zweiten Welt des Systems, aber ob er sich dort in einem Gefängnis, einem Krankenhaus oder sonst einer Institution befand, weiß ich nicht. Es war mir nicht der Mühe wert, Nachforschungen darüber anzustellen.

Der *Wind* sprach mehrere Stunden mit dem Kapitän. Währenddessen flog die *Cicindel* nach Iniomi. Gelegentlich teilte der *Wind* mir das eine oder andere Bruchstück mit, was er versuche und was der Kapitän sage. Aber den vollen Dialog bekam ich nicht nachgeliefert.

Der *Wind* betrachtete sich als den ersten Diplomaten, den die menschliche Rasse zu den Gallacellanern gesandt hatte. Er wollte Charlots Arbeit tun und eine Basis für weitere Verhandlungen schaffen. Er hatte große Rosinen im Kopf, der *Wind*. Aber er war immer ein Optimist gewesen.

Er hatte nicht die geringste Chance. Das merkte ich schon sehr bald, und wahrscheinlich merkte er es auch, aber versuchen wollte er es trotzdem.

Der Grund dafür, daß die Gallacellaner eine Mauer der Gleichgültigkeit errichtet haben, ist nicht einfach der, daß sie die Menschen nicht mögen. Die Gallacellaner sind an sich ein gleichgültiges Volk. Sie haben diese Eigenschaft in ihrer Zivilisation kultiviert, und zweifellos wartete sie nur darauf, kultiviert zu werden. Eine auf Verteidigung gerichtete Mentalität. Für sie ging es hauptsächlich darum, das Überleben nach allen möglichen Seiten abzusichern. Verständlich. In der Evolution ist per definitionem der der Fähigste, der überlebt. Der Mensch ist ein Goldmedaillengewinner der Evolution, weil er ein aktiver Überleber ist. Viele mögen behaupten, er habe einen von Grund auf schlechten Charakter. Er ist ein Räuber, ein Besitzer. Aber diese Art zu leben ist nicht die einzige Möglichkeit, in dem alten Kampf um die Existenz Sieger zu bleiben. Auch die Gallacellaner waren Goldmedaillengewinner. Nur ist der Gallacellaner ein passiver Überleber.

Er macht alle Anstrengungen, um den nächsten Tag zu erleben. Aber er kämpft nicht. Er flüchtet. Wenn er gefangen wird, ist es schwierig, ihn zu töten, aber es ist schon schwierig, ihn zu fangen. Der Gallacellaner möchte viel lieber in Frieden als in Unfrieden leben. Er möchte gern wissen, wo er steht. Er möchte die Gewißheit haben, daß er in Sicherheit ist. Die gallacellanische Gesellschaft ist genau durchstrukturiert, und ebenso ist es mit der Sprache.

Der Zweck ist, ein Maximum an Kommunikation zu gestatten, wo sie nicht gebraucht wird. Das Kastensystem ist absolut. Zentralgedanke der gallacellanischen Zivilisation ist die Abgeschlossenheit innerhalb eines bestimmten Kreises. Selbstverständlich ist eine solche Zivilisation in keiner Weise vollkommen. Aber ebenso offensichtlich ist die menschliche Zivilisation in hohem Maß instabil und ebenso wenig vollkommen und enthält ebenso viele Widersprüche. Aber sie funktioniert, und die gallacellanische Zivilisation funktioniert auch.

Es gibt, wie das Sprichwort sagt, mehr als eine Möglichkeit, der Katze das Fell abzuziehen.

Aber wenn man mit dem Analysieren und Philosophieren fertig ist, bleibt eine einfache Tatsache übrig. Die Gallacellaner haben kein Interesse daran, miteinander zu sprechen, wenn sie keinen triftigen Grund dazu haben. Es liegt ihnen nicht, zu plaudern. Ihre Kommunikation ist funktional und dient nur dem Überleben. Warum sollten sie den Wunsch haben, mit Menschen zu reden, außer aus einem triftigen Grund? Und die Gallacellaner haben eine Kaste, deren Aufgabe es ist, die triftigen Gründe festzulegen.

Sie sind sehr einseitig. Wir sind es auch.

Der *Wind* argumentierte lange Zeit. Ich weiß, daß er leidenschaftlich argumentierte, und ich glaubte, daß er auch gut argumentierte. Aber gegen das Kastendenken kam er nicht an. Was er auch sagte, es war nicht das, was der Kapitän hören wollte, und folglich hörte der Kapitän es nicht. Sie sprachen dieselbe Sprache, und doch verstanden sie sich nicht.

Der *Wind* schlug nicht die kleinste Lücke in die Mauer der Gleichgültigkeit. Die Situation blieb, wie sie war. Darin lag eine gewissen Ironie. Die einzigen Gallacellaner, mit denen wir Kontakt aufnehmen konnten, waren diejenigen, die menschliche Sprachen beherrschten. Die Funktion ihrer Kaste war die Kommunikation. Aber ihr Kontakt mit anderen gallacellanischen Kasten war wiederum durch andere Vorschriften eng begrenzt. Sie konnten von ihrem Wissen ebensowenig Gebrauch machen wie ich von meinem. Titus Charlot würde sich – nicht zum erstenmal – mit der Tatsache abfinden müssen, daß er menschliches und gallacellanisches Denken nicht in seinen Analogmaschinen verschmelzen konnte. Es ging einfach nicht.

Wenn sie wußten, daß du kein Gallacellaner bist, fragte ich den *Wind*, warum haben sie uns dann gerettet?

– Im Interesse der friedlichen Koexistenz, antwortete der *Wind*. Und weil sie herausfinden wollten, auf welche Weise ich es gelernt habe, mich verständlich zu machen.

So bekam keiner von uns, was er wollte. Wir landeten auf Iniomi, ohne dem Kapitän hätten erklären zu können, wieso wir seine Sprache kannten, und ohne ihn überzeugt zu haben, es sei eine gute Idee, freundschaftliche Beziehungen zwischen unseren beiden Rassen zu fördern. Der Erfolg von stundenlangem Reden war gleich Null.

Aber wir kamen sicher nach Hause. Nun ja, eigentlich nicht nach Hause, aber wieder nach terra firma. Zurück zu Titus Charlot.

XIV

»Besorgen Sie mir ein Schiff«, sagte ich.

Er sah müde aus. Ich verstand nicht, warum es ihn Jahre seines Lebens gekostet hatte. Mich natürlich. Aber ihn? Er hatte doch nur herumgesessen und gewartet.

»Erst geben Sie mir einen genauen Bericht«, verlangte er.

»Später. Ich will ein Schiff. Ein gutes Schiff mit einem guten Piloten und einem guten Ingenieur. Es ist mir gleich, wo Sie sie auftreiben, aber schnell muß es gehen. Und jetzt gleich will ich mit der *Dronte* sprechen.«

Das Büro, in dem wir uns befanden, gehörte dem Boß auf Iniomi. Der Boß war anwesend, aber nur als Dekoration. Schon seit einiger Zeit hatte Charlot auf Iniomi die Dinge in die Hand genommen. Stylaster war nicht da. Ich war gar nicht neugierig darauf, wohin er gegangen sein mochte. Ich konnte auf Neuigkeiten über Stylaster warten, während Charlot auf Neuigkeiten über die *Varsovien* wartete. Alles zu seiner Zeit.

Man hatte für Charlot eine Funkanlage hier ins Büro gelegt. Charlot wedelte mit der Hand in ihre Richtung.

Ich sandte ein Signal an die *Dronte* aus.

»Hier spricht Kapitän delArco«, kam die Antwort zurück. Er mußte auf meinen Anruf gewartet haben. Er mußte schon geraume Zeit darauf gewartet haben.

»Hier ist Grainger.«

»Bist du okay?« fragte Nick.

»Mir geht's prima«, versicherte ich ihm. »Aber ihr sitzt in der Patsche. Du weißt doch, was passiert ist?«

»Du bist mit dem anderen Schiff gestartet«, sagte er. »Danach bin ich nicht ganz auf dem laufenden. Aber du bist da oben, und wir sind hier unten, richtig?«

»Richtig.«

»Jedenfalls ist die *Dronte* noch heil«, fuhr Nick fort. »Ich nehme an, wir haben Glück gehabt.«

»Na klar, eine richtige Glückssträhne müßt ihr gerade haben.«

»Willst du mir durchgeben, wie ich das Ding in die Höhe bekomme?« fragte Nick. Seine Stimme klang nervös. Er brannte gar nicht darauf, den Piloten zu spielen. Er hatte Angst. Er wollte, daß ich mich als Held erwies und nach unten kam und ihn und Johnny holte. Allerdings war er zu sehr Gentleman, um das auszusprechen. Und außerdem hielt er mich gar nicht für einen Helden.

Ich mich auch nicht.

»Du hättest keine Chance«, sagte ich.

»Also was sollen wir tun?«

»Das hängt ganz von deinem Freund und Arbeitgeber Titus Charlot ab«, erklärte ich kühl.

Schweigen. Nick und Charlot warteten beide darauf, daß der jeweils andere mich fragte, was, zum Teufel, ich damit meinte. Vielleicht konnten sie es sich auch denken – jedenfalls Charlot.

Ich setzte freiwillig zu einer Erklärung an.

»Die Sache ist so. Das einzige Schiff, das gut genug für eine Landung ist, ist bereits unten, und der einzige Pilot, der gut genug für einen Start ist, ist bereits oben. Jetzt haben wir zwei Möglichkeiten. Du kannst dein Leben und Johnnys Leben aufs Spiel setzen und versuchen, den Start selbst durchzuführen. Oder ich kann mein Leben riskieren, indem ich versuche, nach unten zu kommen. Das mag in deinen Augen wie zwei zu eins aussehen, aber in Wirklichkeit steht es drei zu zwei. Wenn dein Versuch fehlschlägt, sterbt ihr beide. Wenn mein Versuch fehlschlägt, sterben wir alle. Daran gibt es nichts zu rütteln.«

»Kein Mensch rüttelt«, bemerkte Nick.

»Nun glaube ich jedoch, daß ich es schaffen kann«, fuhr ich fort, »und ich weiß, daß du es nicht schaffen wirst. Deshalb sollte ich euch wohl lieber holen kommen. Ich frage mich nur: Ist es der Mühe wert? Verstehst du? Jetzt weißt du, daß ich ein Hurensohn bin. Aber du weißt auch, daß ich dir einen oder zwei Gefallen schuldig bin und daß Johnnys Großvater ein sehr guter Freund von mir war. Ich bringe dich und Johnny gratis und franko zurück. Aber für die *Dronte* verlange ich eine Bergungsprämie. Du weißt, warum, und du weißt, wieviel. Du verstehst doch meinen Standpunkt, nicht wahr, Nick?«

»Ja«, sagte Nick.

Ich wandte mich an Charlot. »Und Sie verstehen jetzt auch, worauf ich hinauswill, nicht wahr? Sie besitzen mich. Sie haben meine Seele für zwei Jahre gekauft. Wegen einer Gebühr für Rettung aus Raumnot. Weil Caradoc mir einen häßlichen Streich gespielt hat, nachdem mich ein Caradoc-Schiff irrtümlich gerettet hatte. Sie haben mich Caradoc abgekauft, Titus. Sie haben zwanzigtausend für einen lausigen Witz bezahlt. Also, ich konnte darüber nie lachen, und ich lache auch jetzt nicht. Ich kündige, Titus. Das ist endgültig. Punktum. Sie können mich auf der Stelle ins Gefängnis stecken. Sie können mich so lange Zeit einsperren lassen, daß es aus ist mit mir – daß ich nie wieder ein anderes Schiff fliegen kann. Aber Ihr Schiff ist da unten auf Mormyr, Titus, und die Hälfte der Mannschaft ist noch an Bord. Jetzt ist der dumme Witz an Ihnen hängengeblieben. Wie fühlen Sie sich?«

»Sie würden die beiden nicht sitzenlassen«, meinte Charlot. »Sie würden auf Mormyr landen und sie holen, ganz gleich, was ich sage. Ich kenne Sie, Grainger.«

»Sie wissen, daß ich kein Held bin.«

»Das weiß ich. Doch darauf kommt es nicht an. Sie sind ein halsstarriger Mann, Grainger. Sie beugen sich nicht. Sie stellen sich abseits. Wenn Sie ein Held wären, hätte ich Sie damals nicht zu kaufen brauchen. Wenn Sie ein Held wären, hätten Sie nicht auf dem Felsenplaneten herumgesessen, was zur Folge hatte, daß Sie eines Tages gekauft werden konnten. Sie sind ein isolierter Mensch. Unberührt von menschlicher Hand. Sie leben in Ihrem eigenen Inneren. Für Sie ist nichts wichtig als Sie selbst. Und Sie haben Ihren Entschluß bereits gefaßt. Sie wissen, daß Sie die beiden zurückbringen können. Und das werden Sie tun. Aus Ihren eigenen Gründen. Um sich Ihre eigene Wirklichkeit zu beweisen. Für Ihre eigene winzige Allmächtigkeit. Damit Sie fortfahren können, sich abseits zu stellen. Damit Sie mit reinem Gewissen weggehen können. Denn wenn Sie Kapitän delArco und Johnny auf Mormyr ließen, wären Sie für immer an sie gebunden.«

»Ich verlange eine Bergungsprämie von zwanzigtausend für die *Dronte*, sagte ich. »Bekomme ich sie?«

»Sie sind ein Mitglied ihrer Mannschaft«, antwortete er. »Sie haben keinen Anspruch darauf.«

»Ich habe bereits gekündigt«, gab ich zurück. »Und es spielt keine Rolle, ob ich einen Anspruch darauf habe oder nicht. Sie können mir das Geld der Güte Ihres Herzens wegen geben.«

»Gut«, erklärte er schlicht. »Wenn Sie es so wollen . . . Bringen Sie die *Dronte* zurück, und Sie sind frei. Ich werde für jede Stunde bezahlen, die Sie in meinem Dienst verbracht haben. Aber das wird nicht genug sein, um ein Schiff zu kaufen.«

»Machen Sie sich darüber keine Sorgen«, sagte ich. »Wie ist es mit einem Schiff, das mich nach unten bringt?«

»Haben Sie nicht gesagt, ein solches Schiff gebe es nicht?« konterte er.

»Ich habe nicht die Absicht zu landen. Deshalb brauche ich ja einen Piloten. Ich verlange von ihm nur, daß er in eine Kurve geht. In einen langen Bogen. Hinein und hinaus. Keine Manöver, kein Verweilen, keine Landung. Er soll mich so tief bringen, wie er es wagt, und dann werde ich abspringen.«

Der offene Mund des Chefs von Iniomi zeigte, daß er beeindruckt war. Charlot war es nicht. Er wußte bereits, was ich vorhatte. Es war offensichtlich. Es ist nie ein Problem, wie man hinunterkommt. Materie fällt von selbst nach unten. Das Problem ist, in einem solchen Zustand unten angelangen, daß man wieder nach oben kommen kann. Wenn ein Schiff mich bis an die Wolken bringen würde, konnte ich den Sturm in einem kleinen Rettungsfloß abreiten. Natürlich würde es zerschmettert werden. Natürlich würde ich verletzt werden. Aber wenn ich in einiger Nähe der *Dronte* auftraf, konnte es mir gelingen, sie zu erreichen und auszufliegen. Es konnte eine Menge dabei schiefgehen, und jeder, der so etwas versuchte, setzte sein Leben dabei aufs Spiel. Aber es konnte auch klappen. Und es war die einzige Möglichkeit.

»Es kommt ein Schiff von Pallant herüber«, sagte Titus. »Das beste, das sie haben. Ich kann bessere von New Alexandria anfordern, aber das würde Zeit kosten.«

»Wir werden das benutzen, das wir haben«, erklärte ich. »Die *Dronte* ist da unten verankert, aber trotzdem kann sie bei dem Wetter auf Mormyr zu Schaden kommen. Ich möchte, daß sie für den Start in bestmöglichem Zustand ist. Haben Sie einen Piloten?«

»Ja, einen guten.«

»Einen Linien-Jockey?«

»Einen unabhängigen. Auch er ist kein Held. Wir haben auch ihn gekauft.«

»Und der Ingenieur?«

»Wir haben beide als Team gekauft.«

»Und wieviel haben Sie bezahlt?«

Charlot lächelte. »Fünfzig.«

»Fünfzig?«

»Tausend«, setzte er hinzu. »Wenn sie Erfolg haben, heißt das. Sie bekommen gar nichts, wenn es ihnen nicht gelingt. Es ist eine Bergungsprämie.«

»Dann haben Sie mich aber sehr billig bekommen«, bemerkte ich. »Haben Sie ein Glück gehabt.«

»Sie hätten das alles nicht nötig gehabt«, sagte er.

»Haha«, antwortete ich. »Sie wollen mir doch wohl nicht erzählen, daß Sie, wenn ich hier hereinspaziert wäre, guten Tag gesagt und dann das Schiff geholt hätte, mir um den Hals gefallen wären mit den Worten: ›Hier ist Ihr Geld, leben Sie wohl und viel Glück‹!«

»Ich spreche nicht über unseren Handel«, stellte Charlot fest. »Ich spreche über dessen Abwicklung. Ich spreche darüber, daß Sie die Verbindung hergestellt und offengelassen haben, damit jeder, den es angeht, auch ja hörte, wie Sie herausbrüllten, Sie täten es nicht umsonst. Sie täten es für Geld. Das war nicht notwendig. Sie sind ein Narr, Grainger.«

»Ja, vielleicht bin ich das«, stimmte ich zu.»Nick, ich schalte jetzt ab. Ich brauche etwas Ruhe, bevor das Schiff eintrifft. Wenn alles gutgeht, bin ich bald bei dir.«

Ich schaltete das Funkgerät ab, ohne Nick die Gelegenheit zu geben, noch etwas zu sagen. Ich wollte es gar nicht hören.

Ich verließ das Büro. Der Chef von Iniomi verstand das alles nicht. Er blickte völlig verwirrt drein. Titus sah mir nach. Ich glaube, er verstand es ebensowenig, wenn er auch dachte, er täte es. Ich war mir nicht einmal sicher, ob ich es selbst verstand.

– Okay, ließ der *Wind* sich hören, du bist frei. Frei von allem. Du wirst Nick und Johnny holen, und du hast dein Möglichstes getan, daß sie dich dafür hassen werden. Aber glaubst du wirklich, daß sie dir das abnehmen? Ich bin der Meinung, sie werden dir trotzdem danken. Sie werden dich dafür lieben.

Das brauchen sie nicht, knurrte ich ihn an. Das ist etwas, das ich einfach tun muß. Ich tue es nicht für sie. Ganz und gar nicht. Es ist meine Show. Es gibt niemanden, für den ich ein Risiko eingehen würde, außer für mich selbst.

– Du läufst davon, sagte der *Wind*. Immer, seit ich auf dem schwarzen Felsen in deinen Verstand geriet, bist du auf der Flucht gewesen. Ständig willst du ein Loch finden, in dem du dich verstecken kannst. Du denkst dir die dümmsten Vorwände aus. Du magst Charlot nicht, du magst die politische Situation nicht, du magst es nicht, irgendwem verpflichtet zu sein. Sogar deine Furcht und die Tatsache, daß du Gewalttätigkeiten nicht magst, sind nichts als Vorwände. Du läufst aus reiner Gewohnheit davon. Das ist deine Art zu leben. Du hast einen gallacellanischen Charakter, Grainger.

Die Gallacellaner machen es ganz richtig, versicherte ich ihm. Sie überleben.

– Das ist nicht genug, betonte er. Sogar die Gallacellaner wissen das.

Es hatte tatsächlich den Anschein, jedenfalls wußten es einige von ihnen. Die Männer von der *Cicindel* hatten offenbar gedacht, daß es nicht allein auf das Überleben ankam. Sie hatten versucht, Stylaster daran zu hindern, von der *Varsovien* Gebrauch zu machen.

Aber ich war mir nicht im klaren, ob meine Sympathie nicht doch Stylaster gehörte. Allein durch logische Überlegungen hatte ich herausgefunden, warum er das Schiff unbedingt haben wollte. Es gab keine Möglichkeit zu beweisen, daß meine Theorie stimmte, aber ich war mir ziemlich sicher. Mit der Annahme, die *Varsovien* sei ein Auswandererschiff, hatte ich recht gehabt. Sie war das ultimate Fluchtmittel, die ultimate Sicherheit. Sie konnte eine Million Gallacellaner aus der Galaxis hinausbefördern, und das Fenris-Feld sorgte dafür, daß nichts – absolut nichts – sie aufhalten konnte.

Die gallacellanischen Kriege waren beendet worden, ohne daß man die *Varsovien* gebraucht hätte. Nun brauchte man sie wieder. Aber nicht, weil sich verschiedene Parteien der Gallacellaner von neuem bedrohten. Die Gallacellaner hatten vor etwas ganz anderem Angst.

Sie hatten Angst vor uns. Vor der menschlichen Rasse.

Und wer konnte ihnen das verdenken? Die Handelsgesellschaft dehnten sich ständig weiter aus und fraßen die Galaxis. Das Gleichgewicht zwischen den Handelsgesellschaften einerseits und New Rome und New Alexandria andererseits war so gefährdet, daß es bei der geringsten Berührung kippen konnte. Irgendwann mußte es zum Krieg kommen. Zum Krieg zwischen den Handelsgesellschaften und dem Gesetz, zum Krieg zwischen Menschen und Nichtmenschen. Titus Charlot und ein paar tausend ähnlicher Leute glaubten, sie könnten den Deckel geschlossen halten. Vielleicht schafften sie es. Für zehn, hundert, tausend Jahre. Aber nicht für immer. War es nicht verständlich, daß die Gallacellaner Angst hatten? Zum Teufel, ich hatte Angst. Ich wollte weg, ich wollte mich verstecken. Ich suchte nach einer hübschen kleinen Nische, wo ich sicher war, nach einem Eckchen, das es nicht wert war, darum zu kämpfen. Genau dasselbe wollten die Gallacellaner. Stylaster war bereit gewesen, danach im Andromedanebel zu suchen. Aber es gab auch unter den Gallacellanern verschiedene Ansichten. Die *Cicindel* hatte versucht, den Menschen eine Warnung zukommen zu lassen, hatte versucht, uns zu überreden, die *Varsovien* da liegenzulassen, wo sie lag. Und wie die Dinge sich entwickelt hatten, war jetzt die *Cicindel*-Partei im Besitz der *Varsovien*.

Vielleicht wollten sie das Schiff für sich selbst. Wahrscheinlich war jedoch, daß sie Stylasters Methoden nicht billigten. Ich glaube, sie wollten die Menschen nicht herausfinden lassen, daß die *Varsovien* ein Fluchtschiff war. Wir sollten nie erfahren, wieviel Angst sie hatten. Denn sie wußten über uns ebensowenig wie wir über sie, und das wenige, das sie jetzt wußten, konnten sie nicht verstehen.

Es war einfach so, daß sie sich uns nicht enthüllen wollten.

Die Mentalität einer Beute-Spezies.

Vielleicht hatte der *Wind* recht. Vielleicht habe ich einen Charakter wie ein Gallacellaner.

XV

Wir mußten lange warten. Als das Schiff von Pallant da war, begann das ganze Bodenpersonal von Iniomi in seinen Eingeweiden herumzustochern. Es mußte gründlich überprüft werden, und dann mußte es noch für die Sonderaufgabe, die ihm bevorstand, ausgerüstet werden.

Die Überwachung dieser Arbeiten überließ ich Charlot. Es entsprach durchaus nicht meiner Art, einen solchen Job einem anderen anzuvertrauen. In meinem normalen Geisteszustand bin ich sehr, sehr kritisch, was die technische Seite angeht, und ich möchte bis zum letzten Schnappriegel alles selbst überprüfen. Aber zu jenem Zeitpunkt ruhte zuviel Druck auf mir, und dazu kam, daß ich die ganze Sache satt hatte. Ich war müde, nicht körperlich, sondern geistig, erschöpft von schwerem Nachdenken und der schnellen Folge katastrophaler Ereignisse.

Ich hatte noch anderes zu tun außer das Ding zu checken, das mich in einem Stück auf die Oberfläche von Mormyr bringen sollte. Hauptsächlich mußte ich mit dem Piloten sprechen. Ich hatte ihm nichts Besonderes zu sagen – ich hatte keine lebenswichtigen Informationen über die Bedingungen in den niedrigen Atmosphärschichten, die ich an ihn weitergeben konnte, und ich wußte, wenn ich ihm in seinen Flugplan hineinzureden versuchte, würde ich ihn nur auf die Palme bringen. Mich jedenfalls hätte nichts mehr erbosen können. Trotzdem mußte ich mit ihm reden, weil ich herausfinden wollte, ob er fähig war, das zu tun, was von ihm verlangt wurde.

Das Schiff war die *Coregon*, und es war ein kompaktes, sehr solides Massenreduktionsschiff. Als Transportmittel war es sehr langsam, aber es war für den Flug in der Atmosphäre und im schmutzigen Raum entworfen worden. Deshalb verfügte es über weit mehr Energie, als es brauchte, um sich vorwärts zu bewegen. Sein einziger großer Fehler war, daß es ihm beinahe völlig an Manövrierfähigkeit mangelte. Innerhalb seiner Grenzen was es ein gutes Schiff, aber sobald diese Grenzen erreicht waren, hatte es nur noch Schrottwert. Nun, das ging in Ordnung. Ich verlangte ja gar nicht, daß es ein Ziel ansteuern sollte, für das es nicht ausgerüstet war.

Der Kapitän, Pilot und Eigentümer war ein Mann namens Jacks. Er nannte mir nur seinen Nachnamen und sagte, das sei der einzige Name, mit dem ich ihn je anreden würde. Das ist eine Sache der Etikette – richtige Raumfahrer haben keine Vornamen. Nicht viele gehen so weit wie ich und kommen ganz ohne einen solchen aus. Aber im Raum benutzen sie eben nur ihren Nachnamen, und andere Namen, die ihnen bei ihrer Geburt verliehen werden, lassen sie nur dann wieder aufleben, wenn sie längere Zeit auf einem Planeten bleiben.

Ich mochte Jacks. Er war beinahe so alt wie ich, und er war sogar noch länger im Raum gewesen. Er hatte längst nicht so weite Entfernungen zurückgelegt wie ich, aber er hatte auch nie einen Partner wie Lapthorn gehabt. Er arbeitete für seinen Lebensunterhalt und flog schön solide auf immer den gleichen Routen. Vom Rand der Galaxis hatte er nie etwas zu sehen bekommen.

Er mochte mich nicht. Das war verständlich. Es war nicht persönlich gemeint, es lag nur daran, daß dieser Auftrag ein sehr unangenehmer war, und daß er ihn angenommen hatte, bedeutete noch lange nicht, daß ihm die Arbeit gefiel. Er war bereit, mit mir zu sprechen, weil er ebenso gern wissen wollte, was für ein Wahnsinniger ich war, wie ich herausfinden wollte, mit wem ich es zu tun hatte.

Er erzählte mir, sein Schiff sei gegen alle Schäden versichert und er sei noch zu jung zum Sterben, aber das große Geld, dem er einfach nicht hatte widerstehen können, bekomme er nur, wenn mir mein verrücktes Kunststück gelang. Nun wollte er wissen, welche Chancen ich hatte.

Um ganz ehrlich zu sein, ich hatte keine Ahnung. Schließlich hatte ich noch nie etwas Ähnliches gemacht. Es schien ganz einfach zu sein. Ich würde einen schweren Anzug mit großem Energiepack tragen (sehr unökonomisch, aber ich wollte ihn ja nur einmal benutzen), der mir, sobald ich einmal auf der Oberfläche war, das Überleben ermöglichte. Gegen einen solchen Anzug kann man Ziegelsteine schleudern, und sie werden nur abprallen. Also konnten mir die Hagelkörner nichts anhaben. Auch ist es buchstäblich unmöglich, den Anzug umzuwerfen. Deshalb waren die Stürme ebenfalls kein Problem. Selbst die größten Energiepacks hauchen nach zehn oder zwölf Stunden ihr Leben aus, weil sie sich allein bei der Aufgabe, den Anzug aufrecht zu erhalten, erschöpfen. Aber zehn bis zwölf Stunden sollten Zeit genug sein, bis zur *Dronte* zu gelangen – falls wir alles richtig berechnet hatten. Das Rettungsfloß war ein großes Problem. Ich konnte nicht in einer Kapsel hinuntergehen, weil ich damit sehr hart landen würde. Es mußte eine Vorrichtung angebracht werden, mit der ich alles an Momentum, was ich beim Fall gewann, ausgleichen konnte. Aber was für eine Vorrichtung? Ein Fallschirm kam in dieser Atmosphäre nicht in Frage. Wie konnte der Aufprall so gemildert werden, daß sowohl der Anzug als auch Grainger voll funktionsfähig unten ankamen? Hauptsächlich hing das vom präzisen Timing ab. Charlot mußte sich damit befassen.

Jacks schüttelte bei meinen Erklärungen immerzu den Kopf. Er hatte von Titus Charlot noch nie gehört, aber wie die meisten Menschen betrachtete er die Wunder, die New Alexandria für seine Kunden liefern konnte, mit beinahe abergläubischer Scheu. Er wußte, seinen Teil der Aufgabe beherrschte er, und wenn der Rest nicht möglich war . . . Nun, dann würde sein Schiff kostenlos überholt werden, und er hatte immer noch seine Arbeit.

Das war eine gesunde Einstellung. Sie freute mich. Seit ich von meinem unfreiwilligen Exil zurück war, hatte ich zwei oder drei Raumfahrer kennengelernt, denen ich nicht einmal das Schieben eines Kinderwagens anvertraut hätte. (Ich möchte mich beeilen hinzuzufügen, daß von einem Linien-Jockey oder einem Fährmann der Handelsgesellschaften auch niemals etwas Komplizierteres als das Schieben eines Kinderwagens verlangt wird. Aber irgendwer muß ihre genau festgelegten Kurse programmieren und für sie Raumhäfen bauen.)

Als wir die Linie zwischen dem platterdings Unmöglichen und dem gerade noch nicht ganz Unwahrscheinlichen gezogen hatten, gab Jacks seiner Neugier nach und fragte, wie diese dumme Situation überhaupt entstanden sei. Ich wußte nicht recht, wie ich es ihm erklären sollte. Mir lag gar nichts daran, gehässige Gerüchte über gallacellanische Kampfschiffe zu verbreiten. Schließlich verfiel ich darauf, alles Maslax und seiner Geisteskrankheit zuzuschreiben. Es hörte sich ziemlich lächerlich an, und mir war ein wenig schuldbewußt zumute. Für Maslax verschwendete ich keine Sympathie, aber es war nicht gerecht, alle seine Handlungen auf Verrücktheit zurückzuführen. Er hatte ja wirklich ein Motiv gehabt, und der Kummer, den er jahrelang in sich hineingefressen hatte, war zweifellos echt. Ob er nun Gedanken lesen konnte oder nicht, die Wahrheit – oder ein Teil davon – hatte er doch erfaßt.

Aber Maslax war der einzige zu Verfügung stehende Sündenbock, und er würde für alles verantwortlich gemacht werden. Deshalb sagte ich: Schuld war allein der wahnsinnige Maslax.

Jacks war damit zufriedengestellt. Es überzeugte ihn. Ich hatte den Verdacht, daß er überhaupt ein leicht zufriedenzustellender Mann war.

Bevor wir starteten, sprach ich ein paar Worte mit Eve. Sie war nicht anwesend gewesen, als Charlot und ich uns Grobheiten an den Kopf warfen. Wahrscheinlich dachte sie immer noch, ich würde die andere Hälfte unserer schlecht zusammengesetzten Mannschaften aus Heldenmut und Pflichtbewußtsein retten. Aber davon hätte sie wohl sowieso nichts abbringen können, und im innersten Herzen konnte ich einen gewissen Sinn für Loyalität nicht abstreiten.

»Was hast du Charlot erzählt?« fragte sie.

»Nichts«, antwortete ich schlicht.

»Du willst ein großes Geheimnis daraus machen? Ich meine, daß du Gallacellanisch sprechen kannst?«

»Ich habe nicht die Absicht, es irgendwem zu erzählen«, erklärte ich. »Und du?«

Sie beantwortete die Frage nicht. »Ich sehe nicht ein, warum du es verschweigen willst. Warum willst du immer alles, was du weißt, für dich behalten? Charlot bemüht sich verzweifelt, mit diesen Leuten einen Kontakt herzustellen. Du könntest es schaffen. Es wäre ganz einfach. Wir brauchen sie nicht zu bestechen. Du hattest geschworen, du würdest nicht noch einmal versuchen, auf Mormyr zu landen. Wenn du damals Charlot gleich gesagt hättest, was du über die Gallacellaner weißt und daß du ihre Sprache sprechen kannst, hättest du es wahrscheinlich nicht noch einmal zu versuchen brauchen. Ich verstehe deine Logik nicht.«

Es hatte keinen Sinn, es zu erklären. Eve nicht, und Charlot schon gleich gar nicht. Unsere Meinungen gingen zu weit auseinander. Charlot wollte mit jedem sprechen. Er bildete sich ein, er müsse dazu imstande sein und werde dazu imstande sein. Ich nicht. Ich will es nicht, ich bilde mir nicht ein, daß wir dazu imstande sein müßten, und ich glaube nicht, daß es uns je gelingen wird. Der einzige Grund, warum ein Krieg auf uns zukommt, ist meiner Meinung nach, daß jeder das Universum auf seine Weise besitzen will. Caradoc, Charlot und alle anderen. Sie alle leiden unter Größenwahn.

Die Gallacellaner wollten nicht mit mir sprechen, und für mich war das okay. Ich hatte ihnen gar nichts Besonderes zu sagen. Ich hatte ebensowenig vor, Großes für die menschliche Rasse zu tun, indem ich Botschafter bei den Gallacellanern wurde, wie ich mich mit dem Gedanken trug, Caradoc und seine Machenschaften im Alleingang zu zerschmettern und die Galaxis vor dem Untergang zu retten. Was nicht geht, das geht eben nicht.

»Wirst du darüber schweigen?« fragte ich Eve. »Laß mich aus der Sache raus. Laß uns alle einen dicken Strich darunter machen. Einverstanden?«

»Gut. Ich werde kein Wort darüber sagen«, versprach Eve. Auch sie hatte einen Sinn für Loyalität.

XVI

Es heißt, das menschliche Tier werde mit zwei Urängsten geboren: vor plötzlichen lauten Geräuschen und vor plötzlichem Fallen. Wenn das wirklich so ist, dann muß der schlimmste Alptraum des Ungeborenen sein, es werde in einem Rettungsfloß ohne eigenen Antrieb von einem Raumschiff in den Sturm von Mormyr ausgestoßen.

Ich drückte den Knopf nicht selbst. Mit der delikaten Aufgabe, mich auf den Weg zu schicken, war der Bordcomputer betraut worden. Charlot verließ sich nicht auf menschliche Reflexe, wo mechanische zur Verfügung standen. Ich lag beinahe lang ausgestreckt in dem Floß und wartete lange Stunden, während die *Coregon* nach Mormyr kroch und viele, viele Manöver durchführte, um den sehr schmalen Pfad zu finden, den Jacks und Charlot gemeinsam festgelegt hatten. Dem Abwurf ging kein Countdown voraus. In meinem Ohr erklang einfach eine Stimme, die gleichgültig bemerkte, wir seien da, und dann herrschte Schweigen, bis ich hinauskatapultiert wurde.

Mir wurde einen Augenblick schwindelig, als ich das Schwerkraftfeld des Schiffes verließ, das von Mormyr aber noch nicht erreicht hatte. Gleich darauf kam der wütende, hämmernde Angriff des Sturms. Der Alptraum eines Embryos. Ich fühlte mein Herz rasen, und ich empfand einen scharfen Schmerz, als habe mich eine Wespe in die Herzwand gestochen. Der Schmerz war auf Angst zurückzuführen, und ich wunderte mich über mich selbst. Das half mir, den Schock zu überwinden und wieder ruhig zu werden. Den Luxus eines Schocks konnte ich mir nicht leisten. Der nächste Knopf war manuell zu drücken, und da mußte ich voll konzentriert sein.

»Viel Glück«, hörte ich Jacks murmeln. Dann klickte es. Er hatte die Verbindung zu mir abgeschaltet. Trotz des Knatterns der Hagelkörner, des Donnerkrachens und des Heulens rings um mich wurde ich mir plötzlich einer vollkommenen inneren Stille bewußt, einer extremen Einsamkeit. Sekundenlang fürchtete ich, es werde so bleiben, ich sei von allem abgeschnitten. Sekundenlang ging es im freien Fall nach unten. Ich machte mich bereits auf den Aufprall gefaßt, der doch erst in Minuten zu erwarten war und den ich sowieso nicht fühlen würde, weil ich mich bis dahin abgestoßen hatte. Das Floß würde zerschellen.

Dann klang Titus Charlots Stimme auf, kalt und klar.

»Können Sie mich hören, Grainger?«

»Ich höre Sie.«

»Alles in Ordnung?«

Eine theoretische Frage. Weder er noch ich konnten es wissen. Er führte an einem Analogsimulator Berechnungen durch. Ich war in einer fallenden Blechbüchse gefangen. Wenn irgend etwas nicht in Ordnung war, würde keiner von uns beiden es merken.

»Zählen Sie«, forderte ich ihn auf. Mir war, als müsse ich schreien. Jetzt war nicht der richtige Augenblick für ruhige Worte. Ich wollte wissen, wo ich war, oder vielmehr, wann. Ich wollte die vertraute Zahlenreihe hören. Charlot hatte jede Zeit der Welt für beruhigende Bemerkungen, während er mit seinem

Apparat spielte. Ich nicht. Diese Sekunden konnten sehr wohl meine letzten sein. Das mindeste, was er tun konnte, war, sie für mich zu numerieren, eine nach der anderen, mir etwas zu geben, woran ich mich festhalten konnte. Ich lag in völliger Dunkelheit. Mein Körper wog innerhalb des gepanzerten Anzugs Tonnen, ich atmete Luft aus der Flasche, meine Ohren schmerzten von dem Getöse der chaotischen Atmosphäre. Ich brauchte etwas, woran ich mich orientieren konnte, etwas, das mir ein Gefühl der Realität vermittelte. Für Titus Charlot mochten es nur Nummern sein, aber für mich waren sie Fragmente der wirklichen Welt.

Er zählte. Kalt und mechanisch.

Ich habe mein ganzes Leben lang auf Countdowns gehört. Im Raum, wo sich mein eigentliches Leben abspielt, dreht sich die Zeit um die Countdowns. Sie tragen einen über die Lichtgeschwindigkeit, auf die das Gewebe des Universums gegründet ist, und sie bringen einen wieder zurück. Alle Sekunden sind sich gleich, alle Stimmen klingen flach und ausdruckslos. Ich kannte Lapthorns Countdown und Rothgars und Johnnys. Ich kann nicht sagen, woran ich sie unterscheide, aber alle hatten etwas unverwechselbar Individuelles an sich. Charlots Countdown auch. Ich hatte noch nie ein so uhrwerkhaftes Zählen gehört wie das von Charlot. Das war der absolute Countdown, völlig mechanisch, perfekt.

Meine Hand griff nach dem Hebel, den ich ziehen mußte. Meine Hand verkrampfte sich wie die eines Toten. Die Muskeln waren steinhart. Ich fühlte Schmerz in den Gelenken. Aber ich konnte den Griff nicht lockern.

Ich träumte in vorbeizuckenden Blitzen. Ich war voll wach, aber durch meinen Geist flitzten Gedanken in der Form von Bildern. Ich träumte, der Hebel sei verklemmt. Ich träumte, mein ganzer Körper sei steifgefroren, und Charlot gelange bei Null an und ich hätte den Hebel immer noch nicht hinuntergedrückt. Ich träumte, das Floß schlage auf und explodiere, während der Countdown noch im Gange war, und ich träumte, mein Körper werde bei den letzten Sekunden in kleine Stücke zerschmettert. Es war ein Traum für jeden Zwischenraum hinter einer Zahl, die mit tödlicher Präzision über Charlots weit entfernte Zunge rollte. Ich stellte ihn mir vor, wie er unbewegt an seinem Schreibtisch saß, die Augen auf den Simulator gerichtet, beinahe ebenso schnell rechnend wie der Computer. Im Geist machte er diesen Absturz mit. Wir beide waren erstarrt, wir beide lebten nur noch durch die Zahlen. Der einzige Unterschied war, daß er die Simulation erlebte, und daß sie erfolgreich verlaufen würde, das wußten wir. Computer widersprechen nicht. Zufriedenheit ist garantiert. Ich dagegen erlebte die Wirklichkeit, und von einem theoretischen Fehler hing mein wirkliches Leben ab. Ich mochte sterben, während er immer noch seinen vorausberechneten Sieg abzählte.

Er konnte nicht verlieren.

»Zwanzig«, sagte er. »Neunzehn . . .«

Ich brauchte einen Schuß. Ich träumte, daß ich einen Schuß brauchte. Was ich wirklich brauchte, war, nicht so ganz allein zu sein. Ich wollte wissen, daß der Schuß um die nächste Ecke auf mich wartete, daß die Spritze von einer Hand gehalten wurde, daß die Hand Eve gehörte. Ich wollte wissen, daß die Zahlen von einer menschlichen Stimme gesprochen wurden und nicht von einer Maschine. Ich wollte wissen, daß es außer mir noch irgend etwas anderes im Universum gab.

Der *Wind* sagte kein Wort, aber er ließ mich fühlen, daß er da war. Wie? Das weiß ich nicht. Er scharrte mit den Füßen oder ließ seine Gelenke knacken – irgend etwas Unmögliches, nicht näher zu Beschreibendes. Doch es genügte. Titus war bei zwölf angekommen und hustete. Er hustete sehr schön – völlig beherrscht. Das Husten schnitt das »E« von »Elf« ab und brachte Leben in den Countdown. Ich war dankbar für dieses Husten. Ich war dankbar für Charlots Alter und seinen schlechten Gesundheitszustand. Ich war dankbar, daß die Fernsteuerung, an der ich hing, nicht ganz mechanisch war.

»Zehn«, sagte Titus.

Das Heulen des Sturms erstarb in meinen Ohren. Es hätte lauter werden müssen, denn die Luftbewegung wurde stärker, die Blitze fingen mich in einen Käfig ein, die Hagelkörner trommelten auf mich nieder. Aber das Geräusch verebbte. Ich zog mich von meinen Sinnen zurück. Nur Titus kam immer noch durch. Nicht laut, nicht einmal klar, aber abgemessen. Tick, tick, tick . . .

»Vier«, tickte es, »drei,

zwei,

eins . . .«

Null, und ich drückte den Hebel.

Ich hörte die Null nicht. Sobald ich sie erreicht hatte, sobald ich wußte, wann sie war, wo sie sich in der Raumzeit meiner Abgeschlossenheit befand, zählte ich sie selbst. Ich fand sie allein (auch wenn mir das ohne die vorhergehenden Zahlen nicht möglich gewesen wäre), und ich drückte den Hebel genau im richtigen Sekundenbruchteil.

Und dann fiel ich von neuem. Der Sturm war wieder da, und er war nur Zentimeter von mir entfernt, und er heulte und trommelte auf meine unzerstörbare Rüstung wie alle Teufel der Hölle. Alptraum. Immer noch träumte ich, immer noch flitzten Kurzfilme durch mein Gehirn. Quantenträume. Quantenalpträume.

Jetzt sah ich auch Licht. Farbiges Licht, getrübt durch die Rauchfarbe meiner Sichtscheibe, die sechs Zentimeter breit und eineinhalb Zentimeter dick war. Ich konnte nur ein kleines Stück geradeaus sehen. Bei diesem Anzug gab es keinen Sicherheitsspielraum. Ich sah nichts als chaotisches Licht, als farbige Wolken, die von unregelmäßig aufzuckenden Blitzen erhellt wurden.

Wirbel. Die Farben wirbelten nach eigenem Belieben, aber auch ich drehte mich, drehte mich im Flug, als ich mich aufrichtete, als der Mechanismus des Anzugs in Gang kam, mich sicher in den Armen der Energie hielt, sicher vor jedem Unfall wie Vogelschwingen, die verspätet zu flattern beginnen, um einen Fall aufzuhalten, um einen zerbrechlichen Körper vor der Katastrophe zu bewahren, bis er sicher landete.

Es knirschte leicht, als ich den Boden traf. Meine Knochen vibrierten, als der Anzug den heftigen Aufschlag milderte und in eine sanfte, nach allen Seiten verlaufende Welle verwandelte.

Ich hörte nichts von dem Rettungsfloß. Ich wußte nicht, welchen Weg es genommen hatte. Ich sah nichts. In dem

Augenblick, als ich mich abgestoßen hatte, war es aus meinem Leben verschwunden. Ich zog allein weiter und landete allein.

Ich war wie eine Katze auf die Füße gefallen. Ich schien wie eine Katze neun Leben zu haben. Und noch eins dazu in der Hölle. Aber ich gewann. Katzen sind gut im Überleben.

Nur durch ihre Neugier kommen Katzen um.

Es herrschte Stille. Absolute Stille.

»Ich bin unten«, sagte ich in der Hoffnung, irgendwer sei da, den es interessiere.

Ich hörte Titus Charlot. Er antwortete mir nicht – er atmete. Sein Mund muß sehr nahe am Mikrophon gewesen sein. Ich hatte die merkwürdige Vorstellung, einen sprachlosen Titus Charlot zu hören. Das war etwas sehr Ungewöhnliches.

»Bleiben Sie stehen«, sagte er schließlich. »Ich schalte die *Dronte* wieder in die Verbindung ein.«

»Was ist mit Jacks?« fragte ich. »Ist er mit dem Schiff gut weggekommen?«

»Das werden wir gleich wissen«, sagte Charlot. »Er ist noch in der Atmosphäre. Ich schalte ihn für einen Augenblick ein, sobald er wieder im freien Raum ist. Aber nur für einen Augenblick. Wir haben keine Zeit zu verlieren.«

Nein, dachte ich. Das haben wir nie.

Für den Augenblick, den Charlot mir versprochen hatte, wurde eine Verbindung zwischen vier Seiten hergestellt.

»Ich bin unten«, verkündete ich noch einmal.

Es knatterte, und Nick delArco sagte etwas, das sowohl dankbar als auch unflätig war. Jacks drückte seine Überraschung und seine Freude ähnlich aus. Keiner von beiden sprach mich direkt an, und ihre Worte kamen auch nicht ganz klar durch. Trotzdem wurde deutlich, was sie meinten.

»Ich bin ein reicher Mann«, bemerkte Jacks eine oder zwei Sekunden später. »Machen Sie nur keine Fehler, wenn Sie das Baby hochbringen.«

Ich brauchte nicht erst zu fragen, ob bei ihm alles gutgegangen war. Ich konnte praktisch hören, wie er sein Geld zählte. Er war im freien Raum.

Jacks wurde ausgeschaltet.

»Gut«, sagte Charlot. »Jetzt müssen wir herausfinden, wie

weit Sie von der *Dronte* entfernt sind, und Sie einweisen. Schalten Sie Ihr Signal ein.«

Ich ersetzte den Klang meiner Stimme durch das Signal und wartete. Ich konnte nicht hören, was vor sich ging, aber ich konnte es mir sehr gut vorstellen. Titus instruierte Nick, wie er die Sensoren des Schiffes benutzen müsse, um mein Signal anzupeilen. Ich gab ihnen gut zwei Minuten, dann meldete ich mich wieder.

»Wo bin ich?«

»Nicht so ungeduldig«, sagte Nick. »Laß das Signal an.«

Ich gab ihnen noch zwei Minuten.

»Wie weit ist es?« fragte ich, nur um etwas Abwechslung in den Dialog zu bringen.

»Das war eine Ziellandung«, sagte Nick. »Weniger als zwanzig Meilen.«

Mormyr ist eine große Welt, und sie hat gewaltige Stürme. Eine Entfernung von zwanzig Meilen bis zur *Dronte* war wirklich eine Ziellandung. Aber diese Genauigkeit war notwendig. Mit voller Energie konnte mich der Anzug drei, vielleicht auch vier Meilen pro Stunde fördern. Da nun die Landung schon Energie verbraucht hatte, standen mir wahrscheinlich nicht mehr als acht Stunden zur Verfügung. Zwanzig Meilen waren zu schaffen. Wenn das ein Wettkampf gewesen wäre, hätte ich ihn gewonnen. In diesem Augenblick fühlte ich mich jedoch nur erleichtert, daß alles nach Plan verlaufen war.

Immerhin mußte ich diese zwanzig Meilen zu Fuß gehen.

Ich brauchte mehr als vier Stunden, und es war sehr langweilig. Ich bin häufig über die Oberfläche sehr seltsamer – und auch ziemlich gefährlicher – Planeten gegangen. Was die Feindseligkeit betraf, konnte keiner Mormyr das Wasser reichen. In gewisser Weise war dieser lange Marsch eine einmalige Erfahrung. Aber ich gehöre nicht zu denen, die gern Geschichten erzählen, und ich habe keine Enkelkinder. Ich messe Erfahrungen daran, was sie sind – nicht daran, was sie mir in späteren Jahren bedeuten werden. Diese zwanzig Meilen in dem kaleidoskopischen Sturm waren einfach zwanzig sehr ungemütliche Meilen. Etwas Besonderes zu sehen gab es auch nicht. Zwei

Minuten Chaos langen völlig, um es ein ganzes Leben lang im Gedächtnis zu behalten.

Das Gehen fiel mir nicht besonders schwer. Der Anzug bewegte sich aus eigener Kraft und mich mit. Aber leicht war es auf keinen Fall. Ich war an diesen Anzugtyp absolut nicht gewöhnt, und nach ein paar Minuten wurde es immer mühseliger, im Gleichschritt mit ihm zu bleiben. Er rieb mich an verschiedenen Stellen wund – besonders an der Gürtellinie und auf der Innenseite der Beine –, und das wurde immer schmerzhafter. Ich begann den Treck mit leichter Konversation, die sich hauptsächlich an Nick und Johnny richtete. Aber noch ehe ich die halbe Strecke zurückgelegt hatte, war ich auf Beschwerden herabgesunken – hauptsächlich an Charlot und die Vorsehung gerichtet. Und dann kamen nur noch einfallsreiche Flüche.

Nick bot an, mir entgegenzukommen. Ich sagte ihm, er solle den Blödsinn sein lassen. Auf der *Dronte* hatten wir keinen Anzug, der so schwer war wie meiner, und er ging ein teuflisches Risiko ein, wenn er sich mit einem Anzug, von dem die Hagelkörner nicht absprangen, in das Unwetter hinauswagte.

Ich glaube, am schlimmsten war es für mich, daß dieser Gewaltmarsch die Eleganz der Operation zunichte machte. Wieviel ästhetischer wäre es gewesen, wenn dem grauenhaften Abstieg ein glatter Start und eine sofortige Rückkehr in die Sicherheit gefolgt wären. So wurde jedes Triumphgefühl in mir erstickt. Als ich die *Dronte* erreichte, schmerzte mein ganzer Körper, und ich war in einer Saulaune. Mit anderen Worten, ich war ganz der alte Grainger. Ohne den langen Fußweg hätte ich mich fast wie ein Held fühlen können. Ich hätte mich, wenigstens für eine Weile, in meinem Sieg sonnen können. Aber wenn die Innenseite der Oberschenkel bis auf das rohe Fleisch abgewetzt sind, sieht man das Leben ganz anders an. Tropft dagegen eine Blutspur aus einem Mundwinkel oder aus einer Wunde an dezenter Stelle, liegt darin etwas Edles und Heroisches. Bei mir war das Gegenteil der Fall.

Der Empfang, den mir Kapitän delArco bereitete, reichte jedoch beinahe, meinen Glauben an das Heldentum wiederherzustellen. Nick war perfekt. Er war ein großer Mann mit einer tiefen Stimme, und er hatte noch nie dazu geneigt, im Taumel der Begeisterung wild umherzuspringen. Deshalb spielte er seine Rolle mit wundervoller Selbstbeherrschung. Aber jedes Mal, wenn ich mich bewegte, wurde ich an die echten Tatsachen des Lebens erinnert, und das befähigte mich, meine Rolle echt bis zum letzten mürrischen Blick und verdrießlichen Grunzen zu spielen. In der Vergangenheit hatte Nick diese Blicke und dieses Grunzen mir oft übelgenommen, aber in diesem Augenblick liebte er sie. Und Johnny? Nun, ich nehme an, Johnny hatte immerzu fest daran geglaubt, ich werde kommen und ihn dem Rachen des Todes entreißen. Jetzt hatte ich seine Erwartung erfüllt.

Beide arbeiteten sich gemeinsam in die Tiefen des Anzugs vor und zogen mich heraus. Sie mußten mich eine Weile stützen, bis die Blutzirkulation wieder in Gang kam. Dann ging ich und griff die Wasservorräte des Schiffes in ganz extravaganter Weise an, indem ich in einem heißen Bad schwelgte. Ich gebe zu, es ist ein bißchen lächerlich, wenn man sich mitten in einer Rettungsaktion Zeit für ein Bad nimmt. Aber ich fühlte mich wirklich nicht fähig, das Schiff in die Höhe zu bringen, ehe ich die wunden Stellen behandelt hatte. Ich hatte volles Vertrauen zu den Ankern, und ich hielt die Verzögerung um eine halbe Stunde für weniger gefährlich als einen Start, bei dem ich nicht ganz fit war.

Als ich fertig war, zog ich saubere Sachen an, trank eine Tasse Kaffee und begab mich in den Kontrollraum. Johnny kümmerte sich bereits um den Antrieb. Nick stellte sich mit der Spritze neben mich. Ich instruierte ihn, in welcher Reihenfolge, in welcher Menge und zu welchem Zeitpunkt er mir die Medikamente geben müsse.

»Okay, Titus«, erklärte ich ohne Vorrede. Ich wußte, daß er immer noch am Funkgerät saß und wartete. »Sie können den Scheck schon unterschreiben. Ich bringe Ihnen Ihren Vogel zurück.«

Dann hob ich ab.

XVII

Ich glaubte ehrlich, das sei das Ende. Ich glaubte, ich sei fertig mit Titus Charlot, fertig mit der *Dronte*, mit delArco und Lapthorns Schwester und Heraults Enkel. Ich glaubte, ich hätte unter dieses Kapitel in meinem Leben einen dicken Strich gemacht.

Natürlich sollte es eher ein neuer Anfang als ein Ende sein. Ich wollte eine neue Laufbahn als Raumtramp und Einzelgänger beginnen. Davor war mir gar nicht bange. Aber ich dachte viel mehr an all die unangenehmen Dinge, die ich hinter mir ließ, als an das, was vor mir lag. Ich war nicht blind. Ich hatte meine Wahl mit wachen Augen getroffen, und ich dachte, ich hätte den richtigen Entschluß gefaßt.

Aber ich irrte mich. Ich konnte einfach kein Ende machen. Ich hatte mich selbst überschätzt. Damit meine ich natürlich nicht, daß ich zu Charlot zurückging und ihn bat, den Scheck zu verbrennen, weil ich es nicht übers Herz bringe, zu gehen. Ich ging tatsächlich. Ich reiste von Iniomi nach Pallant, und Pallant ließ ich hinter mir, so schnell und so weit es möglich war. Für mich war endgültig Schluß.

Aber die Fäden einer Handlung reichen über das Ende des Dramas hinaus. Ein richtiges Ende gibt es nicht. Ich konnte nicht Schluß machen. Die Fäden liefen weiter, und ich hing immer noch daran fest. Ich hatte keine Möglichkeit, mich von ihnen zu befreien.

Irgendwann würden sie mich zurückholen.

HIER ENDET DAS FÜNFTE BUCH

SECHSTES BUCH

Schwanengesang

I

Die Jagd nach der Freiheit kann zu einem sehr ermüdenden Spiel werden. Ausdauer ist kein Problem, solange man eine bestimmte Anstrengung zu unternehmen und ein bestimmtes Ziel vor sich hat. Aber wenn man monatelang oder jahrelang ständig darüber nachdenkt und sich bemüht, die Freiheit zu erringen, und sie dann plötzlich erhält – dann ist auf einmal die Luft raus. Man fühlt sich leer und erschöpft. Vorsatz, Energie und Ehrgeiz sind dahingewelkt. Der erste Schluck der mühsam errungenen Freiheit schmeckt scheußlich wie faules Wasser. Es kann im Leben eines Menschen das erstemal sein, daß er auf die Frage *warum* keine Antwort findet, und wenn er lange und schwer darum gekämpft hat, dahin zu kommen, wo er jetzt steht, jagt ihm seine Ratlosigkeit Angst ein.

Es ist nur eine Frage der Zeit, bis man wieder zu sich selbst findet, aber diese Zeit kann einem so endlos und so sinnlos vorkommen, daß man ins Schwitzen gerät.

Am Ende ist dann alles okay. Die Sache ist es wert, daß man sich für eine Weile so absolut leer wie ein geplatzter Ballon fühlt, vorausgesetzt, man weiß genau, der einzige vorhandene Weg führt nach oben und man fängt gerade damit an hinaufzuklettern. Weder der Boden des psychischen Brunnenschachtes noch die Leiter, die man ersteigen muß, um wieder an die frische Luft zu kommen, stellt eine Bedrohung dar . . . aber die Vergangenheit, die einem auf den Fersen bleibt, die einem immer noch verfolgen, immer noch einholen kann, wenn ihr ein Grund dazu einfällt . . .

. . . Ein Grund, einen zu packen und in den Abgrund zurückzureißen . . . Als die *Sandmann* auf *Erica* landete, hatte ich es gar nicht eilig, aus dem Schiff zu springen und Dreck zwischen die Zehen zu bekommen. Ehrlicher fester Boden hatte nichts an sich, was mich in diesem speziellen Augenblick lockte. Innerhalb meines Aufgabenbereichs gab es noch zwei oder drei Kleinigkeiten zu erledigen, und ich erledigte sie mit Freuden, obwohl ich das irgendwann in den nächsten zwei Tagen jederzeit hätte tun können, denn irgendwann wurde ich sowieso zur Wache eingeteilt.

Ich hätte nicht mehr als zwei Stunden dazu gebraucht, aber nach kurzer Zeit wurde es mir langweilig. Ich stieg in den Maschinenraum hinab, um nachzusehen, ob ich Sam Parks noch abfangen konnte, bevor er das Schiff verließ und auf die Lichter der Großstadt losrannte. Es gab eine Menge Dinge zu tun, über die ich mich gern beschwert hätte, und Sam nahm es nicht übel, wenn ich ihn anmotzte. Außerdem gab er mir vielleicht einen Wink, wie ich diese Beschwerden bei einer Stelle anbringen konnte, auf die es ankam. Ich hegte den Verdacht, daß ich eine Menge wertvoller Atemluft verschwenden mochte, wenn ich mich an den Herrn Kapitän wandte, der doch nicht darauf reagieren würde.

Sam machte immer noch im Maschinenraum sauber, wenn »Saubermachen« der richtige Ausdruck dafür ist, daß er einen katastrophalen Zustand auf ein bloßes Durcheinander zurückführte.

»Sieht es im Maschinenraum nach jedem Flug so aus?« fragte ich mitfühlend.

»Hallo, Grainger«, sagte er. »Ich weiß schon.« Er sah mit seinen grauen Augen zu mir auf. Sie waren mit zunehmendem Alter allmählich immer mehr eingesunken, bis sie fast ganz im Schatten seiner aschfarbenen Augenbrauen versanken, ausgenommen, er blickte auf wie jetzt. Sam streckte kurz seinen schmerzenden Rücken. Er war ein großer Mann – oder besser, er war es gewesen –, aber er war dünn wie ein Besenstiel. Seine Hände wirkten zu groß für seine dürren Handgelenke, als habe man sie ihm nachträglich angeschraubt. Sam war ein Riese, entworfen von einem Komitee, das auf Materialeinsparung bedacht gewesen war.

»Was weißt du schon?« fragte ich.

»Alles, was du mir erzählen willst. Es stimmt alles, und es gibt, verdammt noch mal, nichts, was ich dagegen tun kann.«

»Niemand macht dir einen Vorwurf«, versicherte ich.

»Es kommt nicht darauf an, wer wem einen Vorwurf macht.«

Sams Stimme verriet völlige Resignation. »Alles ist genauso, wie es den Anschein hat. Ein Chaos. Wie du siehst, ist es hier unten dasselbe. Ich glaube, ich würde gern mit einem anständigen Antrieb zur Hölle fahren, nur um das Vergnügen seiner Gesellschaft zu haben.«

»Du könntest ein besseres Schiff als dieses bekommen.« Damit meinte ich eine leichte, saubere Arbeit als Passagier. Aber das hätte seinen Stolz verletzen können.

Sam schüttelte den Kopf. »Zu alt«, stellte er fest. »Würde bei der ärztlichen Untersuchung durchfallen. Und was hast du für eine Entschuldigung?«

»Ich war in Eile«, antwortete ich. »Was denkt der Kapitän von seinem wundervollen Schiff?«

»Der Kapitän denkt nicht. Er wartet nur ab. Die Beförderung erfolgt langsam, aber schließlich wird auf Loyalität eine klägliche Dividende ausgezahlt. Je schneller das Schiff in Stücke zerfällt, desto glücklicher wird er sein. Er wird nicht sehr hoch aufsteigen, aber er hat eine Menge Dienstjahre angesammelt. Geh nur zu ihm, wenn du Lust dazu hast. Bestimmt erwartet er dich schon. Er wird dir die alte Geschichte erzählen – und sie ist wahr, deshalb kannst du nicht dagegen anstreiten. Er kann es sich nicht leisten, was es auch sein mag. Er kann es sich nicht leisten, eine Reparaturmannschaft zu bezahlen, die das, was wir haben , wartet, ganz zu schweigen davon, daß sie das eine oder andere Teil ersetzen könnte. Er kann es sich einfach nicht leisten – das ist die reine, heilige Wahrheit. Es ist nicht sein Schiff. Er wird für seine Arbeit bezahlt wie jeder von uns. Sollte jemand die Meinung vertreten, die Bezahlung sei auf der *Sandmann* zu niedrig, kann er ja gehen. Es findet sich leicht ein anderer. Auf diese Weise bist du schließlich angeheuert worden. Aber sei nicht dankbar dafür.«

»Ich hatte gedacht, vielleicht sei euer letzter Pilot vor Scham gestorben.« Ich versuchte, die trübsinnige Konversation durch einen kleinen Witz aufzuhellen.

»Er war nicht gut«, sagte Sam. »Von allen Teilen, die ersetzt werden müßten, war er Nummer eins auf der Liste.«

»Und jetzt ist er ersetzt«, bemerkte ich. »Sei glücklich.«

Mit einem Schulterzucken tat er den ironischen Unterton ab. Ich versuchte, seinem Beispiel zu folgen. Ich war auf Ludlock zur Crew der *Sandmann* gestoßen. Sie war ganz bestimmt kein Schiff, auf dem ich längere Zeit zu bleiben gedachte, aber Ludlock liegt zu nahe am galaktischen Kern, als daß ich dort leicht eine Koje auf einem Raumschiff gefunden hätte. Ich mußte erst ein Stück weit weg im Inneren Ring sein, bevor ich anfangen konnte, richtige Pläne zu machen. Die *Sandmann* würde mich schließlich dorthin bringen, falls es mir gelang, sie ohne allzuviel Siegelwachs in den Ritzen zusammenzuhalten. Das Leben ist schwer, aber es geht weiter.

Ich besaß immer noch das meiste von dem Geld, das mir übriggeblieben war, nachdem ich mich von allen Verpflichtungen gegenüber Titus Charlot und den Schatten, die ihm nachfolgten, freigekauft hatte. Aber ein großer Haufen war es nicht, und es würde mich nicht weit in die zivilisierte Galaxis beziehungsweise in die Zukunft bringen. Am liebsten wäre es mir gewesen, ich hätte mir einen Anteil an einem Schiff kaufen können. Doch diese Aussicht wurde von Stunde zu Stunde geringer wegen der Inflation, die wiederum eine Folge des Würgegriffes war, in dem Caradoc, Star Cross und Konsorten den interplanetaren Handel hielten. Ich mußte von dem, was mir geboten wurde, und einer Tasche voll Hoffnung leben. Die *Sandmann* war mir geboten worden.

Sie war ein unförmiger, schmutziger Skipper, irgendwo im Solarflügel billig gebaut. Zu fliegen war sie in einer Art, die ganz schwach an die alte *Feuerfresser* erinnerte, mit der Lapthorn und ich unsere Jugend vergeudet hatten, was wir auch noch für ein Privileg hielten. Die *Sandmann* war nicht ganz so alt wie die *Feuerfresser*, doch aber ein Modell des laufenden Jahres war sie auf gar keinen Fall, und eins des Vorjahres auch nicht. Es war nicht so, daß sie schrecklich gefährlich oder schwierig zu fliegen gewesen wäre – aber sie war verdammt ungemütlich und gab bestenfalls sechzig Prozent ihrer theoretischen Leistungsfähigkeit her. Sie war langsam und schwerfällig und in der Atmosphäre wie ein nasser Sack. Beim Start benahm sie sich, als krümme sie sich in einem Hustenanfall, und sie landete wie ein Betrunkener, der eine Leiter hinunterfällt.

Abgesehen davon war sie zur Zeit mein Zuhause. »Könnten wir beide sie nicht auf eigene Faust ein bißchen überholen?« fragte ich.

Während ich schweigend vor mich hindachte, hatte Sam seine langsamen, unmethodischen Aufräumungsarbeiten fortgesetzt. Jetzt sah er wieder zu mir auf. Sein Gesicht trug einen geistesabwesenden Ausdruck. Es mußte früher einmal, bevor die Strahlung es wie dunkles Harz gebräunt und poliert hatte, ebenso hell gewesen sein wie seine Augen. Eine oder zwei Sekunden lang konnte er die Augen nicht fokussieren, und mir wurde klar, daß es mehr als einen Grund dafür gab, warum er bei einer ärztlichen Untersuchung, sollte er dazu gezwungen werden, durchfallen würde. Er hatte sein Leben damit verbracht, auf eine Menge heißes Licht zu blicken. Ich fragte mich, wie alt er in Realzeitjahren sein mochte. Vielleicht ebenso alt wie ich. Wahrscheinlich würde er seinen 55. Geburtstag noch erleben, wenn er sich jetzt zurückzog und in einem planetarischen Hafen, wo das Arbeitsproblem zu neunzig Prozent gelöst war, Gras kaute. Andernfalls . . .

Nach einer Pause sagte er: »Das könnten wir, wenn wir Zeit und Lust dazu hätten. Aber wozu? Keine Bezahlung, kein Dank, und dazu verbrannte Eingeweide, damit werden wir enden. Willst du dich dafür anstrengen?«

Seine Stimme troff von Bitterkeit. Ein wenig davon war gegen mich gerichtet. Er wußte, daß ich Schiffe geflogen hatte, gegen die dies hier wie ein Haufen Schrott aussah, und er wußte, daß mir früher einmal ein eigenes Schiff gehört hatte. Er konnte nicht umhin, mir das übelzunehmen – nur ein bißchen. Mir schoß es durch den Kopf, mit wieviel Freude er wohl einen Eimer voll Schweiß in ein Schiff wie die *Dronte* vergossen hätte. Doch das war nichts als ein Traum. Die *Sandmann* war im eigentlichen Sinne weder mein noch sein Schiff. Wir waren hier, um am Leben zu bleiben und bezahlt zu werden. Sicher, wir konnten das Baby hochpäppeln, aber für nichts oder auch weniger als nichts. Wahrscheinlich würden wir dabei Geld verlieren, denn je schneller sie flog, desto kürzere Zeit waren wir im Raum und desto weniger bezahlte Raumstunden sprangen dabei für uns heraus.

»Angenommen, ich würde höflich vorschlagen, die Kontakte überholen zu lassen?« fragte ich. »Für mich ist es kein Spaß, daran angeschlossen zu sein. Ich komme mir immer vor, als ob ich stranguliert würde.«

Sam zuckte die Schultern. Das war nicht seine Angelegenheit. Aber die Art, wie er die Augen senkte, sagte mir überdeutlich, daß ich kaum eine Chance hatte, mit meinem Vorschlag durchzukommen.

Ich akzeptierte die Situation ohne Dankbarkeit, aber auch ohne viel Bitterkeit. Aller Wahrscheinlichkeit nach mußte ich über kurz oder lang doch einmal mit dem Kapitän sprechen. Ich würde mich heftig und ausführlich beschweren, auch wenn das nur für seine und meine Gesundheit gut war.

»Man verdient sich seinen Lebensunterhalt«, sagte Sam. Es hörte sich nicht ganz überzeugt an.

»Hast du eine Ahnung, wohin wir in nächster Zeit fliegen werden?« erkundigte ich mich bei ihm.

»Nirgendwohin«, erwiderte er, »und das immerzu.« Er wedelte mit der Hand, um zu verdeutlichen, was er meinte. »Ein Hüpfer und noch ein Hüpfer. Für eine ganze Weile kein Sprung. Warten, ob ein glücklicher Zufall eintritt. Der Kapitän ist ein schlauer Fuchs, wenn es darum geht, Planetenbewohner übers Ohr zu hauen. Irgendwann werden wir einmal an einen Ort kommen, wo er uns ein bißchen von der Leine läßt. Dann können wir uns mal wieder als Menschen fühlen. Die Gesellschaft stellt nicht zu viele Fragen. Jeder hat das Recht, hin und wieder einen Blick auf die Welt der Lebenden zu werfen.«

Ich nickte. So ungefähr hatte ich es mir vorgestellt. Kein Schiff, das in diesem Abschnitt arbeitete, würde lange Flüge unternehmen, falls es sich nicht lohnte. Die Gewinnspanne war zu klein. Die *Sandmann* legte immer nur eine Handvoll Lichtjahre zurück und suchte sich die Krumen auf. Es mochte Monate dauern, bis wir einen Hafen berührten, der wichtig genug war, daß ich es wagen konnte, auszusteigen und auf ein anderes Schiff zu warten – ein Ort, wo eine gute Gelegenheit hin und wieder an die Tür klopfen mochte. Vielleicht hätte ich es schneller bis zum Inneren Ring geschafft, wenn ich die gerade Richtung beibehalten und von Schiff zu Schiff gewechselt hätte. Aber das war riskant. Ich konnte irgendwohin stranden, und ich wäre ganz bestimmt ärmer dabei geworden. Es war schon besser, auf der *Sandmann* zu bleiben und Geduld zu haben. Wenn es sechs Monate dauerte, dann dauerte es eben sechs Monate. In einer Position wie meiner jetzigen kann man der Zukunft nicht befehlen.

»Bist du dein ganzes Leben in dieser Gegend gewesen?« fragte ich Sam, um das Gespräch in Gang zu halten.

»Zumindest kenne ich mich hier aus.« Er sah mich an und grinste.

»Ich habe früher den Äußeren Rand bearbeitet«, erzählte ich. »Meistens.«

»Weit offene Räume kann ich nicht ertragen«, meinte Sam.

Die Luke hinter mir stand offen, und jemand, der seinen Weg aus dem Bauch des Schiffes ins Freie suchte, blieb stehen und sah zu uns herein. Es war ein Junge, dessen Namen ich nicht kannte. Er war der Oberflaschenspüler und Frachtverstauer, und sonst mußte er einspringen, wo er gerade gebraucht wurde. Der Kapitän rief ihn für gewöhnlich »he – du!« oder – nicht so oft – »zum Teufel, was machst du da?« Wahrscheinlich hielt es jeder andere genauso. Draußen im Raum passiert es leicht, daß man einen Namen verliert oder gewinnt.

»Du bist für die zweite Wache eingeteilt worden, Turpin«, erklärte der Junge mit einem merkwürdigen Akzent, den ich noch nie gehört hatte. »Sieh zu, daß du vom Abend noch etwas hast.« Er hielt inne und warf mir einen Seitenblick zu. »Du hast Glück.« Absichtlich sprach er mich nicht direkt an. »Frei bis morgen.«

»Danke«, sagte Sam. Ich nickte nur.

»Ist der Kapitän noch an Bord?« fragte ich. Ich wußte, der vierte Mann unserer Crew war bereits gegangen. Er war bei der Landung mit mir im Cockpit gewesen, und er war davongeschossen wie ein Kaninchen aus seinem Bau. Offenbar hatte er hier unten das eine oder andere dringende Geschäft zu erledigen. »Nein«, sagte der Ingenieur und schob den Jungen zur Seite. »Er wird in seiner Kabine sein, aber er wird nicht *da* sein, wenn du verstehst, was ich meine. Er wird im Hafen herumkriechen, sobald die Jumbos die Landung gelöscht haben. Bis morgen früh, wenn er schon wieder an den nächsten Start denkt, hat es gar keinen Sinn, ihn anzusprechen. Es sollte nicht notwendig sein, daß er um Fracht betteln muß. Im Hafen weiß man, daß wir auf unserer Route regelmäßig hier landen, und es war abgesprochen, daß dann immer etwas für uns bereitsteht. Nur dehnt die große Gesellschaft ihren Handelsbereich immer mehr aus und nimmt uns die Arbeit weg.«

»Welche Gesellschaft ist das?« wollte ich wissen.

Er sah mich ziemlich scharf an. »Zachers Leute«, antwortete er. »Die Sowieso-Gesellschaft.«

»Von der habe ich noch nie gehört.«

»Du hättest da, wo wir dich aufgesammelt haben, bei dieser Gesellschaft anheuern können, wenn du gewollt hättest«, meinte Sam. Er glaubte, ich hätte die Nase von der *Sandmann* bereits voll.

Ich schüttelte den Kopf. »Ich habe nichts übrig für die großen Gesellschaften.«

Er wandte den Blick wieder ab. Er wußte Bescheid, und wahrscheinlich war ihm seine eigene Seele auch zu teuer, um sie zu verkaufen.

Ich wollte ins Cockpit zurückkehren, doch er hielt mich auf. »Ich gehe in zwei Minuten. Wenn du willst, kannst du mit mir kommen«, bot er an. »Ich kenne die Gegend. Hier und anderswo.

»Okay«, stimmte ich ohne Zögern zu.

»Belästige den Kapitän nicht«, rief er. »Schließ einfach deine Kabinentür ab.«

»Klar.«

Ich wartete draußen auf ihn und besah mir inzwischen das Landefeld mit all seinen Rosteimern. Es waren sechs an der Zahl, aber einer von ihnen mußte einfach ein Wrack sein. Ich konnte mir nicht vorstellen, daß irgendwer die Absicht hatte, mit dem Ding abzuheben. Von den anderen hatten zwei offensichtlich hier ihren Heimathafen. Sie führten Transporte für planetare Siedlungen oder Gemeinschaften durch, die irgend etwas gefunden hatten, das sie ausgraben und in der

Nachbarschaft verkaufen konnten, nur um ihr Leben weiterzufristen. Die übrigen waren Schiffe für größere Entfernungen, sauberer und besser, aber nicht neu. Ich nahm an, daß mindestens das eine der Gesellschaft gehören mußte, von der Sam gesprochen hatte. Sogar eine relativ kleine Firma mit einem Namen wie Sowieso-Gesellschaft hatte wahrscheinlich im Pendelverkehr von Rand zu Rand ein paar hundert Schiffe unterwegs, die zweihundertfünfzig Welten abgrasten und dabei ganz hübsch verdienten. Die Zeit konnte nicht mehr allzu fern sein, wo kleine Frachtschiffe wie die *Sandmann* ganz aus dem Geschäft gedrängt waren. Dann fusionierten diese Gesellschaften mit Star Cross oder sonstwem, und ein weiteres Puzzelstück des galaktischen Imperiums fiel an seinen Platz. Ich würde das nicht mehr erleben, falls ich nicht schreckliches Pech hatte und das flüsternde Ding, das in meinem Verstand saß, mich für immer leben ließ. Wenn die Verschmelzung erst einmal stattgefunden hatte, fiel Zachers Sammlung von Spielzeugschiffen die undankbare Aufgabe zu, all die kleinen Welten in ihr Netz zu ziehen, die bis dahin durch die Maschen der Ausbeutung geschlüpft waren – die Welten, denen es irgendwie gelungen war, selbständig zu bleiben. Dann konnte es sehr unfreundlich werden – überall. Eine Welt nach der anderen würde an die Kette gelegt werden. Es gab nur einen Ausweg – die totale Isolierung. Nur die Coventry-Welten konnten für immer frei bleiben. Das waren Welten, die den Sternen, von denen die Siedler gekommen waren, den Rücken kehrten und vergaßen, daß sich hinter ihnen ein großes, wundervolles Universum befand. Ich roch Kriege – vielleicht lagen sie noch hundert, vielleicht noch fünf Jahre in der Zukunft. Aber kommen würden sie. Dies große, herrliche Universum ist sehr zerbrechlich.

Sam kam heraus, und wir machten uns zur Zollstation auf den Weg. Die Sonne – sie war tiefrot – war dabei, hinter dem Horizont zu versinken. Ich hatte keine Ahnung, wie lang ein lokaler Tag war, und es interessierte mich auch nicht besonders. Meine frisch errungene Freiheit machte mich noch immer benommen, und für mich war es eine ganz unwichtige Sache, wie schnell sich dieser Planet um seine Achse drehte. Ich hatte in der Zeit noch keinen festen Punkt gefunden. Ich war zufrieden, neben Sam herzulaufen.

Die Luft war dünn, aber frisch und sauber. Ein leichter Wind wehte, vielleicht ein bißchen zu kalt, um angenehm zu sein, doch er trug eine Spur von fremden Düften mit sich über das offene Land. Mir fiel es ganz leicht, mich einfach so dahintreiben zu lassen. Die Leere in meinem Inneren machte mir nichts aus.

Ich wußte nichts davon, daß ein Bruchstück des langen Schattens, den meine Vergangenheit warf, schon auf mich in der Zollstation wartete. Es war nicht hinter mir her, es war mir vorausgeeilt.

II

Wir durchquerten eine Ansammlung von Touristenfallen, die sich um das Landefeld scharten, und betraten am anderen Ende ein kleines Kaffeehaus. Ich trottete einfach hinter Sam her, und er marschierte geradewegs hinein, ohne einen Blick auf eins der beleuchteten Fenster oder die Werbetafeln zu werfen, die die Gehsteige einsäumten, als warteten sie nur darauf, einen anzuspringen.

Ich überließ es Sam, Essen und Getränke zu bestellen. Hier befand er sich auf vertrautem Boden, und er war pfiffig genug, etwas zu finden, das besser als der Durchschnitt war.

Ich hatte den Mann gar nicht bemerkt, der am Hafen herumstand, während unsere Papiere überprüft wurden, und es war mir nicht zu Bewußtsein gekommen, daß er uns von der Zollstation aus gefolgt war.

Als wir Platz genommen hatten, fragte ich Sam, warum der Junge ihn Turpin genannt habe.

»Das tun sie alle«, erwiderte er. »Es ist ein alter Witz. Alt und abgenutzt. Aber du weißt ja, daß solche Dinge nicht totzukriegen sind.«

»Und was ist die Pointe dabei?« erkundigte ich mich.

»Ich habe als Kind davon geträumt, Straßenräuber zu werden. Dick Turpin. Oder Raumpirat. Ich glaube, der Spitzname hängt mir an, seit ich *so* klein war. Zuweilen rede ich immer davon. Ein Linienschiff anhalten und auszurauben . . . das ist doch eine hübsche Vorstellung.«

»Nicht leicht durchzuführen«, bemerkte ich.

»Wen kümmert das? Eine hübsche Idee ist es trotzdem. Eines Tages werde ich es doch einmal ausprobieren. Nur so zum Spaß.«

»Hat es noch nie einer probiert?«

»Nein«, gab er zu. »Du weißt, wie das ist. Aus einem Jungen wird nie die Art Mann, für die er bestimmt zu sein schien. Er wird immer zu etwas anderem zurechtgehämmert. Mein Schicksal sind Antriebe aller Sorten. Und es wäre auch sowieso nicht dasselbe – der Traum und die Ausführung. Kinder können Linienschiffe kapern, erwachsene Männer nicht. Ich vermute, es wäre eine Enttäuschung.«

Das war eine verrückte Unterhaltung, aber mir machte sie Spaß. Ich wollte Sam gerade weitere Fragen zu diesem Thema stellen, als ich merkte, daß jemand hinter mir stand. Sam sah zu ihm hoch, und das Licht kroch unter seine aschenfarbenen Augenbrauen und ließ seine Augen aufleuchten.

Ich drehte mich um.

»Mr. Grainger«, sagte der Fremde.

Ich betrachtete ihn mir, und das Herz sank mir in die Hosen. Ich konnte ihn nicht von Adam unterscheiden, aber seinen Stil kannte ich sehr gut. Ich wußte sofort, was er repräsentierte. Etwas aus meiner Vergangenheit, das sich mir an die Fersen geheftet hatte. Er kannte mich. Und ein Autogrammjäger war er nicht.

»Nie von ihm gehört«, behauptete ich.

»Ich auch nicht«, log Sam unbedacht.

»Ich war am Hafen«, erklärte der Fremde glatt. »Ich habe zugesehen, wie Ihre Papiere überprüft wurden.«

»Ach ja? Die Galaxis ist randvoll von Männern namens Grainger. Der, den Sie suchen, ist einer von den anderen zehntausend. Sehen Sie sich doch einmal in den Slums von Penaflor um.«

»Ich hätte gern mit Ihnen gesprochen, wenn Sie erlauben«, sagte er. Es gibt Leute, die verstehen einen Wink mit dem Zaunpfahl einfach nicht.

Er war groß, und obwohl er ganz entspannt dastand, verriet etwas in seiner Haltung Disziplin. Ich wußte, er war kein Polizist, und er war auch nicht von New Alexandria. Er hatte dunkle Haare, aber eine helle Haut, und sein Gesicht trug mehr als nur eine Andeutung von Make-up. Seine weiche Aussprache ließ vermuten, daß Englisch nicht seine Muttersprache war. Sein Mantel war teuer, und darunter blitzte das blendende Weiß eines guten Hemds auf. Ich sah auf seine Schuhe hinab. Selbstverständlich waren sie glänzend geputzt. Wenn ich Sherlock Holmes gewesen wäre, hätte ich damit auch den Kosenamen seines Pudels gewußt. Aber so, wie die Dinge standen, wußte ich nur, daß er Ärger bedeutete.

»Nein«, sagte ich.

»Nur ein paar Worte«, meinte er ruhig. Er machte sich nicht die Mühe, freundlich zu sein. Er hatte einfach sehr viel Selbstvertrauen.

»Ich will es gar nicht wissen«, erklärte ich. »Ich bin nicht interessiert. Es kümmert mich nicht. Gehen Sie.«

»Uns kümmert es«, erwiderte er. Er zog einen Stuhl von einem der anderen Tische weg und setzte sich verkehrtherum darauf, so daß er direkt neben mir die Hände auf die Rückenlehne stützen konnte. An Sam verschwendete er keinen Blick. Ich wußte, mir blieb nichts anderes übrig, als ihm zuzuhören. Viele andere Möglichkeiten fielen mir nämlich nicht ein.

Die Kellnerin brachte uns das Essen. Sam sah sie an und lächelte ihr freundlich zu. Sie kannte ihn vom Sehen und lächelte auf uns beide zurück. Ich brachte es nicht fertig, auch nur eine Augenbraue zu heben. Vermutlich machte ich gar keinen guten Eindruck auf sie. Ich nahm meine Gabel und begann zu essen. Sam grinste und tat desgleichen.

»Ich möchte Ihnen eine Stellung anbieten, Mr. Grainger«, fing der Fremde an. »Mein Name ist Soulier, und ich vertrete die Caradoc-Gesellschaft. Daran ist nichts Anrüchiges – ganz und gar nicht. Ich versuche nicht, Sie irgendwie hineinzulegen.

Sie wissen, daß wir eine Zeitlang Interesse an Ihnen hatten, und wir wissen beide, welcher Art dies Interesse war. Sie sind jetzt ein freier Mann, und wir suchen mit Ihnen als freiem Mann von neuem Kontakt. Wir wollen gar nicht erst so tun, als schuldeten wir Ihnen etwas für das, was in der Vergangenheit geschehen ist. Aber andererseits verlangen wir auch nicht von Ihnen, daß Sie Ihren Groll auf uns für nichts begraben. Wir brauchen Männer mit Ihrem Wissen und Ihrer Erfahrung, Mr. Grainger, und wir sind bereit, Sie für Ihre Dienste ein gut Teil über dem Durchschnitt zu bezahlen.«

Ich schwieg. Er wartete ein paar Sekunden, und dann fuhr er fort.

»Wir sind bereit, die Vergangenheit insofern zu vergessen, Mr. Grainger, als Sie zu Ereignissen beigetragen haben, die für die Gesellschaft – äh – nicht gerade von Vorteil waren. Wir sind bereit, aus der Vergangenheit zu lernen. Wir lernen immer gern aus unseren Fehlern. Sie wissen, daß Sie uns Geld gekostet haben, und zweifellos haben Sie das Gefühl, darin liege in Anbetracht dessen, was vor einem Jahr geschehen ist, als eins unserer Schiffe Sie im Halcyon-Nebel aus Raumnot rettete, eine gewisse Gerechtigkeit. Sie wissen, wir sind groß genug, daß so etwas für uns nur ein Tropfen im Ozean unserer geschäftlichen Unternehmungen ist. Wir brauchen uns gegenseitig nichts nachzutragen, es sei denn, Sie sind fest dazu entschlossen . . . und ich glaube, Sie sind realistisch genug, daß Sie sich von kleinlichen Vorurteilen nicht eine glänzende Zukunft verderben lassen. Wir machen Sie in keiner Weise dafür verantwortlich, was den Vermessungsschiffen passiert ist, die wir im Kern des Halcyon-Nebels verloren haben, und wir sind der Meinung, Sie Ihrerseits sollten die unselige Angelegenheit mit der *Ella Marita* und der Klage auf Schadenersatz verstehen und verzeihen. Seit damals ist geraume Zeit vergangen. Die Entwicklung im Universum schreitet heutzutage schnell voran. Wir wollen einen neuen Anfang machen, und wir möchten, daß sie mit uns statt gegen uns arbeiten.

Wir werden Ihnen ein Schiff geben . . . jeden Schiffstyp, den Sie uns bezeichnen . . . und Ihnen für eine Zeit, die Sie bestimmen, das Kommando übertragen. Wir sind bereit, bei der Verhandlung über die Arbeitsbedingungen und die Art der Aufgaben, die Sie übernehmen werden, sehr großzügig zu sein. Ihren Eintritt in die Gesellschaft werden wir mit einer Summe honorieren, die Sie jede Mißstimmung über frühere Zusammenstöße vergessen lassen soll.«

»Nein«, sagte ich.

»Dann nehme ich den Posten«, mischte sich Sam ein. Für Soulier war er jedoch Luft.

»Wir brauchen Sie, Mr. Grainger.« Soulier wurde es offensichtlich nicht müde, auf tote Pferde einzupeitschen. »Wir sind Ihnen gegenüber absolut ehrlich. Nennen Sie uns Ihren Preis. Sie brauchen keinen Vertrag zu unterschreiben. Wir stellen Sie auf jeder Ihnen beliebigen Grundlage an. Sie brauchen nur ein Wort zu sagen.«

Ich aß weiter, und er wartete weiter. Er glaubte, ich dächte über sein Angebot nach. Das tat ich aber nicht.

– Du sitzt in der Klemme, bemerkte der *Wind*.

Das weiß ich.

– Du hättest dir denken können, daß irgend etwas in dieser Art passieren würde.

Wie hätte ich darauf kommen sollen? gab ich zurück. Ich bin nur ein kleiner Mann. Ich bin nur ein Pilot. Wie konnte ich ahnen, daß die Geier sich in dem Augenblick über mir versammeln, wo ich unter Charlots Flügel hervorkrieche? Warum sollten sie mich nicht einfach verduften lassen? Was macht mich so verdammt populär?

– Du bist zu bescheiden, verkündete der *Wind* dunkel. Viel zu bescheiden.

»Ich nehme an«, sagte ich zu Soulier, »es würde mir gar nichts nützen, wenn ich beteuerte, daß ich überhaupt nichts weiß. Nichts, was für Sie von irgendeinem Wert sein könnte. Ich weiß nichts über Charlots Geheimnisse, Charlots Pläne, Charlots Methoden. Er hat mir seine Gedanken niemals anvertraut. Ich bin nur eine seiner unbedeutendsten Schachfiguren gewesen. Ich bin ja nicht dumm, und deshalb weiß ich, was Sie von mir wollen. Aber selbst wenn ich wollte, könnte ich es Ihnen nicht geben. Sie verschwenden Ihre Zeit. Jetzt haben

Sie eine Erklärung erhalten, die ich Ihnen nicht einmal schuldig war. Also bitte, gehen Sie.«

Er setzte ein wenig mehr Druck dahinter. Ich wollte wirklich weiter nichts, als daß er wegging, ich wollte ihn nicht hinhalten. Aber er dachte, ich spielte den Helden, und er war bereit, in diesem Spiel die härtesten Regeln anzuwenden.

»Kommen Sie, Mr. Grainger«, sagte er aalglatt, »Sie haben Titus Charlot in den letzten Monaten nähergestanden als sonst jemand. Sie sind ein kluger Mann, und man kann Sie auf gar keinen Fall zu Charlots Jüngern rechnen. Sie sind mit ihm auf New Alexandria gewesen, Sie haben die *Dronte* geflogen. An mehreren Ereignissen, die, soweit es unsere Gesellschaft betrifft, mit Interesse geschwängert sind, haben Sie aktiv teilgenommen. Sie sind ein sehr wertvoller Mann, Mr. Grainger. Von welchem Reichtum Sie auch träumen mögen, die Summe wird nicht groß genug sein, um ein wahrnehmbares Loch in das Vermögen der Gesellschaft zu reißen. Wir sind sehr an Ihnen interessiert, Mr. Grainger, und wir können es uns leisten, diesem Interesse nachzugeben. Sehen Sie in mir, wenn Sie wollen, das Caradocsche Gegenstück zu Ihrem letzten Arbeitgeber. Einen Mann, der lose Enden aufsammelt, einen Mann, der sich mit kleinen Projekten beschäftigt, der aber trotzdem ein Mann mit Macht ist. Ein Mann voller Entschlossenheit. Wenn Sie keine Lust dazu haben, brauchen Sie bei uns gar keine Stellung anzunehmen. Wir wollen nichts anderes als ein paar Tage – vielleicht nur ein paar Stunden – Ihrer wertvollen Zeit, und wir sind bereit, Ihnen dafür eine hohe Summe zu bezahlen. Wir wollen nichts weiter als Ihre Memoiren, das ist alles.«

»Ich habe ein schlechtes Gedächtnis«, versicherte ich ihm.

»Heutzutage braucht sich niemand mehr auf die Unfehlbarkeit seines Gedächtnisses zu verlassen« betonte er.

»Sie werden mich nicht augMENTieren«, sagte ich.

»Sie tun so, als sei die AugMENTation eine Art von Folter«, wehrte er ab. »Sie wissen, daß dem nicht so ist. Es tut nicht weh, und Sie sind hinterher derselbe, der Sie vorher waren, nur daß Ihre Erinnerungen ein bißchen aufgefrischt sind. Es ist ja nicht so wie bei Anwendung einer Gehirnsonde . . . nein, ganz und gar nicht.

Ich weiß, daß Sie Geheimnisse haben, Mr. Grainger . . . Haben wir die nicht alle? Aber was können diese Geheimnisse wirklich wert sein? Wir werden dafür bezahlt, was es auch sein mag. Und Ihre persönlichen Geheimnisse bedeuten uns ja nichts – wir interessieren uns nicht für Ihr Privatleben. Sie schulden Charlot keine Treue. Er hat sie *benutzt*. Für Ihre anfänglichen Schwierigkeiten mag er ja nicht verantwortlich sein, aber ganz gewiß hat er seinen Vorteil daraus zu schlagen gewußt. Sie schulden niemandem etwas außer sich selbst. Sie haben einwandfrei das Recht, vom moralischen wie vom juristischen Standpunkt aus, uns alles zu verkaufen, was Sie wissen. Ich verstehe vollkommen, daß Sie etwas gegen die AugMENTation haben, aber . . . Sie haben im Grunde doch nichts zu verbergen, nicht wahr? Wir werden einen ehrlichen Handel abschließen, Mr. Grainger. Es lohnt sich für uns nicht, unehrlich zu sein. Welche Sicherheiten Sie auch verlangen . . . wir wollen nichts anderes als Informationen. Wir hegen keinen Groll gegen Sie. Überhaupt keinen.«

»Ich *will* aber meine Erinnerungen nicht aufgefrischt haben«, wandte ich ein. »Ich bin sehr gut im Vergessen, weil es mir *gefällt*, zu vergessen. Es gibt ein paar Dinge, an die ich mich um *keinen* Preis erinnern will.«

Wieder entstand eine Pause. Ich leerte meinen Teller. Sam war längst mit dem Essen fertig. Ich muß wohl etwas abgelenkt gewesen sein.

»Sie sehen mir gar nicht aus wie ein Mann, der nicht reich sein will«, begann Soulier von neuem. »Das liegt nicht auf Ihrer Linie. Sie wollen Ihre Tage nicht damit beschließen, daß Sie einen Schrotthaufen wie die *Sandmann* um den Strahlungsgürtel kutschieren. Sie wollen Ihr eigenes Schiff. Vielleicht eine eigene Welt. Das kann alles arrangiert werden. Sie können es sich nicht leisten, uns zurückzuweisen, Mr. Grainger. Es wäre nicht gerecht gegen sich selbst.«

Das war eine Drohung, wenn ich jemals eine gehört hatte.

Das Essen war gut gewesen, aber mir war übel. Mein Magen drehte sich. Ich wollte diesen Mann loswerden, und zwar schnell, aber ich wußte, es gab keine Möglichkeit. Wenn die Gesellschaft ihren kollektiven Entschluß gefaßt hatte – und es sah so aus, als habe sie das getan –, dann gab es einfach keine Möglichkeit, nein zu sagen.

»Soulier«, erklärte ich, »ich würde Ihnen meine Seele nicht für sämtliche Aktiva ihrer gottverdammten Gesellschaft verkaufen, und es ist mir egal, ob sie eines Tages tatsächlich das gesamte Universum besitzt. Verstehen Sie mich nicht falsch . . . das hat nichts mit persönlichem Stolz oder Loyalität gegenüber Charlot oder Haß auf Ihre Gesellschaft zu tun. Ich habe einfach Angst. Ich traue Ihnen nicht weiter, als ich eine Feder einem Sturmwind entgegenwerfen kann, und wenn ich es täte, wäre ich der größte Idiot aller Zeiten. Sie können meine Erinnerungen nicht haben, Soulier. Nicht für alle Ihre Versprechen und nicht für alle Ihre Drohungen. Ich habe meine Rechte, hier und überall, wohin ich gehen werde, und ich kann Titus Charlot immer noch zu Hilfe rufen. Sie werden nicht in meinem Gehirn herumbohren, Soulier, und ich denke, wenn Sie sich große Mühe geben, werden Sie das endlich kapieren. Damit will ich nicht Drohung mit Drohung beantworten. Ich sage Ihnen nichts als die reine Wahrheit. Es liegt nicht daran, daß ich nicht will – es ist einach unmöglich.«

Soulier schaukelte mit dem Stuhl zurück, und die Hinterbeine hoben sich vom Boden. Ich hoffte, er werde umkippen.

»Ich habe keine Drohungen ausgesprochen«, stellte er ungerührt fest, und der Klang seiner Stimme war der bedrohlichste Laut, den ich jemals gehört hatte. »Ich bin nur an einem ehrlichen Handel interessiert. Wir versuchen, mit Ihnen in Kontakt zu kommen, damit wir *beide* bekommen können, was wir wollen.

Mit Charlot sind Sie fertig, und ebenso ist er es mit Ihnen. Sie sind auf sich allein gestellt. Das wissen Sie nur zu gut. Ich finde, Sie sollten unser Angebot annehmen. Ich glaube, Sie werden es annehmen. Es ist ein *ehrliches* Angebot, Mr. Grainger, und es soll auch weiterhin ehrlich zwischen uns zugehen. Wir wollen Sie nur zum reichen Mann machen. Ich möchte, daß Sie das begreifen.«

»Ja-a«, machte ich. »Ich begreife.« Einer von uns log, und ich war es nicht.

»Ich halte mich für ein paar Tage in der Stadt auf«, teilte Soulier mir mit. »Im Hotel der Organisation. Jeder kann Ihnen sagen, wo es ist. Fragen Sie nach Mr. Zacher. Über ihn können Sie mich jederzeit«

»In zwei Tagen bin ich schon wieder weg«, bemerkte ich.

»Glauben Sie, Mr. Grainger?« fragte er.

Ich hasse Leute, die mich »Mister« nennen.

»Leben Sie wohl, Mr. Grainger.«

Er stand auf und stellte den Stuhl ordentlich wieder zurück. »Ich erwarte, von Ihnen zu hören.«

Damit ging er.

Ich fühlte, wie Sam Parks Augen sich in meine Stirn bohrten, während ich auf meinen leeren Teller stierte, meine Gabel drehte und mit den Zinken gegen den Plastikrand klapperte.

»Weißt du«, sagte er, »seit ich *so* klein war, träumte ich von dem romantischen Leben der ganz großen Verbrecher. Jetzt weiß ich, daß mein Ehrgeiz längst nicht weit genug gereicht hat.«

»Ehrlich«, meinte ich, ohne jemand Bestimmtes damit anzusprechen, »ich glaube nicht, daß ich es wert wäre. Hölle und Verdammnis, ich bin es *nicht* wert. Wenn sie meine Erinnerungen stehlen, werden sie eine Menge von Dingen finden, mit denen sie gar nicht gerechnet haben. Aber, Mutter, ist es der Mühe wert? Nichts als einen Haufen Unsinn würden sie sich einhandeln. Warum kann das verdammte Universum nicht mal für einen Augenblick aufhören, mir im Nacken zu sitzen?

»Nimm das Geld«, riet Sam.

»Das kann ich nicht«, antwortete ich.

»Vielleicht lassen sie es dich behalten. Ich würde es nehmen.«

»Es ist nicht das Geld«, erklärte ich. »Wenn es eine Chance gäbe, daß ich es behalten könnte, würde ich es vielleicht tun, aber . . .«

»Keine Chance?«

»Sie mögen mich nicht. Kannst du dir in deinen wildesten Träumen vorstellen, daß die Caradoc-Leute jemandem, den sie nicht mögen, einen Strick leihen, ganz zu schweigen davon, daß sie ihm Geld schenken? So geht es nun einmal nicht zu in der Welt. Sie können sich die Rache des kleinen Mannes leisten.«

»Ja«, sagte Sam. »Ich glaube, das können sie.«

III

Es waren drei, und alle waren große Kerle.

Sam war immer noch bei mir. Wir hatten ein paar Gläser getrunken, einen Spaziergang gemacht und uns unterhalten. Hauptsächlich über den Raum und die Raumfahrt. Nichts Aufregendes. Nichts Wichtiges. Kein Wort über die Zwickmühle, in der ich steckte. Als es für Sam, der ja die zweite Wache hatte, Zeit wurde, machten wir uns auf den Weg zum Schiff. Die Schlägergruppe wartete am Tor des Landeplatzes.

Offensichtlich waren es hiesige Talente, dafür bezahlt, das, was sie sonst auf eigene Rechnung sowieso zu tun pflegten, jemand anders anzutun. Der Hauptzweck war nicht, daß sie mich verletzen sollten – obwohl sie das natürlich tun würden. Sie sollten mich auch nicht auf ihre Art überreden, Caradocs Märchen Glauben zu schenken. Sie sollten mir nur einen Hinweis geben, daß das, was ich bereits wußte, nicht nur wahr, sondern auch unvermeidlich war.

Sie wollten uns nicht mitten auf der Straße angreifen. Deshalb schlurften sie aus den Schatten heraus, um uns erst einmal in eine passende Seitengasse zu treiben. Ich machte zwei Schritte zurück, und sie bewegten sich schnell wie der Blitz, um mir den Weg abzuschneiden. Aber ich manövrierte mich ins hellste Licht der Straßenlaternen und Neonzeichen. Ihre Party sollte nicht unter Ausschluß der Öffentlichkeit stattfinden.

In beiden Richtungen gingen Leute auf der Straße. Aber sie gingen schnell, ohne einen Blick auf mich zu werfen, und taten, als seien sie Schatten.

Aus den Vergnügungslokalen zu beiden Seiten dröhnte

Musik, laut, schnell, mit viel Schlagzeug. Die Straße war nur dreieinhalb Meter breit, aber die Musik schien aus weiter Entfernung zu kommen. Trotzdem merkte ich, als ich stehenblieb, daß ich im gleichen Rhythmus dachte. Die Baßtöne der Gitarre kamen ganz deutlich durch. Über die glatte Straße zuckten Lichter – einige rosa, andere grün.

»Hau ab, Sam«, sagte ich. »Dich werden sie laufenlassen.«

»Ha!« brummte er. »Auf dich haben sie es abgesehen, aber ich bin für sie das Sonderangebot des heutigen Abends. Außerdem sind es nur drei.«

Sie standen unbeweglich da und verhöhnten uns mit ihrer Kälte und ihrer imitierten Mafia-Haltung. Sam wußte ebensogut wie ich, daß wir keine Chance hatten. Die hätten wir nicht einmal gehabt, wenn es bloß zwei gewesen wären.

»Lauf«, sagte ich.

»Sei kein Idiot«, gab er zurück.

Sie genossen die Spannung, als sie wie ein Trio von Ballett tanzenden Planierraupen vorrückten. Sie legten es darauf an, daß die Spannung bis zum Zerreißpunkt stieg.

Der Zerreißpunkt war da, und sie griffen an.

Ich wußte, es hatte keinen Zweck, wegzulaufen, und ich entschloß mich, einem von ihnen einen Hieb zu verpassen, den er fühlen sollte. Aber als mich der erste Stiefel in den Unterleib traf, erkannte ich, daß mir keine heroische Geste mehr gelingen würde. Ich versuchte es mit einem verzweifelten Tritt, der keine Aussicht hatte, irgendwem die Eier zu zerschmettern, und dann krümmte ich mich nur noch. Ich schützte mein Gesicht mit einem Arm und die untere Region mit der anderen Hand, und sie prügelten mich auf das lichtüberflutete Schaufenster links von mir zu.

Ich schlug so hart gegen das Sicherheitsglas, daß ich einen schrecklichen Augenblick lang glaubte, die Scheibe sei zersprungen, und sie würden mich hindurchwerfen, damit ich in den Scherben zu Fetzen zerschnitten würde.

Irgendwer rief mit einer Stimme voller Haß und Abscheu: »Zeigt es den Halunken!« und ich fragte mich tatsächlich, wieso sie mich zu allem anderen auch noch haßten. Ich verstand nicht, wie jemand so gottverdammt *gemein* sein konnte. Dann merkte ich, daß es die schweren Jungs waren, denen es gezeigt wurde, und zwar in nicht mißzuverstehender Deutlichkeit. Es war ein beträchtlicher Schock für mich, als ich erkannte, daß es der Junge von der *Sandmann* war, der die magischen Worte gesprochen hatte – der Junge, von dem ich nicht einmal den Namen wußte. Er war nicht allein.

Es waren mindestens zehn gegen drei, und ich muß gestehen, daß es von der Stelle aus, wo ich saß, ein herrlicher Anblick war. Ich bin ganz und gar kein Mann der Gewalt, aber ich kann der schrecklichsten Schlägerei zusehen und mich kein bißchen aufregen, wenn nur die, die das meiste dabei einstecken müssen, mir gegenüber unfreundliche Gedanken gehegt haben.

Unfreundliche Gedanken hatten sie gewiß gehegt, aber dank der Vorsehung hatten sie mir keinen dauernden Schaden zugefügt.

Sam Parks half mir von der Stelle hoch, wo ich neben dem Schaufenster zu Boden gerutscht war.

»Diese Kretins!« Er nuschelte ein wenig, weil er einen Schlag seitlich gegen den Mund mitgekriegt hatte. »Mein ganzes Leben bin ich in dieser Gegend unterwegs. Auf zweiunddreißig Welten gibt es keine Tür, in die hinein ich nicht ›Hilfe!‹ schreien und sie bekommen könnte.«

»Danke, Sam«, sagte ich.

»Bedanke dich nicht bei mir«, wehrte er ab. »Bedanke dich bei den Jungens, die gekommen sind. Aber sie helfen uns gern. Alle Raumfahrer und Händler und sogar die Hafenbeamten werden ab und zu von den hiesigen Tunichtguten überfallen. Sieh sie dir nur an . . . Es macht ihnen Spaß, einmal zurückzuschlagen. Zum größten Teil geht es ihnen um Rache, glaube ich.«

Die Schlägerei nahm immer größere Ausmaße an. Anscheinend wollte eine Menge Leute ihre eigene Rache nehmen.

»Ich glaube, unsere ersten drei Gegner haben Verstärkung bekommen«, bemerkte ich.

»Es wäre unhöflich, wenn wir jetzt gingen«, meinte Sam.

Ich verstand seinen Standpunkt, aber ich sah wenig Sinn darin, selbst den Kampf wiederaufzunehmen. Am Ende wäre ich vielleicht ebenso zusammengeschlagen worden, wie es ursprünglich die Absicht gewesen war. Es war schwer zu entscheiden, wieviel Zeit ich anständigerweise damit verbringen konnte, gegen das Schaufenster zurückzusinken und ein schmerzverzerrtes Gesicht zu machen. Aber ich kam nicht mehr in die Verlegenheit, meine Dankbarkeit und meinen Kameradschaftsgeist durch weitere aktive Teilnahme beweisen zu müssen, weil die Polizei auf der Bildfläche erschien.

Innerhalb von Minuten war die Straße leer bis auf ehrbare Raumfahrer und ihre Freunde. Es sah nicht so aus, als sollte irgendwer festgenommen werden, und alle zeigten sich gänzlich unbesorgt über die Angelegenheit. Ich dankte dem Jungen aufrichtig. Er sah erfreut aus, daß er uns hatte helfen können, und war stolz auf sich. Dazu hatte er in meinen Augen auch allen Grund.

Sam und ich setzten unseren mühsamen Weg zur *Sandmann* fort.

»Du bist heiß«, stellte er fest.

»Ich weiß.«

»Es wird noch mehr Ärger geben«, prophezeite er kummervoll.

Auch das wußte ich, und ich sagte es ihm.

»Wenn ich irgend etwas tun kann . . .« begann er ohne sonderliche Begeisterung.

»Es hat keinen Sinn, daß du deinen Hals neben meinem hinhältst«, versicherte ich ihm. »Leg dich nicht mit Caradoc an. Dabei wirst du zu Schaden kommen. Es gibt nur einen Mann, der mich hier herausholen kann, und ich bin mir nicht sicher, ob er sich die Mühe machen wird. Übrigens bin ich mir auch nicht sicher, ob die Kur besser wäre als die Krankheit. Vorausgesetzt, daß ich ihn erreichen könnte, was ich nicht kann.«

»Möchtest du, daß ich ihm eine Botschaft übermittele?«

»Sie wäre wochenlang unterwegs. Und ich habe das Gefühl, so viel Zeit bleibt mir nicht. Wenn wir morgen starteten, könnte ich vielleicht so viel Vorsprung gewinnen, daß ich eine Möglichkeit fände, Charlot zu Hilfe zu rufen. Aber wenn wir nicht morgen starten . . .«

Ich beendete den Satz nicht.

Wir gelangten ohne weitere Schwierigkeiten zum Schiff zurück. Der Hafenbeamte, der Wache hielt, während der Kapitän nach Kontakten jagte, ließ uns ein. Wir stiegen ins Cockpit hinauf und schalteten den Schirm ein und sahen uns die Gebäude der Hafenverwaltung an.

»Hast du eine Schußwaffe?« fragte Sam.

»Ich habe nie in meinem Leben eine besessen.«

»Nimm dir eine aus dem Schrank«, riet er mir. »Ich sorge morgen früh dafür, daß Haeckel sein Okay gibt.«

Ich schüttelte den Kopf.

Er warf sich auf eine der Andruckliegen, spielte mit den Haltegurten und beäugte mich düster.

»Wir könnten –« Er verstummte wieder.

»Sprich weiter«, forderte ich ihn auf.

Seine Lippen bildeten das Wort »starten«, aber zu hören war so gut wie nichts.

»Na klar.« Ich versuchte, nicht allzu ironisch zu sprechen. »Du und ich, ganz allein. Hinein ins Unbekannte. Das ist ein Verbrechen, weißt du. Meuterei, Diebstahl . . . und es muß noch eine Menge mehr sein. Auf keinem anerkannten Raumhafen dürfen wir je wieder einen Fuß an Land setzen. Fremde Welten und die Hinterhöfe illegaler Kolonien. Das ist ein herrliches Leben für einen Liebhaber der Einsamkeit.«

»Es ist schon vorgekommen.« Er schirmte sich gegen meinen Spott ab.

»Es ist schon vorgekommen«, stimmte ich zu. »Aber nicht sehr oft. Anfangs ist es leicht. Manchmal kommt es einem richtig verlockend vor. Aber du kennst die Schwierigkeiten, Sam, auch wenn du noch nie auf einer fremden Welt gewesen bist und nie eine nicht genehmigte Landung durchgeführt hast. Sicher, keine Hafenbehörde kann hoffen, allen Verkehr zu kontrollieren, der in ihrem Gebiet landet und startet. Aber das System funktioniert . . . Überleg doch nur einmal, wie sollen wir uns unsern Lebensunterhalt verdienen? Wie können wir den Treibstoff bezahlen? Ohne Geld kommen wir nicht durch, Sam. Das Gesetz kann uns nicht erwischen, aber trotzdem können wir nicht gegen ein System an, das auf dem Geld als Zahlungsmittel beruht. Danke für das Angebot.«

Ich will nicht behaupten, ich sei nicht in Versuchung geraten. Ich bin kein Freund der Hafenbehörden und gar nicht versessen darauf, ständig alle Papiere in Ordnung zu haben und sich an den Buchstaben des Gesetzes zu halten. Aber ich hatte immer versucht, über die menschliche Reichweite hinauszugelangen, sich – und mich – ins Unbekannte voranzutreiben, ein echter Bürger der Galaxis anstelle eines bloßen menschlichen Eroberers zu werden. So einfach geht das jedoch nicht. Ich verstehe den Drang, ein Straßenräuber zu werden, alle Verantwortlichkeit, alle Verpflichtungen abzuschütteln. Wirklich, ich kann das nachfühlen. Aber es ist nur ein Traum, und ganz gleich, wo der galaktische Rand sein soll, die klebrigen Finger der Zivilisation können einen erreichen, solange man in sechstausend Tonnen sehr komplizierter, sehr teurer menschlicher Technologie eingehüllt ist und damit zurechtkommen muß. Der Raum mag unbegrenzte Freiheit bieten, aber sich aneignen kann man sie nur dann, wenn man ohne ein Raumschiff auszukommen vermag.

Das sind harte Tatsachen.

– Trotzdem, mischte der *Wind* sich ein, es *ist* schon vorgekommen.

Erinnere mich nicht daran, antwortete ich.

Für Sam wurde das im Cockpit hängende Schweigen ein wenig zu lastend. Er hatte das Gefühl, irgendwie mit in die Sache verwickelt zu sein. Ich kannte ihn erst ein paar Tage, und in dieser Zeit hatten wir meistens über die Bordsprechanlage miteinander verkehrt, aber er stand mir bereits so nahe, wie es Lapthorn jemals gewesen war. Ich hatte es zugelassen, daß er mir so nahekam, das war mir bewußt. Indem ich auf seine Anwesenheit nicht reagierte, zog ich ihn langsam in meine Probleme hinein. Noch vor einem Jahr wäre mir das nicht passiert.

Nach einer Weile fragte er: »Was willst du tun?«

»Ich werde das Schiff nicht kapern«, sagte ich, »und ich werde mich nicht damit davonmachen. Ich bin nicht Dick Turpin, ich bin nicht Billy the Kid, und ich bin nicht Flash Gordon.«

»Du mußt entweder in den Raum davonlaufen oder auf dem Boden davonlaufen«, stellte Sam fest. »Einem solchen Mann kannst du nicht entkommen, wenn du stehenbleibst.«

Damit hatte er das Problem nur allzu genau umrissen. Seine Logik war niederschmetternd. Ich hatte diesen dünnen Hoffnungsfaden, der sich über *n*-tausend Lichtjahre bis zu dem langen Arm von Titus Charlot und den Drahtziehern von New Alexandria erstreckte, aber kein Spieler hätte jemals sein Kleingeld – und erst recht nicht sein Hemd samt dem Inhalt – auf eine so geringe Chance gesetzt. Ich mußte mich damit abfinden, daß ich auf mich selbst gestellt war, und das bedeutete, daß ich wie ein Kaninchen in ein Loch zu sausen hatte, entweder im Raum oder auf der Planetenoberfläche. Sam stand auf meiner Seite, und wenn es mir gelang, Kapitän Haeckels steinernes Herz zu rühren, war eine wenigstens halb legale Flucht in den Raum möglich. Aber wenn Haeckel *nicht* auf der Seite der Engel stand . . . wenn er einfach neutral blieb . . .

Und wir mußten auch daran denken, daß es nicht Haeckels Schiff war. Er war Angestellter, kein Unternehmer. Und aus der Art, wie er seinen Gummi kaute, erkannte ich, daß er *seine* Kindheit nicht damit verbracht hatte, von dem Tag zu träumen, wenn er alle Bande der Zivilisation zerriß und Straßenräuber wurde. Er war niemandes Wohltäter, und auch sein bester Freund konnte ihm nicht vorwerfen, ein Held zu sein. Wer sich schon einmal ernsthaft mit der Wahrscheinlichkeitsrechnung befaßt hatte, würde sich nicht auf Haeckel verlassen. Also was blieb mir?

Der Boden.

»Es ist keine schlechte Welt.« Damit meinte Sam, sie sei schauderhaft. »Die Kolonie ist nie richtig in Schwung gekommen, aber du weißt verdammt gut, daß keine Kolonie unter all den verstreuten Milliarden ohne Glück oder eine Bonanza jemals eine faire Chance gehabt hat.« Das stimmte schon. Die alte Überbevölkerungsneurose und die Zurück-zu-den-Bäumen-Brigade hatten dafür gesorgt, daß sich die menschliche Rasse so dünn wie die Butter auf einer irdischen Brotschnitte verteilte.

»Außerhalb der Hafenanlagen ist es ziemlich unwirtlich«, fuhr Sam fort. »Aber das mag nur gut für dich sein.«

»Ich bin kein Hinterwäldler«, erklärte ich düster. »Ich bin nicht der Typ, der ins Nichts hinauszieht, um sich eine Blockhütte zu bauen, Kartoffeln zu pflanzen und Fallen für das lokale Äquivalent eines Eichhörnchens aufzustellen. Das ist nicht mein Leben. Ich bin ein Mensch der Maschinen, ich bin ein Raumfahrer, und man kann kein Raumfahrer sein, ohne mit den Maschinen so eng zusammenzuleben, daß man selbst zu fünfzig Prozent zu einer gedruckten Schaltung wird. Das habe ich, wenn sonst nichts, in meiner langen und buntscheckigen Vergangenheit bewiesen. Ich habe zwei Jahre in den Trümmern eines Raumschiffs auf der Flanke eines Felsens dahinvegetiert, und jeder einzelne Tag war ein Tag zuviel. Das ist nicht mein Leben. Es ist überhaupt kein Leben.«

»Es wäre ja nicht für immer«, redete Sam mir zu. »Sie werden nicht für immer hinter dir her sein. Sie werden das Interesse an dir verlieren . . . wie schnell? In einem Jahr? In einem Monat? Dieser Kerl hat Besseres zu tun, als hierzubleiben und darauf zu warten, daß du wieder an die Oberfläche kommst. Wie kann er eine ganze Welt absuchen?«

Natürlich hatte er recht. Falls ich die Sache nicht mit Soulier von Mann zu Mann ausmachen wollte – und ich wäre schön verrückt, wenn ich das versuchte! –, mußte ich einen langen Marsch in die Wildnis unternehmen. In meiner Erinnerung flammten die vergeudeten zwei Jahre auf, die ich auf einem nackten schwarzen Felsen zugebracht hatte. Auf diesem Planeten gab es Bäume. Aber trotzdem war es hier kalt, wild und leer. Ich starrte meiner Zukunft ins Angesicht, aber das war kein Angesicht, dessen Betrachtung einem Freude gemacht hätte. Zwei Jahre, abgesessen bei meiner eigenen Totenwache, hatten mich bis an den Rand voll Abscheu vor dem einfachen Leben erfüllt.

Zweifellos konnte ich es überleben. Aber konnte ich es aushalten?

Was sagst du dazu, Sonnenstrahl? fragte ich. Welche Lösung schlägst du vor?

– Du hast es lückenlos dargelegt. Es gibt nichts hinzuzufügen.

Das muß das erste Mal sein, bemerkte ich bitter.

– Ich bin nur der Taktiker, erklärte er. Ich hätte dich den Kampf gewinnen lassen können, wenn du nicht so entschlossen gewesen wärest, die Schildkröte zu spielen. Ich kann dich bis morgen früh am Leben halten. Sag ein Wort, und wir ziehen in den Krieg gegen Soulier. Aber du bist der Stratege. Es ist dein Körper und dein Leben. Du lebst es auf die Art, die du dir auswählst. Wenn du Hilfe brauchst, wenn du mich rufst, stehe ich dir zur Verfügung. Aber du und ich haben bei unsern Versuchen, uns einander anzupassen, eine Menge gelernt. Ich schleudere dir keine Beleidigungen entgegen, ich gebe keinen Kommentar ab. Ich füge mich deinem Entschluß.

Diese Einstellung des *Windes* mußte auf die Tatsache zurückzuführen sein, daß ich in den Monaten meiner Freiheit eine Art von Sieg errungen hatte. Ich hatte mir den Respekt meines Geistesparasiten errungen. Früher einmal hatte er ständig auf dem Sprung gestanden, um mir genau zu sagen, wie ich die nächste Hürde zu nehmen hatte – beziehungsweise sie selbst zu nehmen, wenn ich nicht dazu bereit war. Ich hatte von ihm gelernt, er von mir. Jetzt kämpften wir Seite an Seite.

Es half mir nicht bei meinem Entschluß, doch wenn er mir einen Rat angeboten hätte, wäre mir das auch nicht von Nutzen gewesen. Es hätte mich nur auf Nebengleise geführt. Jetzt stand ich immer noch vor der Alternative: Raum oder Boden?

»Es zahlt sich aus, am Leben zu bleiben«, orakelte Sam.

»Ich werde Soulier nicht nachgeben«, sagte ich. »Das hat vor allem anderen Vorrang. Ich kann nicht gegen Caradoc ankämpfen, aber verdammt will ich sein, wenn ich mich von Caradoc an die Wand drücken lasse. Lieber gehe ich zur Hölle, und auch in den Urwald. Caradoc hat mir ein Angebot gemacht, das ich nicht ablehnen kann.«

»Das sind die schlimmsten Angebote«, pflichtete Sam mir bei.

»Also muß ich ihnen entwischen. Ich werde die Bastarde austricksen, und wenn es mich umbringt.«

Das Dumme war, das war durchaus möglich.

Mein Magen hatte sich von dem ersten Krampf noch nicht erholt, der ihn packte, als ich den Caradoc-Mann hinter mir entdeckte, und der Tritt in den Unterleib war ihm auch nicht gerade bekömmlich gewesen. Ohne den *Wind* hätte ich mich erbrechen müssen. Trotz des *Windes* hatte ich das Gefühl, es sei gleich soweit.

Dann rülpste die Bordsprechanlage. Das Geräusch klang genauso, wie ich mich fühlte.

Automatisch streckte ich die Hand aus, um zu antworten, aber Sam war schon von seiner Liege aufgestanden und schob meine Hand beiseite. »Ich bin der Wachhabende«, brummte er mir zu. »Willst du, daß ich erschossen werde?«

Er meldete sich, und ich hörte, wie der Kapitän ihn mit kalter Stimme unterbrach.

»Bringen Sie den Antrieb auf Startbereitschaft«, befahl er. »Wecken Sie Grainger auf. Ich habe die anderen hier und bringe sie mit. Dazu zwei Passagiere. Unser Schiff ist gechartert worden, und wir starten noch heute abend. Sobald es menschenmöglich ist. Die Herren haben ganz dringende Geschäfte zu erledigen.«

»Wir können nicht starten«, protestierte Sam. »Die Häfte unserer Fracht liegt noch unter den Finnen. Als die Arbeiter Dienstschluß hatten, haben sie sie einfach liegengelassen. Wie wollen Sie zu dieser nächtlichen Stunde noch eine Löschmannschaft finden? Oder soll der Junge alles allein tun?«

»Die Löschmannschaft ist schon unterwegs«, erwiderte der Kapitän. »Der Startplatz wird innerhalb von neunzig Minuten geräumt sein. Die Starterlaubnis haben wir bereits. Wir heben um null-null-sechs Schiffsstandardzeit ab. Beeilen Sie sich.«

»Jawohl, Kapitän Haeckel, Sir«, sagte Sam mit mehr als nur einer Andeutung von Insubordination. »Sie sind der Boß.«

Er schaltete die Bordsprechanlage aus und wandte seine hellen Augen mir zu.

»Sie haben herausgefunden, daß du nicht im Krankenhaus liegst«, stellte er fest. »Du hast keine Zeit mehr zu verlieren. Wenn du weglaufen willst, tu es lieber sofort. Sie werden den Hafen beobachten, aber es gibt Möglichkeiten, durch die Umzäunung zu kommen . . .«

Meine Beine juckten. Soviel ich wußte, konnten sie in diesem Augenblick mit einem Schmetterlingsnetz unter den Finnen stehen und auf mich warten. Ich sah auf den Bildschirm und erblickte ein halbes Dutzend winziger Gestalten, die über das Landefeld schlenderten. Die Löschmannschaft. Kein Haeckel, keine Passagiere.

»Ich bin schon unterwegs«, sagte ich.

»Ich komme mit dir«, erklärte Sam.

»Zum Teufel, *weshalb*?«

Er lief bereits zur Tür. »Ich zeige dir den Weg durch die Umzäunung.«

»Mann«, meinte ich, »ich weiß, wie man von einem Landefeld verschwindet. Ich bin doch kein Idiot.«

Aber er war schon unterwegs zu seiner Kabine. Er wollte mitkommen. Ich wußte, es war dumm von ihm, und es würde weder ihm noch mir im geringsten nützen. Ich wußte, daß er mir nichts schuldig war und daß er das nicht tun sollte und daß er nur irgendeinem lächerlichen Impuls nachgab. Aber ich brachte es nicht übers Herz, ihn zurückzuweisen. Ich *wollte* ihn nicht zurückweisen.

»Danke, Sam«, murmelte ich, als ich mich ebenfalls zur Tür bewegte. Er konnte mich nicht hören. Ich sprach mit mir selbst.

IV

Ich schnappte mir meinen Packsack, der buchstäblich nichts enthielt, abgesehen von ein paar Kleidern und Kleinigkeiten wie einer Sonnenbrille, ein paar Werkzeugen und einer kleinen Erste-Hilfe-Tasche, und ich hielt mich nicht damit auf, meinem Schiff Lebewohl zu sagen. Sam brauchte zwei Minuten dafür, in seinem Spind und im Maschinenraum herumzukramen und sich alles in die Taschen zu stopfen, was eventuell nützlich sein konnte. Dann schlüpften wir aus dem Bauch des Schiffes in den Schatten der Finnen. Die Frachtstücke, die über ein Gebiet von dreißig oder vierzig Quadratmetern ungleichmäßig verteilt waren, gaben uns ein wenig Deckung, während wir uns vom Schiff wegschlichen. Dann rannten wir über das Feld.

Die Löschmannschaft, die sich uns näherte, sah uns nicht, und wir entdeckten niemanden, der sich an dunklen Stellen herumdrückte. Soulier hätte es nicht zulassen dürfen, daß Haeckel das Schiff anrief. Das war ein Fehler – dachte ich. Wir gelangten durch die Umzäunung und ins Gebäusch, ohne daß uns der geringste Argwohn kam, wir seien bemerkt worden. Innerhalb von Minuten hatten wir den Raumhafen hinter uns gelassen.

Wir waren außer Atem, aber wir hielten nicht an. Wir liefen immer weiter in die Dunkelheit.

Zuerst kamen wir über Land, das zweifellos häufig von menschlichen Füßen begangen wurde. Mehrmals sahen wir Felder, auf denen die hiesigen Bewohner Pflanzen zum Wachsen oder Tiere zum Weiden zu überreden versuchten. Das einzige Lebewesen, das sich uns entgegenstellte, war eine Kuh. Sie muß gespürt haben, daß ich Kühe nicht mag, denn als wir ihr zu nahe kamen, überlegte sie es sich anders.

Doch schließlich gelangten wir in die wirkliche Wildnis – in Moor und Dickicht. Bei Sonnenaufgang waren wir hundemüde und schleppten uns nur noch langsam weiter. Mit dem ersten grauen Tageslicht wurde der Wind schärfer und die Luft kälter. Sie war kristallklar. Am Boden gab es keine Spur von Nebel, am Himmel keine Wolke. Die große rote Sonne hißte sich langsam über den Horizont, und selbst als sie hoch am Himmel stand, schien es kein bißchen wärmer zu werden.

Wir hörten auf zu laufen, aber wir gingen weiter. Sam bewegte sich mit überraschender Leichtigkeit. Ich glaube, er zehrte von der Aufregung und Spannung, in der er sich befand. Was mich vorantrieb, war größtenteils Verzweiflung.

Erst als wir auf den Weg stießen, hielten wir an. Sam freute sich, als wir ihn entdeckten, und bekundete die Absicht, ihm zu folgen. Wenigstens wüßten wir dann, daß wir irgendwohin unterwegs waren, und sollte uns jemand begegnen, den wir lieber nicht treffen wollten, konnten wir uns immer noch seitwärts in die Büsche schlagen.

Ich folgte seinem Vorschlag. Auf der Straße ging es sich ein bißchen leichter.

Irgendwann nach Mittag landeten wir an einem weiten Komplex von Feldern, der für eine Erschließung in großem Maßstab markiert war. Einiges Land war gerodet, einiges bereits kultiviert, aber es gab Anzeichen, daß dies ein altes Vorhaben war, das aus irgendeinem Grund nicht hatte durchgeführt werden können. Es sprach eher von Optimismus als von Entschlossenheit. Am Rand der Felder lagen Geräte, die die Natur sich bereits einverleibte. Eine große Planierraupe hockte in etwa einer halben Meile Entfernung auf einem Grat und sah so aus, als funktionierte sie noch. Aber das hier war jemandes unerfüllter Traum, nicht das Lebensblut einer Welt. Als wir die Anhöhe erreichten, konnten wir das ganze Projekt überschauen und sehen, daß es dem Verfall preisgegeben worden war. Das Land war mit langen, niedrigen Hütten und Schuppen getupft, die wie Stücke eines Eisenbahntunnels aussahen, halbkreisförmig im Durchschnitt. In einer dieser Hütten quartierten wir uns ein, um uns auszuruhen und etwas von dem Schlaf nachzuholen, der uns in der Nacht entgangen war.

Die Hütte war nicht gerade mit allen Bequemlichkeiten ausgestattet, aber irgend ein freundlicher Mensch hatte doch einige Effekten zurückgelassen – nach dem Staub zu schließen, war das lange her –, unter denen sich ein Heizofen und etwas feucht gewordener Zucker befanden. Sam hatte Kaffee, und als wir alle Vorräte zusammengelegt hatten, konnten wir uns eine warme Mahlzeit bereiten.

Diese einfache Freude, daß wir Nahrungspaste erwärmen und süßen und das klebrige Zeug mit einer Tasse Kaffee hinunterspülen konnten, gab mir wieder Auftrieb. Solche kleinen Dinge können einen beträchtlichen Unterschied in der Fähigkeit eines Menschen machen, dem unvermeidlichen Unglück unerschrocken ins Auge zu blicken.

Wir legten uns schlafen.

Noch bevor wir wieder aufwachten, hatte man uns wegen unbefugten Verlassens des Schiffes und des Hafens festgenommen. Dem Gesetz nach war das nur ein geringfügiges

Vergehen, und die Arbeit, die die Polizisten mit uns gehabt hatten, schien dazu in keinem Verhältnis zu stehen. Aber sie wußten genau, wo sie uns zu suchen hatten. Sie brauchten nur in einen Jeep zu steigen und hinzufahren.

Sie legten uns doch tatsächlich Handschellen an, als sie uns in die Stadt zurückbrachten!

Wir mußten uns eine Zelle teilen, weil es nur zwei gab, und sie waren, als wir eintrafen, mit zwei Unglücklichen besetzt, die ihren gestrigen Rausch ausschliefen. Wir konnten nicht erwarten, daß man solche Desperados wie uns mit dergleichen harmlosen Individuen zuammensperrte. Deshalb schickte man einen der Trunkenbolde nach Hause. Allerdings ließ er seinen Geruch zurück.

Auf unsere geistreichen Bemerkungen und höflichen Fragen antworteten die Polizisten nur mit ein paar Grunzlauten. Die brachten sie so natürlich fertig, als sei es ihre Muttersprache.

Wir brauchten nicht lange auf Besucher zu warten. Haeckel und Soulier kamen zusammen. Nicht gerade Hand in Hand, aber beinahe.

Haeckel dankte den Polizisten sehr freundlich und erklärte, wahrscheinlich werde er, sobald er die Sache mit uns durchgesprochen habe, keine Anklage erheben. Aber er wolle ihnen ein kleines Geschenk als Entschädigung für ihre Mühe und als Dank für ihre schätzenswerte Zusammenarbeit geben.

Der Sergeant hinter dem Schreibtisch steckte das Geld ein, ohne mit der Wimper zu zucken. Inzwischen trat Soulier an das Gitter und schenkte mir ein väterliches Lächeln. Bei Tageslicht sah sein Gesicht noch künstlicher aus, aber es war bei weitem nicht so künstlich wie sein gütiger Ausdruck.

»Ich habe Ihnen einen Sender angeheftet«, erklärte er. »Als ich in dem Kaffeehaus neben Ihnen stand. Noch ehe Sie merkten, daß ich da war. Seitdem haben Sie Peilzeichen abgestrahlt wie ein elektrischer Skunk.«

»Man kann nicht immer gewinnen«, sagte ich giftig.

»Sie können nicht gewinnen«, gab er zurück.

Das hatte ich mir bereits an den Fingern abgezählt. Ich gab ihm keine weitere Gelegenheit mehr, sich in seinem Triumph zu sonnen. Die Tatsache, daß ich an die Möglichkeit eines

Peilsenders nicht gedacht hatte, als ich meine Flucht begann, hinterließ einen schlechten Geschmack in meinem Mund. Ich kam mir wie ein Trottel vor. Von Caradocs weit aufgerissenem Maul geschnappt zu werden, war eine Sache, zum Affen gemacht zu werden, eine ganz andere. In diesem Augenblick war mir wegen der jüngsten Vergangenheit beinahe noch elender zumute als wegen der unmittelbar bevorstehenden Zukunft.

Als einer der Polizisten die Tür aufschloß, überkam mich die starke Versuchung, Soulier einen oder zwei von seinen schönen weißen Zähnen in den Hals zu rammen. Ich unterdrückte den Impuls. So etwas war nicht die feine, vornehme Art, und er brauchte sich nur neue zu kaufen.

Haeckel grinste Sam an und sandte mir einen eigentümlichen Blick zu, den ich nicht recht zu deuten wußte. Vielleicht war er so etwas wie eine Entschuldigung dafür, daß er den Helfershelfer für meine Nemesis gespielt hatte. Vielleicht lag darin eine gewisse Traurigkeit, weil er einen erstklassigen Piloten verlor und dafür nur eine Handvoll schmutzigen Mammons gewann. Vielleicht spielte sogar eine gewisse Belustigung mit, weil ich ein armer Narr war.

»Das hätten Sie nicht tun sollen, Sam«, sagte er. Er hatte die Absicht, freundlich zu sein. Halbfreundlich zumindest.

»Halten Sie den Rand«, fauchte Sam, was wohl unklug war. Er war überhaupt nicht zu Freundlichkeiten aufgelegt. Er fühlte sich scheußlich ernüchtert. Offenbar merkte er, daß er zu weit gegangen war. »Ich meine, halten Sie den Rand, Sir«, sagte er mit leiser Stimme zu sich selbst, als mache er sich Vorwürfe, daß er den Zusatz vergessen hatte.

»Wenn Sie unbedingt an diesem schönen Ort bleiben wollen, kann ich ohne Sie auskommen.« Haeckel ließ jede Spur seiner aufgesetzten Güte fallen. »Ein Kind von sechs Jahren kann die Maschine ebensogut bedienen wie Sie.«

»Jawohl, Kapitän.« Sams Stimme klang müde.

»Sollen wir gehen?« fragte Soulier.

Und dann öffnete sich die Tür. Ich glaube nicht, daß ich mich je in meinem Leben so gefreut habe, jemanden zu sehen. Wenn es Titus Charlot selbst oder auch Nick delArco gewesen wäre, hätte meine Freude vielleicht einen Dämpfer erhalten durch das Gefühl, daß ich zurück ins Netz manövriert worden war, bevor ich noch einen Fuß auf den Boden gebracht hatte. Aber es war Denton. Ein Mann, der nicht nur die Weisheit New Alexandrias repräsentierte, sondern auch das Gesetz von New Rome.

Denton war ein Bursche, den man gern haben konnte.

»Ich dachte schon, du würdest es nicht mehr schaffen«, sagte ich.

Weder Haeckel noch Sam Parks hatte gemerkt, daß sich die Situation wesentlich verändert hatte, denn Denton trug Polizeiuniform, und Leute in Polizeiuniform neigen dazu, andauernd in Polizeistationen ein und aus zugehen. Aber die lokalen Polizisten gaben sich derartigen Illusionen nicht hin, und Soulier sah plötzlich wirklich sehr, sehr böse aus.

Der Sergeant am Schreibtisch, der die Scheine von Haeckel angenommen hatte und sie immer noch in seinem feuchten Händchen hielt, hatte ein hochrotes Gesicht bekommen.

»Das ist wirklich erstaunlich«, stellte Denton fest. »Sie haben den Mann schon festgenommen, bevor ich mit dem Haftbefehl da war.«

Der Mann mit dem roten Gesicht ließ seinen Unterkiefer ein wenig absacken. Dann nahm er sich wieder zusammen.

Aber Soulier hatte nicht die Absicht, ruhig zuzusehen, wie ihm der Fall aus den Händen genommen wurde. Er schritt zur Tat, noch ehe der fassungslose Sergeant seine Haltung zurückgefunden hatte, und schob sich zwischen Denton und den Schreibtisch.

»Zum Teufel, für wen halten Sie sich?« wollte er wissen. Damit zerstörte er alle meine Illusionen. Er war mir als ein so kluger, beherrschter Mann erschienen.

»Ich bin Commander Denton«, stellte sich mein Retter vor. Anscheinend war er sehr schnell befördert worden. »Ich habe einen Haftbefehl für einen Mann namens Grainger.« Er faßte in seine Tasche und förderte einen grauen Umschlag zutage. Soulier streckte die Hand danach aus, aber Denton entfernte ihn geschickt aus seiner Reichweite.

»Wer ist dieser Mann?« wandte Denton sich an den Sergeanten am Schreibtisch.

»Sie wissen verdammt genau, wer ich bin«, polterte Soulier. »Und Grainger können Sie nicht bekommen. Er ist wegen illegalen Verlassens seines Schiffes festgenommen und muß hier vor Gericht gestellt werden.«

»Die Anklage wurde zurückgezogen«, warf ich ein.

»Das wurde sie nicht«, sagte Haeckel. Langsam dämmerte ihm, daß er aus seinen habgierigen Träumen erwachen mußte. »Ich habe nur gesagt, *vielleicht* würde ich nach genauerer Überlegung die Anklage fallenlassen. Das tue ich aber nicht.«

»Er hat übrigens den Polizisten bestochen«, bemerkte ich. Das gehörte zwar nicht zur Sache, aber ich hatte den Eindruck, es könne der Diskussion weiterhelfen.

Denton schob Soulier zur Seite. Er legte dem Sergeant am Schreibtisch den Haftbefehl vor. »Ich verlange, daß Sie den Mann namens Grainger auf der Stelle mir übergeben. Ob er auf dieser Welt ein kleineres Vergehen begangen hat oder nicht, ist unwesentlich. Sie werden feststellen, daß mein Haftbefehl Vorrang hat. Bitte, überprüfen Sie die Unterlagen, es ist alles in bester Ordnung. Wenn Sie wollen, können Sie einen Antrag an New Alexandria stellen, daß er, sobald die Gerichtsverhandlung dort vorüber ist, nach hier ausgeliefert wird.«

»Ich muß beim Chef rückfragen«, sagte der Sergeant.

»Tun Sie das«, nickte Denton.

»Ja, Sir.« Der Sergeant stand auf und begab sich in den kleinen Raum, wo die Kommunikationsanlage stand. Denton ging an Soulier vorbei, um sich vor mich zu stellen. Haeckel tat instinktiv einen Schritt rückwärts. Plötzlich wirkte Soulier mitten im Raum ganz isoliert.

»Ich dachte, du seist Titus Charlots Leibwächter«, sagte ich.

»Befördert«, antwortete Denton. »Jetzt bin ich z.b.V.«

»Also will Titus, daß ich nach Hause komme.«

Denton schüttelte leicht den Kopf. »Titus will nicht, daß Caradoc dein Gedächtnis anzapft. Er meint, das könne ihn in Verlegenheit bringen. Etwas Derartiges konnten wir kaum voraussehen, aber heutzutage bleibt nichts geheim. Wir erfuhren davon, und wir traten schleunigst in Aktion.«

»Bist du mit der *Dronte* hergekommen?«

»Die *Dronte* ist im Trockendock«, klärte Denton mich auf.

»Nicht in Betrieb. Keine Mannschaft. Titus hat jetzt das Schwesterschiff in der Luft, und er macht damit ein paar Probeflüge um den Inneren Rand. Zu einem Planeten namens Darlow. Beobachtung und Experimente. Kennst du ihn?«

Ich hatte noch nie von Darlow gehört, und das sagte ich ihm. Ich erkundigte mich, was genau mit mir geschehen werde, sobald er mich von Erica und von Caradoc weggebracht hatte.

Hier mischte sich Soulier wieder ein. »Die Antwort darauf möchte ich auch hören. Dieser Mann ist Angestellter der Caradoc-Gesellschaft.«

»Zum Teufel, das bin ich nicht«, protestierte ich.

»Das sind Sie doch«, betonte er. »Wir haben Ihr Schiff gekauft.«

»Haeckel hat gesagt, Sie hätten es gechartert!«

Beide wandten wir uns um Bestätigung an den Kapitän.

»Das Schiff ist unser Eigentum«, stellte Soulier fest. »Nicht wahr, Kapitän?«

Haeckel zögerte mit offenem Mund.

»Er ist nicht befugt, das Schiff zu verkaufen«, fiel Sam ein.

»Er ist der Bevollmächtigte der Eigentümer«, berichtigte Soulier. »Und in ihrem Namen hat er mir das Schiff gestern abend verkauft. Für fünfunddreißigtausend.« Er sah Haeckel an wie eine Schlange, die ein Kaninchen hypnotisiert.

Haeckels Augen flackerten zur Seite. Sie huschten erst über mein Gesicht und dann über das Dentons. Er leckte sich die Lippen und wog im Geist seine Chancen ab, während alle darauf warteten, was er zu sagen hatte.

»Sie haben es gekauft«, sagte er. Und dann setzte er hinzu: »Für fünfund*vierzig*tausend.«

Soulier sah aus, als hätte er dem Kapitän am liebsten ins Gesicht getreten.

»Der Schwachkopf«, bemerkte Sam. Er rückte nahe an mich heran und flüsterte mir ins Ohr: »Diese Extra-Zehntausend stecken die Eigentümer ein. Er hätte von Soulier eine höhere Belohnung erhalten, als er von *ihnen* bekommen wird.« Ich war ganz seiner Meinung. Der Klügste war Haeckel nicht.

»Es ist ganz gleich, wem das Schiff gehört«, sagte ich. »Ich kündige. Dazu habe ich das Recht.«

Denton schien das Gezänk satt zu haben. »Wem das Schiff auch gehört, Grainger ist festgenommen und wird mit mir zurück nach New Alexandria fliegen. Dort kann alles Weitere geregelt werden. Eine andere Möglichkeit gibt es nicht.«

Ich kam mir vor wie ein Paket mit unleserlicher Adresse.

»Wenn die Polizei dieser Welt oder sonst irgendwer einen Anspruch auf Grainger erhebt, muß er sich an das Gericht in Civitas Solis auf New Alexandria wenden«, führte Denton aus. »Dort wird dem Gesetz entsprechend darüber entschieden werden.«

»Wollen wir wetten, ob Sie damit durchkommen?« fragte ich Soulier.

»Werde nur nicht zu übermütig«, sagte Denton zu mir mit einer Andeutung von Schärfe in der Stimme. »Das Gesetz hat sich auch mit dir zu befassen. Der Haftbefehl ist echt. Du kannst dich vor Gericht verteidigen wie jeder andere. Und das Gesetz auf New Alexandria ist *nicht* bestechlich, und es schätzt deine Art von Humor nicht. Wenn ich du wäre, würde ich meinen Überschwang ein wenig mäßigen.«

»Vielen Dank«, antwortete ich. »Ich liebe dich auch.«

»Nun, dann –«, begann Denton.

Jetzt endlich tauchte der Polizeichef auf. Er knallte die Tür hinter sich zu und blickte von einem zum anderen, als frage er sich, wen von uns er erschießen solle. Dann verlangte er zu wissen, warum seine Polizeistation eher wie ein Bahnhof aussehe.

Denton und Soulier stürzten sich in Erklärungen. Sam und Kapitän Haeckel und ich blieben in einer Ecke zurück. Ich zuckte die Schultern, ging wieder in die Zelle und setzte mich. Sam sah erst Haeckel, dann mich an, und dann kam er mir nach. Er schloß die Tür hinter sich.

Der Kapitän glotzte uns durch die Gitterstäbe an. »Parks!« bellte er, »Sie haben sich Ihre Stellung verscherzt!«

»Jawohl«, konterte Sam, »und Sie haben sich einen Freund verscherzt.«

»Zum Teufel, was geht hier eigentlich vor?« kreischte der Trunkenbold in der Nachbarzelle.

Plötzlich überkam mich eine wundervolle Heiterkeit. Die Ereignisse waren über mich hereingestürzt, und ich hatte keine

Ahnung, wohin das noch alles führen werde. Nur eins stand fest: Man würde mich nicht mit Gewalt augMENTieren und meine Erinnerungen vor allen möglichen neugierigen Augen bloßstellen. Auch wenn ich mir immer noch Blasen an den Füßen holen konnte, war ich der Bratpfanne entkommen.

»Es wird sich schon alles regeln«, sagte ich zu Sam.

V

Der Polizeichef war ein Mann, der für vernünftiges Zureden nicht unzugänglich war. Es dauerte nicht lange, und die Lage war, soweit es das Gesetz auf Erica betraf, geklärt. Weder gegen mich noch gegen Sam wurde Anklage erhoben, und wenn die Caradoc-Gesellschaft zu behaupten versuchte, einer von uns beiden gehöre ihr, konnte sie das auf eigene Initiative tun. Die Unterstützung durch die lokale Polizeitruppe wurde abgeblasen. Ich habe nie erfahren, was mit dem Geld geschehen ist, das Haeckel dem Polizisten am Schreibtisch gegeben hatte, aber ich nehme an, es hat niemals den Weg zurück in die Schatztruhen Caradocs gefunden.

Ich überzeugte Denton, Sam sei ein wertvoller Erwerb für New Alexandria und es sei unfreundlich, ihn auf Erica sitzenzulassen. Wir reisten in einem schnellen Dimensionsspringer ab, der Denton auch auf seiner Rettungsaktion hergebracht hatte. Es war ein erstklassig ausgestattetes Fahrzeug, und ich genoß den Flug sehr. Da es sich nicht um ein Privatschiff, sondern ein Polizeiboot handelte, war jeder Kubikdezimeter an Bord mit etwas Funktionalem vollgestopft, aber trotzdem war das Innere bequem. Es fehlte nichts als ein Raum, der so groß war, daß sich mehr als zwei Leute hinsetzen und miteinander reden konnten, aber es gelang mir ein paarmal, Denton in ein Gespräch zu verwickeln. Es gab verschiedene Dinge, die ich meiner Meinung nach wissen mußte.

»Du willst mich also wirklich und wahrhaftig vor Gericht bringen?« fragte ich ihn.

»Wir können kaum etwas anderes tun.«

»Hat es keine einfachere Möglichkeit gegeben, mich aus Souliers Klauen zu befreien? Zum Beispiel brutale Gewalt? Ich weiß, das liegt nicht auf New Alexandrias Linie, aber ist es nicht ein bißchen extrem, mich zum Kriminellen zu stempeln?«

»Ist dir noch nie der Gedanke gekommen?« fragte er zurück, »daß wir den ganzen Weg nicht nur des Vergnügens wegen, deine Haut zu retten, gemacht haben? Kannst du dir überhaupt nicht vorstellen, daß Titus Charlot dich bis obenhin satt haben könnte? Leuchtet es dir nicht ein, daß die sicherste Methode, den Inhalt deines Gehirns vor feindlichen Händen zu bewahren, die wäre, dich für den Rest deines kläglichen Lebens einzusperren?«

»Meinst du das im Ernst?« Ich war ehrlich entsetzt.

»Nicht ganz«, räumte er ein. »Aber wiege dich nicht in dem Glauben, du hättest einen Schutzengel. Du bist festgenommen, und du wirst vor Gericht gestellt. Ich persönlich nehme an, du wirst davonkommen. Die Anklage steht auf wackeligen Beinen. Aber du wirst ein gerechtes Verfahren erhalten, und das bedeutet, es wird weder für noch gegen dich Voreingenommenheit geben. Merke dir: Die Ausstellung des Haftbefehls war kein Theatercoup.«

»Um Gottes willen, wessen bin ich denn angeklagt?«

»Der Kindesentführung.«

Im ersten Augenblick hätte ich beinahe gelacht, doch das Lachen verging mir sofort wieder. Denton hatte mich schon einmal festgenommen, auf New Alexandria. Ich hatte in einem von Charlots Wagen einen Ausflug gemacht und ein anacoanisches Mädchen mitgenommen, das aus einem seiner Forschungszentren fortgelaufen war. Hinter ihr rannten zwei Kerle her, die eher nach Verfolgern als nach Helfern aussahen. Auf mich machten sie den Eindruck, daß man ihnen keinen Hund hätte anvertrauen dürfen. Deshalb hatte ich mich ziemlich grob ihnen gegenüber verhalten und mich geweigert, ihnen das Mädchen auszuliefern. Sie waren gar nicht erfreut gewesen. Charlot auch nicht. Er hatte die Vertreter des Gesetzes nach mir ausgeschickt. Mir hatte die Sache nicht gefallen, und als sich nach und nach verschiedene Mosaiksteinchen zusammensetzten, hatte mir auch das daraus entstehende Bild nicht gefallen. Aber ich hatte geglaubt, die Angelegenheit sei erledigt. Man hatte mir gesagt, ich solle mich um meine eigenen Angelegenheiten kümmern, und das hatte ich getan. Jetzt lieferte der Vorfall das geeignete Mittel, mich aus Caradocs Reichweite zu entfernen. Aber es schien mir gegen mich doch ein bißchen hart zu sein.

Noch dazu konnte ich, technisch gesehen, schuldig sein.

»Warte mal«, sagte ich. »Soll ich das alles ernst nehmen? Es wird tatsächlich gegen mich Anklage erhoben werden?«

»Das ist richtig.«

»Verflucht und zugenäht, dann könnte ich ja eventuell verurteilt werden!«

»Das versuche ich dir doch die ganze Zeit klarzumachen.«

»Mit welcher Strafe ist denn bei einer solchen Anklage zu rechnen?«

»Das hängt davon ab, wie der Fall gelagert ist«, erläuterte Denton. »Du kannst einige mildernde Umstände geltend machen. Man wird dir nicht gerade lebenslänglich geben.«

»Ich habe ebenfalls für Charlot gearbeitet«, sagte ich.

»Das nützt dir nichts. Aber selbst wenn du verurteilt werden solltest – und ich glaube eigentlich nicht daran –, dann bezweifele ich, ob du mehr als zwei Jahre bekommst. Vielleicht drei.«

»Du willst mir nur Angst einjagen, du Bastard.«

»Verlaß dich nicht darauf.«

Insgeheim rechnete ich zuversichtlich damit, man werde mich nicht ins Gefängnis stecken. Ich kannte Titus Charlot. Sorgen machte mir dagegen der Gedanke, was sonst noch aus dieser kleinen Angelegenheit erwachsen mochte. Titus Charlot war nicht der Mann, der vergaß und verzieh, wenn eine seiner Schachfiguren vom Brett heruntermarschierte – und dabei noch einigen Dampf abließ. Die Caradoc-Gesellschaft war vielleicht nicht die einzige Gruppe, die einen Groll gegen mich hegte. Wenn Charlot mich zurückhaben wollte, war das hier die Art von Trick, die ihm zuzutrauen war. Er arbeitete immer um drei Ecken herum.

Voller Bitterkeit sagte ich: »Wir spielen alle immer noch dasselbe Spiel, stimmt's? Ich bin den Zwanzigtausend, die mir wie ein Mühlstein am Hals hängen, immer noch nicht entronnen, wie? Ich habe nie eine Chance gehabt davonzukommen, oder? Caradoc war nicht der einzige Geier, der auf mich lauerte. Charlot will mich zurückholen, nicht wahr? Nun ja, lieber den Teufel, den ich kenne, als den Teufel, der mich andernsfalls kriegen könnte . . . Das weiß ich durchaus zu schätzen. Aber es ist doch ein schmutziges Spiel! Komm, Denton, du bist ein vernünftiger Mensch. Ich werde verladen. Immer noch. Einmal eine Schachfigur, immer eine Schachfigur.«

Denton zuckte die Schultern. »Ich finde, du nimmst das alles zu schwer. Du wirst richtig paranoid. Nimm's leicht. So geht es nun einmal im Leben. Glaub mir, es ist kein weitreichendes, kompliziertes Komplott, um deine Seele zu stehlen. So sehr ist niemand an deiner Person interessiert. Du steckst mit drin, das ist alles – und man muß dich mit in Rechnung ziehen. Ich weiß nicht, ob Titus Charlot darauf brennt, dich zum Nachtigall-Nebel fliegen zu lassen. Doch wenn er das will, kriegt er dich so oder so dazu. Aber dann ist seine Absicht dabei nicht, dich auf diese Weise zur Hölle zu schicken. Er hat dann eine Aufgabe, die du für ihn erledigen sollst. Das ist alles. Das Universum ist nicht hinter dir her, Grainger. Du stehst nur zufällig im Wege.«

»Vielen Dank«, sagte ich.

»Gern geschehen.«

»Hat man von dir jemals verlangt, nur als Werbegag ein Schiff ins Zentrum des Halocyon-Nebels zu fliegen?« legte ich los. »Hat man von dir jemals verlangt, ein fremdes Kriegsschiff zwecks Verbesserung der Beziehungen zu einer anderen Rasse aus einem Höllenloch abzuholen? Hat man aus dir jemals den Schwarzen Mann Nummer eins für Caradoc gemacht, ohne daß du irgendwie dafür konntest? Charlot hat mir keinen Gefallen getan, auch wenn er dir zu einer Bombenkarriere verholfen hat.«

»Sieh es einmal so an«, erwiderte Denton. »Wenn wir dich in Freiheit gelassen hätten, dann wärst du von Caradoc geschnappt worden und könntest jetzt *wirklich* in Schwierigkeiten sein. Nimm es einfach, wie es kommt. Reg dich nicht auf.«

»Was willst du?« beschwerte ich mich. »Dankbarkeit? Du hast mich im Grunde nicht *gerettet*. Die US-Kavallerie ist doch nicht meinetwegen mit schmetternden Trompeten herbeigeeilt, oder? Ihr habt mich herausgeholt, weil ich etwas weiß oder vielleicht etwas wissen könnte – oder auch nur, um der anderen Seite einen Streich zu spielen.«

Denton schüttelte den Kopf. »Das ist ungerecht«, behauptete er. »Und du darfst nicht alles auf Charlots Intrigen schieben. Sicher ist seine Organisation betroffen. Es war nicht allein meine Idee. Aber Charlot ist im Inneren Rand, Lichtjahre von New Alex und von Erica entfernt.«

»Auf Darlow«, sagte ich. »Von da sieht er sich den Nachtigall-Nebel an. Warum? Dort gibt es keine verlorengegangenen Schiffe. Er ist nicht einmal eindrucksvoll. Nur ein Loch im Raum. Was tut er da draußen?«

»Das weiß ich nicht.«

»Du kannst es auch nicht wissen. Du bist nur ein Polizist. Ich bin wenigstens ein wichtiger Bauer auf dem Schachbrett.«

Er zuckte die Schultern.

»Das alles langt, um einen zur Verzweiflung zu treiben«, klagte ich.

»Von mir aus verzweifele«, gab Denton ungerührt zurück. »Ich habe meinen kleinen Beitrag geleistet.«

Er stand auf und wollte weggehen. Offensichtlich hatte er wenig Verständnis für meine Gefühle.

»He!« rief ich ihm nach. »Wer wird meinen Rechtsanwalt bezahlen?«

»Du«, antwortete er. Das hätte ich mir denken können.

»Hättet ihr mir nicht den Diebstahl des Wagens zur Last legen können? Dann wäre ich sicher gewesen, mit einem blauen Auge davonzukommen. Aber das ist euch wohl überhaupt nicht eingefallen?«

Er mußte sich umdrehen, um mir diese Frage zu beantworten. »Der Diebstahl eines Wagens ist kein Fall, der eine Auslieferung rechtfertigt. Aber eingefallen ist es mir wohl. Du bist auch dessen beschuldigt.«

Ich lachte hohl.

»Trotzdem glaube ich, du wirst davonkommen«, erklärte Denton.

»Das muntert mich sehr auf«, erwiderte ich ironisch.

Später sprach ich mit Sam. Das gab mir mehr Trost. Sam Parks war seit geraumer Zeit der einzige Mensch, mit dem ich ein vernünftiges Gespräch führen konnte.

»Was hast du jetzt vor?« fragte ich ihn.

»Ich bleibe bei dir, wenn es dir recht ist«, antwortete er.

»Und wenn ich ins Gefängnis komme? Sag um Gottes willen nicht, du würdest auf mich warten. Wir sind nicht verheiratet.«

»Ich finde schon irgend etwas«, meinte er. »Wenn du freigesprochen wirst, können wir zusammen etwas unternehmen. Zwei Männer können manches deichseln, was ein Mann allein nicht fertigbringt. Vielleicht bekommen wir eines Tages ein Schiff.«

»Du träumst, Sam«, versicherte ich ihm. »Du träumst immer noch.«

»Richtig«, sagte er.

»Weißt du«, setzte ich hinzu, »mit dir wäre es genauso wie mit dem letzten Jungen, mit dem ich ein Schiff geteilt habe. Michael Lapthorn. Der war auch anderthalb Träumer. Ich dachte, er würde mich wahnsinnig machen.«

»Vielleicht hat er das getan«, überlegte Sam.

»Und ich habe dich um den Verstand gebracht. Ist es das? Was hat dich dazu veranlaßt, Sam?« forschte ich. »Du bist kein Dummkopf. Warum stellt sich ein Mann wie du plötzlich auf die Seite eines Verfolgten wie mich und läuft mit ihm davon?«

»Ich weiß es nicht. Es kam mir in dem Augenblick wie eine gute Idee vor.«

»Und jetzt?«

Sam sah mich mit seinen funkelnden grauen Augen an. »Ich weiß es nicht. Aber was hatte ich zu verlieren? Vielleicht gefällt es mir, so verfolgt zu werden wie du. Das ist nicht das Kind in mir, sondern der alte Mann. Ich glaube, der Raum hat mich in meinem ganzen Leben noch nicht einmal zur Kenntnis genommen.«

»Man sagt, manche Leute haben einfach immer Glück«, bemerkte ich.

»So ist es«, stimmte er zu.

»Wenn wir den Bastard finden, der unseren Anteil hat«, sagte ich, »wollen wir ihm die Zähne einschlagen.«

VI

Die Gerichtsverhandlung verlief korrekt und wurde nicht künstlich in die Länge gezogen. Ich hatte das zweifelhafte Vergnügen, verschiedene alte Bekanntschaften zu erneuern, darunter auch die der beiden Hurensöhne, die damals hinter dem Mädchen hergerannt waren und mich geärgert hatten. Ihre Zeugenaussage war eine gereinigte Fassung und ermangelte jeglicher Bosheit, und ebenso war es mit der Darstellung der Polizei. Keiner der Anacoana erschien in Person, um Zeugnis abzulegen, aber es wurden dem Gericht eidesstattliche Erklärungen vorgelegt, die meine Aktionen in für mich günstigen Wendungen beschrieben.

Ich blieb mißtrauisch, bis die Jury ihren Urteilsspruch verkündet hatte, und ich fühlte mich ständig versucht, über die Schulter zu blicken. Zwar hatte ich davon gehört, daß ein Angeklagter für unschuldig gilt, bis man ihm seine Schuld nachgewiesen hat, aber dies war das erste Mal, daß ich so etwas in der Praxis erlebte. Jeder war höflich zu mir, und niemand schien anzunehmen, ich hätte die Untat begangen.

Ich verließ den Gerichtshof ohne einen einzigen Fleck auf meiner weißen Weste.

Nichts wies auch nur im geringsten darauf hin, daß Titus Charlot mit der Sache zu tun hatte. Auch von ihm war eine eidesstattliche Erklärung verlesen worden, aber das war eine einfache Erzählung der Tatsachen, weder für noch gegen mich gerichtet. Niemand setzte sich mit mir in Verbindung.

Die Caradoc-Leute hielten es jedoch für notwendig, eine unmißverständliche Geste zu machen. Sie hatten Rechtsanwälte hergeschickt, die Sand ins Getriebe streuen sollten. Obwohl sie letztendlich überhaupt keinen Erfolg hatten, gelang es ihnen doch, mich eine Zeitlang vor Gericht festzuhalten, *Ihnen* mangelte es weiß Gott nicht an echter, zweiundzwanzigkarätiger Bosheit.

Das alles kostete Zeit und, was wichtiger war, Geld. Ich mußte leben, bis das ganze Durcheinander geklärt war, und ich brauchte auch einen Rechtsanwalt. Das Leben in New Alexandria und die fachliche Hilfe eines Juristen von New Rome sind nicht billig. Die Kosten für den Rechtsanwalt sollten mir irgendwann zurückerstattet werden, aber in der Zwischenzeit schmolz meine Reserve an Bargeld – obwohl sie anfänglich groß war – beängstigend dahin. Und dann war da natürlich noch Sam, der die ganze Zeit mit mir zusammen war und keinen einzigen Pfennig besaß.

»Vielleicht hat er das getan«, überlegte Sam.

Als alles erledigt war, war ich völlig blank, und ich konnte nichts anderes tun als herumhängen und darauf warten, daß mir die Kosten des Gerichtsverfahrens nach einem langen Weg durch die Bürokratie zurückgezahlt wurden. Ungefähr um diese Zeit war es, daß ich den schwachen Duft einer in der Nähe befindlichen Ratte verspürte. Wenn es einen Platz im bekannten Universum gibt, wo Computer fehlerfrei arbeiten sollten, dann ist es New Alexandria, und was Verwaltungsangelegenheiten betrifft, sind sie vermutlich die schnellsten in der Galaxis. Aber die Zeit verging, und ich wartete immer noch. Meine Lage war alles andere als verzweifelt. Niemand verweigerte mir Kredit. Aber ich wurde allmählich in ein spinnwebfeines Netz finanzieller Verpflichtungen eingesponnen.

Die Aussichten auf einen Job waren ganz finster. Es lag nicht so sehr daran, daß keine Stellungen frei gewesen wären, sondern daß es einen solchen Überfluß an verlockenden Angeboten gab. Die Caradoc-Gesellschaft starb vor Verlangen, mich direkt oder indirekt oder auf eine andere Weise zu beschäftigen. Auf New Alexandria war ich sicher wie die Bibliothek selbst, aber ich wollte nicht den Rest meines Lebens auf New Alexandria oder im Pendelverkehr zwischen New

Alexandria und einem anderen hochgestochenen Hort menschlicher Kultur verbringen.

Langsam kam ich zu der Einsicht, daß die Umstände sich verschworen hatten, mir einige ungeheuer mächtige und ziemlich bösartige Feinde zu schaffen. Ich sah nicht recht ein, *warum* sie auf mir herumhacken mußten – schließlich hatte ich ja niemals auf *ihnen* herumgehackt –, aber die düstere Tatsache blieb. Ich war frei wie die Luft, aber man weiß, daß sich die Luft sehr eng an den eigenen Planeten halten muß, wenn sie sich nicht in Gefahr begeben will.

Alles in allem sah die Zukunft nicht rosig aus.

Immer noch streckte Charlot keinen Fühler aus, obwohl durch verschiedene Kanäle die Nachricht zu mir durchsickerte, daß Jacob Zimmer – einer von Charlots Satelliten – sich nach einer neuen Crew umsah, mit der die *Dronte* bemannt werden sollte, sobald sie aus dem Trockendock kam. Aber niemand schickte mir eine Einladung.

Ich wußte jedoch, daß alles zu dem kommt, der warten kann (so heißt es wenigstens), und ich war bereit zu warten, bis ich mein Geld zurückerhalten hatte. Ich verbrachte meine Tage in von Armut diktierter Muße und diskutierte mit Sam über die Möglichkeit, unsere Namen und Gesichter zu ändern oder als blinde Passagiere auf einem Linienschiff nach Ultima Thule III zu reisen. Die ganze Zeit rechnete ich halbwegs damit, jemand werde durchs Fenster hereinschweben und mir ein paar heimtückische Vorschläge machen. Gerüchteweise verlautete, Zimmer habe immer noch keinen Piloten gefunden.

Insgeheim freute mich das . . .

»Ich habe nach dir gesucht«, sagte Johnny.

»Ich bin starr vor Schreck«, erwiderte ich.

»Darf ich mich setzen?«

»Bitte. Du bist seit langer Zeit unser erster Besucher. Das ist kein sehr guter Stuhl. Entschuldige, daß das Zimmer so vollgepfropft ist, aber ich teile es mir mit jemandem. Ich würde dich ihm ja vorstellen, aber es tut mir leid, daß er im

Augenblick nicht da ist. Wahrscheinlich weißt du sowieso alles über ihn. Das Penthouse konnten wir uns nicht leisten.«

»Ich habe gehört, daß du mit einem Mann namens Sam Parks zusammen wohnst.« Mannhaft irgnorierte er meinen Sarkasmus.

»Das ist richtig. Er sucht gerade nach Arbeit. Beim Bodenpersonal. Vielleicht tue ich desgleichen. Es scheint keine günstige Zeit dafür zu sein, mit einem Schiff zu starten. Wenn wir beide eine Beschäftigung finden, bei der wir Frachtautos fahren oder Kugellager abschmieren dürfen, brauchen wir unser Leben vielleicht nie wieder in den öden Weiten des tiefen Raums aufs Spiel zu setzen. Außerdem hat Sam eine melodramatische Ader. Er hat sich immer danach gesehnt, ein Gesetzloser zu sein. Er glaubt, die Caradoc-Gesellschaft oder eine ähnliche Organisation könnte eine Bande anheuern, die uns eines Nachts aus unseren Betten zerrt und uns, verkleidet als Bananenkisten, nach Vargos Stern verschifft.«

»Wie ich sehe, geht es dir gut«, meinte er. »Was denkst du?«

»Ich habe das Denken aufgegeben«, versicherte ich ihm. »Es schien einfach der Mühe nicht wert zu sein. Die Last wurde mir zu schwer, also habe ich sie abgeworfen. Im Augenblick bin ich zum Denken viel zu müde. Und was ist mit dir, Junge? Welche Art des Denkens betreibst du in letzter Zeit? Du siehst gar nicht so gut aus, wie du es von mir behauptest. Warum haben sie dich geschickt? Warum kommt nicht Eve, um mich zu verführen? Oder Nick, um von Mann zu Mann mit mir zu sprechen? Natürlich ist es zuviel erwartet, daß der große Mann sich selbst bemühen würde, mich von der Straße aufzusammeln.«

Johnny sah mir in die Augen, und ich merkte zum ersten Mal, daß sein unnatürlich steinerner Gesichtsausdruck kein Theater war. Der Grund dafür war nicht ich.

»Sie sind tot«, sagte er.

Ein paar Minuten vergingen. Meine Albereien taten mir jetzt leid. Die Luft im Zimmer schien sich zu verändern und schwer und trocken zu werden. Forschend betrachtete ich Johnnys Gesicht.

Er sah älter aus, als ich ihn in Erinnerung hatte. Das Bild, das ich zum Zwecke der Identifizierung in meiner geistigen Kartei mit mir herumtrug, war das eines Teenagers, der am New Yorker Hafen arbeitete und ein etwas trauriges Leben über der verlassenen Werkstatt seines Großvaters führte. Im Verlauf des letzten Jahres hatte ich versäumt, mein Bild von Johnny auf den neusten Stand zu bringen. Aber jetzt sah ich, daß er verändert war. Er sah jetzt mehr wie Herault aus. Er war schön und hart.

»Was ist geschehen?« fragte ich.

»Sie sind mit der *Dodo* in den Nachtigall-Nebel geflogen. Sie sind nicht zurückgekommen. Vermißt, vermutlich tot. Alle drei.«

»Du warst nicht bei ihnen?«

Er schüttelte den Kopf. »Nein. Ich bin nicht versetzt worden – ich bin immer noch Ingenieur auf *deinem* Schiff. Auf der *Dronte.* Ich habe auf Darlow herumgesessen wie ein Ersatzteil. Keine andere Aufgabe im Leben als zu warten. Aber sie sind nicht zurückgekommen.«

»Du sagtest drei. Wer war der Ingenieur?« fragte ich.

»Rothgar.« Johnny hielt inne, aber ich sagte nichts. Er zuckte schwach die Schultern, vermutlich aus Verlegenheit. »Charlot hat ihn wiedergefunden«, fuhr er fort. »Er war in Not. Er brauchte den Job. Vielleicht konnte Rothgar auch nicht mit dem Nachtigall-Nebel fertig werden. Er . . . war nicht ganz der Mann, der er hätte sein können. Es ist ihm zuviel geworden.«

»Blödsinn. Rothgar kann mit jedem Antrieb umgehen, betrunken, krank und senil. Das Alter muß verdammt schnell sein, wenn es Rothgar einholen will.«

»Ich weiß nicht«, sagte Johnny.

»Ich schon«, behauptete ich. Ich wußte es nicht.

»Du versuchst es so hinzustellen, als sei es ein Fehler des Piloten gewesen«, beschwerte er sich. »Aber das weißt du nicht.«

»Ich versuche gar nichts irgendwie hinzustellen«, erklärte ich bitter. »Es ist mir gleichgültig, ob Eve eine große Pilotin oder nicht imstande war, einen Kinderwagen zu schieben. Sei kein Idiot.« Ich hoffte aufrichtig, der Verlust der *Dodo* habe ihn nicht von neuem liebeskrank gemacht. Das wäre einfach zuviel. Aber er sagte weiter nichts mehr.

Ich streckte mich auf dem Bett aus und versuchte nachzudenken. Die ganze Sache kam mir so schrecklich unvermeidlich und so völlig absurd vor. Ich hatte es ihnen gesagt. Hatte ich es ihnen nicht gesagt? Charlot, hatte ich gesagt, ist *gefährlich.* Er hat keine Achtung vor unserm Leben. Wir sind ersetzbar. Ihn kümmert es nicht, was aus uns wird. Das hatte ich alles gesagt. Oft. Charlot verlangt Dinge, die niemand ein Recht hat, von menschlichen Wesen zu verlangen. Ich hatte es ihnen gesagt, jawohl, und sie hatten nicht zugehört.

Und nun was?

Mir war ein wenig übel. Das Gefühl des Verlustes setzte sich mir im Magen fest. Es tat weh. Da war auch nicht ein Fetzchen von Befriedigung, daß ich recht behalten hatte. Es ertönte keine Fanfare der Erleichterung, daß es nicht mich erwischt hatte – daß ich mich noch gerade rechtzeitig abgesetzt hatte. Ich war wütend auf Charlot, schrecklich wütend. Aber hauptsächlich war mir danach zumute, eine Tür einzutreten. Ich hatte Eve nicht geliebt, und ich hatte Nick nicht geachtet, und Rothgar . . . wer hatte je einen Anspruch auf Rothgars Freundschaft gehabt? Aber sie alle waren irgendwie Teil von mir gewesen, und nun waren sie aufgeopfert. Weggeworfen in die Mülltonnen des tiefen Raums. Und warum?

Ja, warum eigentlich?

»Und?« fragte ich schließlich.

Johnny verstand nicht, was ich meinte.

»Und was jetzt?« ergänzte ich. »Wo steckt die Pointe? Wer ist der Sieger? Warum sitzt du auf Sams Stuhl und siehst mich an wie Abraham Lincoln auf dem Mount Rushmore? Warum kommst du als Hauptbittsteller für den Kanonenfutter-Fonds der Heilsarmee? Was *willst* du?«

»Ich wollte dich sehen«, sagte er.

»Du wolltest es mir erzählen.«

»Ich wollte es dir erzählen. Ich wurde zur Heimatbasis zurückgeschickt. Ich fand heraus, daß du hier bist. Ich wollte dich sehen, es dir erzählen, mit dir sprechen. Mehr steckt nicht dahinter.«

»Wirklich nicht?«

»Nein. Charlot hat mich nicht geschickt. Ich weiß, was du denkst, aber es ist nicht so. Ich bin nicht hier, um dich zu bitten, nach Darlow zu kommen.«

»Wer hat dir gesagt, wo du mich finden kannst? Wer hat dir auch nur verraten, daß ich auf dieser Welt bin?«

»Denton.«

»Natürlich. Wer sonst?

»Wirst *du* zurückgehen?« fragte ich ihn.

»Ja.«

»Bist du wahnsinnig?«

»Nein.«

»Eve und Nick und Rothgar sind alle tot. Sie sind mit ihrem Schiff in den Nachtigall-Nebel geflogen, und jetzt sind sie tot. Und du kommst selbstverständlich zurück nach dem guten, alten New Alex, suchst dir ein anderes Schiff und folgst ihnen. Das ist Charlots Wunsch, nicht wahr? Charlot kann nicht zugeben, daß er alles falsch gemacht hat, daß es ein blödsinniges Projekt war, daß er ein Killer und ein Wahnsinniger ist. Charlot nicht. Kann er gar nicht. Charlot muß es ein zweites Mal probieren, und ein drittes Mal und ein zehntes Mal. Du brauchst es dir nicht gefallen zu lassen, das weißt du. Du kannst ihm sagen, er könne dich. Du kannst die Platte putzen. Du kannst dir sogar mit einem Rasiermesser den Hals abschneiden. Aber nein, das tust du alles nicht. Du fühlst dich verpflichtet, und du hast nicht den Mut zuzugeben, daß dein alter Freund Grainger recht hatte, wo du unrecht hast. Du mußt mit dem Kopf durch die Wand. Warum, Johnny, *warum*?«

»Das ist es«, sagte er.

»Du kannst nicht zugeben, daß du unrecht hast?«

»Das nicht. *Warum*. Ich will wissen, warum. Ich will wissen, warum das Schiff nicht zurückgekommen ist. Ich will wissen, warum sie gestorben sind.«

»Und wenn es dich umbringt.«

»Charlot auch.«

»Charlot?« Einen Augenblick lang konnte ich ihm nicht folgen. Dann ging mir ein Licht auf. »Charlot. Natürlich. Er ist derjenige, der nicht zugeben kann, daß er unrecht hat. Er schickt also kein zweites Selbstmordkommando dem ersten hinterher – er geht selbst. Er geht hinaus, um es sich selbst zu beweisen. Das ist der einzige Weg, den er kennt. Der arme Narr. Es macht keinen Unterschied, Junge. Überhaupt keinen. Siehst du das nicht? Hier geht es nicht um Feigheit oder Heldentum oder Integrität. Du bist kein Filmstar und kein Supermann aus den Comics. Du brauchst dich nicht wie ein Schwachsinniger aufzuführen. Du bist nicht gezwungen dazu. Geh nicht, Johnny. Flieg nicht mit der *Dronte* hinaus. Laß die Sache. Verschwinde und bete, daß du Titus Charlot niemals wiederzusehen brauchst.«

»Warum?« fragte er. »Weil ich ihm dann nicht ins Gesicht sehen könnte?«

»Zum Teufel, Johnny! Einem solchen Mann gegenüber bist du nicht verpflichtet, so etwas zu tun. *Du brauchst nicht in den Tod zu laufen!*

»Ich will aber gehen«, sagte er.

»Du machst dir selbst etwas vor.«

»Ich will gehen.«

»Das ist eine Lüge«, hielt ich ihm vor. »Du belügst dich selbst, du betrügst dich selbst. Was du zu tun versuchst, das ist – nein, nicht ein Mann zu sein, sondern das Ideal eines Mannes zu sein. Das hat doch keinen Sinn. Es ist der reine Unfug. Quatsch ist das. Zum Teufel, ich *bitte* dich: Geh nicht.«

»Und warum bist du so dagegen?« wollte er wissen.

Ja, warum eigentlich? Das war eine berechtigte Frage. Ich verstand, daß er Zweifel an meinen Motiven hatte. Begründete Zweifel. Wann hatte ich mir jemals anmerken lassen, daß mir sein Leben etwas bedeutete?

»Ich habe es satt, Leichen zu zählen«, erklärte ich. »Es hat in den letzten Jahren für mich zu viele Tote gegeben. Sicher, ich werde alt. Man rechnet damit, daß die Welt rings um einen altert. Man ist darauf gefaßt, in Verbindung mit ein wenig Sterben zu kommen. Aber das! Wie viele Menschen hast du in den letzten paar Monaten sterben gesehen? Wie viele Leute hast du gesehen, die nahe daran waren? Was hast du empfunden, als du auf Mormyr festsaßest und keinen Piloten hattest und kein Schiff imstande war, zu euch hinunterzukommen? Vielleicht war Alachakh für dich nur ein fremdes

Lebewesen, vielleicht meinst du, die Männer, die auf Pharos gestorben sind, hatten es nicht anders verdient . . . aber warst du nicht auch krank? Vielleicht sind dir die Polizisten auf der *Grauen Gans* gleichgültig. Aber Eve. Und Nick. Und Rothgar. Um Gottes willen, wie hoch soll der Leichenstapel noch anwachsen? So hoch, daß niemand außer mir mehr übrigbleibt, der die Toten zählen kann? Das will ich nicht, Johnny. Ich möchte, daß ein bißchen von der Welt in einem Stück beieinanderbleibt. Es ist tröstlich, ein Stückchen des bekannten Universums irgendwo nahe zur Hand zu haben. Ich möchte wissen, daß immer noch Leute existieren – wirkliche Leute, die ich gekannt und berührt habe. Das ist alles, Johnny. Ich bin krank davon, tote Freunde zu zählen. Hölle und Verdammnis, ich will nicht einmal daß Titus Charlot stirbt, auch wenn das Universum ohne ihn besser dran wäre.«

Er starrte mich an. Wie Lincoln auf dem Rushmore. Ein Gesicht aus Stein. Ich wußte, ich konnte ihn nicht aufhalten. Es gab nichts mehr, was ich sagen konnte. Die Tragödie hatte ihn zu sehr mitgenommen. Es hatte ihn zu tief getroffen. Es lag nicht daran, daß seine jungenhafte Schwärmerei für Eve Lapthorn von neuem aufgeblüht war. Es war Liebe einer anderen Art. Nicht nur für Eve. Er war fest entschlossen.

»Als wir unten auf Mormyr festsaßen«, sagte er, »bist du gekommen und hast uns geholt. Das brauchtest du nicht zu tun. Wenn es irgendeine Macht gab, die dich dazu gezwungen hat, dann konnte sie nur aus deinem Inneren kommen. Du hast uns geholt. Es war viel zu gefährlich, aber du hast uns geholt.«

»Du hoffst, es ist noch eine Rettung möglich«, erwiderte ich. »Ist es das? Du willst nicht akzeptieren, daß sie tot sind. Du baust auf ein Wunder. Willst du etwa das Wunder *sein*?«

»Es macht keinen Unterschied, ob es noch eine Chance gibt oder nicht«, sagte Johnny. »Auch wenn wir hundertprozentig sicher wären, daß sie tot sind – und wie können wir das sein –, würde ich gehen.«

»Um etwas zu beweisen.«

»Ja.«

»Habt ihr schon einen Piloten?« fragte ich.

»Noch nicht.«

»Verschwinde, Johnny«, sagte ich. »Ich weiß nicht, warum, aber du bringst mich in Versuchung. Ich bin zu alt, um einen solchen Fehler zu machen. Hau ab.«

»Okay.« Er wandte sich zur Tür. »Vielen Dank. Ich werde allen, die dich kennen, deine Grüße ausrichten. Jedem, den ich treffe.«

Er wollte ohne weiteren Aufenthalt hinausmarschieren, aber in diesem Augenblick kam Sam Parks vom Hafen zurück, und sie stießen im Eingang zusammen. Das nahm Johnny den ganzen Schwung, und die Augen des alten Mannes brachten ihn völlig aus der Fassung. Als Sam die Tür schloß, befand sich Johnny immer noch drinnen.

»Sam«, sagte ich, »das ist Johnny Socoro.«

Sam reichte Johnny die Hand. »Man nennt mich Turpin«, erklärte er. »Aber ich heiße Sam, wenn du das vorziehst.«

»Er kennt den Witz«, warf ich ein, ehe Sam auf sein Lieblingsthema kommen konnte.

»Es ist ein halbes Dutzend Linienschiffe unten«, berichtete Sam. »Aber ich kann ihnen nicht in die Nähe kommen. Nichts zu machen. Nicht ohne einen Gewerkschaftsausweis. Ich habe versucht, einen Gewerkschaftsausweis zu bekommen. Ist mir auch nicht gelungen. Was ist das für eine Welt?«

Er wußte, was für eine Welt das war. Wem wollte er etwas vormachen? Er betrachtete Johnny nachdenklich.

»Er ist nicht gekommen, um uns einen Job anzubieten«, klärte ich ihn auf. »Er macht uns nur einen freundschaftlichen Besuch. Er wollte mir Neuigkeiten von allen meinen alten Freunden erzählen.«

»Wie geht es ihnen?« fragte Sam.

»Tot«, antwortete ich.

Er wußte nicht, wohin er sehen sollte. Johnny auch nicht. Ich wollte, daß Sam die im Raum herrschende Spannung erfaßte. Er verstand nicht, was da nicht stimmte. Er wußte genug, um raten zu können, aber nicht genug, um richtig zu raten.

»Können wir von hier weg?« erkundigte sich Sam. »An irgendeinen Ort, wo wir sicher sind?«

»Nein«, sagte ich. »Setze deine Hoffnungen nicht auf

Johnny. Aber wenn das, was er sagt, stimmt, kommen wir vielleicht schon bald vom Haken los.«

»Wie meinst du das?« fragte Johnny.

»Wenn Charlot in den Nachtigall-Nebel geht, ist ihm sein Platz in den Geschichtsbüchern aus mehr als einem Grund sicher«, erläuterte ich. »Ist Charlot aber tot, wird mein Miniröllchen auf dem galaktischen Theater weniger wichtig. Ich sinke ab zum Almosenempfänger. Caradoc wird mich nicht vergessen, hoffe ich.«

Beide sahen mich nur an.

»Willst du einen Kaffee?« wandte sich Sam an Johnny.

»Nein«, antwortete Johnny. »Ich wollte gerade gehen.«

»Komm mal wieder vorbei«, forderte Sam ihn auf.

Als Johnny gegangen war – sein Abgang war nicht ganz so effektvoll, wie er ursprünglich beabsichtigt hatte –, fragte ich Sam: »Erinnerst du dich an die Zeiten, als wir noch über unser eigenes Leben bestimmen konnten? Als wir tun konnten, was wir wollten, ohne daß die Galaxis uns ständig in den Hintern trat? Als wir einfach Spielzeuge des Schicksals waren?«

»Nein«, sagte er.

VII

Der Nachtigall-Nebel ist ein unheimliches Ding, aber auf den ersten Blick gehört er nicht zu den eindrucksvollsten Höllenlöchern der Galaxis.

Die meisten Nebel sind häßlich. Sie breiten sich dekadent und schlotterig über den Himmel aus, und ihre Unordnung wirkt bedrohlich. Nebel sind die Überreste von kosmischen Katastrophen oder stellen im Gange befindliche kosmische Katastrophen dar. Sie sind Wunden oder Muttermale in dem Gewebe von Raum und Zeit. Ihre größten Gefahren liegen in ihrer Launenhaftigkeit und Unberechenbarkeit.

Der Nachtigall-Nebel ist ganz anders. Vielleicht sollte man ihn überhaupt nicht als Nebel klassifizieren. Vielleicht sollte für ihn ein neuer Name erfunden werden. Für einen Nebel ist er klein, und er enthält keine sichtbaren Sterne. Geformt ist er wie eine Linse, und falls man ihn nicht gerade von der Kante aus betrachtet, kann man Sterne hindurchschimmern sehen – trübe und verschleiert, aber immer noch sichtbar. Der Raum rings um diese auf einen Brennpunkt gerichtete Verzerrung unterliegt Phänomenen vom wellenanalogen Typ, aber die Störungen sind von einer seltsamen Regelmäßigkeit und möglicherweise vorausberechenbar. Der Nebel scheint einen periodischen Aktivitätszyklus zu haben.

Soweit ich wußte, hatte zu jener Zeit noch niemand irgendeine Vorstellung davon, was der Nachtigall-Nebel eigentlich war. Ich hatte noch nie von einer Theorie über seine Beschaffenheit gehört, obwohl es in den Teilen der Galaxis, von denen aus das Ding sichtbar war, bestimmt hundert verrückte Ideen gab, an denen etwas dran sein mochte. Offenbar spielte Titus Charlot mit einer selbergestrickten Hypothese herum und versuchte, das Rätsel in den Griff zu bekommen und zu lösen. Ich war bereit zuzugeben, daß es einen wesentlichen Beitrag zum menschlichen Verständnis des Universums bedeuten mochte, wenn es ihm gelang, herauszufinden, was im Nachtigall-Nebel vor sich ging. Aber ich hielt das nicht für besonders relevant. Nicht für mich und nicht für die Leute an Bord der *Dodo*. Tatsache blieb, daß alle Nebel leibhaftige Teufel sind, und wer mit Höllenfeuer kokelt, muß damit rechnen, sich die Hände zu verbrennen. So ist das Leben.

Ich wußte ganz genau, daß ich verrückt wäre, wenn ich noch einmal aus eigenem freiem Willen auf der *Dronte* anheuerte, besonders nach dem, was ihrem Schwesterschiff passiert war. Die Tatsache, daß ich mich in den Halcyon-Nebel getraut hatte und siegreich zurückgekehrt war, zählte in dem Fall nicht. Ich würde trotzdem mit dem Tod würfeln, und dazu mit Würfeln, die nicht zu meinen Gunsten gefälscht waren.

Und trotzdem war ich in Versuchung.

Sonst hatte ich immer gedacht, ich wüßte, wie Motive zusammengesetzt sind, aber diesmal schien es gar nicht so leicht zu sein, die meinen klar zu erkennen.

Gib mir einen Rat, wo ich bei der Analyse ansetzen soll, forderte ich den *Wind* auf.

– Du fällst zuerst die Entscheidung, antwortete der *Wind*. Und dann suchst du nach Entschuldigungen.

Man soll seine Motive erst analysieren und dann Entscheidungen fällen, belehrte ich ihn. Nicht andersherum.

– Die Ursachen, sagte er, kommen vor den Wirkungen. Aber die meisten Leute fangen mit den Wirkungen an und versuchen, die Ursachen zu entdecken.

Sehr spitzfindig, gratulierte ich ihm. Du möchtest gehen, nicht wahr? Genau wie Johnny. Warum? Verrate mir mal eine von deinen Entschuldigungen. Einen von deinen Gründen.

– Es bleibt uns nichts anderes übrig, sagte er. Du verschwendest dein Leben mit dem Versuch, ein Spiel zu spielen, das vor drei Jahren zu Ende gegangen ist. Als dein Schiff abstürzte und du Lapthorn begrubst, ertönte der Schlußpfiff für diese Phase deiner Existenz. Seitdem hast du ständig zurückgeschaut. Glaube mir, ich weiß es. Ich weiß, wo vorn liegt, und das ist nicht die Richtung, in die du den Kopf drehst. Du mußt von neuem anfangen, aber jedes Mal, wenn du ein paar Schritte getan hast, kehrst du wieder um. Die *Dronte* ist jetzt dein Spiel, und das solltest du wissen. Wem sollte es klar sein, wenn nicht dir, wieviel von einem Schiff der Pilot und wieviel von einem Pilot das Schiff ist! Natürlich ist es kein Bett aus Rosen. Natürlich mußt du dich in diesem Spiel nach Titus Charlots Regeln richten, die krumme Regeln sind. Okay. Alle Regeln sind krumm. Der Raum ist gekrümmt. Wäre er es nicht, gäbe es keine Dinge wie Materie. Ich möchte gehen. Das stimmt. Ich möchte gehen, weil ich keine Lust habe hierzubleiben, und du auch nicht. Mit »hier« meine ich nicht dies Zimmer oder diese Welt, ich meine diesen Kopf. Du willst die Zeit anhalten, du willst die Gegenwart unendlich in die Länge ziehen. Du hast immer noch eine Zukunft, aber du traust dich nicht heraus. Nimm das Schiff. Sieh einen Sinn darin.

Es kann mich umbringen.

– Die Zeit bringt jeden um. Jeder stirbt.

Großartig. Du sprichst wie ein Held. Du warst immer die Stimme des unbezähmbaren Mutes. Ich gratuliere. Aber vergißt du nicht eine Kleinigkeit – nämlich, daß ich sterbe, du jedoch nicht? Wenn ich gehe, *gehe* ich. du gehst einfach zu einem anderen Wirt.

– Ich bin nicht unsterblich, antwortete der *Wind*. Niemand lebt ewig.

Aber nicht jeder stirbt so leicht wie ich. Du riskierst weniger, und das erklärt alles.

– Vielleicht, meinte er, vielleicht auch nicht. Na und? Die Tatsache bleibt. Du magst keine Zukunft haben, wenn du stirbst, aber was ist das im Vergleich damit, daß du noch bei Lebzeiten keine Zukunft mehr hast, weil du sie nicht willst? Für *was* sparst du deine wertvolle Haut auf, Grainger?

Ich hänge eben daran. Es tut mir weh, wenn sie zerkratzt wird. Das ist mein angeborener Sinn für Verantwortlichkeit.

– Nun gut, sagte der *Wind*. Bleib hier. Und dann frage dich, welche Entschuldigungen du für *diesen* Entschluß hast.

Ich konnte ihm nicht einfach sagen, er solle den Mund halten, und ihn in den Hintergrund meines Bewußtseins drängen. Früher einmal hätte ich es versucht, doch in der Zwischenzeit hatte ich gelernt, daß es keinen Zweck hatte.

Aber ich wußte, welche Entschuldigungen ich hatte. Sie waren alle schon fix und fertig, standen in einer Reihe in ihren Sonntagsanzügen da und warteten darauf, begraben zu werden. Eve, Nick, Rothgar. Alle meine Freunde. Alachakh – ich hatte seinen Sarg in eine Sonne des Halcyon-Nebels geschickt. Lapthorn – ich hatte ihn in einem flachen Grab auf einem schwarzen Felsen beerdigt. Sie waren alle meine Freunde, und sie waren alle meine Entschuldigungen. Ihnen zu folgen hieß nicht, ihnen zu helfen. Dadurch wurde ich nur einer von ihnen. Ich schuldete ihnen nichts, aber wenn ich ihnen etwas geschuldet hätte, wäre es nicht mein Leben gewesen, sondern etwas weniger Dramatisches.

Wenn man die Entschuldigung in einer Reihe aufstellen kann, erleichtert einem das die Entscheidung immer noch nicht. Tatsächlich muß man, wie der *Wind* sagte, die Entschuldigungen dazu benutzen, die Entscheidung nachträglich zu rechtfertigen.

Ich wäre ein Idiot, dachte ich bei mir, wenn ich zu Charlot zurückkriechen würde. Ein Schwachsinniger.

– Sind wir das nicht alle? fragte der *Wind.*

VIII

Aber es war ein schönes Gefühl, wieder im Pilotensitz zu sein. Ein herrliches Gefühl. Es bereitete mir ein körperliches Vergnügen, die Kontrollen zu bedienen, sie mit den Händen zu berühren. Ich fühlte mich wieder lebendig, nach einer langen Krankheit wieder gesund. Mir war, als sei ich verbannt gewesen und wieder nach Hause zurückgekehrt. Es war wirklich eine Verbannung gewesen.

Der Tachyonentransfer war ein Sprung in den Himmel. Wie hatte ich es je zulassen können, daß sich dies Gefühl aus meiner Erinnerung davonschlich? Ich kam mir vor, als hätte ich mich beinahe selbst betrogen. Dann dachte ich an Johnny und Charlot und den Nachtigall-Nebel, und mir fiel ein, daß ich das vielleicht getan hatte.

Mit Überlichtgeschwindigkeit raste ich durch das Hyper-Universum, hinein und hinaus, über seine Oberfläche gleitend, und trotzdem von ihm gehalten und gestützt. Andererseits hielt ich meinen eigenen Mikrokosmos in Händen – ein Reduktionsfeld, das ich langsam aufbaute, als ich die *Dronte* auf Kurs brachte. Der Plasmastrom kreiste wie lebendiges Blut.

Ich mußte den langen Weg ringsherum nehmen, um das Ziel schnell zu erreichen. Auf der geraden Strecke lagen ein paar kleine Dinge wie das Zentrum der Galaxis im Weg. Wenn ich die Geschwindigkeit der *Dronte* voll ausnutzen wollte, brauchte ich freien Raum. Die ganze Zeit, die ich mich im Inneren Ring befand. Der Raum ist sowieso gekrümmt. Ich fühlte mich, als flöge mich mit dieser Krümmung, nicht gegen sie. Es war keine Anstrengung für mich, den Kurs beizubehalten. Es trat keiner der Zufallsfaktoren auf, die mich hätten beiseite schieben oder gegen den Strich streicheln können. Alles war glatt wie Seide.

Mein Mikrokosmos war von Fremden bevölkert. Ausgenommen natürlich Johnny. Aber ein Ingenieur ist Teil des Mikrokosmos eines Piloten, kein Bewohner. Andererseits zählte Sam als Fremder. Man lernt sich nicht kennen, wenn man auf einem Eimer wie der *Sandmann* an den entgegengesetzten Enden Dienst tut. In all den Jahren, die ich die *Feuerfresser* und dann die *Javelin* flog, hatte ich Lapthorn niemals kennengelernt. Sam war mir ein Rätsel. Immer noch fremd. Es tat mir gut, mit ihm zusammen zu sein, aber das war auch alles. Ich dachte, vielleicht würde ich ihn noch kennenlernen. Er war unten im Maschinenraum und teilte sich das Entzücken, einen erstklassigen Massenreduktionsantrieb zu bedienen, mit Johnny. Ich hatte Johnny darum gebeten, Sam zuweilen mit Hand anlegen zu lassen. Nach den Schrotthaufen, die der arme Sam sein ganzes Leben lang mühsam zusammengehalten hatte, mußte dieser Flug für ihn die reinste Vergnügungsreise sein. Vielleicht verliebte er sich ernstlich in das Herz der *Dronte*. Wahrscheinlich hatte er sich in seinen kühnsten Träumen nie ein solches Schiff vorgestellt.

Die anderen Fremden waren Leute, die ich aller Wahrscheinlichkeit nach niemals kennenlernen würde. Sams Anwesenheit auf dem Schiff war nur halboffiziell. Wir waren als Team vor Zimmer erschienen, und er hatte das dritte Besatzungsmitglied bereits angestellt. Dies dritte Besatzungsmitglied, das die Crew komplett machte, war Mina Vogan, ein zartes, dunkelhaariges Mädchen, das drei Jahre oder länger auf Linienschiffen gearbeitet hatte. Ich bekam kaum eine Chance, ein Wort mit ihr zu wechseln. Sicher hatte sie ihre guten Gründe, von den Linienschiffen zur *Dronte* überzuwechseln. Aber ich konnte mich des Gefühls nicht erwehren, daß sie mit verbundenen Augen in die Hölle lief und daß Jacob Zimmer – indirekt also Charlot – es ungerührt zuließ. Ich wußte nicht, was sie auf den Linienschiffen getan hatte. Sie mochte für die Verpflegung zuständig oder die Schiffsärztin gewesen sein, und beides hätte sie durchaus zum dritten Besatzungsmitglied auf einer Bibliotheksjacht qualifiziert. Als ihr Kapitän fühlte ich mich verpflichtet, ihr irgendwann einmal die Augen zu öffnen für das, worauf sie sich einließ. Doch ich wußte im voraus, daß sie sich nicht abschrecken lassen würde. Welches Besatzungsmitglied nimmt die Faseleien seines Kapitäns schon ernst?

Wir hatten zwei Passagiere. Der eine war Zimmer selbst, der alle Angelegenheiten auf New Alexandria ordentlich abgeschlossen hatte und jetzt unterwegs war, die Hand seines Herrn zu lecken. Wir hatten uns schon früher auf Hallsthammer kennengelernt, und er beehrte mich, als ich ihn aufsuchte, mit einem schwachen Wiedererkennen. Als echter Diplomat hatte er sich durch nichts anmerken lassen, daß er alles wußte, was zwischen damals und heute geschehen war. Er gab mir die Stelle als Pilot und Kapitän, ohne mit der Wimper zu zucken. Im ersten Augenblick überraschte es mich, daß er mich zum Kapitän machte, wo doch Charlot bei früheren Gelegenheiten sorgfältig darauf geachtet hatte, daß ich davon ausgeschlossen blieb. Aber dann erkannte ich, daß es nur meinen neuen Status ausdrückte. Jetzt war ich nicht mehr der Rebell, die entschlossene Fliege in der Suppe. Ich hatte die Prüfung bestanden und war als Familienmitglied aufgenommen. Verheiratet mit der Bibliothek, ohne ein Schießgewehr im Rücken zu fühlen. Es heißt, daß im Raum noch merkwürdigere Dinge geschehen.

Der zweite Passagier war etwas wichtiger als Zimmer. Es war eine Ärztin. Niemands hatte mir anvertraut, warum sie nach Darlow flog, aber ich hatte einen starken und wohlbegründeten Verdacht. Ihr Name war Leila Rolfe, und sie war Spezialistin für Rückenmarksleiden. Titus Charlot ging es schon seit geraumer Zeit nicht gut, und ich war bereit zu wetten, daß es nicht die männlichen Wechseljahre waren, die ihm zu schaffen machten.

Trotz der relativen Überbevölkerung meines Mikrokosmos war ich fast während des ganzen Fluges im Kontrollraum allein. Es war mir auch lieber, meine Wiedervereinigung mit dem Vogel privat zu feiern. Ich wollte nicht, daß irgendwer mit mir redete.

Durch den offenen Kanal, der mich mit dem Maschinenraum verband, empfing ich das ständige Murmeln von Stimmen. Der da dauernd quasselte, mußte Sam sein, denn Johnnys Mund war so nahe am Mikrophon, daß ich ihn hätte verstehen müssen, wenn er mehr als ein gelegentliches Grunzen oder eine einsilbige Antwort zu dem Dialog beigetragen hätte. Ich konnte mir vorstellen, daß Sam ihm einen langen Vortrag über sein hartes Leben im Schwanzende von Rosteimern hielt. Es konnte Johnny gar nichts schaden, wenn er zuhörte. Es gab eine Menge, was Johnny von Sam lernen konnte, wenn er nur die Ohren in der richtigen Art aufmachte. Vielleicht hätte ich selbst ihn die gleichen Dinge lehren können, aber mir fehlte Sams Abgeklärtheit. Sam konnte ihm alles erklären, ohne ihm Löcher in den Kopf zu schlagen. Ich hoffte, Johnny würde von ihm lernen, weil in Johnny eine Menge steckte. Er war ein potentieller Raumfahrer – ein Mann ohne Heimat, sogar ohne Rasse. Ein Mann der unendlichen Leere. Vorausgesetzt natürlich, daß er nicht im Nachtigall-Nebel umkam.

Während die *Dronte* mit dreißigtausendfacher Lichtgeschwindigkeit Stunde um Stunde dahinzog, überließ ich mich meinen Erinnerungen an die jüngsten Geschehnisse. Der Caradoc-Mann und die Art, in der Commander Denton von der Polizei New Alexandrias mich ihm aus den Klauen gerissen hatte – das kam mir jetzt vor dem Hintergrund der schweigenden Sterne wie eine ziemlich lächerliche Posse vor.

Meine Erinnerungen mußten über Soulier zu Nick delArco zurückschweifen, bevor ich etwas entdeckte, über das nachzudenken sich lohnte. *Kapitän* delArco. Ich bekam es nicht mehr ganz zusammen, wie lange es her war, daß ich ihn aus dem Sturm auf Mormyr herausgeholt hatte. Und zu welchem Zweck? Daß er in einem Dunkelnebel Selbstmord begehen konnte! Vielleicht war zwischen dem Schicksal und mir das Konto ausgeglichen, weil Johnny noch am Leben war. Einer für das Schicksal, einer für mich. Aber auch unter dieser Voraussetzung ärgerte es mich, daß mit der Rettung von Nicks wertloser Haut so wenig erzielt worden war. Armer Nick. Dieser Dussel. Seine Mutter hatte kein Recht, ihn mit so ungenügender Vorbereitung auf die böse Welt aus seinem Spielställchen zu nehmen. Ein guter Junge, der Nick. Ein *netter* Junge.

Ich wußte, ich konnte Nick vergessen, aber ich würde ihn nicht vergessen. Irgendwie war es ihm gelungen, bei mir einen Eindruck zu hinterlassen. Mit Eve war es etwas anderes. Eve konnte ich nicht vergessen, auch wenn ich es gewollt hätte. Sie hatte in meinem Geist ein Echo hervorgerufen, das gerade ein bißchen zu laut war. Es war Lapthorns Echo, und ich konnte nicht mehr an Lapthorn denken, ohne ständig vor Augen zu haben, daß es zwei Lapthorns gab. Bruder und Schwester. Mensch und Geist. Mein Verhalten gegen Eve war oft durch das Schema meiner Reaktionen auf Lapthorn beeinflußt worden. Sie hatte es vielleicht als eine endlose Reihe kleiner Grausamkeiten empfunden. Verstehen konnte sie es kaum. Ich hatte nie versucht, es ihr zu erklären. Sie mochte im Haß auf mich gestorben sein. Und das alles für nichts. Alles für einen konstruierten Zusammenhang. Ich hatte Eve nicht geliebt. Niemals. Aber es wäre mir möglich gewesen, sie zu lieben, wenn ich nicht vollgestopft gewesen wäre mit den Lapthorn-Reaktionen.

Du hast mir all das angetan, warf ich dem *Wind* vor. Du hast mir den Kopf herumgedreht. Wenn du nicht gewesen wärst . . . Warum, zum Teufel, fühle ich mich eigentlich *schuldig?* Habe ich sie vielleicht getötet?

– Nein, sagte der *Wind*.

IX

Wir erreichten Darlow in der vorausberechneten Zeit. Es war eine Menge Zeit, in der allerhand hätte passieren können, aber es passierte nichts. Die *Dronte* war in bester Kondition. Die Schläge, die sie im Luzifer-System hatte einstecken müssen, hatten keine Narben auf ihr zurückgelassen. Auf New Alexandria hatte man gute Arbeit geleistet. Sie war in jeder Einzelheit wieder ihr altes Selbst. Wenn es für Mensch und Maschine überhaupt möglich war, den von Charlot geplanten Flug durchzuführen, dann waren die *Dronte* und ich dazu imstande. Das einzige Fragezeichen war Johnny.

Darlow war eine öde Kugel aus unreinem Eisen, dessen einzige nützliche Eigenschaft die Nähe zum Nachtigall-Nebel war. Es war ein kleiner Planet, der um eine müde, rosenfarbene Sonne kreiste. Die Luft war nicht giftig, aber sie enthielt nur sehr wenig Sauerstoff. Leben unserer Art konnte hier nur mit einem Überfluß an technischer Unterstützung aufrechterhalten werden. Der Planet war im normalen Sinne des Wortes nicht bewohnt, aber New Alexandria hatte lange Zeit hier eine Kuppel unterhalten, teils als Masche in dem weiten Netz seiner Interessen, das sich durch die ganze bekannte Galaxis zog, teils zu dem besonderen Zweck, den rätselhaften Nachtigall-Nebel zu beobachten. Die Basis hatte sich nie zu etwas entwickelt, das einer blühenden Gemeinde ähnlich gesehen hätte, aber die Bevölkerung erwies sich als ziemlich stabil. Sie bestand aus Männern und Frauen, die ihr ganzes Arbeitsleben dort verbrachten. Es war auch eine Handvoll Kinder auf Darlow geboren worden. Deshalb wurde der Planet zu der großen Anzahl »menschlicher« Welten gerechnet, und in der Statistik zählte er ebensoviel wie die Erde oder Penaflor. Mit solchen Zahlen wird der Erfolg der menschlichen Rasse gemessen. Wir behaupten, wir seien die herrschende galaktische Rasse, weil wir mehr Welten »besitzen« als die Khormonsa, die Gallacellaner und alle sonstigen zusammen. So heißt es. Immer wieder.

Die Menschen, die auf Darlow lebten, verbrachten die Zeit zwischen zwei Schiffsladungen damit, Löcher in den Boden zu graben und nachzusehen, was es da zu finden gab, oder damit, den großen darlowianischen Roman zu schreiben. Viele von ihnen waren leidenschaftliche Patrioten. Die Leidenschaft war notwendig, weil es keine andere Möglichkeit gab, die auftauchenden Fragen zu beantworten. Leute, die sich nur vorübergehend auf Darlow aufhielten, hatten die Eigenheiten der Bewohner zu respektieren. Die Ehre Darlows beleidigte man auf eigene Gefahr.

Die Kuppel hatte nicht mehr als eine Meile Durchmesser, und in ihrem Inneren herrschte nicht gerade eine hohe Bevölkerungsdichte. Auf kleinen Welten haben die Leute gern eine Menge Platz zur persönlichen Verfügung. New Alexandria war bereit, diesem Wunsch nachzugeben, mochte er auch unwirtschaftlich sein. In früheren Zeiten war es unter Kuppeln zu Tragödien gekommen, und das passierte auch heute noch manchmal. Auch wir bekamen Quartiere angewiesen, die viel geräumiger waren als eine Raumschiffkabine und für eine so arme Welt sogar sehr luxuriös. Meine Räume schlossen ein Wohnzimmer ein, dessen nördliche Wand ein großes, gewölbtes Fenster war, aus dem man eine schöne Aussicht auf die Blasenstadt hatte. Der Lichtbrechungseffekt der Kuppel, eine Plastikschicht zwischen Gasen verschiedener Dichte und Beschaffenheit, verschleierte die Landschaft draußen und machte aus kahler Schärfe etwas geheimnisvoll Weiches.

Ich konnte nicht lange in meinem Quartier bleiben und die Aussicht genießen – nicht, daß ich sie überhaupt sonderlich genossen hätte –, weil ein Kapitän Pflichten zu erfüllen hat. Ein einfacher Pilot kann in seine Koje kriechen, sobald das Schiff auf dem Boden ist, aber ein Kapitän ist immer Kapitän. Ich mußte die Hafenbehörden aufsuchen und Abram Adams, den Senior und praktisch Diktator der Basis, und dann auch noch – last, not least – Charlot. Ich zog mich um, bürstete mein vor kurzem geschnittenes Haar und setzte mich mit dem entschlossenen Schritt eines Mannes, der Verantwortung trägt, in Bewegung.

Ich machte die Besuche kurz ab, nicht weil ich es so eilig hatte, zu Charlot zu gelangen, sondern weil ich alles ein wenig ekelhaft fand.

Die Umstände trieben mich auf die unvermeidliche Konfrontation zu. Ich ließ sie gewähren.

Er wartete auf mich.

Sein Gesicht war völlig ausdruckslos, und doch meinte ich, eine Spur von Befriedigung und eine Andeutung von Schmerz zu entdecken, als er mich ansah. Er saß, und er stand nicht auf, um mich zu begrüßen. Ich glaube, der Schmerz wäre sehr deutlich sichtbar geworden, wenn er versucht hätte, sich zu erheben. Auf dem Schreibtisch vor ihm brannte eine Lampe, deren Licht er der Deckenbeleuchtung vorzog. Die obere Hälfte seines Kopfes lag im Schatten bis auf die Augen, die das Licht reflektierten.

Der Raum war kahl, und die Heizung war ziemlich weit aufgedreht. Ich setzte mich ihm gegenüber. Als er ein wenig vorrückte, um mir näher zu kommen, erkannte ich, welche

Anstrengung ihn jede Bewegung kostete und wie schwer sein Gewicht in dem kissenbelegten Sessel lastete. Die Schwerkraft auf Darlow betrug weniger als zwei Drittel der Norm, und ich fühlte mich, als könne ich große Sprünge machen. Aber er war auch schon einige Zeit hier.

»Hallo, Grainger.« Seine Stimme war kühl und gesammelt.

»Mr. Charlot.« Ich neigte leicht den Kopf.

»Ich war mir nicht sicher, ob ich Sie wiedersehen würde«, sagte er.

»Ich war mir sicher, daß ich Sie nicht wiedersehen würde«, gab ich zurück. »Aber ich habe mich geirrt.«

»Man soll nie zu sicher sein«, bemerkte er. »Dinge geschehen. Dinge ändern sich. Man kann die Gründe für die Handlungen von morgen nicht immer voraussehen.«

»Oder von heute«, setzte ich hinzu.

Ein Schatten huschte über sein Gesicht. »Berichten Sie mir von dem Vorfall auf Erica.«

»Da gibt es nicht viel zu erzählen. Den Caradoc-Leuten war es offenbar zur Kenntnis gelangt, daß das Schicksal Ihnen und mir erlaubt hatte, fortan getrennte Wege zu gehen. Sie zeigten großes Interesse. Sie mögen mich nicht, und sie haben einen pathologischen Haß gegen Sie und die Ihren. Es scheint ihnen ein dringendes Bedürfnis gewesen zu sein, in die Lücke zwischen uns zu treten. Sie wollten alles kaufen, was ich über Sie weiß. Sie können besser als ich beurteilen, was das wert sein mag. Ich glaube nicht, daß sie aus mir etwas herausbekommen hätten, was der Mühe wert wäre, und ich wollte mit ihnen sowieso keinen Handel abschließen. Aber sie brannten darauf, mir ein Angebot zu machen, dem ich nicht widerstehen konnte. Es war nur einer von ihnen da – kennen Sie einen Mann namens Soulier? –, doch ich hatte trotzdem das Gefühl, sie seien in der Überzahl. Ich versuchte, aus ihrem Sichtbereich zu verschwinden, aber Soulier heftete mir einen Peilsender an, als ich gerade nicht aufpaßte. Ich saß im Netz, aber das Gesetz holte mich wieder heraus. Ihr Gesetz.«

Charlot blickte bekümmert drein.

»Wirklich, das tut mir leid«, meinte er. »Ich hatte es nicht vorhergesehen. Vielleicht hätte ich das sollen.«

»Sie haben Caradoc viel zu schaffen gemacht.«

Charlot schüttelte den Kopf. »Für Caradoc verkörpere ich New Alexandria. Ich glaube, sie haben im Geist New Alexandria bereits den Krieg erklärt. Das war nicht der erste Hieb, und es werden viele weitere folgen, bevor die Feindseligkeiten offiziell eröffnet werden. Gegen viele ihrer Feinde können sie kämpfen. Sie können einen Hebel ansetzen und Gewalt benutzen. Gegen New Alexandria brauchen sie andere Methoden. Sie schlagen blind um sich, sie hoffen, durch Zufall auf eine wichtige Information zu stoßen. Es wird immer schlimmer werden, nicht besser.«

»Ich will nicht auf dem Schlachtfeld sein«, sagte ich. »Das ist nicht mein Krieg. Sie wissen, daß ich keine Partei ergreife.«

»Die Leute, die keine Partei ergreifen«, erklärte Charlot, »werden das Schlachtfeld *sein*. Darum geht der Kampf. Glauben Sie mir, Grainger, er tut mir aufrichtig leid. Sie sind hineingezogen worden, vielleicht gegen Ihren Willen. Dafür trage ich die Verantwortung. Aber vielleicht sollten Sie daran denken, daß die ganze menschliche Rasse hineingezogen worden ist. Ihre Zukunft, Grainger, und die jedes anderen Menschen wird von den Aktionen und Gegenaktionen der Handelsgesellschaften und der Kulturwelten entschieden.«

»Quatsch mit Soße«, sagte ich.

Er zuckte nicht mit der Wimper.

»Ich freue mich, daß Sie mit der *Dronte* zurückgekommen sind«, fuhr er fort. »Ich werde Sie brauchen.«

»Das mag sein«, erwiderte ich. »Aber verzeihen Sie mir, wenn ich mir meine Dankbarkeit bis zu dem Zeitpunkt aufspare, wo ich genau weiß, *wozu* Sie mich brauchen. Sie brauchen jemanden, der das Schiff in diesen Nebel fliegt. Ich bin hier. Nicht Ihretwegen oder Ihrer Pläne wegen, aber ich bin hier.«

»Ich bin Ihnen dankbar.«

»Hören Sie«, begann ich. »Sie wissen und ich weiß, daß wir beide uns bestenfalls nicht mögen und uns schlimmstenfalls verabscheuen. Lassen wir die Heuchelei. Legen Sie mir einfach Ihre Pläne dar.«

Er betrachtete mich mit einem neugierigen Gesichtsausdruck, den ich mir nicht zu deuten wußte.

»Ich verabscheue Sie nicht«, sagte er.

»Herrlich. Streiten wir nicht darüber.«

Er nickte langsam. Sein Blick wanderte zu den verschiedenen Unterlagen auf seinem Schreibtisch. Es waren größtenteils Computer-Ausdrucke, aber darunter befanden sich auch handschriftliche Notizen und Berichte auf Durchschlagpapier, die an Datensammlungen angeheftet waren.

»Es handelt sich nicht darum, in den Nebel zu fliegen«, dozierte Charlot. »Weit davon entfernt. Der Gedanke ist, durch den Nebel zu fliegen.«

»Wenn man durch den Nebel will, muß man zuerst einmal hinein«, konterte ich.

»Sie verstehen nicht. Der Nebel ist eine Zwischenschicht. Eine Grenze zwischen verschiedenen Räumen. Die *Dronte* wird von diesem Raum aus in die Linse eindringen, aber sie wird in einem anderen herauskommen. In einem anderen Universum.«

Ich lehnte mich zurück und trommelte mit den Fingern auf die Sessellehnen. Wegen der geringen Schwerkraft fühlte ich mich immer noch seltsam leicht, aber mein Herzschlag hatte sich beschleunigt, und mein Magen fing an, sich zu heben.

»Da ist also das andere Schiff verschwunden«, sagte ich. »Sie haben *versucht*, sich aus diesem Universum hinauszuschießen. Und es ist ihnen gelungen. Aber sie sind nicht zurückgekommen. Und das überrascht Sie? Warum? Wer erwartet, daß einer aus dem Nirgendwo zurückkommt?«

Ich dachte daran, wie die *Dronte* und ich – und Nick und Eve und Rothgar – aus dem verzerrten Raum im Halcyon-Nebel entkommen waren, als die *De Lancy* und ihre Spielkameraden ein Bündel Raketen auf uns abgefeuert hatten. Wir waren durch ein Loch geschossen. Nick und Eve hatten zu ihrem Glück nichts davon gewußt – was hatte Rothgar gewußt? Ich erinnerte mich, was ich damals gedacht hatte . . . was ich in dem Augenblick empfunden hatte, als ich nicht wußte, ob ich durchkommen würde. Ich hätte in einer anderen Zeit, in einem anderen Raum oder über alle Kontinua verstreut enden können. In dieser Sekunde war ich auf halbem Weg zum Nirgendwo gewesen, und wenn ich nicht bis über die Augen unter Drogen gestanden hätte und vom *Wind* besessen gewesen wäre, dann hätte ich vor Angst den Verstand verloren.

Ich bin ein Raumfahrer. Ich liebe die Leere und die Dunkelheit. Aber der Raum ist nicht irgendwo – er ist *hier*. Der Raum ist, wo wir *alle* leben. Er ist die Matrix der Existenz. Charlot wollte diesmal wirklich das schier Unmögliche versuchen. Den größten seiner Coups – seinen Schwanengesang? Ein Universum genügte nicht, um sich Titus Charlots zu erinnern. Er wollte zwei. Vielleicht wollte er sie alle. Er war ein Mann, der kein Loch sehen konnte, ohne einen Finger hineinzustecken. Beziehungsweise den Finger von jemand anderem.

»Ich werde es Ihnen erklären«, hub er an.

»Tun Sie das«, erwiderte ich. »Und es sollte eine gute Erklärung sein. Denn in meinen Ohren hört es sich nach Mord an.«

»Wissen Sie, was der Nachtigall-Nebel ist?«

»So gut wie jeder, Sie ausgenommen.«

»Wissen Sie, warum er diesen Namen trägt?«

Das wußte ich nicht. »Weil er singt?« riet ich.

»In gewisser Weise. Wir haben seit Jahren Sterne durch den Nebel beobachtet. Er sieht aus wie eine Linse, und da ist es nur natürlich, ihn wie eine solche zu behandeln. Wir meinten, unsere Kenntnisse von Nebel im allgemeinen sehr zu erweitern, indem wir die Sterne und das Licht, das aus dem Nebel drang, studierten. Dabei fanden wir sehr viel über das Verhalten *dieses* Nebels heraus. Zwar haben wir keins der Mysterien des Universums gelöst, weil das, was hier vorgeht, etwas Einmaliges ist, aber wir haben in der Tat etwas höchst Interessantes festgestellt.

Einiges von dem Licht, das in den Nebel einfällt, kommt wieder heraus. Lange Zeit dachten wir, das sei bei jedem Licht der Fall – die emittierte Strahlung sei völlig unabhängig von der beobachteten. Aber das ist nicht so. Die Sterne, die man in der Linse sieht, sind tatsächlich die Sterne jenseits der Linse. Es ist nur so, daß ihre Strahlung irgendwo in oder hinter der Linse eine beträchtliche Abweichung erfährt.

Die Art der Emissionen aus dem Nebel ist überraschend. Von

extremer Regelmäßigkeit. Sie folgen einem bestimmten perodischen Schema, nicht nur in der Menge der abgegebenen Strahlung, sondern auch in der Zusammensetzung. Das kann man natürlich nur mit den genauesten Instrumenten feststellen, aber man kann die elektromagnetischen Impulse hörbar machen, nachdem man sie in Klänge übersetzt. Einige der hiesigen Beobachter haben aus reinem Vergnügen an der Sache das Schema orchestriert. Es ist eine richtig einschmeichelnde Melodie. Man kann die absolute Regelmäßigkeit leicht mit dem Ohr erkennen. Das Ohr regagiert viel empfindlicher auf Schwankungen in der Frequenz und der Qualität des Klangs als das Auge auf kleine Abweichungen des Lichts. So ist der Nebel als Nachtigall-Nebel bekannt geworden.«

»Sehr interessant«, stellte ich trocken fest.

»Die interessanteste Feststellung ist, daß der Nebel unserm Universum Energie entzieht«, fuhr Charlot fort. »Die Strahlung kommt nicht vollständig zurück, und wir haben bei unseren Beobachtungen keinen – absolut *keinen* – Hinweis darauf bekommen, wieso das so ist. Allerdings haben wir eine sehr einleuchtende Theorie über die Anatomie dieser Läsion. Wir haben die Anordnung der Verzerrung perfekt definiert. Wir haben ein mathematisches Modell des Nebels, das funktioniert – *wenn* wir ein alternatives Kontinuum annehmen, in das es seine Energie abströmt. Es gibt ein anderes Universum, das unseres im Nachtigall-Nebel ›berührt‹, und es saugt aus unserem Universum Energie ab.

Ich halte es für möglich, dies andere Universum zu erreichen. Tatsächlich bin ich davon überzeugt. Wenn die *Dodo* sonst nichts bewiesen hat, so doch sicher das. Es ist möglich, durch die Linse von unserem Raum in einen anderen zu gelangen.«

»Wenn Sie es sagen, dann glaube ich es Ihnen«, versicherte ich. »Ich glaube, daß die *Dodo* in dies andere Universum gelangt ist, und alles, was die *Dodo* geschafft hat, kann die *Dronte* nachvollziehen. Aber mir scheint, die wichtigste Frage ist übersehen worden. Es mag möglich sein, in das andere Universum zu gelangen – aber ist es auch möglich, wieder zurückzukommen?«

»Ich hoffe es«, erklärte er.

»Sie hoffen es. Aufgrund einer Hoffnung haben Sie Eve Lapthorn, Nick delArco und Rothgar in den Nebel geschickt. Jetzt sind Sie mit nichts anderem gerüstet als der gleichen Hoffnung – die in der Zwischenzeit ein wenig abgemagert sein muß. Und Sie erwarten von mir, daß ich es versuche. Sie wollen ein zweites Schiff und weitere Menschenleben aufs Spiel setzen. Wie viele? Mich, Johnny, Mina Vogan? Passagiere auch? Vielleicht Sie, vielleicht die Ärztin? Wen sonst noch?«

»Weiter niemanden«, sagte er.

»Das können Sie nicht tun«, redete ich auf ihn ein. »Man darf Ihnen nicht erlauben, so etwas zu tun. Schon sind drei zuviel für diese verrückte Idee gestorben. Ihre Hoffnung ist nicht genug, Titus. Ein mathematisches Modell, ein Berg von Beobachtungen und alle Theorien, die Sie in Ihrem Schädel beherbergen, sind immer noch nicht genug. Auf diesem Flug bin ich der Kapitän der *Dronte*, Mr. Charlot, und ich habe gesetzliche Rechte. Ich kann eine Entscheidung treffen. Und ich werde Johnny und das Mädchen und die Ärztin und sogar Sie nicht verschwenden. Das ist nicht drin.«

Und er lächelte.

Mir wurde klar, daß er seiner Sache sicher war. Er kannte mich. Er kannte mich vielleicht besser als ich mich selbst. Er hatte dies erwartet.

»Ich hatte nicht gedacht, daß ich Sie brauchen würde«, setzte er mir auseinander. »Anfangs sah es so aus, als erfordere die Sache gar keinen besonders erfahrenen Piloten. Ein gewisses Fingerspitzengefühl mußte er schon haben, aber sonst schien der schwierigere Teil der Aufgabe eher dem Ingenieur als dem Piloten zuzufallen. Das Schiff, verstehen Sie, dringt entlang der Achse ein. Ein ganz gerader Kurs. Die Entfernung, die es zurücklegen muß, braucht nicht groß zu sein. Diesseits der Linse kann der Computer alles erledigen. Es ist erforderlich, daß der Übergang so nahe an der Lichtgeschwindigkeit wie möglich stattfindet. Wie Ihnen natürlich klar ist, ist der existentielle Status eines Massenreduktionsschiffs in der tachyonischen Phase etwas zweifelhaft, und ich bin nicht sicher, daß es bei Überlichtgeschwindigkeit funktionieren würde. Die Unterlichtgeschwindigkeit ist sowieso von jedem

Standpunkt aus sicherer. Nun liegt aber der Punkt, wo der Ingenieur Probleme hat, dicht an der Einstein-Barriere, wenn er alles in Balance halten muß. Ich hatte volles Zutrauen zu Johnny Socoros Fähigkeiten, aber ich war über seinen seelischen Zustand nach Ihrer Abreise nicht ganz glücklich. Deshalb hielt ich es für klüger, ihn durch Rothgar zu ersetzen.«

»Sagen Sie endlich, auf was Sie hinauswollen«, unterbrach ich seine Ausführungen.

»Ich will darauf hinaus, daß ich jetzt zu der Überzeugung gekommen bin, Sie doch zu brauchen«, antwortete er. »Ich nehme an, es ist auf einen Fehler der Pilotin zurückzuführen, daß die *Dodo* nicht zurückgekommen ist. Das Schiff muß den Durchgang tadellos geschafft haben – und dann ist auf der anderen Seite irgend etwas passiert.«

»Von Apatschen angegriffen?« schlug ich vor.

»Irgend etwas muß schiefgegangen sein«, fuhr er fort, ohne auf meine alberne Bemerkung einzugehen. »Ich glaube, daß Sie damit fertig werden können, zumal Sie ja wissen werden, daß wahrscheinlich etwas passieren wird. Auf Johnny ist Verlaß, vorausgesetzt, daß Sie bei ihm sind. Zu Ihnen habe ich volles Vertrauen. Ich werde mit Ihnen kommen, um es zu beweisen.«

Er hatte sein As immer noch in der Hand, und er hatte es gar nicht eilig damit, es auszuspielen. Allerdings konnte ich bereits erraten, was es sein mochte. Die einzige Möglichkeit, einen Mann dazu zu kriegen, daß er seinen Kopf in eine Mausefalle steckt, ist ein Köder. Ich wußte, was jetzt kommen würde. Aber ich ließ ihn weitermachen.

»Wir wissen, daß das Schiff auf der anderen Seite angelangt ist«, sagte er. »Der Energie-Metabolismus des Nebels hat sich nicht geändert, was geschehen wäre, wenn die *Dodo* zerstört oder aus der Zeit geschleudert worden wäre. Und da ist noch etwas anderes. Etwas, das Sie sich einmal anhören sollen!«

Er schob den mit Laufrollen versehenen Sessel ein Stück vom Schreibtisch weg und drehte sich mit ihm der Wand zu. Dort stand eine Stereo-Anlage mit einer bereits eingelegten Kassette. Charlot schaltete ein und stellte den Ton lauter.

»Das ist der Gesang des Nachtigall-Nebels, wie er vor ein

paar Monaten an einem Punkt entlang der Linsenachse aufgenommen wurde«, erklärte er.

Eine Reihe von Noten – bedeutungslos, aber ganz hübsch – klang aus den Lautsprechern. Ich hatte die Folge, die sich ständig wiederholte, schnell erfaßt. Charlot ließ die Aufnahme mehrere Minuten laufen, durch drei oder vier volle Perioden, und dann schaltete er ab. Er nahm die Kassette heraus, ersetzte sie durch eine andere und schaltete von neuem ein. Dann drehte er seinen Sessel um hundertachtzig Grad und sah mir wieder ins Gesicht.

»Und so hört sich das jetzt an«, verkündete er.

In seine Worte tönten bereits die Kadenzen. Auch diesmal ließ er mehrere Wiederholungen ablaufen. Ich konnte den Unterschied nicht deutlich erkennen, aber es mußte einer da sein. In dem Schema mußte irgend etwas Neues enthalten sein. Es hatte die Melodie nicht verdorben, soweit ich es beurteilen konnte. Aber ich bin verdammt unmusikalisch.

»Na und?« fragte ich.

»Das ist die *Dodo*.«

»Ist das eine Tatsache oder eine Vermutung?«

»Der Nebel hat sein Emissionsschema in all den Jahren, in denen wir Aufnahmen machen, nie geändert«, stellte Titus Charlot fest. »Bis die *Dodo* hindurchflog. Wir wußten, welche Art von Strahlung aus dem Nebel kam, und wir haben einen entsprechenden Notruf für das Schiff gewählt. Wir wollten wissen, verstehen Sie – wir wollten sicher sein.«

»Sie können nicht sicher sein«, widersprach ich. »Sie wissen nicht, ob das der Notruf ist. Das Schiff könnte explodiert sein. *Etwas* würde immer zurückstrahlen, ganz gleich, was geschehen ist.«

»Es ist *regelmäßig*.« Charlot wußte, daß er bereits gesiegt hatte. »Es ist beständig. Es folgt einem Schema. Es paßt sich der Melodie an. Das ist nicht das Ergebnis einer Explosion. Es ist der Notruf, Grainger. Ich habe das Signal selbst entworfen. Ich erkenne es. Das Schiff ist noch ganz. Es funktioniert noch.«

»Und jetzt behaupten Sie, sie seien noch am Leben.«

»Jawohl.«

»Und wenn ich Ihnen glaube, dann meinen Sie, damit sei alles okay?« wollte ich wissen.

»Jawohl.«

»Johnny hat kein Wort von der Möglichkeit erwähnt, sie könnten noch am Leben sein. Nicht ein Wort.«

»Johnny weiß nichts davon«, sagte er.

»Warum nicht?«

»Weil er es nicht zu wissen braucht. Ich will ihn in dem Zustand, in dem er sich augenblicklich befindet. Kalt wie Eis. Ich will nicht, daß er sich in einen rasenden Roland verwandelt.«

Er hielt inne, als verschlucke er etwas, das ihm auf der Zunge lag.

»Und . . .« ermunterte ich ihn.

»Ich wollte, daß Sie es erst erfahren sollten, wenn Sie zurück waren. Ich wollte, daß Sie die Stellung als Pilot annahmen, weil sie frei war, und nicht, weil *Sie* sich danach fühlten, den rasenden Roland zu spielen.«

»Ich verstehe nicht, was das für einen Unterschied machen soll«, stellte ich fest.

»Ich schon«, meinte Titus Charlot. »Es bringt alles wieder in Ordnung. Es stellt uns an einen neuen Ausgangspunkt. Diese Zwanzigtausend, die Sie abverdienen müssen . . . die haben Sie unter Druck gesetzt. Unter zuviel Druck. Ich wollte, daß Sie freiwillig für mich arbeiten. Sie sind jetzt der Kapitän, und Sie tragen die Verantwortung. Sie können nein sagen. Das ist jetzt Ihre Entscheidung.«

Mir hatte es ein wenig die Sprache verschlagen. »Sie versuchen, mich einzuwickeln«, sagte ich.

»Nein, das tue ich nicht. Sie sind ein intelligenter Mann, Grainger, und ein fähiger Mann. Ich will Sie nicht unterdrükken. In der Vergangenheit . . . nun, was damals geschehen ist, ist vorbei. Ich bin der Ansicht, wir können jetzt an einem Strang ziehen.«

Ich war mir nicht sicher, ob ich richtig hörte. Da saß Titus Charlot und beförderte mich von der Marionette zum menschlichen Wesen. Warum? Nicht, weil er wollte, daß ich die *Dronte* in den Nebel flog. So einfach war das nicht. Weil ich ihm auf

Pharos geholfen hatte? Oder weil er im Luzifer-System einfach zuviel von mir verlangt hatte? Ich konnte nicht einmal eine Vermutung aufstellen. Vielleicht war es so etwas wie das Bereuen aller bösen Taten auf dem Totenbett.

»Sie sind vielleicht doch nicht mehr am Leben.« Ich ging lieber wieder auf ein Thema über, das ich verstand.

»Das ist möglich«, stimmte er zu.

»Ich nehme an, daß sie keinen Funkspruch herausbringen können?«

Titus schüttelte den Kopf.

Ich zuckte die Schultern. »Nun gut. Wann starten wir?«

»Also haben Sie Ihre Meinung geändert?«

Ich sah ihn scharf an. »Nicht deswegen, was Sie soeben gesagt haben. Ich lasse mich nicht einseifen. Ich wäre nicht nach Darlow gekommen, wenn ich nicht entschlossen gewesen wäre, mitzumachen. Wenn es eine Möglichkeit gibt, daß sie noch am Leben sind, werde ich tun, was ich kann. Das ist alles.«

»Es gibt noch etwas, das Sie wissen sollten«, sagte er.

»Und das wäre?«

»Das Notsignal. Ich erwähnte, daß ich es erkenne. Das stimmt auch. Aber ich habe dazu einige Zeit gebraucht. Irgend etwas stimmt nicht mit der Periode. Das andere Kontinuum mag relativ zu unserem verzerrt sein – nicht nur an der Zwischenschicht, sondern auch durch und durch . . . Es mag fremdartiger sein, als wir uns vorzustellen vermögen.«

Ich schwieg ein paar Sekunden. Dann sagte ich: »Ich sehe keinen Sinn darin, mehr zu riskieren, als wir müssen. Ich möchte, daß das Mädchen hierbleibt. Und ich finde, auch Sie sollten hierbleiben.«

»Nein«, lehnte er ab.

»Es ist zu gefährlich«, betonte ich. »Wenn Sam mitkommt, brauchen wir das Mädchen nicht. Wir brauchen Ihre Ärztin nicht, und wir brauchen Sie nicht. Wir könnten es zu zweit schaffen. Drei sind schon reichlich. Sie sind ein kranker Mann. Sie wären für uns eher eine Last als eine Hilfe.«

Seine Augen funkelten. Er richtete sich in seinem Sessel auf, und ich merkte, welchen Schmerz ihm das verursachte. Er schob das Kinn vor. Er war zornig, so zornig, wie ich ihn noch nie gesehen hatte. Für gewöhnlich war er eiskalt, und wenn er sich über etwas aufregte, zeigte sich das nur an einer gewissen Schärfe in seiner Stimme. Doch jetzt flammte er vor Entrüstung. Ich hatte einen sehr empfindlichen Nerv berührt. Nicht seine Krankheit, sondern seine Nutzlosigkeit. Die konnte und wollte er sich nicht eingestehen.

»Sie brauchen mich«, erklärte er. »Für den Fall, daß sich etwas Unvorhergesehenes ereignet. Wenn das andere Kontinuum völlig fremdartig ist. Wir können kein unnötiges Risiko eingehen . . . das ist doch Ihre Philosophie? Glauben Sie, es sei kein Risiko, ein unterbemanntes Schiff hinauszuschicken? Glauben Sie, es sei kein Risiko, den schärfsten Verstand, der Ihnen zur Verfügung steht, zurückzulassen? Das ist keine Urlaubsreise, und ich unternehme sie nicht des Vergnügens willen. Ich komme mit, weil ich *wissen* will, was schiefgegangen ist. Ich will *wissen*, was sich auf der anderen Seite jener Tür befindet. Ich werde bald sterben, das wissen Sie ebensogut wie ich. Ich werde nie mehr nach Hause zurückkehren, und vielleicht haben Sie auch das schon erraten. Von hier aus kann ich nirgendwo anders mehr hin als in eine orbitale Raumstation. Ich halte eine Schwerkraft von einem g nicht mehr aus. Von diesem Augenblick an wird die *Dronte* mindestens für die Hälfte der mir noch verbleibenden Zeit mein Zuhause sein. Wenn es auf Darlow technisch durchführbar ist, werde ich in einer der Kabinen Null-Schwerkraft installieren lassen. Die Ärztin wird für immer bei mir bleiben. Ich brauche auch das dritte Besatzungsmitglied. Sie mögen glauben, es sei für uns nicht wichtig, ob wir Seite an Seite kämpfen, aber ich glaube es. Von jetzt an werden wir alle als ein Team handeln. Sie, ich, das Schiff und alle, die sich an Bord befinden. Verstehen Sie mich?«

Ich nickte. Jetzt verstand ich wirklich. Ich erkannte, was es für ihn bedeutete. Er würde New Alexandria nie wiedersehen. In der Zeit, die ihm noch blieb, wollte er etwas leisten. Der innere Zwang, der ihn von einem Problem zum anderen trieb – intellektuelle und soziale und historische Probleme –, wurde wegen einer solchen Geringfügigkeit wie dem nahe bevorstehenden Tod nicht schwächer. Titus Charlot würde ein Raummann werden, weil er keine andere Wahl hatte. Sein Körper trug ihn unter Schwerkraft nicht mehr. Die *Dronte* war jetzt sein Leben – oder würde es bald sein. Er hatte mich nicht für eine kleine Mission zurückgeholt – nicht nur, um mich in eine neue Gefahr zu schicken. Ich würde nicht länger Titus Charlots Marionette sein. Ich sollte seine Krücke werden.

Ich haßte die Vorstellung.

Ohne auch nur zu wissen warum, schreckte ich vor dem Gedanken zurück. Das Fliegen im tiefen Raum bedeutete für mich Freiheit. Ganz gleich, wer sich sonst noch an Bord befand, es war immer *mein* Schiff. Aber Titus wollte aus dem Schiff – *und mir* – eine Schale machen, die seinen weichen kleinen Körper schützte. Als sei er ein Molluske oder eine Schildkröte . . . oder ein Einsiedlerkrebs, der eine Trompetenschnecke ihres Hauses beraubt.

»Nein«, sagte ich.

»Ich habe Sie nicht vor die Wahl gestellt«, erwiderte Charlot. »Auf diese Weise wird es gemacht. Das ist der Job. Sie wissen, daß ich auf jeden Fall recht habe. Ich habe die *Dodo* mit einer zu geringen Crew hinausgeschickt, und die Folgen sind bekannt. Dies ist ein Vorstoß in das absolut Unbekannte. Das müssen Sie sich vor Augen halten. Es ist überhaupt keine Rede davon, daß Sie ohne mich gehen. Was sich uns auch jenseits des Nebels entgegenstellen wird . . . Sie werden mich brauchen.«

Ich wagte es nicht, ihm zu widersprechen. Nicht schon wieder. Im Augenblick stand ich mit dem Rücken an der Wand.

»Sie sollten jetzt lieber schlafen«, riet Charlot. »An Bord der *Dronte* gibt es Arbeit zu tun. Die Computer müssen programmiert werden. Wir werden so bald wie möglich starten – nachdem jeder über unser Vorhaben genau instruiert worden ist. Wir wollen nur darüber Schweigen bewahren, daß die anderen noch am Leben sein könnten. Einverstanden?«

»Titus«, entgegnete ich ruhig, »sind Sie schon einmal auf den Gedanken gekommen, Sie könnten wahnsinnig sein?«

»Ich bin nicht wahnsinnig«, behauptete er.

Über diesen Punkt hatte ich früher eine abweichende Ansicht gehabt. Ich war mir immer noch nicht sicher. Aber ganz sicher war ich mir, daß mir die jetzige Situation nicht gefiel.

X

Charlots Programm ließ mir am nächsten Tag ein wenig freie Zeit. Wenigstens dafür war ich dankbar. Es gab mir die Möglichkeit, über alles in Ruhe nachzudenken.

Ich wußte, es hatte keinen Zweck, Leila Rolfe über Charlots Gesundheitszustand auszuquetschen. Aber es mußte hier auf Darlow einen Medizinmann geben, der mit dem Fall vertraut war. Wie jeder der ständigen Einwohner erfüllte er neben seinem Hauptberuf eine Menge anderer Aufgaben, aber das tat seiner Kapazität als Arzt keinen Abbruch. Auch er wollte nicht sprechen, doch ich gab ihm das Stichwort, daß ich draußen im Raum die Verantwortung für Charlots Leben übernehmen müsse. Das könne ich nicht, ohne über alle Tatsachen informiert zu sein. Ich verlangte die Wahrheit, die ganze Wahrheit und nichts als die Wahrheit über Charlots traurigen Zustand, und er gab sie mir.

Er sah schlecht aus.

Zu schlecht, um an Wahnsinnsunternehmen wie dem, das vor mir lag, teilzunehmen. Im besten Fall, legte der Doktor dar, würde die Mission ihm sehr schlecht bekommen, und im schlimmsten Fall sei es lebensgefährlich. Was auch *meine* Chancen sein mochten, lebendig aus dem Nebel herauszukommen – der Doktor war nicht qualifiziert, über diesen Gegenstand eine Meinung zu äußern, aber Geld darauf gesetzt hätte er nicht –, Charlots Chancen konnten praktisch als Null betrachtet werden. Und Charlot, so sagte der Arzt, wußte das.

Da war ich nicht so überzeugt. Der Arzt mochte Charlot *gesagt* haben, er werde den Flug nicht überstehen, aber das hieß noch lange nicht, daß Charlot ihm geglaubt hatte.

Der Medizinmann hatte auch für mich einen Rat.

»Gehen Sie nicht«, sagte er. »Der alte Mann hat verzweifelte Eile. Das werden Sie verstehen. Aber er hat solche Eile, daß er ankommen will, ehe er abgereist ist, und das ist einfach unmöglich. Das Projekt ist in wilder Hast geplant worden. Er hat lauter übereilte Schlüsse gezogen. Er ist ein brillanter Mann, aber nicht, solange er sich in diesem Zustand befindet.

Von seinem Standpunkt aus mag das ja okay sein . . . was hat er denn schon zu verlieren? Aber was Sie und Ihre Crew betrifft . . .

Wir können das Rätsel des Nachtigall-Nebels lösen, wenn wir uns Zeit nehmen und den gesunden Menschenverstand walten lassen. Wir können unbemannte Sonden ausschicken und zurückbringen. Wir können die Arbeit so tun, wie sie getan werden sollte – langsam. Dies wahnsinnige Verschwenden von Schiffen und Menschenleben . . . das ist unmenschlich.«

Ich dankte ihm freundlich und ging. Im stillen stimmte ich ihm nur halb zu. Wahnsinnig mochte das alles sein, aber unmenschlich? Nein.

Da mir bis zum Start noch eine oder zwei Stunden Zeit blieben, stieg ich auf den Aussichtsturm der Kuppel. Er war leer bis auf zwei automatische Bahnverfolgungsgeräte. Die sogenannte Beobachtung, die auf der Basis vorgenommen wurde, spielte sich zum größten Teil auf anderer Weise ab, als daß Leute aus dem Fenster sahen.

Nach der lokalen Zeit war es Abend, und Darlows kalte rote Sonne schwebte wie ein einsamer Ballon über dem zerrissenen Horizont. Im Osten hatte der Himmel bereits sein nächtliches Blauschwarz angenommen, und die Sterne des galaktischen Zentrums waren deutlich sichtbar. Die dünne Atmosphäre zerstreute das Sonnenlicht kaum, aber das Farbenspiel am Himmelsgewölbe war trotzdem dramatisch.

Die Landschaft selbst war öde und zerklüftet, aber sie rief merkwürdige Spiegelungen hervor. Die mit Kratern durchlöcherte Oberfläche, die in einer Entfernung von nur etwa einer Meile abrupt vor dem nahen Horizont endete, schien beinahe poliert zu sein, so schimmerte sie in Silber- und Rosatönen. Der Planet erinnerte mich ein wenig an ein Auto, das in der Recycling-Anlage bereits zu einer Kugel zusammengedrückt worden ist. Ein Schrottplanet.

Der Nachtigall-Nebel war im Nordosten klar zu erkennen. Er hatte gar keine Ähnlichkeit mit dem Halcyon-Nebel, wie man ihn am Himmel der nahegelegenen Welten sieht. Der Halcyon erinnerte mich manchmal an einen Hexenkessel, in dem alle möglichen widerwärtigen Bestandteile brodeln. Seine Gestalt, wenn man von einer Gestalt überhaupt sprechen kann, gleicht entfernt einer Spinne oder einem Seestern. Eine große Hand mit mißgestalteten Fingern, die sich ausstrecken und zusammenballen, hatte Eve ihn genannt, als wir auf Hallsthammer waren.

Der Nachtigall-Nebel hatte dagegen, von Darlow aus betrachtet, eine ovale Form, weil wir etwa dreißig Grad schräg zur Achse der Linse standen. Er lag vor einem dünnbesäten Sternenfeld und mochte sechs oder acht Sonnen, die man mit bloßem Auge hätte erkennen können, verdecken. Der scheinbare Durchmesser – von meinem Standpunkt aus die Hauptachse – war ein gutes Stück länger als der der sinkenden Sonne. Der Nebel war wie ein Loch im Himmel. Sein silbergrauer Rand vertiefte sich zu absoluter Schwärze im Mittelpunkt. Die ganze Erscheinung war von einem schwachen blauen Licht umgeben, aber ich glaube, das war eher eine optische Täuschung als ein echtes kosmisches Phänomen. Von Darlow aus wirkte der Nebel wie eine konkave und nicht wie eine konvexe Linse. Es war nicht schwer, ihn sich als ein von einem Silberring eingefaßtes Loch vorzustellen. Das war kein Tor, das war ein geplatztes Geschwür. Eine offene Wunde in den Eingeweiden des Universums. Während ich das Ding betrachtete, kam ich mir vor, als werde mein Blick von dem schwarzen Mittelpunkt magnetisch angezogen.

Sam Parks riß mich aus meinen Gedanken. Offensichtlich suchte er mich, denn er riß die Tür auf und trat ein.

»Ich weiß schon«, empfing ich ihn. »Meine Abwesenheit ist bemerkt worden, und ich soll auf der Stelle, wenn nicht schon eher, an meine Pflicht zurückkehren.«

Er schüttelte den Kopf.

»Ganz im Gegenteil. Der Start ist verschoben worden. Er findet morgen früh statt.«

»Warum?«

Sam zuckte die Schultern. »Ich weiß es nicht. Der Computer ist gefüttert. Alles ist betriebsbereit. Wenn ich raten sollte, würde ich sagen, der alte Mann fühlt sich nicht besonders. Er ist ziemlich viel auf den Beinen gewesen, und ich habe nicht den Eindruck, daß ihm das gut bekommt.«

»Wenn kein Grund genannt worden ist, wird es das wohl sein«, meinte ich. »Ich fragte mich, ob ich ihm die Sache ausreden könnte, wenn ich ihn in einem Augenblick erwische, wo er Rückenschmerzen hat . . .?«

Ich gab den Gedanken schnell wieder auf. Charlot mit Schmerzen würde ebenso unbeugbar sein wie Charlot ohne Schmerzen, nur doppelt so unangenehm.

Sam sah sich den Nebel an. Er lehnte sich über das Geländer und drückte sein Gesicht gegen die transparente Wand der Kuppel.

»Jetzt sieht es nicht mehr so nach einer guten Idee aus, wie?« fragte ich leise.

»Kommt mir auch so vor.« Er wirkte nicht gerade unglücklich, aber es war keine Spur der früheren freudigen Aufregung mehr an ihm zu entdecken.

Ich malte aus: »Da eilen sie furchtlos der Gefahr entgegen, der alte Mann am Rande des Todes, der unheldenhafte Pilot, sein alternder Busenfreund und der erfahrene Junge im Maschinenraum. Sie versuchen eine unmöglich erscheinende Rettung innerhalb einer kosmischen Umgebung, die einen um den Verstand bringen kann. – So ist es in den *Planetengeschichten* nicht gerade beschrieben worden.«

»Doch«, sagte er. »Es wird nur ein bißchen ungemütlicher sein.«

Mich zwackte ein wenig das Gewissen, weil ich das Wort »Rettung« benutzt hatte, wo ich doch nicht davon sprechen sollte, daß sie vielleicht noch am Leben waren, aber Sam hatte es nicht ernst genommen.

»Ungemütlich?« fragte ich. »Zum Teufel, ich wette, Dick Turpin hat sich auf seinem Ritt nach York wundgeritten.«

»Dick Turpin ist niemals nach York geritten«, belehrte mich Sam. »Er ist nur ein Stück die Straße entlanggaloppiert und hat gerufen: »Ich reite nach York! Dann hat er sich im Sherwood-Wald versteckt, bis die Jagd abgeblasen wurde, ist nach Hause zurückgekehrt und hat behauptet, er sei in York gewesen und jetzt wieder da. Du weißt doch, wie leichtgläubig die Leute sind.«

»Sicher«, antwortete ich. Ich war mir nicht ganz klar darüber, ob der Sherwood-Wald nicht in eine andere Geschichte gehörte, aber ich war nicht in einer Position, in der ich ihn einen Lügner hätte nennen können.

Ein langes Schweigen entstand. Sam betrachtete den Himmel, und ich betrachtete Sam.

»Wenn wir bei gesundem Verstand wären«, bemerkte ich schließlich, »und wenn Titus Charlot bei gesundem Verstand wäre, hätten wir mit diesem Projekt gar nicht erst angefangen. Aber so geht es nun einmal zu im Leben, nicht wahr? Die Tatsache, daß wir vernünftige Menschen sind, schließt uns nicht davon aus, uns wie schwachsinnige Kinder zu benehmen. Vor zwei Jahren saß ich auf einer Felsenwelt fest, die eine gewisse Ähnlichkeit mit dieser hier hatte, und es sah ganz so aus, als solle ich für den Rest meines Lebens dort bleiben. Wenn du mich damals gefragt hättest, ob ich mir vorstellen könne, bei einem derartigen Wahnsinnsunternehmen mitzumachen, hätte ich dir ins Gesicht gelacht. Aber hier bin ich. Ist mir das Herz in die Hose gefallen? Jawohl! Werde ich kneifen? Nein. Warum nicht? Sag mir doch, warum nicht?«

»Laß mich überlegen«, meinte er ernsthaft.

Ich ließ ihn überlegen.

»Ich glaube, du hast recht«, erklärte er nach einer Weile.

»Was?«

»Wir sind nicht davon ausgeschlossen, uns wie Kinder zu benehmen. Wir sind berechtigt dazu.«

»Du willst mitmachen?«

»Das will ich«, sagte Sam.

Es war später – viel später –, als die Rechnung in meinem Kopf aufging. Wenn der Start nicht verschoben worden wäre . . . vielleicht auch, wenn die kleine Unterredung mit Sam nicht stattgefunden hätte . . . dann hätte ich wohl nicht getan, was ich in dieser Nacht tat.

Ich kannte das Endergebnis der Rechnung. Ich war der einzige, weil außer mir nur Charlot von dem Notruf wußte, und er war disqualifiziert, weil er nicht addieren konnte. Jedenfalls keine Realitäten – nur Zahlen.

Ich versuchte, vor dem Start noch etwas Schlaf zu bekommen, wenn ich auch nicht müde war. Es schien ein kurzer Tag gewesen zu sein, obwohl wir in Standard- und nicht in lokaler Zeit rechneten. Doch ich fiel nicht in Schlaf, sondern in ein rasendes Zittern. Ich lag auf meinem Bett und hatte die Augen geschlossen, und die Gedanken marschierten in Bataillonen aus meinem Gehirn.

Ich hatte keine Schlaftablette genommen. Normalerweise brauchte ich keine. Ich war immer stolz darauf gewesen, kühl zu bleiben und es zu nehmen, wie es kam.

Die Furcht schlug in mich ein wie ein Pfeil mit Widerhaken.

Angenommen, dachte ich . . . nur angenommen . . ., daß auf der anderen Seite dieses Loch im Himmel nichts ist als ein großer Hunger, der die *Dodo* gefressen hat und nun mich fressen wird. Angenommen, die neue Note in dem Gesang ist nichts als ein Köder.

Man müßte den Nebel in »Sirene« umbenennen.

Ich sah den Nebel in diesem Augenblick vor mir, nicht als ein Geschwür, sondern als einen weit offenen, grinsenden Mund mit silbrigen Lippen, hinter denen sich ein abgrundtiefer schwarzer Schlund öffnete.

Ich merkte, daß ich von diesem Mund bereits verschlungen worden war. Er hatte bereits einen Teil meines Lebens zerkaut, indem er Eve Lapthorn und Nick delArco und Rothgar fraß. Ein anderes gieriges kosmisches Maul hatte die *Javelin* und Michael Lapthorn und Alachakh und Cuvio verschluckt. Einen Großteil meiner Vergangenheit hatte der Halcyon-Nebel verdaut. Geschnappt, zerfetzt und assimiliert.

Was war von mir übriggeblieben?

Oder, um ganz genau zu sein, was würde von mir übrig sein, nachdem ich dem Nachtigall-Nebel den Rest meines Lebens angeboten hatte? Ein Opfer für einen gefräßigen Götzen. Auf einem Silbertablett: Johnny Socoro, alles, was noch von Herault und der Erde und dem New Yorker Raumhafen und der Reparaturwerkstatt und dem Schatten meiner Jugend übrig war. Titus Charlot, der Mann, der in diesem letzten Jahr meines

Lebens die Ereignisse für mich bestimmt hatte. Die *Dronte*, Fleisch von meinem Fleisch, das Wesen, dessen Seele ich war.

Und ich. Alles, was ich war und bedeutete. Auf demselben Silbertablett.

Sogar der *Wind* . . .

Ich zählte alle diese Dinge zusammen. Ich fügte Sam Parks und ein Mädchen, das als drittes Besatzungsmitglied galt, hinzu, und eine Ärztin, die etwas Besseres zu tun haben mochte, als Titus Charlot zusammenzuflicken, wenn seine Eierschale Risse bekam.

Das war ein hübsches Paket. Weit mehr, als dem Götzen zustand. Ich konnte es nicht zulassen.

Lapthorn sagte, ich hätte keine Seele, und er hatte recht. Aber ich kann zwei und zwei addieren und zwei zuviel herausbekommen.

Titus Charlot hatte seinen Platz in den Geschichtsbüchern. New Alexandria würde eine Statue zu seinem Andenken aufstellen und seinen Nachruf für alle Ewigkeiten auf kaltem Stahl eingraben. Oder doch beinahe für alle Ewigkeit.

Eve Lapthorn hatte Eltern in . . . in Illinois? . . . die sich wahrscheinlich, seit ich in ihrem Wohnzimmer gesessen und ihnen vom Tod ihres Sohnes berichtet hatte, keine einzige Falte mehr zugelegt und keinen einzigen neuen Gedanken gedacht hatten.

Aber was war mit Nick oder Sam oder Johnny? Oder mit mir?

Der *Wind* befand sich irgendwo in mir und verhielt sich ganz ruhig. Er sagte kein einziges Wort. Aber im Geiste war er da. Er brauchte sich nicht mehr einzumischen. Wir hatten vollkommene Harmonie erreicht. Die Symbiose, die immer sein erklärtes Ziel gewesen war. Wir steckten zusammen drin – im Denken und Zögern und Entscheiden. Eine stumme Verschwörung. Wir träumten einen gemeinsamen Traum.

Ich träumte wirklich, auch wenn ich nicht schlief. Ich konnte alles innerhalb meines Kopfes sehen. In Technicolor. Ein Alptraum von mittlerer Scheußlichkeit.

Ich schlief nicht mehr ein. Statt dessen stand ich auf und zog mich an. Ich wusch mir das Gesicht, damit ich mich kühl und lebendig fühlte. Dann verließ ich mein Zimmer und schlich auf

Zehenspitzen den Gang entlang, bis ich Sams Tür gefunden hatte. Ich trat ein und beugte mich über sein Bett. Ich legte die Hand über seinen Mund, bevor ich ihn aufweckte. Ich war sehr leise – ich hielt den Atem lange Zeit an und ließ ihn langsam und vorsichtig ausströmen, und genauso sog ich die Luft auch wieder ein.

Ich flüsterte Sam ins Ohr:

»Los, Turpin! Dies ist dein größter Augenblick im Leben. Wir werden ein Raumschiff entführen.«

XI

Ich ließ ihn kein einziges Wort sagen. Auf dem ganzen Weg hinunter zur Schleuse waren wir absolut still. Es war kinderleicht, zwei Anzüge vom Haken zu nehmen und in die tiefe Dunkelheit kurz vor Anbruch der Morgendämmerung zu verschwinden. Niemand rechnete auf einer Welt wie Darlow mit Dieben. Wer in der Nacht draußen herumlaufen möchte, kann es gern tun. Nichts wird bewacht, keine Tür ist verschlossen. Niemand trat uns in oder außerhalb der Kuppel entgegen.

Es war nur ein Weg von fünf Minuten bis zu unserem Schiff. Wir gingen im Dunkeln los, aber als wir dort ankamen, blinzelte die Sonne bereits über den Horizont. Das schadete nichts. Es war niemand da, der uns hätte sehen können.

Sobald wir innerhalb der *Dronte* waren, zogen wir uns schnell aus. Wieder versuchte Sam zu sprechen – herauszufinden, was, zum Teufel, ich denn vorhabe, aber wieder ließ ich ihn nicht zu Wort kommen. Ich wollte keine Zeit mit Erklärungen verschwenden, und ganz bestimmt wollte ich nicht damit beginnen und dann feststellen müssen, daß ich gar keine Erklärung hatte. Ich hatte einem Impuls nachgegeben, und ich war entschlossen, mich von nichts aufhalten zu lassen. ich faßte Sam und schob ihn den Gang entlang in den Maschinenraum, und ich stieg die Leiter zum Kontrollraum empor.

Wenn wir erst einmal eine unpersönliche Sprechanlage zwischen uns hatten, wollte ich gern ein paar Worte mit ihm wechseln. Aber nur über rein technische Dinge.

»Hör zu, Sam«, sagte ich, nachdem ich es mir bequem gemacht hatte. »Fang schön ruhig mit dem Countdown an. Aber wenn die Düsen feuern, sind wir auch schon unterwegs. Ich will nicht, daß irgendein Dummkopf in einem leichten Anzug aus der Schleuse gesaust kommt und von unserem Flammenausstoß geblendet wird. Uns steht auf dem Boden nicht viel Platz zur Verfügung. Ich möchte einen schnellen, gebündelten Start. Okay?«

»Grainger«, fragte er, »was tun wir eigentlich?«

»Jetzt haben wir keine Zeit zum Plaudern. Fang mit dem Countdown an.«

Der Countdown begann. Als Energie in den Antrieb floß, entstand Geräusch. Nicht viel, aber genug, um trotz der dünnen Luft und der dicken Kuppelwand einen leichten Schläfer zu wecken. Auf einer Welt wie Darlow gewöhnen die Leute sich an die Ruhe, und alles, was nicht ruhig ist, kann sie stören. Ich hoffte, niemand werde etwas unternehmen, bevor die Düsen feuerten. Dann würden die durch den Boden übertragenen Vibrationen alle Welt aus dem Bett schleudern, aber dann war es zu spät, uns auch nur noch zu fragen, was los sei.

Der Countdown langte bei zehn an, und niemand zeigte sich. Ich wußte, wir waren schon so gut wie weg. Bei null feuerten die Düsen. Der Schub baute sich schnell, aber glatt auf, und wir hoben uns fast augenblicklich vom Boden. Die Impulse fluteten an den Entladungspunkten in das Reduktionssystem, und der Plasmastrom erwachte zum Leben. Sam hielt das Syndrom unter Kontrolle – er erstickte es nicht, aber es bestand auch keine Gefahr, daß es wild wurde.

Wir stiegen mit majestätischer Perfektion auf.

Energie rann durch das Nervennetz und erfüllte mein Schiff mit vibrierendem Leben. Ich fühlte, wie sich die Flügel spannten und bogen.

In Null Komma nichts waren wir aus der Atmosphäre.

»Countdown für den Tachyonentransfer«, sagte ich ruhig.

»Geht in Ordnung.« Sam begann bei zweihundertzwanzig. Verständlicherweise verhielt er sich konservativ. Ich wollte ihn auch gar nicht antreiben. Jetzt hatten wir so viel Zeit, wie wir wollten. Es gab nichts, was uns aufhalten konnte. Wir waren im tiefen Raum und frei.

Die Sprechanlage rülpste leise, und ich schaltete die Verbindung zwischen Kontroll- und Maschinenraum. Der Rest war überflüssig. Es war illegal, sich einfach auszuschalten, aber ich hatte bereits so viele Gesetze gebrochen, daß ein paar mehr nichts mehr ausmachten. Kapitäne haben Vollmachten, doch nicht von der Art,wie ich sie mir angemaßt hatte.

Ich spürte, wie das Reduktionsfeld wuchs. Sam balancierte es sorgfältig aus, riskierte nichts, ertastete seinen Weg. Er dachte sich mit allen Sinnen in die Maschine hinein. Auf dem Weg von New Alexandria hatte er sie bereits bedient, aber das war nur ein Gastspiel gewesen. Jetzt war der Antrieb sein Baby. Er verschmolz seine Persönlichkeit mit ihm, wie ich die meine mit dem ganzen Wesen verschmolz, das die *Dronte* war.

Sacht liebkoste ich die Ladung, spielte mit der ungeheuerlichen Energie des Antriebs. Das Reduktionsfeld kam keine Sekunde ins Wanken. Das Plasma war auf jedem Zentimeter ausgeglichen. Sam war brillant, wie ich vorher gewußt hatte. Er hatte sich innerhalb von Augenblicken in seine Aufgabe gefunden. Ganz bestimmt würden wir nicht wackeln und ein zweites Mal eine Annäherung an die Einstein-Barriere vornehmen müssen. Tatsächlich machten wir auch einen perfekten Transfer, und ich reduzierte die Massen schnell, bis wir bei stetiger sechstausendfacher Lichtgeschwindigkeit angekommen waren. Bei diesem Tempo war es eine Sache von Minuten, daß ich die *Dronte* wieder langsam werden ließ und auf den Anflug vorbereitete. Wir waren längst außer Reichweite.

Aus den Augen waren wir auch, aber nicht aus dem Sinn. Jetzt waren sie auf der Basis bestimmt alle wach und fragten sich, was eigentlich los sei. Aber wir waren weg. Sie konnten nur herumraten.

»Okay, Sam«, sagte ich, »geh es ruhig an. Ich fliege in einem Bogen zum Nebel. Keine Eile. Ich bringe sie dann auf zweitausend hinunter, so daß der Fluß etwas gutes Zureden braucht. Das wird dir nicht schwerfallen. Bald schon wirst du die Maschine kennen, als hättest du dein Leben lang mir ihr geschlafen. Du mußt nur Selbstvertrauen haben. Du weißt ja, Titus Charlot ist der Meinung, beim Passieren des Tores habe der Ingenieur eine schwierigere Aufgabe als der Pilot. Du kannst dich immer noch weigern. Du brauchst nur ein Wort zu sagen.«

»Langsam, langsam«, erwiderte er. »Da scheint eine Menge von Wörtern nicht gesagt worden zu sein. Ich habe den entschiedenen Eindruck, daß wir davongelaufen sind.«

»Davongelaufen?« wiederholte ich ein wenig verwirrt. »Du meinst, wir setzen uns ab? Großer Gott, nein. Das ist mir überhaupt nicht in den Sinn gekommen. Natürlich laufen wir nicht davon. Wir gehen durch diese verdammte Linse und suchen nach der *Dodo,* und dann kommen wir wieder zurück. Wir laufen vor all dem zusätzlichen Gepäck davon, nicht vor unserer Aufgabe. Ich will diese Sache auf meine Weise erledigen, nicht auf Charlots. Ich glaube, meine Weise ist besser. Warum hast du eigentlich gedacht, wir würden davonlaufen?«

»Verflucht noch mal, du weckst mich mitten in der Nacht auf und erzählst mir, wir wollten ein Raumschiff klauen, und dann schleichen wir aus der Kuppel, über die Oberfläche und ins Schiff, und die ganze Zeit auf Zehenspitzen. Wir heben in aller Eile ab und gehen innerhalb von Minuten auf Überlichtgeschwindigkeit. Was soll ich denn davon halten?«

»Sam«, sagte ich, »du hast kein Vertrauen zur Menschheit.«

»Nein«, stimmte er zu.

»Es ist ganz einfach«, erklärte ich. »Du und ich, wir wissen Bescheid, Sam. Wir wissen, was wir tun, und das ist mehr, als Titus Charlot trotz seiner Kenntnisse und seiner Arroganz weiß. Für Charlot ist alles ein Spiel. Er benutzt Menschen als Schachfiguren. Aber nicht mich. Wenn ich bei dem Spiel mitmachen soll, will ich der Spieler und nicht die Figur sein. Charlot hat mich mit seiner Besessenheit angesteckt, aber ich will nicht, daß wir es so machen, wie er will. Ich kann ein Schiff nicht allein fliegen, und so habe ich dich ausgewählt. Nicht den

Jungen. Er wird seine Chance schon noch bekommen, wenn die Zeit da ist. Verstehst du, was ich meine?«

»Ja«, antwortete er. »Aber ich hoffe, du weißt, was du tust, denn wenn wir die Karre in den Dreck fahren, wird es sehr viele Leute geben, die auf dein Andenken spucken.«

»Mag sein«, stimmte ich zu, »aber dann haben sie es mir zu verdanken, daß sie noch am Leben sind und spucken können. Johnny Socoro wird mir niemals verzeihen, daß ich ihn nicht mitgenommen habe, ob ich zurückkomme oder nicht. Aber darauf kommt es letzten Endes nicht an.«

»Okay«, sagte Sam, »es ist dein Begräbnis. Ich sitze mit im Sarg.«

»Sag das nicht. Betrachte einmal die gute Seite daran, wenn du sie finden kannst«, riet ich ihm. »Kümmere dich einfach um den Antrieb. Und, Sam . . .«

»Ja?«

»Hast du kein bißchen Spaß dabei? Ein Raumschiff zu klauen . . . ist das nicht wie die Erfüllung deiner Kinderträume?«

»Nein«, antwortete mir der letzte der großen Romantiker.

Es ist eine traurige Wahrheit, daß sich viele von uns in der Rolle, die ihnen das Schicksal zugewiesen hat, nicht zu Hause fühlen.

Auch dem stumpfsinnigen Linienjockey muß es wiederstreben, sein Schiff auf Automatik umzustellen. Es ist, als ob eine Mutter ihr Neugeborenes einer Robot-Nurse überlassen muß. Das mag für alle Beteiligten so am besten sein, und doch ist es ein schmerzlicher Augenblick. Ein Schiff einem Computer zu übergeben ist schlimmer, weil eine Robot-Nurse wenigstens Hände hat. Die Schiffsautomatik hat nur eine Spule mit Magnetband und einen Haufen Drähte. Eine Anzahl von gedruckten Schaltungen in einer Röhre ist ihr Gehirn, und ein Muster elektrischer Impulse, die um einen Zellaufbau aus Kuprokarbon mäandrieren, stellen ihre Intelligenz und ihre Aktion dar. Man hat nichts gegen die Maschine. Die Maschine ist ein Organ des Schiffes, das man liebt. Man hat etwas gegen die Tatsache, daß die Maschine von einem nicht anwesenden, oft anonymen Kopf gesteuert wird, der sich durch ein

Programm vertreten läßt. Und das Programm läßt keinen Raum für Gefühle oder Eingebungen oder Reaktionen.

Nichtsdestotrotz, sobald Sam sich unten im Maschinenraum glücklich fühlte, mußte ich auf Automatik umschalten.

Ich setzte die *Dronte* auf Kurs in Richtung Linsenachse, synchronisierte die Zeitpunkteinstellung auf dem Aktivator und überließ die *Dronte* dem Computer.

Wahrscheinlich war es für mich noch schlimmer, als es für jeden anderen gewesen wäre. Die *Dronte* war mehr Teil meines Selbst als ein anderes Schiff für einen anderen Piloten sein konnte. Außerdem wußte ich, was es heißt, in meinem eigenen Körper nur ein Mitreisender zu sein. Ich hatte vergleichbare Empfindungen erlebt. Als Titus Charlots Geist, personifiziert durch ein Computerprogramm, die *Dronte* zu steuern begann, kam mir das widernatürlich vor. In diesem Augenblick war Charlot für mich fremder als der *Wind*. Aber es war nur ein Gefühl – ein weiterer Wachtraum –, und er ging vorbei.

Ich ließ mich im Kontrollsitz zurücksinken und entspannte mich.

Meine Hände umfaßten immer noch die Kontrollen, aber meine Finger übten keinen Druck auf die Hebel aus. Doch ich war immer noch in Empathie mit dem Schiff, und ich konnte zu jeder Sekunde, so schnell ich nur zu reagieren vermochte, die Steuerung wieder selbst übernehmen. Nur mußte ich mich auf Charlots Flugplan verlassen, wenn wir nicht einfach in den Nebel, sondern *durch* den Nebel fliegen sollten.

Für Sam bedeutete das kaum einen Unterschied. Ich war zwar im Augenblick zu einer passiven Rolle verurteilt, aber er war nach wie vor der Schrittmacher für das Herz des Schiffes.

Durch die Sensoren der *Dronte* sah ich, wie die Linse anschwoll, wie sie sich aufblähte. Ich spürte den verzerrten Raum und den gestörten Zeitfluß, die uns einspannen.

Es war, als verschwänden wir in einer gigantischen Schüssel – in einem Tunnel des Raums, an dessen anderem Ende keine Lichter sichtbar waren. Das verzerrte Raumzeitgewebe des Nebels wickelte uns ein wie Bandagen oder Windeln.

Wir flogen in das Zentrum des Nebels, und die Ungestalt, die das Herz der Nachtigall war, legte sich auf meine Flügel. Ich spürte, wie sich die Flügel dem weichen, fingerlosen Griff anpaßten. Dieser Griff war leicht, als spüle eine dünne Flüssigkeit über uns hin oder als schlinge sich ein Seidenschal um unsern Körper.

Doch beim weiteren Vordringen wurde die Flüssigkeit sehr schnell dichter, der Seidenschal wurde zu einer Decke, der Griff fest und entschlossen. Jetzt war es keine Berührung mehr, sondern ein ständiger, erstickender Druck. Mein Herzschlag verlangsamte sich. Es wurde mir schwer, zu atmen. Ich hatte das Gefühl zu ersticken, langsam ganz langsam . . .

Beim Eindringen in den Nebel hatten wir nicht mehr als sechzig oder siebzig Prozent der Lichtgeschwindigkeit gehabt aber wir beschleunigten ständig, und bald mußten wir die Einstein-Barriere erreicht haben. Doch wir näherten uns ihr asymptotisch; wir erreichten sie nicht. Wir hätten entweder darüber hinwegspringen oder darunter hindurchkriechen müssen, aber als wir neunundneunzig Prozent der Lichtgeschwindigkeit überschritten hatten, zog die Zeit sich elastisch in die Länge, die Sekundenbruchteile dehnten sich ins Unendliche aus und hielten uns im Nirgendwann fest.

Wenn ein Schiff mit Unterlichtgeschwindigkeit beschleunigt oder in der tachyonischen Phase verlangsamt, wächst der Druck im Feld des Plasmastroms im Quadrat dazu. Die Ladung wird ungeheuerlich, und die Masse-Massenreduktionsgleichung ist fast unmöglich auszubalancieren. Man muß mit Infinitesimalen jonglieren, und dabei weiß niemand genau, ob es Infinitesimale überhaupt gibt. Das Feld wird außerordentlich unstabil, und das verlangt das Äußerste an Zusammenarbeit zwischen Pilot, Ingenieur und Antrieb. Ich hatte Vertrauen zu Sam, ich hatte Vertrauen zu dem Antrieb. Aber das Programm . . .

Der Druck auf das Reduktionsfeld wurde so stark, daß es überhaupt nicht mehr zu manipulieren war.

Wir hingen fest und warteten.

Ich hatte Angst.

Das Warten auf den alles entscheidenden Augenblick schien endlos zu dauern. Ich war noch nie zuvor so dicht an der Einstein-Barriere gewesen – wenn ich vorgehabt hätte, sie zu überschreiten, wäre ich längst gesprungen. Es handelte sich nur um wenige Sekundenbruchteile, aber diese wenigen Sekundenbruchteile verbrachte ich damit, daß ich genau zwischen Sam Parks Augen saß und ihn verzweifelt anflehte, uns hundertprozentig ganz zu halten. Im normalen Raum hätten wir ein bißchen mit dem Fluß ausgleichen können und wären sicher gewesen. Aber in den seelenlosen Tiefen einer kosmischen Läsion sind nur hundert Prozent gut genug. Eine ganz kleine Abweichung, und man ist tot.

Ich habe keine richtige Erinnerung mehr an die Ewigkeit, die sich zwischen der ersten zarten Liebkosung des Nebels und der unwiderstehlichen Implosion erstreckte, die uns entweder in Staub verwandeln oder in das andere Kontinuum schleudern würde. Das menschliche Gehirn ist einfach nicht dazu eingerichtet, Erfahrungen dieser Art zu speichern. Menschen können nicht so tun, als seien sie Lichtstrahlen und genössen die Sensation. Ich weiß nur, daß die uns einhüllende Kraft immerzu stärker wurde, daß ich aufhörte zu atmen, daß ich zwischen zwei Herzschlägen gefangen saß und daß sich mit dem Überschreiten der Schmerzschwelle die Qual in einen gräßlichen, hohen Schrei und ein flammendes Inferno von Licht verwandelte.

Das alles dauerte nur einen Augenblick. Es hinterließ so gut wie keinen Eindruck. Wenn ich mich richtig daran erinnern könnte, würde mir das allein schon weh tun. Aber ich empfinde nur ein ganz schwaches Echo und habe die vage Vorstellung, daß ich auseinandergerissen und wieder zusammengesetzt wurde.

Das Gewebe des Raums teilte sich und zerfiel zu Fetzen, und wir hatten den kritischen Moment erreicht, und nichts war mehr da als Furcht und wilder Schmerz. Eine Art von orgasmischen Reflex umwallte uns, der Druck, der jedes einzelne Molekül zusammenquetschte, kehrte sich irgendwie um, und die Art unserer Existenz änderte sich. Wir wurden der Nukleus einer Kettenreaktion, die die Realität zerriß und uns ins Chaos hineinwarf.

Es wäre sinnlos, von einer für den Übergang verbrauchten Zeit zu sprechen. Die Zeit gab es ebensowenig, wie da ein

»Raum« zu durchqueren war. Aber zwischen den Dimensionen war zu spüren, daß etwas geschah . . . *etwas* drang in meinen Verstand ein . . . ich nahm an einem Geschehen teil. Wir hatten die Grenze tatsächlich überschritten.

Ich glaube, auf der Schwelle zwischen den beiden Kontinua wurde die *Dronte* zu einem eigenen Universum. Da ich ein Teil von ihr war, war auch ich alles und überall. Wenn die *Dronte* als Schiff existierte, bin ich ihre Seele. Dementsprechend war ich, als die *Dronte* ein Universum war, ihr Gott. Aber ein impotenter Gott. Erstarrt zu völliger Passivität. Ich wagte nicht, meinen Willen zu regen, ich war gezwungen, die Herrschaft einem Programm zu überlassen, das in das Unterbewußtsein einer Maschine eingespeist war. Von göttlicher Allmacht war überhaupt keine Rede.

Sam muß den Durchgang völlig anders empfunden haben. Meine Verbindung mit dem Schiff war hauptsächlich sensorischer Art – eine Integration von Bewußtsein und Reaktion. Seine Symbiose war eher körperlicher Natur. Unterhalb der Bewußtseinsschwelle. Ich weiß nicht, was ihm in diesem *Zwischenraum* widerfahren ist, aber ich weiß, daß er irgend etwas gefühlt haben muß.

Mein Leben hörte auf, als das Universum rings um mich zerbrach. Es begann von neuem, als sich die neue Wirklichkeit bildete.

Sie wurde, so hatte es den Anschein, aus dem Nichts geschaffen: heil und ganz dynamisch. Der Schöpfungsakt erfolgte augenblicklich.

Ich hatte das Unerwartete erwartet. Ich war gewarnt worden, dies sei der kritische Augenblick. Ich hatte absichtlich darauf verzichtet, mir etwas vorzustellen, etwas auszumalen. Mein Verstand sollte so unbelastet wie möglich reagieren – und zwar *richtig* reagieren – können. Dies war der Moment, an dem Eve gescheitert war.

Ich wußte nichts weiter, als daß ich ein anderes Universum betreten werde. Aber wie Titus Charlot vermutet hatte, brauchen andere Universen unserm eigenen nicht unbedingt ähnlich zu sehen.

Ganz und gar nicht . . .

XII

»Sam!« brüllte ich und ließ alles an Ladung, was wir hatten, in den Plasmastrom einfließen. Ich wußte, damit konnte er nicht fertig werden, ich wußte, dieser von Panik erfüllte Schrei half ihm gar nichts. Aber ich konnte nichts anderes tun als schreien.

Bei Überlichtgeschwindigkeit wären wir zerschmettert worden, aber wir waren auf neunundneunzig Prozent und wurden langsamer. Der Energiestrom, den Sam nicht verteilen konnte, erschütterte uns, aber er konnte uns nicht das Rückgrat brechen, solange es nicht zu einem Phasenflackern kam.

Es gibt einen alten Witz darüber, daß noch nie einem Menschen etwas bei einem Fall passiert ist – nur beim Aufschlagen. Das ist überhaupt nicht komisch, und auch das Gefühl ist es nicht, wenn man Leere erwartet und genau vor eine Mauer rennt.

Das, wogegen wir rannten, hätte gut eine Mauer sein können. Bei einer Geschwindigkeit wie der unsrigen genügt der Aufprall auf eine dünne Ionenwolke, um einen in Brei zu verwandeln.

Es brachte uns nicht um. Das lag daran, daß ich gut war und daß Sam gut war und daß wir beide Glück hatten. Es brachte uns nicht um, aber es hätte meine Seele beinahe in Stücke gerissen.

Ich verwandelte mich in eine menschliche Fackel.

Meine Haut brannte, bröckelte wie Papierasche, wurde zu Blei. Da war ein schrecklicher Schock, und dann war der Druck wieder da, dem ich eben erst entronnen war.

Dann überflutete mich eine grauenhafte Kälte, und ich hatte das Gefühl, eine starke Dosis Tod zu mir genommen zu haben. Aber auch das ging vorbei, er ergriff mich und ließ mich wieder frei, und irgendwie kamen wir zu einem Halt.

Der Raum, in dem wir uns befanden, hatte drei Dimensionen, und wir waren mittendrin. Aber das war in den ersten paar Minuten so ungefähr alles, dessen ich sicher war. Unser Universum ist so gut wie leer; die Menge an Materie, die in all dem Vakuum umhertreibt, ist außerordentlich gering. Das

Universum jenseits der Linse mochte ebenfalls leer von Materie sein, aber bestimmt hatte es sehr zähen Raum. Mir drängte sich der Vergleich auf, daß wir in dicke Suppe eingetaucht seien. Ich wußte, daß das Unsinn war. Wenn wir tatsächlich in einen von dichter Materie erfüllten Raum geraten wären, hätten wir keine Chance gehabt. Aber eine andere Analogie gab es nicht. Die *Dronte* war zum Fliegen gebaut, doch hier konnte sie nicht fliegen. Bestenfalls konnte sie schwimmen, und wir schwammen, vom Mund des Nachtigall-Nebels herkommend, ganz entschieden gegen den Strom.

Der Plasmastrom blutete, und die Antriebskammer blieb nur gerade eben dicht. Wäre ein Riß entstanden, dann wäre Sam ebenso gebraten worden wie Lapthorn, als ich bei dem hoffnungslosen Versuch einer Landung das Heck der *Javelin* zerschmetterte. Jetzt konnte ich mir vorstellen, was mit der *Dodo* geschehen war. Sogar in dieser Situation sah ich die schreckliche Ironie, die in diesem Schicksal lag. Eve Lapthorn war einfach nicht so schnell wie ich. Sie hatte den Plasmastrom aus der Maschine hinausgeblasen und Rothgar auf die gleiche Art getötet, wie ihr Bruder getötet worden war.

Die Beleuchtung ging aus, und das Schwerkraftfeld schaltete sich ab. Ich verlor den größten Teil meiner Außenhaut-Sensoren. Durch die Kontakte in meinem Nacken kam nichts herein außer Geräuschen. Im Helm konnte ich nichts erkennen, das irgendeinen Sinn ergab.

Ich flatterte mit den Flügeln, um die *Dronte* in eine Kurve zu ziehen, um festzustellen, ob sie sich überhaupt noch bewegen konnte. Mit den mir verbleibenden Sinnen versuchte ich, die in diesem fremden Raum waltenden Kräfte zu beurteilen. Ich versuchte, Ströme und Verzerrungswellen zu prüfen. Ich weiß nicht, ob es an den beschädigten Sensoren oder an der Art der Umgebung oder einfach an mir lag, aber ich fühlte mich nur schwindlig und konnte überhaupt nichts erkennen. Ich mußte mir den Helm vom Kopf reißen und die Kontakte ausstöpseln. Auch als die Verbindung gelöst war, herrschte in meinem Kopf immer noch ein wirres Durcheinander. Ich wollte nach draußen in die Dunkelheit spähen, doch sogar die Lichter der Anzeigetafeln spielten verrückt.

»Grainger«, krächzte Sam, »bist du okay?«

»Nein«, antwortete ich. Mehr brachte ich nicht heraus.

Die Zeit verging. Richtige Zeit. Meßbare Zeit. Das half mir, mich wieder zu erholen. Ich legte mich im Pilotensitz zurück, schloß die Augen und ballte die Fäuste. Kalter Schweiß rann mir über das Gesicht. Die Benommenheit ließ nach.

Unter mir tropfte die letzte Energie aus dem Nervensystem. Auch ohne die Kontrollen zu berühren, wußte ich, daß das Schiff tot war. Mit allen Fasern spürte ich die Leblosigkeit rings um mich. Es kam mir vor, als sei das Schiff in einen Eisberg eingefroren oder in einem Bernsteinklumpen gefangen. Wie ein grotesker Briefbeschwerer.

»Sam?« fragte ich.

»Ich bin jetzt wieder okay«, sagte ich. »Und du?«

»Nur ein bißchen durchgerüttelt. Habe mir die Hände verbrannt. Kleine Blasen. Wird mit ein bißchen Salbe wieder gut. Nichts Schlimmes.«

»Wir haben Glück gehabt«, meinte ich. »Bei mir handelt es sich nur um die sympathetische Reaktion. Daran bin ich gewöhnt. Die blauen Flecken gehen von selbst wieder weg. Wie groß ist der Schaden unten bei dir?«

»Nicht allzu schlimm. Erfordert Arbeit. Auch ein paar Ersatzteile. Aber nur solche, die wir dabeihaben.«

»Dann können wir die Reparaturen alleine ausführen?«

»Wenn wir uns Zeit nehmen. Wie stehen die Dinge an deinem Ende?«

»Das kann ich noch nicht sagen«, berichtete ich. »Die Sensoren funktionieren nicht mehr. Beleuchtung und Schwerkraft sind aus. Außer den Anzeigetafeln hat nichts mehr Strom. Keine Energie im Nervensystem. Eine Menge von Verbindungen müssen wiederhergestellt werden, wenn ich nur herausfinde, welche und wie. Sobald wir wieder Energie haben, kann ich feststellen, wie die Situation ist und wieviel von einem Wunder wir brauchen, um alles wieder in Ordnung zu bringen. Was dann geschieht, weiß ich nicht. Wir hoffen, oder wir denken uns etwas richtig Kluges aus. Zur Zeit fällt mir nichts ein.«

»Wie sieht es da draußen aus?« wollte er wissen.

»Ich kann nichts sehen. Ich bekomme nichts als Geräusche herein. Chaos. Könnte an einer Fehlfunktion der Sensoren liegen. Ich habe nur so ein Gefühl, als säßen wir in Sirup . . . nein, eher in geschmolzenem Glas. Schwer, aber nicht klebrig. Was es zu bedeuten hat, kann ich nicht beurteilen.«

Eine Weile herrschte Schweigen.

»Glaubst du, wir haben es geschafft?« fragte Sam.

Das war eine gute Frage. »Vielleicht werden wir es schaffen«, antwortete ich. »Im Augenblick sind wir noch kaum von der Startlinie weg. So schnell wird man nicht zum Helden. Erst muß man durch die Hölle und wieder zurück.«

»Großartig«, bemerkte Sam. »Soll ich nach oben kommen?«

»Ja, komm und bring Kaffee mit. Wir werden erst mal unsere Wunden lecken und unsere Toten zählen, bevor wir über den nächsten Schritt nachdenken. So viel Zeit haben wir sicher.«

Sam schaltete ab, und ich suchte nach dem Notsignal der *Dodo*. Ich öffnete unsere künstlichen Ohren weit, aber ich empfing nichts. Daraus war zu schließen, daß die ganze Funkanlage im Eimer war. Doch vielleicht kam es gar nicht darauf an, und wir hätten das Notsignal sowieso nicht empfangen können.

Der nächste Schritt mußte sein, daß wir die Wandverkleidung aufrissen und die Notstromversorgung in Ordnung brachten, damit wir wieder Licht und Schwerkraft hatten. Immerhin funktionierten die Instrumente ja noch, wenn auch das, was sie anzeigten, keinen Sinn hatte. Auch das Lebenserhaltungssystem war noch im Betrieb – zumindest Luft- und Temperaturkontrolle. Und die Bordsprechanlage. Ich hoffe nur, Sam fand irgendwo genug Energie, daß er den Kaffee heiß machen konnte. Schließlich verfiel ich auf den Ausweg, statt mich mitten ins Problem zu stürzen, mich zuerst einmal mit einer Taschenlampe zu bewaffnen.

Ich schob den Helm zur Seite und löste die Haltegurte. Ich mußte mich langsam bewegen und mich festhalten, bis ich meine schwerkraftlosen Füße gefunden hatte. Ohne Schwierigkeiten gelangte ich an eine der Andruckliegen. Das Innere des Kontrollraums sah wunderbar stabil und vernünftig aus. Alle Wände waren flach, und die Ecken waren eckig. Alles, wie es sein sollte. Wir hätten uns irgendwo im bekannten Universum befinden können. Wenigstens war die *Dronte* eine Tasche der Realität, wo wir auch sein mochten. Vielleicht gab es irgendwo da draußen noch eine zweite Tasche – ihr Schwesterschiff.

Was würde geschehen, überlegte ich, wenn ich in die Schleuse ginge, die Außentür öffnete und hinaussähe? Würde es mich umbringen? Und wenn ich nach draußen ging?

Vielleicht wurde ich dann zu einer weiteren Tasche der Realität, die im Nirgendwo trieb. Oder ich wurde absorbiert. Assimiliert. Umgestülpt. Vielleicht konnte ich gar nicht hinaus. Vielleicht gab es gar kein Draußen, in das ich hinaus konnte.

Wie fühlst du dich? murmelte ich halblaut.

– Es ist nicht leicht, erklärte der *Wind*.

Ist das alles?

– Ich fühle mich einsam.

Ich bin doch hier!

– Richtig. *Wir* fühlen uns einsam.

Ich wies ihn nicht darauf hin, daß auch Sam noch da war. Ich wußte, was er meinte.

Was tun wir? fragte ich ihn.

– Was notwendig sein wird. Wir finden uns irgendwie mit diesem Ort ab. Wir müssen aufpassen, dürfen uns nicht zu übertriebenen Reaktionen hinreißen lassen. Möglicherweise können wir dies Universum nicht verstehen, aber wir können koexistieren. Man braucht kein Ballistik-Experte zu sein, um einen Menschen mit einer Kugel zu töten.

– Die Wahl deiner Gleichnisse ist nicht ermutigend.

– Du verstehst mich doch. Auch wenn uns diese Umgebung fremd ist, funktionieren unsere Sinne immer noch in altgewohnter Weise. Wir können es lernen, sie auch hier anzuwenden. Wir können uns in gewissem Umfang dieser Realität anpassen, auch wenn sie sich von unserer eigenen noch so sehr unterscheidet.

Ich wünschte, ich hätte deinen Optimismus, meinte ich.

– Wer braucht Optimismus? Denke daran, was ich *bin*, Grainger. Ich bin kein menschliches Wesen . . . nicht ganz. Ich bin ein neotenischer Intellekt, fähig, mich beinahe jeder Geistesstruktur anzupassen. Ich bin prädestiniert, es mit diesem Universum aufzunehmen. Wenn ich es nicht kann, ist es überhaupt unmöglich.

Genau das fürchte ich, kommentierte ich.

Aber wie gewöhnlich hatte er recht. Wer in die Hölle muß, sollte sich seine Gefährten gut auswählen. Wenn ein menschliches Wesen erst einmal gelernt hat, seine Sinne zu gebrauchen, ist es fest programmiert und kann sich nicht mehr ändern. Aber der *Wind* war da anders. Er konnte meine Sinne benutzen, um unsere Umgebung zu erforschen, auch wenn ich es nicht konnte.

Es war nicht das erstemal, daß ich über seine Anwesenheit froh war.

Wenn wir einen Blick nach draußen werfen, kannst du mir dann berichten, wie unsere Chancen stehen? fragte ich.

– Später, sagte er. Immer mit der Ruhe. Ich verspreche dir, ich bin der Lage gewachsen. Verlaß dich nur auf mich.

Er war immer ein arroganter Bastard gewesen. Und das hatte er bestimmt nicht von mir gelernt. Wenigstens kann ich mir das nicht vorstellen.

Sam öffnete die Tür. Er sah so weiß aus, als habe er sich das Gesicht mit Farbe bemalt. Er hielt Druckbeutel mit Kaffee in der Hand. Nicht zwei, sondern drei.

»Sieh mal, was ich gefunden habe«, verkündete er. Ich habe noch nie ein kränkeres Lächeln gesehen.

Mit langsam rudernden Beinen schwebte sie in den Kontrollraum und fragte unschuldig: »Wo sind wir?«

XIII

»Zum Teufel, was tun Sie denn hier?« wollte ich wissen.

»Ich arbeite hier«, gab sie zurück.

»Sie haben – an Bord – geschlafen, als wir starteten?« Ich brachte die Wörter nur ruckweise heraus. Ich hätte es wissen müssen. Es war meine Aufgabe, so etwas zu wissen. Ein

Kapitän muß genau wissen, wo sich seine Mannschaft befindet. Besonders dann, wenn sie sich auf seinem Schiff befindet.

Es sah so aus, als könnten wir der Liste unserer scheußlichen Verbrechen auch noch Kidnapping hinzufügen.

Meine Hand schloß sich fester um den Gurt, an dem ich mich verankert hatte. Ich sah sie an und fragte mich, wie mein Gesicht jetzt wohl aussah. Sie schwebte zu der Andruckliege hinter mir und setzte sich. Sie bewegte sich mit beinahe übernatürlicher Anmut in der Schwerelosigkeit. Unter Schwerkraftbedingungen konnte sie allerdings auch nicht viel wiegen. Sie war immer leicht auf den Füßen gewesen.

»Miss Vogan«, sagte ich, »haben Sie eine Ahnung davon, was geschehen ist, seit Sie sich vor ein paar Stunden die Decke über die Ohren zogen?«

»Ich weiß Bescheid«, meinte sie.

»Das glaube ich nicht«, erklärte ich. Sam gab mir meinen Kaffee. Ich hielt den Beutel fest und spürte die Wärme an meiner Handfläche. Ich versuchte nicht, einen Schluck zu trinken.

»Das glaube ich nicht«, wiederholte ich. »Denn wenn Sie Bescheid wüßten, wären Sie jetzt halb wahnsinnig vor Angst.«

»Das bin ich ja«, versicherte sie mir. Eine kurze Sekunde lang war es ihr anzusehen. Sie konnte meinem Blick nicht mehr begegnen, und als sie die Wimpern senkte, sah ihr für einen Moment die Furcht aus den Augen. Aber sie hatte Selbstbeherrschung. Wahrscheinlich mehr als ich. Meine Verfassung mußte man mir deutlich vom Gesicht ablesen können.

Plötzlich überschwemmte mich eine Welle des Entsetzens. »Es tut mir leid«, würgte ich hervor. »O Gott, und wie leid es mir tut!«

»Warum?« fragte sie.

»Ich wußte nicht, daß Sie an Bord waren.«

»Das macht doch keinen Unterschied. Ich war für diesen Flug angeheuert.«

»Für mich macht es einen Unterschied«, stellte ich barsch fest.

»Das sollte es aber nicht.« Ihre Stimme klang jetzt ein wenig gereizt.

»Es war so völlig unnötig«, murmelte ich kaum hörbar. Ich räusperte mich und sagte ein bißchen lauter: »Es war nicht nötig, weitere Menschenleben aufs Spiel zu setzen. Zwei sind genug.«

Sie funkelte mich doch tatsächlich an! »Aber Sie haben mich nicht einmal gefragt, ob ich lieber zurückbleiben wollte!«

»Nein«, gab ich zu. »Es tut mir leid. Das habe ich schon einmal gesagt. Vergessen wir's. Wir sind hier, und Sie sind hier. Trinken wir unseren Kaffee, und versuchen wir, die Dinge so zu sehen, wie sie sind.«

Ich steckte das Ende des Beutels in den Mund und öffnete das Ventil. Der Kaffee schmeckte gut. Er entschädigte für eine Menge Unbehagen.

»Wir können Sie brauchen«, bemerkte Sam nach einer Weile. »Es gibt eine Menge Arbeit zu tun, bis dieser Vogel wieder nach Hause hinken kann. Drei Paar Hände . . .«

». . . sind mehr als zwei Paar«, setzte ich fort. »Klar.«

Sie sprach kein Wort, aber offensichtlich war sie mir nicht dankbar. Ich konnte nicht sagen, ob sich ihre Angst in Feindseligkeit entlud oder ob sie mir meinen Versuch, sie zurückzulassen, wirklich übelnahm. Wahrscheinlich war beides richtig. Anscheinend will heutzutage jeder ein Held sein. Mit der Reichweite unserer Schiffe wächst auch der Ehrgeiz. Keiner erkennt mehr irgendwelche Grenzen an. Keiner hat mehr einen Sinn für Proportionen.

Ich konnte sie kaum dafür tadeln.

Vielleicht bin ich niemals jung gewesen. Ich frage mich, ob ich etwas verpaßt habe.

Dem Kaffee ließen wir eine Handvoll Nahrungspaste folgen, aber danach war ich immer noch nicht bereit, leichten Herzens dem Unbekannten entgegenzutreten. Was half's? Ich mußte meine Unlust besiegen und mich in Bewegung setzen.

Ich wischte meine Finger am Hemd ab, obwohl sie gar nicht klebrig waren, und ging auf die Tür zu.

»Was hast du vor?« fragte Sam. »Warte, bis ich wieder Energie habe.«

»Ich werde mir einen Anzug anziehen und einen Blick aus der Schleuse werfen«, erwiderte ich. »Dann komme ich sofort zurück. Bleib solange hier. Ich werde dir die schlechten Nachrichten in ein paar Minuten bringen.«

Niemand erhob Einspruch gegen meine Annahme, die Nachrichten würden schlecht sein. Gute Nachrichten konnte es erst wieder geben, wenn wir aus dem Nebel heraus waren.

Sam kam mit mir bis an die Innentür und half mir in den Anzug. Ich nahm den leichteren, aber ich setzte einen schweren, lichtundurchlässigen Helm mit schmalem Sehschlitz und Lichtfilter auf. Was das nützen sollte, wußte ich selbst nicht. Es stärkte nur mein Selbstbewußtsein, daß ich Vorsichtsmaßnahmen traf.

Ich stieg in die Schleuse und ließ die darin befindliche Luft zurück in die *Dronte* strömen. Wenn wir einige Zeit hierbleiben mußten, konnten wir es uns nicht leisten, Sauerstoff zu verlieren.

Dann machte ich die Außentür auf. Am liebsten hätte ich sie nur einen Spalt geöffnet und mit einem Auge hinausgeschielt, aber das kam mir ein wenig lächerlich vor. Statt dessen gab ich ihr einen entschlossenen Schubs und zeigte mich dem Universum draußen in voller Größe.

Es war hell.

Jedenfalls hell genug, daß ich das Lichtfilter nicht entfernte, wenn auch nicht hell genug, daß ich ohne Lichtfilter geblendet worden wäre. Um den Rand der Schleusentür lag ein gleißender Schein, aber weiter weg war es nicht heller als Sonnenlicht. Es sah wie ein bedeckter Himmel aus, farbig, mit der Andeutung von Wolken. Doch als ich meinen Blick auf die scheinbaren Wolken konzentrierte, verliefen und änderten sich die Farben. Es sah aus wie das Farbenspiel einer Öllache auf sich bewegendem Wasser, nur daß das Spektrum nicht von Rot bis Indigo reichte. Es war mehr Gelb und mehr Weiß darin enthalten. Die kräftigeren Farben blitzten und strömten über einen helleren Hintergrund. Ich brauchte den Kopf nicht zu bewegen, um die Farben aufzurühren. Es genügte, wenn ich meine Aufmerksamkeit auf einen anderen Punkt richtete. Es war, als würden meine innersten Gedanken von den Un-Bildern, die sich formten und verschwanden, reflektiert. Ich dachte daran, daß das durch den Nachtigall-Nebel scheinende

Sternenlicht zum Zwecke ästhetischen Genusses in Klänge übersetzt worden war. Ich war an synästhetische Effekte gewöhnt, aber was dort draußen vor sich ging, war viel realer als die Überlappungen, die manchmal durch meine Kontakte kamen.

Der Halo rings um die Schleusentür sickerte ein. Der Platz, an dem ich stand, war in kaltem weißem Licht gebadet. Auf meinem Sichtschirm bildete sich ein silbriger Niederschlag, der mir die wirbelnden Farben noch weiter entrückte. Der Glanz spielte über meinen Körper. Ich fühlte ihn beinahe.

Ich konnte die Wände der Schleuse, die Tür und die Angeln deutlich erkennen; sie waren so fest und zuverlässig wie immer. Aber alle Gegenstände schienen das weiße Licht an-, wenn nicht gar einzusaugen. Es war, als spiele über ihre Oberfläche ein Feuer – ein atomares Feuer, das ohne Flamme brannte.

Ich hielt meine behandschuhte Hand vor mein Gesicht, und ich sah, daß sie ebenso glänzte wie alle anderen Dinge. Ich spürte keine Hitze durch den dünnen Anzug. Der Glanz nahm an Stärke zu, doch wurde er nicht blendend, und der Niederschlag auf meinem Sichtschirm löschte die Farben draußen nicht ganz aus. Jedesmal, wenn ich an etwas anderes dachte, strömten Rot, Blau und Schwarz über den goldenen und silbernen Himmel. Die Farben bildeten Bäche und Wirbel, kreisten, implodierten und verschwanden, um gleich darauf wieder aufzutauchen. Es gab keine Regelmäßigkeit; es war, als seien die Phänomene gut gemischt worden. Mir war es unmöglich, bestimmte Gebiete des Raums anhand ihres Verhaltens abzugrenzen.

Ich ließ den Arm wieder sinken.

Ich stand in einer Höhle aus Feuer.

– Das ist eine Oberflächenreaktion, sagte der *Wind*. Er sprach ruhig und autoritär.

Werden wir verbrennen? fragte ich.

– Nein. Hast du schon einmal davon gehört, daß ein Glühwürmchen an seinem eigenen Schwanzlicht verbrannt wäre? Der Glanz ist unschädlich. Das ist keine atomare

Umwandlung. Es ist eine Reaktion im Raum, nicht in der Materie. Wir sind sicher.

Kannst du daraus irgend etwas ableiten?

– Laß mir *Zeit*. Denke daran, daß ich in deinen Verstand auch nicht in wenigen Augenblicken eingedrungen bin. Eine wirkliche Integration erforderte Tage, wenn nicht Monate. Das hier ist nicht leicht.

Entschuldige, sagte ich.

– Ich gebe mir Mühe, versicherte er mir. Ich versuche, ein Gefühl für dies Universum zu bekommen.

Ich sah hinaus in den schmelzenden Himmel und überlegte, ob da irgend etwas sei, das etwas zu bedeuten hatte.

Ich hielt mich gut fest und beugte mich vor, weil ich feststellen wollte, ob ich dem Kokon aus weißem Licht entkommen konnte. Ich sah in beiden Richtungen am Schiffsrumpf und dann an dem Flügel entlang. Jeder Zentimeter der *Dronte* glänzte kalt und weiß. Wir leuchteten wie eine Neonröhre.

Sehr praktisch, um Invasoren zu entdecken, dachte ich. Vorausgesetzt, daß da draußen irgend etwas ist, das nach Invasoren Ausschau halten kann.

– Ich halte das nicht für ein Gas, sagte der *Wind*. Es hat nicht den Anschein, daß wir uns in einer Atmosphäre befinden. Es ist auch nicht so, daß die Materie in diesem Universum überall fein verteilt ist. So einfach ist es nicht. Es ist eher wie ein Äther.

Eine starke Raumverzerrung ruft oft den Eindruck hervor, der Raum selbst habe Dichte. Man spricht von Verzerrungs*wellen* und sogar von Gezeiten. Verglichen mit der aus unserem Universum gewohnten Ordnung mußte das ganze Kontinuum starke Verwerfungen aufweisen. Mir fiel wieder ein, daß ich beim Übergang das Gefühl gehabt hatte, gegen einen Strom zu schwimmen. Im verzerrten Raum kann der Weg von A nach B beträchtlich von dem Weg von B nach A abweichen. Der Strom konnte durchaus die *Struktur* des Raums sein.

– Denk weiter, forderte der *Wind* mich auf.

Ich komme doch zu keinem Ergebnis.

– Zeit, sagte er. Zeit.

Auch das hatte für mich keinen Sinn. Eine Verzerrung im Raum ist schließlich eine Verzerrung in der Zeit.

Ich entspannte mich und erlaubte dem *Wind*, die Kontrolle über meine Sehnerven und die entsprechenden Empfangszentren in meinem Gehirn zu übernehmen. Ich spürte, wie er sich in meinem Kopf rührte.

Meine Augen wurden angestrengt, als versuchten sie, sich auf etwas einzustellen, das einfach nicht zu erfassen war.

Du tust mir weh, beschwerte ich mich.

– Ich weiß.

Mein Schmerz war sein Schmerz. Aber er wußte, wozu das gut war, und ich nicht. Ich mußte die Zähne zusammenbeißen, nicht wegen der Schmerzen in meinen Augen, sondern wegen der Übelkeit in meinem Magen. Immer noch war es mir widerwärtig, daß ein anderer Verstand irgendeinen kleinen Teil meines Körpers benutzte.

Der leichte Nebel, der das Universum in Licht hüllte, wurde stärker. Aber nur dank dieses Nebels entdeckte ich es. In dem Getümmel der Farben hätte ich es nie ausmachen können.

Es war ein Lichtfleck. Ein unbeständiger, aber stationärer Punkt aus weißem Licht. Ein Stern. Wie ein Stern. Wie konnte es ein Universum mit einem einzigen Stern geben? Ich wollte ja gern glauben, daß es Universen ohne irgendwelche Sterne gab, aber ein einzelner, einsamer Stern schien absurd zu sein. Wie kann ein bestürzendes, nicht greifbares Chaos einen einzigen Stern beherbergen?

Es ist kein Stern, stellte ich fest.

– Nein, stimmt der *Wind* zu.

Es ist die *Dodo*.

– Das kann sein.

Es *muß* so sein. Wir leuchten wie ein Stern. Sie muß ebenso leuchten. Außer uns ist sie hier die einzige Tasche, die Vernunft und Ordnung enthält. Das ist sie. Genau wie wir sitzt sie als Fliege im Bernstein fest.

Nachdem ich zu diesem Schluß gekommen war, fühlte ich mich besser. Ich war einen Schritt vorangekommen. Wir würden es schließlich doch schaffen.

Ich konzentrierte mich scharf auf den Stern, der ein Schiff

war, und versuchte das Chaos in mir und rings um mich auszuschalten.

Nicht mit meinen Augen, sondern mit meiner ganzen geistigen Kraft blickte ich in die Weite, durchbrach das Glitzern auf meiner Sichtscheibe, warf mich hinaus . . .

. . . und spürte eine Reaktion. Die Farben drangen *in* meinen Verstand ein, schlüpften wie Aale in mein Inneres, wie Gedankenfäden. Ich kam ihnen entgegen, hieß sie willkommen. Ich erlebte einen Augenblick der Gemeinsamkeit . . .

. . . und wurde abrupt getrennt.

Ursache war der *Wind*. Er schrie und riß mich zurück. Das Chaos, das dabei war, in meinem Verstand zu kriechen, brodelte und schäumte, aber es wurde hinausgedrängt.

Wir waren wieder allein. Meine Augen waren fest geschlossen. Hinter ihnen lag Leere.

Was ist geschehen? fragte ich.

– Es ist ein Verstand, zischte er. Es ist kein Universum – es ist ein *Verstand*. Wir sind in irgend jemandes Verstand gefangen.

Du redest Unsinn, warf ich ihm vor.

– Es ist ja auch Unsinn! Aber es stimmt. Das ist ja das Schlimme daran. Ich könnte es fassen. Ich könnte es verstehen. Ich wünschte, es wäre nicht so. Ich hoffte, wir werden es nicht verstehen. Ich bete darum, daß wir es nicht verstehen können. Aber . . .

Aber was?

– Nimm einmal an, es kann uns verstehen!

Offenbar entsetzte der Gedanke ihn. Er war außer sich vor Angst. Ich konnte ihm nicht ganz folgen.

Du meinst also, dies Universum *denkt*. Es hat Leben und Bewußtsein. Es hat einen Verstand.

– Nein! Es *ist* ein Verstand.

Was ist da der Unterschied?

– Das ist der Unterschied, auf den es ankommt. Der Unterschied zwischen dir und mir. Mehr als das – ein gewaltiger Unterschied zwischen dir und mir. Letzten Endes bestehe ich ebenso wie du aus Materie. Ich stelle, ebenso wie du, eine Organisation dar, die in eine Molekularstruktur kodiert ist. Das da ist *keine* Materie, nicht wie wir sie verstehen.

Es ist ätherisch, es besteht aus gestrecktem und gefaltetem Raum. Es ist in die eigentliche Substanz der Existenz kodiert. Es ist *kein* Universum – jedenfalls nicht in einem Sinn, den wir begreifen könnten . . . Es ist ebensowenig ein Universum, wie der Nachtigall-Nebel ein Nebel ist. Wir sind hier in Gefahr, Grainger . . . in tödlicher Gefahr. Wenn wir zu einer Verständigung mit dem Verstand kommen, werden wir zerstört. Vollständig. Für dies Universum ist Materie etwas Fremdes. Dieser Verstand hat in sich die ganze Macht eines Naturgesetzes. Man könnte sagen, er ist so mächtig wie die Schwerkraft. Wir sind nichts, verstehst du? Wenn er uns erreichen kann, wenn er uns *verstehen* kann, hören wir einfach auf, körperlich zu existieren. Wir sind in Gefahr, Grainger . . . du kannst dir gar nicht vorstellen, wie schrecklich diese Gefahr ist.

Das, dachte ich, ist die ganze Wahrheit und nichts als die Wahrheit.

– Schließe die Schleusentür! befahl er. Sofort!

Versuchsweise öffnete ich die Augen, und es überraschte mich beinahe, daß ich in die wirbelnden Farben blicken konnte, ohne Schaden dabei zu nehmen. Ich sah immer noch den einsamen Stern, der die *Dodo* sein mußte. Ich stellte fest, daß ich fähig war, in das Chaos hineinzublicken, ohne den Wunsch zu empfinden, mit ihm zu einer Verständigung zu kommen. Ich fühlte nichts, und ich war überzeugt, daß ich mich selbst bewahren konnte, wenn es notwendig wurde, noch einmal nach draußen zu sehen.

Ich zog die Tür zu und verriegelte sie. Die Höhle aus Licht schloß sich um mich. Der Glanz wurde etwas schwächer, ging jedoch nicht aus. Die Schleuse war zu einer Tasche der anderen Welt innerhalb der *Dronte* geworden. Das fremde Universum war immer noch um mich.

Ich stellte die Pumpen an, um alles, was sich außer mir in der Schleuse befand, nach draußen zu befördern. Das weiße Licht verlosch, aber ich wußte nicht, ob das die Wirkung der Pumpen war – die ganz gewiß überhaupt nichts zu pumpen hatten –, oder ob das verzerrte Vakuum in einer Umgebung aus normaler Materie langsam ausgebügelt wurde.

Wie dem auch sein mochte, ich wartete, bis der Glanz völlig

verschwunden war und ich mich in absoluter Dunkelheit befand, bevor ich das Risiko einging, die Innentür zu öffnen.

Es dauerte nicht sehr lange.

Schließlich ließ ich wieder Luft in die Schleuse einströmen. Ein paar Sekunden vergingen, während die Kammer gefüllt und der Druck ausgeglichen wurde. In dieser Zeit sagte der *Wind* überhaupt nichts. Irgend etwas hatte ihm einen schrecklichen Schock versetzt. Das fremde Universum mochte keine Ungeheuer, keine sichtbaren Gefahren, keine tödliche Strahlung enthalten . . . aber es stand menschlichem Leben trotzdem feindlich gegenüber. Und dem Leben des *Windes* auch. Vielleicht war es hier für ihn ganz besonders gefährlich.

Du weißt, daß wir von neuem hinaus müssen, sagte ich. Ich weiß nicht, für wie lange, aber jedenfalls nicht für eine ganz kurze Zeit.

– Ja, antwortete er. Wir müssen es riskieren. Ich kann nicht sagen, welche Chancen wir haben. Wir können nur blindlings hineinlaufen und das Beste hoffen.

Er sprach ruhig und vernünftig. Auch er hatte Angst. Dies eine Mal steckte er genauso tief drin wie ich. Vielleicht noch tiefer. Dies eine Mal wirkte sich der Unterschied zwischen ihm und mir zu seinem Nachteil aus.

– Wir müssen die Muster vermeiden, sagte er.

Die Muster?

– Daraus sind Gedanken gemacht, führte er aus. Daraus ist das Leben gemacht. Aus Molekülmustern, aus Zellmustern. Ordnung in einer entropischen Umgebung. Eine Gegenströmung im Fluß des Zufalls. Jeder Gedanke, der durch dein Gehirn zieht – sei er von dir oder von mir –, ist nichts als ein elektrisches Muster innerhalb der grauen Zellen. Die Kodierkapazität dieses zellularen Netzwerkes ist groß – sie kommt recht nahe an Unendlich heran. Es gibt eine nicht berechenbare Anzahl von Gedanken, die du denken könntest, aber niemals denken wirst. Doch das heißt nicht, daß jeder beliebige Gedanke kodiert werden könnte. Es gibt Vorstellungen, die zu fassen dein Gehirn einfach nicht fähig ist. In den meisten Situationen spielt dieser hypothetische Fall weiter keine Rolle. Aber hier sind *alle* Muster, die in der Natur existieren, der

Struktur deines Seins völlig fremd. Wenn dein Verstand versucht, sich ihnen anzupassen, wird er zerstört werden. Verstehst du, du brauchst in deiner Umgebung etwas, woran du dich halten kannst, wenn du bei gesundem Verstand bleiben willst. Selbst in der realen Welt – in unserer Welt – kommt es vor, daß Leute die Kontrolle verlieren . . . Auch in der Welt, die uns geschaffen hat, ist der Wahnsinn niemals fern. Hier . . . werden wir jedes Fetzchen von Kraft und Selbstvertrauen und Glück brauchen, um nicht zusammenzubrechen. Körperlich sowohl wie geistig. Der Angriff kommt von allen Seiten. Die einzige Unterstützung, die wir haben, ist das Schiff – vielleicht beide Schiffe. Sie stellen unsere Art der Existenz, unser Muster dar. Sie geben uns einen Anhaltspunkt . . . solange sie selbst intakt bleiben. Aber wenn du versuchst, da draußen von einem Schiff zum anderen zu gelangen . . . Ich weiß nicht.

Du hast etwas von einem Verstand gesagt, erinnerte ich ihn. Du sagtest, dies Universum sei ein Verstand.

– Ja, das ist meine Meinung. Ich kann mich irren, aber das glaube ich eigentlich nicht. Er versucht, uns zu assimilieren. Das ist eine *bewußte* Anstrengung. Wir werden nicht nur von einer blinden Naturgewalt angegriffen. Was da draußen ist, will in unser Gehirn eindringen.

Er wußte Bescheid darüber, was ich vom Eindringen in ein Gehirn hielt. Er wußte, daß mich dies eine Wort mehr ängstigte als seine kalte Logik und seine wortreiche Theorie. Er wollte in mir keinen Zweifel daran lassen, in einer wie schrecklichen Lage wir waren.

Du willst es lieber nicht tun, nicht wahr? fragte ich den *Wind*.

– Ich versuche doch nur . . .

Du willst lieber keinen Versuch machen, die *Dodo* zu erreichen. Du willst lieber kneifen.

– Das wäre gar keine schlechte Idee, sagte er.

Angeblich bist doch du von uns beiden der Held, hielt ich ihm vor. Ich bin derjenige, an dem du dauernd herumkritisierst, weil es ihm an Einsatzfreudigkeit und Tollkühnheit mangelt. Erinnerst du dich nicht mehr?

– Ich erinnere mich, räumte er ein.

Diesmal liegen die Dinge jedoch anders, ergänzte ich für ihn. Diesmal bist du in der gleichen, vielleicht in einer größeren Gefahr als ich. Was ist das für ein Gefühl, in meinen Schuhen zu stehen? Was empfindest du dabei, du Held?

– Wenn wir diesmal umgekehrte Positionen einnehmen, meinte der *Wind*, sollte es uns das gegenseitige Verständnis erleichtern. Was empfindest du denn?

Keinen besonderen Heldenmut.

– Aber den Versuch willst du trotzdem wagen.

Das ist richtig.

– Na gut. Sag nachher bloß nicht, ich hätte dich nicht gewarnt. Denke daran, da draußen ist etwas, das schon einmal versucht hat, in dein Gehirn einzudringen und sich mit dir zu verständigen. Laß das nicht noch einmal geschehen. Aber auch dann weiß es jetzt, daß du da bist. Du kannst dich vor ihm nicht mehr verstecken. Denke darüber nach.

Ich denke darüber nach.

– Diesmal kann ich dir nicht helfen. Diesmal mußt du mir helfen. Du mußt mir deine Stärke leihen.

Und wenn ich mich weigere, fuhr es mir heraus, könnte ich dich loswerden.

– Wenn du es von diesem Standpunkt aus betrachten willst. Aber ich glaube nicht, daß das wirklich deine Meinung ist..

Du setzt dein Leben auf diesen Glauben.

– So einfach ist das nicht, Grainger. Du weißt jetzt, daß wir auf der gleichen Seite stehen, Bruder. Du weißt es schon seit einiger Zeit. Wir sind Freunde geworden.

Er hatte recht. Wenn der Augenblick kam, wo er meine Hilfe brauchte, würde ich sie ihm geben. Wenn meine Hilfe nicht ausreichte . . . nun, dann mußten wir wahrscheinlich beide sterben. Es führte kein Weg daran vorbei. Er hatte mich infiziert. Zu hundert Prozent. Ich hatte immer Angst davor gehabt, als etwas zu enden, das nicht vollständig ich war, und jetzt hatten wir es. Wir spielten beide austauschbare Rollen. Grainger I und Grainger II.

Man ist niemals allein . . . mit einem Parasiten.

XIV

»Miss Vogan, können Sie ein Raumschiff fliegen?« fragte ich geraume Zeit später.

»Vom Pilotensitz aus?«

»Von wo aus denn sonst?«

»Nein.«

»Sie haben wirklich überhaupt keine Ahnung?« forschte ich. »Sie könnten mir nicht eventuell mit Vielleicht antworten?«

Sie sah mich an, als sei ich verrückt geworden. Meinen speziellen Humor angesichts des Todes kannte sie noch nicht. Sie hatte zu viele von Edelmut und Rührseligkeit triefende Fernsehdramen gesehen.

»Ich bin nicht fähig, ein Schiff zu fliegen«, erklärte sie stur.

»Was hat das alles zu bedeuten?« fragte Sam. Er war halb außer Sicht, da er in das Gehäuse der Antriebsintegrationssysteme gekrochen war. Mittlerweile hatten wir wieder Licht und genug Schwerkraft, daß unsere Füße auf dem Boden blieben. Die *Dronte* erwachte Stück für Stück wieder zum Leben. Unsere Aussichten wurden besser. Was wir allerdings nicht reparieren konnten, war das Nervennetz, denn dafür war weder Sam noch ich zuständig. Aber ich hatte schon eine Idee, wer diese Arbeit für uns erledigen könnte. Doch natürlich mußten Vorsichtsmaßnahmen getroffen werden.

»Du weißt verdammt gut, was das zu bedeuten hat, Sam«, erwiderte ich. »Ich will einen kleinen Ausflug unternehmen, und vielleicht komme ich davon nicht zurück. Wenn das geschieht, müßt ihr allein nach Hause fliegen und die Geschichte erzählen. Da Miss Vogan unglücklicherweise bei uns ist, könnte sie die Aufgabe übernehmen, die von gewissem Nutzen zu sein scheint. Sie kann im Pilotensitz Platz nehmen und das Rückkehrprogramm in den Computer eingeben. Wenn der Himmel auf eurer Seite ist, bringt euch das vielleicht aus dieser dicken Suppe zurück in herrliches Vakuum . . . und wenn ihr erst einmal soweit seid, werden sich die Helden zweifellos darum schlagen, euch retten zu dürfen.«

»Auf der *Dodo* könnte eine Mannschaft sein«, sagte Sam.

»Wir haben ein Schiff. Falls du wirklich nicht zurückkommen solltest, wären unsere Chancen dann nicht besser, wenn wir einen zweiten Versuch machten, die *Dodo* zu erreichen?«

»Nein«, lehnte ich ab.

»Wenn Sie tot sind, können Sie kaum noch Befehle erteilen«, erklärte Mina.

»Sie sind vielleicht ein Herzchen! Ich bin der Kapitän, und Sie werden, verdammt noch mal, genau das tun, was ich Ihnen sage, ob ich danach sterbe oder nicht. Kapiert?«

Sie sagte kein Wort mehr. Sam, dessen Kopf in dem Gehäuse steckte, hatte es leicht, mich zu ignorieren.

»Also gut«, fing ich von neuem an, »betrachten wir es vom Standpunkt der Logik aus. Wenn ich es nicht schaffe, hat mich irgend etwas da draußen aufgehalten. Reicht euch das noch nicht? Dann überlegt einmal folgendes: Wenn es mich tötet, hat es die Mannschaft der *Dodo* wahrscheinlich bereits vor Wochen getötet. Also, wenn ich nicht zurückkomme, fliegt ihr nach Hause. Ihr *versucht* , nach Hause zu fliegen. Das ist dann der einzige Versuch, der noch der Mühe wert ist. Okay?«

Sam tauchte wieder auf. Sein Gesicht war unter den Schmierflecken weiß. Mehr denn je sah er wie ein langer, dünner weißer Schatten aus, als sei er noch zu seinen Lebzeiten zum Gespenst geworden.

»Würde es deine Chance verdoppeln, wenn ich mit dir zur *Dodo* käme?« fragte er.

»Nein«, antwortete ich entschieden.

»Dann bleibt uns wohl wirklich nichts anderes übrig, als nach Hause zu fliegen«, meinte er. »Aber wir werden lange auf dich warten. Zurücklassen wollen wir dich schließlich nicht.«

»In Ordnung.« Ich wandte mich an das Mädchen. »Kommen Sie mit.«

Ich stieg mit ihr zum Kontrollraum hinauf, setzte sie auf den Pilotensitz und erklärte ihr ausführlich, wie sie den Computer zu bedienen hatte. Ich versuchte, ihr innerhalb von Minuten beizubringen, wie ein Schiff zu fliegen war, ohne daß wir die Möglichkeit einer Demonstration oder Simulation gehabt hätten. Sie mußte das alles im theoretischen Unterricht schon einmal gehört haben, und mir war zu meinem Unbehagen bewußt, daß das, was ich ihr jetzt sagte, von ebenso geringem Nutzen sein würde wie die damalige Vorlesung.

Aber wenn gar nichts anderes mehr übrigbleibt, muß man auf ein Wunder hoffen, und auch ein Wunder braucht eine helfende Hand. Ich hoffte inbrünstig, mein Versuch werde nicht fehlschlagen, aber darauf verlassen konnte ich mich nicht. Dies Unternehmen würde auf meine Weise durchgeführt werden, ob ich dabei war oder . . . Sicher war es nicht fair gegen Sam und das Mädchen. Aber was ist überhaupt fair?

Lange bevor ich fertig war, wünschte Mina sich, sie sei zu Hause geblieben. So hatte sie es sich nicht vorgestellt. So wäre es wahrscheinlich auch nicht gewesen, wenn sich Titus Charlot an Bord befunden hätte. Sie war in das falsche Fernsehspiel geraten. In Charlots Version hatte sie sich wohler gefühlt.

Nach der Piloten-Grundausbildung hatten wir im Schiff noch weitere Arbeiten zu erledigen. Ich wollte die *Dronte* auf dem Weg der Besserung haben, bevor ich mich auf die Suche nach Passagieren machte. Es hatte keinen Sinn, sie in ein Wrack zurückzubringen. Ich hatte außerdem den Verdacht, daß sie kaum in einem Zustand sein würden, der es ihnen erlaubte, die Ärmel aufzukrempeln und kräftig mit anzufassen, obwohl ich einen Teil meiner Hoffnungen auch darauf gesetzt hatte. Ohne Nick delArco waren wir zu neunzig Prozent tot. Die *Dronte* war ein herrliches Schiff und der Entwicklung sowohl der menschlichen als auch der khormonischen Technik weit voraus. Sie konnte Dinge tun, von denen andere Schiffe nicht einmal zu träumen wagten. Aber für derartige Fähigkeiten ist ein Preis zu zahlen. Sie war zwar kein schwacher Vogel, aber sie war höllisch kompliziert. Sams und meine gesamten Kenntnisse hätten nicht ausgereicht, das integrierte Nervensystem zu überholen. Wir brauchten jemand mit Spezialwissen – einen Schiffsentwerfer wie Charlot oder einen Schiffsbauer . . . wie Nick delArco.

Wenn er tot oder wahnsinnig war oder wenn es mir nicht gelang, ihn zu holen, dann konnte Mina Vogan ebensogut an den Kontrollen sitzen wie ich. Wer auch der Pilot sein mochte, er mußte fliegen, obwohl er seiner sämtlichen Schiffssinne beraubt war, und er hatte keine andere Hilfe als das Fatum.

Von einem Mann mit meiner Vergangenheit konnte man jedoch kaum erwarten, daß er zu dem Fatum viel Vertrauen hatte.

Alles in allem war es eine teuflische Situation. Ich mußte – ganz gleich, was der *Wind* davon hielt – den Helden spielen, weil ich einfach keine Möglichkeit hatte, es sein zu lassen. Ich brauchte Nick delArco. Es war eine absurde Vorstellung. Ich war bisher noch nie auf den Gedanken gekommen, ich könnte Nick delArco einmal brauchen.

Ich weiß nicht, wie lange ich arbeitete. Sam arbeitete auch, die meiste Zeit getrennt von mir. Mina Vogan flatterte zwischen uns hin und her und legte mal hier und mal da mit Hand an. Doch sie sprach kein ermutigendes Wort. Sie war keine Florence Nightingale, und ich glaube, dafür war ich dankbar. Ihre Stummheit war der Situation weitaus angemessener. Ich wußte recht gut, was in ihr vorging. Sie hatte aufgehört, darüber nachzudenken, was morgen oder auch nur in den nächsten zehn Minuten geschehen würde. Sie hatte sich sozusagen auf Schwachstrom geschaltet, und schließlich war sie ganz ruhig geworden. Ich beobachtete sie mit einem gewissen makabren Interesse. Was mochte diese Wandlung für das, was sich *da draußen* befand, bedeuten? Wurde Mina verwundbarer oder immun? Ich wußte es nicht. Vielleicht lernte ich es mit der Zeit durch Erfahrungen, aber ich hoffte, soweit werde es nicht kommen.

Bei Sam tauchten keine ähnlichen Symptome auf. Er brauchte nicht von einem hohen Roß zu steigen, weil er nie auf einem gesessen hatte, aber abgesehen davon behielt er den Mut und die Entschlossenheit, die er brauchte, um das hier durchzustehen. Als wir uns bei einem kurzen, schweigsamen Imbiß gegenübersaßen, sah ich ihn mir genau an, und ich merkte, daß er immer noch teilnahm. Er dachte immer noch . . . er konnte immer noch alle Gesichtspunkte übersehen.

Ich war stolz auf Sam. Ich weiß nicht warum . . . Es gab gar keinen Grund, warum *ich* auf irgend etwas stolz sein sollte. Aber es freute mich. Mina tat mir leid. Ihre alte Kratzbürstigkeit war mir lieber gewesen.

Ich persönlich war eiskalt vor Angst. Von mir hing es ab, ob wir durchkamen. Ich hatte überhaupt keine Wahl. In gewisser Weise war meine Reaktion eher mit der Minas als mit der Sams zu vergleichen. Ich hatte mich in das Unabänderliche zu fügen. Wenn einer an Bord der *Dronte* ein richtiger Held war, dann war es Sam. Aber er hatte sich ja auch immer ein außergewöhnliches Leben gewünscht. Ich nicht. Ich wollte nur ein ruhiges Leben.

XV

Ich trug einen leichten Anzug ohne Schild und einen abgesehen vom Sehschlitz undurchsichtigen Helm mit dunklem Filter. Vor den Angriffen auf meinen Verstand konnte mich jedoch nur meine innere Kraft schützen. Ich hatte zwei mögliche Strategien entwickelt. Ich konnte mich stark machen, um den Angriff zurückzuschlagen, oder ich konnte mich ganz in mich selbst zurückziehen, um den Angreifer zu verwirren. Die erste Strategie erforderte die AugMENTation, die zweite den Zusammenbruch. Ich entschied mich für letzteres. Dafür hatte ich zwei Entschuldigungen: erstens hatte ich ein starkes Vorurteil gegen die AugMENTation, und zweitens fürchtete ich, ich könnte für das fremde Kontinuum mehr Verständnis haben, als gut für mich war. Diesem zweiten Grund stimmte der *Wind* mit ganzem Herzen zu. Auch er wollte sich lieber geistig ganz klein machen, als sich seinen Reflexen auf Gnade und Ungnade ausliefern.

Die einzige Schwierigkeit dabei war, daß ich es nicht wagte, mich bis über die Ohren mit einem Halluzinogen oder einem psychedelischen Mittel anzufüllen. Ich mußte high sein, aber wieder nicht so high, daß ich nicht tun konnte, was ich tun mußte. Ein gewisses Maß an Entscheidungsfähigkeit mußte mir bleiben.

Schließlich wählte ich einen metabolischen Anti-Katalysator, der mein Denken verlangsamen, mir aber trotzdem erlauben würde, logisch zu denken. Diese Droge setzte auch meinen Sauerstoffbedarf herab, was ebenfalls zum Erfolg der Mission beitragen mochte. Ich wußte ja nicht, wie lange ich da draußen sein mußte.

Für den Transport durch den Äther bis zu dem anderen Schiff benutzte ich einen Standard-Torpedo – ein Miniatur-Raumschiff, an dem sich die Kontrollen außen befanden. Es war nicht für hohe Geschwindigkeiten gedacht, aber für meine Zwecke sollte es genügen. Außerdem nahm ich ein Energiegewehr mit, um die *Dodo* – vorausgesetzt, daß ich sie erreichte – umkreisen zu können.

Zwei Minuten lang saß ich in der Schleuse auf dem Torpedo, sah zu, wie das weiße Licht einsickerte und an Leuchtkraft gewann, und wartete darauf, daß sich mein Fahrzeug mit einem Halo umgab. Dann schob ich mich hinaus. Ich blickte zurück und sah, wie sich der ganze schöne Körper der *Dronte* in einer Wolke weißen Lichtes badete. Sie sah mehr wie ein Engel als wie ein Vogel aus. Ich war nur ein ganz kleines Sternchen, ein Funken, der in die vielfarbige Nacht schoß.

Der Stern, der die *Dodo* sein mochte, sah sehr weit entfernt aus. Aber natürlich hatte ich keine Anhaltspunkte, die mir eine zuverlässige Schätzung erlaubt hätten. Ich konzentrierte meine ganze Aufmerksamkeit auf diesen hellen Fleck. Schon bedeckte sich meine Sichtscheibe mit Niederschlag. Ich versuchte, keinen Blick auf das Farbenchaos zu werfen – versuchte, die Widerspiegelungen meiner Gedanken am Himmel gar nicht zur Kenntnis zu nehmen –, aber ich wußte ja trotzdem, daß sie da waren und welche Bedrohung sie bedeuteten.

Die Wirkung der Droge auf meinen Körper war ziemlich gleichmäßig, die auf meinen Zeitsinn jedoch nicht. Normalerweise wäre das ein sehr unerfreulicher Nebeneffekt gewesen, aber jetzt konnte es mir sogar von Nutzen sein. Die Gedanken wälzten sich langsam in meinem Kopf wie durch Sirup. In der einen Sekunde kam ich mir groß wie ein Berg, in der nächsten kleinwie eine Ameise vor. Mein Bewußtsein schwang wie ein Pendel hin und her. Ich konnte nicht entscheiden, ob ich eine Million Tonnen wog oder ob ich nichts war und von einer Million Tonnen zusammengequetscht wurde.

Ich sah nicht noch einmal zurück, aber dieser eine Blick hätte Minuten oder Stunden dauern können. In diesem fremden Kontinuum war ich von der gewohnten Raumzeit abgeschnitten, und die Droge trennte mich teilweise auch von der metabolischen Zeit los.

Das Farbenchaos hüllte mich ein. Jetzt war ich wie in einem Tunnel mit einem Lichtfleck an dem einen und einem zweiten Lichtfleck an dem anderen Ende. Ich bewegte mich zwischen beiden, aber wo ich mich relativ zu dem einen oder anderen befand, war nicht festzustellen. Es war auch gleichgültig. In diesem ganzen Universum zählte nichts als die beiden Lichtpunkte und die Kristalle der Realität, die sie enthielten. Der Lichtfleck, auf den ich zuflog, wurde nicht größer. Nichts verriet mir, ob ich ihm näher kam.

Allmählich spürte ich etwas von der Krümmung des Raums rings um mich.

Ein Gefühl der Benommenheit begann langsam in den Tiefen meines Verstandes zu blubbern. Es schien direkt im Hinterhirn zu sitzen, in der Brücke oder dem Kleinhirn. Es drehte sich wie ein Gyroskop. Das Universum sauste wie ein Karussell um einen festen Punkt. Das Gefühl des Drehens wurde unwiderstehlich, und die Farbwolken fingen an, sich in Kreisen über den Himmel zu bewegen. Der Kreis selbst drehte sich und wurde zu einer Kugel. Die Kugel drehte sich . . . und mein Verstand setzte aus. Der Kreis und die Kugel streckten und verzerrten sich, bildeten Wellen und Ketten, formierten sich wieder zu vielflächigen Körpern . . . bis ich es nicht mehr ertragen konnte. Mein Gehirn war nicht dazu geschaffen, die Gestalten dieses fremden Raums zu begreifen. Doch durch nichts ließ ich mich verleiten, meine Augen von dem leuchtenden Stern abzuwenden.

Von weit weg spülte Übelkeit an mich heran. Ich konnte nicht an meiner Wirbelsäule hinunterfallen und ihr nachgeben. Mein Magen lag meilenweit von mir entfernt, tief in Felsengestein vergraben. Nicht das leiseste Zittern durfte auftreten, wenn ich nicht aus meiner Konzentration gerissen werden wollte. Ich war mir bewußt, daß mein Körper rebellierte, aber die Droge half mir darüber hinweg.

– Es kommt, kündigte der *Wind* an.

Seine seelenlose Stimme klang langsam und gewichtig. Sie schien echolos innerhalb meines Schädels zu rollen.

– Es ist wie ein Wind, sagte er. Ein Wind, der in mich hineinkriecht. Der durch mich und über mich weht. Der mich zieht.

Ich fühlte es. Ich fühlte, wie meine Herrschaft über die Ewigkeit dahinzuschmelzen begann. Seine Worte waren feucht, sie tropften herab, sie versprühten und verloren den Zusammenhang. Die Welt zerbröckelte.

Kämpfe dagegen an, sagte ich.

Damit meinte ich mich selbst ebenso wie den *Wind*. Meine Worte zerbrachen in Zischlaute, und jedes einzelne Teilchen löste sich auf wie Zucker in Schwefelsäure. Der Angriff begann.

Ich trieb in einem Kaleidoskop, und die ständig wechselnden Muster versuchten, mich in sich einzusaugen. Ich hatte geglaubt, die Farben spiegelten meine Gedanken wider . . . jetzt merkte ich, daß es ebensogut umgekehrt sein konnte, daß das Wechselspiel am Himmel meine Gedanken und mein Sein aufrühren mochten, daß sie sich bemühten, mich zu zerreißen und zu zersplittern.

Das Leuchten, das mich umgab, wollte in mich eindringen. Ich fürchtete, die Oberfläche meines Verstandes werde in Risse aufplatzen wie ausgedörrter Boden. Ich fühlte, wie ich dieser möglichen Zukunft entgegengezerrt wurde, wie ich gezwungen werden sollte, sie zu akzeptieren. Ich widerstand.

Die vielfarbige Ungestalt sickerte in die Spalten meines Bewußtseins, saugte an den Grundlagen meines Seins, streckte silbrige Fäden in unvermutete Ritzen, verstärkte ihren Griff, drängte mit zunehmender Gewalt vor. Ich fühlte suchende Tentakel wie feuchte weiße Würmer, die die Tiefen meines Wachtraums ausloteten.

Ich spürte Abgründe unter mir, neben mir . . . und aus ihnen krallten von allen Richtungen Klauen nach meinem Herzen. Die Abgründe füllten sich mit Licht und Farben, und die Farben überfluteten mich . . . lösten mich auf . . .

Aus der veränderlichen Zukunft flüchtete ich in die feste Vergangenheit, um der Invasion zu entkommen. Aber ich war zwischen den gigantischen Mühlsteinen des Entweder-Oder gefangen.

Das bunte Zwischenreich, durch das ich tauchte, setzte sich an den Bruchstücken meines Verstandes fest und zerrte sie auseinander.

Aber das ging sehr langsam. Ich fühlte meine gesegnete Schwere, meine ultimate Unbeweglichkeit. Der Augenblick, in dem ich gefangen wurde, explodierte und dehnte sich aus. Das Chaos strengte sich vergeblich an. Ich wurde eingeladen, mich der Verwirrung des fremden Universums beizugesellen, aber ich weigerte mich. Ich ließ mich nicht überzeugen. Ich gewann die Schlacht.

Ich setzte mich mit aller meiner Kraft zur Wehr. Selbsterkenntnis, Selbstbewußtsein, Selbstliebe. Ich sammelte um mich das, was ich kannte, und hielt es fest. Ich konnte mich der angreifenden Gewalt nicht entziehen, aber ich konnte ihr widerstehen. Sie würde meine Seele nicht sprengen.

Ein furchtbares Dröhnen erschütterte alle meine Sinne. Ich erkannte, daß der *Wind* versuchte, Wörter zu bilden, die sich weigerten, Gestalt anzunehmen. Ich mußte die Laute einfangen und den Sinn aus ihnen herausquetschen.

– Hilf mir, wimmerte er, hilf mir . . .

Er verlor den Kampf, den ich gewann.

Er hatte nicht wie ich die Kraft, die aus dem Selbsterhaltungstrieb erwächst, er war sich seines Ichs nicht so bewußt wie ich. Er war ein Geschöpf mit vielen Ichs. Er kämpfte mit allem, was er von mir entleihen konnte, aber das reichte nicht. Nichts als eine völlige Verschmelzung mit mir konnte ihm die Hilfsmittel geben, die ich hatte. Und das lag außerhalb seiner Fähigkeiten. Er war ein fakultativer Parasit. Mein Tod war nicht sein Tod . . . Er konnte zu einem anderen Wirt weiterwandern. Der Preis, den er für diese Unsterblichkeit bezahlte, war der Unterschied zwischen dem Maß an Integration, das er hatte, und dem Maß an Integration, das er brauchte.

– Hilf mir! kreischte er in Todesangst.

Ich versuchte es. Ich versuchte, ihn hinter meinen eigenen Verteidigungswall zu bringen. Aber es war nicht möglich. Ich konnte ihn nicht in mich selbst aufnehmen. Ich konnte ihn nicht in das Konzept meines Seins einbeziehen. Für mich war es ein fremdes Lebewesen. Das war er immer gewesen, ich konnte in keiner anderen Form an ihn denken. Mit dem besten Willen der Welt konnte ich ihm nicht helfen.

Ich kann es nicht, sagte ich.

Meine Stimme war laut wie Donner.

Er schrie.

– Bitte!

Das Wort blähte sich auf, zerriß, versank.

Ich kann nicht.

Zum ersten Mal fühlte ich ihn innerhalb meines Schädels. Wie eine Ratte, die in den Kanälen meines Unterbewußtseins herumtrippelte. Wie etwas, das in meinem Inneren lauerte. Etwas . . . ich konnte mich des Gedankens nicht erwehren . . . etwas Böses. Ich fühlte den Druck seines Seins auf meinem Verstand, und er krümmte und rollte sich wie eine Schlange.

– *Hilf mir!*

Der Schrei zerriß mir die inneren Ohren, mit denen ich hörte.

Aber es gab keinen Weg. Ich konnte ihm einfach nicht helfen.

Wörter stürzten aus mir heraus, stumme, splitternde, spritzende Wörter. Ein Wasserfall von Gedanken, unzusammenhängend, ungenau ausgedrückt. Verbaler Schaum. Ich versuchte, es ihm zu erklären. Ich versuchte, mich zu entschuldigen. Die Wörter überstürzten sich, vermischten sich, starben. Ich konnte es ihm nicht erklären. Ich konnte ihm nicht einmal erklären, daß es mir leid tat.

Und er schrie immer noch. Er wurde immer noch geschüttelt von Todesangst. Aber seine Wörter waren ganz. Sein Ich war ganz. Mir schoß es durch den Kopf, daß er stärker sein mußte, als er glaubte. Er überlebte es. Er zerbrach nicht daran.

Wieder brüllte ich auf ihn ein, jagte Wörter in den Aufruhr und versuchte, mich mit ihm zu verständigen.

Wir waren zu weit auseinander. Eine Kommunikation war nicht möglich. Die schillernde Unendlichkeit, die in meinem Gehirn kochte, trieb uns auseinander und ließ es nicht zu, daß wir uns berührten.

Und . . .

. . . ich fiel in einen Stern . . . fiel in das klaffende Maul eines kosmischen Feuers. Einen Augenblick lang glaubte ich zu verbrennen. Dann erkannte ich, daß der Stern die Gestalt eines großen Vogels hatte, der die Flügel ausbreitete und den Hals streckte. Er flammte wie ein Phönix . . .

XVI

Wieder wurde ich von dem weißen Leuchten eingehüllt. Der Torpedo, den ich beinahe unterbewußt steuerte, trug mich *in* den Bauch der *Dodo*. Ich gab einen kurzen Rückstoß, um die Vorwärtsbewegung abzubremsen, aber ich war doch zu langsam gewesen, die Nase des Torpedos stieß gegen eine metallene Fläche. Ich wurde aus dem Sattel nach vorn geschleudert, und der tatsächliche Schwung schaltete den fremden Angreifer in meinem Gehirn für einen Augenblick aus. Das farbige Chaos erlosch, zog sich aus meiner Seele zurück.

Allmählich konnte ich wieder sehen, wenn es der Glanz auch schwierig machte. Formen zu erkennen. Doch als sich die Eindrücke in meinem Kopf geordnet hatten, wurde ich beinahe erdrückt von dem Entsetzen über die Tragödie.

Ich war tatsächlich innerhalb des Schiffes gelandet. Das ganze Heck war von einer Explosion zerfetzt worden, und ich befand mich jetzt in den Überresten des Frachtraums. Eve mußte in dem Augenblick, als sie die Linse passiert hatte, den Plasmastrom losgelassen haben, und er hatte den Düsenantrieb überflutet und hochgejagt. Stücke des Maschinenraums hatten sich in die Wände gebohrt. Sonst waren nur noch Trümmer übrig, die aus einem Loch am Heck herausragten, das wie eine Glockenblume aussah.

Ich ließ den Torpedo frei treiben, und er stieß noch zweimal leicht gegen die Wand des Frachtraums.

Ich spähte durch das Loch im Schott auf die Überreste des Maschinenraums. Mir grauste es, als ich Rothgars Körper entdeckte, unversehrt, wie aus silbernem Licht ausgehauen.

Der Plasmastrom war über ihn weggegangen und in einer dicken Schale um ihn gefroren. Er hatte sein Fleisch verbrannt, aber sein Bild für alle Ewigkeit bewahrt.

Für alle Ewigkeit? Plötzlich war ich mir nicht mehr so sicher.

Meine Gedanken wanderten ein Stück zurück bis zu dem Moment, als der Torpedo gegen die Metallfläche gestoßen war. . . . und sie dann noch zweimal leicht antupfte. *Die Wand hatte unter dem Aufprall nachgegeben.*

Ich dachte langsam. Dafür sorgte die Droge in meinem Kreislauf. Es war schwierig, das Problem zu erkennen, es anzugehen, es zu lösen. Ich war so groß wie ein Berg und ebenso schwerfällig, und eine Welle der Verzweiflung überlief mich.

Schließlich schaffte ich es, die Hand auszustrecken und Rothgars silbernes Bild zu berühren.

Es zerbröckelte. Es war weich, korrodiert.

Die Macht, die meinen Verstand angriff, war auch in das Sein der *Dodo* eingedrungen. Ich erinnerte mich daran, was der *Wind* gesagt hatte. Der Begriff der Materie an sich war diesem Universum fremd.

Die *Dodo* wurde absorbiert. Und wenn die *Dodo* absorbiert wurde . . . dann erging es der *Dronte* ebenso. Und mir auch. Mein Raumanzug wurde langsam, aber sicher aufgefressen.

Ich hangelte mich an die vordere Wand des Frachtraums, wo der Glanz genauso hell war. Dort befand sich eine Luke, die versiegelt sein sollte . . .

Sie war verbeult und zerrissen, zwischen Luke und Wand klaffte ein Spalt. Ich legte mein Auge daran und sah, daß das silberne Licht auch im Korridor des Schiffes jeden Zentimeter der Wand besetzt hielt.

Ich wollte von der Luke zurück. Ich wollte sie nicht öffnen. Ich wollte nicht weiter eindringen. Ich streckte eine Hand aus und berührte das Metall und fühlte, wie es nachgab.

Ich schwebte frei, und die Reaktion auf meine Bewegung schleuderte mich mitten in die Leere des Frachtraums. Ich drehte mich langsam um eine vertikale Achse. Und dann blickte ich wieder auf den Höllenmund, durch den ich gekommen war.

Und ich sah, umrahmt von diesem Mund, ein Geschöpf aus reinem weißen Licht . . . ein Ding mit wedelnden Gliedern, das sich im entgegengesetzten Uhrzeigersinn spiralförmig bewegte und auf mich zukam . . .

Ich hielt das Energiegewehr fest in meiner rechten Hand. Ich hatte es zweimal auf niedrigste Stufe abgefeuert, um den Frachtraum zu umrunden. Jetzt schrie mir jeder Instinkt zu, ich solle das Gewehr heben und das leuchtende Ding zu Staub zerblasen.

Der Rückstoß hätte mich durch die zerbröckelnde Wand hinter mir geschleudert, aber von einer solchen Kleinigkeit nahmen meine instinktiven Ängste keine Notiz.

Der Schock war so groß, daß er tatsächlich leicht meinen Finger um den Abzug hätte krümmen können. Aber ich habe mein Vertrauen nie auf den Energiestrahl eines Gewehrs gesetzt. Mir hatte es nie Spaß gemacht, auf Dinge zu schießen. Ich gewann die Beherrschung zurück.

Erst danach erkannte ich die Wahrheit. Das Wesen aus weißem Feuer war ein Mensch in einem Raumanzug. Es war . . . Es mußte . . . Nick delArco sein.

Er lebte.

Langsam trieb er auf mich zu. Wir stießen zusammen. Er trug einen Helm mit Filter wie ich, und ich konnte sein Gesicht nicht erkennen. Ich versuchte, etwas zu sagen, solange unsere Helme sich berührten, aber der Augenblick war zu schnell vorbei.

Er bewegte sich unbeholfen. Ich wußte, er war nicht an den freien Fall gewöhnt, und ich hatte ihn im Verdacht, daß er vor dem tiefen Raum Angst hatte. Als wir im Luzifer-System von einem Schiff zum anderen überwechseln mußten, hatte er Anzeichen von Panik verraten. Ich erinnerte mich auch an den Krater, in dem die *Lost Star* gelandet war. Dort hatte ich ihn in dem Dschungel, dessen Pflanzen ständig die Form wechselten, allein gelassen, und er war vor Angst wie von Sinnen gewesen. Es mußte ihn eine große Anstrengung und sehr viel Mut gekostet haben, daß er das Wrack verlassen und sich dem Farbenchaos ausgeliefert hatte.

Warum?

Ich faßte nach ihm und versuchte, für uns beide einen festen Halt zu finden. Aber er verstand nicht, was ich von ihm verlangte, und so drehten wir uns immer weiter und stießen gegen die Wände. Ich hoffte nur, daß ich meinen Raumanzug nicht an einer zackigen Kante aufriß. Theoretisch durfte der Anzug nicht reißen, aber es mochte mehr als einen Grund geben, warum niemand, dem das doch passiert war, das beschädigte Stück zurück in den Laden brachte und reklamierte.

Schließlich gelang es mir, Nick festzuhalten. Ich legte meinen Helm an seinen.

»Nicht hier entlang«, hörte ich ihn krächzen. »Andere Seite . . . Schleuse . . . verlieren Luft . . . Leck . . . wollte dich warnen.«

Ich konnte mir jetzt alles zusammenreimen. Das Heck der *Dodo* war explodiert, und eine der Luftfallen im Rumpf des Schiffes hatte sich versiegelt und das vordere Ende als Lebenserhaltungseinheit abgeschnitten. Dann hatte die Korrosion eingesetzt, und das Schott war weich geworden. Wenn ich versucht hätte, durch die Luke des Frachtraums in das Schiff vorzustoßen, hätte die Abriegelung mir den Weg versperrt. Ein Stoß gegen das bröckelige Metall, und das Leck wäre lebensgefährlich geworden. Nick und Eve – wenn sie noch beide am Leben waren – hatten kaum etwas in der Hand, um sich noch zu verteidigen. Es sah so aus, als sei ich in der elften Stunde eingetroffen. Nick mußte die Vibration gespürt haben, als der Torpedo gegen das Schott stieß, hatte die richtigen Schlüsse daraus gezogen und war herausgekommen, um mich abzufangen.

»Alles okay, Nick.« Meine Stimme klang kratzig und undeutlich.

Mit einem gewissen Maß an Gemeinschaftsarbeit gelang es uns, auf die Außenhaut des Schiffes zu gelangen und uns bis zur Schleuse vorzuarbeiten. Erst als ich mich schon in der Schleusenkammer befand, wurde mir bewußt, wie der Krieg innerhalb meines Kopfes mich erschöpft hatte und wie schwach Nick delArco war. In der Schleuse herrschte Schwerkraft, und wir plumpsten wie zwei Kartoffelsäcke zu Boden. Ich konnte kaum die Hand heben, um das Luftventil zu öffnen, und dann mußte ich mich erst erholen, bis ich das Rad drehen konnte, das die Innentür aufgleiten ließ.

Als der Druck ausgeglichen war, stand ich kurz davor, das Bewußtsein zu verlieren. Die Droge, die mir, solange ich mich draußen befand, geholfen hatte zu überleben, zeigte jetzt eine schlechte Wirkung und erzeugte Schwindel und Übelkeit. Psychisch wie physisch war ich am Rand eines Zusammenbruchs.

Ich brach in Tränen aus. In meinem Kopf hatte ich ein Gefühl, das einfach nicht zu ertragen war. Es gelang mir, die Innentür der Schleuse hinter mir zu schließen, und damit legte ich eine doppelte Lage von sechs Zentimeter dickem Stahl zwischen unsere zerbrechlichen Gestalten und das prismatische Inferno draußen. Ich begann, meinen Helm abzunehmen. Nick hatte seinen bereits abgenommen. Er sah aus wie etwas, das sechs Wochen lang tot ist. Sein Gesicht war von einem teigigen Grau, sein Haar war verfilzt, seine Augen starrten, als habe er hohes Fieber.

Ich fiel in ein schwarzes Schweigen, aber es wurde mir nicht erlaubt, dort zu bleiben. Sekunden später . . . ich nehme jedenfalls an, daß es nur Sekunden später war . . . fühlte ich, daß mir jemand ins Gesicht schlug. Ich mußte aus den Tiefen wieder hinaufsteigen.

Nick hatte mir den Helm abgenommen. Er kniete im Korridor, den Körper halb gegen die Wand gestützt, hatte meinen Kopf in seinem Schoß und schlug mir ins Gesicht.

»Hör auf«, sagte ich.

»Wir haben keine Zeit.« Seine Stimme klang hoch und dünn. Seine Kehle war trocken.

»Stimulans«, befahl ich. »Im Kontrollraum.«

Er verstand. Er half mir aufzustehen. Ich bin mir nicht sicher, ob er mich trug oder ob wir uns gegenseitig stützten. Irgendwie gelangten wir in den Kontrollraum. Ich war unendlich dankbar dafür, daß das Schwerkraftfeld im Schiff seitlich lag. Hätte es senkrecht gelegen, hätten wir es nie die Leiter hinauf geschafft.

Mit einem Stimulans in den Adern und einem Beruhigungsmittel im Magen fühlte ich mich um hundert Prozent besser und war wieder bereit, der Welt ins Gesicht zu blicken. Es war nur geliehene Zeit, aber ich konnte Zeit nirgendwo anders bekommen als da, wo ich hohe Zinsen dafür zahlen mußte. Nick sah nicht so aus, als könne er noch viel künstliche Aufpulverung verkraften. Deshalb gab ich ihm eine geringe Dosis einer flüssigen moralischen Unterstützung und hoffte, es werde ihn wieder auf die Beine bringen.

»Ich habe das Gefühl, es ist gar nichts mehr von mir übrig«, murmelte ich.

»Einen Augenblick lang glaubte ich, du würdest sterben«, sagte Nick.

»Da warst du nicht der einzige.«

Ich setzte mich auf und sah mich um. Der Kontrollraum war trübe beleuchtet. Die Luft war ein wenig zu warm, und ich konnte riechen, daß sie nicht mehr die ideale Zusammensetzung hatte. Die *Dodo* zehrte von ihren letzten Vorräten. Nick und ich lagen beide auf Andruckliegen. Ich versuchte aufzustehen, aber ich konnte nicht. Irgend etwas fehlte. Mir fiel im Augenblick nur nichts ein, was.

»Bleib liegen«, riet Nick.

»Wir haben keine Zeit«, antwortete ich.

»Richtig«, stimmte er zu. »Aber ruh dich ein paar Minuten aus.«

Plötzlich erinnerte ich mich an den *Wind*. Ich konnte ihn nicht spüren. Er war nicht tot – davon war ich überzeugt –, aber er mußte verletzt sein.

He? versuchte ich es. Keine Antwort. Zum ersten Mal antwortete er nicht. Ich fühlte mich plötzlich allein.

Nick lächelte. Er sah mich mit tellergroßen Augen aus einem hohlwangigen Gesicht an, und er strahlte wie ein Kind mit einem Dauerlutscher. Offensichtlich überwältigte ihn das Gefühl, wir hätten gesiegt. Ich konnte nicht anders, ich mußte ein wenig zurücklächeln.

»Ich wußte, du würdest kommen«, sagte er. »Wie lange warst du da draußen?«

»Ich weiß es nicht.«

»Hast du es gefühlt?«

»Gefühlt? Mann, das kannst du dir gar nicht vorstellen.«

»Es kriecht in einen hinein«, sagte Nick. »Und man kann es nicht wieder hinausbekommen. Ist es da draußen noch schlimmer?«

»Viel schlimmer«, bestätigte ich.

»Aber du hast es geschafft.«

»Zur Hälfte.«

Er nickte. »Ich habe einen Schlitten fertiggemacht. Weil ich wußte, du würdest kommen. Damit wir sie mit dem Schlitten transportieren können.«

Mir fiel ein, was im Kontrollraum fehlte.

»Wo ist sie?« Meine Stimme klang mit einem Mal hart. Jetzt fühlte ich mich wieder fähig aufzustehen. Die Drogen hatten ihre Arbeit getan. Ich war fast schon wieder in menschlicher Form.

»Da.« Er wies auf den Pilotensitz. Ich sah nicht in die Richtung, in die sein Finger zeigte. Ich sah ihm ins Gesicht.

»Sie ist nicht tot«, versicherte er mir.

»Schwer verletzt?« fragte ich.

Erst nickte er, dann schüttelte er den Kopf.

»Sie ist verletzt«, erklärte er. »Im Kopf. Innerlich. Als wir durchkamen . . . da versuchte sie . . . Ich schwöre, sie hat alles getan, was sie konnte . . . Du hast den explodierten Düsenantrieb ja bereits gesehen. Die Antriebskammer zerriß. Du hast es gesehen . . . du weißt darüber besser Bescheid als ich . . . aber sie hat alles getan, was sie konnte. Unter dem Helm . . . ist ihr irgend etwas passiert. Sie ist am Leben, aber . . .«

Ich verstand. Als es geschah, war sie mit dem Schiff verbunden gewesen. Der Körper des Schiffes war ihr Körper. Bei der Explosion war auch ein Teil ihres Körpers explodiert. Als der Plasmastrom blutete, verlor sie ihr eigenes Blut. Sie steckte in der *Dodo*, als das Schiff starb . . .

»Koma«, sagte Nick, »vielleicht Katatonie. Ich weiß es nicht. Ich wage es nicht, sie aus dem Pilotensitz zu entfernen. Ich habe sie an eine Tropfflasche zur intravenösen Ernährung angeschlossen. Aber sie wacht nicht auf. Ich glaube . . . als das Schiff ausgelöscht wurde . . . da wurde sie auch ausgelöscht.«

»Ich weiß«, sagte ich.

»Wenn wir sie wieder zu sich bringen können, wird alles

okay sein«, meinte Nick. »Wenn irgendwer ihr helfen kann, ist es Charlot.«

Beinahe hätte ich gelacht, aber ich durfte mich von der Bitterkeit nicht hinreißen lassen. Ich mußte ganz ruhig bleiben.

»Verlaß dich nicht darauf«, riet ich Nick. »Wir sind noch lange nicht wieder zu Hause.«

Ich stand auf und ging zum Pilotensitz hinüber. Das Licht kam von hinten, so daß er im Schatten lag. Eves Gesicht war von einer steinernen Ruhe. Sie sah nicht wie eine Tote aus, aber regungsloser als eine Schlafende. Ihr Gesicht war warm . . . sie wirkte längst nicht so geisterhaft wie Nick. Aber da war eine Härte – die Knochenstruktur schien aus Fels gehauen zu sein.

Ich berührte ihre Stirn vorsichtig mit den Fingerspitzen. Ich fühlte einen leichten Puls an der Schläfe. Sie war wirklich, auch wenn sie, eingehüllt von Schatten, kaum danach aussah.

Meine Gedanken rasten zurück durch die Zeit und hielten bei dem Augenblick an, als ich den Leichnam ihres Bruders aus dem Wrack der *Javelin* getragen hatte. Nicht daß ihr Gesicht mich an seins erinnert hätte. Lapthorn hatte nach dem Aufprall kein Gesicht mehr, und sein Körper war zerschmettert. Es lag nicht an den Gesichtern, sondern an dem, was ich empfand. In diesem Augenblick verließ der Geist von Lapthorns Andenken Eve, wie Lapthorns Leben seinen Körper verlassen hatte. Eve wurde in meinen Augen zu Eve und niemand sonst.

Ich hatte Michael Lapthorn nie geliebt. Ich hatte ihn nicht einmal besonders gemocht. Er existierte für mich nicht als Person. Er war wie das Schiff – ein Instrument, ein Hebel. Er selbst war gar nicht wirklich. Ich hatte Eve zu einem Überbleibsel von ihm gemacht. Irgendwo auf einer Welt namens Varvarin hatte Lapthorn eine Hand verloren. Jetzt trug sie einer der Eingeborenen als Talisman um den Hals. Genauso hatte ich das, was von Lapthorn übrig war, getragen. Ich war nie fähig gewesen, Eve von der Erinnerung an ihren Bruder loszulösen. Nie bis zu diesem Augenblick.

Jetzt sah ich zum ersten Mal als Eve.

Nick beobachtete mich. Er sprach kein Wort.

– Grainger. Hör zu.

Ein dünnes Flüstern von ganz tief innen.

Laß mich in Ruhe, sagte ich. Danach errötete ich ein wenig vor Scham. Es war reiner Reflex gewesen, daß ich es gesagt hatte. Ich meinte es gar nicht so. Aber die Dinge, über die ich nachdenken mußte, türmten sich schon zu Haufen.

Laß mir Zeit, bat ich.

– Wieviel Zeit haben wir noch? fragte er.

»Wir müssen weg«, bemerkte Nick. »Das Schiff kann nicht mehr lange halten. Wir müssen hier raus.«

Ich wandte meine Aufmerksamkeit wieder Nick zu.

»Du weißt, wie es da draußen ist?« fragte ich.

»Die Farben – drängen sich einem in den Kopf.«

»So ist es. Wenn wir nach draußen gehen, werden sie über dich herfallen. Du mußt sie abwehren. Meinst du, daß du das schaffst?«

»Welche andere Wahl habe ich denn?«

»Die *Dronte* ist ebenfalls verletzt«, berichtete ich. »Die meisten ihrer Sensoren sind ganz oder zum größten Teil außer Funktion. Das Nervennetz ist lahmgelegt. Meine Leute versuchen, sie zu reparieren, aber was da zu tun ist, geht weit über ihre Fähigkeit hinaus. Sie haben so etwas noch nie gesehen.«

Nick blickte ein wenig verwirrt drein. »Johnny?« fragte er.

Ich schüttelte den Kopf. »Nicht dabei.« Eine Erklärung gab ich ihm nicht. Ich setzte hinzu: »Kannst du dafür sorgen, daß wir wieder fliegen können?«

Nick breitete die Hände aus. »Wenn es überhaupt möglich ist, kann ich es.«

»Gut. Dann wirst du dich dies eine Mal als nicht gänzlich nutzlos erweisen«, sagte ich.

»Vielen Dank.«

»Nimm es dir nicht zu Herzen«, beruhigte ich ihn. »Ich bin nur so gemein, weil ich verletzt bin.«

»Schon gut.«

»Kann dieser Schlitten, von dem du sprachst, uns alle drei tragen?« fuhr ich fort.

Er nickte.

»Dann können wir ja gehen.«

Nick schüttelte den Kopf. »Du mußt dich ausruhen. Und wir

brauchen beide etwas Kräftigeres im Magen, als wir bis jetzt zu uns genommen haben.«

Das war eine gute Idee, wenn ich auch fürchtete, daß die Zeit verdammt knapp wurde.

Ich ging mit ihm in die Kombüse. Während wir uns eine Mahlzeit zusammensuchten, beobachtete ich ihn unauffällig. Er hielt sich gut. Er war blaß und schmutzig und müde, aber er war immer noch auf den Beinen und immer noch im Gleichgewicht. Ich fragte mich, wie sehr die Explosion *ihn* verletzt haben mochte und wieviel der Angreifer da draußen ihm durch die Wände des Schiffes hindurch hatte antun können. Ich kam zu dem Schluß, daß Nick okay war. Hatte er es bis jetzt ausgehalten, würde er es auch weiter aushalten können.

Es dauerte einige Zeit, bis ich mich wieder um den *Wind* kümmern konnte.

Geht es dir gut? fragte ich.

– Nein.

Wie schlimm ist es?

– Das kann ich dir nicht sagen. Es gibt keinen Maßstab dafür.

Es tut mir leid.

– Mir auch.

Mach dir keine Sorgen, redete ich ihm zu. Wir haben es einmal geschafft, und wir werden es auch zum zweiten Mal schaffen. Diesmal weißt du, daß es geschafft werden kann. Es kann dich nicht umbringen.

– So einfach ist es nicht.

Einfach ist es nie, gab ich zurück. Man muß so tun, als ob es einfach wäre.

– Du verstehst mich nicht, beklagte er sich.

Nein, gab ich zu.

– Ich glaube nicht, daß ich das überleben werde. Ich muß sterben.

Ich habe mir wirklich Mühe gegeben, dir zu helfen, versicherte ich ihm. Aber ich kann dir nicht helfen. Es gibt keine Möglichkeit.

– Ich weiß. Wir müssen getrennt kämpfen. Es ist die einzige Chance, die *du* hast. Du kannst durchkommen. Ich nicht.

Du hast alles, was ich habe, sagte ich zu ihm. Du hast die Fähigkeit, und du weißt, wie du sie einsetzen mußt.

– Du mußt mir glauben, drängte er.

Warum?

– Ich möchte, daß du mir zuhörst. Ich möchte, daß du das annimmst, was ich dir geben kann.

Ich befürchtete einen schmutzigen Trick. Alle meine alten Ängste marschierten wieder auf. Alle meine alten, nie ganz vergessenen Vorurteile.

Ich will keine Verschmelzung, wehrte ich ab. Es tut mir leid, aber ich werde meinen Verstand nicht mit deinem vereinigen. Es geht nicht darum, ob ich dir glaube oder nicht. Du weißt, daß ich es nicht annehmen kann und nicht annehmen will.

– Das habe ich auch gar nicht vor, beteuerte er. Wenn wir es auf diese Art versuchen wollten, würden wir beide dabei umkommen. Wenn ich mich in dir auflöse, werde ich dadurch nicht sicher, aber du wirst dadurch verwundbar. Das ist es nicht, was ich möchte. Für mich ist es jetzt das Wichtigste, daß *du* lebend und in einem Stück aus dieser Sache herauskommst. Kannst du mir das nicht glauben?

Vielleicht, sagte ich. Erkläre es mir ein bißchen.

– Es ist so. Ich glaube, daß ich sterben werde, aber daß du durchkommen kannst. Du bedeutest mir eine Menge, Grainger . . . Das hört sich wohl ziemlich lächerlich an. Ich weiß, daß du mich nie gewollt hast, daß du mich vielleicht sogar gehaßt hast. Aber ich bin nicht nur ein Parasit, und du bist nicht nur ein Wirt. Kannst du *das* akzeptieren?

Komm zur Sache.

– Du kannst durchkommen. Bis jetzt habe ich es nicht für möglich gehalten. Aber du kannst ohne mich überleben. Ich möchte nur, daß du mir einen Gefallen tust.

Was für einen?

– Vergiß mich nicht.

Ich werde dich in meinem ganzen Leben nicht vergessen, versprach ich.

Ich wußte jedoch, daß er wesentlich mehr von mir wollte. Er wollte mir etwas hinterlassen, damit ich ihn nicht vergessen würde.

– Ich möchte, daß du über mich Bescheid weißt, erklärte er. Das ist alles. Du sollst wissen, wer und was ich bin. Ich möchte, daß du es verstehst. Ich habe nicht vor, meine Erinnerungen oder mein Wissen oder meine Fähigkeiten wie eine Fuhre Kohlen in deinem Gehirn abzuladen. Das wäre in diesem Stadium auf jeden Fall gefährlich. Du sollst nichts von mir in deinem Ich aufnehmen. Ich möchte es dir doch nur *erzählen*. Alles über mich, was du nie hören wolltest. Alle die Dinge, die mich aus einer Stimme in deinem Kopf zu einem lebenden Wesen verwandelt hätten. Ich möchte nur, daß du weißt, wer ich bin. Mehr nicht.

Du weißt verdammt genau, daß ich keine andere Wahl habe, als dir zuzuhören, wenn du redest.

– Doch, du hast die Wahl. Ich lasse dir die Wahl. Was wäre es sonst wert? Ich bitte dich, Grainger, laß mich nicht gesichtslos sterben. Laß mich nicht sterben wie ein Nichts, wie eine leere Stimme in deinem Kopf, wie eine Art von geistiger Krankheit. Laß mich das sein, was ich bin. Mehr verlange ich nicht.

Ich wußte nicht, was ich tun sollte. Verstehen konnte ich ihn schon. Ich sollte ihn als meinen Freund anerkennen. Er wollte nicht sterben, solange der einzige Mensch, der von seiner Existenz wußte, ihn wie die Pest haßte. Das war sehr gut zu verstehen.

Aber ich wollte es nicht wissen. Ich hatte es nie wissen wollen. Ich mochte ihn nicht. Ich haßte ihn. Das waren unumstößliche Tatsachen.

Nick und ich waren mit dem Essen fertig. Er sah mich erwartungsvoll an.

»Ich werde mich ein bißchen hinlegen«, sagte ich. »Nur für ein paar Minuten. Dann bin ich wieder ganz okay. Bereite du den Schlitten für den Ausstoß vor. Ich helfe dir dann mit Eve. Ziehst du ihr inzwischen schon einen Raumanzug an?«

Er nickte. Ich ging wieder in den Kontrollraum und legte mich auf eine der Andruckliegen. Ich warf keinen Blick in Richtung des Pilotensitzes. Ich schloß die Augen.

Etwas wie ein dünner Schleier hüllte meine Gedanken ein. Selbst hier – im Herzen der Realität – waren wir nicht völlig frei. Selbst hier tastete die fremde Kraft nach meinem Verstand. Sie versuchte, mich ebenso aufzulösen, wie sie das Schiff auflöste, mich in eine Form des Seins zu überführen, für die ich nicht geboren war. Die Berührung war spinnwebenleicht, und trotzdem war zu spüren, welche Gewalt dahintersaß. Es war mir deutlich bewußt, daß ich, ein unglaublich winziges Partikel, abgesplittert von seinem eigenen Kosmos, in einem anderen Universum verlorengegangen war.

Ich würde schrecklich allein sein, wenn es nicht noch andere körperliche Erscheinungen gäbe, die meine Mit-Partikel waren.

Und ihre Stimmen . . .

Fang an, sagte ich mit meiner inneren Stimme. Ich höre.

XVII

– Ich habe keinen Namen. Einer meiner Wirte hieß Celtis, ein anderer Gyr, aber diese Namen gehörten mir ebensowenig wie der deine. Ich hätte mir vielleicht selbst einen Namen gegeben, wenn ich die Menschheit früher in meiner Existenz kennengelernt hätte, aber unter den Gallacellanern sind Namen nicht so wichtig, und auf der Welt, wo mein Leben begann, gab es so etwas wie Namen überhaupt nicht. Es bestand kein Bedarf danach. In meine Rasse gibt es keine unterschiedlichen Gesichter, die der Identifizierung bedürfen. Wir besitzen keine Gestalt, keine zu etikettierenden Körper. Was wir haben und was wir sind, teilen wir. Wir isolieren uns nicht von unserer Umgebung. Wir empfinden uns nicht als Dinge, die von anderen Dingen unterschieden werden müssen. Ich weiß, daß das bei euch ein wenig anders ist. Aber ich kam zu dir, getragen vom Wind, und du denkst an mich immer noch als einen Wind, der zu dir gesprochen hat, nicht als ein Wesen, das nur Teil des Windes war.

– Ich bin ein Muster. Das ist alles. In gewissem Sinn ist jedes Lebewesen ein Muster, aber die meisten sind kristallisierte, fixierte Muster. Ich besitze Ubiquität. Meine Struktur ist nicht einmalig. Auch du bist ein Muster – ein Muster in irgend etwas, ein wanderndes Muster. In der einen Phase mag ich aus Gasmolekülen bestehen. Wenn das Gas eingeatmet wird, überträgt sich das Muster auf Moleküle im Blut, auf elektrische Impulse im Gehirn. Wenn mein Muster sich auf inerte Materie überträgt, bin ich inerte Materie. Wenn es ein denkendes System infiziert, denke ich. Die Übertragung meines Musters von einem Medium zu einem anderen kann nicht bewußt gesteuert werden. Ein natürlicher Tropismus trägt mich immer in das nützlichste und am weitesten entwickelte Medium. Sobald ich die Metamorphose vom geistigen Schlaf zum Bewußtsein hinter mir habe, ist für mich die einzige Möglichkeit, mich aus der Matrix zu entfernen, der Tod . . . der Tod des Wirtes. Wenn sich das Muster des Wirtes auflöst, muß das meine von neuem kodiert werden. In Materie, sei sie fest, flüssig oder gasförmig. Irgendwann erwache ich dann von neuem.

– Du warst auf der Welt, die du Lapthorns Grab nanntest, gestrandet. Ich war im doppelten Sinne gestrandet. Mein Wirt erlitt auf jener Welt Schiffbruch, und dann starb er . . . Ich wurde zu einer Wolke, und dann zu einem Flüstern, das mit dem Wind reiste. Ich muß jeden Zentimeter jenes nackten schwarzen Felsens zehnmal oder tausendmal erkundet haben. Das ist mir nicht bewußt. Vielleicht bin ich ein Samenkorn im Schädel des Gallacellaners gewesen, vielleicht wohnte ich vorübergehend in einer Bakterie oder einem Protozoon. Vielleicht beginnst du zu verstehen, wie wenig ich von mir selbst weiß.

– Ich bin eine Wesenheit, wenn auch nicht von deiner Art. Du nennst mich ein fremdes Lebewesen, obwohl ich jetzt, in deinem Verstand völlig menschlich bin. Ich bin genauso menschlich wie du, und ich bin nichts anderes als menschlich. Ich bin zu perfekt in der Anpassung, als daß ich etwas anderes sein könnte.

– Du hast mich einen Parasiten genannt, obwohl du durch mich nicht ärmer geworden bist. Ich habe das Bild deines Verstandes gestohlen wie eine Kamera, und du weißt, daß die Kamera die Seele nicht gleichzeitig mit dem Bild stiehlt. Ich habe in dir gelebt, und die Energie, die ich zum Leben brauche, wurde deiner Substanz entnommen. Aber dafür habe ich bezahlt. Ich habe für dich und in dir Energie gesammelt. Ich habe dafür gesorgt, daß du deine körperlichen Möglichkeiten besser ausnutzen konntest. Wenn ich dich verlasse, magst du in besserem Zustand sein als damals, als ich zu dir kam, denn einiges von dem, was ich deinen Körper gelehrt habe, bleibt ihm für immer. Du wirst gesünder und leistungsfähiger sein. Ich habe dir das Leben, das du mir gabst, mit Leben bezahlt. Das hat nichts mit der bewußten Hilfe zu tun, die ich dir geleistet habe. Für die schuldest du mir nichts. Ich bin *kein* fremdes Lebewesen. Ich bin kein Parasit. Ich kann menschlich oder khormonisch sein oder die Eigenschaften einer Million anderer Wesen annehmen, die du niemals kennenlernen wirst. *Keines* dieser Wesen ist für mich fremd. Für mich gibt es so etwas wie ein fremdes Lebewesen nicht, beziehungsweise das gab es nicht für mich, bis wir in dies Universum kamen. Vielleicht gibt es nicht einmal hier Fremde. Vielleicht ist das, was ich hier als Tod erfahre, nur eine weitere Transformation. Vielleicht wird etwas, das ich *war*, etwas, das nicht *völlig* verändert wird, weiterleben – teilnehmend an dem universellen Verstand.

– Natürlich hatte meine Welt keinen Namen. Weder ihre Bewohner noch ihre Tiere und Pflanzen hatten Namen. Wenn die Evolution eine andere Richtung eingeschlagen hätte, wären die Bewohner meiner Welt vielleicht zu Menschen oder Humanoiden geworden. Sie hätten ebenfalls in Käfige aus Materie eingeschlossene Wesen werden können. Aber der Zufall – oder das Gesetz, das hinter dem Zufall steht – entschied anders.

– Dein Gehirn ist von einem Schädel geschützt, aber ein Schädel ist nicht unbedingt ein Käfig. Es gibt Mittel, die Isolation zu durchdringen. Auf meiner Welt gibt es körperliche Wesen und geistige Wesen. Wir sind verschieden voneinander, aber wir ziehen keine Grenzen zwischen uns und verwandeln Schädel nicht in Festungen. Es gibt auch andere Möglichkeiten. Auf meiner Welt ist der Geist etwas, das man teilt – nicht etwas, das man *besitzt*. Wir haben keine geheimen Schätze, die wir Ich nennen. Es ist unsinnig, den Verstand einem Einzelwesen zuzuordnen. Das kann man mit einem Körper tun, nicht mit einem Verstand.

– Dir würde meine Welt wohl wie eine Hölle vorkommen. Du würdest zwischen meiner Welt und diesem fremden Kontinuum, das dich bedroht, keinen Unterschied finden. Die Kräfte meiner Welt würden dir als zerstörerische Gewalten erscheinen, obwohl sie es nicht sind. Ich wünschte, ich könnte dir den Unterschied zeigen, aber ich weiß nicht einmal, ob du das, was ich dir bisher erzählt habe, verstanden hast. Ich kann nur deine Konzepte benutzen, und mit denen läßt sich nicht sehr viel anfangen. Doch das siehst du wohl ein: Wenn für dich etwas fremd ist, dann nur, weil du es fremd gemacht hast. Hier und jetzt stehtst du dem wahrhaft Fremden gegenüber. Wirst du aus dieser Erfahrung lernen, daß du einige Vorstellungen neu zu bilden hast? Im wirklichen Universum liegt das Fremde in deinen Augen und in deinem Verstand. Es ist nicht in den Dingen an sich begründet.

– Ich bin ein Wanderer gewesen. Ein Forscher. Ein Sucher. Ich wünschte, ich hätte schließlich mit meinen Entdeckungen auf meine eigene Welt zurückkehren können. Dorthin gehören sie. Ich weiß, du wärst nie bereit gewesen, mich nach Hause zu bringen. Das hätte vielleicht kein menschlicher Wirt getan. Wenn deine Rasse von unserer Welt erfährt, wird sie sie zerstören. Ihr würdet darin eine Gefahr sehen. Ich werde nicht einmal dir verraten, wo meine Welt zu finden ist, obwohl du gar nichts davon hättest, wenn du es jemand anderem weitererzählst, und ein anderer nichts davon hätte, wenn er sie zerstörte. Wie Titus Charlot sagt: Etwas, das existieren kann, wird existieren, und nichts, was du auch tun wirst, kann etwas daran ändern. Sicher würde Titus Charlot in meiner Welt und in Wesen wie mir das ultimate Ziel sehen, dem er zustrebt – der Einheit des bewußten Lebens, der Einheit des Wissens und Denkens, des Erfindens und Fühlens. Aber er möchte es auf andere Weise verwirklichen – durch die Geschichte. Er glaubt an die Geschichte. Ich nicht. Ich weiß, daß du auch nicht daran glaubst, doch hast du ganz andere Gründe dafür als ich.

– Ich habe meine Welt aus eigenem freiem Willen verlassen. Es war kein Unfall. Ich erhielt keinen Befehl dazu. Ich schnitt mich ab und trieb davon, ein Passagier in einem winzigen Käfig. Du kannst dir die Art der Einsamkeit, die ich empfand, überhaupt nicht vorstellen. Die Leere, die du den tiefen Raum nennst, ist gar nichts, verglichen mit der Isolierung und Dunkelheit im Inneren. Du hast an mich immer als eine Bedrohung gedacht, du hast gefürchtet, ich könne die Kontrolle über deinen Körper übernehmen. Das könnte ich gar nicht. Eine Verschmelzung . . . ein Teilen . . . eine Kommunion . . . etwas Derartiges hätte ich mir gewünscht. Vielleicht wäre auch das nicht durchführbar gewesen. Ich habe den Eindruck, daß es in deinem Universum gar nichts anderes gibt als Einsamkeit. Ich hoffe, daß ich mich irre.

– Ich kenne mich selbst, und ich kenne dich, aber ich kenne dich nicht so gut, wie du dich kennst. Du magst Antworten haben, wo ich erste Fragen zu formulieren beginne. Ich habe immer versucht, dir Antworten zu geben, aber du hast sie nicht annehmen wollen. Ich glaube, du hast recht daran getan.

– Du wirst niemals jemandem von mir erzählen. Du hast es bisher auch nicht getan. Du hattest das Empfinden, daß du es nicht kannst, daß es etwas gibt, das mich relativ zu den Dingen, die du als wirklich wahrnimmst, unwirklich macht. Niemand würde dir glauben. Du hast auch daran recht getan. Du könntest und solltest nicht versuchen, die Sache zu erklären. Tätest du es doch, würden die anderen Menschen dich zu einem Fremden machen. Sie würden dich wahnsinnig nennen.

– Ich hoffe, du hast mir gut zugehört, Grainger, aber ich bin mir nicht sicher, ob du auch alles verstanden hast. Vielleicht ist dir das alles gleichgültig, und vielleicht sollte es auch mir gleichgültig sein. Spricht jetzt mein wirkliches Ich oder mein menschliches Ich? Aber eigentlich gibt es da keinen Unterschied.

– Ich glaube, du haßt mich immer noch, Grainger. Du kannst auch nicht anders. Ich will dir keinen Rat geben. Ich will dir keine Geheimnisse anvertrauen. Ich will dich nicht zwingen, etwas anzunehmen, das du nicht annehmen willst. Aber ich möchte, daß du mir zuhörst. Ich möchte, daß du dich an mich erinnerst als das, was ich bin, und nicht an das, was du dir ausgedacht und mit meinem Namen belegt hast. Verstehst du?

Verstehst du, was ich dir hinterlassen möchte? Eine Vorstellung von mir. Eine Möglichkeit, daß du mich siehst und mich *erkennst.*

– Denk an mich. Denk über mich nach.

– Vielleicht ist damit alles gesagt. Ich weiß nicht, was ich noch hinzufügen soll. Wie kann man sich innerhalb von Minuten durch Worte darstellen? Du kennst den Rest. Du mußt die Panflöten selbst spielen und selbst gallacellanisch sprechen. Du weißt, daß eine Zeit kommen mag, in der du dir wünscht, ich wäre noch bei dir. All das brauche ich dir nicht erst zu sagen. Du weißt, daß das Leben für dich dann ein bißchen härter sein wird, innerlich ebenso wie äußerlich. Und obwohl du alles weißt, haßt du mich in diesem Augenblick, und du wirst mich hassen, bis ich sterbe. So ist das Leben.

– Habe ich recht?

XVIII

Es ist nicht nur Haß.

Das war alles, was ich ihm zu sagen hatte. Was hätte ich denn sonst noch sagen sollen?

Auf jeden Fall waren wir in Eile. Wir legten Eve in die Mitte des Schlittens, und mit Nick und mir zu beiden Seiten war sie so sicher, wie es nur möglich war. Wie sicher ihr Verstand war, konnten wir nicht wissen. Aller Wahrscheinlichkeit nach war das Koma ihre beste Verteidigung gegen Invasion und Zerstörung, aber es konnte auch in anderer Richtung wirken und sie um so verwundbarer machen. In dieser Beziehung konnten wir nichts anderes tun als hoffen.

Nick und ich standen beide unter Drogen. Wir waren langsam und euphorisch ruhig. Aber wir wagten es nicht, Eve ein solches Mittel einzuspritzen.

So oder so mußten wir uns alle auf unser Glück verlassen. Es war weder Mut noch Intelligenz gewesen, was mich zur *Dodo* gebracht hatte, und weder Mut noch Intelligenz konnten uns helfen, zur *Dronte* zurückzukehren. Wir stießen uns ab ins Inferno, ließen die Düsen feuern, richteten unsere Nasen auf den Stern im Himmel und hofften.

Wir wußten nicht, wie lange der Flug dauern würde. Wir wußten nicht einmal, ob reale Zeit hier irgendeine Bedeutung hatte.

Ebenso wie beim Hinflug dauerte es eine Weile, bis der Angriff seine volle Kraft gewann, aber er war dabei, sich aufzubauen. Ich fühlte es wie etwas Feuchtes, Klebriges in meinen Schädel eindringen. Ich fühlte, wie es mein Gehirn umklammerte.

Diesmal war ich auf seltsame Weise losgelöst. Ich war mir bewußt, was geschah, doch da ich alles schon einmal durchgemacht hatte, war es für mich eher wie eine Erinnerung als ein Erleben. Ich war überzeugt, daß ich durchkommen würde. Ich war imstande, meine eigenen Gedanken und Reaktionen zu beobachten.

Auch um den *Wind* machte ich mir gar keine Sorgen. Ich dachte, er werde es ebenfalls schaffen.

Das unglaubliche Kontinuum stellte für mich keinen Schrekken an sich mehr dar. Das Herumtasten an meinem Verstand war ekelhaft, aber nicht furchterregend. Ich reagierte nicht darauf in übertriebener Weise. Ich setzte mich der Verzerrung der Wahrnehmung nicht so stark aus. Ich gab nichts von meiner geistigen Gesundheit preis.

Ob das richtig so war, werde ich nie ganz genau wissen. Wäre ich nicht so gefaßt, nicht so siegessicher gewesen, hätte ich niemals auch nur eine Spur von Ordnung in diesem Chaos erkannt. Ich wußte, daß es gefährlich war, irgendeinen Sinn zu entdecken, aber es geschah ganz von selbst. Irgendwie war ich nicht mehr so ganz in mir selbst eingeschlossen. Ich empfand, daß hinter dem ganzen ein Sinn steckte, daß dies Universum in seiner Art ebenso real und vernünftig war wie unser eigenes. Sein Raumzeitgewebe mochte von unserem Standpunkt aus schrecklich verzerrt sein, aber von seinem eigenen Standpunkt aus war es ebenso ordentlich aufgebaut und durchkonstruiert. Der Eindruck, den ich empfing, war eher ästhetischer als intellektueller Art. Aber ein Eindruck war es trotzdem.

Der *Wind* wußte, was ich wußte, und sah, wie ich sah, und mir wurde klar, warum er so überzeugt davon gewesen war, daß er es nicht schaffen würde. Er fürchtete sich nicht vor dem Chaos, sondern vor sich selbst, und das mit gutem Grund. Er sah – und er verstand. Er war dazu geschaffen, sich anzupassen und zu verstehen. Wo ich die Gestalt des Raums und die Orientierung der Zeit nur ahnte, war er fähig, den ganzen Weg zurückzulegen, und wenn er ihn ging, würde er niemals zurückkommen.

– Schließe die Augen, sagte er. Seine Stimme vibrierte in meinem Kopf wie eine Gitarrensaite.

Ich schloß die Augen, aber nur ganz kurz. Ich wagte nicht, den weißen Stern für längere Zeit nicht anzusehen. Ich wollte ganz sicher sein, daß wir auf ihn zuhielten, daß wir ihn bestimmt nicht verfehlen würden.

Es konnte auch dem *Wind* nicht helfen, wenn ich die Augen schloß. Die Kraft, die uns angriff, würde deswegen nicht weggehen.

Das war auch dem *Wind* klar. Er ließ mich jetzt in Ruhe und hinderte mich nicht daran, mich auf die *Dronte* zu konzentrieren. Er ließ mich meinen Kampf allein kämpfen, und er selbst kämpfte, so gut er konnte. Mir gelang es, ruhig und losgelöst zu bleiben, mich von allem – auch von dem *Wind* – abzuschneiden. Er zog sich zurück. Ich fühlte ihn nicht mehr.

Zeit verging, aber der Stern blieb so winzig wie zuerst. Der Hinflug war schnell vergangen – er war wie ein Herabstürzen in eine See aus Licht gewesen. Diesmal ging es langsam – sehr langsam. Es mag ein subjektives Gefühl gewesen sein, aber das glaube ich eigentlich nicht. Es war die »Strömung« – die Verzerrung der Entfernung. Die Reise hatte begonnen, aber sie schien keine Fortschritte zu machen. Schließlich wurde mir bewußt, daß ich wartete, daß nichts geschah, daß der Augenblick sich in die Länge zog und vielleicht ewig dauern würde.

Ich hätte gern gewußt, was der arme Nick empfand, der zum erstenmal draußen war. Vielleicht war es für ihn nicht das gleiche. Vielleicht war die ganze Zeit für ihn zu einem langen Schrei zusammengepreßt. Ich habe ihn nie danach gefragt.

Ich hatte das merkwürdige Gefühl, die Zeit rinne durch mich wie die Sandkörner durch die enge Mitte eines Stundenglases. Aber die Körnchen fielen so langsam und anmutig, als sei kaum Schwerkraft vorhanden, die sie nach unten zog.

Das Warten dauerte an, und ich begann mich zu fragen, auf *was* ich eigentlich wartete.

Der Stern in dem zerrissenen Himmel kam nicht näher.

Die Zeit flutete dahin wie eine Woge im Ozean, und mein eigener Zeitsinn schien sich mit dem Zeitablauf in diesem Universum zu synchronisieren. Ich hatte das Gefühl, es sei nicht das Universum um mich gewickelt, sondern ich um das Universum, und ich knetete daran herum, gestaltete seine Naturgesetze mit starken Händen, gab ihnen eine Gestalt, die ich kannte.

Diese seltsame Vorstellung wurde stärker, und ich fühlte das fremde Kontinuum in meinem Griff zappeln wie einen großen, schweren Aal.

Das Gleichgewicht blieb ungestört, aber seine Dynamik wuchs in dem Maß, in dem ich größer wurde. Ich fühlte mich gesund, lebendig, erregt. Dabei war ich mir immer noch bewußt, daß dies ebenso bedeutete, die Schlacht zu verlieren, wie das Entsetzen, das mich auf dem Hinflug gepackt hatte.

Langsam kroch das fremde Bewußtsein in mich hinein. Ich entdeckte Analogien, erkannte Formen, Strukturen, Muster. Ich wurde von der fremden Kraft angezogen wie ein Eisenspan von einem Magneten, wie eine Motte von einer Flamme. Ich konnte nichts dagegen tun. Meine Gedanken, meine Vorstellungen, mein Verständnis formierte sich neu.

Ich erkannte, daß es dort etwas gab . . .

. . . und daß es ein *Verstand* war.

Das Modell, das ich aufbaute, war kein Bild, das man sehen, und kein Körper, den man berühren konnte. Es war ein rein intellektueller Eindruck davon, wie die Dinge in diesem Kontinuum zueinander in Relation standen.

Ich kann mich an das Modell nicht mehr erinnern. Es blieb mir nicht, als ich die Kräfte, die es erzeugt hatten, hinter mir gelassen hatte. Ich weiß, daß er da war, aber ich kann es nicht rekonstruieren. Mein Wissen über die Rückkehr zur *Dronte* und die Ereignisse unterwegs ist bedauerlicherweise lückenhaft. Früher wachte ich manchmal aus einem Traum auf und wußte, daß ich in dem Traum etwas Einmaliges und Wichtiges gesehen hatte, doch dann war es mir schon wieder entschlüpft. Ebenso geht es mir jetzt mit dieser besonderen Erfahrung in dem fremden Universum. Wenn ich jetzt aus einer durch Alkohol oder Drogen erzeugten Bewußtlosigkeit erwache, habe ich zuweilen das Gefühl, ich sei in einem Territorium gewesen, das ich bei vollem Bewußtsein niemals mehr erreichen kann.

Ich kann deshalb von meinem zweiten Flug durch das Chaos keinen vollständigen Bericht liefern. Aber alles, an das ich mich erinnere, ist die Wahrheit.

Das Wesen sprach nicht mit mir, aber wir standen trotzdem für ziemlich lange Zeit miteinander in Verbindung. Doch natürlich ist die Zeitdauer völlig irrelevant. Ich entdeckte das Wesen, und das Wesen entdeckte mich. Wir beobachteten einander.

Daran nahm noch ein Dritter teil – der *Wind*. Es ist nicht ausgeschlossen, daß der *Wind* als eine Art Katalysator wirkte. Vielleicht war alles, was ich empfing, nur der Rückstau seiner eigenen Beobachtungen, nur ein gefiltertes Echo. Ich weiß es nicht. Ich kann den *Wind* nicht fragen.

Denn der *Wind* wurde zerstört.

Er wurde ein Opfer der Heisenbergschen Unschärferelation. Manchmal verändert der Akt der Beobachtung die Eigenschaften sowohl der Beobachters als auch des beobachteten Objekts. Der *Wind* wurde verändert . . . und der kosmische Verstand vielleicht auch. Der eine mag getötet worden sein, der andere . . . wer kann das sagen? Vielleicht lebt der *Wind* auf irgendeine Art immer noch jenseits der Nachtigall-Linse – als Parasit innerhalb einer vollkommen anderen Art von Organismus.

Dies ist die Wahrheit, die ich erfuhr:

Titus Charlot hatte nur zur Hälfte recht, wenn überhaupt. Jenseits des Nachtigall-Nebels befindet sich kein anderes Universum oder jedenfalls nicht die Art von anderem Universum, die er zu finden versuchte. Dieser Riß im Raum, diese Läsion im Nachtigall-Nebel zeigt einen Körper an, der sich zwar nicht *in* unserem Universum befindet, aber andererseits durchaus nicht unabhängig davon ist. Man kann sagen, er befinde sich in einem anderen Universum, weil er sich eben nicht in unserem Universum befindet, doch ebensogut kann man ihn als ein eigenes, in sich abgeschlossenes Universum beschreiben. Ich glaube, die Frage *Wo* hat in diesem Zusammenhang gar keine Bedeutung. Ich glaube, dieser Organismus ist unabhängig vom *Wo* und *Wann*. Auf die Frage, *was* er ist, muß man schon antworten: Er unterscheidet sich so vollständig von unserem Universum, daß die Fragen *Wo* und *Wann* ihre Bedeutung verlieren. Raum, Zeit und Sein sind unlösbar miteinander verbunden. Weicht eins von ihnen ab, dann weichen alle ab.

Der Organismus ernährt sich als Parasit von den Energien des Raums. Kurz gesagt, er ist ein Sack im Raum, in den Energie abfließt. Es sind nur geringe Mengen, doch Tatsache bleibt, daß der Organismus ganz langsam die Galaxis auffrißt.

Erg für Erg versickerte unser ganzes Sein in den Mund der Nachtigall. Ich halte es für beinahe sicher, daß es andere derartige Münder gibt, wenn nicht in unserer eigenen Galaxis, dann in anderen. Unzählbare Äonen werden vergehen, bis die Nachtigall so viel Energie verbraucht hat wie ein einziger Mensch in seinem kurzen Leben. Aber dieser eine Mensch gibt die Energie am Ende zurück, und das tut die Nachtigall nicht.

Aller Wahrscheinlichkeit nach wächst sie. Nach einer Milliarde von Jahren wird der Mund ein wenig weiter klaffen, wird mehr Energie verschluckt werden. Vielleicht wird der Organismus, wenn er hungrig wird, auf den galaktischen Kern zuwandern. Wenn es weitere Wesen seiner Art gibt, wird man dort nach ihnen suchen müssen – im Kern. Denn dort ist ihnen der Tisch reichlich gedeckt.

Vielleicht wird sich der Organismus teilen. Vielleicht ist es das Schicksal der Galaxis, eine Plage dieser Kreaturen, einer Bevölkerungsexplosion von kosmischen Parasiten zum Futter zu dienen. Vielleicht teilen sie sich alle paar Milliarden Jahre einmal, und ihre Anzahl wächst in einer Exponentialkurve. Das kann niemand wissen. Nicht einmal Titus Charlot ist auch nur von fern auf einen solchen Gedanken gekommen.

Eines Tages wird man dem Nachtigall-Nebel einen anderen Namen geben, einen Namen wie Hakenwurm oder Neunauge. Doch das mag noch lange dauern. Was in unserer Lebensspanne am meisten Eindruck macht, ist der Gesang. Auch wenn der Organismus unser Universum frißt, bedeutet das in menschlichen Begriffen nichts. In das menschliche Leben kann er nicht eingreifen, vorausgesetzt, wir werfen ihm nicht dauernd Raumschiffe in den Mund. Und selbst dann gibt es die Möglichkeit, ihm zu entkommen. Der Nachtigall-Nebel hat Gesetze, die weit über unsere Phantasie hinausgehen, von unserem Verständnis ganz zu schweigen. Wenn wir uns sehr anstrengen, können wir gerade eben *erraten*, daß ein solches Ding existiert. Wir können es nur mit unseren eigenen schwachen Worten beschreiben. Es gibt keinen sinnvollen Weg, unsere Existenz mit der der Nachtigall zu teilen.

Wir haben den Gesang, und das ist alles.

Für uns spielt es keine Rolle, ob das der Schwanengesang der Galaxis ist.

Ich kann nicht sagen, wie lange ich in jenem Zwischenreich schwebte, während mein Geist im Kontakt mit dem Geist des Wesens war, in dem wir dahintrieben. Der Chronometer an Bord der *Dronte* machte ebenfalls keine zuverlässige Angabe.

Ich weiß jedoch, daß wir letzten Endes das Schiff erreichten. Ich überlegte, und Nick delArco auch. Darauf brauchen wir uns nichts einzubilden. Wir hatten nichts dafür getan, und der *Wind* auch nicht. So waren die Karten eben gefallen. Heldentum oder Gerechtigkeit hatten nichts damit zu tun. Wir überlebten. Punkt. Wir nehmen an, daß unsere Identiäten unverändert blieben.

Wir erreichten die *Dronte* und stiegen vom Schlitten. Wir manövrierten uns und Eves schlaffen Körper in die Schleuse. Wir betraten die relative Sicherheit des Schiffes.

Drinnen war alles still. Die Beleuchtung war trüb. Sam und Mina mußten wissen, daß wir angekommen waren, aber sie kamen uns nicht entgegen. In dem Augenblick, als ich meinen Helm abnahm, spürte ich, daß etwas nicht stimmte.

Ich rief laut, und es war eine gewisse Freude für mich, meine Stimme in der Luft schwingen zu hören. Mina kam aus einer der Kabinen. Sie sah aus wie vom Bösen verfolgt. Als ich abflog, war sie körperlich und geistig erschöpft gewesen, aber jetzt war sie dazu auch noch durch das lange Warten und den Verlust jeder Hoffnung in einem Zustand äußerster Verzweiflung. Ich warf einen Seitenblick auf Nick, der seit unserem Abflug von der *Dodo* zusammengeschrumpft zu sein schien. Seine Haut sah aus wie Porzellan, und seine Haltung war die einer Marionette, deren Drähte losgelassen worden sind.

»Ich hatte Sie aufgegeben«, sagte Mina. »Es hat so lange gedauert.«

Ich trat zu ihr und faßte ihren Arm. Ich war versucht, sie zu schütteln, sie irgendwie wieder zum Leben zu erwecken, aber das wagte ich nicht. Sie kam mir so zerbrechlich vor.

»Was ist mit dem Antrieb?« fragte ich behutsam. »Sind alle Arbeiten beendet?«

Sie sah mich ganz merkwürdig an, als sei ich wahnsinnig, als habe meine Frage überhaupt keinen Sinn.

Dann begann sie zu weinen. Sie schluchzte nicht, sie ließ nicht einmal den Kopf sinken. Die Tränen rollten einfach aus ihren Augenwinkeln. Das war kein akuter Schock. Ich hielt sie weiter fest, denn ich befürchtete, sobald ich sie losließ, werde sie wie eine Puppe zusammensinken.

Hinter mir saß Nick auf dem Fußboden, den Kopf gegen das Schott gelehnt. Er sah aus, als sei er zu müde, seine eigenen Sinne in Betrieb zu nehmen. Er hielt Eves Hand, und Eve lag da wie eine Tote.

»Wo ist Sam?« fragte ich leise.

Mina hob die Arme, faßte mich bei den Schultern und legte den Kopf an meine Brust. Ich stellte sie wieder aufrecht. Ich wartete auf eine Antwort.

Ich mußte meine Frage wiederholen.

Schließlich sagte sie: »Da drin.«

Sie meinte die Kabine, aus der sie gekommen war. Ich sah über ihre Schulter in die Dunkelheit hinter der offenen Tür, aber ich konnte Sam nicht erkennen.

»Was ist geschehen?« fragte ich mühsam beherrscht.

»Er . . .«, begann sie, und dann setzte sie von neuem an: »Es ist nur, daß . . .«

Sie wußte nicht, wie sie es mir sagen sollte.

»Ist er tot?«

»Nein«, sagte sie, und da wußte ich Bescheid. Der Verdacht hätte mir schon längst kommen sollen. Ich hätte Sam zu Hause lassen und Johnny mitnehmen sollen.

Mina nahm alle Kraft zusammen. »Er ist blind«, sagte sie. »Er kann nichts mehr sehen.«

XIX

»Es war, als falle plötzlich ein Vorhang«, berichtete Sam. »Ich habe seit Jahren gewußt, daß es einmal so kommen würde. Die Zäpfchen in der Retina, weißt du . . . die sind nach und nach ausgebrannt. Das passiert vielen Menschen in der Art von Raum, in dem ich zeit meines Lebens geflogen bin. Es geschieht langsam. Ich hätte nicht damit gerechnet . . . nicht jetzt. Es tut mir leid. Wirklich.«

Wir hatten den gesamten menschlichen Abfall im Kontrollraum versammelt. Jeder von uns hatte sich auf die eine oder andere Weise wiedergefunden. Nick schlief – er brauchte Ruhe und Erholung, ehe er fähig war, die komplizierten Reparaturen an den Sensoren in der Nase und in den Flügeln in Angriff zu nehmen. Es war keine zeitraubende Arbeit, aber sie erforderte viel Kraft und Präzision.

Minas Tränen flossen immer wieder von neuem. Sie kam mir gar nicht wie ein Mensch vor, der leicht weint; sie hatte nur einfach keine Kontrolle mehr über ihre Tränendrüsen. Fast wünschte ich mir, ich hätte das gleiche Ventil zur Verfügung. Mein Kopf fühlte sich so voll an, daß es eine Wohltat gewesen wäre, einigen Druck abzulassen. Sam war, abgesehen von seinen Augen, in guter körperlicher Verfassung, aber ich hatte keine Möglichkeit festzustellen, in welchem seelischen Zustand er war. Mit dem Augenlicht hatte er auch den für ihn typischen Gesichtsausdruck verloren. Wenn er lächelte, sah er wie ein Fremder aus.

»Ich brauche nichts weiter, als daß mir einer ein Paar Augen leiht«, erklärte er. »Mina oder Mr. delArco, einer von beiden. Sie können die Anzeigen ablesen. Sie wissen, was die Zahlen zu bedeuten haben. Sie wissen, wie der Antrieb funktioniert. Ich kann die Hebel bewegen und die Tasten drücken. Ich kann die Arbeit tun, wenn nur jemand für mich sieht.«

»Glauben Sie, daß Sie das können?« fragte ich Mina.

»Ich werde es versuchen«, antwortete sie.

»Danach habe ich nicht gefragt.«

»Vielleicht kann er es besser.« Mina wies auf Nick. »Das müssen Sie entscheiden. Irgendwer muß es tun.«

Ich schüttelte den Kopf.

Sie starrte mich an. Ich fragte mich, wie ich sie überzeugen sollte, daß das nie klappen würde.

»Sam«, sagte ich, »steh auf.« Er stand auf, und ich stellte mich ihm gegenüber. Ich hob beide Fäuste in die Luft. Meine Unterarme standen senkrecht, etwa zehn Zentimeter auseinander, einer etwas höher als der andere.

»Stell dir vor, du bist wieder auf der *Sandmann*, Sam. Zu deiner Linken ist der Hebel für den Phasenwechsel, zu deiner Rechten die Energiezufuhr für den Massenakzelerator. Faß zu.«

Er streckte die Hände aus, und nach kurzem Umhertasten fand er meine Handgelenke.

»Okay, Sam«, fuhr ich fort. »Wir fliegen jetzt. Vergiß alles, was zum Düsenantrieb und zum Start gehört. Wir fliegen im freien Raum geradeaus, und ich werde in zwei Minuten von Phase zwei auf Phase drei übergehen. Nur ein Transfer, nicht mehr. Wie üblich verlieren wir zehn, vielleicht zwanzig Prozent Energie. Du bist beim Countdown bei fünfzig angelangt. Zähl weiter, Sam.«

Er zählte weiter. Seine Augen waren offen und starrten geradeaus. Sie befanden sich in der Höhe meines Haaransatzes. Ich blickte zu ihm auf.

Als er bei zwanzig war, sagte ich ihm, wir seien nicht richtig ausbalanciert. Bei zehn sagte ich ihm, das Synchrotron bekomme nicht genug Beschleunigung. Bei fünf sagte ich ihm, die Lücke werde kritisch. Bei minus zwei sagte ich ihm, wir hätten den Transfer nicht geschafft, wir verlören fünfundvierzig Prozent der Energie und es würde mehr.

Die ganze Zeit hielt er meine Handgelenke wie Hebel umklammert. Ich fühlte, wie er zögerte, wie er unsicher wurde, wie er Fehler machte.

Als es vorbei war und ich ihm sagte, er könne loslassen, begannen seine Hände zu zittern.

»Es tut mir leid«, entschuldigte er sich.

»Das beweist doch gar nichts«, protestierte Mina.

»Genauso wäre es mit dem Antrieb der *Dronte*«, erklärte ich. »Ihr müßt euch vor Augen halten, daß Sam das Fliegen nicht aus einem Instruktionsbuch gelernt hat. Er richtet sich nicht nach der Bedienungsanleitung, er geht nach seinem Gefühl. Er wird zu einem Teil seiner Maschine. Er *denkt* nicht an das, was er gerade tut – er ist kein Computer, der neu programmiert werden kann, wenn er auf neue Signale und Stimuli reagieren soll. Wenn Sie hinter ihm ständig und für ihn die Anzeigen abläsen, täten Sie damit nicht einfach etwas für ihn, das er normalerweise selbst tun würde. Sam *liest* die Anzeigen nicht ab . . . wenn ein Zeiger sich bewegt, bewegt er sich mit. Er ist *Teil* des ganzen Systems. Er handelt mit der Anzeige, nicht aufgrund der Anzeige. Es tut mir leid, Sam, aber du kannst dir nicht einfach ein Paar Augen leihen. Es funktioniert nicht. Wir können aus jemandem, der dir über die Schulter lugt, keinen Ingenieur machen.«

»Es tut mir leid«, sagte Sam noch einmal.

»Du bist nicht schuld daran. Ich bin schuld.«

»Nein«, widersprach er.

»Ich bin der Kapitän dieses Schiffes. Ich bin verantwortlich für die Crew. Ich wußte schon, als ich dich kennenlernte, daß deine Augen schlecht waren. Ich bin das Risiko eingegangen und habe verloren. Nicht du.«

Kurze Zeit herrschte Schweigen.

Dann sagte Mina: »Wir sitzen in der Falle.«

»Leicht wird es nicht sein«, stimmte ich zu.

»Was tun wir jetzt?« fragte Sam, als sei das ganz unwichtig.

»Wir schlafen«, entschied ich. »Wir haben es alle nötig. Wir erholen uns, so gut wir können. Dann nehmen wir das Problem in Angriff. Wir werden das tun, was uns die besten Aussichten bietet. So einfach ist das.«

Ja, einfach war es, aber nicht leicht. Die *Dronte* war ein großartiges Schiff, aber sie war kein Spielzeug, mit dem ein sechsjähriges Kind umgehen konnte. Wo ein Mann wie Rothgar versagt hatte, konnte jeder erfahrene, fähige Ingenieur in Schwierigkeiten geraten. Ein Dilettant würde überhaupt nicht vom Start wegkommen. Aber wenn man die Wahl zwischen einem Blinden und einem Schwachsinnigen hat, wen soll man da nehmen?

Ich brauchte Schlaf. Ich brauchte eine göttliche Eingebung. Ich hätte wissen sollen, daß sie mir im Schlaf nicht kommen würde.

Ich schickte Mina und Sam zu Bett, und ich suchte meins auf. Ich mußte einen Schuß nehmen, aber auch damit hatte ich böse Träume. Alpträume.

In meinem Kopf erklangen geisterhafte Stimmen. Echos. Meine Träume waren mit spukhaften Erinnerungen gefüllt, die nicht mir, sondern ihm gehörten. Er war nicht da. Er war tot. Aber seine sterblichen Überreste . . .

Ich würde seine Stimme niemals mehr hören. Das Innere meines Kopfes würde in meinen wachen Augenblicken so stumm sein wie ein Grab. Aber in meinem Unterbewußtsein konnte ich seine bleichenden Knochen immer noch finden. Erinnerungen. Scherben. Eine unsterbliche Seele . . .?

Das Kreuz, das ich auf Lapthorns Grab aufgestellt hatte, wollte nicht stehenbleiben. Ich hätte es ebensogut flach hinlegen oder ganz wegwerfen können. Der Boden am Kopf des Grabes war zu flach und zu trocken, aber ich stellte das Kreuz immer wieder von neuem auf. Bis der Wind kam und es umblies.

Warum hatte ich mir die Mühe gemacht? Ich wußte es einfach nicht. Es hatte überhaupt keine Bedeutung. Lapthorn hatte ich durch dies Kreuz nicht in sein Grab bannen können. Er hätte mich so oder so auf diese oder jene Weise verfolgt. Und jetzt der *Wind* . . . der *Wind*, der auf dem Wind ritt, der das Kreuz immer wieder umblies . . . Auch ihn konnte ich nicht aus meinen Gedanken loswerden. Sein Tod hatte mich nicht von ihm befreit. Er konnte immer, wenn ich schlief, zu mir zurückkehren . . .

Ich sah seine Welt durch fremde Augen. Ich sah durch gallacellanische Augen. Ich erhaschte Blicke auf unendliche Möglichkeiten. Ich sah durch meine eigenen Augen, aber nicht mit meinem eigenen Verstand. Das war furchterregend. Ich hörte seine Worte in meinem Gehirn herumpoltern. Ich wußte, die Worte, die ich jetzt hörte, waren nicht die Worte, die er in der Vergangenheit gesprochen hatte. Er bildete immer noch neue. Von ihm war mehr zurückgeblieben als nur die Erinnerung an ihn. Viel mehr.

Bei diesem ersten Mal hatte ich Angst. Sehr viel später hörte es auf, ein Alptraum zu sein. Hundert Expeditionen in die Ruinen seines Geistes machten sie mir vertraut. Dann hatte ich überhaupt keine Angst mehr. Doch dies erstemal war fürchterlich. Es ist eine Sache, ein zweites lebendes, denkendes, sprechendes Wesen in seinem Kopf herumzutragen, und eine ganz andere Sache, sein Leben mit einem Leichnam zu teilen – in dem eigenen Kopf die Auflösung eines toten Verstandes widerhallen zu hören. Etwas vor dem Prozeß des Todes wird dadurch in das eigene Leben hineintragen. Es ist wie eine Befleckung . . . irgendwie schmutzig.

Ich hatte ihm den Tod nicht gewünscht, aber ich hatte ihn gehaßt. Ich wollte weder seine Hilfe noch seinen Rat, weder seine Gesellschaft noch seine Liebe. Nichts davon wollte ich. Ich wollte über meine Seele ganz allein verfügen. Aber wenigstens war er mir, solange er am Leben war, vertraut gewesen. Tot war er etwas von außen, etwas Fremdes.

Schließlich wachte ich aus diesem ersten Schlaf auf. Die Schatten flohen in die Ritzen, in denen sie sich vor dem Licht der Vernunft zu verstecken pflegen.

Bevor wir unter Nicks Anleitung alle wieder an die Arbeit gingen, wollte ich den anderen irgendeine Hoffnung, irgendeine Motivation geben. Ich wußte nicht recht, wie ich das tun sollte. Der Schlaf hatte mich der Lösung des Problems um keinen Schritt näher gebracht. Aber im wachen Zustand brauchte ich nicht lange nachzudenken, um darauf zu kommen, daß es eine einzige kleine Möglichkeit gab, wieder nach Hause zu gelangen.

Als wir uns alle versammelt hatten, bot Nick sich eifrig an, die Maschine zu übernehmen. Wenigstens er sah sich immer noch als so etwas Ähnliches wie einen Helden. Manche Leute werden durch nichts, was geschieht, verändert.

»Wenn das die beste Chance wäre«, antwortete ich ihm, »dann würde ich die Aufgabe dir übertragen. Wenn ich glaubte, Miss Vogan habe eine bessere Chance, würde ich sie ihr übertragen. Aber ich kann mich weder auf dich noch auf sie verlassen. Ich kann mich auch auf Sam nicht verlassen. Dann bleibt nur noch einer übrig. Ich werde es selbst tun.«

XX

Es war siebzehn Jahre her, daß ich ein Schiff vom hinteren Ende aus geflogen hatte, und schon damals hatte ich es nicht als Berufung empfunden. Es war nur etwas, über das man auch als Pilot Bescheid wissen mußte. Herault und ich hatten ein paar Flüge unternommen, bevor ich mich mit Lapthorn zusammentat. Aber die Arbeit im Maschinenraum ist etwas, das man nicht vergißt. Es ist wie mit dem Fahrradfahren. Wenn man es einmal gelernt hat, kann man es für immer.

Die *Dronte* hatte einmalige Eigenschaften, und mit der vergammelten *Sandmann* war sie in nichts zu vergleichen, aber Sam war in sie eingetaucht wie die Ente ins Wasser, und ich nahm an, ich konnte es auch schaffen. Vielleicht nur so gerade eben, aber wer sonst hätte auch nur das tun können?

Meinetwegen machten sich die anderen auch gar keine Sorgen, aber Eves wegen. Ich hatte versucht, Sam, Nick und Mina davon zu überzeugen, daß ich recht hatte mit meinen Gedanken darüber, was Eve fehlte und wie ihr zu helfen war. Ich war der einzige, der Sams Platz einnehmen konnte, und sie war die einzige, die meinen Platz einnehmen konnte. Zu diesem Zweck mußte sie aus dem unbekannten Reich, in dem sie weilte, zurückgeholt werden.

Eve war in Empathie mit der *Dodo* gewesen, als sie explodierte. Beide waren zusammen explodiert. Ich konnte mir nur eins vorstellen, was Eve zurückholen würde. Wir mußten sie in den Pilotensitz setzen, die Kontakte anschließen und das Schiff zum Leben erwecken. Wenn sie überhaupt wieder zu Bewußtsein kam, dann innerhalb des Schiffes, zurück in ihr Selbstbewußtsein. Ich mußte darauf bauen, daß sie, sobald der Countdown bei null angelangt war, aufwachte und das tat, was nötig war.

Vielleicht war das alles wilde Spekulation. Vielleicht hätte Titus Charlot die Dinge ganz anders gesehen und eine ganz andere Lösung vorgeschlagen. Aber ich als Pilot sah die Dinge vom Standpunkt des Piloten aus. Obwohl ich keine große Hochachtung vor Eves Ausbildung und Fähigkeiten hatte, mußte ich doch einräumen, daß sie das richtige Fingerspitzengefühl und die Begabung besaß. Ich glaubte, sie würde durchkommen, wenn für sie alles wieder in Ordnung war. Ich hoffte, sie werde durchkommen, ihretwegen und unseretwegen. Wenn mein Plan nicht funktionierte, hatten wir wahrscheinlich keine Möglichkeit mehr, etwas anderes auszuprobieren.

Ich setzte Eve selbst auf meinen Platz. Ich schloß die Kontakte mit äußerster Sorgfalt an. Ich schob ihr den Helm über den Kopf. Ich vergewisserte mich, daß jede Elektrode sauber war, und ich versuchte, die Unbequemlichkeiten, die unvermeidlicherweise entstanden, weil ihr Kopf nicht von derselben Form und Größe war wie meiner, auf ein Minimum zu reduzieren.

Danach programmierte ich den Computer darauf, uns auf dem gleichen Kurs, den wir beim Hinflug verfolgt hatten, wieder zurückzubringen. Als ich damit fertig war, hatte auch Nick seine Reparaturarbeiten am Nervennetz beinahe beendet. Ich schickte Sam und Mina nach unten, damit sie alle Energiesysteme im Schiff überprüften. Ich testete jeden Sensor, den Nick als wieder funktionsbereit meldete.

Während dieser ganzen Prozedur rührte Eve keinen Muskel.

Aber wir ließen das Schiff ja nur zucken. Wir waren noch weit davon entfernt, die *Dronte* wieder zum Leben zu erwecken.

Dann blieb uns nichts mehr zu tun übrig. Ich beauftragte Nick, sich um Eve zu kümmern, und Mina, sich um Nick zu kümmern. Ich behielt Sam bei mir im Maschinenraum für den Fall, daß ich moralische Unterstützung, Inspiration oder Rat brauchte.

Bevor ich nach unten ging, warf Nick mir einen anklagenden Blick zu.

»Wehe dir, wenn du nicht recht hast«, erklärte er.

»Du kannst nur hoffen, daß ich recht habe«, gab ich zurück. Ich zog die Daumenschrauben ein wenig an, weil mir sein Ton nicht gefiel. »Wir wollen alle Amen dazu sagen. Denn ich gehe jetzt nach unten und fange mit dem Countdown an, und wenn sie bei null nicht wach ist und handelt, werden wir wahrscheinlich nicht mehr viel darüber erfahren. Wenn ich die Düsen feuern lasse, ohne daß mir oben ein Gehirn und ein paar Hände helfen, die Energie auszubalancieren, verschwinden wir in einem blauen Rauchwölkchen. Und falls wir uns nicht in einem besseren Jenseits wiedersehen, wirst du keine Gelegenheit mehr bekommen, mir Vorwürfe zu machen.«

Nick sah zu Eve hin, die schlaff wie eine Stoffpuppe dalag, und ich merkte, daß er hauptsächlich ihretwegen litt.

»Spar dir weitere Worte«, sagte ich.

»Du glaubst wirklich, es wird klappen, ja?« fragte er.

»Bin ich vielleicht ein Trottel?« erwiderte ich mit ätzender Schärfe.

»Woher soll ich das wissen?«, meinte Nick.

»Wenn es klappt, dann bin ich keiner«, versicherte ich. Ich hatte den Eindruck, daß es ihm an Zuversicht mangelte. Das konnte ich nicht ändern. Solange er tat, was ich ihm gesagt hatte, machte es ja nichts aus. Ich überließ ihn ohne viel Mitgefühl seinen seelischen Qualen.

Ich bin ganz und gar nicht zum Ingenieur geschaffen. Alles war meiner Natur und meinem Empfinden fremd. Ich schnallte mich an und entdeckte von neuem die Tatsache, daß zwischen einem Pilotensitz und den Gurten eines Ingenieurs ein riesiger Unterschied ist. Zunächst einmal ist eine Maschine *groß*. Die

Teile des Antriebs ragten über mir auf und drängten sich um mich, und ich fühlte mich in meiner engen Nische sehr klein. Ein Ingenieur kann sich nicht setzen – er braucht Bewegungsfreiheit. Er kann seine Arbeit auch noch tun, wenn ihm eine Hand auf den Rücken gebunden ist, aber die Reichweite braucht er trotzdem. Er hat keinen Helm, der ihm direkte sensorische Empfindungen vermittelt; er muß sich nach den Anzeigen der Instrumente richten. Man kann aber nicht alle Anzeigen gleichzeitig ablesen. Man muß sie teils auswendig wissen, teils fühlen und teils erraten.

Ich war nicht gerade glücklich, aber zuversichtlich. Ich wußte, was ich tat, und ich wußte, daß ich es wußte. Und doch war ich voll ängstlicher Spannung. Ich war sehr froh darüber, daß niemand mir Vorwürfe machen konnte, wenn es schiefging, denn ich war in einer Stimmung, daß ich sehr empfindlich darauf reagiert hätte.

Ich hatte einen Vorteil, den Sam nicht hatte, und das war das Wissen darum, wie sich das Ganze oben im Pilotensitz anfühlte. Bestimmt würde mir das helfen. Der Wurm profitiert immer von der Vogelperspektive. So sprach ich zu mir selbst, und ich versuchte mir einzureden, ich hätte eine Rückfahrkarte nach Hause und nicht eine einfache Fahrkarte zur Hölle.

Wie zwei Automaten lasen Nick und ich die Checklisten ab. Ihnen zufolge war alles in Ordnung. Natürlich wußte ich nicht, wie gut die von Nick geleistete Arbeit war, und ich wollte es auch gar nicht wissen. Sie mußte einfach gut genug sein.

Als wir fertig waren, fragte ich: »Irgendwelche Lebenszeichen?«

»Nein.«

»Okay«, fuhr ich fort, »ich lasse die Maschinen warmlaufen. Halte deine Augen auf das Instrumentenbrett gerichtet. Falls ein Licht flackert, das nicht flackern dürfte, brülle.«

Ich zögerte nur für den Bruchteil einer Sekunde. Ich bog und streckte meine Finger, und dann drehte ich die Schalter und aktivierte die Reaktionsmasse. Innerhalb des riesigen Stahlkastens begann der Motor zu summen. Sam stand direkt hinter mir, angeschnallt auf dem Platz für den Reservemann. Er sprach kein Wort. Ich sah die Nadel in dem gleichen Rhythmus hochklettern, wie die Energie wuchs.

»Ich bleibe unter der Schwelle«, sagte ich zu Nick. »Ich will sie nur ein bißchen kitzeln, damit das Blut zu fließen beginnt. Geschieht irgend etwas bei ihr?«

»Nein.«

»Gut. Mina, gib ihr einen Schuß.« Mina stand mit einer großen Dosis eines Stimulans bereit. Sie war vermutlich groß genug, um den sprichwörtlichen Toten aufzuwecken. Ich gab Mina Zeit, meine Anweisung auszuführen.

Ein schwaches »Okay« kam durch die Sprechanlage. Ich checkte alle meine Anzeigen mit religiöser Übervorsicht. Wir waren immer noch unterhalb der Schwelle, und alles summte zufrieden. Im Geist zählte ich bis fünfzig. Dann ließ ich den Druck in der Kammer steigen – nicht zu schnell –, und ließ ihn wieder absinken, bevor sich Schub entwickelt hatte.

»Wackelt etwas bei dir?« fragte ich.

»Alles felsenfest«, sagte Nick. »Aber sie rührt sich nicht.«

»Nimm ihre Hände und lege sie auf die Hebel«, befahl ich.

»Schließe die Finger darum. Sag mir, ob sie zufaßt.«

Ein paar Augenblicke später kam Nicks Stimme: »Ich glaube, wenn ich ihre Hände loslasse, wird sie sie fallen lassen.«

»Sag Mina, sie soll ihre Hände festhalten. Beobachte du weiter das Instrumentenbrett, Nick. Ich werde noch einmal ein bißchen Druck geben.«

Ich ließ noch mehr Zeit verstreichen, damit die Droge wirken konnte. Ich wußte, das Medikament allein nützte nichts, aber ich hoffte, der steigende Druck in der Kammer werde, vereint mit dem Stimulans, Eve aufwecken.

Das geschah jedoch nicht.

Ich will nicht behaupten, ich hätte es nicht langsam mit der Angst bekommen.

»Sie reagiert nicht«, meldete Nick. Ich konnte im Hintergrund Minas ängstliche Stimme hören, aber ich verstand die Worte nicht.

»Machen wir noch einen Versuch«, kündigte ich an. »Ich aktiviere jetzt das Flußfeld.« Auf dem Bildschirm vor mir erschien in einer schematischen Darstellung der Plasmastrom.

Es schien mehr davon zu geben, als ich gedacht hatte. Es sah wie die farbige Zeichnung einer fremdartigen Blume aus.

Ich befaßte mich wieder mit der Hauptkontrolle und ließ etwas Energie in das Reduktionsfeld einströmen.

»Ich beginne den Countdown bei zweihundertfünfzig«, erklärte ich ruhig. »Haltet ihre Hände auf den Hebeln fest. Speist das Programm in den Computer ein, wenn ich bei hundert angekommen bin. Die Automatik wird das erste Wendemanöver mit schneckenhafter Langsamkeit durchführen. Dabei wird das Schiff nur herumgedreht, aber ein bißchen Bewegung der Hebel ist doch damit verbunden. Laßt die Handsteuerung ausgeschaltet. Wenn sie die Bewegung der Hebel spürt, wird sie vielleicht zu Bewußtsein kommen. Wenn sie abwartet, bis die Düsen feuern, mag sie ihren Auftritt verpassen, aber wir haben immer noch eine Chance. Geratet nicht in Panik. Haltet den Atem an, und wenn ihr dazu kommt, ihn wieder auszustoßen, werden wir unsern Enkeln wahrscheinlich von unsern Abenteuern erzählen können. Fertig?«

»Jederzeit«, sagte Nick.

»Zweihundertfünfzig«, zählte ich, »zweihundertneunundvierzig . . .«

Ich wußte, die Zahlen würden, eingespeist durch den Helm, in Eves Kopf widerhallen. Schon der Countdown konnte das Wunder bewirken. Die Zahlen waren ihr vertraut, und es mochte sein, daß Eves Geist mit ihnen im Gleichschritt fiel.

Ich bereitete alles zum Start vor. Bisher war es leicht gegangen. Ich fühlte das Gleichgewicht in meiner Hand. Ich beobachtete den Schirm wie ein Habicht, bewegte meine Finger leicht von Taste zu Taste, gewöhnte mich an das Gefühl, das die Oberflächen mir vermittelten. Ich ließ den Druck langsam ansteigen und gab mehr Energie in das Nervennetz.

Als ich bei hundert war, begann es. Es war nichts als eine Umverteilung – nur Hilfsaggregate sprangen an. Das war ein Manöver, das ein gewöhnliches Schiff nicht ausführen konnte, weil es die Synapsen und Muskeln der *Dronte* nicht hatte. Ein konventionelles Schiff muß vorwärts fliegen, wenn es wenden will. Das taten wir nicht. Wir brauchten den Düsenantrieb nicht.

Jetzt bewegten sich die Kontrollhebel in Eves Händen. Wenn Eves Hände jetzt nur zufaßten . . .

». . . Fünfundachtzig . . .«, rief ich, ». . . vierundachtzig . . .«

Ein erstickter Laut kam durch die Sprechanlage. Nicht ich war gemeint. Es war nur der Ausdruck dafür, daß sich eine innere Spannung löste.

»Hörst du dies winselnde Nebengeräusch?« fragte Sam, der seine Ohren für mich benutzte. »Gib acht, daß sich das Feld nicht zu schnell aufbaut.«

Ich zweigte Energie für die Hilfsaggregate ab. Es war nur eine kleine Korrektur. Wir hatten viel Zeit. Es gab keinen Grund zu schwitzen.

»Siebzig . . . neunundsechzig . . .«

»Es klappt nicht«, erklärte Nick mit tödlicher Ruhe. Er sprach nicht mit mir, er sprach mit sich selbst. Ich ignorierte ihn.

». . . sechsundfünfzig . . . fünfundfünfzig . . .«

Laß ihre Hände los, hätte ich gern gesagt. Sie werden die Hebel festhalten. Habt Vertrauen zu Eve. Ich konnte den Countdown nicht unterbrechen, und es wäre sowieso das letzte gewesen, was ich hätte sagen sollen, aber in Gedanken sagte ich es. Nun griff die Spannung auch auf mich über. Ich wollte Eve unbedingt aufwecken, bevor wir bei null angelangt waren.

»Mina«, sagte Nick, »Sie können ihre Hände loslassen. Ich glaube, sie werden jetzt auf den Hebeln liegenbleiben.«

Ich wünschte nur, ich könnte es *sehen*.

»Neunundzwanzig . . . achtundzwanzig . . .«

»Das kann ich nicht«, hörte ich Minas Stimme. »Ich kann einfach nicht.«

»Nicht wichtig«, erwiderte Nick. »Das geht schon in Ordnung.«

». . . Achtzehn . . . siebzehn . . .«

Ich stellte mir Mina vor, keine Tränen, sondern Feuer in den Augen, wie sich ihre Hände über Eves Händen auf den Hebeln so verkrampft hatten, daß sie nicht mehr loslassen konnte.

»Das geht in Ordnung«, flüsterte Nick, und ich glaube, diesmal sprach er uns alle damit an.

». . . Fünf . . .« zählte ich. »Vier . . . drei . . . zwei . . . eins . . .«

Ich entließ alle Impulse aus den Entladungspunkten, als ich mit den Lippen ein unhörbares »Null . . .« formte.

Und es kam eine Reaktion!

Eve war bei mir. Die Energie flutete in das Reduktionssystem, die Düsen feuerten, und die Massenreduktion saugte allen Schub auf wie ein gieriger Schlund. Der Vogel füllte sein Herz und seine Lungen mit Energie und flog.

Der Kurs, den wir zu nehmen hatten . . . der war im Computer. Der Flugplan auch. Es ging nur darum, die kostbare Balance zu halten.

»Alles okay, Rothgar«, kam es durch die Sprechanlage.

Ich antwortete nicht. Es wäre nicht der richtige Zeitpunkt, Eve darüber aufzuklären, daß ich nicht Rothgar war.

Auch Nick hörte ich. »Bring uns weg von hier«, sagte er mit einer Stimme, die mehr nach einem Gebet als nach einem Befehl klang. »Bring uns nach Hause.«

»Jawohl, Kapitän«, antwortete sie – oder etwas Ähnliches, ich weiß es nicht mehr. Ich erinnere mich nicht. Ich hatte nur Augen für das Diagramm, und meine Finger tanzten über die Tasten, glichen aus und speisten ein, korrigierten jede zufällig auftretende Unebenheit. Das Feld wickelte sich um das Schiff und machte daraus ein ordentliches kleines Paket und trug es der Barriere entgegen, die wir niemals ganz erreichen würden.

Es spielte sich alles wie auf dem Hinflug ab, nur in umgekehrter Reihenfolge. Wir brauchten über keine tachyonische Hürde zu springen, wir hatten keine Schwierigkeiten mit einem Phasenflackern. Es ging leichter – so viel leichter, als ob es jetzt bergab statt bergauf ginge. Mit einem Satz waren wir über den Riß im Raum hinweg, und wir waren *draußen* in dem bekannten, schönen, dem *leeren* Universum.

Wir breiteten unsere Schwingen aus und flogen.

Unsere Herzen schlugen, unser Blut summte in den Adern. Wir hielten alles fest in der Hand, wir hatten alles unter Kontrolle.

Wir schossen hinein in den leeren Raum und wurden dann langsamer. Eve hatte erfaßt, daß das Computerprogramm abgelaufen war, und auf Handsteuerung umgeschaltet, bevor sie noch merkte, was sich eigentlich abspielte.

Ich kam mir vor wie ein Jongleur, dem ein schwieriger Trick ein einziges Mal gelungen ist.

»Hast du es gehört, Sam?« erkundigte ich mich.

»Ich habe es gehört«, versicherte er mir.

»Eve, hörst du zu?« rief ich. »Hier ist Grainger, Eve. Du hast es geschafft.«

»Grainger!« Es klang wie das Zischen einer zornigen Katze. Es war nur der Schock – vielleicht auch ein wenig Entsetzen. Ihr großer Augenblick war vorbei. Jetzt brach sie zusammen. Es spielte keine Rolle mehr.

»Keine Bange«, sagte ich, »es ist alles schon vorbei. Um den Rest können sich andere kümmern. Sie werden kommen und uns holen. Sie werden uns auf Tragbahren nach Hause schaffen. Ist mir auch egal. Wir haben unsere Arbeit getan. Es ist alles vorbei.«

Nun brauchten wir nichts mehr zu tun als zu warten.

XXI

Wir waren alle viel zu müde, um während der Wartezeit eine Party zu veranstalten, aber wir versuchten es. Es dauerte eine Weile, bis sie ein Schiff auf den Weg zu uns brachten, aber den Grund dafür entdeckten wir erst, als es da war. Über Funk hatten wir nicht mehr gesagt, als unbedingt notwendig war.

Es war ein kleines Schiff namens *Gipsy Rose*, das sich nicht auf Darlow befunden hatte, als wir starteten, und darin kam Abram Adams, der Senior und Diktator von Darlow, höchstpersönlich zu uns. Einige Mitglieder seines Stabes begleiteten ihn.

Als Adams an Bord der *Dronte* kam, erfuhren wir endlich, wie lange wir fort gewesen waren. In der realen Welt waren mehr als hundert Tage vergangen, seit die *Dronte* in die Linse eingeflogen war. Man hatte uns bereits aufgegeben.

Aber es war nicht nur Zeit vergangen. Titus Charlot war tot. Er war in dem Glauben gestorben, er habe einen schrecklichen, folgenschweren Fehler gemacht. Er hielt die Crew der *Dodo* für tot und nahm an, die *Dronte* sei von einem ähnlichen Schicksal erteilt worden. Vielleicht hätte Adams mir die Schuld am Tod des alten Mannes gegeben oder mir doch zumindest vorgeworfen, ich hätte sein Ende beschleunigt, wäre da nicht die erstaunliche Tatsache gewesen, daß Charlot über meinen illegalen Start geschwiegen hatte. Viel später, als ich Zeit zum Nachdenken gefunden hatte, kam ich zu dem Schluß, daß Titus Charlot gar nicht darauf versessen gewesen war, in den Nachtigall-Nebel zu fliegen. Er war nur so entschlossen gewesen mitzukommen, weil er sich dazu verpflichtet fühlte. Davon hatte ich ihn befreit, indem ich mich heimlich davonmachte. Folglich wartete keine Anklage auf mich, ganz im Gegenteil. Charlot hatte dafür gesorgt, daß ein Bericht verfaßt wurde, in dem es hieß, ich und alle anderen seien als Helden gestorben.

Ich glaube, mein Nachruf war das Netteste, was ich je gelesen habe.

Titus Charlots Körper wurde tiefgefroren nach New Alexandria geschickt, um auf seiner Heimatwelt begraben zu werden. Mir wurde nur ganz langsam klar, daß ich für immer frei von ihm war. Als ich zuerst von seinem Tod hörte, brach mir nicht gerade das Herz, und mein erster Gedanke war, es würde mir Spaß machen, seinen Grabstein zu bekritzeln. Aber das Gefühl ging schnell vorbei. Bald tat es mir fast leid, daß er voller Bitterkeit über sein Versagen gestorben war. Denn er hatte ja gar nicht versagt. Ich finde, das hätte er noch erfahren müssen. Die Mission hatte ein Menschenleben und ein Paar Augen gekostet, aber vielleicht konnte man das nicht vollständig ihm anlasten.

Das Schiff gehörte immer noch New Alexandria, doch wie ich von Zimmer erfuhr, gab es noch niemanden, der bereit war, in Charlots Schuhe zu treten. Ich hatte Zeit und die Chance, bei meiner eigenen Zukunft ein Wort mitreden zu dürfen.

Sam blieb auf dem Schiff. Ich wollte ihn nicht dahin gehen lassen, wohin alle Raumfahrer gehen, wenn sie nicht sterben.

Auch Mina blieb, und mit Johnny hatten wir zahlenmäßig eine vollständige Crew. Aber es kommt nicht nur auf die Anzahl der Leute an. Ich wußte nicht, ob Nick und Eve weiter mit mir zusammenarbeiten wollten, und mir fiel keine Möglichkeit ein, wie ich sie danach fragen konnte, ohne mich lächerlich zu machen. Sie fragten mich. Sie hatten nicht die Absicht, die *Dronte* zu verlassen.

Wir saßen einige Zeit auf Darlow fest. Das Schiff war fast nicht mehr raumtüchtig, und die Mannschaft war es bestimmt nicht. Ein paar Tage, nachdem wir nach Hause gehinkt waren, sickerte die Nachricht nach New Alex durch, und es dauerte noch ein paar Tage, bis etwas von einer Reaktion zu merken war. Johnny schiffte sich mit der frühestmöglichen Gelegenheit ein und kam zu uns. Ich freute mich nicht gerade darauf, ihn wiederzusehen, denn ich wußte, ob nun Charlot mir verziehen hatte oder nicht, *er* würde mir niemals verzeihen. Öl ins Feuer goß noch die Tatsache, daß es einen Augenblick gegeben hatte, wo wir ihn dringend gebraucht hatten und er nicht dagewesen war.

»Du verstehst das einfach nicht«, sagte er zu mir, als es ihm gelungen war, mich abzufangen. »Ich weiß, daß du Charlot nicht dabeihaben wolltest. Das kann ich dir nachfühlen. Aber warum mich nicht? Du wußtest verdammt genau, daß ich gehen wollte – gehen *mußte. Warum?*«

»Wolltest du einen Anteil am Ruhm haben?« fragte ich.

»Nein, es war mehr als das.«

Ich wußte es. Ich akzeptierte es. Es bedeutete ihm weitaus mehr als die Tatsache, daß wir jetzt als Helden etikettiert waren. Es war ihm um etwas viel Persönlicheres gegangen. Wie konnte ich ihm erklären, warum ich es ihm nicht gegönnt hatte?

»Ich habe dir den Ruhm und alles andere gestohlen«, sagte ich. »Ich habe es dir gestohlen, weil ich meinte, du wärest ohne es besser dran.«

»Seit wann entscheidest du, was gut für mich ist?« wollte er wissen.

Eine berechtigtere Frage habe ich nie gehört. Es gab keine Antwort darauf.

»Ich wollte gehen«, wiederholte er.

Ich nickte. »Aus diesem gehen«, wiederholte er.

Ich nickte. »Aus diesem Grund habe ich dich zurückgelassen. Ich für mein Teil wollte nicht gehen. Ganz und gar nicht.«

»Du hattest kein Zutrauen zu mir?«

»Nein«, gestand ich.

Er wartete auf eine Erklärung, und ich versuchte, sie ihm zu geben. Ich war sie ihm schuldig. »Du hast mich an jemanden erinnert«, sagte ich. »An jemanden, den ich früher einmal kannte. Ich hatte . . . ein unbehagliches Gefühl. Weißt du, er starb . . . und man könnte sagen, daß ich ihn getötet habe. Ich wollte dich nicht dabeihaben, weniger, weil ich dir nicht traute, sondern weil ich nicht wollte, daß *du mir* trautest. Du warst dabei, mir zuviel auf die Schultern zu laden, verstehst du? Du hast einen Druck auf mich ausgeübt, den ich nicht bereit war zu ertragen.«

»Ich hatte recht«, betonte er.

»Du hattest recht«, stimmte ich zu. »Nur aus den falschen Gründen.«

Das Komische daran ist, hätte ich hinzufügen können, daß alles, was geschieht, aus den falschen Gründen geschieht. So ist das Leben.

XXII

Ständig kommt er zurück, wenn ich schlafe. In Bruchstücken.

Manchmal habe ich die Illusion, ich könnte sie wieder zusammensetzen, wenn ich nur wüßte, wie.

Ich habe vielleicht tausendmal aus fremden Augen auf eine fremde Welt geblickt. Er wollte mir nicht sagen, wo sie sich befindet, aber ich weiß es. Letzten Endes konnte er mir das Wissen nicht vorenthalten. Ich weiß, woher er kam. Aber ich würde es einem Nachfolger Titus Charlots nie verraten. Ich denke nicht daran, irgendwen zu einer privaten Nova-Party einzuladen. Es ist nicht meine Sache, die Initiative zu ergreifen.

Das Universum kann seinen eigenen Weg gehen. Es ist nicht so, daß ich mich nicht hineinziehen lassen will. Ich habe nur einfach die Qualifikation nicht, Gott zu spielen.

Ich scheine diese Welt gut zu kennen. Ich habe sonst nicht sehr viel gesehen und auch von seinen Erfahrungen mit anderen Wirten nicht viel verstanden. Es sind hauptsächlich Erinnerungen zurückgeblieben, die ihm ganz allein gehörten.

Hin und wieder – aber nur, wenn ich schlafe – träume ich, daß ich eines Tages die Welt besuche, von der er kam, und lande, wie der Gallacellaner vor vielen Jahrhunderten gelandet ist. Ich öffne die Schleuse und steige aus, um die Luft zu atmen. Ich stehe mit meinen Füßen auf dem Gras, räuspere mich höflich und frage: »Ist da jemand?«

Wenn ich träume, wache ich immer schweißgebadet auf. Ich weiß nicht, warum ich mich so fürchte.

Vielleicht aus lauter falschen Gründen.

HIER ENDET DIE SAGA
VOM RAUMPILOTEN GRAINGER

SCIENCE
FICTION

Band 24 089
Orson Scott Card
Das große Spiel
Deutsche Erstveröffentlichung

Andrew »Ender« Wiggins ist sechs Jahre alt und spielt Computerspiele. Das jedenfalls ist es, was er glaubt. In Wirklichkeit ist er das Ergebnis eines genetischen Experiments; er ist – so hofft man – das militärische Genie, das die Erde braucht, um im Kampf gegen einen übermächtigen Feind bestehen zu können, der die gesamte Menschheit bedroht. Doch Ender ist nicht das einzige Resultat dieses Experiments. Und seine Geschwister, Peter, und Valentine, haben ganz andere Ziele als er.

BASTEI
LÜBBE

Sie erhalten diesen Band im Buchhandel, bei Ihrem Zeitschriftenhändler sowie im Bahnhofsbuchhandel.

Band 23 059
Thomas Ziegler
**Flaming Bess –
Das Erbe der Erde**

Band 23 060
Thomas Ziegler
**Flaming Bess –
Wo die Echse
herrscht**

Band 23 061
Thomas Ziegler
**Flaming Bess –
Flucht von der
Schattenwelt**

Originalausgabe

Die neue deutsche Science Fiction-Reihe nach einer Idee von Thomas Ziegler und Wolfgang Neumann.
Flaming Bess ist eine Frau aus unserer Zeit, die es in die ferne Zukunft der Menschheit verschlägt. Als sie auf einem fremden Planeten erwacht, muß sie den Schutz der letzten Menschen gegen die unheimlichen Klonkrieger der Herculeaner übernehmen.
Ein großes Weltraumabenteuer beginnt, bei dem statt der Technik die Menschen im Mittelpunkt stehen.

BASTEI LÜBBE

Sie erhalten diesen Band im Buchhandel, bei Ihrem Zeitschriftenhändler sowie im Bahnhofsbuchhandel.